جنوبی ایشیا سے
کچھ افسانے

انتخاب و ترتیب

اشعر نجمی

Bright Books

Janoobi Asia Se Kuchh Afsane
by Ashar Najmi
Bright Books, Thane, India
1st Edition : October 2024
ISBN: 978-81-981566-1-7

Bright Books
Mira Road East, Dist. Thane, India
nidabattiwala@gmail.com

www.ingramcontent.com/pod-product-compliance
Lightning Source LLC
LaVergne TN
LVHW100426051026
849518LV00004B/1397
* 9 7 8 8 1 9 8 1 5 6 6 1 7 *

فہرست

پیش لفظ

اشعر نجمی

زیر نظر انتخاب کو ایک ذاتی انتخاب سمجھا جانا چاہیے۔ بیشتر تراجم مطبوعہ ہیں لیکن ان میں سے کچھ غیر مطبوعہ بھی ہیں۔ دوسری زبانوں سے اردو میں ترجمہ ہونے والے نثر پاروں کی فہرست کافی طویل ہے جس کی ببلیوگرافی تو بنائی جا سکتی ہے لیکن انھیں ایک جگہ اکٹھا کرنا ایک مشکل کام ہے۔ لہٰذا، ہم زیر نظر انتخاب کو ترتیب دیتے ہوئے اس کی لگام کو اپنی گرفت میں رکھنے پر مجبور تھے۔

ہمیں یہ دعویٰ ہر گز نہیں ہے کہ بہترین عالمی نثری ادب اس انتخاب کا حصہ ہیں۔ بلا شبہ بہت سے نام چھوٹ گئے ہیں اور بہت سے نثر پارے تنگیٔ صفحات کی نذر ہو گئے۔ بہر حال ہم نے اس انتخاب کو ترتیب دیتے ہوئے ناموں کی بجائے مختلف لسانی خطوں کو ترجیح دی اور کوشش کی ہے کہ زیادہ سے زیادہ علاقوں، زبانوں اور ان سے وابستہ ثقافتوں کی نمائندگی ممکن ہو سکے۔ اس لحاظ سے اس انتخاب کا جواز فنی سطح پر بھی ہے اور سماجی و ثقافتی سطح پر بھی ہے۔ یوں تو ان ممالک کی صنعتی ترقی اور ان کے معاشرتی رجحانات پر عمرانیات اور دیگر علوم کے ماہرین کے تجزیے اپنی جگہ اہم ہیں لیکن ناول اور افسانے میں انسان کے اندرونی احساسات اور مختلف تناظر میں انسانی ردعمل کی جو صورتیں دکھائی جاتی ہیں، وہ تجریدی اصطلاحات کے مقابلے میں زندگی کی تپش کا زیادہ احساس دلاتی ہیں۔ لہٰذا اس انتخاب میں ہماری کوشش یہ رہی ہے کہ فکشن کے حوالے سے ان ممالک کی معاشرتی زندگی، ان میں انسانی تعلقات کی نوعیت، قدیم و جدید کے تصادم و اقدار کی ٹوٹ پھوٹ کی جامع تصویر بھی قارئین کو دکھائی جائے۔ ہم اپنے اس مقصد میں کہاں تک کامیاب ہوئے ہیں، اس کا فیصلہ تو اصحاب الرائے ہی کر پائیں گے۔

اس انتخاب پر کام کرتے ہوئے سینکڑوں کتابیں، رسائل، ویب سائٹس، اخباروں وغیرہ میں سے نثر پارے منتخب کیے گئے تھے لیکن اگر ان تمام کو شامل اشاعت کر لیا جاتا تو شاید دس جلدیں بھی ناکافی ہوتیں، لہٰذا سخت ترین انتخاب کے اصولوں کو وضع کرنے کے بعد جو کچھ ہے، وہ آپ کے سامنے حاضر ہے۔

زیرنظر شمارہ انتخاب میں نئے، پرانے اور بہت پرانے ترجمے بھی شامل اشاعت ہیں۔ مطبوعہ تراجم کا لازمی مطلب ہمیشہ یہ نہیں ہوتا کہ وہ تمام قارئین کی نظروں سے گزرے بھی ہوں، چونکہ ہندوستان میں چھپنے والے بیشتر تراجم کی رسائی پاکستانی قارئین تک نہیں ہو پاتی اور اسی طرح پاکستان میں شائع ہونے والے تمام تراجم ہندوستانی قارئین تک نہیں پہنچ پاتے۔ پھر یہ بھی ضروری نہیں کہ اپنے ہی ملک میں شائع شدہ تمام تراجم بھی ہمارے زیر مطالعہ رہے ہوں۔

ہم نے کوشش کی ہے کہ اس انتخاب میں مصنفین کے علاوہ مترجمین کے بھی مختصر تعارف پیش کیے جائیں کہ انھی کے توسط سے ہم تک دنیا بھر کی زبانوں کے نثر پارے پہنچتے رہے ہیں، ان کے اس احسان سے زبانوں کے علاوہ ثقافتیں بھی ثروت مند ہوتی ہیں اور ہم سب ان کے ایک طرح سے مقروض ہیں۔ پھر بھی کچھ مصنفین اور مترجمین کا تعارف ہمیں نہ مل سکا، لہٰذا ہم کوشش کے باوجود بے بس نظر آئے۔

ہم ان تمام اداروں، کتابوں، رسائل، بلاگس، اخباروں وغیرہ کے بھی شکرگزار ہیں جہاں سے ترجمے حاصل کیے گئے۔ اس کے علاوہ میں ان مترجمین کا خصوصی طور پر شکریہ ادا کرنا چاہوں گا جنھوں نے میری درخواست پر اس انتخاب کے لیے منتخبہ نثر پاروں کے ترجمے کی ذمہ داری قبول کی اور اسے پورا کیا۔

یہ کوٹھے والیاں (ہندی)

امرت لال ناگر

ترجمہ: عبدالمغنی

ہندی کے نامور ادیب امرت لال ناگر (۱۷ اگست ۱۹۱۶ء۔ ۲۳ فروری ۱۹۹۰ء) کی کتاب 'یہ کوٹھے والیاں' (اشاعت اول: غالباً ۱۹۵۴ء۔ ۱۹۵۵ء) طوائفوں کی زندگی سے متعلق مضامین، کہانیوں اور انٹرویو پر مشتمل ہے۔ اس کتاب کے جدید ایڈیشن (۲۰۱۱ء) ناشر: لوک بھارتی پرکاشن، الٰہ آباد، سے یہاں 'پیش لفظ' کے ساتھ دو کہانی کا ترجمہ پیش کیا جا رہا ہے۔

مترجم ڈاکٹر عبدالمغنی بہار (ہندوستان) سے تعلق رکھنے والے اردو ادب کے نقاد، ماہر اقبالیات اور مسلم دانشور تھے۔

پیش لفظ

۱۹۵۰ء میں، صدر جمہوریہ دیش رتن راجیندر پرساد جی نے یہ خواہش ظاہر کی تھی کہ طوائفوں سے ملاقات کر کے کوئی شخص ان کے دکھ سکھ کا حال لکھے۔ وہ خود ہی ان کے بارے میں لکھنا چاہتے تھے، لیکن عدیم الفرصتی کی وجہ سے یہ کام انجام نہ دے سکے۔ میرے دوست پنڈت رُدر نارائن شُکل ان دنوں صحافی تھے؛ انھیں خیال آیا کہ یہ کام کسی ہندی ادیب کو ہی کرنا چاہیے اور اپنی اس دلیل سے متاثر ہو کر انھوں نے 'پریس ٹرسٹ آف انڈیا' کے نامہ نگار کو یہ خبر دے دی کہ ناگر دیش رتن راجیندر بابو کی خواہش کی تکمیل کے لیے یہ کام کرے گا۔ اپنی اس نئی ذمہ داری کی خبر مجھے بھی عوام کے ساتھ ساتھ روزنامہ اخباروں سے ہی حاصل ہوئی۔

جب کسی کے بال بچے بڑے ہو جاتے ہیں تب وہ عام طور پر بزرگوں کے طبقے میں آ جاتا ہے۔

اپنے متعلق بھی میرا یہی خیال تھا اور اسی لیے یہ خبر پڑھ کر مجھے عجیب سا محسوس ہوا۔ میرے دوست رُدر نارائن نے یہ خبر مذاق میں نہیں بلکہ پوری سنجیدگی کے ساتھ شائع کرائی تھی۔ ہر روز شام کو ہماری نشست ہوتی تھی۔ محترم بھائی بھگوتی چرن جی ورما اس کے صدر رہیں۔ چونکہ بھگوتی بابو پیشے سے وکیل رہ چکے ہیں، اسی لیے ہم میں سے کوئی بھی دوست، جسے اپنی کسی سنجیدہ یا غیر سنجیدہ تجویز کو دوستوں کے گروپ سے پاس کرانا ہوتا ہے، بھگوتی بابو کو اپنے حق میں کرنے کی کوشش کرتا ہے، اور بھگوتی بابو جس مقدمے کو اپنے ہاتھ میں لے لیتے ہیں اسے جیتے بغیر چھوڑتے نہیں۔ اگر دلیل سے نہیں جیتیں گے تو اپنی بزرگی کی ڈکٹیٹری سے تو جیت ہی جائیں گے۔ اسی لیے ہم لوگ انھیں اپنا نیتا کہا کرتے ہیں۔ رُدر نارائن نے نیتا کو اپنے ساتھ کرلیا۔ شام کی نشست میں میرے تذبذب کا نفسیاتی تجزیہ کیا جانے لگا۔ گیان چند جین، رُدر نارائن شُکل اور بھگوتی بابو نے یہ طے کردیا کہ مجھے یہ کام کرنا ہے اور پوری سنجیدگی کے ساتھ کرنا ہے۔ اس کتاب میں بیان کیے گئے کچھ واقعات میں پہلے کبھی اس مجلس میں سنا چکا تھا اور یہی بات میری اس موضوع کی اہلیت کا ثبوت مانی گئی۔

اس خبر کے شائع ہونے پر ہندی کے متعدد اخباروں نے تبصرے بھی شائع کیے، طنز و مزاح کے کالموں میں بھی اس خبر کا استقبال ہوا، قارئین کے کچھ خط بھی ادھر اُدھر سے آئے۔ اس کام کے لیے میری تیاری اور تذبذب دونوں ہی ساتھ ساتھ چلتے رہے۔ خیر، کام مکمل ہوا، اس کا مجھے اطمینان ہے۔ اس کی اچھائی برائی کی تحقیق وتنقید اہل علم اور قارئین حضرات ہی کرسکیں گے۔ میں اتنا ہی کہہ سکتا ہوں کہ اس موضوع پر علاقائی فیلڈ ورک کی شکل میں ہندی میں یہ شاید پہلی کتاب ہے۔ اس کی اپنی حدیں بھی ہیں۔

طوائفوں کے متعلق ان کی مذمت کے علاوہ اور کچھ لکھنا عام طور پر بدگوئی کا موضوع مانا جاتا رہا ہے۔ اسکاٹ نے اپنی مشہور کتاب 'اے ہسٹری آف پراسٹی ٹیوشن فرام اینٹی کوِ ٹی ٹو دپریزینٹ ڈے' کی تمہید میں اس موضوع پر لکھنے والوں کے تذبذب کی تفصیل بھی دی ہے۔ ۱۹۵۱ء میں فرانسیسی عالم لیکراکس نے دو حصوں میں طوائف کی زندگی کی تاریخ پیش تو کی، لیکن اس کے مصنّف کی حیثیت سے اپنی اصل رائے دینے میں جھجک گئے۔ امریکی عالم سینگر کو بھی اس موضوع پر اپنی تاریخی کتاب کی تمہید میں بڑا تکلف برتنا پڑا۔ ۱۸۵۷ء میں ایکٹن نامی ایک انگریز عالم کو بھی اپنی کتاب کی تمہید لکھتے ہوئے بڑی جھینپ بھری صفائی دینے کی ضرورت محسوس ہوئی۔ ڈائسن کارٹر نے اپنی کتاب 'سِن اینڈ سائنز' کی تمہید میں یہ ظاہر کیا ہے کہ بہت سے لوگوں نے انھیں وہ کتاب لکھنے سے منع کیا تھا۔

طوائفوں کے لیے کشش اور طوائف بازی کے لیے تذبذب کا جذبہ دونوں ساتھ ہی ساتھ انسانی تمدن کی تاریخ میں چلتے رہے ہیں۔ میرا اپنا خیال تو یہ ہے کہ اس سماجی تذبذب نے طوائفوں کے لیے انسانی کشش میں اضافہ کیا ہے۔ بہرحال، اب تو دنیا بھر میں تقریباً ہر جگہ حکومتیں طوائفوں کے پیشے کے خلاف کوششیں کررہی ہیں۔

سب سے بڑا مسئلہ چکلہ خانوں کا ہے۔ اگر ان چکلہ خانوں کے خلاف ہوشیاری سے تفتیش کر کے پھر ان پر جگہ جگہ مقدمے چلائیں جائیں تو عوامی شعور پر اثر پڑے گا۔ عورتوں کی خرید و فروخت کا دھندا کرنے والے مرد عورتوں کو عمر قید کی سزائیں دینی چاہئیں۔ ہمارے سرکاری سماج کلیان کیندروں کا خاص کام ایک طرح سے صرف دودھ کے ڈبے تقسیم کرنا ہی رہ گیا ہے۔ جمہوری حکومت میں ایسی بہت سی گنجائش ہوتی ہے، جس سے کہ عوام اور عوامی سرکار مل کر پورے جوش سے کئی ملک گیر تحریکیں چلا کر کامیابی حاصل کر سکتے ہیں۔ یہ اصول پروری کی لکیر تو برابر پیٹی جا رہی ہے، مگر بہت بے اثر ہے، ورنہ میری تجویز یہ ہے کہ یہ اخلاقی تحریک چلا کر عوام اور عوامی حکومتیں ایک دوسرے کے قریب تر آ سکتی ہیں۔ ہمارے سرکاری سماج کلیان محکمے اگر ۱۹۳۰ء کی کانگریس تنظیم کی طرح شہروں اور دیہاتوں کے ہر علاقے کو اپنی تنظیم میں شریک کر لیں، اپنے علاقے کے ہر گھر سے سماج کلیان کیندروں کا رابطہ ہو تو بڑی کامیابی مل سکتی ہے۔ (چوک، لکھنؤ، امرت لال ناگر)

بچپن، محفلیں اور طوائف زادہ

جھوٹ کا رنگین مزاجی اور طوائف بازی کی لت سے گہرا رشتہ ہے، اس لیے اس موضوع پر لکھتے وقت اس کی یاد آ جانا فطری ہے۔ آئینہ میرے سامنے نہیں، کمرے میں اکیلا ہوں، نظر کاغذ پر اور لفظوں سے فقرے بناتی ہوئی قلم کی روانی پر ہے، پھر بھی، یا شاید اسی لیے، میں اپنے ادھیڑ چہرے پر بار بار تیز دوروں میں شرم کی لالی کو آتے جاتے دیکھ رہا ہوں، اس لالی پر حاوی ہونے والی جھوٹ کی کلونس بھی یاد آ رہی ہے، ہم سفید پوشوں کی تہذیب کا وہی تو ایک سہارا ہے۔

لیکن اس بات کے لیے جھوٹ کیا بولوں جسے میرے منہ پر طمانچے مار کر ایک سے زیادہ لوگ سچ ثابت کر سکتے ہیں اور اب جھوٹ کی ضرورت بھی کیا رہی؛ جو بیت گیا سو ریت بھی گیا۔

میں خودنوشت لکھنے نہیں بیٹھا۔ میری زندگی سے طوائفوں کا تعلق اتنا نہیں رہا کہ خودنوشت میں طوائفوں کی زندگی کا مکمل تجربہ بیان کر سکوں۔ جس لکھنؤ میں میرا شعور بیدار ہوا وہ نوابی زمانے کے عیش و عشرت سے آزاد نہیں ہوا تھا۔ آس پاس کے ماحول میں طوائفوں کا ذکر عام تھا۔ شروع میں جس کوٹھی میں ہم رہتے تھے، اس کے نیچے بنی ہوئی دکانوں میں بسی ہوئی ترکاری والی کبیڑنیں آپس کی زبانی لڑائی میں جنسی اعضا سے متعلق الفاظ کا استعمال کرتے ہوئے ایک دوسری کے ناجائز تعلقات کی حقیقت کا انکشاف کیا کرتی تھیں۔ ان کی لڑائیوں میں چونکہ اکثر ایسی ہی گالیاں اور واقعات شامل ہوتے تھے، اس لیے وہ الفاظ اور وہ واقعات برسوں تک میرے ذہن میں سوال بنے رہے۔ گھر کا ماحول سخت تھا اور گھر کے بچوں پر کڑی نظر رکھی جاتی تھی۔ میں اپنے بچپن میں کبھی گلی یا سڑک پر لڑکوں کے ساتھ کھیل نہیں سکا؛ پتنگ، تاش کچھ بھی نہ جان سکا۔ کچھ بڑے ہونے پر گھنٹے سوا گھنٹے

کے لیے کمپنی باغ میں کھیلنے کی اجازت ضرور مل گئی تھی، لیکن اس کے ساتھ ہی ساتھ یہ حکم بھی تھا کہ 'چراغ گھر پر جلیں'۔ اتنی پابندی ہونے کے باوجود کچھ باتوں کا علم تھوڑا بہت ہونے لگا۔

میرے ساتھ ایک ہندو گھرانے کے دو لڑکے پڑھتے تھے۔ ان میں سے ایک لڑکا اسکول کے مولوی صاحب کے گھڑے سے بھی اکثر پانی پیتا تھا۔ اسکول میں تو نہیں، مگر باہر میں نے اسے دو تین بار فیض ٹوپی لگائے پورے مسلمانی لباس میں بھی دیکھا تھا۔ بڑا عجیب سا لگتا تھا۔ اس کے بارے میں لڑکوں سے کچھ عجیب سی بات بھی سن رکھی تھی۔ ایک دن میں نے اس لڑکے کے بھائی سے سوال کیا کہ تمھارا بھائی ہندو ہو کر بھی یہ حرکتیں کیوں کرتا ہے اور کیا وہ بات سچ ہے جو کہ لڑکے اکثر تمھارے بھائی کے متعلق کہتے ہیں۔ میرے اس ہم جماعت کا شمار اچھے لڑکوں میں ہوتا تھا۔ اس نے بڑے تامل سے میری سنی ہوئی بات کی تائید کر دی۔ مسلمانی لباس پہننے اور مولوی صاحب کے گھڑے سے پانی پینے والا اس کا بھائی طوائف زادہ تھا۔ اس کے والد دولت مند تھے؛ وہ اپنی مسلمان طوائف کے بیٹے کو ہندوانے ڈھنگ سے رکھنا چاہتے تھے اور اسی لیے اپنے گھر میں رکھتے تھے۔ لیکن کبھی کبھی وہ اپنی ماں کے گھر بھی جایا کرتا تھا اور جب وہاں جاتا تھا تو مسلمانی لباس پہنتا تھا۔ اس کا ایک مسلمانی نام بھی تھا۔ بچوں کی باتوں سے آہستہ آہستہ بڑوں کے اسرار عجیب طریقے سے میرے سامنے ظاہر ہونے لگے۔ میرے ہم جماعت کے والد یوں تو اپنی کاروباری مصروفیات کی وجہ سے اکثر باہر ہی رہتے تھے، ان کی محبوب طوائف وہاں بھی ان کے پاس رہ آتی تھی اور یہاں رہتے تھے تب بھی وہ زیادہ تر اپنی طوائف کے گھر پر ہی رہتے تھے۔ طوائف زادے کا لاڈ پیار بھی زیادہ ہوتا تھا۔ وہ طوائف اپنے وقت میں لکھنؤ کی نامی مغنیہ تھی۔ اپنے گھر میں رہتے ہوئے بھی میرے ہم جماعت کی ماں اپنے بچے سے زیادہ اپنے شوہر کی محبوبہ کے بچے کا دھیان رکھنے کے لیے مجبور تھی۔ طوائف زادے کی ذرا سی شکایت پر میرے ان دونوں ہم جماعتوں کے والد اپنی بیوی کو اس بری طرح ڈانٹتے تھے کہ گھر کی نوکرانی کو بھی کوئی اس طرح نہیں ڈانٹے گا۔ کبھی کبھی وہ طوائف ان کی کوٹھی میں بھی آٹھ دس دن کے لیے رہ جایا کرتی تھی۔ اگرچہ وہ مردانہ حصے میں ہی رہتی تھی، لیکن اس کی حکومت ان دنوں گھر کے اندر تک ہوتی تھی۔ بیوی اپنی سوتن طوائف کی خدمتگار بن کر رہ جاتی تھی۔ اور اس کے اپنے دونوں بچے بھی خود اپنے ہی گھر میں اجنبی بن جاتے تھے۔ مجھے آج بھی اپنے ہم جماعت کی ایک بات یاد ہے۔ میں نے پوچھا: ''تمھارے والد تمھاری والدہ کے ساتھ ایسا برتاؤ کیوں کرتے ہیں؟'' میرے دوست نے جواب دیا: ''بھائی، وہ طوائف ہیں، میری مدر سے ان کا مقابلہ ہی کیا؟ سب لوگ اپنی طوائفوں کی عزت کرتے ہیں۔ گھر کی عورتوں کو کون پوچھتا ہے؟''

میرے دل میں اس بات کے ساتھ آج تک وہ پرانی محفلیں اور ان میں ناچتی گاتی، آداب بجاتی، مسکراتی، کبھی کسی بات سے محفل کو زعفران زار بناتی ہوئی طوائفیں جھانک جاتی ہیں۔ اچھی طرح یاد ہے، اس وقت بھی ہم جماعت کی وہ بات سن کر میرے سامنے ان چھوٹی بڑی محفلوں کی تصویریں آگئی تھیں جو اس زمانے میں چوک کے بڑے بڑے رئیسوں، ساہوکاروں کی حویلیوں میں شادی و دیگر تقریبات کے موقعوں پر نظر سے گزری تھیں۔ ہندوستان کی نامی طوائفیں آتی تھیں۔ ان کے حسن اور فن کاری کی دھوم مچتی تھی۔

بزرگوں کے حکم کے مطابق چراغ بھلے ہی گھر پر جلتے رہے ہوں، مگر عمر بڑھنے کے ساتھ ہی ساتھ میری آزادی بھی ڈگریوں میں بڑھنے لگی۔ اسرار عملی طور پر نہیں تو بھی باتوں میں بہت کچھ سمجھ میں آنے لگے تھے۔ نئی عمر کے رومان ہم عمر لڑکیوں کے لیے جاگنے لگے تھے۔ محفلوں میں سجی سنوری، ناز نخرے دکھاتی، ناچتی گاتی طوائف کشش کا مرکز بننے لگی۔ میرے دوستوں میں بھی ایسی ہی تبدیلیاں ہونے لگی تھیں۔ ہم لوگ محلے کے بڑوں میں ہونے والی طوائفوں سے متعلق باتوں کا ذکر کرتے اور اکثر ہم میں سے سبھی کے دل میں یہ بات گھر کر گئی کہ طوائفیں محبت کرنا جانتی ہیں اور گھریلو عورتیں اس فن سے قطعی ناواقف ہوتی ہیں۔ محبت کی اہمیت ہے، اس لیے طوائف کی اہمیت ہے، یہ بات عجیب طرح سے دل میں گھر کر گئی۔

انھی دنوں وشمبھر ناتھ شرما کوشک کے لافانی ناول 'ماں' اور رتن ناتھ سرشار کا لکھا ہوا اور منشی پریم چند کا ترجمہ کیا ہوا لافانی ناول 'آزاد کتھا' میں طوائفوں کی مکاری اور بناوٹی محبت کی کہانیاں بھی پڑھنے کو ملیں۔ طوائفوں کی چالبازیوں پر تو اکثر باتیں سننے کا موقع ملتا تھا۔ میرے دو ایک ہم جماعت طوائف باز ہو چکے تھے۔ وہ شیخی بگھار کر اپنے تجربوں کے بیان سے بہت سے ساتھیوں کی پیاس بھڑکایا کرتے تھے۔ تب ہی پڑوس میں ایک واقعے نے مجھے اتنا متاثر کیا کہ اس کے بعد دو تین سال تک طوائفوں کے تصور تک سے دور رہا۔ ہمارے پڑوس میں ایک کھتری رہتے تھے۔ وہ صرافے میں دلالی کا کام کرتے تھے اور کھاتے پیتے خوش حال تھے۔ گھر میں ان کے بوڑھے والد تھے اور بیوی تھی۔ دلال صاحب اور ان کی بیوی دونوں ہی خوبصورت اور بھلے تھے۔ دلال صاحب کو کسی طوائف سے محبت ہوگئی۔ وہ اکثر اسی کے گھر پر رہنے لگے۔ والد اور بیوی کے لیے معاشی مصیبتوں کے دن آگئے۔ والد صاحب خود بھی دلالی کرتے تھے، لیکن بیٹے کے لائق ہو جانے کے بعد انھوں نے ریٹائرمنٹ لے لیا تھا۔ اب بیٹے کے نالائق ہو جانے پر انھوں نے پھر کام کرنے کا حوصلہ کیا۔ سال ڈیڑھ سال بعد ہی طوائف کے جال میں کوئی نیا پنچھی پھنس گیا۔ وہ امیر تھا۔ طوائف نے دلال صاحب کو دھتکارنا شروع کیا، لیکن وہ اس کی محبت میں ایسے دیوانے ہو گئے تھے کہ اسے چھوڑنا نہ چاہیں۔ شاید ان کے دل میں یہ بھی ہو کہ اتنے دن تک گھر سے علیحدہ رہنے کے بعد اب کس منہ سے وہاں جائیں۔ بہر حال، ایک دن طوائف نے غصّے میں آکر ان کے اوپر تیزاب کی پوری بوتل الٹ دی۔ وہ دو تین دن میں تڑپ تڑپ کر مر گئے۔ طوائف گرفتار ہوگئی۔

خوش قسمتی سے میرے لڑکپن اور نوجوانی کے زمانے کے دن قومی تحریک اور سماجی بیداری کے دن تھے۔ یہ بڑی لہر مجھے اپنے ساتھ بلند تصورات، خیالات اور خواہشات کی ندی میں بہا لے گئی۔ پھر بھی اتنا تو کہنا ہی پڑے گا کہ بڑوں کی دنیا کی ہلچل کا اثر بچوں کے ذہن پر ضرور پڑتا ہے۔ جو باتیں ذہن نشین ہو جاتی ہیں وہ کبھی نہ کبھی کسی نہ کسی شکل میں پھلتی پھولتی بھی ہیں۔

بدر منیر: طوائف کی زندگی کا انجام

’چاند‘ اور چندرلوک پرکاشن کی سماجی تحریکوں میں طوائفوں کے تئیں ہمدردی پیدا کرنے والی، انھیں دوزخی زندگی میں ڈالنے والے اوباشوں، غنڈوں اور زناکاروں کے تئیں نفرت پیدا کرنے والی سماجی کہانیاں، اُگرجی کی الیلی کتابیں، زمانے کے ساتھ ساتھ میں نے بھی پڑھی تھیں۔ ایک زمانے میں بنارس میں پریم چندجی سے ملاقات کرنے گیا تو ان سے کُپرن [Kuprin] کے روسی ناول ’یاما‘ کی تعریف سن کر اسے بھی پڑھ چکا تھا۔ ’ٹو بیگ آئی ایم اشیمڈ‘ [To Beg I Am Ashamed] نامی انگریزی میں، طوائف بننے والی ایک تعلیم یافتہ ہندوستانی دوشیزہ کی کہانی بھی پڑھ چکا تھا۔ کسی فلم اسٹار طوائف نے اپنی دردناک کہانی سنا کر نیتاجی سبھاش چندر بوس کو آبدیدہ کر دیا تھا اور اس کی اخباری ہلچل سے ہم بھی آبدیدہ ہوئے تھے۔ چیچک ہونے پر کوٹھے والوں کی ٹھکرائی ہوئی، ایک بھٹکی ہوئی، خوفناک سوزاک میں مبتلا، شناسا طوائف کے آخری دنوں کا چشم دید گواہ بھی رہ چکا تھا؛ تب بھی میرے ذہن میں بھیانک زلزلہ آیا تھا۔ ایک طوائف کے انجام سے اب طوائف کا ازلی روپ دیکھتے وقت تلخ وشیریں تجربات سے پُر زندگی کے تین برس اور گزر چکے تھے۔ بدرمنیر کا انجام دیکھ کر جذبے اپنی پوری طاقت سے اُبھرے تو تھے لیکن اس وقت وہ گونگے ہی رہ گئے تھے۔ آج لُولُو کی ماں کے متعلق وہ جذبے سوالوں کے تیر بن کر دل کے کونے کونے کو چھلنی کر رہے تھے، مجرم کون ہے؟ وہ طوائفوں کے دلال، وہ ناکارہ شوہر، پیٹ کی آگ بجھانے کے لیے مجبور ہو کر طوائف بننے والی شریف گھریلو عورت، کون مجرم ہے؟ خوفناک مرض سے مرنے والی طوائف بدرمنیر بھی اصل میں طوائفوں کے خاندان میں پیدا نہیں ہوئی تھی۔ رفیق نامی ایک غنڈہ دلال تھا۔ وہ اسے لکھیم پور کے قرب وجوار کے کسی گاؤں سے اس کے باپ کو سوا سو روپے دے کر، باقاعدہ نکاح کر کے لکھنؤ لایا؛ انوری نامی کسی طوائف کے یہاں رکھا۔ اس کے یہاں تین لڑکیاں اور رہتی تھیں۔ ایک بہت ضدی تھی، اسے بہت مارا پیٹا جاتا تھا۔ رفیق اور انوری دونوں ہی بہت ظالم تھے، جوتوں، لاتوں، گھونسوں سے لڑکیوں کو پیٹنے کے علاوہ ان کے ظلم کی حد نہ تھی؛ وہ تپتے ہوئے چمٹے یا سلاخ سے ضدی لڑکی کی کمر، پسلیوں کے آس پاس، رانوں اور پستانوں کے نچلے حصوں کو داغتے بھی تھے۔ بدرمنیر یہ سب دیکھ کر اتنی سہم گئی کہ جیسا کہا جاتا ویسا ہی کرتی تھی۔ اس نے اپنی فرمانبرداری اور خدمت سے رفیق اور انوری دونوں کو خوش کر رکھا تھا، اس لیے سال ڈیڑھ سال تک اس سے پیشہ نہ کرایا گیا۔ ہر لڑکی کو کام کے لائق ناچ اور گانے کی تعلیم دی جاتی تھی۔ بدرمنیر کا گلا قدرتی طور پر سریلا تھا۔ اس نے سیکھنے میں بھی پوری دلچسپی لی۔ لکھنے پڑھنے کا شوق بھی شروع کیا، کام میں ہوشیاری دکھائی۔ رفیق کو خیال آیا کہ اسے اچھی تعلیم دے کر بڑی محفلوں میں نام کمانے کے قابل بنایا جائے۔ انوری اتنے دن انتظار کرنے کے حق میں نہیں تھی۔ دونوں میں ساجھے کی کھیتی تھی، کہا سنی ہوگئی۔ انوری نے کہہ دیا کہ اگر تمھیں من مانی کرنی ہے تو اس کا کہیں اور انتظام کرو۔ رفیق نے اسے چوک میں کوٹھا دلا دیا، ملمعے کے گہنوں سے سجا دیا اور موسیقی کی اچھی تعلیم کا بندوبست بھی کر دیا۔ تگڑمی تھا ہی، بدرمنیر کا نام چاروں طرف پھیلا دیا۔ شام کو موسیقی کی ایک دو محفلوں میں پانچ چھے روپے تک کما لیتی تھی۔ یہ سنہ ۱۹۳۵-۳۶ کی بات ہے۔ انھی دنوں دوستوں کے ساتھ گانا سننے کے لیے میں بھی اس کے یہاں گیا، دو تین بار دوستوں کے ساتھ اور چار چھ بار اکیلا۔ تب تک مجھے اس کے بارے میں کچھ بھی

معلوم نہ تھا، ہاں اتنا جانتا تھا کہ اس کے یہاں صرف موسیقی کے شائقین کا ہی استقبال ہوتا ہے، عیاش طبع لوگوں کا نہیں۔ وہ اپنے ہی طبقے میں کسی کی بیوی ہے، خاندانی ہے، اس بات سے میرے دل میں بدر منیر کے لیے عزت ہوگئی تھی۔

اس کے بعد میری زندگی بدل گئی۔ ہفتہ واری مزاحیہ رسالے 'چٹکلس' کی اشاعت شروع کی۔ اس کی وجہ سے شام کو بھی ادبی دوستوں کی نشست میرے یہاں ہونے لگی، پرانے دوست چھوٹنے لگے۔ ایک باریوں ہی اس کا خیال آیا تو بازار میں ایک دوست سے معلوم ہوا کہ بدر منیر کو بھیانک چیچک نکلی تھی، بہت بدصورت ہوگئی ہے۔ اس کے آدمی نے اسے نکال دیا ہے، کہیں اور کوٹھا لے کر رہنے لگی ہے۔ خیر، میں بھول گیا۔

سنہ ۷۳ء کی سردیوں کی بات ہے۔ شام کے وقت ایک میلا کچیلا، آوارہ قسم کا مسلمان لڑکا میرے یہاں آیا، کہا کہ بدر منیر بہت بیمار ہے، آپ کو بلایا ہے۔ میں نے پوچھا کہ وہ کہاں رہتی ہے؟ اس نے اکبری دروازے کے باہر جو جگہ بتائی، وہاں اس وقت جانے کی ہمت نہ ہوئی، لیکن دل میں رحم کا جذبہ بھی تھا۔ میں نے کہا کہ نو بجے آؤں گا، تم مجھے کہاں ملو گے؟ اس نے جگہ بتادی۔

اس وقت میرے پاس روپے نہیں تھے، ایک دوست سے پچاس روپے ادھار لے کر ٹھیک وقت پر پہنچ گیا۔ جس گلی، جس گھر میں وہ لڑکا مجھے لے گیا اس میں کبھی خواب میں بھی طوائف کے بسنے کا تصور نہیں کر سکتا تھا۔ سچ تو یہ ہے کہ طوائفوں کی زندگی کے دوزخ کو اس رات پہلی بار دیکھا۔ طوائف لفظ کے ساتھ اس وقت تک میرے ذہن میں موسیقی اور رقص کی ماہر، محفل باز، باتونی، خوبصورت لبھانے والی کا ہی تصور تھا۔ مردوں کی حیوانیت کا شکار ہونے والی، اتنی نچلی سطح کی؛ حسن، گن، فن سے عاری؛ گوشت پوست کی شکستہ مشینوں کے متعلق پڑھ سن کر بھی میں نے انھیں دیکھا یا جانا نہیں تھا۔

سردی کی رات تھی، سڑکوں گلیوں میں سناٹا ہونے لگا تھا۔ وہ لڑکا مجھے دو تنگ گلیوں میں گھما کر ایک پرانے مکان میں لے گیا۔ باہر چار دروازے تھے، تین باہری کمروں کے تھے، ایک گھر کا داخلی دروازہ تھا۔ درمیان میں لکھوری اینٹوں کا صحن، دو طرف دالان، ان میں دو کمرے، ایک کوٹھری تھی۔ دو دیواروں کے سہارے چھپّر بانسوں پر کھڑا تھا، ان میں دو طرف ٹاٹ کے پردے لٹکا کر ایک کمرہ سا بنا لیا گیا تھا۔ دونوں دالانوں کے دو دروں میں بھی ٹاٹ کے پھٹے جھینے پردے اور ان کے اندر ڈِھبریوں کی روشنی دکھائی دے رہی تھی۔ قریب اور دور سے، نشے کے گھوڑے پر سوار بہکی بہکی، شیخی سے بھری، جھگڑتی ہوئی اور گالیوں سے بھری آوازیں ٹاٹ کے پردوں سے آرہی تھیں۔ ایک دالان کے کھلے حصے میں ایک عورت چولھے کے پاس بیٹھی کھانا پکا رہی تھی۔

لڑکے کی ''آجایئے، چلے جایئے'' کی آوازوں نے اس چھوٹے سے گھر میں رہنے والوں کو چونکا دیا۔ آج سوچتا ہوں کہ شاید اتنی مہذب زبان میں وہاں کسی کا استقبال نہ ہوتا ہوگا، اسی لیے مرد عورتیں چونکے ہوں گے۔ میں ٹاٹ اور چھپّر کے بنے کمرے میں گیا۔ سرہانے اور پہلو کی طرف دو دیواروں سے لگی ہوئی چارپائی پر بدر منیر پڑی تھی، پائینتی کی طرف دیوار میں بنے ایک طاق میں ڈِھبری جل رہی تھی۔ ایک پرانا سا مونڈھا لڑکے

نے چارپائی کے پاس رکھ دیا اور مجھ سے بیٹھنے کو کہا۔ میں نئی عمر، نئے ماحول اور رحم دلانہ جذبے کے اثر میں کھڑا ہی رہا۔ روشنی کم ہونے کی وجہ سے اسے ٹھیک طرح دیکھ نہیں پا رہا تھا۔

بدر منیر نے آہستہ سے کہا: ''آپ کو بڑی تکلیف دی۔ یہ جگہ آپ کے لائق نہ تھی۔''

میں نے روشنی کے لیے لڑکے سے ڈِھبری مانگی اور وہ لے آیا۔ میں اسے پہچان نہیں سکا کہ یہی بدر منیر ہے۔ میرے سامنے پھٹے لحاف میں لپٹی عورت کا صرف ہڈیوں بھرا چہرہ اور ایک ہاتھ تھا؛ چہرہ بڑے بڑے لال دانوں سے بھرا ہوا تھا، آنکھیں اور کھلے دانتوں کی قطار خوفناک لگ رہی تھی۔ روشنی میں میرا حیرت زدہ چہرہ دیکھ کر وہ ہنسی تھی۔ میری طرف دیکھ کر بھی نہ دیکھتی ہوئی اس کی پھٹی سی آنکھیں مجھ سے نہ دیکھی گئیں۔ میں نے لڑکے کی طرف ڈِھبری بڑھا دی۔ اسے طاق میں رکھ کر لڑکا بولا: ''محبوبن، اب ہم جاتے ہیں۔''

''اچھا'' بدر منیر کی دھیمی آواز نکلی۔ میں چارپائی سے ذرا دور ہٹ کر مونڈھے پر سنبھل کر، دیوار کی ٹیک لگا کر بیٹھ گیا۔ ''محبوبن'' نام ذہن میں اٹکا، تب لڑکا پھر بولا: ''تم نے کہا تھا، پیسے دلائیں گے۔''

''ہاں، یہ لو۔'' میں نے جیب سے شاید اٹھنّی یا روپیہ نکال کر دے دیا۔ لڑکا چلا گیا۔

اس کی کہانی میں نے اسی دن سنی تھی۔ چیچک نکلنے کے بعد رفیق کے دل سے وہ بالکل اتر گئی۔ ایک دن اس کوٹھے میں ایک نئی لڑکی بسانے کے لیے لے آیا اور بدر منیر کو مار پیٹ کر کوٹھے کی سیڑھیوں پر دھکیل دیا۔ بے سہارا ہو کر وہ انوری کے پاس گئی۔ اس نے اپنے پاس رکھنے سے تو انکار کر دیا لیکن ہمدردی سے پیش آئی۔ اس نے اس چکلہ خانے کی بڑی بوڑھی کو بلا کر آمنا سامنا کرا دیا۔ یہاں کمرہ نہیں تھا، چھپّر ڈلوانے، چارپائی وغیرہ خریدنے کے لیے پرونوٹ لکھ کر پچیس روپے دیے۔ وہ بیاج پر لیے گئے پچیس روپے پچھلے آٹھ مہینے میں بھی ادا نہ ہو سکے۔ جسمانی کاروبار کے لیے ایک مرد سے چونّی اٹھنّی سے زیادہ نہیں ملتا تھا۔ اس گھر میں سب ایسی ہی نکالی ہوئی بدنصیب طوائفیں تھیں۔ یہ طوائفوں کے سماج کا سب سے نچلا طبقہ تھا۔

لڑکے کے باہر جانے کے تھوڑی دیر بعد دو تین عورتیں لالٹین لیے بدر منیر کی عیادت کے بہانے مجھے دیکھنے آئی تھیں۔ اس ماحول میں میرے جیسے معزز سفید پوش کا آنا رات میں سورج نکلنے کی طرح ہی ناممکن سی، ان دیکھی، ان سنی بات تھی۔ میں خود ایک عجیب تذبذب کی کیفیت سے دوچار تھا۔ تقریباً ایک ڈیڑھ گھنٹے تک وہاں رہا۔ بدر منیر بات کرنے کے جوش میں تھی۔ بولتے بولتے ہانپ جاتی تھی، رک جاتی تھی۔

اس چکلہ خانے کو چلانے والی اور اس کا یار پیسے کے معاملے میں بہت سخت تھے۔ انوری کے پچیس روپے کبھی ادا نہ ہوتے۔ گاہکوں سے پیسے وصول کرنے کا اختیار چکلہ چلانے والی اور اس کے یار کا ہی تھا۔ اس لیے اُدھار بھی چڑھا رہا اور روز کے خرچ کے نام پر بدر منیر کی روز کی کمائی میں بھی اس کا حصہ نہ رہا۔ اس چکلہ خانے میں بدر منیر (اس چکلہ خانے میں اس کا نام محبوبن) کی کمائی سب سے زیادہ تھی۔ اس کی وجہ یہ تھی کہ یہ اڈّہ ان طوائفوں کا تھا جن کی کہیں پوچھ نہیں ہو سکتی تھی؛ حسن، جوانی، صحت سب برباد ہو جانے کے بعد وہ یہاں آتی تھیں، ان کے درمیان بدر منیر اپنی بھری جوانی لے کر آئی تھی۔ چکلہ چلانے والی اسے گاہکوں سے فرصت نہ لینے دیتی

تھی۔ آٹھ دس مہینے میں وہ تیسری بار بیمار پڑی تھی۔ پہلی بار میعادی بخار چڑھتا رہا۔ اس میں بہت تکلیفیں اٹھائیں۔ جب بخار کی وجہ سے کام نہ کر پاتی تو ''بیٹھے بیٹھے کھارہی ہے حرام زادی، یہاں تیرا باپ بیٹھا ہے'' جیسی تلخ باتیں سنتی اور بخار اترتے ہیں ادھار کی رقم بھرنے کے لیے پھر گاہکوں کی خدمت میں جُٹ جاتی۔ دو مہینے پہلے کسی سے سوزاک مرض ملا۔ بہت ہلکا اثر تھا، پھر بھی پندرہ بیس دن کسی کام کی نہ رہی۔ اُدھار اور بڑھ گیا۔ اِدھر ایک ہفتہ پہلے ایک ہی دن میں دو آدمیوں سے یہ مرض ملا اور دیکھتے ہی دیکھتے مرض اتنی تیزی سے بڑھا کہ چار دن میں پورا بدن دانوں سے بھر گیا۔ کمر سے لے کر ناف کے اوپر تک پکی ہوئی پھنسیوں اور ان کے زخموں کے چھتے کے چھتے دکھائی دے رہے تھے۔ بدر منیر اپنے مرض سے جو تکلیفیں برداشت کر رہی تھی وہ تو تھیں ہی، اُدھار کے طعنوں، گالیوں اور نکال دینے کی دھمکیوں سے اسے زیادہ اذیت ہو رہی تھی۔ بدر منیر کو اپنی اذیت میں جانے کیسے میرا نام یاد آیا۔ میں نے اس سے قربت کا رشتہ کبھی قائم نہیں کیا تھا؛ اس کے شریفانہ برتاؤ اور فن موسیقی کی وجہ سے اس کو عزت ضرور دی تھی۔ شاید کبھی باتوں باتوں میں اسے اپنا پتہ ٹھکانا بھی بتایا ہی ہوگا، اسی لیے وہ لڑکے کو میرے پاس بھیج سکی۔ بہر حال، وہ ساری باتیں تو اسرار ہی ہیں۔ اس وقت بدر منیر کی جیسی حالت تھی، اس کی وجہ سے میں نے خاص طور پر کچھ نہیں پوچھا تھا۔ وہ جو کچھ کہتی رہی، میں سنتا رہا۔ وہ تقریباً ستّر روپے کی قرضدار تھی۔ وہ قرض سے نجات چاہتی تھی۔ صحتیابی کی اسے آرزو نہ تھی، کیونکہ موت کا احساس اسے ہو چکا تھا۔ میں نے پچاس روپے اسے دینے کے لیے نکالے۔ اس نے کہا: ''یہ روپے میرے پاس رکھنا بے کار ہے۔ آپ کے آنے سے وہ یہ سمجھ گئے ہوں گے کہ مجھے آپ سے مدد ملے گی۔ وہ چھین کر لے جائیں گے اور مجھے آپ کو بار بار تکلیف دینے کے لیے مجبور کریں گے۔ آپ ان ہی کو دے دیں۔''

جب چلنے لگا تو بدر منیر نے ایک فقرہ کہا جو اب تک چبھ رہا ہے: ''میں کہتی تھی، خدا نہیں ہے؛ خدا ہے، خدا ہے۔''

جب باہر آیا تو بیٹھک والے کمرے کی ایک ادھیڑ عورت نے کہا: ''جا رہے ہیں بابو جی؟''

وہ اور اس کا دڑھیل یار باہر آ گئے۔ عورت نے اور اس کے یار نے کچھ باتیں کیں، بدر منیر کے لیے ہمدردی کے نقلی بول بولے۔ میں نے ان پر دھیان نہ دے کر کہا کہ کل انوری سے پرونوٹ لے کر کوئی آ جائے، میں ادائیگی کر دوں گا؛ بیس روپے عورت کے ہاتھ میں رکھے کہ اس کی دوا دارو کراؤ۔

دوسرے دن دوپہر کو وہ داڑھی والا خود میرے یہاں آیا۔ میں نے بدر منیر کا قرض چکا دیا۔ دوا دارو اور انجکشن کے لیے اس نے پچیس روپے اور مانگے۔ انسانیت کے ناتے دے تو دیے لیکن میری جیب پر بھاری پڑے۔ خیر، پھر کوئی نہ آیا۔ دو دن گزر گئے۔ میرا دل کسی کام میں نہ لگتا تھا؛ جو دیکھ آیا تھا وہ نظر سے، دل سے دور نہ ہوتا تھا۔ بدر منیر کا حال جاننے کی خواہش ہوتی تھی، لیکن دوبارہ وہاں جانے کی ہمت نہ ہوئی۔ آخر تیسرے دن میں اپنے آپ کو روک نہ پایا؛ جیسے تیسے دن گزرا۔ رات کے سناٹے میں پہنچا؛ اندر سے گالی گلوچ، مار پیٹ اور کوسنے کی آوازیں آ رہی تھیں۔ دروازے پر پہنچ کر پھر اندر جانے کا جوش ٹھنڈا ہو گیا۔ لیکن اب یہاں تک آ کر واپس جانے

کو دل بھی نہیں مانتا تھا، میں اندر چلا ہی گیا۔ چکلہ چلانے والی کا دڑھیل یار اس گھر میں رہنے والی، دالان میں گری روتی ہوئی ایک عورت کو لاتیں مار رہا تھا، اور باقی سب طرف سناٹا تھا۔ مجھے دیکھتے ہی داڑھی والا صحن میں آیا
''کون؟ آیئے بابو صاحب۔ محبوبن تو مر گئی، ابھی کوئی گھنٹہ سوا گھنٹہ ہوا۔''

چکلہ چلانے والی کمرے سے باہر نکل آئی۔ جس دالان میں عورت مار کھا رہی تھی اسی میں بنے ٹاٹ کے کمرے سے ایک عورت اور مرد بھی نکل کر باہر آ کھڑے ہوئے۔ چکلہ چلانے والی بڑے بڑے علاج کروانے کی باتیں بتا رہی تھی۔ دوسری عورت اور اس کا عاشق بھی مرحومہ کی تعریف کرنے لگے۔ میں نے ایک بار لاش دیکھنے کے لیے کہا۔ اپنے ٹاٹ چھپّر کے رنگ محل میں زمین پر بدر منیر کی لاش کفن سے ڈھکی رکھی تھی۔ چارپائی وہاں سے ہٹائی جا چکی تھی۔ کفن ہٹا کر دڑھیل نے چہرہ دکھایا۔ میرے منہ سے بے ساختہ چیخ نکل گئی۔ چار دن پہلے دیکھا ہوا چہرہ اب پہچانا نہیں جاتا تھا۔ دایاں آدھا گال، نیچے کا آدھا ہونٹ، اوپر کا پورا ہونٹ نتھنوں تک تین دن میں گل سڑ کر غائب ہو چکے تھے۔ اندر کے بھوت جیسے دانت اور خوفناک چہرہ دیکھ کر مجھے چکر آنے لگے، پاؤں لڑکھڑانے لگے۔ اس کے بعد چاہنے پر بھی مہینوں تک وہ چہرہ نہ بھول سکا۔ آج بھی یادوں میں تصویر ابھر کر دل کو بے چین کر رہی ہے۔ میں نے اپنی زندگی میں اس سے زیادہ خوفناک منظر کوئی نہیں دیکھا۔

قبروں کے بیچوں بیچ (ہندی)

دیوندر ستیارتھی

ترجمہ: عبدالسمیع

دیوندر ستیارتھی ۲۸ مئی ۱۹۰۸ء کو بھدوڑ، ضلع سنگرور، پنجاب میں پیدا ہوئے اور ۹۵ سال کی عمر میں، ۱۲ فروری ۲۰۰۳ء کو انتقال کر گئے۔ لوک گیتوں کو جمع کرنے کی خدمت انھوں نے انجام دی، بلاشبہ برصغیر پاک و ہند کی ادبی اور تہذیبی ورثے میں اس خدمت میں کوئی اور ان کی ثانی نہیں۔ انھوں نے سنیاسی کا روپ دھار کر پاکستان، ہندوستان، نیپال، سری لنکا، برما، بنگلہ دیش کا سفر کیا، دس سال کے اس سفر میں وہ لاہور میں بھی کچھ عرصہ ٹھہرے رہے۔ لوک گیتوں پر ان کے مضامین مشہور رسالوں میں چھپتے رہے جن میں 'ماڈرن ریویو' اور 'ایشیا' بھی شامل ہیں۔ دیوندر ستیارتھی نے اردو میں ۱۰۶ کے قریب افسانے لکھے جسے ناقدین نے پسندیدگی کا درجہ بخشا۔ زیر نظر کہانی ان کی ہندی میں لکھی ہوئی کہانی ہے۔

دیوندر ستیارتھی کی تمام زبانوں میں تصنیفات کی تعداد تقریباً پچاس ہے۔ ان کی تخلیقات میں ناول، افسانے، مضامین، خاکے، خودنوشت، یادیں، سفرنامے اور شعری مجموعے شامل ہیں۔ اردو کی طرح ہندی میں بھی ان کی تصانیف کی تعداد چار ہے۔ ۱۹۷۶ء میں ہندوستانی حکومت نے انھیں 'پدم شری' کے اعزاز سے نوازا۔

زیر نظر افسانے کے مترجم عبدالسمیع وارانسی (بنارس) میں رہتے ہیں۔ جامعہ ملیہ اسلامیہ میں گیسٹ پروفیسر رہ چکے ہیں۔ فی الحال آپ بنارس ہندو یونیورسٹی میں اسسٹنٹ پروفیسر کی حیثیت سے درس وتدریس کے فرائض انجام دے رہے ہیں۔

دس لاکھ بھوک موتیں، پندرہ لاکھ، انیس لاکھ اور اس ہفتے کل جمع چوبیس لاکھ۔ اور ابھی تک اس

بھیانک دُربھکشا کا زور بڑھ رہا تھا۔۔۔۔

گیتا کے دماغ میں اس وقت ایک لوری کے سُور گھوم رہے تھے: 'چھیلے گھومالو پاڑا جڑالو، ورگی ایلو دیشے: بلبلے تے دھان کھے چھے خزانہ دیب کشو؟' یعنی بچہ سو گیا، محلہ شانت ہو گیا۔ دیش میں ورگی آ گئے۔ بلبلوں نے دھان کھالیا۔ اب لگان کیسے دیں گے؟

چلتے ۔ چلتے اس نے یہ لوری اپنے ساتھیوں کو سنائی۔ جعفری سب کی طرف سے پوچھا— ''یہ ورگی کیا بلا ہوتی ہے، گیتا؟''

''بھیانک ورگی! ناگپور کے راجا رگھوجی راو بھونسلے کے سپاہی ورگی کہلاتے تھے۔''

علی امجد بولا— ''میرا خیال ہے کہ اس لوری میں کسی مہتّو پورن گھٹنا کی اور اشارہ کیا گیا ہے۔''

گیتا پہلے چپ رہی۔ پھر جب ساتھیوں کی پھس پھس بند ہو گئی، وہ بولی— ''بنگلہ کی یہ لوری مجھے سدا اداس کر جاتی ہے۔ نواب علی وردی خاں کا زمانہ تھا۔ ورگی مراٹھے بنگال میں گھس آتے تھے۔ یہ وہ خونی ریچھ تھے، جس کے پنجوں سے سانس کھینچ کر لیٹی ہوئی جنتا بھی نہ بچ سکتی تھی۔ نواب اس سے بچنے کے لیے ہمیشہ انھیں اپنے خزانے سے دے دلا کر لوٹا دیتا۔ جنتا حیران تھی کہ اتنا لگان کہاں سے کچھ دے۔ بلبلیں الگ دھان کی بالیاں نوچتی رہتیں۔''

جعفری کہہ اٹھا: ''میرا تو خیال ہے کہ یہ بھی کوئی ورگی ہے!''

''بھیانک ورگی!'' گیتا بولی۔

اور ورگیوں سے کہیں ادھک بھیانک تھا یہ دربھکش۔ آج جل پان کیے بنا ہی وہ اپنی اگلی منزل کی طرف چل پڑے تھے۔ آج وہ اداس بنگال کی اداس سڑک پر اداس اداس چل رہے تھے۔

''آگے پیٹے کچھو ڈال— آگے پیٹے کچھو ڈال—'' گیتا چلانے لگی۔ یعنی پہلے پیٹ میں کچھ ڈال لے۔ اگر وہ جل پان کر سکی ہوتی تو شاید ایک فقیر کی یہ آواز یاد نہ آتی۔ اور پھر کلکتہ کے فٹ پاتھ پر پڑے ہوئے بھوک کے ماروں کی چیخ پکار اس کے کانوں میں زندہ ہو اٹھی۔۔۔ سرونیشے شدھا!۔۔۔ امار پوڑا کپال!۔۔۔ ابھاگ کون دے کے جائے؟۔۔۔ پوچے مر!۔۔۔ پوکا پڑے مر!۔۔۔ ارتھارت سروناش کرنے والی بھوک! ہمارا جلا ہوا بھاگیہ! ابھاگیہ کس طرف جائے؟ سڑ کر مر! کیڑے پڑ ۔ پڑ کر مر!۔۔۔ سروناش کرنے والی بھوک نے ماتاؤں کی ممتا کو ختم کر ڈالا تھا اور وہ آج اپنی کوکھ کے بیٹوں تک کو گالیاں دے رہی تھیں؛ سڑ کر مر! کیڑے پڑ ۔ پڑ کر مر۔

ساتوں ساتھیوں کا یہ قافلہ اونٹوں کے بھٹکے ہوئے کارواں کی طرح اداس اداس چلا جا رہا تھا۔ سب سے آگے گیتا تھی۔ وہ کھادی کی سویت ساڑی اور لال بلاؤز پہنے تھی۔ اپنے کندھے پر اپنا سامان لٹکائے ہوئے اور ایک ہاتھ میں پارٹی کا جھنڈا اٹھائے ہوئے جس کی لال زمین پر سویت ہتھوڑے اور ہنسیے کی آکرتی بھی مٹ میلی اور اداس اداس نظر آتی تھی، اس کے پیچھے جعفری اور پھر امجد، علی اختر اور بھوشن اور ان کے پیچھے پراشر اور کپور۔ سب کے تن پر قمیض اور نیکر۔ اپنے اپنے حصے کا سامان اٹھائے ہوئے۔ سب برابر کے کامریڈ، ہر طرح کے بھاوک

ششٹا چار سے آزاد۔

ان کے پاس روٹیاں تو تھیں نہیں کہ لوک کتھا کے پنچھک کی طرح انھیں کسی درخت کی گھنی چھایا میں کپڑا بچھا کر پھیلا دیتے اور باری باری اونچے سور میں کہتے — ایک کھاؤں، دو کھاؤں، تین کھاؤں؟ یا سب کی کھا جاؤں؟

دھوپ اور بھی تیز ہو گئی تھی۔ ساتوں ساتھیوں کے چہرے پر وہ پتلی پتلی سوئیوں کی طرح چبھنے لگی۔ گرد اڑ کر ان کے کپڑوں پر پڑ رہی تھی۔ سرمے کی سی دھول میلوں تک پھیلی ہوئی تھی۔ اور فضا میں مردہ مانس کی بدبو کچھ اس طرح سمائی ہوئی تھی کہ اس سے چھٹکارہ پانا اسمبھو پرتیت ہوتا تھا۔

اونچے اونچے ناریل اداس تھے۔ کٹھل اور مہوا کے درخت اداس تھے۔ آم اور شہتوت بھی اداس تھے۔ اور چھتیبج بھی اداس اداس بلکہ دھواں دھواں نظر آتا تھا۔

ہوا کے جھونکے کے ساتھ مردہ مانس کی بدبو کا ریلا آکر گیتا سے ٹکرا گیا۔ اس نے سوچا، پرے جھاڑیوں میں کوئی لاش سڑ رہی ہوگی۔ ضرور یہ آدمی کے مردہ مانس کی بدبو تھی۔ لیکن گدھ یا چیل کا کہیں پتہ نہ تھا۔ جھٹ اسے پرانی گالی یاد آ گئی: ''تور بھوڑا کے چیلے او کھا بے نا!'' یعنی تیری لاش کو چیلیں بھی نہ کھائیں گی۔

جعفری بولا: ''کیا سوچ رہی ہو، گیتا؟''

گیتا نے مڑ کر جعفری کی طرف دیکھا۔ وہ مسکرا تو نہ سکی، چلتے۔ چلتے بولی: ''یہ معلوم ہوتا ہے یہاں پاس ہی کسی کی لاش سڑ رہی ہے۔''

امجد کہہ اٹھا: ''لاش ہوتی تو گدھ بھی ہوتے۔''

علی اختر بولا: ''گدھ نہ ہوتے تو چیلیں ہی ہوتیں۔''

سڑتی ہوئی لاش سے کسی کو کچھ دلچسپی نہ تھی۔ اور سچ تو یہ ہے کہ وہ ڈر گئے تھے کہ کہیں سڑتی ہوئی لاش مل گئی تو اسے ٹھکانے لگانے کی مصیبت آ کھڑی ہوگی۔

اپنے کالج میں یہ سب لڑکے خوبصورت لڑکیوں کا خاص دھیان رکھتے تھے۔ کپور کو خوب یاد تھا کہ جب گیتا ان کے کالج میں پہلے روز نام لکھانے آئی تھی تو وہ کس طرح جھوم اٹھا تھا۔ اس نے اپنے سب دوستوں کا دھیان گیتا کی ساڑی کی طرف کھینچتے ہوئے کہا تھا: ''خلیج بنگال کی کل نیلاہٹ یہاں جمع ہو گئی ہے۔'' اس وقت وہ یہ نہ جانتا تھا کہ ایک دن وہ بھوک موتوں کے آنکڑے جمع کرنے کے لیے گیتا کی قیادت میں ایک ٹولی بنا کر دیش کی سیوا کر پائیں گے۔

کپور یہ آنکڑے جمع کرتے کرتے پہلے اکثر جھنجلا کر رہ جاتا تھا۔ کسی بھوکے کے منھ میں کچھ ڈالا جائے یا پیاسے کے منھ جل کی بوند ٹپکائی جائے تو کچھ سیوا بھی ہو۔ وہ اپنے ساتھیوں سے واد وِواد چھیڑ دیتا۔ اس کا دماغ اس پگڈنڈی کا روپ دھارن کر لیتا جو دھول کی گہری دھند میں گم ہو گئی ہو۔ گیتا اپنے گلے پر زور ڈال کر کہتی: ''یہ جو کھاتے۔ پیتے پرانتوں سے اب بنگال میں اناج آ رہا ہے، اس میں بھوک موتوں کے آنکڑے جمع کرنے کی

تحریک ہی کا سب سے بڑا ہاتھ ہے۔ یہ جو اناج کی گاڑیاں دھڑا دھڑ کلکتے پہنچ رہی ہیں، یہ جو جگہ جگہ پر مفت لنگر کھولے جا رہے ہیں، ہمارے اس تحریک ہی کی مدد سے۔ سوچو تو ہمارے جیسی اور کتنی ٹولیاں بنگال کے قحط زدہ علاقوں میں یہ خدمت کر رہی ہوں گی اور کپور چپ ہو جاتا۔

'کمیونسٹ پارٹی جنتا کی پارٹی' گیتا نے نعرہ لگایا اور اس نے مڑ کر اپنے ساتھیوں کی طرف دیکھا۔ اس کی آنکھوں ایک کنواری مسکان ناچ اٹھی۔ اور چلتے چلتے سب ساتھیوں نے مل کر نعرہ بلند کیا— کمیونسٹ پارٹی جنتا کی پارٹی۔ ان کی بھوک تو کسی طرح نہ دب سکی۔ لیکن یہ بھروسہ بھی کچھ کم نہ تھا کہ قلوپطرہ اداس نہیں رہی۔

کپور کو اچانک ایک فرانسیسی لیکھک کا قول یاد آ گیا: 'عورت کو ایڑی سے لے کر چوٹی تک پرکھنا چاہیے، جیسے مچھلی کو دم سے لے کر سر تک جانچی جاتی ہے۔' گیتا بھی ایک مچھلی ہی تو تھی جو بنگال کی کھاڑی سے اچک کر دھرتی کی لہروں پر تھرکنے لگی تھی۔ پر اگلے ہی پل اسے جھنجلاہٹ ہوئی۔ اسی لیکھک کا دوسرا وچار اسے جھنجھوڑ رہا تھا: 'ہمارے سارے سنگھرش کا مقصد صرف آنند کی تلاش ہے۔ پر کچھ ایسے شوق ہیں جن کی موجودگی میں آنند کے حصول سے شرم آنی چاہیے۔' ٹھیک تو تھا۔ اسے اپنے اوپر شرم آنے لگی۔ قلوپطرہ لاکھ مسکرائے، یہاں عشق کا سوال ہی نہ اٹھنا چاہیے۔

پراشر بولا: ''کہو کامریڈ کپور، کیا سوچ رہے ہو؟''

کپور نے گیتا کے ہاتھ میں موجود جھنڈے کی طرف دیکھا اور وہ بولا: ''سوچنے کی بھی تم نے ایک ہی کہی، کامریڈ پراشر!''

بھوشن کہہ اٹھا: ''بھوک اور موت ہے۔ اس سے زیادہ آدمی اور کیا سوچ سکتا ہے؟''

پھر پراشر نے جاپانی بمباری کا ذکر چھیڑ دیا۔ اس پر سب ساتھیوں نے اپنا۔ اپنا غصہ نکال لیا۔ لیکن فضا برابر مردہ مانس کی بدبو سے بوجھل تھا۔

یہ ایک چھوٹی سی ریل گاڑی ہی تو تھی۔ اونگھتی چال سے چلی جا رہی ریل گاڑی۔ لال جھنڈے والی گیتا اس ریل کے لیے انجن بنی ہوئی تھی۔ یہ سب اسی کی شکتی تھی کہ ریل گاڑی آگے بڑھی جا رہی تھی، نہیں تو سب کے سب ڈبّے ڈھیر ہو جاتے— اچل مردوں کی طرح! کپور چاہتا تھا گیتا سے بھی آگے جا کر اس ننھی۔ منی ریل گاڑی کا انجن بن جائے اور اتنا دوڑے، اتنا دوڑے کہ سب ساتھی اس کے ساتھ دوڑنے پر مجبور ہو جائیں۔

گیتا نے مڑ کر جعفری سے پوچھا: ''کیا سوچ رہے ہو، کامریڈ؟''

جعفری بولا: ''وہی جو کامریڈ کپور سوچ رہا ہے۔''

اور اس گاڑی کے سب ڈبے قہقہہ مار کر ہنسنے لگے۔ تھوڑی دیر کے لیے وہ بھول گئے کہ انھوں نے سویرے سے جل پان تک نہیں کیا یا یہ کہ دھوپ پہلے سے کہیں زیادہ تیز ہو گئی ہے۔

بھوک کے مارے گیتا کا برا حال تھا۔ اسے محسوس ہوا کہ وہ ایک سرمہ دانی ہے۔— خالی سرمہ دانی! سرمہ کبھی کا ختم ہو گیا، نام اب بھی سرمہ دانی۔ اس نے مڑ کر کپور کی طرف دیکھا، جیسے کہہ رہی ہو— تم اپنی آنکھوں

میں سرمے کی سلائی پھیرنا چاہو بھی تو میں کہوں گی، معذرت چاہتی ہوں، کامریڈ کپور!

دھوپ انھیں جلا رہی تھی۔ منزل پر پہنچنا تو ضروری تھا۔ اوپر سے سب چپ تھے، بھیتر سے یہی چاہتے تھے کہ کسی کھیت کے میڑھ پر اپنے کو یوں پھیلا دیں جیسے کسی نے بڑی محنت سے کچھ کپڑے دھو کر ڈال دیے ہوں۔ وہ دائیں بائیں دیکھتے جاتے تھے اور پھر سامنے نظر دوڑاتے، ابھی منزل دور تھی۔

سب پسینہ پسینہ ہو رہے تھے۔ دھول کے مارے الگ طبیعت پریشان تھی۔ کپور دھول کے بادل کو گھورتا ہوا پیچھے رہ گیا۔ دل ہی دل میں اس نے اسے چار پانچ اشلیل گالیاں دے ڈالیں۔ پھر وہ بھاگ کر اپنے ساتھیوں سے جاملا۔ ساتھ ساتھ چلنا کسی حد تک آسان تھا۔

پراشر بولا؛ ''ذرا گیتا کی ساڑی کا تو ملاحظہ کیجیے۔''

کپور نے شہہ دی؛ ''جی، ہاں۔ بہت میلی ہو رہی ہے۔ شاید پوری اٹھنّی کے ریٹھے بھی اسے دھونے کے لیے ناکافی ہوں۔''

بھوشن کہہ اٹھا؛ ''ہر چیز مہنگی ہو رہی ہے۔ مہنگی اور آسانی سے ہاتھ نہ لگنے والی۔ مہنگے ہی سہی، اتنے ریٹھے ملیں گے کہاں سے؟''

کپور نے الٹ کر پھر کہا؛ ''یہی تو میں کہہ رہا ہوں۔ ذرا سوچو تو۔ لاہور کے انڈیا کافی ہاؤس میں، گیتا ایسی حالت میں چلی جائے تو یقین کرو اسے پاگل سمجھ کر نکال دیا جائے۔''

گیتا ہنس کر دوہری ہو گئی۔ بولی؛ ''یہ سچ ہے کامریڈ کپور۔ پر میں کہتی ہوں، ریٹھوں سے کہیں زیادہ ضرورت ہے جل پان کی۔''

کپور کہہ رہا تھا؛ ''اچھا بولو، کیا کھاؤ گی! گھی میں تلے ہوئے نمکین کاجو؟''

گیتا جھنجلائی؛ ''تم تو دل لگی کر رہے ہو۔''

''اچھا اس کیسا؟ میں نے تمھاری دل پسند چیز کا نام لے دیا ہے۔''

''پر گھی میں تلے ہوئے نمکین کاجوؤں سے زیادہ لذیذ ہو گی کریم کافی''

''کہاں ملے گی کریم کافی؟''

''کڑوی کسیلی کافی کریم کے ساتھ مل کر ایک نیا ذائقہ پیدا کر دیتی ہے۔''

''جی ہاں''

''مجھے یاد آرہا ہے، کافی کی مشین کا اونگھتا اونگھتا شور میرے دماغ پر کبھی کبھی ہتھوڑے کی چوٹ کر جاتا ہے۔''

''اوہو! ہتھوڑے کی چوٹ!''

ایک بار سب ساتھی شہر کی مکھیوں کی سی بھنبھناہٹ میں الجھ گئے۔ پھر گفتگو کا سلسلہ شروع کرتے ہوئے گیتا بولی؛ ''بنگال بھوکا ہے۔ ہم بھی تو کئی بار بھوکے رہ جاتے ہیں۔''

بات کو پھر انڈیا کافی ہاؤس کی طرف گھوماتے ہوئے کپور بولا؛ ''کافی سے زیادہ تمھیں میری بات میں رس آجاتا تھا۔ گیتا! تمھاری غیر حاضری میں میرے سامنے فیض کا وہ مصرعہ اجاگر ہوا اٹھتا—'دل ہوئی جاتی ہے افسردہ سلگتی ہوئی شام۔' ایش ٹرے میں سگریٹ کی راکھ گراتے ہوئے مجھے محسوس ہوتا کہ میری زندگی اس سگریٹ کی طرح ہے اور وہ ایش ٹرے شمشان بھومی بن اٹھتی۔''

خوب خوب! سب ساتھیوں نے ایک آواز میں کہا۔ گیتا نے خاموش داد دی اور پیچھے کو گھوم کر کپور کی طرف ایک مسکراہٹ پھینک دی۔

کہیں انسان کی شکل نظر نہ آتی تھی۔ ایک برساتی ندی کی خشک تلیٹی پار کرتے ہوئے گیتا سوچنے لگی— اچھی فصلیں نہ ہونے پر بھی یہ قحط! اس وقت اس کی آنکھوں میں ایک بڑھے کسان کا چتر گھوم گیا جس کی بھیانک گپھاؤں کی سی آنکھوں میں جھانک کر اس نے گہرے گہرے سایوں کے پیچھے دیکھ لیا تھا کہ کس طرح موت ایک ریچھنی کی طرح دبکی بیٹھی ہے۔ وہ فنکار ہوتی تو اسے اپنیشاہکار کی شکل میں دنیا کے سامنے رکھتی۔ اس کا نام تو بس ایک ہی ہوسکتا تھا۔ بھوکا بنگال!

معلوم ہوتا تھا کہ اب وہ کوئی بات چیت نہ کرسکیں گے۔ اس کی رہی سہی ہمت بھی ختم ہو رہی تھی۔ اور جتن کرنے پر بھی وہ رینگ رینگ کر ہی چل سکتے تھے۔

ہوا بھی مریل سی معلوم ہوتی تھی۔ کہیں دو گھونٹ پانی بھی تو نہ مل سکتا تھا۔ کپور کو یہ خیال آیا کہ اپنے ساتھیوں پر نکتہ چینی شروع کردے۔ بھاڑ میں جائے دیش پریم اور کالا ناگ ڈس جائے جنتا پارٹی کو۔ شیطان چاٹتا رہے بھوک موتوں کے آنکڑوں کو۔۔۔۔ چوبیس لاکھ ہوئے تو کیا اور تیس یا پینتیس لاکھ ہو گئے تو کیا؟ عجب حماقت ہے۔ بھوک موتوں کے آنکڑے جمع کرنے سے آخر ہاتھ کیا آئے گا؟ وہ چاہتا تھا کہ گھر لوٹ جائے۔ اپنی سوچ کو وہ الٹ پلٹ کر دیکھتا رہا۔ یہ بھی کٹھن تھا۔ گیتا کو چھوڑ کر وہ کہیں نہ جاسکتا تھا۔ اس نے ایک مشاعرہ میں سنی ہوئی ایک نئی کویتا پر وچار کرنا شروع کر دیا۔ 'کارخانوں میں مشینوں کے دھڑکنے لگے دل!' کاش! وہ خود بھی کسی کارخانے کی مشین ہوتا اور اس کا دل برابر دھڑکتا رہتا۔ اس کا دل تو ڈوب رہا تھا۔ اس کے قدم بری طرح بوجھل ہو رہے تھے۔ اس کا دماغ جواب دینے لگا۔ یہ ٹھیک تھا کہ کمیونزم کے بنا اس دیش کی تپ دق کا علاج نہیں ہونے کا۔ پر وہ کدھر کا علاج ہے کہ بھوک موتوں کے آنکڑے جمع کرتے کرتے آدمی خود بھی بھوک کا شکار ہوجائے؟ ک۔۔۔میو۔۔۔نزم۔۔۔وہ سوچتے۔سوچتے لڑکھڑا رہا تھا۔ پر جیسے خود کامریڈ لینن اس کی پیٹھ پر ہاتھ رکھ کر اس کا حوصلہ بڑھا رہا تھا۔ 'کارخانوں میں مشینوں کے دھڑکنے لگے دل!' یعنی جب مشین بھی دل رکھتی ہے تو آدمی اپنے دل کو کیوں ڈوبنے دے؟

مٹ میلے آکاش پر بادل بالکل نہ تھے۔ ساتوں ساتھیوں کے جسم میں اتھاہ لاوا پگھل رہا تھا۔ گیتا بولی؛' ہم اسی طرح چلتے رہے تو یہ دھوپ ہمیں آلوؤں کی طرح بھون ڈالے گی۔''

ایک درخت کے نیچے پہنچ کر سب ساتھی گول دائرے میں بیٹھ گئے اور منافع خوروں کو سو سو گالیاں سنانے

لگے۔ دھرتی کیا کرتی؟ ایک ایک کر کے یہ لوگ آئے اور گاؤں کے سب اناج نکال لے گئے۔ اس دورے میں دیکھے ہوئے دردناک چہرے ان کی آنکھوں میں پھر گئے۔ ننگ دھڑنگ بچے، مرد بھی سب چیتھڑوں میں، عورتیں بھی سب چیتھڑوں میں، لٹکتی ہوئی چھاتیوں سے لٹکے ہوئے بچے ادھ موئے کیا جوان، کیا بڈھے، سب چوسی ہوئی گنڈیریوں کی طرح بے کار۔ ارہر نہیں تو دال کیسی؟ چاول نہیں تو بھات کیسا؟ سب اناج۔ چور منڈیوں میں جا پہنچا تھا۔ زندگی کی بوالعجبی دیکھیے کہ لوگ بے رحم اناج چوروں کی بجائے اپنے دیوتاؤں کو کوس رہے تھے۔ یہ ہاتھ کی ریکھاؤں سے قسمت کی پگڈنڈی ڈھونڈنے والے لوگ زندگی پر جھپٹنے کی اہلیت کھو بیٹھے تھے۔

سر کے نیچے بانھ کا تکیہ بنا کر گیتا ذرا پرے ہٹ کر لیٹ گئی۔ اس کی آنکھیں مچ گئیں۔ اس کے من میں اناج چور گھومنے لگے، جنھوں نے بنگال کے چھ کروڑ کسانوں کا گلا گھونٹنے کی سازش کی تھی۔ اس کے ہاتھ کسی اناج چور کی مرمت کرنے کو ترس رہے تھے۔ رات ہو جائے اور وہ اپنے چوہے دان کو دھو مانجھ کر رکھ دے، پھر سویرے پتہ چلے کہ موٹے موٹے چوہے اس میں پھنس گئے ہیں اور وہ انھیں زندہ زمین میں دفنا دے، یہ سوچتے سوچتے اس کی آنکھ لگ گئی۔

جعفری بولا: ''کلکتے کے فٹ پاتھ پر بھوکے بنگال کی عزت بک رہی ہے۔ کتنی شرم کی بات ہے!''

امجد کہہ رہا تھا: ''خود ماں باپ اپنی بیٹیوں کو بیچنے پر مجبور ہیں۔''

علی اختر نے بھی اپنا راگ چھیڑ دیا: ''دس دس، بیس بیس آنے میں جوان لڑکیاں بیسواؤں کے ہاتھ بک جائیں، غضب ہو گیا غضب!''

بھوشن نے کہا: ''اب تک بیس ہزار کنواریاں بہو بازار کی رانیاں بن چکی ہیں۔ تعجب ہے!''

پراشر نے اپنی میگھ گمبھیر آواز میں کہا: ''یہ کنواریاں بک نہ جاتی تو فٹ پاتھ پر بھوک کا شکار ہو جاتیں۔''

کپور اب تک چپ تھا۔ بولا: ''بھوک کی باڑھ میں یہ سب کنواریاں ڈوب گئیں! غضب ہو گیا!''

گیتا سو رہی تھی۔ کپور نے اٹھ کر اس کے ماتھے کو ہلکا سا جھٹکا دیا: ''اٹھو گیتا، منزل پر پہنچنا تو ضروری ہے۔''

گیتا کا انگ انگ دکھ رہا تھا۔ اس کے جی میں آیا کہ وہ اپنے ساتھیوں سے کہے — تم لوگ آگے بڑھ جاؤ۔ مجھے یہیں پڑے پڑے مر جانے دو۔ میں نہیں چاہتی کوئی میری لاش کو شمشان بھومی میں لے جائے؛ میں نہیں چاہتی کوئی میری لاش قبروں میں دفنائے۔ کوئی بھوکا گدھ مجھے کھا لے گا۔ پر اس کے ساتھی کب اسے چھوڑنے والے تھے؟

اپنی ساڑی کا پلّو اس نے کمر کے گرد کس کر باندھ لیا۔ بولی: ''اب ہم سیدھی قطار میں چلیں گے برابر۔ برابر۔''

بہت خوب سب ساتھی ایک سور میں بولے۔

تین ساتھی دائیں طرف، تین ساتھی بائیں طرف۔ بیچ میں گیتا، لال جھنڈا اٹھائے ہوئے۔ دائیں طرف

ترتیب سے جعفری، امجد اور علی اختر، اور بائیں طرف کپور، پراشر اور بھوشن۔ وہ کافی اونچی زمین پر پہنچ گئے تھے۔ سامنے کا گاؤں، جہاں انھیں پہنچنا تھا دور ہی سے نظر آنے لگا۔ سب کا حوصلہ نئے سرے سے قایم ہو گیا، جیسے سب نے چھاچھ کا ایک ایک گلاس چڑھا لیا ہو۔

سورج اب اتنا گرم نہ تھا کہ پھر سے ان کے شریر میں لاوہ پگھلنے لگے۔ چلتے چلتے سب ساتھی رک گئے۔ بائیں طرف ایک مور ناچ رہا تھا— بنگال کے درbھکش سے بے خبر! سب اسے دھیان سے دیکھنے لگے۔ کپور کو غصہ آ گیا۔ حرام زادہ! کس طرح ناچ رہا ہے جیسے شراب پی رکھی ہو۔ سامنے مورنی بیٹھی ہے۔ پٹھا اسے خوش کرنے کے لیے یہ گر نہ جانے کس سے سیکھ آیا ہے؟ اس کے ہاتھ میں تیر کمان ہوتا تو پہلے ہی تیر سے وہ اس مور کو ختم کر ڈالتا۔ پھر اس کے وچاروں نے پلٹا کھایا۔ نہیں، نہیں، یہ تو ظلم ہوگا۔ اب وہ اس مور کو بتا دینا چاہتا تھا کہ کمیونزم کا سندیش موروں کے لیے بھی اتنا ہی ضروری ہے جتنا آدمیوں کے لیے، بلکہ کمیونسٹ سماج میں ایک مور بھی برابر کا حصے دار ہو سکے گا، دوسرے کلاوِدوں کے ساتھ مل کر وہ بھی کسی کلا بھون کی استھاپنا کر سکے گا۔ نہ جانے وہ کب سے ناچ رہا تھا؟ دیکھتے دیکھتے چمکیلا پنکھ سکڑ گیا۔

ساتوں ساتھی پھر اپنی منزل کی طرف بڑھنے لگے۔ سب نے رومال سے اپنا اپنا چہرہ پونچھ لیا تھا۔ گیتا نے اپنے بالوں میں کنگھی بھی کر لی تھی۔ کپور نے چور آنکھوں سے اس کی سیدھی مانگ کی طرف دیکھ کر کہا، ''میں کہتا ہوں ہوائی جہاز سے نیچے دیکھنے پر گنگا بھی تو اسی طرح ایک روپہلی لکیر بن کر رہ جاتی ہوگی— گیتا کی مانگ کی طرح۔'' اور اس پر سب ساتھی کھلکھلا کر ہنس پڑے۔

چلتے چلتے گیتا نے ایک بنگالی لوک گیت چھیڑ دیا: ''کت منش گورو مرے گیل جیشٹھی ماسِر جھڑے، او بھائی جیشٹھی ماسِر جھڑے!'' یعنی کتنے آدمی اور پشو مر گئے، جیشٹھ ماس کے طوفان میں!

پاس سے کپور نے اس گیت کو اٹھا لیا اور دھیرے دھیرے سب ساتھی گیتا کے ساتھ شامل ہو گئے: ''کت منش گورو مرے گیلو جیشٹھی ماسِر جھڑے او بھائی، جیشٹھی ماسِر جھڑے! آج انھوں نے آکاش میں جو آگ برستی دیکھی تھی، اس سے تو کہیں اچھا ہوگا کہ جیشٹھ مہینہ کا طوفان، کپور گیتا کی مسکراہٹ کو دعوت دینا چاہتا تھا، لیکن یہ مسکراہٹ اس موت کے طوفان کا سامنا کرتے کرتے اپنی سب مہک کھو بیٹھی تھی وہ مہک جو لاہور کے انڈیا کافی ہاؤس کے فضا میں کپور کی وجود کو گدگداتی رہتی تھی۔

جعفری بولا: ''کپور کی کہانی 'کافی ہاؤس کی ایک شام' مجھے بہت پسند ہے۔''

گیتا کی آنکھوں میں ایک پل کے لیے پھر کنواری مسکان تھرک اٹھی۔ بولی: ''کامریڈ جعفری کے ساتھ میں بھی متفق ہوں، کپور! 'کافی ہاؤس کی ایک شام' میں تم نے مجھے اروشی بنا دیا۔۔۔ ہاں تو میں پوچھتی ہوں تمھارا قلم کافی ہاؤس سے باہر کب نکلے گا؟''

کپور بولا: ''میری نئی کہانی کا نام ہوگا— لاش!''

''جی ہاں، لاش!''

گیتا ذرا دیر سے چونکی: ''کیسی لاش؟''

کپور نے بڑی گمبھیرتا سے کہا: ''جو نہ جلائی گئی، نہ دفنائی گئی!''

ضرور لکھو، کپور اور میں اس کا بنگلہ ترجمہ کرنے کا وچن دیتی ہوں۔''

''پہلے ہی سے دھنیہ واد!''

لاش کا دھیان آتے ہی گیتا کو پھر سارا واتاورن مردہ مانس کی بدبو سے بوجھل محسوس ہونے لگا اور ہوا بھی کرایے کی سوگ کرنے والوں کی طرح رسمی طور پر سائیں سائیں کیے جاتی تھی۔

دن ڈھل رہا تھا۔ سارا آکاش اداس اداس نظر آتا تھا—— اداس اداس اور بے رنگ! جھاڑیاں خاموش تھیں—— خاموش اور دل گیر۔

گاؤں قریب تھا۔ جھونپڑیاں صاف دکھائی دے رہی تھیں۔ پاس جانے پر معلوم ہوا کہ کئی بوڑھے درخت گاؤں کی تاریخ کے امانت دار ہیں۔

اس گاؤں میں ایک جلاہے نے آگے بڑھ کر اس قافلے کا سواگت کیا۔ ''بنگال مر گیا تو کون زندہ رہے گا؟'' سب ساتھیوں نے نعرہ لگایا۔

بڑے بڑے درختوں کے اس پار گاؤں کی مسجد بھی خاموش اور دل گیر تھی۔ سارے گاؤں پر نحوست برستی تھی۔ جلاہے نے ایک مریل سا بچہ اٹھا رکھا تھا۔ پتا چلا کہ یہاں زیادہ آبادی مسلمانوں کی تھی۔ انھوں نے مسجد کے سامنے جمع ہو کر یہ فیصلہ کیا تھا کہ وہ گاؤں کو چھوڑ کر باہر نہ جائیں گے۔

گیتا نے جلاہے کے سمجھ میں آنے لائق انداز میں اس کو دھیرج بندھایا اور پوچھا، ''یہاں کتنی بھوک موتیں ہوئی ہیں، بابا؟''

پتہ چلا کہ صرف دس آدمی زندہ ہیں۔ آٹھ دوسرے آدمی اور دونوں یہ باپ بیٹا۔ وہ بھی جلد مر جائیں گے۔ اس نے بہت مشکل سے جواب دیا اور اب آنسوؤں کی باڑھ کو نہ روک سکا۔

گیتا نے کہا: ''روتے کیوں ہو؟ ہم تو تمھارے سیوک ہیں، بابا!''

کپور بولا: ''اب جلدی کرو، گیتا۔''

گیتا نے دھیرے سے کہا: ''ہاں، کامریڈ، بس ابھی شروع کرتے ہیں۔''

فیصلہ ہوا کہ پہلے زندہ لاشوں کا جائزہ لیا جائے۔ دو آدمی ستّر بہتّر معلوم ہوتے تھے، جیسے جونکوں نے ان کا سب خون چوس لیا ہو۔ ایک جھونپڑی میں بارہ برس کا ایک اناتھ چھوکرا دم توڑ رہا تھا۔ اس کے پاس ایک پڑوسن سیوا کو موجود تھی جو اب اپنے گھر میں اکیلی رہ گئی تھی۔ یہی بڑھیا بیچ بیچ اٹھ کر ان ستّر بہتّر بڈھوں کے منھ میں پانی ٹپکا جاتی تھی۔ ایک جگہ پر ایک ننھا بچہ اپنی ماں کی چوسی ہوئی گٹھلیوں جیسی چھاتیوں کو برابر چوستا جا رہا تھا۔۔۔ اب اور ہمت کس میں تھی کہ ان بھیانک جھانکیوں میں الجھا رہتا۔

ساتوں ساتھیوں کا قافلہ اب قبرستان کی طرف چل پڑا۔ اپنا اپنا سامان سب نے جلاہے کی جھونپڑی

میں چھوڑ دیا تھا۔ اپنے بچے کو گود میں اٹھائے وہ جلاہا اس قافلے کو راستہ دکھا رہا تھا۔

گیتا نئی قبریں گنتی جاتی تھی اور کپور رجسٹر پر نمبر چڑھاتا جاتا تھا۔ اتنی محنت سے تو کوئی تاریخ کی گزری ہوئی صدیوں کو نہ گنتا ہوگا۔

قبرستان کے ساتھ ساتھ ایک دریا بہہ رہا تھا۔ نئی قبریں ختم ہوتی نظر نہ آتی تھیں۔ وہ جلاہا ساتھ نہ ہوتا تو نئی اور پرانی قبروں میں کچھ مغالطہ بھی ہوسکتا تھا۔ پر اب تو کسی طرح کی بھول کی امید نہ تھی۔

''یا اللہ!'' جلاہا پیلی آنکھوں سے آکاش کی طرف دیکھ کر بولا۔ یہ اس کی بیوی کی قبر تھی۔ گیتا نے اس کو دھیرج بندھایا اور وہ ہانپتے ہوئے بیل کی طرح چل پڑا۔

اب تک گیتا ایک ایک قبر کے پاس پہنچ کر پوری ہوشیاری سے گنتی کے نمبر لکھتی جاتی تھی۔ اب اتنا صبر نہ تھا۔ اب وہ دور ہی سے گنتی کر لیتی۔ اب یہ بھی ضروری نہ رہ گیا تھا کہ ہر حالت میں جلاہے کی تصدیق کے بعد ہی گنتی کو ٹھیک سمجھا جائے۔ یہ پتا چل گیا تھا کہ باقی کا قبرستان صرف نئی قبروں کے سبب بڑھتا چلا گیا تھا۔

وہ جلاہا اجازت لے کر واپس چلا گیا۔ جاتے ہوئے وہ کہتا گیا کہ وہ اپنے قومی سیوکوں کے لیے تھوڑے دال بھات کا پربندھ کرنا اپنا فرض سمجھتا ہے۔ موت تو آئے گی ہی کل نہیں تو پرسوں۔ زیادہ فکر تو آج کی تھی۔ اتیتھی ستکار تو ضروری ہے۔

ساتوں ساتھی آگے ہی آگے چلے جا رہے تھے۔ ایک دل دوز، خوفناک چیخ فضا میں گونج رہی تھی۔

اب وہ قبرستان کی انتم سیما پر پہنچ گئے تھے۔ یہ ایک کونا تھا— ٹھیک ساٹھ کا کون بنا ہوا تھا۔

سامنے ایک قبر پر سویت بالوں والی ایک بڑھیا بیٹھی تھی۔ گیتا بولی: ''ہم شدھا مرتیو کے آنکڑے پراپت کر رہے ہیں، ماں!''

''شدھا مرتیو کے آنکڑے!'' بڑھیا نے ایک گستاخ قہقہہ لگایا۔

''جنتا کی لال پارٹی کی سیوا ہمارا آدرش ہے ماں!''

''لال پارٹی!'' بڑھیا نے پھر گستاخ قہقہہ لگایا۔

ماں، ہنسومت۔ ہم تو شدھ مرتیو کے آنکڑے پراپت کر رہے ہیں۔ ہم نے جل پان بھی نہیں کیا۔ پگھلانے والی دھوپ بھی ہماری راہ نہ روک سکی۔ ہم یہ گنتی سماچار پتروں کو بھیجتے ہیں اور اناج کی گاڑیاں دیش کے کھاتے پیتے لوگوں سے کلکتے پہنچ رہی ہیں اور جگہ جگہ پر مفت لنگر کھولے جا رہے ہیں، ماں!''

''مفت لنگر!'' بڑھیا نے پھر قہقہہ لگایا۔

''ماں، ہنسومت۔ ہم تو نئی قبریں گن رہے ہیں، ماں!''

بڑھیا چپ ہوگئی۔ اس نے قہقہہ نہ لگایا۔ بولی— ''گن لو قبریں، راج کنیا!''

''ہاں، ماں!''

پتہ چلا کہ قبروں سے دوگنی لاشیں دریا میں پھینکی جا چکی تھیں۔ اور ایک بات اور بھی تو تھی۔ اس قبر میں بڑھیا

کے دو بیٹے پلّوں کی طرح سوئے پڑے تھے۔ان کے چار بیٹے اور بھی تھے، وہ بھی بھوک کے بیمار تھے۔ایک دن وہ ایک ساتھ مر گئے۔ وہ ان کے لیے ایک بھی قبر نہ کھود سکی۔ان ہاتھوں سے اس نے انھیں دریا میں پھینک دیا۔

گیتا بولی: ''اس موت کا انت نہیں ہے سنسار میں۔، پر ہم بھی تو تمھاری سنتان ہیں، ماں!''

اب وہ بڑھیا رو رہی تھی۔اس کو دھیرج بندھانے کی شکتی گیتا میں تو نہ تھی۔نہ جانے کتنے دنوں سے وہ اس قبر پر دھرنا دیے بیٹھی تھی، جیسے اب اس نے موت پر جھپٹنے کا ارادہ کر لیا ہو۔

قافلہ لوٹ پڑا۔سامنے پچھّم میں سورج غروب ہو رہا تھا۔معلوم ہوتا تھا کہ وہ بھی ایک خونی ہے اور ان گنت لوگوں کے خون سے ہاتھ رنگ کر پچھتیج میں پناہ ڈھونڈ رہا ہے۔گیتا نے مڑ کر اس بڑھیا کی اور نگاہ دوڑائی اور ایک بار پھر کلکتے کے فٹ پاتھ پر پڑے ہوئے بھوک کے ماروں کی چیخ و پکار اس کے کانوں میں زندہ ہو اٹھی۔۔۔سرونیشے شدھا !۔۔۔آمار پوڑا کپال۔۔۔ابھاگ کون دے کے جائے؟۔۔۔پوچے مر!۔۔۔پوکا پوڑے مر!۔۔۔یعنی سروناش کرنے والی بھوک! ہمارا جلا ہوا بھاگیہ! ابھاگیہ کس اور جائے؟ سڑ کر مر! کیڑے پڑ، پڑ کر مر!۔۔۔اور وہ تیز تیز قدم اٹھانے لگی۔اس کے پیچھے کپور تھا، پھر پراشر اور بھوشن، اور ان کے پیچھے علی اختر، امجد اور جعفری۔معلوم ہوتا تھا کہ وہ ساتوں ساتھی اس بڑھیا کے ساتوں بیٹے تھے۔جو دھرتی اور پانی کی قبروں سے اٹھ کر چلے جا رہے تھے، آگے ہی آگے، نئے پھوڑوں کی طرح ابھری ہوئی قبروں کے بیچوں بیچ!

سکہ بدل گیا (ہندی)

کرشنا سوبتی

ترجمہ: گل جبین اختر انصاری

کرشنا سوبتی (۱۸ فروری ۱۹۲۵ء - ۲۵ جنوری ۲۰۱۹ء) ایک ہندوستانی خاتون اور ہندی زبان کی اہم افسانہ نگار، مضمون نگار اور مصنفہ تھیں۔ انھوں نے اپنے ناول 'زندگی نامہ' کے لیے ۱۹۸۰ء میں ساہتیہ اکیڈمی اعزاز حاصل کیا اور ۱۹۹۶ء میں اکیڈمی کا سب سے بڑا اعزاز (ساہتیہ اکادمی فیلوشپ) حاصل کیا۔ ہندوستانی ادب کی خدمت کے سلسلے میں ۲۰۱۷ء میں ان کو گیان پیٹھ انعام سے نوازا گیا۔

کرشنا سوبتی کو ہندی ادب کی گرانڈے ڈیم (grande dame) بمعنی 'عظیم خاتون' کہا جاتا ہے۔ ان کی ولادت گجرات (پاکستان) میں ہوئی۔ وہ قلمی نام حشمت سے بھی لکھتی تھیں۔ ان کے دیگر ناولوں میں 'ڈار سے بچھڑی'، 'سورج مکھی اندھیرے کے'، 'یاروں کا یار'، 'زندگی نامہ' شامل ہیں۔ ان کے مشہور افسانوں میں نفیسہ، سکہ، بدل گیا، بادلوں کے گھیرے ہیں۔ ان کی تخلیقات انگریزی اور اردو میں دستیاب ہیں۔

کھدر کی چادر اوڑھے ہاتھ میں مالا لیے شاہنی جب دریا کے کنارے پہنچی تو صبح ہونے والی تھی۔ دور تلک آسمان کے پردے پر سرخی پھیل رہی تھی، شاہنی نے کپڑے اتار کر ایک طرف رکھے اور شری رام شری رام کرتی ہوئی پانی میں اتر گئی، ہتھیلیوں میں پانی بھر کر سورج دیوتا کو نمسکار کیا، اپنی خوابیدہ آنکھوں پر پانی کے چھینٹے مارے اور پانی میں تیر گئی۔

چناب کا پانی آج بھی پہلے کی ہی طرح سرد تھا، لہریں لہروں کو چوم رہی تھیں۔ دور سامنے کشمیر کی پہاڑیوں سے برف پگھل رہی تھی۔ اچھل اچھل کر آتی ہوئی پانی کی لہروں سے ٹکرا کر کنارے گر رہے تھے لیکن دور

دور تک پھیلی ریت آج نہ معلوم کیوں خاموش لگ رہی تھی۔ شاہنی نے کپڑے پہنے، اردگرد دیکھا، کہیں کوئی سایہ تک نہ تھا لیکن نیچے ریت میں اَن گنت قدموں کے نشان دیکھ کر وہ کچھ سہم گئی۔

آج صبح کی سکون بخش خاموشی کچھ خوفزدہ معلوم ہو رہی ہے۔ گزشتہ پچاس سالوں سے وہ یہاں نہاتی آ رہی ہے۔ کتنا طویل عرصہ ہے، شاہنی سوچتی ہے ایک دن اسی دنیا کے کنارے وہ دلہن بن کر اتری تھی اور آج۔۔۔ آج شاہ جی نہیں، اس کا وہ پڑھا لکھا لڑکا نہیں، آج وہ اکیلی ہے، شاہ جی کی لمبی چوڑی حویلی میں بالکل اکیلی، مگر نہیں وہ یہ کیا سوچ رہی ہے سویرے سویرے، اب بھی دنیاداری سے دل نہیں بھرا اس کا؟ شاہنی نے لمبی سانس لی اور شری رام شری رام کرتی باجرے کے کھیتوں سے ہوتی ہوئی گھر کی طرف چل دی۔ کہیں کہیں لپے پتے آنگن میں سے دھواں نکل رہا تھا، ٹن ٹن بیلوں کی گھنٹیاں بجنے لگی تھیں، پھر بھی۔۔۔ پھر بھی کچھ بندھا بندھا سا لگ رہا ہے۔ جمی والا کنواں بھی آج نہیں چل رہا، یہ شاہ جی کی ہی اسامی ہیں، شاہنی نے نظر اٹھائی، یہ میلوں تک پھیلے کھیت اپنے ہی ہیں، لہلہاتی کاشت دیکھ کر شاہنی اپنائیت کے جذبے سے بھیگ گئی۔ یہ سب شاہ جی کی برکتیں ہیں، دور دراز گاؤں تک پھیلی ہوئی زمینیں، زمینوں میں کنویں سب اپنے ہیں۔ سال میں تین کاشت، زمین تو سونا اُگلتی ہے۔ شاہنی کنویں کی طرف بڑھی اور آواز لگائی، ''شیرے۔ شیرے۔ حسینا۔ حسینا۔''

شیرا شاہنی کی آواز پہچانتا ہے اور کیوں نہیں پہچانے گا، اپنی ماں جینا کی موت کے بعد وہ شاہنی کے پاس ہی پل کر بڑا ہوا ہے۔ اس نے پاس میں پڑا گنڈاسا شٹالے کے ڈھیر کے نیچے کھسکا دیا اور ہاتھ میں حقہ پکڑ کر بولا، ''اے حسینا۔ حسینا۔'' شاہنی کی آواز اسے کس طرح ہلا گئی تھی۔ کہاں تو ابھی وہ سوچ رہا تھا کہ اس شاہنی کی اونچی حویلی کی تاریک کوٹھری میں پڑی سونے چاندی کی صندوقچیاں اٹھا کر۔۔۔ کہ تبھی ''شیرے شیرے۔'' شیرا غصے سے تلملا گیا، کس پر نکالے اپنا غصہ؟ شاہنی پر؟ چیخ کر بولا، ''اے مر گئی ایں، رب تینوں موت دے۔'' حسینا آٹے والا کنستر ایک طرف رکھ کر جلدی سے باہر نکل کر آئی، ''اے آئی آں، کیوں چھاولے (صبح صبح) تڑپنا ایں؟'' اب تک شاہنی نزدیک پہنچ چکی تھی اور شیرے کی تیزی سن چکی تھی، پیار سے بولی، ''حسینا، یہ وقت لڑنے کا ہے؟ وہ تو پاگل ہے، تو ہی حوصلہ رکھ لیا کر۔''

''حوصلہ،'' حسینا نے فخریہ لہجے میں کہا، "شاہنی، بیٹا آخر بیٹا ہی ہے، کبھی شیرا سے بھی پوچھا ہے کہ صبح ہوتے ہی کیوں گالیاں برسائی ہیں اس نے؟'' شاہنی نے شفقت سے حسینا کی پیٹھ پر ہاتھ پھیرا اور مسکرا کر بولی، ''پگلی مجھے بیٹے سے بہو پیاری ہے۔''

''شیرے۔''

''ہاں شاہنی۔''

''معلوم ہوتا ہے کہ رات کو کلووال کے لوگ آئے ہیں یہاں؟'' شاہنی نے سنجیدہ ہو کر کہا۔

شیرا نے رک کر گھبراتے ہوئے کہا، ''نہیں شاہنی۔''

شیرے کے جواب کو ان سنا کر کے شاہنی کچھ پریشان لہجے میں بولی، ''جو کچھ بھی ہو رہا ہے اچھا نہیں

ہے شیرے، آج شاہ جی ہوتے تو شاید کچھ بیچ بچاؤ کرتے، مگر۔۔۔'' شاہنی کہتے کہتے رک گئی۔ آج کیا ہو رہا ہے، شاہنی کو لگا جیسے بار بار دل بھر آ رہا ہے۔ شاہ جی کو بچھڑے کئی سال گزر چکے تھے مگر آج کچھ پگھل رہا ہے، شاید ماضی کی یادیں۔ آنسوؤں کو روکنے کی کوشش میں اس نے حسینا کی طرف دیکھا اور ہلکے سے مسکرائی، شیرا سوچ ہی رہا ہے کہ کیا کہہ رہی ہے شاہنی آج؟ شاہنی کیا آج کوئی بھی کچھ نہیں کر سکتا ہے، یہ ہو کر رہے گا اور کیوں نہ ہو؟ ہمارے ہی بھائی بند سے بیاج لے لے کر شاہ جی سونے کی بوریاں تولا کرتے تھے۔ بدلے کی آگ شیرا کی آنکھوں میں اتر آئی، گنڈاسے کی یاد آ گئی، شاہنی کی طرف دیکھا، نہیں۔۔۔ نہیں۔۔۔ شیرا پچھلے کچھ دنوں میں تیس چالیس قتل کر چکا ہے مگر وہ ایسا گرا ہوا نہیں ہے کہ سامنے بیٹھی شاہنی۔۔۔ نہیں۔۔۔ شاہنی کے ہاتھوں کا لمس اس کی آنکھوں میں تیر گیا۔ جاڑوں کی راتوں میں کبھی کبھی شاہ جی کی ڈانٹ کھا کر وہ حویلی میں پڑا رہتا تھا اور پھر لالٹین کی روشنی میں وہ شاہنی کے ممتا بھرے ہاتھوں میں دودھ کا پیالہ پکڑے ہوئے دیکھتا ہے، ''شیرے شیرے، اٹھ، پی لے۔'' شیرے نے شاہنی کے جھریاں پڑے ہوئے چہرے کی طرف دیکھا تو شاہنی دھیرے سے مسکرا رہی تھی، شیرا بے چین ہو گیا، ''آخر شاہنی نے کیا بگاڑا ہے ہمارا؟ شاہ جی کی بات شاہ جی کے ساتھ گئی، وہ شاہنی کو ضرور بچائے گا، لیکن رات والا مشورہ، وہ کیسے مان گیا تھا فیروز کی بات، سب کچھ ٹھیک ہو جائے گا، سامان بانٹ لیا جائے گا۔''

''شاہنی چلو تمھیں گھر تک چھوڑ آؤں۔''

شاہنی کھڑی ہو گئی، کسی گہری سوچ میں چلتی ہوئی شاہنی کے پیچھے پیچھے مضبوط قدموں سے شیرا چل رہا ہے، ڈرا ہوا، ارد گرد دیکھتا ہوا، اپنے ساتھیوں کی باتیں اس کے کانوں میں گونج رہی ہیں، لیکن کیا ہوگا شاہنی کو مار کر؟

''شاہنی۔''

''ہاں شیرے۔''

شیرا چاہتا ہے کہ سر پر منڈلا رہے خطرے سے وہ شاہنی کو آگاہ کر دے، مگر کیسے؟

''شاہنی۔''

شاہنی نے سر بلند کیا آسمان دھوئیں سے بھر گیا تھا۔

''شیرے۔''

شیرا جانتا ہے یہ آگ ہے، جبل پور میں آج آگ لگنی تھی لگ گئی، شاہنی کچھ نہیں کہہ سکی، اس کے رشتے ناتے دار سب وہیں ہیں۔ حویلی آ گئی۔ شاہنی نے خالی ذہن سے ڈیوڑھی میں قدم رکھا۔ شیرا کب واپس چلا گیا اسے کچھ معلوم نہیں۔ کمزور جسم اور وہ تنہا، بغیر کسی سہارے کے، نہ معلوم کب تک وہیں پڑی رہی شاہنی، دوپہر آئی اور چلی گئی۔ حویلی کھلی پڑی رہی، آج شاہنی اٹھ نہیں پا رہی جیسے اس کا حق آج خود بخود اس سے چھوٹ رہا ہے، شاہ جی کے گھر کی مالکن۔ مگر نہیں۔ آج چاہ نہیں چھوٹ رہی ہے، مانو وہ پتھر کی ہو گئی ہو، پڑے پڑے شام ہو گئی لیکن اٹھنے کی بات پھر بھی نہیں سوچ پا رہی۔ اچانک رسولی کی آواز سن کر چونک گئی، ''شاہنی۔ شاہنی سنو، لاریاں آتی

ہیں لینے۔''

''لاریاں؟'' شادی اس کے علاوہ کچھ نہیں کہہ پائی، انھوں نے ایک دوسرے کی تھام لیا۔ بات ہی بات میں یہ خبر پورے گاؤں میں پھیل گئی، بی بی نے اپنی ترکش آواز میں کہا، ''شاہنی آج تک کبھی ایسا نہیں ہوا اور نہ کبھی سنا، غضب ہو گیا، اندھیر گئی۔ شانی مجسمہ بنی وہیں کھڑی رہی، نواب بی بی نے اپنائیت بھری اداسی سے کہا، ''شاہنی ہم نے تو بھی نہیں سوچا تھا۔''

شاہنی کیا کہے کہ اس نے ایسا سوچا تھا نیچے سے پٹواری بیگو اور جیل دار کی گفتگو سن کر شاہنی سمجھ گئی کہ وقت آ گیا ہے مشین کی مانند نیچے اتری مگر ڈیوڑھی پار نہ کر سکی۔ کسی گہری، بہت گہری آواز میں پوچھا، ''کون کون ہے وہاں؟''

کون نہیں ہے آج وہاں؟ سارا گاؤں ہے، جو بھی اس کے اشارے پر ناچتا تھا، یہ اس کی اسامی ہیں جنھیں اس نے اپنے ناتے رشتوں سے کم نہیں سمجھا، لیکن نہیں، آج اس کا کوئی نہیں، آج وہ اکیلی ہے، غول کے غول، ان میں کلووال کے جاٹ، کیا یہ سب وہ صبح ہی نہیں سمجھ گئی تھی؟

بیگو پٹواری اور مسجد کے ملا اسماعیل نہ جانے کیا سوچ کر شاہنی کے نزدیک آ کر کھڑے ہو گئے، بیگو آج شاہنی سے نظریں نہیں مل پا رہا تھا، دھیرے سے گلا صاف کرتے ہوئے بولا؛ ''شاہنی رب نوائے ہی منظور سی۔'' شاہنی کے قدم ڈگمگا گئے، چکرا کر وہ دیوار کے سہارے لگ گئی، اسی دن کے لیے چھوڑ گئے تھے اسے؟ بے جان شاہنی کی طرف دیکھ کر بیگو سوچتا ہے کہ کیا گزر رہی ہے شاہنی پر، مگر کیا ہو سکتا ہے، سکہ بدل گیا ہے۔

شاہنی کا گھر سے نکلنا کوئی چھوٹی بات نہیں، گاؤں کا گاؤں کھڑا ہے، حویلی کے دروازے سے لے کر اس دوراز ے تک جسے شاہ جی نے اپنے بیٹے کی شادی میں بنوایا تھا، تب سے لے کر آج تک سب فیصلے اور مشورے یہیں ہوتے رہے ہیں۔ اس بڑی حویلی کو لوٹ لینے کی بات بھی یہیں سوچی گئی تھی۔ ایسا نہیں تھا کہ شاہنی کچھ جانتی نہیں تھی، وہ جان کر بھی انجان بنی رہی۔ اس نے کبھی بغض نہیں رکھا، کسی کا برا نہیں کیا، لیکن بوڑھی شاہنی یہ نہیں جانتی تھی کہ سکہ بدل گیا ہے۔

دیر ہو رہی تھی۔ تھانیدار داؤد خاں ذرا اکڑ کر آگے آیا اور دہلیز پر کھڑے بے جان سائے کو دیکھ کر رک گیا یہ وہی شاہنی ہے جس کے شاہ جی اس کے لیے دریا کے کنارے خیمے لگوا دیا کرتے تھے؟ یہ تو وہی شاہنی ہے جس نے اس کی منگیتر کو منہ دکھائی میں سونے کے کان کے پھول دیے تھے۔ ابھی اسی دن جب وہ لیگ کے سلسلے میں آیا تھا اور سرکشی سے کہا تھا، شاہنی، بھاگووال مسجد بنے گی تین سو روپے دینا پڑے گا اور شاہنی نے اپنی اسی سادہ مزاجی سے تین سو روپے دے دیے تھے اور آج؟

''شاہنی'' ڈیوڑھی کے نزدیک جا کر بولا، ''دیر ہو رہی ہے شاہنی! (دھیرے سے) کچھ ساتھ رکھنا ہو تو رکھ لو، کچھ ساتھ باندھ لیا ہے، سونا چاندی؟''

شاہنی بدبدائی، ''سونا چاندی'' اور تھوڑا رک کر سادگی سے بولی، ''بچہ وہ سب تم لوگوں کے لیے ہے،

میرا سونا تو ایک ایک زمین میں بچھا ہے۔''

داؤد خان شرمندہ ہو گیا، ''شاہنی تم اکیلی ہو، اپنے پاس کچھ ہونا ضروری ہے، کچھ نقدی ہی رکھ لو، وقت کا کوئی ٹھکانہ نہیں۔''

''وقت؟'' شاہنی اپنی نم آنکھوں سے ہنس پڑی، ''داؤد خان، اس سے اچھا وقت دیکھنے کے لیے کیا بھلا میں زندہ رہوں گی؟'' شاہنی نے ایک گہری ٹیس اور حقارت بھرے لہجے میں کہا۔ داؤد خان ششدر رہ گیا، پھر ہمت کر کے بولا، ''شاہنی کچھ نقدی ضروری ہے۔''

''نہیں بچہ مجھے اس گھر سے۔۔۔'' شاہنی کا گلا بھر آیا، ''نقدی پیاری نہیں، یہاں کی نقدی یہیں رہے گی۔'' شیرا جان گیا کہ ہونہ ہو کچھ مار رہا ہے شاہنی کو۔ ''خان صاحب دیر ہو رہی ہے۔''

شاہنی چونک گئی۔ دیر؟ میرے گھر میں مجھے دیر؟ آنسوؤں کے گرداب میں نہ معلوم کہاں سے بغاوت امنڈنے لگی، پُرکھے کے اس بڑے گھر کی میں رانی اور یہ میرے ہی کھلائے ہوئے۔۔۔ نہیں یہ سب کچھ نہیں۔ ٹھیک ہے دیر ہو رہی ہے مگر نہیں، شاہنی رو کر نہیں، شان سے نکلے گی اس پشتینی گھر سے، عزت سے پار کرے گی اپنی دہلیز جس پر ایک دن وہ رانی بن کر آئی تھی، اپنے ڈگمگاتے قدموں کو سنبھال کر شاہنی نے آنچل سے آنکھیں پوچھیں اور دہلیز سے باہر آ گئی۔

بڑی بوڑھیاں رو پڑیں، کس کی برابری ہو سکتی ہے بھلا اس کے ساتھ، خدا نے سب کچھ دیا مگر دن بدلے، وقت بدلا۔ شاہنی نے دوپٹے سے سر کو ڈھانک کر اپنی دھندلی آنکھوں سے حویلی کو آخری بار دیکھا، شاہ جی کے مرنے کے بعد بھی جس خاندان کی امانت کو اس نے سمیٹ کر رکھا آج وہ اسے دھوکا دے گئی۔ شاہنی نے دونوں ہاتھ جوڑ لیے، یہ آخری دیدار تھا اور آخری سلام۔ شاہنی کی آنکھیں پھر بھی اس بلند حویلی کو نہیں دیکھ پائیں گی۔ لگاوٹ نے زور مارا، سوچا ایک بار گھوم کر پورا گھر کیوں نہ دیکھ لیا میں نے؟ دل مسوس کر رہ گئی، مگر جن کے سامنے ہمیشہ بڑی بنی رہی ہے اب ان کے سامنے چھوٹی نہیں بنے گی، اتنا ہی کافی ہے، بس ہو چکا، سر جھکایا۔ ڈیوڑھی کے سامنے خاندان کی بہو کی آنکھوں سے کچھ قطرے نکل کر نیچے گر گئے۔ شاہنی چل دی، بلند عمارت پیچھے کھڑی رہ گئی۔ داؤد خان، شیرا، پٹواری، جیل دار اور چھوٹے بڑے بچے بوڑھے مرد عورتیں سب پیچھے پیچھے۔

لاریاں اب تک بھر چکی تھیں، شاہنی خود کو کھینچ رہی تھی، گاؤں والوں کے گلے میں جیسے دھواں اٹھ رہا ہے۔ شیرے، خونی شیرے کا دل ٹوٹ رہا ہے، داؤد خاں نے آگے بڑھ کر لاری کا دروازہ کھولا، شانی بڑھی، اسماعیل نے آگے بڑھ کر بھاری آواز سے کہا، ''شاہنی کچھ کہہ جاؤ، تمھارے منہ سے نکلی دعا جھوٹی نہیں ہو سکتی اور اس نے اپنے صافے سے آنکھوں کا پانی پوچھ لیا۔ شاہنی نے آتی ہوئی ہچکی کو روک کر بھیگے لہجے میں کہا، ''رب تینو سلامت رکھے بچہ۔ خوشیاں بخشے۔''

وہ چھوٹا سا مجمع رو دیا۔ شاہنی کے دل میں ذرا بھی کدورت نہیں، مگر ہم؟ ہم شاہنی کو نہیں رکھ سکے، شیرے نے بڑھ کر شاہنی کے پیر چھوئے، ''شاہنی کوئی کچھ نہیں کر سکا تختہ بھی پلٹ گیا۔'' شاہنی نے لرزتا ہوا ہاتھ

شیرے کے سر پر رکھا اور رک رک کر بولی، ''تینو بھاگ جگن چنا (او چاند تیری قسمت جاگے)'' داؤد خان نے ہاتھ سے اشارہ کیا۔ کچھ بڑی بوڑھیاں شاہنی کے گلے لگیں اور لاری چل پڑی۔

دانا پانی اٹھ گیا، وہ حویلی، نئی بیٹھک، اونچا چوبارہ، بڑا آنگن ایک ایک کر کے شاہنی کی آنکھوں میں گھومنے لگے۔ کچھ پتہ نہیں لاری چل دی ہے یا وہ خود چل رہی ہے، آنکھیں برس رہی ہیں۔ داؤد خان بے چین ہو کر بوڑھی شاہنی کو دیکھ کر سوچتا ہے کہ کہاں جائے گی اب وہ؟ ''شاہنی دل میں ملال مت رکھنا، کچھ کر سکتے تو کسر اٹھا نہ رکھتے وقت ہی ایسا ہے، راج بدل گیا ہے، سکہ بدل گیا ہے۔''

رات کو شاہنی جب کیمپ میں پہنچ کر زمین پر لیٹی تو اس نے مجروح دل سے سوچا، ''حکومت بدل گئی ہے۔ سکہ کیا بدلے گا؟ وہ تو میں وہیں چھوڑ آئی۔'' اور شاہ جی کی شاہنی کی آنکھیں اور بھی نم ہو گئیں۔

آس پاس کے ہرے ہرے کھیتوں سے گھرے گاؤں میں رات خون کی ہولی کھیل رہی تھی شاید حکومت پلٹا بھی کھا رہی تھی اور سکہ بدل رہا تھا۔

سوکھا (ہندی)

نرمل ورما

ترجمہ: حیدر جعفری سید

ہندی 'نئی کہانی' کی تحریک کے بانیوں میں شامل نرمل ورما (۳ا اپریل ۱۹۲۹ء-۲۵ اکتوبر ۲۰۰۵ء) اپنے مخصوص اسلوب اور لسانی رویے کی بدولت ہندی ادب میں ایک بے مثل مقام رکھتے ہیں۔ وہ شملہ میں پیدا ہوئے، بچپن پہاڑوں میں گزرا اور دلّی کے سینٹ اسٹیفنز کالج میں تعلیم پائی۔ ۱۹۵۹ء میں انھیں چیکوسلواکیہ کے ادیبوں کی انجمن کی دعوت پر پراگ جانے کا موقع ملا۔ وہ چیکوسلواکیہ میں سات برس رہے اور اس دوران انھوں نے منتخب چیک تحریروں کا ہندی میں ترجمہ کیا۔ نرمل ورما نے کہانی اور ناول دونوں اصناف میں یکساں مہارت کے ساتھ اپنا تخلیقی اظہار کیا ہے۔

نرمل ورما اپنی طالب علمی کے زمانے میں بائیں بازو کی سیاست میں سرگرم رہے لیکن بعد میں رفتہ رفتہ ان کے سیاسی خیالات بدلتے گئے۔ ان کی تحریروں میں ذاتی انتخاب اور وجودیت پسند سماجی ذمے داری کے احساس کا گہرا اثر دکھائی دیتا ہے۔ [اجمل کمال]

حیدر جعفری سید کے کئی ترجمے 'اثبات' کے مختلف شماروں میں شائع ہو چکے ہیں، کئی بار انھوں نے ہماری درخواست پر بھی ترجمے کیے۔ کانپور میں مقیم تھے اور کچھ برسوں پہلے ان کا وہیں انتقال ہوا۔

اخبار کھلا ہے۔ پہلے صفحے پر ہی ان کا فوٹو ہے۔ نیچے کے حصے میں، کالے بارڈر سے گھرا ہوا۔ میری آنکھیں اٹکی رہتی ہیں، کیا یہ وہی آدمی ہے، جن سے میں تین مہینے پہلے ہی ملی تھی۔ بڑی اور اداس سی آنکھیں، منھ تھوڑا کھلا ہوا جیسے کچھ کہنے جا رہے ہوں، ناک اور اوپری ہونٹ کے حاشیے میں ایک کالا تل، جو سیاہی کا دھبہ جان پڑتا ہے لیکن جو اصلی تھا۔ جسے میں نے دیکھا تھا، بہت قریب سے دیکھا تھا، پہلی بار دیکھا تھا اور تب یہ نہیں سوچا تھا

کہ وہ آخری بار ہوگا۔

وہ ہمارے شہر میں پہلی بار آئے تھے۔ وہ ایک سیمینار میں آئے تھے جس کا اہتمام ہمارے کالج نے کیا تھا۔ مجھے معلوم ہی نہیں تھا، وہ کون ہیں۔ صرف نام سنا تھا، وہ بھی مسز جین سے جو ہمارے کالج کی پرنسپل تھیں۔ ''جانتی ہو، اس بار کون آرہے ہیں؟'' انھوں نے میری طرف مسکراتے ہوئے دیکھا، ''ہم ہر سال انھیں بلاتے تھے لیکن وہ کبھی راضی نہیں ہوتے تھے۔ اس بار وہ پیپر بھی پڑھیں گے۔''

میری ڈیوٹی ان کے ہوٹل میں لگی تھی۔ وہ ہوٹل نیا بنا تھا، شہر سے کچھ باہر، لیکن میرے گھر سے دور نہیں۔ ان کے علاوہ وہاں دو ڈیلی گیٹ اور ٹھہرے تھے، پونہ کے ڈاکٹر داملے اور کلکتہ کی ڈاکٹر سین۔۔۔ باقی لوگوں کو یونیورسٹی گیسٹ ہاؤس میں ٹھہرایا گیا تھا۔ مجھے ایک چھوٹا سا کمرہ بیسمنٹ میں دے دیا گیا تھا تاکہ سیمینار کے دوران ہوٹل میں ہی رہ سکوں۔ میں جب سائیکل پر اپنے گھر سے کالج جاتی تھی تو اکثر میری نگاہ اس ہوٹل پر پڑ جاتی تھی؛ سفید دیواریں، لکڑی کی ہری ڈھلواں چھت، آگے ایک چھوٹا سا بوگن ویلیا کا پیڑ، جس کی شاخوں نے پھاٹک کو ڈھک لیا تھا۔ لگتا تھا، وہ ہوٹل نہیں کوئی سوئس کاٹیج ہو۔ میں نے کبھی تصور بھی نہیں کیا تھا کہ کبھی مجھے وہاں رہنے کا موقع ملے گا، چاہے دو دن کے لیے، بیسمنٹ میں ہی سہی۔

بیسمنٹ میں ہی میرا ہیڈکوارٹر تھا۔ ایک میز، ایک ٹائپ رائٹر، کاغذوں کے رِم، ایک پارٹ ٹائم چپراسی جو کالج اور ہوٹل کے بیچ چکر لگاتا تھا۔ میرا کام مشکل نہیں تھا، میں ہر دن کا پروگرام ٹائپ کرتی اور اس کی ایک کاپی ڈیلی گیٹوں کے کمروں میں بھجوا دیتی۔ جن لوگوں نے اپنے پیپر پہلے بھجوا دیے تھے، انھیں تھوڑا سا ایڈٹ کر کے چپراسی کے ہاتھ کالج بھجوا دیتی اور جب وہ ان کی سائیکلو اسٹائلڈ کاپیاں میرے پاس لاتا، تو انھیں ایک بار پھر پڑھتی کہ کہیں کوئی غلطی تو نہیں رہ گئی اور پھر انھیں ہوٹل کے کاؤنٹر پر رکھوا دیتی تاکہ ہر ڈیلی گیٹ کو اس کی ایک کاپی مل سکے۔ علاوہ ازیں میری یہ ڈیوٹی بھی تھی کہ ہر ڈیلی گیٹ کی چھوٹی موٹی ضرورت کا خیال رکھوں۔ ایسا نہیں کہ میں ان کے آس پاس گھومتی رہوں اور مجھ سے تنگ آجائیں لیکن ایسا بھی نہیں کہ ضرورت پڑنے پر میں دکھائی نہ دوں، نہ بہت دور نہ بہت پاس۔ انگریزی بٹلر کی طرح، جو آنکھ اٹھاتے ہی نمودار ہو جاتا ہے اور نظر گھماتے ہی غائب ہو جاتا ہے۔

میں اس کالج میں نئی نئی لیکچرر بنی تھی۔ یہ سیمینار میرا پہلا امتحان تھا، میں جس میں اچھے نمبروں سے کامیاب ہو جانا چاہتی تھی۔ مجھے نہیں معلوم تھا کہ میں جس امتحان کا انتظار کر رہی تھی، وہ بالکل الگ قسم کا ہوگا، کچھ ویسے ہی غیر متوقع، جیسے کبھی کبھی امتحان ہال میں طالب علم کی غلطی سے دوسرے کوسچن پیپر مل جاتے ہیں، جن کا ان جوابات سے کوئی تعلق نہیں ہوتا جنھیں وہ گھر سے تیار کر آئے تھے۔۔۔

میں نے سوچا تھا، ڈائننگ ہال میں مجھے اپنے تینوں مہمان دکھائی دے جائیں گے، لیکن وہاں مجھے صرف مسز سین دکھائی دیں۔ وہ کونے والی میز پر اکیلی بیٹھی تھیں۔ ناشتہ ختم کر چکی تھیں، کافی پیتے ہوئے اخبار پڑھ رہی تھیں۔ باہر کی اجلی، صاف دھوپ ان کی میز پر رکھے جوٹھے برتنوں پر پڑ رہی تھی۔

مجھے دیکھتے ہی وہ مسکرانے لگیں۔ میں پچھلی رات ان سے مل چکی تھی۔ وہ کلکتہ سے پلین سے آئی تھیں اور میں انھیں لینے ایر پورٹ گئی تھی۔

''بہت خوب صورت دن ہے''، انھوں نے کہا'' آپ کے لیے کافی منگواؤں؟'' انھوں نے کچھ ایسے کہا جیسے وہ شہر میں برسوں سے رہتی آئی ہیں اور میں ان کی مہمان ہوں۔

''میں ابھی پی کر آئی ہوں۔'' میں نے ان کے سامنے تین سائیکلو اسٹائلڈ پیپر رکھ دیے جو آج سیمینار میں پڑھے جانے والے تھے۔ ''مسٹر دا ملے کہاں ہیں؟'' میں نے پوچھا۔

''وہ ذرا باہر ٹہلنے گئے ہیں، ابھی آتے ہوں گے۔''

''آپ انھیں بھی یہ پیپر دے دیجیے گا۔''

''ڈاکٹر دیو ابھی نہیں آئے؟''

''وہ کون؟'' ان کے گول مٹول بنگالی چہرے پر بھولا سا تجسس ابھر آیا۔ ''میں نے انھیں نہیں دیکھا۔''

''وہ صبح ٹرین سے آنے والے تھے۔۔۔شاید اپنے کمرے میں ہی ہوں۔''

''سیمینار ہال یہاں سے کتنی دور ہے؟'' انھوں نے پوچھا۔

''صرف آدھے گھنٹے کا راستہ ہے۔۔۔گاڑی آپ کو لینے آئے گی۔'' وہ باتوں کے موڈ میں تھیں لیکن مجھے بہت سے کام نمٹانے تھے، میں اٹھ کھڑی ہوئی ''یہ آپ کا پروگرام ہے۔۔۔آپ دس بجے ہوٹل کے ریسپشن ہال میں تیار رہیے گا۔'' میں نے ان کے ہاتھ میں سیمینار کا پروگرام دیا جسے میں نے ابھی ٹائپ کیا تھا۔

''آپ کیا یہیں پڑھتی ہیں؟'' انھوں نے پوچھا۔

''نہیں''، میں نے کچھ ہڑبڑاتے ہوئے کہا ''میں نے اس سال سے پڑھانا شروع کیا ہے۔''

''ارے! ابھی تو بچی لگتی ہو!'' وہ ہنس رہی تھیں۔۔۔ میں نے انھیں نمسکار کیا اور ریسپشن کاؤنٹر پر چلی آئی۔

''آپ بتا سکتے ہیں کہ ڈاکٹر دیو کہاں ٹھہرے ہیں؟'' میں نے کاؤنٹر پر کھڑے اوبے اکتائے کلرک سے پوچھا۔

اس نے دراز کے نیچے سے ایک لسٹ نکالی اور نیند کے جالے سے مجھے جھانکتے ہوئے پوچھا ''کیا نام بتایا آپ نے؟''

''ڈاکٹر دیو!''

اس کی آنکھیں کاغذ پر تیرتی ہوئی ایک جگہ اٹک گئیں ''روم نمبر ستائیس۔۔۔سکنڈ فلور۔''

''شکریہ۔'' میں لگ بھگ بھاگتے ہوئے سیڑھیاں چڑھنے لگی۔ گلیارے میں اندھیرا تھا۔ صبح کے وقت بھی وہاں بتیاں جلتی رہتی تھیں۔ ستائیس نمبر بالکل آخری سرے پر تھا، جہاں گلیارا ختم ہوتا تھا اور ہوٹل کا ٹیریس شروع ہوتا تھا۔ دونوں کے بیچ شیشے کا پارٹیشن تھا، جس کے پرے ہمارے شہر کا آسمان، پیڑوں کی پھنگیاں اور

دھواں اگلتی چمنیاں دکھائی دیتی تھیں۔ یہاں باہر کی روشنی بھیتر آ رہی تھی، اس لیے کمرے کا نمبر آسانی سے دکھائی دے جاتا تھا۔

میں نے ہلکے سے دروازے پر دستک دی۔ کوئی آواز نہیں، نہ کوئی باہر آیا۔ میں کہیں غلط کمرے کے آگے تو نہیں آ گئی؟ ایک بار پھر نمبر ملایا اور ہمت کر کے دروازے کو ہلکے سے دھکا دیا۔ وہ جھٹ سے کھل گیا۔ دوسرے پل میں کمرے میں تھی۔

کمرہ خالی تھا۔ میز پر دو تین کتابیں پڑی تھیں۔ کاغذوں کی فائل پر ایک ٹوتھ برش دکھائی دیا تھا۔۔۔ اس کے پاس چرمی بیگ اوندھا پڑا تھا جس کے کھلے منھ سے ایک تھرمس اور پلاسٹک کا گلاس جھانک رہے تھے۔ پاس چوکی پر ایک چمڑے کا پرانا سوٹ کیس رکھا تھا اور اس پر دو کمبل اور ایک تکیہ رکھے تھے۔ کچھ چیزوں کو دیکھ کر ہم ان کے مالک کا تھوڑا بہت اندازہ لگا لیتے ہیں لیکن کمرے میں پڑی وہ چیزیں ایسی تھیں جنھیں دیکھ کر لگتا تھا کہ وہ۔۔۔ بغیر کسی مالک کے۔۔۔ خود اپنے گھر سے اٹھ کر اس ہوٹل میں آ کر بیٹھ گئی ہیں۔

میں نے جلدی سے ان کی میز پر سائیکلو اسٹائلڈ پیپروں کا بنڈل اور سیمینار کا پروگرام رکھ دیا۔۔۔ ایک چٹ پر یہ بھی لکھ دیا کہ وہ دس بجے نیچے پہنچ جائیں، ان سب چیزوں کو میز پر رکھ کر جب میں لوٹنے والی تھی تبھی اچانک میرے پیر ٹھٹک گئے۔

ایک چھایا دیوار پر بیٹھی تھی، ایک جھکی ہوئی آدم قد پرچھائیں، جسے باہر کی دھوپ نے کمرے کی دیوار پر کھینچ دیا تھا، میں مڑی اور وہ دکھائی دیے۔ کمرے کے باہر ٹیریس پر بیٹھے تھے۔ وہ مجھے دیکھ رہے تھے۔

میں شش و پنج میں کھڑی رہی۔ نہ باہر نکل سکتی تھی، نہ کمرے میں ٹھہر سکتی تھی۔ مجھے لگا، میں کوئی غلط کام کرتے ہوئے پکڑ لی گئی ہوں۔ میں وہاں سے بھاگنا چاہتی تھی، میں نے ایک جھجکتا سا قدم اٹھایا اور جب دروازے کے پاس پہنچی، مجھے ان کی آواز سنائی دی ''ذرا ٹھہریے!'' اور میں ٹھہر گئی۔

وہ لپکتے ہوئے اندر آئے اور متذبذب سے کھڑے رہے۔

''کیا میں غلط کمرے میں آ گیا ہوں؟'' انھوں نے کہا۔

''غلط کمرہ؟'' ان کی گھبراہٹ دیکھ کر میں کچھ آپے میں آئی۔ اپنی بھولی ہوئی ذمہ داری کا احساس ہوا۔ ''آپ کے لیے کون سا کمرہ بک کرایا گیا تھا؟''

''مجھے نہیں معلوم۔ ہوٹل کا کوئی آدمی مجھے یہاں لے آیا تھا۔'' وہ ایک عجیب شک سے مجھے دیکھ رہے تھے، ''شاید یہ کمرہ آپ کا ہے؟''

''میرا کمرہ؟'' میں نے انھیں دھیان سے دیکھا اور تب بجلی کی کوند کی طرح مجھے ان کی پریشانی سمجھ میں آ گئی۔ وہ اتنے حیران پریشان جان پڑتے تھے کہ میں ہنس بھی نہ سکی۔ ''آپ صحیح کمرے میں ہیں'' میں نے کہا ''میں تو آپ کو سیمینار کے پیپر دینے آئی تھی۔''

''اوہ'' وہ بستر پر بیٹھ گئے، ''بیٹھیے!'' انھوں نے کرسی کی طرف اشارہ کیا۔ ''میں نے جب آپ کو اپنے

کمرے میں دیکھا تو مجھے لگا کہ میں غلط کمرے میں آ گیا ہوں۔ آپ یہاں کیسے پھنس گئیں؟''

انھوں نے پھنسنے کی بات اتنے بھولے پن سے کہیں کہ اس بار میں سچ مچ ہنس پڑی۔ وقت کم تھا، اس لیے میں اپنے بارے میں انھیں اتنا ہی بتا سکی جتنا ضروری تھا۔ وہ چپ چاپ میری بات سنتے تھے۔۔۔ کچھ ایسی یکسوئی سے، جسے دیکھ کر بھرم ہوتا تھا کہ سن آپ کی بات رہے ہیں، سوچ کچھ اور رہے ہیں جس کی وجہ سے وہ اور زیادہ دھیان سے آپ کی بات سننے کا بہانہ کرتے ہیں جب کہ آپ کو اپنے الفاظ اچانک بے جان اور بے معنی معلوم ہونے لگتے ہیں۔

''آپ نے ناشتہ کر لیا؟'' میں اپنے کو بیچ میں روک کر پوچھا۔

''ابھی نہیں۔۔۔ مجھے کہاں جانا ہوگا؟''

''نیچے ڈائننگ ہال میں۔ اگر آپ چاہیں تو یہاں بھی آسکتا ہے۔''

''میں صرف ایک کپ کافی لوں گا۔''

''کھائیں گے کچھ نہیں؟''

''اس وقت نہیں۔ میں اپنے ساتھ بسکٹ لایا ہوں''

''ٹھہریے، میں ابھی بھجوا دیتی ہوں۔۔۔''

اٹھ کھڑی ہوئی، وہ شاید کچھ دیر اکیلے رہنا چاہتے تھے لیکن ان سے زیادہ شاید میں۔ وہ مجھے کسی کی یاد دلاتے تھے اور میں اکیلے میں سوچنا چاہتی تھی، وہ کون ہو سکتے تھے جسے میں نے پہلی بار دیکھا تھا، وہ بھی ہوٹل کے انجان کمرے میں؟

میں دروازے کے پاس پہنچی تھی، کہ ان کی آواز سنائی دی۔

''ذرا سنیے!''

''مجھے اپنا پیپر کب پڑھنا ہوگا؟''

میں نے ٹائپ کیا ہوا پروگرام ان کی میز سے اٹھا لیا، ''کل۔۔۔ لنچ کے بعد۔'' میں نے ان کی طرف دیکھا، وہ کچھ پریشان سے نظر آرہے تھے۔

''آپ کو تار مل گیا تھا؟'' انھوں نے پوچھا۔

''نہیں، کیسا تار؟''

''میں نے لکھ دیا تھا کہ میں اپنا پیپر ساتھ لاؤں گا۔ یہاں آنے سے پہلے میں بیمار پڑ گیا تھا اور اسے پورا نہیں کر سکا۔''

میں اس ایمرجنسی کے لیے تیار نہیں تھی۔ ایشور جانے، ان کا تار کہاں بیچ ہوا میں غائب ہو گیا تھا، تبھی مجھے ایک خیال آیا ''دیکھیے، آپ اگر کل صبح تک اپنا پیپر دے دیں تو ہم دوپہر تک اسے سائیکلو اسٹائل کروا لیں گے۔ کیا یہ ممکن ہوگا؟''

''میں کوشش کروں گا۔ میں اپنا ٹائپ رائٹر بھی نہیں لایا اور میری لکھائی کچھ ایسی ہے جو آسانی سے سمجھ میں نہیں آتی۔''

''اگر زیادہ نہیں ہے، تو آپ ڈکٹیٹ کروا دیجیے، میں لکھ لوں گی۔''

''آپ؟'' انھوں نے کچھ دھیان سے میری طرف دیکھا، جیسے پہلی بار میری موجودگی کو اپنی یادداشت میں نوٹ کر رہے ہوں، ''آپ کو کوئی کام نہیں ہے؟''

میں ہنسنے لگی۔ ''مجھے یہی کام سونپا گیا ہے۔'' میں نے کہا۔

وہ میری جانب دیکھتے رہے۔ جب کوئی دیکھتا ہے تو اس کی آنکھوں میں ہمیں اپنی شکل دکھائی دیتی ہے، جیسے ہم کہیں اس کے بھیتر ہیں، اور تب اس لمحے مجھے اچانک یاد آیا، وہ مجھے کس کی یاد دلاتے تھے۔ بچپن میں ایک مسلم فقیر ہمارے بابا کے گھر آتے تھے، وہ ہمیشہ جاڑوں میں آتے تھے۔ ایک لمبا اونی لبادہ اوڑھے، جس میں ہم بھائی بہن چڑیوں کے بچوں کی طرح بیٹھ جاتے تھے اور ان کی داڑھی سے کھیلتے تھے۔ مجھے ایک شاک سا لگا کہ جس آدمی کو میں برسوں پہلے بھول چکی تھی، اس کی مری ہوئی تصویر بالکل ایک زندہ آدمی کو دیکھ کر یاد آئے گی اور وہ بھی ہوٹل کے ایک اجنبی کمرے میں، حالاں کہ اوپر سے دیکھنے میں دونوں میں کچھ یکساں نہیں دکھائی دیتا تھا۔۔۔

''اگر ضرورت پڑی تو۔۔۔'' وہ تھوڑا سا ہچکچائے، ''آپ سے کیسے رابطہ قائم کیا جائے؟''

''میں نیچے بیسمنٹ میں ہی رہتی ہوں۔ آپ جب چاہیں تو ریسپشن میں فون کر دیں، وہ مجھے بلوا دیں گے۔''

''آپ گھر نہیں رہتیں؟'' انھوں نے کچھ تعجب سے پوچھا۔

''رہتی ہوں۔'' میں نے کہا ''لیکن سیمینار کے دنوں میں آپ لوگوں کے ساتھ رہوں گی۔۔۔ اگر آپ کو اعتراض نہ ہو تو۔۔۔''

وہ میری بات کو ہنسی میں لینے کے بجائے کچھ پریشان سے ہو گئے۔

''اور آپ کے والدین؟ وہ کچھ نہیں کہیں گے؟''

''میری صرف ماں ہیں لیکن اب میں چلتی ہوں۔ آپ نے ابھی تک کافی نہیں پی۔''

میں راہداری سے سیڑھیاں اتر کر نیچے پہنچی، ریسیپشن کاؤنٹر کے فون سے کچن کو اطلاع دی کہ کافی ۲۷ نمبر میں بھجوا دیں، پھر دبیز، گدگدے قالین پر لگ بھگ اڑتے ہوئے اپنے کمرے میں پہنچی، باتھ روم کے ٹب کا نل کھولا، بالوں کا جوڑا کھولا، کپڑے اتارے اور گرم پانی کی دھار کے نیچے لیٹ گئی۔

یہ سکھ اور سکون کی گھڑی تھی۔ دس بجے تک کوئی مجھے تنگ کرنے نہیں آئے گا۔ میں آرام سے نہا سکتی تھی۔ میں گھر میں بالٹی سے نہاتی تھی۔ ٹب کے گرم پانی میں لوٹنا ایک سپنے جیسا جان پڑتا تھا۔ عجب سا بھرم ہوتا، ہوٹل کا وقت گھر کے وقت سے بالکل الگ ہے۔ ایک چھور پر سیمینار کے لوگ ہیں، کام کی بھگدڑ، چھوٹی موٹی پریشانیاں۔۔۔ دوسرے چھور پر گھر، ماں، اس کا کمرہ، لیکچر کے نوٹس۔ میں جب چاہوں، اپنی سائیکل سے ایک

چھور سے دوسرے چھور پر جا سکتی ہوں۔

میں نے نل بند کر دیا۔ پانی کی بوندیں کانوں کے بندوں پر ڈھلک رہی تھیں، انھیں اتار کر چوکی پر رکھ دیا۔ پچھلے سال یہ بندے رجت نے دیے تھے، جب میرا ایم۔اے کا ریزلٹ نکلا تھا۔ وہ اخبار میں رپورٹر تھا، اس لیے ریزلٹ کی خبر اسے پہلے سے ہی پتہ چل گئی تھی اور وہ منھ اندھیرے ہی مجھے خبر سنانے چلا آیا تھا۔ اس دن ہم دونوں ماں کو لے کر ریستوراں گئے تھے اور اس نے تبتی بازار سے یہ بندے خریدے تھے۔ اگر رجت یہاں ہوتا تو وہ میرے ساتھ بیسمنٹ میں رہ سکتا تھا، کسی کو پتہ بھی نہیں چلتا۔۔۔اور۔۔۔اور؟ میں نے ٹب میں گنگنے پانی میں آنکھیں موند لیں۔ بند پلکوں کے اندھیرے میں ایک عجیب سے روشنی ٹھہر گئی۔۔۔سیمینار کے ختم ہوتے ہی میں جگتی پور جاؤں گی، میں نے سوچا۔ اس کے ساتھ رہ کر ہی میں کوئی فیصلہ کر سکوں گی۔

میں ایک چھلانگ میں اٹھ کھڑی ہوئی، پانی کو پرے دھکیلا اور ٹب کی اوپری کھونٹی پر لٹکتے تولیے کو نیچے کھینچ کر اور زور سے اپنے بدن کو رگڑنے لگی۔ کوئی چیز مجھے پریشان کر رہی تھی، کون سی چیز؟ ٹب کا پانی سوں سوں کرتا، سیٹی بجاتا ہوا بہہ رہا تھا۔ اچانک مجھے یاد آیا، ٹائپ رائٹر! مجھے اپنے گھر سے اپنا چھوٹا، پورٹیبل ٹائپ رائٹر منگوانا ہوگا۔

میں ٹب سے باہر نکل آئی۔ کوئی دیر سے دروازہ کھٹکھٹا رہا تھا۔

باہر اسٹاف کے سکریٹری چکرورتی کھڑے تھے۔

''میں گاڑی لے آیا ہوں۔ آپ لوگ تیار ہیں؟''

''تم جا کر باہر بیٹھو، میں ابھی بلاتی ہوں۔''

میں باہر آئی تو دھوپ نکھری ہوئی تھی۔ ہوٹل کا ریسیپشن ہال سفید دھلی ہوئی روشنی میں چمچما رہا تھا۔ کونے کی میز پر مسز سین اور ایک دبلے پتلے صاحب بیٹھے تھے، مجھے دیکھتے ہی دونوں اٹھ کھڑے ہوئے۔

''یہ ڈاکٹر دا ملے ہیں، پونہ سے آئے ہیں'' مسز سین نے کہا۔

میں نے انھیں آداب کیا، ''آپ کو کوئی تکلیف تو نہیں ہوئی؟'' میں نے پوچھا۔

''میں تو بہت آرام سے سویا۔ آپ کے شہر کی سیر بھی کر آیا'' وہ مسکرا رہے تھے۔

''سنا ہے، آپ میرا اسبجیکٹ ہی پڑھاتی ہیں، سوشیالوجی''

''جی۔ ابھی شروع کیا ہے۔'' میں اپنی بات کہتے ہوئے ہمیشہ جھینپتی رہتی تھی۔ ویسے بھی سیمینار کے دوران میں اپنے کو نادیدہ رکھنا چاہتی تھی، جہاں تک ممکن ہو۔ ''آپ کو سیمینار کے پیپر مل گئے تھے؟'' میں نے جلدی سے پوچھا۔

ڈاکٹر دا ملے کچھ بجھ سے گئے۔

''ہاں۔ ابھی مسز سین نے دیے ہیں۔ کیا جانے سے پہلے ایک کپ چائے مل سکتی ہے؟''

میری آنکھ کچھ خاص کھوج رہی تھی۔ میں ڈائننگ ہال گئی، وہاں بہت سے لوگ ناشتہ کر رہے تھے، وہ

شاید صبح کی ٹرین یا فلائٹ سے ابھی کچھ دیر پہلے آئے تھے۔ کئی لوگوں کے سوٹ کیس اور بیگ خالی کرسیوں پر پڑے تھے۔ اچانک مجھے کچن منیجر دکھائی دیے، میں ان کے پاس گئی۔ ''باہر ریسیپشن ہال میں دو چائے بھجوا دیجیے۔''

وہ ٹھٹک گئے، ''ٹھیک ہے، بھجوا دیتا ہوں۔۔لیکن وہ کافی تو واپس آ گئی جو آپ نے ستائیس نمبر کے لیے منگوائی تھی۔''

''کیوں؟'' میں نے کچھ حیرت سے پوچھا۔

''کمرے میں تالا لگا تھا۔''

تالا؟ وہ کہاں جا سکتے تھے۔ منیجر صاحب جلدی میں تھے اور میں آگے ان سے کچھ پوچھ تاچھ نہیں کر سکی۔ زینہ چڑھ کر میں اوپر گئی۔ وہاں گھپ گلیارا اور دھندلائی بتیاں۔ ان کے کمرے میں سچ مچ تالا لگا تھا۔ بھاگتے ہوئے میں پھر نیچے آئی۔ سیمینار تھا کہ سرکس؟ میں جھنجھلا کر مورچے کے باہر چلی آئی تاکہ کچھ دیر صاف، ٹھنڈی ہوا میں سانس لے سکوں اور تبھی ڈاکٹر دیو دکھائی دیے۔ میں کچھ قدم آگے بڑھی۔ پھر جہاں کھڑی تھی وہیں کھڑی رہی۔

وہ سر موڑے باغ کی فینس پر بیٹھے تھے۔ وہ نیچے دیکھ رہے تھے، جہاں ہرے پیڑوں کے بیچ چھتیں اور چھتوں کے اوپر اڑتا ہوا کالا دھواں دکھائی دے رہا تھا۔ وہ بالکل ساکت بیٹھے تھے۔

ایک بار جی میں آیا کہ انھیں بلاؤں لیکن ان کے اردگرد ایک ایسا گھنا سناٹا تھا کہ میں اسے یکایک توڑنا نہیں چاہتی تھی۔ کسی شخص کو دیکھنا، جب اسے معلوم نہ ہو کہ وہ دیکھا جا رہا ہے، ایک عجیب تجربہ ہے۔ اس کا بدن ایک جاسوس کی طرح اپنے کوڈ میں انوکھے پیغامات دینے لگتا ہے؛ اپنا ماضی، اپنی عمر، اپنی اذیتوں کے بارے میں، اس لیے ہم جلدی سے منھ موڑ لیتے ہیں، ہمیں اس کی خاموش گواہی کا گواہ نہیں ہونا چاہیے۔

اسی وقت فینس کی جھاڑیوں سے ایک پرندہ اٹھا اور اپنے پنکھ پھڑپھڑاتا ہوا میرے سر پر سے اڑ گیا۔ انھوں نے چونک کر پیچھے دیکھا، جہاں میں کھڑی تھی، ''آپ یہاں؟'' انھوں نے کچھ ایسے کہا جیسے ابابیل کی جگہ مجھے دیکھ کر انھیں ہلکی سی مایوسی ہوئی ہو۔

''جی، میں یہاں بھی پہنچ گئی۔'' میں نے مسکراتے ہوئے کہا، ''چلیے، گاڑی آ گئی۔ آپ نے کافی نہیں پی؟''

''کمرے میں بہت گھٹن تھی، اس لیے یہاں آ کر بیٹھ گیا۔ یہاں سے سارا شہر دکھائی دیتا ہے۔ آپ کہاں رہتی ہیں؟''

''یہاں سے آپ کو دکھائی نہیں دے گا۔'' میں ان کے پاس چلی آئی۔ میں بھی پہلی بار اتنی اونچائی سے اپنے شہر کو دیکھ رہی تھی۔ نومبر کی دھوپ میں مسجدوں کے مینار نیلے آسمان میں دھوپ لے رہے تھے۔ دور کہیں ریگستان کی چھاؤں تھی جو دلّی تک جاتی تھی۔۔۔ بیچ میں ایک چھوٹی سی جھیل تھی جو شہر کے بیچوں بیچ کسی طلسمی آئینے

کی طرح چمک رہی تھی۔ اچانک میری نگاہ بالکل پاس سفید بوسیدہ قبر پر پڑگئی، جس کی دیوار کے پیچھے ہمارا گھر تھا۔

''وہ رہا۔'' میں نے دھیرے سے ان کے کندھے کو چھوا، ''ہم وہیں رہتے ہیں۔''

پتہ نہیں وہ میرے دھندلے اشارے سے کسی مکان کو ہمارا گھر سمجھ بیٹھے، انھوں نے کچھ تعجب سے میری طرف دیکھا، ''آپ اتنی دور سے یہاں آتی ہیں؟''

''میں سائیکل پر آتی ہوں، اور وہ اتنی دور نہیں ہے جتنا یہاں سے دکھائی دیتا ہے۔''

وہ کچھ دیر تک چپ چاپ دیکھتے رہے، پھر ان کی نگاہ کہیں اوپر اٹک گئی۔

''یہ کون سی پہاڑیاں ہیں؟''

''اراولی کی۔ اس کے نیچے ہی سینکچواری ہے جہاں آپ کل شام جائیں گے۔''

''کل شام؟'' انھوں نے میری طرف دیکھا ''میرا ریزرویشن بھی تو کل رات کا ہے؟''

''پرسوں صبح کا۔'' میں نے کہا ''ہم نے آپ کو چٹھی میں لکھ دیا تھا۔''

''اوہ!'' انھوں نے اپنے ماتھے پر ہاتھ پھیرا، ''وہ آخری دنوں میں آئی ہوگی، تب میں آپ کے پیپر میں الجھا ہوا تھا۔''

مجھے کچھ یاد آیا، ''سنیے، آج شام میں آپ کو اپنا ٹائپ رائٹر بھجوا دوں گی، پھر آپ کو مشکل نہیں پڑے گی۔''

وہ کچھ سٹپٹا سے گئے، بالکل ایک بچے کی طرح۔۔۔ جیسے وہ میرا شکریہ ادا کرنا چاہ رہے ہوں اور اس کے لیے صحیح راستہ نہ ڈھونڈ پا رہے ہوں۔

''آپ کو کوئی تکلیف تو نہیں ہوگی؟''

''مجھے نہیں۔ آپ کو ضرور ہوسکتی ہے۔ بہت پرانا ہے اور بیچ بیچ میں اٹک جاتا ہے۔''

وہ اوپر ہوا میں اڑتی ہوئی چیل کو دیکھ رہے تھے، ''کوئی بات نہیں۔ وہ تو بے چاری مشین ہے۔ کچھ لوگ تو برسوں اٹکے رہتے ہیں۔''

ان کی ہنسی میں کچھ ایسا تھا کہ وہ مجھے غیر معمولی سے لگے جیسے ہم اچانک کسی شخص کو اس کی کھوئی ہوئی ادا میں پکڑ لیتے ہیں، جو کسی چھوٹی سی بات پر عیاں ہو جاتی ہے۔

''آپ کا گھر؟'' انھوں نے نیچے شہر کی چھتوں کو دیکھتے ہوئے کہا، ''کیا آپ بچپن سے یہیں رہ رہی ہیں؟''

''اسی گھر میں نہیں۔'' میں نے کہا، ''لیکن اس شہر میں بہت برس گذر گئے۔ آپ تو یہاں پہلی بار آئے ہیں؟''

''نہیں، ایک بار بہت برس پہلے آیا تھا لیکن تب آپ بہت چھوٹی رہی ہوں گی۔ میں صرف ایک رات یہاں ریسٹ ہاؤس میں ٹھہرا تھا۔'' ان کی آواز بہت دھیمی ہوگئی جیسے وہ کوئی بہت پرانی بات یاد کر رہے ہوں۔

''کسی کام سے آئے تھے، یا ویسے ہی سیر کے لیے؟''

''کسی کے لیے نہیں۔ میرے سامنے ان دنوں کوئی مقصد نہیں تھا، میں ایسے ہی گھر سے باہر نکل جایا کرتا تھا۔''

وہ چند پل رکے، پھر جیسے اپنے سے کہا ''مجھے خوشی ہے کہ اس بار میں یہاں چلا آیا۔''

''مسز جین نے آپ کو کئی بار بلایا تھا۔''

''ہر سال کوئی نہ کوئی رکاوٹ آجاتی تھی۔'' انھوں نے کہا ''لیکن اس بار میں نے سوچا کہ اب نہیں گیا تو پھر کبھی نہیں آسکوں گا۔''

وہ اچانک رک گئے، میری نگاہ ان پر پڑی۔ ایک عجیب غیر ارادی سی کیفیت ان کے چہرے پر ٹھہر گئی تھی، جیسے ہم کسی پرانے ٹیلے پر اڑتی ہوئی ریت دیکھتے ہیں یا شاید یہ صرف ہوا تھی جو شہر کے اوپر سائیں سائیں کرتی ہوئی بہنے لگی تھی۔

ہوٹل کے پورچ سے کار کا ہارن چیختا سنائی دیا، میں نے ہڑبڑا کر ان کا ہاتھ پکڑ لیا ''چلیے، یہ ہماری گاڑی ہے۔''

سیمینار شروع ہوتے ہی میں نے چین کا سانس لیا۔ سب ڈیلی گیٹ اپنی اپنی کرسیوں پر بیٹھ گئے تھے۔ انھیں وہ پیپر بانٹ دیے گئے تھے جو اس دن پڑھے جانے والے تھے۔ بھیڑ کافی تھی۔ ہمارے شہر کے مقامی دانشور، پروفیسر، ادیب سب آئے تھے۔ جن رسائل کے ایڈیٹر نہیں آسکے، انھوں نے اپنے رپورٹر اور نامہ نگار بھیجے تھے۔ طلبا کا الگ جمگھٹ تھا۔ ان کے لیے باہر سے آئے مہمان خصوصی طور پر باعث کشش تھے۔۔۔ مجھے کبھی کبھی کچھ تعجب سا ہوتا جب کوئی اجنبی گرل اسٹوڈنٹ میرے پاس آکر کہتی ''میڈم، کیا آپ بتا سکتی ہیں ان میں مسٹر دیو کون سے ہیں؟'' میں بھیڑ میں ان کا چہرہ تلاش کرنے لگتی جو ابھی کچھ دیر پہلے تک ساتھ تھے۔

وہ ہال میں آگے کی قطار میں کھڑے تھے۔ ہوٹل کے کمرے میں جنھیں اتنا اکیلا اور بے سہارا پایا تھا، انھیں اب اتنے آدمیوں کے بیچ دیکھ کر کچھ عجیب سا لگتا تھا۔ دور سے دیکھنے پر وہ کافی جوان سے جان پڑتے تھے، کالی ٹویڈ کی جیکٹ اور براؤن رنگ کی ٹائی، پیچھے سے بال کچھ کھڑے جیسے سر کے باقی بالوں سے ان کی کوئی دشمنی ہو۔ آنکھوں کے نیچے جھریاں اب ان کی عمر کی گواہ نہ ہو کر ان کے ہلکے تھکان کا نشان جان پڑتی تھیں، صرف تھکان ہی ایسا تھا جو لازوال جان پڑتا تھا، لوگوں کے بیچ اتنا مکمل جتنا اکیلے کمرے میں، جسے ان کی مسکراہٹ بھی نہیں چھپا سکتی تھی۔

مسز جین کی استقبالیہ تقریر شروع ہوتے ہی میں سب کی آنکھ بچا کر اسٹاف روم میں چلی آئی۔ اب لنچ ٹائم تک میری کوئی ضرورت نہیں پڑنے والی تھی۔ جی میں آیا کہ سائیکل اٹھا کر گھر چلی جاؤں لیکن تبھی مجھے اسٹاف

روم کی ڈیسک پر اپنی چٹھی دکھائی دی۔ رجت کے الفاظ نیلے اِن لینڈ پر چمک رہے تھے۔۔۔ وہ ہمیشہ مجھے کالج کے پتے پر ہی خط بھیجتا تھا اور میں کھڑکی کے سامنے اپنے اکیلے، پسندیدہ کونے میں بیٹھ کرانھیں پڑھا کرتی تھی۔

چھوٹا سا خط تھا، ہر بڑی میں لکھا ہوا تھا۔ وہ جگت پوری میں نہیں تھا بلکہ وہاں پچاس میل دور کسی قصبے سے، جہاں اس سال سوکھا پڑا تھا۔ وہ اپنے اخبار کی طرف سے وہاں رپورٹنگ کے لیے گیا تھا۔ کچھ دن وہیں رہے گا اور آس پاس کے دیہاتوں میں گھومے گا۔

''اگر تم میرے ساتھ ہوتیں تو ایک دو دن کے لیے ہم جیسلمیر جا سکتے تھے، وہ یہاں سے دور نہیں ہے لیکن تم تو وہاں سیمینار میں پھنسی ہوگی۔'' میری آنکھیں دھیرے دھیرے اس کے حروف پر پھسلتی گئیں اور پھر اچانک آخری ایک لائن پر آ کر ٹھٹک گئیں، ''سنا ہے تمھارے سیمینار میں دلّی سے سکمار دیو بھی آئیں گے؟ کیا تم ان سے ملی ہو؟ بہت برس پہلے میں نے ان کی کچھ کہانیاں پڑھی تھیں۔ میں ان سے کبھی نہیں ملا، لیکن میرے من میں ایک بات آئی ہے۔ اگر وہ آئے ہیں تو کیا تم ان سے ایک انٹرویو کر سکتی ہو؟ ہم ان سے اپنے اخبار کے سنڈے ریویو میں دے سکتے ہیں، یہ ایک بہت بڑی بات ہوگی۔ کیا تم یہ کام کر سکتی ہو؟''

انٹرویو! رجت پاگل تھا۔ آج تک میں نے کسی سے کوئی انٹرویو نہیں لیا تھا، پھر دیو صاحب سے میرا تعارف کتنا تھا؟ نہ میں نے ان کی کوئی کتاب پڑھی تھی۔ یہ صرف اتفاق تھا کہ ان کی دیکھ بھال کی ذمہ داری مجھ پر ڈال دی گئی تھی۔۔۔ اگر وہ کسی دوسرے ہوٹل میں ٹھہرتے تو میں شاید انھیں جانتی بھی نہیں۔ ان کا نام ضرور سنا تھا، جب کبھی کبھی مسز جین کے گھر جاتی تو کتابوں کی ریک میں ان کی کتابوں کے ٹائٹل دکھائی دے جاتے لیکن میں جس دنیا میں رہتی تھی، وہاں ان کا کوئی سروکار نہیں تھا۔ وہ مجھے تھوڑا سا حیران ضرور کرتے تھے۔ جب پہلی بار میں نے انھیں ہوٹل کے کمرے میں اکیلے بیٹھے دیکھا تھا، یا آج صبح جب وہ خالی آنکھوں سے اڑتی ہوئی ابابیل کو دیکھ رہے تھے۔ وہ مجھے کچھ سنکی سے دکھائی دیتے تھے اور ان کے سامنے میں تھوڑا سا نروس محسوس کرنے لگتی تھی، لیکن اس سے زیادہ کچھ نہیں۔ اگر میں نے ان کی کوئی چیز پڑھی ہوتی تو میں شاید اپنے آپ کو زیادہ اچھی طرح تیار کر پاتی لیکن اب اس کے لیے وقت کہاں تھا؟

میں نے پرس سے ایک اِن لینڈ نکالا تاکہ فوراً رجت کے خط کا جواب دے سکوں لیکن تبھی کسی نے اسٹاف روم کا دروازہ کھٹکھٹایا۔ مسز جین ہڑبڑاتی ہوئی اندر آئیں۔

''میں کچھ ڈھونڈ رہی تھی۔ تم یہاں بیٹھی ہو؟''

میں کچھ مجرمانہ احساس سے انھیں دیکھنے لگی۔ میں ان کا استقبالیہ خطبہ چھوڑ کر اسٹاف روم میں بیٹھی تھی، اس سے انھیں شاید کچھ برا لگا تھا۔

''کچھ کام ہے میرے لیے؟'' میں نے پوچھا۔

انھوں نے تین سفید لفافے میز پر رکھ دیے، ''یہ دعوت نامے اپنے ہوٹل کے ڈیلی گیٹوں کو دے دینا۔ آج رات کا ڈنر سرکٹ ہاؤس میں ہوگا، کلکٹر صاحب کی طرف سے؛ کچھ پینے پلانے کا بھی انتظام ہوا ہے۔''

میں ہنسنے لگی۔ ''کہیں پچھلے سال کی طرح نہ ہو۔ رات کے گیارہ بجے تک کھانا چلتا رہا تھا۔''

''اسی لیے اس بار ٹائم جلدی رکھا ہے۔'' مسز جین نے کہا ''سیمینار کے کھانے کے بعد وہ ایک گھنٹے تک کچھ بھی کریں، ساڑھے سات بجے تک انھیں سرکٹ ہاؤس پہنچ جانا چاہیے اور دیکھو۔۔۔'' انھیں کچھ اچانک یاد آیا ''میں شام کو دیو صاحب کے لیے کچھ کتابیں چھوڑ جاؤں گی، تم ان پر ان کے دستخط کروا لینا، کچھ لکھ سکیں تو اور بھی اچھا رہے گا۔''

میں شش و پنج میں پڑ گئی ''مسز جین! آپ خود ان سے کیوں نہیں مل لیتیں۔۔۔ وہ بہت خوش ہوں گے۔''

''نہیں، نہیں، میں نہیں'' وہ ایک دم مصروف سی ہو گئیں۔ ''ان کے جانے سے پہلے میں مل لوں گی۔ ابھی تو میرے پاس دم مارنے کی فرصت نہیں ہے۔ تم بھی خوش قسمت ہو، جو ان کے ساتھ ایک ہی ہوٹل میں رہتی ہو۔''

اس سے پہلے میں ان کے مذاق پر کچھ کہتی، وہ اسٹاف روم سے بھاگ چکی تھیں۔

خوش قسمت! ان کے جانے کے بعد بھی یہ لفظ مجھے اپنے سونے پن میں پکڑے رہا۔ باہر جامد سی دھوپ پھیلی تھی، نومبر کی روشنی میں ایک نیلی سی دھند جھیل پر گھر آئی تھی۔ کہیں بہت دور ریگستان تھا جہاں رجت دھول و گرد میں لپٹے دیہاتوں میں گھومتا ہوگا۔ ایک روہانسی تمنا نے انگڑائی لی، وہ یہاں ہوتا تو میرے پاس، ہم کسی ڈھابے میں بیٹھ کر چائے پیتے ہوئے، وہ مجھے ایک دلاسہ سا دیتا تھا۔ حالاں کہ میں نے ابھی تک شادی کرنے کا کوئی فیصلہ نہیں کیا تھا لیکن اس پل میں تنگ آ چکی تھی، سیمینار سے، اپنے سے، ان کی نامعلوم کتابوں سے جو پتہ نہیں کن لوگوں کے بارے میں تھیں۔ اپنی خوش قسمتی سے جو ان کی شہرت کے سبب اچانک بیدار ہو گئی تھی، اور میں تھی کہ میں نہ ان کے بارے میں کچھ جانتی تھی، نہ ان کی کتابوں کے، اگر میں اچانک انٹرویو لوں تو کہاں سے شروع کروں گی؟ کون تھے وہ؟

اچانک ایک خیال آیا۔ سیمینار کی فائل کھول کر میں نے مدعو ڈیلی گیٹوں کی فہرست باہر نکالی۔ اس میں ہر ڈیلی گیٹ کا مختصر تعارف دیا تھا۔ میری ٹٹولتی آنکھیں دیو صاحب کے نام پر ٹھٹک گئیں۔ سکمار دیو۔ پیدائش لاہور میں ہوئی تھی۔ برسوں برکلے یونیورسٹی میں عہد وسطیٰ کی تاریخ کے پروفیسر رہے تھے۔ بھارت لوٹ کر کچھ برس وِشو بھارتی یونیورسٹی میں تدریس کے فرائض انجام دیے، وہیں رہ کر انھوں نے ناول، کہانیاں لکھنی شروع کیں جو یورپ کی کئی زبانوں میں ترجمہ ہو چکی تھیں۔ پچھلے کئی برسوں سے دہرادون میں ریٹائرڈ زندگی گذار رہے ہیں۔ آخر میں ان کی کتابوں کے نام اور ان کی تاریخ اشاعت دی گئی تھی۔ آخری کتاب کی اشاعت کوئی دس برس پہلے ہوئی تھی۔

کیا اس کے بعد انھوں نے کچھ نہیں لکھا یا شائع کرانا بند کر دیا؟ مجھے یہ بات عجیب لگی کہ کچھ مشہور کتابوں کے لکھنے کے بعد کوئی شخص ایک چھوٹے سے شہر میں نامعلوم زندگی بسر کر سکتا ہے اور ایک دن ہمیں پتہ چلتا

ہے کہ وہ اب اس دنیا میں نہیں رہا۔

جیسے آج اخبار میں ان کا فوٹو دیکھ کر مجھے لگا تھا۔ وہی چہرہ کچھ آگے کی طرف جھکا ہوا۔۔۔ متجسس، فکر مند، یکسو۔۔۔ جیسے میں نے شام کو دیکھا تھا جب میں اچانک ان کے ہوٹل میں چلی آئی تھی۔

میری ماں مجھے دیکھ کر کچھ تعجب میں پڑ گئی تھیں۔ میں پچھلے دو دنوں سے ہوٹل میں رہ رہی تھی۔ انھیں معلوم تھا کہ میں سیمینار کے دوران گھر نہیں آسکوں گی۔۔۔ اسی لیے اس دوپہر لنچ کے بعد گھر آئی تو وہ اپنی خوشی نہیں دبا سکیں۔

''کیا آج کی رات یہیں رہوگی؟''

''نہیں، مجھے جانا ہوگا۔۔۔ بیچ میں کچھ خالی وقت تھا، اسی لیے آپ کو دیکھنے چلی آئی۔''

''میرے بغیر ڈر تو نہیں لگتا ہے۔''

''ڈر کیسا؟ میں دروازہ بند کر کے سوتی ہوں۔''

''تم کافی دبلی ہوگئی ہو، وہاں تمھیں کھانا ملتا ہے؟''

''کھانا ملتا ہے لیکن نیند نہیں۔ میں یہاں کچھ دیر سونے آئی ہوں۔''

میں انھیں کھینچ کر اپنے پلنگ پر لے آئی۔ کچھ برس پہلے تک میں چوڑے پلنگ پر ان کے ساتھ سوتی تھی۔ وہ میرے ساتھ جاگتی تھیں، جب امتحانات کے دنوں میں مجھے رات رات جاگنا پڑتا تھا۔ پاس پڑوس میں جب کوئی اونچی آواز میں ریڈیو بجاتا تھا تو ان کے پاس جا کر منتیں کرتی تھیں، بھیا! ریڈیو بند کردو، آپ کی بٹیا کا امتحان ہے۔ اور لوگ سچ مچ ان کی بات مان لیتے تھے۔ انھیں کافی مایوسی ہوئی تھی جب میں نے کالج میں پڑھنا شروع کیا تھا۔ وہ سوچتی تھیں، میں نے جلد بازی میں یہ فیصلہ کیا ہے۔ ''کیا تم آگے نہیں پڑھنا چاہوگی؟'' وہ مجھ سے پوچھتی تھیں۔ جب میں نے ان سے کہا کہ ایم۔ اے سے آگے صرف ریسرچ ہے جس کے لیے مجھے دلّی جانا پڑے گا تو وہ ایک دم راضی ہوگئی تھیں ''میری فکر مت کرو، میں یہاں اکیلی رہ سکتی ہوں''۔

میں جانتی تھی وہ میرے لیے سب کچھ کر سکتی ہیں، لیکن میں کہیں نہیں گئی۔ ریسرچ کا میرے لیے کوئی مطلب نہیں تھا۔ میں اپنی سہیلیوں کو جانتی تھی جو پی۔ ایچ۔ ڈی کر رہی تھیں، انھیں دیکھ کر ہی مجھے مایوسی ہوتی تھی۔ میں اپنی ماں کو دیکھتی تھی جنھوں نے دوسری کلاس سے آگے کچھ نہیں پڑھا تھا اور ان کے پاس کچھ ایسا تھا، لیکن مجھے پتہ نہیں چلتا تھا، وہ کیا ہے؟ جب کبھی میں نے رجت سے اس بات کا ذکر کیا تو کافی بے چین ہو جاتا تھا۔

وہ کہتا تھا کہ مجھے کچھ کرنا چاہیے جو مجھے 'جھوٹے مسئلوں' سے الگ رکھ سکے۔ لیکن جب میں اس سے پوچھتی تھی کہ وہ کون سے مسئلے ہیں جو سچے ہیں تو وہ ہر بار اس کا الگ الگ جواب دیتا تھا اور میں اس کی باتیں سننا بند کر دیتی تھی اور اسے صرف بولتا ہوا دیکھتی رہتی تھی۔

ماں کو رجت اچھا لگتا تھا۔ وہ اکثر ہمارے گھر آتا تھا لیکن وہ اس سے ہمیشہ تھوڑی کھنچی کھنچی رہتی تھیں۔

میں کبھی اس کی وجہ ٹھیک ٹھیک نہیں سمجھ پائی۔ ایک بار انھوں نے مجھ سے ایک عجیب سوال پوچھا ''رجت جو اپنے اخبار کے لیے رپورٹ لکھتا ہے، اس کا کیا فائدہ ہے؟ ہم لوگوں کے بارے میں کچھ جان پائیں، اس کا کوئی فائدہ نہیں۔'' میں نے کچھ جھلا کر ان سے کہا، ''وہ تو میں پوچھ رہی اس سے انھیں کیا فائدہ ہے جن کے بارے میں وہ لکھتے ہیں؟ جب تک ہم دوسروں کی، ان کی تکلیفوں کے بارے میں جانیں گے نہیں تب تک انھیں دور کیسے کیا جاسکتا ہے؟'' میں نے کہا۔ ''کیا وہ اسے اپنی تکلیفیں بتاتے ہیں یا وہ صرف انھیں دیکھ کر لکھتا ہے؟'' میں نے انھیں تھوڑی حیرت سے دیکھا، ''ماں! اگر کوئی اپنے منھ سے اپنی تکلیف نہ بھی بتا سکے تو ہم اس کے بارے میں انداز سے بھی تو لکھ سکتے ہیں۔ اگر ایسا نہ ہوتا تو ان کتابوں کا کیا مطلب ہے؟'' میں نے اپنی لائبریری کی جانب اشارہ کیا جو میری کتابوں سے ٹھسا ٹھس بھری تھی۔

وہ کچھ دیر چپ رہیں، پھر کچھ غیر یقینی آواز میں کہا، ''مجھے نہیں معلوم، اسی لیے میں چاہتی تھی کہ تم اپنی پڑھائی جاری رکھو، شاید تم کچھ پتہ چلا سکتی تھیں۔''

میری آگے کی پڑھائی: یہ نازک موضوع تھا، اسی لیے اس کے آگے ساری بحث ختم ہو جاتی تھی، لیکن میرے آگے کی زندگی۔۔۔ اس کا کھٹکا انھیں ہمیشہ رہتا تھا۔ انھیں ہمیشہ ڈر لگا رہتا تھا کہ جس طرح میں نے جلد بازی میں ریسرچ چھوڑ کر نوکری کر لی تھی، اسی طرح کہیں ہڑبڑی میں شادی کرنے کا فیصلہ نہ کر بیٹھوں۔ اس لحاظ سے وہ اور ہندوستانی ماؤں سے بالکل الگ تھیں جو جلد از جلد اپنی بیٹیوں کی شادی کروانا چاہتی ہیں۔ وہ نہیں چاہتی تھیں کہ میں اپنے کو کسی دوسرے آدمی کے ساتھ باندھ کر رکھوں۔ وہ چاہتی تھیں، مجھے ابھی کچھ اور برس اپنی دنیا دیکھنی چاہیے۔

اس لیے جب کچھ دن پہلے میں نے انھیں سیمینار کے بارے میں بتایا تھا تو وہ یکایک بہت پرجوش سی ہو اٹھی تھیں۔ یہ میری دنیا تھا۔ میں بہت سے ایسے لوگوں سے ملوں گی جنھوں نے اپنے اپنے سلسلے میں بیش قیمت سچ کھوجے تھے۔ میں اس شہر اور کالج کی سرحدوں کے باہر کچھ ایسے تجربے حاصل کر سکوں گی جو صرف 'دُرلبھ سادھنا' (یہ ان کے الفاظ تھے) سے ہی مل پاتے ہیں۔ انھیں یہ جان کر اپنی بیٹی پر بڑا فخر ہوا تھا کہ اس کے حصے تین ڈیلی گیٹ آئے ہیں، وہ ان کے بارے میں سب کچھ جاننا چاہتی تھیں لیکن اب میں نڈھال سی ہو کر پڑ گئی تو انھوں نے کچھ نہیں پوچھا۔ وہ چپ چاپ میرا ماتھا سہلانے لگیں ''کیا بہت تھک گئی ہو؟'' میں نے سر ہلایا۔

''چائے بنا دوں؟''

''نہیں۔ مجھے ابھی جانا ہے۔''

''ابھی؟'' وہ کچھ بے چین سی ہو اٹھیں، ''ابھی تو تم آئی ہو۔''

''کیا کچھ دیر تم میرے پاس لیٹ سکتی ہو؟''

انھوں نے ایک لمبی سانس لی اور تکیہ کھسکا کر میرے پاس لیٹ گئیں۔ وہ نومبر کی ایسی دوپہر تھی، جب کبھی کبھی دن میں بھی دھند لکا گھرا ہوتا ہے۔۔۔ اور شہر چپ ہو جاتا ہے۔ کچھ بھی ہلتا نہیں معلوم ہوتا۔۔۔ سوائے

دل کے۔۔۔جو کہیں بدن کے باہر اکیلا دھڑکتا جان پڑتا ہے۔

''کیا آپ سو رہی ہیں؟''میں نے پوچھا۔

''نہیں، میں سوچ رہی تھی تم سو رہی ہو۔شکن؟''

''کیا ماں؟''

''کوئی بات ہوئی ہے؟ تم پریشان سی دکھائی دیتی ہو؟''

''نہیں۔کچھ بھی نہیں۔۔۔من کرتا ہے یہیں لیٹی رہوں۔''

''کیا بہت جلدی ہے؟ شام کو چلی جانا۔''

''شام تو ماں شروع ہو چکی ہے اور مجھے اپنے ساتھ اپنا ٹائپ رائٹر لے جانا ہے۔''

''ٹائپ رائٹر؟''وہ اس بار بیٹھ گئیں، ''کیوں؟''

''ہمارے یہاں ایک ڈیلی گیٹ ہیں۔کافی عجیب سے ہیں۔یہاں آنے سے پہلے بیمار پڑ گئے اور پیپر پورا نہ لکھ سکے۔انھیں ایک شام کے لیے چاہیے۔''

''عجیب سے کیسے؟''ماں سر موڑ کر میری طرف دیکھ رہی تھیں۔

''مجھے نہیں معلوم۔۔۔لیکن۔۔۔''میں نے کمرے کی مضحمل روشنی میں کوئی صاف سی بات کہنی چاہی، اس کے بجائے جو بات میرے منھ سے نکلی، وہ میرے لیے کچھ غیر متوقع تھی''انھیں دیکھ کر مجھے کچھ ڈر سا لگتا ہے۔''

''ڈر سا لگتا ہے؟''

''نہیں۔۔۔ان سے نہیں، ان کے لیے۔''

کمرے میں کچھ دیر سناٹا رہا، پھر ماں کی آواز سنائی دی۔

''کون ہیں وہ؟''

''کوئی ریٹائرڈ ادیب ہیں ماں۔''میرے من میں کچھ عجیب سا خیال کوند گیا''کیا آپ ان سے ملنا چاہیں گی؟''

''اگر وہ یہاں آ سکے۔۔۔''

''میں ان سے پوچھوں گی۔''

کچھ دیر بعد جب میں ساڑی بدل کر اپنا پورٹیبل ٹائپ رائٹر لیے باہر آئی، تو ماں پہلے سے دروازے پر کھڑی تھیں۔میں نے انھیں پیار کیا۔۔۔اور وہ کچھ دیر تک مجھے کندھے سے سٹائے کھڑی رہیں۔جب سے بابو کا انتقال ہوا ہے، ہم دونوں ایک دوسرے کے ڈروں کو اسی طرح ڈھانپے رہا کرتی تھیں۔

جب میں سیمینار ہال میں پہنچی تو خوش قسمتی سے ساری ڈیلی گیٹ چائے کے لیے باہر برآمدے میں جمع ہو گئے تھے۔کسی کو پتہ نہیں چلا کہ میں اس بیچ گھر ہو کر لوٹ آئی ہوں۔مسز سین نے مجھے دیکھا تو لپکتی ہوئی پاس

آئیں۔ میرا ہاتھ اپنے ہاتھ میں لیا، ''سنیے، کیا آج سیمینار کے بعد ہم شہر گھومنے جا سکتے ہیں؟''

''ہاں، لیکن ٹھیک آٹھ بجے آپ کا ڈنر ہے، اس سے پہلے لوٹ آئیے گا۔''

''آپ فکر مت کیجیے۔ میں اور پروفیسر دالمے ساتھ جائیں گے۔ وہ بھی گھر کے لیے کچھ خریدنا چاہتے ہیں۔ ڈنر کے لیے کہاں جانا ہوگا؟''

''سرکٹ ہاؤس۔ دیکھیے یہاں سب کچھ لکھا ہے'' میں نے جلدی سے دو دعوت نامے نکال کر انھیں دے دیے۔ ''دوسرا دالمے صاحب کے لیے ہے، آپ ساڑھے سات بجے تک ہوٹل آ جائیے گا۔ آپ نے دیو صاحب کو تو نہیں دیکھا ہے؟''

''وہ ابھی تو میرے ساتھ تھے۔۔۔ دیکھیے، وہ وہاں تو نہیں کھڑے؟''

وہیں تھے۔ وہ چائے کی کیو میں کھڑے تھے اور کچھ لوگوں سے بات چیت کر رہے تھے۔ کبھی کبھی ٹوہتی آنکھوں سے چاروں طرف دیکھ لیتے تھے جیسے کسی کو ڈھونڈ رہے ہوں۔ ایک بار ان کی آنکھیں بھول سے مجھ پر ٹک گئیں۔۔۔ ٹکی رہیں۔۔۔ جیسے انھیں کچھ یاد آیا ہو اور تب میں جلدی سے ان کے پاس گئی ''میں ٹائپ رائٹر لے آئی ہوں۔ چپراسی کے ہاتھ اسے آپ کے ہوٹل پہنچوا دیا ہے۔''

''آپ کو یاد رہا؟'' ایک ہلکے سے تشکر کی مسکراہٹ ان کے چہرے پر جھلک آئی۔

''یہ آپ کے ڈنر کا کارڈ ہے۔ میں آپ کو آٹھ بجے لینے آ جاؤں گی۔ تب تک آپ پیپر ختم کر چکے ہوں گے۔''

وہ کچھ دیر غیر یقینی جذبے سے کارڈ کو الٹتے پلٹتے رہے۔

''اور اگر نہ کر سکا تو۔۔۔؟'' انھوں نے میری طرف دیکھا۔

''پھر آپ کو کھانا نہیں ملے گا۔''

اس سے پہلے کہ وہ کچھ احتجاج کریں، کیو کا ہلکا سا دھکا لگا۔ وہ آگے کی طرف بڑھ گئے اور میں سیڑھیاں چڑھ کر اسٹاف روم میں چلی آئی۔

وہاں اسٹاف سکریٹری مسٹر چکرورتی میرے انتظار میں بیٹھے تھے۔ وہ ان پیپروں کو ساتھ لے آئے تھے جو کل پڑھے جانے والے تھے۔ ''آپ انھیں ریسٹ ہاؤس لے جائیے، باقی پیپر میں ہوٹل کے ڈیلی گیٹوں کے لیے رکھ لوں گی۔'' میں نے کہا۔

''لیکن دیکھیے، اس میں دیو صاحب کا پیپر نہیں ہے؟'' مسٹر چکرورتی نے کچھ حیرت زدہ ہو کر میری طرف دیکھا۔ وہ کالج کے پرانے آفیسر تھے۔۔۔ اور بات بات پر فکر مند ہو جاتے تھے۔

''انھوں نے ابھی پورا نہیں کیا۔ وہ کل صبح دے دیں گے۔''

''لیکن اسے سائیکلو اسٹائلڈ بھی تو کروانا ہے۔''

''انھیں دوپہر کو پڑھنا ہے۔ کیا وہ لنچ تک نہیں ہو سکتا؟''

''دیکھیے، کوشش کریں گے۔''

''نہیں چکرورتی صاحب۔'' میں نے ہنس کر کہا ''اگر ہمیں اپنی نوکری بچا کر رکھنی ہے تو اسے تیار کرنا ہی ہوگا۔''

''اگر صبح نو بجے تک مل جائے تو ہو سکتا ہے۔''

''یہ مجھ پر چھوڑیے۔'' میں نے کہہ تو دیا لیکن بھیتر ایک دُھکد کی سی مچی رہی۔ ایک یہی ذمہ داری مسز جین نے مجھے سونپی تھی۔ سیمینار کے باقی کام اسٹاف کے دوسرے ممبران کر رہے تھے۔ اگر وقت پر ڈیلی گیٹوں کا سیمینار پیپر نہ ملے تو ''اس سے بڑی شرم کی بات ہمارے لیے کوئی نہیں ہو سکتی''۔ مسز جین کے یہ الفاظ سوتے جاگتے میرے کانوں میں گونجتے رہتے تھے۔ یہ میری پہلی نوکری تھی، پر میں اسے اتنی جلدی نہیں کھونا چاہتی تھی۔ نوکری کے رہتے ہی میں شادی کے فیصلے کو ملتوی کر سکتی تھی، ماں کے ساتھ رہ سکتی تھی، انتظار کر سکتی تھی۔۔۔ کس چیز کا انتظار؟ کبھی کبھی رجت حیران ہو کر مجھ سے پوچھتا تھا اور میں ہر بار جواب دینے کے بجائے اس کی بات ہنس کر ٹال دیتی تھی۔

شام ہو چلی تھی۔ میں نے پیپروں کا گٹھر سائیکل کے کیریر پر باندھ لیا اور جلدی جلدی پیڈل چلاتی ہوئی ہوٹل کی طرف سائیکل چلانے لگی۔ ہمارے شہر میں دن کی روشنی ختم نہیں ہوتی تھی کہ آسمان میں تارے جھلملانے لگتے تھے۔ دور کی پہاڑیوں پر اب بھی دھوپ رینگ رہی تھی لیکن نیچے کا شہر جھیل اور بستیاں ایک عجیب چمکیلے دھندلکے میں لپٹے جان پڑتے تھے۔ ہوٹل کے قریب پہنچتے ہی مجھے گاڑی میں سے پروفیسر داملے اور مسز جین باہر نکلتے ہوئے دکھائی دیے، انھوں نے مجھے دیکھ کر ہاتھ ہلایا۔ ان کے ساتھ سیمینار کے کچھ اور ڈیلی گیٹ بھی تھے جو شاید شہر کا بازار دیکھنے کے لیے ان کے ساتھ ہو لیے تھے۔

میں چاہتی تھی کہ کچھ دیر بیسمنٹ میں آرام کر کے اوپر جاؤں لیکن پیپر میز پر پٹختے ہی میرا من فکر مند ہو اٹھا۔ میں اپنے کمرے سے نکل کر ریسپشن ہال میں آئی، زینہ چڑھ کر سیدھے اوپر گئی، راہداری کو پار کیا اور دھندلاتی بتی کے نیچے کھڑی ہو گئی جو ان کے کمرے کے آگے جل رہی تھی۔ میں کچھ دیر ان کے کمرے کے دروازے کے آگے کھڑی رہی۔۔۔ اندر کوئی آواز نہیں تھی۔ میں تو صرف یہ دیکھنے آئی تھی کہ ان کے ہاتھوں میرا ٹائپ رائٹر کیسا چل رہا تھا، اور یہاں بالکل سناٹا تھا۔ کیا وہ کہیں باہر گئے ہیں؟

میں نے بہت جھجکتے ہوئے دروازہ کھٹکھٹایا۔

''کون ہے؟''

اندر سے آواز آئی۔ پھر دروازہ کھلا اور وہ دکھائی دیے۔ وہ مجھے دیکھ کر کچھ حیرت زدہ سے ہو گئے تھے

''آیئے!''

''میں صرف پوچھنے آئی تھی، ٹائپ رائٹر ٹھیک چل رہا ہے؟''

''مجھے نہیں معلوم، میں نے اسے کھولا بھی نہیں۔''

میں سُن سی انھیں دیکھتی رہی ''آپ کا پیپر؟''

''آپ اندر تو آیئے۔'' وہ دروازے سے ہٹ کر کھڑے ہو گئے، میں اندر چلی آئی۔ ٹیبل لیمپ کے نیچے ان کے کاغذ بکھرے تھے اور فاؤنٹین پن کھلا تھا، کھڑکی بھی کھلی تھی جس کے پیچھے شہر کی روشنیاں دکھائی دے رہی تھیں۔

''مجھے صرف آدھا پیج لکھنا تھا۔۔'' انھوں نے کہا'' وہ میں نے ہاتھ سے لکھ دیا ہے۔ امید ہے آپ اسے پڑھ لیں گی۔''

میں نے چین کی سانس لی۔ پڑھنے میں زیادہ مشکل نہیں ہوگی، اور اگر کوئی لفظ سمجھ میں نہیں آیا تو بھی ان سے پوچھ سکتی تھی۔

''آپ بہت جلدی گھبرا جاتی ہیں۔'' وہ اپنی کرسی پر بیٹھ کر مجھے سکون سے دیکھ رہے تھے۔ ان کی آواز میں کوئی تمسخر نہیں تھا، اس لیے میں ہنسنے لگی۔ ''یہ میرا پہلا سیمینار ہے، ابھی عادت نہیں پڑی۔ کمرے میں اتنا سناٹا تھا کہ میں نے سوچا، آپ کہیں باہر چلے گئے۔''

''میں ابھی باہر سے ہی لوٹا ہوں۔'' انھوں نے کہا، '' آخر میں ایک کوٹیشن دینا چاہتا تھا جو مجھے ٹھیک سے یاد نہیں آ رہا تھا۔ میں نے سوچا، باہر جا کر تھوڑا ٹہل آؤں۔ مجھے نہیں معلوم تھا، جھیل اتنی پاس ہے۔ کیا یہ نیچرل لیک ہے؟''

''نہیں۔ راجا صاحب نے کھدوایا تھا، پہلی جنگ کے بعد۔ کیا آپ کو مل گیا؟''

''کیا مل گیا؟''

''کوٹیشن؟''

''میں بھول گیا کہ میں اسے یاد کرنے باہر نکلا تھا،'' وہ ہنسنے لگے'' جب میں واپس لوٹا تو میں نے دیکھا، وہ میری نوٹ بک میں لکھا ہے۔ میں نے سوچا تھا کہ میں اسے گھر چھوڑ آیا ہوں۔''

''کس بارے میں تھا؟''

وہ اٹھے اور میز پر بکھرے کاغذوں میں کچھ ٹٹولنے لگے۔ ٹیبل لیمپ پر ان کا سر جھکا ہوا تھا اور دیوار پر اس کی پرچھائیں ایک کالی ڈرائنگ سی کھنچ آئی۔ ان کے ہلکے سفید ہوتے ہوئے بال روشنی میں کچھ زیادہ ہی اجلے دکھائی دیتے تھے۔ میں نے دیکھا وہ ڈھونڈنے کے بجائے کچھ سوچنے لگے تھے اور ان کا ہاتھ میز پر بالکل ٹھہر گیا تھا۔ '' وہ ایک اجنبی سادھو کے بارے میں تھی'' ان کی آواز بہت دھیمی سی ہو گئی'' ایک بوڑھی عورت سینکڑوں میل کا سفر طے کرنے کے بعد ان کی جھونپڑی میں آئی اور ان سے پوچھا 'آپ بتایئے، کون سا راستہ ہے صداقت پانے کا؟' سادھو نے آنکھیں کھولیں اور بولا 'وہی راستہ جہاں سے تم آئی ہو۔' میں اکثر سوچتا ہوں کہ ان کا کیا مطلب تھا؟'' وہ اچانک میری طرف گھومے اور سیدھی آنکھوں سے مجھے دیکھا'' آپ سمجھتی ہیں؟''

''شاید یہ کہ وہ وہاں پہنچ گئی ہے جہاں اسے آنا تھا؟''

''یا یہ۔۔۔'' انھوں نے سر ہلایا'' کہ اسے وہاں لوٹنا چاہیے جہاں سے وہ آئی تھی۔''

وہ کھڑکی سے باہر دیکھنے لگے۔ کچھ دیر تک کمرے میں سناٹا رہا، پھر وہ مڑے اور میری طرف دیکھا

''آپ کتنے برسوں سے پڑھا رہی ہیں؟''

میں ہنسنے لگی ''ابھی تو پہلا سال ہے، کیا میں اتنی بزرگ دکھائی دیتی ہوں؟''

''نہیں۔ بزرگ نہیں۔'' وہ کھڑکی سے لوٹ آئے لیکن بیٹھے نہیں'' آپ کو دیکھ کر آپ کی عمر کا احساس نہیں ہوتا۔''

پہلی بار شاید کسی نے میری عمر کا ذکر کیا تھا، بہتی ہوئی زندگی کے اوپر لگا ایک پُل۔ کوئی اس پر کھڑے ہو کر نیچے جھانک کر دیکھے گا، یہ ایک انوکھا تجربہ تھا، جیسے انھوں نے اچانک مجھے اپنی جگہ سے دوسری جگہ سرکا دیا جو بالکل نئی جگہ تھی جہاں سے میں خود کو دیکھ سکتی تھی۔۔۔

''کیا آپ ہمیشہ کے لیے ٹیچنگ پسند کریں گی؟''

''ہاں، لیکن اس شہر میں نہیں۔''

''کیوں؟ اس شہر میں کیا ہے؟''

میں چپ بیٹھی رہی۔ میں اس شخص کو کیا بتاتی، جو ساری دنیا کی سیاحت کر چکا تھا اور اس شہر میں صرف دو دن کے لیے ایک پیپر پڑھنے آیا تھا۔ لیکن کہیں مجھے یہ لگا، وہ شہروں کی بات نہیں کر رہے، اس جگہ کی بات کر رہے ہیں جسے مجھے دینا ہے۔

''میں کہیں باہر جانا چاہتی ہوں۔'' میں نے انھیں دیکھا۔

''باہر؟'' ان کے چہرے پر ایک غم زدہ تجسس جھلک آیا'' باہر کہاں؟''

میں مسکرانے لگی، گھڑی دیکھی ''اس وقت صرف سرکٹ ہاؤس۔ وہ ہمارے انتظار میں بیٹھے ہوں گے۔'' میں نے جان بوجھ کر اپنے لہجے کو ہلکا بناتے ہوئے کہا۔

''سرکٹ ہاؤس؟'' انھوں نے مجھے ان بجھی آنکھوں سے دیکھا'' وہ کس لیے؟ میں اس وقت کہیں نہیں جاؤں گا۔''

''میں نے آپ سے کہا تھا، آپ سب کا ڈنر آج وہیں ہے۔''

''ٹھیک ہے، لیکن میں یہیں رہوں گا۔''

''آپ کیسی بات کر رہے ہیں؟ وہاں سب آپ کا انتظار کر رہے ہوں گے۔''

''نہیں۔۔۔ یہ غلط ہے'' ان کا لہجہ ایک دم سخت سا ہو گیا'' میرا کوئی انتظار نہیں کر رہا ہے، یہ میں آپ سے بہتر جانتا ہوں۔ مہربانی کر کے آپ ان سے کہہ دیجیے گا کہ میری طبیعت ٹھیک نہیں ہے۔''

''کیا آپ کی طبیعت ٹھیک نہیں ہے؟''

''اگر میں کہوں کہ ٹھیک نہیں ہے تو آپ یہاں رک جائیں گی؟''

غیر ارادی طور پر میری آنکھیں ان پر اٹھ آئیں۔ وہ میری طرف دیکھ رہے تھے۔

''آپ نے پیپر پورا کرلیا۔ کیا آپ اسے سیلیبریٹ نہیں کرنا چاہیں گے؟''

وہ کچھ نہیں بولے، صرف اٹھ کر دوسرے کمرے میں چلے گئے۔ میں سوچنے لگی، کیا انھیں اس طرح زبردستی گھسیٹ کر لے جانا مناسب ہوگا؟ مجھے کچھ تعجب بھی تھا کہ وہ جو کچھ دیر پہلے سہج ڈھنگ سے بات چیت کر رہے تھے، باہر جانے کے خیال سے اتنے بے جان اور پریشان کیوں ہو گئے تھے؟ کیا سچ مچ ان کی طبیعت ٹھیک نہیں؟ مجھے پہلی بار ہلکا سا شک ہوا کہ کہیں کچھ غلط ہے، کچھ ایسا جسے وہ اپنے ساتھ لائے ہیں لیکن جو مجھ سے چھپا ہے۔

کچھ دیر بعد جب وہ کمرے میں لوٹے تو ان کا چہرہ کچھ ہلکا سا دِکھ رہا تھا۔ انھوں نے اپنے بال سنوار لیے تھے، پینٹ وہی تھی لیکن اب انھوں نے پیلی کارڈرائے کی جیکٹ پہن لی تھی اور ہلکے پیلے رنگ کی اونی ٹائی جو شاید وہ کسی بیرون ملک سے لائے تھے کیوں کہ یہاں میں نے کسی کو اس طرح کی ٹائی پہنتے نہیں دیکھا تھا۔

وہ مجھے اپنی طرف دیکھتے ہوئے کچھ محتاط سے ہو گئے، ''میرے پاس یہی ہے۔ مجھے نہیں معلوم تھا، یہاں مجھے کسی ڈنر پارٹی میں جانا ہوگا۔''

''یہ بالکل ٹھیک ہے'' میں نے ہنستے ہوئے کہا ''ہمارے کلکٹر صاحب سب کو بلاتے ہیں، جو باہر سے آتے ہیں۔ یہ کوئی آفیشیل پارٹی نہیں ہے۔ چلیے۔''

وہ ٹھٹکے رہے، میز کے پیچھے، کچھ متذبذب سے۔ مجھے ڈر لگا، کہیں وہ کوئی اور اڑچن تو نہیں کھڑی کریں گے؟

اور تب اچانک میں نے دیکھا، وہ ہاتھ میں کچھ لیے ہوئے ہیں، کاغذ میں کچھ لپٹا ہوا۔

''یہ آپ کے لیے ہے۔'' انھوں نے کاغذ کا خوب صورت ریپر میری طرف بڑھا دیا، ''جب میں شام کی سیر کرنے نکلا تو اچانک یہ دکھائی دیے۔''

''کیا ہے یہ؟'' کاغذ کی پتلی، سرسراتی تہوں کے نیچے تین گلاب کے پھول باہر جھانک رہے تھے، اتنے ہی ہچکچاتے سے، جتنی ان کی آنکھیں۔ میں نے کچھ تعجب سے انھیں دیکھا، ''ان کی کیا ضرورت تھی؟''

''اگر آپ گھر سے ٹائپ رائٹر جیسی چیز ڈھو کر لا سکتی ہیں تو کم سے کم اتنی ہلکی چیز تو اپنے ساتھ لے ہی جا سکتی ہیں۔''

میں ان کا شکریہ ادا کرنا چاہتی تھی لیکن وہ دروازہ کھول کر راہداری میں چلے آئے تھے۔ زینہ اترتے ہوئے ہم میں سے کوئی نہیں بولا۔

ہوٹل کے ریسیپشن ہال میں دا ملے صاحب اور مسز سین ہمارا انتظار کر رہے تھے، ''آپ گاڑی میں بیٹھیے، میں ابھی آتی ہوں۔''

میں بھاگتی ہوئی اپنے بیسمنٹ میں گئی۔ وہاں کوئی گل دان نہیں تھا، صرف ایک خالی بیئر کی بوتل تھی جسے

کوئی الماری کی دراز میں چھوڑ گیا تھا، میں نے جلدی سے اس میں پانی بھرا اور پھولوں کی کانٹے دار ٹہنیوں کو ان میں ڈبو دیا۔

''وہی راستہ ہے جہاں سے تم آئی ہو۔''

چینی سادھو کا یہ قول مجھے یاد آیا، جب میں پیڑوں کے نیچے چل رہی تھی۔ سرکٹ ہاؤس چاروں طرف سے پیڑوں سے گھرا ہوا تھا، اور وہ چمکیلی نومبر کی رات تھی جب اراولی کی پہاڑیاں بالکل صاف دکھائی دیتی ہیں۔ سرکٹ ہاؤس کی سفید انگریزی عمارت جو پانی اور پہاڑیوں کے بیچ بنی تھی، انگریزی ریجمنٹ کو ضرور پسند آئی ہوگی جسے اس نے اپنے رہنے کے لیے بنوایا تھا۔ اس میں رہتے ہوئے وہ ایک ساتھ تین چیزوں کی نگرانی کر سکتے تھے، راجہ کی ریاست پر، پہاڑیوں پر جس کے پرے دلّی کی حکومت تھی اور آخر میں جھیل پر جو شاید انھیں اپنے ملک کی یاد دلاتی ہوگی۔

اسی جھیل کے اوپر سرکٹ ہاؤس کا لان تھا جہاں ڈنر کے لیے میزیں لگی تھیں۔ اس کے پیچھے ایک چھوٹا سا گول باغ تھا جس کے بیچ رنگ برنگی پھواروں میں ایک فوارہ چل رہا تھا۔ زیادہ تر ڈیلی گیٹ اپنے اپنے گلاس لے یہیں جمع تھے۔۔۔ فوارے کے آس پاس، شاید اس لیے بھی کہ جس 'پینے پلانے' کا اشارہ مسز جین نے دوپہر کو دیا تھا، اس کا بندوبست بھی وہاں کیا گیا تھا۔

مسز جین نے دور سے ہی مجھے اشارہ کیا لیکن جب تک میں ان کے پاس گئی وہ بھیڑ کے دوسرے گھیرے میں سما گئی تھیں۔ میں پیڑوں کے نیچے چلی آئی۔ نیچے گھاس کا ایک سلوپ تھا جس پر ہرے رنگ کی بینچیں تھیں۔ بینچوں کے نیچے ایک پگڈنڈی سیدھے لیک کی طرف اتر گئی تھی۔ جب کبھی رجت دو چار دن کی چھٹی لے کر آتا، ہم اکثر یہاں ٹہلنے آجاتے تھے۔۔۔ مجھے یہ کافی عجیب لگا کہ اس وقت وہ کہیں جیسلمیر کے آس پاس ریگستانی گاؤں میں ہوگا، جب کہ میں یہاں ہوں۔۔۔ اور تب مجھے اس کا خط یاد آیا جس میں اس نے مجھے انٹرویو کرنے کے لیے لکھا تھا۔ ہر انٹرویو کسی سوال سے شروع ہوتا ہے لیکن جب میں دیو صاحب کو دیکھتی تھی تو مجھے لگتا تھا وہ کسی ایسی جگہ پر ہیں جہاں میرا کوئی سوال ان کے پاس پہنچ کر واپس نہیں لوٹتا تھا، ان کا جواب ان ہی میں جذب ہو جاتا تھا۔ ہم جیسے کسی گیند کو دیوار پر ماریں اور واپس آنے کے بجائے وہ دیوار پر ایک کیل کی طرح چھپی رہے۔۔۔ اگر کوئی چیز واپس لوٹے تو صرف دھول کا غبار اور اکھڑا ہوا پلستر۔

لیکن پھول؟ یہ انھوں نے بھیجے تھے خاص میرے لیے۔ مجھے پھول کبھی اچھے نہیں لگے۔ وہ مجھے ہمیشہ تھوڑا ڈپریس کرنے لگتے تھے۔ وہ ہمیشہ مجھے مقبرے پر کھدی میناکاری کی یاد دلاتے تھے۔ عجیب مریضانہ قسم کا حسن جو کہیں موت سے جڑا ہے، ایک ہلکی سی جھرجھری میرے جسم میں دوڑ گئی۔ انٹرویو کے پہلے سوال کو ڈھونڈتے ہوئے میں زندگی کے آخری سرے کی طرف کیسے مڑ گئی؟

پتہ نہیں میں کتنی دیر بیٹھی رہی؟

پھر مجھے اپنا نام سنائی دیا، ہڑبڑا کے پیچھے مڑی تو مسز جین دکھائی دیں۔ وہ اتنی تیزی سے لپکتی ہوئی میرے پاس آرہی تھیں کہ کوئی کہہ نہیں سکتا تھا کہ وہ کالج کی پرنسپل اور دو بچوں کی ماں ہیں۔ وہ خود ایک نروس بچی سی دکھائی دیتی تھیں۔ ان کے ہاتھوں میں ایک بنڈل تھا، خالی کاغذ میں لپٹا ہوا اور اسے بھی وہ ایک بچے کی طرح چھاتی سے چپکا کے کھڑی تھیں ''تم کہاں غائب ہوگئیں؟ میں تمھیں ہر جگہ ڈھونڈ رہی تھی۔''

''میں نے سوچا، اب میری چھٹی ہے۔''

انھوں نے پیار سے میرے کندھے پر ہاتھ رکھا، ''ابھی نہیں شکن رانی، جب سب لوگ رخصت ہو جائیں گے تب اصلی چھٹی ملے گی۔''

''کب وداع ہوں گے مسز جین؟''

''تم ابھی سے گھبرا گئیں؟ دیکھو، میں اسی لیے آئی ہوں۔ یہ دونوں ایئر ٹکٹ مسز سین اور پروفیسر دا ملے کے لیے ہیں۔ وہ کل جا رہے ہیں۔۔۔ لیکن دیو صاحب، وہ تو ابھی کچھ دن رکیں گے؟'' انھوں نے میری طرف دیکھا۔

''ان کا واپسی ٹکٹ ہے، پرسوں صبح کی فلائٹ سے۔'' میں نے کہا۔

وہ کچھ سوچ میں پڑ گئیں ''یہ تو ٹھیک نہیں ہوا۔ یہاں بہت سے ادارے انھیں مدعو کرنا چاہتے ہیں۔''

''لیکن ان کی بکنگ۔۔۔''

''اس کی کوئی بات نہیں۔ ٹکٹ ہم واپس کروا سکتے ہیں۔ سنو ایک کام کرو۔ میں ان کی کتابیں لے آئی ہوں، ان کے دستخط کے لیے۔'' ایک شش و پنج آمیز مسکراہٹ ان کے چہرے پر چلی آئی، ''جب انھیں یہ دو تو پوچھ لینا، اگر کچھ دن رک سکیں؟''

انھوں نے بنڈل میرے ہاتھ میں پکڑا دیا، ''کہاں ہیں وہ؟'' میں نے پوچھا۔

''میرے ساتھ آؤ، یہیں کہیں ہوں گے۔''

میزوں کے آس پاس بھیڑ جمع تھی۔ مجھے وہاں بہت سے جانے پہچانے چہرے دکھائی دیے، وہی لوگ جو چھوٹے شہر کے ہر بڑی پارٹی جلسے میں دکھائی دے جاتے ہیں۔ یونیورسٹی کے لیکچرر، مقامی ثقافتی انجمنوں کے نمائندے اور گنے چنے سرکاری افسر، ان کی اکتائی ہوئی بیویاں جن کی ایک آنکھ شوہروں کے گلاسوں پر رہتی تھی اور دوسری آنکھ کھانے کی میز پر کہ کب اس پر کھانا لگایا جاتا ہے۔ کھانے میں ابھی کافی دیر تھی۔ اس لیے سیمینار کے ڈیلی گیٹ میز سے کچھ دور ایک گروہ میں دکھائی دیے۔ وہاں شاید ایک دوسرا سیمینار ہو رہا تھا۔ مسز سین میرے کالج کی ٹیچرس سے کسی موضوع پر اونچی آواز میں بات کر رہی تھیں اور پروفیسر دا ملے ہمارے شہر کے کچھ مہاراشٹرین دوستوں کے بیچ گھرے ہوئے تھے۔ میں جسے ڈھونڈ رہی تھی، اس کا کہیں اتہ پتہ نہ تھا۔

ایک لمحے کے لیے مجھے کھٹکا ہوا کہ کہیں سب کی آنکھ بچا کر دیو صاحب واپس ہوٹل تو نہیں لوٹ گئے؟ لیکن اکیلے وہ کہیں جانے کی جرأت نہیں کریں گے۔ اس شہر میں وہ کسی کو نہیں جانتے؟ لیکن میں نے دوسرے

خطرے کا اندازہ نہیں لگایا تھا، ان کے بھاگنے کا نہیں، بلکہ ان کے پکڑے جانے کا۔

میں آج بھی وہ منظر یاد کر سکتی ہوں۔ وہ ایک بجلی کے ہنڈے اور کیاری کے بیچ گھاس اور مٹی کے لوندے کے بیچ کھڑے تھے، ان کا چہرہ پسینے سے لت پت تھا جو نومبر کے مہینے میں ایک انوکھی چیز تھی۔ تین چار نوٹ بکس ان کے آگے تھیں، جن پر دستخط کرتے جاتے تھے۔ ''آپ کچھ لکھیں گے نہیں؟'' کوئی اصرار کرتا تو وہ سر ہلا دیتے۔ ایک ادھیڑ سی عورت بار بار ان سے کچھ کہہ رہی تھی، میں ذرا اور پاس سرک آئی۔ پتہ چلا، وہ اپنے مہیلا سماج میں ان کا لیکچر کروانے کی رضامندی لینے آئی تھی، ''اگر آپ وہاں آکر صرف دو لفظ کہہ دیں۔''

پہلی بار میں نے دیکھا، شہرت کیا چیز ہوتی ہے۔ میں نے انھیں صرف ہوٹل کے کمرے میں دیکھا تھا، ٹیبل لیمپ کے بیچ کرسی پر بیٹھے ہوئے یا باہر باغ میں اڑتی ہوئی ابابیلوں کو دیکھتے ہوئے۔ اب وہ لوگوں کے بیچ تھے۔ مجھے یاد آیا، وہ فکشن لکھتے تھے۔ ان کی کتابیں میرے ہاتھ میں تھیں، لیکن یہ باہر کی دنیا تھی اور وہ دہشت زدہ جان پڑتے تھے۔

کچھ دیر بعد وہ بھیڑ سے باہر آئے۔ ٹائی کی گانٹھ ٹیڑھی پڑ گئی تھی اور وہ رومال سے ماتھا پونچھ رہے تھے۔

''آپ کہاں چلی گئی تھیں؟'' انھوں نے میری طرف دیکھا ''میرا گلا سوکھ رہا ہے۔ کیا کچھ پینے کو مل سکتا ہے؟''

''کیا لیں گے؟'' میں نے ان کی طرف دیکھا۔

''کچھ بھی۔ لیکن یہاں نہیں، یہاں بھیڑ میں نہیں۔ میں ادھر بینچ میں بیٹھا ہوں۔''

وہ تیزی سے قدم بڑھاتے ہوئے لان کی دوسری طرف چلے گئے۔

کچھ دن پہلے میں ایک مشہور فرانسیسی اداکارہ کی آپ بیتی پڑھ رہی تھی۔ انھوں نے اپنے ماضی کو یاد کرتے ہوئے ایک خاص شام کا ذکر کیا تھا جب ان کی زندگی بالکل بدل گئی، میں نے ریستوراں کا دروازہ کھولا اور اس کے بعد میری زندگی وہ نہیں رہی تھی جو میں اب تک جی رہی تھی۔ اس شام میرا دوسرا جنم ہوا تھا۔

کیا ایسا سچ مچ ہوتا ہے؟ کیا ایسے دروازے ہوتے ہیں جن کے پیچھے کوئی دوسرا جنم ہماری باٹ جوہتا رہتا ہے؟

میں ان کی ڈرنک بنا کر وہاں گئی جہاں وہ بینچ پر بیٹھے تھے۔ میں اپنے لیے بیئر کا ایک گلاس لے آئی تھی۔ یہ جگہ لان سے دور نہیں تھی، بیچ میں جھاڑیاں تھیں۔ نیچے ڈھلان جو جھیل تک جاتی تھی اور جھیل کے ہرے سفید دھند پر شہر کی روشنیاں دکھائی دیتی تھیں۔

ہم کچھ دیر چپ چاپ بیٹھے رہے، اچانک ان کی آواز سنائی دی۔

''مجھے افسوس ہے، معاف کیجیے'' انھوں نے کہا۔

''کیسا افسوس؟'' میں نے گھبرا کر ان کی طرف دیکھا۔

''مجھے یہاں آنا چاہیے تھا۔''

''تب تو آپ کو مجھے معاف کرنا چاہیے۔ میں آپ کو یہاں گھسیٹ لائی'' میں نے کہا۔

''اس میں آپ کی کوئی غلطی نہیں۔'' انھوں نے وہسکی کا گہرا گھونٹ لیا اور گلاس ہاتھ میں پکڑے رہے۔

''آپ آئے کیوں؟''

وہ کچھ دیر چپ رہے، پھر کچھ سوچتے ہوئے بولے،''میں گھر سے باہر نکلنا چاہتا تھا کچھ دن کے لیے۔۔۔ کہیں بھی۔''

''باہر؟'' میں ہنسنے لگی ''ابھی کچھ دیر پہلے جب ہوٹل کے کمرے میں، میں نے آپ سے کہا تھا کہ میں گھر سے باہر جانا چاہتی ہوں تو آپ کو حیرانی ہوئی تھی۔''

''حیرانی؟ نہیں، صرف تجسس ہوا تھا۔ میں نے سوچا شاید آپ وجہ جانتی ہیں۔''

''کیا اس کی بھی کوئی وجہ ہو سکتی ہے؟ کچھ چیزیں صرف ہم کرنا چاہتے ہیں، اس کے بغیر ہم نہیں رہ سکتے۔'' میں نے کہا۔

''پہلے میں بھی یہی سوچتا تھا۔ میں سوچتا تھا، کچھ کام مجھے دیے گئے ہیں، ایک طرح کا ووکیشن جسے صرف میں ہی پورا کر سکتا ہوں۔ بہت بعد میں اپنی غلطی کا احساس ہوتا ہے، لیکن تب تک بہت دیر ہو چکی ہوتی ہے۔''

''دیر کیسی؟''

''دیر نہیں، صرف ڈر۔'' انھوں نے گلاس کو دیکھا ''یہ کام ویسا ہی ہے جیسے ہم کسی ٹرین میں چڑھ جائیں اور اس کے چلتے ہی پتہ چلے، یہ اس سمت نہیں جا رہی ہے جس میں تمھیں جانا ہے۔ تم چاہو تو تم اسی وقت اتر سکتے ہو لیکن تھوڑی سی ہچکچاہٹ ہوئی تو پھر اس کی اسپیڈ بڑھ جاتی ہے۔'' انھوں نے ایک گھونٹ اور لیا۔

''ایسے لوگ ہیں جو ہمت کر کے کود جاتے ہیں۔'' میں نے کہا۔

''ہاں، کیوں نہیں۔ آپ نے دیکھا نہیں، پٹری کے دونوں طرف کتنے لولے لنگڑے اپاہج دکھائی دیتے ہیں؟''

''اور وہ لوگ جو ٹرین میں چھوٹ جاتے ہیں؟'' میں نے ان کا کھیل کھیلتے ہوئے کہا۔

''وہ؟'' انھوں نے خالی گلاس میز پر رکھ دیا، ''وہ باہر جانے کی کوشش کرتے ہیں، کسی بھی اسٹیشن پر، جیسا کہ میں یہاں چلا آیا۔''

''لیکن آپ نے کافی لمبے سفر کیے ہیں۔''

''آپ کو کیسے معلوم؟''

''میں نے آپ کی کتابوں کے بلرب پر پڑھا تھا۔''

''جانتی ہیں، آپ سے بات کرنا مجھے کیوں اچھا لگتا ہے؟ آپ نے صرف بلرب پڑھے ہیں، کتابیں

نہیں۔'' ایک سوکھی سی ہنسی ان کے چہرے پر چلی آئی، '' آپ ٹھیک کہتی ہیں، میں کافی گھوما ہوں۔ کبھی کبھی جب مجھے رات کو نیند نہیں آتی تو میں ان سب ہوٹلوں کے نام یاد کرنے کی کوشش کرتا ہوں، جہاں جہاں میں ٹھہرا تھا۔''

''نیند آجاتی ہے؟''

''ساتویں ہوٹل تک۔'' انھوں نے کہا۔

''اور جب نہیں آتی'' میں نے ان کی طرف دیکھا ''تو کیا آپ لکھتے ہیں؟''

''نہیں۔'' انھوں نے دھیرے سے کہا ''میں باہر کودنے کی کوشش کرتا ہوں۔ بات ایک ہی ہے۔'' میں نے ان کی طرف دیکھا۔ کیا وہ ہنسی کر رہے ہیں؟ ''دیکھیے آپ کی پیپر ویسی ہی پڑی ہے، جب کہ میرا گلاس۔۔۔''

''معاف کیجیے، میں بالکل بھول گئی۔''

میں نے ان کا گلاس اٹھایا اور اندھیرے میں لان پار کرنے لگی۔ سرکٹ ہاؤس کی سفید عمارت پر آدھا چاند نکل آیا تھا۔ پیڑوں کے آس پاس لوگ باگ باتوں میں مصروف تھے۔ کسی نے میری طرف دھیان نہیں دیا۔ سامنے ایک ویٹر دکھائی دیا، جس کی ٹرے میں سے میں نے وہسکی کا گلاس اٹھایا اور اس میں پانی اور برف کے کیوبس ملا دیے۔

''ڈنر کب شروع ہوگا؟''

''ابھی کچھ دیر ہے۔ کلکٹر صاحب کا انتظار ہو رہا ہے۔''

میں واپس لوٹی تو ایک پل کے لیے یاد نہیں آیا، وہ کون سی بینچ تھی جس پر ہم بیٹھے تھے۔ کیا یہ بیئر کا اثر تھا یا ان کی باتوں کا؟ سر میں ہلکی سی سرسراہٹ ہو رہی تھی جیسے کہیں پیڑوں پر نہ ہو کر میری نسوں میں پھڑ پھڑا رہے ہوں۔ مجھے لگا وہ چلے گئے ہیں اور یہ بہت فطری ہے کہ میں ان کا گلاس لیے اندھیرے میں کھڑی رہوں۔

''آپ کسے ڈھونڈ رہی ہیں؟'' ان کی آواز سنائی دی اور اس کے ساتھ ہی مجھے ان کی بینچ دکھائی دی۔

''میں نے سوچا آپ چلے گئے۔''

''کیوں؟''

''میرے سوالوں سے تنگ آ کر۔'' میں نے گلاس انھیں دیا اور بینچ کے کونے میں آ کر بیٹھ گئی۔

''آپ نے کوئی سوال پوچھا تھا؟ مجھے یاد نہیں آتا۔'' انھوں نے اپنی وہسکی میں جھانک کر دیکھا۔ کانچ سے برف ٹکرا کر ایک 'ٹنٹنی' سی آواز ہوئی اور پھر سب شانت ہو گیا۔

''اگر میں آپ کا انٹرویو لوں تو؟''

''انٹرویو!'' وہ تھوڑا سا چونک گئے۔ میری طرف دیکھا، ہنسنے لگے، ''اس سے بہتر وقت کیا ہو سکتا ہے۔ آپ کیا جاننا چاہتی ہیں؟''

''یہی کہ آپ کون ہیں؟''

وہ سامنے دیکھتے رہے، جہاں پیڑوں کے جھٹپٹے میں جھیل کا پانی دکھائی دے رہا تھا ''یہ تو آخری سوال ہے!'' وہ دھیرے سے ہنسے، ''میں نے سوچا آپ شروع سے پوچھیں گی۔''

''میں آپ کے بارے میں کچھ نہیں جانتی۔ اس لیے شروع اور آخر کا کوئی فرق نہیں پڑتا۔''

انھوں نے کچھ نہیں کہا، صرف کبھی کبھی اندھیرے میں ان کے گلاس اٹھنے کی جھلک دکھائی دیتی تھی۔ مجھے لگا، وہ لگ بھگ مجھے بھول سے گئے ہیں، پھر ان کی آواز سنائی دی۔

''میری دو لڑکیاں ہیں۔ بڑی امریکہ میں رہتی ہے، اپنے شوہر کے ساتھ۔ دوسری دلّی میں ہے؛ لگ بھگ آپ کی عمر کی۔ وہ ایک پبلشنگ ہاؤس میں کام کرتی ہے۔ میں دہرہ دون میں رہتا ہوں۔۔۔ میری کتابوں۔۔۔ ان کے بارے میں آپ بلرب میں پڑھ سکتی ہیں۔ یہ میری زندگی ہے لیکن آپ کے سوال کا جواب نہیں۔''

''آپ اکیلے رہتے ہیں؟''

''صرف گرمیوں میں۔ جاڑا شروع ہوتے ہی میں دلّی چلا جاتا ہوں۔ وہاں میری بیٹی کی دو کمروں کی برساتی ہے۔ ایک کمرہ وہ میرے لیے چھوڑ دیتی ہے۔ یہ پیپر بھی میں نے وہاں لکھا تھا۔''

میں نے تھوڑی سی بیئر لی اور پھر انتظار کیا، وہ آگے کچھ کہیں گے۔ انھوں نے وہسکی کا گھونٹ لیا اور چپ بیٹھے رہے۔

''آپ کی بیوی؟''

''وہ امریکہ میں رہتی ہیں، اپنی بیٹی کے پاس۔''

''آپ نے کبھی باہر رہنے کا فیصلہ نہیں کیا؟''

''باہر؟'' انھوں نے میری طرف دیکھا۔

وہی ایک عجیب لفظ ہمارے بیچ آ گیا تھا اور وہ کچھ حیرت سے میری طرف دیکھنے لگے تھے ''باہر کیوں؟''

میں بیٹھی رہی، ان کا لہجہ مجھے کچھ عجیب لگا۔ میں ان سے کچھ زیادہ نہیں پوچھنا چاہتی تھی۔

''اگر میں آپ سے پوچھوں، آپ نے اب تک شادی کیوں نہیں کی ہے؟'' انھوں نے کہا۔

''میں نے ابھی تک کوئی فیصلہ نہیں کیا۔'' میں نے کہا۔

''آپ نے دیکھا!'' وہ دھیرے سے ہنس پڑے، ''اچھا انٹرویو ان فیصلوں سے بچ کر چلتا ہے جو ہم کبھی نہیں کر سکے۔''

''میری بات اور ہے۔'' میں نے اپنے کو بچاتے ہوئے کہا، ''میں فی الحال اس حالت میں نہیں ہوں کہ کوئی آزادانہ فیصلہ کر سکوں۔''

''آپ سوچتی ہیں، کچھ کتابیں لکھ کر آدمی آزاد ہو جاتا ہے؟''

ان کے لہجے میں کچھ ایسا تھا جو مجھے مذاق سا اڑاتا جان پڑا۔ ایک روکھی سی اداسی، جو طنز سے زیادہ کوفت پیدا کرتی ہے۔

''لوگ آپ کو آپ کی کتابوں سے جانتے ہیں، اس میں آپ کو برا کیوں لگتا ہے؟''

وہ خاموش آنکھوں سے جھیل کو دیکھتے رہے جس کا ایک حصہ چاندنی میں کھل گیا تھا۔ کچھ دیر تک صرف ٹڈوں اور جھینگروں کی آوازیں سنائی دیتی رہیں، پھر ان کی آواز سنائی دی۔

''برا نہیں لگتا، صرف غلط فہمی کا احساس ہوتا ہے۔''

''میں سمجھی نہیں۔ غلط فہمی کیسی؟''

''مجھے لگتا ہے، میں کوئی پارٹ کھیل رہا ہوں۔ اکیلے کمرے میں جو آدمی لکھتا ہے، وہ۔۔۔'' ایک پل وہ جھجکے، جیسے کچھ ٹٹول رہے ہوں۔ ''وہ اس سے بہت الگ ہے جسے کل پیپر پڑھنا ہے جو۔۔۔ جو۔۔۔ آپ کے سامنے بیٹھا ہے۔''

انھوں نے جس طرح مجھے دیکھا، میرے اندر کچھ دہل سا گیا۔ نہ جانے کیا سوچ کر میں نے ان کا ہاتھ خالی گلاس سے ہٹا کر اپنے ہاتھ میں بھر لیا، اسے سہلانے لگی لیکن ان پر کوئی ردعمل نہیں ہوا۔ وہ اندھیرے میں چپ اور ساکت بیٹھے رہے؛ میری چھوان سے بالکل بے خبر، خالی اور چپ، جیسے میں وہاں نہ تھی۔

''مجھے کبھی بہت عجیب لگتا ہے، میں نے آپ کی کوئی کتاب نہیں پڑھی۔'' میں نے کہا۔

''یہ عجیب ہوتا۔'' انھوں نے کہا۔

''کیوں؟''

''تب آپ اور میرے بیچ کسی طرح کا کوئی تعارف نہیں ہو پاتا اور میں آپ کے کسی سوال کا کوئی جواب نہیں دے سکتا۔ آپ میرا موازنہ کسی ایسے آدمی سے کرتیں جو میں نہیں ہوں اور جو میں ہوں، وہ آپ سے بچنے کی کوشش کرتا۔'' ان کے لہجے میں ایک گہری تھکان سی ابھر آئی تھی جیسے وہ اس کے آگے کچھ نہیں کہنا چاہتے تھے۔ تب ہی ان کی ہنسی سنائی دی، میں کچھ حیرت سے ان کی طرف دیکھنے لگی۔

''آپ کا انٹرویو؟ وہ کب شروع ہوگا؟''

میں نے ان کا ہاتھ چھوڑ دیا۔ دونوں گلاس خالی پڑے تھے۔

''باقی سوال کل۔'' میں نے کہا، ''اب ہمیں چلنا چاہیے۔''

''کیا میں یہاں سے سیدھا ہوٹل جا سکتا ہوں۔''

''آپ کھانا نہیں کھائیں گے؟''

''نہیں۔ اب میں دوبارہ بھیڑ میں نہیں جاؤں گا۔ میرے کمرے میں چیز اور بسکٹ رکھے ہیں، وہ میرے لیے کافی ہوں گے۔ کیا آپ ایک ٹیکسی منگوا سکتی ہیں؟''

ان کی آواز میں کچھ ایسا اصرار تھا کہ مجھے اپنی ضد بے معنی سی لگی۔ کچھ دیر تک ہم چپ وہیں بینچ پر بیٹھے

رہے، ایک دوسرے کا انتظار کرتے ہوئے۔ پھر ان کی آواز سنائی دی، ''آپ مجھے پہنچائیں گی یا میں آپ کو؟''

میں اٹھ کھڑی ہوئی، دونوں گلاس اٹھائے، ''چلیے۔''

ٹیکسی نہیں لینی پڑی۔ کالج کی گاڑی جو انھیں سرکٹ ہاؤس سے لائی تھی، اسی میں بیٹھ کر وہ ہوٹل پہنچ گئے۔ میں چاہ کر بھی ان کے ساتھ نہ جا سکی۔ مجھے واپس لوٹ کر مسز جین سے ملنا تھا اور تب مجھے ان کی کتابیں یاد آئیں جو وہ میرے پاس چھوڑ گئیں تھیں۔ وہ اب بھی میرے بیگ میں پڑی تھیں، میں ان کے بارے میں بالکل بھول گئی تھی۔ 'کل' میں نے سوچا 'ابھی کل کا دن باقی ہے۔'

آدھی رات کو میری نیند کھل گئی۔ کمرے میں ایک عجیب خوشبو تھی۔ میں نے ٹیبل لیمپ کا سوئچ دبایا۔ بیئر کی بوتل سے گلاب کے پھول جھانک رہے تھے۔ میں نے بتی بجھا دی۔ میں دوبارہ سونے چلی گئی۔

شروع کے جملے اتنے دھندلے تھے کہ مجھے شک ہوا، کہیں مائیکروفون تو خراب نہیں ہے لیکن کچھ منٹوں بعد ان کے الفاظ سنائی دینے لگے، حالاں کہ ان کی آواز ذرا بھی اوپر نہیں اٹھی تھی۔ ان کے چہرے پر ہلکی حیرت کی کیفیت تھی جیسے انھیں خود نہ معلوم ہو کہ ایک جملے کے بعد دوسرا جملہ کون سا ہوگا۔ جیسے وہ اپنا پیپر نہیں، کسی دوسرے کی چٹھی پڑھ کر سنا رہے ہوں۔ انھوں نے سائیکلو اسٹائلڈ پیپر الگ چھوڑ دیا تھا اور اپنا لکھا ہوا پرچہ پڑھ رہے تھے۔ کبھی کبھی وہ بیچ بیچ میں اٹک جاتے تھے، ادھورے جملے کے بیچ ہال کا سناٹا کچھ تن جاتا، کیا وہ ایک رسّی سے کود کر دوسری رسّی تک جا سکے گا اور جیسے ہی وہ دوبارہ پڑھنے لگتے تب ان کی گردن کچھ ٹیڑھی سی ہو جاتی اور گلے نیلی نسیں ابھر کر چمکنے لگتیں۔ چونکہ میں اگلی قطار میں بیٹھی تھی، وہ مجھے صاف دکھائی دیتی تھیں۔ کچھ تعجب سا ہوتا تھا کہ یہ وہی شخص ہے جو پچھلی رات سرکٹ ہاؤس کے اندھیرے لان پر بیٹھے تھے۔ پی رہے تھے۔ باہر آنا چاہتے تھے۔

''کون سا راستہ ہے۔۔۔'' ان کی آواز سنائی دی، وہ اپنے پیپر کے آخری اقتباس پر پہنچ گئے تھے ''شاید وہی ہو جہاں سے تم آئی ہو۔'' ان کے لہجے میں جواب کے بجائے سوال تھا جیسے چینی سادھو بوڑھی عورت کو جواب دینے کی جگہ خود اس سے جواب پانا چاہ رہا ہو۔ شاید اسی لیے ہال کے سامعین کچھ دیر انتظار میں بیٹھے رہے تو انھوں نے جھجکتے ہوئے تالیاں بجائیں اور ڈاکٹر دیو نے پہلی بار اپنا سر اٹھایا۔ چمچماتی آنکھوں سے ہال کو دیکھا، ایک خواب آگیں سی آہٹ ان کی چہرے پر تھی جیسے وہ کسی لمبی نیند سے جاگ کر اٹھ بیٹھے ہوں۔ تب مجھے نہیں معلوم تھا کہ یہی جاننے کا جذبہ ان کے چہرے پر ہوگا، تین مہینے بعد، اخبار کے پنّے پر، جب وہ سو چکے ہوں گے، تصویر کے باہر، ہمیشہ کے لیے۔

پیپر کے بعد بہت سے لوگوں نے انھیں گھیر لیا۔ کافی بریک شروع ہو گیا تھا۔

اچانک پیچھے سے کسی نے میرے کندھے پر ہاتھ رکھا۔ مسز جین کھڑی مسکرا رہی تھیں۔

''میری کتابیں؟'' انھوں نے پوچھا۔

''میں نے انھیں دے دی ہیں۔ آپ گھبرائیے نہیں، دوپہر تک مل جائیں گی۔''

میں سچ مچ ان کے کمرے میں گئی تھی لیکن وہ الگ کہانی ہے۔ میں اسے یاد نہیں کرنا چاہتی۔ میں نے ان کے ہاتھوں میں مسز جین کی کتابوں، ان کا سائیکلو اسٹائلڈ پیپر، ان کا ٹکٹ؛ سب کچھ دے دیا تھا اور واپس اپنے بیسمنٹ میں لوٹ آئی تھی۔

''تم نے ان سے رکنے کے لیے کہا تھا؟''

''مسز جین ۔۔۔ مجھے نہیں لگتا، وہ ٹھیک ہیں۔''

''کیا مطلب؟'' ایک ہلکی سی گھبراہٹ ان کے چہرے پر چلی آئی۔

''آج صبح جب میں ان کے کمرے میں گئی ۔۔۔'' میں پھر رک گئی۔ ایک ہی منظر بار بار لوٹ آتا تھا، میں اسے دہرانا نہیں چاہتی تھی، ''مجھے لگتا ہے ان کی طبیعت ٹھیک نہیں ہے، ان کا چلے جانا ہی بہتر ہوگا۔'' میں نے کہا۔

وہ کچھ دیر چپ چاپ مجھے دیکھتی رہیں۔

''جیسا تم ٹھیک سمجھو۔'' کچھ دیر بعد وہ بولیں ''لیکن اپنا پیپر تو انھوں نے بہت اچھا پڑھا۔ وہ غیر معمولی تھا، تم سن رہی تھیں؟''

''جی۔''

''کیا بات ہے شکن، تم بہت پریشان دکھائی دے رہی ہو؟''

''مسز جین! سیمینار کا کام تو اب ختم ہو گیا۔ کیا آج دوپہر میں اپنے گھر لوٹ سکتی ہوں؟''

''جا تو سکتی ہو لیکن آج شام ہم نے ان ڈیلی گیٹوں کے لیے ایک چھوٹی سی آؤٹنگ رکھی ہے، جو کل صبح بنارس جا رہے ہیں۔ میں دوسرے دھندوں میں پھنسی ہوں۔ کیا ایک رات اور نہیں رک سکتیں؟''

''صرف ایک رات۔''

''کل صبح آرام سے سونا۔ میں نے مسٹر چکرورتی سے کہہ دیا ہے۔ وہ ایئرپورٹ جائیں گے۔''

وہ ہڑبڑی میں تھیں، زیادہ دیر نہیں رکیں۔ سیمینار کے ڈیلی گیٹ آخری لنچ کے لیے میز کے ارد گرد جمع ہو رہے تھے، کچھ لوگ تو ہوٹل سے اپنا سامان بھی لے آئے تھے تاکہ لنچ کے بعد سیدھا اسٹیشن جا سکیں۔ مسٹر دا ملے آج صبح ہی ہوٹل سے 'چیک آؤٹ' کر کے اپنے ایک دوست کے گھر چلے گئے تھے، ان کی فکر کرنا بے کار تھا لیکن مسز سین کا ٹکٹ ابھی میرے پاس تھا اور وہ کہیں نظر نہیں آ رہی تھیں۔

میں خالی ہو گئی تھی، اب مجھے کچھ نہیں کرنا تھا۔ جی میں آیا، سائیکل اٹھاؤں اور کچھ دیر کے لیے گھر چلی جاؤں۔ وہاں ماں اکیلی بیٹھی ہوں گی۔ شاید ابھی کھانا پکا کر لیٹی ہوں۔ انھیں معلوم تھا، آج میں نہیں آؤں گی لیکن وہ ہمیشہ کھڑکی کے باہر آنکھیں لگائے رہتی تھیں۔

لیکن میں وہاں نہیں گئی۔ اس کے بجائے میرے پاؤں اسٹاف روم کی طرف مڑ گئے۔ سیمینار کے

دنوں میں وہ خالی پڑا رہتا تھا۔ میں وہاں اکیلی رہ سکتی تھی۔ میں اکیلی رہ کر پچھلی رات کے بارے میں سوچنا چاہتی تھی۔ پچھلی رات اور آج صبح کے بارے میں، جب میں ان کے کمرے میں گئی تھی اور ان کا دروازہ کھلا تھا، برآمدے اور کھڑکی کے بیچ لاٹھی ہوا میں ڈولتا ہوا، اور وہ ٹیبل لیمپ جلا کر میز پر سر لگا کر بیٹھے تھے، لگتا تھا کہ وہ ساری رات نہیں سوئے، وہ سو رہے تھے۔

میں نے پرس کھولا، ایک کورا نیا انلینڈ نکالا اور رجت کو لکھنے لگی۔ کتنا عجیب ہے، جب تم کسی نئے آدمی سے ملتے ہو، تو رکی ہوئی سموچی چاہت جواب تک برف کی طرح جمی تھی، نئے کی تپن سے پگھل کر پرانے آدمی کی طرف بہنے لگتی ہے۔

''انٹرویو شروع ہو گیا ہے۔'' میں نے لکھا، ''آدھا ہو چکا ہے، باقی آج شام کو پورا ہوگا۔ تم آؤ گے تو دکھاؤں گی۔''

کلک۔۔۔کلک۔۔۔

آج برسوں بعد بھی جب میں کیمرے کی آواز کسی ٹورسٹ بس میں سنتی ہوں تو مجھے وہ شام یاد آجاتی ہے جیسے وہ 'آواز' مشین کے ملتے شٹر سے نہیں، دل کی ٹھہری سانس سے چپکی ہو۔۔۔ سانس جو بار بار ٹھہر جاتی تھی، جب کھڑکی کے باہر بھاگتا کوئی جانور دکھائی دے جاتا تھا۔

فاریسٹ سینکچواری کا بھورا، جنگلی بستر، لمبی گھاس، ہری کائی سے ڈھکے پوکھر۔۔۔ بھاگتی بس کی کھڑکی سے سب کچھ دکھائی دے جاتا تھا۔۔۔ سب کچھ۔۔۔ لیکن صرف ایک پل کے لیے۔۔۔ اور اس لمحے کو پکڑنے کے لیے بس کی کھڑکیوں کے باہر کیمرے لگے رہتے تھے۔ مسز جین نے کچھ ایسا بندوبست کیا تھا کہ بس میں ہر ڈیلی گیٹ کھڑکی کے پاس بیٹھ سکے تاکہ موقع آنے پر وہ فوراً فوٹو کھینچ سکے۔

جب میں بس میں چڑھی تھی تو ڈاکٹر دیو کھڑکی کے پاس بیٹھے دکھائی دیے تھے، بس کی پچھلی سیٹ پر اور بغل والی سیٹ پر ان کا کیمرہ نہیں، تھرمس کی بوتل رکھی تھی۔

''کیا میں یہاں بیٹھ سکتی ہوں؟''

انھوں نے ایک پل میری طرف دیکھا اور پھر بوتل اٹھا کر کھڑکی کے نیچے رکھ دی اور میں خالی سیٹ پر بیٹھ گئی۔ میں ان کے پیپر کے بعد پہلی بار مل رہی تھی۔ مجھے یہ بھی نہیں معلوم تھا، وہ دوپہر کے وقت کہاں رہے تھے۔ میری دوپہر عجیب ڈھنگ سے گذری تھی۔ لنچ کے بعد مسز سین مجھے اپنے ساتھ گھسیٹ لے گئی تھیں۔۔۔ وہ آخری دن اپنے شوہر کے لیے کوئی تحفہ خریدنا چاہتی تھیں۔ بازار سے لوٹ کر وہ اتنی تھک گئیں کہ سینکچواری آنے سے بالکل انکار کر دیا۔ میں انھیں ان کے کمرے میں چھوڑ کر جب باہر چلی آئی تھی تو۔۔۔ بس کھڑی تھی۔ مسٹر چکرورتی دوڑ کر میرے پاس آئے ''ڈیلی گیٹ زیادہ نہیں ہیں، اس لیے کچھ اسٹوڈنٹس بھی جا رہے ہیں۔ اندھیرا ہونے سے پہلے لوٹ آئیے گا۔''

''اور مسز جین؟ وہ نہیں جائیں گی؟''

''وہ ایئر پورٹ جارہی ہیں۔ کچھ ڈیلی گیٹ آج شام کی فلائٹ سے جارہے تھے، انھیں چھوڑنے ،۔اور میری ڈیوٹی آفس میں ہے۔''

کوئی دوسرا چارہ نہیں تھا، میں اپنے بیسمنٹ میں بھاگی ،جلدی سے کپڑے بدلے، پرانی نیلی جینس اور ایک براؤن جرسی جو میں نے رجت سے ادھار مانگی تھی۔اس پوشاک میں صرف شہر کے باہر یا گھر کے بھیتر گھوما جاسکتا تھا۔

ہوٹل سے باہر جانے سے پہلے ڈاکٹر دیو کو ڈھونڈنے اوپر گئی تھی۔ میں نے کئی بار دروازہ کھٹکھٹایا لیکن وہ بند تھا۔کہاں جاسکتے ہیں وہ؟ بس کا ہارن چیخ رہا تھا۔میں جلدی سے نیچے آئی، ڈرائیور میری طرف خونی نگاہوں سے گھور رہا تھا۔ میں اس کی نظروں سے بچتے ہوئے بھیتر آئی،اور تب وہ دکھلائی دیے، پچھلی سیٹ پر اکیلے بیٹھے ہوئے۔ میں ایک پل کے لیے جھجکی،۔پھر بس کا جھٹکا مجھے پیچھے کی طرف دھکیلتا چلا گیا''کیا میں یہاں بیٹھ سکتی ہوں؟''

بس ہچکولے کھاتی ہوئی بھاگ رہی تھی۔

کچھ دیر ہم چپ بیٹھے رہے۔ وہ کھڑکی کے باہر دیکھ رہے تھے، میں ان کو۔ انھوں نے اب ایک براؤن کارڈرائے کی جیکٹ پہن رکھی تھی، اندر اونچے گلے کا سفید سوئیٹر، مفلر بھی تھا،لیکن وہ ان کے کندھے کے نیچے لڑھک کر جھول رہا تھا۔

''آپ کو کتابیں مل گئی تھیں؟''

''کیا تم صبح آئی تھیں؟''

''آپ شاید سو رہے تھے؟''میں نے کہا۔

''میں اپنے پیپر کو دوبارہ دیکھ رہا تھا۔ مجھے پتہ ہی نہیں چلا،تم کب آئیں اور چلی گئیں۔''

وہ کچھ ناراض سے دِکھتے تھے۔ میں نے بات کو وہیں چھوڑ دیا۔کیسے کہتی، جب میں آئی، وہ میز پر سر لگا کر بیٹھے تھے؛ نیند میں یا اپنے پیپر میں، جاننا ناممکن تھا۔

''کتابیں کس لیے چھوڑ گئی تھیں؟''

''مسز جین۔۔آپ کو یاد ہوگا، پرنسپل کی لائبریری میں آپ کی بہت سی کتابیں ہیں۔۔وہ چاہتی ہیں کہ آپ ان پر کچھ لکھیں۔''

''کیوں؟''

''ایسے ہی۔شاید یادگار کے لیے۔''میں نے بےلوث جذبے سے کہا۔

''یادگار؟''انھوں نے کھڑکی کے باہر دیکھا جہاں جنگلی پرندوں کا جھنڈ بس کے ساتھ ساتھ اڑ رہا تھا ''کہ میں یہاں آیا تھا؟''

ایک عجیب روکھی سی ہنسی ان کے چہرے پر چلی آئی۔

''آج دوپہر آپ کہاں گئے تھے؟'' میں نے پوچھا۔

''کب؟'' انھوں نے میری طرف دیکھا۔

''لنچ کے بعد؟ میں آپ کے کمرے میں گئی تھی۔''

''ایر لائنس کے دفتر'' انھوں نے کہا ''اپنا ٹکٹ کنفرم کرانے گیا تھا۔''

میں نے ان کی طرف دیکھا ''کیا آپ کو ہم پر اعتماد نہیں تھا؟''

''نہیں، یہ میری عادت ہے۔ یقین کی بات نہیں۔ اسی بہانے شہر میں بھی گھومنا ہو جاتا ہے۔۔۔ آخری دن مجھ سے ہوٹل میں نہیں بیٹھا جاتا۔''

''آخری دن! مجھے یاد نہیں رہا تھا جیسے مجھے یہ یاد نہیں رہا تھا کہ وہ ساری دنیا گھومے ہیں اور کسی اجنبی شہر میں اکیلے گھومنے جا سکتے ہیں۔ اس میں فکر کی کوئی بات نہیں تھی نہ برا ماننے کی کوئی وجہ تھی۔''

پھر بھی میرے بھیتر کچھ دکھتا رہا، وہ دکھ نہیں تھا۔ صرف خالی دوپہر کی ایک سونی سی کمی، جو ہماری سیٹ پر ایک تیسرے شخص کی طرح آکر بیٹھ گئی تھی۔

میں نے باہر دیکھا۔ بس شہر کی سرحد چھوڑ کر اب اجاڑ گاؤں میں چلی آئی تھی، جہاں کہیں کہیں مٹی کے جھونپڑے دکھائی دے جاتے تھے۔ بارش نہ ہونے کی وجہ سے ایک اجاڑ پیلا پن دکھائی دیتا تھا۔ رجت کہیں ایسے ہی علاقوں میں گھومتا ہوگا اور تب مجھے یاد آیا کہ وہ چٹھی جو اسے اسٹاف روم میں لکھی تھی، اب بھی وہ میرے پرس میں پڑی تھی۔ مجھے لگا کہ ایک ہی سیٹ پر میں بھی محرومیوں کے بیچ بیٹھی ہوں۔

''آپ دوپہر کو اپنے گھر نہیں گئیں؟'' اچانک ان کی آواز سنائی دی، اور میں چونک سی گئی ''میں مسز سین کے ساتھ ایمپوریم گئی تھی، انھیں کچھ تحفے خریدنے تھے۔'' میں نے کچھ مشکوک ہو کر ان کی طرف دیکھا ''کیوں؟ کیا آپ کو کچھ کام تھا؟''

''مجھے آپ کا ٹائپ رائٹر واپس کرنا تھا۔''

''اس کی جلدی نہیں ہے۔ وہ میں آج رات کو لے لوں گی۔''

''نہیں،۔ اب اس کی ضرورت نہیں ہے۔ میں اسے وہیں واپس پہنچا آیا ہوں جہاں سے آپ لائی تھیں۔''

میں حیرت سے انھیں دیکھنے لگی ''کہاں پہنچا آئے آپ؟''

''آپ کے گھر! میں نے سوچا، اچانک آپ کو حیرت میں ڈال دوں گا لیکن آپ وہاں تھیں نہیں۔''

''لیکن آپ تو ٹکٹ کنفرم کرانے گئے تھے؟''

''ہاں، لیکن میں آپ کا ٹائپ رائٹر بھی ساتھ لے گیا تھا۔ میں نے سوچا تھا، ٹائم ملا تو آپ کا گھر بھی دیکھ لوں گا۔''

میں کچھ دیر تک انھیں دیکھتی رہی ''کیا آپ میری ماں سے ملے تھے؟''

وہ ہنسنے لگے'' آپ کی ماں؟ اور وہاں کون ہوسکتا ہے۔ مجھے نہیں معلوم تھا، وہ میرے بارے میں پہلے سے ہی سب کچھ جانتی ہیں؟''

میں چپ چاپ کھڑکی سے باہر دیکھتی رہی۔ دور سینکچواری کا جنگل دھوپ میں جھلملا رہا تھا۔ پتہ نہیں ،ماں نے ان سے کیا باتیں کی ہوں گی۔ شاید رجت کے بارے میں؟ وہ کتنی آسانی سے ان لوگوں کے سامنے کھل جاتی ہیں جنھیں میں جانتی ہوں۔

''یہ جگہ تو شہر سے زیادہ دور نہیں ہے، کیا آپ یہاں اکثر آتی ہیں؟''

''کبھی کبھی پکنک کے لیے۔'' میں نے کہا'' میرے ایک دوست ہیں، جب کبھی وہ یہاں آتے ہیں تو ادھر آنا ہو جاتا ہے۔''

''کون سے دوست؟ کیا کرتے ہیں؟''

''میں نے سوچا، ماں نے آپ کو بتا دیا ہوگا۔'' میں نے ان کی طرف دیکھا، ایک ہلکی سی چھایا ان کے چہرے پر بکھر آئی تھی۔ باہر گزرتے پیڑوں کی یا صرف کوئی بھیتر کا خیال جو اپنا انتہائی عارضی اندھیرا چہرے پر چھوڑ کر گزر جاتا ہے۔

''وہ اخبار میں کام کرتے ہیں۔ آپ کی بہت سی کتابیں پڑھی ہیں۔'' میں نے کہا۔

''یہاں نہیں رہتے؟''

''نہیں، انھیں رپورٹنگ کے لیے گھومنا پڑتا ہے۔''

''آپ کبھی ان کے ساتھ نہیں جاتیں؟''

''اس بار مشکل تھا۔ سیمینار کی تیاری کے لیے یہاں رکنا پڑا۔ اس سال جہاں جہاں سوکھا پڑا ہے وہاں انھیں جانا پڑا۔''

وہ کچھ دیر چپ رہے، پھر کہا'' میں کبھی سوچ بھی نہیں سکتا تھا کہ آپ کے کوئی بہت قریبی دوست بھی ہو سکتے ہیں۔''

''ایسا کیوں؟'' میں اچانک ہنسنے لگی'' کیا میں نابالغ جان پڑتی ہوں؟''

''نہیں، میرا مطلب یہ نہیں تھا۔ حالاں کہ آپ کی ماں یہی سوچتی ہیں۔۔۔'' وہ ایک لمحہ رکے،'' وہ آپ کو بہت چاہتی ہیں۔''

''وہ مجھ سے کافی دُکھی رہتی ہیں۔ مجھے لگتا ہے، میں نے انھیں بہت مایوس کیا۔''

''مایوس کیسے؟''

''مجھے نہیں معلوم۔'' میں نے باہر دیکھا جہاں ہلکا سا اندھیرا گھِر آیا تھا،'' وہ شاید سوچتی تھیں کہ میں کسی دوسری طرح کی زندگی جیوں گی۔ یہ نہیں، جیسی اب ہے۔''

وہ کچھ دیر چپ بیٹھے رہے، پھر دھیرے سے پوچھا ''کیسی زندگی؟''

''وہ یہ کبھی نہیں بتاتیں۔'' میں ہنسنے لگی ''وہ سوچتی ہیں، میں بہت سکھ میں جی رہی ہوں۔''

پتہ نہیں، یہ میں نے کیوں کہا؟ شاید اس لیے کہ چاروں طرف جنگل تھا، لمبی گھاس پر آخری دھوپ اور شروع کا اندھیرا مل رہے تھے اور کبھی کبھی کوئی بھاگتا ہوا جانور دکھائی دے جاتا تھا، کوئی بارہ سنگھا یا ہرنوں کا جھنڈ۔ بس بہت دھیمی رفتار سے رینگ رہی تھی تاکہ فوٹو کھینچنے والے آسانی سے کیمرہ سادھ سکیں۔ دور دور تک پیلی مٹی، جھاڑ جھنکاڑ اور پیڑوں کے جھرمٹ دکھائی دے جاتے تھے۔ نیلی کائی سے ڈھکے پوکھر، جن پر پنچھیوں کے سانولے جھنڈ اوپر اٹھتے اور پھر اچانک 'ڈائیو' لگا کر ماہر غوطہ خوروں کی طرح گھاس میں غائب ہو جاتے۔

اچانک انھوں نے میرا ہاتھ پکڑ لیا۔ کیمرے کی آواز اور بس کا بریک ''ادھر دیکھو!'' انھوں نے کچھ پھسپھساتے ہوئے کہا۔

چیتلوں کا ایک گروہ قلانچیں بھرتا ہوا بھاگا جا رہا تھا۔ دفعتاً بس کی کھڑکھڑاہٹ سے ایک چیتل ٹھٹک گیا، گردن پیچھے موڑی اور ہماری طرف یک ٹک نہارنے لگا۔۔۔ صرف ایک پل۔۔۔ اور تب بس کی ہیڈ لائٹس بھک سے جل اٹھیں اور دوسرے پل جنگل کے بیہڑ میں وہ ہمیشہ کے لیے کھو گیا۔

کتنی بڑی آنکھیں تھیں، کتنی مشتاق اور مضطرب۔

اس لمحہ کیا ہوا تھا؟ جنگل کی سرسراہٹ جیسے خون کی ایک لہر تھی جو میرے جسم میں سنسناتی ہوئی اٹھی تھی اور پھر ایک اندھے گھٹا ٹوپ میں گم ہو گئی تھی۔ دیر تک مجھے پتہ نہیں چلا کہ ان کا ہاتھ اب بھی میرے ہاتھ پر گرا ہوا ہے۔

جب میں اس شام کے بارے میں سوچتی ہوں، وہ لمحہ ہمیشہ لوٹ آتا ہے؛ بے صدا، مشتاق، چمکدار۔ جیسے پچھلے دو دنوں سے وہ جو کچھ مجھ سے کہنا چاہ رہے تھے اور جو میں ان سے چھپاتی رہی تھی، وہ دونوں کسی جادوگرنی کے پتے کی سا ہمارے سامنے کھل گئے تھے لیکن بس میں اتنا اندھیرا تھا کہ اسے ہم اٹھا کر دیکھ بھی نہیں سکتے تھے کہ اس پر کیا لکھا ہوا ہے؟

اچانک بس کی رفتار دھیمی ہو گئی تھی۔ دور ٹیلے پر دو چار بتیاں ٹمٹما رہی تھیں۔ ہم سینکچواری کی آخری سیما تک آ پہنچے تھے۔ یہاں ہنومان جی کا چھوٹا سا سفید مندر تھا۔ آس پاس ایک اجاڑ سی بستی تھی، کچھ مٹی کے جھونپڑے، دو کانیں، چائے کا ایک ڈھابا۔

ڈرائیور نے بس کی بتی جلا دی، پیچھے مڑ کر دیکھا۔

''یہاں کچھ دیر رکیں گے یا واپس چلوں؟''

آگے بیٹھے ہوئے کچھ طلبا وہاں تھوڑی دیر رکنا چاہتے تھے لیکن سیمینار کے ڈیلی گیٹوں کو نہ ڈھابے کی چائے سے دلچسپی تھی نہ مندر دیکھنے کا تجسس، ان میں سے کچھ کو کل صبح کی فلائٹ بھی پکڑنی تھی، اس لیے یہی طے ہوا کہ بس کو موڑ لیا جائے۔ سب کو ہوٹل پہنچنے کی جلدی تھی۔

ہوا بھیتر آ رہی تھی، کبھی کبھی کھڑکی کے باہر کوئی تارہ دکھائی دے جاتا تھا، بس کے اوپر ایک جگنو رینگتا ہوا۔ ڈرائیور نے بس کی بتیاں بجھا دی تھیں، اس لیے باہر کا اندھیرا بھیتر کے اندھیرے سے اجلا دکھائی دے رہا تھا۔

''ہوا بہت ٹھنڈی ہے۔۔۔'' انھوں نے سگریٹ جلائی تو ایک دم روشنی میں ان کا چہرہ دکھائی دیا۔

''کھڑکی بند کر دوں؟'' میں نے پوچھا۔

''نہیں، ایسے ہی ٹھیک ہے۔ کچھ جانور صرف رات کو دکھائی دیتے ہیں۔''

ان کی آواز میں کچھ ایسا تھا، میرے بھیتر کچھ ٹھٹک سا گیا۔ کیسے جانور؟ کھڑکی کے باہر کچھ بھی دکھائی نہیں پڑتا تھا، صرف ایک وسیع جنگل، جس کے پرے ایک میلا جنگل سا اندھیرا تھا، جو ہیڈ لائٹس کی روشنی سے کٹ کر سڑک کے دونوں طرف جھٹکتا جاتا تھا۔

مجھے کچھ یاد آیا۔ کل کی تو بات ہے، جب انھوں نے 'باہر' جانے کی بے کراں آرزو کے بارے میں کہا تھا، سرکٹ ہاؤس کے بینچ پر بیٹھے ہوئے، چلتی ہوئی ریل سے باہر نکل جانے والے لوگ، پٹریوں کے کناروں پر لہولہان، کون سے جانور بیہڑ اندھیرے میں باہر دکھائی دیتے ہیں؟

ان کی سانس، باہر کا جنگل، بس کے اوپر رینگتا تارہ، کچھ دیر تک وہ ہمارے ساتھ چلتا رہا۔ وہ جیسے کوئی 'تیرتھ یاتری' تھا جو نیچے کے خانہ دار لوگوں کے ساتھ گھسٹتا جاتا ہے۔ ''آپ؟'' میں نے باہر دیکھتے ہوئے کہا ''کیا کل آپ کا جانا ضروری ہے؟''

پتہ نہیں، یہ میں نے کیوں پوچھا تھا۔ مجھے یہ بھی پتہ نہیں چلا، کیا یہ بات میں نے اپنے سے کہی ہے یا وہ ان تک پہنچی ہے، کیوں کہ وہ کچھ دیر تک ویسے ہی ساکت وصامت بیٹھے رہے تھے، جیسے میں نے کچھ نہ کہا ہو لیکن نہیں،۔ وہ سچ نہیں تھا۔ ان کا جسم ہلا تھا اور ہاتھ چہرے پر گیا تھا، جیسے وہ کسی پرانے اشارے سے نیا جواب دینے کی کوشش کر رہے ہوں۔

''مجھے لگتا ہے، میں پھر یہاں آؤں گا!''

میں حیرانی سے انھیں دیکھنے لگی۔۔۔ وہ جانے کی نہیں لوٹنے کی بات کر رہے تھے۔

''لیکن ابھی۔۔۔ اس بار کچھ اور کیوں نہیں رک جاتے؟'' میں نے کہا۔

''میں اب دلّی نہیں رکوں گا۔'' انھوں نے کچھ ایسے کہا، جیسے میرے نئے سوال کے بہانے کسی بہت پرانے سوال کا جواب دے رہے ہوں، ''بیٹی کی برساتی میں رکوں گا، تو یہاں کی باتیں یاد آئیں گی،۔ پیپر کی باتیں جو میں نے اس کے گھر میں لکھی تھیں، لیکن یہاں میں ضرور آنا چاہوں گا۔۔۔ آپ سے اور آپ کی ماں سے ملنے۔'' وہ ایک پل رکے۔

''اس بیچ میں آپ کی ساری کتابیں پڑھ ڈالوں گی۔'' میں نے کہا۔

''میری کتابیں؟'' وہ کچھ دیر سوچتے رہے ''تب آپ کو بہت مایوسی ہوگی، اگر ان دنوں آپ کا ساتھ

مجھے اچھا لگتا رہا تو صرف اس لیے کہ آپ نے میرا کچھ نہیں پڑھا تھا۔''

میں نے ہمت کر کے ان کی طرف دیکھا ''کیا آپ کو وہ اب اچھی نہیں لگتیں؟ آپ نے دس سال سے کچھ بھی نہیں لکھا؟''

کچھ دیر تک وہ باہر اندھیرے میں دیکھتے رہے، پھر دھیرے سے کہا ''نہیں، وہ مجھے میری نہیں لگتیں۔ صرف وہ آدمی اب مجھے اچھا نہیں لگتا جس نے انھیں برسوں پہلے لکھا تھا۔'' وہ ایک لمحہ رکے ''آپ کیا سوچتی ہیں؟ سوکھا صرف باہر پڑتا ہے؟''

صرف باہر، باہر کہاں؟ باہر، جہاں رجت گھومتا تھا؟

میں ان سے کچھ پوچھنا چاہتی تھی، شاید کوئی بہت اہم بات، جو آنے والے دنوں میں میرے شکوک کے ساتھ ساتھ چلتی رہتیں لیکن یہ نہیں ہوا۔ میں جھجک کر رہ گئی، میں اس انٹرویو کا اختتام نہیں چاہتی تھی۔

لیکن سینکچواری کا اختتام آ پہنچا تھا، اس شہر کی حدود میں آ گئے تھے جہاں کچھ دیر پہلے تاروں کا جمگھٹ لگا ہوا تھا، وہاں اب مکانوں کی روشنیاں دکھائی دے رہی تھیں۔

اس رات وہ سیدھا اپنے کمرے میں چلے گئے، میں اپنی بیسمنٹ میں۔ میں کپڑے بدلے بغیر بستر پر لیٹ گئی۔ پتہ بھی نہیں چلا، کب نیند آ گئی۔ جب صبح اٹھی تو کافی دیر ہو چکی تھی۔ کوئی دیر سے دروازہ کھٹکھٹا رہا تھا۔ باہر آئی تو چکرورتی صاحب کھڑے تھے۔

''یہ کتابیں دیو صاحب آپ کے لیے چھوڑ گئے ہیں۔''

''وہ کہاں ہیں؟''

''وہ تو بہت پہلے صبح کی فلائٹ سے چلے گئے۔ میں ان کے ساتھ ایئر پورٹ گیا۔ جانے سے پہلے انھوں نے مجھ سے کہا کہ یہ کتابیں آپ کو دے دوں۔''

''کچھ اور تو نہیں کہا تھا؟''

''نہیں۔ کیوں؟'' انھوں نے کچھ تعجب سے مجھے دیکھا۔

''شکریہ'' میں نے ان سے کتابیں لے لیں، پھر ہم دونوں مسکرائے، ''چلیے سیمینار ختم ہوا۔''

ہم دونوں نے ہاتھ ملائے اور میں اپنے کمرے میں لوٹ آئی۔

تین مہینے بعد ایک صبح اخبار میں ان کا فوٹو دکھائی دیا۔ چاروں طرف کالی سرخی کا بارڈر، اوپر ان کا نام، نیچے ان کی تاریخ ولادت، تاریخ وفات، کتابوں کی لسٹ اور ایک چھوٹی سی لائن۔۔۔ ''انھوں نے اپنا آخری پیپر شہر کے اہم کالج کے سیمینار میں پڑھا تھا۔''

وہ فوٹو سے باہر مجھے دیکھ رہے تھے۔ کتنی بڑی آنکھیں تھیں، کتنی پُر اشتیاق۔۔۔ کتنی خوف زدہ!

مہا گیانی

یش پال

ترجمہ: ارتکاز افضل

پریم چند کے بعد ہندی افسانوی ادب میں سماجی احساس کی رو کو آگے بڑھانے والوں میں یش پال (۳ دسمبر ۱۹۰۳ء-۲۶ دسمبر ۱۹۷۶ء) کا نام سرفہرست ہے۔ یہ بھی کہا جاسکتا ہے کہ پریم چند نے اس کام کو جہاں چھوڑا تھا، یش پال نے وہیں سے اپنا سفر شروع کیا۔ ان کی زیرنظر کہانی مؤقر ادارے 'ساہتیہ اکادمی' نئی دہلی کی مرتبہ 'عصری ہندوستانی کہانیاں'، جلد دوم، ۱۹۹۲ء سے بشکریہ اخذ کی جارہی ہے۔

ڈاکٹر ارتکاز افضل تین دہائیوں تک ڈاکٹر بابا صاحب امبیڈکر مراٹھواڑا یونیورسٹی (اورنگ آباد، ہندوستان) میں درس و تدریس کے فرائض انجام دیتے رہے۔ آپ کے منظوم و منثور تراجم ہندوستان کے مختلف جرائد میں شائع ہوتے رہے ہیں۔

مہاراج دیرگھ لوما کو دنیاداری سے فطرتاً کوئی لگاؤ نہ تھا۔ ویسے ایک قلیل مدت کے لیے وہ گرہستی کی زندگی بھی گزار چکے تھے اور اس کے نتیجے میں ان کی بیوی نے ایک بچی کو جنم دیا تھا۔ ابتدائی زندگی کے رشتے اور فریب جب خود آگہی کی بھٹی میں جل کر تزکیے کے عمل سے گزرے تو انھوں نے دنیا تج دی اور نربدا کے کنارے ایک مٹھ بنا کر وہیں اپنا آسن جما لیا۔ ذات کی نجات کا واحد ذریعہ وہ ترکِ نفس کو سمجھتے تھے۔ ان کی بیوی بھی اپنی بچی کے ساتھ وہیں گھاس پھوس سے بنی ایک کٹیا میں رہنے لگی۔ وہ ایک وفا شعار بیوی تھی۔ شوہر کی خاطر خود بھی دنیا داری سے کنارہ کش ہوگئی۔ اسے پوری امید تھی کہ اپنے شوہر کے گیان کے سایہ میں خود اسے بھی مکتی مل جائے گی۔ اپنی بیٹی سِدّھی کو بھی مہاراج نے شروع ہی سے ترکِ نفس کی تربیت دی تھی۔ مناظر فطرت کی ہریالی

اور شادابی سے گھری اس پناہ گاہ میں وہ پلی بڑھی تھی۔ اپنے والد کی تربیت نے سِدّھی کو بھی جسم و جان کی ہر طلب سے آزاد کر دیا تھا۔ کٹیا کے اصولوں کے مطابق روح کو جسم پر فوقیت حاصل تھی۔ لہٰذا لازمی تھا کہ سِدّھی بھی اپنے جسم کی آرائش و زیبائش کو بھلا کر روحانی کمال کے حصول پر توجہ دیتی۔

سِدّھی نے اپنی عمر کے چھبیس سال مکمل طور پر پاکدامانی میں گزار دیے تھے۔ اس کی لمبی گھنی زلفوں نے کبھی کسی زیور کا بار احسان نہیں اٹھایا تھا۔ ہاں، اگر زیور اس کی زلفوں میں سجے نظر بھی آتے تو یہ ہوتے ریت اور جھاگ جو نربدا ندی میں نہانے کے بعد اس کی زلفوں سے چمٹ کر رہ جاتے۔ اس کے ماتھے پر ہمیشہ بھگوان شیو کی نشانی ترشول بنا ہوا ہوتا۔ وہ اپنے بھرے بھرے پستان، جو اسے اکثر اپنے جسم پر لدے غیر ضروری بوجھ کی طرح لگتے، کیلے کے پتوں میں سمیٹ لیتی اور انھیں گرہ لگا کر پشت پر باندھ دیتی۔ زیر ناف اس کا بدن ہرنی کی کھال سے ڈھنپا ہوتا۔ اپنے والد کی ہدایتوں کے مطابق، جوان العمری کی تمام خواہشات کو وہ گناہ سمجھتی تھی، لہٰذا روح کی دشمن ان خواہشات کو وہ شدت سے دبا دیتی۔ نفس اور نفس کی بے لگام جبلتوں پر روحانی ریاضت کے ذریعہ قابو پانا، یہی وہ خوشیاں تھیں، جن سے سِدّھی واقف تھی۔ روح میں بگاڑ پیدا کرنے والی ساری نفسانی خواہشات سے اس نے منھ موڑ لیا تھا اور اب وہ روحانی سکون کی طلب گار تھی۔ اس کے ترک دنیا اور خواہشات کی نفی ہی مقصد حیات بن چکے تھے۔

مہاراج دیرگھ لوما نے اپنی کٹیا الگ تھلگ بنائی تھی۔ یہ کٹیا چاروں طرف پہاڑوں سے گھری ہوئی تھی اور نربدا کے کنارے واقع تھی لیکن مہاراج دیرگھ لوما کے روحانی کمالات کا شہرہ ہر طرف تھا۔ گوداوری، گنگا جمنا کے کناروں پر واقع پہاڑوں، حتیٰ کہ ہمالیہ تک ان کی گونج پہنچ چکی تھی۔ وہ بڑی پابندی سے پوجا پاٹ کرتے، لیکن پوجا پاٹ دراصل ان کے لیے خلوت نشینی کا بہانہ تھے۔ ان کا خیال تھا کہ ایسا 'جیو' جو دنیا داری کے جنجال میں پڑا ہو، بتدریج ضعف کا شکار ہو جاتا ہے۔ نتیجتاً جنم، موت اور پُنر جنم کے کبھی ختم نہ ہونے والے چکر سے اسے نجات نہیں ملتی۔ اس مخمصے سے نکلنے کی بس یہی ایک راہ ہے کہ انسانی رشتوں کو بھول کر زندگی ہی سے قطع تعلق کر لیا جائے۔ اسی میں صحیح خوشی اور نجات پوشیدہ ہے۔ اور پھر زندگی مقصد بھی تو اسی خوشی کی جستجو سے رقم ہوتا ہے۔ اسی لیے مہاراج کو ترک کے مسلک پر پورا پورا یقین ہو گیا۔ ساتھ ہی ان پر یہ انکشاف ہو گیا کہ انسان کے زوال کی راہیں کون سی ہوتی ہیں۔ ایک راہ تو ہیجان سے ہو کر ہوسنا کی تک پہنچتی ہے۔ ذہنی الجھاؤ غصہ پیدا کرتا ہے اور یہی الجھاؤ انتشار مطلق ہے۔

مہاراج بڑے گیانی پُرش اور ویدوں کے مشہور زمانہ مفسر بھی تھے۔ گیان اور نجات کی تلاش میں بھٹکنے والے سینکڑوں عقیدت مند انھیں دن رات گھیرے رہتے۔ سادھو سنت اور راجے بھی دور دراز کے مقامات سے ترک کے مسلک پر ان سے پروچن سننے آتے۔ اکثر یہ ہوتا کہ برسات کے موسم میں بھولے بھٹکے سادھو ان کے مٹھ کے قریب ہی ڈیرہ جما لیتے۔ ان سادھوؤں کے ساتھ ایک یوگی بھی تھا، جس کا نام تھا 'نیدک'۔ نیدک نے کم عمر ہی میں معرفت کے سارے مراحل طے کر لیے تھے۔ لڑکپن کے عمر ہی سے فقیری اختیار کر لی تھی، کبھی گھر گرہستی کے

جنجال میں پڑا ہی نہیں۔ اپنی روشن ضمیری اور قرب حقیقی کی وجہ سے اسے علم تھا کہ حواس خمسہ کی لذتیں کس قدر بے ثبات ہوتی ہیں۔ تپسیا اور تقویٰ کی وجہ سے اس کی رسائی معمول ومحظوظ دونوں تک تھی۔ اکثر یہ ہوتا کہ وہ دس دس پندرہ پندرہ دن تک سمادھی میں بیٹھا رہتا۔ لوگ کہتے ہیں کہ ایک مرتبہ وہ اس گہری سمادھی میں چلا گیا کہ اس کی جٹاؤں (نیدک) میں چڑیا نے گھونسلا بُن دیا اور تبھی سے وہ نیدک یعنی جٹا دھاری مہاراج کے نام سے مشہور ہو گیا۔ اس کی تپسیا کی شکتی کی کہانیاں ساری دنیا میں مشہور تھیں۔

اپنے مٹھ میں نیدک کا سواگت کرتے ہوئے مہاراج دیرگھ لوما کو بڑی خوشی ہوئی، انھیں امید تھی کہ اس مہا گیانی کی باتوں سے لوگ سچائی کو جان جائیں گے۔ خصوصاً وہ لوگ، جو تعقل پسندی کے بہانے حرص وہوس پر آمادہ انسانی ذہن کی ساری خامیوں کی حمایت کرتے رہتے ہیں، ان کی باتوں سے راہ راست پر آ جائیں گے۔

مٹھ کی فضا ہون کنڈ کی متبرک آگ اور جڑی بوٹیوں کی خوشبو سے مہک رہی تھی۔ ہوا کے دوش پر رواں دواں جنگلی پھولوں کی سبک خرام خوشبو نے ماحول کو اور بھی خوشگوار بنا دیا تھا۔ سبھی سادھوسنت اور ان کے چیلے برگد کے ایک بڑے درخت کے نیچے جمع ہو گئے تا کہ نیدک سے کچھ سن سکیں۔ ایک کونے میں چند معمر داسیوں کے ساتھ سِدّھی بھی بیٹھی ہوئی تھی۔

سادھوسنتوں کے سواگت میں راستوں پر چاول چھڑکے گئے تھے۔ ان چاولوں سے اپنا پیٹ بھر کے مٹھ کے ہرن بھی بڑے خوش نظر آ رہے تھے۔ پرندے درختوں پر اپنے اپنے پر پھیلائے چہچہا رہے تھے لیکن ان سب قدرتی نظاروں سے بے نیاز، سادھوسنت ابدی سکون کے موضوع پر نیدک کا پروچن سننے کے لیے وہاں جمع تھے۔

یوگی نیدک کے چہرے پر ایک لمبی لہراتی داڑھی جھول رہی تھی۔ نربدا کی گیلی مٹی سے بنایا ہوا ترشول کا نشان اس کے ماتھے کی زینت بڑھا رہا تھا۔ اس کی آنکھوں میں علم کی چمک تھی اور خوداعتمادی اس کے انگ انگ سے پھوٹ رہی تھی۔ چوڑا چکلا سینہ بالوں سے بھرا تھا جس پر پڑا ہوا جنیئو اس کی پتلی کمر پر پھسل آیا تھا۔ عام طور سے یوگی جس طرح بیٹھتے ہیں، اسی طرح وہ پدم آسن میں بیٹھا تھا۔

''منطق دماغی خلل کا نتیجہ ہے اور ذہن ان تحفظات کا پابند ہوتا ہے جو فرقہ جاتی ہوتے ہیں۔ ساری ہی بحثوں کی سمت کا تعین انسانی حاجات اور خواہشیں کرتی ہیں، لہٰذا براہ راست یا بالواسطہ طور پر دیکھا جائے تو منطق حرص وطمع ہی کے موقف میں ہوتی ہے، جب کہ حقیقت کا عرفان صرف اور صرف باطنی شعور ہی کے ذریعہ ممکن ہے۔ صرف باطنی شعور وہ قوت ہوتی ہے جس کے توسط سے انسان اپنے حواس سے پرے نکل سکتا ہے، یہاں تک کہ منطق کا دارومدار بھی اسی شعور پر ہے۔ درحقیقت آفاقی توانائی، مادہ ہونے کے سراب اور باطنی شعور سبھی بنیادی طور پر ایک ہوتے ہیں۔''

ایک مثال کے ذریعہ اس نے اپنی بات کی مزید وضاحت کی: ''سمجھ لو کہ پانی کی سطح پر تیرنے والے بلبلے جس طرح عارضی ہوتے ہیں کہ وہ دراصل پانی ہی کا جُز ہیں، بالکل اسی طرح انسانی زندگی ہی پرم آتما کے سمندر

پر تیرتا ہوا ایک بلبلہ ہے، ایک ایسا حباب ہے جو سطح سمندر پر ہوا کے لمس سے پیدا ہوتا ہے۔ لہٰذا حباب کی اپنی کوئی اہمیت نہیں ہوسکتی کہ لازوال حقیقت تو وہ پرم آتما ہے، وہ برہامن ہے، پھر مادی شعور کی بنیاد ہی خواہش ہے اور خواہش ہی تو ہوا کا وہ جھونکا ہے جسے شعور کہتے ہیں۔ اسی سے حباب زندگی بنتا ہے۔ یہی وہ حباب ہے جو 'انا' ہے اور جو رنج والم کا موجب ہوتا ہے۔

''انسانی روح اسی 'پرم آتما' کا ایک جز ہے۔ اس پرم آتما کے لیلا کے جلوے کی ایک ادنیٰ سی مثال ہے۔ لہٰذا وہ اتفاق جس کے نتیجے میں انسانی زندگی وجود میں آتی ہے، وہ کسی بھی طرح پائیدار نہیں ہوسکتا۔ حواس خمسہ کا ادراک، خوشی دکھ، سب سراب ہیں۔ مادی شعور کے نتیجے میں پیدا ہونے والا وہ حباب جب سمندر میں ضم ہو جاتا ہے تو آتما کا وصال پرم آتما سے ہوتا ہے۔ سچی خوشی کا باعث یہی وصال ہے، اسی میں ارتقا ہے اور اسی میں نجات پوشیدہ ہے۔ دکھ کا احساس تو اسی وقت ہوا ہے جب ہم عارضی خوشیوں سے منھ موڑ لیں اور ابدی سکون کے لیے ضروری ہے کہ عارضی خوشیوں سے کنارہ کشی اختیار کی جائے اور حیات ابدی کی طلب ہو۔ تپسیا ہی کے ذریعہ خواہشات کو زیر کیا جا سکتا ہے اور تپسیا ہی کے ذریعہ مادی وجود کے سارے حجابات ختم ہو جاتے ہیں اور بالآخر وصال حاصل ہوتا ہے۔ جسم تو بس روح کے لیے قید خانہ ہے، جسم کی ضرورتوں کا جتنا خیال رکھو گئے یہ جیل بھی اتنی ہی مضبوط ہوتی جائے گی۔ سمجھ دار لوگوں کو چاہیے کہ جسم کی ضرورتوں سے کنارہ کش ہو جائیں کہ یہ فریب دیتی ہیں۔ جسمانی ضرورتوں سے آزاد ہو جانے ہی کا دوسرا نام نجات ہے۔''

نیدک نے اپنے سامعین پر نگاہ ڈالی تاکہ وہ ان پر اپنی بات کے اثر کا اندازہ لگا سکے۔ اس نے دیکھا کہ کچھ شاگرد آنکھیں موندے بیٹھے ہیں جیسے اس کی باتوں کو اپنے اندر جذب کرنے کی کوشش کر رہے ہوں۔ کچھ یوگی کو نہار رہے تھے۔ اس نے اپنے بائیں سمت نظر دوڑائی۔ وہاں مٹھ کی داسیاں بیٹھی تھیں۔ ان کے بدن سوکھے ہوئے اور جوانی سے خالی تھے، جسمانی لذتوں کے امکان سے مایوس ان کی حریص نگاہیں کھنڈر جسموں کی غار نما آنکھوں سے یوگی کو گھور رہی تھیں۔ ان کا انداز ایسا تھا جیسے جس قدر ہو سکے، یوگی کی باتوں کے رس کو اپنے اندر جذب کر کے اسی سے اپنی تشفی کر لیں گی۔ وہ جھک کر بیٹھی ہوئی تھیں اور ان کے سوکھے ہوئے پستان ان کے گھٹنوں پر لٹک آئے تھے۔ ان کے جسم ایسے تھے جیسے آم چوس کر پھینک دیے گئے ہوں۔ انسانی زندگی کی بے بضاعتی کی گویا یادگار ہوں۔

سدّھی ان داسیوں کے جھرمٹ میں بیٹھی ہوئی تھی۔ اس کی دمکتی ہوئی جوانی میں مجاہدہ کی سختیوں نے گویا چار چاند لگا دیے تھے۔ وہ کیچڑ میں کھلے ہوئے کنول کی طرح شگفتہ لگ رہی تھی۔ اس کے لمبے بال ایک جوڑے کی شکل میں اس کے سر پر بندھے ہوئے تھے۔ اس کی جھکی جھکی گھنیری پلکیں بند تھیں۔ اس کا جوان سینہ کیلے کے پتوں میں ڈھکا ہوا تھا، جنھیں اس نے پشت پر ایک ڈوری سے باندھ رکھا تھا۔ وہ پیٹھ سیدھی کیے ایسی بیٹھی تھی جیسے کوئی یوگی دھیان بیٹھا ہو۔ صبح کی پوجا پاٹ کے آثار اس کی متناسب باہوں پر اب تک باقی تھے۔

یوگی نیدک اس کی موجودگی کو محسوس کیے بغیر نہ رہ سکا۔ ''دھیان گیان اور ترک کے لیے سب سے

مناسب عمر جوانی کی ہوتی ہے۔ ویسے تو زندگی کے کسی بھی مرحلہ میں اس بات گیان حاصل ہوسکتا ہے کہ تعلق غلط راہوں پر لگا دیتا ہے اور ترک ہی کے توسط سے ہم پرم آتما تک پہنچ سکتے ہیں لیکن اس کے لیے قطعی ضروری نہیں کہ ہم بڑھاپے کا انتظار کریں۔ بڑھاپے میں تو جسمانی خواہشات کا زور ویسے بھی ختم ہوجاتا ہے اور انسان چھوٹی چھوٹی لذتوں کا بھی اہل نہیں رہتا، پھر اس حالت میں کیوں کر ممکن ہے کہ انسان روح کے سیلان کو، جو ہوا سے زیادہ مہین ہوتا ہے، اپنے اندر سمو سکے اور کیسے ممکن ہے کہ ذہنی خلفشار پر قابو پائے کہ جس کی رفتار پانی سے بھی تیز ہوتی ہے۔ ممکن ہی نہیں کہ وہ اس لطیف آگہی کو گرفت میں لے سکے جو نجات کا باعث بنتی ہے؟'' وہ اپنے سامنے بیٹھی ہوئی داسیوں کے جسموں کے لاغر کھنڈروں کو گھور رہا تھا۔ اس نے مزید کہا، ''بڑھاپے کا تقویٰ تو دراصل حواس پر شہوت کی جیت ہے۔'' نیدک کی مضبوط اور گٹھی ہوئی ہیئت کذائی سے اعتماد جھلک رہا تھا۔ ''خواہشات سے نبرد آزما ہونے کے لیے سب سے مناسب عمر وہ ہوتی ہے جب جسم تر و تازہ ہو۔ یہی عمر ہوتی ہے عرفان اور فنافی الذات کی جستجو کے مناسب۔'' اس کی نگاہیں سدّھی کے سینہ کے زیر و بم میں بھٹکنے لگیں۔

دوپہر ہوئی اور نیدک نے اپنی بات ختم کردی۔ سبھی سادھو، سنت دوپہر کے کھانے کے لیے جو بہت ہی معمولی اور سادہ ہوا کرتا، نکل گئے۔ البتہ یوگی نیدک اپنے ہی خیالوں میں گم ندی کنارے پہنچا اور ایک چوکی نما چٹان پر بیٹھ گیا۔ بھوک جب پیٹ میں لہریں مارنے لگی تو اسے احساس ہوا کہ کھانے کا سمے ہو چکا ہے۔ جسم کی اس ضرورت کو اس نے نظر انداز کردیا۔ اس نے سوچا، راہبانہ مسلک کے لیے ضروری ہے کہ جسم کو سختیاں جھیلنے کا عادی بنایا جائے۔ اسے نظم و ضبط کا پابند بنایا جائے تاکہ اس کی ضرورتوں پر قابو حاصل ہوسکے۔ اس نے سوچا کہ اس طرح کے ضبط کی ایک روشن مثال سِدّھی تھی۔ فوراً ہی اس نے اپنے آپ کو سمجھایا کہ اس راہبہ کا کوئی بھی خیال اس کے دل میں نہ آنا چاہیے۔ ندی کے تیز بہاؤ کو اس نے دیکھا اور پھر اپنے آپ میں گم ہوگیا۔ ندی کے صاف و شفاف پانی اچھل کود کرتی ہوئی مچھلیوں کو دیکھ کر اس نے پھر سوچا کہ وہ کون سا مناسب طریقہ ہوسکتا ہے جس کے ذریعہ انسان اپنی نفسانی خواہشات پر قابو پاسکے کہ سارے دکھوں کی بنیاد یہی خواہشات ہوتی ہیں۔ اس کا ذہن بار بار اس راہبہ کے تصور ہی میں بھٹک جاتا۔ پیٹھ سیدھی، پیشانی، ناک، جوبن کا اتار چڑھاؤ اور پیٹ پر پڑی ہوئی گوشت کی دبیز سلوٹوں کے پیچھے چھپی ہوئی ناف۔ سب ایک ہی زاویہ پر قائم۔

نیدک اس سے قبل بھی عورتوں کو دیکھ چکا تھا۔ کئی مرتبہ وہ جنگل کی باسی ان داسیوں کے قریب رہ چکا تھا جو سیدھے سادے کپڑوں میں ملبوس ہوتی ہیں۔ زیورات سے لدی پھندی، گنہگار، شہری عورتیں بھی اس نے دیکھی تھیں، ان سب کے تعلق سے اس نے کبھی سوچا بھی نہیں لیکن سِدّھی کا پیکر بار بار اس کے ذہن پر حاوی ہوجاتا اور وہ سوچنے لگتا، ''کیوں اس نے اپنی آنکھیں موند رکھی تھیں، جب وہاں بیٹھی داسیاں اور دوسرے سبھی لوگ اس کو تکے جا رہے تھے۔ کہیں ایسا تو نہیں کہ وہ اس کی باتوں کو بڑے انہماک سے سن رہی ہو، یا پھر شاید ایسا ہو کہ وہ اس سے نظریں ملانا ہی نہیں چاہتی تھی۔ لیکن کیوں؟ کیا وہ اس سے خوف زدہ تھی! لیکن کیوں، آخر کیوں؟؟

وہ پھر اپنے آپ سے مخاطب ہوا، ''آنکھیں تو ہم لوگ بھی موند لیتے ہیں، خاص طور پر جب ہم دھیان

میں بیٹھتے ہیں۔ لیکن کیا ہم بھی ایسا خوف کی وجہ سے کرتے ہیں؟ ایسا تو محض اس لیے ہوتا ہے کہ آنکھیں بند کر کے ہم سنسار کے سارے دکھوں سے بے نیاز ہو جاتے ہیں۔ آنکھیں بند کر کے انسان، اس سنسار سے اپنے سارے بندھن توڑ لیتا ہے۔''

مچھلیاں ندی میں چھلیں کرنے لگی تھیں، جس کی وجہ سے اس کا دھیان پھر بٹ گیا اور وہ بڑبڑایا، ''یہ مچھلیاں بھی بس۔۔۔'' اسی لمحہ نربدا کے کنارے کھڑی چٹانیں اور آسمان ایک چیخ سے گونج اٹھے۔ دو چیلیں اختلاط کی مستی میں سرشار ایک اُبھری ہوئی چٹان کے سرے پر، پَر پھیلائے بیٹھی تھے اور دوسری سورج کے زیر سایہ اس کے آس پاس منڈلا رہی تھی۔ اسی کا نام تو خوف ہے، اسی کو کہتے ہیں حیوانی جبلت، اس نے سوچا۔ کوئی مقناطیسی کشش تھی جوان چیلوں کو کسی سنجیدہ عمل پر اُکسا رہی تھی۔ ان کی چیخوں سے سارا آسمان گونجنے لگا۔ نیدک بے چین ہو گیا۔ دل و دماغ کی تمام قوتیں اس نے یکجا کیں اور بڑی یکسوئی سے اس معمہ کو حل کرنے کی کوشش کرنے لگا، ''کون سا ایسا جذبہ ہے ان چیلوں کی فطرت میں جو انھیں اس قدر مشتعل کیے ہوئے ہے؟ کیا وہ اپنی جبلتوں پر قابو نہیں پا سکتیں؟ اپنے اس فطری میلان کو پرائشچت کی ندی میں نہیں ڈبو سکتیں؟ موت و زیست کے بندھنوں سے انھیں خوف نہیں آتا کیا؟ کیا ان کی روحیں نجات کُل، مکتی کی متلاشی نہیں؟''

وہ خود ہی اپنے سوالوں کا جواب دینے لگا۔ ''یہ پرندے جہالت اور موہ مایا سے اندھے ہو چکے ہیں۔ یہ دکھ کو دکھ نہیں سمجھتے۔'' اپنے اس جواب سے خود اسی کے خیالات میں کھلبلی مچ گئی۔ اس کے دل میں ایک دوسرے خیال نے سر اُبھارا، ''کیا دکھ کو دکھ نہ سمجھنا واقعی اگیان ہے؟ کیا دکھوں سے بھاگنا اور ان کی فکر میں گھلتے رہنا اگیان نہیں؟''

نیدک کے ذہن میں ایک اور خیال پیدا ہوا، ''جانوروں میں اگیان اور مایا کی وجہ بھلا کیا ہو سکتی ہے؟ خواہشات ہوس؟ اگر ایسا ہے تو یہ بھی لازمی امر ہے کہ خواہشات اور ہوس گویا ان جانوروں کی روح و جسم کا حصہ ہیں۔ یعنی دراصل یہی ایشور کی مرضی ہے۔ اس کی مرضی و منشا کے خلاف بھلا کوئی کیا کر سکتا ہے۔ کیا یہ ممکن ہے کہ انسان ایشور کی مرضی کے خلاف کچھ کر سکے؟ کیا انسانی فطرت خود اسی کا جلوہ نہیں؟ اپنی فطرت پر قابو پانے کے لیے انسان کی ساری کوشش اس کی مرضی و منشا کے خلاف نہیں کیا؟''

ان خیالات کے اچانک اُمڈ پڑے سے یوگی کے چین میں خلل پڑ گیا۔ وہ تندہی سے سوچنے لگا، ''دکھ سے کسی کو قرار نہیں، وہ چاہے چرند ہوں یا پرند لیکن وہ دکھ کو زندگی کا ماحصل نہیں سمجھتے۔ آنے والے دکھوں کی چنتا میں وہ زندگی گزار نہیں دیتے اور نہ ہی موت کے شدید ترین کرب سے مکتی کا وہ مطالبہ کرتے ہیں۔ جیسی بھی گزرے، گزار دیتے ہیں۔ دکھ کو دکھ کی طرح اور خوشی کو خوشی جیسا سہتے ہیں اور اس طرح زندگی گزار لیتے ہیں۔ یہی وہ حقیقی سدھانت ہے جس سے وجود بھی ہے اور موجود بھی۔ پھر موت کے بعد انسانوں اور جانوروں میں فرق ہی کیا رہ جاتا ہے؟''

یوگی کی نظریں پھر سے چٹانوں کی ان چوٹیوں کی طرف اٹھیں جہاں سے پرندوں کے شور اور پَر

پھڑ پھڑانے کی آوازیں آرہی تھیں۔ اس نے دیکھا کہ پرندے ایک نئی زندگی کی تولید کی تیاری میں مگن تھے۔ لمحہ بھر کے لیے نیدک کو محسوس ہوا جیسے ایک نامانوس سی لَے اس کے خون میں سرسرائی ہو لیکن فوراً ہی ذہنی الجھنوں کی دھند میں وہ ڈوب گئی۔ اسے یاد آیا کہ وہ دھیان میں بیٹھنے کے لیے یہاں آیا تھا لیکن اس روحانی مشق کے لیے اب نہ اس کی طبیعت حاضر تھی اور نہ اس کے لیے درکار جوش وخروش۔ اس کا ذہن شک وشبہ اور تذبذب کا شکار تھا۔ ''کیسے ممکن ہے کہ تزکیۂ نفس اور طہارت بدن کے ذریعہ صحیح خوشی حاصل ہو؟'' احساس شکست سے اس کا سر جھک گیا۔ ایک لمبی آہ بھرتے ہوئے اس نے اپنے آپ سے کہا، ''کیا زندگی کے لیے ہونے والی جدوجہد آئین حیات کی ضد کرتی ہے؟''

سورج غروب ہونے کو تھا۔ ایسا لگ رہا تھا جیسے ساری کائنات اپنی تکمیل کی جانب رواں دواں ہو۔ ندی سے آتی ہوئی آوازوں کی سمت نیدک کی نگاہیں اٹھیں۔ ندی کے کنارے پر ہرن کی ایک کھال اور ایک لٹیا پڑے ہوئے تھے۔ پتہ نہیں کس کی چیزیں ہیں یہ سب! تبھی اس کی نظریں سِدّھی پر پڑی۔ سدّھی، وہی راہبہ؛ شانوں تک پانی میں کھڑی ہے۔ وہ بار بار پانی میں ڈبکیاں لگاتی اور اس کے بدن کی لرزش سے نربدا کے پانی ہی میں نہیں، نیدک کے سینہ میں بھی ہلچل مچی ہوئی تھی۔ وہ ٹکٹکی باندھے دیکھتا رہا۔

آخر کار اس نے دیکھا، سِدّھی چھپاک چھپاک کرتی ہوئی کنارے کی طرف بڑھی۔ نیدک اس کے بتدریج ابھرتے ہوئے پیکر کو دیکھتا رہا۔

سِدّھی، ندی کے اس الگ تھلگ حصے پر محض اس لیے آئی تھی کہ نہاتے ہوئے کسی کی نظر اس پر نہ پڑے۔ اس نے اپنے گیلے کپڑے اتارے اور سوکھے کپڑے پہننے لگی۔ ہرن کی کھال اس نے اپنی کمر کے گرد لپیٹی اور اپنی چھاتیوں کو کیلے کے پتوں سے باندھنے لگی۔ اپنی لٹیا میں اس نے پانی بھرا اور سوریہ نمسکار کرنے لگی۔ سورج اس وقت مغرب میں رنگ برنگے بادلوں کی اوٹ میں چھپ چکا تھا۔ سِدّھی مٹھ کی طرف روانہ ہوئی۔

اچانک کسی نے پکارا۔ سِدّھی نے حیرت سے اپنے بائیں جانب مڑ کر دیکھا۔ لمبے لمبے ڈگ بھرتا ہوا نیدک اسی کی طرف آتا ہوا نظر آیا۔ سِدّھی نے سر جھکا کر اسے پرنام کیا لیکن انجانے اندیشوں سے اس کا بدن کانپنے لگا۔

وہ نیدک کے حکم کا انتظار کرنے لگی۔ نیدک تیکھی نظروں سے سِدّھی کے سمٹے سمٹائے پیکر کو گھور رہا تھا۔ لیکن سِدّھی سے مخاطب ہونے میں اس نے بھی بڑی دقت محسوس کی۔ قدرے توقف کے بعد لرزتی ہوئی آواز میں وہ کہنے لگا، ''اے راہبہ! بتا زندگی کا اصل مقصد کیا ہوتا ہے؟''

''زندگی کا مقصد ہے زندگی کے بندھنوں سے نجات پانا'' اسے جواب ملا۔

اس کی طرف دوبارہ غور سے دیکھتے ہوئے نیدک نے سِدّھی سے پوچھا، ''کیا زندگی کا مقصد خود ہی اپنی ہی نفی کرنا ہے؟ بتاؤ، کہ آخر زندگی ہوتی کیا ہے؟''

جب وہ جواب دینے لگی تو اس کی نظریں جھکی ہوئی تھیں، ''بابصیرت لوگ کہتے ہیں کہ زندگی دکھ کے

بندھن ہیں۔''

نیدک نے پھر کہا، ''زندگی دکھ کے بندھن بھی ہیں اور یہی زندگی اپنے بندھنوں سے نجات کی خواہاں بھی؟ اے راہبہ! جو کچھ کہا گیا اور تم نے سنا، اسے بھول جاؤ اور غور کرو کہ کیا برہما، جو زندگی بخشنے والا ہے، جو خود زندگی کی تخلیقی قوتوں کا سرچشمہ ہے، زندگی کی تخلیق اسی لیے کرتا ہے کہ اس کا خاتمہ کردے؟ وہ اپنا خاتمہ چاہتا ہے؟ ایسی باتیں مجھے ہوش وخرد کے خلاف لگتی ہیں۔''

قدرے توقف کے بعد سِدّھی نے جواب دیا، ''مہاراج، آپ نے اس وشئے پر اب تک کوئی بات نہیں کی، آپ گیانی ہیں، آپ ہی بتائیے کہ اس کی وضاحت کیسے کی جائے؟''

نیدک اس کے سوالوں کو نظر انداز کرتا ہوا کہنے لگا، ''بتاؤ زندگی میں سب سے بڑا دکھ کیا ہوتا ہے؟''

سِدّھی کا جواب بہت مختصر تھا، ''موت۔''

نیدک کے لبوں پر اب ہلکی سی مسکراہٹ نظر آنے لگی۔ سِدّھی نربدا کی طرف دیکھنے لگی۔ نیدک تعجب سے کہنے لگا، ''موت؟ اے راہبہ! زندگی کے عمل میں موت ناگزیر ہے اور موت سے ڈرنا سب سے بڑی بھول ہے۔ پھر موت زندگی کو ختم تو نہیں کردیتی، یہ دراصل زندگی کے لامتناہی سلسلہ کی ایک چھوٹی سی کڑی ہے۔ زندگی کی یہی چھوٹی چھوٹی کڑیاں تو زندگی کی روانی و تسلسل کو بناتی ہیں اور زندگی کا اہم ترین مقصد زندگی کے اس تسلسل کو بنائے رکھنا ہے۔ اس مقصد کے تئیں شک وشبہ، اس کی مخالفت، دکھوں کا ڈر اور اس سے فرار کے راستوں کی تلاش، یہ بھلا زندگی کا مقصد ہوسکتا ہے؟ اے راہبہ! زندگی خواہش ہے، محبت ہے اور زندگی کے سارے تقاضے فطری ہوتے ہیں۔ کیا زندگی کی ان جہتوں نے کبھی تمھیں آواز نہیں دی؟''

سِدّھی نے کانپتے ہوئے جواب دیا، ''اے مجسم نور میری تپسیا اور دھیان ابھی نامکمل ہیں۔ میری روح نے ابھی اس نور کا جلوہ نہیں دیکھا۔''

''اے راہبہ، میں اس روشنی کی بات نہیں کرتا جسے ہم بند آنکھوں سے حاصل کرتے ہیں۔ میں تو اس آگہی کی بات کررہا ہوں جو زندگی کرنے کے عمل سے حاصل ہوتی ہے۔''

اس کی آواز پر لرزش طاری ہوگئی۔ ''اے مہا گیانی، میں آپ کی بات کا مطلب سمجھ نہیں سکی۔ برائے مہربانی مجھے سمجھائیے کہ زندگی کرنے کا مطلب کیا ہوتا ہے؟''

نیدک نے ایک گہری سانس کھینچی اور یوں گویا ہوا، ''نربدا کی روانی ہی دراصل نربدا کی زندگی ہے۔ اس کا کوئی رخ بدلنے کی کوشش کرے تو یہ بات غیر فطری ہوگی۔ سوچو کہ اس ندی کا بہاؤ دکھ ہے، اگر ندی خود اپنے ہی بہاؤ کے خلاف جانا چاہے تو کیا اسے نجات حاصل ہوسکتی ہے؟''

سِدّھی نے بڑے احترام سے اپنے ہاتھ جوڑے اور کہنے لگی، ''اے مہا گیانی! میں مورکھ ہوں، میری روح کمزور ہے۔''

نیدک کہنے لگا، ''اے راہبہ! کیا تم زندگی کے تئیں محبت کو کمزوری سمجھتی ہو؟ تو سمجھ لو کہ زندگی کو حرص و

ہوس کہنا، ساری توانائیاں ان کے خلاف لڑنے میں لگا دینا، اس کے خاتمہ کی ساری کوششیں، زندگی کو فنا کرنے کی کوشش، خوشی کو دکھ اور دکھ کو خوشی کہنا دراصل زندگی کے صحیح معنی بھلانے کے مترادف ہے۔''

سِدّھی، نیدک کی بڑھتی ہوئی دھڑکنوں کا اندازہ تو نہ کرسکی لیکن اس کے لہجے میں ہونے والی تبدیلی کو اس نے واضح طور پر محسوس کیا۔ وہ راہب جس نے صبح اس قدر ٹھہرے اور پُرسکون لہجے میں بات کی تھی، اور یہ راہب جو اس قدر کرخت اور لرزتی ہوئی آواز میں بات کر رہا تھا، اسے دو الگ الگ شخصیتیں لگیں۔ وہ اس سے تنہائی میں ملی تھی۔ عام حالات میں اسے یقیناً توقف ہوتا لیکن اب ایسا لگ رہا تھا جیسے ایک مٹھاس اس کی روح کی گہرائیوں میں اترتی چلی جارہی ہو۔ اپنی نگاہیں جھکاتے ہوئے اس نے کہا، ''اے مہا گیانی! عرفان کی راہ میں کیا آپ مجھے اپنا شاگرد بنائیں گے؟''

''عرفان!'' حیرت سے کہتے ہوئے نیدک نے ایک گہری سانس لی اور چٹان پر ایک نئی زندگی کی تخلیق میں مصروف چیلوں کے اس جوڑے کی طرف تکنے لگا۔ اب وہ جذبات کی انتہا پر پہنچ چکے تھے۔ ان کی لذت بھری چیخیں گونج رہی تھیں اور ان کی چیخوں سے ندی کے پانی میں اضطراب پیدا ہوا۔ ''وہ دیکھو۔۔۔۔'' نیدک نے چیلوں کی طرف اشارہ کرتے ہوئے کہا۔

سِدّھی مڑی۔ اس سے پیشتر بھی وہ محبت کے یہ مناظر دیکھ چکی تھی اور جب بھی اس کی نظر اس طرح کے مناظر پر پڑی، وہ اپنی نظریں وہاں سے ہٹا لیتی۔ اپنے ذہن اور اپنے حواس پر قابو پانے کی وجہ ہی سے تو وہ اپنی روح کو پراگندہ ہونے سے بچا پائی تھی۔ لیکن اس نوجوان یوگی کی موجودگی نے اس کے تن بدن میں ایک اضطراب پیدا کر دیا تھا۔ اس نے اپنی نظریں نیچے جھکا لیں، اس کے چہرے پر سرخی دوڑ گئی۔

نیدک کی سانسیں تیز ہونے لگیں اور اس کے اعصاب ستار کے تاروں کی طرح تن گئے۔ مقناطیس کی طرح سِدّھی کا بدن اسے اپنی طرف کھینچنے لگا۔ اسے اپنے آپ پر اختیار نہ رہا اور وہ شرم سے گلنار، نگاہیں نیچی کیے کھڑی اس دوشیزہ کو ایک ٹک تکتا رہا۔ سِدّھی سے ایک قدم اور قریب ہو کر نیدک لرزتی آواز میں کہنے لگا، ''کیا اسے ہم پراگندگی اور گناہ کہیں گے؟ کیا انسانی زندگی بھی پراگندگی اور گناہ کے نتیجے میں وجود میں آئی ہے؟''

وہ لرز اٹھی اور کہنے لگی، ''ہے بھگوان! پرانے رِشی مُنی کہتے ہیں کہ یہ اعمال دراصل روحانی اگیان کا نتیجہ ہوتے ہیں۔ ہوس انسان کو نجات کی راہ سے بھٹکا دیتی ہے، اسی کی وجہ سے انسانی دکھ اور درد کے جال میں گرفتار ہو جاتا ہے۔ رِشی مُنی کہتے ہیں کہ زندگی تو بس ایک فریب ہے، ایک سراب ہے۔''

نیدک، سِدّھی سے کچھ اور بھی قریب ہوتا ہوا بولا، ''اے راہبہ! کیا واقعی یہ دکھ ہے؟ کیا تم واقعی یہ سمجھتی ہو کہ یہ دو چیلیں زندگی کے خوف اور موت کے ڈر سے چلا رہی ہیں؟ کیا وہ بھی جانتی ہیں کہ یہ سب محض ایک سراب ہے؟ ایک نئی زندگی کی تخلیق کی لذتوں سے سرشار کیا وہ اپنے مکمل وجود میں شریک نہیں؟ بتا اے راہبہ! کیا یہ زندگی سراب ہے؟'' اب وہ سِدّھی سے بہت قریب ہو چکا تھا۔ ''خود اپنے حواس سے حاصل ہونے والی لذتوں سے مکر جانا، دکھ پر فتح حاصل کرنے ہی کو اصلی خوشی سمجھنا، کیا یہ بات درست ہے؟ کیا زندگی کی صداقت اسی کا نام ہے؟

برہما کی تخلیق کی ہوئی صداقتوں کو فریب وسراب کہہ کر کیا ہم اپنے یقین کو ثبوت دے رہے ہیں؟ کیا ہم سچ کو جھوٹ اور جھوٹ کو سچ نہیں ماننے لگے؟''

سِدّھی خاموش تھی۔

نیدک نے اپنی انگلی اٹھائی اور کہنے لگا، ''اے راہبہ، کیا تمھارے دل میں اس قوت حیات کی امنگیں موجیں نہیں مارتیں؟ کیا تمھیں اس کشمکش کا احساس نہیں ہوتا، زندگی کے اس اثبات کا خیال نہیں آتا؟''

سِدّھی نے اپنی ادھ کھلی آنکھیں لمحہ بھر کے لیے وا کیں اور یوں گویا ہوئی، ''ہے مہا گیانی، آپ کے الفاظ صداقت ہیں؛ میں ایک کمزور آتما ہوں، میں اپنے حواس پر اب تک پوری طرح قابو نہیں پا سکی۔''

نیدک نے سِدّھی کے کاندھوں پر اپنا ہاتھ رکھا۔ اس نے محسوس کیا کہ سِدّھی کا بدن کانپنے لگا ہے۔ ایک ہاتھ سے اسے سہارا دیتے ہوئے دوسرے ہاتھ سے اس نے اس کی ٹھوری اوپر کی اور کہا، ''سِدّھی! کیا تمھیں میرے جسم کی قربت ناگوار لگتی ہے؟'' اس کے جسم کا سہارا لیتے ہوئے سِدّھی نے نحیف سی آواز میں کہا، ''نا۔ نا۔ یہ تو ایک عجیب نامعلوم، نامانوس، بے آواز، لیکن بہت ہی پیارا پیارا سا احساس ہے۔'' اس کی آواز بیٹھ گئی، اس کے کھلے بال نیدک کے چوڑے چکلے شانے پر بکھر گئے۔ سِدّھی کے ریت آلود بال اس کے ہونٹوں سے مس کرنے لگے۔ کسی خیال کے تحت سِدّھی اچانک جیسے جاگ اٹھی اور آہ بھری آواز میں کہنے لگی، ''ہے مہا گیانی! اگیان کے اندھیرے مجھ پر مسلط ہیں، مجھے روشنی دکھایئے۔ روشنی۔''

''علم کی روشنی کی بات کرتی ہو'' اس کی آواز کا زور بڑھنے لگا، ''اپنے احساسات کو بیدار کرو کہ آگہی کے لیے صرف ایک ہی راستہ ہے اور وہ ہے حواس کا راستہ۔ اپنی فطرت کو دبانا اور کچلنا ہی دراصل اگیان ہے۔'' سِدّھی نقاہت محسوس کرنے لگی اور اپنی باہوں کے بل اپنا سارا بوجھ نیدک کے کاندھوں پر ڈال دیا۔

اپنے پیچھے قدموں کے دہرے نشانات چھوڑتی ہوئی یہ جوڑی نربدا کنارے ویران علاقوں کی طرف نکل گئی۔ اس زمینی تعلق کو دیکھ کر بادلوں کو اپنی روشنیوں کی انگلیوں سے سہلاتے ہوئے ستارے بھی خوش نظر آئے۔ ایسا لگ رہا تھا جیسے فطرت کی تمام قوتیں آپس میں مل کر تخلیق و تولید حیات کی سازش کر رہی ہوں۔

دوسری صبح موسلا دھار بارش ہوئی، لیکن اس مٹھ کے سنت سادھو ان سب باتوں سے بے نیاز اپنے معمول کے مطابق کام کرتے نظر آئے اور پھر اس عظیم برگد کے نیچے دھیان گیان کے لیے جمع ہونے لگے۔ مقدس آگ سے اٹھتی ہوئی خوشبو کی لپٹیں، ہوا کے ساتھ ساتھ بہتی ہوئی گویا اس درخت کی شاخوں میں پھنس کر ساکت و جامد ہو گئی تھیں۔ نیدک اور سِدّھی کل رات سے مٹھ سے غائب تھے۔ سبھی سادھوؤں کو اس کی وجہ سے تشویش ہونے لگی تھی۔ اپنے پروچن کے دوران مہاراج درگھ لوما کہنے لگے، ''ہوس انسان کی سب سے بڑی دشمن ہے۔ ہوس کی آگ میں انسان کا سارا گیان جل کر بھسم ہو جاتا ہے۔''

نربدا کے کنارے واقع غاروں میں سے ایک غار میں نیدک نے نیم بیداری کے عالم میں انگڑائی لی۔ اس کے بدن کے لمس سے سِدّھی کی آنکھ کھل گئی۔ اس سے پہلے کی اس کی نظر سِدّھی پر پڑتی، سِدّھی نے ہرن کی

کھال سے اپنا جسم ڈھانپ لیا اور غار سے باہر دیکھتے ہوئے کہنے لگی، ''برہم مہورت تو شروع ہوئے کافی دیر ہوگئی ہوگی۔''

''ہوں'' نیدک نے جواب دیا، ''سمادھی میں بیٹھنے کا سمے بھی نکل چکا ہے۔'' اور پھر سِدّھی کو گردن سے پکڑتے ہوئے اپنے قریب کر کے اس نے پوچھا، ''سچی بات بتانا، تم اتنے عرصہ سے خود کو فراموش کرنے کی کوشش میں لگی رہیں۔ سمادھی کے ذریعہ تم نے اپنے اردگرد کی دنیا سے لاتعلق ہونے کی کوشش کی لیکن کیا کبھی تمھیں خود فراموشی کا وہ تجربہ ہوا جو رات ہوا تھا؟'' وہ اس کی نیم وا آنکھوں میں آنکھیں ڈال کر مسکرانے لگا۔

سِدّھی پر پھر ایک بار جذبۂ خود سپردگی طاری ہونے لگا اور اس نے کہا، ''ہے آریہ! تمھاری بات سچ ہے۔''

تصویر (ہندی)

ادین باجپئی

ترجمہ: خالد جاوید

اُدین واجپئی ۴ جنوری ۱۹۶۰ء کو ساگر (مدھیہ پردیش) میں پیدا ہوئے۔ وہ اس وقت ہندی کے اعلیٰ ترین افسانہ نگار اور شاعر کہے جاسکتے ہیں۔ شاعری اور افسانوں کے علاوہ ان کا شمار ہندی کے بہترین نقادوں میں بھی کیا جاتا ہے۔ ان کی کہانیوں اور نظموں کا ترجمہ تمل، بنگلہ، اڑیہ، ملیالم، مراٹھی، انگریزی، فرانسیسی، سوئیڈش، اطالوی، پولش اور بلغارین زبانوں میں ہو چکا ہے۔ کمار شاہنی کی فلم 'چار ادھیائے' کی اسکرپٹ لکھی، فلم اور تھیٹر سے گہری دلچسپی ہے۔ نامور فلم کار منی کول کے شاگرد رہے اور حال ہی میں منی کول سے ان کی لمبی بات چیت 'راج کمل پرکاشن' نے کتابی شکل میں شائع کی۔ سنہ ۲۰۰۰ء میں سوئٹزرلینڈ اور ۲۰۰۲ء میں پیرس میں رائٹرز ان ریزیڈنس کی حیثیت سے مقیم رہے۔ رضا فاؤنڈیشن اور کرشن بلدیو وید ایوارڈ سے نوازے گئے۔ رضا فاؤنڈیشن کی طرف سے نکلنے والے ہندی کے مؤقر علمی اور ادبی جریدے 'سماس' کے ایڈیٹر ہیں۔ پیشے کے اعتبار سے گاندھی میڈیکل کالج، بھوپال میں انٹرنل میڈیسن کے پروفیسر ہیں۔ [مترجم]

خالد جاوید کے تعارف کی ضرورت نہیں ہے کہ وہ ہندو پاک کے معروف فکشن نگار ہیں۔ ان کے کئی ناول شائع ہو کر قارئین اور ناقدین سے داد وصول کر چکے ہیں۔

سنو، اس کا نام وسندھرا رکھ لیتے ہیں۔ گنگا کنارے ٹہلتے ہوئے میں نے اس کے ساتھ کچھ شامیں گزاری تھیں لیکن میں اس سے اس کا نام پوچھنے کی ہمت نہیں کر پایا تھا۔ ویسے بھی اس کی باتیں اور ان کے درمیان کی لمبی لمبی خاموشیاں، وہ جگہ ہی نہیں چھوڑتی تھیں جہاں میں اس سے کچھ بھی اپنی طرف سے پوچھ سکتا۔ میں اس

کے بارے میں اتنا ہی جان سکا ہوں جتنا خود اس نے مجھے بتایا۔ یہ حیرت مجھے اب تک ہے اور شاید اسے ہی سمجھنے میں یہ لکھنے بیٹھ گیا ہوں کہ اس نے مجھے وہ سب کیوں بتایا جو وہ خود سے بھی صاف صاف نہیں کہہ پائی ہوگی۔ لیکن میں اس سب کو جسے اب تک یا تو وہ جانتی ہے یا میں، جسے اتفاق سے اس نے سب بتا دیا ہے، اپنے اندر روک نہیں پا رہا ہوں۔ مجھے وہ سب لکھنا ہی پڑے گا۔ ممکن ہے اس کی یہی منشا رہی ہو، لیکن یہ بھی ہوسکتا ہے کہ اس سب کو، جو وسندھرا صرف مجھے ہی بتانا چاہ رہی ہو، سب کے سامنے ظاہر کر کے میں اس کے بھروسے کو توڑ رہا ہوں۔ لیکن جہاں تک مجھے یاد ہے، ان کچھ شاموں کے دوران جب وہ میرے ساتھ بنارس کے گھاٹوں پر ٹہلتی تھی، وسندھرا نے ایک بار بھی مجھ سے، ہمارے درمیان ہوئی باتوں کو راز رکھنے کے لیے زور نہیں دیا تھا۔ وہ، ویسے بھی، زور دینے کے زمانے سے بہت دور چلی گئی تھی۔ ایک شام اپنی بات کو درمیان میں روک کر اچانک اس نے مجھ سے کہا تھا:

"کیا تم کچھ بھی لکھ سکتے ہو؟"

"میں سمجھا نہیں۔"

میں اس کے چہرے کو تاکتا رہ گیا تھا۔ گھاٹ پر دوسری سیڑھیوں کی شروعات کے ایک طرف شیڈ کے نیچے ایک بوڑھا اپنا سر منڈوا رہا تھا۔ پھیکی پڑتی روشنی میں فرش پر اس کے مٹ میلے کٹے بالوں کا ڈھیر بڑھ رہا تھا۔

"کیا ادیب ایسا بھی کچھ لکھ سکتا ہے جس پر اس کے علاوہ شاید کوئی بھی اعتبار نہ کر سکے؟"

وہ میری آنکھوں میں جھانک رہی تھی جیسے میں نے اس کے سوال کے جواب کو اپنی آنکھوں کے کسی کونے میں چھپا کر رکھا ہوا تھا اور جسے وہ میرے قبضے سے چھڑا لے جانا چاہتی ہو۔ مجھے خاموش دیکھ کر وہ مسکرائی تھی اور دور گنگا کی لہروں پر ڈولتی گھاٹ پر بنے مکانوں کی روشنیوں کو ٹوٹنے لگی تھی۔ کچھ دیر کی خاموشی کے بعد اس کی نپی تلی آواز آہستہ آہستہ میرے چاروں طرف پھیلنے لگی تھی:

"وقت گزرنے کے ساتھ کبھی دکھ چھوٹا نہیں پڑتا، صرف زندگی اس کے چاروں طرف تھوڑا سا پھیل جاتی ہے۔ تم تو اسے خوب سمجھتے ہوگے۔ لیکن میری زندگی میرے دکھ سکھ کو گھیرنے کی جگہ اس میں سمائی جا رہی ہے۔ ایسا لگتا ہے پوری زندگی میرے دکھ کی گہرائی ہو۔"

وہ خاموش ہوگئی اور آہستہ آہستہ گھاٹ کی طرف بڑھنے لگی۔ وہ مجھ سے آگے نکل گئی تھی اور شاید اسے خیال تک نہیں تھا کہ وہ اب اکیلی چل رہی تھی۔ روشنی کے کچھ آخری ریشے ہوا میں اِدھر اُدھر پھیلے تھے۔ اس کے لمبے کالے بال موٹی سی چوٹی کی شکل میں اس کی کمر تک چلے آئے تھے۔ اس کے ہلکے ہرے کرتے کے اُوپر پھیلا ہلکا ہلکا ہرا دوپٹہ رہ رہ کر پھڑپھڑانے لگتا، چلتے ہوئے وہ پہلے آہستہ سے اپنا پنجہ زمین پر رکھتی پھر بہت آہستہ سے اپنی ایڑی نیچے لاتی۔ وہ اچانک مڑی اور اپنے پیچھے کے ہلکے سے اندھیرے میں میری شبیہ تراش کر کہنے لگی:

"تمھیں کیا پتہ، ان دنوں بھی گنگا کے مدھم بہاؤ میں ایک آفاقی حسن لگاتار بنارس کو چھوڑ کر بھاگتا ہوا محسوس ہوتا تھا، جیسے کسی کے کندھے سے مہین دوپٹہ لگاتار سرک رہا ہو۔ ٹیڑھی میڑھی گلیوں کا چکر کاٹتی بوجھل ہوا بھی

گنگا کے کنارے ستانے کے لیے بھاگتی چلی آتی تھی۔ تعجب سے اِدھر اُدھر تاکتے سیلانی اور بھکتوں کے ٹولے گھاٹ کے مندروں کے کیچڑ سے سنے احاطوں کو آج کی ہی طرح پار کرتے رہتے تھے۔ لیکن ان دنوں یہ سب کچھ کسی اور ہی رنگ میں رنگا تھا۔''

وسندھرا بہت ہی ہلکی آواز میں کچھ بدبدا رہی تھی۔ پھر سے میرا وجود اس کے ذہن سے باہر پھسل گیا تھا۔

''میں اپنی ماں کو بینا اماں کہتی تھی۔ لیکن اس طرح نہیں جیسے میں تمھیں اُدین کہہ رہی ہوں۔ وہ میرے سامنے کبھی نہیں رہیں۔ میرے پیدا ہوتے ہی اس طرف چلی گئیں۔ ان کے جاتے ہی میں اپنی دادی کی گود میں اکیلی پڑی رہ گئی۔ شاید اسی گود میں آنسوؤں سے بھیگی اپنی دھندلی آنکھوں سے والد نے مجھے پہلی بار دیکھا ہوگا۔ مجھے محسوس ہوتا ہے، والد نے مجھے اپنی بیٹی کی طرح نہیں، بینا اماں کے اس دنیا میں چھوٹ گئے کسی غم کی طرح ہی دیکھا تھا جیسے وہ اس اندیشے میں تھامے تھے کہ شاید اپنے اس چھوٹے ہوئے حصے کو لینے وہ اس طرف واپس آئے گی اور والد انھیں کسی طرح یہیں روک لیں گے۔ تمھیں بتاؤ انسان کا اس سے بڑا کیا دکھ ہو سکتا ہے کہ اسے اپنی ہر امید کچھ دیر بعد خود ہی پریوں کی کہانی جیسی لگتی ہے جسے وہ سن سکتا ہے، سنا سکتا ہے لیکن جسے وہ اپنی اداسی کی تپتی زمین پر اتار نہیں سکتا، والد اپنی امید کو معدوم ہوتے ہوئے دیکھتے رہے، لیکن اب وہ اپنی بیوی کے اس چھوٹے ہوئے حصے میں ہی اسے محسوس کر سکتے تھے۔ ہاں، میں بڑے لمبے راستے سے اپنے والد کی بیٹی بن سکی۔''

اب وہ مجھ سے اتنی آگے نکل گئی تھی کہ مجھ تک اس کی آواز الفاظ کی جگہ گونج کی کانپتی لہروں میں پہنچ پا رہی تھی۔ میں رک گیا۔ وہ چلتی چلی گئی۔ کچھ دیر بعد جب گنگا کے بہنے کی ہلکی سرسراہٹ میرے کانوں میں گھلنا شروع ہوئی، مجھے احساس ہوا کہ میں کافی دیر سے گھاٹ پر اکیلے کھڑا ہوں۔

اگلی شام میں اندھیرا ہونے کے کچھ پہلے ہی گھاٹ پر پہنچ گیا۔ میں اوپر کی سیڑھی پر جا کر بیٹھ گیا۔ ناؤں میں سوار ہو کر لوگ ندی کے بیچ جا رہے تھے۔ کچھ کشتیاں لوٹ کر کنارے پر آ لگتیں جیسے تھک ہار کر اور ان سے اتر کر بہت سے مسافر دانوں کی طرح گھاٹ پر بکھرنے لگتے۔ فرش پر کچلے ہوئے پھولوں کے اوپر رہ رہ کر راکھ کی تہیں جم رہی تھیں جن کے بیچ اندھیرے میں بیٹھی سادھوؤں کی منڈلیوں کی چلم کا دھنوا بے آواز آسمان کی طرف کسی دعا کی طرح اٹھ رہا تھا۔

''تم کب آئے؟''

وسندھرا سیڑھیوں کے نیچے کھڑی تھی۔ وہ کب آئی، اس کا مجھے پتہ ہی نہیں چل سکا تھا، وہ اس شام بھی ہلکا ہرا شلوار کرتا پہنے تھی۔ دوپٹہ اس کے آدھے چہرے کو ڈھکتا ہوا پیٹھ پر پھیل گیا تھا۔

''کیا میں تمھارے والد سے مل سکتا ہوں؟''

وہ خاموش رہی اور آہستہ آہستہ سیڑھیاں چڑھنے لگی۔ اس کے بالکل چھوٹے چھوٹے پیر اس کی سینڈل کے ہر جھروکے سے باہر جھانک رہے تھے۔ اس نے اپنے پاؤں کی انگلیاں بھینچ رکھی تھیں جیسے وہ زمین کو کس کر

پکڑنے کی کوشش میں لگی ہو۔

اس گھاٹ پر بہت سے مردے جلتے رہتے اور میں اپنے والد کے ساتھ انھیں سیڑھیوں پر بیٹھی انھیں دیکھتی رہتی۔ والد کا ذہن اپنے اوپر پھسلتے اس پانی پر لگا رہتا۔ بیچ بیچ میں وہ ہاتھوں سے مجھے ٹٹول لیتے کہ کہیں میں اتر کر بھاگ تو نہیں گئی، ان کے ہاتھوں سے آتی ایک عجیب سی بو مجھے گھیرنے لگتی اور میں اس بو میں اوپر سے نیچے تک نہا جاتی۔ کبھی کبھی وہ جھک کر اپنے کیمرے کا بیگ کھولتے اور میری یا گھاٹ پر سلگتی چتا کی یا گنگا کے پانی میں بہتے پھولوں کی تصویریں لینے لگتے۔ ان کی الماری میں بنارس کی سینکڑوں تصویریں رکھی تھیں۔ ان کی موت کی وجہ معلوم ہوتے ہی میں نے تمام تصویریں اسی گنگا میں بہا دیں۔"

وہ سیڑھیاں اتر رہی تھی۔ اندھیرے میں اس کے چھوٹے پیر نظر آنا بند ہو گئے تھے۔ میں چپ چاپ اپنی جگہ سے اٹھا اور اس کے ساتھ چلنے لگا۔

"مجھے معاف کرنا، میں نہیں جانتا تھا کہ وہ اب۔۔۔"

وہ اپنی خاموشی کے گھیرے میں چلتی رہی۔ کچھ دیر بعد اندھیرے میں جیسے سوراخ بناتی ہوئی اس نے سرگوشی کی: "تم نے یہ نہیں پوچھا کہ میں نے تصویریں کیوں بہا دیں؟"

مجھے محسوس ہوا، وہ مسکرا رہی ہے۔ جیسے اس کی مسکراہٹ اس کے ہونٹوں سے الگ ہٹ کر مجھ تک کسی سوکھے پتّے سی چلی آئی ہو۔ میں خاموش رہا۔ وقت کے درخت سے کچھ پلوں کو یونہی جھڑتے سنتا رہا۔ اچانک وہ بالکل میرے چہرے کے قریب آ کر، میری آنکھوں میں اپنی آنکھوں میں کیسل کی طرح ٹھونکتے ہوئے زور سے بولی: "کیا تمھیں بھی لگتا ہے کہ میں نے وہ تصویریں اس لیے بہا دیں کہ میں انھیں سہہ نہیں پا رہی تھی اور میں نے انھیں کسی لاش کی طرح گنگا میں بہا دیا، بولو، کیا تم یہی سمجھتے ہو؟"

وہ میرے دونوں کندھے جھنجھوڑ رہی تھی۔ اس کے گالوں پر آنسوؤں کی لکیروں میں سیڑھیوں کے اوپر لٹکا باریک چاند کانپنے لگا تھا۔ اس کا چہرہ آہستہ آہستہ میرے سینے پر ٹک گیا تھا۔ اس کا سبکنا ٹھہری ہوا میں چھوٹے کنکر کی طرح گر کر اس میں ترنگیں پھیلاتا رہا۔ ہم دیر تک ویسے ہی کھڑے۔ کب میری انگلیوں نے اس کے بالوں میں بھٹکنا شروع کر دیا، مجھے خود پتہ نہیں تھا۔

"اب مجھے جانا ہوگا۔"

وسندھرا مجھ سے الگ ہو کر دور کھڑی ہوگئی۔ وہ تیزی سے مڑی اور پانی پر ڈولتی ناؤ کی طرف بھاگنے لگی۔

"تم یہاں کہاں ٹھہرے ہو؟"

اگلی شام آتے ہی اس نے پوچھا۔ اس سے پہلے کہ میں اسے بتا پاتا کہ میں پاس ہی ایک ریسٹ ہاؤس میں رکا ہوں، وہ بولی: "چلو، آج ناؤ میں چلتے ہیں۔ اس میں بیٹھے بیٹھے ہی تم سارے گھاٹ دیکھ لینا۔ یہ ناؤ اتنی آہستہ چلے گی کہ تمھیں محسوس ہوگا کہ تم کسی چبوترے پر بیٹھے ہو اور سارے گھاٹ بائسکوپ کی ریلوں کی طرح

تمھارے سامنے سے گزرتے جارہے ہیں۔"

اس نے میرا ہاتھ پکڑا اور مجھے ایک ناؤ کی طرف گھسیٹنے لگی۔ ناؤ بہت بڑی نہیں تھی مگر اس میں دو سے زیادہ لوگوں کے بیٹھنے کی جگہ تھی۔ ملّاح نے بغیر کچھ کہے ناؤ کھینا شروع کردی۔ ندی کے آر پار پھیلی روشنی کی میناروں کو چاقو کی طرح کاٹتے ہوئے ناؤ چلنے لگی۔ وہ ناؤ کے بیچ کے چوڑے لکڑی کے پٹلے پر لیٹ گئی اور آسمان کی طرف تاکنے لگی۔

"موت نے ان کے لیے بالکل انوکھا راستہ بنایا تھا۔"

اس کے ہونٹوں کے بیچ سے اس کی ہلکی ہلکی آواز پرسکون فوارے کی طرح چھوٹنے لگی۔ ناؤ کے دونوں طرف سے چپوؤں کے چلنے کی چھپ چھپ ناؤ کے اندر آرہی تھی۔ چپوؤں کی آوازوں پر برستی اس آواز کی بوندیں رہ رہ کر چمکنے لگتی تھیں۔

"وہ اچانک ایک دن غائب ہو گئے۔"

میں چونکا اور جہاں وہ لیٹی تھی، اس طرف سر جھکا کر کہا: "کہاں غائب ہو گئے؟"

"کبھی یہ سمجھتے ہیں اور میں بھی بہت دنوں تک ہی سمجھتی رہی کہ وہ غائب ہو گئے ہیں۔ لیکن مجھے ابھی کچھ روز قبل ہی معلوم ہوا کہ غائب نہیں ہوئے، ایک عجیب حادثے کا شکار ہو گئے۔"

وہ ایک ٹک ستاروں کو تاکتی رہی۔ ناؤ کے پیچھے چھوٹتے ہوئے کٹاؤ بار بار گنگا بھر دیتی تھی۔ وہ بالکل نپی۔ تلی آواز میں بدبدائی۔

"وہ نیویارک کی ایک عمارت کی ایک سو چھبیسویں منزل سے گر کر ہلاک ہو گئے۔"

وسندھرا آہستہ آہستہ اٹھ کر بیٹھ گئی اور میری طرف دیکھنے لگی۔

"کیا وہ بنارس چھوڑ کر نیویارک چلے گئے تھے؟"

چپوؤں کی آواز پر کچھ دیر تک کچھ بھی نہیں چمکا۔ پاس سے گزرتے گھاٹ سے کسی کے رونے کی آواز آنا شروع ہو گئی۔

"نہیں، وہ کہنے لگی وہ کہیں نہیں گئے تھے۔"

"لیکن ابھی تک تم کہہ رہی تھیں ۔۔۔"

"یہ مجھے ابھی معلوم ہوا کہ ان کی لاش نیویارک کی ایک گلی میں پڑی ملی تھی جو چونکہ ایک ہندوستانی کی تھی، اس لیے یہاں کے اخباروں میں بھی چھپی تھی کیوں کہ کہ سالوں کی چھان بین کے بعد بھی یہ پتہ نہیں لگایا جاسکا تھا کہ وہ لاش اس گلی میں کیسے پہنچ گئی۔ اسی سے مجھے یہ معلوم ہوا کہ وہ کہیں غائب نہیں ہوئے تھے بلکہ ایک عجیب وغریب حادثے کا شکار ہو گئے تھے۔"

"اور آگے جائیں گے یا یہیں سے لوٹ چلیں، بٹیا؟" ملاح نے سوتے سوتے پوچھا۔

"ابھی کچھ دور اور چلو، پھر لوٹنا۔ وہ شام گنگا سے واپس آنے کے بعد اپنی کھنچی ہوئی اور تمام دوسری

تصویریں پھیلا کر اپنے کمرے میں دیر تک بیٹھے رہتے۔ نہ جانے وہ ان تصویروں میں کیا تلاش کرتے رہتے تھے۔ شاید بینا اماں کو۔ کون جانے کیا کس کے چلے جانے کے بعد انسان ہر جگہ اسے ہی تلاش کرتا رہتا ہے جس کے بارے میں شاید وہ یقینی طور پر جانتا ہے کہ وہ اسے ہمیشہ کے لیے کھو چکا ہے؟ میں باہر آنگین میں کھیلتی رہیت۔ بیچ بیچ میں وہ مجھے پکارتے رہتے، یہ اطمینان کرنے کے لیے کہ میں وہیں ان کے قریب ہی کھیل رہی ہوں۔ اس شام جب وہ غائب ہوئے، میں دیر تک کھیلتی رہی اور ان کی آوازیں آنا بند ہوگئیں۔ جب تک کہ میں ان کے کمرے میں پہنچی تو دیکھا بہت سی تصویریں روز کی طرح کمرے میں بکھری ہوئی ہیں۔ ان کے بستر پر صرف ایک تصویر رکھی تھی۔ یہ تصویر نیویارک کی کسی بہت اونچی عمارت کی۔ شاید سب سے اوپری منزل کے باہر لوہے کی پٹری پر کھڑے ہوئے دو مزدوروں کی تھی۔ ایک کیمرے کی طرف دیکھ رہا تھا، دوسرا ہتھوڑے کو ہوا میں اٹھائے تھا۔ پٹری کے بہت نیچے چھوٹی چھوٹی گاڑیاں نظر آرہی تھیں۔ اس تصویر کو دیکھتے ہی مجھے چکر آنے لگے۔ جیسے ہی میں نے اس کے بارے میں پوچھنے کے لئے اس طرف دیکھا جہاں والد ہو سکتے تھے تو پایا وہاں کوئی نہیں ہے۔ چھت سے لٹکتا بلب اپنی پیلی روشنی میں ٹمٹما رہا تھا۔ مجھے لگا وہ کہیں باہر گئے ہوں گے اور میں اپنی دادی کے پاس چلی گئی۔ صبح جب جاگی تو معلوم ہوا کہ وہ رات سے لوٹے نہیں ہیں۔ تب سے لے کر اگلے دس برسوں تک ہم ان کے لوٹنے کا انتظار کر رہے ہیں۔ لیکن وہ نہیں آئے۔''

ہم شہر سے تقریباً باہر نکل آئے تھے۔ گھاٹوں کا آنا بند ہو گیا تھا۔ پوری ناؤ جھلمل اندھیرے میں ڈوب گئی تھی۔ ملاح لوٹنے کے اشارے کا انتظار کر رہا تھا۔ وسندھرا جیسے نیند میں اپنی آواز کی راہ چلتی چلی جارہی تھی۔

''ہم نے انھیں ہر جگہ ڈھونڈنے کی بہت کوشش کی۔ رشتے داروں کو خط لکھے، اخباروں میں اشتہار چھپوائے، پولیس اسٹیشن کے دروازے سینکڑوں بار کھٹکھٹائے مگر سب بے کار۔ آخر ہار کر ہم نے بھی مان لیا کہ وہ غائب ہو گئے ہیں لیکن جب میں نے اخبار میں نیویارک کی گلی میں پڑے ان کے جسم کی تصویر دیکھی تو مجھے کچھ کچھ سمجھ میں آنے لگا۔ بھائی، ناؤ واپس لے چلو، اب ہم لوٹ چلیں گے۔''

وہ اچانک خاموش ہوگئی۔ ناؤ کے اوپر جم سی گئی۔ اسے دیکھ کر لگتا ہی نہیں تھا کہ یہ وہی ہے جو اتنی دیر سے بول رہی تھی۔ میں اپنی جگہ سے سرکا اور اس کے ہاتھوں کو اپنے ہاتھوں میں لیا۔ وہ بالکل ٹھنڈے تھے۔ پسینے سے نہائے ہوئے، میں ہلکے سے اس کے کانوں کو تقریباً چھوتے ہوئے پھسپھسایا؛ ''وسندھرا، تمھیں کیا معلوم ہوا؟''

اس نے اپنے ہاتھ میرے ہاتھوں سے الگ کیے اور انھیں آپس میں پھنسا کر کہنے لگی، ''وہ تصویر میں پھسل کر گر گئے تھے؟''

''کس تصویر میں؟''

''وہی جس میں ایک سو چھبیسویں منزل پر دو مزدور کام کر رہے تھے۔ وہ اسی تصویر میں اتنی ہی اونچائی سے گر کر ہلاک ہو گئے تھے۔''

اس کی سسکیوں کی آواز آہستہ آہستہ چپوؤں کی چھپ چھپ کے اوپر اٹھنے لگی۔

میں جیسے جگہ بھرنے کی خاطر بول اٹھا، ''تم یہ کیسے کہہ سکتی ہو؟'

اس نے اپنی بھیگی آنکھیں کس طرح میری طرف اٹھائیں اور پُرسکون آواز میں بولی، ''نیویارک کی اس گلی میں ان کی لاش اسی دن پائی گئی تھی جس دن وہ اپنے کمرے سے غائب ہوئے تھے۔''

وسندھرا دوبارہ ناؤ کے آر پار پھیلے لکڑی کے پٹلے پر لیٹ چکی تھی۔ اس کی آنکھیں آسمان کی اونچائی یا شاید گہرائی میں جانے کہاں بھٹک رہی تھیں۔ ناؤ کے دونوں طرف سے اب چپوؤں کی آواز آنا بند ہوگئی تھی۔ ناؤ اپنے آپ اس طرف بہہ رہی تھی جس طرف ہمارا گھاٹ ہماری راہ تک رہا تھا۔

''اب تمھیں کہو اس طرح جدائی کے غم سے میں کیسے باہر آؤں، ہے کوئی راستہ تمھاری نظر میں جس سے میں باہر آسکوں، ہے کوئی؟''

سوانگ (ہندی)

ادین باجپئی

ترجمہ: خالد جاوید

ٹین کی چھت پر بوندوں کی آواز تیز ہوتی جارہی تھی۔ عجیب سا سناٹا چھا رہا تھا۔ وہ وہی سناٹا تھا جو برستی بوندوں میں لپٹا کالے آسمان سے زمین پر کھینچا چلا آتا ہے اور پھیلتے پانی کے ساتھ پھیلتا چلا جاتا ہے۔ سروج کے بال بھیگ گئے تھے۔ ساڑی اوپر سے نیچے تک پانی میں تر تھی۔ وہ کئی بار چلتی ٹیکسی میں ہی آنچل نچوڑ چکی تھی۔ ڈرائیور یہ دیکھ کر بھی نہیں دیکھ رہا تھا۔ اس کے اتنے بھیگے ہونے پر اسے فکر ہو رہی تھی۔

''میم صاحب، کہاں سے اتنا بھیگ گیا ہے؟''

سروج کو کافی دیر بعد بوندوں کے علاوہ کوئی اور آواز سنائی دی۔ اس نے چونک کر ساڑی سے نظریں ہٹائیں۔ ڈرائیور نے عقبی شیشے میں یہ دیکھا تو گھبرا گیا۔

''یوں ہی پوچھنا ہوا۔''

اس کے بھیگے چہرے پر مسکراہٹ تیر گئی۔ آنچل کو چہرے پر پھیرا تو وہ اور زیادہ بھیگ گیا۔

ہال کا آنگن پار کر رہی تھی کہ پانی آ گیا۔ پھر ٹیکسی کا انتظار کرنے میں اور بھی زیادہ بھیگ گئی، ''اگر تم تھوڑا پہلے آجاتے، میں اتنا نہیں بھیگتی۔''

ٹیکسی ڈرائیور شرما گیا۔ ''میم صاحب اچھا مذاق کر لیتی ہیں۔ ہمیں کیا پتہ تھا کہ وہاں کھلے میں کھڑے ہو کر بھیگا جا رہا ہے۔'' وہ بولا۔

''معلوم نہیں ہوا، ورنہ بڑی دیر سے خالی کھڑے تھے۔''

سروج اپنے بھیگے بالوں کو سر پر جماتے ہوئے بولی، ''کیا ہم تمھیں تار کرتے؟ اب بائیں موڑ لو۔۔۔ ہاں وہاں۔۔۔ بس اسی کھمبے کے پاس روک دو۔''

ٹیکسی ڈرائیور کو اتنی جلدی گھر آنے کا افسوس ہوا۔ کئی دنوں بعد ایسی سواری ملی تھی جس سے بات کرنے کو دل چاہ رہا تھا۔ عقبی شیشے میں وہ لگاتار کنکھیوں سے سروج کو دیکھتا آیا تھا۔ چالیس سے زیادہ کی ہوں گی، کھال تھوڑی ڈھیلی پڑ گئی ہے تو کیا، آنکھیں دیکھو کیسی چمک رہی ہیں، کیسا اپنا پن جھانک رہا ہے اور ہونٹ۔ دھت کہیں سواری کے بارے میں ایسا سوچا جاتا ہے۔ اس نے میٹر اوپر کرتے ہوئے سوچا، اب ان سے کیا پیسہ لیا جائے۔ سروج ٹیکسی سے اتر کر فٹ پاتھ پر کھڑی ہوگئی تھی۔ اس کے چہرے سے پانی کی دھاریں بہہ رہی تھیں۔ وہ شیشے سے ڈرائیور کی طرف دیکھنے کی کوشش کر رہی تھی۔ ڈرائیور نے شیشہ نیچا کر کے کہا: ''میم صاحب رہنے دیجیے۔''

جیسے اسے کسی کیڑے نے کاٹ لیا، پانی میں بھیگتی سروج آگ کی لپٹ میں تبدیل ہوگئی، ''کیوں رہنے دو، کیا میں تیری جورو ہوں، بدتمیز، پیسے بول۔''

وہ ہڑبڑا گیا۔ ہم ایسا کیا بول گئے کہ میم صاحب ناگن سی پھپھکار رہی ہیں۔ اس کے منھ کے بول پھنس گئے۔ وہ صفائی دے یا بھاڑا بولے پھٹی آنکھوں سے وہ پانی کے دھاگوں میں الجھی کھڑی سروج کو دیکھے جا رہا تھا۔ اپنی ٹھنڈی انگلیوں سے سروج اپنا پرس کھول چکی تھی۔ اس نے کچھ بھیگے ہوئے نوٹ ہاتھ میں لیے اور شیشے کے اندر پھینک کر گھر کی طرف مڑ گئی۔

سیڑھیاں چڑھتے ہوئے تھوڑا ٹھنڈ سے اور تھوڑا غصے سے اس کے دانت کٹ کٹا رہے تھے۔ جگہ جگہ گیلے پیروں کے نشان تھے۔ کئی سیڑھیاں پوری بھیگی ہوئی تھیں۔ بارش میں نئی عمارت میں رہنے کا یہ فائدہ ہے کہ پانی لگنے پر صرف غیر ضروری سیمنٹ باہر آتی ہے، سالوں سے جمی گندگی نہیں۔ غصہ اترتا جا رہا تھا، دانتوں کی کٹ کٹاہٹ گھٹ نہیں رہی تھی۔ رہ رہ کر وہ سر سے پاؤں تک کانپ جاتی۔ وہ آخری سیڑھی پر کھڑی ہو کر پرس ٹٹولنے لگی۔ وہ سیڑی پوری بھیگ گئی۔ اس نے کانپتے ہاتھوں سے چابی لی اور تیزی سے اسے دروازے میں بنے سوراخ میں ڈالنے گئی۔ ہاتھوں کی کپکپاہٹ چابی کے جانے میں مشکل پیدا کر رہی تھی۔ ساڑی اور بالوں کا پانی فرش پر ٹپک رہا تھا۔ کیا فائدہ ہوا سیڑھی پر کھڑی ہو کر چابی نکالنے کا، دروازے کے سامنے پانی تو اکٹھا ہو ہی گیا؟ احتیاط بے کار گئی۔ اس کے چہرے پر ایک بار پھر مسکراہٹ پھیل گئی۔ چابی کے دروازے میں جانے پر جیسے ہی اس نے اسے گھمانا شروع کیا، دروازہ کھل گیا۔ کیا آج دروازہ چابی کی سو نگھتے ہی کھل گیا ہے؟ وہ پرس اٹھانے نیچے جھکی، چوکھٹ کی دوسری طرف ایک جوڑی گورے پاؤں نظر آئے۔ چھوٹے چھوٹے اور سگھڑ انگلیوں کے پور ایک دم لال جیسے ماہر لگا ہو۔

''ارے یہ تو میرے پیر ہیں؟'' وہ خوشی سے چیخ اٹھی۔

''ارے بالی، تو کب آئی؟''

بالی نے پھرتی سے جھک کر پرس اٹھالیا اور اپنی ماں سے لپٹ گئی۔ کچھ تھا جوان کے جسم کے آر پار بہنے لگا۔ جب وہ الگ ہوئیں تو بالی کی نئی شرٹ پر پانی کے دھبے دیکھ کر اسے یاد آیا کہ وہ بھیگی ہوئی ہے۔

''میری نئی شرٹ بھیگ گئی۔'' بالی چلائی۔

سروج بھاگ کر گئی اور الماری سے صاف شرٹ اٹھا لائی۔ بالی نے وہیں کھڑے کھڑے اپنی نئی شرٹ اتاری اور سوکھی شرٹ پہن لی۔ سروج غسل خانے کی طرف جانے لگی۔ کسی نے اسے پیچھے سے پکڑ لیا ہے، بالی اس کی پیٹھ پر چمٹ گئی تھی۔ اس کا چہرہ سروج کے کندھوں پر رکھا تھا۔

''اب ملاپ پورا ہوا۔'' اس نے اس کے کان میں سرگوشی کی۔

''تو نے پاپا کی شرٹ بھی بھگو دی''۔

بالی اس سے ہٹ کر کھڑی ہو گئی۔ جیب سے سگریٹ نکالنے کا سوانگ کرتے ہوئے آنکھیں شرٹ کی طرف جاتی ہوئی بولی، ''سروج، دیکھو یہ کیا ہے؟ کیا تم مجھے سوکھی شرٹ بھی نہیں دے سکتیں، اسے پہن کر میں کہاں جاؤں؟''

سروج پیچھے مڑی اور بے حد سنجیدگی سے بولی: ''بھاڑ میں۔''

دونوں برسوں بعد ملی سہیلیوں کی طرح گلے مل کر ہنسنے لگیں۔ سروج نے پوری طاقت سے بالی کو اپنے سینے سے لگا لیا۔ بالی نے اپنا منھ سروج کے گیلے بالوں میں چھپا لیا۔ ان کی ہنسی دو بادلوں کی ٹکراہٹ سے نکلی۔ بجلی کی کرن کی طرح کمرے میں کوندھنے لگی۔ اس کی آواز اتنی زیادہ تھی کہ دروازہ کھلنے کی آواز ان کے کانوں تک پہونچی ہی نہیں۔

کھلے دروازے کی چوکھٹ میں آ کر دِوا کر کھڑا ہو گیا تھا۔

اسے یکبارگی لگا کہ وہ غلط گھر میں آ گیا ہے، مگر بالی کا چہرہ دیکھتے ہی اس کی آنکھیں چمکنے لگیں؛ اسے بیٹی اور گھر دوبارہ مل گئے تھے۔ بالی کی پلکیں جیسے ہی ہنستی آنکھوں پر سے ہٹیں، سامنے اسے والد نظر آئے۔

''پاپا!'' وہ چلائی۔

سروج بغیر مڑے ہی غسل خانے کی طرف جانے لگی۔ بالی دوڑتی ہوئی والد کے پاس پہونچی۔

''تو کب آئی؟''

امی جو چابی تمھارے لیے چھوڑ گئی تھیں، اسے لے کر میں اندر آ گئی۔''

''اچھا، یہ بات ہے، میری چابی مجھی سے میاؤں! میری شرٹ کیوں بھگوئی؟

دِوا کر نے اپنی برساتی دروازے کے باہر اتار کر ٹانگ دی تھی۔

اس سے گرتے پانی کی بوندوں کی ٹپ ٹپ بارش کی آواز سے سنائی دے رہی تھی۔

''کیا کالج کی چھٹی ہے؟''

کمرے کے ایک طرف چوڑی سی میز کی گھیرے پانچ کرسیاں رکھی ہیں۔ میز سے ایش ٹرے اٹھا کر دِوا کر دیوار کے پاس کی کرسی پر بیٹھ گیا۔ جب تک دوا کر ماچس کی تیلی جلانے میں لگا رہا، اس کی بغل میں کھڑی بالی سگریٹ کے سلگنے کا انتظار کرتی رہی۔

''آج کیا تاریخ ہے؟''

دِواکر کے منھ میں دھواں بھرا تھا۔ اس کی آنکھوں میں سوال ابھرا، جب اس نے دھواں چھوڑا، وہ سوال زبان کی جانب سرک آیا۔

''صبح تو چھبیس تھی، یا کہ نہیں؟''

''آپ بھول گئے۔''

بالی خوشی سے تالی بجاتے ہوئے کہہ رہی تھی، جیسے اس نے اپنے والد کو کوئی سنگین غلطی کرتے ہوئے پکڑ لیا ہو۔ دواکر نے ایک بار پھر پورا کا پورا دن من میں دوہرایا۔ اس کی سمجھ میں کچھ نہیں آرہا تھا۔لیکن اسے یہ عبارت پہچانی سی لگی۔ اس پہچان سے اسے ایک خاص قسم کی خوشبو محسوس ہوئی۔ اس خوشبو کا پیچھا کرتے ہوئے اس نے جیسے ہی آنکھیں بند کیں۔ اسے دلہن کی پوشاک میں سروج نظر آئی۔

''اچھا، آج ہماری شادی کی سال گرہ ہے۔''

سروج نے غسل خانے کا دروازہ کھولا۔ وہ سوکھی ہری ساڑی پہنے تھی، گیلے بال اس کے چہرے اور کندھوں پر بکھرے تھے، انگلیاں بالوں کو سلجھانے کی کوشش میں ان میں پھنستی جارہی تھیں۔

''نہیں، صرف وہی نہیں، آج آپ کی شادی کی پچیس برس ہو گئے۔''

بالی کا چہرہ خوشی سے چمک رہا تھا۔ اس نے دیکھا نہیں پیچھے سے سروج چلی آرہی ہے۔ دِواکر فرش کی طرف دیکھ رہا تھا۔ وہ بدبدایا؛ ''پچیس برس ہو گئے!''

یہ سن کر سروج کے دھلے صاف چہرے پر کوئی اثر نہیں ہوا۔ وہ بالی کو چھوتے ہوئے دوسری کرسی پر بیٹھ گئی۔ بالی نے جیسے ہی اسے دیکھا، وہ میز کے پاس کھڑی ہو کر ان دونوں سے ہاتھ ہلا کر زور زور سے کہنے لگی، ''میں آپ کی بیٹی بالیکا، یہ چاہتی ہے کہ اس کے اداکار ماں-باپ آج کے دن اسے ایک نایاب تحفہ دیں۔۔۔''

دِواکر نے سروج کی طرف دیکھا، آنکھ کے اس کونے سے جس میں بارش سے آئی لالی اب تک تیر رہی تھی۔ سروج بڑے غور سے بالی کو دیکھ رہی تھی۔

''۔۔۔ وہ اسے آج اسی وقت اداکاری کر کے یہ بتائیں کہ وہ ایک دوسرے کے قریب کیسے آئے تھے؟ ان کے نزدیک آنے میں کون سی کہانی چھپی ہے؟ کیا اس کہانی میں ڈیٹنگ-ویٹنگ بھی ہے؟۔۔۔''

دِواکر کی ہنسی سے انگلیوں میں الجھی سگریٹ کی راکھ ٹوٹ کر میز پر بکھر گئی۔ سروج کی آنکھیں تیزی سے اس پر ٹھہریں اور دوبارہ بالی کی طرف چلی گئیں۔ بالی کچھ دیر خاموش کھڑی رہی، اس کے چہرے کی سنجیدگی میں مسکراہٹ کی ایک درار نہیں تھی۔

''۔۔۔ بالی جاننا چاہتی ہے کہ وہ کون سے حالات تھے جو اس کے اس اول جلول سنسار میں آنے کی وجہ بنے۔ آج پچیس سال بعد ان سارے خوشنما منظروں کو دوہراتے ہوئے دیکھتے ہی وہ ہزار میل سے زیادہ کا سفر جنرل کلاس میں کرتے ہوئے، ٹوٹا پھوٹا جسم اور خواہش سے بھرا دل لیے یہاں تک پہونچی ہے۔''

بالی کی آواز کے تھمتے ہی بارش کی آواز اُبھر آئی تھی، اب تک بالی کے جملے سروج کے دل میں جوں

کے توں سمائے جا رہے تھے۔ مگر یہاں آ کر ان کی دلاروں سے ان کے معنی پھوٹ کر اس کے چاروں طرف بکھرنے لگے۔ اس کا چہرہ تن گیا، بھنویں سمٹ آئیں، پل بھر کو ہونٹ پھڑکے اور خاموش ہو گئے۔ بالی اتنی ہی سنجیدہ بنی ہوئی دِیوا کرنے پاس کی کرسی پر بیٹھ گئی۔ اس نے بہت احتیاط سے ایش ٹرے پر سگریٹ جمائی، اٹھ کر کھڑا ہوا اور بالی کو دیکھتے ہوئے بولا: ''ہم محترمہ بالی کے شکر گزار ہیں کہ وہ اتنی مشکلات کا سامنا کرتے ہوئے ہماری شادی کی اس پچیسویں سالگرہ پر یہاں تشریف لائی ہیں جو ہمیں خود بھی یاد نہیں تھی۔ ہم نہ صرف ان کے یہاں آنے کے لیے احسان مند ہیں بلکہ ان کے اس لیے بھی شکر گزار ہیں کہ انھوں نے اتنے خاص دن ہمیں یاد کیا ہے۔ مگر ہمیں ان سے ایک شکایت بھی ہے۔ وہ اتنی دور سے آ کر اتنے کم نوٹس پر ہم سے اپنی انوکھی بلکہ اٹ پٹی شرط پوری کرانا چاہتی ہیں۔ انھیں ہمیں کچھ اور وقت دینا چاہیے تھا۔ مگر پھر بھی میں بالی کا والد اپنی بیوی بالی کی ماں سے گزارش کرتا ہوں کہ وہ اس انوکھی مانگ کو پورا کرنے میں میری مدد کریں۔''

وہ سروج کی طرف دیکھنے لگا، وہ چپ چاپ مسکرانے لگی۔ اٹھ کر اندر جاتے ہوئے وہ بولی: ''گھر میں ڈرامہ!''

''ہاں امی!''

بالی جاتی ہوئی سروج کی پیٹھ سے لپٹ گئی۔ سروج نے پیار سے سر گھمایا۔ اس کی آنکھوں میں عجیب سی ہلچل محسوس ہوئی تھی۔

''تو اپنے پاپا سے سب سن لے!''

''نہیں امی، مجھے پاپا سے نہیں سننا، تم لوگ اسے کر کے دکھاؤ!''

بالی کی آواز میں دکھ کے ریشے جھلکنے لگے تھے۔ اس کی آواز سے صاف ظاہر ہو رہا تھا کہ اس نے ضد پکڑی ہے۔ سروج جانتی تھی کہ اب وہ جب تک ضد پوری نہیں کروا لیتی، اسے چین نہیں آئے گا۔ اس نے ہنستے ہوئے اپنی خواہش ظاہر کی تھی مگر اس کے پورا ہونے میں دیر ہونے پر پہلے اس کا کھلا ہوا چہرہ مرجھائے گا، جو ہونا شروع ہو گیا تھا، پھر آنکھیں بھر آئیں گی، اور وہ بے آواز دیر تک روسکے گی۔ اس بارے میں سوچ کر ہی سروج گھبرا گئی۔ اس نے بالی کو پیٹھ سے الگ کیا اور دوا کر کے پاس جا کر کچھ سرگوشی کی۔ وہ دونوں بالی کی کمرے میں اکیلا چھوڑ کر اپنے کمرے میں چلے گئے۔

بالی نے ایک کرسی کو، جو دیوار کے تقریباً کونے میں موجود کھڑی ہے، کھڑکی طرف گھما لیا۔ اس نے کھڑکی کھولی، نیچے پھیلتی رات میں سڑک پر گاڑیاں سرک رہی تھیں۔ ممی کی طبیعت کچھ ٹھیک نہیں لگ رہی تھی۔ کہیں میں ان کو ضرورت سے زیادہ پریشان تو نہیں کر رہی۔ کتنی عجیب بات ہے۔

''میں نے یہ کبھی جاننے کی کوشش نہیں کی اور اتنی بڑی ہو گئی۔ تم کب تک آئی کی بیٹی بنی رہو گی؛'' سہیل اسے اکثر کہتا ہے۔

''جب تک ہوں تب تک۔'' وہ جواب دیتی ہے۔

''میرا مطلب تم ان کی گودی سے کبھی اتروگی بھی کہ وہیں بیٹھے زندگی گزارنے کا ارادہ ہے، کیا تمھیں اس سے کوئی پریشانی ہے؟''

''کوئی خاص نہیں۔''

''صرف اس لیے کہ تمھیں پیار کرتے وقت مجھے تمہاری ممی کی سانسیں سنائی دیتی رہتی ہیں۔'' وہ یہ کہتے ہی ہنسنے لگتا ہے۔ دیکھو تو صحیح کتنی زور سے ہنس رہا ہے۔ کھلی ہوئی کھڑکی سے گیلی ہوا کا جھونکا آکر بالی کے چہرے کو بھگو جاتا ہے۔

بالی کے پیچھے سے دیواکر کی آواز آئی۔

''وہاں کی کچھ کرسیاں ہٹا دو۔۔۔ نہیں نہیں' اس طرح نہیں، دو ایک ساتھ لگاؤ، اور ہاں۔۔۔ ایسے۔۔۔ اب اس میز کو، اس کرسی کو ہٹا کر یہاں لے آؤ۔''

بالی نے دو کرسیاں ایک ساتھ رکھ دیں۔ باقی کرسیاں گھیرے سے اٹھا کر دور دوسرے کمرے میں لے جا کر رکھ دیں۔ اس گھیرے میں رہنے والی میز کو اٹھا کر کمرے کے دوسری طرف رکھ دیا گیا۔ یہ میز اس کے بیٹھنے کے لیے ہوگئی تھی، جب کہ سامنے لگی دو کرسیاں، اور ان کے پیچھے کی خالی جگہ تھیٹر تھا۔ دواکر کمرے کے بیچ میں آ گیا تھا۔ اس کا سر جھکا ہوا تھا، بھنوؤں پر کھینچاؤ دکھائی دے رہا تھا۔ پاؤں کو آگے بڑھ رہے تھے۔ بالی نے اسے دیکھا۔ وہ سنجیدہ بنا رہا۔

یہ 'پاپا' ہونے کو پیچھے چھوڑ آئے ہیں اور 'اداکار' ہونے کی طرف آگے بڑھ رہے ہیں۔ دواکر اسی طرح چلتا کرسیوں تک پہونچا۔ ایک ساتھ رکھی دو کرسیوں کو کچھ ٹھیک کیا، پھر ان کے اور دیوار کے بیچ کی جگہ کو غور سے دیکھا، شاید وہ جگہ تھوڑی کم تھی۔ اس نے دونوں کرسیوں کو اس طرح سرکایا کہ دیوار اور ان کے بیچ کی جگہ بڑھ جائے۔ وہ دوبارہ وہاں سے جانے لگا۔ بالی اسے یہ کرتے ہوئے چپ چاپ دیکھتی رہی جیسے کسی بہت اپنے مگر اجنبی انسان کو دیکھ رہی ہو۔ شاید ممی کو بلانے جا رہے ہیں۔ لیکن وہ کہیں بھی دیکھ کیوں نہیں رہے۔ شاید وہ ابھی سے پچیس سال پہلے کے ماضی میں چلے گئے ہیں۔ بوندوں کی آواز کا شور کم ہونے لگا تھا، بارش تھمی نہیں تھی، صرف کمزور پڑ گئی تھی۔ بوندوں کی ٹپ ٹپ کی جگہ نرم سرسراہٹ نے لے لی تھی۔ بالی کھلی کھڑکی سے باہر دیکھا۔ سڑک پر پانی بہہ رہا تھا۔ ایک آدمی سائیکل کو تھامے چلا جا رہا تھا، اس کا پتلون گھٹنوں تک چڑھا تھا اور سائیکل کے تقریباً آدھے پہیے پانی کے نیچے چھپ گئے تھے۔

اندر کے کمرے کا دروازہ کھلنے کی آہٹ ہوئی۔ وہ باہر آ گئے تھے۔ سروج آگے چل رہی تھی۔ وہ تقریباً تن کر چلتی ہوئی آئی اور سامنے کی کرسی پر بڑے ہی ڈرامائی انداز میں بیٹھ گئی۔ بالی کو پہلے کچھ سمجھ میں نہیں آیا، ممی ایسا کیوں کر رہی ہیں، پھر اچانک یہ جان کر کہ ڈرامہ شروع ہو گیا ہے، وہ بھاگ کر کمرے کے دوسرے کونے میں رکھی میز پر جا کر بیٹھ گئی۔ اب سروج اس کے سامنے تھی۔ دواکر چلتا ہوا آیا اور سروج کی کرسی کے پاس والی کرسی کے سامنے کھڑا ہو گیا۔ کچھ دیر کوئی کچھ نہیں بولا۔ بارش کی سرسراہٹ کھلی کھڑکی سے اندر آتی رہی، سروج کرسی پر بیٹھی

سامنے دیکھ رہی تھی، اس کی آنکھیں کسی چیز پر ٹھہر سی گئی تھیں، جیسے جم گئی ہوں۔ دواکر بالی کی طرف دیکھتے ہوئے کہنے لگا۔ ''بہت برس پہلے کی بات ہے، رائے گڑھ ضلع کے رٹائرڈ ڈپٹی کلکٹر جگدمبا پرساد دِکشت کی ملاقات اتفاقاً دُرگ کے پرمانند پروہت سے ہوگئی۔ پرمانند جی برسوں تک دُرگ کالج کے پرنسپل رہ چکے تھے، ان دنوں وہ لمبی چھٹی لے کر کالی داس پر کوئی کتاب لکھ رہے تھے۔''

دواکر بولتے ہوئے تھوڑا آگے آگیا تھا۔ وہ آہستہ آہستہ بول رہا تھا تاکہ ہر الفاظ صاف صاف ادا ہوسکے اور کھڑکی سے لگاتار آتی بارش کی سرسراہٹ پر پھسلتا ہوا بالی کی طرف جاسکے۔

''دونوں زمانے سے دوست تھے، یہ ضرور تھا کہ اپنے کاموں میں مصروف ہونے کی وجہ سے ان کی ملاقات کم ہو پاتی تھی۔ اتنا کہہ کر دواکر سروج کے پاس کی کرسی پر بیٹھ گیا۔ ایک پل کو دونوں ساکت بیٹھے رہے۔ پھر سروج اٹھ کھڑی ہوئی اور تھوڑا تیز مگر صاف لفظوں میں بولنے لگی:

''دوست پرانے تھے مگر ملنا جلنا زیادہ نہیں ہوتا تھا، اتنے پرانے دوستوں کے پاس اس لیے مواد کم تھا، مگر باتیں تو ہونا ہی تھیں، دوستی کا تقاضہ تھا، جب اور کوئی مدعا نہیں ملا پرانے دوستوں کو، انھوں نے اپنی شادی شدہ، غیر شادی شدہ اولادوں کی بات چھیڑ دی۔''

سروج اتنا کہہ کر کرسی پر بیٹھ گئی۔ اس نے اپنے سر پر ایک ٹوپی رکھ لی۔ یہ کیا ہوا، بالی نے سوچا کیا یہ اپنے چچا جگدمبا پرساد دِکشت کا کردار ادا کر رہی ہیں۔ تو کیا پاپا اپنے والد پرمانند پروہت کا کردار ادا کریں گے۔ ٹوپی پہنے سروج یعنی جگدمبا پرساد دِکشت کہنے لگے۔ ''تم تو لڑکیوں کی طرف سے ہلکے ہوگئے، کیوں؟''

پرمانند بنا دواکر بولا، ''ہاں، گھر سونا ہوگیا۔''

جگدمبا بنی سروج بولی، ''سونا ہوگیا تو کیا، تم فارغ ہوگئے۔''

پرمانند بنا دواکر بولا؛'' ہاں، فارغ ہوگیا لیکن لڑکا بھی ہے۔ اس کا کیا کریں، کرتا دھرتا کچھ نہیں۔ یہاں وہاں کولہے مٹکایا کرتا ہے۔''

بالی زور سے ہنسنے لگی۔ سروج نے پھرتی سے ٹوپی اتاری اور اس کی طرف دیکھتے ہوئے بدبدائی، ''بڑوں کی باتوں پر کہیں ہنستے ہیں!''

بالی کی ہنسی اس کے چہرے میں ہی سما گئی۔ پرمانند بنے دواکر کی آواز دوبارہ سنائی دینے لگی؛ ''اس ناچ۔ نوٹنکی میں کون جانے اس کا گھر بس بھی پائے گا یا نہیں؟''

اس کے چہرے پر فکر صاف طور پر نظر آنے لگی، آنکھیں بجھ سی گئیں۔ چہرہ جیسے اپنے ہی بوجھ سے آہستہ آہستہ نیچے جھکنے لگا۔ کمرے میں سناٹا پھیل گیا جس پر سڑک پر بھیگتے بچوں کی ٹولی کی کھلکھلاہٹ بکھرنے لگی۔ جگدمبا بنی سروج کرسی چھوڑ کر کھڑی ہوگئی۔ وہ بالی کی طرف دیکھتے ہوئے پرمانند بنے دواکر سے بولی؛ ''گھر، میں بسوا دوں گا، اگر تمھیں اعتراض نہ ہوا۔''

پرمانند بنا، دِواکر چونکتے ہوئے جگدمبا بنی سروج کی طرف دیکھتے ہوئے بولا؛ ''مجھے کیوں اعتراض

ہونے لگا۔لیکن بات کیا ہے؟ کچھ کھل کر کہو تو کچھ سوچا جائے!''

جگدمبا بنی سروج چہرے پر گہری مسکراہٹ لاتے ہوئے بولی،''وہی کر رہا ہوں، وہی تو۔''

''وہی تو، وہی تو چھوڑو، فوراً کام کی بات پر آؤ۔''

''لو آگیا۔ میری بھتیجی دیکھنے میں خوبصورت اور کام کاج میں ماہر ہے۔ اسے بھی یہی بیماری ہے، ڈرامے کا شوق، شادی ہونے پر تم لوگ اس سے ڈرامہ کرواؤ یا نہ کرواؤ، یہ تم لوگوں کی مرضی ہے لیکن یہ پکا ہے کہ وہ تمھارے بیٹے کو کم تر نہ سمجھے گی۔۔۔''

''کیوں؟''

''خود ڈرامہ کرتی ہے، پھر ڈرامہ کرنے والے کو کم تر کیسے سمجھ سکتی ہے؟ لیکن اتنا ضرور ہے کہ وہ۔۔۔''

جگدمبا بنی سروج بولتے بولتے رک گئی۔ پرمانند بنا دواکر اسے دیکھتا رہا۔ بارش دوبارہ بڑھ گئی۔ تیز بوندوں کی آوازیں چھت سے اندر آنے لگیں۔ کھلی کھڑکی سے آواز کے ساتھ پانی کی مہین پھوار اندر جھرنے لگی۔ باریک بوندیں دواکر کے بالوں پر پھیل گئیں اور اس کے پیچھے لگی ٹیوب لائٹ کی روشنی میں جھلملانے لگیں جیسے ہی دواکر نے ان پر ہاتھ پھیرا، وہ ساری بوندیں اسی کی ہتھیلی پر لگتی ہوئی فرش پر آگریں۔ بالی کو محسوس ہوا کہ بارش اتنی زیادہ ہے کہ پاپا کے بالوں تک سے ہو رہی ہے۔ دواکر جیسے سروج کے بولنے کا انتظار کر رہا تھا۔

''جگدمبا، تم رک کیوں گئے؟ کیا کوئی مشکل ہے؟ مجھے پہلے ہی پتہ تھا کہ تم کہہ ضرور رہے ہو، لیکن یہ سب اتنی آسانی سے ہونے والا نہیں۔''

دواکر کھڑا ہو گیا، یعنی پرمانند پروہت اب کھڑے تھے۔ سروج بھی اب کھڑی ہو گئی۔ یعنی جگدمبا پرساد دکشت بھی اب کھڑے تھے۔ وہ کھڑے کھڑے ہی بولے۔

''نہیں نہیں، ایسی کوئی بات نہیں۔ میں صرف یہ کہہ رہا تھا کہ میری بھتیجی۔۔۔ وہ اپنی مرضی کے بغیر کچھ نہیں کرتی۔ اس سے پوچھے بغیر کچھ نہیں ہو سکتا، اگر اس نے منع کر دیا تو ہم مجبور ہو جائیں گے۔ تم یہ سمجھتے ہو نا؟''

پرمانند بنا دواکر مسکرانے لگا۔

آہستہ آہستہ چلتے ہوئے تقریباً بالی کے سامنے آکر کھڑا ہو گیا۔ بالی کو لگا جیسے دواکر کے وہاں آنے سے ڈرامے کا حلقہ اتنا بڑھ گیا ہے کہ وہ بھی اس میں آسکتی ہے۔ اس نے ڈر کر اس میز کو پیچھے سرکا لیا جس پر وہ بیٹھی تھی۔ پرمانند بنا دواکر اس کی طرف دیکھنے لگا۔

''یہ ٹھیک ہی ہے۔ اس کی شادی ہے، اس سے پوچھنا ہوگا۔''

''کب پوچھو گے؟ مجھے آج کے بعد نیند مشکل سے آئے گی۔''

''تمھیں پتہ ہے، میں ہمیشہ کا جلد باز ہوں؛ جب تک ہاتھ کا کام پورا نہیں ہوتا، میں بے چین رہتا ہوں۔ ہفتے بھر کی بات ہے، میں وہاں جا ہی رہا ہوں، اس سے پوچھتا آؤں گا۔''

یہ کہہ کر وہ دوبارہ کرسی پر بیٹھ گئی۔ پرمانند بنا دواکر بھی اس کے پاس پہونچ کر پاس ہی کرسی پر بیٹھ گیا۔

دونوں کے چہروں کا کھنچاؤ کم ہونے لگا جیسے اداکاری کا تناؤ ڈھیلا پڑ رہا ہو۔ سروج نے سر پر رکھی ٹوپی اتار کر پاس ہی فرش پر رکھ دی۔ وہ اٹھ کھڑی ہوگئی۔ اس کے پیچھے کی کھلی کھڑکی سے گرتے پانی موٹے موٹے دھاگے کمرے باہر جاتی روشنی میں چمکنے لگے تھے۔ ایسا معلوم ہوتا تھا پانی کے یہ چمکیلے دھاگے کسی کر گھے پر کسے ہوں۔ دواکر بھی اب دوبارہ دواکر تھا۔ اس نے جیب میں ہاتھ ڈال کر سگریٹ نکالی۔ وہ اسے ہونٹوں میں دبا کر ماچس سلگا رہا تھا کہ بالی بول اٹھی؛ ''کیا پرمانند دادا سگریٹ پیتے تھے؟''

سروج کے چہرے پر مسکراہٹ پھیل گئی۔ اس نے کنکھیوں سے دواکر کی طرف دیکھا۔ دواکر نے انگلیوں کے بیچ پھنسی تیلی کو بجھایا اور بولا؛ ''نہیں! لیکن اب میں پرمانند پروہت نہیں ہوں۔ یہ وقفہ ہے۔ ڈرامے کا اگلا حصہ سگریٹ ختم ہونے کے بعد شروع ہوگا۔ تمھیں بھوک تو نہیں لگی ہے!''

بالی زور زور سے ہنسنے لگی۔ سروج رسوئی کی طرف جا کر لوٹ رہی تھی۔ اس کے ہاتھوں میں پانی کے تین گلاس تھے۔ اس نے ایک بالی کو دیا، دوسرا دواکر کی طرف بڑھایا اور تیسرے سے وہ وہیں کھڑی ہو کر پانی پینے لگی۔ اس کے بال سوکھ چکے تھے؛ اور کھلے رہنے کی وجہ سے وہ گھنگرالی لٹوں میں اس کے چہرے کے دونوں طرف بکھرے تھے، کچھ لٹیں لہراتی ہوئی پیٹھ پر کچھ دور تک پھیل گئی تھیں، جیسے بارش اس کے بالوں کو چھو کر گھونگرالا بناتی ہوئی دوبارہ کھلی کھڑکی سے واپس چلی گئی ہو۔ دواکر کی سگریٹ کی چمکتی نوک پر راکھ چڑھ رہی تھی۔ اس نے چاروں طرف نظریں گھما کر ایش ٹرے کو تلاش کیا، مگر اسے نہ پا کر اس نے سگریٹ کھڑکی سے باہر پھینک دی۔ وہ سروج کی طرف دیکھنے لگا۔ بالی نے اٹھ کر سروج اور دواکر کے ہاتھوں سے گلاس لیے اور انھیں اپنے سامنے فرش پر رکھ لیا۔

دواکر اور سروج 'اسٹیج' کی کرسیوں پر جا کر بیٹھ گئے۔ بالی جم کر میز پر بیٹھ گئی۔ دواکر اٹھا اور بولا:

''جگدمبا پرساد جی دوست سے ملنے اور بھتیجی کی شادی کے لیے رشتہ پانے کی خوشی سے جھومتے ہوئے گھر پہونچے۔ جب انھوں نے پرمانند پروہت سے بھتیجی کے بارے میں ہوئی بات بیوی کی بتائی، اس نے پہلے یہ سوچا کہ بھتیجی کے لیے کیوں بات کی، کیا اپنی لڑکی نہیں ہے مگر جب جگدمبا پرساد جی نے یہ کہا کہ لڑکا اداکار ہے تو اس نے یہ سوچ کر صبر کرلیا کہ ایسے نچیّے سے اپنی بیٹی کیا بیاہنا، وہ بھتیجی کے لیے ہی ٹھیک رہے گا۔ بیوی کی ادھیڑ بن سے دور پنڈت جگدمبا پرساد کچھ ہی دنوں بعد اپنے بھائی سے ملنے ان کے شہر جا پہنچے۔ دواکر اچانک چپ ہوگیا۔ وہ اب بالی کے ٹھیک اوپر دیکھ کر بول رہا تھا۔ جیسے وہ کسی شاہی تھیٹر کے اسٹیج پر کھڑا ہو، جس کی پہلی قطار میں بالی بیٹھی ہو۔ اس کے کرسی پر بیٹھنے کے دوران ہی سروج اپنی جگہ سے اٹھی اور بولنے لگی:

''بھائی گھر پر نہیں تھے۔ بھابی تھیں یعنی بھتیجی کی ماں تھیں۔ جگدمبا پرساد جی نے بھابی سے رائے دریافت کی۔ انھیں کوئی اعتراض نہ تھا لیکن انھوں نے بھی وہی صلاح دی: اس سے پوچھ لو۔ حالاں کہ، وہ کہنے لگیں، وہ منع کیوں کرنے لگی لیکن تب بھی الٹی کھوپڑی کی لڑکی ہے، نہیں پوچھا تو پتہ نہیں کیا کر بیٹھے۔ جگدمبا یہ جانتے تھے۔ انھوں نے طے کیا کہ کل بھتیجی سے بات کریں گے۔ اپنی بھتیجی سے یعنی سروج سے۔''

سروج بولتے ہوئے آگے آگئی۔ وہ بنا دیکھے پیچھے ہٹی اور اپنی کرسی پر بیٹھ گئی۔ اس کے بیٹھتے ہی دواکر

سیدھے سیدھے بالی کو دیکھ کر بولا؛ ''اب جگدمبا پرساد دِکشت سروج نہیں، میں بنوں گا کیوں کہ سروج کی اب چھبیس برس پہلے کی سروج کا رول نبھانا ہے۔''

یہ سنتے ہی بالی کہنے لگی؛ ''ممی کیا اب تم اپنا ہی رول نبھاؤ گی؟''

سروج نے اس کی طرف دیکھا اور آنکھوں میں مسکرائی لیکن خاموش رہی۔ بالی نے فوراً اپنی زبان کاٹ لی، یہ میں نے کیا کہہ دیا۔ ابھی ممی، ممی نہیں، اداکارہ ہیں۔ وہ چھبیس برس پہلے کی لڑکی سروج، جو بھلے ہی وہ خود رہی ہوں، کی اداکاری کرنے والی ہیں۔ مجھے بیچ میں ٹوکنا نہیں تھا۔ لیکن تم بیچ میں ٹوکے بغیر رہ کیسے سکتی ہو؟'' سہیل اسی لیے کہتا ہے؛ ''میں بات پوری نہیں کر پاتا اور تم ٹپ سے بول دیتی ہو، کہنے کو تم ایکٹروں کی اولاد ہو، مگر تمھیں کوئی تمیز نہیں۔ میں ایکٹروں کی اولاد ہوں۔ ایکٹر نہیں، میں اسی طرح ٹوکوں گی، تمھیں سنانا ہو تو سناؤ ورنہ خاموش بیٹھو۔''

سروج نے ساڑی کا پلّو سر پر سے لیا اور وہ اسٹیج کی کرسیوں کے پیچھے جا کر کھڑی ہوگئی۔ وہ تھوڑی میں ترچھی کھڑی تھی۔ بالی کو لگا جیسے ممی چھبیس سال پرانے اپنے کمرے میں چلی آئی ہو۔ دواکر کرسی سے اٹھ کر اور سامنے دیکھتے ہوئے بولا:

''موقع دیکھ کر میں، یعنی جگدمبا پرساد اپنی بھتیجی سروج کے پاس گیا۔ سروج سے یہ بات چھپی نہیں ہوگی کہ میں اس سے کس سلسلے میں بات کرنے آیا ہوں۔ بھابی اسے بتا چکی ہوں گی مگر مجھے اس سے ایسے بات کرنا ہوگی جیسے میں ہی اسے یہ بات پہلی بار بتا رہا ہوں۔''

دواکر نے فرش پر رکھی ٹوپی اٹھا کر سر پر لگائی اور کرسیوں کے پیچھے کھڑی سروج کی طرف چلا گیا۔ وہاں وہ اس طرح کھڑا ہو گیا کہ اس کی نظریں سروج کو چھوتی ہوئی بالی کی طرف نکل جائیں۔ سروج بھی دوپٹہ سر پر لیے ہوئے اس طرح جگدمبا بنے دواکر کی طرف مڑی کہ اس کا زیادہ تر چہرہ بالی کی طرف رہے۔ دوپٹے سے گھرا اس کا نازک چہرہ سچ مچ اس کی جوانی کا چہرہ معلوم ہو رہا تھا۔ جیسے ہی ممی کے دل میں چھبیس سال پرانے خیال آئے، وہ چھبیس سال پہلے کی سی لگنے لگیں۔ دیکھو تو سہی کتنی جوان اور خوبصورت لگ رہی ہیں، لیکن کتنی اجنبی بھی۔ سروج نے آہستہ سے جگدمبا بنے دواکر پر نظریں اٹھائیں اور بولی؛ ''کیا بات ہے کاکو؟''

''بٹیا ضروری بات ہے۔ تمھارے پاس وقت ہو تو کہوں!''

سروج بنی سروج دوسری طرف مڑ گئی۔ اس کی نظریں آہستہ آہستہ نیچے کی طرف آنے لگیں۔ جب وہ اپنی نظروں کی تقریباً فرش پر بچھا چکی، وہ بدبدائی۔ ''بولیے، میں سن رہی ہوں۔''

بالی ممی کی اداکاری پر فریفتہ ہوئے جا رہی تھی۔ کتنی ادا سے وہ اپنا چہرہ موڑتی ہیں۔ جب تک ان کا چہرہ مڑ نہیں گیا، ان کی زبان سے ایک لفظ بھی نہیں نکلا۔ اتنا چہرہ موڑنے پر ہی ان کی آواز نکل سکتی ہو۔ بالی کا دل چاہا کہ وہ دوڑ کر سروج کو پکڑ کر اسے چوم لے اور چلائے، ''واہ!''

''تم ایسا کیسے کر سکتی ہو، تمہارے ممی کو چھوتے ہی سامنے چل رہا ڈرامہ بکھر جائے گا۔ ناظرین کے بغیر

کسی حرکت یا ردعمل کے خاموش بیٹھے رہنے سے ہی ڈرامہ قائم رہتا ہے۔‘‘

جگد مبا بنا دواکر تقریباً سامنے دیکھتے ہوئے بول رہا تھا: ’’میرا ایک دوست ہے، پرمانند پروہت۔ کچھ دنوں پہلے اس سے ملنا ہوا، تم اسے جانتی ہو نہ؟‘‘

سروج دواکر کو تقریباً نہ دیکھتے ہوئے بدبدائی۔ ’’ہاں، وہ یہاں آئے تھے، کئی برس پہلے۔ ان کے گھر گھر ڈھیروں کتے پلے ہوئے تھے۔ ہیں نہ؟‘‘

جگد مبا بنا دواکر سروج کی طرف مڑا۔

’’ممکن ہے اب بھی ہوں۔ وہ ان کے لیے پاگل رہا ہے، ہمیشہ سے بتا رہا تھا کہ اس کا بیٹا تمھاری طرح ڈراموں میں کام کرتا ہے۔‘‘

سروج بنی سروج نے نظریں تھوڑا سا اوپر اٹھاتے ہوئے آہستگی سے جواب دیا: ’کیا کسی ناٹک منڈلی میں؟‘‘

’’ہوگا ہی وہ، کیا کہتے ہیں اسے، ایکٹر ہاں، ایکٹر ہے۔ پرمانند کہتا تھا بڑا اچھا کام کر رہا ہے، خوب دورے کر رہا ہے، ابھی حال میں بمبئی ہو کر آیا ہے۔ لیکن وہ دلی میں بسنا چاہتا ہے۔۔۔‘‘

جگد مبا بنا دواکر بولتا جا رہا تھا اور سروج بنی سروج چلتے ہوئے کھڑکی کے پاس پہونچ گئی تھی۔ جگد مبا بنے دواکر نے کنکھیوں سے اس طرف دیکھا جہاں سروج کھڑی تھی۔ وہ ٹہلتا ہوا وہاں پہونچا اور سروج کے کندھوں کو چھو کر بولا: ’’پورا اطمینان ہونے پر میں نے اس لڑکے سے تمھاری بات چلائی ہے۔ تم چاہو تو اسے دیکھ لو؟‘‘

یہ کہہ کر جگد مبا بنے دواکر کے چہرے پر سکون پھیل گیا۔ جیسے اس نے کوئی مشکل کام پورا کر دیا ہو۔ وہ سروج بنی سروج کو اکیلا چھوڑ کر اسٹیج کے دوسرے سرے پر آ گیا اور ایک کرسی کے پیچھے کھڑے ہو کر اس پر ہاتھ ٹکا دیے۔ سروج نے آہستہ آہستہ اپنی نظریں دواکر کی طرف کیں اور تھوڑا زور سے پھسپھسائی: ’’میں نہیں دیکھنا چاہتی۔‘‘

جگد مبا بنا دواکر بالی کی طرف دیکھ رہا تھا۔ وہ کرسی پر ہاتھ رکھے ہوئے ہی مسکرایا۔ تو کیا ممی نے پاپا کو شادی کے پہلے دیکھا تک نہیں تھا۔ میں سہیل سے کہوں گی تو پہلے وہ مانے گا نہیں اور اگر کسی طرح مان گیا تو پھر مجھے اس بات پر زندگی بھر چڑھائے گا۔ نہ، نہ، اس سے نہ کہنا ہی بہتر ہے۔ اس بیچ جگد مبا بنا دواکر چہرے پر مسکراہٹ کو بکھرا ہوا چھوڑ کر بولا۔ ’’نہیں بیٹی، یہ تمہاری زندگی کا سوال ہے، ایک بار دیکھ لو۔‘‘

اس پر چھبیس سال پہلے کی سروج بنی سروج کا رول نبھاتی سروج نے اپنی نظریں ایک جھٹکے سے اوپر کیں اور ان نظروں کی جگد مبا بنے دواکر کی طرف کرتے ہوئے مضبوط لہجے میں کہا، ’’میں سب دیکھ چکی ہوں۔‘‘

وہ یہ کہتے ہوئے کانپ رہی تھی۔ بالی چونک گئی۔ کیا ممی پاپا کو پہلے سے جانتی تھیں یعنی وہ پاپا کو پہلے سے چاہتی رہی ہوں گی۔ یہ لوگ ضرور کسی تھیٹر فیسٹول میں ملتے ہوں گے؟ ابھی پتہ چلے گا۔ سہیل کے بچے، اب تو کس چیز کا مذاق اڑائے گا، یہ لے، امی پاپا کو پہلے سے جانتی تھیں۔ جگد مبا بنا دواکر بھی چونکا، اسے یہ آج ہی معلوم

ہوا تھا کہ سروج اسے شادی کے پہلے سے جانتی ہے۔ کیسے؟ ابھی معلوم ہو جائے گا۔ اس کا یہ چونکنا اس کے جگدمبا پرساد کی اداکاری میں بھی اتر آیا۔ وہ سروج بنی سروج سے بولا:

''بیٹا، کیا تم اسے دیکھ چکی ہو؟ کیا کسی تھیٹر فیسٹول میں؟ سروج بنی سروج نے زور دے کر سر سیدھا کیا سر پر رکھا پلّو سرک کر گھنگرالے بالوں کے پیچھے پھسل گیا۔ اس کے جسم میں ہلکا سا تناؤ آ گیا۔ باہر کی بارش لیے ہوا کا جھونکا تیزی سے اندر داخل ہوا اور سروج کے تنے ہوئے گالوں پر پانی کی بوندیں بکھیر گیا۔ سروج نے پھرتی سے اپنے گال پونچھے۔ اپنی نظروں کو اور گھنا کیا جیسے ساری نظروں کو ندھ کر ایک کر دیا ہو۔ وہ دبی ہوئی مگر تلخ آواز میں بولی۔

''نہ میں نے انھیں دیکھا ہے، نہ دیکھنا چاہتی ہوں، مجھے اس لڑکے سے شادی نہیں کرنا نہیں، بالکل بھی نہیں۔''

وہ سانس لینے رکی، دواکر کو جھٹکا لگا۔ سروج میرے ساتھ رہنا نہیں چاہتی تھی۔ وہ کچھ کہنا چاہتا تھا مگر وہ جگدمبا پرساد تھا اور جگدمبا پرساد کا ایسے موقعے پر چپ رہنا ہی بہتر تھا۔ اس کے کانوں میں سروج کی آواز پھر سے آنے لگی۔

''کاکو، آپ انھیں منع کر دیجیے۔ میں ان کے اداکار بیٹے سے شادی نہیں کر پاؤں گی۔''

''کیوں؟''

خود کو روکتے روکتے جگدمبا بنا دواکر بول ہی گیا۔

''کیوں؟''

خود کو روکتے روکتے اسی وقت بالی کے منھ سے بھی نکل گیا۔ سروج بالی کے اوپر دیکھتے ہوئے اپنی رو میں بولنے لگی: ''کیوں کہ مجھے معلوم ہے کہ اس کے ساتھ میری کیا حالت ہوگی، نہیں کاکو، دکھ سہنے کی بات نہیں ہے، وہ میں سہہ لوں گی، لیکن اپنی لگاتار ذلت اور بے عزتی ذلت کیسے سہوں گی، نہیں، مجھ سے یہ نہیں ہوگا۔ میں اکیلے ہی زندگی گزار لوں گی۔ لیکن اس سے شادی نہیں کروں گی۔ وہ اداکار ہے تو میں بھی اداکارہ ہوں لیکن میرا اداکارہ ہونا ہمیشہ چھوٹا کیوں رہے گا، اس کا اداکار رہنا ہمیشہ بڑا کیوں رہے گا۔ میں نہ بھی چاہوں تو بھی وہ مجھے میری اداکاری پر مشورے دے گا۔ وہ دے کر ہی رہے گا کیوں کہ وہ میرے لیے صرف اداکار نہیں رہے گا۔ اسے یہ حق رہے گا کہ وہ ریہرسلوں پر مجھ سے ناراض ہو جائے، مجھ پر ہر کسی کے سامنے چلائے، مجھے ذلیل کرے، کیا میں اسٹیج پر بھی اس کی معاون اداکار نہ ہو کر صرف اس کی بیوی بنی رہوں گی۔ میں ریہرسلوں پر بھی اس کے لیے کھانا لے کر بیٹھی رہوں گی اور وہ معاون نہیں، شوہر کی طرح بغیر میری طرف دیکھے کھانا کھا کر بغیر برتن سمیٹے اٹھ کر چلا جائے گا جیسے ریہرسل صرف وہ کر رہا ہو، میں نہیں۔ نہیں، کاکو میں نہیں کروں گی۔۔۔ مجھ پر زور مت ڈالنا۔ میں نہیں کروں گی۔''

سروج کی بھرائی آواز گلے میں ہی پھنس کر رہ گئی۔ اس کی آنکھیں ڈبڈبا گئیں۔ وہ اب بھی بالی کے اوپر دیکھتے ہوئے بول رہی تھی۔ جگدمبا بنا دواکر کچھ سمجھ نہیں پا رہا تھا، اسے بار بار لگ رہا تھا کہ سروج یہ کیا بول رہی

ہے، یہ تو ہم نے ڈرامے سے پہلے طے نہیں کیا تھا۔ وہ جگدمبا پرساد دِکشت کو جھاڑ کر دوبارہ دواکر ہو گیا تھا؛ گھبرایا ہوا دواکر بالی سن ہو گئی تھی۔ سروج کا ایک ایک لفظ اچانک ہی اس کے سامنے سروج کی زندگی پر پڑے پردے کو چاک کرتا جا رہا تھا۔ اسے لگا، وہ دوڑ کر ممی کے پاس چلی جائے اور چلا کر کہے، بس کرو، بہت ہوا ڈرامہ، اب واپس لوٹ آؤ اس کمرے میں اپنی بیٹی کے پاس، اپنے شوہر کے پاس لیکن سروج بنی سروج نے گلا صاف کر کے پھر بولنا شروع کر دیا تھا:

''کاکو، کیا میں پوری عمر اس دہشت میں کاٹوں گی کہ کہیں دال میں نمک زیادہ نہ پڑ گیا ہو، سبزی میں مرچ کم نہ رہ گئی ہو، کیوں کہ ان ذرا سی غلطیوں کی وہ، تمھارے دوست کا لاڈلا، اتنی بار دوہرائے گا کہ اپنے آپ پر شرم آنے لگے گی۔ وہ اتنی بار مجھے یاد دلائے گا کہ میں چھوٹے شہر سے آئی ہوں۔ اس لیے مجھے شیکسپیئر یا بریخت کو سمجھنے کی تمیز نہیں ہے کہ میں اپنی فہم پر اعتماد کھونے لگوں گی۔ وہ مجھے اپنے ٹوٹے بٹن، پھٹی بنیان اور پرانے پڑ گئے جوتوں کے لیے اتنے طعنے دے گا کہ میں اپنی نظروں میں مجرم بن جاؤں گی۔ وہ مجھے حاملہ کر کے اسپتال میں ڈال کر خود آرٹ، فن کی خدمت کے لیے شہر چھوڑ کر باہر چلا جائے گا، اور میں اسپتال کے صاف ستھرے کمرے میں پیٹ میں کروٹ لیتے بچے کی فکر میں پھڑ پھڑاتی رہوں گی۔''

سروج کی آنکھوں کے آنسو سوکھ چکے تھے۔ اس کی آواز ایک اونچائی پر پہونچ کر جیسے وہیں کی ہو کر رہ گئی ہو۔ دواکر کے ہاتھ پیر ٹھنڈے پڑ گئے تھے۔ اسے سروج کی ان سب باتوں پر یقین نہیں ہو پا رہا تھا۔ کیا یہ سب باتیں کہیں بالی کے سامنے کہنے کی ہیں۔ بالی کیا سوچے گی؟ بالی انجانے میں ہی اپنی جگہ کھڑی ہو گئی تھی لیکن وہ جان کر بھی ایک قدم بھی ممی کی طرف نہیں بڑھا پا رہی تھی۔ دواکر نے پوری طاقت جٹا کر کچھ لفظ اپنی زبان سے ادا کیے؛ وہ تقریباً چیخ رہا تھا؛

''سروج، سروج تم یہ کیا بک رہی ہو؟''

سروج نے حیرت سے اس کی طرف دیکھا، جیسے اسے بھروسہ نہ ہو پا رہا ہو کہ جگدمبا کاکو ایسا کچھ بول سکتے ہیں۔ مگر وہ دوبارہ اپنی جگہ پر کھڑی بولنے لگی۔

''کاکو، اپنی بیٹی کی پالوں گی میں اور وہ دیر رات لوٹ کر مجھ سے کچھ اس طرح سوال کرے گا جیسے وہ میری بیٹی نہ ہو، صرف اس کی بیٹی ہو اور میں اس کی آیا ہوں جسے دیکھ بھال کے لیے چاکر رکھ لیا گیا ہو۔ کاکو، کیا میں اپنی بیٹی کی آیا ہو جاؤں گی۔ نہیں، نہیں، مجھے نہیں کرنا یہ شادی۔ میں سب کچھ دیکھ چکی، سب کچھ۔''

دواکر 'اسٹیج' چھوڑ کر کرسیوں کے آگے گیا۔ وہ لگاتار بالی کو دیکھ رہا تھا جو اپنی ہی جگہ پر پتھرا چکی تھی۔ وہ آہستہ آہستہ بالی کے پاس پہونچا اور اس کے بغل میں کھڑے ہو کر اپنے سارے غصے اور بے چینی کو دبا کر ہلکے سے مسکراتے ہوئے بولا؛ ''سروج اب یہ سب کہنے سے کیا حاصل ہوگا۔ تمھارا یہ شکوہ چھبیس سال دیر سے آیا ہے، تم فیصلہ کر چکی ہو۔''

دواکر نے سمجھا کہ ان لفظوں میں باندھ کر وہ سروج کی دوبارہ اپنے اور بالی کے پاس کھینچ لائے گا۔ وہ

اپنے لفظوں کا سروج پر ہوئے اثر کو جاننے کے لیے تجسس کے ساتھ اس کے چہرے کو دیکھنے لگا۔ سروج کے چہرے پر پہلے دن کی چاند جیسی باریک مسکراہٹ کھیل کر اوجھل ہوگئی ہو۔ وہ بالکل ٹھہر ٹھہر کر صاف لفظوں میں بولی۔

''میں ایک بار غلط فیصلہ کر چکی، اب نہیں کروں گی۔ کاکو، میں اکیلی رہ لوں گی، بنا آرام کے، بنا رشتوں، بنا بیٹی کے لیکن اس بار اس سے شادی نہیں کروں گی۔''

سروج نے 'اسٹیج'، پر رکھی دونوں کرسیوں کو بیچ سے الگ کیا جیسے ان کو چیر دیا ہو۔

دروازے کے بغل میں ٹنگا اپنا پرس اٹھایا۔ بالی زور سے چیخی، ''ممی، کہاں جا رہی ہو؟''

سروج نے مڑ کر اس کی طرف دیکھا۔ بالی بھاگ کر اس سے چمٹ گئی۔ سروج نے نرمی مگر مضبوطی سے اسے خود سے علیحدہ کیا۔ اس کا ماتھا چوما اور دروازہ کھول کر باہر نکل گئی۔ دواکر کے پیروں کو جیسے لقوہ مار گیا ہو، وہ اپنی ہی جگہ پر کھڑا رہ گیا۔ بالی دروازے سے ممی کو سیڑھیاں اترتے دیکھتی رہی۔ بارش کی آواز اچانک بہت بڑھ گئی تھی۔ اس لیے اسے اپنے پیچھے کھڑے دواکر کا ہانپنا سنائی نہیں دے رہا تھا۔ وہ بھاگ کر کھلی کھڑکی پر جا کر کھڑی ہوگئی۔ موٹی موٹی دھاروں میں پانی نیچے آرہا تھا، سڑک اور اس کے چاروں طرف کا علاقہ پانی میں ڈوب سا گیا تھا۔ پوری طرح بھیگی سروج ساڑی کو ہاتھ سے اوپر کیے ہوئے سڑک پار کر رہی تھی۔ بیچ بیچ میں چمکتی بجلی کی گونج میں اس کے گھنگرالے بالوں پر سرکتا پانی جھلملانے لگتا۔

ہری بِندی (ہندی)

مردلا گرگ

ترجمہ: توصیف بریلوی

مردلا گرگ (پ: ۲۵ اکتوبر ۱۹۳۸ء) کا شمار آج ہندی کے سب سے زیادہ پڑھے جانے والے ادیبوں میں ہوتا ہے۔ اب تک ہندی میں ان کی ۲۰ سے زیادہ تصانیف مختلف اصناف ادب پر شائع ہو چکی ہیں، مثلاً ناول، افسانوی مجموعے، ڈرامے اور مضامین کے مجموعے وغیرہ۔ یہی نہیں، ان کی کئی کہانیوں اور ناولوں کے مختلف زبانوں میں ترجمے بھی ہو چکے ہیں جن میں جرمن، چیک، جاپانی اور انگریزی زبان شامل ہیں۔

جیسا کہ تخلص سے ظاہر ہے کہ توصیف بریلوی، بریلی کے رہنے والے ہیں لیکن فی الحال علی گڑھ مسلم یونیورسٹی میں ریسرچ اسکالر ہیں۔ آپ افسانہ نگار بھی ہیں، کئی افسانے ہندوستان کے معروف جریدوں میں شائع ہو چکے ہیں۔

آنکھ کھلتے ہی عادتاً نظر سب سے پہلے کلائی پر بندھی گھڑی پر گئی، صرف ساڑھے چھ بجے تھے۔ اس نے فوراً دوبارہ کس کر آنکھیں بند کر لیں اور انتظار کرنے لگی کہ اب پلنگ چرمرائے گا اور آواز آئے گی، اٹھنا نہیں ہے کیا؟ لیکن جب کچھ دیر چپّی بنی رہی تو آنکھیں کھول کر دیکھا، بستر پر وہ اکیلی ہے۔ ارے ہاں! رات ہی تو راجن دہلی گیا ہے۔ یاد ہی نہیں رہا تھا۔ تو اب اٹھنے کی کوئی جلدی نہیں ہے۔ اس نے ڈھیر ساری ہوا گالوں میں بھر کر ایک لمبی سانس چھوڑی اور پورے بستر پر لوٹ لگا گئی۔ دوسرے سرے پر جا کر منھ پر بانہہ رکھ کر لیٹی تو کانوں میں گھڑی کی ٹک ٹک تیزی سے بج اٹھی۔ وہ مسکرا دی۔ اسے کلائی پر گھڑی باندھ کر سونے کی عادت ہے۔ روز راجن چڑھ کر کہتا ہے؛ یہ کیا؟ ساری رات کان کے پاس ٹک ٹک ہوتی رہتی ہے۔ اسے اتارو نہ۔ اس نے منھ پر

سے بانہہ ہٹالی۔ تکیہ کھینچ کر پیٹ کے نیچے دبالیا اور لمبے چوڑے پلنگ پر بانہیں پھیلا کر اوندھی لیٹ گئی۔ اوہ! صبح دیر تک سونے میں کتنا مزا آتا ہے۔ راجن ہوتا تو صبح چھ ساڑھے چھ سے کھٹر پٹر شروع ہو جاتی ہے۔ چائے ناشتے کی تیاری، دوپہر کا کھانا ساتھ میں لے کر آٹھ بجے راجن دفتر کے لیے رخصت۔ نہ جانے راجن کو جلدی اٹھنے کا کیا مرض ہے۔ خیر! آج وہ آزاد ہے۔ جو چاہے کرے۔ اس نے جسم کو ڈھیلا چھوڑ دیا اور دوبارہ سونے کی تیاری کرنے لگی۔

پھر جب آنکھیں کھلیں تو ساڑھے آٹھ بج چکے تھے۔ اس نے ایک پیالہ چائے بنائی اور کھڑکی کا پردہ ہٹا کر باہر جھانکنے لگی۔ دور تک دھند چھائی ہوئی تھی۔ آج ضرور برسات ہوگی، اس نے سوچا۔ اسے دھند بہت بھلی لگتی ہے۔ جب معلوم نہیں پڑتا وہاں کچھ دور پر کیا ہے تو بے ساختہ امید ہونے لگتی ہے کہ کوئی انوکھی اور مدہوش کن شے ہوگی۔ میں بھی خوب ہوں، اس نے مسکرا کر سوچا، مجھے دھند میں کھلا پن لگتا ہے اور سورج کی روشنی میں گھٹن۔ چائے پی کر گرم پانی سے دیر تک نہایا جائے، اس نے سوچا اور اسی خیال میں بالٹی بھرنے لگی۔ پھر اچانک ٹھنڈے پانی کی پھوہار اوپر چھوڑ لی اور ایک غزل گنگنا اٹھی۔ بڑے تولیے سے خوب رگڑ کر بدن پوچھا۔ آج ایک انوکھی پھرتی اور جوش کا احساس ہو رہا ہے۔ نیلے رنگ کا کرتا اور چوڑی دار پاجامہ پہنا تو نیلے رنگ کی بِندی ماتھے پر لگانے کو ہاتھ بڑھ گیا۔ پھر جانے کیا سوچ کر اسے چھوڑ دیا اور بڑی سی ہری بندی لگا لی۔ راجن ہوتا تو کہتا: نیلے پر ہرا؟ کیا ٹھیک ہے؟ اس نے آئینے میں دکھ رہے اپنے وجود کو زبان نکال کر چڑھا دیا۔ کہا، ''ٹھیک کی کیا ٹھیک ہے؟'' اور کھلکھلا کر ہنس پڑی۔

دراز کھولا تو نظر چاندی کی بالی پر پڑ گئی۔ اُٹھا کر کانوں میں لٹکا لی۔ شادی کے بعد سے پہننی چھوڑ دی تھیں، نقلی ہیں نہ اور راجن کہتا ہے؛ ضرورت سے زیادہ بڑی ہیں۔ ایک پرانا بیگ ہاتھ میں لے کر وہ پھاٹک سے باہر نکل آئی۔ برآمدے میں منڈو آرام سے بیٹھا راجن کی سگریٹ پھونک رہا تھا۔ اسے دیکھتے ہی ہتھیلی میں چھپا کر بڑی سنجیدگی سے بولا، ''کھانا کیا بناؤں؟''

''کچھ نہیں، نہیں کھائیں گے۔ تمھاری چھٹی۔'' اس نے جلدی سے کہا۔

منڈو کی گھبرائی صورت دیکھ کر وہ ہنس پڑی اور بولی، ''میرا مطلب، جو تمھیں اچھا لگے، بنالو۔ تمھیں ہی کھانا ہے۔ چاہے کھاؤ، چاہے چھٹی مناؤ۔''

بنا اِس کی فکر کیے کہ وہ کہاں جائے گی یا کیا کرے گی، سڑک پر کچھ دور چلتی چلی گئی۔ بس اتنا جانتی ہے کہ آج کا دن یوں ہی نہیں جانے دے گی۔ کچھ طے کرنے سے پہلے بارش شروع ہو گئی۔ اس نے کچھ دور بھاگ کر ٹیکسی کو آواز لگائی اور اندر گھس کر سوچنے لگی، جب ٹیکسی لی ہے تو کہیں نہ کہیں جانے کو بھی کہنا پڑے گا۔

''جہانگیر آرٹ گیلری۔'' اس نے جو سب سے پہلے منھ میں آیا کہہ دیا۔ گیلری میں کسی جدید مصور کی نمائش لگی تھی۔ کچھ خاص سمجھ میں نہیں آیا لیکن مزا ضرور آیا۔ آج کچھ بھی کرنے میں مزا آ رہا ہے۔ ایک تصویر کے آگے وہ کافی دیر تک کھڑی رہی۔ دیکھا کہ کینوس پر رنگ برنگی لکیریں اِدھر اُدھر دوڑی جا رہی ہیں۔ ارے......! یہ

تو بالکل میرے کرتے کی طرح ہے، اس نے سوچا۔

وہ زور سے ہنس پڑی، اتنی زور سے کہ پاس کھڑا دڑھیل اسے گھورنے لگا۔ کہیں یہی تو مصور نہیں ہے؟ بیچارہ۔ ضرور تصویر بے حد المناک رہی ہوگی۔

اس نے چہرے کو گمبھیر بنایا اور دڑھیل کے پاس جا کر شائستگی سے کہا، ''سوری'' اور فوراً باہر نکل آئی۔ باہر آ کر خیال آیا کہ ہو سکتا ہے وہ کلاکار نہ ہو تاجر ہو۔ دو قسم کے انسان داڑھی رکھنے کی ہمت کر سکتے ہیں۔ کلاکار اور زمیں دار۔ زمیں دار اب رہے نہیں، ان کی جگہ اب تاجروں نے لے لی ہے، تب تو دن بھر یہی سوچتا رہے گا کہ اس نے سوری کیوں کہا۔ اس میں بھی نفع کی گنجائش ڈھونڈتا رہے گا۔ وہ اور بھی تیزی سے ہنس دی۔

پھر دیکھا، بارش تھمی ہوئی ہے لیکن آسمان ابھی بھی کافی غصیل نظر آ رہا ہے۔ پورا برسا نہیں، اس نے سوچا اور سڑک تھام لی۔

سڑک کے کنارے ایک ریستوراں دیکھ کر یاد آیا کہ کافی زور سے بھوک لگی ہے۔ اندر جا کر چٹ پٹ حکم دے دیا، ''ایک گرما گرم آلو ٹکیا اور ایک آئس کریم، ایک ساتھ۔''

''ایک ساتھ؟'' بیرے نے استعجاب کا اظہار کیا۔

''ہاں! کوئی اعتراض ہے؟''

''جی نہیں۔ لایا۔''

اسے ٹھنڈا اور گرم ایک ساتھ کھانا بھلا لگتا ہے۔ کہتے ہیں دانت خراب ہو جاتے ہیں۔ کتنا چٹ پٹ کام ہو گیا آج۔ راجن رہتا ہے تو بڑھیا جگہ بیٹھ کر آرام سے کھانے کی فہرست دیکھنے کے بعد، سوچ وچار کر آرڈر دیے جاتے ہیں۔ کھا کر باہر نکلی تو سوچا، پاس کسی سنیما گھر میں پکچر دیکھ لی جائے۔ قسمت سے انگریزی کی پرانی مزاحیہ پکچر لگی مل گئی۔ 'ڈینی کے' کی۔ راجن کہتا ہے؛ نہ جانے تمھیں کیسے ڈینی کے پسند ہے۔ مجھے تو اس کے بچپنے پر ہنسی نہیں آتی۔ لیکن اسے آتی ہے...... کبھی کبھی بے وجہ آتی ہے، جیسے آج۔ پکچر کے دوران وہ آج اور دنوں سے زیادہ قہقہے لگا رہی تھی۔ پاس بیٹھے آدمی کی صورت اندھیرے میں نہیں دِکھ رہی تھی۔ لگ رہا تھا ہنسنے میں وہ اس سے دو قدم آگے ہے۔ اداکار کی ایک خاص بیچارگی کی حالت پر دونوں اتنی زور سے ہنسے کہ ان کے ہاتھ آپس میں ٹکرا گئے۔ سوری کہنے کے ارادے سے وہ ایک دوسرے کی طرف مڑے، پر معافی مانگنے کی بجائے ایک قہقہہ لگا گئے۔ اس کے بعد ہر بار یہی ہوا۔ ہنسی آنے پر وہ دونوں بے ساختہ ایک دوسرے کو دیکھتے اور مل کر ہنستے۔ پکچر ختم ہونے پر وہ دونوں ساتھ میں باہر نکلے تو دیکھا ساڑھے چار بجے ہی کافی اندھیرا ہو چلا ہے۔ آسمان یوں تنا کھڑا ہے کہ اب برسا، تب برسا۔

''کتنا سہانا دن ہے۔'' اس نے اپنے پڑوسی سے کہا۔

''سہانا؟'' اس نے کچھ تعجب سے کہا، ''یہ بے رنگ؟''

''ہاں! کتنا سہانا سہانا بے رنگ دن ہے۔''
وہ ہنس پڑا، ''سمجھتا ہوں۔ سورج یہاں روز نکلتا ہے۔''
''لیکن دھند کبھی کبھی ہوتی ہے۔ آٹھ مہینوں میں آج پہلی بار۔''
''اور اب مانسون شروع ہو جائے گا؟''
''ہاں! آج خوب برسے گا''، اس نے کہا۔ پھر ایک دم پوچھا، ''کافی پئیں گے؟''
''ضرور۔''
ہلکی ہلکی پھوہار پڑنی شروع ہوگئی تو دونوں بھاگ کر سامنے والے ریستوراں میں جا گھسے۔ اس نے بال جھٹک دیے اور بولی، ''آپ کا چھاتا کہاں ہے؟''
''چھاتا؟''
''ہاں! آپ لوگ ہمیشہ چھاتا رکھتے ہیں نہ؟''
وہ ہنس پڑا، ''انگلینڈ میں۔''
کافی منگا کر دونوں سامنے، کالے پڑ آئے سمندر کو دیکھتے دیکھتے اپنے خیالوں میں کھو گئے۔
اچانک اس کی آواز سن کر وہ چونکی، ''آپ کیا سوچ رہی ہیں، یہ جاننے کے لیے پینی کا خرچا کرنے کو تیار ہوں۔''
''دیجیے۔'' اس نے ہنس کر کہا۔
اس نے نہایت سنجیدگی سے جیب میں ہاتھ ڈالا اور ایک پینی اس کے آگے کر دی۔ اس نے اٹھا کر ہتھیلی میں بند کر لی۔
''بتلانا سچ سچ ہوگا۔''
''میں سوچ رہی تھی، سمندر میں کود پڑوں تو کتنی دور اکیلی تیر سکوں گی اور آپ؟ آپ کیا سوچ رہے تھے؟ لیکن پینی نہیں دوں گی۔'' اس نے مٹھی کس کر بند کر لی، ایسے جیسے اس میں کسی عزیز کا دیا ہوا تحفہ ہو۔
''برا تو نہیں مانیں گی؟'' اس نے پوچھا۔
''نہیں۔'' اس نے کہہ تو دیا لیکن دل بیٹھ گیا۔ بس اب وہی گھسی پٹی عاشقانہ باتیں شروع ہو جائیں گی۔
''میں سوچ رہا تھا بارش بڑھ جانے پر یہاں سے ورلی تک کا ٹیکسی بھاڑا کتنا لگے گا؟''
وہ زور سے ہنس پڑی، غلط جذبے سے نہیں بلکہ خوشی کی زیادتی سے۔
''مجھے راستے میں چھوڑتے جائیں گے تو آدھا......''
''بہت خوب۔'' اس نے یہ بھی نہیں پوچھا کہ وہ رہتی کہاں ہے؟
اسے لگا، وہ زندگی میں پہلی بار ایسے انسان کے ساتھ بیٹھی ہے جو یہ نہیں جاننا چاہتا کہ اس کے شوہر

ہیں یا نہیں اور ہیں تو کیا کام کرتے ہیں۔

''سمندر کے پانی پر گرتی بارش کی بوندیں کتنی اچھی لگتی ہیں۔'' اس نے کہا۔

''ہاں!''

پھر کچھ دیر دونوں چپ رہے۔

''پرشانت مہاساگر پر جہاز جاتا ہے تو اس کے اگلے حصے سے چرتا ہوا پانی چاندی کی طرح چمکنے لگتا ہے۔'' مہمان نے کہا۔

''کیوں؟''

''شاید فاسفوریسینس (Phosphorescence) کی وجہ سے۔ آپ نے کبھی نہیں دیکھا؟''

''نہیں۔''

''موقع ملے تو دیکھیے گا۔''

''آپ بہت گھومے ہیں؟'' اس نے ذرا سی حسد کے ساتھ پوچھا۔

''بہت۔'' وہ یاد کر کے مسکرا رہا تھا۔

''سب سے اچھی جگہ کون سی لگی؟''

''جب جہاں ہوا۔'' کہہ کر وہ ہچکچاہٹ کے ساتھ مسکرایا، پتہ نہیں وہ سمجھے یا نہ سمجھے۔

لیکن وہ اثبات میں سر ہلا کر مسکرا دی۔

اس نے دیکھا، کافی ختم ہو چلی ہے۔ بیرا بل لیے چلا آ رہا ہے۔ باہر بارش تھمنے لگی ہے، دھند بھی چھٹ رہی ہے۔ نہیں، دھواں دھار نہیں برسے گا۔ وہ اشارہ جھوٹا نکلا۔ بس، اب دھند چھٹ جائے گی اور وہی تیز روشنی والا سورج نکل آئے گا۔

بل آنے پر اس نے اٹھالیا اور کہا، ''مدعو میں نے کیا تھا۔''

مہمان نے بحث نہیں کی۔ شکر ہے...... شکر ہے، اس نے سوچا، کہیں عام آدمی کی طرح پیسے دینے کی ضد کرنے لگتا تو سب کچھ بکھر جاتا۔

ٹیکسی لے کر چلے تھے کہ گھر آ گیا۔ اترتے اترتے پیسے نکالنے لگی تو اس نے روک دیا، ''رہنے دیجئے۔''

''کیوں؟'' اس کی پیشانی پر شکن پڑ گئی۔

''آج کا دن میرے لیے کافی قیمتی رہا ہے۔''

''کیسے؟''

''میں نے آج سے پہلے کسی کو ہری بندی لگائے نہیں دیکھا۔'' اس نے ملائمت سے کہا۔

وہ ذرا ٹھٹھکی کہ ٹیکسی چل دی۔ کچھ دور جا کر اس کی آنکھوں سے اوجھل ہو گئی۔

الوداع نانی الوداع (انگریزی)

انیتا نائر

ترجمہ: نجمہ رحمانی

ریاست کیرلا میں پیدا ہونے والی انیتا نائر (پ: ۲۶ جنوری ۱۹۶۶ء) کی کہانیوں کا پہلا مجموعہ انگریزی میں ۱۹۹۷ء میں شائع ہوا، جس پر انھیں ورجینیا سنٹر فار کریٹیو آرٹ کی فیلوشپ سے نوازا گیا۔ ۲۰۰۱ء میں ان کا ناول پنگوئن انڈیا نے شائع کیا۔ اس کے بعد اب تک ان کی کئی کتابیں منظر عام پر آچکی ہیں۔ ان کے ناول اٹلی، اسپین، فرانس اور دوسرے ممالک میں شائع ہو چکے ہیں۔ زیر نظر تحریر 'لیڈیز کوپے' نامی ناول کے ایک باب کا ترجمہ ہے۔

ڈاکٹر نجمہ رحمانی دہلی یونیورسٹی کے شعبہ اردو سے وابستہ ہیں۔ آپ کے علمی و تنقیدی مضامین ہندوستان کے مختلف جرائد میں شائع ہوتے رہے ہیں۔

جب شیلا چودہ برس کی ہوئی، اس کے ٹھیک چار مہینے بعد، اس کی نانی نے خط لکھ کر ان کے گھر آنے کی خواہش ظاہر کی ۔ جہاں تک شیلا کو یاد تھا نانی کبھی ان کے گھر نہیں آئی تھیں ۔ ایک وفا دار رعایا کی طرح خوشبو، تمباکو، اور ماری گولڈ کے بسکٹوں کا تحفہ لے کر ہمیشہ ان ہی لوگوں کو نانی کے پاس جانا پڑتا۔ وہ شاہانہ انداز میں ان کا استقبال کرتے ہوئے ان سے مکمل اطاعت کا تقاضا کرتیں اور اس سے ذرا بھی کم انھیں مطمئن نہیں کرسکتا تھا۔

شیلا کی پیدائش کے بعد جب اس کا نام رکھنے کی بات آئی تو یہ فیصلہ بھی نانی نے ہی کیا۔ انھیں اتفاق سے ایک رسالے سے نام مل گیا تھا'' مجھے یہ نام پکارنا اچھا لگتا ہے۔ پھر اپنی نواسی کے لیے نام پسند کرنا میرا حق بھی تو ہے'' اس طرح پیدائش کے وقت ماں باپ کی بنائی فہرست میں شامل ناموں، منی، گرجا، نیتا، شرمیلا، آشا یا وڈّیا کے بجائے اس کا نام شیلا رکھا گیا۔

شیلا کی یادوں میں ایسا کوئی لمحہ نہیں ہے جب وہ اپنی نانی کی گود میں لیٹی ہو یا ان کے بازو پر سر رکھ کر سوئی ہو۔ حالاں کہ اس کی ماں زور دے کر اس سے کہا کرتی تھیں کہ جب وہ بچی تھی تو نانی اسے ہر جگہ اپنے ساتھ لے جاتی تھیں۔ اس کی نانی کے لیے پیار کے معنی ہاتھ دبا دینا یا چھٹیاں ختم ہونے پر اس کے ہاتھ پر سو کا نوٹ رکھ دینا یا شہر کے کسی بہترین ریستوراں میں کھانا کھلا دینا تھا۔ لیکن پھر بھی وہ دوسری نانیوں سے مختلف تھیں۔

شیلا کی دادی بھی تھیں 'اچمّا' وہ ہر چند مہینے بعد ان کے پاس جاتی اور ہر بار کئی ہفتے ان کے ساتھ گزار کر آتی۔ دبلی پتلی، چھوٹے سے منہ والی ننھی گوریّا جیسی اچما اپنے بالوں کو ایک چھوٹے سے جوڑے کی شکل میں لپیٹ کر رکھتیں جو ان کی گردن پر پڑا رہتا۔ وہ گھر آتیں تو کسی خاص تیاری کی ضرورت نہ پڑتی۔ ان کی ضرورتیں محدود تھیں۔ وہ کھانا کھا کر کمبل میں لپٹی کوئی کتاب پڑھتی رہتیں۔ شام کی پوجا کے بعد جلد ہی سونے کے لیے چلی جاتیں۔ اکثر ان کی موجودگی کا احساس غسل خانے کے واش بیسن کے پاس پلاسٹک کے جار میں رکھے ان کے نقلی دانتوں سے ہوتا۔ اچمّا ان کی زندگی میں ایسے گھل مل گئی تھیں کہ کبھی کبھی شیلا ان کے وجود کو ہی بھول جاتی تھی۔ لیکن اپنی نانی کے ساتھ وہ یہ سلوک نہیں کر سکتی تھی۔

شیلا نانی کو 'امما' کہنے کے بجائے 'امّو ما' کہہ کر پکارتی تھی کیوں کہ نانی کو یہی نام سننا پسند تھا۔ انھیں ایسی ہر چیز سے نفرت تھی جو انھیں اس بات کا احساس دلائے کہ اب وہ بوڑھی ہو رہی ہیں۔ 'امّو ما' مبہم لفظ تھا، جب کہ امما کے صرف ایک ہی معنی تھے 'دادی'۔ یہ منطق کسی کو بھی اُلجھن میں ڈال سکتی تھی۔ لیکن شیلا جانتی تھی کہ صرف اس حرفِ علت کو بدل دینے کا اس کی نانی پر کیا اثر پڑتا تھا۔

امّو ما نہتر برس کی تھیں۔ 'الوائے' میں ان کے پاس کئی گھر، ایک ایکڑ میں پھیلے ٹیک کے درخت اور چاول کے کھیت تھے۔ ان کی ٹھوڑی پر چھ سفید بال بھی اُگ آئے تھے، جنھیں وہ ہر چند دن بعد باقاعدگی سے اُکھاڑ دیا کرتی تھیں۔

شیلا کا گھر دراصل ایک فلیٹ تھا جو چار چار فلیٹوں کے ایک بلاک میں واقع تھا۔ اس میں دو خوابگاہیں اور ایک چوکور بالکونی تھی۔ سامنے آم کے درختوں سے ڈھکا ایک باغ تھا۔ اماں کو بالکونی میں قطار میں سجے کروٹون، بگونیا کے گملوں اور چمیلی کی جھاڑی کے ساتھ کھڑا ہونا اچھا لگتا تھا۔ وہ خاموشی سے بالکونی کے جنگلے اور مرصع پایوں کے درمیان پھنسے لکڑی کے نیلے سرمئی اسطوانی ٹکڑوں اور جھومتے ہوئے درختوں کو دیکھتی رہتیں۔ کبھی کبھار گہرا سانس لے کر ہوا کو اپنے اندر اُتارتے ہوئے کہتیں ''ہوں۔۔۔ گھر کی خوشبو۔۔۔''

شیلا کے ماں باپ مسرت اور اطمینان بھری نظروں سے ایک دوسرے کی طرف دیکھتے، جس میں ایک قسم کی فتح مندی کا احساس ہوتا کہ اب انھوں نے اس فلیٹ کو اپنا گھر سمجھنا شروع کر دیا ہے لیکن شیلا کو معلوم تھا کہ امّو ما کے لیے اس گھر میں صرف ایک چیز قابل برداشت ہے، اور وہ ہے، ارد گرد کھڑے آم کے شگوفوں سے لدے درخت۔

دوسری بہت سی باتوں کی طرح شیلا یہ بات بھی جانتی تھی کہ اس کی نانی ماں وہاں اس لیے آئی ہیں کہ وہ

قریب المرگ ہیں۔ ایسا نہیں تھا کہ اموّا کو اپنی موت کے قریب آنے کا علم نہ ہو۔ اپنے رحم میں ایک نئے وجود کا احساس ان کے لیے بہر حال نیا نہیں تھا۔ اس سے قبل سات بار ان کی کوکھ میں شگوفے کھِل چکے تھے اور ہر بار مقررہ وقت پر ثمر دار بھی ہوئی تھیں۔ تو پھر اس بار نیا کیا تھا؟ لیکن اس بار ان کی کوکھ میں پلنے والا بچّہ ایک شریر جن تھا، جو انھیں اذیت دینے پر تُلا ہوا تھا۔ اس کا غصیلا، سرخ چہرہ اور ریشے دار باریک لالچی ہاتھ ان کے جسم میں اندر تک پہنچ کر، اپنی بقا کے لیے ان کی زندگی کو کھا رہا تھا۔ ایک طفیلی بچہ جو اس وقت تک ان کے جسم کی پناہ گاہ کو نہیں چھوڑے گا جب تک کہ موت ان دونوں کو ایک دوسرے سے الگ نہ کر دے۔

شیلا جانتی تھی کہ اموّا اپنے عالیشان گھر کو چھوڑ کر ان کے گھر کیوں آئی ہیں۔ وہ یہ بھی جانتی تھی کہ اموّا اس بات پر کیوں اصرار کرتی ہیں کہ جو ڈاکٹر ان کے گھر قریب ہیں، وہ کسی دوسری جگہ کے ڈاکٹروں سے زیادہ قابل ہیں۔ دراصل وہ اپنے بیٹوں کو جتانا چاہتی تھیں کہ انھوں نے اپنی ماں کو اس کے اپنے گھر سے نکال دیا۔ وہ چاہتی تھیں کہ ان کے بیٹے جب بھی انھیں یاد کریں، احساس جرم انھیں تڑپاتا رہے۔ وہ اپنے بیٹوں سے اس لیے خفا تھیں کہ وہ ان پر اپنی بیویوں کو ترجیح دیتے تھے۔ ان کے بیٹوں نے ان نرم چہروں والی پتھر دل عورتوں کو اس کی اجازت دی تھی کہ وہ ان کے دماغ پر قبضہ کر کے انھیں اپنی ماں کی محبت سے برگشتہ کر دیں۔

شیلا یہ بھی جانتی تھی کہ اموّا کو اس بات کا اندازہ ہے کہ اپنی ساری اولادوں میں سے صرف ممی کا انتخاب کرنے اور جوانی کا بیشتر حصہ نظر انداز کیے جانے کے بعد ان کی جانب سے پھینکے گئے شفقت کے چند ٹکڑے بھی ممی کو ان کا احسان مند کر دیں گے۔ اسے معلوم تھا کہ اموّا اس کی ماں کے اندر پلنے والے عدم تحفّظ کے احساس سے کھیل رہی ہیں۔ وہ جانتی تھی کہ سال بھر کے قطع تعلق کے بعد دوبارہ اموّا کی محبت حاصل کر کے ممی کتنی خوش ہوں گی۔ پچھلی گرمیوں میں اموّا کی وصیت لکھنے کے معاملے کو لے کر آپس میں نا اتفاقی ہو گئی تھی۔ اور پھر پورے برس سب ایک دوسرے سے تقریباً لاتعلق رہے۔ نہ آنکھیں ملیں، نہ ہاتھ ملے، نہ دل ملے۔ جو خط رسمی طور پر لکھے گئے، ان میں بھی سرد مہری جھلکتی تھی۔ اس دفعہ پہلی بار ایسا ہوا کہ اسکول کی چھٹیوں میں، ممی اموّا کے گھر نہیں گئیں۔

شیلا جانتی تھی کہ اموّا اپنی وصیت لکھنے اور جائیداد کو اولادوں میں بانٹنے سے کیوں کترا رہی ہیں۔ ان کے بچے آزادانہ زندگی بسر کرنے کے لیے ان کی موت کا انتظار کریں اور ان کی راکھ پر اپنے مستقبل کی تعمیر کریں۔ وہ یقیناً اپنے بچوں کے اس فریب اور گمرہی کو محسوس کر رہی ہوں گی۔ ان کی موت کے بعد ان کے بچے اپنی خوشیوں کے بارے میں سوچ بھی کیسے سکتے ہیں؟ وہ اتنی آسانی سے انھیں اپنی زندگی سے کیسے خارج کر سکتے ہیں؟ اور پھر اگر ایک بار انھوں نے وصیت لکھ دی تو مرنے کے سوا ان کے پاس بھی کیا رہ جائے گا؟

اور اسی طرح شیلا یہ بھی جانتی تھی کہ کمرے میں اس کے ماں باپ کی موجودگی کے دوران، سونے کا نکلس نکال کر شیلا کے گلے میں ڈالنے سے پہلے اموّا ایک لمحے کے لیے کیوں ٹھٹک گئی تھیں۔ وہ اس بات کا یقین کر لینا چاہتی تھیں کہ کہیں اپنے بھائیوں کی طرح، ممی کی وفاداری بھی بدل تو نہیں گئی۔

ہفتے بھر تک گھر میں اموّا کی عملداری رہی اور انھیں کا حکم چلتا رہا۔ ان کا اصرار تھا کہ اسکول سے لوٹنے کے بعد شیلا کو گھر پر ہی رکنے کو کہا جائے۔ ''اب وہ بڑی ہوگئی ہے، تمھیں اب اس کو یوں اِدھر اُدھر بھٹکنے کی اجازت نہیں دینی چاہیے۔ اور یہ کون لوگ ہیں جن کے ساتھ یہ بیڈمنٹن کھیلتی ہے؟ بھلے ہی یہ انھیں 'انکل' کہہ کر پکارتی ہو، لیکن وہ اس کے انکل نہیں ہیں۔ اور اس ناظر کی ہمت کیسے ہوتی ہے اس کے کندھے پر ہاتھ رکھنے کی؟ یہ کوئی چھوٹی بچی نہیں ہے۔ میں نے اس کی آنکھوں میں دیکھا ہے۔۔۔ اگر تم نے دھیان نہیں دیا تو پچھتاؤ گی''

''اماں، وہ اس کے باپ کے دوست ہیں۔ شیلا ان کی بیٹی جیسی ہے''

''میں یہ سب کچھ پہلے بھی سن چکی ہوں، یاد نہیں تمھارے پڑوس کی لڑکی کے ساتھ کیا ہوا تھا؟ وہی لمبی سی لڑکی 'سیلن'، ممی نے کھنکھار کر اموّا کو مزید بات کرنے سے روکا، انھوں نے لیا تھا کہ شیلا یہ سب کچھ سن رہی ہے۔ مگر شیلا کو 'سیلن' والے حادثے کا علم تھا۔ حالاں کہ جب یہ حادثہ ہوا تھا شیلا پانچ برس کی تھی۔

ہاؤسنگ سوسائٹی کا ہر فرد 'سیلن' والی بات جانتا تھا کہ کیسے 'سیلن' اپنی سہیلی کے گھر کھیلنے جاتی تھی اور پھر کس طرح اس کی سہیلی کے باپ نے اس کے ساتھ وہ سب کیا جو ایک سہیلی کے باپ کو نہیں کرنا چاہیے تھا۔ 'سیلن' حاملہ ہوگئی اور دونوں خاندانوں کو ذلت اور رسوائی کے ساتھ یہ شہر چھوڑنا پڑا تھا۔ سب لوگ بتاتے تھے کہ سیلن اور اس کے ماں باپ کسی ایسی جگہ چلے گئے جہاں کسی کو اس کے 'ابارشن' کے بارے میں پتہ نہ چل سکے اور اس کی سہیلی کا باپ کسی دور دراز شہر میں جا بسا، جہاں برباد کرنے کو اسے اور بہت سی جوان لڑکیاں مل جائیں گی۔

شیلا کو علم ہے کہ کسی بڑی عمر کے آدمی کے جال میں پھنس کر دوسری 'سیلن' بننا کتنا آسان ہے۔ ناظر اس کی سہیلی کے والد اور اس کے اپنے والد کے دوست تھے۔ ان کی بیٹی حسینہ اس کی کلاس میں پڑھتی تھی۔ اتوار کی ایک سہ پہر کو جب شیلا ان کے گھر پہنچی تو گرمی کی وجہ سے اس کے ہونٹوں پر پسینے کی بوندیں اُبھر آئیں تھیں۔ ناظر نے آگے بڑھ کر اپنی شہادت کی انگلی سے اسے پونچھ دیا تھا۔ ان کی انگلی کا لمس اس کی جلد پر بہت دن تک سنسناتا رہا۔ اس کے بعد شیلا جب بھی حسینہ کے گھر جاتی تو پہلے رومال سے اپنا چہرہ پونچھ لیتی۔ دوسری بار جب اس کی چولی کی آستین کی ڈوریاں کھُل گئی تھیں تو حسینہ اور اس کی ماں کی نظروں کے سامنے ناظر نے بہت احتیاط سے دھیرے دھیرے انھیں باندھ دیا تھا۔ شیلا کو اپنی سانس گلے میں اٹکتی ہوئی محسوس ہوئی اور جب اس نے حسینہ اور اس کی ماں کی آنکھوں میں ایک زخمی تاثر دیکھا تو شرم سے زمین میں گڑ گئی۔ شیلا نے دوبارہ پھر کبھی وہ چولی نہیں پہنی۔

شیلا جانتی تھی کہ اموّا نے اس کے والد کے دوستوں کے بارے میں ایسا کیوں کہا۔ ان کو لگتا تھا کہ ممی بہت بھولی اور جلدی اعتبار کر لینے والی خاتون ہیں لیکن اموّا ان سے زیادہ تجربے کار تھیں، اس لیے شیلا نے فیصلہ کیا کہ وہ اب کبھی حسینہ کے گھر نہیں جائے گی۔

پھر وہ دن بھی آ گیا جب اموّا کو اسپتال میں داخل کرانا تھا۔ اموّا کا ہاتھ کھانے سے نہیں رُک رہا تھا۔ شروعات ناشتے کے بعد ہرے انگوروں سے بھری ٹوکری سے ہوئی۔ ایک کے بعد ایک انھوں نے انگور کھانا شروع کیے اور بیج اپنی ہتھیلی پر تھوکتی گئیں۔ جب انگور ختم ہونے کے قریب ہوئے تو اُٹھ کر بالکونی میں گئیں اور

سڑک پر جاتے ہوئے پھل فروش کو بلا کر اس کے ٹوکرے کے تقریباً سارے پھل خرید لیے۔ ایسے رسیلے چیکو جن کی میٹھی خوشبو ان کی سانسوں سے آرہی تھی۔ چمچ سے ان کا گودہ نکال کر وہ چھلکے نیچے پھینکتی گئیں۔ دوپہر کے کھانے تک وہاں صرف چھلکوں اور چمکیلے کالے بیجوں کا ڈھیر رہ گیا تھا۔ اس کے بعد انھوں نے وہ سارا کھانا جو چار لوگوں کے لیے پکا تھا، اکیلے ہی کھا لیا۔ ڈھیر سارے چاول، پیاز اور مصالحوں کے ساتھ تلا ہوا ایک مسلم مرغ، ایک ڈبہ پاپڑ، ایک کٹورا بھر گاڑھی جمی ہوئی دہی، وہ ساری سبزی اور 'پرون' کا شوربہ جس کا شیلا صبح سے انتظار کر رہی تھی۔ کھانے کی میز پر رکھی ہوئی تمام چیزیں ختم کرنے کے بعد وہ باورچی خانے میں رکھے کھانے کے برتنوں میں جھانکنے گئیں اور روٹی کے ٹکڑے سے بچے کھچے کھانے کو پونچھ کر ساری روٹی بھی کھا گئیں اور اس وقت تک کھاتی رہیں جب تک کہ گھر کا سارا کھانا ختم نہیں ہو گیا۔ ممی نے لٹے پٹے باورچی خانے کو دیکھ کر ٹھنڈی آہ بھری۔ ڈیڈی خاموشی سے کھانا خریدنے بازار چلے گئے اور اموّا گہری نیند سو گئیں۔ دوپہر سے شام اور پھر رات ہو گئی، وہ مسلسل خراٹے لیتی رہیں اور ممی اپنا سر ہلاتے ہوئے بُڑبُڑاتی رہیں، ''کیوں؟ یہ ایسا عجیب برتاؤ کیوں کر رہی ہیں؟'' شیلا اپنی ماں کو بتا سکتی تھی لیکن وہ جانتی تھی کہ اس کی بات کو سنجیدگی سے نہیں لیا جائے گا۔ ایک مکمل عورت کی حیثیت سے یہ ان کی زندگی کا آخری دِن تھا۔ اور کل جو کچھ ہونے والا تھا اسے بھلانے کی کوشش میں وہ یہ سب کچھ کر رہی تھیں۔ کل وہ ان کے جسم کا ایک حصہ نکال دیں گے اور اس کے بعد وہ دوبارہ کبھی پہلے جیسی نہیں ہو پائیں گی۔

نسوانی ساخت کے تعلق سے اموّا حساس تھیں۔ وہ ہر نئی عورت کو بہت گہرائی سے پرکھتیں اور عموماً اس میں کوئی نہ کوئی خامی ڈھونڈ ہی لیتیں ''اسے تم عورت کہتی ہو؟ مکمل عورت وہ ہوتی ہے جس کے سر پر خوبصورت بال ہوں، سینہ بھرا بھرا ہو اور حمل جلدی ٹھہرتا ہو۔'' کل اموّا کی نسوانیت داؤ پر لگنے والی تھی۔ اموّا کسی بھی قسم کے ادھورے پن سے نفرت کرتی تھیں۔ ان کے گھر میں ٹوٹی ہوئی پلیٹ۔ رواں ادھڑے تولیے یا بدرنگ کشن کے لیے کوئی جگہ نہ تھی۔ اور اب وہ ایک ایسے اسپتال میں جا رہی تھیں، جہاں ممکن ہے ان کے جسم کا ایک حصہ نکال دینے کا فیصلہ کیا جائے جس کے بعد انھیں باقی تمام زندگی ادھورے پن کے عیب کے ساتھ گزارنی پڑے گی۔ شیلا جانتی تھی کہ اموّا کو اپنے ہی جسم سے نفرت محسوس ہو رہی ہے۔

رات کو اموما نے شیلا سے ٹھوڑی کے نیچے اُگ آئے اکّا دکّا بالوں کو اُکھاڑنے کو کہا۔ ممی ہنس پڑیں، ''وہاں آپ کو کون دیکھنے والا ہے؟''

اموّا نے ایک سرد نگاہ ممی کی جانب ڈالی اور کہا ''اس سے کوئی فرق نہیں پڑتا۔''

جب شیلا بال نکالنے کا چھوٹا سا چمٹا اموّا کے دیکھنے کے لیے ہاتھ کا آئینہ لے کر بیٹھی تو اموّا نے کہا کہ ''تم ان عورتوں جیسی مت بننا جو دوسروں کو خوش کرنے کے لیے سجتی ہیں۔ تمھیں صرف ایک فرد کو خوش رکھنے کی ضرورت ہے اور وہ ہے تمھارا اپنا وجود۔ تم جب بھی آئینہ دیکھو اپنے عکس کو دیکھ کر تمھیں خوشی محسوس ہو۔ میں نے تمھاری ماں اور ماسی کو بھی یہی بات سمجھانے کی کوشش کی تھی، لیکن یہ بیوقوف عورتیں ہیں۔ یہ سمجھتی ہی نہیں کہ میں انھیں کیا بتانے کی کوشش کر رہی ہوں۔ تم۔۔۔ مجھے امید ہے کہ تم ایسی بیوقوف نہیں ہو۔''

شیلا نے اثبات میں سر ہلایا۔ امو ّا اس کے بالوں کو سہلاتے ہوئے بولیں ''تمھیں دیکھ کر مجھے اپنی عمر یاد آتی ہے، فرق صرف اتنا ہے کہ میرا جسم تم سے زیادہ گداز اور نسوانیت سے پُر تھا۔ تم ٹھیک سے نہیں کھاتی ہو اس لیے اتنی دبلی ہو۔ کوئی مرد تمھیں اپنی بیوی بنانا پسند نہیں کرے گا۔ مرد بستر میں ہڈیاں نہیں گولائیاں چاہتا ہے۔''

''لیکن آپ تو ممی سے کہہ رہی تھیں کہ آپ کو ناظر انکل کی نگاہ ٹھیک نہیں لگی، اگر میں اتنی دبلی پتلی اور بد صورت ہوں تو پھر وہ مجھے اس نظر سے کیوں دیکھتے ہیں؟'' شیلا پوچھنا ہی چاہتی تھی کہ ممی وہاں پہنچ گئیں۔

''اس کے دماغ میں یہ فضول باتیں مت بھریئے'' ممی نے دروازے سے جھانک کر کہا۔

''تم ان باتوں کو فضول کہتی ہو، تم بھول رہی ہو کہ میں اس کی نانی ہوں اور اس کو کُچھ بھی بتانے کا مجھے پورا حق ہے۔'' امو ّا نے چیخ کر کہا۔ ممی تھوڑی دیر آس پاس منڈلاتی رہیں اور پھر چلی گئیں۔

شیلا پھر سے امو ّا کی ٹھوڑی پر چمٹے کی گرفت سے چھوٹے ہوئے بال تلاش کرنے لگی۔ شیلا جانتی تھی کہ امو ّا اس آخری رات کو اپنے آپ کو مکمل محسوس کرنا چاہتی تھیں۔ ہر رات کو بستر پر جانے سے قبل امو ّا آئینے کے سامنے کھڑے ہو کر اپنے چہرے اور گردن پر کیلا مائن کریم کا مساج کرتیں، اس کے بعد وہ اس عمر میں بھی جھریوں سے پاک اپنے چہرے، جھریوں پڑی گردن، بھاری شانوں اور جھولتے ہوئے بھاری پستانوں پر لیونڈر کی خوشبو والا پاؤڈر چھڑکتیں، پھر زیوروں کا ڈبہ کھول کر سونے اور جگمگاتے ہیروں کو سہلاتیں اور اس میں سے اپنا پسندیدہ زیور پہن کر اسے اپنی برہنہ جلد پر محسوس کرتے ہوئے سونے کے لیے لیٹ جاتیں۔ نیند میں ان کی گرم مُٹھی تقریباً پورے سینے پر پھیلے ہوئے ان کے پستانوں کے درمیان رکھی رہتی۔ شیلا کو معلوم تھا کہ امو ّا یہ سب اس لیے کرتی ہیں کہ اگر کبھی سوتے ہوئے ان کی موت ہو جائے تو بھی وہ خوبصورت دکھائی دیں۔ ظاہر ہے ان کے بچوں کی نظر میں یہ ان کے بڑھاپے کی وجہ سے سنک جانے کی علامت تھی۔ دو ہفتے بعد ڈیڈی نے اسپتال سے واپس آکر بتایا کہ کینسر کا آپریشن نہیں ہو سکتا۔ وہ 'ریڈیشن' کی کوشش کریں گے۔

ممی کی بہن اور بھائی ایک ایسے ٹڈی دل کی طرح، جو زندگی کے خدوخال کو بگاڑ کر رکھ دیتا ہے، ممی ڈیڈی پر چڑھ دوڑے۔ شیلا کی ماں بوکھلائی سی ہو گئیں۔ فیملی ڈاکٹر نے اس کی وجہ ذہنی پریشانی بتائی۔ اس نے کہا کسی قریبی عزیز کی بیماری کی وجہ سے ایسا ہوا ہے۔ آرام کرنے اور انٹی ڈپریشن دوا لینے سے ٹھیک ہو جائیں گی۔ صرف شیلا جانتی تھی ایسا کیوں ہوا۔ اپنی زندگی میں تسلسل کے احساس کو قائم رکھنے کے لیے ممی پوری طرح امو ّا پر منحصر تھیں۔ ممی یقین کے اس احساس کی پناہ میں رہنا چاہتی تھیں، کہ کوئی ہے جو انھیں صحیح راہ دِکھا سکتا ہے اور جو کبھی غلط نہیں ہوتا۔ کوئی ایسا جس کے پاس ان کی مضطرب روح کے نہاں خانوں سے نکل ان کے دماغ تک پہنچنے والے ہزاروں اندیشوں کا حل ہے۔ اور اچانک انھیں ایسا لگا کہ کہ وہ شخص اب ان کے پاس نہیں رہے گا۔ شیلا جانتی تھی کہ ممی اپنے آپ کو بے یار و مددگار محسوس کر رہی ہیں۔ وہ جانتی تھی کہ پہلی بار ممی اس ذمہ داری کا بوجھ محسوس کر رہی ہیں جو امو ّا کی موت کے بعد ان کے اپنے شانوں پر پڑنے والا ہے۔ ان کے بھائی بہن ان سے اسی عقل مندی اور ثابت قدمی کی امید کریں گے جو امو ّا میں تھی۔ جب کہ وہ خود ہمیشہ ماں ہونے کی تمام ذمہ داروں سے

بری، ایک نازوں پلی لاڈلی بیٹی ہی بنی رہنا چاہتی تھیں۔

عام حالات میں نیک دل رہنے والے شیلا کے ڈیڈی ایک خونخوار درندے کی مانند ہو گئے تھے۔ان کے نزدیک شیلا سب کچھ غلط کرتی تھی۔ وہ ہمیشہ اس کے کام میں مین میخ نکالتے رہتے تھے۔تم اپنی ماں کی ٹھیک سے مدد نہیں کرتی ہو۔تمھارے دوست نچلے طبقے کے لوگ ہیں، وہ ہمارے برابر کے نہیں ہیں ۔تم ٹی۔وی بہت دیکھتی ہو۔تم سارا دن گھومتی رہتی ہو۔تمھیں ہر جملے پر 'شِٹ' کہنا کس نے سکھایا؟ وہ لڑکا کون تھا جسے میں نے تم سے پارک کے گیٹ پر بات کرتے دیکھا؟

فہرست طویل تھی اور زیادہ تر باتیں ایک دوسرے کو کاٹتی ہوئی۔شیلا نے کسی بات پر بحث نہیں کی جیسا کہ وہ پہلے کرتی تھی ۔''اگر میں سارا دن گھومتی رہتی ہوں تو پھر آپ کے کہنے کے مطابق ٹی۔وی کیسے دیکھ سکتی ہوں ؟'' جب وہ چھوٹی تھی تو یہ بات پوچھ سکتی تھی لیکن اب شیلا اپنے ڈیڈی سے اس طرح بات نہیں کرسکتی تھی۔ اِن دنوں جب اسے لگتا ہے کہ وہ خوش طبعی کی بات کررہی ہے تو اس کے ڈیڈی اسے اس کی بدتمیزی کے لیے ڈانٹ دیتے ہیں۔

لیکن میں نے سوچا تھا کہ آپ میری بذلہ سنجی پر خوش ہوں گے۔ویسے ہی جیسے پہلے میری حس مزاح پر فخر کرتے تھے، وہ رونا چاہتی تھی۔ جب وہ بچی تھی تو وہ بالغوں جیسی بات کرنے کے لیے اس کی حوصلہ افزائی کرتے تھے۔اسے فقرے بازی کے فن اور حاضر جوابی میں طاق دیکھنا چاہتے تھے۔لیکن اب جب وہ بڑی ہو گئی ہے تو جب بھی وہ اس کی طرف دیکھتے ہیں، انھیں اس میں اپنی چھوٹی بچی نہیں، ایک عورت نظر آتی ہے۔انھیں یہ سوچ کر غصہ آتا ہے کہ وہ ان کی حاکمیت کو چیلنج کررہی ہے۔

کبھی کبھار جب ان کے دوست آتے اور ان کے ساتھ کوئی چھوٹی بچی ہوتی جس کے ترکی بہ ترکی جوابوں پر اس کے باپ کا چہرہ فخر سے جگمگا اُٹھتا، شیلا کا جی چاہتا کہ آگے بڑھ کر ان سے درخواست کرے کہ ''اس بچی کے ساتھ ایسا مت کیجیے۔'' میرے والد بھی آپ جیسے ہی تھے۔جب میں چھوٹی تھی تو اس سے لطف اندوز ہوتے تھے، اب وہ اسے صرف گپ بازی کہہ کر ناراض ہوتے ہیں۔''برائے مہربانی آپ اپنی بیٹی کے ساتھ ایسا مت کیجیے'' وہ اسی کو درست سمجھتے ہوئے جوان ہوگی۔اس کے بجائے اس کو اپنے الفاظ کو پی جانا سکھائیے، اس کی زبان کو صرف اچھی خوشگوار اور بے ضرر باتیں کہنا سکھائیے۔اس کی روح کو قتل کردیجیے، اس کی زبان کو پالتو بنا دیجیے ،تاکہ جب یہ بڑی ہو تو میری طرح نہ ہو، اس بات پر حیران کہ میں نے جو کہا اس میں غلط کیا ہے، اور کہیں اپنی زبان کھول کر میں کوئی گناہ کرنے تو نہیں جارہی ہوں؟

شیلا نے باہر سے ڈیڈی کی آواز سنی اور ان کے کمرے کے نکلنے کا انتظار کرنے لگی۔جب وہ غصّے میں ہوتے ، ہمیشہ کمرے کے باہر نکل جاتے ، جیسے خود پر یہ بھروسہ نہ ہو کہ ان کی وہاں موجودگی کسی نقصان کی وجہ نہیں بنے گی۔شیلا کو بُرا نہیں لگا۔ جب ڈیڈی اموتا کے گھر گئے تھے تب بھی ایسے ہی تھے۔شیلا اکثر ان کے غصے کا نشانہ بنتی۔ وہ جانتی تھی کہ ڈیڈی اتنے غضب ناک کیوں ہو گئے ہیں ۔وہ اس بات پر خفا تھے کہ انھیں گھر کی سر پرستی اور مختارِکل کے مرتبہ سے دستبردار کردیا گیا تھا۔دولت مند بھائیوں نے گھر کی خریداری سے بلوں کی ادائیگی تک

تمام انتظام اپنے ہاتھ میں لے لیا تھا۔ جو کھانا ڈیڈی کھلاتے، ان کے لیے تسلی بخش نہ ہوتا، انھیں بہت مہنگا اور قیمتی کھانا چاہیے تھا، جسے خریدنا صرف انھی کے بس کی بات تھی۔ جب ڈیڈی نے انھیں 'آرمی رم' کی بوتل پیش کی تو انھوں نے اسے ایک طرف ڈال کر اپنی خریدی ہوئی ڈیوٹی فری 'اسکاچ' کی بوتل نکال لی۔

گھر غیر ملکی زمینوں اور ہوائی جہاز کی خوشبوؤں سے بسا ہوا تھا۔ ممی کی بہن نے ان کی زندگیوں کی باگ ڈور اپنے ہاتھ میں لے لی تھی۔ اس کے مشورے بیک وقت تحقیر آمیز اور خود پسندی سے بھرے ہوتے۔ صرف شیلا تھی جس پر ڈیڈی اپنا زور آزما سکتے تھے۔ اور شیلا جانتی تھی کہ جب تک اموّا اس گھر چلی نہ جائیں یا مر نہ جائیں ، اس عذاب سے نکلنا ممکن نہیں ہے۔

شیلا کی نانی اپنا ذہنی توازن کھو چکی تھیں۔ وہ بستر پر بیٹھ گئیں۔ باریک سوتی کپڑا، جو ممی کے سب سے بڑے بھائی اور ان کے چہیتے بیٹے نے انھیں اُڑھایا تھا، اسے انھوں نے بے دلی سے ایک طرف ڈال دیا اور بھدی گلابی دیواروں کو گھورتے ہوئے اپنے بستر کے پاس رکھی الماری کے کونے کو مخاطب کرتے ہوئے کہا، ''ماں! شیلا کی ماں اور ماسی نے حیرانی سے ایک دوسرے کی طرف دیکھا، ان کی ماں، ان کی مرحوم نانی سے کیوں بات کر رہی ہے۔

عورتوں کے پاس جب کوئی سہارا نہیں رہ جاتا تو اپنی ماؤں کی جانب ہی مڑتی ہیں۔ وہ جانتی ہیں کہ جب سارے رشتے راکھ ہو جاتے ہیں تو صرف ماں ہی ہوتی ہے جو اس راکھ میں سے ہمدردی اور محبت کے ٹکڑے ڈھونڈ کر لا سکتی ہے۔ شیلا جانتی تھی کہ اس کی نانی ماں اپنی ماں کو کیوں تلاش کر رہی ہیں۔

'ماں' اموّا کی آواز میں للک تھی۔ ''اس کتیا کو دیکھو جو اپنی لمبی ٹانگوں کے ساتھ بیڈ روم میں گھوم رہی ہے۔ وہ اس کی پھیکی، پیلی رانوں کے درمیان جھانکتا ہے۔ وہ اس کے گورے رنگ کی محبت میں گرفتار ہے، مدہوش، احمق۔ ان کا اشارہ شیلا کے سب سے بڑے ماما کی بیوی کی جانب تھا، جو ان کی نفرت اور مسلسل زہرافشانی کا ہدف بنی ہوئی تھیں۔ اموّا کے مطابق؛ ساری اصلی اور تصوراتی پریشانیوں کی جڑ وہی تھیں۔

ممی نے اپنے پریشان بھائی کو سمجھایا ''تم پریشان نہ ہو، صرف گرمی ہے 'ریڈییشن' کی وجہ سے جسم میں حدت بہت بڑھ گئی ہے۔ اسی لیے بہکی بہکی باتیں کر رہی ہیں۔''

شیلا جانتی تھی کہ ریڈییشن سے اس کا کوئی تعلق نہیں ہے۔ اموّا کو آخر کار اندازہ ہو گیا تھا کہ ان کا وقت قریب آ گیا ہے اور جو کچھ ان کے دل میں ہے، اسے کہے بغیر وہ نہیں مریں گی۔ پھر بھی شیلا اسپتال کے کینٹین میں پہنچی اور اپنے لیے کالی مرچ کے رسَم کا آرڈر دیا۔ ویٹر نے اسے حیرانی سے دیکھا۔ وہ تنہا ایسی لڑکی تھی جو اوروں کی طرح 'بسونڈی'، بادام کی کھیر یا کسی ٹھنڈی چیز کے بجائے اس گرمی میں تیز گرم 'رسَم' مانگ رہی تھی۔

شیلا وہاں بیٹھ گئی۔ اس کی پیشانی سے پسینہ بہہ رہا تھا۔ وہ گرم گرم رسم یہ سوچ کر پیتی جا رہی تھی کہ شاید اس کے اندر کوئی ایسا جن بیدار ہو جائے جو اسے، اپنے باپ سے یہ کہنے کا حوصلہ دے سکے کہ ''آپ میرا پیچھا کیوں نہیں چھوڑ دیتے۔ آج کل آپ صرف مجھے ڈانٹتے ہیں۔ کیا آپ یہ حیوانیت چھوڑ سکتے ہیں؟ میں نے اپنی

نانی کو بیمار نہیں کیا، اس کے لیے میں ذمہ دار نہیں، سمجھے آپ؟''

جو اس کے منھ سے، اس کی ڈائن جیسی ماسی سے یہ کہلوا سکے کہ ''اپنا موٹا تھوبڑا بند کر واور جا کر اپنے شوہر پر، بچوں پر اور آدھا درجن نوکروں پر دھونس جماؤ، لیکن میری ماں کو تنہا چھوڑ دو۔'' اپنے ماماؤں کو گھور گھور کر کہلوا سکے کہ ''اگر اپنی دولت کی نمائش ہی کرنی ہے تو کام کے بوجھ سے دبی میری ماں کے لیے ایک باورچی رکھ دو۔ میرے ڈیڈی کو نوکروں کی طرح دوڑانے کے بجائے، گھر اسپتال اور اپنے سینکڑوں کام کروانے کے لیے ایک آدمی رکھ لو۔''

اس کے اندر شعلے بھڑک رہے تھے لیکن جن آزاد نہیں ہوا تو اس نے رم انڈ ریسن آئس کریم کا آرڈر دیا اور آگ پر پانی ڈال دیا۔ وہ جانتی تھی کہ وہ ہمیشہ ٹھیک سوچتی ہے۔

چھ ہفتے بعد وہ لوگ اموما کو گھر لے آئے۔ کچھ دن بعد سب بھائی بہن چلے گئے اور ممی اور ڈیڈی نے باری باری امّوما کی دیکھ بھال شروع کر دی۔ لیکن کینسر نے ان کے جسم پر اپنی گرفت نہیں چھوڑی۔ اس کے ساتھ اور جو کچھ ہو سکتا تھا وہ بھی ہو گیا۔ ہائی بلڈ پریشر کے ساتھ ساتھ گردوں نے کام کرنا بند کر دیا۔ اس درمیان ان کے پیٹ میں پلنے والی عفریت بڑھتی گئی۔ بھائی بہن کو دوبارہ بلوایا گیا۔

شیلا بالکونی میں کھڑی اموما کے اسپتال سے گھر پہنچنے کی راہ دیکھ رہی تھی۔ دنیا اچانک ہی تھکی تھکی سی لگنے لگی۔ باڑھ، دھول کی چادر سے اٹی تھی۔ آم کے پیڑ جیسے فکر مند سے کھڑے تھے۔ گملوں میں رکھے کروٹون کا رنگ پھیکا اور بے کیف ہو گیا تھا۔ گھر کے اندر ممی اور ماسی ایک دوسرے سے گلے لگ کر رو رہی تھیں تھیں۔ ''امّاں ہمیں چھوڑ کر مت جاؤ۔''

ایک بار جب شیلا نے جھانک کر دیکھا تو وہ ایک دوسرے کے آنسو پونچھ رہی تھیں۔ پھر درد کے اگلے ریلے نے کھارے پانی کا ایک دوسرا ابھرنا جاری کر دیا۔ انھیں دیکھ کر لگتا ہی نہیں تھا کہ یہ عورتیں ہر وقت لڑتی رہتی ہوں گی، ہمیشہ ایک دوسرے سے آگے نکلنے کی دوڑ میں لگی رہتی ہوں گی لیکن شیلا جانتی تھی کہ یہ وقتی جذبہ ہے۔ ان کا یہ نیا نیا بہناپا بہت جلد ختم ہو جائے گا۔

جب فلیٹ کے بلاک کے پاس ہری وین رکی تو شیلا جانتی تھی کہ اُموما اس میں ہیں۔ اس نے دیکھا کہ انھوں نے وین کو اشوک کے پیڑ کی ہری چھاؤں میں پارک کیا ہے۔ وہ انتظار کرتی رہی کہ آدمیوں کے بعد اُموما بھی اُتریں گی لیکن ان کا کہیں نام و نشان نہ تھا۔ پہلی بار ایسا ہوا تھا کہ شیلا نہیں جانتی تھی کہ کیا ہو رہا ہے۔

''وہ کہاں ہیں؟'' وہ چیخنا چاہتی تھی، اسے محسوس ہوا کہ ڈیڈی اس کی کہنی چھو رہے ہیں۔ وہ ان کی طرف مڑی تو انھوں نے آہستہ سے کہا، ''ان کے پاس بیٹھو، وہ وین میں ہیں۔''

وین کے پچھلے حصے میں ایک بے یار و مددگار مخلوق، گوشت کا بڑا سا ڈھیر، پیشاب اور یوڈی کلون کی بُو میں لپٹا پڑا تھا۔ اس کا منھ کھلا تھا، سوکھی جلد میں بے شمار جھریاں پڑ گئی تھیں اور بال جیسے اسٹیل وول کے ہو گئے تھے۔ گوشت کا وہ ڈھیر ٹوٹتی سانسوں سے آکسیجن کھینچ رہا تھا۔ شیلا نے ان کی طرف دیکھا اور اسے یقین ہو گیا کہ

نانی کی روح اپنا جسم چھوڑ چکی ہے۔ شیلا جانتی تھی کہ اب وہ آسمان میں، بادلوں پر بیٹھی خود کو ستاروں سے سجا رہی ہوں گی۔

لیکن پھر بھی یہ امو ما کا چھوڑا ہوا جسم تھا۔ شیلا کو معلوم تھا کہ خود کو اس حال میں دیکھنا انھیں کتنا برا لگتا تھا۔ ایک بار گرمیوں میں شیلا ان کے ساتھ رہی تھی۔ امّا کسی رشتے دار کی میّت سے بہت اداس لوٹی تھیں۔ انھوں نے بہت دیر بعد شیلا کو اس کی وجہ بتائی۔ ''جیتے جی لکشمی خوب سجی سنوری رہتی تھی مگر تم □ دیکھتیں کہ آج ان لوگوں نے اس کا کیا حال کیا۔ اسے کیلے کے ایک پتّے پر بالکل برہنہ لٹا دیا گیا، اس کے جسم کے مسّے، نسیں، داغ، دھبّے سب صاف دکھائی دے رہے تھے۔ بنا غسل کیا ہوا بدن، اُلجھے ہوئے بال۔ جسم پر سونے کا ایک ٹکڑا تک نہ تھا۔ کسی کی موت کے بعد اس سے اس کا وقار اور خوبصورتی کیسے چھینی جا سکتی ہے۔ آج مجھے احساس ہوا کہ جب میں مروں گی تو میرا بھی یہی حشر ہوگا اور میں اسے کسی طرح نہیں روک سکوں گی۔''

شیلا نے اس تقریباً مردہ چہرے پر پنکھے سے ہوا کی، ان کے منھ میں پانی ڈالا اور کہا ''فکر مت کرو میں دنیا کو، تمھیں اس حال میں نہیں دیکھنے دوں گی۔ اس نے امو ما کی ٹھوڑی پر اُگے بال توڑے۔ بہت احتیاط سے ان کے سر کے بالوں کو سنوارا اور چوٹی گوندھ کر چمکیلے ربر بینڈ میں باندھ دیا۔ ماسی کی فاؤنڈیشن لے کر ان کے چہرے شانوں اور سینے پر مل دی۔ پھر ماسی کا مہنگا والا ٹیلکم پاؤڈر لے کر ان کے چہرے، گردن شانوں اور ڈھلکے ہوئے پستانوں پر اسی طرح لگا دیا جس طرح وہ خود لگاتی تھیں۔ جب وہ خوشبودار سفید پاؤڈر سے ڈھک گئیں تو اس نے کاجل پنسل لے کر ان کی آنکھوں اور بھوؤں کو میک اپ کی کتاب میں بتائے گئے طریقے سے گہرا کر دیا۔ شیلا کی ماسی پہلے ہی سارے زیورات پر قبضہ کر چکی تھیں، اس لیے اس نے انھیں نقلی زیورات پہنا دیے۔ ان کے ڈھلکے جسم پر ہلال کی شکل کا پینڈنٹ پڑا تھا، کانوں میں کرسٹل کے آویزے چمک رہے تھے۔

وہ لوگ نیچے آئے تو امو ما کے جسم کو دیکھ کر خوف سے چیخ اُٹھے۔ ''شریر لڑکی یہ تم نے کیا کیا؟'' ممّی غصے سے چلائیں۔ شیلا نے دیکھا کہ ڈیڈی کے چہرے پر کرختگی آ گئی ہے۔ غصے کے خاموش اظہار کے طور پر ان کی انگلیاں اس کی بانہہ میں گڑ گئیں۔ شیلا جانتی تھی کہ ان لوگوں کی نظر میں اس نے بہت بڑا گناہ کیا ہے۔ وہ یہ بھی جانتی تھی کہ ان کے خیال میں اس نے امّا کو ایک بُری عورت بنا دیا ہے۔ مرنے کو تیار سجی بنی، بھڑکیلی طوائف۔ لیکن شیلا یہ بھی جانتی تھی کہ امو ما کو بیمار اور لاچار لگنے کے مقابلے ایسا دکھائی دینا زیادہ پسند تھا۔

امّا کی ہمیشہ سے خواہش تھی کہ وہ اپنی سانس اپنے بستر پر ہی لیں۔ اس خواہش کی تکمیل کرنے اور ان کے گھر تک پہنچنے کے لیے ابھی ایک طویل سفر طے کرنا تھا۔ لہٰذا ان کے چہرے کو صاف کرنے کا وقت نہیں تھا۔ درد اور ذلت کے احساس کے درمیان اس نے ان سب بھائی بہنوں کو وین میں اپنی ماں کے مرتے ہوئے جسم کے آس پاس ٹھنستے دیکھا۔ ڈیڈی ناگواری اور ناراضگی کا تاثر لیے اس کے پاس کھڑے تھے مگر اسے اس کی پرواہ نہیں تھی، اسے معلوم تھا کہ امو ما خوش ہوئی ہوں گی۔

انّا (بنگلہ)

مہاشویتا دیوی

ترجمہ: الطاف فاطمہ

مہاشویتا دیوی (۱۴ جنوری ۱۹۲۶ء۔ ۲۸ جولائی ۲۰۱۶) کی پیدائش ڈھاکہ میں ہوئی تھی۔ ان کے والد منیش گھٹک ایک شاعر اور ناول نگار تھے، جب کہ ماں دھریتری دیوی ایک ادیبہ اور سماجی خدمت گار تھیں۔ مہا شویتا دیوی کی ابتدائی تعلیم ڈھاکہ میں ہوئی لیکن تقسیم ہند کے بعد وہ ہندوستان آگئیں اور مغربی بنگال میں سکونت اختیار کی۔ انھوں نے شانتی نکیتن میں وشوا بھارتی یونیورسٹی سے انگریزی میں آنرز اور کلکتہ یونیورسٹی سے انگریزی میں ایم۔ اے کیا۔ انھوں نے بہت کم عمری میں افسانہ نگاری کی شروعات کی اور مختلف رسائل و جرائد میں ان کی تخلیقات شائع ہونے لگیں۔ ان کا پہلا ناول 'نٹی' ۱۹۵۷ء میں شائع ہوا۔ ان کا سب سے مشہور ناول 'ہزار چوراسی کی ماں' ہے۔ اس کے علاوہ 'ردالی'، 'بائیسکو پر بخشو'، 'چٹی منڈا' اور 'اس کا تیر' وغیرہ ان کی اہم تصنیفات ہیں۔ ناول 'ہزار چوراسی کی ماں' پر فلم بھی بنی ہے۔ ان کی کہانیوں کا ترجمہ کئی ملکی اور غیر ملکی زبانوں میں کثرت سے ہوا ہے۔ انھوں نے ڈرامے اور مضامین بھی لکھے۔ انھیں متعدد پُر وقار ادبی انعام سے نوازا گیا جن میں 'گیان پیٹھ ایوارڈ'، میگا سسے ایوارڈ، ساہتیہ اکیڈمی ایوارڈ، سارک لٹریری ایوارڈ، پدم شری اور پدم وی بھوشن ایوارڈ شامل ہیں، ان کے علاوہ انھیں ۲۰۰۹ء میں 'مین بوکر انٹرنیشنل ایوارڈ' کے لیے شارٹ لسٹ بھی کیا گیا تھا۔

الطاف فاطمہ ہندوستان کی معروف ناول اور افسانہ نگار ہیں۔ آپ کی تخلیقات ملک اور بیرون ملک کے بیشتر اہم جرائد میں شائع ہوتی رہتی ہیں۔

میری موسی جنگل جھاڑ کے اس پار رہتی ہے،

میری موسی نے،
جو بہت دور کہیں رہتی ہے،
مجھے کبھی بھی مٹھائی کھانے کو نہیں بلایا۔

جسودھا کو تو یاد ہی تھا۔ اس گیت کے مطابق، جو بچے گاتے پھرتے ہیں، اس کی بھی کوئی ماسی ہے یا تھی، جس نے اس کے ساتھ ایسا کوئی اچھا برتاؤ کیا ہو۔ بس اس کو تو یہی پتہ تھا کہ وہ تو جنم جنم سے بیس بچوں کی ماں اور کنگالی چرن کی بیوی ہے۔ ہاں یہ کوئی جھوٹ تو نہیں کہ اگر کوئی زندہ بچوں کے ساتھ ساتھ ان تمام مرے ہوئے یا مردہ پیدا ہونے والے بچوں کا حساب بھی لگائیں تو پورے بیس ہی تو بنتے ہیں۔ اپنے ذہن پر زور ڈالنے کے باوجود اس کو یاد ہی نہ آتا کہ کبھی زندگی میں اس پر ایسا دن بھی آیا ہو جب اس کے پیٹ میں بچہ نہ رہا ہو، اس کی کوکھ خالی ہو اور صبح صبح جی متلانے اور چکر آنے سے نجات ملی ہو۔ نہ ہی اس کی یاد میں اس پر کوئی ایسی رات اتری تھی جب کنگالی چرن نے اس پر چڑھائی نہ کی ہو اور اگلے فصل کے لیے اس کے اندر تخم پاشی نہ کی ہو۔ وہ تو ہر رات اس طرح سے اس کے بدن کا سروے کرتا جیسے کوئی جیالوجسٹ پہاڑوں کی معدنیات کی تلاش میں برمے ڈال ڈال کر سوراخ کرتا پھرے۔

یہ سوچنے اور فیصلہ کرنے کا تو جسودھا کو کبھی موقع ہی نہ ملا کہ وہ گربھ وتی اور ماں بننے کی سختیاں سہہ بھی سکے گی یا نہیں۔ بات یہ ہے کہ گربھ اور زچگی کا یہ لامتناہی سلسلہ ہی تو تھا جو اس کے اتنے بڑے کنبے کی زیست و بقا کا سہارا تھا۔ بات یہ بھی ہے کہ وہ پیشہ ور ماں تھی اور یہی اس کا پیشہ تھا اور وہ اس کوچے میں شوقیہ یا اتفاقیہ اور لوگوں کی دوسری عورتوں کی طرح داخل نہ ہوئی تھی جو اکثر بابو لوگوں کے گھروں میں ملازمت کرتی ہیں۔ نہیں، وہ تو باقاعدہ اور ضرورتاً اس پیشے میں آئی تھی۔ بات اصل یہ ہے کہ آج کی پوری دنیا پر پیشہ وروں نے قبضہ جما رکھا ہے، جدھر دیکھو ان کا ہی سکہ چلتا ہے۔ بھلا شہر میں کوئی پوچھتا ہے، شوقیہ نا تجربے کار بھکاریوں کو۔ یہی حال شوقیہ طوائفوں اور چوراُچکوں، جیب کتروں کا ہے۔ بھلا کون کسی کی پرواہ کرتا ہے۔ ارے کچرے کے ڈھیر میں خالی ڈبے اور سوکھی ہڈیا کھکوڑنے والے کتے اور کوے تو اپنی جگہ سے ایک انچ بھی نہیں سرکتے۔ کیا مجال جو کسی نا تجربے کار اور شوقیہ آنے والے کو قدم جمانے اور گھس بیٹھنے کی اجازت دے دیں۔ سو جسودھا بھی اس پیشے میں ضرورت کے تحت بطور پیشہ ور ہی داخل ہوئی۔

سچی بات تو یہ ہے کہ اس سارے معاملے کی ذمہ داری اسٹوڈی بیکر موٹر کار پر ہے جو ہلدر گھرانے کے نئے نویلے داماد کی ملکیت تھی اور ہلدر بابو کے سب سے چھوٹے بیٹے کی اس ہٹ دھرمی اور شوق پر ہے جس کے تحت بیٹھے بٹھائے اس کو بھری دوپہر میں گاڑی چلانے کا شوق چرایا۔ خیر، یہ بیٹھے بٹھائے شوق چرانے اور کسی بات کا سودا جی میں سمانے والی بات کوئی نئی تو نہ تھی۔ یہ اس لڑکے کی سدا سے عادت تھی کہ بیٹھے بٹھائے ایک بات کی دُھن لگ جاتی۔ ایک دم بے تاب اور بے قابو ہو جاتا، اس وقت تک اس کے ہوش حواس ٹھکانے نہ آتے، جب تک وہ اپنا شوق پورا نہ کر لیتا۔ عجب بات تھی کہ ایسی سنک، اس پر بھری دوپہر ہی میں سوار ہوتی۔ الہ دین کے چراغ والے

جن کی طرح بیٹھے بٹھائے اس کی سر پر بھوت سوار ہو جاتا، پر جسودھا کی اناگیری کے پیشے میں آنے کا اس کی عادت سے کوئی تعلق نہیں تھا، نہ ہی اس کی اِس حرکت سے جو اس کے من موجی پن کے نتیجے میں اس سے سرزد ہوئی۔ اس کا تو اس بات سے کوئی تعلق ہی نہیں بنتا۔

مثال کے طور پر ہوا یہ کہ ایک دوپہر اپنی ہوسنا کی سے مغلوب ہو کر اس نے اپنے گھر کی باورچن پر ہاتھ ڈال دیا، وہ ایسا تھا کہ رسوئی چوکے سے فارغ ہو کر کہارن نے ڈٹ کر بھات اور مچھلی کا بھوجن ہی نہیں کیا بلکہ مچھلی کے وہ سر بھی مزے لے لے کر کھائے جو اس نے مالکن کی چیل جیسی تیز نظروں سے بچا کر الگ چھپا لیے تھے۔ پھر تازہ سبزیوں سے بنی بھاجی بھی مزے لے لے کر اڑائی تھی۔ اتنا ڈٹ کر کھانے سے جو اونگھ آئی تو ستانے کو لیٹ گئی۔ جب یہ سوچتے سوچتے کہ بس یہی تو میرا من بھاتا بھوجن ہے، اس کی آنکھ لگنے ہی لگی تھی کہ لڑکے سر پر وہی الہ دین کا جِن سوار ہو گیا اور جب جِن کا زور ٹوٹا اور لڑکا اپنے آپے میں آیا تو لگا رونے اور ٹسوے بہانے اور منت سماجت کرنے۔

"دیکھو یہ بات کسی سے نہ کہنا۔"

"لو بھلا یہ بھی کوئی کہنے والی بات ہوئی، اس میں کہنے والی کون سی بات ہے۔" یہ کہا اور آرام سے پڑ کر سو گئی۔ وہ یہ بات گول کر جاتی اور کسی سے بھی نہ کہتی کہ سچی بات تو یہ ہے کہ وہ خود بھی ایک طرح سے بڑی خوش تھی کہ اس کے بدن اور چھب پر مالک کے بیٹے کی نظر پڑی اور اس نے اس پر ہاتھ ڈالا۔ پر اس کا کیا کیا جائے کہ وہ جس کے دل میں چور تھا، اس کے سر پر بھی وہی جِن سوار ہوا اور لگا ہنکارنے۔ اب وہ ہر دم بیکل بیکل سا رہنے لگا اور اب بیٹھے بٹھائے وہ اس وہم میں مبتلا ہو گیا کہ وہ اس کی تھالی میں کھلے ہاتھ سے مچھی بھات پروس رہی ہے تو اس کا کچھ مطلب ہے۔ اچھے سے اچھے مزیدار کھانے اس کے سامنے رکھ دیتی ہے تو اس کا یہی مطلب ہوا ناں کہ وہ یہ بھانڈا پھوڑنا چاہتی ہے۔ اپنے اس خصوصی برتاؤ سے وہ منھ سے ایک لفظ نکالے بنا ہی سب کچھ جتا دینا چاہتی ہے۔ لڑکا ڈر گیا اور وہ نامراد جِن اس کے سر پر سوار ہوا تو اس نے اس کو اس وقت تک چین سے بیٹھنے نہ دیا جب تک اس نے اپنی ماں کی انگوٹھی چرا کر کہارن کے تکیے تلے چھپا کر شور نہ کر ڈالا۔ ایک ہنگامہ، ہاہاکار مچا دیا کہ یہ تو چور ہے، نکالو اس کو۔

پھر اس نے دوسری حرکت یہ کی کہ اپنے پتا کا ریڈیو چرا کر بیچ ڈالا۔ اب اس کے ماں باپ اس کی ان حرکتوں اور تلون مزاجی سے عجیب الجھن میں تھے۔ وجہ کیا ہے، آخر لڑکے کی ان حرکتوں کا سہ پہر کو ستانے اور سونے کے وقت سے تعلق کیا ہے۔ اس لیے کہ ہلدر گھرانے کے بچوں کی عادتوں میں دوپہر کو سونے کا کوئی رواج شامل ہی نہ تھا، انھوں نے تو اپنے بچوں کو رات گئے سونے کی عادت ڈالی ہوئی تھی اور بچوں کے سونے جاگنے کے یہ اوقات بھی باقاعدہ جنتری اور زائچہ ہی کے اشارے اور صلاح سے مقرر کیے گئے تھے۔ اصل حقیقت تو یہ ہے کہ ان کے گھر کے پھاٹک کے اندر داخل ہوتے ہی یہ احساس ہوتا تھا کہ اس گھرانے پر ابھی تک سولھویں صدی کے رہن سہن اور عقائد کی چھاپ ہے۔ اسی کا سکہ چل رہا ہے کہ اس گھر کے باسی اب تک اپنی گھر والیوں سے ملاپ

اور ساتھ اٹھنے بیٹھنے کے دن اور سمے تک بھی جنتری دیکھ کر ہی مقرر کرتے ہیں۔ اچھا! مگر جسودھا کی کہانی کا اس سب سے تو اتنا ہی تعلق بنتا ہے کہ اس کہانی نے اسی چلن اور طور طریق کے چکر پھیر میں ہی جنم لیا۔ کئی چھوٹی چھوٹی باتوں سے یہ کہانی اپنے انجام اور منزل پر پہنچی۔

بھئی وہ کنگالی چرن تو ایک حلوائی کی دکان پر کام کرتا تھا اور دیوی کے مندر پر آنے والے ان برہمن یاتریوں کے لیے مٹھائیاں تیار کرتا تھا جنھیں اپنی اونچی گوت اور ذات کا بڑا مان ہے اور اپنے کھانے پینے کے معاملے میں ابھی تک بڑے کٹر چھوت چھات اور بھرشٹی کے قائل ہیں۔ اس دکان کی، جس میں وہ پوریاں تلتا تھا، دور دور تک یہی شہرت تھی کہ اس دکان پر اونچی ذات کے بامن (برہمن) کے ہاتھ کی تلی پوری بھاجی ملتی ہے۔ اب اس کا یہ تھا کہ حلوائی کی آنکھ بچا کر پوریوں کا آٹا اڑا لیتا اور اس طرح اپنے پریوار کے پیٹ پوجا کا سامان کر لیتا تھا۔ ایک سہ پہر کو جب دکان کا کام نبٹا کر دکان، مالک کے حوالے کر کے گھر چلا تو حسب معمول اس کی دھوتی کے بل میں دکان سے اڑائے ہوئے چند سموسے اور تھوڑی سی جلیبیاں بھی چھپی ہوئی تھیں، کہ اس کا دستور تھا کہ دو پہر کا بھوجن جسودھا کے ساتھ ڈٹ کے کرنے کے بعد اس کے توانا اور گداز جسم، خصوصاً بھری بھری چھاتیوں سے تھوڑی دیر کھیلنے اور لطف اندوز ہونے کے بعد آرام سے پڑ کر سو جاتا۔ اس روز بھی وہ عیش و لطف کے ان ہی خیالوں میں مگن اور کھویا ہوا جیسے سورگ کی طرف لپکا چلا آ رہا تھا کہ اسی آن ہلدر گھرانے کے چھوٹے بابو کی اسٹوڈی بیکر ایک زبردست فراٹے اور جھٹکے کے ساتھ اس طرح رکی کہ کنگالی چرن کا کچومر بنتے بنتے بال بال بچ گیا لیکن اس کے دونوں پاؤں نہ بچ سکے اور کچلے گئے، اس طرح کہ ان کا جوڑ جوڑ ہل گیا اور معاملہ قابو سے باہر ہو گیا۔ گاڑی کے شور کے ساتھ ہی آناً فاناً بھیڑ لگ گئی۔ ایک شور مچ گیا۔ اوپر سے پہنچ گیا نبین پانڈا۔ اس نے تو گلا پھاڑ کر چیخنا چلانا اور دھمکیاں دینا شروع کر دیں کہ جو یہ ہلدر بابو کے گھر کے سامنے نہ ہوا ہوتا تو ہم خون کی ندیاں بہا دیتے۔ نبین پانڈا شکتی دیوی کے مندر کا خاص الخاص مہنت اور پروہت تھا۔ شکتی دیوی کے مہا پنڈت ہونے کے ناطے بڑا بلوان اور شہوانی جذبوں سے بھرپور۔ اب ظاہر ہے کہ اس بھری دو پہر اور گرمی کے جوبن کے سمے اسے تو آسمان سر پر اٹھانا ہی تھا۔ اس کا پارا ایک دم چڑھ گیا۔ اس کی دہاڑ سن کر پورے کا پورا ہلدر گھرانا گھر سے باہر نکل آیا۔ بڑے ہلدر بابو نے بیٹے پر نظر پڑتے ہی اس پر تھپڑوں اور طمانچوں کی بارش کر دی اور اونچی آواز میں ڈانٹ پھٹکار شروع کر دی۔

''ارے گدھے، پاگل، بامن کی جان لینا چاہ رہا تھا کیا؟''

اب ان کے جنوائی (داماد) صاحب کی باری تھی۔ ان کا تو یہ تھا کہ پہلے انھوں نے کنکھیوں سے اپنی اسٹوڈی بیکر کا جائزہ لیا اور یہ دیکھ کر کہ بس معمولی سا رگڑا ہی لگا ہے، کوئی ایسا بھاری نقصان نہیں ہوا، اطمینان کی سانس لی اور پھر یوں ظاہر کرنے لگے گویا انھیں اس کی کوئی پرواہ نہیں، چلو پھر کیا ہوا، نقصان تو ہونا تھا سو ہو گیا۔ اب ظاہر ہے کہ اس اداکاری پر واہ واہ تو ہونی ہی تھی۔ بھئی کیا دل والا داماد ملا ہے اس گھرانے کو۔ کس طرح اپنے نقصان کو ٹھنڈے دل سے پی گیا، گویا بات ہی کوئی نہ تھی۔ ہاں بھئی بڑا دل ہے۔ چلو کیا ہوا جو پائی پائی پر جان دیتا اور

دولت بٹورتا ہے، مگر تہذیب اور شرافت برتنا بھی تو جانتا ہے۔ رشتوں کی لاج تو رکھتا ہے، اس نے نہایت باریک کرکری اور ریشم سے نرم آواز میں کہا تو یہ کہا: ''ارے تو کیا اب اس آدمی کو یوں ہی مرنے دو گے یا ہسپتال لے جاؤ گے۔''

کنگالی کا مالک حلوائی بھی اس بھیڑ اور ہجوم میں موجود تھا۔ اس نے کنگالی کی دھوتی کے بل سے نکل کر مٹی میں ملنے والے سموسوں اور جلیبیوں پر نظر ڈالی تو خون کھول گیا، پر یہ کہتے کہتے زبان روک لی، ''شرم نہیں آتی کنگالی تم کو، تم یہ بھی کرتے ہو؟''

اس نے اپنا لہجہ بدل لیا اور ہلدر بابو کے داماد کی طرف دیکھتے ہوئے بولا: ''اب تو یہ آپ ہی کرپا کریں گے دادا کہ اس غریب کو ہسپتال تک پہنچا دیں۔''

سو ہلدر بابو اور ان کے داماد فوراً اسے ہسپتال لے کر دوڑ گئے، بڑی مستعدی سے، اس حادثے کا ہلدر بابو کو سچ مچ بڑا افسوس تھا۔ وجہ اس کی یہ بھی ہوسکتی ہے کہ دوسری عالمی جنگ کے زمانے میں فاشسٹوں کے خلاف انھوں نے بھی بڑا کردار ادا کیا تھا یعنی اسکریپ آئرن کی خرید وفروخت بڑی مستعدی اور وفاداری سے کرتے رہے۔ ساتھ ہی اپنے دھرم کے اتنے پکے کہ اپنی ہر صبح کا آغاز 'بامن' کے چرن چھو کر ہی کرتے تھے اور اگر کسی وجہ سے چٹرجی بابو وقت پر موجود نہ ہوتے تو پھر وہ ان کے بیٹے کنگالی کے خستہ اور پھٹے جوتے تلے کی خاک کا ایک ذرہ چھو کر ہی کام چلا لیا کرتے۔ کنگالی چرن ان دنوں بچہ ہی تھا، بالکل نوعمر لڑکا۔ پر چٹرجی کا بیٹا ہونے کے ناطے وہ وقت بے وقت کام آ ہی سکتا تھا۔ تیج تیوہار اور تقریبات میں اسے اور اس کی بیوی جسودھا کی شرکت لازمی ہوتی تھی اور جب ہلدر بابو کی بہو کا پہلے پہل پاؤں بھاری ہوا تھا تو جسودھا کو ایک ساری اور اس کے ساتھ سیندور چڑھاوے کے طور پر بھیجا گیا تھا۔ بڑے ہلدر بابو ماضی کی یادوں سے نکل کر جب حال میں واپس ہوئے تو انھوں نے کنگالی کو تسلیاں دینی شروع کردیں: ''میرا بچہ۔۔۔ بیٹا تو گھبرا نہیں، بالکل چنتا نہ کر۔ اپنے جیون بھر تو میں تجھے کوئی کشٹ اٹھانے نہیں دوں گا۔'' یہ کہتے کہتے ان کی آنکھوں میں آنسو آ گئے تھے۔ ایک بات یہ بھی تھی کہ کچل کر قیمہ بن جانے والے پیروں کی طرف دیکھ کر ان کو یہ دکھ بھی ستا رہا تھا کہ ان کو اس کے چرنوں کی ضرورت ہوا کرے گی تو وہ کیا چھو کر اپنی ڈھارس بندھائیں گے۔ کنگالی چرن تو اب بنا چرنوں ہی کے رہ جائے گا ناں۔ پچھتاوے اور رنج کے مارے انھوں نے رونا شروع کردیا۔

''کیا کردیا اس کتیا کے بچے نے۔ پاپ مہا پاپ۔'' آنسو بھری آنکھیں ہسپتال کے ڈاکٹروں کی طرف اٹھا کر انھوں نے ان کی خوشامدیں شروع کردیں، گڑگڑا کر ان سے منت سماجت کی، ''ڈاکٹر صاحب پیسے کی پرواہ نہ کریں، اس کو جس طرح بنے ٹھیک کردیں۔''

پر، ڈاکٹر کر ہی کیا سکتے تھے، اب وہ کنگالی چرن کو نئے پاؤں تو لا کر نہیں دے سکتے تھے۔ سو وہ گھر آیا تو معذور اور محتاج برہمن کی صورت لے کر بیساکھیوں پر چلتا ہوا۔ گھر آنے پر پتہ چلا کہ ہلدر بابو کے گھر سے جسودھا کو ہر روز کھانے کا ایک پارسل ملتا رہا ہے۔

نبین پانڈے کا شمار مندر کے پجاریوں میں تیسرے نمبر پر تھا۔ اسی اعتبار سے وہ مندر کے چڑھاوؤں اور پرساد کے چھٹے حصے کا حق دار بنتا تھا۔ اپنے سے اونچے درجے کے پجاریوں کی لعن طعن اور 'دانتا کل کل' سے وہ پریشان اور بجھا بجھا رہنے لگا تھا۔ اتنا کہ کبھی کبھی اپنے آپ کو بالکل ہی حقیر اور بے حقیقت کیڑے جیسا لگنے لگتا تھا۔ ان ہی دنوں اس نے راما کرشنا پر ایک فلم دیکھی اور وہ اس سے بہت متاثر ہوا اور جس بے تکلفی سے کرشنا دیوی سے باتیں کرتا تھا، اس نے بھی وہی انداز اختیار کرلیا۔ ساتھ ہی بے حد رقت آمیز لہجے میں بھجن گانا شروع کر دیتے، بڑی ہی گمبھیر آواز میں جو کسی زمانے میں شکتی پوجا کے لیے مخصوص تھی۔

ایک دن اس نے کنگالی کو بتایا کہ جب میں نے تمھاری رکھشا کرنے اور تم پر کرپا کرنے کے لیے دیوی ماں سے پرارتھنا کی اور اس پر پھولوں کا چڑھاوا چڑھایا تو پتہ ہے پگلی نے مجھ سے کیا کہا۔ کہنے لگی: ''کنگالی کے گھر میں تو میرا ہی ایک روپ موجود ہے اور وہ کنگالی ہی کی رکھشا کے لیے وہاں بس رہا ہے کہ وہ اپنے گھر صحیح سلامت لوٹ کر آئے۔''

اب ہوا یہ کہ کنگالی کے من میں شک سا ہوا، اس نے جسودھا سے سچ بات اگلوانے کے لیے اسے جھڑکیاں دینا اور برا بھلا کہنا شروع کیا۔ ''اچھا تو میرے پیچھے تو گن گاتی رہی تھی۔ اس بدمعاش نبین پانڈے کو پھانس رکھا تھا تو نے۔ اس کے ساتھ عیش کرتی رہی ہے۔

جسودھا نے اس کے وہمی اور شکی سر کو اپنے سینے سے چمٹا کر دونوں چھاتیوں کے درمیان بھینچ لیا اور بولی: ''لو اور سنو۔ میں بھلا اس موٹے لفنگے نبین پانڈے کو بلاتی تھی۔ ارے میں اور اس چلتر باز کو منھ لگاتی۔ پھر ہر رات تو ہلدر بابو کے گھر کی دونو اسیاں میرے پاس آکر سوتی تھیں۔ ان سے پوچھ، ارے میں تو تھوکوں بھی نہیں اس پر۔ کیوں، کیا میں تمھاری ستی ساوتری استری نہیں ہوں۔'' اور پھر کنگالی کا رہا سہا شک اس وقت دور ہوا، جب وہ اسپتال سے واپس آنے کے بعد ہلدر بابو کے گھر ملنے گیا۔ وہاں تو جسودھا کی پاک دامنی اور 'پوتر تا' کے ڈنکے بج رہے تھے۔ ہر ایک کی زبان پر اس کی پتی ورتا کے قصیدے تھے کہ پتنی ہو تو ایسی ہو۔ کیسا اس نے دیوی کا دوار پکڑا تھا، وہ تو بس دیوتاؤں اور سادھو سنتوں کے چرنوں میں پڑی رہتی تھی۔ بھوانی دیوی کے مندر کی پوجا پاٹ کے سارے بھوگ برتاوے پورے کیے اور بھوانی کے مندر کے دوار پر بھوکی پیاسی اَن جل کھائے پیے بنا ہی دھرنا دے کر بیٹھ گئی اور وہاں سے اس سمے تک نہ ٹلی جب تک دیوی اس کے سپنے میں ایک دائی کا روپ دھار کر نہ آ گئی۔ اس کے ہاتھوں میں دائی جنائی کے کام کا سامان سے بھرا ہوا تھیلا تھا۔ دیوی نے وہ تھیلا جسودھا کے ہاتھ میں تھمایا اور بولی: ''گھبراؤ نہیں، کوئی چنتا والی بات نہیں، تیرا آدمی جلدی ٹھیک ہو کر واپس آجائے گا۔''

یہ باتیں سن سن کر کنگالی کے تو ہوش ہی ٹھکانے نہ رہے۔ اوپر سے ہلدر بابو بولے، ''کنگالی، تو میری بات پر وشواس کرنے نہ کرے، پر میں یہ ضرور کہوں گا کہ یہ جو مورکھ لوگ ہیں ناں، وہ یہ کہہ رہے ہیں کہ اگر بھوانی کو اس کے سپنے میں آنا ہی تھا تو پھر دائی کا روپ دھارن کرنے کی کیا ضرورت تھی؟ آخر وہ اپنے ہی روپ میں کیوں نہ آئی؟ پر میں تو ان سے یہ کہتا ہوں کہ بھئی دیکھو ناں، دیوی ماں ہونے کے ناطے گربھ وتی ہوتی ہے اور بچے پیدا

کرتی ہے۔۔۔اور دائی جو ہے ناں، اس کا تو بچے جنوانے کا کام ہے اور پھر وہ ان کی دیکھ بھال بھی کرتی ہے۔ بس اس نے سپنے میں آنے کے لیے یہی روپ دھارنا پسند کیا۔''

کنگالی ان کی یہ ساری منطق سننے کے بعد بولا: ''ہلدر بابو! اب میں حلوائی کی دکان پر کام کیسے کر سکوں گا۔ آپ ہی سوچیں کہ میری بغل میں تو بیسا کھیاں دبی ہوں گی، میں کڑھاؤ میں سے پوریاں نکالنے کے لیے کرچھا کیسے چلاؤں گا۔ اب میرے لیے تو آپ دیوتا سمان ہیں۔ کتنے لوگوں کے پالن ہار ہیں۔ اب مجھ پر بھی آپ کرپا کریں۔ میں آپ سے بھیک نہیں مانگتا مگر آپ اتنی کرپا کریں کہ میرے لیے کسی ایسے کام کا بندوبست کر دیں کہ میں بیٹھے بیٹھے کچھ کمائی کر لیا کروں۔ میں آپ کی نیک دلی اور دیالوپن سے کوئی غلط فائدہ نہیں اٹھانا چاہتا۔ بس میری تو یہی اِچھا ہے کہ پیٹ بھرنے کے لائق ہو جاؤں۔''

ہلدر بابو بولے، ''ارے ہاں ہاں کنگالی، یہ بات تو پہلے ہی میرے من میں تھی اور میں نے پہلے ہی یہ بات سوچ رکھی ہے کہ تمھارے لیے چھوٹی موٹی دکان ڈلوا دوں۔ یہ جو میرے سامنے والا برآمدہ ہے ناں، اس میں تم بیٹھ جانا۔ وہ ہوتے ہیں ناں اپنے چڑوے، مرمرے اور وہ کیا ہے، اپنے کھانڈ کے کھلونے اور مٹھائیاں اور کچھ سوکھی کھانے والی چیزیں رکھ لینا۔ تم بِکری کی فکر نہ کرنا۔ خوب اچھی بِکری ہوگی۔ ارے وہ کیا، سامنے ہی تو مندر ہے بھوانی کا۔ صبح سے رات یاتریوں کا تانتا بندھا رہتا ہے۔ تمھیں گاہکوں کی تھوڑ نہیں ہوگی۔ مزے میں چلتا رہے گا تمھارا دھندا۔ اب تم یہ دیکھو ان دنوں میرے ساتویں بیٹے کا بیاہ ہے۔ اس لیے کچھ دن صبر کر لینا۔ بیاہ برات کا بھوج اور پکا پکایا کھانا اتنے دن تمھارے گھر پہنچتا رہے گا۔

اتنی بات سن کر کنگالی چرن گھر جانے کے لیے اٹھا تو وہ جیسے خوشی سے جھوم رہا تھا۔ وہ اس تیزی سے گھر کی طرف بھاگا چلا جاتا تھا جیسے چیونٹیوں کا قافلہ برکھا رُت کے آنے کی سن گن پا کر اپنے مسکنوں کی طرف بھاگتا جا رہا ہو۔ گھر پہنچتے ہی اس نے جسو دھا کو پکارا: ''ارے سن رہی ہو ناں! وہ کیا کہہ گئے کالیداس کہ 'تم کو جو کچھ ملے گا وہ جب ہی ملے گا جب تمھارے پاس کچھ نہیں ہوگا۔ کچھ ہوگا تو دیا ہی کیوں جائے گا۔' ہاں بھئی سچ ہی تو کہا ہے، نہیں ہوگا جب ہی آئے گا۔ وہ کیا ہے کہ ہمارے ابھاگیہ سے ہی ہمارے بھاگ کھل گئے۔ آج ہلدر بابو نے بولا ہے کہ اپنے بیٹے کے بیاہ سے نبڑ کر وہ مجھے ڈلوا دیں گے۔ ہاں اپنے گھر کے اگلے برآمدے کا کچھ حصہ بند کر کے دکان کھلوا دیں گے اور اس وقت تک بھوجن کا تیل ان کے گھر سے ہر روز ہمارے یہاں آیا کرے گا۔ اب ذرا سوچو کہ اگر میں اپنے پیروں پر کھڑا ہوتا تو یہ سب کو ہم مل سکتا تھا؟ ارے! یہ تو سب اسی مہان ماتا کی کرپا ہے۔''

اپنی بیسا کھیاں بغل میں دابے، ان پر کھٹا کھٹ چلتا ہوا وہ اپنی خوش نصیبی کی خبر یہاں وہاں تک پھیلاتا پھرا۔ جدھر جاتا، یہی کہتا: ''ارے میرے تو بھاگ کھل گئے۔ یہ میرے پیر مجھے دے کیا رہے تھے؟'' بات چلتے چلتے اس کے پہلے ججمان حلوائی کی دکان تک پہنچی، وہاں سے نبین پانڈے اور پھول بیچنے والے کیشو مہنتی کی دکان سے لے کر مندر کے مستقل ڈھولکی الہاس بابو تک پہنچی، جس نے بھی سنا واہ واہ کرنے لگا: ''بڑے بھاگیوان ہو، تمھارے تو بھاگ کھل گئے۔ ارے بھائی یہ تو دیوی کا کرشمہ ہی ہوا ناں۔ اس کا تو یہ ہے کہ ایک ہاتھ سے لیتی ہے،

دوسرے سے دیتی ہے۔ اب ہر بات کلجگ کہہ کر تو ٹالا نہیں جا سکتا۔ پھر یہ تو مہان ماتا دیوی کا راج ہے کہ وہ تو دودھ کا دودھ اور پانی کا پانی کرنے والی ہے۔ یہاں تو بھلائی اور اچھائی کا راج ہوگا، برائی کا منھ کالا ہوگا، بھلے کا بھلا اور برے کا برا ہوگا۔"

اب یہی دیکھ لو کہ کنگالی چرن کے پیر کا ہے کو ضائع ہوتے اور جو ایسا ہوا بھی تو ہلدر بابو کو کیا پڑی تھی کہ وہ بامن کے شراپ سے ڈر کر اس کی اتنی چنتا، اتنی رکھشا کرتے اور پھر سب سے اہم بات تو یہ ہے کہ جسودھا کے سپنے میں دیوی آخر دائی کا ہی روپ دھار کر کیوں آئی؟ بھئی یہی سب تو دیوی کی اِچھا اور کرنی ہے۔

اب حیرت واسی بات پر تھی کہ بھوانی، جس نے ڈیڑھ سو سال پہلے اپنے درشن دیے تھے اور سپنے میں آ کر اس جگہ مندر بنانے کا آدیش دیا تھا، وہ اب اس صدی کی پانچویں دہائی میں کنگالی چرن پر اپنی چھایا کرنے کو ظہور میں آ گئی ہے اور یہ جو ایک دم ہی بڑے ہلدر بابو کی سوچ بدلی ہے، تو ان کے دل اور حوصلے کی اس تبدیلی میں بھی دیوی ماتا کی مرضی اور ارادہ ہی شامل ہے۔ خیر، یہ بات تو سبھی مانتے تھے کہ ہلدر بابو اتنے دیالو نہیں تھے کہ یوں ہی منھ اٹھا کر ہر کسی کی رکھشا کرتے پھرتے۔ وہ تو اس معاملے میں بہت سوچ پرکھ کر ہی قدم اٹھانے والوں میں سے تھے۔ وہ تو آزاد ہندوستان کے باسی تھے، جہاں کہا جاتا ہے کہ طبقے، مرتبے، علاقائی اور لسانی فرق اور ذات پات کو کوئی اہمیت نہیں دی جاتی۔ پر ہلدر بابو نے تو برطانوی سامراجی دور میں دھن دولت جوڑ جوڑ کر ڈھیر لگائے تھے۔ انگریز حکومت کی بنیادی پالیسی لڑاؤ اور حکومت کرو تھی، یعنی لوگوں کو فرقوں، مذہبوں، علاقائی اور لسانی جھگڑوں میں الجھاؤ اور اپنی حکومت چلاؤ۔ تو ظاہر ہے کہ اب ان کا من بدلتے بدلتے بھی کتنا بدل سکتا تھا، وہ اسی پرانی ڈگر پر چلتے تھے۔ سو ان کا من اگر ترس کھاتا بھی تھا تو ذرا دیکھ بھال کر۔ کسی پنجابی بہاری یا گجراتی پر اعتبار تو کر سکتے نہیں تھے، نہ ہی کسی مرہٹے یا مسلمان پر اپنا دھن دولت لٹاتے، نہ ہی ان کا چربی کی دبیز تہوں اور بیالیس سائز کی واسکٹ تلے دبا ہوا دل کسی بہاری بچے کی خستہ حالی پر دھڑکنے کے لیے تیار تھا اور نہ ہی کسی اوڑی بھکاری کو بھکشا دینے کے لیے تڑپ اٹھتا تھا۔

بات یہ ہے کہ ہلدر بابو تو باریسال کے، جو اب بنگلہ دیش میں ہے، کے رہنے والے تھے اور انھیں اپنے دیش کے سوا مغربی بنگال کی کوئی چیز بھاتی ہی نہ تھی، وہ تو یہاں کی مکھیوں کو بھی اُڑتا دیکھ کر آہیں بھرنا شروع کر دیتے۔ ارے کیا مریل مکھیاں ہیں یہاں کی، ایک اپنے دیش کی مکھیاں ہوتی تھیں، کیا پلی پلائی موٹی تازی مکھیاں ہوتی تھیں۔ ارے یہاں کی تو ہر چیز ہی سوکھی جھرکٹ، کال ماری ہے۔ اس جنم جلی جگہ میں کوئی چیز ڈھنگ کی نظر نہیں آتی۔ ان کی انھی باتوں کے کارن اب مندر کے باسیوں اور اس کے آس پاس کے لوگوں کو حیرانی اور اچنبھا تھا کہ اچھا اب ایک دم یہ کیا انقلاب آ گیا، ان کے اندر ہی اندر کیسی تبدیلی آ گئی کہ کنگالی چرن پر جو گنگا کے ڈیلٹا کا باسی ہے، ان کو اتنا ترس آ گیا کہ اس پر رحم و کرم کی بارشیں ہی کر دیں۔ یہ بات تھی تو سوچنے کی اور اسی پر لوگوں کو حیرت تھی۔

لوگوں کو تو باتیں بنانے کا بہانہ چاہیے، وہ یہی تو کہتے تھے یا تو ہلدر بابو کی کٹھورتا اور کٹرپن کا یہ عالم کہ

جب اپنے بھانجے بھتیجوں اور پوتے پوتیوں کو دیش کے بڑے لوگوں کے جیون کے بارے میں پڑھتے دیکھتے تو بڑا جلتے کڑھتے اور اپنے نوکروں سے کہا کرتے: ''ارے یہ کیا بات ہوئی کہ ان کو پڑھائی جا رہی ہیں ڈھاکہ میمن سنگھ اور جید قسم کے بڑے لوگوں کے جیون کی باتیں۔ بھئی ان کو تو باریسال کے لوگوں کی شکتی اور بڑائی کے بارے میں پڑھائیں۔ باریسال کے لوگوں کی بات ہی کیا ہے، وہ ان کی طرح بے ہڈی کے نہیں ہوتے، بڑی پکی ہڈیوں والے لوگ ہوتے ہیں۔ ارے ہم بولتے ہیں کہ کچھ ہی دن گزرنے دو، تب جا کر کھلے گی یہ بات کہ یہ جتنے اپنشد اور وید ہیں ناں، سب باریسال والوں ہی کے لکھے ہوئے ہیں۔ ہاں تو اور کیا، دیکھ لینا ایک سمے ایسا آئے گا کہ یہ بات سامنے آکر رہے گی۔ ہاں تم دیکھو گئے اِدھر ہلدر بابو کے چمچوں نے ان کو جھنڈے پر چڑھانا شروع کر دیا، وہ ان سے بنگالی اور انگریزی کے مضحکہ خیز حد تک ملغوبے میں کہتے۔ آپ کا تو دل ہی بدل گیا ہے اور نہیں تو آپ کا ہے کو اس مشرقی بنگالی پراتنی دیا اتنی کرپا کرتے۔ دیکھ لیجیے گا، پرماتما کوئی بڑا کام لینا چاہ رہا ہے۔ اس کی تو کچھ اور ہی بھاؤنا ہے، ان کی چکنی چپڑی باتیں مالک کو خوش کر دیتیں اور وہ دانت نکال کر ہنستے ہوئے فرماتے۔ ''دیکھو بھائی، برہمن تو برہمن ہی رہے گا، چاہے وہ کہیں کا بھی باسی ہو۔ مغربی بنگالی ہو یا مشرقی، کوئی فرق نہیں پڑتا۔ اس کی برائی اپنی جگہ۔ بھائی بامن کا تو یہ ہے کہ اگر تم اس کو موتتے ہوئے دیکھو تو اس کی موت کی دھار کو بھی پرنام کرو۔ ''اور یہ کہتے ہوئے وہ اپنے گھڑے ہوئے چٹکلے پر ٹھٹھا مار کر ہنس دیے۔

ان کی نیکی اور بھل منساہٹ کی مہک پھولوں کی خوشبو کی طرح چاروں طرف دور دور تک پھیل رہی تھی، جیسے پورے ماحول اور فضا میں یہ نیکی اور دیا رچی ہوئی ہو۔ یہ سب مہاماتا دیوی کی اِچھا اور کرپا ہی تو ہے۔

نبین پانڈے جب بھی مہاماتا بھوانی دیوی کے بارے میں سوچتا تو وہ اس کے تصور میں بھری بھری چھاتیوں اور بڑے بڑے بھاری چوتڑوں والی جسودھا ہی کے روپ میں دھارن کرتی۔ جیسے بادلوں میں تیرتی اس کے من مندر کی طرف اُڑی چلی آتی ہو۔ اب یہ بھی عجیب اور سوچنے کی بات ہے کہ جب وہ جسودھا کے سپنے میں آئی تو دائی کا روپ دھار کر آئی اور اب جب وہ اس کے بارے میں سوچتا یا اس کے سپنے میں آتی تو جسودھا کے روپ میں۔ جب اس نے اپنی الجھن کا ذکر بڑے پجاری سے کیا جو مندر کے چڑھاوے میں آدھے حصے کا حقدار تھا تو اس نے اس سے یہ کہا کہ بھئی تم پر تو پری کا سایہ ہو گیا ہے۔ یہ ایک ایسا روگ ہے جو جسی بھی عورت مرد کو لگ سکتا ہے۔ تم ایسا کرو کہ اپراجیت کی جڑی اپنے کان پر لپیٹ لیا کرو، پیشاب کرتے وقت۔

نبین پانڈے بڑے پجاری کی باتوں میں کب آنے والا تھا۔ ایک روز اس نے کنگالی کو گانٹھا اور یہ پٹی پڑھائی کہ دیکھو بھئی میں تو دیوی ماتا کا سیوک اور پجاری ہوں، سو اب میں شکتی کے نام سے تو کوئی ڈھونگ رچا نہیں سکتا۔ سو اب تم ایسا کرو کہ یہ بات سارے میں پھیلا دو کہ تمھارے سپنے میں گوپال کرشن آئے تھے، انھوں نے سپنے میں تم کو درشن دیے۔ میری موسی ایک بار شری کھشیتر اپوری سے میرے لیے جو گوپال کی ایک پتھر کی مورتی لائی تھیں، وہ میں تم کو دیے دیتا ہوں۔ یہ بات کہ گوپال نے سپنے میں تم کو درس دیے ہیں، جنگل میں آگ کی طرح پھیل جائے گی۔ سارے میں ہلچل مچ جائے گی۔ تم پر روپے پیسے اور ہر چیز کی بارش ہو جائے گی اور پھر تم خوب

پیسہ بٹورنا۔ آخرتم کو اور تمھارے پریوار کو پیٹ بھرنے کو روٹی تو چاہیے ہوگی اور پھر دیکھنا کہ کمائی کے ساتھ تمھاری بُدھی بھی بڑھے گی، ایسے پاک پوتر خیال تمھارے من میں بِراجیں گے کہ تم خود حیران رہ جاؤ گے۔

اس کی تجویز اور باتوں پر کنگالی نے اس کو جھاڑا اور شرمندہ کیا۔ ''کچھ تو شرم کرو دادا! ارے تم کو دیوتاؤں سے ہاتھ کرتے ڈر نہیں لگتا۔'' ظاہر ہے کہ اس قسم کے جواب نے نبین پانڈے کو آگ بگولہ کر دیا ہوگا۔ اس نے بھی اسے بری طرح دھتکار دیا۔

''ارے تو اتنا بول کیوں رہا ہے، نہیں مانتا میری بات تو میری بلا سے، جا تو نرک میں۔ اچھا اب یہاں سے دفع ہو۔''

پر بعد کی باتوں سے پتہ چلا کہ آخر وہی ہو کر رہا، یعنی کنگالی چرن کو نبین پانڈے کی بات پر کان دھرنا ہی پڑا، اس کے مشورے پر عمل کرنا ہی پڑا۔ ہوا یوں کہ اچانک ہی بڑے ہلدر بابو کا ہارٹ فیل ہوا اور انھوں نے پران تیاگ دیے۔ ان کی موت کنگالی اور جسودھا پر بجلی بن کر گری، ان کی تو دنیا ہی اجڑ گئی۔ سر پر آسمان ٹوٹ پڑا۔

ہلدر بابو کی موت سے کنگالی تو بالکل ہی کنگال ہو گیا۔ خالی ہاتھ جیسے دیوالیہ ہو کر رہ گیا۔ کنگالی کے بارے میں دیوی کی وہ ساری اِچھائیں اور کرپائیں دھری کی دھری رہ گئیں، جن کو کنگالی تک پہنچانے کا وسیلہ اور واسطہ لوگوں کے بقول دیوی نے ہلدر بابو کی ذات میں ڈھونڈا تھا۔ اب تو وہ سارے سبز باغ اور مستقبل کے سہانے سپنے ہوا میں ایسے تحلیل ہوئے جیسے الیکشن کے دنوں میں کیے گئے نیتاؤں اور سیاسی پارٹیوں کے وعدے ان کے اقتدار میں آنے کے بعد معدوم ہو جاتے ہیں۔ اب تو کنگالی اور جسودھا کا یہ حال تھا کہ دن میں تارے نظر آ رہے تھے، جسودھا کا تو بالکل فلم کی اس ہیروئن جیسا حال تھا، جو منزل کی تلاش میں اڑی چلی جاتی ہو، بے تکان دوڑی چلی جا رہی ہو کہ ایک دم ہی کوئی جادوئی طاقت اس کی راہ کھوٹی کر دے اور وہ حیران کھڑی آسمان کی اور تک رہی ہو۔ ان کے خیالوں کا رنگین غبارہ جو مزے مزے سے اوپر اوپر کو اٹھتا ہی جا رہا تھا، ایسے پھٹاک سے پھٹ کر چیتھڑے چیتھڑے ہو گیا جیسے کسی یورپی جادوگرنی کی چھڑی کی نوک سے پھٹ گیا ہو اور اب بری طرح پھنس کر رہ گئے تھے جیسے دلدل میں پھنس گئے ہوں۔ اب تو یہ نوبت تھی کہ اس کے بچے گوپال، نائپال اور رادھا رانی بلک بلک کر روٹی اور بھات مانگتے۔ ان کے جواب میں انھیں ماں کی جلی کٹی اور کوسنے ہی ملتے۔ اس کی تو ایسی زبان چلتی کہ سننے والے کانوں پر ہاتھ دھرتے، اس میں بچوں کا کیا قصور تھا کہ وہ کھانے کے لیے روتے اور مچلتے تھے۔ بات یہ ہے کہ جب سے کنگالی چرن کی ٹانگیں گئی تھیں، ہلدر بابو کے بنگلے سے آنے والے مزیدار کھانے انھیں ملتے تھے اور وہ اسی کے عادی تھے۔ اب تو کنگالی بھی مٹھی بھر بھات کو ترستا تھا اور جب پیٹ کی آگ سے بوکھلا کر عجب سا طفلانہ پیار اس کے اندر سر اٹھاتا تو وہ گوپال کی طرح جسودھا سے لپٹ کر اس کی چھاتیاں چچوڑنے لگتا۔ وہ اس کو بھی دھتکار دیتی اور بڑی ہولناک گالیوں سے اس کی تواضع کرتی۔

جسودھا ٹھیٹ ہندوستانی عورت تھی۔ سچی اور کھری ہندوستانی گرہستن کی جیتی جاگتی مثال۔ اپنے پتی پر جان دینے والی پتی ورتا بیوی۔ بچوں پر دم چھڑکنے والی بچوں اور گرہستی کے سلسلے میں اس کے وہی آدرش اور وہی

سوچ تھی جو شروع سے چلی آتی ہے، جو دنیا کی ہر دلیل اور منطق سے ماورا اور قطعی بے نیاز ہے۔ وہی آدرش جو ہندوستانی عورت کی گھٹی میں پڑے ہوئے ہیں جو اس کی سائیکی بن چکے ہیں۔ ہمیشہ سے یعنی ستی ساوتری سیتا سے لے کر آج تک ہمارے وقتوں کی نروپا رائے اور چاند عثمانی تک ویسے کے ویسے ہی چلے آرہے ہیں۔ ایسی کسی عورت کو دیکھ کر ہر کس و ناکس یعنی بدیسی لوگ بھی جان سکتے ہیں کہ ہندوستان کے پرانے ریت رواج آج تک اسی طرح چلے آرہے ہیں، بالکل زندہ، پوری قوت سے فعال اور کسی کی کیا مجال جو ان کو پیچھے ہٹائے۔ پچھلے زمانوں سے عورت کے صبر، حوصلے، برداشت اور وفا کے بارے میں جو اقوال کا خزانہ موجود ہے، وہ سب کی سب باتیں آج کی ہندوستانی عورت پر بھی صادق آتی ہیں۔

حقیقت یہ ہے کہ جسودھا اپنے کنبے کی بدنصیبی اور مفلسی کے لیے اپنے شوہر کو ذرا بھی دوش دینے کو تیار نہ تھی۔ اس کا تو یہ حال تھا کہ اپنے پتی کا خیال کرتی تو وہی ممتا اور پیار اس کے دل میں بھر آتا جو وہ اپنے بچوں کے لیے اپنے من میں محسوس کرتی تھی، وہ چاہتی تھی کہ کاش اس کا وجود دھرتی ماں میں تبدیل ہو سکتا کہ وہ اناج اور پھلوں کی لہلہاتی فصلیں اپنے اندر سے نکال کر باہر لا سکتی اور اپنے معذور پتی اور بچوں پر نچھاور کر دیتی تاکہ ان کو کھا کر ان کے تن من دونوں ہی تازے ہو جائیں، ان کے من رج سکیں۔

پرانے رشیوں منیوں نے عورت اور مرد کو فطرت کے دو عناصر ترکیبی؛ نر اور ناری کا نام دیا ہے، جو ہر چیز کی پیدائش کی اساس اور بنیاد ہیں لیکن کسی نے بھی ممتا اور پیار کے اس جذبے کے بارے میں ایک لفظ نہیں کہا جو جسودھا کے دل میں اپنے پتی کے لیے ٹھاٹھیں مار رہا تھا۔ اس کی وجہ یہی ہو سکتی ہے کہ پہلے زمانوں میں اس جزیرہ نما کے ساحل پر کئی علاقوں اور قوموں کے لوگ آئے اور بسے تو ان میں جو نر یعنی مرد تھے، وہ تو زمین کے بیٹے کہلائے اور جو ناریاں تھیں، وہ مائیں بن گئیں، یعنی اس سرزمین کی خاصیت اور مٹی میں یہ بات ہے کہ یہاں جتنے بچے جنم لیں گے وہ تو بال گوپال بن جائیں گے اور جو ناریاں یعنی لڑکیاں جنم لیں گے، ان کے بھاگ میں نندارانی بننا ہی ہوگا۔ ہاں نندارانی جو گوپال کرشن کی منھ بولی رضاعی ماں تھی، جس نے بال کرشن کو اپنا دودھ پلا کر اپنی گود میں کھلا کر پالا پوسا تھا اور اب نندارانی کے مقابلے میں ذرا آج کی ان ابدی اور لازوال ناریوں پر بھی نظر ڈالیے جن کی تصویروں کے بڑے بڑے پوسٹر سائن بورڈوں پر اور جا بجا لگے نظر آتے ہیں۔ کہیں مونا لزا مسکراتی ہوئی، کہیں سیمون دبوار پدھار رہی ہیں اور ان کے شائقین کے شوق کا یہ عالم کہ پوسٹر پر پوسٹر لگائے چلے جاتے ہیں۔ ایک خراب وخستہ ہو جائے تو اس پر دوسرا نیا نکور چمچماتا پوسٹر نظر آنے لگے گا۔

اسی کارن تو اب اس نئے سماجی فریم ورک میں پڑھے لکھے بابو لوگوں کا یہ چلن ہے کہ وہ جیون ساتھی ڈھونڈتے ہیں تو پہلے تو ان کا آئیڈیل نئے زمانے کی وہی آزاد خیال اور نئے آدرشوں میں ڈھلی ڈھلائی عورت ہوتی ہے، اپنے کنبے ناتے کی لڑکیاں کو وہ اس قابل نہیں سمجھتے کہ وہ ان کی جیون ساتھی بنیں۔ اچھا پھر ان کو ٹھکرا کر جب اپنی مرضی کی موڈرن عورت لاتے ہیں تو بہورانی کے گھر میں قدم رکھتے ہی آنکھیں کھل جاتی ہیں اور اب ان کو ایسی عورت کی آرزو اور تمنا ستانے لگتی ہے جو نندارانی جیسے چال چلن اور سوچ کی مالک ہو۔ مطلب یہ ہے کہ ایک

طرف تو ان کو پڑھی لکھی موڈرن پتنی چاہیے ہوتی ہے اور دوسری طرف اس سے ان کا یہ مطالبہ ہوتا ہے کہ وہ پراچین وقتوں کی خاص الخاص گرہستن بن کر ان کی گرہستی چلائے۔ اب یہی تو کومپلکس ہے جس کے اثر کے تحت سرت چندر بوس کے ناولوں کی ہیروئنیں اپنے پتی دیو کے آگے مزے مزے کے کھانوں کے تھال پروستی تھیں۔ مردوں کے اس کومپلکس کو سرت چندر بوس اور ان کے قبیل کے ناول نگاروں نے اچھی طرح سمجھا اور قبول کیا تھا۔ ان کے ناولوں کی ہیروئنیں ایسے ہی کردار کی مظہر ہوا کرتی تھیں۔ پر بات یہ ہے کہ ایسے کرداروں کو جتنی سادگی اور آسانی سے لکھا جا سکتا ہے، اس قدر سادگی سے اصلیت اور زندگی میں ان کا پانا اور ان کا لگانا ممکن نہیں۔ سچی بات تو یہ ہے کہ ایک بہت پیچیدہ اور الجھا ہوا مسئلہ ہے جس کے بارے میں ٹھنڈے دل سے سوچنے کی ضرورت ہے۔ پوری ایک شام ٹھنڈے ٹھنڈے بیل پانا (بیل کے شربت) کے گلاس سے مزے مزے کی چسکیاں لے لے کر پیتے ہوئے غور وفکر کرنے کی بات یہ ہے کہ مغربی بنگال کے زیادہ تر اہل قلم اور دانشور جن کو سوچ وچار میں اپنا مغز کھپانا پڑتا ہے، عموماً پیچیش کے مریض بن کر رہ جاتے ہیں اور آنتوں کی شدید پیچیش کا روگ ان کو بیل پانا کے شربت کا سہارا لینے پر مجبور کر دیتا ہے اور سبب اس کا یہ ہے کہ اس دور میں ہم اپنی بیل بوٹیوں سے بننے والی دواؤں کے استعمال اور افادیت سے لاعلم ہوتے جا رہے ہیں اور ان کو ترک کرتے وقت یہ دھیان نہیں رکھتے کہ وہ اس طرح کس نعمت سے محروم ہو رہے ہیں۔

اچھا تو خیر ان باتوں کا جسودھا کے قصے سے کیا تعلق اور اگر ہو بھی تو ان تفصیلات میں جانے کی ضرورت کیا ہے۔ پڑھنے والوں کے صبر کو اس درجہ آزمانے سے فائدہ؟ آخر اس کا دماغ ہے، کلکتہ کی سڑکوں کے گڈھے تو نہیں کہ ان کو پاٹنے کے لیے چاہے جتنا کوڑا کرکٹ ڈالتے جاؤ۔ ان کا پیٹ نہیں بھرتا۔ پڑھنے والے کا تو جی اوبھ بھی سکتا ہے، اتنی غیر متعلق اور اِدھر اُدھر کی باتوں سے۔ اصل میں ان باتوں کا جسودھا کے قصے سے اتنا ہی ناطہ بن سکتا ہے کہ وہ اس تمام صورت حال کے نتیجے میں بری طرح پھنس کر رہ گئی تھی۔ بڑے ہلدر بابو کے مرنے کے بعد ان کے کریا کرم کی رسمیں پوری ہونے تک ان کے تیجے، دسویں اور چالیسواں تک اس کا اور اس کے بچوں کا بھوج پتّل ان کے گھر پہنچتا رہا اور وہ سب خوب سیر ہو ہو کر کھاتے رہے۔ اس کے بعد ایک روز جسودھا، ہلدر بابو کی پتی کے پاس گئی اور رادھا رانی کو اپنے سینے سے چمٹا کر رو رو کر اس نے التجا کی کہ اس کی رسوئی کی ملازمت برقرار رہنے دیں۔

ہلدر بابو کی پتنی کا دل پتی کے مرنے سے بہت ٹوٹا اور نراش ہو رہا تھا، پر ان ہی دنوں ان کی فیملی کے وکیل نے انھیں خبر دی تھی کہ ہلدر بابو یہ مکان ان کے نام کر گئے ہیں، اس کے علاوہ چاول کی آڑھت کا ہول سیل بزنس بھی ان ہی کی ملکیت کر گئے ہیں، اس خبر سے ان کے دل کو بڑی تقویت ملی، ان کا حوصلہ اور زندہ رہنے کی خواہش پھر سے تازہ ہوگئی اور انھوں نے گھر گرہستی کے کاموں میں نئے سرے سے دلچسپی لینا شروع کر دی۔ پتی کے مرنے کے بعد شروع شروع میں تو وہ یہ سوچ سوچ کر بہت دکھی ہوگئی تھیں کہ اب ان کو من بھاتا اور من چاہا کھانا خصوصاً مچھلی کے بہترین حصے مثلاً مچھلی کے سروں کا شوربہ جیسی نعمتیں نصیب نہ ہوں گی۔ ایسی عیاشیوں اور لذتوں کے لیے اب وہ ہمیشہ ترسا ہی کریں گے۔ پر اس خبر کے ملنے کے بعد ان کو پتہ چلا کہ ایسی کوئی بات نہیں ہے کہ اب

تو گائے کے دودھ سے نکلا ہوا خالص گائے کے دودھ سے نکلا ہوا خالص گھی، گائے کے نفیس اور گاڑھے گاڑھے دودھ کی کھیر، اعلیٰ قسم کے کیلوں اور میٹھے دہی اور گنگو رام کی دکان کے مشہور اور معروف سندیشوں کے سہارے زندگی گزاری جاسکے گی۔

سو اب جیون کا یہ طور اور چلن تھا کہ ہلدر بابو کی ودھوا آرام سے پیڑھی پر ڈٹی بیٹھی ہیں اور امن چین سے اندر باہر حکم چلا رہی ہیں۔ خوش حالی اور مرغن کھانوں کے اثر سے چہرہ دمک رہا ہے، گود میں چھ مہینے کا پوتا لیے ہوئے ہیں۔ اب تک وہ اپنے چھ پوت بیاہ چکی تھیں اور جنتری اور جنم پتریوں کی ہدایتوں کے مطابق ہر جوڑے کو مہینے کی ایک مخصوص تاریخ کو ہم بستری لازماً کرنی ہوتی۔ اس کے نتیجے میں ظاہر ہے، ان کی نچلی منزل میں ایک لائن سے بنے ہوئے کمروں میں زچہ خانے ہمیشہ تیار رہتے تھے۔ یہ کمرے خاص طور پر اسی مقصد سے بنائے گئے تھے اور شاید ہی کوئی زچہ خانہ خالی اور فارغ نظر آتا تھا۔ دائی سرلا ڈاکٹر کا ہلدر ہاؤس میں مستقل آنا جانا رہتا تھا۔ پھر مالکن کی چھ عدد بیاہی بیٹیاں بھی تو تھیں جو ہر آٹھویں مہینے زچگی کے لیے زچہ خانے اور گود کے بچوں کے پورے ساز و سامان سے لدی پھندی پہنچ جاتی تھیں۔ ہلدر ہاؤس میں جدھر دیکھو پوتڑے، ڈائپرز، دودھ کی بوتلیں، ربر شیٹیں، چسنیاں اور بے بی جانسن پاؤڈر کے ڈبے وبا کی طرح پھیلے نظر آتے تھے۔

ہوا یوں کہ مسز ہلدر پوتے کو گود میں لے کر ہلا ہلا کر بہلا پھسلا کر دودھ پلانے کی جد و جہد کرتے کرتے اتنی پست اور بے حال ہو چکی تھیں کہ جیسے ہی انھوں نے جسودھا کو آتے دیکھا، سکھ کی سانس لی اور چلا کر کہا: ''اری جسودھا! تو مجھے بھگوان کی دین معلوم ہو رہی ہے۔ ذرا اس کو پکڑ اور تھوڑا دودھ تو پلا دے اس کو، کب سے بھوکا رو رہا ہے۔ ماں اس کی بیمار ہے، میں تیری بنتی کرتی ہوں، اس کو ذرا سا دودھ پلا دے۔ کیسا بلک رہا ہے۔ ضدی اتنا ہے کہ بوتل کو ہرگز ہرگز منھ نہیں لگائے گا۔''

ان کے کہنے پر جسودھا وہیں رک گئی اور رات کے نو بجے تک بچے کو تھوڑی تھوڑی دیر بعد اپنا دودھ پلاتی رہی۔ اس کے بدلے میں مالکن نے رسوئیے کو حکم دیا کہ اس کے بچوں کو اور پتی کو ہانڈی بھر کے بھات اور بھاجی وغیرہ بھیج دیے۔ دن بھر میں کئی بار جسودھا نے بچے کو اپنی چھاتی سے لگا کر دودھ پلاتے ہوئے مالکن کے آگے یہ سوال اٹھایا: ''ماں ہم بولتے کہ مالک جندہ رہے تو بولتے تھے کنگالی کو ہم یہ کرا دیں، وہ کرا دیں گے۔ پر اب وہ تو رہے نہیں، میں پچھلی بات کو دہرانا بھی نہیں چاہتی۔ جو بات اور جو سمے گجر گیا، سو گجر گیا۔ وہ باتیں تو اب مالک کے ساتھ ختم ہو گئیں۔ پر یہ تو آپ کے سوچنے والی بات ہے کہ یہ آپ کا دُکھیا بامن بیٹا جو دونوں ٹانگوں سے اپاہج بیٹھا ہوا ہے، اس کا کیا بنے گا۔ ماں، مجھے اپنی نہیں اپنے پتی اور بچوں کی چنتا کھائے جاتی ہے کہ اسی کھاتر تو میں آپ کے آگے بنتی کرنے آ گئی ہوں کہ ہم پر اور ہمرے بچوں پر دیا کر کے ہمیں کوئی تو نوکری دے دیں اور کچھ نہیں تو اپنی رسوئی میں پکانے کے کام پر ہی رکھ لیں۔''

اس کی بات سن کر وہ سوچ میں پڑ گئیں، بولیں: ''اچھا تھوڑا صبر کرو، کچھ سوچتے ہیں۔'' بات یہ ہے کہ ہلدر جننی کے دل میں بامنوں پنڈتوں کے لیے وہ عقیدت و احترام تھا ہی نہیں جو ہلدر بابو کے دل میں تھا۔ دوسری

بات یہ کہ کسی طرح بھی اپنے لاڈلے پوت کی ذات سے کنگالی چرن کے حادثے کا تعلق ماننے کو تیار نہ تھیں کہ اس دوپہر کے سمے والی دھما چوکڑی اور شوق کا نتیجہ تھا۔ ان کا تو یہ کہنا تھا کہ یہ تو کنگالی چرن کے بھاگ کا لیکھ تھا، پرماتما کی یہی اِچھا تھی، ورنہ کا ہے وہ اتنی بھری گھام اور چڑھتی دوپہر میں منھ چیرے ہنستا کھلکھلاتا ٹھیک اسی جگہ جا کھڑا ہوا جہاں سے بچے کو گاڑی چلاتے ہوئے گزرنا تھا۔ اب یہ تو کرم کی کرنی ہے، اس میں کسی اور کا کیا دوش۔ ہونی تھی، ہو کر رہی۔ کچھ دیر چپ بیٹھی خالی خالی نظروں سے وہ جسودھا کو دودھ پلاتے دیکھتی رہیں، پھر ایک دم ہی کچھ کرودھ، کچھ جلن اور کچھ تعریف بھری آواز میں چلا اٹھیں: ''واہ، واہ، ارے جسودھا تجھے تو ایشور نے اوپر ہی سے 'کام دھینو' بنا کر بھیجا ہے۔ دودھیل دیوی گیّا ماں سمان جنم دیا ہے۔ ذرا دیکھو چھاتیوں سے کیسا سر سر سر دودھ بہتا ہے۔ بس بچے کے منھ لگانے کی دیر ہوتی ہے۔ ارے ایک میرے گھر میں یہ کال ماریاں آئی ہیں۔ مجال نہیں جو کسی کی چھاتی میں دودھ اترتا ہو۔ بچے چھاتیاں چچوڑ چچوڑ کر پیٹ بھر دودھ بھی نہیں پاتے۔ بالکل سوکھی چٹانیں ہیں ان کی چھاتیاں تو۔''

اب یہ ساری تعریف سن کر جسودھا کو بڑی تسلی سی ہوگئی۔ اس نے بڑا اطمینان سا محسوس کیا۔ اس نے فخریہ بتایا: ''یہ کوئی کہنے والی بات تو نہیں، پر ماں ہم بتائیں کہ یہ گوپال تین برس کا ہوگیا۔ ابھی یہ چھوٹی والی ہمرے پیٹ میں آئی بھی نہیں تھی کہ ہماری چھاتیاں اسی طرح دودھ سے چھلکا کرتی تھیں۔ میں تو حیران ہوں، یہ اتنا ڈھیروں ڈھیر دودھ بنتا کیسے ہے۔ ہمیں تو اپنے دھندوں میں اپنی سدھ بدھ نہیں ہوتی۔ پھر کھانے پینے میں کوئی ایسی چیز بھی نہیں جڑتی جو طاقت دے، ہماری جان بنائے۔''

رات ہوتے ہوتے جسودھا کے دودھ کے چرچے گھر بھر کی عورتوں کی زبان پر تھے، جس کو سنو ایک ہی بات۔ جسودھا کے دودھ کی دھاروں کے قصے ہوتے ہوتے یہ بات مردوں کے کانوں تک بھی پہنچی۔ ہلدر جنی کا دوسرا بیٹا جس کی بیوی ان دنوں بیمار تھی، اس کے بچے کو جسودھا دودھ پلانے بیٹھ گئی تھی۔ وہ غضب کا زن مرید تھا، بالکل ہی بیوی کے پلو سے بندھا ہوا تھا۔ اس کے دوسرے بھائیوں کا یہ تھا کہ بیوی سے صحبت اور بچے پیدا کرنے کے لیے اپنے ازدواجی معاملات میں جنتری اور جنم پتریوں سے صلاح مشورہ کیے بغیر کوئی قدم نہ اٹھاتے تھے۔ وہ تو بیوی سے ملنے اور بچہ پیدا کرنے کے لیے مناسب سمے کا انتظار کرتے جو جنتری کے حساب سے ان کے لیے شبھ اور مناسب ہوتا۔ ان وقفوں میں وہ اپنے کاروبار اور دھندوں کی جوڑ توڑ اور مول تول میں الجھے رہتے یا پھر اس شبھ گھڑی کی گھڑیاں گنتے گنتے ان کے دلوں میں اپنی اپنی پتنیوں کی چاہ اور زیادہ ہو جاتی ہے۔ پر یہ دوسرا والا تو ہر گھڑی اپنی پتنی کی جان کو لگا رہتا۔ اس کے پیٹ میں بچہ ہو یا وہ کسی بھی حال میں ہو، وہ اس کا پنڈ نہ چھوڑتا تھا۔ بچے کی پیدائش بیوی کے گربھ اور پیر بھاری ہونے کے معاملے میں وہ کسی جنتری یا شبھ گھڑی کی کامنا کا قائل نہ تھا، وہ تو اس سب کو بھگوان کی اِچھا اور ایشور کی دین پر محمول کرتا تھا۔ بس اس کا ایک دردِ سر تھا کہ اس کی بیوی دیکھنے میں اچھی لگے: ایک دم نازک بدن اور تر و تازہ۔ وہ ہر وقت اسی بارے میں سوچتا اور پریشان رہا کرتا تھا کہ بچوں کی تلے اوپر پیدائش کے ساتھ ساتھ بیوی کو جوان اور تر و تازہ رکھنے کی کیا ترکیب ہوسکتی ہے اور اب جو اس کی بیوی

نے جسودھا کے دودھ کی افراط کی بات کی تو وہ ایک دم چونک کر بول اٹھا: ''ارے واہ، کیا بات ہے۔ ترکیب سمجھ میں آ گئی۔ مشکل کا حل مل گیا۔''

''کیا مل گیا؟ کیسی ترکیب سمجھ میں آ گئی؟''

''ارے بھئی وہی تمھاری مشکلوں کا حل۔''

''لو اور سنو۔ میری مشکل کا حل اور میری تکلیفوں سے نجات تو اسی وقت ممکن ہوگی جب میں شمشان کو سدھاروں گی۔ یہ بتاؤ کہ میری صحت کس طرح ٹھیک ہو سکتی ہے کہ سال پیچھے تو جایا ہوتا ہے۔ سال پیچھے بچہ جن کر صحت کیسے اچھی رہ سکتی ہے؟''

''ارے بھائی وہی ترکیب سوجھی ہے کہ جس سے تمھاری صحت پر اچھا اثر پڑے گا۔ بھلے تم ہر برس بچہ پیدا کرتی رہو، پر ایک ایسی خداداد مشین ہاتھ لگی ہے کہ تم چاہے جتنے بچے جنو گی، تمھارا فیگر ذرا نہیں بگڑے گا۔ تم ویسی کی ویسی ہی نظر آؤ گی۔''

چنانچہ میاں بیوی نے بہو کی بیماری اور ناتوانی کی ایک من گھڑت کہانی تیار کی اور اگلے ہی دن سویرے سویرے صاجزادے ماں کے کمرے میں پہنچ کر ان سے بڑی کھسر پھسر کرتے رہے۔ پہلے تو ماں، بیٹے اور تجویز پر کان دھرنے کو تیار ہی نہ تھیں، پھر کچھ دیر کی سوچ بچار کے بعد انھیں یہ تجویز بہت ہی قیمتی معلوم ہونے لگی۔ سچ تو ہے کہ بہوئیں گھر میں آتی ہیں بیٹوں کی دل بستگی کے لیے اور پھر قانون قدرت ہی یہ ہے کہ وہ بچے بھی جنیں گی سال پیچھے۔ بچے ہوں گے تو وہ ان کو دودھ بھی پلائیں گی اور پھر دوسرے کھیکڑے سے بچنے کے لیے وہ اس کا دودھ چھڑانے کے بجائے جس قدر دیر تک ممکن ہو، اسے دودھ پلاتی رہیں گی۔ اس طرح بہت جلد ان کا جوبن اور رعنائی ختم ہو جائے گی اور پھر ان کے بیٹوں کو باہر کی لگائیوں کے پیچھے بھاگنا پڑے گا اور کچھ نہیں تو گھر میں کام کرنے والی نوکرانیوں ہی سے آنکھ مٹکا شروع ہو جائے گا اور اس میں وہ کسی کو بھی الزام نہیں دے سکتیں، کیوں کہ فطرت کا یہی تقاضا ہے کہ جانور بھی ہری بھری گھاس پر ہی منہ مارتا ہے۔ سو کیا برائی ہے جو جسودھا کو دودھ پلانے کے کام پر مستقل لگا لیا جائے۔ گھر میں جنم لینے والے سارے بچے اس کا دودھ پی کر پل بڑھ جائیں۔ جسودھا کی غریبی اور بھوک کا حل بھی یہی ہو سکتا ہے۔ دودھ پلائی کے کچھ معاوضے کے علاوہ ہر روز کھانے سے بھری ٹوکری اس کے گھر پہنچ جایا کرے گی تو اس کے پریوار کا پیٹ بھی بھرے گا، ایک بات یہ بھی ہے کہ گھر میں چوبیس گھنٹے ایک اونچی ذات کی برہمنی موجود رہے گی تو تیج تیوہار کے وقت بھی اسی سے کام چل جایا کرے گا، باہر سے پنڈت برہمن بلانا نہیں پڑیں گے۔ ان کے بجائے پرشاد اور دکھشنا بھی جسودھا کو مل جایا کرے گا اور خاص خاص موقعوں پر دیے جانے والے جوڑے بھی اسی کو مل جائیں گے، اس طرح ہمارا کام بھی چلتا رہے گا اور جسودھا کے پریوار کی سہایتا بھی ہو جائے گی۔ ایک بات یہ بھی ہے کہ جسودھا اور اس کے پریوار کو اس حال کو پہنچانے والا بھی تو ان کا چھوٹا بیٹا ہی تو ہے۔ یہ بات کسی سے ڈھکی چھپی تو تھی نہیں۔ وہ بھی جانتی تھیں، منہ سے نہ کہیں وہ بات دوسری تھی۔

جسودھا کو جب ہلدر جنی کی جانب سے یہ پیشکش ہوئی تو اسے تو یوں لگا جیسے اسے حکومت میں وزارت

کی پیشکش کی گئی ہو۔ اچانک ہی اس کو اپنی بھری بھری اور بڑی بڑی چھاتیوں کے قیمتی اور انمول ہونے کا احساس ہوا۔ اس رات جب کنگالی چرن نے ان سے چھیڑ چھاڑ شروع کی تو اس نے اس کو ٹوک دیا؛ ''دیکھ رے، انھی کے بل بوتے پر تو میں یہ گھر اور پریوار چلا رہی ہوں۔ ذرا سنبھل کر دھیرج سے ہاتھ لگایا کر۔'' اس رات کو کنگالی چرن کا منھ لٹک گیا تھا۔ وہ بے دلی ہی سے اس کے ساتھ پڑا رہا تھا، پر جب چاولوں، دال، بھاجی اور تر تراتے گھی کی کٹوریوں سے لبالب بھری ٹوکری گھر بیٹھے ملنے لگی تو اس کے جذبات بدلنے لگے۔ اب وہ اپنے اور جسودھا کے درمیان محبت کے نرم و نازک جذبوں سے عاری ہو گیا تھا۔ لگتا تھا اب اس کے اندر گوپال (کرشن) کے بجائے برہما، جو سنسار کا خالق ہے، آبراجا ہو۔ اس نے جسودھا کو سمجھایا کہ جانتا ہوں تمھاری چھاتیاں ہمیشہ دودھ سے چھلکتی رہیں گی، اس لیے یہی دیوی ماں کا آشیرواد ہے اور اچھا ہے۔ پر چھاتیوں میں دودھ تو جب ہی اترے گا ناں جب تمھاری کوکھ میں بچہ ہوگا۔ اس کے لیے تم کو کچھ کشٹ اٹھانا پڑے گا۔ تم کو گربھ اور جاپے کا کشٹ، دکھ اور درد بھوگنا تو پڑے گا تا کہ تم ان کے بچوں کو دودھ پلاتی رہو۔ یاد ہے تم کو دیوی ماں نے درشن دیے تو یہی بات بولی تھی کہ تم اپنے بچے جنتی رہو گی اور دوسروں کے بچوں کو دودھ پلاتی رہو گی۔ اسی لیے وہ تمھارے سپنے میں دائی کا روپ دھارن کر کے آئی تھی۔''

جسودھا چپ بیٹھی کنگالی چرن کی بات سنتی رہی تھی۔ اس کی آنکھیں بھیگ رہی تھیں۔ یہ سب سن کر بولی؛ ''پران ناتھ! تم میرے مالک ہو، دیوتا ہو اور تم ہی میرے گرو ہو۔ مجھ سے جو کوئی بھی بھول چوک ہو تو تم ہی مجھے ٹوکو گے اور سیدھی ڈگر پر ڈالو گے۔ تمھارے آگے میں کیا ہوں، یہ مجھے معلوم ہے۔ جب جب میں لڑکھڑاؤں گی، تم ہی مجھے سنبھالو گے اور سہارا دو گے اور سوامی! یہ تم نے کیا کہہ دیا؟ گربھ اور جاپے میں کشٹ ہوگی۔ بالکل نہیں۔ دیکھو ناں ہلدر جننی نے تیرہ بچے کوکھ میں رکھے اور جنمے، ان کو کیا دکھ ہوا، کون سا کشٹ اٹھایا انھوں نے۔ ارے کہیں پھل دار پیڑ کو پھل دینے سے کوئی دکھ ہوا ہوگا۔''

چنانچہ اب یہ بات طے ہو گئی۔ کنگالی چرن پیشہ ور باپ اور جسودھا پیشہ ور ماں بن گئے۔ ہلدر ہاؤس کی نچلی منزل کے احاطے میں کوئی درجن کے قریب تندرست، چکنی چپڑی دودھیل گائیں بندھی رہتی تھیں۔ ان کی سیوا کی خاطر دو بھوجپوری لا کر رکھے گئے تھے، جن کے نزدیک گؤ ماتا، پوتر ماں کا درجہ رکھتی تھی اور وہ گؤ ماتا کی سیوا ہی کو اپنا دین دھرم جانتے تھے۔ وہ ان کی سیوا بڑی لگن اور عقیدت سے کرتے۔ گئیوں کے کھانے کو منوں چارہ سبز گھاس اور چری آتی تھی۔ اس کے علاوہ کھل بنولہ کچی کھانڈ کی راب، ہر وقت موجود رہتی تھی کہ ہلدر جننی کا یہ اصول تھا کہ جو گائے جتنا زیادہ دودھ دے گی، اتنا ہی اسے کھلانے کی ضرورت ہوگی۔

اب جسودھا کی پوزیشن ان مقدس گایوں سے بہت زیادہ ہو چکی تھی۔ وجہ اس کی یہ تھی کہ ہلدر جننی کے بیٹے بچے پیدا کرنے میں آپ اپنی مثال تھے۔ وہ تو اس سنسار کے جنم داتا سے مقابلہ کر رہے تھے اور ان کی پیدا کی ہوئی مخلوق جسودھا کی دودھ کی دھاروں پر پروان چڑھ رہی تھی۔ بڑی ماں کا یہ تھا کہ وہ جسودھا کی خوراک اور ہر بات کا خیال رکھتی تھیں۔ ایک دن انھوں نے کنگالی چرن کو گھر بلوایا اور اس سے کہا؛ ''دیکھو، تم تو حلوائی کی دکان

پر پوری بھاجی بنایا کرتے تھے۔ اب تم ایسا کیوں نہیں کرتے کہ تم اپنے گھر کا چولھا چوکا سنبھال لو۔ دیکھوناں، اب وہ اپنے بچوں کو دودھ پلا رہی ہے اور تین بچوں کو یہاں دودھ پلاتی ہے تو اگر تم چوکے برتن کی ذمہ داری اٹھا لو تو ہماری لڑکی کو گھڑی بھر آرام کرنے کا وقت ہی مل جائے گا۔ اب دیکھوناں! یہاں سے جا کر اس کے لیے چولھا چوکا کرنا تو مشکل ہے۔''

اب کنگالی چرن کو عقل آئی اور وہ بہت کچھ سمجھ گیا۔ نیچے اترا تو دونوں بھوجپوریوں نے اسے تھوڑی تمبا کو چبانے کو دی اور کہا: ''مالکن ٹھیک ہی تو کہہ رہی ہیں۔ دیکھوناں ہم ان دودھیل گایوں کی کتنی سیوا کرتے ہیں۔ ارے ہم تو ان کو ماتا سمان مانتے ہیں اور اب تمھاری گھر والی بھی تو ماتا ہی ہے، ساروں کی ماتا۔ مانو سنسار کی ماتا ہے۔''

چنانچہ اب یہی ہوا کہ مالکن ہلدر جننی کے حکم پر کنگالی چرن نے گھر پر چولھا چوکا کرنا شروع کر دیا۔ دھیرے دھیرے اپنے بچوں سے چولھے چوکے کے کاموں میں مدد لے لیتا، اب وہ بہترین بنگالی ترکیبوں سے دالیں، بھاجیاں اور چٹ پٹے مزیدار کھانے تیار کرتا۔ خاص طور پر کیلے کی کچی گاچھ ہری اور سوکھی دونوں ہی طرح سے چٹ پٹا سالن بناتا۔ یہاں تک کہ مندر پر چڑھاوے چڑھنے والے بکروں کی سریاں گرم مصالحے ڈال کر ایسا سالن بناتا کہ کھانے والا انگلیاں ہی چاٹتا رہ جائے۔ وہ یہ مزے مزے کے چٹ پٹے کھانے اپنی زبان کے چٹخارے ہی کے لیے نہیں بناتا تھا بلکہ اس کے پیچھے ایک مقصد بھی تھا اور اس ترکیب سے اپنا کام نکالنا چاہ رہا تھا۔ ان مرغن اور چٹ پٹے کھانوں کے تھال کے تھال جب اس نے نبین پانڈے کے آگے لگا کر اس کے حلق کے راستے اس کے دل میں اترنے کی کوشش کی تو یہ کام بڑی آسانی سے ہو گیا۔ اس کے ہاتھ کے چٹ پٹے مرغن اور مصالحے دار کھانوں کے ساتھ بھنگ، ہیروئن اور شراب کے نشے میں دھت رہنے والا نبین پانڈے، کنگالی سے اتنا متاثر ہوا کہ اس نے اس کو شیو کے مندر میں لگوا دیا۔

ادھر جسودھا کا یہ حال کہ اس کا وجود پبلک ورکس ڈیپارٹمنٹ کے افسروں کے بینک بیلنس کی طرح پھولتا اور پھیلتا جا رہا تھا۔ بات یہ تھی کہ گھر جاتی تو کنگالی کے ہاتھ کے گرما گرم تڑتڑاتے چٹ پٹے مصالحے دار کھانے اس کی راہ دیکھتے ہوتے اور وہ بھی خوب ڈٹ کر کھاتی، اوپر سے ہلدر جننی بڑی تاکید سے اس کو دودھ پلواتیں، گاڑھے گاڑھے دودھ کا گلاس اور پھر جیسے ہی ان کے کان میں بھنک پڑتی کہ جسودھا کا پیر بھاری ہے، پھر سے گربھ ہے، اسی دن سے وہ اس کو ہر طرح کی چٹنیاں، اچار، چاٹیں اور مربے، ہر قسم کی کھٹی میٹھی چیزیں بھجوانا شروع کر دیتیں۔ اس کی یہ آؤ بھگت اور ٹھاٹ دیکھ کر تو دیکھنے والوں کے دلوں میں یہ بات پکی طرح بیٹھ گئی کہ نہیں بھئی یہ کسی انسان کے بس کی بات نہیں۔ جسودھا پر تو دیوی کی سہایتا ہے۔ ایسا نہ ہوتا تو ماتا دیوی اس کے سپنے میں کاہے کو دائی کے روپ میں پدھارتی۔ وہ اس کے سپنے میں آئی تو بغل میں دائی جنائی کا کام کرنے والیوں جیسا تھیلا دبا ہوا تھا اور نہیں تو کیا۔ دیکھا ہے کبھی کسی عورت کو اتنی جلدی جلدی گربھ وتی ہوتے؟ ہم نے تو کبھی دیکھا نہ سنا کہ عورت کا لگاتار امید سے ہونا اور پھر چھاتیاں بھی دودھ سے بھری رہیں۔ بھلا کس میں یہ بوتا ہے کہ بچے بھی جنے

جائے، پرائے بچوں کو دودھ بھی پلائے جائے اور آئے دن گربھ کا کشٹ بھی اٹھاتی رہے۔ دیکھوناں، دوسروں کے بچوں کو گائے کی طرح دودھ کی دھاروں پر پالتی ہے۔نہیں بھئی، اس میں کوئی تو بھید ہے۔دیوی ماتا کی کرپا اور اِچھا ہی کا تو کرشمہ ہے۔اب جو ایسی باتوں کا چرچا علاقے اور آس پاس میں پھیلنے لگا، نبین پانڈے کی وہ بکواس اور خرافات جو اس کے بارے میں کرتا تھا، جھاگ کی طرح بیٹھتی گئی اور آپ ہی دم توڑنے لگی۔نبین پانڈے کا تو یہ تھا کہ مزید ارگھر میں تر تراتے چٹ پٹ مزے دار کھانے اور خاص کر کے دیوی ماتا کے مندر کے چڑھاوے والے بکرے کی سری کا تیز اور گرم مصالحوں والا سالن کھا کھا کر اوپر سے شراب اور بھنگ پی کر اتنا دھت رہنے لگا تھا کہ اس کے اندر کے وہ فاسد اور فحش جذبے اور خیال جو جسودھا پر نظر پڑتے ہی مچلنے لگتے تھے، اب وہ ٹھنڈے پڑنے لگے۔اس کے اندر ایک جمود اور بے خودی کے عالم میں اب پوتر تا اور تقدس کا احساس جاگنے لگا تھا۔اب وہ اس کو ماں سمان معلوم ہونے لگی تھی۔اس کو دیکھ کر دونوں ہاتھ جوڑ کر پرنام کرتا،''بندگی ماتا۔۔۔دیوی ماں۔'' اس سب کا نتیجہ یہ ہوا کہ پورے علاقے میں دیوی بھوانی کے اس روپ کا چرچا ہونے لگا۔اسی کے نام کی مالا جپی جانے لگی۔ اس دیوی کی عظمت اور شان کے مداحوں کا حلقہ برقی رو کی طرح یہاں سے وہاں تک پھیل گیا۔جسودھا کا اتنا اونچا درجہ تھا کہ وہ ہلدر ہاؤس کے علاوہ پورے علاقے میں بڑی اہم سمجھی جاتی تھی۔ ہر تقریب اور ہر رسم، مرنے جینے کی ہر رسم، شادی بیاہ، بچے کی پیدائش، جینو جیسی رسومات اسی کے ہاتھوں انجام پاتی تھیں۔جسودھا کے ساتھ ساتھ اس کے اپنے بچوں کی اہمیت اور عزت بھی بڑھتی جا رہی تھی۔اس کے لڑکے نائپال، گوپال، نینو، بونچا اور پٹیل سب ہی لوگوں کی نظروں میں معزز اور معتبر تھے اور اب تو وہ دھاگے گنڈے کا کام بھی کرنے لگے تھے۔یاتریوں کو گھیر گھار کر وہ مندر میں لانے لگے۔کنگالی کو اپنے بیٹیوں رادھا رانی اور پدما رانی کے لیے بَر بھی کھوجنا نہیں پڑے، یہ کام نبین پانڈے نے بڑی دیکھ بھال کے ساتھ کر دیا تھا۔پاک پوتر ماں کی ستی ساوتری بیٹیاں اپنے اپنے شیومہاراج کے گھر بسانے جا بیٹھیں۔ادھر ہلدر ہاؤس میں جسودھا کی اہمیت ہر دلعزیزی کا تو پوچھو ہی نہ کہ اب ان کی بہویں اپنے خاوندوں کو ملن اور ملاپ کی شبھ گھڑی کے لیے جنتری کو ٹٹولتے دیکھ کر بوکھلاتی نہ تھیں، نہ ہی ان کے ہاتھ پاؤں ٹھنڈے پڑنے لگتے تھے۔اس چنتا میں کہ ابھی ایک گود میں ہے، اس کا دودھ پلا رہی ہے تو ایک کوکھ میں آکودے گا۔اب تو یہ تھا کہ وہ ہلدر ہاؤس کے بیٹوں کو ہر سمے راضی کرنے کو تیار تھیں کہ بچے تو پل ہی رہے تھے، جسودھا کے دودھ پر۔ان کی ماؤں اور باپوں کو گوپال، گوپی کرشن کا ناٹک رچانے کی چھوٹ ملی ہوئی تھی۔اب وہ کس بہانے اپنے پتی دیو کے اشارے کنائے نہ سمجھتیں۔چنانچہ یوں ان کے خاوند بھی مطمئن اور خوش نظر آتے تھے۔

ادھر ان کی بیویوں کو یہ سکون تھا کہ اب وہ اپنے فیگر بنا سکیں گی اور نئے فیشن کی چولیاں اور نئے اسٹائل کے بریزیر بڑے آرام اور بے فکری سے پہن سکیں گی۔شیوراتری کے موقع پر پوری پوری رات اطمینان سے بیٹھ کر فلم دیکھ سکیں گی کہ پہلے تو یہی دھڑکا لگا رہتا کہ بچہ نہ جاگ جائے اور یہ کہ اسے اٹھ کر دودھ پلانا ہے۔یہ ساری بے فکری اور آزادی جسودھا ہی کے دم سے تو تھی۔

ادھر جسودھا بھی اپنی اہمیت سے خوب آگاہ تھی۔اس کی اپنی ایک رائے تھی، جس کا اظہار وہ موقع

موقعے سے کرتی رہتی تھی۔ اب حالت یہ تھی کہ مزے سے بڑی مالکن کے کمرے میں بیٹھی کسی نہ کسی بچے کو دودھ پلاتے پلاتے کسی پر اعتراض کر رہی ہے، کسی پر طنز کر رہی ہے؛ غرضیکہ کسی نہ کسی بات پر اپنی رائے اور خیالات کا اظہار کرتی رہتی۔ بیچ میں پٹر پٹر بولتے رہنا اس کی عادت سی بن کر رہ گئی تھی۔ کبھی کہہ رہی ہے:

''ارے ماں ہم کہتے ہیں عورت تو پیدا ہی بچہ جننے کے لیے ہوئی ہے۔ اب یہ تو ہم نے سنا نہیں کہ گھڑی گھڑی ڈاکٹر بلایا جائے، بلڈ پریشر چیک کرنے کے لیے۔ ارے ہمارے بھی سال پیچھے بچہ پیدا ہوتا ہے، پوچھو ہماری صحت پر کیا اثر پڑے گا۔ لو اور سنو، دودھ خشک کرنے کے انجکشن لگوائے جا رہے ہیں، لو اور ہوئی، بھلا کیا ضرورت ہے دودھ سکھانے کی۔ ہم نے تو سنی نہیں ایسی بات۔ انھیں شرم بھی نہیں آتی۔ لاج نہیں لگتی۔''

ہلدر ہاؤس میں نوعمر لڑکوں کا یہ وطیرہ رہا تھا کہ ابھی مسیں بھیگنے ہی لگتیں، یعنی ذرا قد نکالا نہیں کہ گھر میں ملازم نوعمر چھوکریوں اور نوجوان عورتوں سے چھیڑ چھاڑ، آنکھ مٹکا شروع کر دیتے۔ پر اب نوعمر ٹین ایجر لڑکوں میں بڑی تبدیلی محسوس کی جا سکتی تھی اور اس تبدیلی کا سہرا جسودھا ہی کے سر جاتا ہے۔ سارے ہی نئے نویلے جوانی کی حدوں میں قدم رکھنے والے لڑکے تو جسودھا کا دودھ پی کر پروان چڑھتے، وہ اس کو ماں سمان سمجھتے تھے اور اس کی موجودگی کی وجہ سے گھر میں کام کرنے والی ساری عورتیں انھیں ماں جیسی لگنے لگی تھیں۔ وہ ان کی بھی عزت کرتے تھے۔ اب گھر میں ملازم عورتوں اور لڑکیوں سے پھاگ کھیلنے کے بجائے انھوں نے گرلز اسکول کے آس پاس منڈلانا شروع کر دیا۔ گھر کی نوکرانیوں کو بھی ان کی بادل نخواستہ توجہ اور چاکری سے چھٹکارا ملا تو انھوں نے سکھ کی سانس لی۔ ان کا کہنا تھا، جوشی تم تو مہان ہو، بڑی بھاگوان ہو۔ یہ تمھارے قدموں ہی کی برکت ہے کہ ہمیں ان نئے نویلے جوان لڑکوں کی خرمستیوں سے نجات ملی ہے۔ تمھاری وجہ سے تو اس گھر کا چلن ہی بدل گیا ہے۔ ایک روز ایسا ہوا کہ ہلدر ہاؤس کا چھوٹا بیٹا جسودھا کے قریب بیٹھا تھا اور اس کو ایک شیر خوار بچے کو دودھ پلاتے ہوئے بڑے غور سے دیکھ رہا تھا۔ وہ اس سے کہنے لگی، ''بیٹا، میری ساری خوشی اور سکھ چین کا کارن تم ہو کہ نہ تمھاری گاڑی تلے آ کر میرا پتی اپاہج ہوتا اور نہ ہی مجھے یہ سب کچھ ملتا جو آج مل رہا ہے۔ میں پوچھتی ہوں کہ اس پورے معاملے میں کسی کے ارادے کا دخل ہے۔''

لڑکے نے جواب دیا: ''دیکھو یہ تو سب بھوانی دیوی کی اِچھا اور کرپا ہے۔'' دراصل وہ خود جاننا چاہتا تھا کہ آخر کنگالی چرن میں دونوں ٹانگیں کٹ جانے کے بعد بھی باپ بننے کی قوت اور صلاحیت کس طرح برقرار رہی، بلکہ عام لوگوں سے کہیں بڑھ کر ہے۔ وہ کیا راز اور کون سی قوت ہے جس نے اس میں یہ طاقت اور اس درجے کی تولیدی صلاحیت پیدا کر دی ہے۔ لیکن بات چونکہ روحانیت اور عقیدے کا رخ اختیار کر چکی تھی، سو وہ اسی قدر کہہ کر رہ گیا، ''یہ ساری ماتا دیوی کی کرپا ہے۔''

کنگالی کی ٹانگیں پچاس کے عشرے میں کٹی تھیں۔ اس سمے سے اب تک کوئی پچیس برس تو گزر چکے ہیں اور اگر دیکھا جائے تو تیس برس بنتے ہیں، اس درمیان جسودھا کے تقریباً بیس زچگیاں تو ہو چکیں۔ آخری دو جاپوں کا یہ ہے کہ وہ اس مقصد اور خدمت کے قابل نہ سمجھے گئے۔ وجہ اس کی ہلدر ہاؤس کے نئے چلن اور نئے

زمانے کی ہوا کا اثر ہے، وہاں بڑی تبدیلیاں آ رہی تھیں، کونوں کھدروں میں لگے ہوئے جالوں کو اتارا جا رہا تھا۔

اچھا، اس سب کے تفصیلی بیان سے پہلے میں چاہتی ہوں کہ اس درمیانی مدت کے دوران ہلدر ہاؤس میں واقع ہونے والے ان بڑے اور اہم واقعات کے تناظر کو سامنے لاؤں جو آج اور کل، یعنی ماضی اور حال کے درمیان پیدا ہوتے رہے اور ایک نئے دور کے آغاز کا کارن بھی بنتے رہے۔

پہلے، یعنی کنگالی چرن کے حادثے اور اس قصے کے آغاز سے قبل جسودھا کے تین ہی بچے تھے۔ اس کے بعد اس کے سترہ بچے اور پیدا ہوئے۔ اسی زمانے میں، یعنی اس کے سترہ جاپوں کے درمیان بڑی ہلدر رانی سورگواس ہو گئیں۔ ان کی ایک زبردست خواہش یہ تھی کہ ان کی بہو اس تجربے سے گزرے جوان کے من میں تھا۔ اس گھرانے کی ریت یہ تھی کہ اگر کوئی جوڑا بیس بچے پیدا کر لیتا تو اس کی پھر سے شادی ہوتی، اسی شان اور دھوم دھام سے جس سے وہ پہلے بیاہے گئے تھے۔ پر ان کی کوئی بہو بھی اس تجربے سے گزرنے کو تیار نہ تھی۔ وہ تو درجن کے نام پر ہی کانوں پر ہاتھ دھرنے لگی تھیں۔ انھوں نے جانے کن الٹی سیدھی باتوں سے اپنے خاوندوں کے کان بھرے اور کون سی بدشگونیوں کے خوف دلائے کہ وہ ان کے ساتھ اسپتال جا کر ضروری اور احتیاطی اقدامات پر راضی ہو گئے۔ بڑی ہلدر رانی کہتیں کہ یہ سب تو نئے زمانے کی ہوا ہے، اس کے کارن تو سماج کی ساری ریتیں ہی بدل گئیں۔ پرانے زمانوں میں سیانے اور گیانی دھیانی لوگوں نے ایسی ہی ہواؤں کو اپنے پریواروں اور کنبوں کے قلعوں میں داخل ہونے کی اجازت کبھی دی ہی نہیں۔ میری دادی ماں مجھے ایک کہانی سنایا کرتی تھیں، کہتی تھیں، ہمارے گھر ایک صاحب آئے، ان کے ہاتھ میں ایک رسالہ تھا جس کا نام تھا؛ 'سانی بار کی چٹھی'۔ انھوں نے اس رسالے میں لکھی ہوئی باتیں پڑھ کر سنائی تھیں۔ وہ کہنے لگے، میں تو کبھی ایسے رسالے کو اپنے گھر میں آنے کی اجازت نہ دوں گا۔ کیوں؟ کس وجہ سے؟ اس کو جو مائیں بہنیں اور بیویاں پڑھیں گی، ان کے مغز ہی پھر جائیں گے، وہ یہ کہنا شروع کر دیں گی کہ پہلے ہم عورتیں اور ہماری بھی انفرادیت اور اپنی مرضی ہے، اس کے بعد کچھ ہیں اور ہم اس دنیا میں صرف ماں، بہن، بیٹی اور بیوی بن کر تو نہیں بھیجی گئی ہیں۔ جب وہ یہ کہہ رہے تھے تو ان سے پوچھا گیا تو اس سب کا نتیجہ کیا ہو گا تو جھٹ بولے،''ارے بھائی ہونا کیا ہے، دیکھ لینا کچھ دن گزرنے دو۔ مرد رسوئی میں ہنڈیا ڈوئی لیے کھڑے نظر آئیں گے۔ ان کے خیال میں عورتوں کا گھریلو کام کاج کے لیے ہی وقف ہو کر ماں، بہن، بیوی اور بیٹی کا کردار قبول کرنا چاہیے۔ یہ ہے نیا زمانہ، نئے چلن اور نئے رواجوں کا دور۔''

بہرحال، ہلدر ہاؤس میں ابھی تک سولھویں صدی کے رواجوں اور چلن ہی کا دور دورہ تھا۔ یہاں زندگی اسی پرانے ڈھرے پر چل رہی تھی۔ پھر اچانک ہی نااتفاقیوں اور اختلافات کی وجہ سے کچھ دراڑیں پڑنے لگیں، گھرانے کے چند مردوں نے پرانے گھر سے الگ ہو کر اپنے علیحدہ گھر بنا لیے اور الگ الگ رہنا شروع کر دیا اور ایک دوسرے سے دور خاصے فاصلوں پر۔ اس طرح پرندے اپنے آشیانے سے پرواز کرنا شروع ہو گئے۔ چلو یہاں تک تو خیر تھی، پر اب تو یہ ہوا کہ دادی ماں ہلدر جننی کی کچھ پوت بہوویں ایسی بیاہ کر آئیں جو سرے سے ماں بننے اور بچے پیدا کرنے کے ہی خلاف تھیں۔ وہ ہلدر جننی کے خیالات سے بالکل ہی اتفاق نہیں کرتی تھیں، ان کے

نظریات اور خیالات دادی ماں سے بہت مختلف تھے۔

ان کا اپنی پوت بہوؤں سے بحث مباحثہ بے سود اور لا حاصل تھا، وہ لاکھ ان کو سمجھاتیں: ''ارے اس گھر میں کچھ کمی ہے کھانے پینے یا کسی چیز کی؟ بھگوان کا دیا سب کچھ ہی تو ہے، پھر یہ دیکھو تمھارے دادا ہلدر بابو کی تو یہ خواہش تھی کہ آدھا کلکتہ ہلدر گھرانے سے ہی آباد ہو بلکہ آدھا کیوں پورا کلکتہ بھر جائے؛ ان بیٹوں پوتوں کے پریواروں سے۔'' پر تو بہ کرو سنتا کون تھا بڈھی ماں کی بات۔ انھوں نے صاف صاف کہہ دیا کہ آپ کی خوشی کی خاطر ہم وہ سب کچھ تو نہیں کر سکتیں جسے ہم اصولاً غلط سمجھتے ہیں۔ وہ تو ایسی سرکشی پر اتر آئیں کہ گھر ہی چھوڑ چھاڑ کر اپنے خاوندوں کو لے جا کر الگ گھر بسا لیے۔

ان ہی دنوں یاتریوں کا ایک گروہ ایسا بھی آیا جنھوں نے دیوی کی مورتی کا رخ پھیر دیا۔ یہ جونا معلوم اور اجنبی لوگ تھے، انھوں نے دیوی کے منھ کی طرف تو پیٹھ کر دی اور منھ دوسری طرف کر دیا۔ دیکھنے والوں کو یہ لگتا تھا جیسے وہ منھ پھیر کر سب کی طرف سے پیٹھ موڑ کر بیٹھ گئی ہو۔

دیوی کے منھ موڑ کر بیٹھ جانے کی خبر آناً فاناً ہر طرف پھیل گئی۔ اس خبر سے کہ دیوی نے اپنے پجاریوں سے اپنا مکھ ہی پھیر لیا اور ان کی طرف پیٹھ کر کے بیٹھ گی، بوڑھی ہلدر جننی کو ایسا صدمہ پہنچا کہ ایک دن بیٹھے بٹھائے اس نے سنسار سے منھ موڑ لیا۔ ہوا یوں کہ ایک دن انھوں نے تھالی بھر بھات پر کٹھل کا سالن ڈال ڈاکر خوب جی بھر کر کھا تو لیا، پر اس کے بعد گیسٹر وانٹرائٹس کا ایسا دورہ پڑا کہ جان لے کر ہی ٹلا۔ سو ہلدر جننی نے تو اس سنسار کے انیائے اور لوبھ بھار سے جیون تیاگ کر نجات پائی اور سکھ کی سانس لی۔ اس جیون کے دکھوں اور نئے زمانے الٹے چلن سہنے سے تو کہیں اچھا تھا کہ وہ ان سب سے منھ موڑ کر دور کہیں چلی جائیں۔ ان کی موت کا اصل اور حقیقی غم تو جسودھا ہی کو ہوا کہ اس کے رونے پیٹنے نے تو لبینی کے ماتم کو بھی مات کر دیا تھا۔ لبینی اس گھرانے کی بہت پرانی آیا تھی۔ کسی کے مرنے پر اس کے رونے پیٹنے اور بین کرنے کا دور اور نزدیک شہرہ اور چرچا تھا۔ مگر ہلدر جننی کے ماتم اور تڑپ تڑپ کر چھاتی پھاڑ کر رونے میں لبینی کو جسودھا نے بہت پیچھے چھوڑ دیا تھا۔ بات یہ ہے کہ اس کے رونے اور تڑپنے میں ایک سچا درد وغم تھا۔ ہلدر جننی نے اس سنسار سے منھ موڑ کر اس کو تو جیسے نرک میں ہی ڈال دیا تھا۔ اس کے تو منھ کا نوالہ چھن گیا تھا، وہ تو ایسا تڑپ تڑپ کر بلک بلک کر روئی کہ دھرتی تو دھرتی، آکاش بھی ہل گیا۔

لبینی نے اونچی اونچی آوازوں میں رونا اور بین کرنا شروع کیا، ''ہائے ماں، کہاں چلی گئی۔ ہائے ماں تم کتنی دھن وان تھیں۔ ماں کیسا راج تھا تمھارا۔ ارے تم تو اس راج پاٹ کے مکٹ کا ہیرا تھیں۔ ارے مالک کے بیکنٹھ سدھارنے کے بعد تم ہی نے اتنی بڑی باڑی کو سنبھال کر رکھا ہوا تھا۔ ارے کیسا قابو میں رکھا تھا سب کو، کیسا کس کے رکھے ہوئے تھیں۔ ہائے پریوار کو کیسے جوڑ کر رکھے ہوئے تھیں۔ ہائے ماں، ہم سے ایسا کونو (کون سا) پاپ ہوئی گوا تھا۔ ارے، اس دن میں نے کتنا کہا کتنی ٹمری بنتی کری تھی، ماں اتنا کوٹھل بھات نہ کھاؤ، ارے یہ پچے گا نہیں پر تم کب سنتی تھیں۔ ارے ہمری بات پر کان ہی نہ دھرا۔''

لبینی اپنے بین پورے کر کے دم لینے کو رکی ہی تھی کہ جسودھا نے اپنی آواز اٹھائی، بڑی المناک لے سُر

میں۔''ارے ماں! تم تو دیوی سمان تھی، ایک دم پاک پوتا۔ اتنی نیک معصوم، ارے کاہے اس پاپی سنسار کے بکھیڑوں میں الجھی بیٹھی رہتیں۔ ارے تمھارے جیسے نردوشوں کے لیے یہ سنسار کب ہے، تم کو تو ہمیں چھوڑ کر جانا ہی جانا تھا۔ ارے تم تو اس پریوار کی رانی بن کر اتری تھیں۔ ہائے یہ دھر تو تمھاری راجدھانی تھی۔ اس راج نواس میں تو تمھارا راج تھا۔ پر دیکھو تمھاری بہو نے کیسی کھنڈت ڈالی اس میں۔ ارے دیکھو یہ پاپ نہیں تو اور کیا ہے۔ کبھی سنا ہے کسی نے کہ پھل دار درخت پھل لانے سے ہی انکاری ہو جائے۔ یہ تو مہا پاپ ہوا نہ۔ پھر تم کاہے اس پال کی نگری میں رہتیں۔ یہ تمھارے رہنے جوگ رہ کب گیا تھا۔ ارے میں تو دیکھتی تھی، سمجھتی تھی ناں کہ جب مالک پرلوک سدھارے تو تم ان سے جا ملنے ہی کے سپنے دیکھ رہی ہو، تمھارا من تو جب ہی اس سنسار سے اچاٹ تھا۔ پر تم نے اپنے پریوار کو سپھل رکھنے کی کھاطر اپنی آتما، کایا سب کو جوڑ جوڑ کر رکھا تھا۔''

روتے روتے جسودھا نے مالکن کی بہوؤں سے کہا؛''ارے کہیں سے آلتا لا کر ان کے چرنوں کے چھاپ لے لیو، تاکہ تم ان کی ڈگر پر چلتی رہو جیون بھر۔ ان چرنوں کی چھاپ ہی پورے پریوار کے لیے جادو کا اثر بن کر کام کرے گی۔ تمھارے گھرانے پر ہمیشہ لکشمی دیبی کی چھایا رہے گی۔ ارے جو سویرے سویرے اٹھ کر ان چرنوں کی پوجا کر لیا کرو گی تو تمھارے گھر میں کوئی دکھ درد پیر نہ رکھ سکے گا۔''

روتی دھوتی جسودھا ارتھی کے سنگ سنگ شمشان گئی تھی۔ جلتی چتا کے پاس کھڑی آنسو بہاتی رہی۔ اپنی مالکن، اپنی پالن ہار کے لیے جی بھر کے روتی رہی۔ واپس آئی تو اس نے گلا پھاڑ پھاڑ کر دعویٰ کیا؛''ارے ہم نے اپنی ان آنکھوں سے دیکھا کہ جیسے ہی چتا کو آگ دکھائی، اسی سمے آکاش کی اور سے ایک رتھ اتر کر چتا کے پاس آن رکا، جیسے کسی نے ایک دم ہی مالکن کے شو (لاش) کو چتا پر سے اٹھا کر رتھ میں ڈالا اور یہ جا وہ جا۔ بس دو سکنڈ پلک جھپکنے کی دیر ہی میں سب کچھ ہو گیا۔''

ہلدر بابو کی پتنی کی آخری رسومات ادا ہو چکیں اور سوگ کی وہ مدت بھی پوری ہو گئی جو پرانوں میں بتائی گئی ہے تو گھر کی بڑی بہو نے جسودھا کو بلا کر کہا،''بامن دیدی مجھے آپ سے بڑی ضروری بات کرنا ہے۔ وہ ایسا ہے کہ اب پریوار کے بندھن ٹوٹ رہے ہیں۔ اب یوں کہ منجھلا اور سنجھلا بابو تو اپنے اپنے پریوار کے سنگ بیلیا گھاٹ والے گھر میں رہنے چلے جائیں گے۔ ان سے چھوٹا چوتھا اور پانچواں بھائی مانک ٹالا، باگ ماری جا رہے ہیں اور سب سے چھوٹا والا انجھی ہمارے داکنسیشو روالے گھر میں جا کر رہے گا۔''

''تو بہو رانی، یہاں اس گھر میں کون رہے گا؟''

''اس گھر میں تو ہم ہی رہیں گے، پر اوپر والی منزل میں اٹھ جائیں گے۔ نیچے والا گھر ہم کرائے پر اٹھا رہے ہیں۔ اب ہم اپنے رہن سہن کے پھیلاوے کو سمیٹ رہے ہیں اور گھر کے خرچے بھی کم کر رہے ہیں کہ اب اس کی بڑی ضرورت ہے، خرچے کم کریں اور پہلے کی طرح پھیل پھیل کر نہ رہیں۔ سو بات یہ ہے کہ تم نے تو اس پریوار کے سارے ہی بچوں کو دودھ پلایا ہے۔ سب کی انا (دائی) رہی ہو، اس کے بدلے اتنے سال سے تمھارے پریوار کے لیے ٹوکری بھر کھانا جاتا رہا ہے اور اب دیکھو ناں آخری بچے کو دودھ پلائے بھی آٹھ برس ہو گئے۔ لیکن

میری ساس ان آٹھ سالوں میں بھی بھر بھر تھال تمھارے پریوار کے لیے بھوجن بھیجتی رہی تھیں۔ پراب یہ میرے بس کی بات نہیں۔ ان کی بات اور تھی۔ اپنے وقت میں انھوں نے جیسا چاہا، کیا۔ ان کی خوشی اس میں تھی، اس پر نہ کبھی ان کے بیٹوں نے اعتراض کیا نہ ہم نے، پر اب سمے بدل گیا ہے اور یہ چلن نباہ نہ سکوں گی۔ یہ میرے بس کی بات نہیں ہے۔''

''تو بہو دی، ہمارا کیا بنے گا؟''

''تمھارا؟ ہاں، اگر تم ہماری رسوئی کا کام سنبھال لوگی اور ہمارے چوکا برتن کردو گی تو یہ ہے کہ ہمارا کام بھی چلتا رہے گا اور تمھارے کھانے پینے کا آسرا بھی بنا رہے گا۔ پر سوال یہ ہے کہ تمھارے بال بچوں کا کیا بندوبست ہوگا؟ ہاں ان کا کیسے پورا ڈالو گی؟''

''ارے تو ہم کیا کریں گے؟''

''اب یہ تو تمھارے اپنے سوچنے کی بات ہے۔ دیکھ لو، تم بارہ بچوں کی ماں ہو۔ تمھاری بیٹیاں بیاہ گئی ہیں اور سنا ہے تمھارے بیٹے یاتریوں کو مندر میں لانے لے جانے کا دھندا کرتے ہیں۔ مندر کا پرساد اور چڑھاوا کھاتے ہیں اور مندر کے احاطے میں ہی سوتے ہیں۔ اب رہ گئی تمھارے آدمی بامن کی بات تو وہ بھی نکلیشور کے مندر میں بیٹھے ہیں اور بہت مزے میں ہیں۔ اب رہ گئیں تم، تو تم اپنی فکر کاہے کرتی ہو۔ تمھاری پور پڑتی رہے گی تمھیں تھوڑ نہیں ہوگی۔''

جسودھا نے آنسو پونچھتے ہوئے کہا: ''اچھا دیکھو اپنے پتی سے صلاح کر کے بتاؤں گی۔''

کنگالی چرن والا مندر بڑا ہیجانی مندر تھا، ایک تھر تھلی سی مچی رہتی تھی۔ شور غل اور ہر طرح کے دھندے۔ جب جسودھا نے کنگالی چرن سے مندر میں بیٹھنے کی بات کی تو وہ رکھائی سے بولا: ''تو کیا کرے گی مندر میں بیٹھ کر؟''

''کیوں، نبین کی بھتیجی مندر میں بیٹھ کر کیا کرتی ہے؟''

''وہ تو مندر کے بھنڈار کو سنبھالتی ہے، پرساد بناتی ہے۔ ارے بڑا کام ہوتا ہے اور تو نے نہ جانے کب سے رسوئی کا منھ نہیں دیکھا، بھوجن خاک بنائے گی۔ گھر پر بھی بھوجن تو میں بناتا ہوں، پھر تو کیسے مندر کے بھنڈارے کا اتنا کام سنبھالے گی؟''

''اور وہ جو پکے پکائے کھانے کی ٹوکریاں اب نہیں ملے گی، وہ بند ہوگئیں تو کیسے کرو گے پیٹ پوجا؟ آیا کچھ اس کھوپڑی میں، ایک وقت بھوجن نہ ملے گا تو دن میں تارے نظر آئیں گے۔''

''تجھے اس کی چنتا کرنے کی ضرورت نہیں۔'' کنگالی چرن نے جواب دیا۔

''اچھا اب مجھے چنتا کرنے کی ضرورت نہیں ہے، تو پہلے کیوں مجھے دبدھا میں ڈال رکھا تھا۔ کتنے سال کتنے دن میں نے تمھاری مدد کی ہے۔ لگتا ہے اب تم مندر کے پیسے میں کھیل رہے ہو۔ بہت پیسہ آنے لگا ہے ہاتھ میں۔ پر تم نے مجھے ایک جھنجی کوڑی بھی نہ دکھائی، کبھی میری ہی بوٹیاں نوچ نوچ کر گدھ کی طرح کھاتے رہے کہ

میرے خون پسینے ہی کی کمائی پر تو اینڈتے رہے۔''

''اچھا یہ بتا، گھر میں چوکا برتن کون کرتا رہا تھا؟''

جسودھا نے اس کی بات کے جواب میں بڑی حقارت سے کہا: ''ہونہہ، دنیا بھر میں آدمی کما کر لاتا ہے تو پتنی ہانڈی روٹی کرتی ہے، یہی اس سنسار کا دستور ہے، پر میرے لیے تو ہر بات ہی الٹی رہی، تم نے اتنے تمام برسوں میں میری کوئی ذمہ داری اٹھائی تو اب کیا تم میرے پیٹ کو ٹکڑا دو گے۔ کبھی کھلایا تم نے کما کر مجھے؟''

کنگالی چرن جھلا کر بولا، ''بڑی آئی تو مجھے اپنی کمائی کھلانے والی۔ کبھی یہ بھی سوچا تو نے کہ ہلدر بابو کی باڑی میں تو گھسی کیسے؟ تو بڑی بھاگوان تھی ناں کہ تیرے لیے کوٹھی کے دروازے کھول دیے گئے۔ اری، جو میرے پاؤں نہ کٹتے تو دیکھتا کہ تجھ پر وہ تھوکتے بھی نہیں۔ ارے یہ میرے پاؤں کا بلیدان تھا۔ اری اب تو کیوں یاد رکھنے لگی۔ تجھے تو کچھ بھی یاد نہیں رہا۔ نخرے! چوٹی، حرافہ، بھڑوی۔''

''بھڑوا ہوگا تو۔ بھلا جس آدمی نے جیون بھر اپنی کمائی کا ایک نوالہ بھی پتنی کے منہ میں نہ ڈالا ہو، اس کی کوئی جمے داری (ذمہ داری) نہ اٹھائی ہو، اس کو مرد کون بولے گا؟ ارے تو تو دھگڑا ہے۔''

دونوں کے درمیان ایسی چلی کہ گالی گلوچ اور کوسنے پیٹنے کی نوبت آ گئی۔ کنگالی چرن پھٹ پڑا، ''اچھا چل جا، دفع ہو جا۔ اب کبھی مجھے اپنی شکل نہ دکھانا۔''

غصے میں جلی بھنی جسودھا مندر کی کوٹھری سے نکل گئی۔ کچھ دنوں بعد ایسا ہوا کہ دیوی کے مندر کے پجاریوں نے جو اس مندر کی سیوا اور دکھشنا پرساد کے حصے دار تھے، آپس میں صلاح کر کے دیوی کے استھان پر اس کا رخ بدل دیا۔ اب پھر دیوی کا منہ یاتریوں کی طرف ہو گیا۔ اس کرشمے پر مندر میں بڑی خوشیاں منائی گئیں، بڑی دھوم دھام سے پرائشچت پوجا کا جشن منایا گیا۔ دیوی کا جلوس نکالا گیا۔ غرض کہ ایک کھلبلی سی مچ گئی۔

جسودھا تو دیوی کے چرنوں میں جا گری اور لگی دھاڑیں مار مار کر رونے۔ ایسا لگتا تھا کہ غم سے اس کی چھاتی پھٹ پڑے گی جیسے ڈھلتی عمر کی دبیز اور بے شیر چھاتیاں خشک چٹانوں کی طرح پھٹ پھٹ کر چیخ چیخ کر دیوی سے شما مانگ رہی ہوں، فریاد کر رہی ہوں۔ وہ دیبی میّا سے رو رو کر پوچھ رہی تھی، اب تم ہی بتاؤ ہم کیا کریں، کدھر جائیں۔ تم سے ہمارا حال چھپا تو نہیں۔ ہماری بات تم نہیں سمجھو گی تو اور کون سمجھے گا۔ وہ چاہتی تھی کہ دیوی ماں بھوانی اس کو کسی ڈگر پر ڈال دے اور جیون بتانے کا کوئی رستہ نکال دے۔

تین دن اور تین راتیں جسودھا سب کچھ تیاگ کر مندر میں دھرنا دیے پڑی رہی۔ پر لگتا تھا کہ نئے یگ اور نئی ہوا کے چلن کا دیوی پر بھی اثر پڑ گیا تھا۔ شاید یہی وجہ تھی کہ وہ جسودھا کی بنتی اور ساری پوجا پاٹھ کے باوجود اس کے سپنے میں درس دینے نہ آئی۔ تین دن سے اس کے منھ میں ایک کیل بھی اڑ کر نہ گئی۔ اس نے تو برت رکھا ہوا تھا۔ تیسرے دن بھوکی پیاسی نڈھال گھر لوٹی تو بیٹے نے باپ کا پیغام دیا، ''پتا جی بول رہے تھے، وہ گھر نہیں آئیں گے، اب مندر ہی میں رہیں گے اور بھوجن بھی وہیں کریں گے۔ کچھ پیسہ الگ ملے گا۔''

''اچھا تو یہ بات ہے۔ ہے کہاں اس وقت تیرا باپ؟''

''وہ وہاں لیٹے ہوئے ہیں اور نا گولاپی ماسی ان کے پیٹھ کے گرمی کے دانوں کو کھجلا رہی ہیں۔ انھوں نے ہمیں پیسے دیے تھے کہ جاؤ اپنے لیے لولی پاپ خرید لو اور میری جان چھوڑ دو۔''

جسودھا کو اب جا کر یہ احساس ہوا کہ اب ہلدر باڑی والوں کو ہی نہیں بلکہ کنگالی کو بھی اس کی ضرورت نہیں رہی۔ اس نے شکر کے بتاشے اور پانی کے دو گھونٹ سے برت توڑا اور پیٹ کی آگ مٹانے کے بعد وہ کنگالی کی شکایت لے کر نبین کے پاس پہنچی۔ یہ دیوی کا رخ موڑ کر اس کی پیٹھ آگے اور مکھ دوسری طرف موڑنے والی حرکت نبین ہی کی تو تھی اور اس دیوی کا رخ اس وقت تک ٹھیک نہ کیا تھا، جب تک مندر کے دوسرے پجاریوں سے مندر کے چڑھاوؤں اور پرساد کے حصوں بخروں کے بارے میں ہونے والے مذاکرات خاطر خواہ طور پر طے نہ ہو گئے اور جب ساری باتیں اور شرائط تسلی بخش اور اس کے من مطابق انجام پا گئے تو پھر ایک تیوہار کے دن اس نے دیوی کو اسی پرانی پوزیشن میں چپکے سے رکھ دیا، جیسی پہلے ہوتی تھی۔ اب جب کہ اس طرف سے پوری تسلی ہونے کے بعد وہ مطمئن ہو چکا تھا تو اس نے اپنے بدن پر شراب کی مالش کی اور خوب گھونٹ کر بھنگ چڑھائی تھی۔ اس وقت وہ بڑے ترنگ میں اٹھا اور الیکشن کے مقامی امیدوار کو ڈرا دھمکا دیا تھا، ''دیکھو جی تم مندر کے چڑھاوے اور پرساد کی کبھی بات ہی نہیں کرتے۔ چلے ہیں الیکشن لڑنے۔ ہاں سوچ لو اچھی طرح، اب تو دیوی ماں کی شکتی بھی واپس آ گئی ہے۔ اب دیکھتا ہوں میں بھی کہ تم اس بار کیسے جیتتے ہو؟''

بات یہ ہے کہ کرشموں اور کرامات کا زمانہ ابھی گزرا نہیں ہے۔ کہیں نہ کہیں اور کسی نہ کسی صورت میں یہ موجود رہتا ہی ہے۔ مندر میں رونما ہونے والا کرشمہ گرد و نواح میں آس پاس کے علاقوں میں ہر طرف پھیل چکا تھا۔ نبین اس بات کا گواہ تھا اور بھئی وہ نہ ہوتا تو ہو بھی کون سکتا تھا کہ اسی نے تو دیوی کا رخ دوسری طرف پھیر کر رکھ دیا تھا۔ دوسرے پجاری اس بارے میں کاہے کو بول کر برے بنتے۔ وہ اس قصے سے الگ ہی رہنا بہتر سمجھ رہے تھے اور بھئی الیکشنوں کے دنوں میں ایسی باتیں اور کرشمے ظہور پذیر ہوتے ہی رہتے ہیں۔ پھر ان کو کیا پڑی تھی کچھ بول کر نبین سے پنگا لینے کی۔ سو دیکھتے دیکھتے چاروں اور یہ بات پھیلتی چلی گئی کہ دیوی ماتا نے اپنے سیوکوں اور داسوں سے مکھ موڑ لیا ہے اور اب وہ سنسار کی طرف پیٹھ کر کے بیٹھ گئی ہیں۔ جیسے یہ چرچا پلک جھپکتے سارے میں پھیلا تھا، اسی طرح یہ چرچا بھی چاروں اور ہونے لگا کہ دیوی نے اپنا آسن پھیر لیا۔ اب وہ پھر سے پہلے سی آسن پر بیٹھی ہے۔ اس کی شکتی واپس آ گئی ہے۔ یہ بات وہ پورے وثوق اور وشواس سے کہتا تھا، اتنا کہ خود اس کو بھی یہ یقین آتا گیا کہ دیوی نے یہ آسن اپنی اِچھا سے بدلا ہے۔ پر، جسودھا نے اس کو جھڑکا اور کہا: ''ارے کاہے بکواس کرتا ہے، نری گپ بازی۔''

''ہم دیوی ماتا اور اس کی شکتی کی بات کر رہے ہیں۔ دیوی کی مہانتا کی بات کر رہے ہیں۔'' نبین نے کہا۔

''ارے جاؤ، یہ چکر بازی کسی اور سے کرنا۔ تم سمجھتے ہو، ہم کچھ جانتے ہی نہیں۔ ارے تمھارے بائیں ہاتھ کا کھیل ہی تو ہے۔ دیوی کا مکھ اُدھر کر دیا، جب من چاہا اِدھر کر دیا۔'' جسودھا نے جھپٹ کر کہا۔

نبین بھی چلا اٹھا، ''جرا جبان سنبھال کر بات کر جوشی۔ میں کہتا ہوں چپ کر جا۔ ارے یہ دیوی کی شکتی نہیں تھی تو کیا تھا کہ اس نے سپنے میں آ کر تیری کھوپڑی میں سوجھ بوجھ دی۔ ہاں بھئی، نہیں تو اور کیا میں آپ ہی آپ تو اتنی بُدھی دے نہیں سکتا تھا۔''

''ارے جا تو مجھے کیا بدھی اور گیان دے گا، پر اتنا جانتی ہوں کہ دیوی ماتا کی شکتی تیرے ہاتھوں ٹوٹی۔'' جسودھا نے تڑاخ سے جواب دیا۔

''اچھا تو بولتی ہے دیوی کی شکتی بھنگ ہوگئی، ہونہہ۔ پر یہ بول جو بجلی کا پنکھا مندر کی چھت سے لٹکا ہوا تیرے سر پر چل رہا ہے اور تو اس کی ٹھنڈی ہوا کے مزے لے رہی ہے، تو یہ سب کیا ہے؟ دیوی کی شکتی نہیں تو کیا ہے؟ کبھی دیکھا سنا تھا کسی نے اس مندر میں بجلی کا پنکھا چلتا ہوا؟''

''ہونہہ۔ بڑا آیا۔ پر یہ بتا کہ میں نے تیرا کیا بگاڑا تھا جو تو نے میرا جیون نشٹ کر دیا، اجاڑ کر رکھ دیا مجھے؟''

''اچھا تو بات کیا ہے۔ کاہے پٹن ڈال رہی ہے۔ ارے کنگالی تو ابھی جندہ ہے، مر تو نہیں گیا۔''

''ارے وہ کاہے مرنے لگا۔ اس کے تو اس سے بھی بڑھ کر لچھن سامنے آ رہے ہیں۔ مر جاتا تو چھٹی نہ ہو جاتی۔ یہ دکھ تو نہ دیا ہوتا۔''

''ارے تو ہو کیا گیا۔ بات کیا ہے؟''

جسودھا نے اپنے آنسو پونچھے اور آنسوؤں میں ڈوبی گھٹی ہوئی آواز میں بولی، ''تو۔۔۔ تو دیکھنے والا ہے، میں نے اتنے بچے جنے۔ کاہے یہ کشٹ بھوگی کہ ہلدر باڑی کے بچوں کو دودھ کی تھوڑ نہ ہو۔ ارے میں تو دودھ کی دکان بنی ہوئی تھی۔ میں ہلدر باڑی میں کس کارن دائی انا بنی ہوئی تھی، یہ میرے دودھ کی دھاریں تھیں جن کی وجہ سے میری انا گیری پکی ہوگئی تھی۔ تم ننھے تو نہیں ہو، پر ایک بات کی جانکاری ہے۔ تم نہیں جانتے کہ میں وہاں کیسے لگی رہی۔''

''اوہو۔۔۔ بھگوان چھما کریں۔ رام رام بھگوان کی کرپا رہے میرے اوپر۔ اری آج کیسی باتیں کر رہی ہے۔ تو تو دیوی کا اوتار ہے۔''

''ہاں تو دیوی تو مجھ میں ہے ناں، مار پرساد چڑھاوے پوجا پاٹھ سب ہی کچھ تو ہے ملا ہوا اس کو۔ اس کی اوتار تو اب بھوکوں مرے گی ناں۔ پتہ ہے ہلدر والوں نے ہمارا کھانا بند کر دیا۔''

''پرنتو تم کنگالی سے کاہے لڑنے پہنچ گئیں؟ آخر کو وہ بھی مرد بچہ ہے، جب تم اس کو الہانے دو گی کہ تم اس کو کھلاتی تھیں، یہ تمھاری کمائی تھی جو اس کا پیٹ بھرتی تھی، پھر تم ہی سوچو کہ وہ یہ سب کیسے برداشت کرے گا؟''

''چلو مانتی ہوں تم سچ کہتے ہو۔ پر تم یہ بتاؤ کہ تم نے اپنی بھتیجی کو وہاں کیوں دھانس دیا۔ بولو ناں اسے کاہے گھسیڑا اس مندر میں؟''

''لو اور رہوئی۔ اس کو میں نے گھسیڑا ہے کہ دیوی ماں کی اِچھا ہی یہی تھی۔ وہ ایسا تھا کہ گولا پی مندر میں

پوجا اور دیبی کے درشن کو آتی تھی اور گھنٹوں گھنٹوں دیبی کے چرنوں میں بیٹھی رہتی۔ اب کنگالی کے من میں یہ آئی کہ وہ خود بھیرو ہے اور گولاپی بھیروی۔ رواج کے مطابق بھی یہ بات ٹھیک تھی۔"

"ارے بھاڑ میں جائے بھیروی۔ میں تو اب بھی اتنا دم رکھتی ہوں کہ اسے مار مار کر اس کے پرخچے اڑا دوں گی اور اپنے پتی کو گھسیٹ کر لے آؤں گی۔"

"نہ نہ۔۔۔ اب یہ ہو نہیں سکتا۔ کاہے کو کہ کنگالی ہے پکا نر بچہ اور اب تم سے تو اس کی مانگ پوری ہونے سے رہی اور پھر گولاپی کا بھائی ہے چھٹا ہوا بدنام غنڈہ۔ اس نے وہاں پر اپنے آدمیوں کا پہرہ بٹھایا ہوا ہے۔ اب تم دیکھو ناں، میں اگر چرس کے دس سوٹے لگاتا ہوں تو وہ لگاتا ہے بیس سوٹے اور اس نے تو ایک بار مجھے اٹھا کر پٹخ دیا تھا۔ ایسی لات ماری تھی کہ میں تو چکرا کر رہ گیا تھا۔ تم جانو، کہاں ماری تھی۔ ایک بار میں نے صرف تمھارا نام ہی منھ سے نکالا تھا اور میں گیا تھا کنگالی کو سمجھانے۔ وہ تو ہتھے سے اکھڑ گیا۔ بولا، نام نہ لو اس کا، میں تو اس کا نام بھی سننا نہیں چاہتا، وہ اپنے پتی کی کب پرواہ کرتی ہے۔ وہ تو اس گھر کے مالکوں پر جان دیتی ہے۔ وہ تو اس کے لیے دیوتا سمان ہیں۔ ان داتا ہیں۔ چھوڑ دو، وہیں ٹھیک ہے۔"

"اچھا تو پھر ٹھیک ہے۔ اب میں یہ کر کے بھی دکھا دوں گی۔"

یہ آخری بات اس کے منھ پر مار کر جسودھا باؤلی سی ہو کر وہاں سے اٹھ آئی۔ پر اب جائے کہاں، پورا جیون کھپانے کے بعد اس بے انصافی نے اس کا جی کھٹا کر دیا تھا۔ خالی ڈھنڈھار گھر میں بیٹھنا مشکل تھا۔ تنہائی اور ایک گہرے خلا کا احساس اسے سونے نہیں دیتا تھا کہ اس کو تو عادت تھی کہ پہلو میں ننھا سا بچہ جب تک چھاتی سے نہ لگا ہو، اسے نیند آتی ہی نہ تھی۔ یہ ممتا اور ماں بننے کی بھی ایک لت ہی تو ہو جاتی ہے۔ بس ایک بار گود بھر جائے تو پھر ایک چاٹ سی لگ جاتی ہے کہ بچہ گود میں یا چھاتی سے چمٹا ہو تو ہی شانت ہو گی۔ اس سے غرض نہیں کہ چھاتی میں دودھ ہے بھی یا سوکھی پڑی ہے، اصل بات تو یہ ہے کہ بچہ کلیجے سے چمٹا ہوا ہو۔"

اب جسودھا نے ساری لاج لجا کو تو اٹھا کر طاق پر دھرا اور آنکھوں پر ٹھیکری رکھ کر وہ ہلدر باڑی کی نئی مالکن بڑی بہو کے پاس گئی اور کہنے لگی: "ٹھیک ہے مالکن میں نے سوچ لیا ہے، میں آپ کی رسوئی چوکا سنبھال لوں گی اور آپ کا کھانا پکا دیا کروں گی۔ آپ کی سیوا کروں گی۔ اب اگر آپ کا من چاہے تو مجھے تنخواہ دے دیا کرنا۔ بس اتنی بنتی ضرور کروں گی کہ مجھے یہیں اپنے دوار رہنے کا ٹھکانہ دے دیں کہ وہ میرا نکما نکھٹو پتی تو مندر جا بیٹھا ہے اور وہ ناشکرے بے دید دونوں چھوکرے باپ کے سنگ رہنے کو کہتے ہیں۔ ماں، انھوں نے ہماری سنگت چھوڑ دی، اسی کے ہو رہے ہے۔ اب بولو ناں ہم کس کارن گھر لے کے بیٹھیں گے؟"

مالکن نے بڑی فراخ دلی سے حامی بھر لی اور بولیں: "ارے کیوں نہیں، تم ضرور آ جاؤ۔ تم نے تو ہمارے بال بچوں کو دودھ پلایا ہے، پھر یہ کہ تم برہمنی ہو۔ بس ایک بات کا دھیان رہے کہ اب وہ پہلے والی بات تو رہی نہیں، تم کو لیپنی اور دوسری عورتوں کے ساتھ ہی گزارا کرنا ہوگا اور ان سے بات بات پر جھگڑا کرنے کی عادت بدلنا ہوگی۔ تم کو تو پتہ ہے بڑے بابو کا مزاج گرم ہے، ایک تو وہ باڑی میں لڑائی دنگے ہی پر غصہ ہوتے ہیں، پھر

ایک بات یہ ہے کہ ہمارا تیسرا بیٹا بمبئی چلا گیا ہے اور اس نے وہیں ایک چھوکری سے بیاہ کرلیا ہے۔ ایک تو وہ پہلے ہی اس وجہ سے جھنجھلائے ہوئے ہیں اور اگر اوپر سے تم لوگوں کے لڑائی جھگڑوں کا شور اٹھے گا تو پھر تو وہ آپے سے باہر ہی ہو جائیں گے۔''

بات یہ ہے کہ جسودھا کی گود جب تک ہری بھری رہی اور وہ بچے پیدا کرنے کے ساتھ ساتھ لوگوں کے بچوں کو اپنے دودھ کی دھاریں پلا کر پروان چڑھانے کے قابل رہی، وہ یہاں کی عورتوں کے درمیان لالوں کی لال بنی رہی اور جیسے ہی بانجھ ہوئی، اس کے اندر ابلتے دودھ کے سوتے خشک ہوئے، اس کی کوئی اوقات ہی نہ رہی۔ وہ اگلی سی خوش حالی اور بے فکری باقی نہ رہی اور تنگی ترشی کے دن آگئے۔ اس کا تو مقدر ہی بگڑ گیا، اب تو جیسے وہی ماضی کے دن لوٹ آئے تھے۔ گئے دنوں کی تنگی، فاقہ کشی اور بے کسی کا سامنا تھا مگر وہ جو انسان کے اندر کی انا ہوتی ہے، وہ یوں آسانی سے ہار ماننے پر تیار نہ تھی۔ اس کا ذہن قسمت کے لکھے کو ماننے اور اس کے آگے ہتھیار ڈالنے پر ہرگز راضی نہیں ہوتا تھا، اپنے پچھلے طنطنے اور غرور کو خاک میں ملتے دیکھنے کا اس میں ذرا بھی حوصلہ نہیں ہوتا۔ ایسی تلخ حقیقت کو وہ شربت کے گھونٹ کی طرح اپنے حلق سے اتارنے پر تیار نہیں ہوتا بلکہ انتقام کے طور پر اس کی انا کی تسکین یوں ہوتی ہے کہ وہ ذرا سی بات پر بھڑک کر اگلے کی ناک زمین میں رگڑ کر ہی دم لیتا ہے۔ اپنے سے اونچے اور بڑی حیثیت والوں پر کیچڑ اچھال کر ہی اپنی تسلی کرتا ہے۔ جسودھا کی تقدیر نے بھی ایسا ہی پلٹا کھایا تھا۔ پہلے تو لبینی اس کے آگے دم نہ مارتی، وہ اور اس کے ساتھ کام کرنے والی دوسری عورتیں اس کے آگے پیچھے ہی پھرتی تھیں، اس کی ہونہہ پر ہاں کرتی تھیں اور اب جو اس کا وقت بگڑا تو لبینی نے وہ آنکھیں پھیریں کہ مانو آنکھیں اٹھا کر ماتھے ہی پر رکھ لیں اور صاف صاف کہہ دیا کہ تم اپنی تھالی اور گلاس آپ ہی دھولیا کرو، ہم تمھارے نوکر تو نہیں جو تمھاری جوٹھن دھوئیں۔ ارے ہم کاہے تمری ٹہل سیوا کرتے پھریں۔ جیسے ہم نوکر ہیں، ویسی تم نوکر، بولو ہم میں تم میں کیا فرق ہے۔

''یہ مت بھولو کہ میں کون ہوں۔'' غصے سے کھولتی جسودھا چیخ اٹھی، لیکن اسی وقت نئی مالکن نے اس پر اس کی حیثیت اور مرتبہ واضح کردیا۔

''ارے یہی تو میں ڈرتی تھی۔ بھئی میری ساس نے تو تمھارے دماغ کو آسمان پر چڑھا دیا تھا۔ اتنے نازنخرے اٹھائے کہ حد ہی نہ رہی پر دیدی سن لو۔ میں کہے دیتی ہوں کہ ہم نے تم سے نہیں کہا تھا کہ بھگوان کے لیے ہمارا کام کردو اور ہماری رسوئی سنبھال لو۔ یہ تو تم نے خود اپنی مرضی سے کام مانگا تو ہم نے دے دیا، تم نے خود اپنی مرضی سے ملازمت کی ہے تو اب یہ سب جھگڑے کس بات کے۔ تم جانو تمھارا کام۔ ہمیں اپنے لڑائی جھگڑے سے پریشان نہ کرو۔''

جسودھا پر یہ بات اچھی طرح واضح ہوگئی کہ اب اس گھر میں اس کی کوئی شنوائی نہیں ہوگی، کوئی اس کی بات پر کان دھرنے کو تیار نہ ہوگا۔ اس وقت تو اس نے چپ چاپ کھانا بنایا اور سب کو پروسا۔ دن ڈھلے شام پڑے وہ مندر کی اور چلی، اپنی بگڑی ہوئی تقدیر پر آنسو بہاتی ہوئی۔ پر وہاں مندر میں پوجا کرکے بھی اس کا جی ہلکا

نہ ہوا اور جی بھر کر اور کھل کھل کر رونے کے بعد بھی اس کے من کا بھار ویسے کا ویسا ہی رہا۔ نکلیشور کے مندر کی پوجا شام ڈھلے ختم ہوئی تو جسودھا مندر کے گھنٹے اور ڈھول کی باج اور مجیروں کی تال سن چکی تو اس نے اپنے آنسو پونچھے اور اٹھ کر گھر واپس آ گئی۔ اس نے چپکے چپکے پرارتھنا کی، ''ہے ماتا، مجھ پر کرپا کرو۔ یہ بتاؤ کہ میں بڑھاپے اور جیون کے انت میں سڑک کے کنارے بیٹھ کر ہاتھ میں پیالہ پکڑ کر بھیک مانگوں گی، کیا تمھاری یہی اِچھا ہے؟''

ہوسکتا ہے کہ جسودھا تقدیر کے آگے سر جھکا کر جیون ہلدر گھرانے کی خدمت کر کے اور ان کا کھانا بنا کر ہی بِتا دیتی، پر تقدیر تو کچھ اور ہی سوچ رہی تھی۔ اتنی زیادہ محنت اور مشقت اب جسودھا کے بس میں نہیں رہی تھی۔ اس کے شریر کی شکتی ٹوٹ رہی تھی۔ اب وہ یہ بھی نہیں بتا سکتی کہ آخر ذہنی کیفیت اور نراشا کی کیا وجہ ہے۔ کس وجہ سے وہ اتنا ٹوٹتی جا رہی ہے۔ بس اس کا دماغ الجھا ہوا رہتا۔ جتنی دیر وہ کھانا تیار کرتی، اس کا دماغ ایک ہی سوچ میں ڈوبا رہتا۔ ''دیکھو، کبھی میں اس گھر میں انا ہوا کرتی تھی، ان کے بچوں کی دودھ ماں۔''

پچھلی یادیں اور گزرے دن ہیولے بن بن کر خالی تصویروں اور منظروں کے روپ دھار دھار کر اس کی آنکھوں کے سامنے ناچتے۔ کبھی دیکھتی کہ وہ چوڑے کنارے والی اجلی کلف لگی ساڑھی باندھے، کھانوں سے بھرا ناشتے دان اٹھائے گھر کی طرف چلی جا رہی ہے۔ کبھی اس کو اپنی مرجھائی خشک چھاتیوں کا خیال آتا، کبھی بھری بھری دودھ کی کٹوریوں جیسی چھلکتی چھاتیاں یاد آنے لگتیں۔ ہائے رام، اس کی گود تو کبھی خالی نہ رہی تھی، ایک نہ ایک بچہ ان سے لپٹا چسڑ چسڑ دودھ پیتا ہوتا تھا۔

اس نے تو کبھی سپنے میں بھی نہ سوچا تھا کہ اس کی یہ بھری گود کبھی خالی اور سونی رہ جائے گی۔ اپنی سوچوں اور کھلی آنکھوں دکھائی دینے والے سپنوں میں وہ ایسی گم اور کھوئی کھوئی رہنے لگی تھی کہ سارے گھر کو کھانا پروستی اور سب کو کھلا پلا کر خود کھانا بھول جاتی۔ کبھی کبھی وہ نکلیشور سے پرارتھنا کرتی، پر بھو اب اگر ماؤں کو میری پرواہ نہیں رہی اور میں ان کے کام کی نہیں رہی تو پھر تم کاہے مجھے اپنے پاس نہیں بلا لیتے۔ کاہے ایک بار ہی دکھوں سے مجھے چھٹکارا نہیں دلا دیتے۔ اب میں اور زیادہ جینا نہیں چاہتی۔

ہوتے ہوتے ایک دن اس کی حالت کا اندازہ نئی مالکن کے سب سے چھوٹے بیٹے کو ہوا۔ وہ کہنے لگا، ''ماں! ہماری دائی انا کچھ بیمار ہے کیا؟ ایسا لگتا ہے کہ کچھ دن سے وہ بہک گئی ہے۔ اپنے آپے میں نہیں ہے۔''

''اچھا، میں دیکھوں گی۔'' ماں نے بچوں کو تسلی دی۔

''ہاں بھئی۔'' ان کے پتی نے ان کی بات کاٹ کر کہا، ''ضرور دیکھو اور معلوم کرو۔ بات یہ ہے کہ وہ برہمن ہے۔ اسے اگر یہاں ہمارے پاس کچھ ہو ہوا گیا تو یہ پاپ ہوگا۔''

مالکن رسوئی میں پہنچیں تو کیا دیکھتی ہیں کہ جسودھا نے بھات کی ہانڈی چولھے پر چڑھا رکھی ہے اور خود اپنی ساڑی رسوئی کے فرش پر پھیلا کر اس پر لمبی لیٹی ہوئی ہے۔

مالکن نے اس کو یوں ننگے بدن لیٹے دیکھا تو ان کے منھ سے چیخ نکل گئی، ''ارے دیدی، یہ کیا ہے؟'' انھوں نے اس کی چھاتی پر ایک سرخ نشان دیکھ کر پوچھا۔

''پتہ نہیں۔ ہوسکتا ہے یہ نشان بچوں کو دودھ چسانے کی وجہ سے پڑ گیا ہو۔''

''کیا فضول بات کرتی ہو، وہ اور ہوتی ہے دودھ کے چڑھاؤ کی سرخی، یہ اور طرح کی سرخی ہے، ایک دم لال سرخ؛ اور اب تم کون سا دودھ پلا رہی ہو کسی بچے کو۔ تمھارے تو سب سے چھوٹے والے کو بھی پیدا ہوئے دس سال گزر چکے ہیں۔''

''ارے پھر ہم کا جانیں۔ لگتا ہے ہماری چھاتی پتھر کی طرح سخت ہو رہی ہے، جیسے پتھر کی ہی ہو یا پھر اندر پتھر بھر گئے ہوں۔ وہ چھوٹا والا تو پیدا ہوتے ہی گجر گیا تھا، اچھا ہی ہوا۔ یہ سنسار رہنے کے قابل ہی کب ہے۔''

''اچھا ٹھہرو، کل ہمارے پوتے کو دیکھنے ڈاکٹر آئے گا تو اس سے پوچھوں گی۔ مجھے تو یہ کچھ ٹھیک نہیں لگ رہا ہے۔''

جسودھا نے آنکھیں موند لیں اور بولی، ''ارے ہماری چھاتی تو پتھر ہو گئی ہے۔ پہلے تو یہ گٹھل سا پھرتا معلوم پڑتا تھا، پر اب تو پتھر کی طرح سخت ہو کر ایک جگہ جم گیا ہے۔ پوری چھاتی بوجھل پتھر ہوئی پڑی ہے۔''

''اچھا تو پھر ڈاکٹر آ جائے تو میں اس سے کہہ دوں گی کہ تم کو دیکھ لے۔''

''ارے نہیں نہیں بہودی، میں ڈاکٹر کو نہیں دکھاؤں گی، بھلا پرائے مرد کے آگے اپنا آپا کھول دوں؟''

رات کو جب ڈاکٹر بچے کو دیکھنے آیا تو مالکن نے اپنے بیٹے کے ذریعہ جسودھا کی تکلیف اس کو کہلوائی کہ ویسے تو بظاہر کوئی دکھ درد نہیں، پر وہ دن بہ دن کمزور اور تھکی رہنے لگی ہے۔

ڈاکٹر نے کہا، ذرا دیکھ کر بتائیں کہ کہ نپل تڑخا ہوا تو نہیں، اس کے آس پاس گلٹیاں تو نہیں ہیں یا بغل کے اندر کوئی گلٹی پھول کر گیند کے برابر تو نہیں بن گئی ہے۔

ڈاکٹر کا سوال سن کر مالکن نے دل ہی دل میں کہا، ''اے ہے، کتنے بے دھڑک اور بے شرمی سے بات کر رہا ہے۔'' پر انھوں نے جا کر جسودھا سے پوچھا تو ڈاکٹر سے آ کر کہا کہ وہ یہ کہتی ہے کہ یہ ساری علامتیں تو بہت دنوں سے موجود ہیں۔

''اس کی عمر کیا ہے؟''

''اگر آپ اس کے سب سے بڑے بیٹے کی عمر سے حساب لگائیں تو اس کی عمر پچپن سال بنتی ہے۔''

''اچھا ٹھیک ہے، میں دوا لکھ دیتا ہوں، منگوا کر استعمال کروائیں۔'' ڈاکٹر نے باہر جاتے ہوئے کہا۔

باہر جا کر اس نے ہلدر باڑی کے مالک سے کہا۔ مجھے معلوم ہوا کہ آپ کی مہاراجن (باورچن) کی چھاتی میں کچھ گڑبڑ ہے۔ مناسب یہی ہے کہ آپ اس کا معائنہ کینسر اسپتال میں کروالیں، میں نے اس کو دیکھا تو نہیں پر جو حال سنا ہے، مجھے یقین ہے کہ یہ چھاتی کا کینسر ہے۔ اس موقعہ پر اس بات کا ذکر ضروری ہے کہ اس گھرانے کے سب سے بڑے بیٹے ہلدر صاحب ابھی تک سترہویں صدی میں ہی جی رہے تھے۔ بیسویں صدی میں تو اب کچھ ہی دن ہوئے، انھوں نے قدم رکھا تھا۔ اپنے تیرہ بچوں میں سے لڑکیوں کو انھوں نے بیاہ دیا تھا،

لڑکوں کا یہ تھا کہ جو پل بڑھ چکے تھے، وہ بھی اور جو ابھی جوانی کی دہلیز پر تھے، سب ہی اپنی اپنی راہ اور مرضی کے مالک تھے۔ پران کے بابا مسٹر ہلدر کا ذہن احیائے بنگال کے پچھلے دور کے طلسم سے آزاد نہ ہو پایا تھا۔ وہ اپنے زمانے اور عہد کے نئے تقاضوں کو قبول کرنے پر تیار ہی نہ ہو پا رہے تھے۔ نئے چلن سے حد بھر بدکتے اور اس کے خلاف بولتے تھے۔ اب یہی دیکھیے کہ بچوں کو خسرہ یا چیچک کے ٹیکے لگانے کے بالکل قائل نہ تھے۔ ان کا کہنا تھا، ''ارے بھائی ہم، یہ ستیلا کھسرا جیسی بیماریوں سے نہیں ڈرتے، یہ بیماریاں تو نیچ لوگوں کو ہوتی ہے۔ ان کا بھلا ہم لوگوں سے کیا واسطہ، ہمارے بچوں کو ٹیکے لگوانے کی کیا ضرورت؟ یہ تو نیچ گندے لوگوں کی بیماریاں ہیں، ان ہی کے بچوں کو پکڑتی ہیں۔ ارے ہم دیوتاؤں اور بامنوں کے سیوک اور عزت دار گھرانوں میں ان کا گزر بھی نہیں ہوتا۔ بھلا یہ اچھوتوں، شودروں کی بیماریاں ہمارا کیا بگاڑ سکتی ہیں۔''

انھوں نے ڈاکٹر کی بات پر بڑی ناک بھنوؤں چڑھائی، ''ہونہہ۔ لو بھلا اور سنو۔ کینسر وینسر اور کچھ نہیں، اس سے بڑی بیماری سوجھی۔ ارے بھئی نہیں معلوم، اس نے کیا بولا ہوگا اور تم نے کیا سنا۔ ایسا کرو، کوئی اچھا سا مرہم لکھ دو نسخے میں۔ مجھے پکا بھروسہ ہے کہ ٹھیک ہو جائے گا۔ کہے دیتا ہوں میں تمھارے کہنے پر ایک برہمن عورت کو اسپتال میں نہیں ڈال سکتا۔''

اسپتال کا نام سن کر جسودھا بھی اکھڑ گئی، کہنے لگی، ''لو اور سنو، ہم اسپتال جائیں گے۔ ایسا نہیں ہو سکتا۔ ارے میں نے اتنے بچے جنے تو ایک بار بھی اسپتال کا منھ نہ دیکھا۔ تو اب آپ چلی ہیں مجھے اسپتال میں ڈالنے۔ ارے وہ ناس مارا اسپتال ہی تو گیا تھا ناں اپنی دونوں ٹانگیں کٹوا آیا۔''

مسز ہلدر نے اس کو تسلی دی، اچھا تم گھبراؤ نہیں، میں تم کو ایک مرہم لا دوں گی۔ ایک سادھو بناتا ہے، جادو کی طرح کام کرتا ہے۔ ایک دو بار لگاؤ، اس کا منھ کھل جائے گا۔

پر وہ جادوئی مرہم ناکام رہ گیا، اس کا کوئی اثر نہ ہوا۔ کچھ دن اور گزرے تو جسودھا کی بھوک مر گئی اور کھانا پینا بالکل ہی چھوٹ گیا۔ بڑی تیزی سے کمزوری بڑھنے لگی، وہ نڈھال ہو کر رہ گئی۔ اب تو وہ اپنی بائیں چھاتی کو ڈھک بھی نہیں پاتی تھی۔ اس پر اپنی ساڑی کا پلو بھی نہ ڈال سکتی تھی۔ کبھی کبھی تو ایسا لگتا تھا جیسے آگ بھڑک رہی ہے، اندر اس کی کھال جگہ جگہ سے تڑخ رہی تھی، پوری چھاتی ایک بڑا سا گھاؤ بن گئی تھی۔ وہ پوری طرح چارپائی سے لگ گئی۔

اس کی حالت دیکھ کر ہلدر بابو بوکھلا گئے۔ ان کے تو ہاتھ پاؤں ہی پھول گئے۔ بھلا ان کی چھت تلے ایک برہمنی پران چھوڑ دے گی۔ یہ پاپ، مہا پاپ ہوگا ان کے سر پر۔ یہی سب سوچ کر انھوں نے جسودھا کے بیٹوں کو بلا کر خوب ڈانٹا پھٹکارا، ''ارے بے شرمو! یہ تمھاری ماں ہے۔ اس نے تم کو جنم دیا، پالا پوسا، پروان چڑھایا اور اب مرنے کو پڑی ہے تو تم پلٹ کر اس کی خبر نہیں لیتے۔ اچھا چلو اب تو اس کو گھر لے جاؤ۔ یہ کتنی بری بات ہے کہ ایک برہمنی ایک کائستھ کی چھت تلے پران چھوڑ دے۔''

جسودھا کا حال سن کر کنگالی روتا بلکتا اس کے پاس آیا۔ جسودھا اپنی کوٹھریا میں پڑی تھی، اندھیری

کوٹھری میں روشنی کی کوئی کوئی کرن جو آ رہی تھی، وہ بھی اب غائب ہو رہی تھی، اس نے رو رو کر منتیں کیں: ''اری مجھے کیا ہو گیا۔ میں نے بھی تجھ سے بدسلوکی کر کے بڑا دکھ بھوگا۔ دو سال کے اندر اندر سب خاک ہو گیا۔ مندر کی پلیٹیں چوری ہو گئیں تو پیٹھ پر میرے پھوڑے نکل رہے ہیں اور وہ جو ہے ناں کتیا گولا پی، ارے وہ تو نائپال کے سنگ نکل گئی اور جاتے سمے مندر کا گلہ توڑ کر سارا پیسہ بٹور کر لے گئی اور اب تا کیشور میں دکان ڈال کر بیٹھی ہے۔ اچھا اب چل چھوڑ گھر چل، میں ہر طرح سے تیری سیوا کروں گا، مجھ سے جیسے بھی بنے گا، تجھے آرام دوں گا۔''

جسودھا چپ چاپ اس کی باتیں سنتی رہی، پھر بولی: ''دیا جلا دے کنگالی۔ تیل کا دیب۔'' روشنی ہو گئی تو اس نے اپنی بائیں چھاتی کھول کر دکھائی، ''یہ دیکھ پورے کا پورا گھاؤ ہو گیا ہے۔ اب تو مجھے گھر لے جا کر کیا کرے گا۔ مجھ سے کیا پائے گا؟ مجھے کیوں لینے آیا ہے؟''

''مالک کا حکم ہے، اس نے ہم سے کہا ہے۔''

''اچھا تو یہ بات ہے۔ مالک اب مجھے اپنی باڑی میں رکھنا نہیں چاہتے۔'' جسودھا نے ایک گہری آہ بھری۔ ''ٹھیک ہی تو ہے، میں اب کسی کام کی تھوڑی ہوں۔ ارے تو مجھ کو گھر لے جا کر کیسے سنبھالے گا؟''

''کوئی بات نہیں، تو چنتا مت کر۔ کل میں آ کر لے جاؤں گا تجھے۔ آج میں کوٹھری صاف کر لوں گا، سب ٹھیک ٹھاک کر کے لے جاؤں گا۔ پکی بات ہے ایسی ہی جیسے میں اس سمے تیرے سامنے کھڑا ہوں۔''

''لڑکے تو سب ٹھیک ٹھاک ہیں ناں؟ پہلے تو نوال اور گوبر آگے پیچھے کبھی نکل بھی آتے تھے، پر اب تو کتنے دنوں سے دکھائی نہیں صورت بھی۔''

''خود غرض ہیں۔ حرامی سب کے سب۔ ہیں کس کے آخر کو، میرا ہی تخم تو ہیں۔ میری ہی طرح بے حس اور سنگ دل ہیں۔''

''اچھا، پھر کل تو آئے گا ناں؟'' جسودھا بولی۔

''آؤں گا۔۔۔ آؤں گا۔۔۔ آؤں گا۔۔۔ یہ میرا اوچن ہے۔'' اچانک جسودھا مسکرا دی تھی۔ یہ بڑی دل آویز مسکان تھی۔ دل کی گہرائیوں میں اتر جانے والی جو بیتے سموں اور گزرے دنوں کی کھوئی ہوئی یادوں کو دوبارہ کھوج لانے کی شکتی رکھتی ہے۔ مسکراتے مسکراتے اس نے تھوڑا الجا کر کہا: تجھے یاد ہے ناں؟''

''کیا یاد ہے؟''

''یہی کہ کبھی تو ان چھاتیوں کو کیسے چاؤ سے سہلایا کرتا تھا۔ ایسا کیے بنا تجھے نیند نہیں آتی تھی اور میری گود کبھی خالی نہ ہوتی تھی۔ دودھ پینے والوں کا تانتا ہی بندھا رہتا تھا، اوپر سے مالکن کے گھر کے بچے۔ کچھ پتہ نہیں کیسے میں سب کا پورا کر ڈالتی تھی، کس طرح کام چلاتی تھی۔''

''سب یاد ہے۔ ایک ایک بات یاد ہے۔'' یہ کہتے کہتے اس کی نظر جسودھا کے کمزور نڈھال وجود پر پڑی۔ افسوس اور رحم سے اس کا دل بھر آیا۔ وہ جو اپنے ہی من کی اور تن کی لوبھ اور لالبھ کے آگے کسی طرف دیکھتا ہی نہ تھا، نہ کوئی اور بات سوچتا تھا؛ جسودھا کا حال دیکھ کر بہت اداس ہو گیا۔ ایک خاموش اداسی اس کے تن اور من

دونوں ہی میں اترتی چلی گئی۔ اس نے جسودھا کا ہاتھ تھام لیا۔

''ارے تم کو تو تپ چڑھی ہوئی ہے۔''

''ہاں شاید اس پھوڑے کی وجہ سے ہے۔''

''اور یہ اتنی سڑی ہوئی بدبو کہاں سے آ رہی ہے؟''

''میرے زخم سے آ رہی ہے۔'' جسودھا نے جواب دیا اور آنکھیں موند لیں، پھر بولی: ''دیکھو اگر کوئی سنیاسی وید یا حکیم مل جائے تو اچھا ہے۔ تم کو یاد ہے ناں گوپال کا ٹائیفائیڈ اسی نے ٹھیک کیا تھا، ہومیو پیتھ دوا سے۔''

''ٹھیک ہے، میں بلا لوں گا۔ پہلے تجھے کل گھر تو لے جاؤں۔''

اس دن کنگالی چلا گیا۔ پر جسودھا کے کانوں میں اس کی بیساکھیوں کی کھٹ کھٹ سنائی نہیں دی۔ اس کی آنکھیں بند تھیں اور ایسا لگتا تھا جیسے کنگالی ابھی موجود ہو۔ سو وہ دھیمی دھیمی آواز میں بولتی رہی۔ ''کہتے ہیں کہ اگر کوئی بچہ ایک بار بھی تمھارا دودھ پی لے تو تم اس کی ماں بن جاتی ہو اور ذرا میرے بچوں کا حال تو دیکھو۔ گوپال، نائپال سے لے کر سارے بچے اور ہلدر باڑی کے سارے پوت میرا ہی دودھ پی کر پلے بڑھے، پر مجال ہے جو کسی نے آنکھ اٹھا کر میری اور دیکھا ہو یا میرا حال پوچھا ہو۔''

لگتا تھا جسودھا کا کھلا ہوا زخم اور اس کے آس پاس تیزی سے بڑھتے ہوئے اور ٹپکتے ہوئے سوراخ منھ کھول کر ہنس دیے ہوں۔ اس کا مذاق اڑا رہے ہوں۔ ''سنو!'' یہ کہتے کہتے اس نے آنکھیں کھول کر دیکھا تو کنگالی جا چکا تھا۔ اس رات اس نے لبینی سے لائف بوائے صابن کی ایک بٹی لی اور دوسری صبح اس نے صابن اچھی طرح مل مل کر اشنان کیا۔ کیسا تعفن تھا، کتنی بدبو تھی، کچھ ایسی ہی بدبو جیسے مرے ہوئے کتوں اور بلیوں کی سڑے بسے پنجروں سے اٹھتی ہے، جیسے محلے اور علاقے کے تابدانوں اور کوڑوں کے ڈرموں سے اٹھتی سڑانڈ۔ صابن سے مل مل کر وہ اپنی ذات کو اس تعفن اور بدبو سے نجات دلانا چاہ رہی تھی۔ بات یہ ہے کہ اس نے ہلدر باڑی کے بچوں کو اپنا دودھ پلایا تھا۔ اپنی چھاتیوں کی صفائی اور طہارت کا وہ پورا پورا خیال رکھتی تھی۔ تیل سے خوب اچھی طرح مالش کرنے کے بعد صابن مل مل کر ان کو دھوتی، خصوصاً نپل کی صفائی تو بہت ہی توجہ اور احتیاط سے کرتی تھی اور وہی چھاتیاں جن کی اس نے مدتوں دیکھ بھال اور رکھ رکھاؤ کیا تھا، اب آخر میں اگر ایسے وقت میں اسے دھوکا دے گئی تھیں، جب وہ کسی قابل نہیں رہی تھی، آخر کیوں؟ یہ بات اس کی سمجھ سے باہر تھی۔ اتنا تیز کٹیلا صابن لگنے سے اس کی کھال جل اٹھی، جیسے کسی نے زخموں پر انگارے رکھ دیے ہوں، وہ چکرا کر رہ گئی تھی، پھر بھی جس طرح ہو سکتا تھا اسی قدر مل مل کر اس نے اپنا بدن صاف کیا۔ نہا دھو کر اٹھی تو یہ حال تھا کہ آنکھیں تلملا رہی تھیں، سارے بدن میں آگ سی بھڑک رہی تھی، سر چکرا رہا تھا۔ آنکھوں تلے اندھیرا چھا گیا تھا۔ اندھیری کوٹھری کا فرش دیکھ کر ٹھنڈک کا احساس ہوا تو وہ وہیں اپنی ساڑی کا پلو بچھا کر اسی پر پڑ گئی۔ اب اس کی چھاتی اتنی بوجھل ہو رہی تھی جیسے منوں بوجھ بھرا ہو اس میں۔ اس بوجھ تلے وہ دبی اور پسی جا رہی تھی، اتنی کہ وہ اپنے پیروں پر کھڑی نہ رہ سکتی تھی۔ فرش پر

گرتے ہی وہ بے ہوش ہوگئی تھی۔

اگلے دن اپنے وعدے کے مطابق کنگالی اسے لینے آیا تو اس کا حال دیکھ کر اس کے اوسان خطا ہوگئے۔ کچھ سمجھ میں نہ آیا۔ اس نے چیخنا چلانا شروع کر دیا۔ آخر بین آگیا، لیکن اس نے بھی اس سے بڑھ کر چیخنا چلانا شروع کر دیا۔ ''ارے ان لوگوں کو بھی کوئی آدمی بول سکتا ہے، آدمی ہیں کہ پتھر؟ ارے اس عورت نے اس گھر کے مالکوں کو اپنا خون چسا چسا کر پروان چڑھایا، اس کا دودھ پی پی کر پلے بڑھے اور آج کوئی اس کی اور آنکھ بھر نہیں دیکھتا، ان کو اتنی توفیق نہ ہوئی کہ ڈاکٹر کو بلا لیتے۔ اچھا پھر میں ہی جاتا ہوں۔ ہری ڈاکٹر کو لے کر آتا ہوں۔''

ہری ڈاکٹر نے آتے ہی کہہ دیا، فوراً اسپتال لے جاؤ۔ عام طور پر ایسی حالت میں آنے والے مریضوں کو اسپتال لانے والے داخل نہیں کرتے اور لینے سے انکار کر دیتے ہیں، لیکن چونکہ جسودھا کو ہلدر بابو کے حوالے سے لائے تھے، اس لیے اس کو اسی وقت داخل کر لیا گیا۔

''اسے کیا ہوا؟ ڈاکٹر بابو! بولو نا تم ہم کو بتاؤ نا۔۔۔ اس کو کیا ہوا ہے؟'' وہ چھوٹے سے بچے کی طرح بلبلا کر پوچھ رہا تھا۔

''کینسر۔''

''ارے تو کیا چھاتی میں بھی کینسر ہو سکتا ہے؟''

''تو پھر اور کیا ہو سکتا ہے؟''

''ڈاکٹر صاب۔۔۔ یہ کیسے ہوا؟ اس نے تو بیس اپنے اور تیس ہلدر بابو کے بچوں کو دودھ پلایا ہے۔ یہ تو۔۔۔ دودھ کا بھرا ہوا کنستر تھی۔''

''کیا کہا تم نے؟ کتنے بچوں کو اس نے دودھ پلایا ہے؟''

''پچاس۔۔۔ پورے پچاس بچوں کو۔''

''ہائیں۔۔۔ پچاس بچوں کو؟''

''ہاں ڈاکٹر صاب۔''

''اس کے بیس بچے پیدا ہوئے؟''

''جی حضور۔ اس کے بیس بچے پیدا ہوئے۔''

''ارے رام رام۔۔۔ ہے بھگوان۔ بات سنو، اب تم کیا معلوم کرنا چاہتے ہو؟''

''میں پوچھتا ہوں کہ کیا یہ اس کارن ہوا ہے کہ اس نے اتنے بچوں کو اپنی چھاتی چسائی تھی؟''

''کچھ کہا نہیں جا سکتا۔ کینسر ہو جانے کا کوئی خاص سبب تو نہیں کہا جا سکتا یقین سے۔ یہ بھی بات ہے اکثر وہ عورتیں جو کثرت سے اپنا دودھ پلاتی ہیں۔ اچھا تم یہ تو بتاؤ پہلے تمھیں ہوش کیوں نہیں آیا۔ یہ حالت ایک دن میں تو نہیں ہو جاتی۔ رفتہ رفتہ ہی آدمی اس حال کو پہنچتا ہے۔ اگر شروع میں خیال کر لیتے اور یہ یہاں آجاتی تو

اس حال کو تو نہ پہنچتی، ٹھیک ہی ہو جاتی شاید۔''

''سرکار یہ ہمارے ساتھ رہ نہیں رہی تھی۔ ہماری لڑائی ہو گئی تھی۔''

''اچھا، ٹھیک ہے میں سمجھ گیا۔''

''پھر ڈاکٹر صاب، آپ کیا سمجھتے ہیں، یہ ٹھیک ہو جائے گی؟''

''تم پوچھتے ہو یہ ٹھیک ہو جائے گی؟ ارے یہ اب اپنے دن پورے کر رہی ہے۔ اب تم اس کی سانسیں گنتے رہو۔ جتنی سانسیں وہ پورے کرے، وہی بہت ہیں۔ تم اسے لائے ہی آخری اسٹیج پر ہو۔ اس حال کو پہنچ کر کوئی بھی نہیں بچ سکتا۔''

روتا دھوتا کنگالی واپس ہلدر بابو کی کوٹھی پر آ گیا، اس کے آنسوؤں اور آہوں سے گھبرا کر ہلدر بابو کا منجھلا بیٹا ڈاکٹر سے جا کر ملا۔

ڈاکٹر نے اس سے کہا، یہ بیماری تو لمبی اور بہت آہستہ آہستہ جڑ پکڑتی ہے۔ کیوں اور کس وجہ سے پیدا ہوتی ہے، کوئی نہیں بتا سکتا۔ اور چھاتی کے کینسر کا یہ ہے کہ اس کی علامتیں جلدی ظاہر ہو جاتی ہیں اور ان سے اس مرض کو ابتدا ہی میں پکڑا جا سکتا ہے۔ پہلے سینے میں ایک گلٹی نمودار ہوتی ہے جو کبھی غائب ہو جاتی ہے، کبھی ابھر جاتی ہے۔ پھر بڑی ہو کر پھوڑا سا بن جاتا ہے۔ پتھر کی طرح سخت اور سرخ کھال جگہ جگہ سے تڑختی ہے اور نپل جگہ جگہ سے تڑختا ہو تو یہ یقیناً کینسر کی علامت ہے اور بغل میں جو بڑا سا پھوڑا ابنتا ہے، وہ پک جاتا ہے، اس میں مواد پڑنے لگتا ہے۔ یہ السر بن جاتا ہے، آخری اسٹیج پر بخار بھی ہو جاتا ہے۔ ہاں اگر پھوڑے کا منھ بن جائے تو پھر حرارت نارمل ہی رہتی ہے اور یہ مرض کی دوسری اسٹیج ہوتی ہے۔ لڑکا یہ تفصیل سن کر جیسے گنگ ہو گیا اور صرف یہی بول سکا تھا:

''وہ بچ تو جائے گی؟''

''نہیں۔''

''اچھا، پھر یہ کتنے دن یہ تکلیف جھیلے گی۔''

''میرا خیال ہے زیادہ دن نہیں لگیں گے۔''

''اچھا اب اگر اس کے بچنے کی کوئی امید ہے ہی نہیں تو آپ اس کا علاج کیسے کریں گے؟''

''بس پین کلرز۔۔۔ سُن کر کے درد کم کرنے والی دوائیوں اور نیند کی نشہ آور گولیوں کے ساتھ۔''

''جب اس کی بھوک ختم ہو گئی تھی اور وہ کچھ کھا سکتی تھی نہ پی سکتی تھی تو کسی ڈاکٹر کو کیوں نہیں دکھایا؟''

''دکھایا تھا۔''

''پھر اس نے کیا بتایا؟''

''انھوں نے کہا تھا، اسپتال لے جاؤ۔ یہ ساری علامتیں کینسر کی ہیں، مگر وہ اسپتال جانے پر راضی نہ ہوئی۔''

''وہ اسپتال جانے پر راضی کیسے ہوتی، سر پر تو موت منڈلا رہی تھی۔''

لڑکے نے گھر واپس آ کر سارا حال بتایا اور کہا، ''جب ارون ڈاکٹر نے کہا تھا کہ یہ کینسر ہے، اگر اسی وقت داخل کر دیا جاتا تو شاید بچ جاتی۔''

اپنے سر الزام لگتے دیکھ کر اس کی ماں نے چلا کر کہا، ''جب تم اتنے سیانے بنتے ہو تو پھر تم آپ ہی کیوں نہ لے گئے؟ میں نے تمھارا ہاتھ تو نہیں پکڑ لیا تھا، بولو میں نے منع کیا تھا کیا؟''

بہر حال ایک احساس جرم و ندامت تھا جو ماں بیٹے کے ذہنوں میں کلبلا رہا تھا۔ ایک ناقابل بیان شرمندگی اور پچھتاوا تھا جو اندر اندر ایک اُبال کی طرح دونوں کے اندر کھلبل پک رہا تھا، جیسے گندا پانی کسی نالے یا پائپ میں جمع ہوتے اور سڑتے سڑتے عفونت اور گندگی میں گیس بننے لگے اور اس کے دباؤ سے نالہ ہی پھٹ پڑے، ساری غلاظت اور گندگی پھٹ کر ابل کر باہر کو نکل پڑے۔ رہ رہ کر دکھ ہوتا تھا، ''وہ ہماری چھت کے ہی تلے رہ رہی تھی، ہم سے کبھی اتنا نہ ہوا کہ ایک بار تو پلٹ کر اس کی طرف دیکھتے، کبھی اس کے دکھ سکھ کی خبر ہی نہ لی۔ بھگوان، اتنا موذی روگ!! کون جانے کب ہو گیا اور کب سے وہ اس کو سہارتی اور بھوگتی رہی تھی اور اسے پتہ بھی نہ چلا کہ یہ کیسا روگ اس کو اندر اندر کھائے جا رہا ہے۔ آخر تو اس نے ہم سب کو ہی پالا تھا، اپنا دودھ چسا چسا کر اس اکیلی نے۔ اور ہم کیسے ہیں، ہم سب نے مل کر بھی اس کا آگا تاگا نہ لیا۔ آخر ہم سب ہی تو اس کے بچے تھے۔ اس کا ہم پر حق تھا، وہ ہم سب ہی کو تو اپنا سمجھتی تھی اور اب وہ اسپتال میں تنہا مرنے کو پڑی ہے۔ وہ اس دنیا میں اکیلی تو نہ تھی، پتی تھا اور اتنے بہت سے بیٹے، مگر وہ ہماری محبت میں سب کو چھوڑ ہمارے ہی دوار پڑی رہی تھی، وہ ہماری ہی تو ذمہ داری تھی، اس کی تندرستی پر رشک آتا تھا لوگوں کو۔''

ایک بار یہ سب سوچتے تو دوسری بار اور ہی باتیں شروع ہو جاتیں۔ اپنی بے پروائی اور ایسے سلوک کے بے شمار جواز تلاش کر لیے جاتے، ''بھئی اب بھاگ کے لکھے کو تو کوئی بدل نہیں سکتا۔ اس کے بھاگوں میں یہی روگ لکھا تھا، یہ تو بھگوان کی اِچھا تھی۔ یہی تو ارون ڈاکٹر نے پہلے ہی کہہ دیا تھا کہ یہ کینسر ایسا روگ ہے کہ جان لے کر ہی ٹلتا ہے۔ اب کوئی تقدیر کے لکھے کو تو مٹا نہیں سکتا، نہ ہی قسمت پکڑ سکتا ہے۔ اب دیکھو ناں، اگر وہ ہمارے گھر میں مر جاتی تو اس کا پتی اور پوت تو ہم سے سوال کرنے بیٹھ جاتے۔ کیوں ہوا؟ کیسے ہوا؟ بڑی جوابدہی پڑ جاتی ہمارے سر، اب یہ ہے کہ ہم نے تو اپنے آپ کو اتنے بڑے الزام سے بچا لیا۔ اب ہم کسی کے سامنے جوابدہ نہیں ہیں۔''

بڑے ہلدر بابو نے بھی ان کی باتوں پر صاد کیا اور ہاں میں ہاں ملاتے ہوئے بولے: ''مجھے تو ارون ڈاکٹر نے پہلے ہی بتا دیا تھا کہ یہ کینسر ہے اور یہ وہ مرض ہے کہ اس کے حملے سے کوئی بچ ہی نہیں سکتا اور اب یہ دیکھو کہ دیدی کے تو کینسر تھا۔ اسپتال میں تو وہ اس کی چھاتی کا آپریشن کر کے کاٹ ہی دیتے، وہ پھر بھی نہ بچتی، اس لیے کہ یہ روگ تو موت کا سندیسہ ہی بن کر آتا ہے۔ اب تم جانو کہ سورگواسی پتا جی ان لوگوں کی کتنی عزت کرتے تھے۔ اس لیے کہ بامن ہیں۔ ہماری تو یہی کوشش ہوتی ہے کہ پتا جی کے ہی بنے بنائے راستوں پر چلیں۔ آج جو ہم اتنا پھل پھول رہے ہیں، یہ ان ہی کے آشیرواد کا نتیجہ ہے۔ اب اگر دیدی ہمارے گھر میں پران چھوڑ دیتیں تو ہم کو

ان کے کریا کرم کی ساری ریت رسمیں پوری کرنا پڑتی تھیں، بڑی پوجا کا بندوبست کرنا پڑتا۔''

عام طور پر دیکھا گیا ہے کہ کینسر کے مریض اسپتال میں داخل ہونے کے چند دن بعد ہی قید حیات سے آزاد ہو جاتے ہیں لیکن جسودھا کے معاملے میں تو ڈاکٹروں کو بھی حیرت تھی کہ وہ پورے ایک ماہ سے بھی زیادہ عرصہ کھینچ لے گئی۔ شروع شروع میں کنگالی اس کے بیٹے اور نبین بڑی پابندی سے روز اس کے پاس جاتے رہے۔ اس دوران اس کی حالت میں کوئی فرق نہ آیا، وہ اسی طرح کوما کی حالت میں بے سدھ تیز بخار میں پڑی رہی۔ دراصل وہ کوما کی حالت میں اپنی سانسیں پوری کر رہی تھی۔ چھاتی کا زخم روز بہ روز بڑھتا جاتا تھا اور اب تو پوری چھاتی ایک بڑے اور کھلے ہوئے دہان زخم کی صورت اختیار کر چکی تھی۔ اگرچہ زخم کی مرہم پٹی بڑی پابندی سے کی جا رہی تھی، زخموں کی ڈریسنگ کرنے والی جراثیم کش دواؤں میں بھیگی ہوئی پٹی روزانہ تبدیل کی جاتی تھی، لیکن دواؤں کی مخصوص بو جب زخم کے گلتے اور سڑتے ہوئے گوشت کے تعفن سے ملتی تو ایسی ناقابل برداشت تعفن اور بدبو اٹھتی کہ پاس کھڑے رہنا ممکن نہ تھا۔

سب سے پہلے کنگالی چرن نے محسوس کیا کہ وہ اب ہر احساس اور ضرورت سے پورے طور پر بے نیاز اور لاتعلق ہو چکی ہے۔ اس نے ایک دن ڈاکٹر سے کہا کہ ہم اس کو چاہے کتنا ہی پکاریں، اس کا جواب تو الگ رہا، اس پر کوئی اثر نہیں ہوتا۔

''کیوں؟ کیا تمھارے خیال میں یہ اچھی بات نہیں کہ وہ جس کرب و اذیت سے گزری ہے، اس سے بے خبر بے سدھ پڑی رہی، ورنہ ایسے زخم کی دردناک کراہیں کون برداشت کر سکے گا۔''

''کیا اس کو معلوم ہوتا ہے کہ ہم اس کو دیکھنے آتے ہیں؟''

''یہ کہنا تو مشکل ہے۔ کون کہہ سکتا ہے کہ اس کو کوئی خبر ہوتی ہے یا نہیں۔''

''یہ کچھ کھا پی بھی سکتی ہے؟''

''کھانا پینا کیسے ممکن ہے، اس کو تو غذا ڈرپ نالی کے ذریعہ پہنچائی جا رہی ہے۔''

''اچھا تو اس طرح کوئی زندہ رہ سکتا ہے؟''

''بھئی اب یہ کھوج کیوں کر رہے ہو؟''

ڈاکٹر کو اس کی باتوں پر غصہ آ رہا تھا۔ اس کو احساس تھا کہ اس کا غصہ صرف جسودھا اور کنگالی تک محدود نہ تھا، بلکہ دنیا بھر کی ان تمام عورتوں پر تھا جو سینے کے کینسر کی ابتدائی علامتوں کو نظرانداز کرتی ہیں۔ اندر ہی اندر مرض کو پالتی رہتی ہیں، جس کا نتیجہ ایسے مہلک اور اذیت ناک کینسر کے پھوڑے کی شکل میں نمودار ہوتا ہے۔ اسپتال آنے کا فائدہ ہی کوئی نہیں، اسے تو کوئی سدھ بدھ ہی نہیں، کون آیا کون گیا۔ آنکھ کھول کر پہچاننا تو دور کی بات ہے۔ اس کے تو کان میں کوئی آواز ہی نہیں پڑتی۔''

جب کنگالی کو اپنے کسی سوال کا بھی تسلی بخش جواب نہ ملا تو اس نے مایوسی سے کہا اور کمرے سے باہر نکل گیا، ''ڈاکٹر اپنی سی کر تو رہے ہیں۔ اب ہمارا تو کوئی کام ہی نہیں۔'' اس نے نبین سے کہا۔

ہمت کر کے نبین نے ڈاکٹر سے کہا، ''جب یہ پران چھوڑ دے تو یہ ہلدر بابو کا فون نمبر ہے، اس نمبر پر اطلاع دے دیں، وہ ہم کو خبر دے دیں گے۔''

لیکن نبین نے کنگالی سے کہا: ''کنگالی اگر اس نے جاتے سمے آخری بار تم کو دیکھنے کی خواہش کی تو پھر؟؟ دیکھو وہ تمھاری پتی ورتا استری تھی۔ اب آج کون کہہ سکتا ہے کہ اس نے اتنے بچوں کو جنم دیا اور پروان چڑھایا۔ اس نے تم کو کبھی دھوکا نہیں دیا، نہ ہی بے وفائی کی، کبھی کسی دوسرے آدمی پر نظر نہیں اٹھائی۔''

اتنا کہتے کہتے نبین سوچوں میں ڈوب گیا، اس نے جب سے جسودھا کو اس حال بے سدھ پڑے دیکھا تھا اور اس کے سینے میں کھلے ہوئے زخموں پر نظر ڈالی تھی، اس کے اوپر عجب طرح کی فلسفیانہ کیفیت طاری ہوگئی تھی۔ سوچوں کا جمگھٹا سا تھا جو گھٹاؤں کی طرح اندر اٹھ رہا تھا، جو اس کے اندر ناگ سے لہرا رہے تھے، وہ آپس میں یوں گڈمڈ کرتے ہوئے گتھے جا رہے جیسے ملن کرتے ہوئے ناگ آپس میں گتھ رہے ہوں۔ اس کا دل عجیب طرح سے اس کی طرف کھینچا جا رہا تھا۔ عجب سی خواہش اور تاسف تھا کہ یہ اتنی خوب صورت بھری بھری رسیلی چھاتیاں آخر کو یوں ختم ہوئیں۔ اچھا مٹی ڈالو۔ آدمی کے شریر کی بھی کوئی حقیقت ہے، وہ تو بالکل ہی مٹی اور خاک ہے۔ ایک مشت غبار۔ ایک بار ہی جب ترتیب عناصر میں خلل آجائے تو بس اس کی ساری شادابی اور تازگی ختم ہو جاتی ہے۔ بس فنا ہی فنا ہے۔

کنگالی کے پاس نبین کی نصیحت سننے کا وقت نہ تھا۔ جہاں تک جسودھا کے وجود کا تعلق ہے، وہ اب اس کو اپنے ذہن سے نکال دینا چاہتا تھا۔ جب وہ پہلے دن اس کو دیکھنے کے لیے ہلدر بابو کے گھر گیا تھا، جب بھی اور جب شروع شروع میں اسپتال جاتا تھا تو وہ واقعی اس کے لیے دل سے پریشان تھا، وہ اس کی صحت اور زندگی لے کر جایا کرتا تھا، پر بعد میں دھیرے دھیرے وہ جوش اور جذبہ ٹھنڈا پڑتا گیا۔ جس دن سے ڈاکٹر نے اس کو بتایا تھا کہ جسودھا بچے گی نہیں اور بہت جلد یہ سنسار چھوڑ جائے گی، جب ہی سے اس نے اس کے خیال کو اپنے ذہن سے نکال دیا تھا، اسی وقت وہ اس کے لیے مر چکی تھی۔ اس خیال سے اس کو بالکل دکھ نہ ہوا تھا۔ اس کے بیٹے بھی تو آخر اسی کے بیٹے تھے۔ ویسے بھی انھوں نے اپنے اور اپنی ماں کے درمیان ایک دوری اور فاصلہ ہمیشہ محسوس کیا، وہ بھی جس ماں سے مانوس تھے، وہ ایک اٹل اور بڑی مضبوط ہستی تھی۔ چمکدار بالوں کا کسا ہوا اونچا سا جوڑا باندھے سفید براق سے کھڑ کھڑاتی کلف دار ساری باندھے۔ وہی ان کی ماں تھی اور یہ اسپتال کے پلنگ پر پڑی ہوئی مرجھائی ہوئی بے سدھ عورت تو ان کی ماں نہ تھی۔

یہ غنودگی اور نندا سا پن نشیلی دواؤں کے اثر سے ہے اور اس کیفیت کی وجہ سے اسے بڑا سکون مل رہا ہے۔ اس کا دماغ اس سکون کی حالت کی وجہ سے اس مغالطے میں تھا کہ شاید ہلدر بابو کا کوئی بیٹا پڑھ لکھ کر ڈاکٹر ہو گیا ہے، جب ہی تو وہ اس نرمی اور دھیان سے اس کی دیکھ بھال کر کے اس کو سکون پہنچا کر اپنے دودھ پلانے کا بدلہ چکا رہا ہے۔ پر وہ بچے تو اسکول کی پڑھائی ختم کرتے ہی کاروبار میں لگا دیے جاتے تھے، پھر یہ ڈاکٹر کیسے بن گیا۔ جو بھی ہو، میں پوچھوں کہ یہ مجھے اس سڑتی ہوئی چھاتی کی سڑانڈ اور بو سے چھٹکارا کیوں نہیں دلا دیتا۔ ارے کیسی

سڑانڈ ہے کہ بیان نہیں ہوسکتی اور کوئی یقین بھی نہیں کرسکتا۔ وہ کتنا دھیان رکھتی تھی اپنی ان چھاتیوں کا کہ وہی تو اس کے رزق اور کمائی کا وسیلہ تھیں اور اس کو پتہ تھا کہ یہ دودھ سے لبالب بھرے ڈبے ہیں جن کا وہ کاروبار کرتی ہے۔ یہی تو اس کا سرمایہ اور پونجی ہے، سو وہ ان کو بچا بچا کر رکھتی تھی۔ اچھے اعلیٰ درجے کے صابن سے دھو کر صاف ستھرا کر کے رکھتی۔ ان کی حفاظت کے خیال سے اس نے کبھی بلاؤز تک تو پہنا نہیں تھا۔ اتنی بڑی بڑی تھیں کہ بلاؤز میں سماتی ہی نہ تھیں۔

جب نشہ آور دواؤں کا اثر زائل ہونے لگتا تو جسودھا درد کی شدت سے تڑپنے اور چیخنے چلانے لگتی تھی۔ آنکھیں بند ہوتیں اور ہائے ہائے پکار رہی ہوتی اور پھر دھندلائی ہوئی آنکھوں کو کھول کھول کر کسی نرس یا ڈاکٹر کی طرف دیکھتی کہ کاش وہ اس کی مدد کرسکیں۔ کبھی ڈاکٹر قریب آتا تو منھ ہی منھ میں بڑبڑاتی، ''ارے تو میرا دودھ پی پی کر اتنا بڑا ہو گیا۔ پر تو اب مجھے اتنا دکھ کیوں دے رہا ہے۔''

اس کے نزدیک ساری دنیا ہی کو اس نے دودھ پلایا اور پروان چڑھایا تھا۔ سو ڈاکٹر بھی اس کا دودھ پی کر ہی پروان چڑھا تھا۔ وہ اس کے قریب آتا، پھر وہی انجکشن، پھر وہی پین کلر۔ یہی چکر چلتا رہا۔ آخر ایک دن اس کا پھوڑا آتش فشاں پہاڑ کی طرح اُبل پڑا۔ ایسی سڑانڈ اور ایسی بدبو کہ اس کے قریب جانا بھی ممکن نہ رہا۔

ایک رات جسودھا کو لگا کہ اس کے ہاتھ پاؤں ٹھنڈے ہوئے جا رہے ہیں۔ بس اب جیون کا انت آ گیا ہے، اس نے اپنی بند آنکھیں کھولے بنا ہی محسوس کیا کہ کوئی اس کا ہاتھ پکڑے ہوئے ہے۔ پھر وہ انجکشن کی سوئی چبھی بازو میں۔ اب سانس لینے میں دشواری ہو رہی ہے۔ اب بچنا مشکل ہے۔ ارے یہ کون لوگ ہیں جو اس کی دیکھ بھال کر رہے ہیں۔ کیا یہی بچے ہیں جنھیں اس نے اپنا دودھ پلا پلا کر پروان چڑھایا تھا؟

جسودھا سوچتی تھی کہ اس نے اپنے بچوں کو اپنا دودھ پلا کر اس لیے پالا کہ وہ ان کو اس سنسار میں لائی، اسی نے ان کو جنم دیا۔ اس نے ہلدر گھرانے کے بچوں کو دودھ پلایا کہ اس کو اپنے پریوار کے لیے روزی روٹی کمانا تھا۔ ان کا پیٹ بھرنا تھا۔ اس کو لگتا تھا کہ اپنے پریوار کا پیٹ پالنے کے لیے اس نے دنیا بھر کو اپنے ہی دودھ پر پالا تھا۔ پھر یہ سب اس کے پاس کیوں نہیں؟ کیوں اس انتم سمے انھوں نے اسے اکیلا چھوڑ دیا؟ ارے یہ ڈاکٹر۔۔۔ اور یہ جو اس پر چادر ڈالتی ہے۔۔۔ اور وہ جو اس کے انتم سنسکار کے لیے چادر پر دھر کر کمرے سے باہر لے جائے گا اور وہ بھی جو اس کی ارتھی کو شمشان گھاٹ لے جائے گا اور وہ ڈوم جو اس کی لاش کو اگنی دے گا۔۔۔ سب اس کے ہی دودھ کی دھاروں پر پل کر اتنے بڑے ہوئے ہیں، وہ سب کیوں اس کو اکیلا اور تنہا مرنے کو چھوڑ گئے۔ پر ہے یوں کہ جو کوئی بھی جسودھا ہوتی ہے، وہ جو سارے سنسار کو اپنے دودھ کی دھاروں پر پالتی ہے، اس کو تو اکیلا ہی مرنا ہوتا ہے۔ پھر بھی کوئی تو ہوتا ہے؛ کوئی دوست، مہربان، کوئی اپنا، ایسا اپنا جس کی گود میں سر رکھ کر کوئی اپنے پران چھوڑ دے۔ پر کون؟ کون؟ وہ کون ہوسکتا تھا۔

جسودھا نے رات گیارہ بجے اپنے پران چھوڑ دیے۔

ٹیلیفون پر ہلدر بابو کی کوٹھی پر اطلاع دی گئی، مگر انھوں نے اس رات اپنا فون ڈسکنکٹ کیا ہوا تھا۔ گھنٹی

نہیں بچی۔ اسپتال کے قواعد کے مطابق ایک لاش کو مردہ خانے میں جتنی مدت تک رکھا جانا چاہیے، اس مدت کے بعد جسودھا دیوی کی میت کو ایک ہندو مہیلا ہونے کی حیثیت سے ٹھیلے پر رکھ کر شمشان گھاٹ پہنچا دیا گیا اور ٹھیک وقت پر آگ لگا کر جلا بھی دیا گیا۔ ڈوم نے لاش کو آگ لگائی اور اس طرح جسودھا نے جو کچھ سوچا تھا، اپنے کریا کرم کے بارے میں، وہ لفظ بہ لفظ پورا ہوا۔ بات یہ ہے وہ تو ایک دیوتا سمان تھی اور اس سنسار کا یہی دستور ہے کہ جو کوئی بھی دیوتاؤں جیسی ذمہ داری کا اہل ہوتا ہے اور ایسی ذمہ داری اپنے سر لیتا ہے، لوگ اسے اپنی غرض سے سر آنکھوں پر بٹھاتے ہیں اور کام نکل جانے پر اس سے آنکھیں پھیر لیتے ہیں۔ اسے اکیلے چھوڑ دیتے ہیں۔ دیوتاؤں کا یہی مقدر ہے۔

قاصد (مراٹھی)

جی۔اے۔کلکرنی

ترجمہ: سلام بن رزاق

گرو ناتھ ابا جی کلکرنی ، المعروف جی۔اے۔کلکرنی (۱۰ جولائی ۱۹۲۳ء-۱۱ دسمبر ۱۹۸۷ء) مراٹھی زبان کے ایک نامور ادیب تھے جنھیں ساہتیہ اکیڈمی ایوارڈ سے نوازا گیا تھا۔

کلکرنی نے اپنی مختصر کہانیوں میں اپنی ایک ایسی دنیا خلق کرنے کی کوشش کی جہاں ان کے کردار انجان منزل مقصود کے تعاقب ہیں۔علامت، استعارے، تمثیل وغیرہ کا استعمال وہ کچھ اس طرح کرتے ہیں جس سے ان کی کہانیوں کی ساخت منفرد اور انوکھی ہوجاتی ہے۔لوک کتھاؤں اور اساطیر اس ترتیب کو مشکل بناتے ہیں لیکن پھر بھی قارئین کو اپنے کرداروں، مقامات اور تجربات سے پہچاننا کچھ اتنا مشکل بھی نہیں ہوتا، کیوں کہ کلکرنی اپنے گہرے مشاہدوں کی بنا پر انسانوں، جانوروں اور معاشرتی دنیاؤں کی خوب صورتی اور بدصورتی کو متشکل کرنے میں ترسیل کا المیہ ان کی راہ کی رکاوٹ نہیں بن پاتا۔

سلام بن رزاق اردو کے معروف افسانہ نگار ہیں۔آپ کے متعدد افسانوں کے مجموعے شائع ہوچکے ہیں۔اس کے علاوہ مراٹھی افسانوں کے تراجم بھی شائع ہوکر قارئین اور ناقدین سے داد وصول کر چکے ہیں۔سلام کو ساہتیہ اکیڈمی ایوارڈ بھی مل چکا ہے۔

شہر کی جانب آنے والی شاہراہ پر ایک رتھ برق رفتاری سے چلا آرہا تھا۔رتھ پر سمراٹ کا مخصوص نیلا پرچم لہرا رہا تھا، جس پر بڑے سے راج ہنس کی تصویر بنی ہوئی تھی۔دوار پال نے دور سے رتھ کو آتے ہوئے دیکھ لیا اور جلدی سے دروازے کا بڑا سا ارگل ہٹا دیا۔ارگل کے ہٹاتے ہی شہر پناہ کے اس عظیم الشان دروازے کے

دونوں پھاٹک لوہے کے بھاری پنکھوں کی مانند دھیرے دھیرے پیچھے کی جانب کھلتے چلے گئے۔ شہر پناہ میں داخل ہوتے ہوئے بھی رتھ کی تیز رفتاری میں کوئی کمی واقع نہیں ہوئی۔ گھوڑے ہوا سے باتیں کر رہے تھے اور سنگی پختہ سڑک پر سفید گھوڑوں کے ٹاپوں سے چنگاریاں سی پھوٹ رہی تھیں۔ سڑک پر چلنے والے لوگ پہلے تو چونکے، پھر پلٹ کر رتھ کو دیکھا اور خوف سے دائیں بائیں سمٹ گئے۔ جوں ہی رتھ آگے بڑھا، لوگوں کا ہجوم رتھ کے پیچھے دوڑنے لگا۔ ٹھیک شہر کے وسط میں بڑے چوک پر جب رتھ پہنچا، سارتھی نے یک بیک پوری قوت سے لگام کھینچ لی۔ لگام کھینچتے ہی پارے کی مانند بے قرار کشادہ آنکھوں والے سفید گھوڑے ہنہناتے ہوئے اپنے پچھلے پیروں پر کھڑے ہوگئے۔ ان کی گھنی ایالوں والی گردنیں سمندر کی بے چین موجوں کی مانند لمحہ بھر کو اوپر اٹھ گئیں۔ برق آسا گھوڑے رک تو گئے مگر ان کی صبا رفتاری کا جوش ہنوز تمام نہیں ہوا تھا۔ پسینے سے شرابور ان کے جسم ابھی تک کانپ رہے تھے۔

چوک کے اطراف ہجوم بڑھتا جا رہا تھا۔ ہر شخص رتھ سے قاصد کے اترنے کا بے چینی سے انتظار کرنے لگا۔ چوک کی ایک جانب راج کمار کا سات پھاٹکوں والا عظیم الشان محل تھا۔ داخلے کے بڑے دروازے پر دونوں جانب سنہرے النکاروں سے سجے چوڑے مستکوں پر سواستک کے نشان والے کوہ تن ہاتھی مستی میں ڈول رہے تھے۔ ان کے گلوں میں بندھی گھنٹیاں ایک خاص لَے کے ساتھ ٹن ٹن بج رہی تھیں۔ چاروں طرف ایسا زبردست سناٹا تھا کہ اس سناٹے میں ان گھنٹیوں کی آواز کے سوا کوئی دوسری آواز سنائی نہیں دے رہی تھی۔ راج کمار کے محل کے سامنے راج پروہت کا مٹھ تھا جس کا دروازہ اتنا بلند تھا کہ آٹھ آدمی ایک دوسرے کے کاندھے پر سوار ہو کر اس سے آسانی کے ساتھ گزر سکتے تھے۔ سفید سنگ مرمر کی سیڑھیوں کا طویل سلسلہ اوپر تک چلا گیا تھا، جہاں منقش ستونوں کے پاس دو بھکشو کیسری رنگ کے لباس میں مورتیوں کی مانند ساکت کھڑے تھے۔ ان کی پشت پر مٹھ کا بڑا گول چبوترہ خاموشی میں غرق تھا، جس کی چھت کے نیچے ایک بھکشو پتے کی مانند آہستہ آہستہ ایک طرف کو جاتا دکھائی دے رہا تھا۔ شاہی قاصد اپنے معمول کے برخلاف بڑی ہڑبڑی میں رتھ سے اترا۔ تبھی اس کے خادموں نے زور زور سے قرنا پھونکنا شروع کر دیا۔ اس آواز سے جیسے خفتہ محل اچانک بیدار ہو گیا اور چاروں طرف سے انسانی شور سنائی دینے لگا۔ اس شور میں ہاتھیوں کی گھنٹیوں کی مدھر آواز دب کر رہ گئی۔ محل کے وسیع و عریض آنگن میں سرخ پوش سپاہی دو رویہ قطاروں میں چاق و چوبند گردن جھکائے کھڑے ہو گئے۔ راج کمار سنہرے رنگ کے زرق برق لباس میں انتہائی پُر وقار اور پُر تمکنت انداز میں سیڑھیاں اترنے لگا اور محل کے بڑے دروازے کے پاس آ کر رک گیا۔ مٹھ میں بھی کیسری رنگ کی چادریں لپیٹے بھکشو اکٹھا ہونے لگے، جنھیں دیکھ کر لگتا تھا زرد رنگ کے پھولوں کی بکھری ہوئی پنکھڑیاں سمٹ کر پھولوں کی ایک مالا میں تبدیل ہو رہی ہیں۔ راج پروہت دبیز ریشمی چادر اوڑھے آہستہ آہستہ سیڑھیاں اترنے لگے۔ ان کی ایک جانب ایک بھکشو جس کے سینے پر مقدس یگیہ کے شعلوں کا نشان تھا، اپنے میں ایک عصا لیے چل رہا تھا جس کا اوپری سرا کنول کے پھول سے مشابہ تھا۔ یہ عصا راج پروہت کے وسیع اختیارات کی نشاندہی کرتا تھا۔ دوسرا بھکشو ان کے سر پر ریشمی کیسری رنگ کی چھتری کھولے ان سے دو قدم

پیچھے ادب سے چل رہا تھا۔ شاہی قاصد کو یہ دیکھ کر اندر سے فخر کا احساس ہوا کہ وہ اس ہجوم میں ہر خاص و عام کی نگاہ کا مرکز بنا ہوا ہے۔ اس کے معمر چہرے پر مسرت کی جھلک صاف دکھائی دے رہی تھی۔ وہ ایک شان استغنا کے ساتھ ذرا سا آگے بڑھا اور اس نے راج کمار اور راج پروہت کے سامنے رسماً تھوڑا سا جھک کر انھیں پرنام کیا۔ پھر ادب سے بولا: ''راجن! آج میں سمراٹ دھرم بھوشن کے خصوصی ایلچی کی حیثیت سے یہاں حاضر ہوا ہوں۔ سمراٹ شکار میں مصروف تھے کہ کنول کے جھیل کے کنارے سیلیشور مندر کے پاس انھیں ایک عجیب و غریب بشارت ہوئی اور انھوں نے بہ عجلت اس خادم کو روانگی کا حکم دیا، ساتھ ہی مجھے خصوصی ہدایت دی گئی ہے کہ سمراٹ کا پیغام بہ نفس نفیس رعایا کے روبرو پیش کروں۔ سمراٹ شکار سے دستبردار ہو کر غور و فکر کی خاطر کسی نامعلوم گوشے میں روپوش ہو گے ہیں۔ سمراٹ اس قدر عجلت میں تھے کہ انھوں نے شاہی پروانہ لکھنے اور اس پر اپنی مہر ثبت کرنے کی رسمی کارروائی میں وقت ضائع کرنے کی بجائے مجھے زبانی پیغام دے کر روانہ کر دیا اور یہ خادم متواتر دو روز سے سفر کرتا ہوا بغیر خواب و خور کے حاضر خدمت ہوا ہے۔ سمراٹ کا حکم ہے کہ پیغام براہ راست رعایا کے روبرو پیش کیا جائے۔ ہر باعزت شہری کو یہ اختیار ہوگا کہ وہ ممکن ہو تو اس پیغام کو عملی جامہ پہنانے میں حکومت کی اعانت کرے۔ ملک و قوم کی سلامتی کا دارومدار اسی بات پر ہے کہ اس شاہی فرمان پر فوری طور پر عمل کیا جائے۔ سمراٹ کا حکم ہے کہ۔۔۔''

چاروں طرف ایک اذیت ناک خاموشی چھا گئی، غیر ارادی طور پر راج کمار ایک قدم آگے بڑھا۔ مقدس پروہت نے ایک دوسرے میں پھنسی اپنی انگلیوں کو آزاد کیا اور دوبارہ ایک دوسرے میں پھنسا دیں۔ ہاتھیوں کے گلے کی گھنٹیوں کی آواز دوبارہ گونجنے لگی۔ دو سپاہیوں نے ان پر ہاتھ رکھ انھیں شانت کر دیا۔

''سمراٹ کا حکم ہے کہ۔۔۔ حکم ہے کہ۔۔۔'' قاصد نے دوبارہ کچھ کہنے کی کوشش کی مگر یک بیک اس کا گلا رُندھ گیا اور الفاظ جیسے اس کے حلق میں پھنس کر رہ گئے۔ اس کی آنکھوں کے سامنے دھند چھا گئی اور وہ بے حس و حرکت سامنے خلا میں گھورتا کھڑا رہ گیا۔ کچھ پل اسی طرح گزر گئے۔ رعایا میں بے چینی کی لہر دوڑ گئی اور راج کمار کی پیشانی پر اضطراب کی ایک مہین سی سلوٹ ابھر آئی۔ ریشمی لباس کے اندر پروہت کے ہاتھوں کی انگلیاں غیر ارادی طور پر اضطرابی کیفیت کے ساتھ اوپر نیچے حرکت کرنے لگیں۔ قاصد کے ہونٹ بے مقصد لرز رہے تھے۔ اس کے معمر چہرے پر اندرونی کرب اور بیچارگی کی جھلک دکھائی دے رہی تھی۔ راج کمار کے قریب کھڑے منتری نے دبے لہجے میں قاصد کو ہشکارا، یکا یک راج کمار قاصد کے قریب آیا اور مسکراتا ہوا بولا: ''شری پاد! لگتا ہے لگاتار سفر نے آپ کو کافی تھکا دیا ہے۔ پھر فرض کی ادائیگی کی بھاری ذمہ داری نے بھی آپ کے اعصاب کو متاثر کیا ہوگا لیکن آپ تردد نہ کریں۔ میں سمجھ گیا ہوں شاہی پیغام کیا ہو سکتا ہے؟ مہاراج مدت مدید سے ولی عہد کے مسئلے کو لے کر کافی فکر مند تھے، غالباً انھوں نے اس عظیم ذمہ داری کے لیے مجھے منتخب کیا ہوگا۔''

معاً راج پروہت عصا بردار خادم کے ساتھ دو بھکشوؤں کی معیت بھی آگے بڑھے۔ ان کے چہرے پر گہرے تفکر کے آثار تھے اور ہونٹ سختی سے بھنچے ہوئے تھے، اس لیے ان کا چہرہ معمول سے زیادہ سُتا ہوا دکھائی

دے رہا تھا۔

''راجن!'' وہ راج کمار سے مخاطب ہوئے، ''ممکن ہے کہ آپ کا اندازہ درست ہو، مگر ہمیں یہ نہ بھولنا چاہیے کہ مہاراج ایک خداترس انسان ہیں۔ وہ ملک میں ایک ایسی حکومت چاہتے تھے جو مذہبی اصولوں پر قائم ہو۔ ایک ہفتہ قبل ہی مجھے ان سے ملاقات کا شرف حاصل ہوا تھا۔ اس وقت وہ اسی فکر میں مبتلا تھے۔ میں نے انھیں یقین دلایا تھا کہ اگر ایسا موقع آ گیا تو میں دھرم شاسن کی ذمہ داری قبول کرنے کو تیار ہوں۔ تب ان کے چہرے پر نہ صرف قلبی اطمینان کی جھلک دکھائی دی بلکہ ان کی آنکھوں سے احسان مندی بھی ظاہر ہو رہی تھی۔ لگتا ہے سمراٹ کو دھرم شاسن کی بشارت ہو گئی ہے۔ مجھے یقین کامل ہے کہ قاصد کے ذریعے انھوں نے یہی پیغام بھیجا ہو گا۔''

راج کمار نے نہایت ادب سے راج پروہت کی دلیل کو رد کرتے ہوئے کہا: ''راج گرو! اس میں شبہ کی شمہ برابر گنجائش نہیں کہ دھرم شاسن ایک مقدس اور اہم فریضہ ہے، مگر یہ فریضہ اسی وقت قابل عمل ہو سکتا ہے جب ریاست کا ولی عہد بھی منتخب ہو جائے۔ ایک مضبوط حکومت کے بغیر آپ دھرم شاسن کا تصور کیسے کر سکتے ہیں؟''

پروہت کے چوڑے ماتھے پر خفگی کی ایک ہلکی سے شکن ابھری اور ڈوب گئی۔ ہونٹ کچھ زیادہ ہی سختی سے ایک دوسرے پر جم گئے مگر دوسرے ہی لمحے انھوں نے اپنے اندرونی اُبال پر قابو پا لیا اور نہایت عیاری سے لہجے کو ملائم بناتے ہوئے بولے: ''کس میں جرأت ہے کہ آپ کی بات کو رد کرے، مگر سمراٹ ابھی برسرِ اقتدار ہیں۔ ایشور انھیں سلامت رکھے۔ کیا یہ بہتر نہ ہو گا کہ وراثت کا تصفیہ ہم ان کی مرضی پر چھوڑ دیں۔''

قاصد پتھر کی مورت کی طرح بے حرکت کھڑا تھا۔ دفعتاً اس کے ہونٹ ہلے۔ وہ بھرائے ہوئے لہجے میں کہنے لگا: ''خادم معافی چاہتا ہے۔ میری یادداشت یک لخت منجمد ہو گئی ہے۔ سمراٹ کا پیغام مجھے یکسر بھول گیا ہے، مگر میں یہ بات پورے وثوق سے کہہ سکتا ہوں کہ ان کا پیغام ولی عہد سے متعلق قطعی نہیں تھا۔ اس صورت میں فرمان نامہ شاہی مہر کے ساتھ جاری ہوتا اور سفید سفارتی پرچم پر تلوار کا نشان ہوتا۔''

قاصد کے ان الفاظ کے ساتھ ہی راج کمار کے چہرے پر مردنی چھا گئی اور پروہت کے ہونٹ مزید بھنچ گئے۔ قاصد آگے کہہ رہا تھا:

''اور سمراٹ کا پیغام، دھرم شاسن سے متعلق بھی نہیں ہے، سب جانتے ہیں کہ دھرم شاسن کا پیغام لانے والے سفیر کے پرچم پر 'سفید کمنڈل' کا نشان ہوتا ہے۔ یہ دونوں سفیر سمراٹ کے ہم رکاب تھے۔ اس کے باوجود سمراٹ نے اس پیغام کے لیے میرا انتخاب کیا تھا۔''

''راج دوت! ممکن ہے اس طویل سفر نے آپ کو ہلکان کر دیا ہو۔ تھکن دور ہو جانے پر آپ کی یادداشت روشن ہو جائے گی۔ لہٰذا ہمارے مؤدبانہ التماس ہے کہ آپ ہماری میزبانی قبول فرمائیں اور راج محل میں چل کر قدرے سستا لیں۔ ہم آپ کے شکر گزار رہوں گے۔''

منتری نے راج کمار کی طرف نگاہ کرتے ہوئے تجویز رکھی۔ راج کمار منتری کی اس حاضر دماغی پر دل ہی دل میں عش عش کرنے لگا۔ پھر اس نے ایک لمحہ ضائع کیے بغیر دو سپاہیوں کو اشارہ کیا اور بولا؛ ''منتری جی کی یہ تجویز انتہائی معقول ہے۔ اس پر فوراً عمل کیا جائے۔''

مجبوراً مقدس پروہت کو بھی بولنا پڑا؛ ''ہم بھی انتہائی انکساری کے ساتھ اس تجویز کی تائید کرتے ہیں۔'' پھر وہ ایک چوڑے سپاٹ چہرے والے بھکشو کی طرف مڑے اور بولے؛ ''بھدرانند! ہم پر بھی کچھ ذمہ داریاں عائد ہوتی ہیں۔ تم راج کمار کے شاہی مہمان خانے میں قاصد کے ساتھ جاؤ۔ شب و روز ان کی خدمت میں رہ کر شاہی خدمت گاروں کی مدد کرو۔''

بھدرانند پروہت کے پہلو سے یوں نکلا جیسے ان کا سایہ ان سے جدا ہو رہا ہو۔ وہ نپے تُلے قدم اٹھاتا ایلچی کے قریب جا کر کھڑا ہو گیا۔ راج کمار کا چہرہ پروہت کی اس چال پر غصے اور شکست سے سرخ ہو گیا اور اس سے قبل کہ اس کی زبان سے کوئی ایسی ویسی بات نکلے، منتری نے ہلکے سے اس کا ہاتھ دبا دیا۔ راج کمار کو مجبوراً ضبط کرنا پڑا۔ قاصد اب بھی سکتے کے عالم میں کھڑا تھا۔ ایک خدمت گار نے آگے بڑھ کر اس کا ہاتھ تھام لیا اور اسے لیے ہوئے محل کی طرف بڑھا۔ بھدرانند پرچھائیں کی طرح ان کے پیچھے پیچھے چل رہا تھا۔

محل میں ایلچی کو ایک نرم آرام گدی پر بٹھایا گیا۔ بھدرانند سامنے ایک گوشے میں اپنی چادر بچھا کر بیٹھ گیا جیسے محل کی دیواروں پر کندہ مورتیوں میں سے ایک مورتی ہو۔ قاصد کے حمام کے لیے معطر گرم پانی تیار کیا گیا۔ غسل کے بعد ایک حسین دوشیزہ نے اس کے لیے ایک ملائم بستر تیار کیا اور دست بستہ اس کی خدمت میں کھڑی ہو گئی۔ پھر قاصد کے سامنے انواع اقسام کے پُرتکلف کھانے چنے گئے۔ راج کمار کے سخت احکامات تھے کہ قاصد کی خاطر مدارات میں کوئی کسر نہ رہنے پائے، مگر ایسا لگ رہا تھا کسی نامعلوم صدمے سے ایلچی کی ساری حسیات مردہ ہو گئی ہیں۔ شام ہوئی۔ تاریکی پھیلی۔ جواہرات سے مزین چراغ روشن ہوئے۔ پھر ان چراغوں کی روشنی صبح کے اجالوں میں تحلیل ہو گئی، مگر قاصد کی آنکھ تک نہ جھپکی۔ بھدرانند بھی برابر جاگ رہا تھا۔ اُدھر راج کمار رات بھر اپنی خواب گاہ میں اضطراب کے عالم میں ٹہلتا رہا۔ وقفہ وقفہ سے خدمت گار قاصد کی کیفیت معلوم کرتے اور راج کمار کو پل پل کی خبر دیتے رہے۔ جب صبح تک ایلچی کی حالت میں کوئی تبدیلی واقع نہیں ہوئی تو راج کمار کے صبر کا پیمانہ لبریز ہو گیا۔ بالآخر صبح کی پہلی کرن کے ساتھ ہی راج کمار اپنے منتری اور خدمت گاروں کے ساتھ قاصد کے سامنے آوارد ہوا۔

''اگر چند لمحوں کے اندر تجھے وہ شاہی پیغام یاد نہیں آیا تو میں خود اپنے ہاتھوں سے تیری گردن مار دوں گا۔'' راج کمار غصے سے کانپتا ہوا بولا۔ ان الفاظ کے ساتھ ادھر بھدرانند سنبھل کر بیٹھ گیا۔ منتری موقع کی نزاکت کو سمجھتے ہوئے راج کمار سے مخاطب ہوا۔

''راجن! برسرعام اپنے غضب کا اظہار کرنا شاہوں کو زیب نہیں دیتا۔ ناچیز کی درخواست ہے کہ ولی عہد سلطنت اپنے روایتی تحمل کو ہاتھ سے نہ جانے دیں۔''

''لیکن منتری یہ ہمارا محل ہے اور یہاں کی ہر شے پر ہمارا اختیار ہے۔''

''آپ بجا فرماتے ہیں۔ محل آپ کا ہے مگر موقع کی نزاکت کا لحاظ بھی واجب ہے۔''

منتری نے بھدرانند کی طرف دیکھتے ہوئے معنی خیز انداز میں کہا؛''غالباً وہ قول تو آپ کو یاد ہی ہوگا کہ غیر کے وجود سے خواب گاہ طوائف گھر میں بدل جاتی ہے اور اجنبی لمس زندہ کو مردہ کر دیتا ہے۔ میرا حقیر مشورہ ہے کہ اب قاصد سے صحیح بات اُگلوانے کے لیے ہمیں کوئی دوسری ترکیب اختیار کرنی پڑے گی۔ جو مسئلہ صبر سے حل نہ ہوتا ہو، وہ بعض اوقات جبر سے حل ہو جاتا ہے۔ آپ مجھے اپنی ترکیب استعمالکرنے کی اجازت دیجیے۔''

راج کمار نے اثبات میں گردن ہلا دی اور منتری نے فوراً ایک خدمت گار کو اشارہ کیا۔ تھوڑی ہی دیر میں سپاہی ایک طویل القامت قوی الجثہ شخص کے ساتھ محل میں داخل ہوا۔ وہ شخص سر سے پاؤں تک سیاہ لباس میں ملبوس تھا اور اس کے ہاتھ میں تین مختلف قسم کے چمک دار اوزار تھے۔ سیاہ پوش کی آمد سے اس وسیع و عریض کمرے میں ایک مہیب سایہ سا پھیلگیا۔ بھدرانند بھی ایک جھٹکے سے اپنی جگہ پر کھڑا ہو گیا۔

''راج دوت! شاہی پیغام یقیناً ولی عہد کے بارے میں ہے، مگر اتفاق سے اس وقت آپ کی یادداشت آپ کا ساتھ نہیں دے رہی ہے۔''

منتری کا لہجہ سرد اور سفاک تھا؛''آپ کی کھوئی ہوئی یادداشت کی بازیابی کے لیے بندہ آپ کی مدد کرنا چاہتا ہے۔ اسی مقصد کے تحت اس شخص کو یہاں طلب کیا گیا ہے۔ یہ اپنے ہنر میں یکتا ہے۔ یہ انسان کے جسم سے اس کی کھال ایسے اتارتا ہے جیسے موز سے چھلکا اتارا جاتا ہے۔ ہم نے اسے حکم دیا ہے کہ یہ آپ کو اپنے ہنر کا ادنیٰ سا نمونہ دکھائے۔''

چاروں طرف خوف کی ایک لہر سی دوڑ گئی۔ لیکن قاصد اسی طرح بے حس و حرکت بیٹھا رہا، جیسے ان سارے معاملات سے اس کا کوئی تعلق نہ ہو۔ منتری نے لمحہ بھر توقف کیا کہ شاید قاصد کی جانب سے کوئی ردعمل ہو، پھر سیاہ پوش کی طرف مڑا اور اسے کچھ اشارہ کیا۔ سیاہ پوش آہستہ آہستہ چلتا ہوا قاصد کے قریب پہنچا اور ایک جھٹکے کے ساتھ اس کی پشت پر سے اس کا پیرہن چاک کر دیا۔ قاصد کی پشت بے لباس ہو گئی۔ پھر اس نے ایک تیز اوزار سے اس کی پیٹھ پر ایک مہین سی خونی لکیر کھینچی۔ راج دوت نے سسکاری سی لی۔ پھر دوسرے ہی لمحے سیاہ پوش نے چٹکی سے پکڑ کر اس کی پیٹھ سے ہتھیلی کے برابر کھال کھینچ لی۔ قاصد پہلے تو ناقابل برداشت درد سے زخمی سانپ کی مانند بل کھانے لگا، پھر فرش پر گر کر تڑپنے لگا۔ راج کمار کے چہرے پر مایوسی کی جھلک کے ساتھ برہمی کے آثار بھی تھے۔ تبھی قاصد تڑپ کر دوبارہ اٹھ بیٹھا اور کراہتا ہوا بولا۔

''مجھے یوں تڑپا تڑپا کر مارنے کی بجائے میری گردن اڑا دو۔ میں آپ کا احسان مند ہوؤں گا۔ یہ سچ ہے کہ مجھے سمراٹ کا پیغام بھول گیا ہے، مگر میں قسم کھاتا ہوں کہ وہ پیغام ولی عہد سے متعلق قطعی نہیں تھا۔''

راج کمار غصے سے بپھر گیا۔ اس نے آگے بڑھ کر پوری قوت سے قاصد کے ایک ٹھوکر لگائی۔ قاصد دوہرا ہو کر ایک طرف کو لڑھک گیا۔

''اسے محل کے باہر کتوں کے آگے پھنکوا دو۔'' راج کمار نے طیش میں آکر حکم دیا اور منتری کے ساتھ محل میں ایک طرف کو چلا گیا۔

سیاہ پوش نے قاصد کو کسی غلیظ کپڑے کی طرح گردن سے پکڑ کر اٹھایا اور باہر سڑک پر ڈال دیا۔ اس کے دھار دار ہتھیاروں پر قاصد کے خون کے نشانات تھے، اس نے قاصد کے کپڑوں سے انھیں صاف کیا اور ایک سمت کو چل دیا۔ بھدر رانند قاصد کے قریب آیا۔ وہ بے حس و حرکت پڑا تھا مگر ابھی اس کی سانسیں چل رہی تھیں۔ اس نے دو بھکشوؤں کو بلایا۔ انھوں نے قاصد کو اپنے ہاتھوں پر اٹھالیا اور بڑی مشکل سے زینے چڑھتے ہوئے راج پروہت کے سامنے حاضر ہوئے۔ بھدر رانند نے شروع سے آخر تک ساری روداد سنا دی اور گویا ہوا۔

''ہو سکتا ہے، مٹھ کی شانت اور پاکیزہ فضا میں اس کی یادداشت واپس لوٹ آئے۔ مگر میرا طریقۂ کار جداگانہ ہے۔ محل کا عیش و آرام اس سے جو بات اگلوا نہیں سکا، بھوک اور فاقہ اس سے اگلوا سکتے ہیں۔''

راج پروہت کی اجازت پاتے ہی بھدر رانند نے قاصد کو بھکشوؤں کی ایک تنگ و تاریک کوٹھری میں قید کر دیا اور نرم سپاٹ لہجے میں بولا: ''میں سمجھتا ہوں آپ کے حق میں یہ بہتر ہوگا کہ آپ سمراٹ کے پیغام کو یاد کریں اور بائیں کہ وہ ہمارے راج پروہت کے متعلق ہی تھا۔ جب تک آپ کو پیغام یاد نہیں آتا، آپ خورد و نوش سے محروم رہیں گے۔ اگر آپ کی یادداشت بازیاب ہوگئی تو آپ کی خدمت میں ایسے ایسے کھانے پیش کیے جائیں گے کہ شاہی دسترخوان بھی اس کے سامنے ہیچ نظر آئے گا۔ ذرا ادھر نظر کیجیے۔ اس سنگی کبوتر کے پروں پر دھوپ موجود ہے۔ نیچے کنول کا پھول ہے۔ اگر آپ اپنی جان کی سلامتی چاہتے ہیں تو اس سے قبل کہ دھوپ کنول کی پتیوں کو چھونے لگے، سمراٹ کا پیغام یاد کر لیجیے۔''

بھکشوؤں کی اس تنگ و تاریک کوٹھری میں قاصد اسی طرح بے حس و حرکت پڑا رہا۔ اب اس کی آنکھوں میں ایسا خالی پن تھا کہ ان میں اس کی پیٹھ کے دہکتے زخم کا احساس تک فنا ہو گیا تھا۔ دھوپ سنگی کبوتروں کے پروں پر سے رینگتی ہاتھی کے مجسمے کو چومتی ہزار پنکھڑیوں والے کنول کے پھول پر اتر آئی۔ کنول کے نیچے جھیل کا پانی لمحے بھر کو جھلملایا۔ کنارے کے درختوں کے پتے پل بھر کو سنہری ہو گئے اور دوسرے ہی لمحے دھندلا گئے۔ یہ سب ہوا مگر قاصد کے چہرے کی بے تعلقی جوں کی توں قائم رہی۔ اس کے ہونٹوں سے ایک لفظ تک ادا نہیں ہوا۔ بھدر رانند کے غیر جذباتی چہرے پر بھی اب اضطراب اور غیض کے آثار دکھائی دینے لگے۔ وہ بولا۔

''اب اسے نیچے تہہ خانے میں ایذا رسانی والے کمرے میں لے چلو۔''

بھکشوؤں نے جب قاصد کو اس تنگ کوٹھری سے باہر نکالا، تب اس کا جسم بے حد لاغر ہو چکا تھا۔ چہرے کی ہڈیاں ابھر آئی تھیں۔ وہ اسے مٹھ کے نچلے وسیع تہہ خانے میں لے آئے اور تہہ خانے کے وسط میں ایک چبوترے پر اسے لٹا دیا۔ پھر دونوں بھکشوؤں نے اسی چبوترے میں لگی زنجیروں سے اس کے ہاتھ پاؤں کس کر باندھ دیے۔ قاصد نے دھیمے سے سانس لے کر آنکھیں کھول دیں اور دھیرے دھیرے چاروں طرف نظریں گھمائیں۔ دیواروں پر جگہ جگہ تیل میں بھیگی مشعلیں جل رہی تھیں جن کی کپکپاتی روشنی میں ایذا رسانی کے عجیب و

غریب اوزاروں کی پرچھائیاں کالی چڑیلوں کی مانند رقص کر رہی تھیں۔ چبوترے کے عین اوپر تانبے کا ایک سرخ ہنڈولا آویزاں تھا۔ ہنڈولے کے گرد ایک دائرہ نما آہنی چکری میں آگ کی ننھی ننھی زبانیں لپلپا رہی تھیں۔ یہ منظر دیکھتے ہی قاصد اپنی پشت کے زخم کی تکلیف بھی بھول گیا اور ڈوبتے لہجے میں بولا؛ ''دھرم گرو! میں نہیں جانتا کہ آپ میرے ساتھ اب کیا سلوک کرنے والے ہیں لیکن میری درخواست ہے کہ میرے لیے اسی سزا تجویز کریں کہ فی الفور میری موت واقع ہو جائے۔ اب مزید اذیت جھیلنے کی میرے جسم میں سکت نہیں ہے۔''

بھدرانند خاموش رہا۔ تھوڑی دیر میں وہ بھکشو واپس آ گیا جسے کچھ دیر قبل بھدرانند نے کسی کو بلانے بھیجا تھا۔ بھکشو کے پیچھے پیچھے سیاہ لباس میں ملبوس وہی سیاہ پوش چبوترے کے پاس آ کر کھڑا ہو گیا۔

''دیکھو راج دوت کو سب سے پہلے اس روغنی چراغ کے تجربے سے آشنا کراؤ۔ کبھی کبھی سفاکی سے پہنچائی جانے والی شدید ضرب سے زیادہ ہلکی نرم چوٹ زیادہ کارگر ہوتی ہے۔ اس روغنی ہنڈولے کو اس وقت تک روشن رکھا جائے جب تک راج دوت کی یادداشت واپس نہیں آ جاتی۔''

اس کے اشارے پر سیاہ پوش زینہ چڑھ کر اوپر پہنچا اور اس نے آہنی چکری میں روشن لوؤں کو تیز کر دیا۔ آگ کی لپلپاتی زبانیں بلند ہوئیں اور تانبے کے ہنڈولے کو چاٹنے لگیں۔ نیچے ایذا رسانی کے اس وسیع کمرے میں کیسری چادریں اوڑھے بھکشو اکٹھا ہونے لگے اور اپنی اپنی سانسیں روکے اس منظر کو دیکھنے لگے۔ تھوڑی ہی دیر میں تانبے کا ہنڈولا تپ کر لہو رنگ ہو گیا۔ تب سیاہ پوش نے اس ہنڈولے کے پیندے میں بنے باریک سوراخ پر لگے ننھے سے ڈھکن کو ہٹا دیا۔ کھولتے تیل کا ایک گول موٹا شفاف قطرہ تیزی سے نیچے ٹپکا اور قاصد کے ننگے بدن پر گرا۔ جوں ہی قطرہ جلد سے مَس ہوا، اس کے بدن پر اندر سے بلبلے کی مانند ایک موٹا سا آبلہ نمودار ہو گیا اور ارد گرد کی جلد جھلس کر سیاہ پڑ گئی۔ ناقابل بیان درد سے قاصد سر سے پاؤں تک اینٹھ کر رہ گیا اور ایک دلدوز چیخ اس کے پھٹے ہوئے گلے سے برآمد ہوئی۔

''اسی طرح وقفہ وقفہ سے ایک ایک قطرہ ٹپکاتے رہو۔'' بھدرانند نے سرد لہجے میں سیاہ پوش کو ہدایت دی۔

''نہیں نہیں۔ میری گردن مار دو۔ ایشور کے لیے مجھ پر اتنی دیا کرو۔'' قاصد گڑگڑایا۔

وقفہ وقفہ سے مزید چار قطرے قاصد کے بدن پر ٹپکے اور وہ ہر قطرے پر زخمی سانپ کی طرح بل کھا کر رہ گیا۔

''بولو، سمراٹ کا پیغام دھرم گرو کے متعلق ہی تھا ناں؟'' بھدرانند نے بے حد ملائم لہجے میں پوچھا۔

''نہیں، مجھے اس وقت بھی کچھ یاد نہیں آ رہا ہے۔'' قاصد نے ڈوبتی شکستہ آواز میں کہا۔ ''مگر وہ پیغام دھرم شاسن کے بارے میں نہیں تھا۔''

خود راج پروہت آہستہ آہستہ چلتے ہوئے قریب آ کر کھڑے پورا ماجرا دیکھ رہے تھے۔ ان کی آمد کی کسی کو خبر نہیں ہوئی۔ انھوں نے مایوسی سے گردن ہلائی اور بولے؛ ''بھدرانند اس غلیظ سور کو شمشان میں پھنکوا دو

ورنہ خواہ مخواہ اس کی ہتیا کا پاپ ہمارے سر آئے گا۔"

بھدرانند نے اثبات میں گردن ہلائی۔ راج پروہت واپس لوٹ گئے۔

بھدرانند نے پروہت کی ہدایت کو خاموشی سے مان تو لیا مگر اس کا چہرہ کرخت ہو گیا تھا۔ اسے وہ ذلیل طوائف یاد آئی جسے یہ معلوم تھا کہ راج پروہت کا ایک ناجائز بیٹا کہاں پرورش پا رہا ہے۔ اس کی بوٹی بوٹی الگ کردی گئی مگر اس نے اپنی زبان نہیں کھولی تھی۔ اس کے بعد بھدرانند کی یہ دوسری بڑی ناکامی تھی۔ اس کے مطابق ابھی ایسی ایذائیں باقی تھیں کہ اس کمینے قاصد کو زبان کھولنے پر مجبور کیا جاسکتا تھا۔ یہ سیاہ پوش بڑی صفائی سے گرم سلاخ کو حلق میں گھسیڑنے کا فن جانتا تھا یا پھر ایک ہاتھ کو باندھ کر اس پر خون چوسنے والی جونکیں چھوڑی جاسکتی تھیں۔ یہ ترکیب بعض اوقات بڑی کارآمد ثابت ہوتی تھی، یا ضرورت پڑنے پر اس کے جسم کے پُرگوشت حصوں میں کھوکھلی میخیں ٹھونک کر ان میں سوزش پیدا کرنے والا ترش زہریلا مادہ بھرا جاسکتا تھا۔ سچ پوچھیے تو اسے اس وقت راج پروہت کا آنا اور ان کا اس طرح قاصد کو شمشان میں پھنکوانے کا حکم دینا اچھا نہیں لگا تھا۔ اس نے دیکھا کہ راج پروہت کی آمد کی خبر دینے کا کام جس بھکشو کے سپرد تھا، وہ خوف کے مارے ایک کونے میں کھڑا کانپ رہا تھا۔ اس پر نظر پڑتے ہی بھدرانند کے غصے کی انتہا نہ رہی۔ اس نے اسی وقت حکم دیا کہ اپنے فرض سے لاپرواہی برتنے کے جرم میں اس بھکشو کو تین سہ پہر سانپ گھر میں قید رکھا جائے اور ساتھ ہی کرخت آواز میں گرجا، اور اسے شمشان میں پھینک دو۔" اور غصے سے مڑ کر باہر نکل گیا۔

سانپ گھر کا نام سنتے ہی دوسرے بھکشو بے اختیار ہنسنے لگے۔ کسی نو وارد بھکشو کو اس کی کسی خطا پر سانپ گھر میں بند کر دیا جاتا تھا۔ سارے سانپ غیر زہریلے ہوتے تھے مگر نو وارد بھکشو اس بات سے لاعلم ہوتا اور جب سانپ اس کے جسم پر رینگنے لگتے تو خوف اور دہشت سے اس کی مضحکہ خیز حرکتیں دیکھ دیکھ کر باقی بھکشو ہنسی سے بے حال ہو جاتے۔ پھر وہ ایک دوسرے کو بتاتے کہ کس طرح صرف خوف اور دہشت سے وہ بھکشوؤں کی موت واقع ہو گئی تھی اور ان کے مردہ جسموں کے نیچے تین سبز رنگ کے بے ضرر سانپ کچلے گئے تھے۔

بھدرانند کے جاتے ہی وہ سارے بھکشو استہزائیہ انداز میں ہنستے کلکارتے اس خوف زدہ بھکشو کے گرد جمع ہو گئے۔ دو بھکشوؤں نے بڑی بے دردی سے قاصد کو اٹھایا اور اسے شمشان میں لے جا کر پھینک دیا۔ پھر پیچھے پلٹ کر دیکھے بغیر مٹھ میں واپس آگئے کہ مبادا 'سانپ گھر' میں ہونے والے دلچسپ تماشے سے محروم نہ رہ جائیں۔

قاصد کا جسم تقریباً سرد ہو چکا تھا۔ شمشان کے ننگے فرش کے سخت لمس کی وجہ سے اس کے ہونٹوں سے ہلکی سے کراہ نکلی، مگر بعد میں وہ دیر تک بے حس و حرکت پڑا رہا۔ شمشان کے چاروں طرف گھنے درخت تھے اور پورے شمشان میں لمبی لمبی گھاس اُگی ہوئی تھی۔ شمشان پر گہری خاموشی طاری تھی۔ کبھی کبھی کسی کیڑے کی کِرکِر یا کسی پرندے کی چہکار سے اس گہری خاموشی کی چادر پر جیسے چھینٹے سے پڑ جاتے۔ تھوڑی دیر بعد قاصد نے آنکھیں کھولیں۔ اسے محسوس ہو رہا تھا، وہ شکستہ جسم اس کا اپنا نہیں ہے بلکہ وہ اپنے پورے وجود کے ساتھ بہت گہرے کہیں دبکا سہما سا بیٹھا ہے۔ اس کے ننگے پیروں پر کچھ کیڑے مکوڑے رینگنے لگے۔ مگر اپنے پیروں کو ہلانے

تک کی اس میں سکت باقی نہیں تھی۔ تھوڑی دیر بعد گھاس پر کسی کے چلنے کی آواز سنائی دی۔ پھر کوئی اس پر جھکا، اسے گردن کے نیچے سے سہارا دے کر اٹھایا اور اس کے ہونٹوں سے ایک پیالہ لگا دیا۔ پیالے میں کسی قسم کا گرم مشروب تھا۔ اس گرم مشروب کا ایک گھونٹ حلق سے نیچے اترتے ہی اسے اپنے مردہ بدن میں کچھ جان سی پڑتی محسوس ہوئی مگر دوسرے ہی لمحے درد کا احساس بھی شدید ہو گیا۔ اس نے ضبط کرتے ہوئے رک رک کر کہا:

''اب۔۔۔تم۔۔۔مجھے کون سی۔۔۔اذیت دینا چاہتے ہو؟''

اس شخص نے کوئی جواب نہیں دیا، بلکہ نہایت احتیاط سے اسے اٹھا کر بٹھا دیا اور اس کے زخموں سے چور جسم پر ایک دبیز ملائم چادر ڈال دی۔

''میں تمھیں کوئی اذیت دینا نہیں چاہتا۔'' اس نے ٹھہرے ہوئے لہجے میں کہا۔

''اس شمشان کی بغل میں میری کٹیا ہے۔ میں تمھیں وہیں لے جانے کے لیے آیا ہوں۔ وہیں تم بے خوف ہو کر آرام کر سکتے ہو۔ وہاں محل اور مٹھ کا سا آرام تو میسر نہیں ہے، مگر وہاں روٹی کی خاطر کسی کو اذیت بھی جھیلنی نہیں پڑتی۔''

محل اور مٹھ کا نام سنتے ہی دوت کے جسم پر لرزہ طاری ہو گیا، وہ بولا: ''تم کوئی رحم دل انسان معلوم ہوتے ہو، مگر اب کافی دیر ہو چکی ہے۔ تمھاری رحم دلی اب مجھے کوئی فائدہ نہیں پہنچا سکتی۔ اگر تم مجھے اپنے گھر لے بھی گئے تو تھوڑی دیر بعد دوبارہ یہیں لانا پڑے گا۔ اس لیے کیا میرا یہیں پڑا رہنا مناسب نہیں؟ اب میرا جسم ملنے ڈلنے سے بھی قاصر ہے۔ میرے جسم کو غور سے دیکھو۔ پشت پر جہاں سے کھال ادھیڑی گئی ہے، اگر ہوا کا معمولی جھونکا بھی چھو جاتا ہے تو پورے جسم میں درد کی ٹیسیں اٹھنے لگتی ہیں اور ادھر دیکھو جسم پر جو آبلے ہیں، ان میں تو جیسے انگارے بھرے ہوئے ہیں۔''

''راج دوت! میں معافی چاہتا ہوں۔ مجھے تمام باتوں کا علم ہے۔''

اس لمبے تڑنگے گنوار شخص نے کہا: ''شاید تم نے مجھے پہچانا نہیں۔ میں وہی سیاہ پوش ہوں جس نے تمھاری پیٹھ کی کھال ادھیڑی تھی۔ تمھارے جسم پر کھولتے تیل کے قطرے ٹپکائے تھے۔ میں ڈوم ہوں اور یہ سب میرے فرائض میں شامل ہیں۔ مگر اب میں اپنا سیاہ لباس اتار چکا ہوں۔ اب میں آزاد ہوں۔ لہٰذا مجھ پر اعتماد کرو اور میرے ساتھ چلو۔''

اس کے الفاظ سے قاصد کو ایسا لگا جیسے اس پر بجلی گری ہو۔ رگ و پے میں چھائی ہوئی بے حسی اچانک پگھلنے لگی اور دل و دماغ پر مسلط غبار چھٹنے لگا، بہت اندر کہیں جو زندگی کی ایک ننھی سی رمق رہ گئی تھی، وہ تیز ہونے لگی اور یکا یک اندر سے جیسے اس کا پورا وجود روشن ہو گیا۔ قاصد نے مضطربانہ انداز میں اس کا ہاتھ تھام لیا اور بے تابی سے بولا: ''ڈوم! سمراٹ کا پیغام اب سورج کی روشنی کی طرح میرے ذہن میں صاف ہو گیا ہے۔ اب اس پیغام کو تیرے سامنے بیان کرنا میرے لیے ناگزیر ہو گیا ہے۔ کیوں کہ اب میں اپنے چہرے پر موت کی سرد سانسیں محسوس کر رہا ہوں۔ شاید قدرت کو یہی منظور تھا کہ سمراٹ کا وہ پیغام تیرے سامنے بیان کیا جائے۔''

''یہ میرے لیے انتہائی خوش قسمتی کی بات ہے۔ تم اطمینان سے مجھے وہ پیغام سنا سکتے ہو۔'' ڈوم نے انکساری سے کہا۔

''مجھے نہیں معلوم یہ پیغام تمھارے لیے کتنا خوش کن ہو سکتا ہے، مگر اس پیغام کے الفاظ بہت اہم اور ہولناک ہیں۔ میری بات کو دھیان سے سنو۔''

قاصد کی بے چینی بڑھتی جا رہی تھی۔ ''اگر تم اس پیغام پر عمل کرنے سے قاصر رہے تو تمھیں موت کی سزا دی جا سکتی ہے۔ سمراٹ اپنے علم غیب سے ہر بات کو جان جاتا ہے۔ اگر یہ سوچ کر کہ کوئی اور اس پیغام سے واقف نہیں، تم نے بے توجہی برتی یا اس پیغام میں ایک لفظ کا بھی ردو بدل کیا تو شدید اذیتیں جھیلو گے۔ اگر اس عظیم ذمہ داری کو نبھانے کا حوصلہ ہو تو پیغام سنو، ورنہ کسی اور کو بلا لاؤ جسے میں یہ پیغام سنا سکوں، مگر جو بھی کرنا ہے جلدی کرو۔ میرا آخری وقت نکلا جا رہا ہے۔''

''تم بے فکر رہو۔ میں عظیم کالیکا کی سوگند کھا کر اقرار کرتا ہوں کہ جب تک میری جان میں جان ہے تو میں سمراٹ کے مقدس پیغام پر لفظ بہ لفظ عمل کروں گا۔''

''تو پھر غور سے سنو۔ سمراٹ کا پیغام ایک 'ڈوم' کے بارے میں ہی ہے۔ اس ڈوم کا نام 'کال مکھ' ہے۔ سمراٹ کو شیلشو رمندر میں بشارت ہوئی تھی کہ 'کال مکھ' کو تین دن کے اندر اندر موت کی سزا نہ دی گئی تو پورے ملک پر زبردست آفتیں نازل ہوں گی۔ ملک پر غنیم کا حملہ ہوگا۔ بے گناہوں کا قتل عام ہوگا اور خون کی ندیاں بہیں گی۔ یہاں تک کہ خود سمراٹ بھی موت کے گھاٹ اتار دیے جائیں گے۔ سمراٹ نے فی الفور مجھے یہ پیغام دے کر روانہ کیا تھا کہ 'کال مکھ' کی کھال کھینچ کر تمام رعایا کے سامنے اسے کھولتے تیل کے کڑھاؤ میں ڈال دیا جائے۔ آج سورج غروب ہونے سے قبل اس پر عمل ہونا لازم ہے، کیوں کہ بشارت کے مطابق آج تیسرا اور آخری دن ہے۔ اب یہ پیغام جوں کا توں رعایا تک پہنچانا تمھارا فرض ہے۔ یاد رکھو، اگر اس میں رتی بھر کوتاہی ہوگی تو خود تمھاری کھال کھینچی جائے گی اور تم کھولتے تیل کے کڑھاؤ میں ڈبو کر مار ڈالے جاؤ گے، 'کال مکھ' کا نام اچھی طرح ذہن نشین کر لو۔''

ڈوم ایک جھٹکے سے پیچھے ہٹ گیا، جیسے بچھو نے ڈنک مار دیا ہو۔ وہ آنکھیں پھاڑے قاصد کے لمحہ لمحہ سرد ہوتے جسم کی طرف دیکھ رہا تھا۔ قاصد اپنی ساری قوت کو آنکھوں میں سمیٹے پوچھ رہا تھا، ''بولو، کال مکھ کا نام تم بھول تو نہیں جاؤ گے؟''

''نہیں۔۔۔ میں اس نام کو کیسے بھول سکتا ہوں راج دوت۔ کیوں کہ میں ہی اس بستی کا اکیلا ڈوم ہوں اور میرا نام ہی کال مکھ ہے۔'' ڈوم نے بھرائی ہوئی آواز میں کہا۔ قاصد نے بے یقینی سے اس کی طرف دیکھا۔ اس کی آنکھوں کی پتلیوں میں بہت گہرے کہیں جگنو چمکے۔ لمحے بھر کو چراغوں کی لویں تھرتھرائیں اور دوسرے ہی لمحے اس کی آنکھیں ویران ہو گئیں۔ چہرہ تاریک ہو گیا۔ اس کی کھوپڑی اور چہرے کی ہڈیاں دھیرے دھیرے اس طرح نمایاں ہونے لگیں جیسے زمین سے آہستہ آہستہ کوئی کونپ پھوٹ رہی ہو۔

ایک بڑا قبرستان (تمل)

پُدومائی پتن

ترجمہ: ذکیہ مشہدی

پدومائی پتن (Pudhumaipithan) کوتمل افسانوں کا پیشرو تسلیم کیا جاتا ہے جن کا اصل نام وروتا چلم (C. Viruthachalam) تھا۔ آپ کی پیدائش ۲۵ اپریل ۱۹۰۶ء میں ہوئی اور ۵ مئی ۱۹۴۸ء میں دنیا سے رخصت ہوئے۔ انھوں نے تقریباً ۱۰۸ افسانے لکھے جن میں ۵۰ افسانوں کا مختلف زبانوں میں ترجمہ ہوا۔ زیر نظر تمل کہانی کا انگریزی ترجمہ سبا شری کرشنا سوامی صاحبہ نے کیا ہے جو ساہتیہ اکیڈمی انعام یافتہ ہیں، جب کہ ذکیہ مشہدی صاحبہ نے اسی انگریزی ترجمے کو اردو کے قالب میں ڈھال کر 'اثبات' کے قارئین کی ضیافت طبع کیے لیے پیش کیا ہے۔

ذکیہ مشہدی اردو فکشن کا ایک اہم نام ہے۔ افسانوں کے کئی مجموعے شائع ہو چکے ہیں، تقریباً چھ درجن افسانے ہندو پاک کے تمام اہم رسائل میں شائع ہو کر مقبول ہو چکے ہیں۔ انھوں نے مختلف اداروں کے لیے انگریزی اور ہندی کتابوں کے اردو تراجم بھی کیے ہیں۔

شام پڑے پورا شہر ایسی بھیڑ بھاڑ والی شاہراہ میں تبدیل ہو جاتا ہے جہاں یا تو آپ کسی کو دھکا دے رہے ہوتے ہیں یا کوئی دوسرا آپ کو دھکیل رہا ہوتا ہے۔ اخلاق وتہذیب بس اتنے ہی رہ جاتے ہیں۔ اور اگر آپ کسی ایسی جگہ پہنچ جائیں جہاں چار پانچ سڑکیں آ کر ملتی ہوں اور اوپر سے ان کو کاٹتے ہوئے ٹرام کی گزرگاہیں انسانی جسم میں اعصاب کی طرح دوڑ رہی ہوں تو پھر تو افراتفری کی نہ پوچھئے۔ ایسا ہنگامہ نظر آئے گا کہ توبہ بھلی۔ آفس سے واپس لوٹتے لوگوں کا ہجوم، پھر رات کا لطف اٹھانے کے لیے نکلے ہوئے فیشن ایبل، خوش حال لوگ۔ وہ پیدل چلنے والے جن کے پاس اپنی کار نہیں ہے۔ پھر بدسلیقہ، پھوہڑ، کم حیثیت دکھائی دینے والے چہرے۔۔۔ ایک دوسرے کے

شانہ بہ شانہ، لشٹم پشٹم چلتے ایک بے چیدہ تصویر بناتے، ایک دوسرے سے ٹکراتے اور پھر اپنے اپنے راستے لگتے نظر آتے ہیں۔

یک طرفہ ٹریفک کا رول لاگو ہونے کے بعد سے اگر آپ کسی اونچی عمارت کی چھت پر کھڑے ہو کر نیچے نظر دوڑائیں تو آپ کو لگے گا کہ ایک پوری تہذیب رواں دواں ہے۔ ایسے ہی جیسے کسی پشتے کے اوپر سے پانی کو دیکھیں تو چکراتا، گھومتا، کناروں کو توڑنے پر آمادہ، منھ زور پانی اپنی پوری شدت سے بہتا نظر آئے۔

اس دن بھی منظر یہی تھا۔ روزانہ کے معمول کے عین مطابق۔ ماؤنٹ روڈ کے گول چوراہے پر کچھ عورتیں اپنی اپنی ٹوکری میں آم اور کیلے لیے بیچتی دکھائی دے رہی تھیں۔ ان کے پیچھے بدذات کہلانے والی غریب عورتیں دوسروں کی پھینکی ہوئی گٹھلیاں چوس کر کھڑی، لتھڑے ہوئے ہاتھوں کو ساڑی سے پونچھتی نظر آ رہی تھیں۔ ایک کابلی والا اپنی چھڑی لہراتا پھرتا پھر رہا تھا۔ ایک مسلمان فقیر ایک لنگڑا فقیر، ایک کوڑھی، خود اپنا اشتہار بنی، رات کی خدمات کی پیش کش کرتی ایک نوجوان عورت جو سڑک کے کنارے بیٹھ کر اطمینان سے بالوں میں کنگھی پھیر رہی تھی۔ اور پھر وہ لوگ تھے ـــــ ''کیا 'سار' زمانہ ہوا آپ سے ملاقات ہی نہیں ہوئی......'' ارے جلدی کرو، جلدی جلدی چلو۔ بس آ چکی ہے۔ جلدی، جلدی، جلدی...... نفسا نفسی کا عالم سب کے سب حواس باختہ۔

اور اس تمام ہنگامے کے درمیان سڑک کے فٹ پاتھ پر ایک کنارے پڑا وہ بڑی فرصت سے اپنی آخری سانسیں گن رہا تھا۔

مرنے کے لیے جگہ اچھی تھی۔ سورج غروب ہو رہا تھا اس لیے تمازت ختم ہو چکی تھی اور شام کے سایے فرحت بخش ہو گئے تھے۔ انسانوں کا سیل رواں لہریں لے رہا تھا۔ سچ پوچھیے تو کسی تہوار کا سا ماحول تھا۔

اور ایسے میں وہ مر رہا تھا، بڑے آرام آرام سے موت کی طرف بڑھ رہا تھا۔ لوگ آ رہے تھے اور لوگ جا رہے تھے۔ انھیں اس کی قطعی خبر نہیں تھی۔ یا یہ کہ وہ خبر لینا ہی نہیں چاہتے تھے۔

وہ ایک بوڑھا مسلمان بھکاری تھا۔ اس کی داڑھی خاصی حد سیاہی مائل سفید تھی۔ لباس کے نام پر کثیف چیتھڑے لٹک رہے تھے۔ عمر کی زیادتی اور غذا کی کمی کی وجہ سے اس کے ہاتھ پاؤں بالکل سینک سلائی ہو چکے تھے، تلووں میں گھٹے پڑ گئے تھے۔

اس کی بغل میں ایک اور بھکاری بیٹھا ہوا تھا جو عمر میں اس سے بہت کم تھا۔ وہ ٹین کے ایک مگ سے اسے پانی پلانے کی کوشش کر رہا تھا لیکن پلا نہیں پا رہا تھا۔ بس اس کے ہونٹ ہی تر ہو سکے تھے۔ اس نے مرتے ہوئے شخص کے سر کے نیچے ہاتھ لگا کر اس کا چہرہ اونچا کرنا چاہا۔ آخری سانس گنتے بوڑھے نے بھی پاس رکھا ایک ٹین کا ڈرام پکڑ کر، جو کسی خیراتی ادارے نے وہاں رکھوا دیا تھا، اپنا سر اوپر اٹھانا چاہا۔ اس کی آنکھوں کی جوت اب بجھنے لگی تھی اور ہونٹ نیلے پڑنے لگے تھے۔ اس کی زندگی کا فسانہ اپنے اختتام کو پہنچ رہا تھا پھر بھی وہ ٹین کے اس ڈرام کو چھوڑنا نہیں چاہ رہا تھا۔ اس کی گرفت میں ایک گونہ دلاسہ تھا، توانائی کا ایک احساس تھا تاہم اس کی سمجھ میں یہ نہیں آ رہا تھا کہ کوئی اسے پانی پلانے کی کوشش کر رہا ہے۔ پانی مل رہا ہے۔ اسے پی لینا چاہیے۔ بس اتنا ہی آ رہا

تھا سمجھ میں۔ اس سے زیادہ سمجھنے کی صلاحیت مفقود ہو چکی تھی اور اس کی ضرورت بھی نہیں تھی۔ نہ ہی توانائی رہ گئی تھی۔

اسی وقت وہ لوگ ٹرام پکڑنے کے لیے اس کی طرف آ نکلے اور ٹرام کا انتظار کرنے لگے۔ یہ باپ بیٹی تھے۔ باپ کوئی تیس ایک برس کا نوجوان اور بچی یہی کوئی چار پانچ برس کی۔ ٹرام کے آنے میں ابھی دیر تھی۔ یا دیر ہو رہی تھی۔

باپ کے چہرے بشرے سے ظاہر تھا کہ روزی روٹی کے لیے اسے کوئی خاص جدوجہد نہیں کرنی پڑتی ہے۔ کھاتا پیتا انسان تھا۔ بچی صورت شکل کے اعتبار سے معمولی سی تھی لیکن لگتا تھا کہ اس کی ماں بڑی سگھڑ عورت ہے۔ بچی کا لباس بھڑک دار نہیں تھا لیکن بہت ہی صاف ستھرا اور اچھے ذوق کا غماز تھا۔

دونوں اب بھی اپنی سواری کا انتظار کر رہے تھے۔ بچی نے باپ کی شہادت کی انگلی پکڑ رکھی تھی۔ سڑک کے دوسری طرف آم بک رہے تھے جو دیکھنے میں بالکل تازہ لگ رہے تھے۔

''گنجو، بیٹا، تم یہیں رہو۔ اپّا دوسری طرف چلے جائیں۔ تمھارے لیے پکے ہوئے آم لے کر آتے ہیں۔ رہو گی نا؟'' باپ نے کہا۔

''ٹھیک ہے۔'' بچی نے سر ہلایا۔

''تم یہیں رہنا۔ سڑک پر بالکل پیر نہیں دھرنا۔ اگر ذرا ہلی ہو تو آم نہیں ملیں گے۔ سمجھ گئیں؟'' تاہم باپ کو پھر بھی قدرے بے چینی کا احساس ہوا۔ شاید بچی کو یوں اکیلا چھوڑنا مناسب نہیں تھا۔

''اپّا، میں یہیں رہوں گی۔ بالکل نہیں ہلوں گی۔'' بچی نے وعدہ کیا اور باپ سے ضد کی کہ وہ بے فکر ہو کر آم لانے چلا جائے۔

آموں کے شوق میں وہ شخص بچی کو وہاں چھوڑ کر سڑک کے دوسری طرف بڑھ گیا۔ بچی یا تو بہادر تھی یا اس طرح اکیلے چھوڑ دیے جانے کی عادی تھی۔ کچھ دور تک تو اس نے نظریں باپ پر جمائے رکھیں لیکن پھر ادھر اُدھر دیکھنے لگی۔

تبھی اسے ایک سرخ رنگ کی کار آتی دکھائی دی۔ اس نے معصومانہ دلچسپی سے اس کی طرف دیکھا۔ اور اسی وقت نہ جانے کس فکر میں غلطاں ایک شخص ذرا جلدی میں تیز تیز قدم بڑھاتا بچی کو دھکا دیتا ہوا نکل گیا۔ بچی لڑکھڑائی۔ سرخ رنگ کی کار کو دیکھتے رہنے کی خواہش بھلا کر وہ فٹ پاتھ کے کنارے کی دیوار کا سہارا لے کر کھڑی ہو گئی کہ کہیں کوئی پھر اسے دھکا نہ دے دے۔ دیوار سے ٹکنے کے بعد اس نے فراک کی جیبوں میں ہاتھ ڈالے اور ایک بار پھر گرد و پیش کا معائنہ شروع کیا۔ اب کی اسے وہ مرتا ہوا فقیر دکھائی پڑ گیا۔ اور وہ بھی جو مرنے میں اس کی مدد کر رہا تھا۔ ارے یہ کیا تماشہ ہو رہا ہے۔ اس نے سوچا اور ذرا جھجکتے ہوئے ان کی طرف چل دی۔

اگر وہ دودھ پینے سے انکار کرتی تو امّاں ہاتھ میں مگ لیے منت سماجت کر کے کسی طرح اسے دودھ پینے

پر راضی کرتی تھیں۔ ہاں اگر اپّا نے 'نا' کر دی تو پھر خاموش ہو جایا کرتی تھیں۔ بچی کا خیال تھا کہ وہ اپّا سے ڈرتی تھیں، حالاں کہ خود اماّ تھیں۔ ابھی اسے یہ بڑا مضحکہ خیز لگا کہ کوئی 'بڑا' کسی دوسرے 'بڑے' کو مگ سے کچھ پلانے کی کوشش کر رہا ہے۔ بھلا ایسا ہوتا ہے کہیں؟ معاملہ دلچسپ تھا۔ بچی اسے ذرا اچھی طرح دیکھنے کے لیے ان دونوں بھکاریوں کے قریب جا کھڑی ہوئی۔ ٹھیک بوڑھے کے سرہانے۔ نسبتاً کم عمر آدمی نے ایک بار پھر بوڑھے کا گلا تر کرنے کی کوشش کی، لیکن یا تو بہت سارا پانی یکدم سے گر گیا اور بوڑھے کی گردن بھیگ گئی یا ایک قطرہ بھی باہر نہیں آیا۔

ٹین کے ڈرام کو پکڑے وہ شخص ہولے ہولے موت سے ہم کنار ہو رہا تھا۔

بچی نے اپنے ہونٹ یوں سکوڑے جیسے پانی وہ خود پی رہی ہو اور بولی ''دھیرے دھیرے، دھیرے دھیرے۔'' پانی پلانے والے نے اچانک نظریں اٹھائیں۔

''ارے بچی، تمھیں یہاں نہیں کھڑا ہونا چاہیے۔ جاؤ، دوسری طرف چلی جاؤ۔''

''کیوں؟'' بچی نے سوال کیا۔ ''کیوں نہ کھڑی ہووں۔''

''یہ مر رہا ہے۔''

''کیا مطلب؟''

''ارے ما، وہ مر رہا ہے۔'' اس نے اپنی گردن ایک طرف کو ڈھلکا کر گویا مرنے کی ایکٹنگ کر کے بچی کو سمجھانا چاہا کہ مرنا کیا ہوتا ہے۔

بچی کو اس کی ایکٹنگ میں بڑا مزا آیا۔ ''پھر سے کر کے دکھاؤ تو۔'' اس نے مسرور لہجے میں کہا۔

اس ڈر سے کہ کہیں بھیڑ نہ اکٹھی ہو جائے، بھکاری نے اپنا منھ بند کر کے ہاتھ سے کچھ اشارہ کیا۔

بوڑھے بھکاری کے پاس کچھ لوگوں نے سکّے پھینک رکھے تھے۔ بظاہر اس کی تجہیز و تکفین کے لیے۔

بچی کی نظر ان پر پڑی۔ ''تم ان پیسوں سے اس کے لیے کچھ تلے ہوئے چنے کیوں نہیں خرید لاتے۔'' اس نے بوڑھے کی طرف اشارہ کر کے کہا۔ بچی کا خیال تھا کہ جو اسے اچھا لگتا ہے وہ باقی ساری دنیا کو بھی اچھا لگے گا۔

اس ڈر سے کہ کہیں اس پر بچی کو ٹھگنے کا الزام نہ لگ جائے، کم عمر بھکاری نے محتاط نظروں سے پہلے چاروں طرف کا جائزہ لیا، پھر بچی سے بولا، ''تمھارے پاس کچھ پیسے ہیں کیا؟''

''ہیں تو۔ لو یہ بالکل نیا سکّہ'' بچی نے اس کی طرف ہاتھ بڑھایا۔

بھکاری نے جلدی سے وہ سکہ جھپٹ لیا۔ بالکل نیا، ٹکسال سے تازہ تازہ نکلا ہوا چمکیلا سکہ۔

جیسے کوئی ارب پتی ایک لنگر خانہ کھول کر یہ سمجھ لے کہ اس نے ساری دنیا سے بھک مری اور غربت کا خاتمہ کر دیا ہے یا کوئی احمق سمندر میں ایک ٹکڑا ہینگ ڈال کر سوچے کہ اس نے سمندر میں ہینگ کی خوشبو بھر دی ہے،

اسی طرح اس بچی نے بھی وہ سکہ دے کر بڑی طمانیت محسوس کی۔ اس نے خیرات جو دی تھی۔

بوڑھے فقیر کی آنکھوں سے زندگی کی جوت دھیرے دھیرے بجھ رہی تھی۔ ان سے زندگی منقود ہوتی جارہی تھی۔ ٹین کے ڈرم کا سہارا لیے وہ مر رہا تھا۔

لوگ آرہے تھے اور لوگ جارہے تھے۔

ان کے پاس سے تیز تیز قدموں سے گزرتے ہوئے ایک شخص نے ایک آنے کا سکہ پھینکا اور اسی طرح تیز تیز چلتا، بھیڑ میں گم ہوگیا۔ وہ اس قدر جلدی میں تھا کہ اس نے زیادہ کچھ غور کرنے کی ضرورت نہیں سمجھی۔ بیٹھے ہوئے بھکاری نے اس پر جھپٹا مارا اور چاروں طرف دیکھ کر اطمینان کیا کہ کسی نے اسے دیکھ تو نہیں لیا۔

''بچی۔ تم یہاں سے چلی جاؤ۔'' اس نے بچی کو دوبارہ سمجھانا چاہا۔

''نہیں۔'' اس نے جواب دیا اور دونوں ٹانگیں قدرے پھیلا کر مضبوطی سے جمالیں۔ ساتھ ہی منھ بنایا۔

''باوا، میں تمہارے لیے کچھ دودھ لے کر آتا ہوں۔''

چھوٹے بھکاری نے کہا اور اٹھ کر سڑک کے پار والے ہوٹل کی طرف روانہ ہوگیا۔ بوڑھے نے جواب میں ایک لفظ بھی نہیں کہا۔ ٹین کے ڈرام کو پکڑے وہ دھیرے دھیرے مرتا رہا۔

بچی اب اسے ٹھیک سے دیکھ سکتی تھی۔ تماشہ دیکھنے کے خیال سے وہ اس کے کافی قریب چلی گئی۔ وہ دوسرا ڈرانے والا جُوجواب وہاں سے اسے بھگانے کے لیے موجود نہیں تھا نا۔ بوڑھے کو اس بچی کی موجودگی کا کوئی احساس نہیں تھا۔ اس نے تو اس ٹوٹے پھوٹے جگہ جگہ سے پچکے ہوئے ڈرام کو تھام رکھا تھا۔ وہ خود بھی تو اس ڈرام جیسا ہی تھا ٹوٹا پھوٹا، ٹیڑھا میڑھا، پرانا اور خستہ حال!

بچی کو اس کا چہرہ، اس کی داڑھی اور اس کا کھلا ہوا منھ عجیب لگ رہا تھا۔ کیسا ہے یہ شخص۔ تجسس اس کے معصوم ذہن پر حاوی تھا۔ تبھی ایک مکھی آ کر بھکاری کے سوجے ہوئے نیلے پڑتے ہونٹوں پر بیٹھ گئی۔ پھر ایک اور آ گئی۔ بھکاری نے بہ مشکل اپنے ہونٹ بھینچ کر انھیں اڑانے کی کوشش کی۔ بچی کو یہ حرکت مضحکہ خیز محسوس ہوئی۔ پھر نہ جانے کیوں اس نے ہولے سے پکارا۔ ''باوا'' بالکل ایسے ہی جیسے اس دوسرے بھکاری نے اسے مخاطب کیا تھا۔ لیکن اندر اندر وہ بہت ڈری ہوئی تھی کہیں یہ دوسرا بُھتنا اچانک اٹھ کر بیٹھ نہ جائے۔

مرتے ہوئے بوڑھے کی آنکھیں اچانک پوری طرح کھل گئیں۔ اسی وقت ایک مکھی آ کر سیدھی اس کی پُتلی پر جا بیٹھی۔

''ارے بیٹا۔ یہ کیا؟ تم یہاں کیوں کھڑی ہو؟ میں نے تمھیں کہاں کہاں نہیں ڈھونڈا۔'' ایک درشت لہجے نے بچی کو مخاطب کیا۔

ناراض ہونے میں وہ شخص حق بجانب تھا۔ گرچہ اس نے آم بیچنے والی کو اپنی لگائی قیمت پر آم بیچنے کو راضی کر لیا تھا لیکن اس کے لیے بہت دیر تک بڑا مول بھاؤ کرنا پڑا تھا۔

نہیں، اپا۔ یہ بھتنا نہیں، باوا...... میں اسے دیکھ رہی تھی۔ بچی نے باپ کی طرف دوڑتے ہوئے کہا۔

راستہ چلتے چند لوگوں نے نظریں اٹھائیں۔

باپ نے بچی کو اٹھا لیا۔ اس نے قدرے دقت کے ساتھ دونوں آم سنبھالے اور انھیں سونگھا۔ ''بڑی اچھی خوشبو ہے۔'' اس نے کہا اور آم اپنی ناک پر ملنے لگی۔

کشتی کے مسافر (تلگو)

پی۔ پدم راجو
ترجمہ: سہیل احمد فاروقی

پی۔ پدم راجو، Palagummi Padmaraju (۲۴ جون ۱۹۱۵ء۔۱۷ فروری ۱۹۸۳ء) تلگو کے ادیب تھے جو آندھرا پردیش کے مغربی گوداوری ضلع میں پیدا ہوئے۔ کاکی ناری کے گورنمنٹ پی۔ آر۔ کالج میں سائنس لیکچرر کی حیثیت سے درس و تدریس میں مصروف رہے۔ انھوں نے تلگو میں چار ناول لکھے اور ایک درجن تلگو فلموں کے لیے کہانیاں، مکالمے اور نغمے بھی لکھے۔ آپ کو ۱۹۸۵ء میں ساہتیہ اکیڈمی ایوارڈ سے نوازا گیا، اس کے علاوہ ان کی ایک مختصر کہانی Cyclone نے بین الاقوامی انعام حاصل کیا جسے نیو یارک ہیرالڈ ٹریبون نے ۱۹۵۲ء میں کنڈکٹ کیا تھا، ان کی یہ کہانی ۲۳ ملکوں کی ۵۹ کہانیوں میں منتخب کی گئی تھی۔

ڈاکٹر سہیل احمد فاروقی دہلی کی جامعہ ملیہ کے شعبہ اردو سے وابستہ ہیں۔ آپ کے تراجم مختلف جرائد میں شائع ہوتے رہتے ہیں۔

سورج ڈوب چکا تھا۔ دنیا پر اداس تاریکی چھائی ہوئی تھی۔ کشتی نرم روی سے ندی کے ساکت پانی پر تیر رہی تھی۔

پانی کے مدھم ہلکورے کشتی کے دونوں کناروں کو چھو رہے تھے۔ حد نگاہ تک نہ آدمی تھا نہ آدم زاد۔ سوئی ہوئی دنیا سناٹے کی بازگشت میں ڈوبی ہوئی تھی۔ ایک ایسی بازگشت جو کانوں سے نہیں سنی جا سکتی بلکہ جسم سے محسوس کی جاتی ہے اور جو ذہن کو اپنی مختلف کیفیات سے ہمکنار کرتی ہے۔ زندگی کی انتہا کی طرف بڑھنے کا اور تمام تر امیدواروں سے عاری اور لاتعلق سکون کا احساس انسان کے شعور پر خاموشی سے ڈیرہ جما رہا تھا۔ کہیں دور

درختوں کے دھندلے اور پُراسرار سائے کشتی کے ہمراہ حرکت کے بغیر چل رہے تھے۔ قریب کے درخت بھوتوں کی طرح اپنے بال بکھرائے پیچھے نکلے جا رہے تھے۔ کشتی نہیں چل رہی تھی گویا ندی کے کنارے پیچھے کی طرف چل رہے تھے۔

میری آنکھیں ٹھہرے پانی کے اندر تاریکی کے پار گہرائی میں دیکھ رہی تھیں۔ مدھم ہلکوروں میں جھولتے ہوئے ستارے آرام سے آنکھیں کھولے محوخواب تھے۔

ہوا خاموش تھی۔ کشتی باندھنے کا رسہ دباؤ سے جھک کر پانی سے ٹکرا کر موسیقی پیدا کر رہا تھا۔ ملاح کے ہاتھ میں تھامے ہوئے پتوار میں بندھی گھنٹیاں ہر قدم پر بج اٹھتیں۔ کشتی کے ایک طرف بھٹی میں دہکتی ہوئی آگ کے جلتے بجھتے سرخ شعلے چمک رہے تھے۔ چھوٹی بالٹی اٹھائے ہوئے ایک لڑکا چھیدوں میں سے کشتی میں بھر جانے والے پانی کو نکالنے میں مصروف تھا۔ دھان، گڑ، املی اور بہت سی دوسری چیزوں سے بھری بوریاں اوپر نیچے رکھی ہوئی تھیں۔

میں کشتی کی چھت پر لیٹا آسمان کو تک رہا تھا۔ کشتی کے اندر سے آنے والی مدھم آوازوں کے درمیان تمباکو کے دھوئیں کی خوشبو ہر طرف پھیلی ہوئی تھی۔ چھوٹے کمرے میں جہاں منشی بیٹھا تھا، ایک چھوٹا لیمپ تاریکی میں جھلملا رہا تھا۔ کشتی آگے بڑھ رہی تھی۔

دور سے ایک آواز نے ہمیں پکارا، ''مہربانی کر کے کشتی اس کنارے پر لاؤ، اس کنارے۔'' کشتی کے کنارے سے قریب آتے ہی دو سایوں نے فٹ بورڈ پر قدم رکھا اور کشتی ذرا اس طرف جھک گئی، ایک عورت کی آواز آئی، ''کچھ خیال نہ کیجیے گا۔ ہم یہاں چھت پر ہی بیٹھ جائیں گے۔''

پتوار چلانے والے آدمی نے اس سے سوال کیا، ''تم اتنے دن کہاں رہیں، رنگی؟ بہت دنوں سے نظر نہیں آئیں۔''

''میرا مرد مجھے کئی جگہ گھمانے لے گیا تھا۔ وجے نگرم، وشاکھا پٹنم۔ ہم دونوں اپنّا ہِل پر بھی چڑھے تھے۔''

''اب تم کہاں جا رہی ہو؟''

''منڈاپاک۔ تم کیسے ہو بھیا؟ تمھارے ساتھ اب بھی وہی منشی ہے۔''

''ہاں۔''

مرد ایک گٹھر پر ڈھیر ہو گیا اور اس سے کے منھ میں دبا چرٹ پھسل کر گر پڑا۔ عورت نے چرٹ بجھا دیا۔

عورت نے کہا، ''ٹھیک سے بیٹھو۔''

''بکواس بند کر و کتیا۔ کیا تم سمجھتی ہو کہ میں نشہ میں ہوں۔ اگر تو نے مجھے پریشان کیا تو تیری ہڈی پسلی ایک کر دوں گا۔''

وہ پہلو بدل کر دوسری طرف لڑھک گیا۔عورت نے اس کے لڑھکنے کے دوران ایک طرف پھسلی ہوئی چادر اسے اڑھا دی اور خود ہی ایک چرٹ سلگائی۔ ماچس سے نکلے شعلے کی روشنی میں، میں نے لمحہ بھر کو اس کا چہرہ دیکھا۔اس کا چہرہ چمک رہا تھا۔

اس کی آواز میں ایک طرح کا بھاری پن تھا۔ جب وہ بولتی تھی تو سامنے والے کو محسوس ہوتا کہ وہ صدق دلی سے اس کے سامنے اپنے تمام سربستہ رازوں پر سے پردہ اٹھا سا رہی ہے۔ وہ خوب صورت نہیں تھی۔ اس کے بال منتشر تھے۔تاہم اس کی شخصیت میں ایک وقار تھا۔ اس کے بدن پر کالا بلاؤز برہنگی کا تاثر دیتا تھا۔ اندھیرے میں اس کی آنکھیں یوں چمک رہی تھیں، جیسے ان میں بھرپور زندگی ہو۔ ماچس جلاتے ہوئے اس نے مجھے لیٹے ہوئے دیکھا۔

اس آدمی کو جگانے کی کوشش کرتے ہوئے اس نے کہا، ''یہاں کوئی سو رہا ہے۔''

''لیٹی رہ رنڈی۔اب اگر نیند میں خلل ڈالا تو تیری گردن توڑ دوں گا۔''

کوشش کر کے وہ مجھ سے دور ہو گیا۔

لیمپ ہاتھ میں لیے ہوئے منشی کشتی کے فٹ بورڈ پر کھڑا ہوا تھا۔ اس نے پوچھا، ''یہ کون آدمی ہے رنگی؟''

''یہ میرا مرد بدلُو ہے۔ بڑی مہربانی ہوگی۔ہم سے کشتی پر چڑھنے کے پیسے مت لینا۔''

''کیا یہ بدلو ہے؟ باہر نکال اسے۔ وہ بدمعاش ہے۔ چور ہے۔ کیا تم کو عقل نہیں ہے۔ وہ نشہ میں دھت ہے اور تم نے اسے کشتی میں بٹھا دیا۔''

بدلو نے شکایت کی، ''کون کہتا ہے میں نشہ میں ہوں۔'' منشی نے ملاحوں سے چلا کر کہا، ''باہر پھینک دو اسے،تم نے اسے کشتی میں قدم رکھنے کیوں دیا۔ وہ بری طرح نشہ میں ہے۔''

بدلو نے احتجاجاً کہا، ''میں بری طرح پیے ہوئے نہیں ہوں۔ میں نے تو بس ذرا اپنی پیاس بجھائی ہے۔''

عورت نے اسے تنبیہ کی، ''چپ رہو نہ!'' اور پھر یوں التجا کی، ''مہربانی کیجیے حضور، میں آپ سے رحم کی بھیک مانگتی ہوں، ہم منڈا پاک پر اتر جائیں گے۔ مرد بھی اس کی اس التجا میں شریک ہوتے ہوئے بولا، ''حضور، میں پیے ہوئے نہیں ہوں۔ مہربانی کریے، ہمیں منڈا پاک تک چلنے دیجیے۔''

''اگر کوئی ہنگامہ کرو گے تو میں تمھیں ندی میں پھینک دوں گا۔ اتنا سمجھ لینا۔'' یہ کہتے ہوئے منشی اپنے کمرے میں چلا گیا۔ بدلو بیٹھ گیا۔ واقعی وہ نشہ میں نہیں تھا۔

اس نے ہلکی آواز سے کہا، ''وہ مجھے ندی میں پھینکے گا۔ کتے کا پلّا۔''

''چپ رہو، اگر اس نے تمھاری بات سن لی تو ہم مر جائیں گے۔''

''کل صبح وہ دیکھے کشتی کو۔ وہ اپنے کان بہت کھڑے رکھتا ہے، کتے کا پلّا۔''

''شش۔۔۔کوئی یہاں سورہا ہے۔''
بدلو نے ایک چرٹ سلگائی۔ اس کی مونچھیں بہت گھنی تھیں اور چہرہ بیضوی تھا۔ اس کی کمر تنی ہوئی کمان کی طرح خمیدہ تھی۔ وہ چھریرے اور گھٹے ہوئے بدن کا مالک تھا۔ اس میں ایک بے پروائی سی جھلکتی تھی۔
کشتی پھر ہلکی رفتار سے آگے بڑھ رہی تھی۔ ملاح کھانے سے فرصت پا کر برتن دھو رہے تھے اور آپس میں باتیں کر رہے تھے۔
اگرچہ سردی نہیں تھی، میں نے ایک چادر اوڑھ لی۔ اندھیرے کے رحم و کرم پر اپنے جسم کو چھوڑتے ہوئے مجھے خوف آیا۔ ہوا تیز تھی۔ کشتی پانی پر نرم روی سے کسی عورت کے لمس کی طرح پھسل رہی تھی۔ کسی اجنبی عورت کے بوسوں سے سرشار شخص کی طرح رات حسن و کیف میں ڈوبی ہوئی تھی۔ میں اس ہم آغوشی کی کیفیت میں محو ہو گیا اور میرے سامنے ماضی کی یادوں کے جھروکے کھل گئے۔ مرد کو منانے اور اسے خوش رکھنے کی خاطر عورت کی تدبیروں سے متعلق کتنی ہی کہانیاں میرے شعور میں تازہ ہو گئیں۔
مجھ سے کچھ ہی دور اندھیرے میں چرٹ جلتے ہوئے چمک رہے تھے۔ ایسا لگتا تھا کہ زندگی وہاں بیٹھی چرٹ پیتے ہوئے خود اپنے بارے میں غور و فکر کر رہی ہے۔
بدلو نے پوچھا، ''راستہ میں اگلا گاؤں کون سا پڑے گا؟''
رنگی نے جواب دیا، ''کلداری۔''
''تب تو ہمیں کافی دور جانا ہے۔'' رنگی نے التجا کی، ''آج رہنے دو۔ تمھیں کچھ تو خیال کرنا چاہیے۔ آج نہیں، کسی اور وقت محفوظ جگہ میں سہی، سنتے کیوں نہیں؟''
''ڈر رہی ہے رنڈی!'' بدلو نے یہ کہتے ہوئے اس کی کمر میں انگلی چبھا کے گدگدی کی۔ اس نے 'اوئی' کہا اور آسمان کی طرف دیکھنے لگی۔ گویا کہ وہ انگلی کی چبھن سے پیدا ہونے والے اس ہلکے اور میٹھے درد کے احساس کے کبھی نہ ختم ہونے کی دعا مانگ رہی ہو۔
دھیرے دھیرے مجھے نیند آنے لگی۔ کشتی بھی جیسے نیند کے عالم میں بہاؤ کی طرف چل رہی تھی۔
مجھ سے تھوڑی ہی دور وہ دونوں سائے کچھ دیر تک آپس میں سرگوشیاں کرتے رہے۔ نیند میں بھی میرے وجود کا ایک حصہ بیدار تھا۔ میں جانتا تھا کہ کشتی چل رہی ہے۔ پانی کے ہلکورے کشتی کو چھو رہے ہیں۔ کناروں پر کھڑے پیڑ پیچھے کی جانب بھاگ رہے ہیں۔ کشتی کے تمام مسافر سوئے ہوئے تھے۔ رنگی میرے پاس سے گزرتے ہوئے پتوار چلانے والے ملاح کے پاس آئی۔ اس نے پوچھا، ''کیسے ہو بھیا؟''
ملاح نے جواباً پوچھا، ''تم بتاؤ کیسی ہو؟''
اُف۔ میں نے اپنے مرد کے ساتھ بڑی اچھی اچھی چیزیں دیکھی ہیں۔ ہم سینما دیکھنے بھی گئے۔ جہاز بھی دیکھا۔ کتنا بڑا جہاز تھا۔ بھیا وہ تو اتنا بڑا تھا جتنا بڑا ہمارا گاؤں۔ میں کہہ نہیں سکتی کہ اس کا پتوار کدھر تھا۔'' اور بہت سی چیزوں کے بارے میں وہ اس کو بتا رہی تھی، اس کی آواز نیند میں میرے کانوں میں رس گھول رہی تھی۔

ملاح نے کہا، ''ارے لڑکی! مجھے نیند آ رہی ہے۔''

رنگی بولی، ''پتوار میں سنبھال لیتی ہوں۔ تم سو رہو۔'' کشتی خاموشی سے آہستہ آہستہ آگے بڑھ رہی تھی۔ اس سکوت کو توڑے بغیر رنگی نے ایک نغمہ چھیڑا۔

کہاں ہے وہ کہاں وہ میرا ساجن
تھالی میں کھانا پروسے
میں اس کی راہ دیکھ رہی ہوں
رات سائے کی طرح ڈھلتی جا رہی ہے
لیکن میری آنکھوں میں نیند کہاں
کہاں ہے وہ میرا ساجن
سرد ہوا مجھے بچھو بن کر ڈستی ہے
درد سے میرے جسم کا پور پور ٹوٹ رہا ہے
تم آغوش میں بھر کر اپنے گرم جسم سے مجھے نہیں لپٹاؤ گے تو میں دم توڑ دوں گی
کہاں ہے وہ میرا ساجن

رنگ کی آواز میں بڑی نغمگی تھی۔ ایسا لگتا تھا کہ روئے زمین پر سارے ذی روح عالم خواب میں اس کے گیت سے لطف اندوز ہو رہے ہیں۔ اس گیت میں وہ محبت کی قدیم داستانیں پُرسوز اور پُراسرار انداز میں دہرا رہی تھی۔ وہ نغمہ پانی کی کسی ۔۔۔ وسیع چادر کے مانند پھیلا ہوا تھا جس میں دنیا ایک ننھی کشتی کی طرح تیر رہی تھی۔ انسانی زندگی اپنی تمام تر محبتوں اور حسرتوں کے ساتھ گراں، ناگزیر اور تعجب خیز لگ رہی تھی۔

میرے قریب ہی بدلو چادر میں اپنا سر ڈھکے بیٹھا تھا، مگر ایسا لگتا تھا کہ اس کے اور رنگی کے درمیان کوئی خلیج حائل ہے۔

کچھ دیر بعد بدلو کشتی کے اندر گیا۔ نیند کو جھٹک کر میں ستاروں کی طرف ٹکٹکی لگائے لیٹا رہا۔ رنگی گائے جا رہی تھی۔

تم نے سوچا کہ جھونپڑی کے پیچھے والی گلی میں ایک لڑکی ہے
اور چپکے سے وہاں پہنچ گئے
مگر وہ لڑکی ہے کون جان من
کیا وہ میرے شباب کی تصویر نہیں ہے

رنگی کا گیت ان دیکھی دنیاؤں کی سیر کر کے پلٹا اور میرے دل میں کہیں بس گیا۔ مجھے نیند آنے لگی۔ نیند میں، میں آنکھ مچولی کھیل رہے عاشق و محبوب کی طرح مرد اور عورت کی ایک دوسرے کو پانے کی فطری خواہش کے رقص کا نظارہ کر رہا تھا۔ میری آنکھوں کے سامنے خوابوں کی عجیب و غریب دنیا پھیلی ہوئی تھی۔ رنگی اور بدلو کے

بے شمار ہیولے میرے اردگرد حرکت کررہے تھے۔ اور پھر وہ گیت بھی میری یادداشت سے نکل گیا اور ذہن میں کھلا ہوا خوابوں کا دریچہ بھی بند ہو گیا۔

کشتی میں کچھ شور سا مچا اور میں جاگ کر بیٹھ گیا۔ کشتی کنارے پر ایک کھونٹے سے بندھی ہوئی تھی۔ ملاح ہاتھوں میں لالٹینیں لیے تیزی سے اِدھر اُدھر آ جا رہے تھے۔ کنارے پر دو آدمی رنگی کو دونوں طرف سے بازوؤں سے پکڑے ہوئے تھے، جن میں ایک تو منشی تھا جو اپنے ہاتھ میں دوہری کی ہوئی رسی پکڑے ہوئے تھا۔ ایسا معلوم ہوتا تھا کہ رنگی کی پٹائی ہونے والی ہے۔ میں کنارے پر کودا اور لوگوں سے دریافت کرنے لگا کہ کیا بات ہو گئی۔

منشی نے غصہ سے آگ بگولا ہوتے ہوئے کہا، ''وہ بدمعاش ہمارا کچھ سامان لے کر چمپت ہو گیا۔ اسی کتیا کی بچی نے ہمیں سوتا ہوا پا کر کشتی کنارے پر لگائی ہوگی۔ یہ سور کشتی کھے رہی تھی۔'' اس کی آواز میں دکھ اور بے بسی کی کیفیت جھلک رہی تھی۔

میں نے سوال کیا، ''کون کون سا سامان چوری ہوا ہے؟''

''دو ٹوکریاں گڑ کی اور تین بوری املی۔ اسی لیے میں نے کہا تھا کہ میں ان دونوں کو کشتی میں نہیں بٹھاؤں گا۔ اب مجھے نقصان بھرنا پڑے گا۔'' یہ کہہ کر اس نے رنگی سے پوچھا، ''اس نے سامان کس جگہ اتارا؟''

''کلداری کے پاس، مائی باپ۔''

''جھوٹی! کلداری پر تو ہم سب جاگ رہے تھے۔''

''تو پھر نداداولورہا ہوگا۔''

''نہ۔ یہ ہمیں ہرگز نہ بتائے گی۔ اعلّی میں ہم اسے پولس کے حوالے کر دیں گے۔ چڑھ جا کشتی میں۔'' اس نے کشتی کی طرف اسے دھکیلتے ہوئے حکم دیا۔

دو ملاح اسے کشتی کے اندر گھسیٹ لائے۔

''کاہل، نکمے، لاپرواہ، احمق! تمھیں ذمہ داری کا بالکل خیال نہیں ہے؟ تم نے پتوار اس کے ہاتھ میں کیوں دے دی؟'' منشی فکرمند ہو گیا اور اپنے کمرے میں واپس چلا گیا۔

رنگی اپنی پہلی جگہ پر بیٹھ گئی۔ ایک ملاح اس کی نگرانی کے لیے برابر میں بیٹھا۔ کشتی پھر روانہ ہوئی۔ میں نے ایک چرٹ سلگالی۔

اس نے قدرے بے تکلفانہ انداز میں کہا، ''حضور، ایک مجھے بھی دینا۔''

میں نے چرٹ اور ماچس اس کی طرف بڑھا دی۔ اس نے بھی چرٹ سلگالی۔

''بھیا مجھے پولس کے حوالے کر کے کیا فائدہ ہوگا؟''

ملاح نے کہا، ''منشی تجھے چھوڑے گا نہیں۔''

میں نے اس سے پوچھا، ''کیا بدلو تمھارا گھر والا ہے؟''

اس نے جواب دیا،''وہ میرا مرد ہے۔''

ملاح اسی دوران بولا،''نوعمری ہی میں بدلو نے اسے پھنسایا تھا۔اس نے اس سے شادی بھی نہیں کی۔ اب اس نے دوسری لڑکی رکھ لی ہے۔وہ کہاں ہے رنگی؟''

''کودر میں۔اب وہ پوری طرح جوان ہے۔میری طرح جب وہ بھی اس کے ہاتھوں پٹے گی تو مجھ سے بھی بدتر حالت ہوجائے گی اس کی۔گندی کتیا۔''

میں نے پوچھا،''پھر تم اس سے کیوں تعلق رکھتی ہو؟''

''وہ میرا ہے حضور،''اس نے جواب دیا۔اس کے اِس چھوٹے سے جملے نے جیسے مجھ پر سب کچھ واضح کردیا۔

''لیکن اس نے دوسری عورت کرلی ہے؟''

''میرے بغیر وہ کر کیا سکتا ہے؟ مرد چاہے کتنی ہی عورتیں کرلائے،اس سے کوئی فرق نہیں پڑتا۔یقین جانو حضور،مردوں میں وہ راجہ ہے۔اس جیسا کوئی اور ہے نہیں۔''

ملاح پھر مجھ سے مخاطب ہوا،''حضور،جب تک آپ اسے جان نہ لیں،آپ سوچ نہیں سکتے کہ وہ کس طرح کا آدمی ہے۔جب زندگی اور حسن وجوانی اس کے جسم سے چھلکی پڑتی تھی تو یہ اس سے پھنس گئی۔ایک رات اس نے جھونپڑی میں تالا لگا کر باہر سے آگ لگادی۔وہ تو جل کر مرنے کے قریب ہوگئی تھی،اس کی قسمت اچھی تھی جو زندہ بچ گئی۔''

''ایسا لگا کہ بس اگر وہ مجھے مل جائے تو اپنے ہاتھوں سے اس کا گلا دبا دوں۔جھونپڑی کے چھپر کے اوپر سے ایک بری طرح جلتا ہوا بانس میری کمر پر گرا تھا۔''یہ کہتے ہوئے اس نے اپنا بلاؤز ذرا سا اوپر اٹھایا اور اس اندھیرے میں بھی اس کی کمر پر جلنے کا سفید نشان دکھائی دے رہا تھا۔

''اتنا ظلم سہنے کے بعد بھی تم اس کے ساتھ کیوں رہ رہی ہو؟''میں نے پوچھا۔

''میرے بس میں نہیں ہے حضور۔جب وہ میرے پاس ہوتا ہے تو میں اس سے لپٹ جاتی ہوں۔وہ اتنی اچھی طرح بولتا ہے کہ آپ کے دل میں اس کے لیے بے پناہ ہمدردی امنڈ آئے گی۔شام کو ہم کودر سے چلے تھے۔ راستہ میں اس نے میرے قدموں میں جھک کر اس معاملہ میں مدد کرنے کے لیے منت کی اور کہا کہ وہ بری طرح ٹوٹ چکا ہے۔ہم کھیتوں کھیت چھوٹے راستے سے ندادولو نہر پر پہنچے تھے۔۔۔''

''اس نے سامان کہاں اتارا؟''

''مجھے کیا معلوم؟''

ملاح نے ہنستے ہوئے کہا،''یہ مکار کبھی سچ نہیں اُگلے گی۔''

اس کے چہرے کو غور سے دیکھنے کی خواہش اچانک مجھ میں بیدار ہوئی لیکن اندھیرا اتنا تھا کہ پوری طرح اس کا جائزہ لینا دشوار تھا۔

کشتی آہستہ آہستہ پانی کی سطح پر چل رہی تھی۔ آدھی رات گزر جانے کے بعد ہوا میں ناگوار خنکی شامل ہوگئی تھی۔ درختوں کی پتیوں کے ٹکرانے سے فضا میں کچھ شور تھا۔ اس رات بھی میں سو نہ سکا۔ رنگی کے پہرہ پر مامور ملاح نے سو جانے کی سرکش خواہش پر قابو پانے کی ناکام کوشش کر کے ہتھیار ڈال دیے، لیکن رنگی چرٹ کے کش لگاتی ہوئی اسی حالت میں بے حرکت بیٹھی رہی۔

میں نے اس سے پوچھا، ''کیا تمھاری شادی ہوئی ہی نہیں؟''

''نہیں۔ جب بدلو مجھے بھگا کر لے گیا تو میں بہت کم سن تھی۔''

''تم کس گاؤں کی رہنے والی ہو؟''

''اندر پلم۔ تب مجھے معلوم نہیں تھا کہ وہ شرابی ہے۔۔۔ اور اس نے مجھے بھی اب یہ لت لگادی ہے۔ شراب پینے میں کوئی برائی نہیں ہے لیکن کبھی کبھی نشہ میں وہ پاگل ہو جاتا ہے۔''

''تمھیں اس کو چھوڑ کر اپنے ماں باپ کے پاس چلا جانا چاہیے تھا۔''

''جب وہ پاگل پن پر اتر آتا ہے تو میں بھی یہی سوچتی ہوں، لیکن اس جیسا کوئی ہے بھی تو نہیں۔ آپ اسے نہیں جانتے۔ ہوش کی حالت میں وہ میمنے کی طرح سیدھا اور معصوم رہتا ہے۔ چاہے وہ سیکڑوں عورتیں کر لے، آتا میرے ہی پاس ہے۔ میرے بغیر وہ کر ہی کیا سکتا ہے۔''

اس عورت کے سوچنے کے انداز نے مجھے حیرت میں ڈال دیا اور میں سمجھ نہ سکا کہ کون سا ایسا جذبہ ہے جو دونوں کو ایک رشتہ میں باندھے ہوئے ہے۔ رنگی نے پھر کہا، ''ہم دونوں کو کوئی کام کرنا چھانا لگتا تھا تو ہم نے چوری شروع کر دی۔ جب میری ماں زندہ تھی تو میرے الٹے سیدھے کاموں پر ڈانٹ پھٹکار کرتی تھی۔ ایک رات وہ اس لڑکی کو لے کر میری جھونپڑی میں آدھمکا۔''

''وہی جس کے ساتھ وہ اب رہتا ہے۔ وہ اس کے ساتھ لیٹ گیا، ٹھیک میری آنکھوں کے سامنے، دونوں نشے میں چور تھے۔ کتیا! میں اس پر پل پڑی اور اسے بری طرح نوچ ڈالا۔ وہ بیچ میں آگیا۔ اس نے مجھے مار مار کر ادھ موا کر دیا۔ آدھی رات کے قریب وہ اسے لے کر کہیں دفع ہوگیا۔ اور وہ پھر آگیا۔ میں نے اسے بہت گالیاں بکیں اور دروازہ بند کرلیا۔ چوکھٹ پر پڑا وہ بچوں کی طرح بلکنے لگا۔ مجھے ترس آگیا۔ میں اس کی بغل میں بیٹھ گئی۔ اس نے مجھے اپنی گود میں بھر کر مجھ سے میرا نکلس مانگا۔ میں نے پوچھا، کیا کرو گے؟ کہنے لگا، دوسری لڑکی کے لیے۔ غصہ سے تلملاتے ہوئے میں نے اس پر گالیوں کی بوچھار کر دی۔ میرے غصہ کا ٹھکانہ نہ تھا۔ میں نے اسے دھکا دے کر اندر سے زنجیر چڑھالی۔ کچھ دیر دروازہ پیٹ کر وہ چلا گیا۔ جب مجھے نیند آگئی تو گھر جل رہا تھا۔ جھونپڑی اس نے باہر سے بند کر کے آگ لگادی تھی۔ میں نے لاچاری سے دروازہ کھولنے کی کوشش کی۔ رات کے اس پہر مدد کے لیے میری پکار پڑوسیوں کے کان تک نہ پہونچ سکی۔ میرا جسم آگ میں زندہ بھنا جا رہا تھا۔ میں بے ہوش ہوگئی۔ اس حالت میں پڑوسیوں نے ہی مجھے بچایا ہوگا۔ دوسرے دن پولس نے اسے پکڑ لیا۔ میں نے پولس سے صاف کہہ دیا کہ آگ اس نے نہیں لگائی تھی۔ اس رات وہ میرے پاس آیا اور گھنٹوں ٹسوے بہاتا رہا۔

کبھی نشہ کی حالت میں وہ اسی طرح روتا ہے اور ہوش میں ہو تو بہت ہنسوڑ نظر آتا ہے۔ آخر کار میں نے اسے وہ نکلس دے دیا۔

''ان غلط کاموں میں تم اس کی مدد کیوں کرتی ہو؟''

''میں کیا کروں، جب میرے پاس آ کر وہ اس طرح ہاتھ پھیلاتا ہے کہ جیسے اس کے جینے مرنے کا دارومدار اسی چیز پر ہو۔''

''کیا یہ سچ ہے کہ وہ تمھیں وجے نگرم، وشاکھا پٹنم اور دوسری بہت سی جگہوں کی سیر کرانے لے گیا تھا۔''

''نہیں۔ میں ملاح کو یقین دلانا چاہتی تھی۔ اس سے پہلے بھی ایک آدھ بار یہ کشتی لٹ چکی ہے۔''

''اگر پولس تمھیں پکڑ لے تو تم کیا کرو گی؟''

''میں کیوں کچھ کروں۔ وہ کیا کر سکتے ہیں۔ چوری کا مال میرے پاس نہیں ہے۔ کیا پتہ چوری کا ذمہ دار کون ہے؟ وہ مجھے مارتے ہیں تو مار لیں، آخر کار ان کو مجھے چھوڑنا ہی پڑے گا۔''

''مان لو کہ بدلو چوری کے مال کے ساتھ پکڑا گیا تو؟''

''ایسا نہیں ہو سکتا۔ اب تک وہ سارا مال ٹھکانے لگا چکا ہوگا۔ اسے بھاگ نکلنے کا کافی موقع دینے کے لیے میں کشتی میں ہی تھی۔'' سرد آہ بھرتے ہوئے وہ دھیمی آواز میں بولی ''یہ سب اس کمینی کتیا کے لیے ہو رہا ہے۔ اس کی جوانی ڈھلنے تک وہ اسے نہیں چھوڑے گا۔ اس رنڈی کے کارن یہ آفت مجھے اٹھانی پڑ رہی ہے۔''

اس کا لہجہ کسی جذبہ کی جھلک یا ملامت سے عاری تھا۔ اس نے اسے، اس کی تمام خامیوں کے ساتھ قبول کر لیا تھا اور اس کے لیے کچھ بھی کر گزرنے کے لیے تیار تھی۔ اس جذبہ کو قربانی، عقیدت، یہاں تک کہ محبت سے بھی تعبیر نہیں کیا جا سکتا۔ یہ محض ایک عورت کے دل میں نہاں جذبوں کا اظہار تھا جو محبت و رقابت کے نازک امتزاج سے عبارت ہوتا ہے۔ پیچیدہ احساسات کے اس جذبہ کے خارجی اظہار کا واحد ذریعہ وہ تڑپ تھی جو اسے اپنے دل میں اپنے مرد کو پانے کے لیے محسوس ہوتی تھی۔ اس دل کا ہر ذرہ اس مرد کا پیاسا تھا۔ لیکن اسے کوئی اخلاقی یا سماجی مطالبہ اس سے نہیں کرنا تھا۔ اس کی بے وفائی اور مظالم کا بھی اسے کوئی گلہ نہ تھا۔ وہ اس سے اس کی آوارگی، اوچھے پن، درندگی اور بے رحمی کی تمام صفات کے ساتھ محبت کرتی تھی۔ اسے ہر قدم پر مصیبت بھری زندگی سے آخر کیا حاصل ہوا؟ اس کو زندگی نے کیا دیا؟ کیا وہ زندگی ایک عذاب اور کسی بوجھ سے کم نہ تھی؟ پھر زندگی کے عدم احساس کے علاوہ اور کیا ہے۔ کیا میں اس معیار پر زندگی کو پرکھتے ہوئے خوش تھا؟ رفتہ رفتہ ہوا تیز ہوگئی۔ کشتی کی رفتار میں بھی تیزی آگئی۔ دنیا کے زندگی بخش نیند سے بیدار ہونے کے آثار ظاہر ہونے لگے تھے۔ اِکا دُکا کسان اپنے کھیتوں کو جاتے ہوئے نظر آ رہے تھے۔ سورج ابھی نہیں نکلا تھا۔ رنگی نے اپنے گھٹنے سکیڑ کر اپنے بازوؤں میں سمیٹ لیے تھے اور ختم ہوتی ہوئی رات پر نظریں گاڑے بیٹھی ہوئی تھی۔

''وہ میرا مرد ہے۔ وہ کہیں بھی جائے میرے پاس لوٹ کر ضرور آئے گا۔'' اس نے خصوصاً مجھے ہی مخاطب نہ کرتے ہوئے آہستہ سے کہا۔ ان الفاظ میں وہ امید، قوت اور اعتماد سمٹ آیا تھا جس کا زندگی سے بھرپور

اور اٹوٹ رشتہ ہو۔ اس کی پوری زندگی کا محور وہی ایک نقطہ تھا۔ اس عورت کے لیے میں نے اپنے دل کو خوف اور اس سے بڑھ کر والہانہ احترام کے جذبہ سے بھرا ہوا پایا۔ میں حیرت سے سوچنے لگا کہ انسان کے دل کے معاملات کتنے پیچیدہ، نازک، دردناک، یہاں تک کہ مجنونانہ ہوتے ہیں۔

میں دن چڑھے تک بیٹھا اس کو تکتا رہا۔ کشتی سے اترنے سے پہلے میں نے لوگوں کی آنکھ بچا کر اس کے ہاتھ میں ایک روپیہ رکھ دیا اور اس کا ردعمل دیکھنے کا انتظار کیے بغیر چل پڑا۔ پھر وہ مجھے کبھی دکھائی نہ دی۔

دگڑو پرب کا اشوامیدھ (کنڑ)

جینت کائیکینی

ترجمہ: ارجمند آرا

جینت کائیکینی کنڑ زبان کے افسانہ نگار، شاعر، ڈراما نگار اور کنڑ سنیما کے نغمہ نگار ہیں۔ وہ ۱۹۵۵ء میں گوکارنا میں پیدا ہوئے۔ والد ایک اسکول ٹیچر اور ادیب تھے اور ماں سوشل ورکر۔ کرناٹک یونیورسٹی، دھارواڑ سے جینت نے بایوکیمسٹری میں ایم اے کیا اور بمبئی چلے گئے جہاں انھوں نے بطور کیمسٹ برسوں تک کام کیا۔ اب بنگلور میں رہتے ہیں۔ کنڑ کے نئے ادیبوں میں جینت کائیکینی کو امتیازی مقام حاصل ہے۔ ان کی شاعری کا پہلا مجموعہ ۱۹۷۴ء میں، اور کہانیوں کا پہلا مجموعہ ۱۹۸۲ء میں منظر عام پر آیا تھا۔ اب تک چھ شعری مجموعے، نو افسانوی مجموعے، اور مضامین اور ڈراموں کے متعدد مجموعے شائع ہو چکے ہیں۔ کرناٹک حکومت انھیں متعدد ادبی انعامات سے نواز چکی ہے۔ ۲۰۱۸ء میں جنوبی ایشیا کا ڈی ایس سی ایوارڈ ان کی کہانیوں کے انگریزی ترجمے 'نو پریزینٹس پلیز' پر دیا گیا۔

کہانی 'دگڑو پرب کا اشوامیدھ' پدما راما چندرا شرما کے انگریزی ترجمے پر مبنی ہے۔ 'اشوامیدھ' کے حوالے سے یہ وضاحت شاید کہانی کے لطف کو دوبالا کرے کہ قدیم ہندوستان میں راجا ایک مضبوط ریاست قائم کرنے کے بعد اشوامیدھ یگیہ کرتا تھا، جس کے بعد ایک گھوڑا ہمسایہ ملکوں میں چھوڑ دیا جاتا تھا۔ یہ گھوڑا اس کی غیر متنازعہ حکمرانی، خودمختاری اور قوت کی علامت ہوتا تھا۔ اگر کوئی پڑوسی راجا اسے پکڑ لیتا تو یہ چیلنج سمجھا جاتا تھا اور اسے راجا سے جنگ کرنی پڑتی تھی۔ اگر گھوڑا صحیح سلامت لوٹ آتا تو راجا چکرورتی کا لقب اختیار کرتا تھا، یعنی ایسا راجا جس نے چاروں سمتوں میں فتح پائی ہو۔ [مترجم]

☆

ڈاکٹر ارجمند آرا ایک ہندوستانی ادیب اور محقق ہیں۔ ارجمند آرا نے دہلی کی جواہر لال نہرو یونیورسٹی سے اعلیٰ تعلیم پائی اور دہلی یونیورسٹی میں اردو ادب کی پروفیسر ہیں۔ وہ اردو اور ہندی میں متعدد کتابوں کی مترجم ہیں جن میں سے بعض اہم تراجم رالف رسل، طیب صالح، طاہر بن جلون، عتیق رحیمی، حسن بلاسم اور ارندھتی رائے کی تخلیقات پر مشتمل ہیں۔

بارات کا جلوس مُلند کے لال بہادر شاستری مارگ سے ہوتا ہوا دھیرے دھیرے اسٹیشن کی جانب مڑ گیا اور مین بازار روڈ سے گزرنے لگا۔ بینڈ باجے والے زرق برق لباس پہنے، گروؤں کے مانند بارات کی رہنمائی کر رہے تھے؛ ان کے پیچھے مونچھے چمکائے نوعمر لڑکوں کا جھنڈ تھا۔ اس کے بعد ادھیڑ عمر والے مرد، جن کی قمیصیں ان کے پیٹوں پر منڈھی ہوئی تھیں، احساسِ برتری سے تنے ہوئے بازار میں چل رہے تھے اور کبھی کبھی اپنے پیچھے چلتی بیویوں پر نظر ڈال لیتے تھے۔ ان کے پیچھے عجیب وغریب لوگوں کا جھنڈ تھا، نشے میں دھت اور رقصاں، سارے بدن پر لال رنگ ملے ہوئے۔ بالکل آخر میں، بریک وین کی طرح، عورتوں کا گروہ تھا۔

اور ان سب کے بیچوں بیچ چہرہ ڈھکے ہوئے دولھا، ہلکے کتھئی گھوڑے پر یوں بیٹھا تھا جیسے گھوڑے کی پیٹھ کا ہی حصہ ہو۔ چمیلی کی لڑیوں نے، جو اس کی سنہری بیل والی پگڑی سے لٹکی ہوئی تھیں، اس کے چہرے کو ڈھانپ رکھا تھا۔ اس کی پگڑی سے میں سے ایک پَر یوں نکلا ہوا تھا کہ بس اب گرا اور تب گرا۔ جلوس میں کسی کو دولھا، دَگڑو پَرب کا چہرہ یاد نہیں تھا۔ گھوڑے سے ذرا آگے، داہنی جانب ہٹ کر، جو شخص صدرِ ریاست کے مانند چل رہا تھا، وہ دولھے کا بڑا بھائی بالا چندر پرب تھا۔ گھوڑے پر برات نکالنے کے اس دلفریب منظر کا منصوبہ اسی نے بنایا تھا، دلہن والوں کو خود جا کر آمادہ کیا تھا، گھوڑے کا انتظام کرنے میں بھاگا بھاگا پھرا تھا، اور اپنے گھر سے لے کر دلہن کے گھر میں بنے منڈپ تک بارات کو لے جانے کی نگرانی خود کر رہا تھا۔ اب وہ چل رہا تھا، اور کبھی گھوڑے پر بیٹھے اپنے چھوٹے بھائی پر نظر ڈالتا تھا اور کبھی بازار کے لوگوں پر۔ وہ جس انداز سے اپنے ارد گرد دیکھ رہا تھا اس سے یہ صاف ظاہر تھا کہ اپنی زندگی کی اس پہلی گھڑ چڑھی کے جلوس کے لیے وہی تن تنہا ذمہ دار ہے۔

جلوس شواجی روڈ پر لگی شواجی کی مورتی کی جانب بڑھا۔ وہ مورتی کے قریب سے گزرنے ہی والا تھا کہ اچانک قریب کے کسی گیراج سے موٹر سائیکل چالو ہونے کی چنگھاڑ سنائی دی، جیسے چیخنے میں اس کی انتڑیاں تک باہر آ گئی ہوں۔ اچانک آنے والی اس فلک شگاف چنگھاڑ سے ایک لمحے کو پورے بازار پر سکتہ چھا گیا۔ اور قبل اس کے کہ کوئی پلک بھی جھپکاتا، گھوڑے نے اپنی اگلی ٹانگیں اٹھائیں اور ہنہنایا؛ دولھے نے بھی عجیب سی آواز میں چیخ ماری، اور اس طرح ڈولنے لگا جیسے طے نہیں کر پا رہا ہو کہ کس جانب گرے۔ اتنے میں گھوڑا دولھے کو لے کر برق کی مانند دوڑ گیا۔

دم بخود کر دینے والے اس لمحے کے بعد، دیکھو تو ذرا، کیسا ہنگامہ مچ گیا! نظروں کے سامنے جو بھی گلی نظر

آئی، باراتی اسی میں دوڑتے ہوئے گھس گئے۔ اس آفت ناگہانی میں بالا چندر کو جیسے ہی ہوش آیا، اس نے ہکلاتے ہوئے ان سب سے مخاطب ہو کر کچھ کہا اور دوڑتا ہوا بائیں جانب کے سبزی بازار میں گھس گیا۔ یہاں ہر آدمی خریداری کے تھیلوں، نقدی اور سبزیوں میں مصروف تھا۔ لگتا نہیں تھا کہ ان میں سے کسی نے بھی سرپٹ دوڑتے گھوڑے کی طرف کوئی دھیان دیا ہے۔ بالا چندر دوڑتا ہوا مورتی کی طرف لوٹا، جیسے اچانک اسے کوئی بات یاد آ گئی ہو، اور عورتوں اور بچے کھچے باجے والوں سے وہیں ٹھہرنے کو کہا۔ عورتیں وہاں سے ہٹ کر سڑک کے کنارے کھڑی ہو گئیں، کیوں کہ یوں سڑک کے بیچوں بیچ کھڑے رہنا ممکن نہیں تھا۔ لیکن پھل فروشوں نے انھیں وہاں سے بھی کھدیڑ دیا کیوں کہ وہ ان کی دکانوں کے سامنے جمع ہو گئی تھیں۔

جب یہ سب چل رہا تھا تو بالا چندر کی بیوی اور دوسری عورتیں کھی کھی کر رہی تھیں۔ اسے اچھی طرح معلوم تھا کہ اس کے شوہر نے اس عظیم الشان بارات کا اہتمام خالص بغض کے جذبے کے تحت کیا ہے، تاکہ اسے یہ جتا سکے کہ ان کی شادی پر اس کے باپ نے گھڑ چڑھی کا انتظام نہیں کیا تھا۔ چنانچہ وہ خود ہی چپکے چپکے ہنستی رہی۔

البتہ، پرب بڑی الجھن میں گرفتار تھا۔ ''دگڑو۔۔۔ دگڑو!'' دوڑ کر سبزی بازار میں داخل ہوتے اور باہر نکلتے وقت وہ مسلسل چیختا رہا، اور گوشالا روڈ پر پہنچنے تک چیختا ہی رہا۔ اس کے سامنے سنگین سوال یہ تھا کہ گھوڑے کو کہاں ڈھونڈے۔ اگر وہ مل بھی گیا تو کیا دگڑو اب بھی اس پر بیٹھا ہوگا؟ یا وہ صرف دگڑو کو ڈھونڈے؟

اس دوران وہ سارے رضا کار جو مختلف گلیوں میں جا گھسے تھے، سڑک کے دونوں سروں کے گڈھوں میں ہی اسے تلاش کرتے رہے۔ شاید دگڑو وہیں پڑا ہوا مل جائے۔ گوشالا روڈ پر واقع ایک اسکول میں تبھی چھٹی ہوئی تھی اور کچھ بچے ٹریفک کے رحم و کرم پر چلے جا رہے تھے۔ بالا چندر نے انھیں روک کر پوچھا، ''تم نے اس سڑک پر کسی گھوڑے کو بھاگتے دیکھا ہے؟'' پرب کو بڑی خفت محسوس ہو رہی تھی کہ آگے بس اسٹاپ پر منتظر کھڑے لوگوں سے بھی اسے یہی سوال پوچھنا پڑا۔

اس کے علاوہ غلاما کا بھی کچھ اتا پتا نہ تھا، اسی آدمی کا جو گھوڑا لے کر آیا تھا۔ اور یہ دوسرا سوال تھا جو اس کے سامنے کھڑا تھا۔ بالا چندر نے اپنے آپ کو سمجھایا کہ وہ بھی گھوڑے کی تلاش میں نکل گیا ہوگا۔ بہر کیف، گھوڑے کے بارے میں زیادہ تشویش تو اسی کو ہونی چاہیے۔ یہ طے کر کے کہ وہ صرف اپنے بھائی کو تلاش کرے گا، بالا چندر نے ایک آٹو رکشہ لیا اور مختلف سڑکوں اور گلیوں کے چکر لگانے لگا۔ کہیں کہیں اسے رکنا بھی پڑتا تھا۔ فاصلے پر رکھا ہوا ٹوکروں کا انبار اسے گھوڑے جیسا ہی نظر آیا تھا۔ ایک اور جگہ اسے گمان گزرا کہ دگڑو سڑک کے کنارے کھڑا ہے۔ بالا چندر حیران و پریشان تھا؛ رکشہ کے میٹر نے جیسے ہی سولہ روپیے کا اندراج دکھایا، اس نے رکشہ رکوا دیا۔ اب وہ مضافات سے خاصا دور، کھیل کے میدان کے قریب کھڑا تھا۔

گھوڑا لانے والا چھوکرا غلاما اس افراتفری کے عین وسط میں غائب ہو چکا تھا۔ گھوڑا جیسے ہی ہنہنا کر سرپٹ دوڑا، غلاما بھی اسٹیشن کی طرف دوڑا اور اس نے وی۔ ٹی۔ کے لیے ٹرین پکڑ لی۔ گھوڑا اس کا نہیں تھا۔ گھوڑے کا مالک بھانومتی کا باپ تھا؛ بھانومتی، جس سے وہ چپکے چپکے پیار کرتا تھا، اور جس نے اس کے دل میں

پوشیدہ ایک ایسی خواہش کو بیدار کر دیا تھا جس سے اسے بری طرح لڑنا پڑتا تھا۔

غلاما کلاوا کی ایک کرانہ شاپ میں کام کرتا تھا۔ ایک دن جب وہ کچھ سامان پیک کر رہا تھا تو اس کی نظر سڑک کے پار ایک اصطبل نما مکان میں رہنے والی لڑکی پر پڑی۔ غلاما کو اس کے بازوؤں سے وہیں کے وہیں عشق ہو گیا۔ وہ دیکھ رہا تھا کہ سکھانے کے لیے کپڑے تار پر پھیلاتے وقت اپنے بازوؤں کو کچھ یوں اُچکاتی ہے کہ بازو پورے نہیں اٹھانے پڑتے اور بغلیں نظر نہیں آتیں۔ غلاما اس کا غلام ہو گیا۔

بھانومتی کے باپ کا کاروبار بس انھی گھوڑوں پر مشتمل تھا۔ طویل مدت پہلے وہ تانگے والا ہوا کرتا تھا۔ اب اس کے پاس چار یا پانچ تانگے تھے۔ وہ اپنے گھوڑے اور گاڑیاں جوہو بیچ پر بھیجا کرتا تھا جہاں چھٹی کے اوقات میں بچے ان پر سواری کیا کرتے تھے۔ اسی گھر میں سے، جس میں گھوڑے، تانگے، گھوڑوں کی لید، گھوڑوں کی دموں کے بال، گھوڑوں کی گھاس اور گھوڑوں کے چنوں کے علاوہ کچھ بھی نہ تھا، اور جو مکمل طور پر اصطبل نظر آتا تھا، بھانومتی نے بھی غلاما کو دیکھا۔ وہ پھول کر کپّا ہو گئی، مسکرائی اور چھپاک سے غائب، جیسے کوئی ہنس ہو۔ وہ اپنی آنکھوں سے ہی غلاما کے دل سے کھیل رہی تھی۔

ایک دن نہ جانے کیا ہوا، غلاما اس کے باپ کے پاس پہنچ گیا اور کھلے بندوں بھانومتی کا ہاتھ مانگ بیٹھا۔ جواب میں اس کے باپ نے خود اپنا ہاتھ جڑ دیا؛ وہ بھی اتنے زور سے کہ احساس ذلت سے غلاما کی گویا جان ہی نکل گئی۔ لیکن ہندی فلمیں دیکھ دیکھ کر وہ چونکہ سچی محبت کی جیت میں اَڈِگ یقین رکھنے لگا تھا، اس لیے اس نے سامان باندھتے وقت بھانومتی کی سفید بانہوں کو تاکنا نہیں چھوڑا۔ وہ اپنی محبت کی غصیل اور ضدی نگاہوں کے تیر اس کی جانب چلاتا رہتا۔ تانگے والوں سے اس نے دوستی کر لی۔ بھانومتی کی توجہ پانے کے لیے وہ خریداری کے لیے آنے والی نوعمر لڑکیوں سے ذرا بے تکلفی برتتا اور فلرٹ بھی کرتا۔ ایک دن، جب یہ لکا چھپی ہاتھ سے نکلتی نظر آئی تو بھانومتی نے اس کی طرف دیکھنا بالکل ہی ترک کر دیا۔

اس کے بعد، نہ معلوم بیزار ہو کر یا غصے کے سبب، غلاما نے اپنا وقت تھانے کے بس اسٹینڈ پر تانگے والوں کے ساتھ گزارنا شروع کر دیا۔ ان کے ساتھ ایک ایسی ہی گپ شپ کے دوران اسے پتہ چلا کہ بالا چندر پرب اپنے بھائی کی شادی کے لیے گھوڑے کا مول بھاؤ کر رہا ہے۔

غلاما اچانک ایک عجیب سی دلیری کے جذبے سے مغلوب ہو گیا۔

”جو دینا چاہو دے دینا۔ گھوڑا میں تمھارے پاس صبح ہی صبح لے کر آ جاؤں گا۔“ اس نے بات پکی کی۔

”لیکن گھوڑے کو سجانے وجانے کی ذمہ داری میری نہیں ہوگی۔“

دوسرے دن وہ منھ اندھیرے جاگ گیا، بھانومتی کے باپ کے اصطبل سے اس نے ایک گھوڑا کھولا، اسے لے کر پیدل چلتا ہوا ملند پہنچا اور پرب کی کھولی پر جا کھڑا ہوا۔ پرب کے سارے اڑوسی پڑوسی نکل آئے، اور گھوڑا سجانے کو بے چین ہونے لگے۔ لیکن گھوڑا بڑا بد خصلت تھا، اور انھیں پیچھے ہٹنے کو مجبور کر رہا تھا۔ بالآخر اسے سجانے کا خیال ناممکن سمجھ کر چھوڑ دیا گیا، اور سجے سجائے دولھا کو ایک اسٹول کی مدد سے گھوڑے پر سوار کر دیا گیا۔

دگڑو پر ب نے جب گھوڑے کو دیکھا، جو یوں لگ رہا تھا جیسے فلم کے پوسٹر سے نکل کر سیدھا اس کے دروازے پر آ کھڑا ہوا ہو، تو وہ بڑا مضطرب ہوا۔ بھول گیا کہ وہ دولھا ہے۔ گھوڑے پر بیٹھ کر اسے لگ رہا تھا کہ اگر گھوڑے نے سر بھی ہلایا تو یہیں اس کی جان نکل جائے گی۔ بارات نے جب تک چلنا شروع کیا، دگڑو پسینوں میں نہا چکا تھا۔ آخر وہ اس بڑے بھائی کا چھوٹا بھائی بنا کر ہی کیوں پیدا کیا گیا؟ بینڈ نے جیسے ہی بجانا شروع کیا، گھوڑا دھیرے سے اچھل پڑا، لیکن اس پر ہی دگڑو کا پچھلا حصہ بری طرح دکھنے لگا۔ اس نے اپنا کولہا تھوڑا سا کھسکایا، تاکہ درد کو ذرا آرام آئے، لیکن اسی وقت، عین اسی جگہ پھر سے دھچکا لگا۔ اب کی بار وہ اس لیے رو پڑا کہ اسے انسان بنا کر ہی کیوں پیدا کیا گیا۔ اس دوران غلاما بے نیازی سے چلتا رہا۔

غلاما چاہتا تھا کہ جتنی جلدی ممکن ہو، یہاں سے چلا جائے۔ لیکن شادی کا مطلب ہے کہ چھوٹی چولیاں پہنے لڑکیاں بار بار مہمانوں کے پاس آتی ہیں اور ان پر عطر چھڑکتی ہیں۔ اس توجہ کا فوری شکار ہو کر غلاما بارات کے ساتھ ساتھ چلتا رہا۔ بالا چندر پرب نے گولڈ اسپاٹ کی ایک بوتل لا کر اس کے ہاتھ میں تھما دی۔ جب تک وہ شوا جی کی مورتی کے پاس پہنچے، غلاما نے اپنا مشروب ختم کر لیا تھا اور گھوڑا بھاگ چکا تھا۔ اس نے اِدھر دیکھا نہ اُدھر، سیدھا اسٹیشن کی طرف بھاگا۔ اس کا ارادہ کوئی فلم دیکھنے کا تھا۔ جب وہ ٹرین میں بہ حفاظت سیٹ پر بیٹھ گیا تو بھانومتی اور اس کے باپ کو برباد ہونے کی بددعا دینا نہ بھولا۔

صبح آٹھ بجے جب بھانومتی کے باپ کی آنکھ کھلی، اور سارے ماجرے کا علم ہوا، تو وہ غیظ و غضب میں دندنانے لگا۔ اس نے چند تانگے کلاوا تھانے ایریا میں گھوڑے کی تلاش میں بھیجے۔ پھر پولس اسٹیشن جا کر رپٹ لکھوائی۔ وہاں انھوں نے پوچھا کہ گھوڑا کس رنگ کا ہے۔ ''گھوڑے کے رنگ کا ہی ہے''، اس نے جواب دیا، وہ نہیں جانتا تھا کہ اور کیا کہے۔ البتہ بھانومتی ساری صبح ایک جوش سے معمور رہی۔ جب نہانے گئی تو اپنا بدن رگڑتے ہوئے ہمہ وقت گنگناتی رہی۔

اسی دوران یہ ہوا کہ جب بالا چندر پرب دھوپ بھرے کھیل کے میدان سے مضطرب گزر رہا تھا تو کوئی شناسا مل گیا جو پوچھ بیٹھا، ''ارے تم یہاں؟ آج تو تمھارے بھائی کی شادی تھی!'' اور بس وہ پٹتے پٹتے بچا۔

ایک لمحے کے لیے اسے شادی کا پنڈال، اپنی بستی، اور اپنا کرایے کا گھر بہت دور لگنے لگے۔ اگر گھوڑا اور دگڑو بھاگ نہ گئے ہوتے تو اس وقت شادی کی رسم چل رہی ہوتی۔ بالا چندر کو یہ فکر ہوئی کہ وہ شادی کے مقام پر پہنچ نہ گئے ہوں اور اب شاید ہر شخص اسے ڈھونڈ رہا ہوگا۔ اس نے پولس اسٹیشن جانے کے بارے میں سوچا لیکن شادی کے منڈپ، اسپیکروں کے استعمال کے لائسنس، اور پولس کو دیے جانے والے دوسرے عمومی بھگتانوں کے خیال نے اس کے ارادے کو کمزور کر دیا۔

اپنے پیروں کو گھسیٹتا ہوا وہ دوپہر کے بعد، تقریباً دو بجے شادی کے منڈپ میں پہنچا۔ بہت سے لوگ انتظار کیے جا رہے تھے، بعض عورتیں جہاں بیٹھی تھیں وہیں سو گئی تھیں۔ بینڈ باجے والے اور اسپیکروں کی دیکھ بھال کرنے والے دانت نپورے رسوئی میں آ جا رہے تھے۔

تین بجے کے قریب پرب اچانک اٹھ کھڑا ہوا، ''بھگوان کی یہی اِچھّا ہے۔ جو ہونا ہے سو ہو کر رہے گا۔'' اس نے کہا، اور حکم دیا کہ کھانا کھول دیا جائے۔ بھوکی بھیڑ کھانے پر ٹوٹ پڑی۔ پرب نے غائب دماغی سے ایک جلیبی کھائی جو اس کی بیوی نے اس کے منھ میں ٹھونس دی تھی لیکن اس کا دل اس وقت اچھل کر حلق میں آ گیا جب اسے بینڈ والوں کو پوری رقم ادا کرنی پڑی، جب کہ انھوں نے صرف دو ہی گانے بجائے تھے۔ لیکن رقم ادا کرتے وقت وہ نوٹ گننے میں کامیاب رہا، اور یہ خاص خیال رکھا کہ آس پاس کے لوگ اسے پیسے دیتے ہوئے دیکھ لیں۔ جب لاؤڈ اسپیکر والے آدمی نے آ کر پوچھا کہ کیا اسے شام تک رکنا ہے، تو پرب اس پر چیخ پڑا، ''جانا ہے تو جاؤ!'' پھر وہ ایک کرسی پر بیٹھ گیا اور یوں گردن ہلانے لگا جیسے نیند میں ہو۔

شواجی کی مورتی کے قریب گھوڑے پر کیا گزری؟ گھوڑا کچھ عرصے کے لیے ایک سرکس میں کام کر چکا تھا۔ چند مہینوں کے لیے اس نے ایک فلم کی شوٹنگ میں بھی حصہ لیا تھا۔ اس کی یادیں کوئی معمولی یادیں نہ تھیں۔ خدا جانے کون سی یادیں تھیں کہ جب موٹر سائیکل پھٹپھٹائی تو وہ گھوڑے کے ذہن میں تازہ ہو گئی تھیں۔ اسی لمحے وہ اچھل پڑا تھا، اس نے اگلی ٹانگیں اٹھائی تھیں اور سرپٹ دوڑ پڑا تھا۔ وہ پہلے ہی، صبح صبح شروع ہونے والے غیر ضروری معاملات میں شریک کیے جانے کی وجہ سے مشتعل تھا۔ اچانک شروع ہونے والا غل غپاڑہ اس پر مستزاد اور اس کی قوت برداشت سے باہر تھا۔ ہنہناتا اور کودتا پھاندتا وہ راجاجی روڈ پر پہنچا، زاور روڈ کی طرف مڑا اور گوشالا روڈ کی طرف بھاگا۔

اس کی پیٹھ پر دگڑو آویزے کی مانند جھول رہا تھا۔ وہ آنکھیں میچ کر گھوڑے سے بری طرح چمٹ گیا تھا اور یوں لگتا تھا جیسے گھوڑے کی اچھل کود میں ضم ہو جانے کا پکا ارادہ کیے بیٹھا ہے، اور یہ کہ وہ بالکل بھول چکا ہے کہ ابھی تک نہ گرنے کا معجزہ واقع ہو چکا ہے۔ ایک عجیب ڈھنگ سے اس نے بھی ہنہنانا شروع کر دیا تھا۔ گوشالا روڈ پر اسکول کے بچوں کا تبھی جمگھٹ لگا تھا اور وہ ''اوے! اوے!'' چلانے لگے۔ لیکن دگڑو پر اس کا بھی کوئی اثر نہ ہوا۔ اس کی پگڑی وہیں گر گئی۔ کچھ بچوں نے اسے دبوچ لیا اور چند منٹ تک گھوڑے کے پیچھے دوڑتے رہے۔

گھوڑے نے موڑ کاٹا اور سینٹ پائس کے وسیع و عریض کھیل کے میدان میں گایوں اور کرکٹ پچوں کے درمیان سے گزرتا ہوا ایک نیچی دیوار کو پھاند کر آگرہ روڈ پر نکل گیا، پھر پیٹرول بنک کے قریب کے ایک چھوٹے سے علاقے میں دلکی چلتا ہوا گزرا اور پھر بڑی بڑی گاڑیوں، ٹرکوں اور ڈبل ڈیکر بسوں کے درمیان دوڑنے لگا۔ بسوں میں سے لوگوں نے دگڑو کو دیکھا جس کی پگڑی گر چکی تھی۔ اب گھوڑا گاڑیوں کے درمیان اچھل کود کرنے لگا۔

اس مرحلے میں داخل ہوتے ہوتے کام کاج کی دنیا سے دگڑو کا بچا کھچا تعلق بھی ختم ہو گیا اور وہ گھوڑے میں ضم ہو گیا۔ اس نے ایک عجیب سا ہلکا پن محسوس کیا۔ مِل میں اس کی ملازمت، اس کے بھائی کا دھونس جمانا، ابھرے ہوئے دانتوں والی دلہن، روزمرہ کی فضول سرگرمیاں؛ لگتا تھا کہ اس نے گھوڑے کی پیٹھ سے چپکے چپکے ان سب کو لات مار کر دور پھینک دیا ہو۔ ایک پل کے لیے وہ شواجی بن گیا جو رائے گڑھ کے قلعے پر چڑھ رہے تھے۔

گھوڑا ہائی وے پر دوڑ رہا تھا؛ چنگی کو پیچھے چھوڑتا، سگنل توڑتا کسی ایسی منزل کی جانب رواں دواں جسے خود اس کے سوا کوئی نہیں جانتا تھا۔

اس طرح وہ تھوڑی دیر تک دوڑتا رہا، پھر ہائی وے کو چھوڑ کر جانی پہچانی ذیلی سڑک پر نکل آیا، مضافات میں داخل ہوا، اور ہانپتا ہوا اور مشکل سے سانس لیتا ایک بہت سنکری گلی میں داخل ہو گیا، جہاں وہ ایک اصطبل نما مکان کے صحن میں جا کر تھما۔ گھر میں سے کچھ آدمی باہر نکلے اور انھوں نے دگڑو کو گھوڑے سے اتارا، جو تھکن سے چور تھا اور لگام کے ساتھ لٹکا ہوا سا لگ رہا تھا۔ انھوں نے اس کے بروکیڈ منڈھے بٹن کھولے اور چارپائی پر لٹا کر پنکھا جھلنے لگے۔ ایک لڑکی پانی کا گلاس لبالب بھرے ہوئے ظاہر ہوئی اور اس کی تیرتی ہوئی نگاہوں کے سامنے کھڑی ہو گئی۔ جب وہ پانی کو غٹا غٹ حلق میں انڈیل رہا تھا، لڑکی دھیرے دھیرے کچھ گنگناتی ہوئی گھر کے اندر غائب ہو گئی۔ زیادہ کچھ بولے بغیر، دومنٹ کے اندر اندر بھانومتی کے باپ نے اس ریڈی میڈ دولھا کو، جو اس کے گھوڑے کو واپس لایا تھا، اپنے داماد کے طور پر قبول کر لیا۔

کئی مہینوں بعد، کوئی بالا چندر پرب کے پاس خبر لے کر آیا؛ جوہو بیچ پر دگڑو ایک خوبصورت تانگے میں بچوں کو سیر کرا رہا ہے۔ اسی شام بالا چندر پرب نے بیوی بچوں کو ساتھ لیا، ٹرین کا سفر کر کے اور دو بسیں بدل کر جوہو پہنچا۔ کیا ہی سمندر تھا انسانوں کا! بیچ پر ہر طرف گھوڑا گاڑیاں، اونٹ، بچے اور غبارے! لیکن دگڑو یا اس کے تانگے کا کوئی پتہ نشان نہ تھا۔ بالا چندر ادھر ادھر ڈھونڈتا پھرا، یہاں تک کہ اس کی ٹانگوں میں درد ہونے لگا۔ وہ بیوی بچوں کے لیے چنے کے پیکٹ خرید کر لایا اور انھیں دے کر پھر سے چلا گیا۔ بالآخر تھکا ہارا لوٹ آیا۔ دگڑو یا اس کے تانگے کا دور دور تک پتہ نہ تھا۔

اس کی مایوسی دیکھ کر اس کی بیوی منمنائی، ''کچھ پتہ نہیں لگا نا؟ اگر دگڑو مل جاتا تو ہم کم سے کم اس سے منڈپ اور شادی کی دعوت پر خرچ ہونے والا پیسہ لوٹانے کو تو کہہ سکتے تھے۔''

''بھگوان کے لیے چپ رہو!'' بالا چندر غصے سے پھٹ پڑا۔ ''میں نے جو کچھ کیا، اتنا تو بڑے بھائی کے طور پر میں کر ہی سکتا تھا۔'' اس نے سمندر کی طرف اداسی کے ساتھ دیکھتے ہوئے اضافہ کیا۔

دھواں (گجراتی)

ایلا مہتا

ترجمہ: الطاف فاطمہ

ایلا مہتا ۱۶ جون ۱۹۳۸ء کو ممبئی میں پیدا ہوئیں، آپ کا خاندان جام نگر (گجرات) سے تعلق رکھتا ہے۔ ایلا مہتا نے اپنی ابتدائی تعلیم جام نگر، راج کوٹ اور ممبئی میں حاصل کی۔ بیچلر اور ماسٹر ڈگری رام نارائن روئیا کالج میں حاصل کی اور اسی کالج میں ۱۹۶۰ - ۱۹۶۷ء کے دوران درس و تدریس کے فرائض بھی انجام دیے، بعد میں وہ سینٹ زیورس کالج میں شفٹ ہوگئیں اور یہیں سے ریٹائر ہوئیں۔ ایلا مہتا نے گجراتی زبان میں ۱۵ سے زیادہ ناول لکھے۔ انھیں ساہتیہ اکیڈمی مہاراشٹر اور گجرات نے ادبی انعامات سے نوازا۔

الطاف فاطمہ کا تعارف گزشتہ صفحات میں پیش کیا جا چکا ہے۔

'با' آج شام پانچ بجے والی ٹرین سے واپس آرہی ہیں۔ شوبھا نے کلائی کی گھڑی پر نظر ڈالی۔ ابھی تو چار ہی بجے ہیں۔ ایک گھنٹہ پڑا ہے۔ ایک اتھاہ اور گہرے خلا کے احساس کا ساگر موجیں مار رہا تھا اور وہ ان موجوں کی لپیٹ میں گھری ہوئی تھی۔ اب کچھ کرنے کو باقی تو تھا نہیں، ایک انتظار کے سوا۔

میز پر پڑی کتابوں کے ڈھیر میں سے اس نے انگریزی کی ایک کتاب اٹھالی۔ پہلے ہی صفحے پر ایک بالکل ننگی عورت کی تصویر تھی۔ خالص طبی اور جراحی کے نقطہ نظر اور مقصد سے بنائی ہوئی یہ تصویر مصور کی چابکدستی اور مہارت کا منھ بولتا ثبوت تھی کہ بدن کا ایک ایک رواں واضح اور نمایاں تھا۔ اس نے کتاب کو زور سے بند کر کے میز پر پٹخ دیا۔ کمرے سے نکل کر بالکنی میں جا کھڑی ہوئی۔ تیسرے پہر کی چلچلاتی دھوپ یہاں سے وہاں تک پھیلی ہوئی تھی۔ اس کی حدت اور تمازت ہر ہر کونے کھدرے اور چیز کے جگر تک اتری ہوئی تھی۔ اس پورے ماحول پر

دھوپ اس طرح پھیلی ہوئی ہے جیسے میرے اندر اور باہر چھایا ہوا اتھاہ اور بیکراں سناٹا، میری رگ و پے میں اترا جارہا ہے۔ وہ سوچتی رہی، یہ خلا عام کھوکھلا پن نہیں ہے بلکہ ٹھوس کثیف اور نہ سمجھ میں آنے والا احساس ہے۔ بس اب شفق پھوٹنے ہی کو ہے، پھر شام کا یہ زنگاری روپ بھی اوجھل ہوجائے گا۔ گھپ اور کالی رات کے اندھیرے چاروں طرف اترنے لگیں گے۔ ایک مدھم سی تھکی تھکی مسکراہٹ ہونٹوں پر لیے وہ نیچے اتر آئی تھی۔

ساڑھے چار کے قریب اپنی کار اسٹیشن کی طرف لے جاتے ہوئے ڈاکٹر شوبھا نے خود کو ملامت کی:

''اب تم نیوراٹک ہوتی جارہی ہو شوبھا۔ اب تو یہ سورج، سورج نہیں، ایک کالی ٹکیہ ہی دکھائی دیتا ہے۔''

ایک دم ہی جیسے پیٹ میں ایک گولہ سا گھوم گیا۔ یہ سوچ کر کہ پتہ نہیں گھر بالکل ٹھیک ٹھاک تھا یا نہیں۔ ہر چیز اپنی جگہ پر تو ہے نہ؟ تصور میں اس نے گھر کا جائزہ لیا۔ آٹومیٹک طور پر چلتی ہوئی فلم کی طرح ایک ایک کمرہ پوری صفائی ستھرائی اور سجاوٹ کے ساتھ سامنے آتا رہا، کونہ کونہ آئینے کی طرح چمک رہا تھا۔ ایک دم صاف ستھرا۔ پھر بھی کوئی نہ کوئی بھول چوک تو ہو ہی گئی ہوگی۔ سچی بات یہ ہے کہ کلینک اور پریکٹس کی مصروفیتیں اس کے اور اس کی گرہستی کے درمیان حائل رہتی تھیں۔ اس کی ساس کو ہر بات کا پتہ رہتا تھا۔ ہر چیز پر ان کی نگاہ رہتی تھی۔ ہر طرح کی کوتاہی اور کمی کی خبر رہتی تھی اور اس کو تو بس تھوڑا سا ہی وقت ملتا تھا سستانے اور کمر ٹکانے کے لیے۔ چلو خیر، جب تک 'با' کو پتہ نہ چلے تب تک ہی غنیمت ہے۔

گاڑی چلاتے چلاتے ایک دم ایک ہول سا اٹھا، جیسے پیٹ کی گہرائیوں سے برف کی ٹھنڈی یخ سلاخی ابھر کر چلتی چلتی حلق میں آکر اٹک گئی ہو۔ جھرجھری سی آئی، ہاتھ پاؤں ٹھنڈا کر دینے والے خیال نے اس کو بوکھلا دیا: ''باپ رے! بڑی بھول ہوگئی، سبودھ کی فوٹو پر سے دھول صاف کرنا تو یاد ہی نہ رہا اور تصویر کے فریم پر ڈالا ہوا پھولوں کا ہار تو سوکھ کر کانٹا ہو گیا تھا۔ مرجھائے ہوئے ہار کو اتار کر تازہ پھولوں کا ہار ڈالنا تو یاد ہی نہیں اور اس کے ساتھ ہی تو باپو کا فوٹو ہے اور 'با' کا تو یہ ہے نہ کہ باہر سے آتے ہی سیدھی اسی طرف جاتی ہیں۔''

خشک ہار کی پیلی اور مرجھائی پتیوں کے ہالے میں سبودھ کی سیاہ و سفید تصویر میں اس کا سدا مسکراتا ہوا چہرہ، بالکل ایسا ہی ہے جیسے پچھلے برس کے دیوالی کارڈ میں چھپا ہوا کرشن مہاراج کا مکھڑا۔ وہی کارڈ جو اب ردی کاغذوں کے ڈھیر میں سب سے اوپر پڑا ہوا ہے۔

اس خیال کے ساتھ ہی ایک اور بات یاد آگئی، ایسی کہ شوبھا کے ہاتھ بڑی مشکل سے ہی اسٹیئرنگ پر قابو رکھ سکے۔ ''وہ ایش ٹرے، اس کی راکھ!! وہ ٹیلی فون کے پیچھے رکھی ہوئی کم بخت ایش ٹرے۔ نہیں معلوم کہ صاف بھی کی تھی یا نہیں۔ بھئی وہ اس میں چندروز ٹیلی فون پر بیٹھ کر باتیں کرتے کرتے بے تحاشہ سگریٹ پیتی اور راکھ جھاڑتی رہی تھی نہ۔''

اب فرض کرو کہ 'با' یہ پوچھ بیٹھتیں کہ ''یہاں یہ ٹیلی فون کے پیچھے ایش ٹرے رکھنے کی ضرورت کیا تھی؟'' اُف کیا کروں! ہے رام اب اتنا سمے کہاں کہ گھر واپس جاؤں اور ٹیلی فون کے پیچھے رکھی ایش ٹرے ہٹا کر کہیں اور رکھ دوں۔

مجبوراً گاڑی چلتی رہی، وہ کار پارک میں چھوڑ کر اسٹیشن کے اندر داخل ہوگئی۔

ٹرین بالکل ٹھیک وقت پر پہنچ گئی، سامان گاڑی میں رکھ دیا گیا۔شوبھا اسٹیرنگ وہیل سنبھال کر خاموشی سے بیٹھ گئی تو 'با' برابر والی سیٹ پر بیٹھ چکی تھیں۔ایک دوسرے میں گتھے ہوئے اور ٹریفک جام میں سے بچ بچا کر نکلنے کی کوشش میں لگاتار ہارن دینے اور رہ رہ کر بریک لگانے کے ساتھ ساتھ چیونٹی کی چال سے رینگ رینگ کر گاڑی کو نکال کر اپنے راستے ڈالنے کے داؤ پیچ کا اسے اچھا تجربہ تھا۔سو اس وقت بھی ٹریفک کے شکنجے میں پھنسی گاڑی کو بخیر و عافیت نکال لے گئی، بالکل پروفیشنل انداز میں۔

پورے راستے 'با' بولتی رہیں، جواباً وہ بھی بولتی رہی۔اس کی آواز اور باتوں کو سن کر ہی 'با' کو ایسا لگا جیسے سفر کی ساری تھکن اور بے آرامی دور ہوگئی ہو۔باتوں کی رونے شوبھا کے چہرے کو دمکا دیا تھا۔ایک رونق سی آگئی تھی چہرے پر۔شوبھا کی باتیں تو کنبے اور پریوار ہی کے گرد گھومتی تھیں، یہ تو اس کا ہمیشہ سے دستور تھا، اس کا تو ہر کام ہی حسب معمول اور ایک ڈھرے پر ہی ہوا کرتا تھا۔کنبے اور پریوار کی باتوں کا ہندوستان میں یہ ہے کہ اس کا کوئی انت نہیں، جیسے کنبے برادری کی لمبائی اور پھیلاؤ، ویسے ہی ان کی بات چل پڑے تو بالکل ہی اپنے پریوار سے چلتی چلتی خالاؤں، چچیوں، پھوپھیوں، ممانیوں سے بڑھتی بڑھتی بھانجے بھانجی اور بھتیجا بھتیجی سے بھی آگے رشتے ناتوں بلکہ ناتے پر ناتے پر بھی پہنچ کر رکتی نہیں۔حد یہ کہ دور پرے کے وہ کنبے ناتے دار تک زیر گفتگو آجاتے ہیں جو کبھی کبھار صرف شادی غمی کے موقع پر ہی نظر آتے ہیں۔

کار سڑک پر دوڑی چلی جا رہی تھی۔خیر اس کو تو دوڑتے ہی رہنا تھا۔'با' کے منہ سے نکلی ہوئی باتوں کے بول کار کی کھڑکی کے شیشوں کے باہر نکل نکل کر تیسرے پہر کی شام کی ہوا کے ساتھ اڑے چلے جا رہے تھے۔شوبھا اب بالکل چپ تھی۔اس کا دھیان تو دور کہیں فون کے پیچھے پڑی سگریٹوں سے بھری ایش ٹرے کی راکھ کی طرف تھا۔

آخر کو گھر آ ہی گیا۔گاڑی رکتے ہی ملازم کو بلانے کے لیے لگاتار دو ہارن دیے تا کہ وہ سامان اتار کر اندر لے جائے اور خود 'با' کا انتظار کیے بنا ہی گاڑی سے نکل کر سیڑھیاں پھلانگتی ٹیلی فون تک جا پہنچی۔ارے ایش ٹرے تو غائب ہے۔اچھا خیر بھاڑ میں جائے، ہوگی کہیں۔ارے بھئی خود ہی تو میں نے صبح صبح وہاں سے اٹھا کر الماری میں چھپا دی تھی۔

گاڑی سے اترتے ہی 'با' سیدھی تصویروں کی طرف چلی گئی تھیں۔بابو جی اور سبودھ؛ دھول کے غبار تلے چھپے مسکرا رہے تھے۔شوبھا کو دلہن بن کر اس گھر کی چوکھٹ اترے چار ماہ ہی گزرے تھے کہ بابو جی اور سبودھ دونوں کا اکٹھے ہی ٹریفک کے حادثے میں دیہانت ہوگیا تھا۔ایک بار ایسا ہوا کہ بلوری شیشے کا ایک تازہ تازہ نئے شگوفوں سے سجا ہوا گلدان زمین پر گر کر چور چور ہوگیا تھا۔بس شیشے کے ان ہی انگنت بے شمار کرچیوں کی طرح وہ اپنے جیون کے ہر لمحہ کو چن چن کر سمیٹتی رہی تھی، ایک طرف ڈال دینے کے لیے۔

'با' نے بڑے دھیان اور پیار سے تصویروں پر جمی دھول کو صاف کیا، پھر فرش پر ماتھا ٹیک کر اٹھ کھڑی

ہوئیں۔ پھر اٹھ کر شوبھا کی طرف مڑ کر دھیمی سی ملامت انگیز آواز میں بولیں: ''شوبھا پیاری، اس تصویر پر اتنی ساری دھول کہاں سے لا کر جمع کر دی۔ یقیناً تم کو تازہ پھول ڈالنا اور سارے طور طریقے تو یاد ہی ہوں گے نہ۔''

آدمی کام نہ کرنے کے سو بہانے تراش لیتا ہے، بیماری کے، ملاقاتیوں کے آنے اور ایسے ہی دوسرے عذر کر سکتا ہے، پر شوبھا کو الفاظ ہی نہ مل سکے، وہ چپ چاپ کمرے سے باہر نکل گئی۔

بالکنی کے جنگلے سے ٹیک لگائے کھڑی سوچ رہی تھی، اب 'با' اشنان کرنے اور دھونے دھلانے میں لگی ہوں گی۔ اچانک ہی اس کی انگلی اور انگوٹھے کے درمیان خارش سی ہونے لگی، ایک تیز خواہش کے تحت معلوم ہوا کہ اس کی انگلی اور انگوٹھے کی نس نس تڑپ رہی ہے، دھڑک رہی ہے۔ رہ نہ سکی تو بھاگ کر کمرے کے اندر گئی، سگریٹ کا پیکٹ نکال کر ایک سگریٹ سلگا لیا۔ جلدی جلدی دو چار کش لیے، بھوکے ٹوٹے کی طرح بے صبری سے۔ ہائے رام! کیسی تڑپ ہوتی ہے۔ جیسے کسی پیاسے کو پانی پی کر تسکین ہو جاتی ہے۔

ایک سگریٹ پھونک چکی تو اسی کے جلتے ہوئے ٹکڑے سے دوسرا سگریٹ جلا لیا۔ اب یہ دوسرا ابھی 'با' کے باہر آنے سے پہلے پہلے ختم ہو جانا چاہیے۔ چنانچہ اس نے کھڑے کھڑے ہی تیزی سے سوٹے لگانے اور گہرے گہرے کش کھینچنے شروع کر دیے۔

پر سوچنے کی بات ہے یہ چوری چھپے کام کب تک چلے گا اور کب تک یہ راز اس کی ساس کی نظروں پر آشکار نہ ہوگا۔ آخر کب تک چوری چوری کام چلے گا؟ کلینک! ہاں، خیر کلینک میں بیٹھ کر تو آرام سے پیا جا سکتا ہے، پھر بھی یہ دھڑکا تو رہے گا کہ نہ جانے کب 'با' ٹہلتی ہوئی منھ اٹھائے وہاں آنکلیں۔

غسل خانے کے دروازے کی چٹخنی کھلنے کی آواز نے اس کے خیال کے تسلسل کو توڑ دیا۔ جلدی سے سگریٹ پھینک کر کنکھیوں سے ادھر دیکھا، 'با' ابھی اندر ہی تھیں، باہر نہیں نکلی تھیں۔ اطمینان کی گہری سانس لے کر قریب والے بید کے صوفے میں دھنس گئی۔ اُف توبہ ہے۔۔۔ یہ زندگی۔۔۔ اس کا بے انت پھیلاؤ اور کٹھورتا۔۔۔ وقت لحہ لحہ سکینڈ سکینڈ گزرتا رہتا ہے اور پھر یہ کہ دنیا کی کوئی طاقت اسے دھکا دے کر پیچھے نہیں کر سکتی۔ آگے بڑھنے سے نہیں روک سکتی۔۔۔ اُف۔۔۔ یہ وقت۔۔۔

اچانک تھکن کی ایک لہر اس کے اندر اٹھی۔ ایسے لگ رہا تھا جیسے وہ میلوں پیدل چل کر آئی ہو اور سر پر بھاری بوجھ اٹھائے بھاری قدموں سے چلتی ہوئی، تھکن سے چور چور۔۔۔ اب کچھ کرنے کو جی نہیں چاہ رہا تھا۔ جی چاہتا تھا تو بس یوں ہی بیٹھی رہے، سگریٹ ہاتھ میں لے کر۔

''آج کیا کلینک نہیں جانا تمھیں؟'' با کی آواز سنائی دی۔

''بس اب جا رہی ہوں۔'' پرس اٹھا کر اس کا کھٹکا بند کیا، پر اسی طرح صوفے میں دھنسی بیٹھی رہی۔ کلینک کا مستقبل مایوس کن تھا، اس کے خیال ہی سے وحشت ہو رہی تھی۔

وہاں آکر اس کے انتظار میں بیٹھنے والوں کی صورتوں پر افسردگی اور مایوسی برستی ہوئی دیکھی۔ کچھ تو جینے کا آسرا بھی چھوڑ بیٹھے تھے۔ ان کے بارے میں سوچنا تو فنا اور عدم کی وادی میں اترنے کے برابر تھا۔ ہر طرف یہی

صدائیں سننے میں آتی تھیں: ''ڈاکٹر میرے حلق سے تو ایک بھورا بھی نہیں اترتا۔ کچھ بھی تو نہیں کھایا جاتا، کل سے سوڈگری بخار ہے، تپ چڑھی ہوئی ہے، پیر کی سوجن تو ذرا بھی کم نہیں ہوئی۔''

کچھ گلے پھولے ہوئے غدودوں کی وجہ سے گرگرا رہے تھے۔ کچھ گلٹیاں اور ٹیومر لیے بیٹھے تھے کہ ان کے مرض جیتے جی جان چھوڑنے والے نہ تھے۔ معالج اور مرض کے درمیان مسلسل رسہ کشی جاری تھی۔

ایک لمبی اور گہری سانس لے کر وہ اٹھنے ہی کو تھی کہ ادھر سے 'با' آنکلیں، شوبھا کو بیٹھا دیکھ کر انھوں نے بید کی کرسی کھینچ کر صوفے کے سامنے کر لی اور اس پر بیٹھ گئیں۔

''ارے شوبھا کیا زوردار بیاہ تھا۔ سچ بڑا مزہ آیا۔ اب دیکھو نہ، میں نے کتنے سال بعد کوئی بیاہ دیکھا، بس تمھاری شادی کے بعد پہلی بار گئی ہوں۔ تمھارے نہ جانے کا ماما جی کو بڑا دکھ تھا۔ میں نے ان کو بہت سمجھایا کہ بھئی وہ ڈاکٹر ہے اور اس کو اپنے کام کی بڑی لگن ہے۔ اپنے مریضوں کی چنتا ہی لگی رہتی ہے ہر دم اور کہاں یہ کہ وہ اس سب کو چھوڑ کر یہاں چلی آتی۔۔۔ کیوں ٹھیک کہا نہ میں نے؟ ہاں تو کوئی جھوٹ تو نہیں کہا۔''

لو، اب ان کی بات کا جواب دو۔ 'با' اپنی بات پوری کر کے اس کی طرف سے کسی جواب یا کسی بھی بات کی منتظر تھیں۔ ٹھیک بات ہے نہ کہ بات کا جواب بات سے دیا جائے، بھئی ایک نے کوئی بات اٹھائی دوسرے نے بات میں سے بات نکالی۔ یہ سوال جواب دھر پٹخ، لینا دینا نہ ہو تو گھر تو بس گھر ہی نہ رہے۔ جمی ہوئی ٹھٹری ہوئی برف کی سِل بن کر رہ جائے۔ ایک مصور کی پہلودار اسٹل لائف کی تصویر کی طرح، سو جواب میں کچھ کہنا لازم ٹھہرا تو اس نے بات کی۔ خاموشی کے وقفے کو توڑا تو آواز کی جھنکار کچھ زیادہ ہی تھی: ''دلہن بن کر کیسی لگ رہی تھی اِندو۔۔۔ بہت بھاری جوڑا پہنا تھا؟''

''ہاں ہاں تو اور کیا۔۔۔ اور انھوں نے وہ میک اپ کرنے والی لڑکی گھر بلائی تھی، پورے سو روپے لیے اس نے، پرواہ کیا میک اپ کیا تھا۔ اِندو تو گڑیا لگ رہی تھی۔''

'با' بات کرتے کرتے زبان روک لی اور پھر سنبھل کر بولیں: ''پتہ ہے شوبھا۔ کبھی کبھی مجھے بڑی ہنسی آتی ہے۔ یہ سوچ کر کہ یہ جو ماڈرن لڑکیاں ہیں نہ، یہ سب کی سب گڑیائیں ہی تو لگتی ہیں۔ رتی برابر جو ان میں کوئی آئیڈیلزم ہو۔ بالکل بے آدرش۔ گھٹیا خیالات کوئی سوجھ بوجھ ہوتی ہی نہیں۔''

شوبھا شام کے سناٹے میں گھلتی تاریکی کو گھورتی رہی۔ شام کے سائے تیزی سے دھرتی پر اترتے چلے آ رہے تھے اور اس کی نگاہیں تاریکی کے قلب میں گھسی جا رہی تھیں۔

''اچھا اب اٹھو، چلو تم کو دیر ہو رہی ہے۔'' با نے کہا۔

شوبھا نے خاموشی سے اٹھ کر زینے کے کٹھرے کا سہارا لیا اور دھیرے دھیرے زینہ اترنے لگی۔ سیڑھیاں اتر کر وہ گھر سے باہر آ گئی۔ گاڑی میں بیٹھ کر کار اسٹارٹ کرتے کرتے رک گئی۔ کچھ سوچ کر انجن بند کر دیا۔ ''چلو آج پیدل ہی کلینک چلتے ہیں، ٹہلتے ہوئے۔'' کلینک گھر سے اتنی دور تو نہ تھا اور آج اس کا جی بھی نہیں چاہ رہا تھا گاڑی چلانے کو۔

کلینک میں مریضوں کا ہجوم اس کا انتظار کر رہا تھا، جیسے بھیڑ سی لگی ہوئی تھی۔ ایک نظر ان کی طرف ڈالتے ہوئے آگے بڑھی تو سب سے پیچھے ادھیڑ عمر کا صاف ستھرے اور معقول لباس میں جو شخص بیٹھا تھا، اس کو دیکھتے ہوئے مسکرا کر بولا؛ ''میں بڑی دیر سے آپ کے انتظار میں بیٹھا ہوں۔''

دونوں کی نگاہیں چار ہوئیں تو شوبھا نے بھی جواب میں کچھ کہنے کی بجائے مسکرانے پر ہی اکتفا کیا۔ الفاظ کا سہارا لیے بغیر ہی جیسے بات ہوگئی۔ خوف کی ایک لہر شوبھا کے اندر دوڑ گئی تھی۔ ایسا لگتا تھا جیسے یہ شخص اس کی سوچ اور اس کے دلی خیالات کو پڑھ سکتا ہے، بڑی آسانی سے جان سکتا ہے۔ جلدی سے اس نے اپنی نظریں دوسری طرف پھیر لیں اور اپنی کرسی پر تن کر سیدھی بیٹھ کر اس نے معذرت کے طور پر کہا؛ ''مجھے افسوس ہے، مجھے دیر ہوگئی۔'' بات بہت معمولی تھی پر ایک خاص خشک لہجے اور اونچی آواز میں جیسے کسی کو سنا کر کہہ رہی ہو۔ ایک کے بعد ایک مریض اس کے پاس آتے گئے، کسی کو اس نے کہا کہ کسی اسپیشلسٹ سے مشورہ کرے، کسی کو ایکسرے اتارنے کی ہدایت کی اور بعض کو صرف اسپرین استعمال کرنے کا مشورہ دیا۔ یہ سب اس کے روزمرہ کے کام تھے۔ مریضوں کی قطار کے پیچھے سب سے آخر میں بیٹھے شخص کی مسکراتی ہوئی نظریں جیسے اس کو تقویت دیتی اور اعتماد و حوصلے کی برقی قوت کی طرح بجتی رہتی۔ تاہم اس کے اندر ہی اندر ایک موج اور روبھی چڑچڑاہٹ، بے دلی اور تھکن سے بھرپور جاری رہتی اور ایک خیال اور خواہش کے تحت وہ اس سب کو نظر انداز کر دینا چاہتی تھی۔

چوری چوری وہ اس کی طرف دیکھتی۔ وہ اس کو اپنی اور دیکھتے پا کر مسکراتا تو وہ بوکھلا جاتی، اس کی مسکراہٹ سے اس کو عجیب سا دکھ محسوس ہوتا۔ کبھی یوں محسوس ہوتا جیسے اس کے اردگرد پھلجھڑیاں سی چھوٹتی ہوں جیسے کوئی شریر سا بچہ پھلجھڑی ہاتھ میں لیے اس کو گھما رہا ہو، زور زور سے اور وہ اس میں سے جھڑے آگ کے چمکتے پھولوں اور جگنوؤں کے گھیرے میں آگئی ہو۔

زیادہ تر مریض جا چکے تھے اور اب اس کی باری تھی۔ اپنی جگہ سے اٹھ کر وہ میز کی طرف گیا۔ اچانک ہی شوبھا کے اندر سگریٹ کی طلب شدت سے انگڑائیاں لینے لگی، اپنی انگلیوں سے ایک سگریٹ کھینچ کر نکالا، وہ فوراً اچھل کر کھڑا ہوگیا۔ اپنے لائٹر سے سگریٹ سلگایا۔

''شکریہ۔''

تب وہ اس کے سامنے والی کرسی پر جم کر بیٹھ گیا۔

''لتیکا کل رات سے بہت بیمار ہے ڈاکٹر۔ کیا آپ کرپا کر کے اسے دیکھنے چلیں گی؟''

اس کی آواز میں بھی اس کی مسکراہٹ کی طرح ہراساں اور سراسیمہ کر دینے والا آسیبی اسرار تھا۔ یہ بات اس نے دھیرج اور نرمی سے کہی تھی۔ تاہم دعوت اسی ایک اشارے میں چھپی تھی۔ یہ لہجہ اس بات کی غمازی کر رہا تھا کہ اس کی بات ضرور مان لی جائے گی۔ ان کہے بولوں اور شبدوں کی تہہ میں چھپی یہ بات جیسے کہتا ہو کہ مجھے سب پتہ ہے، ہاں میں اچھی طرح جانتا ہوں۔

وہ اٹھ کھڑی ہوئی۔ ''آؤ چلتے ہیں۔۔۔ ایک دو دن اور دیکھتے ہیں، پھر ہوسکتا ہے کہ کسی اسپیشلسٹ

سے مشورہ لینا پڑے۔"

اس نے شوبھا کا کالا بیگ اٹھا لیا اور اپنی گاڑی کی طرف چل دیا۔ آگے بڑھ کر اس کے لیے کار کا دروازہ کھول دیا، تھوڑے سے توقف کے بعد وہ اگلی سیٹ پر بیٹھ گئی۔ بڑی نرمی اور دھیرج سے دروازہ بند کر کے اسٹیرنگ پر بیٹھ گیا۔

ویسے لتیکا ابھی تک تو ٹھیک نہ ہوئی تھی، پر یہ حال بھی نہ تھا کہ ڈاکٹر کو گھر بلایا جائے۔ اس کے باوجود شوبھا نے ساری شام لمبے عرصے سے بیمار بوڑھی کنواری خاتون اور اس کے کنوارے بھائی کے ساتھ گزاری۔ دونوں نے مل کر اپنی حد بھر اس کی شام کو رنگین اور روشن کرنے کی کوشش کی۔ بڑی دیر وہ بیٹھی بھائی بہن کی سیدھی سادی بہتی ندی کے دھارے کی طرح مسلسل بے تحاشہ چٹپٹی باتوں کے مزے لیتی رہیہ۔ ایسی مزیدار باتیں جن کی جھنکار اور بازگشت ایک گھر کے درودیوار میں جان ڈال دیتی ہیں اور جن کی وجہ سے گھر، گھر معلوم ہوتا ہے۔ ان باتوں میں وہ اتنی مگن ہوگئی کہ اجنبی ہونے کا ڈر بھی زائل ہوگیا۔ اب وہ ان کے درمیان بلاخوف وخطر بیٹھی تھی۔ ان کے ساتھ ساتھ باتوں نے اس کے گرد ایک مضبوط حصار تان دیا تھا جیسے ریشم کے کوئے کے اندر وہ ریشم کے کیڑے کی طرح محفوظ ہوگئی ہو۔

"ڈاکٹر کرپا کر کے آج ہمارے ساتھ بھوجن کر لو۔" لتیکا نے بڑی لجاجت سے کہا۔ ان کی بات پر شوبھا اچھل پڑی تھی۔

"ارے ساڑھے نو بج گئے؟" باتو راہ دیکھ رہی ہوں گی، واپس جو آ گئی ہیں۔ وہ ان سے معذرت کرنے لگی، "نہیں شکریہ، بہت دیر ہوگئی۔ پھر کبھی سہی۔"

"مجھے آپ کے ٹیسٹ کا کوئی پتہ نہیں کہ کیا پسند ہے اور کیا نہیں۔ ویسے میرے پاس باہر کے مختلف برانڈوں کے سگریٹ اور شرابیں رہتی ہیں۔" وہ کہنے لگا۔

"ارے نہیں۔ یہ تو کبھی کبھار کا شغل ہے۔" منہ ہی منہ میں کہتی ہوئی وہ ٹیلی فون کی طرف مڑ گئی۔ کلینک پر فون کر کمپاؤنڈر کو ہدایت کی کہ کلینک بند کر دے، آج اتنا ہی کافی ہے۔ اب وہ بہت گھبرائی اور ڈری ہوئی تھی۔ اتنی دیر لگا دی اس نے، ایسے فضول بیکار ہنسی ٹھٹھوں میں، بے ضرر لطیفے اور باتیں۔۔۔ سب سے بڑھ کر یہ اس کو ایسا لگ رہا تھا کہ وہ زندہ ہوتی جا رہی ہے۔ زندگی اس کے اندر از سرنو داخل ہو رہی ہے۔ یہی تو وہ نہیں چاہتی تھی۔ اپنے اندر انگڑائی لیتی ہوئی زندگی کی ذرا سی رمق بھی اس کو پریشان کر دیتی تھی۔

وہ اس کو اپنی کار پر گھر تک چھوڑنے آیا۔ اس کا کالا بیگ اٹھا کر اس کے پیچھے زینہ چڑھنے لگا تو اس نے روک دیا۔

"نہیں۔۔۔ بس شکریہ۔"

اپنی جگہ سے ہلے بغیر بڑی نرمی اور ملائمت سے اس شخص نے پوچھا؛ "تو کیا آپ کو دوبارہ بلانے کے لیے دیدی کو پھر بیمار پڑنا ہوگا۔ ایسا نہیں ہوسکتا کہ آپ پھر چکر لگائیں، صرف ملنے کے لیے۔ ہم نے واقعی آپ کی

ملاقات کو بڑا انجوائے کیا۔ بات یہ ہے کہ ہم دونوں بہت اکیلے اور تنہا ہیں۔''

اب وہ زیادہ دیر یہاں رک نہیں سکتی تھی۔ منھ ہی منھ میں ''ہاں کیوں نہیں، یقیناً۔۔'' کہتی ہوئی تیزی سے سیڑھیاں چڑھتی اوپر چلی گئی۔

گھر میں گھستے ہی دروازے پر ہی اگربتی کی خوشبو کا ایک بھپکا اس کے سواگت کو موجود تھا۔ وہ بیٹھک کے کمرے میں داخل ہوگئی، میز پر رکھی سبودھ اور بابوجی کی تصویروں کے فریموں پر پھولوں کے موٹے موٹے تازہ ہار پڑے ہوئے تھے۔ ان کے سامنے اگربتیوں کا ایک پورا گچھا جل رہا تھا۔ پوری فضا اور کمرے کا ماحول خوشبودار دھوئیں کے مرغولوں کی لپیٹ میں بڑا بوجھل بوجھل سا ہو رہا تھا۔ تصویروں کی طرف منہ کیے بیٹھی 'با' گیتا کا پاٹھ کرنے میں مصروف تھیں۔

چپ چاپ آہستہ سے وہاں سے گزرتی ہوئی وہ اپنے بیڈروم کی طرف چلی گئی۔ اپنے پرس میں سے سگریٹ کا پیکٹ نکالا اور الماری میں چھپا دیا اور غسل خانے میں جا کر خوب اچھی طرح سے ہاتھ منھ دھویا۔ اینٹی سپٹک کی کلیاں کیں اور بیٹھک میں واپس آگئی۔ 'با' اب گیتا کا پاٹھ ختم کر چکی تھیں۔

''میں ایک مریض کو دیکھنے چلی گئی تھی، وہاں دیر ہوگئی۔'' یہ کہتے ہوئے وہ کھانے بیٹھ گئی۔

اچانک ہی 'با' کے ہاتھ جہاں کے تہاں معلق رہ گئے۔ شوبھا کو یاد آ گیا، وہ اچھل کر سبودھ کی تصویر کے آگے جا کھڑی ہوئی۔ سبودھ اس کے سامنے مسکرا رہا تھا۔ بے جان اور بہت دور دراز سے آتی ہوئی مسکراہٹ، تازہ اور شاداب پھولوں کے حلقے میں سے آتی ہوئی مردہ اور دور افتادہ مسکان۔ جب وہ دونوں کھانا کھا رہی تھیں تو 'با' مستقل باتیں کیے چلی جا رہی تھیں، پر شوبھا کے کانوں کے پار مشکل سے ہی کوئی کوئی بات پہنچ پا رہی تھی۔ وہ تو جیسے اب تک لتیکا ہی کے گھر پر بیٹھی تھی۔ آفٹر شیولوشن کی تیز خوشبو، ہلکے پھلکے قہقہے۔۔۔ ''آپ دیکھیں نہ، ہم کتنے اکیلے ہیں۔'' اس کی آنکھیں اس کے منہ سے نکلنے والے شبد۔۔۔ وہ تو ابھی تک اسی سب کے درمیان موجود تھی، یہی کچھ اس کی آنکھیں دیکھ رہی تھیں، یہی کچھ اس کے کان سن پا رہے تھے۔

''ارے ہم تو بالکل اکیلے ہیں۔'' یہ الفاظ اس نے صاف طور پر اپنے کانوں سے سنے تو اچھل پڑی، حیران رہ گئی۔ ارے یہ تو 'با' کہہ رہی تھیں۔ اس نے ان کی طرف دیکھا۔ ہاں، وہی تو تھیں جواب تک بولے چلی جا رہی تھیں۔

''ارے یہی تو میں نے تمھارے ماما جی سے کہا۔ آپ ہماری چنتا نہ کریں بھیا۔ تو کیا ہوا جو ہم اکیلے ہیں۔ میں اور میری شوبھا تو سارے جگ سے ہی نیارے ہیں۔'' شوبھا نے کھاتے کھاتے پلیٹ کو گھورا۔ با کہہ رہی تھیں؛ ''ارے ماما تو تیری بہت تعریف کرتے ہیں۔ ان کا تو منھ نہیں تھکتا تیری تعریف کرتے۔ وہ تو کہتے ہیں کہ شوبھا تو سنت سادھوی ہے۔ اس کا جیون تو ایک سلگتی ہوئی اگربتی ہے کہ آپ جل رہی ہے اور دوسروں تک کیا پورے جگ کو اپنی خوشبو بانٹ رہی ہے۔ ارے وہ تو ستی ساوتری ہے۔'' یہ کہتے کہتے 'با' کی آواز ٹوٹ گئی۔ شوبھا

نے اپنی ساس کی طرف دیکھا اور تیوری چڑھالی۔ 'با' اپنے سامنے والے کونے کو، جس طرف تصویریں رکھی تھیں، گھورنے لگیں۔ وہ تیزی سے اٹھ کر اپنے کمرے کی طرف چل دی۔

'با' نے فرش پر گری ہوئی کوئی چیز اٹھائی۔ ''شوبھا یہ کیا؟''

'با' کی آواز تڑخی ہوئی لگ رہی تھی، جیسے دھوپ میں تپتی ہوئی سوکھی پیاسی بنجر زمین تپتے تپتے ایک بار ہی تڑخنے اور چٹخنے لگتی ہے اور اس میں بڑے بڑے شگاف پڑنے لگتے ہیں۔ اپنی لرزتی ناتواں انگلیوں سے اس نے جلے ہوئے سگریٹ کا ٹوٹا اٹھالیا۔

ایک اور فالتو عورت (پنجابی)

اجیت کور

ترجمہ: عامر صدیقی

اجیت کور ۱۹۳۴ء میں لاہور کے ایک پنجابی گھرانے میں پیدا ہوئیں۔ انھوں نے ابتدائی تعلیم بھی وہیں حاصل کی، تقسیم ہند کے بعد ان کا خاندان دہلی آ گیا جہاں انھوں نے معاشیات میں ماسٹر ڈگری حاصل کی۔ اجیت کور نے افسانے اور ناول دونوں لکھے۔ انھیں ۱۹۸۵ء میں ساہتیہ اکیڈمی ایوارڈ سے نوازا گیا اور ۲۰۰۶ء میں پدم شری ایوارڈ سے ان کی عزت افزائی کی گئی۔

عامر صدیقی ہندی اور سندھی افسانوں اور ناولوں کو اردو کے قالب میں ڈھالتے رہنے کے علاوہ مختلف زبانوں کی کہانیوں کے ترجمے بھی کرتے رہے ہیں۔

وہ اپریل کے شروعاتی دنوں کی ایک اداس شام تھی؛ تھکا دینے والی گرمی اور اُمس سے بھری ہوئی۔ ہم سڑکوں پر بھٹک رہے تھے۔ کچھ دیر ہم جن پتھ ہوٹل کے کافی لاؤنج میں بیٹھے رہے تھے۔ دھیرے دھیرے، بہت ہی دھیرے، کافی کے تین تین کپ ختم کیے تھے ہم نے۔ نہ جانے کتنا زمانہ ان تین پیالوں کے گھونٹوں کے بیچ میں سے پھسلتا، رینگتا ہوا گزر گیا تھا۔ آخر بچی تھی ایک کڑواہٹ اور خالی پن۔

دوسرا کپ اوم نے، اوم یعنی اوم پرکاش نے کیتلی میں سے انڈیلا تھا۔

کافی کا تھوڑا سا خالی پیالہ بھر کر جب وہ اس میں دودھ ڈالنے لگا تو میں نے کہا، ”نہیں، دودھ نہیں۔“

”چینی؟“

”چینی بھی نہیں۔“

”کالی کافی؟“

''ہوں۔''

''روسیوں کی طرح؟'' اوم مسکرا دیا۔

مجھ سے جواب میں مسکرایا نہیں گیا۔ عجیب حالت تھی دل کی۔ اوم کی زندگی میں اپنے فالتو ہونے کا احساس، جس وقت بہت ٹیس پہنچاتا تھا تو میرا دل کرتا تھا، میں کوئی ایسی نشتر جیسی تیز بات کہوں کہ اس کا ثابت اور نارمل خول کٹ جائے۔ ایسے وقت اس کے باہری ثابت پن سے مجھے بڑی کوفت ہوتی تھی۔ کچھ تو ایسا ہو جو کاٹ دے، بے شک آدھا انچ ہی سہی، اس چکنے خول کو، غلاف کو۔ اندر کا گودڑ کہیں سے تو نظر آئے؟

مگر جب میں کترن کاٹ دیتی تھی، کترن بھی نہیں، ایک تیکھی، سیدھی لکیر، چمکتے تیز دھار والے چاقو سے کٹی ہوئی دراڑ، تو اس کی تلملاہٹ دیکھ کر مجھے افسوس ہونے لگتا تھا، اپنے کمینے پن پر۔

کیا چاہتی تھی میں؟ شاید کوئی بہت ہی معصوم چیز۔ جیسے ایک محبت کی گرماہٹ سے بھرا گھر، اس کے کسی کمرے کی خلوت میں اور قربت میں اوم کی چھاتی پر سر رکھ کر بیٹھی ہوئی میں۔ اور کتابیں، موسیقی اور۔۔۔ شاید کچھ اور بھی۔

جو چاہیے تھا، اس کا کچھ پتہ نہیں تھا۔ بس، اتنا پتہ تھا کہ جو چاہیے، وہ نہیں ہے۔

اور اگر وہ نہیں تھا تو اس کی سراسر ذمے داری اوم کی تھی، کیوں کہ سبھی اہم فیصلے اوم کے ہاتھوں میں ہی تھے۔

کافی کے تین پیالے ختم ہوتے ہوتے ساڑھے سات بج گئے تھے۔ اوم نے گھڑی دیکھی۔ جب بھی اوم کی ناک کے عین اوپر ماتھے کے عین درمیان میں، تین لکیریں پڑ جاتیں، تب وہ ایک ایسی گھڑی ہوتی تھی، جس میں کوئی بات وہ سمجھ نہیں پا رہا ہوتا تھا۔

تاہم ایسی گھڑی کبھی کبھی ہی آیا کرتی تھی۔ اکثر ہر بات ہر وقت اس کی سمجھ میں پوری طرح آ جاتی تھی۔ لگتا تھا جیسے آس پاس کی ہر چیز پر، اردگرد بھٹکتی ہوئی ہوا پر بھی اس کی پوری اور کڑی گرفت ہو۔

ماتھے کے بیچ پڑنے والی ان تین لکیروں کو دیکھ کر اکثر اس پر مجھے بے حد رحم آ جاتا تھا۔ رحم اور پیار۔ دل پگھل کر بلا وجہ اس کی جانب بہنے لگتا تھا۔

''کیوں، کیا سوچ رہے ہو؟''

''کچھ نہیں۔''

''کوئی اپائنٹمنٹ تو یاد نہیں آ گئی؟'' میں مسکرائی۔

(کمبخت عورت بھی ماں کے پیٹ سے ایکٹنگ سیکھ کر آتی ہے۔ اپنے مرد کو خوش کرنے کے لیے ایکٹنگ، اپنے لیے چھوٹی سے چھوٹی رعایت لینے کی خاطر ایکٹنگ۔ اڑوس پڑوس، رشتے داروں کی غمی خوشی میں ساتھ دینے کے وقت ایکٹنگ۔ اسی کو 'تریا چرتر' کہتے ہیں؟ طعنے میں۔ ملامت میں۔ لیکن کیوں؟ اس میں جو محنت خرچ ہوتی ہے، اس کی مزدوری کا حساب کیوں نہیں کیا جاتا۔)

''نہیں،نہیں۔'' وہ فوراً بولا۔

''پھر؟''

''تم نجومی کو کیسے پتہ چل جاتا ہے؟'' اس نے برجستہ کہا اور مسکرا دیا۔

اوم مسکراتا تھا تو اس کے سامنے کے دو دانتوں کے کونوں پر کچھ چمکتا تھا، جیسے کھلی ہوئی دھوپ میں ریت میں پڑی سیپیاں چمک رہی ہوں۔ باقی دانت پیلی ریت کے رنگ کی طرح؛ بالکل عام سے، بلکہ تھوڑے تھوڑے بھدے بھی۔ لیکن آگے کے دونوں دانتوں کے کونے چاندی کے رنگے ہوئے سے، جیسے سیپیوں کے اندر کا رنگ۔ اوم کی چمک اس کے دماغ میں نہیں، آگے کے دونوں دانتوں میں تھیں۔ مجھے رجھانے کے لیے اوم کو مور کی مانند رقص کرنے کی ضرورت نہیں تھی۔ بس، ایک مسکراہٹ میں اگلے دونوں دانتوں کو چمکانے کی دیر ہوتی تھی کہ میرا سارا جسم موم بتی کی طرح پگھلنے لگ جاتا تھا۔

''نجومی نہیں، انتریامی۔''

''ہاں بابا، انتریامی۔''

''پھر بتاؤ کیا سوچ رہے تھے؟ اس انتریامی بابا سے کچھ نہ چھپانا۔''

''یہی کہ ساڑھے سات بجے گئے ہیں۔ پکچریں بھی شروع ہو گئیں ہیں اور پلے بھی۔ اب کہاں چلا جائے؟''

ایک کالا بادل پورے آسمان پر دکھائی دیا۔ ایک بار بجلی بھی کوندتی ہوئی چمکی؛ غصے کی، الزام کی، بیچارگی کی۔ اس مرد نے میرے ساتھ مل کر ایک گھر بنانے کے بجائے مجھے جپسی بنا دیا تھا۔ خانہ بدوش؟

لیکن، پھر اندر بیٹھی ایک دائی عورت نے، جو دائی ایکٹریس بھی ہوتی ہے، گویا خبردار کیا؛ ''دیکھنا؟ ہوشیار؟''

ایک مسکراہٹ کو میں نے لپ اسٹک کی طرح آہستہ سے ہونٹوں پر ملا۔

''جگہ تو ہے ایک شہنشاہ عالم؟ جان کی امان پاؤں تو عرض کروں؟''

''بولو جی۔'' وہ ہنسا۔

''جہنم میں جایا جائے تو کیسا رہے؟''

''ٹھیک ہے، چلتے ہیں۔''

قریب سے گزرتے ویٹر سے اس نے بل منگوایا، پیسے دیے، جیسا کہ اس کی عادت ہے، بل واپس لیا اور ہم اٹھ کر باہر آ گئے۔ ساتھ ہی ایک سوال بھی ہمارے ساتھ اٹھ کر باہر آ گیا کہ باقی بچی شام کہاں گزاری جائے؟

ٹیکسی کے پاس رک کر اس نے پوچھا، ''رانو کے گھر چلیں؟''

''تم نے تو بتایا تھا کہ اپنی کوٹھی وہ چھوڑ رہے ہیں۔''

''ہاں، کالو ولایت روانگی سے پہلے نئے مکان میں شفٹ کر گیا تھا۔ میرے پاس پتہ ہے۔''

کالو یعنی اوما کا دوست۔ ویسے نام تو کچھ اور تھا، جیسا کہ دادیاں، نانیاں اپنی روح کی نجات کے لیے رکھ دیا کرتی ہیں۔ سبھی دوست اس کو کالو ہی کہہ کر پکارتے تھے۔

''ٹھیک ہے، چلو۔'' میں نے کہا۔

میں جانتی تھی کہ اس شام کی قسمت میں ضائع ہونا ہی لکھا ہے، پھر بحث سے بھی بھلا کیا فائدہ۔

ایک بڑے سے بنگلے کے آگے ٹیکسی رک گئی۔ کوئی سرکاری بنگلہ ہی تھا یہ بھی۔ گیٹ کے اندر گھس کر ہم بنگلے کی بغل سے ہوتے ہوئے پچھواڑے پہنچ گئے۔ ایک بے حد ویران سا لان تھا، جس کی گھاس وقت سے پہلے ہی بوڑھی ہو گئی تھی۔ لان کی دوسری طرف ایک کونے میں ایک بہت بڑا پیڑ تھا، جس کی ٹہنیوں میں گھنا اندھیرا چھپ کر بیٹھا معلوم ہوتا تھا۔ بڑا منحوس لگ رہا تھا وہ پیڑ اور اجاڑ سا لان۔

پچھواڑے کے ایک دروازے پر دستک دی۔ دروازہ رانو نے کھولا۔

''آیئے۔ آج کیسے راستہ بھول گئے ادھر؟''

''نہیں، راستہ تو نہیں بھولے، خاص طور پر آئے ہیں، تمھارا حال احوال جاننے۔'' ایک چھوٹی سی سیڑھی چڑھ کر کمرے کے اندر جاتے ہوئے اوم نے کہا۔ پیچھے پیچھے میں بھی۔ رانو کے بالوں میں بھی باہر لان میں کھڑے پیڑ کی ٹہنیوں جیسا اندھیرا چھپا ہوا تھا۔ بے حد اداس اور بدحواس سی لگ رہی تھی وہ۔

یہ کمرہ شاید اس بڑے بنگلے کی کوٹھری رہا ہوگا، جہاں پہلے لکڑی کوئلہ رکھا جاتا ہوگا۔ یا پھر چوکا برتن کرنے والے منڈو کی کھولی۔

بہت چھوٹا سا کمرہ۔ ایک کونے میں چارپائی تھی جس نے آدھا کمرہ گھیرا ہوا تھا۔ دوسرے کونے میں بجلی کا چھوٹا سا چولھا رکھا تھا۔ پاس میں ہی لاوارث سے لڑھکے ہوئے دو تین کپ، پلیٹیں، عجیب بدحواسی میں۔ قریب ہی پانچ سات جام کی خالی شیشیاں اور کافی کے خالی ڈبے پڑے ہوئے تھے۔ شاید ان میں نمک مرچ مسالے بھرے ہوئے تھے۔ میلے ڈھکن، جن کی رنگت سے ہی معلوم ہو رہا تھا کہ ان ڈبوں میں کیا ہے۔

چولھا بھی جب جل نہ رہا ہو، بجھا ہوا ٹھنڈا چولہا، تو کیا بہت افسردہ نہیں لگتا؟ زبوں حال، اداس؟

کمرے میں اگر کوئی پرانے زمانے کی چیز تھی تو وہ تھی وہی ریشمی رضائی، جس کا رنگ اب آتشی نہیں رہا تھا۔ تاہم بجھتے ہوئے چولھے کے انگاروں کی طرح ابھی بھی اس رضائی میں پرانی گرماہٹ اور پرانی شوخی تھوڑی بہت بچی ہوئی تھی۔ دوسری چیز تھی ٹرانزسٹر۔ وہی ٹرانزسٹر جسے کالو نے رانو کو پہلے تحفے کے روپ میں دیا تھا جب وہ اسے اس کے دوستوں کے مطابق، چنڈی گڑھ سے اڑا لایا تھا۔

معمولی سے گھر میں پلی اور چنڈی گڑھ سیکریٹریٹ میں ٹائپ رائٹر کوٹنے والی رانو، کالو کی دولت کی چکا چوند اور محبت کے رٹے ہوئے فارمولوں سے مدہوش ہو گئی۔ ہوش واپس لوٹا تو وہ لکڑی کوئلے والی ایک کوٹھری میں تھی، اکیلی۔ کالو اپنی بیوی کو ولایت کی سیر کرانے لے گیا تھا، رشوت کے طور پر۔

ایک عورت جس کا نام بیوی ہوتا ہے، جب اس کا مرد اس سے کچھ چراتا ہے تو اسے رشوت دیتا ہے۔ جتنی بڑی چوری، اتنی ہی بڑی رشوت۔ لیکن دوسری عورت جو فالتو ہوتی ہے، رکھیل، اسے صرف روٹی اور کپڑے زیور دے کر بہلایا جا سکتا ہے۔ اگر فالتو عورت اس مرد کی محبت میں گرفتار ہو جائے تو اسے خدا بھی نہیں بچا سکتا۔

ہمارے اندر آ جانے سے یا تو کمرہ سکڑ گیا تھا، یا پھر اس کے اندر کی ہوا تین لوگوں کے لیے کافی نہیں تھی۔ کچھ تھا، جو گھٹن پیدا کر رہا تھا۔ کچھ تھا، جو سانس کو بھاری کر رہا تھا؛ بھاری اور کھردرا۔

''سناؤ پھر، کیا حال چال ہیں؟'' وام چارپائی کی بیچوں بیچ پھیل کر بیٹھ گیا، بانہوں سے پیچھے کی طرف سہارا لے کر۔ ایک پائے پر میں نے بھی خود کو ٹکا لیا، پائنتانے کی طرف۔

رانو چولھے کے پاس رکھی پیڑھی پر بیٹھ گئی۔

''دیکھ ہی رہے ہو۔'' اس نے عجیب اداسی بھرا جواب دیا۔

''کوئی خط وغیرہ آیا؟''

''آیا تھا، کوئی دس دن ہوئے۔'' پچھلے دس دنوں کا خالی پن، خط کا انتظار اور مایوسی، یہ سب رانو کی آواز کا حصہ تھے۔

''راضی خوشی؟''

''ہاں، راضی خوشی۔''

''اور تم؟''

''میں؟'' اس نے یکایک چونکتے ہوئے اوما کی طرف دیکھا۔

''تم ٹھیک ہو؟''

''ٹھیک ہوں۔'' وہ جیسے کنویں میں سے بولی، روہانسی آواز میں۔

کچھ دیر تک پورے کمرے میں خاموشی پھیلی رہی۔ ایسی خاموشی جو سیاہ رات میں چیختے ہوئے سائرن کی آواز کے بعد فضا میں لٹک جاتی ہے، اور ہر وقت ایک خطرہ بھی ہوا میں لٹکا رہتا ہے اس کے ساتھ۔ اور کان اگلی آواز سننے کے لیے اندھیرے میں اینٹنا اٹھا کر کھڑے رہتے ہیں۔ شاید پھٹتے ہوئے بم کی آواز سننے کی خاطر۔

''کالو کا خط آیا تھا۔ لکھا تھا، پلیٹ فارم پر جو سامان چھوڑ آیا ہوں، اس کا خیال رکھنا۔'' اوم مختصر سی ہنسی ہنسا۔

''اچھا۔'' ایک بے حد گہرا اندھیرا تھا جو رانو کی آواز سے جھڑ رہا تھا، راکھ جیسا، بھربھرا سا۔

میں نے اوما کی جانب دیکھا۔ ایسا کبھی کبھار ہی ہوتا تھا کہ وہ ہڑبڑا کر بات کا جواب تلاش کرے۔

رانو ایک نامعلوم سا چیلنج، ایک للکار سی آنکھوں میں بھر کر اس کی طرف دیکھ رہی تھی۔

''کوئی خاطر نہیں کرو گی ہماری؟ تمھارے مہمان آئے ہیں۔'' اوما نے چیلنج کو ٹالا اور پینترا بدلا۔

''دودھ نہیں ہے، نہیں تو چائے۔۔۔''

''کم پیا کرو نہ دودھ، چائے کے لیے بچا کر رکھا کرو۔''
''نہیں، آج سویرے لائی ہی نہیں تھی۔''
''کیوں؟''
''رات میں گرمی لگتی ہے، نیند نہیں آتی۔ بڑی اُمس ہوتی ہے کمرے میں۔ سویرے جا کر آنکھ لگتی ہے۔ تب تک دودھ کا ڈپو بند ہو جاتا ہے۔''

میں نے کمرے میں چاروں طرف نگاہیں دوڑائیں۔ چار انگل جگہ کے گرد کھڑی ہوئی دیواروں سے ٹکرا کر میری نظر واپس لوٹ آئی۔ کوئی کھڑکی نہیں تھی۔ روشندان کا تو ویسے ہی آج کل رواج نہیں رہا ہے۔ پچھلی دیوار میں ایک دروازہ تھا جو یقینی طور پر بند لگ رہا تھا۔ شاید، دوسری طرف سے مکان مالک نے بند کیا ہوگا۔

جب رانو، چنڈی گڑھ سے کالو کے ساتھ بھاگ کر آئی تھی، تب شاید وہ نہیں جانتی تھی کہ کالو کی دولت اسے گھر نہیں دے سکتی تھی۔

''کوئی وہسکی شسکی نکالو۔''
''وہسکیوں والے تو ولایت چلے گئے۔ یہاں تو بس خالی بوتلیں ہیں۔'' رانو نے گہری سانس لی۔
''اچھا!'' اوم جھینپتے ہوئے ہنسا۔ کچھ دیر خاموشی رہی۔
''دن بھر کیا کرتی رہی ہو؟''
''سڑکیں ناپا کرتی ہوں۔''
''کون کون سی ناپ لی؟''
''نام یاد نہیں رکھتی۔''
''سڑکیں بھی زیادہ نہ ناپا کرو۔ سڑکوں پر چلنے والی اکیلی عورتوں کو جانتی ہو، ولایت میں کیا کہتے ہیں؟''
''کیا؟''
''اسٹریٹ واکر۔'' اوم ہنسا۔

میں نے کانپ کر رانو کے چہرے کی طرف دیکھا۔ اس کا چہرہ ویران سڑک سا سپاٹ تھا۔ جیسے بات اس کی سمجھ میں نہ آئی ہو۔

''اچھا، کہتے ہوں گے۔'' وہ شاید کچھ اور ہی سوچ رہی تھی۔

میں نے اوما کی طرف دیکھا۔ ایک عجیب سا احساس ہوا کہ یہ آدمی خونخوار ہونے کی حد تک ظالم ہوسکتا ہے، جلاد؟

قاعدے سے تو اس وقت مجھے اوم سے بھڑ جانا چاہیے تھا، رانو کی حمایت میں، کیوں کہ وہ بھی میرے قبیلے کی ہی عورت تھی، فالتو عورتوں کے قبیلے کی۔ اور فالتو عورتیں لڑا نہیں کرتی۔ لڑنے کا حق فقط بیویوں کے پاس

ہوتا ہے۔ فالتو عورت کے لیے اپنے مرد سے لڑنا، جانتے بوجھتے کنویں میں کودنے جیسی بات ہوتی ہے۔ اور تب میرے اندر دبے بیٹھے کمینے پن نے فیصلہ لیا کہ میرا ارادہ ابھی خودکشی کرنے کا نہیں ہے۔

پھر بہت دیر تک سب خاموش بیٹھے رہے۔

''چلیں اب؟'' اوم نے میری طرف دیکھا۔

''ہوں۔'' میں اٹھ کر کھڑی ہوگئی۔

رانو بھی اٹھ کھڑی ہوئی۔

''اگلی بار خط لکھے تو لکھ دینا کہ ساہنی چوتھے پانچویں دن آکر بیس روپے دے جاتا ہے۔ اور میں بھوکی مر رہی ہوں۔''

''ساہنی آتا ہے؟'' اوم محتاط ہوگیا۔

''وہ ہی اسے کہہ کر گئے تھے۔''

رانو نے باہر کا بھڑا ہوا دروازہ کھول دیا۔ اندر کی امس کے بعد اس اندھیرے اجاڑ جیسے لان میں گھومتی ہوا بڑی بھلی لگی۔ آسانی سے سانس آئی۔

چپ چاپ، چھوٹے چھوٹے قدموں سے بنگلے کی بغل سے ہوتے ہوئے ہم تینوں گیٹ پر پہنچ گئے۔ باہر سڑک روشنی میں چمک رہی تھی۔

ہلکی ہوا اور روشنی۔

''اچھا،'' کہہ کر ہم وداع لینے لگے۔

رانو نے دھیمی آواز میں کہا، ''پھر جلدی پھیرا لگانا۔''

سڑک خاموش تھی۔ آمدورفت بہت کم تھی اس طرف شاید۔ سڑک کے دونوں اطراف بڑے بڑے پیڑ کھڑے تھے۔ گہرے اندھیرے کی چادر اوڑھے ہوئے۔ سر لپیٹے۔ شاید جامن کے پیڑ تھے۔

ہوا اس وقت بھی دھیمی دھیمی چل رہی تھی، جب ہم ایک پیڑ کے نیچے سے ہلکے قدموں سے چلتے ہوئے گزر رہے تھے۔ پیڑ میں سے آہستہ آہستہ سسکنے کی آواز آئی۔

''یہ کیا ہے؟'' میں ٹھٹک کر کھڑی ہوگئی۔ چونک کر اور ڈر کر بھی شاید۔

''کیا ہے؟''

''کوئی سسک رہا ہے۔''

''کہاں؟'' اوم نے پوچھا۔

''کہیں نہیں۔'' میں چل پڑی۔

مرغ بازی (کشمیری)

امین کامل

ترجمہ: ارتکاز افضل

امین کامل (۱۹۲۴-۲۰۱۴ء) کشمیری شاعری کی ایک بڑی آواز تھی۔ کامل، شاعر ہونے کے علاوہ مختصر کہانیاں اور ایک ناول بھی لکھ چکے ہیں۔ انھوں نے ریڈیو کے لیے متعدد ڈرامے بھی لکھے ہیں۔ صوفی شاعری کا ان کا تنقیدی تدوین شدہ مجموعہ (صوفی شیر، ۳ جلدیں، ۱۹۶۴-۶۵ء) ابھی تک ایک حتمی عبارت ہے جسے وسیع پیمانے پر سراہا گیا ہے۔ ٹیگور کے ڈاک گھر کا ان کا ترجمہ اور اسی طرح اردو شاعر اقبال کی شاعری کا کشمیری زبان میں ترجمہ ان کا بہت اہم کام ہے۔ کامل جنوبی کشمیر کے ایک گاؤں کپرین میں پیدا ہوئے۔ وہ اس وقت کی ترقی پسند مصنفین کی تحریک سے بہت قریب سے وابستہ تھے۔

ارتکاز افضل کا تعارف گزشتہ صفحات میں پیش کیا جا چکا ہے۔

جیسے ہی شاہ مل نے غلام خان کو بغل میں مرغ دبائے احاطہ میں داخل ہوتے دیکھا، وہ جھٹ سے اٹھ کھڑی ہوئی۔ وہ اپنا 'فیرن' بھی دھونا بھول گئی جس پر اس کے بچے نے پیشاب کر دیا تھا۔ اسے لگا جیسے اسے کوئی خزانہ مل گیا ہے۔ وہ خوشی سے چلانے لگی۔ اس نے اپنے شوہر سے کہا، ''تو تم مرغ لے ہی آئے، مجھے خدشہ تھا کہ کہیں تم آج بھی خالی ہاتھ ہی نہ لوٹ آؤ۔''

اس نے اپنے شوہر کے ہاتھوں سے مرغ جھپٹ لیا اور اس کے پروں میں بڑے پیار سے انگلیاں پھرانے لگی۔ ''ساڑھے چار روپے دیے ہیں میں نے اس کے۔'' غلام خان نے لفظ 'چار روپے' پر کچھ اس انداز میں زور دیا جیسے شاہ مل کو یقین دلانا چاہتا ہو کہ یہ مرغ کوئی سستا مال نہیں۔

شاہ مل کے رویہ سے نہیں لگتا تھا کہ اسے اس مرغ کی قیمت سے کوئی دلچسپی ہوگی۔ اس کی نظروں میں تو بس یہ مرغ سمایا ہوا تھا اور اسے دیکھ کر اس کا دل خوشی سے جھومنے لگا۔ مرغ کو اس نے چھوڑ دیا اور پڑوس والے مکان کی کھڑکی پر ایک نگاہ ڈالی۔ اس کے ابرو تن گئے اور قدرے اونچی آواز میں اس نے پھر سے اپنے شوہر کو مخاطب کیا، ''اسی قسم کے مرغے کی تلاش تھی مجھے۔ لاغر اور مردار مرغوں سے تو بازار دن رات بھرے پڑے ہوتے ہیں۔ پھر ایسے مرغ تو سارے ہی پڑوسی خرید چکے ہیں۔'' غلام خان نے کوئی رائے زنی نہیں کی اور گھر میں چلا گیا۔

مرغ کی ٹانگوں میں ایک چھوٹی سی ڈوری باندھ دی گئی تھی اور وہ بڑی مشکل سے پھدکتا پھر رہا تھا۔ اپنے پاؤں میں بندھی ڈوری پر وہ چونچیں مارتا اور اس طرح نگاہیں اٹھا کر دیکھتا، گویا اطراف واکناف کا جائزہ لے رہا ہو۔

شاہ مل کے پاس پہلے ہی سے دو مرغیاں تھیں۔ اس دوران وہ احاطے میں پڑے کاٹھ کباڑ میں غذا کی امید میں بھٹک رہی تھیں۔ مرغ کی بانگ جب ان کے کانوں سے ٹکرائی تو انھیں اچنبھا ہوا اور وہ شک بھری نظروں سے اس اجنبی کو گھورنے لگیں۔ یا پھر شاید ایسا ہو کہ نظروں ہی نظروں میں وہ اس اجنبی کی آن بان کو تاڑنے کی کوشش کر رہی ہوں۔ ایک مرغی بڑے پروقار طور پر لہراتی ہوئی اس انداز میں مرغ کی طرف بڑھی جیسے اسے کسی کی پرواہ ہی نہ ہو اور گویا وہ یوں ہی تفریحاً ٹہل رہی ہو۔ دوسری مرغی جو اس اثنا میں کچرے کے ڈھیر پر پنجے مار رہی تھی، دھول اڑانے لگی اور گرد وغبار کے بادل میں نہا گئی۔ ''ہوں، مجھے لگا تھا کوئی اہم شخصیت ہے۔ مجھے کیا، ہونے دو، ہوگا کوئی۔''

شاہ مل مٹھی بھر چاول لائی اور مرغ کے سامنے ڈال دیے۔ مرغ بھک مروں کی طرح ان پر ٹوٹ پڑا اور چونچ بھر بھر کر پیٹ میں ٹھونسنے لگا، جیسے کئی دن کا بھوکا ہو۔

مرغیوں نے جب دیکھا کہ اس مرغ کے ساتھ امتیازی سلوک ہو رہا ہے تو وہ بھی دوڑیں اور چاول کے ان بکھرے ہوئے دانوں پر منھ مارنے لگیں۔ شاہ مل نے پھر پڑوس والے مکان کی کھڑکی کی طرف نظر دوڑائی۔ جب دیکھا کہ وہاں کوئی موجود نہیں تو مرغیوں پر برسنے لگی، ''دھت، ہش ہش! اے تم پر طاعون پڑے، بھوکا ہے بے چارہ، سکون سے کھانے بھی نہیں دیتیں اسے۔ اری تمھیں دیکھ کر تو ایسا لگتا ہے جیسے بہت دنوں سے کھانے ہی کو نہ ملا ہو۔''

مرغیاں زور زور سے کڑکڑاتی ہوئی بھاگ آئیں۔ انھیں پتہ تھا کہ شاہ مل کی یہ لتاڑ کس کے لیے ہے، ورنہ وہ اپنی جان بچا کر کیوں بھاگ کھڑی ہوتیں۔ البتہ اب بھی ایک محفوظ فاصلے سے ڈری ڈری سی چاولوں کے ان دانوں پر چونچیں مارتی رہیں، جو مرغ کے ارد گرد بکھر گئے تھے۔

''مبارک ہو۔'' لاغر جانی نے کھڑکی سے جھانک کر شاہ مل سے کہا، ''کب آیا یہ مرغ؟''

جب سے مرغ گھر میں آیا تھا، شاہ مل کو اسی آواز کا تو انتظار تھا کہ کب کھڑکی سے یہ آواز آتی ہے۔ جوں ہی یہ آواز آئی، شاہ مل تن کر کھڑی ہوگئی۔ اس کی گردن تن گئی۔ اپنے 'فیرن' پر پڑی خیالی سلوٹوں کو اس نے

درست کیا اور نقرئی بالوں کو جھکاتے ہوئے بولی، ''وہ ابھی ابھی لائے ہیں، کہہ رہے تھے ساڑھے چار روپے دیے ہیں اس کے۔'' شاہ مل نے ساڑھے چار روپے پر اپنے شوہر سے بھی زیادہ زور دیا۔

''گاؤں سے منگوایا ہے شاید۔'' جانی نے بڑی معصومیت سے اپنی رائے ظاہر کی۔ ''اس کی حالت سے تو ایسا ہی لگتا ہے، بڑا لنگڑا ہے۔''

''اور یہ بھی سوچو کہ صرف سات مہینے کا ہے۔'' شاہ مل نے اپنی مرضی کے مطابق مرغ کی عمر بھی طے کر دی۔ ''یہ ایک بہت ہی خاص قسم کا ہے جو شہروں میں عام طور سے نہیں ملتا اور پھر قیمت بھی تو دیکھو کون ہمت کرے گا اسے خریدنے کی؟'' قدرے توقف کے بعد بڑی حقارت سے وہ پھر کہنے لگی، ''یہاں تو لوگوں کو صرف مردار مرغے خریدنے کی عادت پڑ چکی ہے۔''

شاہ مل کی اس بات پر جانی جل کر ہی تو رہ گئی۔ وہ اچھی طرح جانتی تھی کہ ان حقارت بھرے فقروں کا نشانہ خود وہی ہے۔ وہ غصہ سے آگ بگولہ ہوگئی اور یہ کہتی ہوئی کھڑکی سے ہٹ گئی، ''ہائے اللہ، توے پر کیا چھوڑ آئی میں۔ جل نہ جائے۔ تم اپنے مرغے کو اچھے سے اچھا کھلانا، ہاں۔''

خالی کھڑکی کی طرف دیکھ کر شاہ مل زیر لب بد بدائی اور دانت کچکچاتے ہوئے مرغیوں پر برسنے لگی، ''شو، شو، آفت پڑے تم پر۔'' پھر فخر و مسرت کے ملے جلے جذبات کے ساتھ وہ مرغ کی طرف مڑی۔ سچ بات تو یہ ہے کہ یہ مرغا شاہ مل نے جانی سے جلن ہی میں خریدا تھا۔ وجہ ظاہر تھی۔ جانی کے پاس پانچ مرغیاں تھیں۔ اس کی تیسری مرغی اپنے پانچ چوزوں سمیت بیمار ہوئی تھی اور پھر مر گئی۔

لاغر جانی کا مرغا اکثر احاطے کی دیوار سے، جو دونوں مکانوں کے درمیان حائل تھی، پھلانگ کر شاہ مل کے گھر میں آ جاتا۔ چونکہ خود اس کے پاس اپنا کوئی مرغا تھا نہیں، لہٰذا وہ اس مرغ کی آمد کو غیبی امداد سمجھ کر قبول کر لیتی۔ لیکن جن دنوں وہ دھان یا کوئی اناج سکھانے کے واسطے صحن میں ڈالتی، اس مرغ کا آنا اسے بڑا ناگوار گزرتا۔ بن بلائے مہمان کی طرح وہ آن دھمکتا اور آنگن میں جما رہتا۔ لاکھ دھتکارنے، بھگانے کے باوجود اناج بکھرا دیتا۔ اسی لیے وہ آنگن میں کوئی چیز سکھانے سے بڑی گھبراتی تھی۔

ایک دن ہوا یوں کہ اس کے صبر کا پیمانہ لبریز ہو گیا۔ اس کے اندر کا دبا ہوا غصہ ابل پڑا اور پھر اس نے مرغے کو ایسا لتاڑا، ایسا لتاڑا کہ بس! جب لاغر جانی نے سنا، گردن کھڑکی سے باہر نکالی اور تضحیک آمیز لہجے میں کہنے لگی، ''خود ایک مرغ کیوں نہیں پال لیتی۔ کبھی کبھی تو یہ مرغا تمھیں بڑا اچھا لگتا ہے۔ ہے نا! لیکن مٹھی بھر اناج چلے جانے سے تمھاری جان جلتی ہے، کیوں!'' شاہ مل پر گویا کسی نے گھڑوں پانی ڈال دیا اور بس اسی گھڑی سے اس نے اپنے شوہر کی جان کھانی شروع کر دی تھی کہ ایک مرغا خرید لائے۔ لاغر جانی نے بھی اس بات کا خیال رکھا کہ اس کا اپنا مرغ کسی بھی طرح دیوار کے اس پار جانے نہ پائے۔

دس پندرہ دن تک تو غلام خان اپنی بیوی کے تقاضوں کو بہانوں میں ٹالتا رہا تھا، لیکن مزید ٹالنا ناممکن ہو گیا۔ بالآخر مائسوما کے بازار میں ایک تاجر سے وہ ایک مرغ خرید ہی لایا۔ ویسے مرغ تو اس نے تین روپیوں

میں خریدا تھا لیکن جب اپنی بیوی کو اس کی قیمت بتائی تو ڈیڑھ روپیہ کا اضافہ کر دیا۔ وہ نہیں چاہتا تھا کہ مرغ کو دیکھ کر اپنے مخصوص لہجے میں کہے، ''دھت، یہ کیا بری گت کا مرغا اٹھا لائے جی۔ اچھے مرغے مل نہیں رہے تھے کیا بازار میں؟''

لاغر جانی کے مرغ کا رنگ لال تھا، جس پر یہاں وہاں سیاہ دھبے پڑے ہوئے تھے۔ اس کے برعکس شاہ مل کے مرغ کا رنگ برف کی طرح سفید تھا اور صاف وشفاف اس قدر کہ آنکھیں چوندھیا جائیں۔ لاغر جانی کے مرغ کے مقابلے میں شاہ مل کے مرغ کی چال بھی بڑی رعب دار تھی۔ ہاں یہ بات ضرور تھی کہ جانی کا مرغ ہٹا کٹا تھا اور یہی ایک اہم فرق تھا ورنہ دونوں کی نسل بھی ایک تھی اور قیمت بھی۔

رات ہوئی، سبھی سونے کی تیاریاں کرنے لگے۔ شاہ مل اپنی کہنی کو تکیہ پر ٹکائے اپنا چہرہ ہتھیلی میں رکھے بچے کو دودھ پلاتی ہوئی سوچنے لگی، ''میرے مرغے کو دیکھ کر اس مرگھلی کی جان ہی تو جل گئی ہوگی۔ آنے دو اب اس کے مرغے کو، ادھر ٹانگ نہ توڑ دوں تو میرا نام بھی شاہ مل نہیں۔''

اس ارادے کے بعد اچانک اس کی نظریں اپنے شوہر کے چہرے کی طرف اٹھیں۔ وہ نا قابل بیان حد تک مردانہ حسن کا پیکر لگ رہا تھا۔ اس خیال سے اس کے چہرے پر سرخی دوڑ گئی۔ اس نے تکیہ سے اپنی کہنی ہٹائی اور تکیہ پر سر رکھ کر سونے ہی والی تھی کہ ڈربے کی طرف سے آوازیں آنے لگیں، ''ککڑوں کوں۔'' شاہ مل کو بہت اچنبھا ہوا۔ اس نے اپنا سر اٹھا لیا اور پوری توجہ سے سننے لگی، اس نے سوچا کہیں یہ اس کا بھرم ہی نہ ہو۔ لیکن آوازیں پھر آنے لگیں اور واضح طور پر ''ککڑوں کوں''، شاہ مل کو ایسا لگا جیسے کسی نے اس کی گردن مروڑ دی ہو۔ وہ جھٹ سے نیند میں اٹھ بیٹھی اور اپنے شوہر کو آوازیں دینے لگی، ''اجی سنیے تو، سن رہے ہیں نا، اٹھ کے دیکھیے تو سہی۔''

''کیوں کیا ہوا؟'' غلام خان ایک جھٹکے سے اٹھ بیٹھا۔ ''تم نے مجھے آواز دی کیا؟''

''سنتے نہیں کیا؟ اپنا مرغا ہے، بانگ دے رہا ہے۔'' اس وقت رات میں شاہ مل کی آواز میں بڑا درد تھا۔ ''کس منحوس کو لے آئے جی؟''

''بانگ دے رہا ہے؟'' غلام خان نے گردن گھمائی۔ ''تم بتاؤ کیا کریں پھر؟ ارے بابا سحری کے واسطے اٹھنا تو ہے نہیں کہ اس کی مانگ سے وقت کی گڑبڑ ہو جائے گی۔''

''کیا بکتے ہیں جی؟'' شاہ مل نے غصے سے کہا، ''اٹھو جلدی اور ذبح کر ڈالو اس مردود کو۔ تمھیں نہیں پتہ کہ رات میں بانگ دینے والے مرغے منحوس ہوتے ہیں؟ انھیں فوراً ذبح کر دینا چاہیے۔''

''اوئے بابا! کیسی بدشگونی؟ چلو سو جاؤ اور یہ پرانے زمانے کی عورتوں جیسے وہم اپنے دل سے نکال دو۔'' اس کے ساتھ ہی غلام خان نے اپنے کانوں اور سر کو لحاف سے ڈھانپ لیا۔ شاہ مل تھوڑی دیر تک تو اڑی رہی لیکن پھر اپنے شوہر سے ایک لفظ بھی نہ کہلوا سکی۔ وہ گہری، بے ہوشی کی نیند سو گیا اور حسب معمول صبح سات بجے ہی جاگا۔

شاہ مل کو مرغ کے بانگ دینے کی اتنی فکر نہیں تھی، جتنی اس بات کی کہ اگر لاغر جانی نے یہ آواز سن لی تو وہ

اپنی بک بک شروع کردے گی اور اس کی جلی کٹی باتوں سے شاہ مل کی جان جل جائے گی۔ ''اچھا!'' وہ کہے گی، ''اسی لیے تم کہہ رہی تھیں کہ تمھیں ایک عمدہ سا مرغا چاہیے؟ ہاں، دنیا بھر کے مرغے تو صبح ہونے کا اعلان کرتے ہیں اور تمھارا یہ منحوس مرغا رات ہوتے ہی جیسے شیطان اس کی ناک میں گھس آتا ہے۔''

ڈربہ کا دروازہ کھولنے کے بعد شاہ مل احاطے کی طرف نہیں گئی، وہ بھی محض اس خیال سے کہ کہیں لاغر جانی کا سامنا نہ ہو جائے۔ یہ سارا معاملہ اس پر بڑا گراں گزرا تھا۔ اس کی توقع تو یہ تھی کہ وہ لاغر جانی صلواتوں کا جواب اور زیادہ جلی کٹی باتوں سے دیتی۔ جانی کی صلواتوں کا نشانہ بظاہر تو کھڑکیاں اور دروازے ہوتے لیکن بالراست طور پر وہ شاہ مل کے لیے ہوتیں۔

شاہ مل کا دل ٹوٹ گیا، اس نے گھر سے باہر نکلنا چھوڑ دیا۔ ادھر مرغیاں احاطے میں مرغے کے ساتھ چہلیں کر رہی تھیں۔ جب بھی اس کی نظر مرغ پر پڑتی، اسے ایسا لگتا جیسے اس کا دل حلق میں آ رہا ہو۔ ادھر مرغا، جو ان ساری باتوں سے بے نیاز تھا، اپنے پر پھیلائے ایک اور پھر ایک سے دوسری مرغی کے اطراف منڈلانے لگتا، عاجزی سے ان کے سامنے اپنے پر پھڑپھڑاتا لیکن مرغیاں بھاگ کھڑی ہوتیں جیسے کہہ رہی ہوں، ''کیا ہو گیا ہے تمھیں؟ یہ کوئی مناسب حرکت ہے۔ اپنے آس پاس کا خیال بھی نہیں رکھتے؟''

مرغیوں نے باورچی خانے کے دروازے کی طرف دیکھا اور تعجب سے سوچنے لگیں، ''پتہ نہیں آج کیا ہو گیا ہے، نظر نہیں آتی۔ ارے چگنے کے لیے تھوڑے سے دانے ہی پھینک دیے ہوتے۔'' وہ باورچی لپکیں۔ مرغ ان کا منشا سمجھ چکا تھا، ان کے پیچھے ہو لیا۔

شاہ مل کی نظریں اتفاقاً اس کے پیروں پر پڑ گئیں۔ نیچے سے اوپر تک اس قدر بد ہیئت تھے کہ شاید ہی کسی اور مرغ کے رہے ہوں۔ اس کی نفرت گہری ہوتی چلی گئی۔ لیکن مرغے کو ہشکار کرنے کی ہمت اس میں نہیں ہوئی۔ وہ نہیں چاہتی تھی کہ آواز سن کر لاغر جانی کھڑکی سے جھانکنے لگے۔ اس نے مٹھی بھر دانے لیے اور دور ہی سے انھیں مرغیوں کی طرف اچھال دیا۔ وہ مرغے کو ایک دانہ بھی نہیں دینا چاہتی تھی، لیکن مرغیوں کا کیا کرے، ان بے چاریوں کو دن بھر بھوکا تو نہیں مارا جا سکتا نا۔

جب لاغر جانی کے مرغے نے دیوار کی اس طرف سے آتی ہوئی یہ آوازیں سنیں تو اس کی گردن اکڑ گئی اور اس نے اپنا سینہ پھلا دیا۔ اس کا جسم تن گیا اور اس کی نسیں ابھر آئیں۔ ''کڑ کڑوک، کوک، کڑ کڑوک۔'' وہ حلق کے بل چلانے لگا جیسے کسی حریف سے کہہ رہا ہو، ''ارے کون بدمعاش ہے، جو ادھر احاطے میں آیا ہے۔''

''کڑک، کک، کڑوک۔'' شاہ مل کے مرغے نے بھی گردن تان لی جیسے جواباً کہہ رہا ہو، ''ارے میں ہوں، سفید مرغا، کاش تم خود اپنی آنکھوں سے دیکھ لو۔ کیوں دور سے فضول اکڑ دکھا رہے ہو۔''

شاہ مل کو اس آواز سے نفرت تھی۔ اس نے سوچا کاش وہ اس کا گلا ہی گھونٹ سکتی، اس کی گردن مروڑ دیتی تاکہ لاغر جانی تک اس کی آواز نہ پہنچے اور وہ کھڑکی سے آنہ لگے۔ مرغے کو ہشکارنے کے بجائے شاہ مل نے مٹی کا ایک ڈھیلا اٹھایا اور غصے سے مرغے پر جڑ دیا۔ اس نے نشانہ سر کا لیا تھا لیکن اس کا نشانہ چوک گیا اور مرغا بدک

گیا۔ مرغے نے اور بھی زور زور سے چلانا شروع کر دیا۔ لاغر جانی نے اپنی گردن کھڑکی سے باہر نکالی اور کہنے لگی،
''ارے، کیوں صبح صبح غصہ دکھاتی ہو، کیا کیا ہے بے چارے نے؟''

شاہ مل کو لگا جیسے کسی نے اس کی چوری پکڑ لی ہو۔ وہ پسینہ پسینہ ہوگئی۔ وہ ساری احتیاطی تدابیر جو اس نے اس مڈبھیڑ سے بچنے کے لیے کی تھیں، سب بے کار ہوگئیں۔ جانی کی باتوں سے اسے یقین ہوگیا کہ یقیناً رات اس نے مرغے کی بانگ سن لی تھی اور یہ کہ اس کی باتوں میں طنز پوشیدہ تھا۔ اس نے بڑی ہمت کی اور جواب دیا، ''میں بھلا غصہ ہونے لگی؟ بے چاری مرغیوں کو دانوں کے پاس پھٹکنے ہی نہیں دیتا یہ۔ اسی لیے میں اسے بھگا رہی تھی۔''

''نیا نیا آیا ہے نا، اسی لیے۔ دیکھ لینا، کل سے خود ہی انھیں کھلانے لگے گا۔'' لاغر جانی نے ہنستے ہوئے کہا۔

''ہاں! مگر یہ تو اسی وقت ممکن ہے نا کہ ہم اسے پالیں۔ اسے تو ہم ذبح کرنے کے لیے خرید لائے تھے۔'' شاہ مل نے سوچا، ایسا کوئی گوشہ ہی نہ چھوڑا جائے کہ بعد میں جانی اس پر طنز کرنے لگے۔ ''ہم تو کل ہی اسے ذبح کر دیتے، لیکن سوچا چلو صبح تک انتظار کر لیتے ہیں۔''

''ارے مگر کیوں! کیوں ذبح کرنا چاہتی ہو بے چاری کو؟'' جانی سوچنے لگی کہ یہ لوگ اگر مرغ پالتے ہیں تو خود اس کا اپنا مرغ زحمت سے بچ جائے گا۔ دیکھو نا، کیسا صحت مند ہے، پھر اس کی آواز بھی بڑی رعب دار ہے۔''

شاہ مل پیلی پڑ گئی۔ یقیناً اس نے سنا ہے، ورنہ کیا وجہ ہے کہ وہ مرغے کی آواز ہی کی تعریف کرے۔ جب دوبارہ مخاطب ہوئی، یہ نکتہ گول ہی کر گئی۔

''تم کیا سمجھتی ہو، میں ایسے گندے اور سڑے ہوئے مرغ پالتی ہوں۔ ایسے مرغوں سے تو بازار بھرا پڑا ہے، ہمیں تو دراصل اپنی پسند کی نسل کا مرغا مل نہیں رہا ہے۔ ویسے ایک صاحب نے وعدہ تو کیا ہے کہ لا دیں گے۔''

لاغر جانی کی سمجھ میں کچھ نہ آیا۔ اسے شاہ مل کی اس سرد مہری پر بہت تعجب ہوا۔ اس مرغے کی تعریف میں اس نے زمین و آسمان کے قلابے نہیں ملا دیے تھے؟ لیکن۔۔۔ نہیں۔۔۔ شاید شاہ مل یہ سب طنزاً کہہ رہی ہو، یہ سوچ کر کہ اس نے ایک مردار مرغ پال رکھا ہے۔ جانی اس کا منھ توڑ جواب دینے ہی والی تھی کہ شاہ مل گھر کے اندر چلی گئی اور جانی غصہ کے گھونٹ پی کر رہ گئی۔

سماوار سلگاتے ہوئے بھی شاہ مل کا دماغ بڑی تندہی سے اس مرغے کے مسئلہ کو سلجھانے میں مصروف تھا۔ اس نے سوچا اپنے شوہر سے کہہ کر اس کا خاتمہ کرا دے گی، اور اگر اس نے بات نہ مانی تو صمد وقصاب سے کہہ کر اسے ذبح کروا دے گی۔ ''دیکھتی ہو شام کے کھانے میں مرغ دیکھ کر کیا اعتراض کر لیتے ہیں۔''

غلام خان جب مسجد سے واپس آیا تو شاہ مل نے اسے چائے پیش کی اور تنک کر اس سے کہنے لگی، ''لو چائے پی لو اور پھر یہ مرغ ذبح کر دینا، پتہ نہیں پڑوسی کیا کہیں؟ ان لوگوں میں نہیں رہنا ہے کیا ہمیں؟''

”پڑوسیوں کو اس معاملے سے کیا لینا دینا۔“ روٹی کا ایک ٹکڑا چباتے ہوئے غلام خان نے پوچھا، ”بھئی رمضان کا مہینہ تو ہے نہیں کہ اس کی بانگ سے سحری کے وقت میں گڑبڑ ہو جانے کا ڈر ہو۔“

”ہوں! تمھیں تو بس باتیں بنانا آتا ہے، بحث کرتے ہو صرف۔“ قدرے توقف سے اس نے پھر کہا، ”تم اسے ذبح کرنا نہیں چاہتے نا؟ ٹھیک ہے۔ صمدو قصاب سے کہلوا کر میں خود ہی کام کرلوں گی۔ تم نے کیا سمجھ رکھا ہے، میں اس منحوس بلا کو کھلا پلا کر موٹا تازہ کروں گی؟“

”بھئی جو تمھاری مرضی میں آئے کرو۔“ غلام خان بحث کو ختم کرتے ہوئے بولا، ”مگر پھر کبھی مجھ سے مرغ خریدنے کے لیے نہیں کہنا۔“

”ٹھیک ہے، ہرگز نہ کہوں گی۔ شہر میں تو جیسے مرغوں کا کال ہی پڑ گیا ہے۔“ غصہ شاہ مل سماوار میں پھونکنے لگی، ”اور پھر لاغر جانی کا مرغا تو ہے۔ دن بھر ہمارے ہی آنگن میں منڈلاتا رہتا ہے، دوسرے کسی اور مرغے کی ہمیں کیا ضرورت۔“

شاہ مل کسی طرح اس مرغ سے چھٹکارا پانا چاہتی تھی۔ اس مرغے کے تئیں اس کے دل میں شدید نفرت پیدا ہو چکی تھی۔ اس کے تصور میں جانی کے سفید کچکچاتے ہوئے دانت گھومنے لگے۔ مرغے کے پروں کی پھڑ پھڑاہٹ اسے جانی کی چیخ چیخ سے مشابہ لگنے لگی۔ اسے لگا جیسے اس کی شرمندگی اور ذلت کا واحد ذمہ دار یہ مرغ ہے۔

غلام خان جیسے ہی کام کے لیے گھر سے روانہ ہوا، شامل مل بھی صمدو قصاب کی طرف نکل پڑی۔ وہ معلوم کرنا چاہتی تھی کہ وہ گھر پر ہے بھی یا نہیں۔ اس کا مکان دو تین گھروں کے بعد ہی تھا۔ محلے کے مرغے ذبح کرنے میں اسے بڑی مہارت حاصل تھی۔ دوسرے اور بھی لوگ تھے جو اس فن میں طاق تھے لیکن صمدو کی مہارت کا سکہ جم چکا تھا۔

صمدو گھر ہی پر تھا۔ اس نے شاہ مل کو اپنے گھر کی طرف آتے ہوئے دیکھا اور کام کی نوعیت کو سمجھتے ہوئے کہنے لگا، ”یہیں لے آؤ، ابھی ذبح کیے دیتا ہوں مگر ایک بات بتا دوں، کھانے کے لیے میں بھی پہنچ جاؤں گا۔ یہ نہ سوچنا کہ صرف تم دونوں میاں بیوی ہی دعوت کے مزے اڑا سکو گے۔“

”ہاں جی، ضرور آنا۔“ شاہ مل نے کہا۔

گھر واپس ہوئی تو اس کے دل کا بوجھ اتر چکا تھا۔ اس کے ہونٹوں پر مسکراہٹ تھی۔ اسے یقین تھا کہ وہ اب بجا طور پر سر اٹھا کے چل سکے گی۔ دن رات جانی کے طنز کے نشتر اسے سہنے نہیں پڑیں گے لیکن گھر پہنچ کر اس نے ایک عجیب نظارہ دیکھا۔ احاطے میں داخل ہوئی تو کیا دیکھتی ہے کہ مرغیاں ایک کونے میں سمٹی کھڑی ہیں۔ جانی کے اور خود اس کے مرغ میں جنگ چھڑ چکی ہے۔ وہ ایک دوسرے سے گتھم گتھا ہیں اور ان کے ارد گرد گرد و غبار کے بادل چھائے ہوئے ہیں، اپنے گھر کی کھڑکی میں کھڑی جانی اس لڑائی سے لطف اندوز ہو رہی تھی۔ اس کے چہرہ پر شاہ مل نے فتح مندی کی چمک واضح طور پر محسوس کی۔ ظاہر ہے جانی کو یقین تھا کہ اس کا مرغ، بازی جیت لے گا۔

وجہ بھی ظاہر تھی۔ جانی کے مرغے کی کلغی چھوٹی لیکن بھری ہوئی تھی، گلے کو گوشت مضبوطی سے چپکا ہوا تھا اور اس کے گٹھے ہوئے اعضا بتا رہے تھے کہ وہ ایک باکمال لڑاکا مرغ ہے۔ لڑائیوں میں پاس پڑوس کے سارے مرغوں پر سبقت حاصل کر چکا تھا۔

شاہ مل کا رنگ فق ہوگیا اور اس کا دل شدت سے دھڑکنے لگا۔ مرغوں کی گردنوں کے بال حلقے میں کھڑے تھے، ان کی گردنیں لرز رہی تھیں اور غصے وہ کانپ رہے تھے۔ ایسا لگ رہا تھا، جیسے ان کے پروں میں برقی رو دوڑ گئی ہو۔ ان کے جسم تنے ہوئے اور پھولے ہوئے تھے۔ وہ ایک دوسرے کو گھورنے لگے اور اپنی لرزتی ہوئی گردنیں آگے بڑھا بڑھا کر جیسے ایک غصہ بھرے اور اشتعال آمیز پیغامات ایک دوسرے تک پہنچا رہے تھے۔ بڑے بے جگری سے وہ حملہ کرنے لگے، غصے میں ایک دوسرے پر چونچیں مارتے اور کاٹنے کے لیے دوڑ پڑتے۔

شاہ مل کو احاطے میں داخل ہوتے دیکھ کر لاغر جانی کھڑکی میں بڑے واضح رویہ سے اور بڑے اعتماد سے بیٹھ گئی۔

''میرا بے چارہ دبلا پتلا مرغا، تمھارے ساڑھے چار روپے والے مرغ کے سامنے کیسے ٹکے گا۔ لیکن روکے اس بیوقوف کو اپنی جان جوکھم میں ڈالنے سے۔ شرم بھی نہیں آتی اسے۔'' اس نے گویا طنز کے تیر چلاتے ہوئے مزید کہا، ''لیکن ایک بات بتادوں،'' اس نے گویا تنبیہ دی، ''تمھارے مرغے کو بھاگنے پر مجبور کردے گا میرا مرغا۔ پاس پڑوس کے سارے مرغوں کو پہلے ہی مات دے چکا ہے۔''

شاہ مل کا دل ڈوبنے لگا۔ لیکن کیا کہے؟ جس طرح حالات نے موڑ لیا تھا، اس سے وہ خود دم بخود تھی۔ اس کے دل میں یہ شبہ پیدا ہوا کہ کہیں لاغر جانی نے ارادتاً اپنے مرغے کو ادھر احاطے میں بھیجا نہ ہو۔ اس میں ایک بے اختیار خواہش پیدا ہوئی کہ وہ اٹھے اور جانی کے مرغے کی گردن مروڑ ڈالے۔ لیکن اس نے اپنی خواہش کو دبا دیا اور اس سے پہلے کہ جانی اس کا مذاق اڑاتی، وہ خود اپنی صفائی میں کہنے لگی، ''اے ہے، بدیسی مرغا اور دیسی مرغے کو بھگادے۔ تمھیں وہ پرانی کہاوت نہیں معلوم کیا؟ ویسے بھی میرا مرغا لڑاکو تو ہے نہیں۔ تم تو جانتی ہو کہ یہ ایک الگ ہی نسل کا مرغا ہے، اسی لیے تو اس قدر مہنگا ہے۔''

مرغوں نے کہرام مچا رکھا تھا۔ وہ غضب ناک انداز میں لڑ رہے تھے۔ ایک دوسرے پر جھپٹتے اور نوچنے لگتے، حتیٰ کہ ان کا خون نکل آیا۔ لاغر جانی نے کھڑکی کو چوکھٹ کو مضبوطی سے پکڑ لیا۔ اس کا سر ملنے لگا۔ مرغوں کی حرکت کے ساتھ اس کا چہرہ تمتما اٹھتا۔

شاہ مل پر بھی سکتہ طاری تھا۔ جو کچھ ہو رہا تھا، اس کی وجہ سے شاہ مل پر جھنجھلاہٹ طاری تھی، وہ رنجیدہ بھی ہوگئی۔ جانی کے مرغے کو دیکھ کر اس پر ایسی ہیبت طاری ہوئی کہ اس کے دانت بجنے لگے اور اس نے کوسنا شروع کردیا۔ ''اے تیری چونچ کے ٹکڑے ٹکڑے ہوں، ساری بلائیں تجھ پر گریں، تیرے پاؤں پر فالج گرے۔''

چونکہ جانی کا مرغا سرخ و سیاہ تھا، خون بالکل نظر نہیں آتا تھا۔ اس کے برعکس شاہ مل کا مرغا چونکہ بے داغ سفید رنگ کا تھا، ایسا لگ رہا تھا جیسے خون میں نہا گیا ہو۔ یہ دیکھ کر شاہ مل آپے سے باہر ہوگئی اور پھٹ پڑی۔

''ساری بلائیں اس خبیث پر ٹوٹیں۔ اس کی چونچ کو فالج مارے۔''

''دیکھو شاہ مل، حد سے آگے نہ بڑھو۔'' جانی نے بظاہر مسکراتے ہوئے کہا، ''دیکھنا، یہ خود ایک دوسرے کی جان کے دشمن ہو جائیں گے۔ کیا سمجھا تھا تم نے۔'' اس نے پُرتضحیک انداز میں اضافہ کرتے ہوئے کہا، ''غلیظ مرغے اتنے سستے بھی نہیں ہوتے۔''

شاہ مل بدحواس ہوگئی۔ جب سے یہ مرغا گھر میں آیا تھا، آفتیں اس پر مسلسل نازل ہو رہی تھیں۔ ویسے وہ چاہتی تو اس سے بھی کڑوے لفظوں میں جانی کی باتوں کا جواب دے سکتی تھی۔ جانی بھی اسے خاموشی سے ہضم نہ کرتی کہ ترکی بہ ترکی جواب دینے میں اس کی صلاحیتیں شاہ مل سے کسی طرح کم نہ تھیں۔ پھر ہوتا یہ کہ دونوں ایک دوسرے کو لعن طعن کرتیں اور ان میں زبانی جنگ چھڑ جاتی۔ لیکن اسی لمحہ ایک مرغا بھاگ کھڑا ہوا۔ بھاگنے والا مرغا جانی کا تھا اور شاہ مل کا مرغا اسے احاطے میں دوڑاتا پھر رہا تھا۔

شاہ مل نے سوچا، لاغر جانی پسینے سے شرابور ہوگی اور اس کا چہرہ توے کی طرح کالا پڑ گیا ہوگا۔ لیکن اس نے یہ بھی دیکھا کہ جانی بالکل ایسی بن گئی تھی جیسے اسے لڑائی کے انجام کی ذرہ برابر پرواہ نہ ہو۔

''تم اب بھی اس مرغے کو ذبح کرنے کی سوچ رہی ہو؟ اب تو مان جاؤ اور اسے ذبح نہ کرو۔'' ہتھیلی پر اپنے چہرے کو جماتے ہوئے اس نے کہا۔

''ارے! تم کیا سمجھتی ہو، وہ بات میں نے سنجیدگی سے کہی تھی؟'' سر کے خفیف جھٹکے سے اپنی بالیوں کو لہراتے ہوئے شاہ مل نے کہا، ''میرے مرغے میں چاہے لاکھ برائیاں ہوں، چاہے وہ رات میں بانگ ہی کیوں نہ دیتا ہو، میں ان باتوں کو بالکل اہمیت نہیں دیتی بشرطیکہ وہ لڑائی میں اپنا لوہا منوالے۔ پھر اسی قسم کا مرغا تو میں پالنا چاہتی تھی ورنہ غلیظ، مردار قسم کے مرغوں سے تو بازار بھرا رہتا ہے۔''

ریپ (اُڑیہ)

سروجنی ساہو

ترجمہ: اشعر نجمی

سروجنی ساہو اڑیہ ادب کی اہم ہم عصر ادیبہ تسلیم کی جاتی ہیں۔ ان کا جنم ۱۹۵۶ء کو اڑیسہ کے دھینکنال علاقے میں ہوا۔ انھوں نے اڑیہ ادب سے ایم اے اور پی ایچ ڈی کرنے کے بعد قانون پر بھی گریجویٹ کیا۔ انھیں اڑیہ ساہتیہ اکیڈمی کے علاوہ کئی دوسرے مقامی ایوارڈ سے نوازا جا چکا ہے۔ اب تک ان کی پندرہ کتابیں شائع ہو چکی ہیں جن میں آٹھ کہانیوں کے مجموعے اور سات ناول شامل ہیں۔

زیر نظر کہانی مصنفہ کی مقبول ترین کہانیوں میں شمار کی جاتی ہے۔ 'ہارپر کولینس' (Harper Collins) کی شائع کردہ کتاب میں شامل اس کہانی کا ترجمہ دنیا کی اہم زبانوں، مثلاً انگریزی، فرانسیسی، اسپینی، جرمن، چینی وغیرہ میں ہو چکا ہے، اس کے ساتھ ہندوستان کی علاقائی زبانوں جیسے تیلگو، ملیالم، بنگلہ اور مراٹھی میں بھی یہ کہانی ترجمہ ہو چکی ہے۔ یہ کہانی آج بھی موضوع بحث بنی ہوئی ہے۔

ایسا نہیں تھا کہ ان دونوں میں چھوٹے موٹے گھریلو معاملات پر جھگڑے نہیں ہوتے تھے۔ یہ دونوں کبھی کتے اور بلی کی طرح ایک دوسرے سے جھگڑا کرتے تھے، کبھی دنیاداری کی چھوٹی چھوٹی باتوں کو لے کر، کبھی بچوں کی پرورش کو لے کر یا کبھی کبھار اپنے ذاتی نظریاتی اختلافات کو لے کر۔ لیکن وہ دونوں ان چیزوں کو زیادہ دن اپنے دل میں نہیں رکھا۔ کچھ وقت کے بعد، چند گھنٹوں کے اندر، ان کے تمام نظریاتی اختلافات پر قابو پا کر اور صلح ہو جاتی تھی۔ اس کے بعد وہ دن بھی بقیہ دنوں کی طرح نارمل ہو جاتا تھا۔ ان جھگڑوں کے دوران، جانے انجانے،

ان کے منھ سے ایک دوسرے کے لیے خود غرض، مغرور، بے ایمان، بدتمیز وغیرہ جیسے بہت سے بے ہودہ الفاظ نکلتے تھے، لیکن لفظوں کی یہ بمباری ان کے دل کو کبھی ٹکڑے ٹکڑے نہیں کر پاتی تھی۔ شام کی تلخ یادیں صبح ہوتے ہوتے ان کے ذہن کے پردے سے رات کی سیاہی کی طرح مٹ جاتی تھیں۔

لیکن آج کا دن دوسرے دنوں کی طرح نہیں تھا۔ سُپرنا حیرت زدہ تھی کہ آخر ایسے واقعات ہوتے کیوں ہیں؟ آج سپرنا سو نہیں پا رہی تھی۔ صبح صبح ادھوری نیند سے بیدار ہو کر وہ نیند کی حالت میں ہی باتھ روم گئی۔ روزمرہ کے معمول سے فارغ ہو کر وہ کچن میں چلی گئی۔ ہیٹر پر چائے چڑھاتے ہوئے، انگڑائی لیتے ہوئے اپنے جسم سے سستی کی گرفت کو دور کرنے کی کوشش کرنے لگی۔ پھر وہ جینت کو نیند سے جگا کر چائے کا کپ دیا اور باہر صحن میں بیٹھ گئی۔ بستر سے اٹھنے کے بعد، جینت بھی ہاتھ میں بیڈ ٹی لے کر صحن میں چلا گیا۔

چائے کا گھونٹ لیتے ہوئے سپرنا نے کہا۔" میں نے آج ایک عجیب سا خواب دیکھا۔"

جینت نے پوچھا؛" کیسا خواب؟ میں نے بھی آج ایک برا خواب دیکھا۔"

سپرنا نے کہا،" جیسا تم سوچ رہے ہو، ویسا نہیں ہے۔"

اس سے قبل کہ جینت اپنے خواب کے بارے میں بتاتا، سپرنا نے کہنا شروع کیا،" کل میں نے اپنے خواب میں ڈاکٹر ترپاٹھی کو دیکھا۔ وہ میرے ساتھ تھا۔۔۔ مطلب ان کے ساتھ، یعنی ہم دونوں میں۔۔۔"

تھوک نگلتے نگلتے سپرنا نے کہنا جاری رکھا،" کل رات خواب میں he fucked me۔"

جیسے ہی یہ الفاظ سپرنا کے منھ سے نکلے، اس نے دیکھا، جینت کے چہرے کے تاثرات ایک لمحے کے لیے بدل گئے۔ وہ جھنجھلا کر کہنے لگا،" میری بھی ایسی ہی خواہش ہے، تمھارے علاوہ کسی اور کے ساتھ۔۔۔" یہ کہتے ہوئے جینت خاموش ہو گیا تھا۔

وہ بناوٹی ہنسی ہنسنے کی اداکاری کرنے لگے۔ اگرچہ جینت کے بھنچے ہوئے ہونٹوں پر ایک مصنوعی مسکراہٹ کی جھلک ابھی تک صاف نظر آ رہی تھی، لیکن وہ تھوڑی دیر پہلے جینت کے فق چہرے پر ابھری انتقام کے جذبے کو سپرنا فراموش نہیں کر پا رہی تھی۔ بعد میں بھلے ہی، جینت نے اسے کو اوپری دل سے سمجھانے کی کوشش کی کہ اس نے ایسی کوئی بات کسی غلط مقصد سے نہیں کہی تھی۔ یہ نہیں کہا جا سکتا کہ خواب دیکھنے کے بعد، سپرنا کے من میں میں جرم کا احساس ابھر کر نہ آیا ہو، لیکن جینت کی بات سن کر اس کے دل کو شدید چوٹ پہنچی تھی۔ اس کا جینت کو اپنے خواب کے بارے میں بتانے کا کوئی غلط مقصد نہیں تھا۔ چائے پیتے پیتے گپ شپ کرنے کے موڈ میں اس کے منھ سے یہ بات نکل گئی تھی۔ اس نے اس بات کا یہ اندازہ نہیں لگایا تھا کہ نادانستہ طور پر کہی گئی ان باتوں سے جینت اتنا پرجوش ہو جائے گا۔ سپرنا، جینت کو صفائی دینے اور سمجھانے بجھانے کے باوجود بھی اس کے چہرے پر ابھرنے والی حسد و انتقام کی لکیروں کو فراموش نہیں کر پائی، لیکن بیکار میں بات نہ بڑھے، یہ سوچتے ہوئے اس نے اپنی روزمرہ کی سرگرمیوں کو نپٹانے کے لیے وہاں سے اٹھ کر گھر کے اندر چلی گئی۔ اگر کوئی اور دن ہوتا تو، سپرنا ضرور بحث کرنا شروع کر دیتی۔" تم کو کیا لگتا ہے؟ مجھے خواب دیکھنے کا بھی حق نہیں ہے؟"

لیکن آج وہ دلیل کیسے دیتی، کیوں کہ وہ اچھی طرح جانتی تھی کہ اس کی زندگی زمین کے ایسے چھوٹے سے ٹکڑے پر بنے ہوئے ایک چھوٹے سے حصے میں بندھی ہوئی ہے۔ اگر کوئی اسے ابھی کہتا، 'اُڑ جاؤ' تو بھی وہ وہاں سے اُڑنے کے لیے تیار نہیں ہوگی۔ پنجڑے سے باہر کی دنیا کے بارے میں سوچتے ہوئے وہ خوفزدہ ہونے لگی۔ اگر کوئی پوچھتا، ''اگلے جنم میں تم کیا بننا پسند کروگی؟'' تو اس کا جواب ہوتا، ''میں پنچھی بنوں گی۔''

سپرنا نے کبھی سوچا ہی نہیں تھا کہ وہ ہمیشہ کے لیے اس طرح چار دیواری میں قید ہو جائے گی، ہر دن دوسرے دنوں سے مختلف ہوگا، اور اٹھائیس سال کی عمر تک اس نے جیسی زندگی گزاری تھی، ویسی ہی زندگی تیس سال کی عمر میں انھی دنوں کی طرح بیتے گی۔ شوہر کے لیے گرم گرم روٹیاں سینکو، لڑکے کے لیے نظمیں، انجن اور مارننگ کی اسپیلنگ یاد کراؤ اور بچی کی جلد، دانت، بالوں کی حفاظت اور خوبصورتی کے لیے اپنائے جانے والے گھریلو نسخوں کا استعمال کرو۔ ان سب کے درمیان، سپرنا یہ بھول چکی تھی کہ وہ ایک ایسی لڑکی تھی جس نے دھولیشور مندر میں مہاندی کے کنارے سگریٹ نوشی بھی کی تھی۔ اس نے کالج کے لڑکوں کی چھیڑ خانی کی بھی ذرہ برابر پرواہ نہیں کی تھی۔ سپرنا کو وہ بات بھی یاد تھی کہ اس نے ایک نوجوان کے اس موضوع پر سخت بحث کی تھی، شاید اس کا نام کوئی داس، ادھیکاری یا ایسا ہی کچھ اور اس کا 'سرنیم' تھا۔ اس نے اس نوجوان کو منھ توڑ جواب دیا تھا، ''تم لوگ عورتوں کے بارے میں کیا سوچتے ہو؟ کیا انھیں گائے، بکری یا بھیڑ سمجھتے ہو؟ کیا ہم تھوڑی سی سگریٹ نوشی بھی نہیں کرسکتے؟'' چاہے وہ اس کی ہمت ہو یا اس کا مزاج۔ وہ شادی کے تین سال بعد بھی جبینت کے اس کوارٹر میں بندھ کر نہیں رہ پاتی تھی۔ اس چھوٹے سے شہر میں، وہ چھٹپٹا کر رہ جاتی تھی اور اپنے میکے جانے کے بہانے کٹک یا بھونیشور چلی جاتی تھی۔

''جبینت، میں تمھاری محدود دنیا میں نہیں رہ سکوں گی۔ مجھے اڑنے کے لیے لامحدود آسمان کی ضرورت ہے۔''

سپرنا بھونیشور سے مسلسل خطوط لکھتی رہتی اور مناسب جواب نہ ملنے پر وہ آخر کار مایوس ہوگئی اور جبینت کے پاس لوٹ آتی تھی۔ نوکری ایک غلامی ہے، یہ جانتے ہوئے بھی اس نے ایک بار فیصلہ کرلیا تھا کہ وہ یہ کام آزادانہ طور پر نوکری کرے گی۔ لیکن اسی وقت ڈاکٹر نے مشورہ دیا، ''یہ تمھارا پہلا بچہ ہے، اس وقت تمھیں زیادہ بھاگ دوڑ نہیں کرنی چاہیے۔ کم سے کم پانچ ماہ تک مکمل بیڈ ریسٹ تمھارے لیے ضروری ہے۔''

ان پانچ مہینوں کے بیڈ ریسٹ کے دوران سپرنا کی زندگی مکمل طور پر بدل گئی تھی۔ وہ کئی نئے احساسات کے ساتھ ساتھ طرح طرح کی ذہنی جکڑ بندیوں کی شکار ہوتی جا رہی تھی۔ بس، اس کے بعد اسے یہ بھی یاد نہیں رہا کہ اسے صرف ماں ہی نہیں بلکہ ایک پنچھی بن کر بن کر کھلے آسمان میں اڑنا بھی تھا۔

وہ سوچ رہی تھی کہ اسے اپنی پیٹھ پر بچے باندھ کر بنجارن ہو جانا چاہیے تھا۔ جبینت کے نس بندی کے بعد، وہ اپنے بیتے دنوں کی یادوں اور اندیشوں کو بیٹے کی ہنسی میں اور بیٹی کی شرارتوں میں کھو کر بھول گئی تھی۔ وہ سال بیلو اور گارشیا مارکیز کی تخلیقات کو، سیم پیترودا کی سائنٹفک تعلیمی پالیسی اور شبانہ اعظمی کی آرٹ فلموں کو بھول گئی تھی۔

اب تو وہ صرف اس بارے میں بلا جھجک گپیں لڑاتی تھی کہ پردھان بابو کے گھر میں پاؤ بھر مٹن میں سات آدمی کیسے کھاتے ہیں؟ اس نے کتنی بار موہنتی بابو کے کوارٹر کے جھروکوں سے دیکھ چکی تھی کہ موہنتی بابو اپنی بیوی کے سر سے جوئیں کیسے نکالتے ہیں یا پریشر کوکر صاف کرتے ہیں۔ یا پھر شادی کے وقت وہ اپنے مائیکے سے کتنا سونا لائی اور اس درمیان اور کتنا سونا خریدا؟

دودھ بیچنے والی گاڑی کے ہارن سے سپرنا اپنے حال میں لوٹ آئی۔ عام طور پر اسے برتن مانجھنے میں زیادہ سے زیادہ پندرہ منٹ لگتا تھا، لیکن آج پتہ نہیں کیوں اسے برتن مانجھتے اسے آدھے گھنٹے سے زیادہ وقت لگ گیا، پھر بھی کام پورا ہوتا ہوا نظر نہیں آ رہا تھا۔ سپرنا ہاتھ دھو کر اٹھ کھڑی ہوئی اور دودھ کے برتن اور روپے لا کر بیٹے کو تھما دیے، پھر اپنے بالوں میں کنگھی پھیرتے ہوئے آئینے میں اپنے چہرے کو نہارنے لگی کہ وہ ٹھیک ٹھاک دکھائی دے رہی یا ابھی بھی افسردہ لگ رہی ہے؟ جیسے ہی وہ گھر سے باہر نکلی، دودھ گاڑی کے ڈرائیور نے پوچھا، ''کیا بات ہے میڈم، آج آپ دودھ لینے نہیں آئیں۔ طبیعت تو ٹھیک ہے آپ کی؟'' مگر اس نے کوئی جواب نہ دیا، صرف ایک رسمی مسکراہٹ کافی سمجھی۔

بڑی مشکل سے اس نے آٹھ بجے تک ناشتہ بنایا۔ اس دن جینت نے اپنا ناشتہ اس طرح زہر مار کیا جیسے وہ گھوڑے پر زین کس کر آیا ہو۔ بریڈ سلائس صوفے میں بیٹھ کر تو آملیٹ آنگن میں کھڑے ہو کر اور چائے چلتے چلتے پی کر وہ تیزی سے گھر سے باہر نکل گیا۔ جاتے جاتے اسکوٹر پر کک مارتے ہوئے کہنے لگا، ''میں آفس سے دس بجے تک لوٹ آؤں گا۔ تم تیار رہنا، ڈاکٹر کے پاس چلنا ہے نا؟''

سپرنا کے جواب کا انتظار کیے بغیر ہی جینت چلا گیا۔ اس کے جانے کے بعد سپرنا گھر کے اندر چلی آئی ۔ وہ اندر ڈرانگ روم میں بریڈ کے بکھرے ہوئے ٹکڑوں کی طرف دیکھنے لگی۔ جینت اکثر بچوں کے ساتھ ٹیلی وژن دیکھتے ہوئے ناشہ کرتا تھا۔ ابھی تک آج اس سے بیڈروم کا بستر بدلا نہ گیا تھا۔ اس نے ابھی تک سارے گھر میں جھاڑو تک نہیں لگایا تھا۔ فلٹر کینڈل کو صاف کرنے کا کام ابھی تک باقی تھا۔ نہ تو آج اس سے ابھی تک نل سے پانی بھر کر رکھا گیا، نہ ہی وہ ابھی تک دودھ کو گرم کر پائی تھی۔ کسی بھی حالت میں آج اسے دس بجے سے پہلے پہلے کم سے کم چاول دال اور آلو کا بھرتہ بنا لینا چاہیے، ورنہ ڈاکٹر کے پاس جانے میں دیر ہو جائے گی اور اگر ڈاکٹر کے پاس چیک اَپ کرا کے آنے کے بعد کھانا بناتی ہے تو بچے اسکول سے لوٹنے کے بعد بھوکے ہی سو جائیں گے۔ اس کے سارے کام ابھی تک باقی پڑے تھے۔ سپرنا سمجھ نہیں پا رہی تھی کہ وہ کون سا کام پہلے کرے اور کون سا کام بعد میں؟ بیڈروم میں جب وہ چادر بدلنے لگی تو اسے تکان سے چکر آنے لگے۔ تھوڑا سا آرام کرنے کے لیے وہ پلنگ پر چت لیٹ گئی۔ لیٹے لیٹے وہ سوچنے لگی، کاش! اس نے ایک نوکرانی رکھ لی ہوتی۔ لیکن نوکرانی رکھنا کوئی آسان بات نہیں تھی۔ کبھی کبھی نوکرانی رکھنے سے گھر کا سکون برباد بھی ہو جاتا تھا۔ پہلے والی نوکرانی کا اس کے ہاں سے کام چھوڑے تقریباً چار مہینے ہی گزرے ہوں گے۔ ان چار مہینوں کے دوران گھر کے روزمرہ کے کام کاج کرنے سے ہونے والے جسمانی کثرت سے سپرنا کا فیگر چھریرا اور سڈول ہو گیا تھا۔

سپرنا بچوں کی بڑھتی شرارتوں سے آج کل پریشان رہتی تھی۔ وہ سمجھ نہیں پاتی تھی، ان کو کیسے سنبھالا جائے؟ تین پہلے کی بات تھی، اس کی بچی نے distilled water کے ایمپول کے کانچ کے چھوٹے ٹکڑے کو گھر کی نالی میں سے اٹھا کر کھا لیا تھا۔ بہت کوششوں کے بعد اس کے منھ سے کانچ کا ٹکڑا تو نکال دیا تھا، لیکن اس کی تیز دھار سے بچی کی زبان لہولہان ہوگئی تھی۔ کوئی اور کانچ کا ٹکڑا پیٹ میں نہ چلا گیا ہو، اس شبہ کو دور کرنے کے لیے بعد میں اس کے پاخانے کی جانچ بھی کرانی پڑی تھی۔

ہر دن کی طرح آج بھی دونوں بچے ڈرائنگ روم میں لڑ جھگڑ رہے تھے۔ سپرنا کو جا کر بیچ بچاؤ کرنا پڑا تھا۔ دونوں کو دور دور بٹھا کر ان کو الگ الگ کھلونے دے کر وہ باورچی خانے میں لوٹ آئی تھی۔ وہ سوچ رہی تھی کہ کیوں نہ پہلے باورچی خانے کا کام نپٹا لیا جائے۔ باورچی خانے کے اندر جا کر اس نے گیس آن کیا، اس نے دیکھا گیس دھیرے دھیرے جل رہی تھی۔ اسے لگ رہا تھا کہ گیس جلدی ہی ختم ہو جائے گی۔ صبح صبح پاس پڑوس سے بھی گیس کا کوئی بندوبست آسانی سے نہیں ہوسکتا تھا۔ جیسے تیسے اس نے دھیمی آنچ پر ہی کھانا بنالیا۔

جوں ہی وہ باورچی خانے کام کر کے باہر نکلی، ٹھیک دس بجے جینت گھر پہنچ گیا۔ لیکن سپرنا کے گھر کا کام ابھی تک ختم نہیں ہوا تھا۔ اگرچہ اس نے گھر میں جھاڑو لگا لیا تھا، کپڑے بھگو دیے تھے، بچوں کو نہا دیا تھا، پھر بھی کئی چھوٹے موٹے کام باقی رہ گئے تھے، مثلاً کھڑکی دروازے بند کرنا، بچوں کو شرٹ پینٹ اور جوتے پہنانا، پاؤڈر لگانا، تالے چابی ڈھونڈنا وغیرہ۔ سب کام ختم کرتے کرتے آدھے گھنٹے سے زیادہ کا وقت لگ گیا۔ دیر ہوتی دیکھ کر جینت ڈرائنگ روم میں بیٹھے بیٹھے بچوں پر چڑچڑا کر اپنا غصہ اتارنے لگا۔ دیکھتے دیکھتے اس کی چڑچڑاہٹ کا پارہ اتنا چڑھ گیا تھا کہ ساڑی پہننے کے بعد سپرنا کو بندی اور پاؤڈر لگانے کا وقت بھی نہیں ملا۔ باہر نکلنے کے وقت چابی نہیں مل رہی تھی، پر گیٹ کے پاس کھڑے جینت کی بے چینی کو دیکھتے ہوئے اس نے کہا تھا، ''آ رہی ہوں بس۔'' کافی دن ہوئے گھر سے باہر وہ کہیں نہیں نکل پا رہی تھی، اس لیے اس کی چپلوں پر دھول کی موٹی تہہ جمی ہوئی تھی۔ جوتے صاف کرنے والے برش یا کپڑے بھی اپنی صحیح جگہ پر نہیں ملنے کے سبب اس نے اپنے پہننے والی چپلوں کو دھیرے سے زمین پر پٹخا، پھر انھیں پہن کر تیزی سے گھر سے باہر نکل گئی۔ ڈاکٹر کے پاس پہنچتے پہنچتے گیارہ بج چکے تھے۔ جینت کہنے لگا، ''تم تو جانتی ہو، اس وقت ڈاکٹر کے کلینک میں بہت بھیڑ رہتی ہے، اس لیے تو میں کہہ رہا تھا کہ وقت پر تیار رہنا، لیکن تم تو کبھی وقت پر تیار ہو ہی نہیں سکتیں۔''

''کیا تم نہیں جانتے کہ گھر کے کتنے کام ہوتے ہیں؟ جب سب کام نپٹیں گے، تبھی تو گھر سے باہر نکل پاؤں گی۔''

بیٹے کو لے کر باہر جاتے ہوئے جینت نے کہا، ''اچھا، اب جاؤ، تم بچی کو اندر لے جا کر چیک اَپ کراؤ اور میں باہر بیٹے کو لے کر تمھارا انتظار کرتا ہوں۔''

جینت کی بات سن کر سپرنا ڈاکٹر ترپاٹھی کے کلینک کے اندر چلی گئی۔ اس نے دیکھا ڈاکٹر اور ان کی بیوی دونوں ہی مریضوں کو دیکھنے میں مصروف تھے۔ وہ ڈاکٹر ترپاٹھی کے سامنے جا کھڑی ہوئی۔ ڈاکٹر ترپاٹھی نے اس کی

طرف ایک نگاہ غلط ڈالی اور ہاتھ کے اشارے سے بینچ پر بیٹھنے کا اشارہ کیا۔ ان کی بیوی نے بھی سپرنا کی طرف دیکھا، مگر نہ تو اس کے نمستے کا جواب دیا اور نہ ہی منھ سے وہ کچھ بولی۔ اس کو بیٹھنے کا اشارہ کر کے ڈاکٹر ترپاٹھی دوسرے مریضوں کو دیکھنے میں مصروف ہو گئے۔

ڈاکٹر ترپاٹھی کو اتنے قریب سے دیکھتے ہی سپرنا کو خواب کی ساری باتیں یاد آ گئیں۔ خواب میں ڈاکٹر ترپاٹھی خوب صورت، پُر جوش اور ایک نوجوان کی طرح ہٹے کٹے نظر آ رہے تھے لیکن حقیقت میں اب جب کہ سپرنا نے دھیان سے ڈاکٹر ترپاٹھی کو دیکھا تو اسے محسوس ہوا کہ ان کے چہرے پر ابھرتی جھریاں ان کے بڑھاپے کی آمد کی خبر دے رہی تھیں۔ کنپٹی کے آس پاس کے بال سفید نظر آ رہے تھے۔ کُل ملا کر اس نے ان کے چہرے میں کوئی پُرکشش چیز نظر نہیں آ رہی تھی۔ سپرنا کی بچی بار بار اس کی گود سے اُتر کر اِدھر اُدھر دھما چوکڑی مچا رہی تھی۔ وہ کبھی اس کو پچکار کر، تو کبھی ڈرا دھمکا کر اپنے پاس بلا کر گود میں بٹھا لیتی تھی۔

پتہ نہیں کیوں، جینت کلینک کے اندر نہیں آ رہا تھا۔ آدھے گھنٹے بعد جب سپرنا کی باری آئی، ڈاکٹر ترپاٹھی اس کی طرف دیکھتے ہوئے کہنے لگے، ''آیئے، ادھر آیئے۔ اب بتایئے کیا ہوا؟''

سپرنا بینچ سے اٹھ کر ڈاکٹر کے پاس رکھے اسٹول پر جا بیٹھی اور بچی کے distilled water کے ایمپول کے کانچ کے ٹکڑے کو کھانے کا سارا قصہ سنانے لگی۔ اس کی پوری کہانی سننے کے بعد ڈاکٹر ترپاٹھی غیر مطمئن لہجے میں سپرنا کو کہنے لگے، ''چلیے، چیمبر کے اندر چلیے۔ وہاں بچی کی پوری جانچ کرتے ہیں۔''

چیمبر کے اندر جاتے ہی ڈاکٹر ترپاٹھی، سپرنا کو بچوں کے صحیح ڈھنگ سے پرورش کے بارے میں برتی ہوئی لاپرواہی پر ناراضگی ظاہر کرتے ہوئے بچی کو ٹیبل پر سیدھا لٹانے کی ہدایت کی۔ اس کے بعد انھوں نے لڑکی کے پیٹ کو اپنی دائیں ہتھیلی سے دھیرے دھیرے دبایا، منھ کھول کر گلے کی جانچ کی اور tongue depressor سے زبان دبا کر منھ کے اندرونی حصوں کو باریکی سے احتیاط کے ساتھ دیکھنے لگے۔ بچی زبان پر دباؤ پڑتے ہی درد کے مارے بچی چھٹپٹانے لگی۔ اس کو چھٹپٹاتا دیکھ کر ڈاکٹر غصے میں کہنے لگے، ''کیا آپ کو بچوں کا ٹھیک سے پکڑنا بھی نہیں آتا؟ اس طرح پکڑیے۔ سر کے دونوں طرف سے ہاتھ اوپر کی طرف لے جا کر ہاتھوں کو سر سے سٹا کر رکھیے۔''

بچی کی پوری طرح میڈیکل جانچ ہو جانے کے بعد ڈاکٹر ترپاٹھی کہنے لگے، ''گھبرانے کی بات نہیں ہے، دوائی دینے کی ضرورت نہیں پڑے گی۔''

اتنا کہنے کے بعد وہ اپنی کرسی پر آ کر بیٹھ گئے۔ سپرنا نے پرس کھول کر فیس آگے بڑھائی تو انھوں نے اس کی طرف دیکھے بغیر روپے لے کر ٹیبل کی دراز میں ڈال دیے۔

رسمی شکریہ ادا کرتے ہوئے سپرنا کلینک کے باہر نکل گئی۔

جینت کلینک کے باہر کھڑے ہو کر کب سے اس کے آنے کا انتظار کر رہا تھا۔ اس کو باہر آتے دیکھ کر بیٹا چاکلیٹ کے لیے ضد کرنے لگا۔ جینت کو انتظار میں باہر کھڑا دیکھ کر وہ سوچنے لگی کہ انھیں کم سے کم ایک بار تو کلینک

کے اندر آنا چاہیے تھا۔ ایک بار تو ڈاکٹر سے بے بی کے علاج کے بارے میں پوچھنا چاہیے تھا۔ خیر یہ بھی چھوڑو، کلینک سے باہر نکلنے کے بعد ابھی تو کم سے کم ڈاکٹر نے بچی کے علاج کے بارے میں کیا بتایا، پوچھ لینا چاہیے تھا۔ اتنا پوچھ لینے سے ہی اس کے دل کو تھوڑا اطمینان تو ہو جاتا۔ لیکن جینت نے کچھ بھی نہیں پوچھا، پاس والی دکان پر جا کر سیدھے بچوں کے لیے چاکلیٹ خریدی اور بغیر کوئی بات کیے وہ سب گھر واپس آ گئے۔

رات کو سونے سے پہلے سپرنا نے آنگن میں کھلنے والی کھڑکیوں کو بند کیا۔ پھر وہ واش بیسن پر جا کر ہاتھ دھونے لگی۔ تبھی اسے یاد آیا کہ اس نے رات کو پینے کے لیے پانی کا لوٹا نہیں بھرا ہے۔ اکثر پاؤں دھونے کے بعد اسے باورچی خانے میں جانا پسند نہیں تھا، کیوں کہ باورچی خانے کی چکناہٹ اس کے پاؤں کو چپچپا کر دیتی تھی۔ اگر وہ جینت کو پانی بھرنے کے لیے کہتی تو کیا آج وہ اس کی بات مانتا؟ پتہ نہیں کیوں، آج اس کے اوپر اسے یقین نہیں تھا، اس لیے وہ خود ہی باورچی خانے میں جا کر پانی کا لوٹا بھر لائی۔ پھر اس نے باورچی خانے میں رکھے دودھ کے برتن فریج میں رکھ دیے، ڈائننگ ٹیبل کی کرسی پر بکھرے پڑے کپڑوں کو سجا کر رکھ دیے۔ اس کے بعد وہ بیڈروم میں جانے سے قبل اس نے ڈرائنگ روم کی لائٹ اور پنکھا کا سوئچ آف کر دیا۔

جوں ہی وہ بیڈروم میں داخل ہوئی، جینت کہنے لگا، ''اگر تمھیں پڑھائی نہیں کرنی ہے تو کمرے کی لائٹ آف کر دو۔'' سپرنا عادتاً سونے سے قبل کچھ پڑھتی تھی، مگر آج اسے ایسا محسوس ہو رہا تھا کہ ضرور اسے پڑھتے ہوئے نیند آ جائے گی اور وہ کمرے کی لائٹ آف کرنا بھول جائے گی۔ یہی سوچ کر نہ چاہتے ہوئے بھی اس نے بتی بجھا دی۔ مچھردانی اوپر کر کے وہ جیسے ہی بستر پر آئی، اسے محسوس ہوا جیسے تھکاوٹ سے اس کا بدن چور چور ہو گیا ہو۔ کچھ دیر بعد دونوں شرارتی بچے گہری نیند میں سو گئے۔ تبھی اس نے محسوس کیا کہ جینت کا ہاتھ اس کی کمر کی طرف دھیرے دھیرے رینگ رہا تھا۔ اس نے جینت کے ہاتھ کو دھیرے سے اپنی کمر سے ہٹا دیا۔ کئی دن بیت چکے تھے، ان دونوں کے درمیان کسی بھی طرح کا کوئی ربط نہیں ہو رہا تھا اور ویسے بھی آج کل ان سب کے لیے خواہش ہی پیدا نہیں ہو رہی تھی، جیسے اس کا سارا جوش مر چکا ہو۔

جینت پھر ایک بار اپنا ہاتھ سپرنا کی کمر پر رکھ کر سہلانے لگا۔ دھیرے دھیرے سہلاتے ہوئے وہ سپرنا سے کہنے لگا، ''آج تو تمھارے خواب میں آنے والے ڈاکٹر ترپاٹھی سے ملاقات ہو گئی نا؟''

جینت کی یہ بات سن کر سپرنا حیرت زدہ رہ گئی۔ اسے ایسا محسوس ہوا جیسے کسی نے اسے ایک زوردار تھپڑ رسید کر دیا ہو۔ اس کے ہنستے ہنستے کہنے کا یہ انداز کچھ اس طرح تھا کہ سپرنا کو اپنے اندر ایک زبردست قسم کی توہین کا احساس ہونے لگا۔ اس نے پلٹ کر مدھم روشنی میں جینت کے چہرے کو دیکھنے کی کوشش کی، مگر اس کا چہرہ اندھیرے میں نظر نہیں آ رہا تھا۔ اگر اس وقت کوئی سپرنا کے چہرے پر نظر ڈالتا، تو اس کے چہرے پر جینت کے لیے نفرت اور گھن کی پرچھائیں واضح طور پر نظر آ جاتی۔ وہ اپنی توہین کے زہریلے گھونٹ کسی طرح پی گئی۔ اسے محسوس ہونے لگا جیسے کسی نے ابھی ابھی اس کے ساتھ ریپ کیا ہو۔

سُمتی (کونکنی)

ہیما چاریہ

ترجمہ: یونس اگاسکر

ڈاکٹر یونس اگاسکر ممبئی یونیورسٹی کے شعبہ اردو سے وابستہ رہ چکے ہیں۔ آپ کی قلمی خدمات متنوع ہیں۔ آپ نے تنقید بھی لکھی، رسالہ ایڈٹ بھی کیا، درسی کتابیں بھی ترتیب دیں، افسانے بھی لکھے اور مراٹھی ادب کا تعارف وترجمہ بھی پیش کیا۔

اپنے خیالوں کی دنیا سے میں اسی وقت واپس لوٹا جب نرس نے آ کر مجھے آواز دی، ''دادا جی!''

میں خود پر قابو کھو کر گم صم بیٹھا ہوا تھا۔

''دادا جی، آپ کی آنکھوں میں آنسو!''

غیر ارادی طور پر میرا ہاتھ آنکھوں سے جا لگا۔ ہاں، میری آنکھیں آنسوؤں سے تر تھیں۔ نرس کے حسین اور گورے چہرے کی طرف دیکھتے ہوئے میں نے مسکرانے کی کوشش کی مگر ناکام رہا۔

''کیا سوچ رہے تھے دادا جی؟ اپنے خاندان کے بارے میں؟''

''نہیں بیٹی۔'' میں نے شفقت آمیز لہجے میں کہا۔ ''تم جیسی پیاری پوتی کے میرے پاس ہوتے ہوئے مجھے اپنے خاندان کے بارے میں سوچنے کی کیا ضرورت ہے۔'' اور میں نے اس کی پیٹھ تھپتھپائی۔

''دادا جی۔ آپ فکر نہ کریں، آپ کی پوتی آپ کے لیے انجکشن لے کر آئی ہے۔'' ہنستے ہوئے اس نے میرے بائیں کولھے میں سوئی چبھوئی اور اپنی چمکیلی ہنسی کے ساتھ واپس چلی گئی۔ میں اپنے کمرے میں پھر سے تنہا ہو گیا۔

کرسمس کو صرف ایک ہفتہ رہ گیا تھا۔ لفظ 'کرسمس' کے ساتھ میرے خیالات ماضی کی طرف پرواز کر

گئے۔ جسم کے رونگٹے کھڑے ہو گئے۔

میری آنکھیں پھر سے گیلی ہو گئیں۔

اس دن میں اپنے بستر پر بیٹھا چائے کی پیالی میں ڈبو ڈبو کر اسپتال والوں کی دی ہوئی بریڈ کھا رہا تھا۔ شام کے سائے میرے کمرے تک پہنچ چکے تھے۔ اسی وقت ایک ننھی سی معصوم بچی نے وہاں سے گزرتے ہوئے مجھ بوڑھے آدمی کو بوڑھوں کے بستر پر بیٹھے ہوئے دیکھا اور میرے پاس آ گئی۔ اسے دیکھ کر میں یوں ہی مسکرا دیا۔ میری آنکھوں میں ضرور کچھ ایسا ہو گا جس نے اسے میری جانب متوجہ کیا۔

''گڈ ایوننگ!'' اس نے مسکراتے ہوئے کہا۔

''گڈ ایوننگ، بچی!'' تمھاری ذات کیا ہے؟'' میں نے کنڑ میں پوچھا۔

''میں عیسائی ہوں دادا جی!'' اس نے کونکنی میں جواب دیا۔ ''میرا نام سمتی ہے۔''

''او اچھا اچھا۔'' میں گڑبڑا کر ہکلانے لگا تھا کہ وہ پوچھنے لگی۔

''دادا جی، آپ کو کیا ہوا ہے؟ بخار، کھانسی؟''

''نہیں میری بچی، مجھے کوئی بیماری نہیں ہے۔ میری بیماری معمولی ہے، یعنی بڑھاپا۔'' میں نے مسکراتے ہوئے جواب دیا۔

''اوہ!'' اس نے مجھ پر ترس کھاتے ہوئے کہا۔ میں نے آہستہ سے اپنا سر اٹھایا اور اسے دیکھا۔ نرم و نازک اور پیاری سی صورت، بمشکل دس سال کی عمر اور مسکراتا ہوا چہرہ۔

''میں آپ کے لیے دعا کروں گی دادا جی۔ یسوع مسیح آپ کو جلد ہی اچھا کر دیں گے۔'' اس نے میرا ہاتھ تھامتے ہوئے کہا۔

''اس بیماری کا کوئی علاج نہیں ہے، میری بچی۔''

''اوکے!'' وہ سمجھ نہ پائی کہ کیا کہے۔ بولی، ''اب میں جاؤں دادا جی؟ ہم سے کہا گیا تھا کہ بیماروں کو دیکھ کر جلدی لوٹ آئیں لیکن یہاں آنے کے بجائے ساری لڑکیاں نیچے میدان میں کرکٹ کا کھیل دیکھ رہی ہیں۔''

''اوہ!'' سمتی کو آشیرواد دینے کے لیے ہاتھ بلند کرتے ہوئے میں نے کہا، ''جاؤ بیٹی۔ مجھ سے باتیں کر کے تم نے میرے درد کو کم کر دیا۔ خدا تمھیں ایک نیک بچی بنائے۔''

''میں آپ سے ملنے کل شام پھر آؤں گی دادا جی۔'' یہ کہتے ہوئے اس نے ہرنی کی طرح قلانچ بھری اور تتلی کی طرح ہوا ہو گئی۔ میں اس کی مورنی جیسی حسین چال کو بیٹھا دیکھتا رہا۔ ''کیسی محبت بھری بچی ہے۔'' میں نے دل میں سوچا۔ ''یقیناً خدا ہزاروں میں کوئی ایسی فرشتہ صفت بچی پیدا کرتا ہو گا۔''

اس کے بعد میں اپنی شام کی دعاؤں میں مصروف ہو گیا۔

اگلی شام کو خود مجھے سمتی کے آنے کا انتظار تھا۔ وہ شام ڈھلنے سے پہلے آ گئی۔ گزشتہ روز کی طرح ہمدردی بھری باتیں کرنے لگی۔

''دادا جی، آپ اداس ہیں۔ ہے نا؟ آخر آپ کو بیماری کیا ہے دادا جی؟''

میں خاموش رہا، سوچنے لگا اپنی بیماری کا ذکر کر کے اتنی چھوٹی سی بچی کے ذہن میں طوفان کیوں برپا کروں۔ لیکن وہ میرا پیچھا چھوڑنے کو تیار نہیں تھی۔ میرا ہاتھ تھامتے ہوئے بولی، ''دادا جی، آپ مجھے بتانا نہیں چاہتے ہیں نا؟ لیکن میں کسی سے کہوں گی نہیں۔''

پھر غالباً اسے خود ہی احساس ہوگیا کہ بڑوں کو اس طرح پریشان کرنا مناسب نہیں ہے۔ اس نے موضوع بدل دیا۔ ''دادا جی کل رات ہم سب نے مل کر دعائیں مانگیں۔ میں نے آپ کے جلد اچھا ہو جانے کی دعا مانگی۔ آپ جلد ہی اچھے ہو جائیں گے دادا جی۔ اور آپ کے ٹھیک ہوتے ہی میں ہاتھ پکڑ کر آپ کو اپنے کانونٹ میں لے جاؤں گی۔''

میں نے چونک کر سر اٹھایا اور اس کے چہرے پر نگاہ ڈالی۔ کانونٹ میں؟ میرے وہم وگمان میں بھی نہیں تھا کہ اتنی پیاری، معصوم فرشتے جیسی لڑکی یتیم ہوگی اور کانونٹ کے یتیم خانے میں رہتی ہوگی۔ ترحم بھری نظروں سے میں اسے دیکھتا رہ گیا۔ سمتی نے شرماتے ہوئے سر جھکا لیا اور بولی، ''دادا جی، آپ مجھے اس طرح کیوں دیکھ رہے ہیں؟''

''بیٹی، تم رہتی کہاں ہو اور تمھارے ماں باپ؟''

''نہیں ہیں دادا جی۔ میں ایک بدقسمت لڑکی ہوں۔ میرے کوئی نہ ماں باپ ہیں نہ کوئی رشتہ دار۔ میں یتیم ہوں دادا جی اور کانونٹ میں ہی رہتی ہوں۔'' اس کی آواز کمزور ہوگئی اور آنکھوں میں آنسو آ گئے۔

کوشش کر کے میں بستر سے اترا اور اسے سینے سے لگا کر رو پڑا۔ ''بیٹی تم یتیم نہیں ہو۔ آج سے تم میری پوتی ہو اور میں تمھارا دادا۔''

سمتی کی آنکھیں بھی مسرت اور رنج کے آنسوؤں سے بھر گئیں جو بہہ جانے سے پہلے موتیوں کی چمک رہے تھے۔

اس کے بعد سمتی روز شام کو آنے لگی۔ وہ کانونٹ میں اپنی سہیلیوں کی خصوصیات بیان کرتی، ان کی آپس کی چھیڑ چھاڑ کا ذکر کرتی اور اسی قسم کی باتوں سے میرا دل بہلانے کی کوشش کرتی۔ جب سے سمتی میرے پاس آنے لگی تھی، مجھے اپنی تکلیف میں کمی کا احساس ہونے لگا تھا۔ جوں ہی شام ہونے لگتی، میں اس کی راہ دیکھنے لگتا اور اس کے جاتے ہی خود کو تنہا اور مضطرب پاتا جیسے میرا کچھ کھو گیا ہو اور پھر شام کی دعاؤں میں مصروف ہو جاتا۔

ایک شام کو سمتی نہیں آئی۔ مجھے طرح طرح کے شبہات گھیرنے لگے۔ ''بچی کو کیا ہوا ہوگا؟ کہیں وہ بیمار تو نہیں ہے؟ کہیں یہاں آتے ہوئے راستے میں اس کے ساتھ کچھ ہو تو نہیں گیا؟''

اسی طرح کے بے شمار خیالات نے مجھے ہراساں کر دیا۔ سمتی کے انتظار میں میری آنکھیں دروازے پر لگی ہوئی تھیں لیکن سمتی نہیں آئی۔ بے صبری کے عالم میں، میں دعائیں مانگنے لگا۔

اگلی شام بھی وہ نہیں آئی۔ میرے لیے اور انتظار کرنا مشکل ہوگیا۔ اپنی چھڑی کے سہارے میں اسپتال کے دروازے تک پہنچا اور بید کی کرسی پر جا بیٹھا۔ میری آنکھیں دور سڑک کے کنارے پر ٹکی ہوئی تھیں۔ بیٹھے بیٹھے میں دعا مانگنے لگا۔ ''اے خدا، میری پوتی کو ہر مصیبت سے محفوظ رکھ، مجھے اتنا بے سہارا نہ بنا۔''

اسی وقت وہاں سمتی آگئی۔ ایک راہبہ اس کے ساتھ تھی۔

وہ کانونٹ کی مدر سپیرئیر تھی۔ اس نے مجھ سے بیچاری سمتی کی زندگی کی تفصیلات بیان کیں:

سمتی ایک ان بیاہتا ماں کی بچی تھی۔ اس کی ماں اپنی نو مہینے کی بچی کو کانونٹ کی سیڑھیوں پر چھوڑ کر چلی گئی تھی۔ اس دن سے کانونٹ کی ساری راہبائیں اپنے یتیم خانے کی اس لاچار بچی کی دیکھ بھال کرنے لگی تھیں۔ اپنی چھوٹی بہن کی طرح سب اسے کھلانے پلانے اور اس کی پرورش کرنے میں جٹ گئیں۔

کانونٹ کی ساری سسٹرز سمتی سے بڑی شفقت کا برتاؤ کرتی تھیں لیکن سمتی کی بدقسمتی نے اس کی پیدائش کے بعد بھی اس کا پیچھا نہ چھوڑا تھا۔ پچھلے تین سال سے اسے دمّے کے شدید دورے پڑا کرتے تھے۔ دن بھر تو وہ اپنی سہیلیوں کے ساتھ کھیلتی، اسکول جاتی، لیکن رات ہوتے ہی اس کی تکلیف شروع ہو جاتی۔ وہ پیٹ کے بل لیٹے کھانستی رہتی۔ یہی وجہ تھی کہ سسٹرز اسے دوسری بچیوں کے ساتھ یتیم خانے میں رکھنے کے بجائے کانونٹ ہی میں سلایا کرتی تھیں۔ جب اس کے دوروں میں شدت آجاتی تو کوئی نہ سسٹر اسے اپنی گود میں لے لیتی۔

کانونٹ کی مدر سپیریر جب سمتی کی کہانی بیان کر رہی تھی تو مجھے لگا کہ میں رو پڑوں گا۔ لیکن میں نے سوچا مرد ہوتے میرا اس خاتون کے سامنے رونا مناسب نہیں ہے۔ میں نے ضبط سے کام لیا۔ جب مدر سپیریر نے مجھے بتایا کہ دمّے ہی کے سبب وہ بچی مجھ سے ملنے نہیں آسکی تھی تو مجھے اس پر بڑا ترس آیا اور میں نے سوچا کہ میں اسے دیکھنے کیوں نہ گیا، خواہ مجھے چھڑی کا سہارا ہی کیوں نہ لینا پڑتا۔

سمتی کی دوائیاں لے کر وہ دونوں واپس لوٹ آئیں۔ جانے سے پہلے سمتی نے اداس لہجے میں کہا، ''میرے لیے دعا کیجیے گا دادا جی، میں آپ کے لیے دعا کروں گی، ہم دونوں بیمار ہیں۔''

اور وہ مسکراتے ہوئے چلی گئی لیکن میں مسکرا نہیں سکا۔

مجھے بچپن ہی سے بچے اچھے لگتے آئے ہیں۔ میں کسی بچے کو بیماری میں مبتلا دیکھ ہی نہیں سکتا تھا، لیکن میرا اپنا بیٹا کئی سال تک دمے کا شکار رہا تھا اور اسی دمے نے اس کی بھی جان لے لی تھی۔ میرا ایک ہی بیٹا تھا جس کی موت کے کچھ ہی عرصہ بعد میری جوان بیوی بھی لقمۂ اجل ہوگئی تھی۔

اس طرح جوانی ہی میں، میں خود بھی اناتھ ہو کر رہ گیا تھا۔ اس سے قبل میرے ماں باپ بھی اس دنیا سے رخصت ہو چکے تھے۔ میرا کوئی عزیز یا رشتہ دار نہ تھا۔ میری بیماری اور میرے بڑھاپے میں میری دیکھ بھال کرنے والا کوئی نہ تھا۔ اس لیے میں نے اپنے گاؤں سے چالیس میل کے فاصلے پر واقع اس ہسپتال میں مستقل پناہ لے لی تھی۔ میں نے اپنی ساری جائیداد اسپتال کو دے دی تھی۔ اسی وجہ سے اس اسپتال میں گزشتہ پندرہ سال سے میری دیکھ بھال ہو رہی تھی۔

ایک طرح سے یہ اسپتال ہی میرا گھر تھا اور یہاں کے ڈاکٹر اور نرسیں میرا خاندان۔ پھر بھی نہ جانے کیوں میں شدید تنہائی کے احساس کا شکار رہتا تھا۔ جیسے جیسے مجھے یہ احساس ہونے لگا کہ اس دنیا میں میرا اپنا کوئی نہیں جو میرے دکھوں کو سمجھ سکے اور مجھے تسلی دے سکے، ویسے ویسے مجھے لگنے لگا کہ میری بیماری بڑھتی جا رہی ہے۔ میری تنہائی اس چیونٹی کی تنہائی تھی جو تین ایکڑ کے پلاٹ میں تن تنہا بھٹک رہی ہو۔

لیکن سمتی کی کہانی سننے کے بعد مجھے لگا کہ اس کے مقابلے میں میری کسمپرسی کی حالت اور بیماری تو کچھ بھی نہیں ہے۔ میں اپنی عارضی تنہائی کا جو خانگی زندگی کا لطف اٹھانے کے بعد میرے حصے میں آئی تھی، اس یتیم بچی کی مستقل بے سہارا زندگی سے مقابلہ کر ہی نہیں سکتا تھا۔

اگلے چند روز میں سمتی کے دمے کا زور ضرور کچھ کم ہو گیا ہوگا، کیوں کہ وہ ہر شام کو مجھ سے ملنے آنے لگی تھی۔ میں اس سے باتیں کرتے ہوئے اپنے بڑھاپے کو بھول جایا کرتا۔

ایک دن سمتی مجھ سے ملنے آئی تو اس کے ماتھے پر خوف اور حیرت و استعجاب کے آثار نمایاں تھے۔ میں اس سے ایسے پوچھنے لگا جیسے کوئی خاص بات ہوئی ہو، ''سمتی آج تم اتنی بدلی بدلی سی کیوں لگ رہی ہو؟''

اس نے بھی اتنی ہی بے تابی سے پوچھا۔ ''دادا جی! آپ نے سسٹرز کو پیسے کیوں بھیجے؟ آپ کے پاس تو خود کے خرچ کے لیے پیسے نہیں ہیں اور آپ کوئی کام بھی تو نہیں کرتے۔ بتایئے نا دادا جی۔''

میں ہنس دیا۔ ایک روز پہلے ہی میں نے کانونٹ کی سپیریر کے نام تحفے کے طور پر دو ہزار روپے کا چیک روانہ کیا تھا، سمتی کے خرچ کے لیے۔ راہبہ نے بچی کو اس کے بارے میں بتا دیا ہوگا۔ میرے بوڑھے ہاتھ سمتی کے بالوں سے دھیرے دھیرے کھیلنے لگے۔ پھر میں نے اس سے کہا، ''میری بچی، مجھے پیسوں کی نہیں، اچھی صحت اور خوشیوں بھری گھریلو زندگی کی ضرورت ہے اور تم نے مجھے وہ خوشی دی ہے میری بچی۔ کیا دادا کا یہ فرض نہیں ہے کہ اپنی پوتی کی مدد کرے؟ اگر ایسا نہ ہو تو پھر میں تمھارا دادا کیوں کر ہوا؟''

شاید میری باتوں نے سمتی کو مطمئن کر دیا تھا، کیوں کہ وہ خاموش ہو گئی اور پھر کچھ سوچتے ہوئے بولی، ''دادا جی، کرسمس کو صرف دس دن باقی ہیں۔ ہمارے چیپل (۱) کے سامنے ایک بڑا سا کرسمس کِرب (۲) بنایا جا رہا ہے۔''

''اچھا؟ بہت خوب۔!''

''کیا میں اس کمرے میں ایک کرسمس کِرب بنا سکتی ہوں؟''

میں نے سمتی کی طرف دیکھا، اس کے چہرے سے اشتیاق اور مسرت جھلک رہی تھی۔ میں نے اپنی اسپتال کی زندگی میں پندرہ سال سے کرسمس کِرب نہیں دیکھا تھا۔ میں نے خوشی خوشی اس سے کہا، ''کیوں نہیں میری بچی! تم یہاں ایک کِرب ضرور بناؤ، مجھے اس سے بڑی خوشی ہوگی۔''

''دادا جی، فیسٹ (۳) کے دن ہم دونوں ماس (اجتماعی دعا) کے لیے جائیں تو؟ میں مدر سے اجازت لے رکھوں گی۔ آپ کا ہاتھ پکڑ کر میں خود آپ کو ہمارے چیپل لے جاؤں گی ماس کے لیے۔ آپ آئیں گے نا؟''

خوشی بھرے دل سے میں نے کہا، ''ضرور میری بچی۔''

''دادا جی، آج میں ذرا جلد لوٹ جاؤں گی۔ کرسمس کی عبادت اور دعاؤں کے دن شروع ہو چکے ہیں نا! میں آپ کے لیے دعا کروں گی۔ شب بخیر دادا جی!''

دوسرے روز سمتی دوڑتی ہوئی آئی اور بولی، ''دادا جی، میں کل آپ سے ایک بات پوچھنا تو بھول ہی گئی۔ میں جب آپ کے لیے دعا مانگنے لگی تو سسٹر نے پوچھا، تمھارے دادا جی کو کیا بیماری ہے؟ کیا ہی اچھا ہو کہ میں خدا سے آپ کی بیماری کا نام لے کر دعا کروں۔ دادا جی، آپ کو کیا بیماری ہے؟''

میں خاموش رہا۔ میں ایسی نازک سی بچی کو یہ بتا کر پریشان نہیں کرنا چاہتا تھا کہ مجھے کیا بیماری ہے۔ میں نے اس سے کہا، ''میری بچی، میری بیماری تو میرا بڑھاپا ہے۔ سسٹر سے کہنا یہ ایک بوڑھے آدمی کا مرض ہے۔ وہ سمجھ جائیں گی۔''

''تو کیا ہر بوڑھا آدمی بیمار ہوتا ہے دادا جی؟''

''ہاں میری بچی!'' میں نے کہا، ''لیکن ہر بیمار بوڑھے کو اسپتال میں داخل کرانا ضروری نہیں ہوتا۔''

رخصت ہونے سے پہلے اس نے میری ٹھوڑی کو چھوا اور بولی، ''مجھے پتہ ہے آپ اپنی بیماری مجھ سے چھپا رہے ہیں۔ ہے نا؟''

فیسٹ کا دن قریب آ رہا تھا۔ میرے کمرے کا کرسمس کرب بھی تیار ہو رہا تھا۔ ہر شام سمتی اپنے کرسمس کرب کی تیاری میں لگ جاتی اور بہت کم بات کرتی۔ وہ کانونٹ سے کچھ مورتیاں بھی لائی تھی۔ جس دن میرا جی چاہتا، میں بھی بستر سے اتر کر کرب بنانے میں سمتی کی مدد کرتا۔

کرسمس سے دو روز قبل کرِب تیار ہو گیا۔ اس دن میں نے سمتی سے، جو کرب میں رکھنے کے لیے کانونٹ سے طفل مسیح کی مورتی لائی تھی، کہا: ''سمتی! اس مورتی کو آج نہیں، مسیح کی پیدائش سے صرف پانچ منٹ قبل کرب میں رکھنا چاہیے۔''

''ٹھیک ہے دادا جی۔ پرسوں رات کو میں تیاری کر کے پہلے سیدھی ادھر آؤں گی۔ پھر ہم دونوں ماس کے لیے جائیں گے۔ ماس سے لوٹنے کے بعد ہم بے بی مسیح کو کرب میں رکھیں گے۔ ٹھیک ہے؟''

''بہت اچھا میری بچی۔'' میں نے جواب دیا۔

اگلے دن سمتی کانونٹ میں تیار کی ہوئی کچھ مٹھائیاں میرے لیے لائی۔ ہم دونوں نے مل بیٹھ کر وہ مٹھائیاں کھائیں۔ سمتی نے کہا، ''سنیے دادا جی، آج تک میں آپ کا حکم مانتی آئی ہوں لیکن آج آپ کو میرا حکم ماننا پڑے گا۔''

''اچھا؟'' میں نے فکرمند ہو کر اس کی طرف دیکھا۔

''کرسمس کے ماس کو جانے سے پہلے آپ کو مجھے اپنی بیماری بتانی ہوگی۔''

''ہاں ہاں۔ میں تمھیں کل ضرور بتاؤں گا۔ میری بچی۔''

اس کی خوشی کی انتہا نہ رہی۔ وہ زور سے میرے گلے لگ گئی اور بولی، ''دادا جی، آپ کتنے اچھے ہیں۔'' وہ مجھے شب بخیر کہتی ہوئی واپس چلی گئی۔

کرسمس کا دن آیا۔ میں صبح سے کرب کے سامنے گھٹنے ٹیکے دعا میں مصروف تھا کہ سمتی کو دمے کے مرض سے نجات مل جائے۔ سمتی نے مجھ سے کہا تھا کہ وہ آج شام کو نہیں رات کو آئے گی، ماس میں جانے سے قبل۔ میں نے صندوق سے اپنی شادی کا سوٹ نکالا۔ کرسمس ماس کے لیے یہ سوٹ پہنے ہوئے مجھے کئی سال ہو گئے تھے۔

اس رات بارہ بجے مجھے کرسمس ماس کے لیے جانا تھا، اس لیے تھوڑا سو لینے کے لیے میں سات بجے ہی بستر پر لیٹ گیا اور پھر میری آنکھ کسی کے آواز دینے ہی پر کھلی۔ میرے سامنے کی گھڑی میں گیارہ بج رہے تھے۔ سمتی گیارہ بجے ہی آنے کے لیے کہہ گئی تھی۔ آنکھ کھلنے پر میں نے دیکھا کہ میرے سامنے ایک لڑکی کھڑی ہے۔ وہ جھٹ سے بولی، ''دادا جی، سمتی شاید ماس کے لیے نہیں آسکے گی۔ اس کا دمہ بڑھ گیا ہے آج۔''

مجھے لگا کسی نے میرے سر پر پتھر دے مارا ہو۔ میں جلدی سے اٹھ بیٹھا۔ اس بچی کے ہونٹ کپکپا رہے تھے۔

''کہاں ہے وہ؟'' میں نے مضطرب ہو کر پوچھا۔

''کانونٹ میں دادا جی، مجھے اس نے آپ کے ساتھ ماس میں جانے کے لیے بھیجا ہے۔''

''نہیں میری بچی، ماس کو نہیں، مجھے کانونٹ لے چلو۔ میں سمتی سے ملنا چاہتی ہوں۔'' میں چلنے کے لیے تیار ہو گیا۔

''فکر نہ کریں دادا جی۔ آج اس کی طبیعت زیادہ خراب نہیں ہے۔ آپ نہ بھی آئیں تو چلے گا۔ کل صبح وہ خود یہاں آئے گی۔''

مجھے اطمینان تو نہیں ہوا لیکن اس بچی کی بات سے مجھے کچھ راحت محسوس ہوئی۔ اسے واپس روانہ کر کے میں کرسمس کرب کی طرف چلا گیا۔ بے بی مسیح کو اب تک ناند میں نہیں رکھا گیا تھا۔ کرب کے سامنے گھٹنے ٹیک کر میں دعا میں مصروف ہو گیا۔ ''بے بی مسیح، آج تیرا جنم ہونے کو ہے۔ میری سمتی کو اچھا کر دے۔ اسے اپنے دکھ سہنے کی شکتی دے۔''

مجھے نہیں معلوم میں کتنی دیر تک اسی طرح دعا کرتا رہا۔ جب میری آنکھ کھلی تو صبح ہو چکی تھی۔ میں دعا کے لیے سجدہ ریز تھا اور اسی دوران میری آنکھ لگ گئی تھی۔

میں سے سر اٹھا کر کرب کی طرف دیکھا۔ اس میں اب تک بے بی مسیح کو رکھا نہیں گیا تھا۔ میں نے طے کیا کہ جب سمتی آئے گی تو ہم دونوں مل کر اس مورتی کو وہاں رکھیں گے اور ایک دوسرے کو مبارکباد دیں گے۔

اسی وقت کانونٹ کے سپریر میری سامنے آ کھڑی ہوئیں، مسکراتے ہوئے انھوں نے میرے ہاتھ کو اپنے ہاتھوں میں لیا۔ ''کرسمس مبارک ہو دادا جی۔'' وہ بولیں۔ میں نے بھی انھیں مبارک باد دی، لیکن میری نگاہیں

سمتی کو ڈھونڈ رہی تھیں۔

''سمتی کہاں ہے مدر؟'' میں اپنے ضبط پر قابو نہ رکھ سکا اور پوچھا۔

ان کی آنکھیں بھر آئیں۔ ہاتھوں کو ملتے ہوئے انھوں نے کپکپاتی ہوئی آواز میں کہا، ''دادا جی، مسیح نے آپ کی بچی کو اپنی آغوش میں بلا لیا ہے۔''

مجھ پر بجلی سی گر پڑی اور اپنے کانوں پر ہاتھ رکھتے ہوئے میں اپنے بستر پر سرنگوں بیٹھ گیا۔ مدر سپریر بولتی رہیں، ''کل اس کا دمہ اتنا شدید نہیں تھا۔ اس نے تو یہاں آنے کی تیاری بھی کر لی تھی لیکن ۔۔۔ لیکن ۔۔۔''

میں ایک بچے کی طرح، جیسے اسے اس کی ماں نے خود سے الگ کر دیا ہو، رونے لگا، ''میں تین سال ہوئے کینسر میں مبتلا ہوں لیکن خدا نے مجھے چھوڑ دیا اور میری ننھی سی پوتی کو اٹھا لے گیا۔ ہے نا مدر؟'' میری آنکھوں سے بے اختیار آنسو بہہ رہے تھے۔

''صبر سے کام لیجیے دادا جی،'' مدر سپریر بولیں، ''وہ جنت میں آپ کی مکتی کے لیے دعا کرے گی۔ اپنی آخری سانس تک وہ پکارتی رہی، دادا جی، دادا جی۔''

اب میں خاموش تھا۔ کوئی گھنٹے ڈیڑھ گھنٹے تک مجھے تسلی دینے کے بعد مدر سپریر بوجھل قدموں کے ساتھ لوٹ گئیں۔ لیکن مجھے کسی سے کوئی تسلی نہیں چاہیے تھی۔ آہستہ آہستہ میں نے اپنی نظریں کرب کی طرف موڑ دیں۔ بے بی مسیح اب تک اس میں رکھا نہیں گیا تھا۔

اندر جا کر میں بے بی مسیح کی مورتی لے آیا۔ جیسے ہی میں نے اسے بی بی مریم اور جوزف کے درمیان رکھا، میری آنکھیں ایک بار پھر آنسوؤں سے لبریز ہو گئیں۔ میں خاموشی سے دعا کرنے لگا، ''یسوع مسیح، میری سمتی نے اس دنیا میں آپ کے جنم کے لیے جگہ تیار کرنے میں بڑی محنت کی تھی لیکن آپ نے ہم دونوں کو اپنی پیدائش کی خوشی منانے سے محروم رکھا۔ اسے ابدی سکون عطا کرنا۔''

اس شام سمتی کے جنازے میں شریک ہونے والے ہزار لوگوں میں تنہا ایک میں ہی اس کے اتنا قریب تھا۔

''دادا جی، آپ رو کیوں رہے ہیں؟ میں آپ کے لیے خوش خبری لائی ہوں۔ ڈاکٹر کا کہنا ہے کہ اب آپ کا خون بیماری کے آثار سے پاک ہو چکا ہے۔ کینسر سے آپ کو نجات مل چکی ہے۔'' میں نے نرس کی طرف دیکھا۔ اس نے بڑی کھلی مسکراہٹ کے ساتھ میرا استقبال کیا۔

''یہ سب سمتی کی دعاؤں کا اثر ہے سسٹر۔'' میں نے احسان مندی کے ساتھ اپنی پوتی کو یاد کیا۔

''اوہ آپ سمتی کے بارے میں سوچ رہے ہیں۔ مت روئیے دادا جی، کیا میں سمتی کی جگہ آپ کی پوتی نہیں ہو سکتی؟''

میں نے ایک بار پھر نرس کے چہرے پر نظر ڈالی۔ اسی وقت میرے دل میں خیال آیا، ''سمتی کا سا بے لوث پیار بھلا اور کون دے گا مجھے!''

پانی (منی پوری)

وائی ابومچا

ترجمہ: مجید مضمر

اس کہانی کے مصنف وائی ابومچا (Yumlembam Ibomcha Singh) کی سن پیدائش ۱۹۴۹ء ہے۔ آپ امپھال میں رہتے ہیں، شاعر بھی ہیں اور افسانہ نگار بھی۔ مختلف ایوارڈ سے نوازا جاچکا ہے جس میں 'منی پوری اسٹیٹ کلا اکیڈمی ایوارڈ' اور 'ساہتیہ اکیڈمی ایوارڈ' شامل ہیں۔ اس کے علاوہ انھیں ترجمہ نگاری پر بھی انھیں ساہتیہ اکیڈمی ایوارڈ سے نوازا جاچکا ہے۔

مجھے پانی کہاں سے مل سکے گا!

اتنا بڑا شہر اور پانی کی ایک بوند بھی نہیں؟ میں کیا کروں؟

سورج زمین پر آگ برسا رہا ہے۔ شہر کی ہموار پتھریلی سڑکیں گرمی اگل رہی ہیں، فلک بوس عمارتوں پر سے منعکس روشنی کی نوکیلی کرنیں آنکھیں چندھیا دیتی ہیں۔ دم بھر کے لیے بھی پاؤں رکھنے کی جگہ نہیں۔ سڑک پر بے شمار گاڑیاں ایک دوسرے سے آگے بڑھنے کی کوشش میں دُم دار ستاروں کی مانند تیز بھاگ رہی ہیں۔ میں پوری رفتار سے چل رہا ہوں، پھر بھی میں ساکت ہوں۔ مشینوں کے بہرہ کردینے والے شوروغل کے درمیان کچھ لوگ درندوں کی طرح چیختے چلاتے اور قہقہے لگاتے ہیں۔ کیا ہو رہا ہے یہ؟ میں اپنی آنکھیں نہیں کھول سکتا۔ ڈھیروں چمکیلی چیزیں اِدھر سے اُدھر آ جا رہی ہیں لیکن ان کی چمک روشنی سے عاری ہے۔

پانی! کیا مجھے پانی بالکل ملے گا ہی نہیں؟ نہ جانے اس شہر کے لوگ کیا کرتے ہیں؟ خواہ مخواہ شور مچاتے ہیں؟ یہ جیتے کیسے ہیں؟ جب گرمی جھلسا دیتی ہے، کسی کو پیاس ہی نہیں لگتی۔

پانی!

''پانی کہاں ملے گا؟''

''سینچری اسٹنڈرڈ ہوٹل۔''

میں ایک خاص کیبن میں بیٹھا تھا۔

''بابو! میں آپ کی کیا خدمت کروں؟''

''ایک گلاس پانی۔''

''پانی! چائے لاؤں؟''

''نہیں۔''

نہیں، اب اور نہیں۔ مصنوعی مشروبات میری پیاس نہیں بجھا سکتے: چائے، کافی، جوس۔۔۔سب کچھ پی کر دیکھا لیکن میری پیاس بالکل بجھی نہیں۔ میں نے پانی کی تلاش میں اس شہر کا چپہ چپہ چھان مارا۔ میں اب اور کہاں جاؤں؟ اب صرف ایک ریستوراں بچا ہے۔

''اپالو، لیونا ریسٹورنٹ۔''

''کیبن نمبر ایک۔''

پاس ہی کوئی کھڑا نظر آیا۔ اس کی آنکھیں کچھ مانگ رہی تھیں۔

''پانی!''

تھوڑی ہی دیر میں میرے سامنے ایک گلاس رکھ دیا گیا۔

''یہ کیا ہے؟''

''پانی!''

''نہیں، یہ وہ نہیں ہے جو میں چاہتا ہوں۔''

''اس کے سوا اور کون سا پانی چاہیے؟''

''کیا تم پانی نہیں جانتے؟''

''نہیں۔ ہم تو اس کے علاوہ کسی اور طرح کے پانی سے واقف نہیں۔''

''یہ سب کیا ہے؟ پانی مجھے کہاں ملے گا! ارے ہاں، ایک جگہ تو میں نے دیکھی ہی نہیں۔''

میں تو کسی تھرڈ کلاس ہوٹل میں گیا ہی نہیں!

جوں ہی میں داخل ہوا، منیجر نے پوچھا؛ ہاں بابو!''

''پانی چاہیے۔''

اس نے زور کا قہقہہ لگایا اور مجھ پر برس پڑا۔

''دفع ہو جا۔ پاگل کہیں کا! پانی اور اس وقت! کوئی پانی وانی نہیں ہے۔ دفع ہو جاؤ۔ تم جیسے احمق کو میرے یہاں آنے کا کوئی حق نہیں۔ گیا گزرا کہیں کا! تم جیسا بےوقوف کیا جانے کہ پانی کیا ہوتا ہے۔''

ہوٹل میں موجود لوگوں نے مجھے حیرت سے دیکھا۔ اب کیا کیا جائے!

میں تھکے ہوئے قدموں کو گھسیٹتے ہوئے چل رہا تھا کہ کوئی مجھ سے مخاطب ہوا، ''ذرا انتظار کیجیے۔'' میں نے مڑ کے دیکھا تو ایک حسین عورت تھی۔

''آپ کیا ڈھونڈ رہے ہیں؟''

''پانی، مجھے ذرا پانی پلائیے ماں جی!''

''پانی!''

''پیاس سے میرا گلا سوکھا جا رہا ہے۔''

عورت نے مجھ کو اشارہ کر کے بلایا۔ مجھے ایک آراستہ پیراستہ کمرے میں لے جایا گیا اور ایک عمدہ گلاس پیش کیا گیا۔

''یہ کیا ہے؟''

''وہی، جس کی تمھیں پیاس ہے۔''

''نہیں، جس چیز کی مجھے پیاس ہے، وہ پانی ہے۔''

''تو کیا یہ پانی نہیں ہے؟''

''نہیں تو!''

عورت مجھ پر حقارت سے ہنسی، ''چلے جاؤ، بے وقوف کہیں کے۔''

اس کے بعد دروازہ بند ہو گیا۔

اب مجھے کیا کرنا چاہیے؟

میں اسی شش و پنج میں تھا کہ بظاہر ایک سمجھ دار انسان میرے پاس سے گزرا، میں نے کہا: ''سنیے۔''

''جی کہیے!''

''اس شہر میں پانی کہاں ملے گا؟''

اس نے لمحہ بھر کو حیرت سے دیکھا اور بغیر کسی جواب کے اپنی راہ لی۔

ایک راہ گیر میرے قریب آیا اور بولا: ''جی کچھ چاہیے!''

''پانی!''

''آیئے میرے ساتھ۔'' میں اس کے ساتھ ہو لیا۔

میں ایک کمرے میں تھا۔ وہ ایک گلاس لے آیا۔

''یہ کیا ہے؟''

''آپ نے پانی نہیں مانگا کیا؟''

''لیکن یہ پانی نہیں ہے۔''

''اسے پی لیجیے، آپ کی پیاس بجھ جائے گی۔''

''معاف کیجیے گا۔۔۔''

میں کمرے سے باہر نکل آیا اور پھر سے چلنے لگا۔

پانی!

''مجھے پانی پلا دیجیے۔ میں پیاس سے ہلکان ہو گیا ہوں۔''

کوئی میرے آگے آگے چل رہا تھا، کوئی نوجوان تھا۔ میں قریب قریب چلایا، ''ذرا رکیے تو۔''

وہ میرے لیے رک گیا۔

''مجھے اس شہر میں پانی کہاں ملے گا؟''

''ارے پانی تو آپ کو ہر جگہ ملے گا۔ کسی بھی ریستوران میں چلے جائیے۔''

''لیکن مجھے ملا نہیں۔ پانی کے نام پر وہ جو مجھے دیتے ہیں، وہ نہیں ہے جس کی مجھے تلاش ہے۔''

''تو آپ اس پانی کے پیاسے کیوں ہیں جو آپ کو ملے گا ہی نہیں؟ وہ پی لیجیے ناں جو ملتا ہے۔''

اب کیا کرنا چاہیے؟

ایک شخص جو اس شہر میں اجنبی لگتا تھا، میرے پیچھے دوڑا دوڑا آیا اور بولا: ''آپ کسی چیز کی تلاش میں ہیں؟''

''تھوڑا سا پانی!''

''تھوڑا سا پانی!''

''پالی! یہ تو نہیں ملے گا۔ یہ تو قصۂ پارینہ ہے صاحب۔ پھر بھی ذرا وہاں پوچھ لیجیے۔'' اس نے ایک مکان کی طرف اشارہ کیا اور میں دوڑتا بھاگتا اس کے اندر داخل ہوا۔ وہاں کوئی بوڑھا بیٹھا ہوا تھا۔ وہ شکل وصورت میں شہر کے دوسرے لوگوں سے بالکل مختلف دکھائی دے رہا تھا۔ مجھے دیکھتے ہی وہ چلایا: ''رک جاؤ، آگے مت آنا۔ کیا چاہیے تمھیں؟''

''مہربانی کر کے مجھے تھوڑا سا پانی پلا دیجیے۔''

''کیا! پانی! آؤ۔ بیٹھو اِدھر۔''

میں اس کے پاس بیٹھ گیا۔ اس نے دھیرے سے پوچھا: ''کیا تمھیں پانی کی تلاش ہے؟''

''ہاں۔ میں نے سارا شہر چھان مارا۔ آخر کار اب یہاں آپہنچا۔''

''تمھیں پانی کی تلاش کیوں ہے؟''

''میں پیاس سے مرا جا رہا ہوں۔''

''کیا واقعی؟''

''براہ کرم، اگر آپ کے پاس ہو تو۔۔۔''

''یہ میرے یہاں کیسے ہوسکتا ہے؟''

''اس شہر میں تجھے پانی بالکل نہیں ملے گا۔ یہ شہر جب بنا تھا تو تمام جھیلیں اور سارے دریا پاٹ دیے گئے تھے۔کوئی اگر کھود کر بھی تلاش کرے تو کیا وہاں پانی ملے گا؟ لیکن کوئی ایسے کیسے کر سکتا ہے؟ البتہ ممکن ہے کہ اس شہر کے باہر پانی مل سکے۔کیا تم وہاں جاسکتے ہو؟''

پانی اور اس شہر کے باہر! جی ہاں، یقیناً وہاں ہوسکتا ہے۔

''تو پھر خدا حافظ!''

''جی ہاں! ضرور اس شہر سے باہر پانی ملے گا۔''

میں شہر سے باہر جانے کے لیے چاروں سمتوں میں جا چکا ہوں، لیکن شہر کی سرحد کہاں ہے؟ میں مسلسل چلتا رہا ہوں، پھر اس شہر کی حدود میں مقید ہوں۔اس سے آگے نکل ہی نہیں پاتا۔

مسلسل کوششوں کے باوجود میں شہر کی سرحد پر پہنچا ہوں لیکن یہ کیا! دیواریں! اونچی دیواریں! شمال کی طرف بھی دیواریں! جنوب کی جانب بھی دیواریں! آسمان کو چھوتی ہوئی دیواریں، جنھوں نے شہر کو محصور کر رکھا ہے۔میں ان کو کیسے پار کرسکوں گا!

شہر سے پرے پانی ضرور ہوگا۔

پانی!

مجھے پانی کہاں ملے گا؟ اس بڑے شہر کی بڑی بڑی اونچی عمارتوں کے بیچ تو پانی مل نہیں سکتا۔

کیا میں نے باریکی سے اس کی تلاش نہیں کی؟ مجھے تو لگتا ہے کہ پانی کی تلاش میں کوئی دقیقہ اٹھا نہیں رکھا۔

اب کیا کیا جائے؟

کیا شہر سے باہر جا کر پانی کی تلاش کرنا ناممکن ہے؟ شاید پانی اس شہر سے باہر میسر آجائے، لیکن کیا کیا جائے؟

آدم خور (راجستھانی)

وجے دان دیتھا

ترجمہ: بیگ احساس

وجے دان دیتھا (یکم ستمبر ۱۹۲۶ء-۱۰ نومبر ۲۰۱۳ء) راجستھانی ادب کا ایک نہایت ہی محترم نام ہے۔ انھیں ساہتیہ اکیڈمی ایوارڈ کے علاوہ ہندوستان کے سب سے معزز ایوارڈ 'پدم شری' سے بھی نوازا جا چکا ہے۔ وجے دان دیتھا نے تقریباً ۸۰۰ کہانیاں لکھیں جو انگریزی کے علاوہ دیگر زبانوں میں ترجمہ ہو کر شائع ہو چکی ہیں۔ آپ کے کئی افسانے اور ناولوں کی بنیاد پر ڈرامے اور فلم پروڈیوس کیے جا چکے ہیں، مثلاً حبیب تنویر اور شیام بینیگل کی 'چرن داس چور' (۱۹۷۵ء)، پرکاش جھا کی 'پرینیتی' (۱۹۸۶ء)، امول پالیکر کی 'پہیلی' (۲۰۰۵ء) وغیرہ۔

عثمانیہ یونیورسٹی اور حیدرآباد سنٹرل یونیورسٹی کے سابق صدر شعبہ اردو پروفیسر بیگ احساس کی شناخت فکشن نگار کے طور پر نمایاں ہے۔

دنیا میں جتنی مخلوق ہے، ان میں صرف نسل آدم میں پیدائشی خصلت نہیں ہوتی۔ آپ یہ کہہ سکتے ہیں کہ فلاں شخص دھتورے کے درخت یا ببول جیسا دکھائی دیتا ہے، تو کوئی شیر یا اژدہے جیسے کام کرتا ہے۔ اس طرح کی باتیں پرانے زمانے سے ہی کہی جاتی رہی ہیں۔ کسی دیوی کے مندر کا پجاری ایک مرد اور عورت کے جنسی ملاپ سے پیدا ہوا جیسے ہر انسان پیدا ہوتا ہے لیکن وہ دھتورے، ناگ پھنی اور کوے کی اولاد دکھائی دیتا تھا۔

ابھی وہ بچہ ہی تھا کہ اس کے اوچھے پن سے بیزار ہو کر اس کے ماں باپ اسے دیوی کے مندر چھوڑ آئے تھے، اس امید پر کہ دیوی اسے کسی طرح سدھار دے گی لیکن اگر کیکٹس کو پانی کی بجائے روزانہ دودھ اور مکھن سے سینچا جائے تب بھی وہ کیکٹس ہی رہتا ہے۔ اگر کسی کوے کو برسوں بھجن اور اشلوک سنائے جائیں تو کوئی فرق نہیں

پڑتا، وہ کوے کی طرح کائیں کائیں ہی کرتا ہے۔ ہر مخلوق کی ایک جبلت ہوتی ہے جو پیدائش سے موت تک برقرار رہتی ہے۔ اگر کوئی گدھا اپنی ساری زندگی مقدس گیتا پڑھتے ہوئے گزار دے تب بھی وہ گدھا ہی رہے گا۔ اس برہمن نے پوجا کے لیے اپنے بدن پر چھوڑ کر نہ معلوم کتنا صندل برباد کیا۔ وہ مالا جپتا رہا۔ دیوی کی پوجا کرتا رہا۔ بھنگ چڑھاتا رہا۔ گانجے کے کش لگاتے رہنے کی وجہ سے دن رات اس کی آنکھیں انگاروں کی طرح سرخ رہتیں۔ اس نے ناف تک داڑھی بڑھالی تھی۔ اس کے بال بیا کے گھونسلے کی طرح الجھے ہوئی اور ژولیدہ ہو گئے تھے۔ اس کے دانت پیلے اور ہونٹ موٹے تھے۔ اس کا قد لمبا تھا اور گردن موٹی تھی۔ اس کا سارا بدن ریچھ کی طرح بالوں سے ڈھکا ہوا تھا۔ وہ بالکل ایک سادھو جیسا لگتا تھا۔ تقدیر دیکھیے کہ اس چڑچڑے برہمن کی بیوی انتہائی نرم دل اور صابر عورت تھی۔ اس کا جب جی چاہتا، اپنی بیوی پر ہاتھ اٹھا دیتا جیسے بیوی کو پیٹنا اس کے روزانہ کے معمولات میں شامل ہو۔ اس کی بیوی اس بارے میں سوچنے کے بعد اس فیصلے پر پہنچی تھی کہ یہ بھی ایک تکلیف ہے جسے برداشت کرنا ہوگا۔ البتہ جب پکانے کے لیے کچھ بھی نہ ہوتا تو وہ فکر مند ہو جاتی۔ دیوی کے مندر پر جو قلیل چڑھاوے آتے تھے، اس سے گھر چلانا آسان نہیں تھا۔ اپنی فطرت سے مجبور برہمن کا دیوی پر اعتقاد رفتہ رفتہ گھٹتا جا رہا تھا۔ دن بہ دن چڑھاوے کم ہوتے جا رہے تھے، حتیٰ کہ دیوی کو بھی فکر ہونے لگی۔

رات کے کھانے کے بعد برہمن نے گانجا پیا اور اسے نیند آ ہی رہی تھی کہ ایک جھٹکے سے اٹھ بیٹھا۔ اس نے اپنی بیوی سے کہا: ''ہماری یہ دیوی ایک گھٹیا چھنال ہے، کسی کو بھی اس پر ایقان باقی نہیں رہا۔ اسے گندگی کا ڈھیر سمجھتے ہیں۔ دیکھو اس نے میری زندگی کا کیا حال کر دیا۔ میں جو اس کا اپنا پجاری ہوں، اتنے برس میں مندر میں تضیع اوقات کرتا رہا اور اب میں کسی کام کے قابل نہیں رہا۔ جاؤں اور اسے آگ ہی لگا دوں۔ مجھے، دیوی اور اور سبھی کو جل کر خاک ہو جانے دو۔ تب اسے پتہ چلے گا کہ اس کو کس سے خبردار رہنا چاہیے۔ ذرا کچھ دن ٹھہرو، میں اسے واقعی مزہ چکھاؤں گا۔''

''مجھے اس طرح اکیلا نہ چھوڑو۔'' اس کی بیوی نے چلا کر کہا۔ ''میں اس دنیا میں تمھارے اور دیوی کے سہارے کے بغیر تنہا کیسے رہ سکوں گی؟''

''اوہ۔ میں تو یہ بھول ہی گیا تھا۔ اچھا کیا کہ تم نے یہ بات یاد دلائی۔ ہم اگلے نئے چاند تک انتظار کریں گے، پھر اپنا کرتب دکھائیں گے۔ لوگ برسوں اس کا ذکر کرتے رہیں گے۔''

وہ بستر کے کنارے چت لیٹ گیا تو اس کی بیوی نے تعجب سے کہا، ''ایسا نہیں ہو سکتا۔ تم نے مجھے مارا پیٹا بھی نہیں اور سونے کی تیاری کرنے لگے؟ تمھیں نیند کیسے آئے گی؟''

برہمن بچپن میں شاید کبھی بھولے سے ایک یا دو بار مسکرایا ہوگا۔ پھر کبھی اس کی نوبت نہیں آئی۔ ایسے الفاظ جن کا شائستگی سے دور کا بھی واسطہ نہ ہو، اس کے منھ سے کبھی نہیں نکلے تھے لیکن اس رات جب اس کی بیوی نے بھولے پن سے یہ بات کہی تو بالکل پہلی بار اس کے ہونٹوں پر لمحے بھر کو ایک ہلکی سی مسکراہٹ بکھری۔ ''اچھا تو رات میں آرام سے سونے کے لیے تمھیں میرے ہاتھ سے جم کر مار کھانا ضروری ہے؟ ہوں! تمھیں شاید یہ ظلم نظر

آتا ہو۔ تم جانتی ہو میں ایسا کیوں کرتا ہوں۔ نہیں جانتیں نا؟ دراصل تمھیں تھپڑ مار میں اپنے آپ کو ایک مرد محسوس کرتا ہوں۔ تم ہی وہ واحد فرد ہو جس پر میں اپنا زور دکھا سکتا ہوں۔ اگر ہمارے بچے ہوتے تو میں انھیں بھی جم کے پیٹتا۔ کیا تمھیں پتہ ہے کہ کسی کو مار مار کے بھرکس نکال دینے میں کتنا مزہ آتا ہے۔ ممکن ہے، تمھیں مار پیٹ کی کمی محسوس ہو لیکن مجھے اس کی پرواہ نہیں، کیوں کہ اب میرا جی بھر گیا ہے۔ اب میرے ہاتھ اس مردود دیوی کی گردن مروڑنے کے لیے ہی اٹھیں گے۔ میں ایک ہتھوڑی لوں گا اور اس کے پرخچے اڑا دوں گا اور سارے مندر کو آگ لگا کر خود بھی اس کے اندر بڑے سکون سے جل جاؤں گا۔ اگر میں بھول جاؤں تو تم مجھے یاد دلانا۔ نیا چاند نکلنے کے ساتھ ہی یہ کام ہو جانا چاہیے۔''

ان باتوں کی وجہ سے اسے سونے میں کافی تاخیر ہو گئی۔ اس کی بیوی نے ساری رات آنکھ نہیں جھپکی۔ اس کے کندھوں پر اچانک اتنی بڑی ذمہ داری کیسے آ گئی تھی۔ اگر وہ اپنے شوہر کا حکم مانتی تو بھی ایک مصیبت ہے اور نہ مانے تب بھی مصیبت۔ انھیں اس زندگی میں خوشی کی ایک جھلک بھی کبھی دیکھنے کو ملی تھی؟ انھیں دکھ کے سوا کچھ بھی تو نہیں ملا۔ اچھا ہے کہ انھیں بچے نہیں ہیں۔ وہ اپنا سارا وقت بس اپنی بدقسمتی پر آنسو بہاتے گزارے۔ پریشانیوں سے اس کا دماغ ایسا چکرایا کہ کچھ ہی دیر میں وہ بالکل خالی الدماغ ہو گئی۔ اب نہ کوئی فکر ہے نہ کوئی غم۔ اس نے آسمان کی طرف دیکھا۔ نفرت، ناامیدی، خواہشوں کی تکمیل اور سکون کے اتنے بہت سارے رنگ رات کی اندھیری چادر پر گڈمڈ ہو رہے تھے، جنھیں خالق بھی شاید کوئی نام نہ دے پائے۔

وقت مقدس کتابوں کی بھی پرواہ نہیں کرتا، تو اس نکمے برہمن سے اسے کیا سروکار؟ شب و روز اپنی مقررہ رفتار سے گردش کرتے رہے اور آخرکار نئے چاند کی تاریخ آ ہی گئی۔ دیوی فکرمند تھی۔ پتہ نہیں یہ سرپھرا پجاری کیا کر بیٹھے؟ اگر اس کے بھکتوں کا اعتقاد اس پر سے ایک لمحے کے لیے بھی اٹھ جائے تو پھر اس کا نام لینے والا بھی کوئی باقی نہ رہے گا۔ اس دنیا کی دوسری مخلوقات کو اپنی کھال سلامت رکھنے کے علاوہ اور کوئی فکر نہیں ہوتی۔ انھیں اس کی کوئی پرواہ نہیں کہ بھگوان آج مرجائے یا کل؛ گدھ، کوے، گیدڑ اور چیونٹیاں اس کی لاش کو کھانے اکٹھا ہو جائیں گے۔ اگر وہ اس مندر کو چھوڑ دے تو اسے دوسرا مندر تلاش کرنے کے لیے سینکڑوں میل دور جانا پڑے گا۔ ان خود غرض انسانوں کا کوئی بھروسہ نہیں ہے۔ اپنے پیٹ کی آگ بجھانے کی خاطر پتہ نہیں وہ کب کیا کر بیٹھیں۔

برہمن کی بیوی اس نازک مسئلے پر بہت دیر تک غور کرتی رہی۔ آخرکار اس نے طے کیا کہ زندگی میں ایک بار وہ کوئی غیر معمولی کام کر دکھائے گی۔ چاندرات سے ایک دن پہلے اس نے اپنے شوہر کو اس کا عہد یاد دلایا۔ اس پر غصہ کا دورہ پڑا۔ ''تم اب مجھے یاد دلا رہی ہو، جب کہ میں سونے جا رہا ہوں۔ مجھے صبح یاد دلاؤ تو شاید مجھے یاد بھی رہے۔''

لیکن دوسری صبح جب برہمن مندر جانے لگا، اس وقت اس کی بیوی کا ذہن دوسری باتوں میں الجھا ہوا تھا اور وہ اسے اس کا عہد یاد دلانا بالکل بھول گئی۔ جب اس کے شوہر کو یاد آیا تو اس نے غصے سے کہا، ''میں نے کتنی

بار تمھیں کہا لیکن آخر تم بھول ہی گئیں۔ تم پر مجھے جو بھروسہ تھا، وہ گڑ سے گوبر ہو گیا۔ آج میں کسی سے ہتھوڑی ادھار مانگ کے لے آؤں گا اور لکڑی اور آگ سلگانے کے کے چھپٹیوں کا انتظام کروں گا۔ رات کے کھانے کے بعد آج تم میرے ساتھ آؤ۔ کل سارا علاقہ ہمارے بارے میں باتیں کرے گا۔''

اس اثنا میں دیوی تشویش میں مبتلا تھی۔ بھکتوں کی پوجا پر وہ توجہ نہیں دے پا رہی تھی۔ وہ اپنے برہمن سے اچھی طرح واقف تھی۔ اگر اس کے جی میں آجائے تو پھر وہ اس کے پرخچے اڑا دے گا۔ اسے منانے کا کوئی راستہ ڈھونڈنا بہت ضروری ہے۔

غروب آفتاب کے وقت وہ پوجا کی آخری رسوم ادا کر رہا تھا کہ اچانک دیوی اپنی مورت سے باہر نکل آئی۔ اس کی سج دھج ایسی تھی جیسے ہزاروں دیے روشن ہو گئے ہوں۔ جب وہ چلتی تو بیش قیمت ہیرے اور موتی چمکنے لگتے۔ جب برہمن نے اس پر نظر ڈالی اور دیکھا کہ صرف یہ اکیلی عقیدت منداس کے پاس کھڑی ہے تو اس نے سوچا کہ یہ تو اس کے لیے زرین موقع ہے۔ اس کے زیورات چھین لینے کے لیے جیسے ہی وہ آگے بڑھا، دیوی نے کہا؛ ''بیٹا! میں برسوں سے تمھاری پریکشا لے رہی تھی۔ اگر تم کچھ اور دن صبر کر لیتے تو تمھیں اندر سنگھاسن مل جاتا لیکن تم نے قبل از وقت بے صبری دکھائی۔ اب تم جو بھی مانگو، میں تمھیں دوں گی۔''

مندر کی جھانجھیں اس کے ہاتھ سے گر پڑیں اور اس چھوٹے سے مندر کے گوپُرم میں ان کی چبھتی ہوئی آواز گونجنے لگی۔ دیوی اس کے سامنے کھڑی مسکرا رہی تھی۔ اس نے حقارت سے تھوکا اور پوچھا، ''اور اگر میں اس سے پہلے مر جاتا تو؟''

اس نے مسکراتے ہوئے اسے تسلی دی اور کہا، ''میں ایسا کبھی ہونے نہیں دیتی۔ اپنے عقیدت مندوں کا ہم ہمیشہ خیال رکھتے ہیں۔ دیوتاؤں کی سلطنت میں کسی گڑبڑ کی وجہ سے تمھارے انعام میں اتنی تاخیر ہوئی۔''

جتنی تیزی سے وہ آئی تھی، اتنی ہی تیزی سے اگر وہ چلی گئی تو کیا ہوگا؟ اس کا کیا بھروسہ؟ ایک لمحے بعد اس نے کہا، ''مجھے اپنے یہ سارے زیورات دے دو۔ اس کے بعد ہم دونوں فرصت سے آرام کی زندگی گزاریں گے۔''

بغیر کچھ سوچے سمجھے وہ اچانک چلائی۔ ''زیورات کے بغیر تو میں برباد ہو جاؤں گی۔'' پھر اس نے خود کو سنبھالا اور اسے سمجھایا۔ ''دیوتاؤں کے زیورات تم لوگوں کے کام نہیں آتے۔ انھیں جیسے ہی چھوؤ گے، وہ مٹی ہو جائیں گے۔''

''پھر تم نے مجھ سے کیوں کہا کہ جو بھی چاہو مانگو؟ مجھے جو چاہیے تھا، وہ میں نے مانگ لیا۔ تمھاری طرح نہیں کہ میں کہوں کچھ اور مطلب کچھ اور ہو۔ اب کم از کم مجھے یہ تو پتہ چل گیا ہے کہ جب بھی میں چاہوں، تمھیں کیسے بلا سکتا ہوں۔ اگلی بار جب بھی مجھے کسی چیز کی ضرورت پڑے، میں بس ایک ہتھوڑا ڈھونڈ لاؤں گا۔ ہوں۔ بہر حال میری مصیبتیں تم سے چھپی ہوئی نہیں ہیں اگر تم واقعی مجھے وردان دینا چاہتی ہو تو پھر اپنی مرضی سے کچھ بھی دے دو۔''

اس کی جرأت تو دیکھو! وہ اپنا غصہ ضبط نہیں کر پا رہی تھی۔ وہ اپنے پجاری کی رگ رگ سے واقف تھی۔ اس نے کافی مصیبتیں جھیلی تھیں، اس لیے اسے مرعوب کرنا مشکل تھا۔ عیش و آرام کی زندگی گزارنے والا آدمی اس طرح کی ناعاقبت اندیشی کا جوکھم مول نہیں لے سکتا۔ لیکن جیسے ہی وہ تعیش کی زندگی کا مزہ چکھے گا، آرام طلب ہو جائے گا۔ اس کے بعد اسے فکر کرنے کی کوئی ضرورت باقی نہیں رہے گی۔ ایسا آدمی دوسروں کی نظر میں خود کو ایک عجوبہ ثابت کرنے کے لیے اپنی ناک کاٹ لینے کے لیے بھی تیار ہو جاتا ہے۔ وہ اسے کوئی ایسا وردان دے گی جس سے وہ تو خوش ہو جائے گا لیکن اس سے زیادہ دوسروں کو فائدہ پہنچے گا۔ پھر وہ حسد کی آگ میں جلنے لگے گا۔

اس نے کہا، ''برسوں جو تم میری پوجا کرتے رہے، اس سے کچھ اور تو نہیں ہوا، تمھارے اخلاقی تحمل میں کمی آتی گئی۔ اپنے ساتھ تمھارا نام لیتے ہوئے بھی مجھے شرمندگی محسوس ہونے لگی تھی۔ اپنے دل میں سلگنے والی نفرت کی اس آگ کو نکال پھینکو۔ جب بھی تمھارے اندر ایسی آگ بھڑکے، کسی کے ساتھ نیکی کرنے کی کوشش کرو۔''

دوسروں کی مدد کرنے کا مشورہ سنتے سنتے اس کے کان پک گئے تھے۔ ''لکچر بازی بند کرو۔ اس طرح کے لکچر میں کئی بار سن چکا ہوں۔ لکچر کو بھول جاؤ۔ لاؤ مجھے میرا وردان دو۔''

''تم ہزاروں میں ایک ہو؛ ہزاروں میں ایک۔ درحقیقت میں تمھاری اس گستاخی سے بہت متاثر ہوئی ہوں۔ ہمیشہ گڑگڑانے اور بناوٹی ہنسی ہنسنے والے بیوقوف چاپلوس کس کام کے! لیکن تم کو تو اپنے فائدے کا بھی خیال نہیں۔ اب سے میں تمھارا خیال رکھا کروں گی۔''

''ٹھیک ہے، اس کے بعد تو سکھ ہی سکھ رہے گا نا؟ لیکن تم اتنی دیر کیوں کر رہی ہو۔''

دیوی اتنی خوش ہوئی کہ اس مسرت کے اظہار کے لیے الفاظ ناکافی تھے۔ اس نے پجاری کی گستاخی کا بھی برا نہیں مانا۔ اس نے قہقہہ لگایا اور کہا، ''ماں کی آنکھوں میں تمام بچے یکساں ہوتے ہیں۔ شریر سے شریر بچے کے لیے بھی اس کی ممتا میں کبھی کوئی کمی نہیں ہوتی۔ میں تمھیں ابھی ایک ایسا وردان دوں گی جو آج تک کسی کو نہیں ملا۔ تمھارے ساتھ ساتھ دوسروں کا بھی فائدہ ہوگا۔''

دوسروں کا فائدہ؟ مجھے دیے ہوئے وردان سے؟ اس سے برا اور کیا ہو سکتا ہے۔ ایسے وردان کا کیا فائدہ؟

''ساری زندگی تم ایک کے بعد دوسری مصیبت میں گرفتار رہے۔ اس کی وجہ سے تمھاری سوچ میں ٹیڑھا پن آ گیا۔ اس طرح غصہ کرنے سے کوئی کام بنتا نہیں۔ اب یہاں سے جاؤ۔ تم جو چاہو گے وہ تمھارے سامنے آ جائے گا۔ لیکن دوسروں کو اس کا دوگنا ملے گا۔ ٹھیک اسی طرح جیسے بارہ اور بارہ جوڑو تو چوبیس میل ہوتے ہیں۔''

وہ چیخنے لگا، ''تم اسے وردان کہتی ہو۔ یہ شراپ سے بھی بدتر ہے۔ تمھارے اس وردان کے مقابلے میں تو میری یہ خستہ حال زندگی ریل گاڑی میں فرسٹ کلاس کے سفر جیسی لگتی ہے۔ اپنا گھٹیا وردان اپنے پاس رکھو اور یہاں سے دفع ہو جاؤ۔''

دیوی اپنی مورت میں معجزاتی طور پر ویسے ہی واپس ہوگئی جیسے وہ آئی تھی۔ وہ مورتی کو جھنجھوڑنے لگا۔ لیکن وہ دوبارہ نہیں آئی، ایک آواز بھی نہیں نکالی۔ وہ کچھ دیر بالکل ساکت کھڑا رہا۔ اس نے سوچا وہ گھر واپس جا کر اپنی بیوی سے اس بارے میں گفتگو کرے گا۔ اس سے میرا کیا نقصان ہوسکتا ہے۔ بہرحال اتنے برسوں بعد دیوی نے اسے ایک وردان تو دیا۔

مندر سے گھر جاتے ہوئے وہ جوش میں تھا۔ اس کی بیوی دروازے میں کھڑی اس کی منتظر تھی۔ وہ خوشی سے لمبے لمبے ڈگ بھرتا آگے بڑھا۔ اسے اس حالت میں اس نے کبھی نہیں دیکھا تھا۔ اس نے پوچھا، ''کیا ہوا؟ تم اتنے جوش میں کیوں ہو؟''

''آج مجھے اندازہ ہوا کہ لاتوں کے بھوت باتوں سے نہیں مانتے۔''

اس نے اپنی بیوی کو ساری تفصیلات بتائیں کہ اسے کس طرح دیوی نے وردان دیا۔ یہ سن کر برہمن کی بیوی کو ایسا لگا جیسے برسوں سے رکھا ہوا مصیبتوں کا بوجھ اس کے شانوں سے اتر گیا ہو۔ وہ بہت خوش تھی۔ اس نے کہا، ''میں جانتی تھی، تمھاری برسوں کی پوجا کا پھل ضرور ملے گا۔''

''پوجا کا پھل ملے گا سے کیا مطلب؟ پوجا تو ساری ضائع ہوگئی۔ جو مجھے ملے گا، وہ دوسروں کو بھی ملے گا اور دوگنا ملے گا۔ اس سے بُرا شراپ اور کیا ہوسکتا ہے۔''

''ہے بھگوان! کیا بھنگ نے تمھارا دماغ خراب کردیا ہے؟ ایک عورت ہونے کے ناطے مجھے تمھارے خلاف جانے کا حق نہیں ہے، لیکن دوسروں کو اگر تم سے زیادہ مل رہا ہے تو اس میں ہمارا نقصان کیا ہے؟ ہم نے اپنی زندگی کا اتنا بڑا حصہ اتنی مصیبتوں میں گزارا جن کے بارے میں سوچ کر بھی میرے رونگٹے کھڑے ہوجاتے ہیں۔ خیر، ہمیں خوش رہنے کی کوشش کرنی چاہیے۔ اس کے بعد ہی اندازہ ہوگا۔ اب یہ تم پر منحصر ہے۔ اس بارے میں زیادہ فکر کرنے کی کیا ضرورت ہے۔ تمھارے جیسے شوہر کے ساتھ زندگی بسر کرنا کوئی آسان بات نہیں تھی۔ کم سے کم تم مجھے یہ ایک خوشی تو دے سکتے ہو؟''

وہ کوئی نرم دل آدمی واقع نہیں ہوا تھا، لیکن اپنی بیوی کی احمقانہ باتوں پر اسے غصہ نہیں آیا۔ اس نے اپنا سر کھجا کر کہا، ''تم ٹھیک کہتی ہو۔ ہم آزما کر دیکھیں کہ کہیں دیوی نے ہمارے ساتھ کوئی چال تو نہیں چلی۔''

لیکن پہلے میں مانگوں تو کیا؟ اچانک اسے اپنے ٹوٹے ہوئے پائپ اور گانجے کے خالی کٹورے کا خیال آیا۔ وہ پکارا، ''او دیوی ماں! اگر تمھارا وردان سچا ہے تو مجھے ایک نیا پائپ اور گانجے کا بڑا سا کٹورا دو۔''

ابھی الفاظ اس کے ہونٹوں سے پوری طرح ادا بھی نہیں ہوئے تھے کہ وہ چیزیں سامنے آگئیں۔ حیرت زدہ آنکھیں پھاڑے وہ دیکھتا رہا۔ اگر وہ اتنی آسانی سے اپنی ہر خواہش پوری کرواسکتا ہے تو اس کی خوشی کی حد نہ رہے گی۔ وہ اپنی پچھلی ادھوری خواہشات کو اب پورا کرسکتا ہے۔ پہلی بار اس نے کیا چاہا؟ پائپ اور گانجا۔ اب کیا مانگوں؟ اور اگر وہ آشیرواد صرف ایک بار ہی کے لیے تھا تو اب وہ کیا کرے گا؟ یہ تو بڑا دھکا پہنچانے والی بات ہوگی۔ اور اسے جو بھی ملے گا، دوسروں کو اس کا دوگنا ملے گا۔ کیسی تکلیف دہ بات ہے! وہ کشمکش میں پڑ گیا۔ تازہ

گانجا پینے کے بعد شاید اس کا دماغ کچھ سوچنے کے قابل ہوگا۔ وہ پائپ میں گانجا اس وقت تک ڈالتا رہا، جب تک وہ پوری طرح بھر نہ گیا۔ اس کی بیوی پائپ سلگانے کے لیے انگارہ لے آئی۔ وہ اپنی اگلی خواہش کے بارے میں سوچ رہا تھا۔ وہ بڑی مشکل سے اپنی ساری زندگی گھسیٹتا رہا۔ اب دوسری بہتر خواہش کیا ہوسکتی ہے؟ یہ یا وہ؟ اس کا ذہن الجھتا رہا۔ بہت سی خواہشات نے ایک ساتھ یلغار کردی تھی۔ اب پیٹ بھر گیا ہے تو ایسی باتیں سوچنے کی فرصت بھی ملی ہے۔ ایک بھوکا آدمی ٹھیک سے سوچنے کی عیاشی بھی نہیں کرسکتا۔ اس کی بیوی اسے مسلسل تنگ کررہی تھی۔ اس سے جان چھڑانے کے لیے اس نے ایک کنستر آٹا، ایک ڈبہ نمک، کالی مرچ اور گرم مسالے کی ڈبیوں اور لکڑیوں کے ایک گٹھے کی خواہش کی۔ کتنی عجیب بات تھی، ادھر اس نے مانگا اور دوسرے ہی لمحے سب چیزیں سامنے آگئیں۔

میاں بیوی حیرت زدہ رہ گئے۔ اس کی بیوی چولھا جلانے دوڑی۔ اب دیر کیوں؟ وہ خوش تو بہت تھا لیکن ایک بات کا اسے ملال بھی تھا۔ جو بھی اسے مل رہا تھا، اس کا دوگنا دوسروں کو مل رہا تھا۔ اس سے زیادہ بری بات اور کیا ہوسکتی تھی؟

برہمن کی بیوی نے اسے کھلایا اور پھر خود بھی کھانے پر بیٹھ گئی۔ پیٹ بھر کھانے سے زیادہ مسرت انگیز بات کوئی اور نہیں ہوتی۔ زندگی میں پہلی بار اس نے پیٹ بھر کھانا کھایا تھا لیکن اس بات پر خوش ہونے کی بجائے اسے افسوس ہوا۔ وہ اپنی بیوی کے پاس گیا اور درخواست کی، ''کیا تم میرا ایک کام کروگی؟''

''کیا میں نے کبھی تمھاری کسی بات سے انکار کیا جو تم اس طرح پوچھ رہے ہو؟''

''انکار کرکے تو دیکھتیں کہ تمھارا کیا حشر ہوتا۔ جوتے سے اتنی پٹائی کرتا کہ سر کے بال جھڑ جاتے۔ میں چاہتا ہوں کہ تم جلدی سے باہر جاکر دیکھو کہ کیا جو کچھ ہمیں ملا ہے، اس کا دوگنا دوسروں کو بھی ملا ہے؟''

''ہمیں دوسروں کی فکر کرنے کی کیا ضرورت ہے؟ ہمارے پاس جو بھی ہے، وہ ہمارا ہے؟ اب پڑوسیوں کے پاس جاکر آگ مانگ لانے کی ضرورت نہیں رہی۔ یہ سب کچھ تمھاری وجہ سے ہوا کہ اب کسی کو کوئی پریشانی نہیں ہے۔ تم خوش ہو اور دوسرے بھی خوش ہیں۔''

سمجھ تو رتی برابر نہیں ہے لیکن باتیں کیے جاتی ہو جیسے کہنے کے لیے واقعی تمھارے پاس کچھ ہے۔ اب تک میں نے بہت برداشت کیا ہے، لیکن اب ممکن نہیں۔ اگر سب میری وجہ سے خوش حال ہیں تو بہتر ہے کہ میں مرجاؤں۔ مجھ سے بحث مت کرو۔ میں جو بھی کہہ رہا ہوں، وہ چپ چاپ کرو۔''

اور خوش حالی بھی ایسی ویسی! وہ جہاں بھی گئی، اس نے دیکھا کہ دیوی کی بات سچ ثابت ہوئی ہے۔ وہ پورے گاؤں میں لٹو کی طرح گھوم آئی۔ ہر گھر میں خوش حالی تھی۔ لوگ حیران تھے۔ کہیں یہ کوئی جادو ٹونا تو نہیں ہے؟ برہمن کی بیوی نے انھیں وردان کے بارے میں بتایا کہ کس طرح اس کے شوہر کی اتنے دنوں کی تپسیا کا پھل ملا ہے۔

جب وہ گھر واپس آئی تو اس نے دیکھا کہ اس کا شوہر منھ لٹکائے بیٹھا ہے۔ اس کے قدموں کی چاپ

سن کر اس نے سر اٹھایا اور پوچھا، ''کیا واقعی انھیں ہم سے دوگنا مل رہا ہے؟''

اس کی بیوی نے اثبات میں سر ہلایا اور 'ہاں' کہا تو اسے محسوس ہوا جیسے اس کے کانوں میں کسی نے توپ کا گولہ داغا ہو۔ جن لوگوں کے بارے میں وہ جانتا نہ تھا، ان کی تو کوئی بات نہ تھی، لیکن اپنے گاؤں والوں کے بارے میں یہ جان کر کہ انھیں یہ سب چیزیں ملی ہیں تو وہ پاگل ہو گیا۔ لیکن شکریے کا کوئی سوال ہی نہیں! حرام زادوں نے ایسا ایک لفظ بھی نہیں کہا۔ ایسے ناشکروں کی مدد کرنا تو گناہ ہے۔ وہ پاگلوں کی طرح گھومتا رہا اور پھر اپنی ٹوٹی ہوئی چارپائی پر ڈھیر ہو گیا۔ اس کی بیوی اس کے ہاتھ پیر دبانے لگی۔

کچھ دیر بعد اس نے اپنے شوہر کو تسلی دینے کی کوشش کی: ''کوئی بات ہی نہیں ہے۔ تم اتنے پریشان کیوں ہو؟ دنیا جائے بھاڑ میں، تمھیں اس سے کیا مطلب؟ تمھیں پریشان نہیں ہونا چاہیے۔''

''میں اسے بھاڑ میں کیسے جانے دوں؟ اگر یہ واقعی جل جائے تب مجھے اطمینان بھی ہو۔''

''تم بھی اسی دنیا کا ایک حصہ ہو۔ تم خود کو ٹھیک رکھو، سب کچھ ٹھیک ہو جائے گا۔ ذرا آئینہ دیکھو۔ تم پہلے کتنے صحت مند تھے، اب سوکھ کر کانٹا ہو رہے ہو۔ ایک بھیلی گڑ، ایک پیالہ مکھن اور ایک کلو میتھی ہوتی تو میں تمھارے لیے لڈو بناتی تاکہ تم آج رات کھا سکو۔ اس کے علاوہ حلوہ بھی تیار کرتی۔ اگر تم یہ سب کھانا چاہتے ہو تو تھوڑی سی زحمت کرو اور یہ سب مانگ لو۔''

لڈو اور حلوہ کے الفاظ سن کر برہمن کے منھ میں پانی۔ ان تمام مسائل سے نمٹنے کے لیے ضروری ہے کہ وہ پہلے کی طرح طاقتور ہو جائے۔ کوئی نہیں بتا سکتا کہ کب وقت آ جائے اور کون سی سانس آخری ثابت ہو۔ یم دوت نقارہ بجا کر اپنے آنے کا اعلان نہیں کرتا۔ پہلے میں اچھا ہو جاؤں، اس کے بعد ایک ایک سے نمٹوں گا۔ وہ آرام سے لیٹ گیا اور اس کی بیوی نے جن چیزوں کی فرمائش کی تھی، وہ مانگنے لگا۔ اس کے ہونٹوں سے الفاظ نکلے ہی تھے کہ ساری چیزیں وہاں آ گئیں۔ جیسے ہی اس کی بیوی نے چولھے پر مکھن گرم کرنا شروع کیا، اس کی خوشبو سے اسے سکون محسوس ہوا۔

اس کی بیوی کو ایسا لگا جیسے اسے دس نئے جنم مل گئے ہوں۔ پہلے اس نے گڑ کی بھیلی کی طرف دیکھا، پھر مکھن کے پیالے کی طرف دیکھا۔ جس گھر میں نمک بھی نصیب نہیں تھا، وہاں یہ ساری چیزیں عیش کا سامان لگ رہی تھیں۔ تھوڑی دیر بعد وہ خوشی کے تالاب سے ابھری۔ اس نے اچانک ہی پوچھا، ''کیا میں ان چیزوں کو بس اپنے ہاتھوں میں پکاؤں گی؟ مجھے کڑھائی اور کچھ تانبے کے برتن چاہئیں۔''

حیرت انگیز طور پر برہمن نے اس کی یہ بات بھی مان لی۔ ایک لمحہ بھی نہیں گزرا ہوگا کہ مطلوبہ برتن اور کٹورے اس کی بیوی کے سامنے آ موجود ہوئے۔ اب وہ فوراً حلوہ تیار کر دے گی۔

برہمن نے حلوے کا بڑا سا نوالہ نگلا اور بیوی کی طرف پلٹ کر سنجیدگی سے پوچھا، ''کہیں میں خواب تو نہیں دیکھ رہا ہوں؟ میری آنکھیں کھلی ہیں نا؟ غور سے دیکھو۔''

''پہلے تم بتاؤ، کیا میری آنکھیں کھلی ہیں؟''

''ہاں پوری طرح کھلی ہیں، تم جاگ رہی ہو۔''

''تمھاری آنکھیں بھی کھلی ہیں، تم بھی جاگ رہے ہو۔ سچ کہتی ہوں۔ آج ہم نے اپنے چولھے پر حلوہ تیار کیا ہے۔ جن باتوں کا کل میں نے خواب بھی نہیں دیکھا تھا، آج وہ اپنی آنکھوں سے دیکھ رہی ہوں۔''

تھوڑی ہی دیر میں یہ نوبت آئی کہ اگر وہ کچھ سوچتے تو بس یہی کہ اب کیا مانگنا چاہیے۔ آج سے پہلے انھوں نے اتنی تکلیفیں جھیلی تھیں، جتنی شاید ہی کسی نے جھیلی ہوں۔ اب انھیں خوشی برداشت کرنے کا فن سیکھنا تھا۔ انھیں لگا جیسے اچانک ہی ان کی دنیا بدل گئی ہو۔

غروب آفتاب کے ساتھ ہی تاروں بھری رات زمین پر اتری۔ چڑیوں کی چہچہاہٹ ایسی محسوس ہو رہی تھی، جیسے رات کے پیروں میں بندھے گھنگھرو بج رہے ہوں۔ ان تاروں میں کوئی معجزہ چھپا ہوا تھا۔ نرم ہوا کے جھونکے چل رہے تھے۔ دونوں خوش تھے، اس لیے ساری دنیا خوب صورت نظر آرہی تھی۔ اب اس وردان کی وجہ سے انھیں کسی چیز کی کمی نہیں ہوگی۔ برہمن کی تسکین تاروں کے درمیان جگمگا رہی تھی۔ انتہائی خوشی کے عالم میں فی الوقت اسے کسی دوسرے کے غم یا خوشی کا کوئی خیال نہیں تھا۔

اس نے اپنی بیوی کی طرف دیکھا اور کہا، ''اگر ہمارے پاس کچھ گائے بھینسیں ہوتیں تو سچ مچ جینے کا مزہ دوبالا ہو جاتا۔ عمدہ سے عمدہ ملائی اور دہی جتنا چاہو مل جاتا۔''

''ہمارے پاس رہنے کے لیے اچھا مکان ہی نہیں ہے، تو گائے اور بھینس لے کر کیا کریں گے؟ ایک چراگاہ ہوتی، غلہ بھرنے کے لیے کوٹھا اور مویشیوں کا چارہ رکھنے کے لیے باڑہ ہوتا۔ تب ہماری گرہستی قرینے کی ہوتی۔''

''ایسے وردان کے ہوتے ہوئے لشٹم پشٹم زندگی کیوں گزاریں۔ ہم اپنی مرضی کے مطابق رہ سکتے ہیں۔''

اچانک برہمن کے دماغ میں ایک خیال بجلی کی طرح کوندا۔ ''ہم اس وردان کے ذریعہ دیوی سے ایک چال چلیں گے۔ کیا خیال ہے؟ چھوٹی چھوٹی گھریلو چیزیں تو خیر وہ دے ہی رہی ہے لیکن اگر واقعی بڑی چیزیں مانگیں تو وہ کیا کرے گی؟ وہ شاید میرے سامنے اپنے گھٹنے ٹیک کر مجھ سے اپنے الفاظ واپس لے لینے کی درخواست کرے گی۔''

''دیکھیں۔ جب میں چھوٹا سا تھا میری نانی مجھ سے ایک محل کے بارے کہا کرتی تھی۔ ایک افسانوی محل جو سونے کا بنا تھا۔ اگر میں اس طرح کوئی چیز مانگوں تو وہ میرے سامنے بھکاریوں کی طرح ہاتھ جوڑ کے کھڑی ہو جائے گی۔ دیوی کی سات پشتیں بھی ایسی خواہش پوری نہیں کر سکتیں۔ وہ اپنا وردان پورا نہ کر سکے تو کتنی بری بات ہوگی۔ لیکن مجھے اس سے کیا فرق پڑے گا۔''

اس نے بستر پر لیٹے ہوئے پوجا کے لیے ہاتھ جوڑ کر دیوی سے التجا کرتے ہوئے مانگا: ''ہے پوجیہ ماتا! اگر تم اپنی بات کی پکی ہو تو مجھے سونے کا محل دو جو اس کے جوڑ کے سونے ہی کے سامان سے بھرا ہو۔''

بات پوری بھی نہیں ہوئی کہ ایک سونے کا محل وہاں آ گیا۔ اسے محسوس ہوا جیسے لیٹے ہی لیٹے وہ اچانک ہوا میں اوپر اٹھتا جا رہا ہو۔ اس کی چارپائی کی ڈھیلی ڈھالی بان اس کی پیٹھ کے نیچے تنی ہوئی اور سخت ہوگئی تھی۔ اس کی چارپائی تک سونے کی ہوگئی تھی۔ وہ حیرت زدہ اٹھ بیٹھا۔ گوبر سے لپی ہوئی بوسیدہ دیواریں سونے سے پیلی ہو کر چمکنے لگی تھیں۔ اس نے آنکھیں مل کر پھر ایک بار غور سے دیکھا۔ کیا اس کی ایسی خواہش بھی پوری ہوگئی جسے وہ ناممکن سمجھتا تھا؟ اس کی بیوی حیرت و استعجاب سے منھ پھاڑے اس کے قریب کھڑی تھی، جیسے وہ کسی جادوئی کھیل کے شکار ہو گئے ہوں۔

اس نے ایک سونے کا چراغ روشن کیا۔ وہ دونوں دیواروں کے پاس کھڑے کبھی ان کو چھو کر خوش ہوتے اور کبھی ان کی چمک دمک کو حیرت کی نظروں سے دیکھتے۔ انھیں تعجب ہوا کہ دیوی اتنی طاقت رکھتی ہے۔ اس نے بیوی سے کہا، ''اگر ہم پہلے ہی یہ مانگ لیتے تو؟ اب اگر وہ ہمارے دیس میں سب کو دو دو سونے کے محل دے سکتی ہے تو یہ سب تو چٹکی بھر نمک کے برابر ہے۔''

برہمن کی بیوی نے دو تین الماریوں میں دیکھا۔ وہاں اسے اپنے شوہر کے دو تین برہمن نے پائپ بھرا اور پینے لگا۔ تھوڑی دیر کے لیے اس پر کھانسی کا دورہ پڑا۔ وہ خود کو واقعی بوڑھا محسوس کرنے لگا۔ اگر دیوی بیس برس پہلے ہی ہوش میں آ جاتی تو زندگی میں کتنا لطف محسوس ہوتا۔ لیکن اب محل کا لطف اٹھانے کے لیے عمر ہی کتنی بچی ہے؟ اور کتنی راتوں کو وہ یہ خوشگوار خواب دیکھ سکتے اور ان کا لطف اٹھا سکتے ہیں؟ زندگی میں اتنی تاخیر سے ایسے وردان کا ملنا خوشی سے زیادہ کوفت کا باعث ثابت ہوا۔ فصل کے پوری طرح سوکھ جانے اور تباہ ہو جانے کے بعد موسلا دھار بارش کا کیا فائدہ؟

برہمن نے بیوی کے جانے پہچانے چہرے کی طرف دیکھ کر کہا، ''بھاگیہ وان، تم کتنی بوڑھی لگ رہی ہو۔ یہ محل تو نوجوانوں کے رہنے کے لیے موزوں ہے۔''

''مجھ سے زیادہ کھوسٹ تو تم لگ رہے ہو۔ تم کہتے ہو میں بوڑھی لگ رہی ہوں۔ میں تو بس اتنا چاہتی ہوں کہ تمھارے ساتھ ہی اس دنیا سے رخصت ہو جاؤں۔ اس سے زیادہ مجھے کچھ نہیں چاہیے۔ میں نے اپنی آنکھوں سے یہ سونے کا محل دیکھ لیا ہے، اس سے زیادہ اور کیا چاہیے؟ اہاہا! ایک تجویز میں نے سوچی۔ کیا تمھاری دیوی ہمیں دوبارہ جوان نہیں بنا سکتی؟''

''واہ، کیوں نہیں؟ ہم کم سے کم پوچھ تو سکتے ہیں۔ اس سے پہلے یہ بات میرے ذہن میں کیوں نہیں آئی۔ میرے دماغ کو کیا ہوتا جا رہا ہے؟ خیر کچھ پرواہ نہیں، کبھی نہ ہونے سے تو دیر میں ہونا اچھا۔''

جیسے ہی اس نے ماتا سے دوبارہ جوانی مانگی، میاں بیوی فوراً پھر سے جوان ہو گئے۔ کوئی تخیل میں بھی یہ بات سوچ نہیں سکتا تھا، جب کہ ان کے ساتھ یہ سب حقیقت میں ہو رہا ہے۔ ان کی خوشی کی انتہا نہ رہی۔ وہ خوشی سے ایسے پاگل ہوئے کہ انھوں نے یہ سوچا ہی نہیں کہ جوان جسم سے کیسے لطف اٹھایا جا سکتا ہے۔ خوشی کی یہ رات پلک جھپکتے ہی گزر گئی۔

برہمن سورج کی پہلی کرن کے ساتھ جاگ گیا۔ وہ باہر نکلا۔ اس نے کہا، ''دیکھوں کہ کیا آج بھی سورج اسی طرح نکلتا ہے یا مختلف انداز میں۔'' وہ سونے کی سیڑھیاں چڑھ کر محل کی چھت پر پہنچا اطراف میں کچھ دکھائی دیتا تھا تو بس سونے کے محل۔ ایسا محسوس ہو رہا تھا جیسے زمین پر بے شمار سورج طلوع ہو رہے ہوں۔ چمک دمک سے اس کی آنکھیں خیرہ ہوگئیں۔ سب کے پاس دو دو سونے کے محل تھے اور اس کے پاس صرف ایک! اور یہ سب کچھ اس کی وجہ سے۔ وہ ہر بات برداشت کرسکتا تھا لیکن یہ نہیں کہ اس کی وجہ سے دوسرے خوشیاں بٹوریں۔ یہ بات ناقابل برداشت تھی۔ اس سے برا مقدر اور کیا ہوسکتا ہے؟

اسے محسوس ہوا جیسے وہ کسی دھوکے کی بھول بھلیاں میں بری طرح پھنس گیا ہو۔ اس کے دل میں شدید جلن پیدا ہوئی، وہ جلن اتنی تیز تھی کہ اس سے سورج بھی بھسم ہوسکتا تھا۔ اس کی فطرت کو تشکیل دینے والے اس کے اندر کے حیوان، گیدڑ، کوا، شیر اور سانپ بھڑک اٹھے۔ وہ دیوانے کتے کی طرح بھونکتا ہوا چکر کاٹنے لگا۔ ''میری ایک آنکھ کی روشنی چلی جائے، میرے ایک کان کا پردہ پھٹ جائے، میرے گھر کے سامنے ایک گہرا کنواں کھد جائے۔'' جیسے اس نے اپنی بات پوری کی، اسے اپنی بیوی کی چیخ سنائی دی۔ ''ہے بھگوان! یہ کیا ہو رہا ہے؟ کیا ہمارا شاندار محل غائب ہوگیا؟ کیا ابھرتا ہوا سورج واپس زمین میں دھنس گیا؟''

وہ فوراً سمجھ گیا کہ اس کا کیا مطلب ہے۔ وہ بیوی کے پاس پہنچنے کے لیے تیزی سے سیڑھیاں اترنے لگا۔ اس کی بیوی ہاتھوں سے دیواریں ٹٹولتی ہوئی دروازے کے قریب آرہی تھی۔ اس نے زور سے پکار کر کہا، ''رکو، وہیں رک جاؤ! قدم آگے مت بڑھانا۔ سامنے گہرا کنواں ہے۔''

لیکن برہمن کی بیوی ایک لفظ بھی سن نہ سکی۔ اس کے آخری سیڑھی پر پہنچنے سے قبل ہی اس کی بیوی اس گہرے کنویں میں گر چکی تھی۔ اسے اس کے پانی میں گرنے کی آواز سنائی دی۔ اس کی ہم سفر آخری سفر پر جا چکی تھی، اور وہ بھی عین جوانی میں۔

اس نے وہ سارا دن گھر گھر جا کر گزارا۔ وہ جس گاؤں بھی پہنچا، اس نے اپنی اکلوتی آنکھ سے دیکھا کہ ایک کے بعد ایک سب لوگ اپنے اپنے کنوؤں میں گرتے جا رہے ہیں۔ تھوڑی ہی دیر میں وہ سب ختم ہو چکے تھے۔ اس نے راکشس کی طرح قہقہہ لگایا۔ بہت خوش تھے سونے کے دو دو محل پا کر، اب وہ سیدھے موت کی گود میں چلے گئے ہیں۔

اب وہ اکیلا ان سارے سونے کے محلوں کا مالک ہے۔ وہاں کوئی باقی بچا ہی نہیں تھا جو ان محلوں پر دعویٰ کرتا۔ ہر رات وہ ایک نئے محل میں سوتا۔ اب وہاں کوئی بچا ہی نہیں تھا جو اس سے دوگنا حاصل کر سکے۔ اچھا، تو دیوی اسے سبق سکھانا چاہتی تھی! بہت خوب، تو اس نے بھی انسانی عقل کے زور سے اس کی چال کو الٹ دیا۔ وہ خوشی سے اچھلا، ہوا میں بازو چلائے اور اپنے محلوں کو اکلوتی آنکھ سے دیکھ کر خوش ہوا۔ کیا اس سے زیادہ خوش وخرم کوئی اور اس دنیا میں ہے؟ کاش کوئی ایسا ہوتا جو اس کی اس خوشی کو دیکھ سکتا۔

پابوسی (بوڈو)

نیل کمار برہم

ترجمہ: شائستہ فاخری

نیل کمار برہم (۱۹۴۷ء-۱۹۹۸ء) بوڈو کے افسانہ نگار، شاعر، ڈرامہ نگار، تنقید نگار اور ناول نگار تھے۔ افسانوں کے پانچ مجموعے، ایک ناول اور بچوں کے لیے دو کتابیں شائع ہو چکی ہیں۔ آپ 'رنگ سار' کے انعام سے بھی نوازے جا چکے ہیں۔

شائستہ فاخری کا تعلق الہ آباد کے ایک مذہبی گھرانے سے ہے۔ ان کے افسانوں کے کئی مجموعے شائع ہو چکے ہیں۔ عربی، فارسی اور ہندی کے علاوہ سنسکرت سے اعلیٰ تعلیم کی ڈگری بھی حاصل کر چکی ہیں۔

پروفیسر الکیش کو لے کر میں اب بھی اکثر کچھ نہ کچھ سوچتا رہتا ہوں، کسی کے دل کی گہرائیوں میں کوئی دکھ درد چھپا ہو تو اسے کسی بھی طرح سے دبانا صحیح نہیں کہا جائے گا۔ اور یہ بھی سوچنے لائق بات ہے کہ باپ مرگین داروغہ نے اگر کسی زمانے میں اپنی سرکاری ڈیوٹی بجانے کے لیے کسی پیٹھ پر دو چار چابک جما ہی دیے تو اس جرم کی سزا بیٹی انولیکھا کو دینا کیا مناسب ہے۔ ایک طرف میرا دوست الکیش ہے، دوسری طرف میری شاگردہ انولیکھا۔ ان کے علاوہ بیچ میں ہے بے چارہ مرگین داروغہ۔ اب ریٹائرڈ۔ میرا کسی کے تئیں حمایت نہیں ہے۔ ان کے بیچ جو بھی کچھ ہوا، اس سے مجھے کچھ بھی لینا دینا نہیں ہے۔ میرا کہنا صرف اتنا ہے کہ الکیش اور انولیکھا کی آپس میں شادی ہو جاتی تو اچھا ہوتا، مجھے خوشی ہوتی۔ عمر کا حساب لگائیں تو پروفیسر الکیش کی شادی کب کی ہو جاتی۔ کالج کے دنوں میں میرے ساتھ ہی تھا الکیش، یعنی اگر آج اسے کسی بھی لحاظ سے نوجوان نہیں کہا جا سکتا۔ میری بڑی بیٹی ہی اس بار .M.S اسکالرشپ کا امتحان دے گی۔ وہ کہاوت ہے نا، کہ پیدائش، انتخاب اور موت پر کسی کا

بس نہیں۔ یہ تینوں چیزیں آدمی کی زندگی میں جب ہونی ہوگی، ہو کر رہے گی۔ اور اگر ہونی نہیں لکھی ہوگی تو لاکھ کوشش کرنے پر بھی نہیں ہوگی۔ الکیش کے لیے میرے دل میں دکھ نہیں ہے۔ انولیکھا کو لے کر بھی ویسی کوئی بات نہیں ہے۔ نہ ہی میرے دل ریٹائرڈ مرگین داروغہ کے تئیں کوئی غصہ ہے۔ پھر بھی یہ خیال دل سے نہیں نکال پاتا کہ الکیش انولیکھا ازدواجی زندگی میں بندھ جاتے تو اچھا ہوتا۔ دراصل الکیش تھوڑا اڑیل قسم کا لڑکا رہا ہے۔ جو سوچ لیا، اس سے ٹس سے مس ہونا اسے منظور نہیں ہوتا، ورنہ باپ کی غلطی کے لیے بیٹی انولیکھا کو کیوں زندگی بھر کا دکھ دیتا۔ شادی کی بات سب سے پہلے الکیش کے دل میں آئی تھی۔ انولیکھا کو پسند کرنے والا بھی الکیش خود ہی تھا۔ ''شادی کروں گا تو انولیکھا کے ہی ساتھ کروں گا۔''

اسٹاف کامن روم میں ایک دن خود الکیش کے من سے یہ جملہ نکلا تھا۔ انولیکھا کو دیکھنے جانے کی بات نکلی۔ بوڈو سماج کا یہ اصول ہے کہ لڑکا لڑکی کا پہلے سے تعارف ہو تب بھی ہونے والی بہو کو دیکھنے جانے کے بہانے ان کی ذات برادری والوں کی عزت میں تامبول پان اور دو بوتل جو تحفے میں دے کر سماجی رسم کو نبھانا پڑتا ہے۔ سماج میں کتنا کچھ بدل گیا ہے لیکن بوڈو سماج میں شادی کے اس اصول کا اب بھی پالن ہوتا ہے۔

الکیش کے خود لڑکی دیکھنے جانے کی بات تھی۔ انولیکھا ان دنوں گھر پر ہی تھی۔ ہماری بھی گرمی کی چھٹیاں تھیں۔ میرا ارادہ چھٹیوں میں دارجلنگ میں سالی کے یہاں جانے کا تھا۔ ایک دن اچانک الکیش میرے یہاں حاضر ہو گیا، لڑکی دیکھنے جانے کا پروگرام طے کرنے۔ دوسرے دن ۱۵ ڈاؤن ایکسپریس سے ہم انولیکھا کے گھر کے لیے روانہ ہو گئے۔ انولیکھا کے گاؤں پہنچنے کے لیے اسٹیشن سے دو میل کا سفر پیدل طے کرنا پڑتا ہے۔

الکیش تو راستہ جانتا ہی تھا، اس لیے کوئی تکلیف نہیں ہوئی، حالاں کہ سر کے اوپر جیٹھ کا سورج تپ رہا تھا۔ جب ہم تھکے ہارے بھوکے پیاسے انولیکھا کے دروازے تک پہنچے تو پورا گاؤں خاموش تھا۔ راستے میں مشکل سے ایک دو لوگ نظر آئے۔ انولیکھا کے گھر کے اندر کافی چہل پہل تھی۔ شاید انولیکھا کے والدین نے رشتہ داروں کو بلا رکھا تھا۔ مجھے ماحول میں شادی جیسی فضا نظر آئی۔ کوئی کھانے پینے کے لیے کیے گئے انتظام دیکھتا تو چھوٹی موٹی شادی ہی سمجھتا۔ ہمیں ایک کمرے میں بٹھا کر انولیکھا کسی دوسرے کمرے میں گھس گئی۔ اس درمیان ہمارے کمرے کی کھڑکی سے کئی لوگوں کی نظریں الیکش کو دیکھنے لگیں۔ دیکھنے والوں میں کوئی اس کا بہنوئی ہوگا، کوئی سالا ہوگا، کوئی ساس ہوگی۔ سب کی زبان بھی ساتھ ساتھ چل رہی تھی۔ پتہ نہیں مکھیوں کی طرح کیا بھنبھنا رہے تھے۔

کافی دیر بعد انولیکھا ہمارے لیے چائے لے کر آئی۔ اس بیچ ہم نے انولیکھا کے ماں باپ یا چاچا، ماما وغیرہ کے ساتھ اکثر ایسے موقعوں پر کی جانے والی بات چیت نہیں کی۔ کوئی ہمارے پاس آیا ہی نہیں۔ ہوسکتا ہے اس کے پیچھے تھک ہار کر آئے مہمانوں کو آرام کرنے دینے کا مقصد ہو۔ آخر ہم نے چائے بھی پی کر ختم کر دی۔ انولیکھا پھر ایک بار خالی کپ لینے آئی، اس کے پیچھے پیچھے ایک عمر دراز آدمی کمرے میں داخل ہوا۔ انولیکھا کے رویوں سے ہم نے اندازہ لگا لیا کہ وہی اس کے باپ ریٹائرڈ داروغہ 'مرگین کا تھام' تھے۔

عمر دراز آدمی کو عزت دینی چاہیے، پھر ان ہی کی لڑکی کے ساتھ شادی کی بات چیت چل رہی ہے، یہ

سوچ کر میں نے اٹھ کر ان کے پاؤں چھو کر سلام کیا۔ شاید شرم سے یا اس طرح پاؤں چھو کر سلام کرنے کی عادت نہ ہونے کی وجہ سے الکیش اپنی جگہ سے اٹھا ہی نہیں۔ کمرے میں آنے کے بعد جیسا بیٹھا تھا، ویسا ہی بغیر ٹس سے مس ہوئے بیٹھا رہا۔ منھ سے چوں تک نہیں کی۔ انولیکھا کے باپ اور میرے درمیان چاول سے لے کر سیاست تک مختلف موضوعات پر باتیں ہوتی رہیں، لیکن الکیش نے اس میں کوئی حصہ نہیں لیا۔ مرگین داروغہ کے ساتھ بات چیت کے بعد لگا کہ وہ بوڈو ذات کے مستقبل کو لے کر کوئی خاص پُر امید نہیں ہے۔ بوڈو زبان کے حمایتیوں کے لیے ان کا خیال تھا کہ وہ ہمارے بچوں کو کنویں کا مینڈک بنانا چاہتے ہیں۔

دوپہر گزر گئی۔ بات چیت میں میری دلچسپی کم ہوتی گئی۔ بھوک سے پیٹ میں انتڑیاں اینٹھنے لگیں۔ اسی وقت ہاتھ میں دو مُچھے لیے انولیکھا ہمارے کمرے میں داخل ہوئی۔ بات چیت میں میری دلچسپی کم ہونے کا شاید اندازہ لگا کر مرگین داروغہ ہمارے کمرے سے نکل گئے۔ انولیکھا نے دونوں مُچھے کرسی پر رکھتے ہوئے کہا، ''کنویں پر نہانے میں دقت ہو تو پاس ہی ندی ہے، وہاں نہا سکتے ہیں۔''

اب جا کر الکیش کے منھ سے الفاظ نکلے۔ ''ہاں ہاں، یہ ٹھیک رہے گا۔ کنویں پر لوگوں کی بھیڑ ہوگی۔'' کہتے ہوئے وہ اپنا سوٹ کیس لینے کے لیے آگے بڑھا۔

''سوٹ کیس کا کیا کرنا ہے؟'' میں نے پوچھا۔

''تولیہ اس میں بھی ہے، چلو چلو۔'' یہ کہتے ہوئے ہڑبڑی میں وہ دروازے تک پہنچ گیا۔

گھر کے باہر الکیش کی ہڑبڑی دیکھ کر مجھے عجیب لگا۔ کچھ سمجھ میں نہیں آیا۔ اس لیے پوچھا، ''گھاٹ کا راستہ تو یہ نہیں ہے۔''

اس پر الکیش نے عجیب سا جواب دیا، ''زندگی کو ہم ڈھونگی سمجھیں اور دنیا کو ایک ندی تو ایسے ایک دو نہیں ہزاروں گھاٹ آئیں گے، جہاں ہمیں لنگر ڈالنا ہوگا۔ میں انولیکھا نام کے گھاٹ پر لنگر ڈالنا چاہتا تھا لیکن گھٹوار مرگین داروغہ کی وجہ سے میرا ازدواجی زندگی کا سنہرا خواب ٹوٹ گیا۔''

بات کو سمجھ پانا میرے لیے مشکل ہو گیا۔ لیکن اس پہیلی کو سمجھنے کا میرا دل نہیں تھا۔ میرے دل میں تو یہ چڑھ تھی کہ لڑکی دیکھنے کے لیے ساتھ لا کر الکیش نے اس طرح میرے لیے منھ چھپانے والے حالات پیدا کر دیے۔

اسٹیشن پہنچنے تک میں کچھ نہیں بولا۔ الکیش بھی چپ رہا۔ اسٹیشن پہنچتے ہی میں نے سیدھے Refreshment Room میں جا کر دو تھالی کھانے آرڈر دیا۔ کھانا کھانے کے بعد میں نے ویٹنگ روم میں الکیش سے کہا، ''آدمی کی زندگی اور اس کی غیرت کے ساتھ اس طرح کھلواڑ کرنا ٹھیک نہیں ہے۔ ایسا ہی کرنا تھا تو کم سے کم مجھے ساتھ نہیں لانا تھا۔''

تھوڑی دیر تک الکیش چپ رہا، پھر سنجیدہ لہجے میں بولا، ''میں جانتا تھا، تو یہی کہے گا۔ میری وجہ سے تمھاری عزت گئی، اس کے لیے سچ مچ مجھے افسوس ہے، لیکن ہو سکتا ہے کہ خاص مجرم میں نہ ہوں۔''

شام کی ۱۶ اِپ ایکسپریس آنے میں اب تھوڑی دیر تھی۔ دلی تکلیف اور تھکان کی وجہ سے میرا کچھ بھی بولنے کا جی نہیں کر رہا تھا۔ ویٹنگ روم کے ایزی چیئر پر بدن کو ڈھیلا چھوڑتے ہوئے میں پسر گیا۔ لیکن الکیش کی بے چینی بڑھ رہی تھی۔ وہ کچھ بے قراری کے عالم میں تھا۔ آنکھوں میں دکھ اور درد کی صاف تصویر جھلک رہی تھی۔ ہوسکتا ہے انولیکھا کو چاہنے کے بعد اب اس کے ساتھ اپنی شادی کا راستہ خود ہی روکے جانے کی وجہ سے پچھتاوے کی آگ میں اس کا دل جل رہا ہو، میں نے اس کی حس کو جھنجھوڑنے کے ارادے سے کہا، ''تب شادی نہیں ہوگی؟''

''شادی؟'' چونک کر الکیش نے میری طرف دیکھا اور تیکھے لہجے میں کہا، ''کسی اور کے ساتھ ہوسکتی ہے لیکن مرگین داروغہ کی بیٹی کے ساتھ تو ہرگز نہیں ہوسکتی۔''

''کیوں؟''

''اس کیوں کے جواب میں ہی سب کچھ چھپا ہے، اسی میں تمھیں اس بات کا جواب مل جائے گا کہ میں نے انولیکھا کے باپ کی قدم بوسی نہیں کی۔ بغیر کچھ کھائے، بغیر کچھ باتیں کیے کیوں واپس لوٹ آیا؟ کیوں میں نے تمھارے ان کے اور میرے لیے شرمندہ ہونے والے حالات پیدا کیے؟''

قصہ سنانے کے انداز میں الکیش ایک سرے سے واقعات سناتا گیا۔ کالج میں وہ تاریخ پڑھاتا ہے اور اسے باتوں کو رس دار طریقے سے اور معتبر انداز سے کہنے کا ہنر آتا ہے۔ جب تک وہ بولتا رہا، میں نے اسے ٹوکا نہیں۔ جب اس نے کہانی پوری کی، ۱۶ اِپ آنے کا وقت ہوگیا تھا۔ گھر لوٹنے تک الکیش کی باتیں میرے دل کے اندر آنکھ مچولی کھیلتی رہیں۔ میں یہ فیصلہ نہیں کر پایا کہ الکیش، انولیکھا کی شادی ہونا مناسب ہے یا ان کا ازدواجی زندگی میں نہ بندھنا ہی ٹھیک رہا۔

الکیش کی باتوں کو بے بنیاد یا غلط نہیں کہا جا سکتا۔ اپنے ہی لوگ آدمی کے خاص دشمن ہوتے ہیں، یوراج ڈے مالو کو سوتیلی ماں کی ڈاہ (حسد) کی وجہ سے موت کو گلے لگانا پڑا تھا۔ راون کی سونے کی لنکا، بھائی وی بھوشن کی دغابازی کی وجہ سے ہی جلی تھی۔ بھائی میر جعفر کی وجہ سے سراج الدولہ کو راج پاٹ گنوانا پڑا تھا۔ ہر ذات میں اپنے پیٹ کی خاطر سماج کے فائدے کے لیے کیے جانے والے کاموں میں رکاوٹ پیدا کرنے والے کُل کلنک پیدا ہوتے رہے ہیں۔ الکیش کے مطابق مرگین داروغہ بھی ایسا ہی ایک کلنک ہے۔ کالج کے دنوں میں بوڈو زبان کے لیے رومن لپی (رسم الخط) کی مانگ کو لے کر ہونے والے مظاہرے میں حصہ لیتے ہوئے جب الکیش بھی گرفتار ہوا تھا تب اس تھانے کا داروغہ مرگین ہی تھا۔ اس نے حوالات میں الکیش اور اس کے ساتھیوں کی جم کر دھنائی کی تھی۔ پیٹھ پر داروغہ کی بوٹ کی مار سے بنے داغ اب بھی الکیش کو اس واقعے کی یاد دلا جاتے ہیں۔

اپنی بات پوری کر کے الکیش نے میری طرف قابل فکر ایک سوال اچھال دیا تھا، ''جس آدمی کے دل میں اپنے سماج کے تئیں کوئی محبت نہ ہو، جو دوسروں کا نمک کھا کر اپنے ہی سماج کے مستقبل کو تباہ کرتے ذرا بھی نہ ہچکچاتا ہو، ویسے آدمی کی بیٹی سے میں کیسے شادی کر سکتا ہوں؟ جن پیروں کے بوٹ نے میرے پیٹھ کو لہولہان کیا

تھا، ان پیروں کو چھو کر میں کیسے سلام کر سکتا ہوں؟''

اتنا سننے کے بعد میں کچھ نہیں بولا۔ ایک طرف الکیش کی کہانی پوری ہوئی، دوسری طرف اسٹیشن پر آتی ہوئی '١٦ اپ ایکسپریس' کی آواز سے پلیٹ فارم گونجنے لگا۔

ایک تھا راجا، ایک تھا مصور (ڈوگری)

وید راہی

ترجمہ: اشعر نجمی

وید راہی (پ: ۱۹۳۳ء) کے تقریباً ۷ ناول، افسانوں کے تین مجموعے اور دو شاعری کے مجموعے شائع ہو چکے ہیں۔ ۱۹۸۳ء میں انھیں ڈوگری ناول 'آلے' پر ساہتیہ اکادمی ایوارڈ سے نوازا جا چکا ہے۔ وید راہی نے تقریباً ۲۵ فلموں کے اسکرین پلے، کہانیاں اور مکالمے بھی لکھے۔ انھوں نے کچھ فلموں کی ہدایت کاری بھی کی اور 'ویر ساورکر' پر ایک ڈاکیومنٹری بھی بنائی۔ جموں کشمیر حکومت کی طرف سے 'لائف ٹائم اچیومنٹ' اعزاز کے ساتھ ہی مہاراشٹر حکومت نے انھیں 'مہاراشٹر گورو سمان' سے بھی نوازا۔

توی ندی میں باڑھ آئی ہوئی تھی۔ نین سکھ ایک اونچے پتھر پر کھڑا ہو کر سرکش موجوں کی طرف ٹکٹکی لگائے دیکھ رہا تھا۔ آپس میں دست گریباں، ایک دوسرے سے الجھتیں، پھر ایک دوسرے میں ڈوبتیں، تیرتی موجوں میں اسے اپنے من کی تصویر نظر آ رہی تھی۔ اس کے من میں بھی ایسا ہی جوار تھا۔ وہ سوچ رہا تھا، جب بارش پہاڑوں پر برستی ہے تو باڑھ شہروں میں آتی ہے۔ اسی طرح جس طرح گوجر لڑکی نے اس کے من میں طوفان مچا رکھا ہے، وہ توی کے پار کہیں آرام سے بیٹھی ہے اور اس پر نین سکھ باڑھ کو چیر کر پار جانے کی ٹھان رہا ہے۔

جس پتھر پر وہ کھڑا تھا، اس کے نیچے نظر گئی تو دیکھا، تھوڑی دیر پہلے جو جگہ سوکھی تھی، اب وہاں پانی ٹھاٹھیں مار رہا تھا۔ وہ سمجھ گیا، سوچنے سوچنے میں جتنی دیر ہوگی، پانی اور بھی بڑھتا جائے گا۔ وہ اچھل کر اگلے پتھر پر چلا گیا۔ اب آگے کوئی اور پتھر نہیں تھا۔ پیچھے سے آواز آئی، ''اونینو۔۔۔''

اس نے پیچھے مڑ کر دیکھا۔ اس کا چھوٹا بھائی مانک اسے آواز دے رہا تھا، ''پانی بڑھ رہا ہے، آگے کہاں

جا رہے ہو؟''

''میں پار جا رہا ہوں۔''

''تمھارا دماغ تو خراب نہیں ہو گیا؟'' کہتے مانک اس کی طرف بڑھا، ''اس باڑھ میں کوئی پار جا سکتا ہے؟''

''مجھے جانا ہے۔''

اب مانک اس کے پیچھے والے پتھر پر آ کھڑا ہوا تھا، بولا: ''میں جانتا ہوں، تمھیں پار جانے کی بے صبری کیوں ہے، پہلے باڑھ اترنے دو۔ شام تک پانی کم ہو جائے گا۔'' نین سکھ ویسے ہی کھڑا رہا۔ مانک پھر بولا، ''راجا صاحب جسر وٹے سے یہاں پہنچنے والے ہیں۔''

نین سکھ نے جواب دیا، ''ان کے آنے تک میں واپس آ جاؤں گا۔'' اور یہ کہہ کر اس نے پانی میں چھلانگ لگا دی۔ مانک کا دل دھک کر کے رہ گیا۔ اس کے دیکھتے دیکھتے نین سکھ موجوں میں یوں گم ہو گیا، جیسے کوئی تنکا باڑھ میں سما جاتا ہے۔

نین سکھ موجوں سے لڑتے لڑتے نڈھال ہو گیا۔ اسے لگا کہ اب وہ بچ نہیں پائے گا۔ اس نے اپنے آپ کو ڈھیلا چھوڑ دیا۔ پانی اس کے اندر جا رہا تھا۔ اسے اس بات کا ہوش بھی نہیں رہا کہ اس کو پار جہاں پہنچنا ہے، وہ جگہ بہت پیچھے چھوٹ چکی ہے۔ کسی لاش کی طرح بہتے بہتے اچانک اسے ایک جھٹکا سا لگا۔ یوں محسوس ہوا کہ وہ کہیں آ گیا ہے۔ آنکھیں کھول کر دیکھنے کی طاقت بھی نہیں تھی۔ کافی دیر بعد ہوش آیا تو اس نے جانا کہ وہ پانی میں ہی ہے، مگر بہہ نہیں رہا ہے۔ اس نے سر اٹھانے کی کوشش کی، لیکن اٹھایا نہ گیا۔ تھوڑی دیر بعد پھر اٹھنے کی کوشش کی تو دیکھا کہ پاؤں پر کچھ سانپ جیسا رینگ رہا تھا۔ ٹانگ جھٹک کر اسے دور پھینکا اور فوراً اٹھ کر بیٹھ گیا۔ کھڑا ہوا چاہا تو چکر سا آ گیا۔ اندر سے منھ کے راستے کچھ پانی بھی نکل گیا۔ اس نے دیکھا، وہ پار آ لگا ہے۔ اتنی خراب حالت کے باوجود وہ مسکرایا۔ کھڑے ہو کر اس نے چاروں طرف نظر دوڑائی۔ اس نے اندازہ لگا لیا کہ وہ شہر سے کوس بھر دور آ پہنچا ہے۔ دھیرے دھیرے وہ اوپر کی طرف چل پڑا۔ وہاں پہنچنا ضروری تھا، جہاں پہنچنے کے لیے اس نے ان بھیانک لہروں کو للکارا تھا۔ اس کے پاؤں یوں اٹھ رہے تھے، جیسے وہ منوں وزنی ہو گئے ہوں۔

مانک ڈر سے مرا جا رہا تھا۔ اندر ہی اندر وہ کانپ رہا تھا۔ راجا جسونت دیو جسر وٹے سے آ پہنچا تھا اور اپنے بڑے بھائی جموں کے مہاراجا رنجیت دیو کے پاس حاضری دینے چلا گیا تھا۔ وہ لوٹنے ہی والا تھا اور آتے ہی اس کو اپنے خاص الخاص مصور نین سکھ کی حاضری طلب کرنی ہے۔ وہ اس سے کیا کہے گا؟ کیسے بتائے گا کہ نین سکھ نے باڑھ کے پانی میں چھلانگ لگا دی اور پانی اسے بہا لے گیا۔ اس نے چھلانگ کیوں لگائی؟ اس کا جواب کون دے گا؟ ان سوچوں میں ڈوبا ہوا مانک گھبرا رہا تھا۔ وہ چھپنے کی ناکام کوشش کر رہا تھا۔ 'چتر شالا' کے پیچھے توی کے کنارے کھڑا وہ باڑھ کو اترتے دیکھ رہا تھا۔

راجا بلونت دیو محل کی بارہ دری میں مہاراج رنجیت دیو کے انتظار میں بیٹھا ہوا تھا اور اندر مہاراجا صاحب اپنے وزیروں کے ساتھ ایک سنجیدہ مسئلے پر غور و فکر کر رہے تھے۔ بیٹھک لمبی ہوتی جا رہی تھی۔ کشتواڑ کے راجا مہر سنگھ عرف سعادت مند خاں کا چھوٹا بھائی سوجان سنگھ آیا ہوا تھا اور جموں دربار سے اپنے بھائی کے خلاف مدد حاصل کرنا چاہتا تھا۔ مہاراج رنجیت دیو کو یہ اہم فیصلہ کرنا تھا کہ وہ کشتواڑ کے اندرونی معاملوں میں ہاتھ ڈالیں یا نہیں۔ اس سے متعلقہ دوسری کئی باتوں پر بات چیت چل رہی تھی۔ باہر بیٹھے ہوئے بلونت دیو کو غصہ آرہا تھا مگر کیا کرسکتا تھا۔ اس کے اختیار میں ہوتا تو حاضری لگانے بھی نہ آتا۔ اسے پتہ ہے، اس کے بڑے بھائی صاحب اسے کسی لائق نہیں سمجھتے اور وہ بھی ان کی پرواہ نہیں کرتا۔ اس کا زیادہ وقت اپنی جاگیر جسروٹا میں گزرتا ہے۔ گرمی کے دنوں میں وہ 'سروئی سر' چلا جاتا ہے، جہاں اس نے جھیل کے کنارے ایک حویلی بنوائی ہے۔ آج بھی وہ 'سروئی سر' ہی جا رہا تھا۔ جموں راستے میں پڑتا ہے، مہاراج صاحب کے سامنے حاضر نہ ہوا تو اسے نافرمان سمجھا جائے گا۔ آخر کار جب اس نے دیکھا کہ بیٹھک ختم ہی نہیں ہو رہی ہے تو اس کا صبر جواب دے گیا۔ وہ واپس 'چتر شالا' کی طرف چل پڑا۔ وہ محل سے نکلا تو اس کے آگے پیچھے دو باڈی گارڈ بھی تھے۔ بلونت دیو کا گھوڑا سفید تھا اور باڈی گارڈوں کے سفید اور سیاہ۔ شہر کے بیچ میں سے نکلنے کے بجائے وہ توی کے کنارے کنارے گھوڑے دوڑانے لگے۔ چتر شالا پہنچ کر جب بلونت دیو کو پتہ لگا کہ نین سکھ نہیں ہے تو اس کا غصہ مزید بڑھ گیا۔

چلتے چلتے نین سکھ نے دیکھا کہ شام ہونے لگی ہے۔ باڑھ کا پانی گھٹ گیا تھا، لیکن اس کا واپس پار جانے کا کوئی خیال نہیں تھا۔ وہ تو اس طرف بڑھ رہا تھا جہاں پہنچنے کے لیے اس نے موت سے بھی مہلت لے لی تھی۔ چلتے چلتے اس کی آنکھوں کے آگے اندھیرا چھا جاتا تھا۔ دور ڈونگر پر اسے گوجروں کے ڈیرے نظر آنے لگے تھے۔ اسے اپنے اندر زندگی کا احساس بیدار ہوتا محسوس ہونے لگا۔ اس کے ہونٹوں پر مسکراہٹ پھیل گئی۔ وہ جلدی جلدی ان ڈیروں کی طرف چلنے لگا۔

اچانک کتوں کے بھونکنے کی آواز سنائی دی۔ وہ ڈر کر کھڑا ہو گیا۔ اسے خیال آیا کہ وہ گوجروں کے ڈیروں کے پاس نہیں جاسکتا۔ ان کے بھیانک کتے اسے چبا ڈالیں گے۔ ایک پتھر کا سہارا لے کر وہ کھڑا ہو گیا۔ پھر جب کتوں کا بھونکنا اور بھی بڑھ گیا تو وہ وہیں پتھر سے ٹیک لگا کر بیٹھ گیا۔

ادھر مانک نے ڈرتے ڈرتے راجا بلونت دیو کو سچی بات کہہ دی۔ اس نے یہ بھی بتا دیا کہ توی کے پار گوجروں کے کچھ ڈیرے اس بار گرمیوں میں اوپر پہاڑوں پر واپس نہیں گئے۔ ان کی ایک لڑکی نین سکھ کے دل میں بس گئی ہے؛ اس لیے اس نے باڑھ کی پرواہ نہیں کی اور خوفناک موجوں میں چھلانگ لگا دی۔ پتہ نہیں وہ زندہ بھی ہے یا نہیں۔ یہ کہتے ہوئے مانک رو پڑا۔ بلونت دیو نے حیران ہو کر پوچھا، ''گوجروں کی لڑکی صرف اس کے دل میں بسی ہے یا اس سے وہ اس سے ملتی بھی ہے؟''

مانک نے جواب دیا، ''وہ کہتا ہے، وہ اسے صرف دور سے دیکھتا ہے۔''

''یہ نہیں ہو سکتا۔ دور سے دیکھنے کے لیے کوئی باڑھ میں نہیں کود جاتا۔'' بلونت دیو بولا، ''جاؤ، کچھ گھڑسواروں کو اس کی تلاش کرنے بھیج دو، وہ آئے گا تو ہم اس سے خود ہی سب کچھ پوچھ لیں گے۔''

جھٹکے سے نین سکھ کی آنکھ کھل گئی۔ اس نے دیکھا، ایک گوجرا سے جھنجھوڑ رہا تھا، ''آپ کون ہو جی؟'' وہ پوچھ رہا تھا۔ نین سکھ نے اِدھر اُدھر دیکھا، پو پھٹ رہی تھی۔ توی کے پانی کی آواز آ رہی تھی، مگر باڑھ والی آواز نہیں تھی۔ اسے گزری ہوئی باتیں یاد آ گئیں۔

اس نے گوجر سے کہا، ''میں باڑھ میں بہہ گیا تھا۔ پتہ نہیں یہاں کیسے پہنچ گیا؟''

''اگر پار جانا ہے تو میں پہنچا دیتا ہوں۔''

''نہیں، مجھے پار نہیں جانا۔ تم جاؤ۔''

گوجرا اپنے دودھ سے بھرے کلسے اٹھا کر چلا گیا۔ وہ پار جا رہا تھا۔ نین سکھ اسے دور تک پانی میں جاتا دیکھتا رہا۔ پھر اس نے گوجروں کے ڈیروں کی طرف دیکھا۔ اسے خیال آیا کہ ڈیروں کے اندر جا کر کچھ حاصل نہیں ہونے والا، اسے وہیں جانا چاہیے جہاں اتنی بار اس نے اسے چوری چھپے دیکھا ہے۔ یہ سوچ کر وہ اس طرح چل پڑا جہاں ایک چھوٹی سی ڈبری کے کنارے بوریوں کے گھنے پیڑ ہیں۔

ڈبری دیکھ کر اسے محسوس ہوا، جیسے وہ بھی چپ چاپ اسی گوجری کے انتظار میں بیٹھی ہوئی ہے، جیسے اس کا پانی بھی ہلنے ڈُلنے سے ڈر رہا تھا۔ نین سکھ ایک گھنے پیڑ کے پیچھے بیٹھ گیا۔ اس کا من بے چین ہونے لگا۔ اب کسی وقت بھی وہ گھڑی آ سکتی تھی، جس کے لیے وہ چل کر نہیں بلکہ ڈوب کر یہاں تک پہنچا تھا، صرف اسے دیکھنے کے لیے۔

اچانک وہ جھاڑیوں کے بیچ سے آتی ہوئی نظر آئی۔ اس کی دھڑکن تیز ہو گئی۔ ڈبری کے قریب پہنچ کر گوجری پانی میں اپنا عکس دیکھنے لگی۔ وہ کالی قمیص پہنے ہوئے تھی، نین سکھ کو لگا جیسے کالے دھوئیں سے ایک شعلہ اٹھ رہا ہو اور اس سے کرنیں پھوٹ رہی ہوں۔ اس کے چہرے پر بالوں کی لٹیں بکھری ہوئی تھیں جس سے بار بار سرخ گال ڈھک جاتے تو صرف لمبی ناک ہی دکھائی دیتا۔ اس وقت نین سکھ کا دل ڈوبنے لگتا۔ پھر جب وہ ہاتھ سے بال پیچھے کرتی تو اسے سکون ملتا۔ گوجری کی آنکھیں بڑی بڑی تھیں۔ نین سکھ نے ان سے بھی بڑی آنکھوں والی عورتوں کی تصویریں بنائی ہیں، لیکن ایسی آنکھیں اس نے کبھی نہیں دیکھیں۔ پیشانی، کان، گال، ٹھوڑی، ناک اور آنکھ کا کیسا سنگم ہونا چاہیے، یہ اس چہرے کو دیکھ کر ہی پتہ لگ سکتا ہے۔ کاش! وہ وہیں بیٹھا بیٹھا، اسی طرح اسے دیکھتے دیکھتے اس کی تصویر بنا سکتا! صرف تصور کے سہارے ایسی تصویر نہیں بن سکتی۔

گوجری بیٹھ گئی۔ پانی میں ہاتھ ڈال کر وہ اسے دھیرے دھیرے ہلانے لگی۔ پانی کانپنے لگا تھا۔ پھر اس نے انگڑائی لینے کے لیے اپنی بانہیں اٹھائیں۔ اس کے پستان آگے اور گردن پیچھے ہو گئی۔ نین سکھ کو محسوس ہوا

جیسے اس کا اپنا جسم کمان بن گیا ہو۔ اس کی نسوں میں ایسا تناؤ پیدا ہوا جیسے ابھی ٹوٹ جائیں گی۔ اس کی سانسیں لمبی ہونے لگیں، لیکن اس نے جلد ہی خود پر قابو پا یا۔ پھر بھی پتہ نہیں گوجری نے کیا دیکھنے کے لیے اِدھر اُدھر دیکھا۔ اسے خواب میں بھی سوجھ نہیں سکتا تھا کہ بیس ہاتھ کی دوری پر کوئی بیٹھا اسے گھور رہا ہے۔ دھیرے دھیرے اس نے اپنی قمیص کے بٹن کھولے اور اسے اوپر کھینچا؛ گردن اور بانہیں اس میں سے نکلیں۔ قمیص کو ایک طرف رکھ دیا۔ نین سکھ کو محسوس ہوا، جیسے کالی ناگن اپنی کینچلی سے باہر آ گئی ہو، جس کا رنگ اب گلابی سنگ مرمر کی طرح ہو گیا ہے۔ گوجری کے پسان پر اس کا چہرہ 'تر کٹ پربت' کے تیسرے کنگورے کی طرح نظر آ رہا تھا۔ نین سکھ کو اپنا وجود اپنے ہاتھ سے نکلتا محسوس ہوا۔ بس یہی ایک لمحہ تھا، بس یہی ایک پل، جس کے لیے اس نے خوفناک لہروں میں چھلانگ لگا دی تھی اور موت کے منھ میں چلا گیا تھا۔ بس، یہی ایک پل اس کی زندگی اور اس کی مصوری اور اس کی زندگی کا حاصل بن چکا تھا۔ بار بار اسی پل کو پکڑنے کے لیے وہ یہاں آتا تھا۔ کاش! وہ اس پل کو اپنے کینوس میں قید کر سکتا۔ مگر یہ کیسے ہو سکتا تھا۔

اچانک اسے دور سے کوئی آواز آتی سنائی دی۔ گوجری پر سے نظریں ہٹا کر وہ کھڑا ہو گیا اور دھیان سے سننے لگا۔ کچھ گھوڑے سرپٹ دوڑتے ہوئے اسی طرف آ رہے تھے۔ اس نے دیکھا گوجری چونک کر گھوڑوں کی ٹاپیں سن رہی تھی۔ جلدی جلدی ڈبری میں سے نکل کر وہ کنارے پر آ گئی اور قمیص پہننے لگی۔ گھوڑے کی ٹاپ قریب آتی جا رہی تھی۔ نین سمجھ اور بھی پیچھے ہو گیا تھا۔ گھنی جھاڑیوں کے بیچ میں سے اس نے دیکھا، گوجری قمیص پہنتے پہنتے اسی کی طرف دوڑتی آ رہی ہے۔ وہ اور بھی جھاڑیوں کے اندر گھس گیا۔ گوجری اس کے آگے اسی پیڑ کی اوٹ میں آ کر بیٹھ گئی، جہاں تھوڑی دیر قبل وہ بیٹھا ہوا تھا۔ قمیص کے بٹن بند کرتے کرتے پیڑ کے پیچھے سے دیکھنے کی کوشش کر رہی تھی کہ کون لوگ ادھر آ رہے ہیں۔ اس کی سانس چڑھی ہوئی تھی اور اس کے سانس لینے آواز نین سمجھ کو سنائی دے رہی تھی۔ اس کے اندر ایک طوفان اٹھ رہا تھا، مگر وہ ہل بھی نہیں سکا تھا۔ اسے پتہ تھا، ہلکا سا کھٹکا بھی گوجری کو خوفزدہ کر سکتا ہے۔ اگر اس نے پیچھے مڑ کر دیکھ لیا تو۔۔۔

اسی وقت دو گھڑسوار ڈبری کے دوسری طرف آ کر رک گئے۔ وہ چاروں طرف یوں دیکھ رہے تھے، جیسے کسی کو تلاش کر رہے ہوں۔ نین سکھ نے انھیں پہچان لیا۔ وہ سمجھ گیا، راجا بلونت دیو نے اسے ڈھونڈنے کے لیے انھیں بھیجا ہے۔ وہ اور بھی سمٹ گیا۔ گھڑسوار ڈبری کے کنارے کنارے اسی طرف آنے لگے، جہاں نین سکھ اور گوجری دونوں چھپے ہوئے تھے۔ انھیں اپنی طرف آتے دیکھ کر گوجری ویسے ہی بیٹھے بیٹھے پیچھے ہونے لگی، جہاں نین سکھ دُبکا ہوا تھا۔ اسے اس طرح اپنے قریب آتا دیکھ کر نین سکھ کی سانس رکنے لگی۔ گھڑسوار تھوڑی دوری پر آ کر کھڑے ہو گئے تھے اور گوجری کانپتے کانپتے دھیرے دھیرے پیچھے ہوتی جا رہی تھی۔ وہ اب نین سکھ کے اتنے قریب آ چکی تھی کہ نین سکھ اسے ہاتھ بھی لگا سکتا تھا۔ نین سکھ نے اپنی سانسیں روک لی تھیں۔ گوجری اور بھی پیچھے آتی جا رہی تھی اور پھر یکایک وہ نین سکھ کے ساتھ جا لگی۔ وہ ڈر سے سکپکائی اور نین سکھ کو دیکھ کر زور سے چیخ پڑی اور چیختے چیختے جھاڑیوں سے باہر نکل کر گھر کی طرف بھاگی۔ گھڑسوار حیران ہو کر اسے دیکھنے لگے۔ انھوں نے اس کا

تعاقب کرنے کا سوچا اور گھوڑوں کو ایڑ لگا کر لگام کو ڈھیلا چھوڑ دیا۔ لیکن اسی وقت جھاڑیوں سے باہر آ کر نین سکھ نے ''ٹھہر جاؤ، ٹھہر جاؤ'' کہہ کر انھیں روک لیا۔

گھڑسوار نین سکھ کو دیکھ کر حیران رہ گئے۔ وہ گھوڑوں سے نیچے اتر آئے۔ وہ دھیمے دھیمے مسکرا بھی رہے تھے۔ نین سکھ سمجھ گیا کہ وہ کیا اندازہ لگا رہے ہیں۔ وہ ان کی طرف بڑھ گیا۔ ایک گھڑسوار نے بڑے ادب سے تھوڑا جھک کر کہا، ''بھائی جی! راجا صاحب نے جلدی آپ کو حاضر ہونے کی تاکید کی ہے۔''

''چلو۔'' نین سکھ ان کے ساتھ چل پڑا۔ گوجری کے بارے میں ان کے درمیان کوئی بات نہیں ہوئی۔

رات کو جھروکے میں بیٹھ کر راجا بلونت دیو اور نین سکھ شراب پی رہے تھے۔ نین سکھ اندر ہی اندر گھبرا رہا تھا۔ اسے کسی انہونی کی دھمک سنائی دے رہی تھی، کیوں کہ بلونت دیو اسے زبردستی زیادہ پینے پر مجبور کر رہا تھا اور وہ جانتا تھا کہ بلونت دیو جب کسی پر ضرورت سے زیادہ مہربان ہوتا تو اس کے دل میں ضرور کوئی پھانس موجود ہوتی ہے۔ باہر سے وہ بڑے پُرسکون انداز میں کہہ رہا تھا، ''نینو! تم نے سنا، ہمارے بڑے بھائی صاحب مہاراج رنجیت دیو حویلی والی بیگم مغلانی کے چکر میں پھنسے ہوئے ہیں؟''

لیکن نین سکھ جانتا تھا، بلونت دیو بے پر کے کبوتر اڑا رہا ہے اور اسے مسلسل پلائے جا رہا ہے اور انتظار کر رہا ہے کہ وہ کب اسے گوجری سے متعلق لچھے دار باتیں بتاتا ہے۔ وہ ایسی باتوں کا شوقین ہے۔ نین سکھ کو پتہ ہے، گھڑسواروں نے جو بتایا ہوگا، اسے جھوٹا ثابت نہیں کیا جا سکتا۔ بلونت دیو کبھی نہیں تسلیم کرے گا کہ وہ گوجری کے ساتھ جھاڑیوں میں نہیں چھپا تھا۔ ایسا تسلیم کرنا اسے اچھا بھی نہیں لگے گا۔ وہ تو چاہتا ہے کہ نین سکھ گوجری کے بارے میں کچھ ایسا بتائے کہ جو رَس سے بھرا ہو، خواہ وہ جھوٹ ہی ہو۔ وہ تو ترنگ میں آنا چاہتا ہے، مگر نین سکھ گوجری کے بارے میں کوئی ایسی ویسی باتیں نہیں کرنا چاہتا تھا۔ گوجری کی ہر بات اس کی ذاتی جائیداد تھی، اس کے اندر وہ ایک گہرا راز تھا جس کے بارے میں کچھ بولا ہی نہیں جا سکتا۔ لیکن وہ جانتا تھا، ایسا ہونا ممکن نہیں؛ بلونت دیو اسے بخشے گا نہیں۔ وہ اسے اور پینے پر مجبور کر رہا تھا اور وہ نشے میں دھت ہوتا چلا جا رہا تھا۔

بلونت دیو نے اس کے کندھوں پر ہاتھ رکھ کر کہا، ''یار، تم نے ہمیں اس گوجری کے بارے میں کچھ بتایا ہی نہیں۔''

نین سکھ نشے میں ہونے کے باوجود چوکنا ہو گیا، ''مہاراج کوئی بات ہو تو بتاؤں نا!''

''بھئی، ہم نے تو تم سے کبھی کچھ نہیں چھپایا اور تم۔۔۔''

''مہاراج، میں سچ کہہ رہا ہوں۔''

''اور جنھوں نے اپنی آنکھوں سے دیکھا؟''

''انھوں نے دیکھا میں مانتا ہوں، مگر سچ نہیں دیکھا۔''

''آنکھوں دیکھا بھی کبھی جھوٹ ہوتا ہے؟''

''ہوتا ہے مہاراج،'' یہ کہہ کر اس نے ساری حقیقت سنا ڈالی، مگر بلونت دیو کی تسلی نہیں ہوئی، اسے مزہ

نہیں آیا۔ بولا، ''نینو، ہمیں غچہ دے کر تم پچھتاؤ گے۔ تمھیں شک ہے کہ ہم اسے تم سے چھین لیں گے؟''

''یہ کیا کہہ رہے ہیں مہاراج!''

''ہم تو یہ جاننا چاہتے ہیں کہ تم نے اسے پھنسایا کیسے؟ لوگ تو کہتے تھے، گوجر لڑکیاں آسانی سے ہاتھ نہیں آتیں۔''

بلونت دیو کی بات سن کر نین سکھ کا دم گھٹنے لگا۔ اسے محسوس ہوا کہ اس کا ذاتی راز بدنام ہونے لگا ہے۔

بلونت دیو نے پھر پوچھا، ''اس کا نام کیا ہے؟''

''مجھے نہیں پتہ مہاراج۔''

بلونت دیو کو غصہ آنے لگا، ''ہم سے نام بھی چھپانے لگے تم؟''

''آپ کے چرنوں کی سوگندھ ہے، مجھے نہیں پتہ۔'' نین سکھ روہانسا ہو گیا، ''مہاراج مجھے اس کی شکل اتنی پسند آئی کہ میرا جی چاہا، میں اس کی تصویر بناؤں، مگر اس کے ساتھ بات کرنے کا موقع نہیں ملا۔ میں اسے دیکھتا تو بس دیکھتا ہی رہ جاتا۔''

''اتنی خوب صورت ہے وہ؟'' بلونت دیو نے غصے میں بھی یہ بات اتنے پیار سے کہی کہ نین سکھ کانپ اٹھا۔ اس سے غلطی ہو گئی تھی۔ اسے گوجری کی خوب صورتی کے بارے میں کچھ کہنا نہیں چاہیے تھا۔ بلونت دیو کی آنکھوں میں ہوس کے ڈورے دیکھ کر اس کے من میں ہلچل مچ گئی۔ بلونت دیو اور بھی اس کے قریب کھسک آیا، ''میں نے پوچھا، وہ اتنی حسین ہے؟''

نین سکھ پھر بھی کوئی جواب نہ دے پایا۔

''تمھیں بہت زیادہ چڑھ گئی ہے، جا دفع ہو جا یہاں سے۔'' کہہ کر بلونت دیو حقہ پینے لگا اور جلدی جلدی کش لگانے لگا۔ نین سکھ بڑی مشکل سے اٹھا اور اپنے آپ کو سنبھالتے ہوئے باہر کی طرف چل دیا۔ اس کا من رونے کو کر رہا تھا۔ اپنا یہ راز اسے اتنا عزیز تھا، بلونت دیو نے اس کی مٹی پلید کر دی تھی۔ اسے اب سے پہلے اپنا وجود اتنا حقیر نہیں لگا تھا۔

دوسرے روز راجا بلونت دیو کا پورا عملہ 'سرئی سر' کی طرف چل پڑا۔ بلونت دیو نے ترکی صافہ سر پر رکھا ہوا تھا اور مغلوں والا پاجامہ پہنا ہوا تھا۔ وہ اپنے سفید گھوڑے پر بیٹھا ہوا تھا۔ آس پاس سات آٹھ اہلکار گھوڑوں پر بیٹھے ساتھ ساتھ چل رہے تھے جن میں نین سکھ بھی تھا۔ پیچھے دورانیاں پالکیوں میں بیٹھی ہوئی تھیں۔ کچھ داسیاں بھی ساتھ تھیں۔ ان کے پیچھے دس بارہ سپاہی ہتھیاروں سے لیس گھوڑوں پر بیٹھے تھے۔ ان کے پیچھے دوسرے حمال۔

سویرے بلونت دیو، مہاراجا رنجیت دیو کے دربار میں حاضری لگوا آیا تھا اور اس طرف سے مطمئن تھا۔ جب یہ قافلہ 'توتیوں والی کھوئی' کی طرف جانے لگا تو نین سکھ نے دور گوجروں کے ڈیروں کی طرف دیکھا۔ اسے پتہ نہیں چلا کہ اس وقت بلونت دیو اور کچھ دوسرے اہلکار اس کی طرف دیکھ کر زیر لب مسکرا رہے تھے۔

قافلہ 'سرئی سر' پہنچا تو حویلیوں میں گہما گہمی ہوگئی۔ نین سکھ نے اپنا سامان اپنے کمرے میں رکھوایا، جہاں وہ ہر سال ٹھہرتا تھا۔ لیکن اس کا دل کہیں اور تھا؛ دور توی کے کنارے ڈبری کے پاس۔ وہ مایوسی میں ڈوبا ہوا تھا۔ ابھی تک اسے شرمندگی محسوس ہو رہی تھی۔ اس کا علاج گوجری کے پاس جانا ہی تھا۔ وہ اس سے بات بھی کرنا چاہتا تھا۔ مگر اب یہ ممکن نہ تھا۔ گرمیوں کے دن جب یہیں گزارنے ہیں۔ وہ بلونت دیو کو کیسے سمجھائے کہ گوجری اس کے لیے کیا ہے۔ محبت میں گرفتار ہو کر آدمی کتنا بے بس ہو جاتا ہے۔ اس کا من کہیں باہر نکلنے کا نہیں کر رہا تھا۔ وہ اندر ہی بیٹھا رہا۔ دوسرے دن بلونت دیو کا پیغام ملا کہ شام کو وہ اس کے پچھلے دیوان خانے میں آجائے، ایک خاص تصویر بنانی ہے۔

نین سکھ کو پتہ ہے کہ 'خاص تصویر' کا کیا مطلب ہے۔ ننگی لڑکیوں کے ساتھ خود بھی بے لباس ہو کر مختلف پہلوؤں اور آسنوں میں تصویر بنوانے میں اس کی خاص دلچسپی ہے۔ ہر وقت اسی ترنگ میں رہتا ہے کہ کب کوئی حسین لڑکی ہاتھ لگے اور نین سکھ سے وہ تصویر بنوائے۔ 'سرئی سر' کی اس حویلی میں رہ کر اسے اور کوئی کام بھی نہ تھا۔ نین سکھ کو اچھا نہیں لگتا لیکن کیا کرے۔ اس طرح کی تصویر بنانے کے بعد جب رادھا کرشن کی کوئی تصویر پڑتا ہے تو اسے بہت تکلیف ہوتی۔ دونوں جذبوں کے درمیان کی دوری کو پاٹنے کے لیے اپنے اندروں کے ٹکڑے کرنے پڑتے ہیں۔ اب تو ٹکڑے کرنے کی بھی عادت پڑ چکی ہے۔

شام کو وہ کاغذ، قلم، برش اور رنگ لے کر پچھلے دیوان خانے پہنچ گیا۔ راجا بلونت دیو پہلے ہی وہاں بیٹھا حقہ پی رہا تھا۔ نین سکھ نے سلام کیا اور ایک طرف بیٹھ گیا۔ وہ اپنے سامان کو ترتیب دینے لگا۔ اسی درمیان کمرے میں کون آیا، کون گیا، اس نے اس طرف دھیان ہی نہیں دیا۔ لیکن جب اس نے سامنے دیکھا تو دیکھتا ہی رہ گیا۔ اس کے چہرے کا رنگ اڑ گیا۔ راجا بلونت دیو کے بغل میں وہی گوجری بیٹھی ہوئی تھی۔

اس وقت بلونت دیو خاص نظروں سے اسے دیکھ رہا تھا۔ اسی گھڑی کا انتظار اسے تھا۔ اسی گھڑی کے لیے تو اتنی تکلیف دہ محنت کی گئی تھی۔ وہ دیکھنا چاہتا تھا کہ نین سکھ کا رنگ کیسے اڑتا ہے، اسے اس بات کا غصہ تھا کہ نین سکھ نے اس سے جھوٹ بولا تھا؛ اگر وہ بتا دیتا کہ گوجری کے ساتھ اس کا کیا رشتہ ہے تو ممکن تھا کہ وہ گوجری کو زبردستی اٹھوا کر یوں نہ لاتا۔

''نینو، تجھ سے کہا تھا نا کہ ہم کبھی ایسی گوجری کو لے آئیں گے، جس کا کوئی ثانی نہیں ہوگا۔ بتاؤ، ہے کوئی اس کا ثانی؟ تو بھی آج کوئی ایسی تصویر بنا کہ مغلوں کی نانی مر جائے، چل شروع ہو جا۔'' یہ کہہ کر بلونت دیو نے گوجری کے کندھے پر سے شال کھینچا اور وہ ننگی ہوگئی۔

نین سکھ کی نسوں میں خون جم گیا۔ آنکھوں کے سامنے اندھیرا چھانے لگا۔ دم گھٹ رہا تھا۔ بلونت دیو کی ان دیکھی تلوار نے اندر ہی اندر اسے چیر دیا تھا۔ اگر وہ اکیلا ہوتا تو ذبح ہوتے ہوئے بکرے کی طرح چیختا۔ پتہ نہیں وہ کیسے بیٹھا ہوا تھا۔ گوجری اس کے سامنے ذلیل ہوئی بیٹھی تھی۔ اس وقت نین سکھ کو کوئی ناگن کینچلی اتار کر باہر آتی ہوئی نظر نہیں آ رہی تھی اور نہ 'ترکتا پربت' کے تین کنگوروں کا احساس ہو رہا تھا اور نہ ہی گوجری کے جسم سے

کرنیں پھوٹتی نظر آرہی تھیں۔

اس خاموشی کو بلونت دیو نے توڑا؛ مسکراتے ہوئے اس نے اپنی قمیص اتار دی اور بولا، ''شروع کرو بھئی، ایسی خوب صورتی تمھیں دوبارہ نہیں ملے گی تصویر بنانے کے لیے۔'' یہ کہہ کر وہ حقے کے کش لگانے لگا۔ نین سکھ سے ہلا بھی نہیں جا رہا تھا، اس کے ہاتھ جامد ہو گئے تھے۔ اس نے کنکھیوں سے دیکھا، بلونت دیو کے حقے کی رسی گوجری کے برہنہ پستان پر پھسل رہی تھی۔ پھر بلونت دیو نے گوجری کی ٹھوڑی اوپر اٹھائی اور بولا، ''تمھاری تصویر اچھی کیسے بنے گی، گردن اٹھا کر رکھ، اُدھر دیکھ۔ کیوں بھئی نینو! کچھ بن رہا ہے یا نہیں؟ اس کی ایسی تصویر بنا کہ جس نے اسے بنایا ہے، وہ بھی مات کھا جائے۔''

آخر نین سکھ کانپتے ہاتھوں سے کاغذ پر لکیریں کھینچنے لگا۔ ٹیڑھی میڑھی لکیریں، جن کا نہ تو کوئی سر تھا نہ پیر۔ وہ تو بھول ہی چکا تھا کہ وہ ایک مصور ہے اور اس نے لاتعداد خوب صورت اور فنکارانہ تصویریں بنائی ہیں۔ بلونت دیو اس کے کانپتے ہاتھوں کو دیکھ کر دل ہی دل میں خوش ہو رہا تھا اور گوجری کے ساتھ اس کی دست درازی بڑھ رہی تھی۔ کچھ دیر بعد اچانک اس نے نین سکھ کی طرف دیکھا اور بولا، ''اے نینو، یہاں تو آ، بتا تو کیا بنا رہا ہے!''

نین سکھ بے چین ہو گیا۔ کچھ بنایا ہوتا تو دکھاتا۔ گردن نیچی کیے، وہ لکیریں کھینچنے کے عمل جاری رکھے ہوئے تھا۔ بلونت دیو نے پھر مسکراتے ہوئے کہا، ''دکھا تو، یوں بیٹھے بیٹھے ہم دونوں بھی تصویر نہ بن جائیں۔'' نین سکھ نے پھر بھی کاغذ آگے نہیں بڑھایا تو بلونت دیو اپنی قمیص پہننے لگا، بولا؛ ''لگتا ہے، آج تم سے کچھ بنایا نہیں جائے گا، کبھی کبھی ایسا ہوتا ہے۔ نہیں بنا تو نہ سہی، بھئی ہم تمھارے ساتھ زبردستی تھوڑی کر سکتے ہیں۔ اب تو یہاں روز ہی موج مستی ہوتی رہے گی۔'' قمیص پہن کر بلونت دیو کھڑا ہو گیا، ''اِدھر آ۔'' نین سکھ آگے بڑھ کر اس کے قریب جا کھڑا ہوا۔ بلونت دیو اس کے کندھے پر ہاتھ دروازے کی طرف چل دیا اور کہنے لگا، ''نینو، تم ہم سے اپنے یارانے نہیں چھپا سکتے۔ یہی حسن پری ہے نا تیری؟ لے جا اسے اپنے ساتھ، کیا یاد کرے گا کسی راجا سے واسطہ پڑا تھا۔ جا مزے کر۔'' یہ کہہ کر بلونت دیو دروازے سے باہر نکل گیا۔

نین سکھ وہیں کھڑا رہا۔ اس کی سمجھ میں نہیں آرہا تھا کہ وہ کیا کرے۔ اس نے پیچھے مڑ کر گوجری کی طرف دیکھا۔ اس نے شال اوڑھ لیا تھا۔ نین سکھ دھیرے دھیرے اس کے قریب جا کر کھڑا ہو گیا اور بولا، ''چل باہر آجا۔'' گوجری اٹھی اور اس کے پیچھے پیچھے چل پڑی۔ حویلی کے پچھلے دروازے میں سے گزر کر دونوں جھیل کے کنارے آ گئے۔

باہر اندھیرا ہی اندھیرا تھا۔

نین سکھ نے دھیمے سے گوجری سے پوچھا، ''تم اکیلی اپنے ڈیرے تک چلی جاؤ گی؟''

''نہیں۔'' گوجری نے جواب دیا۔

''چلو، پھر میں تمھیں چھوڑ آتا ہوں۔'' کہہ کر نین سکھ توی ندی کی طرف چل پڑا، پیچھے پیچھے گوجری

تھی۔

'اتھم' کی ڈھلان کے قریب پہنچتے پہنچتے آدھا ادھورا چاند بادلوں کے درمیان میں سے جھانکنے لگا تھا۔ نین سکھ نے ایک بار بھی پیچھے مڑ کر نہیں دیکھا تھا۔ وہ چاہتا تھا، جلدی جلدی اسے اس کے ڈیرے تک پہنچا دے۔ مدھم چاندنی میں دونوں ڈھلان پر سے یوں اتر رہے تھے، جیسے دو اجنبی راہگیر ساتھ ساتھ چل رہے ہوں۔ 'توتیوں والی کھوہی' کو پار کر کے ایک جگہ پہنچ کر گوجری کھڑی ہو گئی۔ نین سکھ کھڑا رہا، کچھ نہیں بولا۔ گوجری اس کے آگے سے گزر گئی۔ تھوڑی دور جا کر وہ اچانک رک گئی۔ وہ واپس اس کے پاس آئی اور بولی، ''تم ہی کل جھاڑیوں کے پیچھے چھپ کر مجھے دیکھ رہے تھے؟''

''ہاں!'' نین سکھ نے جواب دیا۔

گوجری پل بھر اس کی طرف دیکھتی رہی۔ پھر مڑی اور اپنے گھر کی طرف چل پڑی۔ نین سکھ بغیر پلکیں جھپکائے اس کی طرف دیکھ رہا تھا۔ وہ اندھیرے میں یوں غائب ہو گئی، جیسے آسمان سے کوئی تارہ ٹوٹا اور اندھیرے میں گم ہو گیا۔ پھر دھیرے دھیرے چلتا ہوا وہ توی کے قریب پہنچ گیا۔ کل باڑھ کا پانی کنارے توڑ رہا تھا مگر اس وقت وہ یوں بہہ رہا تھا جیسے کسی نے اسے خاموش رہنے کی بددعا دے دی ہو۔ نین سکھ کافی دیر تک وہیں کھڑا رہا۔

تھوڑے دنوں کے بعد راجا بلونت دیو کو پتہ لگا کہ نین سکھ 'بسوہلی' چلا گیا ہے اور وہاں وہ راجا امرت لال کے دربار میں بطور مصور نوکر ہو گیا ہے۔

وارث (میتھلی)

سریندر جھا سمن

ترجمہ: محمد اسدالدین

سریندر جھا سُمن (۱۰ اکتوبر ۱۹۱۰ - ۵ مارچ ۲۰۰۲ء) میتھلی زبان کے شاعر، افسانہ نگار، پبلشر، ایڈیٹر ہونے کے علاوہ اسمبلی اور پارلیمنٹ کے رکن تھے۔ وہ میتھلی ثقافت کے مصلح بھی تھے۔ وہ تقریباً ۴۰ میتھلی، ہندی اور سنسکرت کتابوں کے مصنف تھے۔ آپ کو ساہتیہ اکیڈمی سے بھی نوازا جا چکا ہے۔

نیتو ساہو کی دکان کا صبح اتنی دیر تک بند رہنا غیر معمولی بات تھی۔ خریدار دکان کے دروازے پر کھڑے تھے۔ ایک اگر چائے کی پتی خریدنے کے لیے بے قرار تھا تو دوسرا تمبا کو خریدنے کے لیے اتاؤلا ہو رہا تھا۔ وہ سوچ رہے تھے کہ دکان کبھی کھلے بھی۔ ایک نے نیتو ساہو کا نام لے کر پکارا لیکن کوئی جواب نہیں ملا۔ اب کھیت مزدور بھی ان میں شامل ہو گئے تھے۔ ان کو کام پر جانا تھا۔ دھیرے دھیرے دکان پر خریداروں کی بھیڑ لگ گئی۔ سب یہی سوچ رہے تھے کہ دروازہ کیوں نہیں کھل رہا ہے۔ انھوں نے ''ساہو جی! ساہو جی!'' پکارا۔ لیکن وہ کتنا بھی زور سے چلائے، دروازہ نہیں کھلا۔

ان کی حیرت غصہ میں بدل گئی لیکن جلد ہی ان کو شک اور تشویش ہونے لگی۔ ایک نے دروازے کو دھکا دیا لیکن وہ اندر سے بند تھا۔ اس کے بعد لوگوں نے دروازہ پر زور لگایا اور اس کو قبضے سے الگ کر لیا۔ ساہو جی ایک چارپائی پر لیٹے دکھائی دیے۔ ان کا جسم ایک چادر سے ڈھکا ہوا تھا۔ کسی نے ان کو جگانا چاہا لیکن کوئی جواب نہ ملا۔

آخر جب چادر ہٹائی گئی تو یہ دیکھنے کو ملا کہ ساہو جی کی موت ہو چکی ہے اور ان کا جسم اکڑا ہوا ہے۔ کسی کو پتہ نہیں تھا کہ یہ کیسے ہوا، کیسے وہ لیٹے کہ پھر اٹھ ہی نہ سکے۔ وہاں موجود ہر کسی نے اندازہ لگانے کی کوشش کی۔

لیکن اب قیاس آرائی یا ثبوت کا کوئی موقع نہیں تھا۔ ان کی لاش چارپائی پر پڑی سب کو نظر آ رہی تھی لیکن جو چیز پریشان کن تھی، وہ یہ کہ کس طرح اور کس وقت ان کے جسم سے جان نکلی تھی۔ وہ کافی بوڑھے تھے اور اس پر دمے کے مریض۔ ہر وقت کھانستے رہتے اور سانس لینے میں تکلیف ہوتی تھی۔ موت نے ان کو ان بیماریوں سے چھٹکارا دلا دیا تھا۔ کتنی اچھی بات تھی کہ خاموشی سے اور کسی کو پریشان کیے بغیر وہ چل بسے۔

ان کی موت کا کسی پر کوئی اثر نہیں ہوا۔ نہ کوئی عورت بیوہ ہوئی اور نہ ہی کسی باپ نے اپنی اولاد کھوئی۔ نہ ہی ان کی کوئی اولاد تھی جو ان کے لیے روئے اور نہ ہی کوئی رشتہ دار جو افسوس کا اظہار کرے۔ وہ بالکل اکیلے تھے۔ ان کا سوگ منانے کے لیے کوئی نہیں تھا۔

زندگی بھر گاؤں والوں کے ساتھ ان کا ایک ہی رشتہ تھا، دکان دار اور خریداروں کا۔ کبھی کبھی کسی شادی، جنیو یا شرادھ کی رسموں میں بلا لیے جاتے۔ بدلے میں وہ سپاری اور سونف سے ان لوگوں کی خاطر کرتے جب وہ ان کی دکان پر آتے۔ کسی کو یاد نہیں کہ کبھی کوئی رشتہ دار ان سے ملنے آیا ہو۔ اسی طرح کسی نے کبھی یہ نہیں دیکھا کہ وہ کبھی باہر کسی سے ملنے جا رہے ہوں۔ ان کی عمر ساٹھ سال سے زیادہ تھی اور قریب پچاس سال پہلے وہ اس گاؤں میں آئے تھے۔ اس وقت ان کے پاس ایک یا دو درجن سوئیاں اور ماچس تھیں جنھیں وہ گاؤں میں پھیری لگا کر بیچتے تھے۔ گاؤں کے زمین دار سے زمین کا ایک ٹکڑا خرید کر انھوں نے وہیں دکان کھولی اور وہیں ہو کر رہ گئے۔ دھیرے دھیرے انھوں نے اپنی دکان بڑھائی۔ باغ کے لیے پیڑ پودے لگائے اور پائیں باغ میں سبزیاں اگائیں۔ تبھی سے ان کو گاؤں کے ایک فرد کے طور پر مان لیا گیا تھا۔ کسی نے یہ جاننے کی کوشش نہیں کی کہ وہ کہاں سے آئے تھے۔ گاؤں کے برگد کے سایہ کی طرح گاؤں والوں کے لیے ان کی دکان ملنے جلنے کی ایک جگہ بن گئی تھی۔

ہاں، وہاں ایک لڑکا تھا، ان کی اپنی برادری کا، جس کو وہ کبھی کبھار اپنی دکان پر بٹھاتے۔ جب کبھی وہ سامان خریدنے کے لیے شہر جاتے تو اس کو دکان پر چھوڑ جاتے، سامان بیچنے سے زیادہ دکان کی رکھوالی کے لیے۔ چونکہ اس پر اعتماد تھا، اس لیے چابیاں بھی اسی کے پاس چھوڑ جاتے۔ ضرورت پڑنے پر وہ ایک دو خریداروں کو سامان بیچ دیتا اور مالک کے آنے پر حساب ان کے حوالے کر دیتا۔ بدلے میں ساہو جی رام بجو کی بیڑی اور پان کی ضرورت پورا کرتے اور کبھی کبھی اسے کچھ پیسے بھی دے دیتے۔

ساہو جی کی اچانک موت پر بہت سارے تماشائی اکٹھا ہو گئے تھے۔ لیکن کسی کو اس بات کی فکر نہیں تھی کہ کس طرح سے ان کی لاش کو ٹھکانے لایا جائے۔ اکڑی ہوئی لاش وہیں پڑی رہی۔ کافی دیر بعد گاؤں کے بڑے بوڑھوں کے مشورے سے یہ طے ہوا کہ میت کی آخری رسم رام بجو ہی ادا کرے گا۔ گاؤں کے کچھ لوگ لاش کو شمشان گھاٹ لے گئے اور اس کو جلا دیا گیا۔ اگلے دن صبح پجاری جب رام بجو کو رسم ادائیگی میں مدد کر رہا تھا۔ ایک پولیس کے جمعدار اور دو سپاہی وہاں آ دھمکے اور انھوں نے سوالوں کی بوچھار کر دی؛ ساہو کون تھا؟ اس کی موت کیسے ہوئی؟ اس کے دوست اور دشمن کون تھے؟ اس کی جائیداد کیا کیا ہے؟ پولیس کو اس کی موت کی اطلاع

کیوں نہیں دی گئی؟ باقاعدہ تفتیش سے پہلے لاش کو کیوں جلا دیا گیا؟ چتا میں آگ کس نے دی؟ لاش جلاتے وقت کون لوگ وہاں موجود تھے؟ وغیرہ وغیرہ۔

رام بجو کو حراست میں لے لیا گیا۔ چونکہ پولیس کو لاش کو شمشان گھاٹ تک پہنچانے والے لوگوں کا پتہ نہیں مل سکا، کسی اور کی گرفتاری نہیں ہوئی۔ دکان میں تالا لگا دیا گیا۔ گاؤں میں سنسنی کا ماحول تھا اور پورا گاؤں ڈرا ہوا تھا۔ حالاں کہ ساہوجی نے اپنی زندگی میں گاؤں کے کسی لڑائی جھگڑے میں حصہ نہیں لیا تھا مگر ان کی خاموش موت نے گاؤں میں ایک طوفان مچا دیا تھا جس نے پورے گاؤں کو بری طرح ہلا کر رکھ دیا تھا۔ ڈر کے مارے رام بجو سکتے میں آ گیا تھا۔ وہ سوچنے لگتا کہ کیا ان سب کے لیے وہ ذمہ دار تھا۔ جب ساہوجی زندہ تھے، اس کو تمبا کو اور بیڑی مہیا کرتے تھے۔ بدلے میں ان کی ضرورت کا کام وہ کر دیتا۔ ان کے لیے بالٹی بھر کر پانی لاتا اور ان کی غیر موجودگی میں دکان کی دیکھ بھال کرتا۔ ان سے اس کے لگاؤ میں کمی نہیں آئی تھی اور اس نے ان کی چتا میں آگ بھی سلگائی تھی۔ اس کے علاوہ (ایک سگے بیٹے کی طرح) اس نے ان کا پنڈ دان بھی کیا تھا۔ جب اس کی ماں زندہ تھی تو اسے اکثر کہتی: ''اگر تم دوسروں کی مدد کرو گے تو خدا تمھاری مدد کرے گا۔'' لیکن دیکھیے اس کا کیا صلہ ملا۔ پولیس کی حراست میں وہ یہی کچھ سوچتا رہا، دو دن تک نہ تو وہ رویا اور نہ آہ وزاری کی۔ بعد میں جب پولیس کو یہ لگا کہ کتنا بھی ظلم ڈھایا جائے ایک پائی بھی نہیں ملے گی اور یہ کہ پولیس کتنی بھی زبردست کر لے، گاؤں کا کوئی آدمی اس کے خلاف گواہی نہیں دے گا، انھوں نے اسے چپت اور لات مار کر رہا کر دیا۔

اس بیچ میں گاؤں والوں کے اندر کچھ ہلچل سی دکھائی دی۔ انھوں نے دیکھا کہ ساہوجی کی دکان کے سامنے کچھ لوگ ڈیرا ڈال رہے ہیں۔ پوچھنے پر ان لوگوں نے بتایا کہ وہ ساہوجی کے قریبی رشتہ دار ہیں۔ ایک نے یہ دعویٰ بھی کر دیا کہ وہ ساہوجی کے بھائی کا لڑکا ہے۔ اور باقی سب بھی ساہوجی کے خاندان کے فرد ہیں جو اس کی تصدیق کے لیے آئے ہیں۔ جس لمحہ اس کو پتہ چلا تھا کہ اس کے چچا گزر گئے ہیں، وہ فوراً سر منڈوا کر اور ناخن کٹوا کر گنگا کے مقدس کنارے پنڈ دان کے لیے چلا گیا تھا۔ اور اس کے بعد وہ یہاں آ پایا۔ ظاہر ہے اس کو یہاں آنے میں دیر ہوئی۔ دکان کے سامنے اڈا جمانے کے بعد وہ لوگ مکھیا سے ملنے گئے۔

جس وقت گاؤں والے اس نئی صورت حال پر گفتگو کر رہے تھے، کچھ اور لوگ وہاں آ پہنچے۔ ان کے ساتھ ایک آدمی تھا جو خود کو ساہوجی کی بہن کا لڑکا بتاتا تھا۔ اس کے مطابق صرف وہی ساہوجی کا سچا وارث تھا۔ اس نے بتایا کہ اس کے خاندان والے اس بات کی تصدیق کریں گے۔ یہ لوگ سرپنچ کے یہاں گئے اور اپنا ڈیرا ڈالا۔

دونوں گروہوں نے رام بجو کو اپنی طرف کر لینے کی کوشش کی۔ اس کو ابھی پولیس کی حراست میں لات اور چپت کھانی پڑی لیکن ان بناوٹی بھتیجے اور بھانجے اور ان کے ساتھیوں نے اس کی بڑی خاطر داری کی۔

گاؤں بھر میں یہ موضوع چھڑا ہوا تھا۔ جہاں تک ساہوجی کی جائیداد کا سوال تھا، گاؤں کے سب لوگ اس سے واقف تھے؛ دکان اور مکان، اس سے ملحق پائیں باغ کی زمین اور کچھ کھیتی کی زمین۔ جو وہ نہیں جانتے تھے، وہ یہ کہ ان کا کوئی رشتہ دار بھی تھا۔ ان کو ضرور اس بات کا شک تھا کہ ہو نہ ہو، ساہوجی کے گھر میں اناج اور

نقدی کافی مقدار میں موجود ہے اور یقیناً اسی کی لالچ میں یہ نئے رشتے داروں میں سے کوئی بھی ان کی خیر خبر لینے نہیں آیا تھا۔ اور اب جب ان کو یہ پتہ چلا ہے کہ ساہو جی نہیں رہے، وہ یہ بھی دعویٰ کر رہے تھے کہ یہ گنگا کے کنارے ان کا پنڈ دان بھی کر چکے ہیں۔

گاؤں والوں کی منصفانہ رائے کے مطابق ساہو جی کی جائیداد کا سچا وارث رام بجو کے علاوہ اور کوئی نہیں ہو سکتا تھا۔ خوشی ہو یا غم، ایک وہی تھا جس نے ہمیشہ ان کا ساتھ دیا تھا۔ رام بجو ان کو بابا کہہ کر بلاتا تھا اور وہ بھی اس کے ساتھ اپنے پوتے کی طرح برتاؤ کرتے تھے۔ اس نے ان کی چتا میں آگ دی تھی اور ان کے لیے پولیس کی مار کھائی تھی۔ لیکن ان سب باتوں کو بھلا دیا گیا اور وراثت کے معاملہ میں اس کے دعویٰ کو کوئی اہمیت نہیں دی گئی۔ ان نو وارد دعوے داروں کے صحیح ہونے کا ثبوت کون دے سکتا تھا۔ وہ جھوٹے بھی ہو سکتے تھے جو مکھیا اور سرپنچ کی مدد سے اپنا فرضی دعویٰ پیش کر رہے تھے۔ ایسا لگتا تھا کہ گاؤں کے ان دو مہا پاکھنڈیوں نے بھتیجے اور بھانجے کو اپنے مقصد کے لیے ایجاد کر لیا تھا۔

لیکن اسی پر بات ختم نہیں ہوئی۔ بچنو بابو جو رام بجو کے پڑوسی تھے اور جو اپنے آپ کو گاؤں کا سب سے چالاک اور ہوشیار آدمی سمجھتے تھے، اکھاڑے میں اتر آئے۔ انھوں نے سوال اٹھایا: ''کیا کسی کو پتہ ہے کہ ساہو جی کو دھندہ شروع کرنے کے لیے پیسے کس نے دیے تھے؟'' یہ کسی کو نہیں معلوم ہے کہ جب وہ پہلے پہل گاؤں آئے تھے، ان کے پاس درجن بھر سوئیاں اور ماچس کے علاوہ کچھ بھی نہیں تھا۔ انھی چیزوں کو وہ گاؤں میں پھیری لگا کر بیچا کرتے تھے۔ میرے والد کو ان پر ترس آیا اور انھوں نے ساہو جی کی مدد کی۔ بعد میں انھوں نے رام بجو کے باپ کو اس پر آمادہ کیا کہ رام بجو ساہو جی کے کام میں ہاتھ بٹائے۔ دکان کی توسیع کے لیے بھی انھوں نے ساہو جی کو سود پر پیسے ادھار دیے تھے۔ نہیں تو ساہو جی شروع برگد کے نیچے ایک کٹیا میں سے دکان چلاتے تھے، جو آپ سب کو پتہ ہے۔ میرے والد اگر ساہو جی کو ایسی فراخ دلی سے ادھار نہ دیتے تو دکان کی قطعی اتنی ترقی نہ ہوتی۔ اور جب میرے والد نہیں رہے تو میں نے کئی موقعوں پر ان کو ادھار دیا تھا۔ گھر بنانے کے لیے اور پائیں باغ کی زمین اور کھیتی کی زمین خریدنے کے لیے میں نے ہی ان کو پیسے دیے تھے۔ اور ایک ایمان دار آدمی کی طرح ساہو جی نے ان قرض کے کاغذات پر انگوٹھے کے نشان لگائے تھے جو میں گاؤں والوں کے دیکھنے کے لیے لایا ہوں۔ ان کی حیات میں کسی نے یہ سنا تھا کہ ان کا کوئی بھتیجا، بھانجا یا اور کوئی رشتہ دار بھی ہے؟ اور اب ایک نہیں بلکہ دو آدھمکے ہیں، کوئی شک نہیں کہ یہ سب صرف مکھیا اور سرپنچ کی ایک چال ہے۔ سب کو میں بتا دینا چاہتا ہوں کہ میں اس دکان کو لینے کے لیے آیا ہوں۔ اور ہاں، رام بجو تو ہمیشہ کی طرح دکان میں بیٹھا کر، اور کسی سے ڈرنا مت۔ مرتے وقت تیرا باپ ہی مجھ سے کہہ گیا تھا تیری دیکھ بھال کرنے کے لیے۔ اب میں بھی دیکھوں کہ کس مائی کے لال اتنی ہمت ہے کہ دکان پر قابض ہونے کی کوشش کرے۔''

بچنو بابو نے زوردار الفاظ میں تیسرے اور سب سے اہم مدعی کے طور پر ساہو جی کی جائیداد کے لیے اپنا دعویٰ پیش کیا۔

یہ سن کر وہاں موجود کچھ لوگوں نے سمجھ داری سے سر ہلائے، جب کہ دوسرے لوگ صرف مسکرا دیے۔ وہ لوگ کچھ اس طرح سرگوشیاں کرنے لگے؛ ان کی زندگی میں تو کبھی کسی نے بچنو بابو کو ساہو جی طرف دھیان دیتے ہوئے نہیں دیکھا، اور اب وہ ان کا سب سے بڑا قرض خواہ بن بیٹھا ہے۔ یہ سب باتیں صرف مرے ہوئے آدمی کی جائیداد کو ہڑپنے کی چال ہے۔ جہاں تک ہم جانتے ہیں اگر ساہو جی کا کوئی رشتہ دار نہیں تھا تو ان کا کوئی قرض خواہ بھی نہیں تھا۔ کیسی شرم کی بات ہے کہ اتنے سارے لالچی لوگ ان کی جائیداد کے پیچھے پڑ گئے۔

بھیڑ میں سے ایک آدمی نے جملہ کسا؛ ''یہ سب ساہو جی کی جائیداد کو ہڑپنے کی چال ہے۔ ان کے گھر، دکان، زمین، اناج اور نقدی جو کچھ بھی انھوں نے جمع کیا ہے اس کو ہڑپنے کی۔ یہ ان حالات میں عام سی بات ہے جب مرنے والا کوئی وارث نہیں چھوڑ جاتا۔ دیکھتے جاؤ! ابھی اور بہت سے آتے ہوں گے اپنا اپنا دعویٰ پیش کرنے۔ جلد ہی ہمیں ایک دنگل دیکھنے کو ملے گا جس میں ایک بے شرم مکار دوسرے کے خون کا پیاسا نظر آئے گا۔ لڑائی کی تیاری ہو چکی ہے اور جلد ہی لاٹھی اور ڈنڈے چلیں گے۔ اور ہم زخمی سروں کے ساتھ چھپنے کی جگہ تلاش کرتے نظر آئیں گے۔ بھاڑے کے غنڈوں کی بن آئے گی۔ مکھیا بہت شاطر ہے اور سرپنچ بھی بہت سازشی ہے۔ وہ ایک گہری چال چل رہے ہیں جس کے بارے میں کسی کو کچھ پتہ نہیں۔ بچنو جیسے لوگ غرا سکتے ہیں، بھونک سکتے ہیں، مگر وہ مکھیا اور سرپنچ کا مقابلہ نہیں کر سکتے۔ اور اس دوران رام بجو ایک پنڈولم کی طرح ان تماشائیوں کے بیچ جھولتا رہے گا۔ ان سب کے بیچ ہم برگد کے پیڑ کے نیچے والی اس مزے دار صحبت سے محروم رہیں گے۔''

گاؤں کا ماحول دن بہ دن بگڑتا ہی گیا۔ ایک طرف مکھیا نے ساہو کے بناوٹی بھتیجے کی طرف داری کی تو دوسری طرف سرپنچ نے بناوٹی بھانجے کی اور اس کو کچہری میں مقدمہ دائر کرنے کے لیے اکسایا۔ بچنو بابو کاغذوں کا پلندہ بغل میں دبائے اکثر وکیل کے یہاں نظر آنے لگے۔ رام بجو دور سے دکان کی طرف حیرت بھری نظر سے دیکھتا۔ بچنو بابو کی حوصلہ افزائی کے باوجود بھی اس میں اتنی ہمت نہیں تھی کہ وہ دکان پر جائے جس کے دروازے پر ایک بڑا سا تالا لگا ہوا تھا۔ گاؤں والے اگر دکان کے برآمدے کے استعمال سے محروم ہو گئے تھے تو وہ دکان کے سامنے سیمنٹ کے چبوترے پر بیٹھتے اور نہایت گرم جوشی سے اس سارے واقعے اور اس میں ملوث کرداروں پر گفتگو کرتے۔

کئی مہینے بیت گئے۔ اس دوران سارے دعویدار کچہری کے ارد گرد منڈلاتے نظر آئے۔ خریدے گئے گواہوں کو ہوٹلوں میں مہنگے کھانے کھلائے گئے۔ وکیلوں نے باریک نکتوں پر بحثیں کیں اور موکلوں سے زیادہ سے زیادہ فیس وصولنے کی کوشش کی۔ مکھیا اور سرپنچ دونوں کو ضروری کام سے گاؤں کے باہر جاتے ہوئے دیکھا گیا۔ وہ بہت مصروف نظر آتے۔ ایسا لگتا کہ وہ اپنے موکل کو جتانے کی بھرپور کوشش میں لگے ہوئے ہیں۔

گاؤں والے بھی تین واضح گروہوں میں بٹ گئے تھے۔ رام بجو کو تینوں طرف سے کھینچا جاتا۔ چغل خوروں کی بن آئی تھی۔ ایک گروہ کا راز دوسرے گروہ تک پہنچا کر وہ بے حد خوش ہوتے۔ دکان پر تالا پڑا ہوا تھا۔ برآمدہ میں گرد جمع ہوتی اور گھر پر سناٹا رہتا۔ کسی کو اس کے پاس پھٹکنے کی ہمت نہیں تھی۔ وقت نے کسی کا انتظار نہیں

کیا۔ آہستہ آہستہ لوگوں کے صبر کا پیمانہ لبریز ہو گیا۔ مقدمے میں ان کو کوئی دلچسپی نہیں رہی۔ یہاں تک کہ خود دعویدار بھی تھکے اور سست دکھائی دیتے۔ آپسی گالیاں بھی کم ہو گئی تھیں، حالاں کہ سرد جنگ اب بھی جاری تھی۔ حیرت کی بات یہ تھی کہ ایک مرتبہ مکھیا اور سرپنچ کو آپس میں محوِ گفتگو دیکھا گیا۔ بچنو بابو کا حوصلہ پست ہو گیا تھا۔ یہاں تک کہ کچہری میں بھتیجا اور بھانجا دونوں کو آپس میں اپنے خاندان والوں کے ساتھ سر جوڑ کر بات کرتے دیکھا گیا۔ رام بجوا کیلا پڑ گیا تھا۔ کسی نے اس کی طرف توجہ نہیں دی۔

اور پھر ایک دن دیکھنے میں آیا کہ ساہو جی کی دکان کھل گئی ہے۔ دکان کے سامنے کے حصہ کی اچھی طرح سے صفائی کی گئی تھی۔ برگد کے نیچے چبوترے پر اچھے خاصے لوگ جمع ہو گئے تھے۔ زمین پر ایک چادر بچھی ہوئی تھی اور اس پر مکھیا جی، سرپنچ، بچنو بابو اور وہ بھتیجا اور بھانجا بیٹھے ہوئے تھے، گاؤں کے کچھ اہم لوگ بھی وہاں بیٹھے ہوئے تھے، کافی تعداد میں تماشائی بھی وہاں موجود تھے۔ ایک کونے میں بھنگ کا شربت تیار ہو رہا تھا اور ایک سینی پر پان اور سپاری کا انبار سجا ہوا تھا۔

مکھیا جی کے ہاتھ میں کاغذ کا ایک پرزہ تھا۔ وہ کھڑے ہو گئے اور لوگوں سے خطاب کرنے لگے؛ ''بھائیو! ہم سبھی جانتے ہیں کہ کس طرح ساہو جی کی موت نے گاؤں میں تہلکہ مچا دیا تھا۔ ان کی رحلت سے ایک خطرناک جھگڑا پیدا ہو گیا تھا۔ ان کے بھتیجے اور بھانجے آپسی رنجش میں گرفتار ہیں۔ اس میں کوئی شک نہیں کہ جائیداد پر ان کا حق بنتا ہے اور ہم نے ان کو ذاتی طور پر صلاح بھی دی۔ وہ خود اس بات کی تصدیق کریں گے کہ ہم نے کس طرح سے ان سے تعاون کیا ہے۔''

بھتیجے اور بھانجے نے اثبات میں سر ہلایا۔

مکھیا نے بات جاری رکھی، ''آپ لوگ یہ بھی جانتے ہوں گے کہ ساہو جی بچنو بابو کے قرض دار تھے۔ یہ ثابت کرنے کے لیے ان کے پاس کاغذات بھی موجود ہیں۔''

اس پر صرف بچنو بابو نے سر ہلایا۔

مکھیا نے پھر کہا؛ ''ان باتوں کی روشنی میں ہمیں یہ جاننا ہے کہ آپ لوگوں کی رائے کیا ہے۔ میں تو یہی چاہوں گا کہ سب کے ساتھ انصاف ہو، جس کو روزمرہ کے محاورے میں یوں کہا جائے کہ سانپ بھی مر جائے اور لاٹھی بھی نہ ٹوٹے۔ ساہو جی کے رشتہ داروں کو ان کا حصہ ضرور ملنا چاہیے، لیکن میں یہ بھی چاہتا ہوں کہ گاؤں کی جائیداد گاؤں میں ہی رہے۔ ہم نے ان کا ساتھ دیا ہے۔ انھیں کسی طرح کی شکایت نہیں ہونی چاہیے۔ میری یہ بھی خواہش ہے کہ ہمارے فیصلے سے ساہو جی کی روح کو تکلیف نہ پہنچے۔ ہر پہلو پر غور کرنے کے بعد ہم لوگوں نے ایک پنچ نامہ تیار کیا جو آپ کے سامنے پیش کیا جائے گا۔ آپ لوگوں کی منظوری کے بعد ہی ہم متعلقین کو اس قرارداد پر دستخط کرنے کی اجازت دیں گے۔ ہم اس جھگڑے کو ختم کر دینا چاہتے ہیں تاکہ ہم سکون سے رہ سکیں۔''

ایسا کون تھا جو اس دوستانہ معاہدہ سے انکار کرتا۔ سب لوگوں نے اقرار میں سر ہلایا۔ اس کے بعد مکھیا نے سرپنچ کی طرف دیکھا اور کہا، ''اب سرپنچ صاحب اس معاہدہ کی تفصیلات بیان کریں گے۔''

سرپنچ کھڑا ہو گیا اور کہنے لگا؛ ''دھیان سے میری بات سنیے۔ ساہو جی گاؤں کے باہر سے آئے تھے لیکن ہمیں کبھی احساس نہیں ہوا کہ وہ گاؤں کے نہیں ہیں۔ لیکن ان کا بھتیجا اور بھانجا جن کا ساہو جی سے خون کا رشتہ ہے، ہمارے لیے ہمیشہ غیر ہی رہیں گے۔ وہ یہاں سے ساہو جی کی زمین تو اٹھا کر نہیں لے جا سکتے۔ اگر وہ مکان ڈھا کر اس کا ملبہ آپس میں بانٹ لیں تو یہ ان کے کسی کام میں نہیں آئے گا۔ اس لیے یہ طے کیا گیا کہ ان کے بھتیجہ کو گھر کا سارا منقولہ سامان دے دیا جائے۔ گھر کا فرنیچر ان کو ہمیشہ اپنے چچا کی یاد دلاتا رہے گا۔ ہم نے یہ بھی طے کیا ہے کہ بھانجا کو دکان سا سارا سامان دے دیا جائے۔ گاؤں میں اس کی اپنی دکان ہے جس میں یہ سامان کام آ جائے گا۔ بچنو بابو کو دو کاٹھا کھیتی کی زمین اور پانچ کاٹھا غیر زرعی زمین پر اکتفا کرنا پڑے گا۔ اس سے ان کی قرضے کی تلافی ہو جائے گی۔ جہاں تک ان کے گھر اور اس کے سامنے کی زمین کا سوال ہے تو یہ مکھیا جی کے حوالے کر دی جائے گی، اس شرط کے ساتھ کہ وہ ایک شیو مندر تعمیر کریں۔ ساہو جی کی یاد میں ہم اس کو 'نتیشو رستھان' کا نام دیں گے۔ اس سے جنت کے فرشتے ان پر مہربان ہوں گے۔ میں نے اس کی ایک ایکڑ زمین کی دیکھ بھال کرنے کے لیے حامی بھر لی ہے۔ اس زمین پر پانی کے لیے بورویل کھودا جائے گا جو مسافروں کی پیاس بجھائے گا۔ اس سے سبزی اُگانے میں بھی مجھے بہت مدد ملے گی۔ گاؤں کے لوگوں کو اب بازار سے سبزی لانے کی ضرورت نہیں پڑے گی اور میں یہ وعدہ کرتا ہوں کہ بورویل کو ہمیشہ اچھی حالت میں رکھوں گا۔''

لوگوں نے اتفاق میں سر ہلائے۔ بہت سے لوگ ایسے تھے جو اس بندر بانٹ پر مسکرا دیے۔ کسی نے اختلاف نہیں کیا۔ وہاں موجود گاؤں والوں نے راحت کی سانس لی۔ قرارداد پر باقاعدہ دستخط ہوئے۔ ہر کسی کو بھنگ پلائی گئی تا کہ وہ اچھی نیند سوئیں۔ بڑی فراخ دلی سے پان اور سپاری بانٹی گئی۔ صرف یہی نہیں بلکہ نتیشور مہادیو کے چڑھاوے کے لیے لڈو بھی بانٹے گئے اور کسی نے 'جے نتیشور دیو' کا نعرہ بھی لگایا۔ اس کے بعد سب لوگ اپنے اپنے گھر چلے گئے۔

صرف رام بجو ایک طرف کونے میں اکیلا بیٹھا رہا۔ اپنے جذبات کے اظہار کے لیے اس کے پاس الفاظ نہیں تھے۔ کسی کو اس کا خیال نہیں آیا۔

گھنٹی (سندھی)

ہریش واسوانی

ترجمہ: جینت پرمار

ہریش ہنس راج واسوانی (۲۲ نومبر ۱۹۴۰ء - ۱۳ اپریل ۲۰۱۳ء) ایک سندھی ادیب، شاعر، نقاد اور استاد تھے۔ وہ علم سیاسیات اور انگریزی کے پروفیسر تھے۔ ہریش واسوانی جدید سندھی شاعری کے اہم ستون تسلیم کیے جاتے ہیں۔ انھیں ۱۹۸۷ء میں ساہتیہ اکیڈمی ایوارڈ سے نوازا جا چکا ہے۔

جینت پرمار جدید اردو نظم کے ایک اہم شاعر ہیں۔ ان کی نظموں میں دلت (ہریجن) ایشوز نمایاں ہیں اور شاید یہی ان کی تخصیص بھی ہے۔ ان کے کئی شعری مجموعے منظر عام پر آ کر مقبول ہو چکے ہیں۔ جینت پرمار ایک بہترین مصور بھی ہیں۔

جلسہ تھا کہ ختم نہیں ہو رہا تھا۔ مہمان خصوصی کی تقریر بوریت پیدا کر رہی تھی، اور ایسا گمان تھا کہ جو لوگ شکریہ ادا کرنے والے تھے، وہ جلد اسٹیج نہیں چھوڑیں گے۔ لیکن جلسے کے بعد چائے ناشتے کے معاملے کی وجہ سے میری موجودگی ضروری تھی۔ اس کے بعد ہی مجھے پتہ چلتا کہ میرا ٹکٹ کنفرم ہوا کہ نہیں۔ اسی دوران ٹرین کے کنڈکٹر کے پاس کئی بار جانے کا خیال آیا۔ عاجزی کرنے کے علاوہ میں نے اس کی جیب میں بیس روپے کا نوٹ سرکا دیا۔ لیکن بے کار۔ تقریر مجھے ہال کے باہر جانے کے لیے مجبور کر رہی تھی، خدا جانے کہاں؟ پروگرام کے مطابق یہاں سے فارغ ہونے کے بعد مجھے ہری اور جھنکھنا کے ساتھ کھانے کے لیے جانا تھا اور پھر سیدھے اسٹیشن روانہ ہونا تھا۔ لیکن مہمان خصوصی اپنی زبان کی قینچی سے میری ملاقات کا وقت کاٹ رہا تھا۔ وقت سکڑتا جا رہا تھا اور میرے ذہن میں رات کے کھانے کی جزئیات بدل رہی تھیں۔ یہاں تک کہ جھنکھنا کی دلکش آواز اور اس کی

مخصوص گجراتی ہندی کا لب ولہجہ بھی مجھے گراں گزر رہا تھا۔

اتنا ہی نہیں ہری کے بیچ بیچ میں ہنس کر انگریزی بولنے کا طریقہ مجھے گراں گزر رہا تھا اور رفتہ رفتہ مجھے لگا کہ وہ بلا وجہ ہنس رہا تھا۔ ہری کے اٹھاسی سالہ باپ سے ملنے کے خیال سے مجھے پہلی بار وحشت ہونے لگی۔

ہری کا فون نمبر بدل گیا تھا اور اس کا گھر بھی۔ ہوٹل رسپشنسٹ نے ٹیلی فون نمبر ڈھونڈ نکالا اور ہری نے خود مجھے فون پر اپنا پتہ بتایا۔ تقریباً دس کلومیٹر دوری پر، نروان سوسائٹی میں اس کا فلیٹ تھا۔ وہاں پہنچنا بہت مشکل نہیں ہے۔ اس علاقے اور سڑک کا نام یاد رہے، سامنے بھارت پٹرولیم پمپ۔ پہلی کو پار کر کے دوسری لین، جس کے شروع میں ایک پیڑ ہے اور تھوڑا سا آگے لوکل بس اسٹاپ۔ ''ہاں فلیٹ نمبر کا دھیان رہے، وہ بے ترتیب ہیں۔ میں خود آؤں گا اور اپنی کار میں آپ کو چھوڑ جاؤں گا۔ جھنکھنا اور بابا سے ملے بغیر کیسے جا سکتے ہو؟ اب تو اکھل اور نکھل بھی بڑے ہو گئے ہیں۔

چائے کے دوران مجھے معلوم ہوا کہ میرا ٹکٹ کنفرم ہو گیا ہے۔ میں نے مہمان خصوصی کو متاثر کرنے والی تقریر کے لیے مبارک باد دی۔ باہر جا کر اکھل اور نکھل کے لیے کچھ خریدا، رکشا لیا اور جا کر ہوٹل منیجر سے اپنا سوٹ کیس لیا۔ میں نے راستے میں دیکھا کہ دکانوں کے شٹر نیچے گرائے جا رہے ہیں۔ سب کچھ ٹھیک تھا، بھارت پٹرولیم پمپ تک۔ لیکن گلی کے سرے والے پیڑ کو میں بھول گیا۔ گلی کا راستہ ناہموار تھا۔ گلی میں روشنی کم تھی۔ نمبر پڑھنا مشکل تھا۔ پوچھنے پر دائیں بائیں کے بارے میں غلط بتاتے تھے۔ آخر کار میں ٹھہرا گیا اور ایک دروازے پر دستک دی۔ ایک موٹی گوری گجراتی اسٹائل کی ساڑی پہنے ہوئے عورت نے دروازہ کھولا۔ میں نے ادب سے ہری کے گھر کے بارے میں پوچھا۔ اس نے کہا اس نام کا کوئی شخص نروان سوسائٹی میں نہیں رہتا۔ پھر اس نے پوچھا کہ وہ کیا کرتے ہیں؟ میں نے جواب دیا کہ وہ UNICEF کے کسی مقامی پروجیکٹ میں ہیں۔ وہ نہیں سمجھ پائی۔ پھر میں نے اس سے کہا کہ وہ سندھی ہیں۔ اس نے اس پر پوچھا کہ کیا ان کی بیوی کالج میں پڑھاتی ہیں؟ ''ہاں۔'' حقیقت میں جھنکھنا کسی کالج میں نہیں تھی بلکہ یونیورسٹی کے ڈیپارٹمنٹ میں تھی۔

''ہری بھائی چاوڈا کیوں نہیں کہتے۔'' بعد میں اس نے ڈرائیور کو بلایا اور کچھ سمجھایا۔

ہری کا مکان کونے والی عمارت کی دوسری منزل پر تھا۔ زینے کے پاس سائبان کے نیچے ایک کار کھڑی تھی۔ ہاتھ میں سوٹ کیس لے کر بمشکل میں زینہ چڑھ ہی پایا تھا کہ روشنی گل ہو گئی۔ شور شرابے میں ایک چیخ بلند ہوئی اور پھر خاموشی چھا گئی۔ جلد ہی کھڑکیوں میں سے مدھم روشنی دکھائی دینے لگی۔ ٹی وی کی آواز بند ہونے سے ہر طرف سناٹا چھایا ہوا تھا۔ ایک لمحے کے لیے میں ٹھہر گیا۔ اس کے بعد زینہ چڑھ کر دروازے پر دستک دی۔ دروازہ کھلنے پر میں نے پوچھا، ''ہری بھائی چاوڈا گھر پر ہیں؟'' ہری باہر نکلا اور قہقہے سے باہر کا سناٹا کانپ اٹھا۔ میں ڈرائنگ روم میں داخل ہوا تو جھنکھنا کچن سے باہر نکلی۔ اس نے ایپرن سے ہاتھ پونچھے اور مجھ سے ہاتھ ملایا۔ مجھے اس بات کی خوشی تھی کہ میں دیر سے نہیں پہنچا، لیکن موم بتی کی روشنی میں سب کچھ عجیب لگتا تھا۔ ہری نے اکھل اور نکھل کو گجراتی میں سمجھایا کہ میں میرا آنٹی کا۔۔۔ ہوں۔ اکھل اور نکھل نے مجھے پہچان لیا۔ ''ہائے!'' انھوں نے

کہا لیکن ان کی نظریں ٹی وی پر جمی ہوئی تھیں۔ جھنکھنا شاید ایپرن اتارنے کے لیے گئی، جب وہ لوٹی تو میں اسے اپنی تاخیر کی وجہ بتانے لگا۔ اتنے میں تو ہری کئی بار ہنس چکا تھا اور جھنکھنا مجھ سے اجازت لے کر کچن میں واپس چلی گئی۔ میں نہیں سمجھ سکا کہ میرے تناؤ کی وجہ کیا تھی؟ لیکن میں اس کی گرفت سے آزاد نہیں ہو سکا۔ ڈرائنگ روم کے کونے میں بہت ڈائننگ ٹیبل تھی اور دیوار پر بڑا آئینہ تھا جس میں کبھی کبھی جھنکھنا دکھائی دیتی تھی۔ اچانک ایک آدمی آیا اور آئینے کے سامنے کھڑا ہو گیا۔ وہ جتنا لمبا تھا، اتنا ہی دبلا پتلا تھا۔ اس نے سفید کپڑے پہنے ہوئے تھے اور سر پر کپڑا لپیٹ رکھا تھا۔ وہ کپڑا بھی سفید تھا۔ مدھم روشنی میں اس کا چہرہ صاف نظر نہیں آتا تھا۔ وہ ایک جگہ کھڑا بنا پلک جھپکائے مجھے گھورتا رہا تو مجھے ایسا لگا کہ میرا جسم ساکت ہو گیا ہو۔ ''یہ کون ہے؟''

ہری نے کہا: ''یہ بابا۔۔۔ہیں۔''

میں کھڑا ہو گیا۔ میں ان کے پاس جانے کا راستہ سوچ رہا تھا کہ ہری نے کہا، ''اس طرف۔'' وہ آئینہ نہیں تھا بلکہ کچن سے لگی ہوئی ڈائننگ ٹیبل کے پاس کی کھڑکی تھی۔ میں دھیرے سے گیا اور ان کے سامنے تھوڑا سا جھک گیا۔ انھوں نے مجھے گلے لگا لیا۔ میں نے محسوس کیا کہ میں ہڈیوں کے ڈھانچے سے بغلگیر ہوں لیکن اس سے مجھے کوئی تکلیف نہیں ہو رہی تھی بلکہ اس ہڈیوں کے ڈھانچے سے مجھے گہرے سکون کا احساس ہو رہا تھا اور تبھی پسینے کی ایک بوند میری گردن سے ہوتی ہوئی قمیص کے اندر چلی گئی۔ تب مجھے یاد آیا، بجلی نہیں تھی، پنکھے بند تھے۔ میں نے ان کا ہاتھ پکڑا ہی تھا کہ وہ خود چلنے لگے۔ پھر ہم دونوں ڈرائنگ روم کے صوفے پر جا بیٹھے۔ میں نے پوچھا، ''بابا کیسے ہیں؟''

اچانک روشنی واپس آ گئی۔ شور شرابے کے درمیان ایک چیخ دوبارہ ابھری اور ڈوب گئی۔ لیکن خاموشی نہیں لوٹی۔ ٹی وی چیخ اٹھا، ''کولگیٹ کا چھوٹا پیکٹ۔۔۔ کولگیٹ کا چھوٹا پیکٹ۔۔۔ کھولو، دباؤ۔۔۔ کولگیٹ۔'' مجھے لگا کہ ہر طرف سے یہ آوازیں آ رہی تھیں۔ پھر میں نے دیکھا کہ اکھل اور نکھل بھی ٹی وی کے ساتھ ساتھ گانے لگے۔ ہری کا قہقہہ ڈرائنگ روم میں پھیل گیا۔ جھنکھنا بھی ہنس پڑی۔ اس کی دلکش آواز ہندی اور گجراتی کا ملا جلا لب و لہجہ غمازی کر رہا تھا کہ وہ بہت دنوں ملک سے باہر گزار چکی ہے۔ اور نہ سمجھ میں آنے والی نفسیات جو کبھی مجھے لبھائے رکھتی تھی، ٹی وی کے شور سے سر بہ گریبان تھی۔ لیکن اکھل اور نکھل ٹی وی کی آواز کم کرنے کو تیار نہ تھے۔ اس دوران مجھے یاد آیا کہ میرا ایک سوال ادھورا رہ گیا۔ میں نے دوبارہ پوچھا، ''کیسے ہو بابا؟''

اور میں نے پھر سے انھیں ٹیوب لائٹ کی روشنی میں دیکھا۔ ان کی رنگت کپڑے سے بھی زیادہ سفید تھی۔ سب سے پہلے میرا دھیان اس کی طرف گیا۔ ان کی آنکھیں نیلگوں تھیں۔ بھویں اور سر کے بال سفید تھے اور پیشانی کشادہ۔ چہرے پر جھریاں تھیں۔ گال کی ہڈیاں نمایاں تھیں۔ گویا جھریاں کیل سے لٹکی ہوئی تھیں، ایسا محسوس ہو رہا تھا جیسے یہ اٹھاسی سالہ بوڑھا ایسا دِکھتا تھا کہ کاکا بھیرومل اڈوانی کی مشہور کتاب 'سندھی ہندوؤں کی تاریخ' سے نکل کر میرے پاس آ کر بیٹھ گیا ہو۔ مجھے ایسا محسوس ہوا کہ میں ایک بے معنی یاد میں کھو گیا ہوں۔ میں نے اپنا سوال پھر دہرایا، ''بابا کیسے ہو؟'' اس دوران شاید انھوں نے جواب دیا جو شاید کمرے کی آوازوں کے شور

میں گم ہو گیا ہو۔ تیسری بار پوچھنے پر انھوں نے میرا ہاتھ تھاما اور وہ مجھے اپنے کمرے کی طرف لے جانے لگے۔ کھڑے ہونے سے قبل میں نے ہری اور جھنکھنا کی طرف دیکھا، یہ سوچتے ہوئے کہ کیا یہ ان کے لیے زیادتی تو نہیں ہوگی۔ ہری صرف ہنس دیا جب کہ جھنکھنا کو لگا تھا کہ کوئی اور اس کے منھ سے نوالہ چھینے لے رہا ہو۔ لیکن وہ اس کی مزاحمت نہ کر پائی۔ اکھل اور نکھل ویسے بھی ٹی وی دیکھنے میں مشغول تھے۔ اگر چاہتے تو ہری اور جھنکھنا بھی ٹی وی دیکھتے ہوئے وقت گزار سکتے تھے۔

میں نے اپنا ہاتھ نہیں چھڑایا۔ کمرہ کسی تصویر، درار یا پارٹیشن کے بغیر بھی بٹا ہوا لگتا تھا۔ ایک حصہ تو نرسنگ روم تھا، دوسرا اسٹور روم؛ گدے دار پلنگ اور ایڈجسٹ کیا جا سکنے والا بیک ریسٹ، سفید اسٹول، پانی اور دودھ کا فلاسک، سفید چادر، تکیہ، دوائیاں، صابن، ڈٹول، واش بیسن، پانی کی ڈھکی ہوئی بالٹی، نیپکن، تولیے، دونوں طرف تھیلیاں۔ ہری اور جھنکھنا کی پرانی فائلیں، اکھل اور نکھل کے ٹوٹے ہوئے کھلونے اور جوتوں کا شیلف۔ میں اسٹول کھینچ کر بیٹھ گیا۔ بابا اس پلنگ پر بیٹھ گئے۔ اس سے پہلے کہ میں چوتھی بار سوال کروں بابا نے بولنا شروع کر دیا۔ مجھے لگا کہ میں اونچے پہاڑ کی چوٹی پر بنے ایک مکان کی جانب بڑھ رہا ہوں اور بابا کی گفتگو مجھے کالے گھنے کہرے میں لپیٹ رہی ہے۔ چوٹی کے قریب مجھے صرف ایک تنہا مکان ہی نظر آیا۔ باقی سب کچھ کہرے میں گھرا ہوا تھا۔ نیچے جانے کے لیے مجھے راستہ نہیں مل سکے گا، یہ بات بھی میرے ذہن سے نکل چکی تھی لیکن جب جھنکھنا آئی اور اچانک اس نے کہا، ''بابا، انھیں کھانا بھی کھانا ہے۔'' مجھے لگا کسی نے سیڑھی رکھ دی اور مجھے زمین پر اتار لیا۔

زمین پر پہنچنے کے بعد میں سیدھا جا کر ڈائننگ ٹیبل پر بیٹھ گیا۔ جھنکھنا کے غیر ملکی سفر کا بیان جاری تھا۔ وہاں عورتیں کیسی نڈر ہوتی ہیں، جس کانفرنس میں وہ گئی تھیں، وہاں انھوں نے اپنے لیڈروں پر کیسی نکتہ چینی کی تھی۔ ہری نے کچھ انگریزی میں کہا۔ چونکہ میں نیچے اتر آیا تھا، پھر بھی اپنے ساتھ کہرا لایا تھا۔ ''ہاں بیٹے! میں بالکل ٹھیک ہوں۔ خدا کا شکر ہے ہاتھ پاؤں سلامت ہیں۔ یہاں تک کہ میں چائے کا کپ دھو سکتا ہوں اور جیا کو دیتا ہوں۔ میں خود دوائی لیتا ہوں۔ بیت الخلا میں بھی۔۔۔ میں۔۔۔ ہری اور جیا میرا بہت خیال رکھتے ہیں۔ میں ایک پرائی کوکھ سے جنمی عورت کے بارے میں غلط نہیں کہوں گا۔ یہاں تک کہ بچے بھی فرمانبردار ہیں۔ کوئی تکلیف نہیں ہے۔ مگر بیٹے، تم سمجھ سکتے ہو کہ میں بہت تنہا زندگی جی رہا ہوں۔ سندھ سے نکلنے کے بعد میں نے سارا وقت اجمیر میں گزارا۔ ہمارے پڑوسی اور رشتے دار بھی وہیں ہیں۔ ریٹائر ہونے کے بعد بھی تمام پرانے دوست، ست سنگ اور مندر سب وہیں ہیں۔ سادوری کے مرنے کے بعد میں اپنے دوست چھبل کے گھر رہا۔ وہ بھی ساری عمر کنوارا رہا، لیکن اس نے بھی مجھے دھوکا دیا۔ وہ چل بسا۔ میں اجمیر چھوڑنا نہیں چاہتا تھا۔ نینا بیٹا مجھے ساتھ لے آئی۔
''

یہاں بابا تھوڑا رکے۔ انھوں نے گہری سانس لی یا آہ بھری۔ ''مگر ہائے رے دنیا، کوئی اپنی بیٹی کے ساتھ کتنے دن رہ سکتا ہے! ہری نے اصرار کیا اور مجھے یہاں لے آیا۔ کسے معلوم گرو مہاراج میرا امتحان لے رہے

ہیں۔ انھوں نے مجھے ایسی سزادی۔ گرومہاراج سب کو ہری جیسا بیٹا دیں۔ لیکن یہاں میرے ساتھ بات کرنے والا کوئی نہیں ہے۔ اور کوئی کرے بھی کیسے؟ ہری کے علاوہ یہاں کوئی سندھی نہیں سمجھتا۔ وہ صبح گھر سے نکلتا ہے اور رات کو ہی گھر لوٹتا ہے۔ اڑوس پڑوس میں کوئی سندھی خاندان نہیں ہے۔ کوئی میرے پاس نہیں آتا اور نہ ہی میں کسی کے یہاں جا سکتا ہوں۔ بچوں سے ایک دو لفظ سیکھ لیتا ہوں۔ اس عمر میں نامانوس الفاظ میں بول نہیں سکتا۔ جاگتا ہوں تب تک گرو بانی بولتا رہتا ہوں۔ اپنے گناہوں کی گرومہاراج سے معافی مانگتا ہوں۔ کن کرموں کا یہ پھل مل رہا ہے مجھے؟ میں پوچھتا رہتا ہوں۔ آنکھوں کی روشنی بھی چلی گئی ہے۔ اب تو میں سندھی میں کچھ نہیں پڑھ پاتا۔''

درمیان میں جھنکھنا کی دخل اندازی میرے دھندلے دماغ کو صاف کرتی تھی۔ وہ کہہ رہی تھی کہ UNICEF میں بھی کچھ اصول ہیں۔ ''وہ کہتے ہیں، ہم برے ملازمین کی حمایت نہیں کرتے۔ ہم فلاح و بہبود کا کام کرتے ہیں۔ بہتر تعلیم، بہتر مکان، بڑھاپے کے لیے بہتر انتظام۔۔۔''

میرے ذہن پر دوبارہ دھند چھا جاتی ہے۔ ''ہری میرا کتنا خیال رکھتا ہے۔ دیکھو، آدھا وقت تو گھر میں کوئی نہیں ہوتا ہے۔ اکھل اور نکھل بھی دیر سے دوپہر میں لوٹتے ہیں۔ یکایک کچھ ہو جائے تو کون مدد کرے گا؟ اسی لیے اس نے بستر کے پاس گھنٹی لگادی ہے۔ اگر میں اسے دباؤں تو نیچے پڑوسی کے گھر میں گھنٹی بجے گی۔ ان کو گھر کی ایک چابی دی ہے۔ اب تک تو گرومہاراج کی مہربانی سے کوئی ضرورت نہیں پڑی لیکن اگر کوئی اوپر آ بھی جائے تو وہ کیا مدد کرے گا؟ وہ سندھی سمجھ نہیں سکے گا اور مجھے گجراتی نہیں آتی۔ اسی لیے میں جیا سے کہتا ہوں کہ ایک دن جب تم دروازہ کھولوگی، مجھے مردہ پاؤ گی۔ میں گھنٹی نہیں بجاؤں گا۔ تم نے ضرور بچپن میں سندھی میں یہ کہانی پڑھی ہوگی۔ ایک توتا راجا کے ساتھ رہتا تھا۔ ایک بار ایک ایسا آدمی آیا جو توتوں کی زبان جانتا تھا۔ اس نے توتے سے کہا کہ وہ اس کے وطن جا رہا ہے، اگر کوئی پیغام ہے تو لے جائے گا۔ توتے نے کہا، ''میرے رشتہ داروں سے کہنا کہ میں سونے کے پنجرے میں رہتا ہوں اور طرح طرح کا کھانا کھاتا ہوں، لیکن میں بالکل اکیلا ہوں۔ یہاں کوئی بھی نہیں جو ہماری زبان بولتا ہو۔'' وہ آدمی جب پیغام لے کر واپس لوٹا، توتے نے اس سے پوچھا کہ اس کے رشتہ داروں نے کیا کہا۔ آدمی بولا، کسی نے کچھ نہیں کہا۔ لیکن جیسے ہی انھوں نے پیغام سنا، وہ سب ٹہنیوں سے گر پڑے اور مر گئے۔ یہ سنتے ہی توتا بھی پنجرے میں گر پڑا۔ راجہ کو لگا کہ توتا بھی مر گیا۔ اس نے حکم دیا کہ توتے کو پنجرے سے باہر نکال پھینکو۔ جیسے ہی توتے کو باہر نکالا، وہ اپنے دوستوں سے ملنے اڑ گیا۔ انھوں نے اسے آزادی کا راستہ دکھایا تھا۔ آج اگر میں گر پڑوں، میں اڑ کے کہاں جاؤں گا؟''

کھانا ختم ہوا۔ دھند میں دیر تک رہنا ممکن نہیں تھا۔ ہری نے پوچھا، ''آئس کریم؟'' لیکن جھنکھنا نے سر ہلایا، ''مجھے معلوم ہے، ہریش کو شری کھنڈ پسند ہے۔'' میں بھی سر ہلایا۔ میں نے اکھل اور نکھل کو ایک پیکٹ دیا، جھنکھنا نے بھی مجھے ایک پیکٹ دیا۔ اس نے کھولا اور مجھے دکھایا۔ English lather after shave، ایک اونس پاؤڈر کی ڈبیا، مردوں کے لیے جرمن مشک کی بوتل اور جوڑے ولایتی موزے۔ پھر یہ طے ہوا کہ ہری،

جھنکھنا اور بچے سب اسٹیشن پر وداع کرنے آئیں گے۔ ان کے لیے تفریح کا موقع تھا۔ ویسے بھی بابا کے آرام کا وقت تھا۔ میں ان کے کمرے میں خدا حافظ کہنے گیا۔ جب میں نے ان کی آنکھیں بند دیکھیں تو میں نے سوچا وہ سو رہے ہیں۔ میں نے انھیں جگانا مناسب نہیں سمجھا۔ گاڑی کا وقت ہو رہا تھا۔ میں دھیرے سے کمرے کے باہر نکل آیا۔

ہری کار کے لگیج کمپارٹمنٹ میں میرا سوٹ کیس رکھ چکا تھا۔ ہم نیچے اتر آئے۔ ہری نے کار کا دروازہ کھولا۔ بچے کھڑکی کے پاس بیٹھنے کے لیے شور مچانے لگے۔ اچانک گراؤنڈ فلور کے گھر میں زور سے گھنٹی بجی۔ گھر کا مالک چیختا ہوا باہر نکلا۔ وہ بولا، ''چاؤڈا بھائی، جھنکھنا ہری بھائی کے۔۔۔'' گھنٹی بجنی بند ہوگئی۔ سب کے چہرے اتر گئے۔ یہ لمحہ، آج اور ابھی کیوں آیا؟ میں نے سوچا۔ ہم سب گھبرائے ہوئے اوپر پہنچے۔ ہری نے تالا کھولا۔ بابا ہمارے سامنے کھڑے تھے۔

''ہاں ہری، میں نے سوچا میرا کے گھر کے آدمی کو مجھے الوداع کہنا چاہیے۔ کسے معلوم میری موت کے بعد وہ سندھی بولنے والا آخری شخص ہو۔''

اندھیرے میں باتیں (آسامی)

اپوربا سرما

ترجمہ: انور سجاد

اپوربا سرما (پ: یکم جنوری ۱۹۴۳ء) نیشنل ایوارڈ یافتہ فلمی نقاد اور ساہتیہ اکیڈمی ایوارڈ یافتہ آسامی ادیب ہیں۔

انور سجاد معروف پاکستانی ڈرامہ نگار اور فکشن رائٹر تھے۔ چونکہ وہ بیک وقت ناول نگار، ڈرامہ نگار، اداکار، ہدایت کار، فلم ساز، کالم نگار، مصور، ڈانسر اور فزیشین تھے، اس لیے انھیں polymath کہا جاسکتا ہے۔

زنجیر آہستہ آہستہ ٹوٹ رہی ہے۔ سُن کر دینے والا افیونی نشہ بن بلائے مہمان کی طرح دبے پاؤں کھسک رہا ہے۔ یہ زخمی درندے کی کراہ ہے۔ نہیں۔ یہ تو سر پر چلتے پنکھے کی کومل کراہٹ ہے۔ وہ کہاں ہے؟ اور بہر حال اس وسیع، عجیب اور اجنبی بستر میں کون ہے وہ؟ اندھیرے کا عفریت چاروں طرف سے اس کی جانب امڈتا ہے، وہ اس کے کھلے دہن میں کھینچ لیا جاتا ہے؛ پھر اس کے گرد خلا خونخوار اور خوفناک۔

لیکن یہ تجربہ اس کے لیے کوئی نیا نہیں۔ اسے یوں انگنت مرتبہ محسوس ہوا ہے؛ محیط ہوتے اندھیرے کے کھوکھلے پن میں یوں کھوئے جانے کا احساس۔ جڑ سے اکھاڑ کر پھینک دیے جانے کا احساس۔ اب وہ کہاں ہے؟ کیا وہ کھلی فضا میں ہے کہ اسے کوئی کھڑکی، دروازہ، میز یا کرسی نظر نہیں آتی۔ کیا کہیں، کتابوں کی الماری تھی یا نہیں؟ وہاں رابی ٹیگور کی تصویر تھی۔ وہ عفریت کا مقابلہ کرنے کی کوشش کرتا ہے۔ جامد اندھیرا، اتھاہ خلا، اس نے اپنے طویل ماضی کا بوجھ اپنی کمر پر لاد رکھا ہے، اس سے بھی زیادہ طویل، دھندلا اور بے یقین مستقبل اور اسے اپنے حال کے متعلق کوئی غلط فہمی نہیں۔ وہ اتھاہ تاریکی کے بطن میں بے بس لیٹا ہے۔ بے حس و حرکت عفریت کے

اندر۔ وہ ماضی کے شکنجے سے نکلنا چاہتا ہے اور مستقبل کے بلاوے کو نظر انداز کرنا چاہتا ہے۔ کوئی اسے، اس زندہ اندھیرے کی کھوکھ سے کھینچ کیوں نہیں لیتا؛ اس بے حس و حرکت عفریت کے اندر سے۔ نہیں، وہ وہاں رہنا چاہتا ہے کہ اب یہ اسے سکون دیتا ہے، تھپکیاں دیتا ہے، پچکارتا ہے اور وہ آزادی سے سانس لے سکتا ہے، یہاں حدت ہے اور بے نام سا آرام۔ وہ رات کی کوملتا اور اس کی واضح سرگوشیوں کو محسوس کر سکتا ہے، کیوں کہ اسے یقین ہے اسے اپنے گرد محیط اس افسردگی میں سانس لینا ہے، متحرک رہنا ہے۔ رکاوٹیں ہوں گی، کانٹے اور سلگتے آتش فشاں اس کی رفتار مدھم کر دیں گے۔ کھیل میں سبھی کچھ ہوتا ہے اور وہ اس کے لیے تیار ہے۔ اس کا دل اپنے رومانوی کوٹ سے نکل کر سخت اور مضبوط ہو چکا ہے۔ اسے یاد ہے کہ جوانی کے بیتے دنوں میں وہ کتنا نازک اور کمزور ہوا کرتا تھا؛ شہادت کے لیے کیا تیاری ہے! کتنی بے نام اذیتیں اور خفیہ تمنائیں! انگنت ایسے مواقع آئے تھے کہ وہ اپنے آپ کو قربان کر کے جوانی کے بے معنی فینٹیسیوں میں ضم ہونے، گھل مل جانے کے لیے ترستا تھا۔

زیادہ عرصہ نہیں گزرا کہ اسے ایسا ہی عجیب سا تجربہ ہوا تھا۔ اس مرتبہ رات کے وقت چھوٹے سے قریے میں پہاڑی کی چوٹی پر جھونپڑی میں۔ قریباً تہذیبی افق کے پار، اس عجیب سی جگہ نے اسے اتنا موہ لیا تھا کہ بیان ناممکن ہے۔ اس رات اس کی آنکھ یکلخت کھل گئی۔ اسے معلوم نہیں تھا وقت کیا ہے۔ وہ باہر آ گیا اور راستے میں یک دم، جیسے سکتے میں رک گیا۔ وسیع کھوکھلی دائمی تاریکی اسے گھور رہی تھی اور ایک قدیم سکوت اس کے گرد محیط۔ اسے زمان و مکاں کے مٹ جانے کا عجیب سا احساس ہوا۔ کیا زمین اپنے مدار میں گھومتی رک گئی ہے؟ جامد و ساکت؛ وقت کیا ہوا ہے؟ دن؟ مہینہ؟ نہیں، اب مزید دن، مہینے اور سال نہیں ہوں گے۔ وقت رک گیا ہے۔ اب صرف ہمیشگی ہے۔ وہ اس کا حصہ بن گیا ہے۔ اپنی الگ شناخت کھو چکا ہے۔ وہ اب 'وہ' نہیں رہا تھا، وہ کسی کو نہیں جانتا تھا، کوئی دوست کوئی رشتہ دار، کوئی شناسا نہیں۔ چاروں طرف صرف ناقابل بیان اداسی کا دائمی اسرار تھا اور وہ اس میں ضم ہو کر معدوم ہو جانا چاہتا تھا۔

لیکن افسوس وہ زنجیروں میں بندھا ہے۔ طوق اس کے بدن میں دانت گاڑتے ہیں۔ اس کا لوہا کرچی کرچی اس میں جذب ہو گیا ہے۔ کتنی ہی کوشش کرے، وہ اپنے چھوٹے سے وجود کے خول کو توڑ کر باہر نہیں نکل سکتا کہ وہ کسی الٹے عمل کے تحت فطرت کے بطن میں واپس جا سکے۔ یہ تشنہ آرزو اس کے دل میں بھر آتی ہے اور خاموش، تکلیف دہ، درد بھری آہ اسے اپنے حلق میں پھنستی محسوس ہوتی ہے۔ لمبی گہری آہ اس کے دل کی تہہ سے نکلی اور اس کے گرد پھیلی تاریک خاموشی کے ساتھ ٹکرا گئی۔ وہ تجربہ اس کی نوجوانی میں پہلے جنسی تجربے کے مانند تھا جس نے اسے ایک نیا زاویہ نظر، ایک نئی پختگی اور نئے اعتماد سے ہمکنار کیا تھا۔

یہ نرم بستر اور یہ فرفراتا پنکھا؛ اب وہ جانتا ہے، وہ ابانی کے گھر میں ہے۔ یہ چھوٹا سا آرام دہ کمرہ، وہ یہاں سارا سارا دن گزارتا رہا ہے، بیٹھے بیٹھے، لیٹے لیٹے اور چلتے پھرتے۔ اب وہ کتابوں کی الماری، لمبے بازوؤں والی کرسی اور پڑھنے والی میز دیکھ سکتا ہے۔ وہ کسی غیر ملکی فرم کے کیلنڈر سے جھانکتے خوب صورت ساحل کے خطوط، سنہرے فریم میں رابندر ناتھ کے اسکیچ اور دروازے کے ساتھ لگے تابعدار قسم کی سوئچوں کی قطار کا اندازہ بھی لگا

سکتا ہے۔ ابانی کا گھر واقعی چھوٹا سا اور آرام دہ سا ہے۔ چھوٹی سے چھوٹی چیز پر بھی باشعور ہاتھ کی مہر ہے؛ یقینا سپرابھا کے ہاتھ کی۔ ہر کسی کی طرح ابانی اور سپرابھا نے بھی اپنے خوابوں کو صورت دینے کی کوشش کی ہوگی۔ چھوٹے سے آرام دہ گھر کا خواب، جو ان کی اپنی چھوٹی سی دنیا ہو اور جہاں وہ سکون اور مسرتوں سے لبریز محبت بھری زندگی گزار سکیں۔ زمین کا پلاٹ، چھوٹا سا گھر اور پیار کے لیے بچے؛ کیا یہی مادی اثاثے نہیں جو بالآخر کسی کی خوشی یا غم، سکون یا ناچاقی کا پیمانہ بنتے ہیں؟ اور ان کے حصول کے لیے زندگی بھر کی جدوجہد اور پھر اس کے نتائج؛ خوشیاں اور غم، جو انسان کے عرصۂ حیات کو پُر کرتے ہیں۔ اس سے پیشتر کہ ہر شے بے آواز ہو کر رات کی تاریکی میں غائب ہو جائے، انسان شام کی اداس اور تنہا غلام گردش میں اپنا نفع نقصان گننے لگتا ہے؛ کچھ چیزیں، چند اشارے، چند کنائے، ہو سکتا ہے رات کے لامتناہی کینوس پر کہیں ننھے روشن نقطوں کی طرح رہ جاتے ہیں۔

ابانی کا کنبہ یقینا ایسے ہی خوش حال گھرانوں میں سے ہے۔ ابانی، ناانصافی کے خلاف لڑنے والا، ابانی ایک جنگجو سالار، ابانی ایک باغی جو کہ آرام اور سکون کی زندگی میں اُتر گیا۔ ذرا سی ناانصافی کے خلاف اس کا خون کیسے کھول جایا کرتا تھا اور وہ اس کے آئیوری ٹاور والے خیالی پیکر یت پسند رویے پر کیسے ہنسا کرتا تھا۔ شستہ تہذیب اور ذہنی روشنی کی جراثیم سے پاک فضا سے وہ کیسے سماج کی ان شیطانی قوتوں کے خلاف اظہار کیا کرتا تھا جو کروڑوں بدقسمتوں کو روندتے تھے۔ وہ قومی روزناموں میں خطوط کے کالم میں غم و غصہ کے خط لکھا کرتا تھا۔ وہ انسان کے مستقبل کے بارے میں فکر مند نظر آتا تھا اور کبھی کبھار سنجیدہ مضامین نہیں تنہائی اور شمولیت ایسے ثقہ موضوعات سے بھی نبرد آزما ہوتا۔ لیکن تب اس کے گرد حقیقت کی فضا تھی اور اس انسانی سماج میں اس کا ایقان تھا جس میں ایک دوسرے کے ہونے کا احساس اور باہمی اشتراک زندگی کو زیادہ انسانی اور زندہ رہنے کے قابل بناتا ہے۔ ابانی ایک فرد، ہمیشہ اپنے ذاتی مفادات سے غیر متعلق رہتا تھا؛ یونیورسٹی امتحانوں کے اچھے نتائج اور کامیاب پیشہ ور زندگی کی امیدیں اس کے درون کوئی ردعمل اجاگر نہیں کرتی تھیں اور وہ آئیوری ٹاور پر چڑھنے کی بجائے مفصل علاقے ہی میں وکالت کرنے کو بہتر سمجھتا تھا۔ ابانی نے اپنا محور بنا لیا ہے، اب وہ اسے کبھی نہیں چھوڑے گا اور بمن خوجہ؟ اس نے بہت جلد دیکھ لیا کہ ہر کوئی اپنے لیے ایک مستحکم سمت اور ایک ہی رفتار والا مدار قائم کر لیتا ہے۔ اس نے بڑی تندہی سے اپنے لیے مدار کی تلاش شروع کی۔ وقتاً فوقتاً اپنی مستحکم رفتار اور سمت میں تبدیلی بھی کی۔ پر بالآخر اسے اپنی بساط کے مطابق مدار کو منتخب کرنا پڑا اور اب وہ اس میں سکونت اختیار کر چکا ہے۔

زیادہ عرصے کی بات نہیں کہ یونیورسٹی میں طالب علمی کے زمانے میں ہر کوئی ذہنی تلاطم میں مبتلا تھا؛ اس کی بو سونگھی جا سکتی تھی۔ چھوٹی چھوٹی عیار سازشیں، ہر طرف آہ و زاری، بڑبڑاہٹیں؛ وہ زیر سطح منافقتوں اور زندگی کی تنزل پذیر اقدار کو دیکھ سکتے تھے اور اگرچہ یونیورسٹی کیمپس کی دیواروں سے زیادہ باہر نہ جا سکی تھیں تاہم ابانی اور اس کے ساتھیوں نے صدائے احتجاج بلند ضرور کی تھی۔ اس سے لاتعلق رہنا؛ متاثر نہ ہونا ناممکن تھا۔ ایک نئی آندھی چل رہی تھی۔ لیکن بمن کا احساس بے چین تھا۔ وہ سطح کے نیچے کی مٹی کھوجنا چاہتا تھا، وہ جاننا چاہتا تھا کہ ان کی جڑیں کہاں ہیں۔ پُر حدت جوشیلا خون، بارودی مزاج، تخریب کے لیے بے صبری اور تخلیق کے لیے بے

قراری کی وجہ ان کے اندر برابر آگ لگی ہوئی تھی؛ نئے طرز احساس کی یقینی علامت۔ لیکن ان کے شعور میں اس کی جڑیں کتنی گہری ہیں؟ وہ کتنے سنجیدہ تھے؟ یا یہ محض ایک موسمی ہوا تھی؟ بپھری ہوئی، امکانات سے بھرپور لیکن عارضی؟ پھر اطمینان سے غور وخوض کے بعد اسے نظر آ گیا تھا کہ اس کے اندیشے بے بنیاد نہیں تھے۔ یہ صرف جوانی کی سرمستی کا اظہار تھا۔ بے ساختہ لیکن فیضان سے پُرخیالی پیکر پرستی کا نادان اظہار جو ایسی عمر کا خاصا ہوتا ہے۔ جب ان کا خوش رنگ مستقبل، بے رنگ حال اور یہ بے رنگ حال بھیانک خواب ایسے ماضی میں منتقل ہو گیا تو یہ انکشاف ہوا کہ سبھی نے باعزت پیشے اختیار کر لیے ہیں اور آرام وسکون کی زندگی میں بے نیاز تکبر سے نتھر گئے ہیں۔ یک رنگ، مدھم رفتار سے وہ چھلتے جا رہے تھے کہ زندگی اپنی بوسیدہ، بے رنگ، مسخ شدہ شکل حتیٰ کہ اکتا دینے والی تکرار کے باوجود کچھ حیرانیاں اپنے دامن میں رکھتی ہے۔

خود فریبی کا تلخ تجربہ اور اس کے اردگرد کی مایوسی نے اس کے ذہن کو ایک سنجیدہ مقصد اور نئی پختگی سے ہمکنار کیا جو اسے زندگی اور اس کی حقیقتوں کے قریب لے آئی۔

وہ یوں جدوجہد کرتا، ایک مدار سے دوسرے مدار میں اور ایک تجربے سے دوسرے تجربے تک پہنچتا، کہیں دور دراز علاقے میں تھا کہ اچانک ایک دن اسے سپرابھا کا خط یوں ملا جیسے اچانک کسی بھولے بسرے گیت کے بول یاد آ جائیں۔ وہ خوشگوار یادوں سمیت بیتے دنوں میں کھو گیا۔ سپرابھا چست، ماڈرن اور زندگی اور زندگی سے بھرپور تیتری۔ وہ بھدے رنگوں میں ایک خوش نما رنگ تھی؛ مردوں کے گروپ میں واحد لڑکی۔ اس کو وہ پُر اسراری لذت اب بھی یاد ہے جو ابانی پر نکتہ چینی کرنے میں حاصل کرتی تھی۔ جب بھی ابانی اسے موقع دیتا، وہ پنجے جھاڑ کر اس کے پیچھے پڑ جاتی اور ابانی اس کے مواقع کافی دیتا تھا۔ ابانی کی بعض متین باتیں بھی اس میں طنزیہ حس کو بیدار کر دیتی تھی۔ ''ابانی! تم سنجیدہ ہو یا چالاک بننے کی کوشش کر رہے ہو۔'' رفتہ رفتہ ابانی نے اس کو سنجیدگی سے لینا چھوڑ دیا۔

اور اسے اس دور دراز کے متروکہ علاقے میں سپرابھا کا خط موصول ہوا تھا۔ ''کوئی سنجیدہ واقعہ ہونے والا ہے۔'' اس نے لکھا تھا، اسے ابانی سے شادی کرنا تھی اور بے شک یہ ایک سنجیدہ واقعہ تھا۔ یہ عشق ہی نہیں، تمھیں میرے لیے ابانی کی کشش کے بارے میں شاید علم ہو؛ ایک ایسی کشش جسے میں نام نہیں دے سکتی۔ علاوہ ازیں زندگی کے تجربات نے مجھے ابانی کی انتہائی حساس طبیعت کو متانت سے لینے میں مدد دی ہے اور اب مجھے یہ بات غیر فطری معلوم نہیں ہوتی۔ سپرابھا ماضی کی سپرابھا نہیں تھی، بدل گئی تھی۔ یکایک وہ خوشنما رنگوں اور جُل دے جانے والے خوابوں والے ماضی سے سرشار ہو گیا۔ لیکن لمحہ بھر کے لیے۔ پھر فوراً اس کی بے ثمری اور بے معنویت اس پر عیاں ہو گئی۔ سب کچھ بدل گیا تھا۔ ہر کوئی اور اس نے سپرابھا اور ابانی کی یاد کو ایک طرف ماضی کے دھندلے پردے کے پیچھے رکھ دیا تھا۔

لیکن آج صبح اسے صاف پتہ چل گیا تھا کہ یوں کسی کو پردے کے پیچھے نہیں چھپایا جا سکتا۔ وہ سب؛ ابانی، سپرابھا اور وہ خود، متحرک عمل کا ایک حصہ ہیں، دائمی بہاؤ میں۔ وہ سب بدل گئے ہیں۔ پہلا سا اب کچھ نہیں،

قربت اپنی بے ساختگی کافی کھو چکی ہے اور کچھ تازگی بھی۔

تاہم، سپرابھا نے اس کا استقبال بہت بے ساختگی اور گرمجوشی سے کیا۔ اس کا چہرہ روشن ہو گیا تھا اور وہ بہت دلکشی سے مسکرائی تھی۔ اس نے ابانی اور اس کے سامنے چائے کی پیالیاں رکھتے ہوئے کہا تھا: ''غسل خانے میں پانی ہے، چائے پی کر غسل کر لینا۔ وہیں شیو بھی کر سکتے ہو۔''

غسل سے تروتازگی حاصل کرنے کے بعد واپسی پر اسے محسوس ہوا جیسے وہ پاک وشفاف ہو گیا ہو لیکن سپرابھا نے اسے گھڑکی دی، ''تم نے شیو کیوں بنائی۔ بہت تکلیف دہ ہوتی ہیں یہ داڑھیاں۔''

وہ اپنی داڑھی کو کھجاتے ہوئے صرف ہنس دیا تھا۔ سپرابھا کے پاس اتنا کچھ پوچھنے کو تھا، اتنا کچھ جاننے کو تھا؛ وہ آپس میں برسوں سے نہیں ملے تھے۔

''واہ! دیکھتی نہیں اسے اپنی ڈھلکتی شخصیت کے لیے اس سہارے کی ضرورت ہے؟'' ابانی نے اسنیک کی پلیٹ اپنی طرف کرتے ہوئے کہا تھا۔ سپرابھا نے فوراً اسے تحفظ دیا۔

''دیکھو بمن! ابانی نے ابھی تک چالاکی نہیں چھوڑی۔''

''بے فائدہ ہے یہ سب۔ کیا میری شخصیت تھی کبھی؟ ہمارے یونیورسٹی کے دنوں میں بھی دانشوری کی مہر تم پر تھی، مجھ پر نہیں۔'' بمن نے ابانی کو جواب دیا۔

پھر اچانک ابانی نے پوچھا، ''کچھ عرصہ پہلے تمھاری ملازمت کی کیا گڑبڑ تھی؟''

بمن حیران رہ گیا، ''تمھیں کیسے پتہ چلا؟''

''یاد نہیں۔ مجھے بتایا تھا کسی نے۔''

''کوئی ایسی بات نہیں تھی۔ سچ۔ میں نے انسپکٹر آف اسکولز سے چند سراسیمہ کر دینے والے سوال پوچھے تھے۔ وہ بوسیدہ اور پرانے علم کے حوالے سے امریکہ میں سائنس اور ٹیکنالوجی کی بے پناہ ترقی کے بارے میں جوشیلی تقریر فرما رہا تھا۔ میں بس کھڑا ہو گیا اور اس سے پوچھا؛ آپ امریکہ کی توصیف کیوں کر رہے ہیں؟ ایک دو اور ملک ہیں جو اس سلسلے میں امریکہ سے پیچھے نہیں۔ اور آپ نہیں جانتے کہ امریکہ نے اپنی ان سائنسی تحقیقات کے لیے وہ تمام عظیم وسائل کہاں سے لوٹے ہیں؟ اس شخص نے بہت سبکی محسوس کی۔ مجھے ایک ہفتے کے لیے معطل کر دیا لیکن ہیڈ ماسٹر نے مجھے بچا لیا۔'' بمن نے اس واقعے کو سادگی کا رنگ دینے کی کوشش کی۔

''تم وہ سب چھوڑ چھاڑ کر یہاں کیوں نہیں آ جاتے؟ یہاں آج کل ایک اور کالج کھولنے کا ذکر ہو رہا ہے۔'' ابانی نے التجا کی۔

''کھلنے کا ذکر؟ اس سیشن سے کالج چالو ہو جائے گا۔'' یہ سپرابھا تھی۔ اس نے بچوں کو اسکول جانے کے لیے تیار کرتے ہوئے دخل اندازی کی۔ ابانی نے بمن کی طرف دیکھا، وہ مسکرا رہا تھا۔ ابانی مضطرب سا ہو گیا۔

''ان کے ہاں بھی کالج کے اساتذہ کی بہت طاقتور تنظیم ہے۔ تم وہاں بہت کام کر سکتے ہو۔'' ابانی نے اپنی دلیل کو ٹھوس بنانے کی کوشش کی، تاہم ایقان کی غیر موجودگی نے دلیل کو پہلے ہی ضعیف کر دیا تھا۔

''کون سا کام؟ یو جی سی اسکیل؟ طبی مراعات؟ اسمبلی کے سامنے دھرنا اور احتجاج؟'' بمن اپنی ہنسی نہ روک سکا۔ ''لیکن یہ سب کچھ تو میرے بغیر بھی ہو رہا ہے۔'' اس نے مزید کہا۔

ابانی چپ ہو گیا۔ شاید اس کو اپنی بیچارگی محسوس ہو گئی تھی۔ کہیں خلا ہے۔

ابانی کے عدالت جانے کا وقت ہو گیا تھا۔ وہ اسے آرام کرنے کے لیے کہہ رہا تھا۔ لیکن وہ آرام کیسے کر سکتا تھا کہ سپرابھا وہاں موجود تھی۔ اگرچہ وہ اپنی پہلی سی زندہ دلی کافی حد تک کھو چکی تھی۔ اسے کیا ہو گیا تھا؟ ان دونوں کے درمیان کوئی ذہنی دیوار نہیں تھی۔ وہ تو بہت قریب ہوا کرتی تھی، اتنی قربت تھی جیسے کسی بہن یا جگری یار کی۔ لیکن اب وہ بے چین دکھائی دیتی تھی۔ اس کے من کے گرد دکھ کی مہین سی دھند، تفکر، چکنا چور خواب یا شاید مایوسی کا احساس، یکدم وہ بولی، ''تم کافی بدل گئے ہو بمن۔''

جیسے اس کے پاس جواب تیار تھا۔ بمن نے کہا، ''ہر کوئی بدل جاتا ہے، تم نہیں بدلیں؟'' اور وہ کہہ بھی کیا سکتا تھا۔

''شاید۔ صرف تم ہی کہہ سکتے ہو۔ لیکن میں اکثر خالی خالی سا محسوس کرتی ہوں۔ یقین سے نہیں کہہ سکتی کیوں؟ بمن! تم بتا سکتے ہو کہ شادی شدہ عورت اور پڑھی لکھی داشتہ میں حتمی فرق کہاں سے شروع ہوتا ہے، یعنی اگر تم رتبوں کو نظر انداز کر دو تو؟''

بمن اس کے الفاظ سے سکتے میں آ گیا۔ نرم صبح نے کرخت دوپہر کے لیے راستہ چھوڑ دیا ہے۔ گھر خاموش تھا، اسے احساس ہوا کہ دنیا نہ صرف بدل ہی گئی ہے بلکہ اجنبی بھی ہو گئی ہے۔

''حیرت ہے، تمھیں ایسا تجربہ ہوا ہے، تمھارے پاس اچھی بھلی ملازمت ہے، ایک مکمل گھر ہے، تم میں کیا خالی پن ہے؟ دراصل تمھیں یوں کرنا چاہیے کہ کسی قطعی منزل کی تلاش میں پُرخلوص طور پر سرگرداں ہو جاؤ۔'' اس نے اسے تسلی دینے کی کوشش کی۔

''میں کس چیز کو تلاش کروں؟ ہر شے بے معنی نظر آتی ہے۔ مجھے اکثر محسوس ہوتا ہے کہ میں پھنس گئی ہوں، چھت تلے دب گئی ہوں۔ بعض دفعہ مجھے شاید تنہائی کا احساس ہوتا ہے۔ میں بدل ہی گئی ہوں شاید۔ ابانی بھی بدل گیا ہے۔'' سپرابھا بہت اداس نظر آتی تھی جیسے طے کرنے کے لیے کوئی نیا راستہ نہ رہا ہو، تعبیر کے لیے کوئی خواب نہ رہے ہوں۔ وہ ایسے حال کے دم گھونٹ دینے والے بِل میں قید تھی جس کا کوئی مستقبل نہ تھا۔ اسے کیا ہو گیا تھا؟ اسے اس حال تک کس چیز نے پہنچایا تھا؟ کسی ذاتی غم نے فریب نظر چھین لیا تھا یا شاید مادی اشیا کی کمی جس کے باعث ناآسودگی متوسط طبقے کا خاصا ہے۔

''ہم سب بدل گئے ہیں سپرابھا۔ ایک وقت تھا جب ہم سوچتے تھے کہ ہم دنیا کا چہرہ مکمل طور پر بدل دیں گے۔ کیا خواب تھا! کیا ایمان تھا! لیکن یہ سب کچھ اتھل پتھل ہو گیا۔ پرنندو اور مرنیال اصلاح معاشرہ کے لیے اعلیٰ سرکاری ملازمتوں کی گود میں جا پڑے۔ تمھیں ابتیاش یاد ہے، ہمارا خاص منصوبے باز، وہ اس وقت دہلی کی ایک بہت بڑی فرم میں بہت بڑا آدمی ہے۔ بعض نے ٹھیکوں اور بعض نے سیاست کے ذریعے سے سرعت کے

ساتھ دولت کے انبار لگا لیے ہیں۔ گوتم ایک سخت گیر اعلیٰ پولیس افسر بن گیا ہے۔ اب اس کا ایمان ہے کہ اس ملک کے عوام صرف لاٹھی کے آزادانہ استعمال سے سدھر سکتے ہیں، نہ کہ سیاست سے، اور ابانی جو کچھ کر رہا ہے، تم جانتی ہو۔ اس نے کچھ کھو دیا ہے سپرابھا، سہارے کی ضرورت اسے ہے، مجھے نہیں۔''

لمحہ بھر کے لیے سپرابھا اسے صرف دیکھتی رہی، پھر بولی: ''ابانی بھی بدل گیا ہے۔ اسے ذاتی یا سماجی معاملات سے کوئی دلچسپی نہیں رہی۔ وہ ہر کام میں مشینی ہو گیا ہے۔ بمن تم یہاں کیوں نہیں آجاتے۔ تمھیں کالج میں ملازمت یقیناً مل جائے گی۔ تم آجاؤ تو مجھے بہت خوشی ہوگی۔'' وہ مسکرائی، اس کی مسکراہٹ اب بھی دلکش تھی۔ التجا کے نرم خول کے پیچھے متانت تھی، ایک چھپا ہوا اشتیاق۔ وہ صرف مسکرا سکتا تھا، لیکن اسے احساس تھا کہ اس کی مسکراہٹ منصوعی ہے۔ وہ چپ چاپ بیٹھے رہے۔

دوپہر کے کھانے کے بعد سپرابھا اپنے کمرے میں چلی گئی۔ موسم گرما کی تپش محسوس ہونے لگی۔ اس نے پنکھا پوری رفتار سے چلا دیا۔ ''پریم جوگن بن جائے۔۔۔'' اس غیر ارضی لہجے میں بڑے غلام علی خان کا کومل، سماوی گیت، ہوا کے ساتھ کمرے میں در آیا۔ سپرابھا اب بھی موسیقی کی زبردست عاشق ہے۔ تاریخ کی معلمہ، اب ایک پریشان ذہن گرہستن اپنے بستر میں آرام کر رہی ہے۔ ابانی اس کے لیے پُرکشش تھا، مکمل پیار نہیں تھا اس سے، لیکن پھر یہ کیا تھا؟ جو بھی تھا اب وہ کھو چکی ہے۔ اب وہ تنہا اور پھنسا ہوا محسوس کرتی ہے۔ کیا ابانی بھی اس کا ساتھ نہیں رہا؟ وہ بمن کو اپنی قربت میں چاہتی ہے۔ شاید وہ کوئی تازہ آغاز کرنا چاہتی ہے۔ اس کی رفاقت میں کوئی نئی تلاش، لیکن محبت کے علاوہ اور کیا اس کی تلاش کو جاری رکھ سکتا ہے کہ وہ اعلیٰ آدرشوں اور متین شمولیت سے تو فیضان حاصل ہی نہیں کرتی۔ شاید صرف محبت کافی نہیں ہے۔ ہزاروں کپکپاہٹوں، لاکھوں گلا گھٹے لفظوں سفید لباس میں لپٹی نازک شبیہ کو ندی پار کرانے اور لرزتے ہاتھوں کو تھامنے کی مبہم یادوں کے علاوہ وہ خود بھی محبت کے بارے میں کیا جانتا ہے، ایک پُراسرار اذیت غیر حقیقی۔

اور اب رات ہے۔ ہر طرف اندھیرا۔ اچانک جاگ جانے پر وہ خود کو ابانی کے گھر ایک کمرے میں پاتا ہے۔ اس نے دن ابانی اور سپرابھا کی محبت اور گرم جوشی میں بتایا تھا لیکن کہیں نہ کہیں کوئی گڑبڑ ضرور ہے۔ ایک خلا، نہ پُر ہونے والا خلا۔ وہ آخری آٹھ دن بڑی اچھی طرح آسانی سے تپا دینے والی شدید گرمی میں کھٹملوں کے بیچ سو سکتا تھا لیکن آج وہ ابانی کے نرم آرام دہ بستر میں بھی نہیں سو سکتا۔ وہ بے قرار ہے۔ اس کے ذہن کی گہرائی میں کہیں خلش ہے، خلا، ایک مسلسل تشویش۔ کس کے بارے میں، وہ نہیں جانتا۔

بہرحال، آج اس نے ابانی کو خفت میں ڈال دیا تھا۔ اب اسے دوبارہ اس کے ساتھ بحث کرنے کی ترغیب نہیں ہوگی۔ شام کے وقت اس کے گھر کے برآمدے میں دونوں بیٹھے تھے کہ ابانی نے اس کے ساتھ بحث شروع کر دی۔

''دیکھو بمن، ہم ہندوستان کی تاریخ کی تشکیل کے لیے غیر ضروری ہیں۔ یہ تو آمروں، بوڑھے بے ایمان سیاست دانوں، آگ نگلتے طالع آزماؤں اور جنون عظمت کے مریضوں کے ہاتھوں میں ہے۔ دانشوروں کا

اس میں کوئی کردار نہیں۔ ہم اس معاشرے کی تلچھٹ ہیں۔''

سادیت پسندی میں بمن نے اس کی پہلے سے زخمی انا کو اور بھی دکھ دینے کی کوشش کی۔ ''یہ ایک فرار پسند دلیل ہے۔ دانشوروں نے کیا ہی کیا ہے؟ تمھیں ہر قبول شدہ اصول، مروجہ دستور اور واقعے کو چیلنج کرنا ہے۔ اس کی تفسیر کرنا ہے۔ تمھیں انھیں ایک نیا تناظر دینا ہے۔ لیکن دانشور تو چائے کی پیالی میں طوفان لا کر خاموش ہو جاتے ہیں۔ زیادہ سے زیادہ ان کا ایک بے عملی کا کردار ہے اور کچھ نہیں۔ وہ ابھی صدیوں پرانی کاہلی اور بے حرمتی سے آزاد نہیں ہوئے۔'' جان بوجھ کر اس نے اپنی آواز بلند کر لی۔

''تم یوں عمومی سطح پر معاملات کو نہیں لپیٹ میں لا سکتے۔ سرمایہ دارانہ استحصال کے خلاف ہزاروں احتجاج، سوشلزم کی نقیب نئی آوازیں؛ تم کہیں یہ تو نہیں سمجھتے کہ کہیں خلا سے ڈھل کر آ گئی ہیں۔'' ابانی نے اپنے سوال کو طنز کی چاشنی دی۔

''تم ایسے دانشوروں کے ساتھ بات کرنا مشکل ہے۔ تم ابھی دانشوروں کے کردار کے بارے میں باتیں کرتے رہے ہو اور یکدم تم نے ان کی معاونت کے مسئلے میں چھلانگ لگا دی۔ ان کی معاونت کرنے سے کون انکار کرتا ہے؟ لیکن تم نے کبھی رک کر سوچا ہے کہ درحقیقت ان ہڑتالوں اور احتجاجوں سے فائدہ کون اٹھاتا ہے؟ ہمیشہ بیوروکریٹ، بابو، کالج لیکچرار، دفتروں کے کلرک۔ یہ نہیں کہ میں ان میں سے کم از کم چند ایک کے پُرخلوص ہونے اور قطعی مقصد کے ساتھ واقفیت ہونے سے انکار کرتا ہوں۔ تم ہندوستان کی تاریخ کا ذکر کر رہے تھے لیکن اس کی تشکیل تو نادار کسان اور استحصال شدہ مزدور ہی کریں گے۔ اور تم ان سے کتنے دور ہو؟''

''دیکھو، یہ عارضی دوری ہے۔ ایک روز ہم سب کو مل کر جنگ کرنا پڑے گی۔''

''کرنا پڑے گی۔ لیکن کبھی یوں ہونے کی امید ہے؟ ایک خلا ہے جسے پاٹنا پڑے گا۔''

''بمن یوں سدا کے لیے نہیں رہے گا۔ میں نے کہا کہ یہ صرف ایک عارضی دوری ہے۔ جوں ہی سماجی معاشی ناہمواری ختم کر دی گئی، تمام ذہنی دیواریں گر جائیں گی۔ کلچر کے میدان میں ہم پہلے ہی اس منزل کے قریب آ چکے ہیں۔'' ابانی کے الفاظ میں خود آگاہی کی رمق تھی۔

اور بمن نے اسے دھر لیا۔ ''قریب آ چکے ہیں؟ کیسے؟ کسانوں کی بدحالی پر دو ایک ناول لکھ کر؟ یا شہر میں عامیانہ 'بی ہُو' منا کر؟ شہری متوسط طبقہ کلچر کی روح کو ڈھال رہا ہے اور اپنے کلچر کو جو کہ بنیادی طور پر شہری ہے، دیہی ناسٹلجیا کا سانچہ مہیا کر رہا ہے۔ ممکن ہے یہ سوچی سمجھی منافقت نہ ہو لیکن اس میں ایک مایوس کن بے حقیقی ضرر ہے اور یہ اس وقت تک رہے گی جب تک دیہات کے اپنے دل سے ایک زندگی سے بھرپور زندہ کلچر کو مردوں سے زندہ برآمد نہ کیا جائے۔''

ابانی نے ہار مان لی۔ وہ خاموش رہا۔ ''یقیناً ہم حقیقی ذوق اور فنی اقدار کو منافقت اور اودھم پسندی میں نہیں کھو دینا چاہتے، تا آنکہ نیا کلچر اپنے پیروں پر کھڑا نہ ہو جائے۔'' بمن بات کو آگے چلا سکتا تھا، لیکن سپرابھا انھیں رات کے کھانے کے لیے بلانے آ گئی۔ انھوں نے اپنی بحث ختم کر دی۔ بچے بہت پہلے سو چکے تھے۔ سپرابھا کی

رسمی سی گھریلو ٹیبل ٹاک کے علاوہ کوئی گفتگو نہ ہوئی۔ ابانی تھکا ماندہ شکستہ سا دکھائی دیتا تھا جیسے اکتا دینے والا طویل راستہ پیدل طے کرنے میں اپنی منزل کا شعور کھو بیٹھا ہو۔ اپنی تشنہ کامیوں اور زخمی انا کے باوجود کسی غیر یقینی شے میں اس کا ایمان تھا اور وہ ایمان شاید آج متزلزل ہو گیا تھا۔

یک دم پنکھے کی رفتار مدھم ہوتی دکھائی دی۔ بمن نے اوپر دیکھا۔ اندھیرے کی تہوں میں وہ اندازہ لگا سکتا تھا کہ پنکھے کی رفتار مدھم ہو رہی ہے۔ لوڈ شیڈنگ؟ رفتہ رفتہ پنکھا رک گیا۔ وہ اوپر کی طرف دیکھتا رہا۔

کھانے کے بعد فضا میں تناؤ تھا۔ یہ پھر ابانی ہی تھا جس نے پوچھا، ''تمھارا وہاں رہ کر کیا کرنے کا ارادہ ہے، سیاست میں جانا چاہتے ہو؟''

بمن حیران تھا کہ ابانی کے سوال کی تہہ میں کیا ہے؟ غصہ، مایوسی یا اسے یہاں قصبے میں آنے کے اپنے دیے ہوئے مشورے پر بالواسطہ منانے کی کوشش؟ کیا سیاست دان بننے کے لیے گاؤں کے اندرون میں جانا ضروری ہے؟ میری تو اتنی عظیم کوئی تمنا نہیں۔ اس گاؤں کے اندرون میں غریبوں ناداروں کے قابل رحم ہجوم موجود ہیں۔ انھیں پتہ ہی نہ تھا کہ وہ کس چیز سے محروم ہیں؟ اپنی ضروریات سے ناآشنائی نے شاید انھیں یہ سوچ دی تھی کہ غربت قدرتی ہوتی ہے۔ ناانصافی اور استحصال ان کے اعتقاد کے مطابق اللہ کے کرشمے ہیں۔ میں انھیں اس اعتقاد سے برآمد کرنا چاہتا ہوں، رفتہ رفتہ۔

ابانی خاموش رہا۔ دھیرے دھیرے بمن کے ذہن میں ایک تصویر ابھری۔ وہ ایک بھیانک ڈرامے کا گواہ تھا، نظر کا کی کے زمیندار پرتاپ چوہدری کا وسیع کھیت تھا اور مفلسی کے مارے، ناتواں گونا گوں لوگوں کا ہجوم اداکار، خاموش، ساکت، اندھیرے میں بم کو اپنے جسم میں سردی کی لہر دوڑتی محسوس ہوئی۔ اس کا ذہن دکھ اور تشفی کے ملے جلے احساس سے بھر گیا۔ زمیندار کے آدمیوں نے ان پر اچانک حملہ کر دیا تھا۔ اس مرتبہ گندی گالیاں، چیخ پکار، کراہٹیں، آہ و بکا اور ظالم لہراتی لاٹھیاں اس کی آنکھوں میں گھوم گئیں۔ وہ خود معمولی سا زخم کھا کر بچ نکلا تھا۔ بعد میں انھیں زمین پر ناجائز قبضے کی غیر قانونی حرکت کے الزام میں پولیس نے گرفتار کر لیا تھا۔

بمن پھر کانپ اٹھا۔ اس ہیبت ناک ڈرامے کا منظر اس کی یادوں میں امڈتا رہا۔

پنکھا بلا وجہ پھر چلنے لگا۔ رفتہ رفتہ اس کی رفتار تیز ہو گئی۔ ابانی کی مدد سے وہ آج جیل سے باہر آیا تھا۔ ابانی چاہتا ہے کہ وہ قصبے میں لوٹ آئے، سپرابھا اسے اپنے قریب رکھنا چاہتی ہے۔ کہیں نہ کہیں انھیں بے معنویت کا دھیما سا احساس ہے۔ ان کے گرد محیط خلا سا۔ وہ ہر شے کا پھر سے آغاز کرنا چاہتے ہیں۔ وہ اپنی غلطیوں کو ٹھیک اسی طرح پھر سے دہرانا چاہتے ہیں۔ وہ ہوا کی سرسراہٹ میں پنکھے کی مدھم آواز کو سن سکتا تھا۔ وہ اندھیرے کے تالاب میں غرق ہو کر رہ گیا ہے۔ اسے دم گھٹتا محسوس ہوتا ہے۔ سویرا بہت دور دکھائی دیتا ہے لیکن وہ جانتا ہے، وہ ایک اور سویرے کی طرف جا رہا ہے۔ آنکھیں موندے وہ بستر میں کروٹیں بدلتا ہے۔ اب وہ سو جائے گا اور اپنی نیند ہی میں وہ اندھیرے کو عبور کر لے گا۔

اگلی صبح ان کے پاس ایک دن کے لیے اور رک جانے پر ان کے اصرار کے باوجود بمن صبح کی گاڑی پر

سوار ہونے کے لیے چل دیا۔ ابانی اور سپرابھا اسے بڑے دروازے تک وداع کرنے کے لیے آئے۔ جب اس کا معدوم ہوتا وجود جاداب دتہ کی دو منزلہ عمارت کے پیچھے غائب ہو گیا تو وہ دروازے سے اکٹھے مڑے۔ اپنے گھر کے برآمدے میں آتے ہوئے انھیں اپنے چاروں جانب صبح کے سکوت کا احساس ہوا اور وہ باغیچے کے کناروں پر کھلے پھولوں کی اجنبی، بے رنگ و بو، بے دل تابانی سے ٹھٹک گئے۔ ہر سو پھیلے جابر خلا کے کارن ساری فضا سکتے میں تھی۔ وہ ٹھٹکے کھڑے رہے؛ ایستادہ اور بے لوچ، برآمدے کے سخت اور سرد فرش پر تراشے ہوئے دو بتوں کی طرح۔

عاشق اور شہید لوٹ آتے ہیں (سندھی)

امر جلیل

ترجمہ: شاہد حنائی

قاضی عبدالجلیل المعروف امر جلیل (پ: ۱۹۳۶ء) فکشن رائٹر اور کالم نگار کی حیثیت سے ہندو پاک میں مشہور ہیں۔ آپ کم و بیش ۲۰ کتابوں کے مصنف ہیں۔ دلچسپ بات یہ ہے کہ انھیں پاکستان میں جہاں Pride Of Performance کے اعزاز سے نوازا گیا، وہیں دوسری جانب 'اکھل بھارت سندھی ساہتیہ سبھا نیشنل ایوارڈ' سے بھی نوازا گیا۔ امر جلیل ریڈیو پاکستان سے بھی وابستہ رہے ہیں اور مختلف تعلیمی اداروں سے بھی۔

زیر نظر کہانی کے مترجم شاہد حنائی کا شمار پاکستان کے صف اول کے مترجمین میں ہوتا ہے۔ ان کی بارہ کتابیں شائع ہو چکی ہیں۔ اکادمی ادبیات پاکستان سے بہترین مترجم کے ایوارڈ سمیت کئی دوسرے بڑے اعزازات سے نوازے جا چکے ہیں مگر وہ ادبی تقریبات سے عموماً دور ہی رہنا پسند کرتے ہیں۔

ہم نے محرم علی کا بنا سر کا دھڑ دفنا دیا۔ میوہ شاہ قبرستان سے لوٹتے ہوئے راستے میں سورج غروب ہو گیا۔ گھر پہنچے تو وہاں گھپ اندھیرا تھا۔ بتی جلانے کی اجازت نہیں تھی۔ کسی بھی وقت حملہ ہونے کا خدشہ تھا۔ موت آسمان سے دھرتی کی طرف دیکھ رہی تھی۔ ہم دھرتی کے باسی، ہوائی حملوں سے بچاؤ کی خاطر تاریکی کے بند قلعے تعمیر کر کے بیٹھ رہے تھے۔ جیون اندھیرے کے سپرد کر ڈالا تھا۔ گھروں اور دروازوں کے باہر قبر نما خندقیں کھود رکھی تھیں۔ کبھی شاد تو کبھی پشیمان تھے کہ زندہ تھے اور اندھیرے میں مزید جینے کے جتن کر رہے تھے۔

ہم محرم علی کے رشتے دار، چچا زاد، خالہ زاد اور سنگی ساتھی محرم علی کے گھر پہنچے اور تاریکی میں جذب ہو

گئے۔ تاریکی رہ گئی، ہمارے وجود معدوم ہو گئے۔

میرا بوڑھا ماموں، جو گزشتہ بیس برس سے فالج کا شکار پڑا ہے اور اُٹھنے بیٹھنے سے قاصر ہے۔ اس نے پوچھا، ''بیٹا! یقین ہے کہ سر کے بغیر دھڑ محرم علی کا ہی تھا۔ کسی دوسرے شخص کا تو نہیں تھا؟''

کچھ دیر تک ماموں کو اپنے سوال کا جواب نہ ملا۔ یوں محسوس ہوتا تھا جیسے اندھیرے نے ہمارے جسموں کے ساتھ ساتھ ہماری آوازیں بھی نگل لی تھیں۔ میں نے اپنے رشتہ داروں، چچازادوں اور سنگی ساتھیوں کو دیکھنے کی کوشش کی، لیکن تاریکی میں انھیں دیکھ نہ پایا۔ جب کافی ساعتیں گزر گئیں اور ماموں کو اپنے سوال کا جواب نہ ملا تو اس نے دوبارہ پوچھا، ''ارے بیٹا! تسلی تو ہے نا کہ میوہ شاہ قبرستان میں محرم علی ہی کی لاش دفنا کر آئے ہو۔ محرم علی کی بجائے کسی دوسرے آدمی کی لاش تو دفن نہیں کر آئے ہو؟''

تب میں نے کہا، ''ماموں! میں سمجھتا ہوں، وہ لاش محرم علی کی ہی تھی۔''

ماموں نے فوراً پوچھا، ''تم تو اسے پہچانتے ہو نا؟''

میں اُلجھ گیا، ہچکچاتے ہوئے بولا، ''میرا خیال ہے میں نے اسے شناخت کر لیا تھا۔''

ماموں نے ٹھنڈی سانس لی اور کہا، ''سر کے بنا کسی کو شناخت کرنا بہت مشکل ہو جاتا ہے بیٹا۔''

میں نے ماموں کا دل رکھنے کی خاطر، اسے یقین دلایا، ''میں نے محرم علی کو سر کے بغیر بھی پہچان لیا تھا، ماموں!''

ماموں نے زیرِ لب کچھ کہا۔ میں نے اس کے الفاظ سن تو لیے لیکن ان الفاظ کا مفہوم سمجھ نہ پایا۔ دراصل ماموں خود کلامی کر رہا تھا، مجھے کچھ نہیں کہہ رہا تھا۔ ماموں جب مجھ سے یا کسی اور سے بات کرتا ہے تو وہ اُونچی آواز میں واضح طور سے بات کرتا ہے۔ پھر ماموں نے بلند آواز میں وضاحت کے ساتھ پوچھا، ''بیٹا! گردن منکے سے کاٹی تھی یا ہنسلی کی ہڈی سے؟''

میں نے بدن میں سنسنی سی محسوس کی۔ واقعی ہم میں سے کسی نے بھی اس طرف دھیان نہیں دیا تھا۔ انھوں نے مقتل میں محرم علی کا سر تن سے جدا کر کے لاش ہمارے حوالے کر دی تھی۔ قانون کے مطابق انھوں نے محرم علی کی گردن ہمیں نہیں دی تھی۔ ہم نے بھی تو محرم علی کی کٹی ہوئی گردن کا تقاضا نہیں کیا تھا۔ سب کچھ خاموشی کے ساتھ جلد بازی میں ہو گیا تھا۔

دن چھوٹے تھے۔ پھر ہوائی حملے کا خوف بھی تھا۔ ہم محرم علی کی لاش لے کر گھر نہیں آئے تھے۔ ہم مقتل سے محرم علی کی لاش اُٹھا کر سیدھے میوہ شاہ قبرستان چلے گئے تھے۔ اسے کفن لپیٹ کر دفن کر دیا۔ اس کی میّت کو غسل بغدادی والے حاجی ملو نے دیا تھا۔

حاجی ملو بغیر سر کی نعش دیکھ کر حیران رہ گیا تھا۔ اس نے ہم سے پوچھا تھا کہ ''یہ شخص کون ہے اور اس کا سر کہاں ہے؟''

میرے خالہ زاد کدو نے اسے بتایا تھا، ''حاجی! یہ محرم علی کی لاش ہے، تم تو اسے اچھی طرح جانتے ہو

نا!''

حاجی ملو گھبرا گیا تھا۔ اس نے لوٹے سے لاش پہ پانی ڈالتے ہوئے ہاتھ روک لیا تھا۔ چند گھڑیاں غور سے محرم علی کو دیکھا تھا اور پھر کلمہ پڑھ کر اپنے سینے پر پھونک مارتے ہوئے بولا تھا، ''محرم علی کو خوب جانتا ہوں لیکن سر کے بغیر کسی کو پہچاننا مشکل ہے۔''

حاجی ملو کی باتیں سن کر میں بھی شک میں پڑ گیا تھا۔ میں نے یہ غور نہیں کیا تھا کہ محرم علی کی گردن منکے سے کٹی تھی یا ہنسلی کے پاس سے۔ تب تک مجھے اس بات سے کوئی سروکار نہ تھا، کوئی مطلب نہ تھا، معانی تھے تو صرف محرم علی کی کٹی ہوئی گردن میں تھے ورنہ سب کچھ بے معنی تھا، سب کچھ بے مطلب تھا۔

میں حاجی ملو کے پاس اکڑوں بیٹھ گیا تھا۔ محرم علی کی بنا گردن لاش تختے پر رکھی ہوئی تھی اور حاجی ملو اسے غسل دے رہا تھا۔ وہ انتہائی پیار، دُکھ اور صدمے کی کیفیت میں محرم علی کے سرد جسم پر ہاتھ پھیر رہا تھا۔ وہ وقفے وقفے سے ٹھنڈی سانس لے کر آنسو پی رہا تھا۔ کج بحث، سرکش اور ضدی ہونے کے باوجود محرم علی اسے اچھا لگتا تھا۔ محرم علی کچھ عرصہ اس کا شاگرد بھی رہا تھا۔ ایک بار جب سبق پڑھنے سے پہلے محرم علی مسجد سے بھاگ نکلا تھا تب اس نے عام شاگردوں کی طرح محرم علی کو ڈنڈا ڈولی کرا کے بید کے ڈنڈے سے پٹائی نہیں کی تھی۔ اس نے محرم علی کے لیے دعا کی تھی۔ وہ دن اور آج کا دن محرم علی پھر کبھی پڑھنے نہ گیا، لیکن حاجی ملو کو ہمیشہ یاد رہا۔ وہ محرم علی کو بغدادی محمڈن فٹ بال کلب کی طرف سے کھیلتا دیکھ کر خوش ہوتا تھا۔ محرم علی جب بھی گول کرتا تو حاجی ملو اسے دعائیں دیا کرتا۔ اِک بار سماج کے کسی مصلح نے حاجی ملو کو محرم علی کی ہسٹری شیٹ بتاتے ہوئے کہا تھا، ''حاجی! یہ محرم علی کافر ہو گیا ہے۔ نہ روزے رکھتا ہے نہ نماز پڑھتا ہے!''

حاجی ملو نے اس سماج کے خیر خواہ سے کہا تھا، ''ہم ٹھہرے انسان، اک دوجے کے اندر جھانک کر نہیں دیکھ سکتے۔ یہ کام اللہ پاک کا ہے۔''

لیکن سماج کے خیر خواہ باز نہ آئے۔ گوشہ نشینی کے باوجود سماج کے خیر خواہ محرم علی کے پیچھے پڑے رہے۔ بالآخر اسے مقتل تک پہنچا کر دم لیا۔ اس کی گردن تن سے جدا کرا ڈالی۔

غسل دینے کے بعد حاجی ملو، محرم علی کے سرہانے کھڑا ہو گیا تھا۔ اگرچہ محرم علی کی گردن کو دھڑ سے جدا ہوئے تین چار گھنٹے گزر چکے تھے، لیکن پھر بھی اس کے کٹے ہوئے نرخرے اور رگوں سے خون ٹپک رہا تھا۔ حاجی ملو نے کہا، ''میں سمجھتا ہوں یہ لاش محرم علی کی ہے۔ سر کے بغیر بھی میں نے اسے پہچان لیا ہے۔''

گیلے ہو جانے کی وجہ سے محرم علی کے سینے کے بال گچھا ہو گئے تھے۔ محرم علی نے ایک بار اپنے سینے کا اکلوتا سفید بال دکھاتے ہوئے مجھ سے کہا تھا، ''پیغمبری چالیس سال کے بعد ملتی ہے۔ میں چالیس سال کا ہو گیا ہوں۔ یہ سفید بال میری پیغمبری کی نشانی ہے۔ میں خاموشی کا پیغمبر ہوں۔''

اس وقت چہار سو روشنی تھی۔ اندھیرا نہیں تھا۔ فضائی حملے اور موت سے بچنے کی خاطر ہم نے زندگی پر تاریکی کی چادر نہیں چڑھائی تھی۔ تب ہم نے محرم علی کی بات کو اہمیت نہیں دی تھی۔ ہماری ساری توجہ سورج پر مرکوز

تھی، جو دھرتی سے الگ ہو رہا تھا۔ پہاڑوں پر چڑھائی کر کے، چوٹیاں سر کر کے، ہم نے سورج کے جلتے ہوئے گولے کو بانہوں میں بھر لیا تھا۔ جسم نشانوں سے سج گئے تھے۔ بازو داغوں اور زخموں سے روشن ہو گئے تھے۔

اور اسی روز ہماری ماؤں نے ہمارے ماتھوں پہ بوسے دے کر ہمیں طویل عمر کی دعائیں دی تھیں۔ تب سورج ہماری گرفت سے نکل گیا تھا۔ بازوؤں کا حصار توڑ کر چلا گیا تھا۔ دھرتی سے دور ہو گیا تھا اور پھر آسمان کی بلندیوں کو چھوتا ہوا، انگارے کی مانند دکھائی دیتا ہوا، آسمان کے تاریک جنگل میں گم ہو گیا تھا۔ پھر ہر طرف ظلمت، افراتفری اور اندھیرے کا آسیب پھیل گیا۔ انسانوں کے دلوں میں فضائی حملے کا خوف گھر کر گیا تھا۔

ہنستے روتے، بولتے اور سوچتے بچے مر گئے۔ کائنات کا دستور بدل گیا۔ ماؤں نے اندھے، گونگے، بہرے اور کند ذہن بچوں کو جنم دیا۔ روشنی کرو! روشنی کرو! آسمانی گنبدوں سے آوازیں آتی رہیں۔ روشنی کرو! مشعلوں کو خون کے تیل سے تازہ کرو! روشنی کرو! اے ماؤں سوچوں کو جنم دو! اے ماؤں سماعتوں کو جنم دو! روشنی کرو!

روشنی ہوئی تھی، مگر کچھ دیر کے لیے۔ لمحہ بھر کے لیے اور پھر عالم غیب سے صورِ اسرافیل کی آواز آئی۔ لوگوں نے کہا، روشنیاں گل کرو۔ زندگی موت کی آنکھ میں ہے۔ اندھیرا کرو! مشعلوں کی لاٹیں ریت میں دبا دو! خلیل جبران کو شیلفوں سے ہٹا کر دلوں میں محفوظ کر لو! ہوائی حملے کا سائرن بجا ہے۔ بتیاں بجھا دو! تاریکی کرو! اندھیرے میں زندہ رہنے کے جتن کرو!

ہم سب رشتے دار، دوست، احباب اور یار بیلی تاریکی میں زندہ رہنے پہ رضامند ہو گئے تھے۔ ہم چچا زاد، خالہ زاد، ماموں زاد اور پھوپھی زاد اندھیرے میں زندہ رہنے کا چلن سیکھ چکے تھے۔ تاریکی میں ٹھوکریں، ٹھڈے اور دھکے کھاتے ہوئے ہاتھوں، پیروں کے ناخن کھنچوا، تڑوا بیٹھے تھے اور زندہ بچ رہے تھے۔

لیکن محرم علی اندھیرے میں جی نہیں پایا تھا۔ وہ مر گیا، لیکن اپنی مرضی سے نہیں۔ اس کی موت کا دن اور وقت آسمانوں، زمینوں اور کائنات کے خدا نے مقرر نہیں کیا تھا۔ اس کی موت کی گھڑی کا تعین دھرتی کے جابر خداؤں نے کیا تھا۔ انھوں نے ہمیں پیشگی اطلاع نامہ بھجوا دیا تھا کہ فلاں روز کو فلاں وقت پر محرم علی کی گردن دھڑ سے الگ کر دی جائے گی۔ تم لوگ بر وقت مقتل سے محرم علی کی لاش وصول کر لینا۔

ماموں کو محرم علی سے بہت لگاؤ تھا۔ مَیں نے جب ماموں کو بتایا کہ محرم علی خاموش پیغمبری کا دعویٰ کرتا ہے اور اس نے چپ سادھ لی ہے۔ تب ماموں نے کہا تھا، ''میں محرم علی کے دعوے کا مفہوم سمجھ سکتا ہوں۔ اسے خلیل جبران جیسی پیغمبری ودیعت ہوئی ہے۔ وہ خلیل جبران کی طرح کسی میری ہیسکل سے لازوال محبت کرے گا اور اڑتالیس برس کی عمر میں مر جائے گا۔''

جب دھرتی کے خداؤں نے محرم علی کی موت کی گھڑی مقرر کر ڈالی، تو ماموں نے کہا تھا کہ دھرتی کے خداؤں کے لیے آسمان کے خدا نے اپنی الہامی کتابوں میں لکھ دیا ہے، ''میں نے ان کے دلوں پر آہنی پردے چڑھا دیے ہیں اور میں نے انھیں ہمیشہ ہمیشہ کے لیے ہدایت سے محروم کر دیا ہے۔''

مقررہ روز میں نے ماموں سے کہا، ''ماموں! آج محرم علی کی گردن جسم سے جدا کر کے لاش ہمارے حوالے کر دیں گے۔ کیا تم مقتل تک چلو گے؟ ہم ایمبولنس کا بندوبست کر لیں گے۔''

''میں کئی بار مقتل جا چکا ہوں اور بہت دفعہ مقتل سے واپس بھی آیا ہوں۔'' ماموں نے کہا، ''میں فالج کا مریض ہوں، چل نہیں سکوں گا۔ تم، عزیز واقارب، دوست احباب اور یار سنگی ساتھیوں کے ساتھ مقتل تک جاؤ اور محرم علی کی میّت وصول کر کے میوہ شاہ قبرستان میں دفنا آؤ۔''

ہم محرم علی کی بنا گردن لاش میوہ شاہ قبرستان میں دفنا کر لوٹ آئے تھے اور تاریکی کے قلعوں میں محفوظ ہو کر بیٹھ رہے تھے۔ نہ جانے کیوں ماموں کو محرم علی کی گردن کی فکر کھائے جا رہی تھی۔ اس کے لیے اتنا کافی نہ تھا کہ ہم نے گردن کے بغیر محرم علی کی شناخت کر لی تھی۔ وہ وقفے وقفے سے تصدیق کرنا چاہ رہا تھا کہ محرم علی کی گردن ہنسلی ہڈ سے کاٹی گئی تھی یا منکے سے!

ماموں نے کہا، ''میں سمجھتا ہوں کہ محرم علی کی گردن ہنسلی سے کٹی ہو گی، کیوں کہ محرم علی کی گردن اکثر سوچتے ہوئے جھکی رہتی تھی۔''

میں نے کہا، ''میں اس کی کٹی ہوئی گردن کی طرف دیکھ نہیں سکا تھا۔''

ماموں نے کہا، ''سوچ رکھنے والے اور سرکش کی گردن تن سے جدا ہونا برحق ہے۔ سوچ رکھنے والے کی گردن ہنسلی سے اور سرکش کی گردن منکے سے کٹ جاتی ہے۔ محرم علی سوچا کرتا تھا، اس کی گردن ہنسلی سے کٹی ہو گی۔''

ماموں گہری سانس لے کر خاموش ہو گیا۔

کسی نے پوچھا، ''زندگی سے فضائی حملے کا خطرہ ٹل چکا ہے یا ابھی باقی ہے؟''

جواب آیا، ''تاریکی بدستور رکھو، روشنی مت کرو۔ زندگی کو موت سے محفوظ رکھنے کے لیے مشعلوں کے جلتے سرے ریت میں دبا ڈالو۔''

اندھیرے میں ہم سوال پوچھنے والے کی شکل دیکھ سکے تھے نہ ہی جواب دینے والے کا چہرہ دیکھ پائے تھے۔

پھر کتنی ہی دیر تک تاریکی میں کوئی نہ بولا۔ گونگوں، اندھوں، بہروں اور کند ذہنوں کی نئی نسل اندھیرے میں ہی کھیلتی رہی۔

میں نے ماموں کو پکارا۔

میں اس کی چارپائی کی پٹی پر بیٹھ گیا

ماموں نے پوچھا، ''ناز کو بتا دیا ہے کہ محرم علی مر گیا ہے؟''

میں نے کہا، ''نہیں۔''

اس نے پوچھا، ''کسی اور نے بتایا ہے؟''

میں نے کہا، ''ہاں بتا تو دیا ہے لیکن اسے یقین نہیں آیا ہے۔''

ماموں نے کہا، ''جا کر تم خود بتا کر آؤ۔ بتانا کہ محرم علی سوچتا تھا، اس لیے اس کی گردن ہنسلی ہڈ سے کٹ گئی ہے۔''

میں نے ماموں سے پوچھا، ''کیا ناز کے شوہر کو پتہ ہے کہ ناز محرم علی سے محبت کرتی ہے؟''

ماموں تھوڑا سا ہنسا، ''اس بارے میں مرد کی چھٹی حس کمپیوٹر سے کہیں زیادہ رفتار اور یقین کے ساتھ کام کرتی ہے۔''

میں ماموں کی چارپائی سے اُٹھ گیا اور دیوار سے ٹیک لگا کر فرش پر بیٹھ گیا۔ پھر کافی دیر تک ممنوع محبتوں کے بارے میں سوچتا رہا۔ مائیکل اینجلو کی اولاد سے پیار کیا جا سکتا ہے۔ مائیکل اینجلو کی مصوری سے محبت کی جا سکتی ہے۔ مائیکل اینجلو کی مجسمہ سازی کو چاہا جا سکتا ہے۔ خود مائیکل اینجلو سے محبت کی جا سکتی ہے۔ لیکن مائیکل اینجلو کی بیوی سے پیار نہیں کیا جا سکتا! سوہنی دُنیا کی واحد بیاہتا عورت ہے، جو اپنے خاوند کو سوتا چھوڑ کر میہار سے ملنے جاتی تھی۔ لیکن وہ آج تک بدنام نہیں ہوئی۔ اس میں سوہنی اور میہار کی محبت کا کوئی کمال نہیں ہے۔ اس میں سارا کمال شاہ عبداللطیف بھٹائی اور سچّل سرمست کا ہے۔

تھوڑی دیر بعد کسی نے مجھے بتایا کہ ناز آئی تھی اور میرا پوچھ رہی تھی۔ میں فرش سے اُٹھ کر اندھیرے میں ٹھوکریں کھاتا ہوا، کتابوں کی الماری کے پاس جا کھڑا ہوا۔ میں جس الماری کے پاس کھڑا تھا، میں نے اسے چھو کر دیکھا۔ قطار میں یہ پہلی الماری تھی۔ یہ الماری ہم سب کے لیے سب سے زیادہ مقدس کتب سے بھری ہوئی تھی۔ وہاں کھڑے ہو کر میں نے ناز سے بلند آواز میں گفتگو کی۔

میں نے کہا، ''ناز کتابوں کی وہ الماری، جس میں خلیل جبران کی 'پیغمبر' رکھی ہوئی ہے۔ میں اس الماری کے ساتھ کھڑا ہوں۔''

ناز ٹھوکر کھاتی ہوئی، الماری کے پاس آ گئی۔ اس نے پوچھا، ''محرم علی کب آئے گا؟''

مجھے تعجب ہوا۔ میں نے کہا، ''محرم علی کو ہم میوہ شاہ قبرستان چھوڑ آئے ہیں۔ اسے بغدادی والے حاجی ملو نے غسل دیا تھا۔''

ناز نے پوچھا، ''یقین ہے کہ بنا سر کی جو لاش دفنا کر آئے ہو، وہ میّت محرم علی کی ہی تھی؟''

میں بوکھلا گیا، لیکن بولا، ''ناز! میں سمجھتا ہوں کہ وہ لاش محرم علی کی ہی تھی۔''

ناز نے کہا، ''تو پھر محرم علی ضرور لوٹ آئے گا۔''

مجھے بہت دُکھ ہوا۔ میں نے محبت میں بدحواسی کی باتیں کرتے ہوئے پہلے کسی کو نہیں دیکھا تھا۔ ناز سراسر پاگل پن جیسی باتیں کر رہی تھی۔ میوہ شاہ قبرستان سے محرم علی کی واپسی قطعی ناممکن تھی۔

ناز نے کہا، ''دیکھنا! محرم علی ضرور واپس آئے گا۔''

میں نے ناز سے کہا، ''ماموں کہہ رہا تھا کہ محرم علی تم سے ایسی محبت کرتا تھا، جیسی خلیل جبران نے میری

ہیسکل سے کی تھی۔"

"مجھے پتہ ہے اور میں یہ بھی جانتی ہوں کہ محرم علی لوٹ آئے گا۔"

مجھے ناز کی حالت پر رنج ہوا۔ وہ محبت کے صدمے میں اپنا ذہنی توازن کھو بیٹھی تھی۔ مجھے برٹرینڈ رسل کی بات یاد آگئی۔ اس نے ایک بار کہا تھا، "کم یا زیادہ، ہم سب کچھ کچھ پاگل ضرور ہوتے ہیں۔

ناز چلی گئی۔

میں برآمدے میں جا کے فرش پر لیٹ گیا۔ سامنے چارپائی پہ ماموں پہلو کے بل لیٹا ہوا تھا اور حقے سے کش لے رہا تھا۔ پھر نصف شب کے قریب آسمان سے آبشار پھوٹ پڑی، گویا نیاگرا کی آبشار ہو۔ اس رات اتنی بارش برسی کہ کسی نے زندگی میں پہلے کبھی نہ دیکھی تھی۔ یوں لگتا تھا جیسے تربیلا ڈیم کا بند ٹوٹ گیا ہو۔ ہریالی کا دریا تھا، جو دھرتی کی بجائے آکاش سے بہہ نکلا تھا۔ گھن گرج کے ساتھ آسمانی بجلی ایسی تجلی دے رہی تھی کہ دھرتی کا داغ داغ روشن ہو گیا تھا۔ ہم نے دھرتی کے سینے پر اتنے تازہ، روشن اور زندہ داغ کبھی نہیں دیکھے تھے۔ دھرتی کی بوڑھی پیشانی پر اتنے زخم پہلے کبھی دکھائی نہیں دیے تھے۔ تاریخ کے سارے گھاؤ آسمان سے برستے پانی سے ڈھل کر اُجلے اور چمک دار ہو گئے تھے۔

بجلی کی چمک اور بادلوں کی گڑگڑاہٹ سے بیرونی دروازہ ہلا تو ماموں نے اُونچی آواز میں پوچھا، "کون ہے؟"

کسی نے جواب دیا، "بجلی اور بادلوں کی گھن گرج سے دروازہ ہلا ہے۔ ایسی برسات میں کسی کو کتے نے کاٹا ہے کہ آئے گا!"

ہاں ٹھیک کہتے ہو۔" ماموں نے کہا، "لیکن میں سمجھتا ہوں کہ باہر دروازے پہ کوئی آیا ہے۔" شاید مقتل سے کوئی آیا ہے، محرم علی کی گردن لوٹانے!

ماموں کا دل رکھنے کی خاطر کسی نے اُٹھ کر بیرونی دروازہ کھولا۔ باہر کوئی بھی نہیں تھا۔ اس نے اُونچی آواز میں پوچھا، "کون ہے؟" کوئی جواب نہ ملا تو اس نے دروازہ بند کر دیا۔ وہ واپس پلٹ آیا اور بولا، "باہر کوئی نہیں ہے۔"

آسمان سے آبشار گرتی رہی، بجلی چمکتی رہی، بادل گرجتے رہے۔ بیرونی دروازے کو یوں جنبش ہوئی کہ ہم سب چونک پڑے۔ ایسا لگا جیسے کسی نے پٹ پہ ہاتھ مارا ہو۔

ماموں نے کہا، "میرا خیال ہے باہر ضرور کوئی آیا ہے۔"

"ماموں! باہر کوئی بھی نہیں ہے۔" کسی نے کہا، "آنکھوں کی طرح کبھی کبھی کان بھی دھوکا کھا جاتے ہیں۔"

"نہیں، نہیں، باہر کوئی ضرور ہے۔" ماموں نے کہا، "میں سمجھتا ہوں کہ مقتل سے محرم علی کا قلم کیا ہوا سر لے کر آئے ہیں۔"

اندھیرے میں کوئی پھر اُٹھا، بیرونی دروازے تک پہنچا۔اس نے دروازہ کھولنے کے بعد، گردن باہر نکال کر گھپ اندھیرے میں باآوازِ بلند پوچھا، ''یار کون ہے! ہمارے رشتے داروں، ماموں زادوں، چچا زادوں، پھوپھی زادوں یا دوستوں میں سے کوئی باہر تو نہیں رہ گیا ہے!''

کوئی جواب نہ ملا۔بجلی خاموشی کو نقب لگاتی رہی۔بادل سکوت کا کلیجہ چیرتے رہے۔اس نے بیرونی دروازہ بند کردیا۔واپس آکر اپنی جگہ پر بیٹھتے ہوئے بولا، ''کوئی بھی نہیں ہے۔''

پھر کافی دیر تک کسی نے بات نہ کی۔مینہ مسلسل برستا رہااور دھرتی کی پیاس مٹاتا رہا،بجلی کڑکتی رہی۔ذہن کے غاروں کو روشن کرتی رہی۔دفعتاً بڑا کھڑاک ہوا۔یوں محسوس ہوا جیسے آسمان ڈھے پڑا ہے یا کوئی پہاڑ زمین کے سینے پر اُتر آیا ہے یا کہیں کوئی آتش فشاں پھٹ گیا ہے! اتنے میں بیرونی دروازہ واضح طور پر کھٹکا۔میں اُٹھ کر بیٹھ گیا، بیرونی دروازہ برآمدے سے دور نہیں تھا، محض چند قدم کے فاصلے پر تھا۔میں جا کر دروازے کے پاس کھڑا ہو گیااور کائنات کی رنجش کی آوازیں سنتا رہا۔

دروازہ دوبارہ کھٹکا۔سرگوشیوں کی آواز آئی۔

میں نے کنڈی کھول دی۔

بیرونی دروازہ ہم نے پہلے بھی کھولا تھا۔مگر اس گھڑی بیرونی دروازہ کھولتے ہوئے میں نے محسوس کیا کہ جیسے تاریخ کا غیر تحریری باب کھل گیا ہو۔

میں تاریکی اور بارش میں باہر نکل کر کھڑا ہو گیا۔اچانک بجلی چمکی۔میں نے اپنے سامنے سفید چادر میں لپٹے ہوئے کسی شخص کا سایہ دیکھا۔میں نے حیرت کے ساتھ پوچھا، ''کون ہو؟''

یک دم ہر آواز بند ہو گئی۔اس شخص کی آواز سنائی دی۔وہ بولا، ''میں محرم علی ہوں۔''

میں نے تاریخ کے کھلے ہوئے باب سے نگاہیں ہٹا کر رشتے داروں اور دوستوں سے کہا، ''محرم علی لوٹ آیا ہے۔''

حرامی (پشتو)

نورالبشر زید

ترجمہ: محمد ارشد سلیم

نورالبشر زید ۱۲ فروری ۱۹۵۷ء کو مردان (پاکستان) میں پیدا ہوئے۔ اگرچہ نورالبشر زید بنیادی طور پر شاعر ہیں، لیکن ان کے کالم، افسانے اور ڈرامے بھی ان کی شہرت کا سبب بنے۔ پشتو کے معروف جریدے ماہنامہ 'لیکوال' (لکھاری) کے چیف ایڈیٹر کی حیثیت سے بھی معروف ہیں جو گزشتہ ۲۵ سالوں سے جاری ہے۔ انھیں کئی اعزازات سے نوازا جا چکا جن میں 'تمغۂ امتیاز' بھی شامل ہے۔

محمد ارشد سلیم پاکستانی ناول نگار اور افسانہ نگار ہیں۔ ان کے دو افسانوی مجموعے شائع ہو چکے ہیں۔

گل نگار نے اپنی ڈائری کے ۱۲ فروری ۱۹۹۷ء کے صفحے پر اپنی زندگی کی یادداشتیں رقم کر دیں۔

''آج صبح سویرے درد نے مجھے نڈھال کر کے رکھ دیا۔ میرے پیٹ میں ایک زندہ انسان کی تخلیق مکمل ہو چکی تھی۔ یہ میرا پانچواں ناجائز بچہ ہے۔ اس سے قبل میں تین ناجائز لڑکے اور ایک لڑکی جن چکی ہوں۔ چاروں ناجائز بچوں کے باپ کوئی ایرے غیرے نتھو خیرے لوگ نہیں ہیں۔ عظیم الشان ایوانوں کے سیاسی رہنما، سرکاری افسر اور اونچی پگڑیوں والی نامی گرامی شخصیات ہیں۔ مجھے حمل ضائع کرانے کا خیال کبھی نہیں آیا، کیوں کہ میرے شوہر نے مجھے محض اس وجہ سے طلاق دی تھی کہ میں بچے پیدا نہیں کر سکتی۔ انھی دنوں ایک پیر صاحب نے میرے لیے تعویذ پر بھی کام شروع کر رکھا تھا۔ جس دن مجھے طلاق ہوئی، اس دن پیر صاحب نے بتایا کہ آج میں بہ نفس نفیس تیرے پیٹ پر تعویذ باندھوں گا۔ میں نے لمحہ بھر کے لیے اپنے پیٹ پر ہاتھ رکھا، پھر سینے میں دل گویا

دھڑا دھڑ، دھڑ کنے لگا جیسے میری چھاتیوں میں دودھ کی گٹھلیاں ہیں اور دودھ چھلکنے کو ہے۔ جھٹ پٹ میں نے قمیض اوپر کر کے پیٹ سینے تک برہنہ کر دیا۔ پیر صاحب نے مجھے لٹایا اور میرے سرہانے بھاری تکیہ رکھ دیا۔ پیر صاحب نے ناف سے سینے تک اپنی چپڑ چپڑ چاٹتی لپلپاتی زبان کے لعاب مبارک سے مجھے تر کر دیا۔ مجھ پر مدہوشی طاری ہو رہی تھی۔ میرے کانوں میں دور کہیں سے بچے کے رونے کی صدا آ رہی تھی اور پھر میں گویا اپنی چھاتی بچے کی طرف بڑھاتی اور دودھ پلانے لگتی ہوں۔ میرے پستانوں کو نچڑ نچڑ کر چوسا جا رہا تھا۔۔۔ ہاں پیر صاحب میرے پستان چوس رہے تھے۔ اور پھر میرے وجود کے اندر ایک حرارت پیدا ہوگئی جیسے بچہ روتے روتے چپ ہو گیا ہو اور اس کی گرم گرم سانسیں میرے رخساروں، کانوں، گردن اور سینے پر رقص کر رہی ہوں۔ تھوڑی دیر بعد پیر صاحب نے میرے پیٹ پر ایک تعویذ باندھ کر مجھے رخصت کر دیا۔

گھر جاتے ہوئے میں عجیب سی کیفیت سے گزر رہی تھی مگر جب گھر پہنچی تو حالات پلٹا کھا چکے تھے۔ میرے اور میرے شوہر کے مابین دن بھر تکرار ہوئی اور اسی شام مجھے طلاق مل گئی۔ چند ماہ بعد مجھے حمل کا احساس ہوا۔ میں ایک بار پھر پیر صاحب کے پاس چلی آئی اور بتایا۔

''اب میرے پیٹ میں اس بچے کو کسی طرح ضائع کر دو۔''

''استغفراللہ'' اس نے اپنی خمار آلود آنکھیں میری طرف گھما کر کہا؛ ''یہ گناہ ہے، قتل ہے۔''

''لیکن اس کا باپ؟''

میرا سوال ابھی پورا بھی نہیں ہوا تھا کہ پیر صاحب نے اپنی جلالی آواز میں جواب دیا؛ ''ملنگ لوگوں کے ماں باپ نہیں ہوتے۔ یہ بچہ اس درگاہ کا صدقہ ہوگا۔''

یوں میں نے اپنا پہلا ناجائز بچہ پیر صاحب کو بطور صدقہ دے دیا۔ بیٹے کو دودھ پلاتے ہوئے مجھے عجیب طرح کا سرور ملتا۔ میرے پیٹ میں رہتے ہوئے اس نے مجھے درد کی جس لذت سے آشنا کر دیا تھا، وہی لذت اب میری چاہت اور طلب تھی۔ میرے پیٹ میں مجھے پانچ ناجائز بچوں نے درد کی لذت سے نوازا۔ میں اپنے ہر بچے کی پیدائش کے بعد اس کے ماتھے پر ایک تارہ بنا کر زخم زدہ کر دیتی تا کہ بطور دعویٰ میرے پاس ثبوت موجود ہو۔

آج میں نے جس بیٹے کو جنم دیا ہے، اس کی وجہ سے پہلی بار مجھے بچوں سے نفرت پیدا ہوئی ہے۔ اس کے جنم لینے کا طریقہ نرالا تھا۔ اس لیے میں نے اس کے ماتھے پر دو ستارے بنا دیے۔ یہ حرامی جب جنم لے رہا تھا تو میں صبح سے درد و اندوہ میں مبتلا ہوگئی تھی۔ میں سارے انتظامات مکمل کر چکی تھی۔ پیدا ہونے کے دوران سب سے پہلے اس کے پاؤں باہر آئے، میں ڈر گئی۔ پھر دھیرے دھیرے اس کا پورا وجود باہر نکل آیا لیکن گردن سے مصلوب تھا۔ سر ابھی اندر ہی تھا، میں نے جھٹ شہادت کی انگلی اندر داخل کی اور منھ کے نچلے جبڑے کے اندر انگلی رکھ کر ایک ہی جست میں باہر کھینچا۔

بچہ نہایت خوبصورت تھا۔ پتہ نہیں کیوں اس پر اتنا غصہ آیا تھا، پہلے پہل اسے قتل کرنے کا خیال آیا۔

پھر ایدھی ویلفیئر ٹرسٹ کا جھولا یاد آیا، جس پر لکھا ہوتا ہے: ''قتل مت کیجیے، اس جھولے میں ڈال دیجیے۔'' میں نے اپنا پانچواں ناجائز بچہ ایدھی ٹرسٹ کے ناجائز بچوں والے جھولے میں ڈال دیا اور قسم کھائی کہ آئندہ گناہ کے لوتھڑے پیٹ میں کبھی نہیں آنے دوں گی۔''

گل نگار نے اپنی ڈائری کے ۱۳ فروری والے صفحے پر لکھا:

''آج رات میں نے ایک عجیب وغریب خواب دیکھا۔ تیس چالیس برس کی عمر اسی ایک رات میں بیت گئی۔ میرے پانچوں ناجائز بچے اپنے اپنے شعبے کی جانی پہچانی شخصیات ہیں۔ میرے چاروں بیٹے مجھ سے ذرہ برابر میل نہیں کھاتے مگر بیٹی بالکل میری تصویر ہے۔

میرا پہلا حرامی بچہ پیر صاحب کا گدی نشین ہے۔ وہ قصہ خوانی بازار میں ایک احتجاجی جلسے سے خطاب کر رہا ہے۔ یہ احتجاج ایک فاحشہ میڈم فاخرہ کے خلاف ہے۔ اس نے اپنی تقریب میں فتویٰ صادر کیا کہ اس لڑکی کو سرعام سنگسار کیا جائے، کیوں کہ یہ بڑے بڑے مذہبی لیڈروں کے اسکینڈل بناتی ہے، یہ فاحشہ ہے، اس کے تو ماں باپ بھی نہیں معلوم؟ میں حیران رہ گئی، دل نے چاہا چیخ چیخ کر بتادوں۔ ''پیر صاحب! جس پر تم کیچڑ اچھال رہے ہو وہ تمھاری بہن ہے، تم دونوں کا باپ معلوم نہیں ہے مگر تم دونوں کی ماں میں ہوں'' پھر مجھے پتہ بھی نہیں چلا اور میں نے اس کی تقریر کے دوران چلاتے ہوئے بہت کچھ کہہ ڈالا۔ مجھے پولیس نے پکڑ لیا اور مارتے کھینچتے ہوئے تھانے لے گئے۔ میرے ناجائز بچے نے تقریر مزید تیز کردی، میں بدستور اس کی آواز سن رہی تھی، وہ بول رہا تھا: ''یہ یہودی لابی ہے جو مذہبی لیڈروں کے خلاف زہر آلود پروپیگنڈا کر رہی ہے، ان کے خلاف جہاد کرنا چاہیے۔''

پھر لوگوں نے نعرے بلند کیے، ''الجہاد الجہاد!!''

پولیس انسپکٹر کے خصوصی کمرے میں چند سپاہیوں نے چٹیا سے پکڑ کے مجھے کھینچا۔ انسپکٹر نے انھیں باہر جانے کا اشارہ کیا۔ وہ چلے گئے، دروازہ بند ہوگیا۔ میں نے با آواز بلند کہنا شروع کیا: ''جس کو تم لوگ پیر کہتے ہو، یہ میرا ناجائز بچہ ہے۔'' میرے منھ پر اس نے اپنے بھاری ہاتھ سے زوردار تھپڑ رسید کیا اور مجھ پر آ گرا۔ پھر میرے کپڑے پھاڑ دیے۔ اس کی وحشت میں مذہبی انتقام بھی تھا اور ہوس بھی۔ غور سے دیکھنے پر مجھے اس کے ماتھے پر تارا نظر آیا۔ میں زقند بھر کر اٹھنا چاہا: ''نہیں میرے بچے! تم تو میرے بیٹے ہو، تیرے ماتھے پر یہ تارا۔۔۔''

میری بات ادھوری رہ گئی۔ بیٹے نے ماں کے ساتھ زنا کا ارتکاب کیا۔ زندگی میں پہلی بار میں زنا کے بعد رو پڑی، کیوں کہ جس بیٹے کو میں نے پیٹ سے جنم دیا تھا وہ دوبارہ میرے پیٹ میں گھس کر اندر تک آ گیا تھا۔ میرے منہ سے غیر ارادی طور پر نکلا، ''تف حرامی۔۔۔'' اس نے مجھے لات رسید کی اور اپنی ٹوپی سر پر رکھ لی۔ میں نے انسپکٹر کی ٹوپی پر چاند تارے کو دیکھ کر اپنے آپ سے ایک عجیب سوال کیا۔

''تم نے ناجائز بچوں کے ماتھوں پر تارے کیوں بنائے؟'' میں چپ رہی۔

رات گئے چند ایک سپاہی آئے۔ انھوں نے مجھے نئے اور بیش قیمت کپڑے دیے اور خوب بنا سنوار کر

نہایت عزت واحترام کے ساتھ باہرایک لمبی موٹر کار تک لے آئی۔ کار پر قومی پرچم لہرا رہا تھا۔ میں نے اپنے بچوں کی پیدائش کے وقت ان کے ماتھوں پر جیسا تارہ بنایا تھا، بالکل وہی تارہ جھنڈے پر بھی نظر آیا۔ گاڑی ایک عالی شان کوٹھی کے گیٹ کے اندر داخل ہوئی۔ گاڑی سے اترتے وقت ایک معزز سرکاری افسر نے مجھے آہستگی سے کہا: ''وزیر صاحب کے ساتھ آپ کی ملاقات ہے۔'' میں جیسے ہی ایک وسیع و عریض کمرے کی طرف بڑھی، دروازہ کھل گیا اور پھر فوراً ہی بند ہو گیا۔ وزیر صاحب کسی کے ساتھ فون پر بات کر رہے تھے۔ مجھے عزت اور احترام کے ساتھ اشارے سے بیٹھنے کے لیے کہا۔ میرے بیٹھنے کے تھوڑی دیر بعد وہ بات چیت سے فارغ ہوئے تو مسکراتے ہوئے میری طرف سست روی سے بڑھے اور تسلی دی: ''آپ کی ضمانت فون پر میں نے لے لی ہے۔ آپ کی طرح کے باصلاحیت لوگ شخصیات بنانے اور بگاڑنے میں اہم کردار ادا کرتے ہیں۔'' اس نے جیسے ہی اپنے ہونٹ میری طرف بڑھائے، میں اچھل کر پیچھے گر گئی۔ وزیر صاحب خوب ہنسے پھر پوچھا: ''کیوں؟ میرے ہونٹوں میں آگ ہے نہ انگارے۔''

''تیرے ماتھے پر یہ تارا؟'' میں نے مجسم سوال بن کر جواب دیا۔

''میں پیدائشی حاکم ہوں'' اس نے ہنستے ہوئے جواب دیا۔ میں نے چلا چلا کر کہا: ''تم میرے بیٹے ہو۔۔۔ یہ تارا میں نے ہی تمھارے ماتھے پر بنایا تھا۔''

وزیر صاحب کو بہت غصہ آیا اور حاکمیت کے نشہ میں چور ہو کر اپنے ماتھے کا تارا واپس میری جھولی میں ڈال دیا۔ میں تاریک اور لٹی پٹی رات کو ہی کوٹھی سے بھگا دی گئی۔ گھٹاٹوپ اندھیرے میں چلتی ہوئی سوچ رہی تھی کہ اچانک اپنا آخری ناجائز بچہ یاد آیا۔ میں نے دل میں کہا جس طرح اس کی پیدائش مختلف تھی، اسی طرح اس کی عادات و اطوار بھی مختلف ہوں گے۔ پھر اس کی پیدائش اور اپنی نفرت یاد آئی۔ اب وہ نفرت محبت میں بدل گئی ہے۔ دل میں بار بار یہی خیال آ رہا تھا کہ اگر میرا سامنا چوتھے بیٹے سے ہوا تو میں اس ماتھے بنے ہوئے دونوں تارے چوم کر اسے اپنے ہونٹ چومنے کا موقع نہیں دوں گی۔ میں اپنی عمر رفتہ کے متعلق سوچ رہی تھی۔ یکایک اخبارات اور رسائل، میرے ذہن کے پردے پر سرک آئے۔ ساتھ ہی کہانیاں اور افسانے یاد آئے۔ میں اپنے آپ کو اپنی کہانی سنا رہی تھی۔ پھر میں نے اپنے پیچھے کسی کے پاؤں کی آہٹ سنی۔ میں چپ ہو گئی، چلنا بدستور جاری رکھا۔ ایک نوجوان میرے قریب رک گیا اور جلدی جلدی بلا کسی توقف اپنا تعارف کرانا شروع کیا: ''میں صحافی ہوں۔ یہاں ایک اخبار میں کام کرتا ہوں۔ میں آپ کی کیا خدمت کر سکتا ہوں؟''

فوری طور پر توجہ دینے کے بعد مجھے احساس ہوا کہ یہ وہی ہے، جس کی مجھے تلاش ہے۔ برابر چلتے ہوئے میں نے صحافی کو اپنی کہانی سنانی شروع کی۔ ابتدائی کلمات سننے کے بعد اس نے کہا: ''ایسی باتیں اطمینان سے بیٹھ کر سننے کی ہیں۔ میں آپ کا ایک تفصیلی انٹرویو لینا چاہتا ہوں۔''

میں بغیر کسی تردد کے اس کے گھر میں داخل ہوئی۔ اس نے گرم ٹوپی اتارتے ہوئے مسکرا کر میری طرف دیکھا اور میری داستان سے قبل اپنی خودداری اور انا کی کہانی سنانی لگا۔ میں نے کہا: ''میرا انٹرویو؟''

وہ کاغذ قلم اٹھالایا اور میں ستم رسیدگی کے باب وا کرنے لگی۔ قمیص اوپر اٹھانے اور حوا کی بیٹی کے پیٹ کے برہنہ ہونے تک اس کا قلم روانی سے چلتا رہا مگر اس کی متحرک انگلیوں پر اچانک میری نظر پڑی۔ وہ لمحہ بھر ساکت رہنے کے بعد کانپ رہی تھیں۔ وہ میری جانب دیکھ رہا تھا۔ میں آنکھوں کے ایسے ہزار ہا اشارے نگاہوں سے گزار چکی تھی۔ میں نے کہانی کا رخ دوسری جانب موڑ دیا۔ آدم اور حوا کے جذبے کی طرف آئی۔ اس نے قلم رکھ دیا اور پانی کے جگ سے گلاس میں پانی انڈیل کر غٹا غٹ پی گیا۔ وہ اپنی جگہ سے اٹھ کر میری کرسی کے پیچھے جا کھڑا ہوا اور دونوں ہاتھ میرے کاندھوں پر رکھ دیے۔ میری نظریں اس کے ماتھے پر جم گئیں۔ اس کے ماتھے پر دو چمکتے تاروں نے میری آنکھیں چندھیا دیں۔ اس سے پہلے کہ وہ ہونٹ بڑھا کر میری عزت افزائی کرے، میں فوراً ان دو تاروں کو چومنے کے لیے اپنی جگہ سے اٹھی۔ اس نے میرا اٹھنا شب تنہائی کی دعوت پر محمول کیا اور میرے ہونٹوں پر اپنے ہونٹ رکھ کر اپنے حرامی پن کی مہر ثبت کر دی۔ میرا انٹرویو ادھورا رہ گیا۔ میرے ناجائز بچوں نے مجھے اپنے تارے واپس دے دیے۔ میں نے فیصلہ کیا اگر میرے بطن سے چھٹا ناجائز بچہ پیدا ہوا تو اس کے ماتھے پر تارا نہیں بناؤں گی۔

جنگل کا قانون (بلوچی)

غنی پرواز

ترجمہ: جمل غنی

غنی پرواز ۱۵ اگست ۱۹۴۵ء کو پیدا ہوئے تھے۔ اس وقت وہ پاکستان میں بلوچستان کے شہر تربت میں مقیم ہیں۔ بچپن سے ہی ادب کی جانب ان کا رجحان تھا، انھوں نے اب تک کہانیوں، شاعری، تنقیدی، تحقیق اور دوسرے کئی موضوعات سے متعلق قریب سو کتابیں لکھی ہیں، جن میں سے ستائیس شائع ہو چکی ہیں، انھیں کئی اہم اعزازات سے نوازا بھی گیا ہے۔

دفتر میں داخل ہوتے ہی وہ حیران رہ گیا، کیوں کہ دفتر کے تمام ملازمین کے چہرے اسے بہت عجیب دکھائی دے رہے تھے۔ کچھ کی آنکھیں باہر نکلی ہوئی تھیں۔ کچھ کے کان کھڑے ہو گئے تھے۔ کچھ کی زبانیں نیچے لٹکی ہوئی تھیں اور کچھ کے ہونٹ پھولے ہوئے تھے۔ وہ حیرانی سے کھڑا سب کو تکتا رہا۔

بابو آفتاب نے سر اٹھایا اور باہر نکلی ہوئی آنکھیں مزید باہر نکالیں۔

''تم آج ہمیں اس طرح دیکھ رہے ہو، جیسے ہم کسی دوسری دنیا کی مخلوق ہیں۔''

اسسٹنٹ امداد نے اپنا سر اوپر اٹھایا اور کھڑے ہوئے کان مزید کھڑے کیے۔ ''تم ہمیں اس طرح کیوں دیکھ رہے ہو۔''

کیشیر ظہیر نے سر اٹھایا اور اپنی لٹکی ہوئی زبان اور زیادہ لٹکالی۔

''آج اس کی طبیعت ٹھیک نہیں۔''

ہیڈ کلرک مزمل نے سر اٹھایا اور پھولے ہوئے ہونٹوں کو اور زیادہ پھلایا۔

''اسے ٹھیک کرنا پڑے گا۔''

وہ آگے بڑھا اور سب کے بیچ میں کھڑا ہو گیا۔ ''لیکن آپ لوگوں کی حالت اس طرح کیوں ہے؟''

سب نے پہلے ایک دوسرے کی طرف اور پھر اس کی طرف دیکھا۔

''ہمیں کیا ہوا ہے بھلا؟''

وہ طنزیہ انداز سے مسکرایا: ''کچھ کی آنکھیں باہر نکلی ہوئی ہیں، کچھ کے کان کھڑے ہیں، کچھ کی زبانیں لٹکی ہوئی ہیں، کچھ کے ہونٹ پھولے ہوئے ہیں۔''

بابو آفتاب جلدی جلدی اپنی جیب سے چھوٹا سا آئینہ نکال کر خود کو دیکھنے لگا۔ ''جھوٹ کیوں بولتے ہو؟''

باقی لوگ بھی جلدی جلدی اٹھے اور بابو آفتاب کے چھوٹے سے آئینے میں خود کو دیکھنے لگے۔

''تم تو بہت بڑے جھوٹے ہو۔'' کسی نے کہا۔

''تم اتنے بڑے جھوٹ کیوں بولتے ہو؟'' کسی اور نے کہا۔

''مذاق کیوں کرتے ہو؟'' ایک نے پوچھا۔

''اس قسم کا مذاق ٹھیک نہیں۔'' دوسرے نے ناپسندیدگی کا اظہار کیا۔

ہیڈ کلرک مزمل چھوٹا آئینہ دیکھنے سے مطمئن نہیں ہوا۔ اس لیے اٹیچ باتھ روم گیا اور بڑے آئینے میں خود کو دیکھ کر آ گیا۔ ''جھوٹ کے پاؤں نہیں ہوتے۔''

وہ اپنی کرسی پر بیٹھ کر چاروں طرف دیکھنے لگا۔ ''میں نہیں جانتا کہ جھوٹ کے پاؤں نہیں ہوتے یا اس کا سر نہیں ہوتا، لیکن یہ اچھی طرح سے جانتا ہوں کہ آپ ٹھیک نہیں ہیں۔''

''کیا بات ہے، جو آپ سبھی لوگ حیران و پریشان نظر آ رہے ہیں۔'' چیئرمین کی سکریٹری فرحت بھی دفتر میں داخل ہو گئی۔

''اطہر کا کہنا یہ ہے کہ آج ہم سب کے چہرے بگڑے ہوئے ہیں۔'' ہیڈ کلرک مزمل اس کی جانب متوجہ ہوا۔

''آپ کے چہروں کو تو کچھ نہیں ہوا ہے۔'' فرحت نے سب کے چہروں پر نگاہ ڈالی۔

''تم اپنی خیر مناؤ۔'' اطہر مسکرایا۔

''مجھے کیا ہوا ہے؟'' فرحت سٹپٹائی۔

''تمھارے گال سوجے ہوئے ہیں۔''

''باپ رے باپ!'' اس نے دونوں ہاتھوں سے اپنا چہرہ چھپا کر اٹیچ باتھ روم کا رخ کیا اور کچھ دیر بعد واپس لوٹ آئی۔ ''تم بڑے مکار ہو۔ چوکیدای کے لائق نہیں۔''

''اس نے ہمارا تو ستیاناس کر ہی دیا، لیکن آپ کو بھی نہیں بخشا۔ صاحب کے پاس اس کی شکایت کرنی چاہیے۔''

''بے فکر رہیں۔ ظاہر صاحب کو آنے تو دیں۔ میں اس کا علاج خود کراؤں گی۔''

یکا یک دروازہ کھلنے کی آواز آئی اور چیئرمین ظاہر علی اندر داخل ہوا۔ اس نے سب کی جانب سرسری سی نگاہ ڈالی اور اپنے کمرے میں گھس گیا۔ اسی اثنا میں فرحت بھی جلدی جلدی اس کے کمرے میں چلی گئی۔

''کیا بات ہے؟ آج تم سب کے چہروں پر ہوائیاں سی اڑ رہی ہیں۔'' چیئرمین ظاہر علی نے کرسی پر بیٹھتے ہوئے اپنا سیاہ چشمہ اتار کر میز پر رکھ دیا۔

''آج اطہر کا دماغ پھر گیا ہے۔''

''کیسے؟''

''سب کو برا بھلا کہہ رہا ہے۔''

''تم اپنی کرسی سنبھالو۔ میں اسے ابھی بلاتا ہوں۔''

''جی صاحب!'' گھنٹی کی آواز پر چپراسی جمعہ اندر داخل ہوا۔

''اطہر کو بلاؤ۔'' چیئرمین نے حکم دیا۔

''صاحب! آپ نے مجھے بلایا ہے؟'' اطہر نے آتے ہی پوچھا اور حیرانی سے اسے دیکھنے لگا۔

''ہاں! سنا ہے تم لوگوں کو برا بھلا کہہ رہے ہو؟''

''میں نے کسی کو برا بھلا نہیں کہا ہے۔'' اطہر نے کہا۔ ''میں نے تو وہی کہا ہے جو میں نے اپنی آنکھوں سے دیکھا ہے۔''

''آخر تم نے کیا دیکھا ہے؟''

''یہی کہ سب کی شکلیں بگڑی ہوئی ہیں۔''

''مثلاً، کس طرح؟''

''مثلاً آفتاب کی آنکھیں باہر نکلی ہوئی ہیں۔ امداد کے کان کھڑے ہیں۔ ظہیر کی زبان لٹکی ہوئی ہے۔ مزمل کے ہونٹ پھولے ہوئے ہیں اور فرحت کے گال سوجے ہوئے ہیں۔''

''مجھے بھی تم مسلسل عجیب انداز سے دیکھ رہے ہو۔ کیا مجھ میں بھی اس قسم کی کوئی تبدیلی دکھائی دے رہی ہے؟''

''معاف کیجیے گا صاحب! آپ سے گستاخی نہیں کر سکتا۔''

''کیوں؟''

''آپ ہمارے صاحب جو ہیں۔''

''اگر کچھ دیکھ رہے ہو تو بتاؤ۔''

''اچھا، تو پھر گستاخی معاف، ماشاءاللہ آپ کی توند آج بہت بھاری لگ رہی ہے اور باہر کو نکلی جا رہی ہے۔'' اس نے خوف سے لرزتے ہوئے دیکھا۔

چیئرمین خاموشی سے اٹھا اور اپنے کمرے کے باتھ روم میں گھس گیا۔ کچھ دیر بعد واپس آیا اور اسے

گھور گھور کے دیکھنے لگا۔ ''تم بڑے خبیث ہو۔''

اطہر سر سے پاؤں تک کانپنے لگا۔ ''صاحب! مجھے معاف کیجیے۔''

''تم معافی کے نہیں سزا کے قابل ہو۔''

چیئر مین نے غصے بھری نگاہوں سے اس کی طرف دیکھا اور گھنٹی بجائی۔ چپراسی بھاگتا ہوا اندر داخل ہوا۔

''جی صاحب!''

''ذرا ان لوگوں کو بلاؤ تو۔''

''کن لوگوں کو صاحب؟''

''آفتاب، ظہیر اور مزمل کو۔''

''ٹھیک ہے صاحب!'' وہ جلدی جلدی واپس چلا گیا اور کچھ دیر بعد تینوں آ گئے۔

''تم لوگ ایک دوسرے میں نئی تبدیلی دیکھتے ہو؟'' چیئر مین نے فکر مندی سے سب کی طرف دیکھا۔

''نہیں!'' سب نے نفی میں سر ہلایا۔

''مجھ میں کوئی تبدیلی؟''

''نہیں!''

''تو پھر یہ کمبخت ایسا کیوں بولتا ہے؟'' وہ غصے کے مارے پیچ و تاب کھا رہا تھا۔

''صاحب! اس کی آنکھیں خراب ہیں۔'' مزمل نے اطہر کی آنکھوں کی طرف اشارہ کیا۔

''مزمل ٹھیک کہتا ہے۔ تمھاری آنکھیں خراب ہیں۔'' چیئر مین نے اطہر کی جانب دیکھا۔

''میری آنکھیں خراب تھیں۔۔۔ لیکن۔۔۔''

''لیکن کیا؟''

''لیکن ان کا علاج کروا لیا ہے۔''

''علاج نے تمھاری آنکھوں کو بگاڑ کے رکھ دیا ہے۔'' چیئر مین نے اس کی آنکھوں کے اندر دیکھا۔

''لیکن تمھاری آنکھوں میں خرابی کیا تھی، جو تم نے علاج کروا کے انھیں بگاڑ دیا ہے؟''

''میری آنکھیں جھلملاتی تھیں۔''

''آنکھیں جھلملاتی تھیں؟ بھلا آنکھیں بھی کبھی جھلملاتی ہیں؟''

''جی ہاں صاحب! جھلملاتی تھیں اور مجھے یوں محسوس ہوتا تھا، جیسے میری آنکھوں کے اندر نئی اور زیادہ روشن آنکھیں اُگ رہی ہیں۔''

''کس ڈاکٹر نے ان کا علاج کیا ہے؟ اور کس قسم کا علاج کیا ہے؟''

''ڈاکٹر صالح میمن نے آپریشن۔۔۔''

''چاہے جس نے بھی آپریشن کیا ہو، مگر مجھے لگتا ہے کہ یہ آپریشن الٹا ہوا ہے۔''

''آپریشن الٹا؟''

''ہاں الٹا ہوا ہے۔'' چیئرمین نے اپنا سر اثبات میں ہلایا۔

''لیکن جناب! میری آنکھوں کی روشنی میں پہلے سے کافی اضافہ ہوا ہے۔ مجھے ایسا لگتا ہے، جیسے میں اندرونی چیزوں کو بھی دیکھ سکتا ہوں۔''

''کیا مطلب ہے تمھارا اندرونی چیزوں سے؟''

''یعنی میں دیکھ رہا ہوں کہ باہر نکلی ہوئی آنکھیں کیا دیکھ رہی ہیں۔ گھرے ہوئے کان کیا سن رہے ہیں۔ لٹکی ہوئی زبانیں کیا کہہ رہی ہیں۔ پھولے ہوئے ہونٹ کیا مانگ رہے ہیں۔ سوجے ہوئے گال کیا تلاشتے ہیں اور موٹی۔۔۔''

''بس بے ادب۔۔۔۔'' وہ مسلسل بولتا جارہا تھا کہ چیئرمین نے اس کی بات سختی سے کاٹی۔ ''اگر تم ہمارے پرانے ملازم نہ ہوتے تو میں ابھی اسی وقت تمھیں نوکری سے نکال دیتا۔''

''رحم کیجیے صاحب!'' اس نے اپنے دونوں ہاتھ باندھ لیے۔ ''مجھ معاف کر دیجیے۔''

''ایک شرط پر تمھیں معاف کر سکتا ہوں، صرف ایک شرط پر۔'' چیئرمین نے اپنی کرسی آگے کی طرف کھینچ لی اور شہادت کی انگلی سے اشارہ کیا۔

''مجھے ہر شرط منظور ہے۔'' اطہر نے اپنا سر جھکا لیا۔

''میں ڈاکٹر سلیم سے تمھارا ایک سیدھا آپریشن کراؤں گا۔ اور آپریشن کی فیس اور اخراجات تھوڑا تھوڑا کر کے تمھاری تنخواہ سے کاٹوں گا۔ چیئرمین نے اپنا فیصلہ سنا دیا۔

''تم کیا کہتے ہو؟'' مزمل طنزاً مسکرایا۔

''میں بھلا کیا کہہ سکتا ہوں؟'' اطہر نے بے بسی کا اظہار کیا۔

آپریشن کے بعد جب اس کی آنکھیں ٹھیک ہو گئیں اور وہ پھر سے دفتر جانے لگا تو اب اس کی نگاہوں میں ہر شخص اپنی اصل حالت میں تھا۔ کسی کی آنکھیں، کان، زبان، گال، تو ند یا کوئی اور چیز بگڑی ہوئی نہیں تھی۔

وہ دروازے کے قریب کھڑا تھا کہ چیئرمین آپہنچا۔

''اب تمہاری آنکھیں کیسی ہیں؟'' چیئرمین نے طنزاً پوچھا۔

''ہمیشہ کی طرح ہیں۔'' اطہر نے حسرت سے جواب دیا۔

''یاد رکھو، انسان کے لیے آنکھوں کی زیادہ روشنی ٹھیک نہیں۔'' چیئرمین نے اسے اچھی طرح سے سمجھایا۔ ''کیوں کہ آنکھوں کی زیادہ روشنی انسان کو زیادہ مصیبتوں میں ڈال سکتی ہے۔''

''میں آپ کی یہ نصیحت کبھی نہیں بھلاؤں گا۔'' اطہر تلخی سے مسکرایا۔ ''کیوں کہ میں زیادہ مصیبتیں برداشت نہیں کر سکتا۔''

من میں چھید (پنجابی)

فرخندہ لودھی

ترجمہ: سلیم شہزاد

فرخندہ لودھی ۲۱ مارچ ۱۹۳۷ء میں پیدا ہوئیں۔ اردو اور پنجابی میں لکھتی تھیں، ان کے پنجابی افسانوں کے تین مجموعوں کے علاوہ ایک ناول شائع ہوا ہے۔ فرخندہ لودھی گورنمنٹ کالج لاہور سے چیف لائبریرین کے عہدے سے ریٹائر ہوئیں۔ ان کی ادبی خدمات پر ان کو 'پرائیڈ آف پرفامنس' بھی ملا۔ ان کی وفات ۵ مئی ۲۰۱۰ء میں ہوئی۔

سلیم شہزاد ۱۵ دسمبر ۱۹۵۷ء میں پیدا ہوئے۔ سرائیکی کے دو ناول، ایک شعری مجموعہ چھپ چکا ہے۔ اب تک ۹ کتابیں چھپ چکی ہیں۔ منتخب سرائیکی افسانوں کے تراجم زیر طبع ہے پنجابی اور اردو میں بھی لکھتے ہیں۔

گولی لگتے ہی فاختہ پھڑک کر گر پڑی، دوسرا بھی سانس نہ لیا، یہ زخم اس کے ساتھ اُڑنے والوں نے دیا تھا۔ کمبخت چیلوں اور کووں نے بیر کمایا تھا جو اس جیسے ہی پنچھی تھے۔ نیلے آسمان پر سُبک ہواؤں کے ساتھ ساتھ تیرنے والے پنچھی اس کے گھونسلے پر اس دن سے آنکھ ٹکائے بیٹھے تھے جس دن اس نے پہلا انڈا دیا۔ اس کی بلا جانے، وہ ساری دنیا سے بے خبر اپنے گھونسلے میں بیٹھی انڈے سی رہی، اردگرد جو کچھ بھی ہو رہا تھا، اسے کیا؟

اپنے نر کی بات دھیان میں رکھ کر اس نے ارجن کے درخت میں گھونسلہ بنایا تھا، ارجن جس کا دوسرا نام سکھ چین بھی ہے۔ وہ جانتی تھی کہ سکھ چین کا گھنا درخت اس کی رکھوالی کرے گا۔ سریوں کی طرح نزدیک نزدیک پروئے پتوں میں کسی کوے چیل کی نگاہ نہیں گزر سکتی۔ وہ کسی کی بدنظر پڑے بغیر انڈے سی لے گی۔ اس کا گھونسلہ چوں چوں کے ازلی گیت سے بھر جائے گا۔ اور جب وہ بڑے ہو کر 'گھگھو گھو.... گھگھو گھو.... حق ھو' کا پریم الاپ کیا کریں گے تو اسے یہ پہچان نہیں ہو سکے گی کہ یہ لازوال گیت اس کے جنمی ہی گا رہے ہیں یا کسی اور فاختہ

کے۔ دراصل ساری فاختائیں ایک ہی لَے میں سندیسہ گاتی ہیں۔ بنیادی سچائی کا گیت، امن، صلح اور پیار کا گیت حق ھو..... حق ھو۔

بلی کے ڈر سے اس نے پتلی ٹہنی کے سِرے پر گھونسلہ بنایا تھا، اپنے اور بچوں کے بچاؤ کا کوئی بندوبست نہیں چھوڑا تھا، سکھ چین کی چھاؤں میں انسانوں کے ننھے منے بچے اسکول سے واپسی پر اچھا بھلا شور مچاتے؛ فاختہ کو یہ بچے اپنی مختلف کھیلیں کھیلتے بڑے پیارے لگتے، اس کے دل سے دعائیں اٹھتیں، بچے بھی فاختہ کو گھونسلے میں آتے جاتے دیکھ کر بہت خوش ہوتے۔

یہ بچے اسے اور اس کے نر کو مدت سے پہچانتے تھے، جب وہ دونوں نیلے آسمانوں پر سُبک پرواز کرتے تو بچے دیکھتے تھے، جب شام کے وقت سارے دن کی کلفت دور کرنے کے لیے دونوں جی اونچے سفیدے کی پتلی ٹہنیوں پر بیٹھ کر جھولے لیتے تو وہ چاہت کے ساتھ دیکھتے اور ایک دوسرے کو دکھاتے۔ ایک دن ایک نازک سی لڑکی نے اچانک کہا: ''ہائے..... کاش.....!..... کاش.....! میں فاختہ ہوتی...''

''نہ بیٹا! اللہ نے تمھیں اشرف المخلوقات پیدا کیا ہے..... شکر ادا کرو۔''

یہ لڑکی کا باپ تھا جس نے بیٹی کو کفرانِ نعمت سے روکا۔ اتنے میں سامنے کالج کی بلڈنگ سے گولیوں کی بوچھاڑ آئی: تڑتڑ، تڑتڑ، تڑتڑ، تڑتڑ، تڑتڑ، تڑتڑ۔ باپ بیٹی بھاگ کر کوٹھی کے اندر گھس گئے۔ فاختہ اور اس کا نر بھی آسمان کی طرف اُڑ گئے۔ یہ فائر ان پر نہیں تھا۔ دونوں اطراف سے گولیاں چل رہی تھیں۔ گولیاں کافی دیر تک بارش کی طرح برسیں۔ پنچھی آسمان پر اُڑ اُڑ کر تھک گئے۔ تاریکی چھانے لگی تھی۔ شب باشی کا وقت تھا، دھرتی پر امن نہیں ہو رہا تھا..... تو کیا ہو؟ آج کی رات وہ کس درخت کی کس ٹہنی پر بسرام کریں گے؟ فاختہ کے جوڑے کو فکر لاحق ہوئی۔ اُڑتے اُڑتے سکھ چین کا ہرا بھرا درخت نظر آیا۔ دونوں آگے پیچھے اترے اور درخت میں چھپ کے بیٹھ گئے۔

نر نے اپنی مادہ سے کہا: ''بھاگوان! اس درخت پر گھونسلہ بنا لینا، خوب صورت سرسبز درخت ہے..... پوشیدگی کے گوشوں والا۔''

فاختہ نے غنودہ آواز میں جواب دیا: ''ٹھیک ہے، اب سو رہو۔ رات خاصی ہوگئی ہے۔''

''بھلی مانس! مجھے نیند نہیں آ رہی۔ مضطرب ہوں، پتہ نہیں کیا ہوگا؟ ایک تو یہ گولیاں برسنا بند نہیں ہو رہیں..... انسانوں کی عقل کو کیا ہوا؟ دونوں طرف سے لگے ہوئے ہیں۔

''ہمیں کیا پڑی؟ جائیں بھاڑ میں۔'' مادہ کو سونے کی پڑی تھی۔ نیند تھی کہ تیزی سے اُمڈ رہی تھی۔

کچھ دیر بعد ایک بڑا دھماکا ہوا: ''ٹھاہ۔''

درخت ہل گئے، کہیں بڑا بم پھٹا تھا۔ درختوں پر سوئے سارے پرندے چلاتے، چیخیں مارتے ہوئے اندھا دھند اُڑنے لگے، ایک دوسرے سے ٹکراتے، ٹکریں مارتے اندھیرے میں راستہ ڈھونڈتے۔ ہر چیز لرزاں تھی، شاید زلزلہ آیا تھا یا قیامت، لوگ گھروں سے باہر نکل کر شور مچانے لگے، پھر سڑک پر سائرن بجاتی گاڑیاں دوڑنے لگیں۔

اِدھر اُدھر ہاہا کار مچی تھی۔ ہر طرف گاڑیاں اور انسانوں کی چیخوں نے تمام رات کسی پنچھی کی آنکھ نہ لگنے دی۔ تھکی ہاری فاختہ بے چاری کانپتی اُونگھ کے انتظار میں تھی۔ اپنے نر کو جس کے آس پاس کوئی خیر خبر نہ تھی، دھماکے کے بعد جس کا جہاں سر سمایا ٹک گیا۔ قیامت کی گھڑیاں تو گزر گئیں مگر اپنے پیچھے چیخ چنگھاڑ اور بین چھوڑ گئیں۔ دلوں میں ڈر نے ڈیرے ڈال لیے۔

اللہ اللہ کر کے صبح ہوئی۔ مؤذن نے اذان دی، مشرق سے پو پھٹنے لگی۔ کرنوں نے دھیرے دھیرے اندھیرا چاٹ لیا۔ پرندے چہکنے لگے، فاختہ اپنے نر کی تلاش میں اِدھر اُدھر اُڑی، تبھی پتہ چلا کہ سکھ چین کے نیچے چھوٹے بڑے پَر بکھرے ہیں۔ ایک بچہ کہہ رہا تھا: ''ابا فاختہ کا دھماکے سے ہارٹ فیل ہو گیا ہے۔''

''بیٹا چھوڑو! بڑی بڑی باتیں نہ کیا کرو۔''

بچے کے باپ نے پاؤں سے فاختہ کے نر کے مردہ لوتھ کو ہلایا، بچے نے جلدی سے باپ کا پاؤں ہٹا کر فاختہ کے نر کی لاش کو اٹھالیا۔

''ابا! میں سچ کہتا ہوں، اس کا ہارٹ فیل ہوا ہے، ورنہ رات کو نہ آندھی چلی، نہ بارش ہوئی نہ سردی زیادہ ہے، نہ گرمی۔'' بیٹا اپنے آپ کو ۰۰۷ سے چھوٹا جاسوس نہیں سمجھتا تھا۔

باپ نے بات کاٹی۔ ''ارے ہاں، دہل کر مر گیا بے چارہ پنچھی.... اور کیا؟ بس دن پورے ہو گئے، اسے وہاں پھینک آؤ۔'' باپ نے دور گھاس پھونس کی طرف اشارہ کرتے کہا۔

''نہیں، میں اس کی قبر بناؤں گا۔''

''کیوں؟''

''اس لیے.... اس لیے....'' بیٹے کو توجیہ نہیں سوجھ رہی تھی۔

اتنے میں بچے کی ماں روتی چلاتی آئی۔ اس کے سر پر دوپٹہ بھی نہیں تھا۔ ''دیکھو تو بھلا، رات بم سے کتنے لوگ مرے؟''

ماں کے ہاتھ میں آج کا اخبار تھا۔ وہ پڑھتی ہوئی چلی آ رہی تھی۔ خاوند کے پاس آ کر کھڑی ہو گئی۔ بیٹے کو اپنی پڑی ہوئی تھی۔ وہ باپ کو اپنی طرف کھینچ رہا تھا۔

''چلیں چلیں ابا.... فاختہ کی قبر کھودیں، ورنہ بلی نوچ لے گی.... چیونٹیاں کھا جائیں گی۔''

''کھانے دو یار۔''

پھر باپ بیٹے نے مل کر نزدیک ہی ایک چھوٹا سا گڑھا کھودا۔ بیٹے نے فاختہ کے نر کی نعش کو گڑھے میں رکھ کر اوپر سکھ چین کے پتے ڈالے اور مٹی کی ڈھیر بنا دی۔ پھر پانی چھڑکتے ہوئے بولا: ''میں اس پر پودا بھی لگاؤں گا.... نرگس کا پودا۔''

''نرگس کا کیوں یار؟'' باپ نے پوچھا۔

''نرگس کی آنکھ ہوتی ہے نا!'' بیٹے نے جواب دیا۔

’’بچے کو زیادہ ذہین نہیں ہونا چاہیے۔‘‘ باپ نے تنگ آ کر کہا۔

اب وہ سبھی اخبار پڑھنے لگے۔

’’باہر کی آگ اندر پہنچ چکی ہے۔‘‘ باپ رنجیدہ ہو کر بولا۔ ’’ہم آگ سے کھیل رہے ہیں۔‘‘

’’اُلٹے پلٹے مسئلے پیدا ہو گئے ہیں۔ دنیا حرام موت مر رہی ہے۔‘‘ بچوں کی ماں کافی پریشان تھی۔

’’وہ تو انھیں شہادتیں کہتے ہیں۔‘‘ بڑی لڑکی نے رائے دی۔

’’وہ کون؟‘‘

لڑکی نے ماں کی بات پر توجہ دینے کی بجائے باپ سے پوچھا: ’’یوں مرنے والوں کو ہم کس کھاتے میں ڈالیں گے؟‘‘

باپ کا پورا دھیان اخبار میں تھا۔

’’کیا مظلوم کا کوئی درجہ نہیں؟‘‘

’’موت کے درجے مقرر کرنا مولویوں کا کام ہے۔ میں تو ایک معمولی سا استاد ہوں۔‘‘

’’ہائے ہائے ہائے... کچھ نہ رہے ظالموں کا...‘‘ لڑکے کی ماں اخبار میں چھپی تصویریں دیکھ کر تڑپ رہی تھی۔

لڑکا دُکھی تھا کہ دوسری فاختہ کا کیا بنے گا جو اب اکیلی رہ گئی ہے؟

کئی روز گزر گئے۔ فاختہ نے اکیلے ہی گھونسلہ تیار کیا۔ گھونسلہ بنانے سے بے فکر ہو کر اس نے انڈے دیئے اور پھر سینے لگی۔

ایک صبح وہ دانہ دُنکا لے کر لوٹی تو پھر تڑ تڑ.... دانے بھوننے کی آوازیں۔ گولیاں آج چاروں طرف سے برس رہی تھیں۔ کالج کے لڑکے، لڑکیاں اور راہ گیر بھاگتے ہوئے چھپ رہے تھے۔ فاختہ بھی گھونسلہ چھوڑ کر اُڑ گئی۔ گولیوں کی بارش تھمی تو اس نے دیکھا کہ کوے چیلیں اس کے سکھ چین پر جھپٹ رہے ہیں۔ اسے اپنے انڈوں کی فکر ہوئی۔ وہ پتھر کی طرح کووں اور چیلوں پر جھپٹی۔ سب اس کے پیچھے پڑ گئے۔ کسی نے چونچ مار کر اس کے بازو کو زخمی کر دیا۔ وہ زخمی ہو کر نیچے گر پڑی۔ کوے اب بھی اس کے اوپر چکرا رہے تھے۔ وہ جان بچانے کے لیے پاس کھڑے بانسوں کے جھنڈ میں گھس گئی۔ جھنڈ میں کوے چیلیں نہیں آسکتے تھے، بلی بھی نہیں آسکتی تھی۔

فاختہ شام تک وہیں بیٹھی رہی۔ باہر وقفے وقفے سے گولیاں چلتی رہیں۔ وہ اس وقت کے انتظار میں تھی جب کوے چیلیں اپنے اپنے ٹھکانوں کی طرف لوٹ جائیں۔ جھنڈ سے باہر نکلنا بھی آسان نہیں تھا، زخمی بازو بڑے پَر پھیلنے پر پنکھے جیسے ہو گیا تھا۔ درد دل پر کوڑے برسا رہا تھا، شام ہوتے ہی ایک بار پھر خاموشی ہو گئی، اور تبھی مؤذن نے اذان دی:

’’اللہ اکبر... اللہ اکبر...‘‘

فاختہ گرتی پڑتی جھنڈ سے باہر آ گئی۔ پتہ نہیں لڑکے نے اسے کیسے دیکھ لیا۔ وہ کوٹھی سے دُہائی دیتا بھاگتا

آیا: ''ابا... ابا... دوسری فاختہ بھی مر رہی ہے...''

''نہ جاؤ... باہر مت نکلو بیٹا... گولیاں چل رہی ہیں...'' کسی نے اسے باہر آنے سے روکا۔

بچے نے فاختہ کو اوک میں لے کر آہستگی سے چوما۔ ''میں اسے مرنے نہیں دوں گا... نہیں مرنے دوں گا اسے۔''

لڑکے کی بہن پھرتی سے پیالی میں پانی لے آئی۔ فاختہ کی چونچ کھول کر حلق میں پانی اُنڈیلا۔ پھر بہن بھائی نے مل کر زخمی پر کو دوسرے درست پر کی طرح سیدھا کیا۔ سرسوں کے تیل میں ہلدی گھول کر زخموں پر لگایا اور پٹی باندھ دی۔ رات کو اپنے کمرے میں پلنگ کے نیچے گرمائش والی جگہ میں ٹوکری کے نیچے ڈھک دیا۔ کِنکی چاول پھیلا کر ایک نکر میں پانی کی پیالی رکھ دی۔

لڑکا آدھی رات تک اٹھ اٹھ کر ٹارچ روشن کر کے فاختہ کو دیکھتا رہا۔ ٹارچ کی روشنی پر فاختہ آنکھیں کھول دیتی، لڑکے کو تسلی ہو جاتی کہ سب ٹھیک ہے۔

صبح ہونے تک وہ زندہ تھی۔ لڑکا اسکول جاتے وقت فاختہ کو باہر لان میں مرغی کے خالی پڑے بڑے پنجرے میں بند کر گیا تا کہ وہ کھلی جگہ پر سہولت سے چل پھر سکے۔ دھوپ کی گرم کرنیں اس کے زخمی جسم کو گرمی پہنچاتی رہیں۔ اسکول سے واپس لوٹا تو پنجرہ خالی تھا۔ لڑکے کی آنکھیں دُکھ سے آنسوؤں میں ڈھل گئیں۔

''کہاں گئی؟ چٹخنی کس نے کھولی؟''

اس نے پنجرے کے چاروں طرف چل پھر کر کھوج لگایا، پنجرہ ہر طرف سے بند تھا، پھر اس نے بانسوں کے جھنڈ کے پاس جا کر صدا دی: ''شش... شش... ششت...''

فاختہ گرتی پڑتی باہر آ گئی۔ اب اس کے دوسرے بازو سے بھی لہو رِس رہا تھا۔ وہ مشکل سے چل رہی تھی ۔ لڑکے نے پھر اس کو اوک میں لے لیا اور بہن کو پکارا: ''باجی... باجی۔''

باجی جلدی سے آ گئی۔

فاختہ کے دوسرے بازو پر گہرا زخم تھا۔ لڑکے نے ایک بار پھر ذہنی استعداد کو بروئے کار لا کر پنجرے کو ہر طرف سے دیکھا۔ جالی میں ایک جگہ بڑا سا سوراخ تھا۔ تاروں میں پھنسے نرم پروں نے شہادت دی کہ فاختہ یہیں سے نکلتے ہوئے زخمی ہوئی ہے، کسی اور نے نہیں کی۔ جلد بازی میں لڑکے کا دھیان اُدھر گیا ہی نہیں تھا۔

''آزاد پنچھی پنجرے میں نہیں رہ سکتے بھائی۔'' باجی نے ہلدی اور تیل کی پٹی کرتے بھائی کو بتایا۔

''فاختہ تو قید میں بالکل ہی نہیں رہ سکتی۔''

''کیوں؟''

''اس کا دوسرا نام آزادی ہے بھائی۔''

''اچھا...! جب یہ ٹھیک ہو جائے گی تو باجی میں آزادی کو آزاد کر دوں گا۔'' لڑکا حیران تھا۔

''وعدہ بھائی؟'' بہن نے بھائی سے پوچھا۔

''ہاں۔'' بھائی نے آنکھیں اٹھا کر بہن کی طرف دیکھا۔

''پکا؟'' بہن چھوٹے بھائی کی آنکھوں میں آنسو دیکھ کر کانپ گئی۔

''ہاں پکا!'' بھائی نے سر سے پاؤں تک زور لگا کر جواب دیا اور فاختہ کو رات بھر کے لیے ٹوکری کے نیچے رکھ دیا۔ وہ بڑا دلگیر تھا، ایک گہری اُداسی اس کے اندر باہر ہمک رہی تھی۔

آج کی رات پتہ نہیں کیا ہوا، لڑکے کو بڑی گہری نیند آئی۔ شاید پچھلی رات کا جگراتا تھا یا پھر فاختہ کے زخمی ہونے کا غم کہ وہ سخت تھکن کے عالم میں سو گیا۔

اگلی صبح آنکھ کھلتے ہی اس نے پہلا کام ٹوکری اٹھانے کا کیا۔ فاختہ مری پڑی تھی۔ پتہ نہیں کب سے؟

''آزادی مر گئی باجی'' لڑکا چیخ کر بہن کے ساتھ چمٹ گیا۔ ''آزادی مر گئی باجی... آزادی مر گئی۔''

لڑکے کی چیخ و پکار ساری کوٹھی میں پھیل گئی۔ انگریزوں کے زمانے کی اس اونچی گنبدوں والی کوٹھی کے کمرے گونجنے لگے: ''آزادی مر گئی... آزادی مر گئی...''

''کیا ہوا...؟ کیا ہوا...؟''

ماں باپ ہڑبڑا کر بھاگتے آئے۔ صبح سویرے لڑکے کی چیخوں نے گھر کے شیشے جیسے خاموش ماحول کو دراڑوں سے بھر دیا تھا۔

آج انھوں نے لڑکے کو اسکول نہیں بھیجا، اس لیے نہیں کہ فاختہ مر گئی تھی اور وہ اداس تھا، اس لیے کہ آج سڑک پر آگ برس رہی تھی۔ فائرنگ والے اگلے پچھلے ریکارڈ ٹوٹ رہے تھے، گولیاں اندھا دھند برس رہی تھیں۔

دائیں سے بائیں اور بائیں سے دائیں۔

بائیں سے دائیں اور دائیں سے بائیں۔

گڑ کی بھیلی (پنجابی)

انور علی

ترجمہ: سلیم شہزاد

انور علی ۱۸ اپریل ۱۹۲۲ء میں پیدا ہوئے۔ 'پاکستان ٹائمز' کے کارٹونسٹ تھے۔ ان کے پنجابی افسانوں کے دو مجموعے شائع ہو چکے ہیں۔ ۷ ۲ نومبر ۲۰۰۴ء کو انتقال ہوا۔

مترجم سلیم شہزاد کا تعارف گزشتہ صفحات میں پیش کیا جا چکا ہے۔

مولوی احمد دین کلانوری محلے کی مسجد میں اپنے ساڑھے تیرہ نمازیوں کے سامنے مشرکوں اور قبر پرستوں کی ایسی تیسی کر رہا تھا۔ یہ واعظ وہ سائیں جمالے کے لنگر کے موقع پر کر رہا تھا۔ لنگر سائیں جمالے کا بھی نہیں تھا دراصل خلیفہ امام دین نے اپنے گھر بیٹا ہونے پر نیاز دی اور مکوڑے شاہ کے مزار پر دیگیں چڑھائی تھیں۔ سائیں جمالا تو بے چارہ دربار کا دربان تھا۔

سائیں جمالے کی کل کائنات دو کمرے اور چھوٹا سا صحن تھا۔ ایک کمرے میں اس کا کولہو نصب تھا۔ یہ اس کا کارخانہ، گودام اور دکان وغیرہ سب کچھ تھا۔ دوسرے کمرے میں اس کا گھر تھا جس میں جمالا، اس کی بیوی، دو بیٹے اور ایک بیٹی رہتی تھی۔ رہ گیا صحن تو اس کے باسی مکوڑے تھے۔ گہرے بھورے رنگ کے موٹے موٹے سروں والے چھوٹے چھوٹے مکوڑے۔ یہ صبح سویرے اپنی بل سے نکلتے اور گھر کے ہر کونے میں پھیل جاتے۔ ہر چیز پر، جس پر ان کا جی چاہتا منھ مارتے۔ پڑوسی جمالے کے گھر جانے سے ڈرتے۔ جمالے اور اس کی بیوی نے سو جتن کیے مگر مکوڑوں کے آگے ایک نہ چلی۔ وہ ایک بل بند کرتے تو وہ دس بل اور نکال لیتے۔ وہ دوائیاں چھڑکتے تو ان کے اپنے بچے بیمار پڑ جاتے اور مکوڑوں کے دانت اور تیز ہو جاتے۔ محلے کے بزرگوں کا کہنا تھا کہ جس جگہ جمالے کا مکان ہے، وہاں کبھی قبرستان ہوتا تھا اور یہ مکوڑے، اصل میں مکوڑے نہیں بلکہ بزرگ ہیں۔ جمالا پیروں فقیروں کو نہیں مانتا تھا مگر مکوڑوں کے ہاتھوں تنگ آ کر اس کے خاندان والوں نے مکوڑوں کے ساتھ سمجھوتہ کر لیا۔ انھوں نے اپنی بچی کھچی

روٹی اور مٹی ملے کھل بنولے کے ذرے بل کے پاس پھینکنے شروع کر دیے۔ اب مکوڑوں کو اپنی دال روٹی کے لیے دور نہ جانا پڑا اور باقی گھر بچا رہا۔ اس سمجھوتے نے اس ایک گھر کے دو طرح کے باسیوں کو ایک دوسرے کی عزت کرنا اور مل جل کر رہنا سکھا دیا۔ اب اگر کوئی بزرگ بابا اپنی جگہ سے بھٹک کر دور چلا جاتا تو چلتے پاؤں رُک جاتے تاکہ بابا اپنی راہ چلتا رہے، اُدھر بابوں نے بھی انسانوں کو کاٹنا بند کر دیا۔ اڑوس پڑوس والے پھر آنے جانے لگے۔ جمالے کے تیل اور کھل کی آمدن بڑھ گئی۔ ایک دن جمالا دس من سرسوں منڈی سے لایا، دوسرے دن بزرگ بابوں کی برکت سے برطانیہ نے ہٹلر کو جنگ کا الٹی میٹم دے دیا۔ پھر کیا تھا، جمالے کی دس من سرسوں دس من سونا بن گئی۔ اس دن جمالے نے بڑی عقیدت سے بزرگ بابوں کے بل پر گڑ کی بھیلی چڑھائی۔

محلے میں یہ خبر پھیل گئی کہ بزرگوں نے جمالے کو برکت بخشی ہے۔ جمالے کو بشارتیں ہونے لگیں۔ محلے کی عورتوں نے بزرگوں کو گُڑ کا چڑھاوا شروع کر دیا۔ کسی کا بچہ بیمار ہو، کسی کی ساس کے ساتھ لڑائی ہو، سب آ کر بزرگوں کو گُڑ چڑھاتیں اور سائیں جمالا ان کے لیے تعویذ گنڈے کرتا۔

سائیں جمالے نے بزرگوں کی بل پر ایک چھوٹا سا چھپر ڈال دیا اور اب ہر جمعرات کو وہاں دِیا جلتا۔ لوگ وہاں تیل، پھل بتاشے اور دوپٹے چڑھانے لگے۔ سائیں جمالا ساری رات ریاضت کرتا تو دن میں کولہو نہ چلا سکتا۔ پھر ایک رات اسے بشارت ہوئی تو اس نے کولہو اٹھوا دیا۔ بیل بیچ دیا۔ کمرے کو حجرہ بنا لیا۔ اپنے بیٹوں کو بڑے بازار میں دوپٹوں کی دکان کھلوا دی۔ یہ ان دنوں کی بات ہے جب خلیفہ امام دین کی جوان بیوی کو ایک بچے کی ضرورت پڑ گئی۔ خلیفہ کی پہلی بیوی سے جوان اولاد تھی مگر نوراں کی گود ہری نہیں ہوئی تھی۔ خلیفہ کی اچھی بھلی جائیداد تھی۔ نوراں نے سائیں جمالے کو اپنی بپتا سنائی۔ سائیں جی نے نوراں کو بتایا کہ خاوند عورت کے سر کا تاج ہوتا ہے اور اس کی اجازت کے بنا کسی دربار میں رسائی نہیں ہوتی۔ اگلی جمعرات خلیفہ امام دین نوراں کو لے کر سائیں جمالے کے پاس حاضر ہوا۔ اس کے ساتھ دو کالے مرغے سوا سیر گھی اور پانچ سیر مٹھائی بھی نذرانے میں تھی۔ نوراں نے چالیس دن اور چالیس راتیں حجرے کے اندر وظیفہ کیا۔ بزرگوں نے نوراں کی سن لی اور اسے چاند جیسا بیٹا دیا۔ اس خوش بخت دن خلیفہ امام دین نے بابا مکوڑے شاہ کے مزار پر دیگیں چڑھائیں اور اسی دن مولوی احمد دین کلانوری نے قبر پرستی اور شرک کے بارے میں وعظ دیا۔

مگر جن پر بابا مکوڑے شاہ مہربان ہو، ان کو سیاہ بختوں سے کیسا ڈر۔ رب سچے نے سائیں جمالے کو مزید عزت بخشی اور اس کا رتبہ بڑھا کر سید جمال الدین بخاری بنا دیا اور بابا مکوڑے شاہ کا دربار حضرت صاحب کا ڈیرہ بن گیا۔ سید جمال الدین شاہ بخاری اور ان کی آل اولاد اپنی نئی حویلی آستانۂ شاہ میں جا بسے۔ حضرت صاحب کا ڈیرا پہلے سے بھی زیادہ آباد ہو گیا۔

ڈیرے کو دوبارہ تعمیر کیا گیا۔ گنبدوں اور محرابوں سے سجایا گیا۔ سرکارِ عالیہ نے شاہ صاحب کو خان بہادر کا خطاب دیا اور ڈپٹی کمشنر اسمتھ صاحب بہادر نے آل شاہ کو دو راشن ڈپو الاٹ کر دیے۔ اب چڑھاوے کے صندوق کے ساتھ ایک صندوقچی اور بھی رکھی گئی جس پر لکھا تھا ''وار فنڈ''۔ ایک دن کانگریس کے ضلعی صدر سیٹھ چرن

داس نے برہنہ پا آ کر حضرت شاہ صاحب کی قدم بوسی کی۔ اس کے بعد وہ ہر جمعرات کو ڈیرے پر سلامی کے لیے حاضر ہوتا۔ حضرت شاہ جی کی نیکیوں اور کرامتوں کی تعریفیں کرتا۔ ہندوؤں اور مسلمانوں کو بھائی چارے سے رہنے کی نصیحت کرتا۔ انھی دنوں مسلم لیگ کے ضلعی صدر خان غیاث الدین خان اور مجلس احرار کے صدر مولانا ثناء اللہ انصاری کو بھی آگے پیچھے بشارت ہوئی اور انھوں نے بھی حاضر ہو کر حضرت شاہ صاحب کے ہاتھ پر بیعت کی۔ اب ڈیرے پر حاجت مندوں کی بھیڑ بڑھنے لگی اور حضرت شاہ صاحب کے لیے سرکاری اور غیر سرکاری اجتماعوں پر جانا لازم ٹھہرا۔ ڈیرے کی رونق بڑھتی گئی اور حضرت شاہ کے مراتب بلند ہوتے گئے۔

پھر کرنا خدا کا، پاکستان بن گیا۔ حضرت شاہ صاحب کو شیطان نے دھوکے میں رکھا اور لدھیانہ پاکستان میں شامل نہ ہوا۔ حضرت شاہ جی کو ہجرت کا حکم ہوا۔ پاکستان آ کر وہ ہر وقت روتے رہتے۔ صاحب زادوں نے ان کو بہت سمجھایا کہ پندرہ سیر سونے کی کوئی حیثیت نہیں مگر حضرت شاہ جی کے آنسو نہ تھمے۔ انھیں تو ڈیرے کی جدائی کا غم کھا رہا تھا۔ آہستہ آہستہ مریدوں کو پتہ چلا تو وہ والٹن کیمپ میں حضرت شاہ جی کے پاس پہنچے۔ مریدوں سے مل کر حضرت شاہ جی شاد ہوئے۔ ایک رات بشارت ہوئی تو حضرت شاہ جی، صاحب زادوں، بی بی پاک اور مائی پاک کو میاں منیر احمد لدھیانوی بی اے ایل ایل بی ایڈووکیٹ کی کوٹھی میں چھوڑ کر خود ٹبہ گلاب سنگھ چلے گئے۔ ٹبے کا پٹواری آپ کے ساتھ تھا۔ ڈیرے کی جدائی کے ضعف کی وجہ سے آپ کھونٹے پر پورا بوجھ ڈال کر چلتے تھے۔ ایک دن کھونٹا شریف زمین میں کُھب گیا۔ آپ بھی وہیں تشریف فرما ہوئے۔ بستی والوں نے آناً فاناً ایک چھپر کھڑا کر دیا۔ چارپائیاں اور بستر آ گئے۔ خادمائیں حضرت شاہ صاحب کو دابنے لگیں۔ اگلے دن تحصیل دار آیا، آپ کے پاؤں پکڑ کر رونے لگا۔ وہ بھی آپ کا مرید تھا۔ یہ زمین ایک سردار پرتاب سنگھ چھوڑ گیا تھا۔ کل پندرہ سو ایکڑ اس کی الاٹمنٹ پر بھی وہ رب کے شکر گزار ہوئے۔ ٹبہ گلاب سنگھ کے دن پھر گئے۔ حضرت شاہ جی کے ڈیرے نے ٹبہ گلاب سنگھ کو ٹبہ شریف بنا دیا۔ مریدوں کو ٹبے شریف کی خبر پہنچی تو وہ ڈیرے پر حاضری دینے لگے۔ ڈیرے کے طفیل وہ پھر گھروں اور زمینوں کے مالک بنے اور وہ بھی ٹبہ شریف کے آس پاس۔ جن کے دلوں میں شک کی سیاہی تھی وہ خوار ہوئے اور ڈیرے کا جلال بڑھتا گیا۔ حضرت شاہ جی کی بزرگی کی شہرت دور دور تک پہنچی تو پاکستان کے کونے کونے سے لوگ زیارت کے لیے ٹبہ شریف پہنچنے لگے۔

کرنا خدا کا، جب زمین کے انتقال کی باری آئی تو حضرت شاہ کی جمع بندیاں مشرقی پنجاب سے نہ آئیں۔ ڈپٹی کمشنر نے بہت کوششیں کیں مگر پرتاب سنگھ کے پندرہ سو ایکڑ ایک اے ڈی ایف ایم کے نقوی کو ملے۔ وہ چھبیس سو ایکڑ کا باغ بارہ بنکی میں چھوڑ آیا تھا اور جمع بندیوں کی اس کو ضرورت نہیں تھی۔ مگر جس دن وہ زمین دیکھنے آیا، اس کے دوسرے ہی دن اس نے اپنا انتقال منسوخ کروا لیا۔ مریدوں نے حضرت شاہ صاحب کو بتایا کہ یہ اے ڈی ایف ایم کے نقوی اصل میں مولوی احمد دین کلانوری تھا مگر حضرت شاہ کی شان ملاحظہ ہو کہ انھوں نے اس مردود کے لیے دعا فرمائی اور اسے عارف والا میں ٹبہ شریف سے بڑھیا زمین مل گئی۔ اس سے بڑھ کر اسمبلی کے الیکشنوں میں جب کمشنر صاحب نے حضرت شاہ صاحب کو ممبری کے لیے کہا تو آپ نے 'پھتے' کے سر پر ہاتھ رکھ دیا۔ پھتہ پھر پھتے سے چودھری

فتح دین، ایم پی اے بنا اور اسمبلیوں اور دفتروں میں حضرت شاہ صاحب کا نام بڑے ادب واحترام سے لیا جانے لگا۔ حاجت مندوں کی حاجتیں پوری ہونے لگیں اور بدکاروں پر رب کا قہر برسا۔ زمیندار اور مزارعے آپس میں پیار و محبت سے رہنے لگے۔ اگر کوئی مزارع کسی غریب زمیندار کو تنگ کرتا تو مزارعے کی بیٹی اٹھا لی جاتی اور حضرت شاہ صاحب چوتھے پانچویں دن تھانے دار کو سندیسہ بھیج کر مزارعے کو حوالات سے بلوا لیتے۔ آپ کی دعا سے مزارعے کی بیٹی بھی اپنے آپ واپس گھر آ جاتی۔ ایسے ہی ٹبہ شریف اور اس کے باسیوں پر رب کی رحمت برستی رہی۔

البتہ ایک معاملہ جوں کا توں رہا، وہ یہ کہ حضرت شاہ صاحب کی 'جمع بندیاں' نہ آئیں اور زمین کا پکا فیصلہ نہ ہوا، مگر حضرت شاہ صاحب کو کیا غم؟ زمین تو ڈیرے کی تھی، ان کی تو نہ تھی۔ ان کو تو اس بڑی سرکار نے دو چاولوں کی ملیں اور ایک آئس فیکٹری دی تھی مگر پھر بھی جب وزارت بدلتی تو کمشنر آ کر حضرت شاہ صاحب کو خلوت میں ملتا اور زمین پر بات چیت کرتا اور فیض یاب ہو کر واپس جاتا۔ ہر نئی وزارت میں حضرت شاہ کی پارٹی پہلے سے زیادہ مضبوط ہو جاتی۔ ایسے جب بھی وزارت بدلی حضرت شاہ صاحب کو عمارتوں، فیکٹریوں اور سینما گھروں کے نذرانے پیش ہوتے۔

صاحب زادہ علاؤ الدین شاہ بخاری اور صاحب زادہ تاج الدین شاہ بخاری گھر بار والے ہو چکے تھے اور پھر ان کے بیٹے ایچی سن کالج میں بڑی جماعتوں میں پہنچ گئے تھے۔ حضرت شاہ صاحب کو اپنے پوتوں سے بڑا پیار تھا۔ انھوں نے گلبرک میں ۱-۴ کنال کا ایک ٹکڑا لے کر ایک آستانہ شریف لاہور میں بھی بنا ڈالا اور اب زیادہ تر وقت وہیں گزارتے۔ مائی پاک گوشہ نشین ہو چکی تھیں۔ آپ نے بشارت کے مطابق ایک بھاگ بھری چنچل بائی کو حرم میں شامل ہونے کی عزت بخشی۔ حضرت شاہ صاحب ریاضت کی حدیں عبور کر چکے تھے اب ان کا زیادہ وقت وزیروں اور سکریٹریوں کو عزت بخشنے میں گزرتا یا کبھی کبھار گورنمنٹ ہاؤس ہو آتے۔ باقی وقت وہ چنچل بائی مجاز کے گیتوں میں حقیقت کے راز چنتے۔ حرم کی دوسری بیگمات ان کے پاؤں دباتیں۔ یہ بیگمات حضرت شاہ صاحب نے بشارت کے مطابق پاکستان کے کونے کونے سے چنی تھیں۔ ان کے لیے الگ الگ کوٹھیاں بنوائیں اور ہر ایک کے لیے اس کی مرضی کی کار لے کر دی اور ڈرائیور رکھا۔ یہ بیگمات حضرت شاہ صاحب کی خدمت گزار تھیں اور ان کے پوتوں پر نثار۔ حضرت شاہ صاحب کے پوتے دن رات آستانہ پاک کی انیکسی میں گزارتے۔ یہ چار کنال کی انیکسی حضرت شاہ صاحب سے ایک غیر ملکی سفارت خانے نے پانچ لاکھ روپے کے عوض تین سال کے لیے کرائے پر لی تھی، یہ اس سفارت خانے کا مہمان خانہ تھا۔ ہر شام سفارت خانے کا ایک بندہ آتا اور ایک بکس وہسکی اور چاکلیٹ و کینڈی کے ڈبے چھوڑ جاتا اور پھر حضرت شاہ صاحب کے چھ پوتے اور ان کے پندرہ بیس یار دوست، امیر افسروں کی تیس چالیس بیٹیوں کے ساتھ رقص فرماتے۔ اگلے دن صبح سویرے نوکروں کے بچے ربڑ کے غباروں پر لڑتے۔ ان لڑکیوں کی مائیں اپنے گھروں میں بیٹھی بیٹیوں کے لیے سوچوں کے محل تعمیر کرتیں مگر حضرت شاہ صاحب کے پوتوں کی منزلیں اونچی تھیں۔ کچھ عرصہ پہلے حضرت شاہ صاحب نے ملک کے سب سے بڑے آدمی کو عزت بخشی اور ایک اسٹیل مل اور جیوٹ مل کی بات کی تو اس بڑے آدمی نے اپنی دو نواسیوں کا ذکر کیا۔ شادی کا دن رکھنے کے لیے اب حضرت شاہ صاحب کو بشارت کا انتظار تھا۔

ربڑ کے پتلے (سرائیکی)

حبیب موہانہ

ترجمہ: سلیم شہزاد

حبیب موہانہ یکم جنوری ۱۹۷۹ء میں پیدا ہوئے؛ سرائیکی، اردو اور انگریزی میں لکھتے ہیں۔ ان کے دو سرائیکی ناول اور ایک سرائیکی افسانوی مجموعہ شائع ہو چکا ہے۔ کالج میں انگریزی ادب کے استاد ہیں۔

مترجم سلیم شہزاد کا تعارف گزشتہ صفحات میں پیش کیا جا چکا ہے۔

دوکان پر زنانہ کپڑے ملتے تھے، سلے اور اَن سلے۔ دو عورتیں ربڑ کے ان پتلوں کو دیکھ رہی تھیں جنھوں نے نئے ڈیزائن کے کپڑے پہنے ہوئے تھے۔

سیلز مین شہریار تھان کھول کھول عورتوں کے سامنے پھینک رہا تھا مگر گاہکوں کو کوئی رنگ بھی پسند نہیں آ رہا تھا۔ وہ خاصے مہنگے اور اچھے تھان دکھانے لگا۔ اس کی آنکھیں عورتوں کے چہروں اور جسموں میں کھبی ہوئی تھیں۔

''ماسی، معاف کرو۔ بھان نہیں ہے۔ ٹھہرو ٹھہرو، موجود ہیں یہ لو۔۔۔ یہ کراچی والا بل یہاں کس نے رکھا؟ شہریار تمھیں کہہ رہا ہوں۔''

یہ عورتیں اِن کپڑوں میں کیسی لگیں گی؟ اس کا وجود کتنا بھرا بھرا ہے۔ اِس کے بازو کیسے گول گول ہیں۔

''استاد، چائے ڈالوں؟''

نئے تھانوں اور قہوے کی خوشبو، عورتوں کے بدنوں سے اٹھنے والی مہک کے ساتھ مل کر شہریار کو دیوانہ کر رہی تھی۔ اس کا دل گنگنانے کو چاہنے لگا مگر وہ نوکر تھا، یہ نہیں کر سکتا تھا۔

عورتیں چلی گئیں۔ شہر یار تھانوں کو لپیٹنے لگا۔ اسے یوں محسوس ہو رہا تھا جیسے خوب صورت عورتیں نئے نکور کپڑے پہن رہی ہوں۔

آنکھ جھپکتے ہی عورتوں کی ایک اور ٹولی دوکان میں پہنچ گئی۔ سیلز مین نے انھیں ذوق وشوق سے کپڑے دکھائے۔

یہ لڑکی کتنی پیاری ہے! خبر نہیں کس کے نصیب میں لکھی ہوگی؟ اِس کے ہونٹ کتنے رسیلے ہیں! یہ لڑکی، یہ نیا پیازی سوٹ پہن کر کہاں جائے گی؟ اِس کے سفید سفید ہاتھوں میں گھور کالا دھاگہ کتنا خوب صورت لگتا ہے! دل چاہتا ہے بندہ اس کے نرم ملائم ہاتھ کو پکڑ لے۔ اِس کے ساتھ میٹھی میٹھی باتیں کرے۔ اِس کو بوتل پلائے۔

''ہاں ہاں۔۔۔ ایک ہفتے کے بعد۔۔۔ ہوں۔۔۔ ہوں۔۔۔ ٹھیک ہو گیا۔۔۔ عید میں ابھی کچھ دن پڑے ہیں۔۔۔ لاہور جائیں گے۔۔۔ ہاہاہاہا۔۔۔''

ایک تو یہ مردار کتے جیسی شکل والا سیٹھ ہر وقت سر پر سوار رہتا ہے۔ ہر وقت نظریں گاڑے بیٹھا ہوتا ہے۔ بندہ کسی خوب صورت لڑکی کے ساتھ بات بھی نہیں کر سکتا۔ کاروبار اپنا ہوتا تو کسی کا ڈر نہ ہوتا۔

اِس عورت سے کتنی پیاری خوشبو آ رہی ہے! اس کے ہاتھوں کی انگلیاں کتنی لمبی ہیں! لگتا ہے گھر میں کام کاج کو ہاتھ تک نہ لگاتی ہوگی۔ کام کرنے والی عورتوں کی انگلیاں موٹی اور کھردری ہو جاتی ہیں۔ اِس کے پاؤں کتنے صاف اور سفید ہیں۔ دل چاہتا ہے بندہ اِس کے پیر چوم لے۔ شہر خوب صورت، من موہنی عورتوں اور لڑکیوں سے بھرا پڑا ہے، مگر ہمارے کس کام کی؟ ہمارے ہاتھ تو پھوٹی کوڑی بھی نہ آئی۔

عورتوں کی بھیڑ ختم ہو گئی تھی۔ انھوں نے دوکان کا آدھا شٹر نیچے گرا لیا۔ سیٹھ غلّہ کھول نوٹوں کی گڈیاں بنانے لگا۔ اس کے منھ اور آنکھوں سے بے چینی ظاہر ہو رہی تھی جیسے وہ آج بھی بکری سے خوش نہ ہو۔

عورتوں کے بغیر شہر یار کو دوکان سُونی لگ رہی تھی۔

''تمام پنکھے بند کر دینا۔۔۔ یاد سے۔۔۔ کل بھی کھلے چھوڑ گئے تھے۔''

یہ عورت بچوں کی ماں ہے۔ مگر پھر بھی تر و تازہ اور جوان لگ رہی ہے۔ مال دار لوگ بوڑھے نہیں ہوتے۔

''اوئے چھوٹے، یہاں مرو! تمھیں کہہ رہا ہوں، یہ تھان اتار دو۔ نہیں نہیں، یہ دائیں طرف والا۔۔۔ تھوڑا اوپر۔۔۔ مونگیے تھان کے نیچے والا''

شہر یار نے آخری تھان کو الماری میں رکھ دیا۔ وہ تھان پر آہستہ آہستہ ہاتھ پھیر رہا تھا۔

''میری طرف دھیان دو۔ کن خیالوں میں گم ہو؟ میں سجدہ دے آؤں، تم لوگ دوکان کا خیال رکھو۔''

کچھ دیر کے بعد دو جوان لڑکیاں دوکان پر آ گئیں۔ شہر یار اور مالک کا بیٹا انھیں کپڑے دکھاتے رہے اور ساتھ ہی مسکرا مسکرا کر باتیں بھی کرتے رہے۔ لڑکیاں بھی آہستہ آہستہ ایک دوسری کو کہنیاں مارتی اور کھل کھلا کر ہنستی رہیں۔ سیٹھ دوبارہ لوٹ آیا۔ اس نے کروشیے والی سفید ٹوپی کو غلّے میں پھینکا اور تکیے سے ٹیک لگا کر الیکٹرانک

تسبیح پروردشروع کر دیا۔

لاہور سے نیا مال پہنچ گیا تھا۔ مال شام کے بعد پہنچا۔ سیٹھ جی اور اس کے سیلز مین دیر تک کپڑوں کو الماریوں میں سجاتے رہے۔ جس وقت کام ختم ہوا تو دو سیلز مین جن کے گھر قریب تھے، اپنے گھروں کو چلے گئے۔ سیٹھ جی نے شہریار سے کہا: ''اتنی رات گئے گھر کیسے جاؤ گے؟ میں اوپر والے کمرے میں سوتا ہوں اور تم نیچے دوکان میں سو جاؤ۔''

مالک اوپر والے کمرے میں چلا گیا۔ شہریار دوکان میں اکیلا رہ گیا۔ اسے اَن دیکھی بے چینی ڈس رہی تھی۔ اس کے جسم پر چیونٹیاں رینگ رہی تھیں۔ آدھے گھنٹے بعد سیٹھ جی کے خراٹے سنائی دینے لگے۔ شہریار آہستہ آہستہ زینہ چڑھا اور اوپر والے کمرے کو کنڈی لگا دی۔

نیچے آ کر اس نے تمام بلب جلا دیے۔ ہر طرف دودھیا روشنی پھیل گئی۔ اس کے ہاتھ ہولے ہولے کپکپا رہے تھے۔ اس نے تمام پنکھے چلا دیے۔ ہر طرف رنگ برنگ دوپٹے اور پھولوں والے کُرتے اڑنے لگے۔ اُسے یوں لگ رہا تھا جیسے وہ عورتوں کی کسی پارٹی میں پھنس گیا ہو یا کسی بیاہ والے گھر میں گھس گیا ہو۔ وہ کچھ ڈر گیا کہ باہر سے کوئی جھانک نہ رہا ہو۔ پھر اس نے خود کو تسلی دی کہ آہنی شٹر میں سے کوئی نہیں دیکھ سکتا۔ اس نے ایک سجی سنوری ڈمی کو شوکیس سے نکالا۔ اس کی پتلی سفید گردن میں دوپٹے کو ٹھیک کیا۔ کچھ دیر وہ ڈمی کو گلے لگا کر کھڑا چومتا رہا اور پھر ڈمی کو اپنے ساتھ لٹا کر لیٹ گیا۔ دیر تک اسے نیند نہ آئی۔ وہ شہر کی بھرپور عورتوں کے بارے میں سوچتا رہا صاور پھر اس کی آنکھ لگ گئی۔

جب صبح سویرے اس کی آنکھ کھلی تو بازار سے لوگوں، رکشوں اور اسکوٹروں کی آوازیں آ رہی تھیں۔ اس نے انگڑائی لی تو اس کا ہاتھ ڈمی پر پڑا وہ جلدی جلدی اٹھا، ڈمی کو اٹھا کر شوکیس میں کھڑا کیا۔ اس کے کپڑوں پر ہاتھ پھیر کر اس کی سلوٹیں نکالیں۔ اس کی گردن میں دوپٹہ اور ہاتھ میں پرس لٹکایا اور اسے اس کی جگہ پر کھڑا کر دیا۔ وہ سیڑھیاں پھلانگتا ہوا سیٹھ کو اٹھانے گیا۔ اس نے دروازے کی کنڈی کھولی۔ اس کا مالک اب تک سو رہا تھا، ایک گلابی ڈمی فینسی جوڑا پہنے اس کے ساتھ لیٹی ہوئی تھی۔

آنگن (ہندکو)

خالد سہیل ملک

ترجمہ: اسحاق وردگ

خالد سہیل ملک (پ: یکم جنوری ۱۹۶۵ء) پشاور میں پیدا ہوئے۔ آپ اردو، پشتو اور ہندکو کے نثر نگار ہیں۔ کالم نگاری کے علاوہ آپ کہانیاں اور ڈرامے لکھتے ہیں۔ پاکستان کے اعلیٰ ادبی جریدوں میں افسانے، انشائیہ اور مضامین شائع ہو چکے ہیں۔ حلقہ اربابِ ذوق، پشاور کے سکریٹری بھی رہ چکے ہیں۔

مترجم اسحاق وردگ کا شمار پاکستان کے فعال ادیبوں میں ہوتا ہے۔ آپ درس و تدریس کے پیشے سے وابستہ ہیں۔ شاعری، افسانہ نگاری اور تنقید نگاری آپ کی دلچسپی کے خاص میدان ہیں۔ پاکستان کے اخبار و جرائد میں شائع ہوتے رہتے ہیں۔

''اری لڑکیو! کیا اپنے ہی آنگن میں اچھل کود مچا رکھی ہے۔ چلو اٹھو کپڑے تبدیل کرو۔ شام ہونے کو ہے۔ دلہن کو مہندی لگانے جانا ہے۔ وہاں جا کر خوب ہنگامہ کرنا۔''

باجی جان کا یہ اعلان سنتے ہی سب سے پہلے ڈھولک کو خاموش ہونا پڑا، اور پھر سب لڑکیاں خوشی سے یوں چیختی چلاتی کمروں کی طرف بھاگیں جیسے آج خود ان کی اپنی ہی مہندی ہو۔ مگر وہ بیٹھک کی طرف کھلنے والے دروازے کے پاس 'پیڑھی' (۱) پر یوں بیٹھی رہی جیسے وہ اس بے جان پیڑھی ہی کا کوئی حصہ ہو۔ دیکھتے دیکھتے سارا آنگن خالی ہو گیا تھا اور ساری لڑکیاں جیسے چڑیوں کی ڈار کی طرح اسے چھوڑ کر چلی گئی تھیں۔ ڈار اُڑ جائے تو پیچھے رہ جانے والوں کے لیے واپس کوئی نہیں آتا، مگر نرگس واپس مڑ آئی تھی۔

''عرفانہ! خیر تو ہے۔ ادھر پیڑھی پر ہی بیٹھی رہو گی۔ کپڑے نہیں بدلو گی؟''

''ہوں۔ جی ہاں، بدلتی ہوں مگر میں نے تو ابھی تک کوئی جوڑا ابھی استری نہیں کیا۔ نرگس!''

''اٹھو تو سہی نہ۔ یہاں بیٹھے رہنے سی جوڑا خود ہی تو استری نہیں ہو جائے گا۔ اٹھو شاباش۔ تم 'دوز' (۲) سے استری لے آؤ۔ میں 'ٹلے' (۳) سے کوئلے نکال لاتی ہوں۔''

عشا کی نماز کے بعد باجی جان کے خاندان کی عورتیں آہستہ آہستہ اس کے آنگن میں جمع ہونا شروع ہو گئی تھیں۔ عرفانہ اس وقت سنگھار میز کے قد آدم آئینے کے سامنے کھڑی تھی۔ سبز رنگ کی ساٹن کی کناری لگی قمیص پر جب اس نے اسی رنگ کا 'مشجّر' (۴) لگا دوپٹہ لیا تو وہ خود اپنے آپ ہی جیسے شرما سی گئی تھی۔

''جانتی ہو عرفانہ! اگر تم مجھے نہ ملتیں تو جی نہ پاتا میں۔ شیخ جنید بابا اور سخی سلطان صاحب کی درگاہوں پر میں نے تجھے رو رو کر مانگا ہے۔ اگر تم نہ ملتیں تو میرا منتوں اور مرادوں پر سے اعتبار ہی اٹھ جاتا۔ جانتی ہو عرفانہ! سبز رنگ ہر کسی پر نہیں جچتا۔ مگر تم۔۔۔ تم اس رنگ میں سبز پری دکھتی ہو۔ ایک بات یاد رکھو۔ جب بھی تیار ہوا کرو تو سرمے دانی سے ایک سیاہ نقطہ اپنی گال پر ضرور لگا لیا کرو۔ کہیں میری ہی نظر نہ لگ جائے تمھیں۔''

بے خیالی میں اس کا ہاتھ سنگھار میز پر پڑی سرمہ دانی کی طرف بڑھنے لگا تھا مگر آدھے راستے ہی میں کسی ان دیکھی قوت نے اس کا ہاتھ روک لیا تھا۔

''کھنڈو! دیکھو وہ تابا کمبخت کہاں مر گیا ہے۔ اس مردود کو گیس لانے کے لیے کہا تھا۔ پتہ نہیں اس نے بندوبست کیا بھی ہے یا نہیں۔''

''او باجی جان! کھنڈو سے کیا پوچھتی ہیں۔ اسے تو ناچنے اور ویلوں کے نوٹ اکٹھے کرنے سے فرصت کہاں ہے۔ میں تو سویرے سویرے میر احمد کی دکان پر کہہ آیا تھا۔ اس کے بندے ابھی گیس کی ہیری کینیں لاتے ہوں گے۔''

''ہاں ہاں۔ تو آج نہیں بولے گا تو کب بولے گا۔ دو گھوڑا بوسکی کی قمیص جو نصیب ہو گئی ہے آج تجھے پہننے کو۔ مینڈکی کو بھی تو زکام ہو ہی جاتا ہے نا۔''

''باجی جان! اس کھنڈو کو سمجھا لیں۔ ہر وقت میرے پیچھے پڑی رہتی ہے۔ چھچھل پائی کی طرح۔ آپ نے اسے بہت سر پہ چڑھا رکھا ہے۔''

''دفعان ہو جاؤ تم دونوں۔ خدا وہاں پہنچائے دونوں کو کہ جہاں گھونٹ پانی نہ ملے۔''

آنگن میں جب ساری لڑکیاں لُڈی ڈال رہی تھیں تو عرفانہ سب سے الگ ایک کونے میں اکیلی کھڑی تھی۔ وہ دل میں دعا مانگ رہی تھی کہ کہیں کوئی اسے لُڈی کے لیے اٹھا نہ لے مگر نہ جانے اسے کیوں یقین سا تھا کہ نرگس اسے کبھی نہیں بخشے گی۔ اور ایسا ہی ہوا کہ نرگس نے اسے سچ مچ نہ بخشا، اور باجی جان بھی تو اس وقت نرگس ہی کی حمایتی بن گئی تھی۔ جب وہ لُڈی کے گول دائرے کا حصہ بنی تو کھنڈو کے ہاتھ ڈھولک پر اور تیزی سے پڑنے لگے تھے، مگر اس کے کانوں میں ڈھولک سے زیادہ تیز شور تو اس کے اپنے دل کی دھڑکن سے پیدا ہو رہا تھا۔ پھر بھی

اس کا بدن اسی آواز کی لے پر حرکت کر رہا تھا۔ اسے محسوس ہو رہا تھا جیسے اسے کسی نے دریا میں پھینک دیا ہو اور اسے تیرنا نہ آتا ہو۔

''عرفانہ! میں کبھی نہیں بھول سکتا وہ منظر؛ جب میں نے سبز پری کو آنگن میں رقص کرتے دیکھا تھا۔ میں نے اپنے دل میں اسی وقت قسم کھالی تھی کہ ایک دن اس پری کو قید کرلوں گا۔''

''ہوں۔ مگر پریوں کو تو دیو قید کرتے ہیں۔''

''اتنا خوبرو دیو کبھی دیکھا ہے؟''

''لیاقت! ہم تو ایک ساتھ چھوٹے بڑے ہوئے ہیں۔ پہلے تو تم نے کبھی مجھے آنکھ بھر کر بھی نہیں دیکھا تھا۔''

''ہاں۔ اس دن آنگن میں ناچتے ہوئے تمہارے بدن کو جیسے زبان مل گئی تھی۔ وہ تمھارا بھرپور اور مکمل روپ تھا جو اس سے پہلے میں نے کبھی نہیں دیکھا تھا، یا پھر میں دیکھ ہی نہیں پایا تھا۔ اٹھو نا عرفانہ۔ آج۔۔۔ آج پھر میں۔۔۔ تمھارے لہکتے بدن کی آواز سننا چاہتا ہوں۔ آج میں پھر ماضی کو حال میں دیکھنا چاہتا ہوں۔''

کھنڈو کے ہاتھ اب رک گئے تھے۔ لُڈی کا گول دائرہ ٹوٹ گیا تھا۔ باجی جان کے آنگن سے عورتیں باہر گلی میں نکلنے لگی تھیں۔ عرفانہ نے بھی اپنے سرمئی رنگ کے برقعے کی ڈوریاں اپنی تھوڑی کے نیچے باندھی تھیں اور ڈیوڑھی کی چوکھٹ پھلانگ گئی تھی۔ ان عورتوں کا ایک چھوٹا سا جلوس محلہ باقر شاہ سے نکل کر دلاور خان کی تالاب والی مسجد سے ہوتا ہوا بازار کلاں کی بڑی سڑک پر پہنچ گیا تھا۔ مہندی کا یہ جلوس گیس کی ہری کینوں کی روشنی میں آگے بڑھ رہا تھا۔ چھوٹی بچیوں نے اپنے ہاتھوں میں رنگ برنگی چنگیریں اٹھا رکھی تھیں، جن میں رکھی مٹی کی کٹوریوں میں گھلی ہوئی مہندی میں موم بتیاں جل رہی تھیں۔ مسجد گنج علی خان کے سامنے بخش حلّوے کی دکان کے تھڑے کے پاس بابو کھڑا تھا، جس کی آنکھیں مہندی کے جلوس میں کسی کو پوری شدت سے تلاش کر رہی تھیں۔ اس سے پہلے کہ بابو کی آنکھیں اس سے چار ہوتیں، عرفانہ نے اپنے برقعے کا نقاب گرا دیا تھا۔ نہ جانے کیوں وہ بابو سے آنکھیں چار نہیں کرنا چاہتی تھی، حالاں کہ وہ کوئی غیر نہیں تھا۔

''عرفانہ! کہو تو اس لیاقتے کی ٹانگیں توڑ آؤں۔ مگر تم کب ہمیں ماموں زاد سمجھتی ہو۔''

مہندی اب مینا بازار کی نکڑ پر اقبال حلوائی کی دکان کے قریب پہنچ گئی تھی۔ دکان میں چار مرد خوش گپیوں میں مصروف تھے۔ مہندی کا کارواں حلوائی کی دکان کے باہر رک گیا تھا۔ پہلے تو عورتوں نے حلوائی کو موضوع بنا کر ٹپے گائے۔ مرد آنکھیں نیچی کیے خاموشی سے سنتے رہے۔ اور پھر کھنڈو نے کچھ ایسے بلند آہنگ انداز میں 'سِٹھڑیاں' (۵) گائیں کہ حلوائی کو اپنی کڑاہی چھوڑ چھاڑ کر دوستوں سمیت شاہین بازار کی چھوٹی مسجد میں پناہ لینی پڑی۔ کھنڈو کی رہنمائی میں مہندی کا یہ جلوس جب خویشگیوں کی حویلی کی گلی مڑا تو بازار کے دکانداروں نے سکھ کا سانس لیا تھا۔

''شگفتہ بہن! میری بہو کو باہر لے کر آؤ کہ مائیوں کی رسم پوری کریں۔ کیا سحری تک بٹھاؤ گی ہمیں؟''

''صبر کریں باجی جان ابھی تو 'دودھ پھول' (۶) ہی ہوئے ہیں۔ 'گُڑموں' (۷) کے سروں پر چادریں ڈال لوں تو پھر اتار لینا اپنی ساری سدریں۔''

لڑکے کی بھابھیاں اور بہنیں جب دلہن کو شگنوں بھری مہندی لگا رہی تھیں، اس وقت لڑکی کی ممانیاں اور پھوپھیاں یہ گیت گا رہی تھیں۔ برقی قمقموں سے سارا آنگن روشنی میں نہا رہا تھا مگر اسی آنگن میں طویلے کی جانب کھلنے والے دروازے کی ڈیوڑھی بہت بدصورت دکھائی دے رہی تھی۔ ساٹھ واٹ کے بلب کی زرد روشنی میں رنگی ہوئی اس ڈیوڑھی کی دیوار سے ٹیک لگائے عرفانہ اسی اجاڑ دیوار کا کوئی حصہ دکھائی دے رہی تھی۔ لگتا تھا جیسے وہ اس مہندی کے منظر کا ایک بے معنی حاشیہ ہو۔

''میں تو سیاہ بخت ہوں۔ مگر تجھے خدا سہاگ کا سکھ دے دے۔ مولا کرے ناصر تجھے ہاتھ کے چھالے کی طرح سنبھال کر رکھے۔ میں تو تجھے شگنوں کی مہندی بھی نہیں لگا سکتی۔ میں تو 'مُتّرِڑ' (۸) ہوں۔ مترڑ ایک بدصورت گالی۔ یوں تو میں اپنے خاوند سے ناراض ہو کر میکے بیٹھی ہوں، مگر لگتا ہے جیسے میں ناراض نہ ہوں بلکہ ساری دنیا، سارے اپنے پرائے، اور میری خوشیاں مجھ سے روٹھ گئی ہوں۔''

اسے لگا جیسے مہندی پر آئی ہوئی ساری عورتیں اسے دیکھ کر ہنس رہی ہوں۔ اس کا دل چاہ رہا تھا کہ وہ وہاں سے بھاگ جائے۔ مگر نرگس جو اس کی بچپن کی سہیلی تھی۔ نرگس کی ناراضگی کے خوف نے اس کے قدموں کو روک دیا تھا۔

''عرفانہ! میری بات مان لے چلی جا واپس۔ لیاقت منانے آئے تو مان جانا۔ اپنی زندگی تباہ نہ کر۔ تاجاں کا حال تم نے نہیں دیکھا۔ زندہ میت ہے۔ مت جلا اپنی جوانی۔ سمجھوتا کر لے۔ نہیں اچھا لگتا مجھے تیرے وجود سے چمٹا ہوا مترڑ کا لفظ۔ مٹا لے اس نام کو اپنی قسمت کی سلیٹ سے۔ تجھے میرے سر کی قسم۔''

مٹی کے کچے کوٹھے پر بچھی چارپائی پر نرگس نے اپنے ساتھ لیٹی ہوئی عرفانہ سے کہا تھا مگر عرفانہ کی آنکھیں تو جیسے اونچائی پر کھڑے چاند نے اپنے پاس گروی رکھ لی تھیں۔

آج باجی جان کا آنگن مردوں سے اور 'تُھو رکوٹھا' (۹) عورتوں سے بھرا ہوا تھا۔ سفید لٹھے کی شلوار اور دو گھوڑا بوسکی کی قمیص پہنے، سر پر 'قراقل' کی ٹوپی سجائے اور پاؤں میں تلے والی پنجے دار چپلی پہنے، جب ناصر آنگن میں اترا تو وہاں موجود بینڈ والوں نے شادمانی کی دھنیں فضا میں چھوڑنا شروع کر دی تھیں۔ ناصر کے ماموں نے اس کے سر پر جلتے بجھتے بلبوں کی لڑیوں والا سہرا باندھا تو عورتیں اس وقت تھور کوٹھے کے وسط میں بنے لکڑی کے 'منگ' سے نیچے آنگن میں یہ سارا منظر دیکھ رہی تھیں۔ ناصر کے دوستوں نے یار کی سہرابندی کی خوشی کی مستی میں نوٹوں کی ویلیں ہوا میں اڑانا شروع کر دی تھیں۔ لکڑی کے منقش منگ کے ساتھ ٹیک لگائے کھڑی، نیچے کے منظر میں منہمک عرفانہ کو دفعتاً پیچھے ہونا پڑا، جب آنگن میں سب سے پچھلی کرسیوں سے اٹھ کر لیاقت دولھے کی طرف بڑھا اور اپنی واسکٹ کی جیب میں سے کورے کورے نوٹ نکال کر ناصر پر پھینکنے لگا۔ 'جنج' اس وقت روانہ ہوئی جب سہرہ بندی کے بعد ناصر کے یار بیلیوں نے لکھے ہوئے سہرے پڑھے، اور ناصر باجی جان کے پاؤں

پڑنے تہور کوٹھے پر آیا۔

''کتنا وجیہہ لگ رہا ہے نرگس کا بھائی۔ بالکل۔۔۔ بالکل لیاقت کی طرح۔ لیاقت۔۔۔ ہاں ایک مکمل مرد۔۔۔ مگر اس نے مجھے کیوں چھوڑا؟ نہیں اس نے تو مجھے نہیں چھوڑا۔ میں۔۔۔ میں ہی تو اس سے روٹھ بیٹھی ہوں۔ وہ تو اب بھی شاید۔۔۔ مگر چار برس بہت ہوتے ہیں کسی بھی رشتے کو منوں مٹی تلے دفن کرنے کے لیے۔ اب تو شاید۔۔۔''

جنج بازارِ کلاں سے سے ایک روایتی ترتیب سے گزر رہی تھی۔ آگے آگے گیس کی ہر کینیں اٹھائے مزدور، پیچھے بینڈ والے، پھر دولھے کا گھوڑا، اس کے پیچھے مرد اور سب سے آخر میں عورتیں اور بچے آہستہ آہستہ آگے بڑھ رہے تھے۔ بینڈ ماسٹر جہاں چاہتا بارات کو روک کر اپنے ساتھیوں سے خوبصورت دھنیں بجواتا۔ بینڈ کے دلوں میں ارتعاش پیدا کرنے والی آواز دولھے کے دوستوں کو بھی مست کر دیتی تھی۔ اور سڑک ان کے مست رقص سے جھومنے لگتی۔ اور پوری فضا میں ویلوں کے نوٹ اڑنے لگتے۔ عرفانہ نے آج شروع سے ہی نقاب اپنے چہرے پر برقرار رکھا تھا۔ عورتوں میں وہ سب سے آخر میں چل رہی تھی۔ گھنٹہ گھر سے کچھ پہلے بارات پھر ایک بار رک گئی تھی۔ بینڈ کی آواز دوچند ہوگئی تھی۔ عرفانہ اس وقت ایک بند دکان کے تھڑے پر چڑھ گئی تھی جہاں سے وہ سب کو تو دیکھ سکتی تھی مگر اسے کوئی نہیں دیکھ سکتا تھا۔ سامنے چوک یادگار کی مخالف سمت ایک اور جنج آرہی تھی۔ اور پھر ایک عجیب منظر سا بن گیا تھا۔ دونوں باراتوں کے بینڈ ایک دوسرے کے آمنے سامنے کھڑے ہو گئے تھے اور دونوں باراتوں کے بینڈ ایک ہی دھن بجانے لگے تھے۔ دونوں باراتوں کے دولھوں کے گھوڑے یوں ایک دوسرے کے ساتھ کھڑے ہو گئے تھے، کہ دولھوں کے شانے ایک دوسرے کے سامنے آگئے تھے۔ دفعتاً دونوں دولھوں نے ایک دوسرے کا ہاتھ پکڑ کر ایک دوسرے کو اپنی جانب کھینچنا شروع کر دیا تھا۔ دونوں کے پیچھے بیٹھے ہوئے شاہ بالوں نے اپنے اپنے دولھے کو کمر سے پکڑ لیا تھا۔ عرفانہ کا دل زور زور سے دھڑک رہا تھا۔ وہ دل ہی دل میں دعا مانگ رہی تھی کہ دونوں میں سے کسی کو شرمسار نہ ہونا پڑے۔ دونوں باراتوں کے مرد اپنے اپنے دولھے کو آواز دے رہے تھے۔ ''شاباش شیر جوان زور لگا۔ شاباش'' دونوں کے ہاتھ ابھی جڑے ہوئے تھے کہ عرفانہ نے کسی کے ہاتھ کی سختی کو اپنے شانے پر محسوس کیا تھا۔ جب اس نے مڑ کر دیکھا تھا تو وہ لیاقت کا ہاتھ تھا۔ عرفانہ کی سانس تو وہیں کی وہیں اٹک گئی تھی۔

''واپس آجاؤ عرفانہ۔ میں اب بھی وہی لیاقت ہوں۔ چلو اپنے گھر، جس گھر میں اب تک تمھاری خوشبو باقی ہے۔ کچھ تو کہو نہ!''

عرفانہ نے دیکھا کہ دونوں دولھوں نے ایک دوسرے کا حیا رکھ لیا تھا اور اب وہ ایک دوسرے سے گلے مل رہے تھے۔ باراتیوں کی تالیوں کی گونج میں دونوں باراتیں آگے بڑھنے لگیں۔

''لیاقت جی! یہ باتیں سڑک پر کرنے کی نہیں ہیں۔ ولیمہ ختم ہو جائے تو گھر آجانا۔'' عرفانہ نے اپنے برقعے کا نقاب ہٹاتے ہوئے کہا۔

''خیر ہے میں 'ٹنڈ یاں دی روٹی' (۱۰) تک انتظار کر سکتا ہوں۔''

بے خیالی میں لیاقت کی آواز اونچی ہو گئی تھی۔

''مگر میں۔۔۔میں انتظار نہیں کر سکتی۔''

کہتے ہوئے وہ آگے بڑھتی بارات کا حصہ بن گئی تھی۔ نہ جانے اس نے لیاقت کے منھ سے نکلنے والی 'جی' کی آواز سنی تھی یا نہیں۔

(۱) چوکی (۲) اسٹور (۳) کوئلے کو انگارے بنانے والا برتن (۴) لیس (۵) دشنام زدہ گیت (۶) شادی کی رسم (۷) سمدھی (۸) روٹھی ہوئی بیوی (۹) بالائی منزل (۱۰) رخصتی کے بعد دولہا کا کھانا۔

کتے (پوٹھوہاری)

شیراز طاہر

ترجمہ: شیراز طاہر

شیراز طاہر یکم نومبر ۱۹۴۶ء میں پیدا ہوئے۔ ان کی پوٹھوہاری زبان میں ۸ کتابیں شائع ہو چکی ہیں۔

میری بے کفن لاش بھی انھی لاشوں میں رکھی گئی تھی، جن پر رونے والوں کے آنسو اور قبرستان میں پھیلے درختوں پر بیٹھے پرندوں کی بیٹیں کب کی خشک ہو گئی تھیں۔ پولیس ان لاوارث لاش اور بے شناخت لاشوں کو ٹھکانے لگانے کے بعد بہت خوش تھی اور اپنی اس کارکردگی پر فخر محسوس کر رہی تھی کہ اس نے انسانی اعضا کے چیتھڑوں کو اکٹھا کر کے نہ صرف انھیں باقاعدہ لاش کی شکل دے دی تھی بلکہ ان پر کپڑوں کے سفید تھان بھی لپیٹ دیے تھے۔ خودکش حملوں میں سر تو صرف دہشت گردوں کے تلاش کیے جاتے ہیں، باقیوں کے سروں سے انھیں کوئی سروکار نہیں ہوتا۔ ان کی صرف بکھری ہوئی بوٹیاں جمع کی جاتی ہیں۔ سرکاری اہلکار مطمئن تھے کہ اس دھماکے میں مرنے والوں میں ان کا اپنا کوئی آدمی نہیں تھا جس کے لیے انھیں پانچ دس لاکھ کا اعلان کرنا پڑے۔ لوگ بھی مطمئن تھے کہ معاملہ نبڑ گیا۔

کچھ ایسا ہی سوچتے ہوئے انھوں نے تدفین کی غرض سے میری بے کفن میت اٹھائی تو اس کے پاس کھڑی میری روح بول اٹھی: ''ان لاوارث لاشوں کے نام تو تمھیں نہیں مل سکے، مگر ان کا خون کرنے والوں کے نام اور پتے بھی تم نے ان کی قبروں میں ان کے ساتھ کیوں دفن کر دیے ہیں۔ نام کبھی نہیں کرتے، نام تو ہمیشہ زندہ رہتے ہیں۔ پھر ان خونیوں کے نام، جنھوں نے بے گناہ خون کیا ہوتا ہے۔ اگر قبروں میں دبا بھی دیے جائیں تو زیادہ دیر تک مر نہیں سکتے، جی اٹھتے ہیں۔ کیوں کہ مردوں کے ساتھ زندے زیادہ دیر تک تنگی برداشت نہیں

کر سکتے۔ مجھے اس بات کی سمجھ نہیں آرہی کہ تم نے ان لاوارث، بے خصمی لاشوں اور ان خونیوں کے درمیان سمجھوتہ کیسے کرادیا؟''

''روح ہونے کے ناطے تم اپنی میت کے فیصلے کا حق تو ضرور رکھتی ہو، مگر کسی دوسری میت یا ان کا خون کرنے والوں کے بارے کسی قسم کا حق نہیں رکھتی۔ ہم ان کا فیصلہ کر چکے ہیں۔ اگر ان کے حوالے سے تمھیں کوئی اعتراض ہے تو بات کرو تا کہ ہم اسے بھی تن کٹوں کے ساتھ دفن کر دیں۔ ہم ان کی خاطر کل رات سے یہاں لٹکے ہوئے ہیں۔'' ان میں سے ایک، اپنے آپ کو بڑا ظاہر کرتے ہوئے بولا۔

میری روح کچھ شرمندہ سی ہو کر فضا میں اِدھر اُدھر دیکھنے لگی۔ مجھ سے رہا نہ گیا اور گویا ہوا، ''روح تو سب کی سانجھی ہے۔ اس نے تو اپنے تئیں ایک بات کہی تھی۔ تم لوگوں نے اس کی قدر نہیں کی، رہی بات فیصلے کی تو وہ میں تم سے خود بھی کرا سکتا ہوں۔ مجھے تم کس کھاتے میں ان لاوارث لاشوں کے ساتھ دفنانے کی کوشش کر رہے ہو؟ میں تو اسی شہر کا رہنے والا ہوں، تم سب مجھے جانتے ہو۔ میرا سر بھی سلامت ہے اور دھڑ بھی۔ میں نہ تو دھما کہ کرنے والوں میں سے ہوں اور نہ ہی دھماکے میں مرنے والوں میں سے۔ میں تم لوگوں سے دست بستہ درخواست گزار ہوں کہ مجھے ان لاوارث لاشوں کے ساتھ دفن نہ کرو۔ پہلے یہ فیصلہ کر لو کہ مجھے مارنے والے کون ہیں؟ کم از کم میں ان کے ساتھ دفن ہو کر لاوارث نہیں ہونا چاہتا۔ اگر تمھیں میرا یہ فیصلہ منظور ہو تو مجھے قبر میں اتار دو، ورنہ کوئی بھی راہ چلتا مجھے قبر میں اتار دے گا۔'' روح میری بات سن کر کچھ مطمئن سی ہو گئی۔

برگد کے درخت میں چھپے بیٹھے پرندوں کی طرح لوگوں نے میری طرف دیکھا۔ پھر برگد پر اترتے اندھیرے کی طرف نظر دوڑائی اور آپس میں کھسر پھسر کرنے لگے۔ خوشی جو کچھ دیر پہلے سب کے چہروں پر کھلی ہوئی تھی، اچانک غائب ہونا شروع ہو گئی۔ سب کی آنکھیں بلوروں کی طرح میرے چہرے پر جم گئیں، جیسے میں نے کوئی انہونی بات کہہ دی ہو یا میرے منھ سے کوئی گالی نکل گئی ہو۔ ان میں سے کچھ منھ بسورتے ہوئے چل دیے اور کچھ منھ اٹھائے وہیں کھڑے رہے۔

اپنی دانست میں، میں نے کوئی ایسی ویسی بات تو نہیں کی تھی۔ پتہ نہیں وہ کس قسم کے لوگ تھے۔ ان میں سے کوئی بھی میرے لیے اجنبی نہیں تھا، سبھی میرے ساتھ پل بڑھ کر جوان ہوئے تھے۔ سب نے ایک عمر میرے ساتھ گزاری تھی۔ ان میں سے بیشتر تو ہر ماہ پنشن بھی میرے ساتھ لینے جایا کرتے تھے، لیکن پتہ نہیں کیوں میری بات کا برا مان گئے۔ میں چپ ہو گیا، آخر مرا ہوا آدمی کتنا کچھ بول سکتا ہے؟ میرا گلا تو پہلے ہی موت کی تلخی سے سوکھ کر کانٹا ہو چکا تھا۔

شرم سے میرا وجود مزید سکڑ رہا تھا۔ میری روح جو میری لاش کی نگرانی کے لیے بیٹھی ہوئی تھی، اٹھی اور اڑ کر برگد پر بیٹھے پرندوں کے ساتھ پر پسار کر بیٹھ گئی اور میں مزید تنہا ہو گیا۔ دو چار آدمی اس گہری ہوتی شام کے بعد آئے اور میری چارپائی کے قریب سے ہوتے ہوئے ایک تازہ قبر پر کھڑے ہو کر اگربتیاں جلا کر دعا مانگنے لگے۔ ہلکے ہلکے دھوئیں اور ملگجے اندھیرے میں خوف سا لہرانے گا۔ دعا کے بعد جب وہ جانے لگے تو وہ لوگ

بھی جو پہلے میری لاش کے اردگرد کھڑے تھے، ان کے پیچھے پیچھے ہو لیے۔ یہ دیکھ کر میں نے انھیں دکھ بھری آواز میں پکارا: ''خدا کے لیے واپس آ جاؤ۔''

سب نے ایک ساتھ پیچھے مڑ کر دیکھا اور بولے: ''ہم تیرا کفن دفن تو کر سکتے ہیں لیکن تیرے وارث یا لاوارث ہونے کا فیصلہ نہیں کر سکتے۔ ہمیں لگتا ہے کہ تیری میت آج رات بھی یہیں پڑی رہے گی۔''

''میرا فیصلہ اگر تم آج نہ کر سکو تو پھر یہ فیصلہ قیامت تک نہیں ہو سکے گا۔'' یہ سنتے ہی سب ماسک چڑھے چہرے لیے چل پڑے۔ میں نے دوبارہ کہا، ''اچھا یہ بات ہے تو یاد رکھو! میں اپنا فیصلہ اب انسانوں کی بجائے کتوں سے کراؤں گا۔ فوجی گھروں کے کتے بلاؤں گا۔ میرا تم سب پر سے اعتماد اٹھ گیا ہے۔ اب میں ان کتوں کو ساتھ لے کر پورے گاؤں میں گشت کراؤں گا جو میری بات کا نبیڑا کریں گے۔''

برگد پر بیٹھے پرندے پھڑ پھڑانے لگے۔ روح گھنے پتوں سے نکل کر چوٹی پر جا بیٹھی۔ بابے قاشو کی زیارت کے جن اور بھوت انسانی شکلوں میں باہر آ گئے۔ تازہ قبر پر جلتی اگربتیوں کی خوشبو پورے قبرستان میں پھیل گئی۔ مجھے یقین ہو گیا کہ اب میری چارپائی قبرستان سے اٹھ کر گھر کے صحن میں چلی جائے گی، جہاں اس کے اردگرد میرا سارا قبیلہ دھاڑیں مار کر مجھے لاوارث ہونے سے بچا لے گا۔ ساری عمر دشمنی پالنے والے لوگ بھی جب میت پر آتے ہیں تو پگھل کر رہ جاتے ہیں۔ میں نے جاتے ہوئے لوگوں کی سرگوشیوں پر کان دھرنے کی کوشش کی۔ کوئی آواز واضح طور پر سنائی نہ دی اور میرے تمام بدن پر چیونٹیاں سی رینگنے لگیں۔ میں نے ہارے ہوئے آدمی کی طرح لوگوں کو اپنے سوکھے ہوئے گلے سے ایک بار پھر پکارا۔

''میری میت کو تنہا مت چھوڑو، جس میت پر کوئی رونے والا نہ ہو، وہ بھی تو لاوارثوں میں شمار ہوتی ہے۔'' میری چیخ پکار سن کر برگد کی شاخ پر بیٹھی میری روح لرز کر رہ گئی۔ وہیں اونچی شاخ پر بیٹھے بیٹھے بولی۔

''منت سماجت سے تو بہتر ہے کہ ان لوگوں کے ساتھ تو بھی سمجھوتہ کر لے۔ اچھا بھلا تجھے قبر میں اتارنے والے تھے مگر تیری ہٹ دھرمی تیرے ساتھ مجھے بھی ذلیل کر کے چھوڑے گی۔ تجھے پتہ ہے کہ روح اور جسم میں کیا فرق ہوتا ہے؟ مرنے کے بعد جسم جس قدر بھاری ہو جاتا ہے، روح اسی قدر لطیف ہو جاتی ہے۔ جو کچھ وہ دیکھتی ہے، جسم نہیں دیکھ سکتا۔ تو اپنی لاوارثی کا فیصلہ کراتا رہ، تجھے میرے عذاب اور میری دربدری کا ذرا بھی خیال نہیں؟ میں کب تک ان ٹہنیوں پر بیٹھی تیرے کتوں اور تیرے کھوجیوں کا انتظار کرتی رہوں گی۔ پرندے بھی بس صبح ہونے کے انتظار میں بیٹھے ہیں۔ صبح ہوتے ہی یہ بھی اڑ جائیں گے۔ تو مجھے تنہائی کی سولی پر نہ ہی لٹکائے تو اچھا ہے۔ میں تیری روح ہوں، تجھے لوگوں کی طرح تنہا نہیں چھوڑ سکتی۔ تُو تو اپنی حیاتی اور اس جہان کا عذاب کاٹ گزرا ہے، اگلا عذاب تو میری اکیلی جان پر ہے۔ مجھے کہیں ٹھکانہ کرنے دے، اپنا فیصلہ کرانے کی بجائے لوگوں سے اپنے کفن دفن کی درخواست کرتا کہ لوگ واپس آ جائیں۔ اس اندھیری رات کا عذاب میں ان درختوں کی ٹہنیوں پر بیٹھ کر نہیں جھیل سکتی اور نہ ہی درختوں پر بیٹھے ان پرندوں کی گندی بیٹوں سے تیری لاش بچا سکتی ہوں۔ تجھے اپنے فیصلے کی پڑی ہے اور مجھے منکر نکیروں کے سوالوں کے خوف نے سولی پر لٹکا رکھا ہے۔ اگر تیری یہی ضد

ہے تو میں بھی چارو ناچار تیرے ساتھ فوجیوں کے 'کتا گھر' چلتی ہوں۔ ہاں، اتنا ضرور کرنا کہ مجھے 'کتا گھر' سے کچھ فاصلے پر بٹھا دینا۔ مجھے بھونکتے ہوئے کتوں کی اندھیرے میں چمکتی آنکھوں سے بہت ڈر لگتا ہے۔'' روح اپنا احسان جتاتے ہوئے بولی۔

لوگ تو پہلے ہی جا چکے تھے، اب روح بھی پرواز کرنے اور اپنے ٹھکانے تک پہنچنے کے لیے مجھے ہر طرح سے راضی کرنے پر تلی ہوئی تھی۔ ادھر قبروں کے آس پاس مختلف طرح کی دبی دبی چیخوں کی آوازیں ابھرنا شروع ہوگئی تھیں۔ میں چاہتا تھا کہ صبح ہونے سے پہلے کسی نہ کسی طرح میرا فیصلہ ہو جائے۔ تب مجھے ایک مرتبہ پھر گہری نیند سوئے ہوئے گاؤں کے لوگوں کا خیال آیا۔ کاش یہ لوگ جاتے جاتے میرا فیصلہ کر جاتے۔ ایسا سوچتے ہوئے اونچے 'علم' کی روشنی اور کچے تالاب میں اترا ہوا چاند میرے ساتھ ساتھ چلنے لگے اور میرے قدم بے ساختہ 'کتا گھر' کی طرف اٹھنے لگے۔ کتے تو جیسے ہمارے ہی منتظر تھے، دیکھتے ہی بھونکنے لگے۔ مالک نے ان کے بھونکنے کی آوازیں سنیں تو باہر نکل کر سوال کیا۔

''تمھیں چوروں کا سراغ لگانے والے کتے درکار ہیں یا قاتلوں کا سراغ لگانے والے؟''

میں متذبذب ہوگیا۔ ''مجھے نہ تو چور پکڑنے والے کتے درکار ہیں اور نہ ہی خون سونگھنے والے۔ میرا خون تو کسی نے بھی نہیں کیا تھا۔ میرا خون تو پہلے ہی نچوڑ لیا گیا تھا اور خون کی اسی کمی کی وجہ سے میری موت واقع ہوئی تھی۔'' میں نے کہا۔ ''میں ان دھماکوں میں مرنے والوں کے ساتھ دفن ہونا نہیں چاہتا، کیوں کہ یہ سب بے شناخت مارے گئے اور نہ ہی ان کا کوئی وارث ہے۔ یہ سب قیامت تک لاوارث رہیں گے۔ لیکن میں تو نہیں ہوں۔ میری تو گردن بھی میرے ساتھ ہے۔''

''تمھارے ایسا کہنے سے کچھ نہیں ہوگا۔ اگر کتے تمھارے قاتلوں تک پہنچ گئے تو سب کو یقین آجائے گا کہ تو ان کے ساتھ نہیں مرا، اور نہ ہی تو کوئی لاوارث ہے۔ تیری قبر الگ ہو سکتی ہے اور تیری قبر پر تیرے نام کا کتبہ بھی لگ سکتا ہے۔'' روح جسے اپنے ٹھکانے پہنچنے کی جلدی تھی، عجلت میں بول اٹھی۔

''اچھا کتوں کو لے چلو۔'' میں نے ہتھیار ڈالتے ہوئے کہا۔ کتے گاؤں کی طرف ایسے سرپٹ دوڑے جیسے گاؤں میں بھونچال آگیا ہو۔ سوئے ہوئے لوگ گھروں سے باہر نکل آئے۔ پورے گاؤں میں ایک کہرام سا مچ گیا۔ مال مویشی کھونٹوں سمیت بھاگ کھڑے ہوئے۔ تالاب میں ڈوبے ہوئے چاند کا دم گھٹنے لگا۔ ظلم زیادتیاں اور جبر سہنے والے کمی کمین، سود کی چکی میں پسے ہوئے غریب، زمینوں کو رہن میں رکھے ہوئے بھوکے کسان، اولاد کی خوشیوں کی خاطر قرض کے بوجھ تلے دبے ماں باپ، کمر توڑتی مہنگائی کے ہاتھوں صدیوں سے مارے لوگ؛ اپنی اپنی قبروں سے کفن پہنے مشروموں کی طرح باہر نکل آئے۔ سرکاری لوگ، گاؤں کی مرکزی مسجد کا امام، بابا کاشو شاہ کی گدی کا سجادہ نشین، موج دین سنیارا، کھاد اور چینی کا اسٹاک رکھنے والے شیخ حیدر کے ساتھ ساتھ علاقے کی پولیس بھی پورے گاؤں سمیت قبرستان میں آکھڑی ہوئی۔ پچھلی رات کے رت جگے سے تمام لوگوں کی آنکھیں ابھی تک لال سرخ ہو رہی تھیں، کتوں کو پھٹی پھٹی ہوئی نظروں سے دیکھتے ہوئے بولے، ''جو یہ کہتا تھا، اس نے وہ کر ہی

دکھایا۔''

کتے بھوکے شیروں کی طرح بھاگ کھڑے ہوئے تھے۔ سب سے پہلے انھوں نے سرکاری اہلکاروں کے پیروں کو سونگھا۔ پھر بڑی مسجد کے امام صاحب کے ہاتھوں میں پکڑی ہوئی تسبیح اور پرنے کی طرف لپکے۔ بابا کا شوشاہ کے گدی نشین کے سنہرے تاروں سے بنے چوغے کو دانتوں سے پکڑ کر کھینچا، جس پر غریبوں کے خون کے دھبے صاف نظر آرہے تھے۔ پھر پولیس والوں کی پیٹیوں میں دانت گاڑتے ہوئے شیخ حیدر کی سفید ٹوپی پر جھپٹا مارا۔ اس چھینا جھپٹی میں پرندوں نے اپنے اپنے پروں کو زور سے جھاڑا تو برگد کے نیچے پروں کا ایک ڈھیر سا لگ گیا۔ روح پھڑپھڑاتی ہوئی برگد پر جابیٹھی۔ پروں کی پھڑ پھڑاہٹ سن کر لوگ جو دور کھڑے تھے، دوڑتے ہوئے آگے بڑھے۔ کتوں نے سونگھنا چھوڑ دیا، تو وہ لوگ جنھیں کتوں نے سونگھا تھا اور کتوں کا مالک جنھیں شک و شبے کی نظروں سے دیکھ رہا تھا، یک زبان ہو کر بولے، ''ہم میں سے کسی نے بھی اسے نہیں مارا ہے۔ کتے یوں ہی باؤلے ہو رہے ہیں۔ ہر ایرے غیرے کو سونگھ رہے ہیں۔ سدھائے ہوئے کتے تو ایسا نہیں کرتے۔ وہ تو صرف مجرم کی شناخت کرتے ہیں، سارے گاؤں کو تو چور اور قاتل نہیں بناتے۔'' انھوں نے باقیوں کو بھی اپنے ساتھ ملاتے ہوئے کہا۔

''کتوں کو ایک بار پھر چھوڑ کر دیکھتے ہیں۔ اگر وہ کسی ایک آدمی کو سونگھتے ہیں تو وہ اس کا قاتل کا نکھیڑا ہو جائے گا۔'' کتوں کا مالک گویا ہوا۔

''اگر فیصلہ ہو گیا تو بھی اسے قبر میں اتارنے کی مصیبت تو ہمیں ہی اٹھانا پڑے گی۔'' ارد گرد کھڑے لوگوں میں سے کوئی گویا ہوا۔ اس بیچارے کی بات کی طرف کسی نے توجہ نہیں دی اور کتے دوبارہ چھوڑ دیے گئے۔ کتوں نے ایک مرتبہ پھر ان تمام لوگوں کو سونگھا، جنھیں وہ پہلے بھی سونگھ چکے تھے اور پھر مغرب کی طرف منھ کر کے بھونکنے لگے۔ کتے گھروں کے مالک بھی کچھ ڈھیلے پڑ گئے کہ کتے کسی ایک شخص کی نشاندہی نہیں کر پا رہے تھے۔ لوگوں میں کھسر پھسر شروع ہو گئی اور وہ تمام لوگ جنھیں کتوں نے سونگھا تھا، دوبارہ شیر ہو گئے اور للکارنے لگے۔

''لاؤ کدال اور بیلچے، کاٹو اس کی گردن۔ اسے چپ کراؤ اور جلدی سے قبر میں اتارو۔ کہیں یہ کوئی اور مصیبت نہ کھڑی کر دے۔'' یہ سن کر تمام لوگ ایک ساتھ آگے بڑھے۔ روح چپ سادھے میری طرف آنکھیں پھاڑ پھاڑ کر دیکھنے لگی کہ میں اپنی صفائی میں کوئی ٹھوس دلیل نہیں لا سکا تھا۔ میرا گلا سوکھے ہوئے چمڑے کی طرح خشک ہو گیا تھا۔ اگر چہ میری زبان ساتھ نہیں دے رہی تھی مگر میں نے اپنی تمام قوت مجتمع کرتے ہوئے بمشکل بولا:

''کتے سچے ہیں اور تم سب جھوٹے۔ وہ تمام لوگ جنھیں کتوں نے سونگھا، میرے قاتل ہیں۔ دیکھ لو تمام کتے مغرب کی طرف منھ کر کے اس کی گواہی دے رہے ہیں۔ اب بھی اگر تمھیں یقین نہ آئے تو میں کیسے تمھیں یقین دلا سکتا ہوں۔''

مرکزی مسجد کے امام صاحب آگے بڑھے اور کہنے لگے؛ جو کتے قبلہ کی طرف منھ کر بھونکتے ہیں، وہ نحس

ہوتے ہیں۔'' سب نے امام صاحب کی ہاں میں ہاں ملائی۔

میں یہ سن کر تڑپ اٹھا، ''تم سب کو بھی انھی لوگوں نے مار رکھا ہے۔ فرق صرف اتنا ہے کہ میں میت کی صورت چارپائی پر پڑا ہوا ہوں اور تم چل پھر رہے ہو۔ یاد رکھو! اگر کتے بھی ہمارا فیصلہ نہ کر سکے تو یہ فیصلہ قیامت تک کوئی نہیں کر سکے گا۔ ہم ہمیشہ اسی طرح بے شناخت رہیں گے اور کوئی بھی ہمارا وارث بننے کو تیار نہیں ہوگا۔''

ہجوم میں سے کسی نے بھی میری بات کی طرف دھیان نہ دیا اور سب مل کر مجھے قبر میں اتارنے لگے۔

میں نے کتوں کا شکریہ ادا کرنے کے لیے اپنے مردہ بدن میں بکھری تمام قوت گویائی کو حلق میں سمیٹنے کی کوشش کی مگر میرے نرخرے سے ایک ہلکی سی خرخراہٹ کے سوا کچھ برآمد نہ ہو سکا۔

گھر کی آگ

کاملہ شمسی (پاکستان)

ترجمہ: نجم الدین احمد

کاملہ شمسی (پ: ۱۳ اگست ۱۹۷۳ء) انگریزی زبان کی پاکستانی نژاد برطانوی مصنفہ اور ناول نگار ہیں جو اپنے ایوارڈ یافتہ ناول 'ہوم فائر' کے لیے مشہور ہیں۔ ان کی والدہ منیزہ شمسی بھی مصنفہ ہیں۔ کاملہ شمسی ۲۰۰۷ء میں لندن چلی گئیں تھیں اور اب وہ برطانیہ اور پاکستان کی دوہری شہری ہیں۔

مترجم کا تعارف پہلے پیش کیا جا چکا ہے۔

اِسما

پہلا باب

اِسما اپنی پرواز سے محروم ہونے جا رہی تھی۔ ٹکٹ کے پیسے بھی واپس نہیں ہوں گے، کیوں کہ ایئر لائن ایسے مسافروں کی کوئی ذمہ داری قبول نہیں کرتی تھی جو روانگی سے تین گھنٹے قبل ہوائی اڈے پر نہ پہنچتے اور وہ حفاظتی نقطۂ نظر کے پیش نظر تفتیشی کمرے میں نہ لے جائے جا چکے ہوتے۔ اسے باز پرس کی توتوقع تھی مگر اس کے گھنٹوں پر محیط ہونے کا گمان تھا نہ اپنے سوٹ کیس کے مشمولات کی از حد توہین آمیز تلاشی کا۔ اس نے اچھی طرح تسلی کر لی تھی کہ اس کے سامان میں ایسی کوئی چیز نہ ہو جو نکتہ چینی یا سوالات کا سبب بنے—قرآن پاک نہ خاندان والوں کی تصاویر اور نہ ہی اس کی نصابی دلچسپی کی حامل کتابیں—لیکن تِس پر بھی خاتون افسر نے اسما کے کپڑوں لتوں کا

تمام ساز وسامان کھول ڈالا اور اس کے کپڑوں کے اپنے انگلیوں اور انگوٹھے کے بیچ خفیہ جیبوں کو تلاشنے کے لیے نہیں بلکہ ان کے معیار کو جانچنے کے لیے گھمانے لگی۔ آخر میں وہ اسما کی جیکٹ پر، جسے اس نے وہاں داخل ہوتے ہی ایک کرسی کی پشت پر لٹکا دیا تھا، چسپاں وضع طراز کی چٹ پر پہنچی اور اسے اٹھا کر اپنے ایک ہاتھ سے دونوں کندھوں کو چٹکیوں سے مروڑنے لگی۔

"یہ تمھاری نہیں ہے۔" وہ بولی اور اسما کو یقین تھا کہ اس کی مراد یہ ہرگز نہیں ہے کہ اگرچہ یہ جثے سے قدرے بڑی سہی لیکن پھر بھی یہ تمھاری جیسی کے لیے بہت عمدہ ہے۔

"میں ایک ڈرائی کلیننگ شاپ پر کام کرتی رہی ہوں۔ جو عورت اسے لے کر آئی تھی اس نے کہا کہ اگر ہم اس کا داغ صاف نہیں کر سکتے تو یہ اسے نہیں چاہیے۔" اس نے جیب پر لگے گریس کے نشان کی طرف اشارہ کیا۔

"کیا منیجر کو علم ہے کہ اِسے تم نے لے لیا تھا؟"

"میں ہی منیجر تھی۔"

"تم ڈرائی کلیننگ شاپ کی منیجر تھیں اور اب تم سوشیالوجی میں پی ایچ ڈی کرنے جا رہی ہو؟"

"ہاں۔"

"اور یہ کس طرح ہوا؟"

"میں نے اپنی یونیورسٹی کی تعلیم ختم کی ہی تھی کہ میں اور میرے بہن بھائی یتیم ہو گئے۔ وہ بارہ سال کے تھے؛ جڑواں۔ مجھے جو پہلی ملازمت ملی میں نے کر لی۔ اب وہ بڑے ہو گئے ہیں تو میں واپس اپنی زندگی کی طرف جا سکتی ہوں۔"

"تم واپس اپنی زندگی کی طرف جا رہی ہو...... ایمرسٹ، ماساچسیٹس (Amherst, Massachusetts) میں۔"

"میری مراد تعلیمی زندگی سے تھی۔ ایل ایس ای کی میری سابقہ معلم اب امرسٹ کی یونیورسٹی میں پڑھاتی ہیں۔ ان کا نام حرا شاہ ہے۔ آپ چاہیں تو اسے فون کر سکتی ہیں۔ جب تک مجھے رہنے کے لیے اپنی جگہ نہیں مل جاتی، میں وہاں جا کر ان کے ساتھ ہی قیام کروں گی۔"

"ایمرسٹ میں۔"

"نہیں۔ مجھے نہیں پتہ۔ معاف کیجیے گا، تمھارا مطلب ان کی جائے رہائش ہے یا میری؟ وہ نارتھمپٹن میں مقیم ہیں، ایمرسٹ کے قریب ہی۔ میں اپنے لیے مناسب جگہ ڈھونڈنے کے لیے تمام علاقہ دیکھوں گی۔ وہ جگہ امرسٹ ہو بھی سکتی ہے اور نہیں بھی ہو سکتی۔ میرے فون میں جائیداد کا کاروبار کرنے والوں کی فہرست موجود ہے۔ جسے تم نے لے لیا ہے۔" وہ ٹھہر گئی۔ اہلکار وہی کام کر رہی تھی جو وہ اس کے سیکورٹی اہلکار سے بحث پر کرتی: جب تم ان کے سوال کے راست جواب دیتے ہو تو وہ چپ چاپ سنتے ہیں، جس سے تمھیں مزید کہنے کی ضرورت محسوس

ہوتی ہے۔ اور تم جتنا زیادہ بولتے ہوا تنے ہی خطا کار لگنے لگتے ہو۔

خاتون نے جیکٹ کو کپڑوں اور جوتوں کے بے ترتیبی سے بکھیرے ہوئے ڈھیر میں پھینکا اور اِسما سے انتظار کرنے کو کہا۔

یہ تھوڑی دیر پہلے کی بات تھی۔ اب طیارے پر مسافر سوار ہونے لگے ہوں گے۔ اسما نے سوٹ کیس کی جانب دیکھا جس میں اس نے اس خاتون کے کمرے سے جانے کے بعد دوبارہ اپنا سامان رکھ لیا تھا اور اب تک کا وقت اس پریشانی میں گزارا تھا کہ کہیں اس کا یہ بِلا اجازت فعل جرم ہی نہ ٹھہر جائے۔ کیا وہ اسے خالی کر کے دوبارہ کپڑوں کا بے ترتیب ڈھیر لگا دے، یا ایسا کرنے سے معاملات زیادہ خراب ہو جائیں گے؟ وہ اٹھی، اس نے سوٹ کیس کی زِپ کھولی اور ڈھکن ہٹا دیا کہ اس میں موجود سامان دِکھائی دینے لگا۔

اسما کا پاسپورٹ، لیپ ٹاپ اور فون لیے ایک مرد دفتر میں داخل ہوا۔ اس نے اپنے آپ کو آس دِلائی لیکن وہ بیٹھ گیا، اسے بھی بیٹھنے کا اشارہ کیا اور ان دونوں کے درمیان ایک وائس ریکارڈر رکھ لیا۔

''کیا تم اپنے آپ کو برطانوی سمجھتی ہو؟'' مرد بولا۔

''میں برطانوی ہوں۔''

''لیکن کیا تم اپنے آپ کو برطانوی سمجھتی بھی ہو؟''

''میں نے اپنی تمام زندگی یہیں بسر کی ہے۔'' اس کا مطلب تھا کہ اِس کے علاوہ کوئی ملک نہیں جس کا وہ اپنے آپ کو جزو سمجھ سکتی لیکن الفاظ یوں برآمد ہوئے گویا وہ اس سے گریزپا ہو۔

لگ بھگ دو گھنٹے تک پوچھ تاچھ جاری رہی۔ وہ اس کے شیعوں، ہم جنس پرستی، قرآن پاک، جمہوریت، برطانوی گھریلو باورچیوں کے مابین پکوانوں کا مقابلہ (The Great British Bake Off)، عراق پر حملے، اسرائیل، خودکش بمباروں اور ملاقاتی ویب سائٹوں (dating websites) کے بارے میں خیالات جاننا چاہتا تھا۔ پہلی مرتبہ اپنے برطانوی ہونے کے بارے میں زبان پھسلنے کے بعد اسما نے اپنے آپ پر وہ بہروپ طاری کر لیا جس کی وہ انیکا کے ساتھ مشق کرتی رہی تھی، جو تفتیشی افسر بنتی اور اسما اپنی بہن کے سوالات کا یوں جواب دیتی جیسے وہ مشتبہ سیاسی رائے کی حامل ہو، جس پیشہ ورانہ بھید کو اسما اپنے پُرزور مخالفانہ رائے سے نہ کھولنا چاہتی ہو بلکہ جس کے بارے میں اسے دروغ گوئی بھی ضرورت نہ ہو۔ ('جب لوگ شیعہ سُنی مخاصمت کے بارے میں گفتگو کرتے ہیں تو عموماً طاقت کے سیاسی عدم توازن پر زور دیا جاتا ہے، مثلاً عراق یا شام میں ـــــ بطور برطانوی، میں دونوں مسلمانوں میں کوئی فرق نہیں کرتی۔' 'دوسروں کی دھرتی پر قبضہ کرنا مسائل کو حل کرنے کے بجائے زیادہ مسائل کا باعث بنتا ہے' ـــــ یہی کچھ عراق اور اسرائیل دونوں میں ہوا تھا۔ 'عام شہریوں کا قتل گناہ ہے؛ یہ بات یکساں طور پر خودکش بم دھماکوں یا طیاروں کے ذریعے بمباری یا ڈرون حملوں پر لاگو ہوتی ہے۔') ہر جواب کے بعد اگلے سوال میں طویل وقفہ تھا کہ مرد اس دوران اس کے لیپ ٹاپ کی کلیدیں دبا دبا کر اس کی تلاش کی ہوئی چیزوں کا جائزہ لیتا رہتا۔ اسے پتہ چل گیا کہ وہ ٹی وی کی ایک سیریز کے ایک معروف اداکار کی ازدواجی

حیثیت میں دِلچسپی رکھتی تھی؛ یہ کہ حجاب پہننا بھی اسے اپنے گھنگھریالے بالوں کو سیدھا کرنے والی مہنگی اشیا کی خریداری سے باز نہیں رکھ پایا تھا؛ یہ کہ اس نے یہ کھوج بھی لگائی تھی کہ ''امریکیوں سے چھوٹی چھوٹی باتیں کیسے کی جائیں۔''

''تمھیں پتہ ہے، تمھیں ہر چیز پر بہت زیادہ شاکی نہیں ہونا چاہیے۔'' اسما کی انیس سالہ بہن انیکا نے اپنا کردار نبھانے کے دوران میں اپنے قانون کے طالب علم والے ذہن سے کہا، جو اپنے حقوق کے بارے میں سب کچھ جانتی تھی لیکن جسے دنیا میں اپنے مقام کا کچھ پتہ نہ تھا۔ ''مثال کے طور پر، اگر وہ تم سے ملکہ کے بارے میں دریافت کریں تو بس اِتنا کہنا: 'بحیثیت ایک ایشیائی کے مجھے ان کا رنگوں والا تختۂ نقاشی پسند ہے۔' یہ اس تمام عمل کے لیے کم سے کم نفرت کے اظہار کی خاطر ضروری ہے۔'' اس کے بجائے اِسما نے جواب دیا تھا: ''میں ملکہ عالیہ کا اپنے کردار کی پاس داری کی تحسین کرتی ہوں۔'' لیکن اپنے دماغ میں اپنی بہن کے متبادل جوابات گونجنے پر اسے تسکین کا احساس ہوا تھا۔ جب اہلکار نے اس سے ایک ایسا سوال پوچھا جس کی وہ توقع کر رہی تھی تو اس نے فاتحانہ انداز میں ''آہا!'' کہا اور برطانوی گھریلو باورچیوں کے مابین پکوانوں کے مقابلے جیسی چیز کو رد کر دیا تھا۔ خوب، اگر وہ اسے اس طیارے پر، یا اِس کے بعد والے بھی کسی جہاز پر سوار نہیں ہونے دیتے تو، جس کے بارے میں اس کا دل آدھی گواہی دے رہا تھا کہ کسی نہ کسی وجہ سے یہ ہو کر رہے گا، وہ انیکا کے پاس گھر چلی جائے گی۔ اس سوال کا جواب دینا دشوار تھا کہ انیکا کا دل کتنا متمنی تھا؛ وہ اپنی ضد پر اڑی رہی تھی کہ اسما اپنا امریکا کا ارادہ نہ بدلے، اور آیا یہ اس کی خودغرضی تھی یا تنہا چھوڑ دیے جانے کی خواہش کہ جس سے خود انیکا بھی بے خبر لگتی تھی۔ اسما کے ذہن میں پرویز کے خیال کے ہلکے سے کوندے نے لپک کر ابھرنے کی سعی کی، جسے وہ قبل ازیں ہی وہ تقویت پکڑنے سے پہلے اپنے انکار میں ڈبو چکی تھی کہ وہ کبھی اس کے بارے میں نہیں سوچے گی۔

آخر کار دروازہ کھلا اور خاتون اہلکار اندر داخل ہوئی۔ شاید وہ خاندان کے بارے میں سوالات کرنے پر مامور تھی، ایسے سوالات جن کے جواب دینا انتہائی دشوار ہوتا ہے، وہ سوالات جو اپنی بہن کے ساتھ تیاری کرتے ہوئے اُس کے از حد تشویش کا باعث بنے تھے۔

''معذرت خواہ ہوں۔'' خاتون غیر قائل کن لہجے میں بولی۔ ''امریکا سے تمھارے طالب علمی کے پروانے کی تفصیلات کی تصدیق میں کچھ دیر لگی۔ تمام جانچ پڑتال ہو چکی ہے۔ یہ لو۔'' اس نے فیاضانہ انداز میں ایک سخت مستطیل کاغذ اسما کے حوالے کیا۔ وہ طیارے پر سوار ہونے کا جہاز تھا جس کی اس کے پاس کمی تھی۔

اسما اپنے پیروں میں پنوں اور سُوئیوں کی وجہ سے ڈگمگاتی ہوئی اٹھ کھڑی ہوئی، جن کے بارے میں اسے خدشہ تھا کہ اگر وہ میز کی دوسری طرف بیٹھے ہوئے آدمی سے ٹھوکر کھا بیٹھی تو جھڑ جائیں گی۔ اپنے سامان کے باہر لے جاتے ہوئے اس نے اس خاتون کا شکریہ ادا کیا جس کی انگلیوں کے نشانات اس کی چڈّی پر موجود تھے، جنھوں نے اسے آواز میں طنز کا شائبہ تک لانے کی اجازت نہیں دی۔

☆

لباس کی پرت چیر کر اندر داخل ہونے سے پہلے ٹھنڈ نے اس کے جسم کے تمام کھلے حصوں پر وار کیا تو اسما نے منھ کھول کر سر پیچھے کی طرف جھکاتے ہوئے ہونٹوں کو سُن اور دانتوں کو بجا دینے والی ہوا میں سانس لیا۔ تہ در تہ پڑی برف ہوائی اڈے کی روشنیوں میں جگمگا رہی تھی۔ اپنے سوٹ کیس کو ڈاکٹر حرا شاہ کے پاس چھوڑ کر، جو اس سے لوگان (Logan) کے ہوائی اڈے پر ملنے کے لیے سے دو گھنٹے کا سفر کر کے ماساچُسیٹس (Massachussetts) سے آئی تھی، وہ پارکنگ لاٹ کے سرے پر برف کے ڈھیر کی طرف بڑھی اور اس نے اپنے دستانے اتار کر اپنی انگلیوں کی پوروں سے اسے دبانے لگی۔ شروع میں برف نے مزاحمت کی لیکن پھر راستہ دے دیا اور اس کی انگلیاں نرم تہ میں دھنس گئیں۔ اس نے اپنی ہتھیلی پر لگی برف چاٹ کر اپنے منھ کی خشکی رفع کی۔ ہیتھرو پر مسافروں کو خدمات فراہم کرنے پر معمور خاتون نے، مسلمان خاتون، مزید ادائیگی کے بغیر ہی اگلی پرواز میں اسے نشست دے دی تھی۔ اس نے تمام سفر بوسٹن میں اپنی منتظر تفتیش کے تردد میں گزارا تھا۔ اسے یقین تھا کہ وہ اسے گرفتار کر لیں گے یا پھر کسی جہاز میں سوار کروا کے واپس لندن بھجوا دیں گے۔ لیکن اِمیگریشن افسر نے اس سے محض اتنا پوچھا کہ وہ تعلیم حاصل کرنے کے لیے کہاں جا رہی ہے۔ اس نے کچھ اور بھی کہا جسے وہ سمجھ نہیں پائی البتہ اس نے یونیورسٹی کی باسکٹ بال کی ٹیم میں دِلچسپی دِکھانے کی کوشش کی اور اس کی طرف ہاتھ ہِلایا۔ اور پھر جب وہ آمد والے مقام سے باہر نکلی تو وہاں اس کی مشیر و محافظ ڈاکٹر حرا شاہ موجود تھی، جو اَب بھی، ماسوائے اپنے تراشے ہُوئے سیاہ بالوں کی چند لٹوں کے سفید ہونے کے، ویسی ہی پڑی تھی جیسی اسما کے انڈر گریجویٹ کے ایام میں ہوتی تھی۔ اسے دیکھتے ہی اس نے خوش آمدیدی انداز میں ہاتھ بلند کیا۔ اسما سمجھ گئی کہ کسی زمانے میں عرشے پر نکل کر مجسمۂ آزادی کا اٹھا ہوا ہاتھ دیکھ کر کیسا محسوس ہوتا ہوگا کہ تم بالآخر پہنچ گئے اور تم نے بالکل ٹھیک فیصلہ کیا تھا۔

ابھی اس کے بے دستانہ ہاتھوں میں کچھ احساسات تھے کہ اس نے اپنے فون پر پیغام لکھا: ''بحفاظت پہنچ گئی ہُوں۔ سیکورٹی سے گذر کر ـــــ کوئی مسئلہ نہیں ہوا۔ ڈاکٹر شاہ آ گئی ہیں۔ تمھارے معاملات ٹھیک ہیں؟''

اس کی بہن نے جواباً لکھا: ''عمدہ۔ اب مجھے پتہ چل گیا ہے کہ انھوں نے آپ کو جانے دیا۔''

''واقعی عمدہ؟''

''میری فکر چھوڑو۔ جائیں، اپنی زندگی بسر کریں، میں واقعی آپ سے یہی چاہتی ہوں۔''

بڑی بڑی اور بارعب گاڑیوں والا پارکنگ لاٹ، تاحد نگاہ سے پرے تک جانے والی کشادہ شاہراہیں اور ہر سمت پھیلی ہوئی روشنیاں، جن کی چمک دمک کو شیشوں اور برف سے منعکس ہونے والی روشنیاں بڑھاوا دے رہی تھیں۔ یہاں رعونت بھری خود اعتمادی اور تیقن تھا اور ۲۰۱۵ء کے سال نو والے دن کے موقع پر آغاز نو کی امید۔

☆

اسما جاگی تو اس نے آسمان پر رنگین لہر بناتے ہوئے دو خاکوں کو اپنی طرف گرتے دیکھا۔

جب اس کی امریکا آمد کے بعد اگلی صبح حرا شاہ اسے ایک کمرے کا یہ اپارٹمنٹ دکھانے کے لیے لائی تھی تو مالک مکان نے ایک خوبی کے طور پر آسمانی روشنی کی طرف توجہ دِلائی جو پانی بہنے کے لیے الماری پر بنے چھجے سے آ رہی تھی اور اسے ٹوٹتے ہوئے تارے اور چاند گرہن دیکھنے کی نوید سنائی۔ ہیتھرو کی پوچھ تاچھ اب بھی اس کے اعصاب جھنجھوڑ رہی تھی؛ وہ صرف آسمان پر گھومتے ہوئے نگران سیاروں کے بارے میں سوچنے کی ہی اہل تھی اور اس نے یک کمرے والے اپارٹمنٹ کو مسترد کر دیا۔ لیکن دن بھر کی تلاش کے بعد اس پر عیاں ہو گیا کہ کسی شریک کمرہ کے بار کے بغیر وہ اکیلی کسی اچھی رہائش گاہ کی استطاعت نہیں رکھتی۔ اب، لگ بھگ دس ہفتوں کے بعد، وہ اس سے آگاہ ہو کر کہ اسے دیکھا جا سکتا ہے لیکن وہ دیکھی نہیں جا سکتی تھی، اپنے بستر پر پسر سکتی تھی۔ پیرا شوٹ والے اپنے پیچھے سنہری اور لال جھلکیاں چھوڑتے ہوئے کتنی آہستگی سے حرکت کرتے دکھائی دیتے تھے۔ تمام انسانی تاریخ میں آسمان سے اُترنے والے اجسام فرشتے، دیوتا یا شیطان رہے ہیں، یا پھر تیزی سے نیچے کی جانب لڑھکتے ہوئے اپنے شوخ لڑکے آئکارس (Icarus) کو تھامنے کے لیے اس کا سست رو متعاقب باپ چابک دست ہوتا۔ مشترکہ انسانی تجربے میں رچنے بسنے سے کیا محسوس ہونا چاہیے، تمام آنکھیں زمین پر کسی مافوق الفطرت شے کے اترنے کے انتظار میں آسمان پر لگی ہوں؟ اس نے ایک پیرا شوٹ سے اُترنے والے کی تصویر کھینچی اور انیکا کو اِن الفاظ کے ساتھ بھیج دی: "کسی روز اس کا تجربہ کرو۔" اور پھر حیرت سے یہ سوچتی ہُوئی بستر میں سے نکل آئی کہ آیا موسم بہار جلد آ گیا ہے یا محض طفل تسلی ہے۔

رات بھر میں درجۂ حرارت سر چکرا دینے کی حد تک بڑھ گیا تھا اور برف کو پگھلا کر دریا بنا رہا تھا۔ وہ جب علی الصبح اپنی فجر کی نماز کی ادائیگی کے لیے اٹھی تو آنکھ کھلتے ہی گلی کی معمولی سی ڈھلوان سے پانی کے تیزی سے نیچے بہنے کی آواز سنی۔ اسے بتایا گیا تھا کہ اس بار معمول سے برفانی طوفان والا موسم سرما ہے اور لباس بدلتے ہوئے اس نے تصور کیا کہ مہینوں کے بعد پہلی مرتبہ لوگ اپنی گُم شدہ اشیا؛ چابیاں، دستانے، چابیاں، قلم اور سکے تلاش کر کے اپنے گھروں سے زمین کے ٹکڑوں پر نکل رہے ہیں۔ پرانے دستانوں کے ساتھ پڑے ہوا دستانہ ایک دور پرے کے رشتے دار سے زیادہ نہیں لگ رہا تھا کیوں کہ برف کے بوجھ نے چیزوں کے ساتھ قربت قائم کر دی تھی۔ ایسی صورت میں کیا کیا جائے؟ دونوں دستانے پھینک دیے جائیں یا ان کی یکجائی کے معجزے کے اعتراف میں دونوں رنگ برنگے دستانے پہنے جائیں؟

اس نے اپنے پائجامے کو تہہ کر کے تکیے کے نیچے رکھ کر لحاف کی سلوٹیں نکالیں۔ اپنے صاف ستھرے اپارٹمنٹ میں چاروں طرف نظریں دوڑائیں؛ پلنگ، میز اور کرسی، درازوں والی الماری۔ اس کے اندر ہر صبح والا احساس در آیا، محض روزمرہ کی ضروریات تک تقطیر کی ہوئی زندگی کی گہری مسرت: کتابیں، چہل قدمی، سوچنے اور کام کرنے کے لیے وقفے۔

جب اس نے چکنے پتھر کی پرت لگے دو منزلہ مکان کا بھاری دروازہ دھکا دے کر کھولا تو پہلی مرتبہ ہوا میں سینکڑوں دھاروں والی چھری غائب تھی۔ برف پگھلنے سے سڑکیں اور گلیاں کشادہ ہو گئی تھیں اور اس نے برف

پر پھسلنے کے خدشے سے متردد ہوئے بغیر سبک قدمی سے چلتے ہوئے محسوس کیا؛ اِس کے لیے کیا لفظ تھا؟ ’بے پایاں‘! نو آبادر ہائشی علاقے کی دو منزلہ مکانوں، ٹکر پر چسپاں سیاسی نعروں والی چیپیوں والی کاروں، چڑھی ہوئی انگور کی بیلوں، متروک اور یوگا کی عمارتوں کے پاس سے گزر کر وہ بڑی سڑک پر مڑی جہاں ہوا کی آمد و رفت کے الگ سے تیر نما طولاً شگافوں کا حامل ازمنۂ وسطیٰ کی طرزِ تعمیر والے ناقابلِ توضیح میناروں والا اسٹی ہال نہایت عجب نظارہ دیتا تھا۔

وہ اپنے پسندیدہ کیفے میں گئی اور ہاتھ میں مگ تھامے زینہ اتر کر کتابوں کی قطاریں لگے تہہ خانے میں چلی گئی؛ برقی قمقمے کی گرم روشنی، بازوؤں والی خستہ حال کُرسیوں اور تیز کوفی والی جنت۔ اس نے اپنے لیپ ٹاپ کو جگانے کے لیے کلیدی تختے کی کلیدیں دبائیں، جس کی اسکرین پر بڑے بڑے جھمکوں اور لمبے لمبے بالوں والی اس کی جوان العمر ماں وہی سدا کی آشنا ۱۹۸۰ء کی دہائی کی تصویر تھی جس میں وہ جھک کر اسما کے نوزائیدہ سر کو چوم رہی تھی۔ صبح سویر کے معمول کے مطابق اس نے یہ دیکھنے کے لیے اس کی بہن آن لائن ہے یا نہیں، اسکائپ کھولا۔ وہ موجود نہیں تھی اور اسما اسے بند کرنے ہی والی تھی کہ رابطوں کی فہرست میں سے آن لائن ایک نیا نام سامنے آ گیا: ’پرویز پاشا‘

اسما نے کلیدی تختے پر اپنے ہاتھ اٹھا کر لیپ ٹاپ کے دونوں اطراف میں رکھ لیے اور اپنے بھائی کے نام کو تکنے لگی۔ اس نے اسے دسمبر کے اس دِن سے نہیں دیکھا تھا جس روز اس نے انھیں فون کر کے، اِس امر کا لحاظ رکھے بغیر کہ اس سے اس کی بہنوں پر کیا اثرات مرتب ہوں گے، اپنی زندگی کے بارے میں فیصلہ سنایا تھا۔ اب وہ اپنی بہن کا نام دیکھ رہا ہوگا، جس کے سامنے سبز رنگ کا نشان اسے اس کی بات چیت کے لیے موجودگی کے بارے میں بتا رہا ہوگا۔ اسکائپ ونڈو اِس طور پر کھلی ہوئی تھی کہ اس کی ماں کے ہونٹ اسکائپ ونڈو کو چھو رہے تھے۔ زینب پاشا کا دبلا پتلا منہ اسما کو چھوڑ کر اپنے جڑواں بچوں پر آ گیا تھا جو اپنی ماں کے ساتھ ہنس اور اس کی آنکھوں کے ساتھ مسکرا رہے تھے۔ اسما نے اسکائپ ونڈو کو بڑا کر کے سالم اسکرین تک پھیلایا، اس کے گلے کے گرد اپنے ہاتھوں کا دائرہ بنایا اور اپنے بھائی کا نام دیکھ کر اسے اپنے دل کی تیز دھڑکن اور نسوں میں خون کی روانی تیز ہوتی محسوس ہوئی۔ کئی سیکنڈ گزر گئے لیکن اس کی طرف سے کچھ موصول نہیں ہوا۔ وہ اسکرین کو دیکھتی رہی، بعینہ اسے معلوم تھا کہ وہ بھی اپنی اسکرین کو دیکھ رہا ہے۔ دونوں کا ایک ہی مقصد تھا: انیکا کا انتظار۔

چند ہفتے قبل، حرا شاہ کے ذاتی گھر میں کسی ساز جیسی ایک عجیب و غریب آواز نے حرا کے آلوؤں کے قتلے کرنے کی آواز کو چھید؛ سیٹی نما بلند سُر۔ اسما اور حرا نے اپنے اپنے فون اور اسپیکروں کی جانچ پڑتال کی، دِیواروں اور فرشی تختوں کے ساتھ کان لگائے، باہر نکل کر برآمدے میں دیکھا، الماریاں کھول ڈالیں، خالی کمروں میں جھانکا لیکن پُر اسرار میٹھی آواز آتی رہی جس سے پتہ نہیں لگ رہا تھا کہ کس ساز کی آواز ہے۔ آواز کے منبع کو ڈھونڈتا ہوا ایک پڑوسی بھی ان کے پاس آ کر رکا۔ ’’بھوت۔‘‘ وہ جانے سے پہلے آنکھ مار کر بولا۔

اسما ہنس پڑی لیکن حرا نے اپنے کندھے سختی سے سکیڑے اور دِیوار پر ٹنگی ایک شیطانی آنکھ کی سمت

بڑھی، جسے اسما نے ہمیشہ محض ایک سجاوٹی چیز سمجھا تھا۔

ساز بجتا رہا جس کی آواز، اپارٹمنٹ میں وہ جہاں بھی جاتے ان کا تعاقب کرتی ہوئی، ہر جگہ سے اور کہیں سے بھی نہیں آ رہی تھی۔ حرا چاقو پر اپنی گرفت مضبوط کرتے ہوئے کچھ بڑبڑائی جس میں اللہ تعالیٰ کی مدد مانگ رہی تھی؛ اس نے کشمیر کے ایک دینی مدرسے سے تعلیم حاصل کی تھی۔ بالآخر، نشتر جیسے دماغ والی ڈاکٹر حرا شاہ بولی کہ اِس ناخوش گوار یورش کو سہنے کے بجائے وہ رات کے کھانے کے لیے باہر چلے جائیں۔ جب وہ لوٹیں تو شاید آواز تھم گئی تھی۔ اسما اپنے ہاتھوں کے پوشیدہ حصوں سے مَیل دھونے کے لیے بالائی منزل کے غسل خانے میں چلی گئی۔ جب وہ سنک کے پاس ساتھ والی کھڑکی سے باہر دیکھ رہی تھی تو اسے اس موسیقی کا منبع دکھائی دے گیا۔

وہ دوڑتی ہوئی نیچے آئی اور اس نے حرا کا بازو پکڑ کر اسے عقبی دروازے سے باہر نکالتے ہوئے بوچھاڑ سے بچنے کے لیے اپنے سر کو جھکائی دی۔ سرخ پتھروں والی عمارت کے شروع سے آخر تک اولتیوں سے قلم کی صورت میں ایک فٹ سے زیادہ لمبائی تک کی پانی کی لٹکی ہوئی منجمد دھاریں تھیں۔ اِن کشادہ تلواروں سے قرص نیچے گر کر موسیقی کو جنم دے رہے تھے۔ برف پر برف گرنے کی صوت، تجربے کے بغیر ناقابل تصور شے۔

اسی وقت اس کے اندر در آنے والے درد نے اسے گھٹنوں کے بل ڈھے جانے پر مجبور کر دیا۔ حرا اس کی سمت مڑی لیکن اسما نے اپنا ایک ہاتھ اٹھایا، برف میں ڈھے گئی اور درد کو اپنے اندر ابلنے دیا۔ اِس دوران میں پانی کے قطرں اور برف کی ٹپاٹپ کی بناوٹی سمفنی بجتی رہی۔ پرویز، وہ لڑکا جو کبھی اپنے ہیڈفون اور مائیک کے بغیر نظر نہیں آیا تھا، یہاں گیت کے چلنے تک لیٹا رہا ہوگا، برف کی نمی اس کے کپڑوں سے رستی رہی ہوگی، قطرے اس پر ٹپکتے رہے ہوں گے، قبل ازیں نہ سنی گئی صَوت کو تھامنے کے علاوہ ہر شے سے بے نیاز اور آنکھیں مسرت سے دھندلائی ہوئیں۔

اس وقت اس نے اس کے لیے 'ناشکرا' اور 'خودغرض' جیسے کسی صفاتی اضافے کے بنا اور نقصان کے چیرتے ہوئے احساس کے ساتھ واقعی اپنے بھائی کی کمی محسوس کی تھی۔ اب اپنی اسکرین پر اس کے نام کو تکتے ہوئے وہ منھ ہی منھ میں دعا کر رہی تھی کہ انیکا لاگ آن نہ ہو اور اس کے دماغ میں صفتیں موٹی ہو رہی تھیں۔ انیکا کو سمجھ لینا چاہیے کہ وہ ہمیشہ کے لیے کھو گیا ہے۔ جس سے محبت ہو اس کے بارے میں یہ سمجھنا ممکن ہوتا ہے۔ اسما نے یہ بات بہت جلد سمجھ لی تھی۔ لیکن یہ بات محض اسی وقت سمجھ آتی ہے جب اس ہستی کا خلا پُر کرنے والا کوئی دوسرا نہ ہو۔

اس کا نام اسکرین سے غائب ہو گیا۔ اس نے اپنے کندھوں کو چھوا، پٹھے اکڑ گئے تھے۔ اس نے انھیں دبایا تو یہ جانا کہ خاندان کے بغیر ہونا کیا ہوتا ہے؛ اپنے ہی ہاتھوں کے سوا کوئی دکھ سہلانے والا نہیں ہوتا۔ ''ہم رابطے میں رہیں گے''، اسما اور انیکا نے اسما کی روانگی سے کئی ہفتے قبل ایک دوسرے سے کہا تھا۔ لیکن 'رابطہ' وہ چیز ہے جس کی جدید ٹیکنالوجی اجازت نہیں دیتی اور اس کے بغیر وہ اور اس کی بہن اپنی یکجائی کی راہ میں کوئی حیات آفریں شے کھو بیٹھے تھے۔ ان کا آپس میں رابطہ اپنے آغاز ہی میں رہ گیا تھا، جب وہ نوزائیدہ تھی۔ انیکا نہلائی

دھلائی جاتی، اس کے کپڑے بدلوائے جاتے اور نو سالہ بڑی بہن اور دادی کے درمیان اسے سلانے کے لیے لوریاں سنائی جاتیں جب کہ پرویز، جوان دونوں جڑواں بہن بھائیوں میں ناتواں اور بیمار تھا، اپنی ماں کا دودھ پیتا (کیوں کہ وہ ایک ہی بچے جتنا دودھ پیدا کرسکتی تھی) اور تب تک چلاتا رہتا جب تک وہ اسے چپ نہ کرواتی۔ جب دونوں جڑواں بڑے ہوگئے اور انھوں نے اپنی دنیا بسا لی تو انیکا کا اسما پر انحصار کم ہوتا چلا گیا لیکن اِس کے باوجود بھی ایک جسمانی قربت برقرار رہی؛ پرویز وہ ہستی تھا جسے انیکا اپنے تمام دکھ اور پریشانیاں بتاتی۔ لیکن وہ گلے لگنے یا اپنی کمر کی مالش کروانے یا صوفے پر لیٹنے کے لیے کے اسما کے پاس آتی۔ اور جب اسما کو دنیا کا بوجھ ناقابل برداشت محسوس ہوتا؛ خاص طور پر ان ایام میں جب دادی اور ماں دونوں بارہ سال کے دونوں غم زدہ بچوں کی پرورش اور تحفظ کی ذمہ داری اسما کے سر پر ڈال کر ایک ہی برس کے اندر چل بسی تھیں، تو انیکا ہی تھی جو اپنی بہن کے کندھوں پر ہاتھ رکھتی اور درد رفع کرنے کے لیے مالش کرتی تھی۔

خودترسی کے احساس پر اس نے اپنی زبان دانتوں کے ساتھ احتجاجاً چٹخائی۔ اسما نے وہ مضمون نکالا جو وہ لکھ رہی تھی اور اس نے کام میں پناہ لے لی۔

☆

سہ پہر کے وسط تک درجۂ حرارت ۵۰ ڈگری فارن ہائٹ کو عبور کر گیا تھا جو گیارہ ڈگری سیلسیس سے بہت زیادہ گرم محسوس ہو رہا تھا اور موسم بہار کے جنون کی شدت نے کیفے کے تہہ خانے کو بڑی حد تک خالی کر دیا تھا۔ اسما نے اپنا دوپہر کے کھانے کے بعد کا کوفی کا مگ اپنی طرف گھما کر سیال کو انگلی کی پور سے چھو کر دیکھا کہ اسے دوبارہ گرم کروانا کتنی بڑی غلطی ہوگی۔ اس نے ابھی ابھی فیصلہ کیا تھا کہ جب دروازہ کھلنے پر دور بیرونی تمبا کو نوشی والی جگہ سے سگریٹ کی مہک لہراتی ہوئی داخل ہوگی جس کے پیچھے پیچھے ششدر کر دینے والے حلیے کا ایک نوجوان بھی ہوگا تو وہ اپنی رسوائی کا خطرہ مول لے گی۔

اس کا حلیہ متحیر کن نہیں تھا، کیوں کہ یہ حلیہ پہلے ہی سے متوقع تھا؛ گھنے سیاہ بال، دودھیا رنگت، متناسب نقوش، اچھی قد و قامت، عمدہ کندھے۔ خاصے طویل ویمبلے کی کسی گلی کی نکڑ پر، گو شاذ و نادر ہی سہی، اِس قسم کے حلیے والا کوئی دکھائی دے جاتا ہے۔ اب جو چیز پیٹ میں حیرت کے بل ڈال رہی تھی وہ اس نوجوان کے خدوخال سے آشنائی تھی۔

اس کے چچا کے گھر میں؛ جو اس کا خونی یا دور پرے کا چچا نہیں تھا، بلکہ محض اس کی اس کے گھرانے میں آمدورفت کے سبب اسے فطری طور چچا کہا جاتا تھا؛ مقامی کرکٹ ٹیم کا ٹرافی کے ساتھ ۱۹۷۰ء کی دہائی کا ایک فوٹوگراف تھا جسے اپنے بچپن میں اسما بعض اوقات ٹھہر کر دیکھتے ہوئے شان دار، پُرنخوت لڑکوں اور جاذبیت سے عاری ادھیڑ عمر مردوں کو تحیر سے دیکھتی۔ وہ صرف انھیں دیکھتی تھی جنھیں وہ ادھیڑ عمر کے مردوں کی حیثیت سے واقف تھی اور اس نے کبھی اس بے ڈھب لباس والے غیر متبسم نوجوان پر توجہ نہیں دی تھی تا آنکہ ایک اس کے دادا نے

تصویر کے سامنے کھڑے ہو کر اس پر انگلی دھرتے ہوئے یہ نہیں کہا۔ ''بے شرم!''

''اوہ ہاں، نیا ایم پی۔'' چچا نے، یہ دیکھنے کے لیے آتے ہوئے کہ ایسی کیا چیز ہے جس نے عام روش کے اِس قدر برخلاف زہر اگلنے پر مجبور کیا ہے، کہا۔ ''فائنل والے روز ہمارے پاس ایک کھلاڑی کم تھا اور یہ مسمی سنجیدہ اپنے عم زاد، ہمارے وکٹ کیپر، سے ملنے آیا تھا تو ہم نے کہا۔ ٹھیک ہے، تم ہماری طرف سے کھیلو اور اسے ہمارے زخمی بلے باز کی وردی دے دی۔ اِس نے پورے میچ میں ایک کیچ گرانے کے علاوہ کوئی کارنامہ سرانجام نہیں دیا تھا۔ اختتام اس سرکاری فوٹو گراف میں ٹرافی تھامنے پر ہوا جو مقامی اخبار کو چلا گیا۔ ہم نے مروت میں یہ اسے تھما دی تھی کیوں کہ وہ ایک باہر کا آدمی تھا اور وہ بھی محض اس اعتبار پر کہ ہمیں یقین تھا کہ اس میں یہ کہنے کی اخلاقیات تو ہوں گی کہ نہیں شکریہ، اسے کپتان ـــ جو میں تھا تھامے۔ ہمیں بعد میں پتا چلا کہ وہ ایک سیاست دان بن گیا ہے۔ کہتے ہیں کہ اس نے اسے بیس پونڈ والے چوکھٹے میں جڑوا کر دِیوار پر ٹانگ رکھا ہے اور ہر آنے جانے والے سے کہتا ہے کہ وہ مین آف دی میچ تھا۔''

اسی روز، بعد میں اسما نے اپنی دادی کو اس کی بہترین دوست اور پڑوسن خالہ نسیم سے باتیں کرتے سنا تو اسے ''بے شرم!'' کہنے کی اصل وجہ کا پتہ چلا۔ یہ پیشہ اس غیر متبسم کا انتخاب نہیں تھا لیکن اس نے حال ہی میں ان کے خاندان کے ساتھ ظلم کیا تھا جب کہ اس کے لیے اس کے برعکس کرنا بھی سہل تھا۔ بعد کے سالوں میں اس نے اس پر قریب سے اپنی توجہ لگائے رکھی؛ اس تصویر کا فرد واحد جو بڑا ہو کر بھی دبلا پتلا رہا اور عیار و مکار بنا اور اس کی نگاہوں میں ہمیشہ بڑی بڑی ٹرافیاں رہیں۔ اور اب وہ نوجوان وہاں موجود تھا۔ کیفے کے فرش کو عبور کرتے ہوئے، وہ نفرت بھری تحسین کی شخصیت لگنے کے بجائے ٹیم میں نظر آنے والے لڑکے کا، ماسوائے زیادہ جھولتے ہوئے بالوں اور اپنے زیادہ کھلے تاثرات کے، نقش ثانی لگ رہا تھا۔ یہ یقیناً اس کا بیٹا ہوگا۔ اس نے ایک ایسی تصویر بھی دیکھی تھی جس میں یہ بھی شامل تھا۔ لیکن اس نے اپنے سر کو اِس طرح غوطہ دیا کہ اس کے خدوخال دھندلا گئے، جس پر وہ متحیر رہ گئی کہ آیا وہ حرکت قصداً تھی۔ ایا مون، یہ اس کا نام تھا۔ انھوں نے ویمبلے میں کس طرح قہقہے لگائے تھے جب اخبار کے ایک مضمون میں اہل خانہ کی تصویر کے ہمراہ اس کے بارے میں تفصیل چھپی تھی۔ ایک مسلم نام کو پوشیدہ رکھنے کے لیے آئرش حروف تہجی ـــ 'ایمان' سے 'ایا مون' بن گیا تھا تاکہ لوگ یہ سمجھیں کہ اس کا باپ نسلی امتیاز سے بالا تھا۔ (اس کی آئرش۔ امریکن بیوی بیٹے کے نام کی توضیح کے بجائے اس نسلی امتیاز سے بالا ہونے کی نوٹنکی ایک اور اشارہ تھا۔)

بیٹا، نیلی جینز اور نگندے دار زیتونی سبز جیکٹ پہنے، کاؤنٹر پر کھڑا انتظار کر رہا تھا۔

وہ مگ ہاتھ میں تھامے اٹھ کر اس کی جانب بڑھی۔ ''وہ یہ کاؤنٹر صرف اسی وقت کھولتے ہیں جب یہاں رش ہو۔''

''شکریہ۔ کیا آپ براہ مہربانی یہ بتائیں گی: کہاں سے؟'' اس کے مصوتے بے شرمانہ طور پر شستہ تھے جب کہ وہ نسلی امتیاز کو زیادہ دھندلانے والے اس کے باپ کے لندن والے لہجے کی توقع کر رہی تھی۔

''اوپر۔ میں تمھیں دکھا دیتی ہوں۔ میرا مطلب ہے کہ مجھے یقین ہے کہ تم 'اُوپر' سمجھ گئے ہو۔ مجھے یہ کہنا چاہیے تھا کہ میں بھی وہیں جارہی ہوں۔ میری کافی ٹھنڈی ہوگئی ہے۔'' اِتنی لمبی چوڑی بات کیوں؟

اس نے غیر متوقع شناسائی کے ساتھ اس کے ہاتھ سے کافی کا مگ لیا۔ ''مجھے شکریے کے طور پر یہ کہنے کی اجازت دیجیے کہ آپ نے ایک انگریز کو اس کاؤنٹر پر تاقیامت کھڑا رہنے سے بچایا، جسے انگریز ہونے کا مغالطہ ہونے کی وجہ سے معاف کیا جاسکتا تھا اور جو بالائی منزل پر جانے کی صورت میں کھو جاتا۔''

''میں اسے گرم کروانا چاہتی تھی۔''

''آپ ٹھیک کہہ رہی ہیں۔'' اس نے مگ کے مشمولات کو سونگھا جو ایک اور بے حد شناسا انداز تھا۔ ''عمدہ خُوشبو ہے، یہ کیا ہے؟ مجھے کسی ایتھوپیائی یا کولومبیائی کا پتہ نہیں چلتا اگر۔۔۔'' اُس نے توقف کیا۔ ''پتہ نہیں اس سے آگے یہ جملہ کیا ہے۔''

''اس کا غالب امکان بھی تھا۔ یہ شراب کی تخمیر گاہ ہے۔''

وہ اپنی جگہ پر کھڑی اسے زینے پر جاتے دیکھتی رہی جس کے ایک طرف گملوں میں سرخس لگائے گئے تھے اور دوسری طرف کی دِیوار پر سرخسوں کی تصویر نگاری تھی۔ جب وہ نیچے دیکھتا ہوا بولا ''ابھی نہیں کھلا۔'' تو اس نے اپنے خیالات میں گم ہونے کی حیلہ سازی کی اور دِیوار گیر میز کی طرف مڑتے ہوئے اپنے بدن کا زاویہ یوں رکھا کہ اس کا سایہ کمپیوٹر کی اسکرین پر دھوپ کو نہ پڑنے دے۔ چوبی میز کی بالائی سطح کی گانٹھوں اور تپش پر غیر محسوس انداز میں انگلیاں پھیریں۔ ''قیاس کرو کون ہے،'' اُس نے اپنے فون پر لکھنا شروع کیا، پھر تھما اور اسے مٹا دیا۔ وہ بآسانی انیکا کے جواب کے لہجے کو قیاس کرسکتی تھی: ''اوہ! وہ یہ کہتی یا تم نے اُس سے بات ہی کیوں کی؟''

وہ پلٹا نہیں۔ اس نے چشمِ تصور سے اسے کاؤنٹر پر پڑی چھوٹی سی لکیر کو تکتے، اس کا مگ وہاں دھرتے اور بالائی منزل کی بیرونی دروازے کی طرف جانے سے قبل کندھے اچکاتے دیکھا، جس سے اس نے برأت اور ناامیدی دونوں محسوس کیں۔ وہ اپنے لیے ایک اور کافی خریدنے کے لیے بالا خانے پر گئی لیکن اسے پتہ چلا کہ مشین خراب ہوگئی تھی۔ پس وہ گرم پانی اور چائے کی پتی کی ایک تھیلی لے آئی جس میں سے چائے کا رنگ پانی میں رِس رہا تھا۔ نیچے اُتر کر اُس نے دیکھا کہ اس کی میز پر تازہ کافی کا ایک مگ پڑا اور ساتھ پڑی کُرسی پر ایک شخص بیٹھا، لاتیں پسارے یوں کوئی کتاب پڑھ رہا تھا جیسے وہ اُوپر اپنے سر اور کتابوں کی الماری کے درمیانی خلا میں ٹکا ہو۔

''یہ کیا ہے؟'' وہ اس کے چائے کے کپ کی طرف دیکھتے ہوئے بولا، جسے اس نے ایک خالی میز پر رکھ دیا تھا۔ اس نے چائے کی تھیلی کے سِرے پر ننھی پرچی کا بغور جائزہ لیا۔ ''رُوبی ریڈ۔ یہ تو بے سواد ہے۔''

اس نے شکریہ کہتے ہوئے مگ تھام لیا۔ کافی کو جتنا گرم ہونا چاہیے تھا اتنی گرم نہیں تھی کیوں کہ وہ اسے باہر گلی میں سے لے کر آیا تھا۔ ''تمھیں اِس کی کتنی ادائیگی کرنی ہے؟''

''پانچ منٹ کی بات چیت۔ میں نے قطار میں لگ کر اتنے ہی صرف کیے ہیں۔ لیکن پہلے تم اپنا کام نپٹا لو جو تم کر رہی تھیں۔''

''وہ کچھ دیر کے بعد بھی ہوسکتا ہے۔''

''خوب، بس اتنا وقت دے دو کہ دیکھ لوں کہ تم ایسی کیا ضروری چیز پڑھ رہی تھیں۔۔۔'' اس نے کتاب بند کر کے سرورق کو دیکھا۔ ''عورتوں کے اسرار کی مقدس کتاب۔ ایک جلد میں مکمل۔ نسوانی جادوٹونے، مذہبی رسومات، سحر پھونکنا، اور دیگر نسوانی فنون۔۔۔''

گریجویٹ کرنے والوں جیسی نظر سے اُوپر دیکھا، چمچماتی آنکھوں سے۔

اسمانے اپنا لیپ ٹاپ پشتارے میں ڈالا اور کافی کو اُنڈیلا۔ ''تم میرے ساتھ سپر مارکیٹ تک چل سکتے ہو۔''

☆

سپر مارکیٹ کی طرف جانے کے دوران اسے پتہ چلا کہ اس نے اپنی انتظامی مشاورت کی ملازمت چھوڑ دی اور ابھی کچھ وقت کے لیے دفتری دیواروں سے دور رہنا چاہتا ہے، جس میں اس کا ارادہ اپنے ددھیال کے پاس ایمرسٹ (Amherst) جانے کا بھی ہے، وہ جگہ جس سے اس کی محبت بچپن میں موسم گرما کی تعطیلات سے جڑی ہے۔

جب وہ ایک قسم کے قائل نہ کر سکنے والے ٹماٹر اور رات کے لیے پاستا کی چٹنی میں سے کسی ایک کو منتخب کرنے کی کوشش میں لگی ہوئی تھی تو ایامون کہیں نکل گیا اور لال لال ٹماٹروں کے ڈبے کے علاوہ سلاد بھی، جسے بنانے کا اس کا کوئی ارادہ نہیں تھا، لے کر لوٹا۔ ''خرفہ۔'' وہ 'ر' کو بے حد چبا کر بولا۔ ''لاطینی امریکی رقص اور مسّے کی دوا کے درمیان فاصلے کا وسط۔'' وہ سمجھ نہیں سکی کہ آیا وہ اسے متاثر کرنے کی سعی کر رہا تھا یا وہ اپنی ہی شخصیت کی دلکشی کے سحر میں گرفتار تھا۔ جب اسمانے بیرونی کاؤنٹر پر اپنے خریدی ہوئی چیزیں اپنے پشتارے میں رکھنے کا کام ختم کر لیا تو اس نے پشتارے کو یہ کہتے ہوئے اٹھا کر اپنے ایک کندھے سے لٹکا لیا کہ وہ اپنے آپ کو اسکول جانے والا لڑکا محسوس کر رہا ہے، اگر وہ اسے کچھ دور تک اٹھائے رکھے تو وہ زیادہ محسوس تو نہیں کرے گی؟ اس نے سوچا کہ وہ شائستہ اطوار کا دکھاوا کر رہا ہے جو اس جیسے لوگوں کا وطیرہ ہوتا ہے لیکن جب اس نے اس سے کہا کہ زیادہ سُورما بننے کی ضرورت نہیں ہے تو وہ بولا کہ یہ معاملہ اپنے ساتھ موجود عورت کو سُورما بن کر دکھانے کے برعکس ہے کیوں کہ وہ تنہائی محسوس کر رہا تھا اور لندن کا لہجہ اس کے لیے بہترین ممکنہ تریاق ہے۔ پس وہ دونوں ساتھ ساتھ چلتے ہوئے نزدیکی جنگل کی طرف بڑھنے لگے کیوں کہ دن بے حد پیارا تھا۔ راستے میں اس نے بڑی سڑک کا پھیرا لگانے کے لیے کہا (اس نے کسی بڑے شہر سے آئے ہوئے کے مانند نام قدرے ناپسندیدگی سے لیا تھا)۔ اس لیے وہ کپڑوں کی ایک کھلی دکان پر ٹھہر سکتے تھے اور اسما کو سڑک پار کرنے میں معمول سے کچھ زیادہ وقت لگا۔ اس نے اے ٹی ایم سے بیس ڈالر نکالے۔ وہ ایک بار پھر اپنے مہنگے جوتے پہنے ہوئے کہیں نکلا تو پشتارے کا وزن پہلے سے زیادہ بڑھ گیا تھا۔

جنگل میں گا دھی لیکن لدی ہوئی شاخوں سے چھنتی ہُوئی روشنی خوش گوار تھی اور پگھلی ہوئی برف سے اٹا ہوا دریا گرج رہا تھا۔ انھوں نے شاخوں سے گرنے والے ٹپکوں سے بچنے کے لیے اپنے کالر کھڑے کر لیے؛ جب کوئی موٹا قطرہ اس کے سر پر پڑتا تو وہ چیخنے سے نہ کتراتا۔ اس نے اس کے فیشنی دستار نما ہیٹ پر تبصرہ کرتے ہوئے اسے 'گریٹا گاربوُ(Greta Garbo) کہہ کر پکارا۔ وقفے وقفے کے بعد وہ برف کے کسی ٹکڑے کے زمین پر گرنے کی دھپ! سنتے مگر اپنے چلنے کے دوران میں وہ خاصے محظوظ رہے۔ ان کی گفتگو رسمی تھی؛ موسم، امریکا میں اجنبیوں کی بے تحاشا دوستیاں، لندن میں بسوں کے پسندیدہ راستے (جن سے ان کی زندگیوں کی بعید جیوگرافی سے زیادہ کوئی واسطہ نہیں تھا)، لیکن اِس پر بھی اس کی انگریزی دانی کا مزاح اور اس کے ثقافتی حوالے اسما کی توقع سے زیادہ تھے۔ اسما کے بجائے وہ زیادہ باتیں کر رہا تھا لیکن وہ احتیاط برت رہا تھا کہ بات چیت پر غالب نہ رہے اس کی پیش پا افتادہ باتوں کو بھی وہ دھیان سے سنتا، اس کے جملوں کو، اس کے واقف مردوں کی طرح، اپنی طول کلامی کے لیے مچان بنا کر استعمال نہیں رہا تھا۔ ''کسی نے اس کی ایسی پرورش کی ہے جیسی میں نے پرویز کرنے کی سعی کی تھی''، وہ اپنے آپ کو سوچنے سے نہیں روک پائی۔

پُرسکون پانی کی ایک پٹی پر بیس یا زائد فٹ طویل گرا ہوا درخت کنارے سے آگے تک چلا گیا تھا۔ اسما توازن برقرار رکھنے کے لیے بازو پھیلا کر اس پر چلنے لگی لیکن وہ پیچھے ہی ٹھہر کر نیم مشوش، نیم تحسین بھری چیخ و پکار کرنے لگا، جو اسما کے لیے کامل لطف اندوز تھیں۔ آسمان از حد نیلا تھا اور پانی یوں ابل رہا تھا جیسے دل سے لہو۔ اس کی دنیا سے دور پرے کا ایک دبلا پتلا نوجوان اس کے پلٹنے کا منتظر تھا۔ اس نے سانس بھر کر پانی میں اپنا عکس دیکھنے کی کوشش کی لیکن پانی کی رفتار بہت زیادہ تھی اور وہ ان سست رفتار پانیوں جیسا نہیں تھا جن کی وہ عادی تھی۔

اس کا تعلق نہروں کے جال والے شہر سے تھا جو اس کے بلوغت کے زمانے سے اس کی دریافت تھی جب کہ اس کی اسکول کی سہلیاں ایسی دِیگر دریافتوں پر لگی ہوئی تھیں جو اسے پُرکشش کرنے کے بجائے ناآسودہ کر دیتی تھیں۔ ایَلپرٹن (Alperton) میں، اس کے گھر سے دو میل کی دوری کے فاصلے پر، وہ ان شور وغل والی سڑکوں کی نسبت پُرسکون اور ہجوم سے پاک پانی والی شاہراہوں پر نکل جاتی جن سے گزر کر وہ وہاں تک پہنچتی تھی۔ اسے پتہ تھا کہ اس کی ماں اور دادی کہیں گی کہ یہ خطرناک ہے کہ ایک تنہا لڑکی صنعتی علاقے سے گزر کر سنسان بسیط میدانوں میں سوائے پتوں کے کسی کے ساتھ کے بغیر دیہی علاقے میں مٹرگشت کرے (اس کے خاندان والوں کے لیے دیہی علاقے سے زیادہ خطرناک کوئی جگہ نہیں تھی، جہاں بندہ مدد کے لیے چیخ چلائے تو بھی کوئی سننے والا نہیں ہوتا)، پس وہ اِس کے علاوہ کوئی خاص بات نہیں کرتی تھی: ''میں ٹہلنے جا رہی ہوں۔'' جسے وہ خوش کن کے ساتھ ساتھ بے خطر سمجھتی تھیں۔

پھسلواں شاخ پر سے اس کا پیر پھسلا تو اسے اپنے آپ کو گرنے سے بچانے کے لیے گھٹنوں تک ڈوبنا پڑا۔ ٹھنڈے ٹھار پانی کی پھوہار اس کے ہاتھوں اور آستین پر پڑی۔ وہ ایامون کی آواز میں تشویش پاتے ہوئے احتیاط سے پیچھے ہٹی۔

اس کے بعد وہ اس سے اس کی زندگی میں بارے میں زیادہ براہ راست سوالات کرنے لگا، گویا اسے ایک گرے ہوئے درخت کے تنے پر اپنے سے دور جاتا دیکھ کر اسے اپنے ارتکاز میں لایا تھا۔ اس نے اسے نہایت سہل جواب دیا۔ شمالی لندن میں پلی بڑھی، جس سے وہ بسوں کے راستوں کے ذکر کی وجہ سے پہلے ہی سے آگاہ تھا؛ مختصراً یہ کہ پریسٹن روڈ کے قریب، جو ظاہر ہے کہ اس کے لیے انتہائی مختصر تھا۔ دو بہن بھائی؛ خاصے چھوٹے۔ ماں اور دادی نے پرورش کی، دونوں اب دنیا میں نہیں۔ اسے کبھی اپنے باپ کے بارے میں نہیں پتہ چلا۔ وہ یہاں پی ایچ ڈی کرنے آئی ہے، کاملاً عطیے پر، ریسرچ اسسٹنٹ ہونے کے ناطے وظیفے پر جو اس کی گزر بسر کے لیے کافی ہے۔ اس نے خزاں کی ششماہی کے لیے بے حد تاخیر سے درخواست دی تھی لیکن اس کی سابقہ متعلم ڈاکٹر شاہ نے جنوری سے اس کی تعلیم کے آغاز کی اجازت کا انتظام کر دیا اور اب وہ یہاں ہے۔

''اور تم وہی کر رہی ہو جو تم کرنا چاہتی ہو؟ خوش قسمت ہو!''

''ہاں۔'' وہ بولی۔ ''بے حد خوش قسمت۔'' اس نے سوچا کہ اسے اپنی زندگی کے بارے میں کیے گئے سوالات کے جواب میں اس کی زندگی کے متعلق دریافت کرنا چاہیے۔ لیکن پھر وہ اپنا باپ کا تذکرہ کرے گا، جس سے نا آشنا ہونے کا وہ حیلہ نہیں کر پائے گی اور یہ چیز انھیں اُس راستے پر لے جائے گی جس پر وہ سفر نہیں کرنا چاہتی۔

اب دریا تاریک ہو گیا تھا جو دن کے ختم ہونے کی پہلی نشانی تھی حالاں کہ آسمان پر اب بھی خاصی روشنی پھیلی ہوئی تھی۔ واپس سڑک کی طرف جاتے ہوئے وہ آگے آگے چلی۔ وہ ایک ہائی اسکول کے قریب باہر نکلے جہاں لمبی لمبی ٹانگوں والے نوعمر بیرونی راستے پر دوڑ رہے تھے اور میدان کے کناروں پر برف کی کیچڑ کے ڈھیر لگے ہوئے تھے۔

''کیا میں تم سے کچھ پوچھ سکتا ہوں؟'' وہ بولا۔ ''دستار۔ کیا یہ کوئی فیشن ہے یا مسلمانوں کی کوئی خاص نشانی؟''

''تمھیں پتہ ہے، ماساچُسیٹس (Massachustetts) میں صرف دو لوگوں نے مجھ سے یہ سوال دریافت کیا تھا۔ دونوں یہ جاننا چاہتے تھے کہ کیا یہ کوئی فیشن ہے یا سرطان۔''

اس نے ہنستے ہوئے کہا۔ ''سرطان یا اسلام؛ زیادہ خطرناک کیا ہے؟''

ویسی خاموشی چھا گئی جیسی اس قسم کے بیان سے عدم تحفظ کے وقت طاری ہوتی ہے۔ اس نے فوراً اپنے ہاتھ معذرت کے لیے اٹھا دیے۔ ''خدایا، میرا مطلب ہے کہ معافی چاہتا ہوں۔ اِس طرح کہنا واقعی بے ہودہ ہے۔ میرا مطلب ہے کہ آج کل مسلمان ہونا دشوار ہے۔''

''میں نے مسلمان نہ ہونے کو زیادہ دشوار پایا ہے۔'' وہ بولی اور اِس کے بعد وہ چپ چاپ چلتے گئے۔ بڑی سڑک تک پہنچتے پہنچتے یہ خاموشی زیادہ تکلیف دہ ہو گئی۔ اس نے فرض کر لیا تھا کہ تھوڑا بہت، مذہبی ہونے کے بجائے چاہے کتنا ہی لادین ہو، کتنا ہی سیاسی ہو لیکن وہ مسلمان کی شناخت رکھتا تھا۔ گو اُس باپ کے بیٹے کے

بارے میں یہ فرض کرنا ہی کس قدر حماقت تھی۔

''اچھا، خدا حافظ'' وہ جوں ہی کیفے پر پہنچے تو وہ ملانے کے لیے ہاتھ باہر نکالتے ہوئے بولی۔لیکن اِس کے بعد اسے ادراک ہوا کہ اس کا یہ عمل محض رسماً تھا۔

''مجالست کا شکریہ۔شاید ہم دوبارہ بھی ایک دوسرے سے ملیں۔'' اس نے اپنے جوتے نکال کر اس کے بڑھے ہوئے ہاتھ میں پشتارہ دیتے ہوئے کہا جیسے اس نے ہاتھ اسی مقصد کے لیے آگے بڑھایا ہو۔اس نے اپنے طور پر فرض کرلیا تھا جو عورت پگڑی جیسی 'اسلامی چیز' پہنتی ہو اس کا مردوں سے ہاتھ ملانے کا کوئی امکان نہیں ہوسکتا۔گھر کی واپسی کے راستے میں وہ سوچ رہی تھی کہ زندگی کس قدر زیادہ خوش گوار ہوتی ہے جب تم غیروں کے ساتھ رہتے ہو جن کی بین السطور باتیں نہیں سن سکتے۔اس طرح تمھیں یہ جاننے کی ضرورت نہیں رہتی کہ ''شاید ہم دوبارہ بھی ایک دوسرے سے ملیں۔'' جس کا حقیقی مفہوم ہوتا ہے۔''مجھے تم سے دوبارہ ملنے کی کوئی تمنا نہیں ہے۔''

☆

خالہ نسیم نے، وہ ہمسائی جس نے دادی کی وفات کے بعد ان کی جگہ لے لی تھی اور اب انیکا ان کے ہمراہ ہی رہ رہی تھی، رابطہ کر کے کہا وہ اِسما کو پریشان نہیں کرنا چاہتی لیکن کیا وہ انیکا کی خیر خبر لے سکتی ہے؟'' وہ اب اکثر گھر سے باہر رہنے لگی ہے۔میرا خیال تھا کہ وہ اپنی دوستوں کے ساتھ ہوگی، مگر میں نے صرف گیتا کو دیکھا اور وہ کہتی ہے کہ دوستوں کا بھی اس سے زیادہ ملنا جلنا نہیں رہا۔''

پریسٹن روڈ کی گیتا، انیکا کے گھر اور یونیورسٹی کے لوگوں کے مابین رابطہ تھی؛ ان دونوں جڑواں بہن بھائیوں سے ایک برس بڑی تھی اور اسے اس کی سوتیلی ماں اپنے آس پاس دیکھنا تک گوارا نہیں کرتی تھی۔اس کے پاس ہوسٹل میں ایک کمرہ تھا جس کی ایک اضافی چابی انیکا کے پاس بھی تھی۔گیتا نے اس کمرے کو کبھی استعمال نہیں کیا کیوں کہ وہ اپنے ایک مرد دوست کے ہمراہ رہتی تھی گو اس بات کا پریسٹن روڈ کی پُرانی نسل کو نہیں پتہ تھا۔

جب انیکا نے گیتا کے کمرے میں رہنا شروع کیا، کیوں کہ انیکا دیر تک لائبریری میں یا باہر کسی سماجی کام میں مصروف رہتی تب تک زمین دوز ریل کی آمدورفت بند ہوچکی ہوتی، تو اسما اس پر خوش نہیں تھی۔یونیورسٹی کے وہ تمام لڑکے، جن کے خاندانوں کا کوئی آگا پیچھا کسی کو معلوم نہیں تھا اور اسما کے برعکس انیکا ہمیشہ کسی لڑکے کو تک رہی ہوتی، اور کوئی لڑکا اسے تک رہا ہوتا۔جو محض دیکھنے سے زیادہ ہوتا، اگرچہ انیکا نے اپنی زندگی کے اِس گوشے کو اپنی بہن سے چھپایا تھا، جو شاید لیکچر پلانے پر تلی رہتی تھی۔پرویز اسے اس چیز کو قبول کرنے کے لیے کہتا رہتا؛ اگر انیکا کے معاملے میں کوئی پریشان کن چیز ہو رہی ہوگی اور اگر اسے اپنی جڑواں بہن کے بارے میں کسی مدد کی ضرورت محسوس ہوئی تو وہ اسما کو بتادے گا۔لیکن انیکا کے بے حس لندن میں تنہا گھر سے باہر ہونے بارے میں ہول کھانے کی ضرورت نہیں، وہ ہمیشہ سے خوش نصیب رہی ہے کہ اسے اپنی تکنے والے لوگ ملتے ہیں۔انیکا کی متضاد خوبیوں میں ایک فوری کشش تھی: زبان کا تیکھا پن اور ہم درد، سنجیدہ ذہنیت اور خود سرا حمقانہ پن، دوسروں کا دکھ درد سمجھنے والی کیوں کہ وہ اپنی یتیمی کے نقصان کو سمجھنے کا اہل نہیں تھی (''میرے پاس تم اور پرویز ہو، بس اِتنا کافی

ہے'')۔ جب کہ پرویز اور اسما لوگوں سے فاصلے پر رہتے تا کہ وہ ان کی زندگیوں کے بارے میں سوالات کرنا شروع نہ کردیں (''تمھارے والد کہاں ہیں؟ کیا ان کے بارے میں افواہیں درست ہیں؟'') انیکا کو تو بس اپنے آپ کو محفل کے درمیان میں رکھنا، اپنے گرد حدود قائم رکھنا، اور ممنوعہ علاقوں سے آشنائی پیدا کرنا آتا تھا۔ کم سن لڑکی ہونے کے باوجود وہ یہ کرنا سیکھ گئی تھی؛ کوئی ان کے باپ کے موضوع پر پہنچتا تو وہ سرد مہر ہو جاتی ــــ اس کی گرم جوش طبیعت کے عادی لوگوں کے لیے بے حد خلفشاری کا تجربہ انھیں فوراً پیچھے ہٹا کر اسی انیکا کے پاس لوٹنے پر مجبور کر دیتا جس سے وہ آشنا تھے۔ لیکن اب پرویز بھی ایک ممنوعہ خطہ تھا اور ایسی جگہ نہیں رہا تھا جس تک انیکا اپنے آپ کو محدود رکھتی۔

خالہ نسیم کے ساتھ گفتگو کے بعد، اسما نے کئی بار اپنے بہن سے رابطہ کرنے کی کوشش کی لیکن اس نے جواب دیا تو لندن میں خاصی رات بیت چکی تھی۔ قریب پڑے لیمپ سے پھوٹتی ہوئی ناتواں روشنی اس کے سینے پر دھری کتاب؛ ستاروں کا طربیہ، بڑی عمر کے بچوں کی پسندیدہ، کو منور کر رہی تھی لیکن اس کا چہرہ تاریکی میں تھا۔

''تارکین وطن کے پاس ایک نئی کار ہے۔ بی ایم ڈبلیو۔ ہماری روش پر ایک بی ایم ڈبلیو۔ آ گئے؟ ایک خچر؟ ایک اے جی اے؟ ادائیگی پر رہنے والی لڑکی؟'' جب کرائے دار اس گھر میں آئے جہاں وہ بچوں کے طور پر پلے بڑھے تھے اور جالی دار پردوں کو مہنگی جھلملیوں سے بدل دیا گیا جو لگ بھگ ہر وقت بند رکھی جاتی تھی تو انیکا بولی کہ اسے پہلی مرتبہ پڑوس والوں کے ساتھ ہمدردی محسوس ہو رہی ہے جو تارکین وطن کی آمد سے غم زدہ ہو گئے ہیں۔

''مجھے حیرت ہے کہ تم نے یہ چیز بھانپ لی، خالہ نسیم کا کہنا ہے کہ تم انھیں کم دِکھائی دیتی ہو اور یونیورسٹی کے اپنے دوستوں کو بھی۔''

''اگر خالہ نسیم نے میری شکایت کی ہے تو میں ان سے نپٹ لوں گی۔'' انیکا نے کہا۔

''وہ تمھاری فکر کرتی ہیں۔ بس اِتنی سی بات ہے۔''

''مجھے معلوم ہے۔ معذرت چاہتی ہوں۔ میں انھیں پریشان نہیں کرنا چاہتی، نہ تمھیں۔ میرے لیے آج کل اپنے طور پر زندگی گذارنا سہل ہے۔ میرا خیال ہے کہ مجھے پتہ چل رہا ہے کہ تمھارے لیے ہمیشہ تنہائی میں اِتنی کشش کیوں رہی ہے۔''

''میں گھر آؤں گی۔ جلد ہی بہار کی چھٹیاں ہونے والی ہیں۔ ہم کم از کم ایک ہفتہ ساتھ گزار سکیں گی۔''

لندن کا خیال ہی ناقابل برداشت تھا لیکن اسما نے اِس تاثر کو اپنی آواز سے پرے رکھا۔

''تمھیں پتہ ہے کہ تم اِسے نہیں سہہ سکتیں۔ تم دوبارہ ایئر پورٹ کی تفتیش میں سے نہیں گزرنا چاہتیں۔ اگر انھوں نے تمھیں اِس بار جہاز پر سوار نہ ہونے دیا تو؟ یا تمھیں بوسٹن پہنچنے پر سخت اذیت سے گزارا تو؟ اِس کے علاوہ، میرا اِمتحان بھی قریب ہے۔ یہی وجہ ہے کہ میں کسی کو دکھائی نہیں دیتی۔ میں کام کر رہی ہوں۔ قانون تم سے کام کرواتا ہے۔ سماجیات کی طرح نہیں کہ جس میں بس بیٹھے ٹی وی دیکھتے رہو اور اسے تحقیقی کام کا نام دے دو۔''

”ہم دونوں ایک دوسرے سے کب سے جھوٹ بول رہے ہیں؟“

”تب سے جب میں چودہ برس کی تھی اور میں نے کہا تھا کہ کرکٹ کے نیٹوں میں پرویز کو دیکھنے جا رہی ہوں لیکن اِس کے بجائے میں جمی سنگھ سے ملنے کے لیے میکڈونلڈ گئی تھی۔“

”جمی سنگھ، پاؤنڈ لینڈ والا جمی سنگھ؟ انیکا، کیا پرویز کو پتہ تھا؟“

”بے شک، اسے معلوم تھا۔ اسے ہمیشہ میرے ہر کام کے بارے میں علم ہوتا تھا۔“

اس رات انھوں نے دریافت کیا کہ پرویز نے کیا کیا تھا۔ انیکا نے اسما کو اسی طرح اپنے لمبے سیاہ بالوں کو کنگھی کرنے کی اجازت دے دی تھی جس طرح ان کی ماں عادی تھی جسے تسکین پانے اور اپنے بال سلجھانے کے لیے کسی ایک بیٹی کی ضرورت پڑتی تھی۔ انیکا دوبارہ اپنی بہن کی طرف پلٹی اور بولی۔ ”اُس نے کبھی وضاحت نہیں کی کہ اس نے اِبسین کی ٹکٹوں کے بارے میں مجھے کیوں نہیں بتایا تھا۔“ ان کی ماں کے مرنے کے کچھ مہینوں بعد ہی پرویز نے اس گھر میں لڑکپن سے بلوغت کا سفر یکایک طے کر لیا تھا جہاں بِل اور دکھ ہر شگاف کو پُر کرتے تھے۔ اس نے فیصلہ کیا کہ اسے اپنا لیپ ٹاپ چاہیے تاکہ اس کی بہن اس کے ساؤنڈ پراجیکٹ کے کام میں مداخلت نہ کر سکے جو ان دِنوں اُس کے دماغ پر سوار ہو چکا تھا۔ ایک رات، جب تمام لوگ سو چکے تھے، وہ چپکے سے گھر سے کھسک گیا۔ اس نے وسطی لندن کی بس پکڑی اور نصف شب سے لے کر نصف دن تک ویسٹ اینڈ میں ایک تھیٹر کے باہر اِبسین کے ایک ڈرامے کی پہلی رات کی ریٹرن ٹکٹوں کے لیے انتظار کرتا رہا، جس میں ایک نیا ابھرتا ہوا اداکار ایک سپر ہیرو کے کردار میں اپنی اداکارانہ کارکردگی کو دوبارہ ہالی ووڈ میں سرفہرست قائم کرنے کے لیے کام کر رہا تھا۔ پرویز نے اسما کے ڈیبٹ کارڈ کو استعمال کرتے ہوئے گھر کے کھاتے میں سے ’قرض‘ لی ہوئی رقم سے دو ٹکٹیں خریدیں اور انھیں آناً فاناً خاصے مہنگے مول فروخت کر دیا۔ اس نے گھر میں داخل ہوتے ہی ایک فاتح کے مانند اپنے اِس کارنامے کا اعلان کیا تو اسے اپنی بہنوں کے غضب کا سامنا کرنا پڑا۔ اسما کا غصہ اِس بنا پر تھا وہ قرض وصول کنندہ کو گھر کے دروازے سے دور رکھنے کے لیے شب و روز محنت کرتی ہے اور اس خوف کی وجہ سے بھی کہ اِس سے لڑکا لوطیوں اور بھگوڑوں کی دنیا میں پڑ جائے گا۔ لیکن انیکا زیادہ مشتعل تھی۔ ”تم نے مجھے کیوں نہیں بتایا؟ میں تو تمھیں ہر بات بتا دیتی ہوں، تم نے کیوں نہیں بتایا؟“ پرویز اور اسما دونوں، جو اپنے درمیان انیکا کے بیچ بچاؤ کرانے کے عادی تھے، اِس کے لیے تیار نہیں تھے۔ چھ برسوں کے بعد انیکا اپنے بھائی کی دروغ گوئی کو سمجھنے کے قابل ہوئی۔ اسما کے پاس ایک سہل جواب تھا: اپنے باپ پر گیا ہے، وراثتی کمزوری۔

”لڑکے ہم سے مختلف ہوتے ہیں۔“ اسما نے کہا۔ ”وہ وہی دیکھتے ہیں جو اپنی تنگ نظری کے ذریعے دیکھنا چاہتے ہیں۔“

اسکرین تمام حرکات اور تصاویر کے لیے چند سیکنڈوں کے لیے مقامِ الجھن بن گئی اور پھر اس نے اپنی بہن کو بستر پر لیٹے دیکھا جس کا منہ چوکھٹے میں رکھے ہوئے فون کی طرف تھا۔

”اگر ہمیں کوئی ارزاں پرواز مل جائے تو میں ایسٹر کی تعطیلات میں تمھارے پاس آ سکتی ہوں۔“ انیکا

بولی لیکن جملہ مکمل ہونے سے پہلے ہی اسما نے اپنا سر سختی نے ناں میں ہلا دیا۔
''تم نہیں چاہتیں کہ میں ہیتھرو پر سیکورٹی کے بندروں کو بتاؤں کہ مجھے ملکہ کا تختۂ نقاشی کس قدر پسند ہے؟''
''میں نہیں چاہتی۔'' انیکا کے تفتیشی کمرے میں ہونے کے تصور ہی سے اس کے پٹھے اکڑ گئے۔ ''کیا ہم واقعی اِس حقیقت پر بات نہیں کرنا چاہ رہے کہ پرویز دوبارہ اسکائپ پر نمودار ہو گیا ہے؟''
''اگر ہم بات کریں گی تو بحث دیں گی۔ میں اِس وقت بحث میں نہیں پڑنا چاہتی۔''
''میں بھی نہیں پڑنا چاہتی۔ لیکن میں یہ پوچھنا چاہتی ہوں کہ کیا ہمیں اس سے بات کرنا چاہیے؟''
''اس نے ایک آوازی پیغام بھیجا ہے جس میں صرف اِتنا کہا ہے کہ وہ ٹھیک ہے۔ کیا تمھیں بھی یہ پیغام ملا ہے؟''
''نہیں، مجھے کوئی پیغام نہیں ملا۔''
''اوہ، اسما۔ مجھے یقین تھا کہ تمھیں ملا ہوگا ورنہ میں تمھیں کبھی نہ بتاتی۔ ہاں، بس اِتنا سا کہ وہ ٹھیک ہے۔ اس نے فرض کر لیا ہوگا جوں ہی میں پیغام سنوں گی فوراً تمھیں بتاؤں گی۔''
''یہ اِس بات کی دلالت ہے کہ اسے یاد ہے کہ اپنے سوا دوسروں کے بارے میں کیسے سوچنا ہے۔''
''براہ مہربانی، یہ مت کہو۔ مجھے پتہ ہے کہ اپنی فکرمندی کے اظہار کے لیے غصہ ہی تمھارا طریقہ ہے۔ لیکن، اس وقت نہیں۔''
''میری ناراضگی کے اظہار کا طریقہ غصہ ہی ہے''؛ کسی اور شب وہ یہ کہتی لیکن آج رات اس نے کہا۔ ''تم یاد آ رہی ہو۔''
''میرے سونے تک میرے ساتھ رہو۔'' انیکا بولی۔ اس کا ہاتھ اسما کی طرف بڑھ کر بتی بجھانے کے لیے مڑ گیا۔
''ایک دفعہ کا ذکر ہے، انیکا اور پرویز نام کی ایک لڑکی اور ایک لڑکا تھے۔ ان کے پاس جانوروں سے بات کرنے کی صلاحیت تھی۔''
انیکا ہنسی۔ ''شتر مرغ والی کہانی سناؤ۔'' وہ بولی۔ تکیے سے اس کی آواز دھیمی پڑ گئی۔
اسما کی بچپن والی کہانی، جو اس کی ماں نے اپنی پہلوٹھی کے بچے کے لیے گھڑی تھی اور جس میں اسما نے ان جڑواں کے لیے ترمیم کر لی تھی، ختم ہونے سے پہلے ہی وہ سو گئی لیکن اسما اپنی اور اس کی سانسوں کا اُتار چڑھاؤ ویسے ہی کٹھا سنتے ہوئے لائن پر رہی جیسے وہ اس وقت سنا کرتی تھی جب انیکا رات کو کسی وجہ سے ڈر کر اس کے بستر میں گھس آتی تھی اور چھوٹی بہن کے ہیجان زدہ دل کو صرف بڑی بہن کے دل کی متوازن دھڑکن سکون دیتی تھی، یہاں تک کہ ان کی سانسوں کی باہم مدغم ردھم کے سِوا کوئی آواز باقی نہ رہتی اور ان کے گرد کائنات پُرسکوت ہو جاتی۔

باب: ۲

صبح کے تمام وقت وہ لفظوں کا ایک معمہ حل کرتے ہوئے یہ دِکھاوا کرتی رہی کہ اس نے کیفے کے تہہ خانے میں بیٹھے ہوئے نہیں دیکھا ہے۔ لیکن جب اس نے اپنے دوپہر کے کھانے کے لیے ایک سینڈوِچ کا کہہ کر اسے اپنی میز پر لائی تو وہ چلا آیا اور بولا کہ وہ خود بھی کچھ کھانا چاہتا ہے؛ اس کا اس کے ساتھ بیٹھنا مناسب رہے گا۔

''پریسٹن روڈ۔'' اُس نے چند منٹ کے بعد پاستا کی رکابی لیے لوٹ کر کہا۔ ''جب تم نے بتایا کہ تم یہاں پلی بڑھی ہو تو یہ نام مجھے آشنا لگا تھا لیکن پتہ نہیں کیوں میں جان نہیں سکا جب تک میں نے نقشہ نہیں دیکھ لیا۔ یہ تو ویمبلے میں ہے۔ میرے والد کا خاندان وہیں آس پاس ہی کہیں رہتا ہے۔ میں ہر عید پر جاتا رہا تھا۔''

''اوہ، واقعی؟'' اس نے یہ فیصلہ کرتے ہوئے کہا کہ وہ تذکرہ نہیں کرے گی کہ اس کے باپ کا گھرانہ کہاں رہتا تھا اور یہ بھی کہ وہ جانتی ہے کہ، جس کا اسے پتہ نہیں ہوگا، وہ لوگ کینیڈا چلے گئے تھے۔

''جب کوئی بڑا آس پاس نہیں ہوتا تھا تو میرا ایک عم زاد میری چھوٹی بہن کو ایک گیت سنایا کرتا تھا۔ اِس کا ایک بول برسوں سے میرے ذہن سے چپکا ہوا ہے۔ مجھے یہ بات پاگل کر دیتی ہے کہ باقی یاد نہیں آتا اور میری بہن کو تو وہ بالکل بھی یاد نہیں۔ کیا تمھیں پتہ ہے؟'' غیر متوقع طور پر اس نے ایک پاکستانی پوپ گیت بتایا جو اس کی پیدائش سے پہلے کا تھا؛ اس پر منکشف ہوا تھا کہ وہ اس سے چار برس چھوٹا ہے۔ وہ گیت کو لفظوں سے زیادہ تال سے پہچان گئی کیوں کہ اردو کی ہلکی سی آمیزش کے علاوہ گیت خرافات پر مبنی تھا۔ اس نے نرمی سے دو بول گائے تو اس کا منھ لال پڑ گیا؛ خود آگاہی کی اسے امید نہیں تھی، خاص طور اس کی اِتنی پیاری آواز کی۔ اس نے اپنے فون کی لائبریری سے اسے ایک گیت نکال کر دیا اور ایامون کو کانوں میں ہیڈ فون، غیر معقول حد تک گراں، لگا کر سنتے ہوئے دیکھنے لگا۔ ایسا ہی ایک ہیڈ فون پرویز کے پاس بھی تھا۔ وہ آنکھیں بند کیے سنتا رہا۔ اس کے تأثرات میں حظ کے بجائے پہچان تھی۔

''شکریہ۔'' گیت ختم ہونے کے بعد اس نے کہا۔ ''اس کا دراصل مطلب کیا ہے؟''

''یہ گوری رنگت والی لڑکیوں کی تعریف میں ہے، جنھیں زندگی میں کوئی خطرہ نہیں ہوتا کیوں کہ ہر کوئی ان کے گورے رنگ اور نیلی آنکھوں سے محبت کرتا ہے۔''

''اوہ، ہاں۔'' وہ ہنستے ہوئے بولا۔ ''مجھے یہ بات اب سمجھ میں آئی۔ وہ یہ گیت میری بہن کو چڑانے کے لیے گاتے تھے لیکن وہ اِسے اپنی تعریف سمجھتی تھی۔ میری بہن تمھارے جیسی ہے۔''

''اور تم؟ کیا تم بھی ایسے ہی ہو؟''

اس نے کانٹے کے دندانے پاستا کی سویوں میں ڈالتے ہوئے ہلکی سی تیوری چڑھائی۔ ''نہیں۔ میں ایسا نہیں سمجھتا۔'' اس نے ایسے شخص کی سی بے یقینی سے کہا جو اپنے کردار کے متعلق سوال کا عادی نہ ہو۔ اس نے کانٹا اٹھا کر سُرڑ کنے کی آواز کے ساتھ پاستا اپنے منھ میں کھینچا۔ ''اوہ، معاف کیجیے۔ میرے کھانے کے آداب عام طور پر

اِس سے زیادہ بہتر ہوتے ہیں۔''

''کوئی بات نہیں۔ کیا تمھیں تھوڑی بہت اردو آتی ہے؟'' اس نے اپنا سر نفی میں ہلایا۔ اس کی گائیکی کے انداز سے اسی جواب کی توقع تھی اور وہ بولی۔ ''تو تم 'بے تکلفی' کو نہیں سمجھتے؟''

وہ سیدھا ہو کر بیٹھ گیا اور اس نے اسکول کے لڑکے کی طرح اپنا ہاتھ اٹھایا۔ ''مجھے اِس کا نہیں پتہ۔ یہ قربت کے اظہار کے لیے کوئی غیر رسمی چیز ہے۔''

وہ چند لمحوں کے لیے اس باپ پر حیرت زدہ رہ گئی جس نے اپنے بیٹے کو بنیادی اردو بھی نہیں سکھائی تھی۔ اس نے اسے اس لفظ کے بارے میں بتانے کا سوچا۔ ''میں اسے قربت نہیں کہوں گی۔ یہ ان پُر اطمینان محسوسات کے بارے میں جو کسی کی موجودگی میں ہوتے ہیں۔ اِتنا مطمئن کہ کھانے کے آداب تک بھول جائیں۔ جب تم کسی کی موجودگی میں مطمئن ہوتے ہو تو اگر یہ آداب ٹھیک طریقے سے سرانجام پائیں تو اِس سے تم دوسرے شخص کو عزت دیتے ہو، خاص طور پر جب کہ شناسائی کو زیادہ عرصہ بھی نہ ہوا ہو۔'' اس نے 'قربت' پر اپنی آواز کے پکڑے جانے کو بے دریغ الفاظ کی بھرمار کر کے چھپایا تھا۔

''ٹھیک ہے۔'' اس نے یوں کہا گویا صراحت کو مان لیا ہو۔ ''ہم کھانے کے آداب سے آگے جا کر ایک دوسرے کی موجودگی میں مطمئن ہو جاتے ہیں۔'' اس نے اپنی رکابی اس کی طرف بڑھائی۔ اس نے اس کی پاستا کی رکابی کی چٹنی میں اپنے سینڈوِچ کی تہہ کو اچھی طرح ڈبویا اور اس کی رکابی پر جھک کر کھانے لگی۔

کھانا ختم کرنے پر؛ ایک ایسا کھانا جو سکون بھری سرعت سے کھایا گیا تھا، وہ اٹھ کھڑا ہوا اور بولا، ''پھر کسی روز دوبارہ یہاں ملاقات ہوگی؟ میں نے دریافت کیا ہے کہ جب یہاں کی کوفی مشین کام کر رہی ہو تو یہاں شہر کی بہترین جھاگ والی کافی دستیاب ہوتی ہے۔''

''میری صرف سہ پہر کی جماعت ہوتی ہے اور صبح کا وقت گزارنے کے لیے یہ میری پسندیدہ جگہ ہے۔'' اس نے کہا۔ درحقیقت، جب وہاں رش ہوتا تو وہ بسا اوقات اپنے دوسرے پسندیدہ مقام پر چلی جاتی تھی لیکن معاملے کو اِتنا طول دینے کی آخر ضرورت ہی کیا تھی؟

☆

بچوں نے ایک دوسرے کو دیکھا اور ایک دوسرے کو آپس میں تکتے ہوئے پایا۔ کم و بیش اِسی طرح محسوس ہوا تھا، تمام امکانات میں وہ ان جڑواں کو زیادہ جانتی تھی جتنا وہ اسے نہیں جانتے تھے۔ اس نے ایامون کو دیکھنے کی خاطر مختصر وقفے کے لیے نگاہیں اسکرین سے اٹھائیں، جو ایک ایسی میز پر بیٹھا تھا جو نہ اس کے بہت قریب تھی اور نہ بہت دور۔ وہ مقامی اخبار کی کسی کہانی میں اِتنا کھویا ہوا تھا کہ اس نے کافی کا مگ اٹھانے اور پینے کے دوران میں بھی صفحے پر سے اپنی نگاہیں نہیں ہٹائیں۔ اس کا عادت کا پختہ بھائی اس دنیا سے، جس میں وہ آج کل ہر صبح گیارہ بجے بسی ہوتی تھی، کا ملاً ایک دوسری دنیا میں بس رہا تھا اور یہی چیز کسی حد تک باعثِ تشکر تھی۔ دن کا کوئی حصہ تو اس طرح گزرتا تھا: اینکا کو، جو پرویز کے آن لائن ہونے کی منتظر رہتی تھی، دیکھتے ہوئے اور پھر اس کے

نام کے سامنے سبز نشان روشن ہو گیا۔ اسما حیرت زدہ ہو رہی تھی: وہ کیا کہہ رہا ہے؟ کیا وہ اسے کوئی ایسی بات بتا رہا ہے جو اسے پریشان کر دے گی؟ کیا وہ اسے اس پاگل پن کا حصہ بننے کے لیے کہہ رہا ہے جسے وہ خود اپنا چکا ہے؟ اوہ، براہ مہربانی نہیں۔ وہ یہ نہیں کرے گا لیکن وہ اسے اکیلا کیوں نہیں چھوڑ دیتا؟ لیکن ہر روز یہ چند سیکنڈوں کے لیے ہوتا اور دوبارہ اس کے نام کے سامنے آف لائن لکھا ہوا آ جاتا۔ اس کے فوراً بعد انیکا اسما کو لکھتی کہ اس کی آمد ہوئی ہے۔ آمد، جڑواں میں سے ایک ہمیشہ دوسرے سے یہی کہتا تھا جب ان میں سے کوئی ایک سکول کے تفریحی دورے یا گھر سے باہر رات بسر کر کے آتا اور بعض اوقات پہلے سے طے شدہ وقت پر پیغام موصول ہوتا جس میں اس کے علاوہ کچھ اور نہ لکھا ہوتا: آمد ہو رہی ہے۔

جب پرویز کے چلے جانے کے تھوڑی دیر بعد انیکا بھی روانہ ہو گئی تو اِسما پر سے جیسے دن بھر کا بوجھ اتر گیا اور اس نے کمرے میں دوسری طرف موجود ایامون کو بھاپ اڑاتے مگ کا ایموجی ارسال کیا۔ وہ جواباً ان دونوں کے لیے کوفی کے تازہ کپ خریدنے کے لیے بالائی منزل پر چلا گیا۔ گزشتہ ایک ہفتے یا کچھ زائد سے یہ ہر صبح کے معمول کے حصہ بن گیا تھا، وہ یہ حیلہ کیوں کر رہی تھی کہ وہ پٹڑی پر نہیں تھی؟ نو روز قبل ایامون نے فیصلہ کیا تھا کہ وہ غیر رسمی تعلق رکھیں گے۔ ''آج دنیا میں کیا ہو رہا ہے؟'' اس کے لوٹنے اور اپنے سامنے بیٹھنے پر اسما نے دریافت کیا تو اس نے مقامی اخبار کی خبریں اس کے سامنے پیش کر دیں: ایک ریچھ کے بارے میں رپورٹ کی گئی ہے جو ایک گیراج کے دروازے کو اپنے پنجوں سے کھرچ رہا تھا، تین کاروں کے حادثے کی وجہ سے ملحقہ قصبے میں ٹریفک کچھ دیر کے لیے رکی رہی لیکن کوئی زخمی نہیں ہوا، ایک خاندان کے باغیچے سے رونلڈ میکڈونلڈ کا ایک مجسمہ گم پایا گیا۔ اس نے کہا کہ یہ تو درست ہے کہ رونلڈ نے مقامی اخباری خبروں میں 'نہایت مقامی' ہونے کا طلائی تمغہ جیت لیا ہے لیکن ایامون نے اِس بات سے اتفاق نہیں کیا کہ وہ بین الاقوامی شہرت کی حامل شخصیت ہے۔

وہ روزانہ گیارہ بجے کے ناشتے کافی کے بعد پیدل یا گاڑی پر 'گھومنے' نکل جاتا اور معتدل اُمنگوں والا کرسٹوفر کولمبس اپنے بچپن کے راستوں کو کھوجتا اور نئی راہوں کو دریافت کرتا پھرتا۔ وہ اگلی صبح کیفے میں آ کر بعض اوقات اپنے سفر کے دوران میں ملنے والی چیزوں کے بارے میں بتاتا: ایک شکر گھر سے میپل کے رس کا ایک جگ، بلوط کے درخت پر میخوں سے ٹھونکا ہوا ایک ڈالر کا نوٹ جس میں سے بلوط کے پتے کے شکل کا حصہ کاٹ لیا گیا تھا، ایملی ڈکنسن کی قبر کے کتبے کے چھاپا، اپنے مخصوص الفاظ؛ واپس بلا لیا گیا، سمیت جن کے متعلق اس نے کہا کہ اِن الفاظ سے یوں لگتا ہے جیسے ڈکنسن خامی والی پیداوار ہو۔ اس نے دنیا کے اس جزو کے بارے میں وہاں اپنے قیام سے زیادہ اس کے دوبارہ بتانے سے سیکھا لیکن جب وہ مستفسار رہوئی کہ اِس سب کا مقصد، کسی سفرنامے کا خیال ہے، اس نے کہا کہ محض تجربہ اور مشاہدہ بڑا مقصد ہے۔ جب اس کی بچت کی رقم ختم ہو گئی تو کیا ہو گا، اس نے دریافت کیا تو وہ بولا کہ درحقیقت یہ اس کی ماں بچتیں ہیں، وہ حال ہی میں جزوی طور پر سبک دوش ہوئی ہیں اور انھوں نے فیصلہ کیا ہے کہ لوگ اپنی زندگیوں کا بہت بڑا حصہ اور قرابت داریاں کام کو دے دیتے ہیں؛ جب کہ وہ اپنے سترہ گھنٹے کے دن میں اپنی بیٹی سے بات تک نہیں کر سکتی تھی۔ اس نے اپنے بیٹے کو نہایت آسانی

سے قائل کر لیا تھا کہ وہ تنخواہوں اور ترقیوں کے بجائے زندگی کے دوسرے تعمیراتی راستے تلاشنے کی سعی کرے۔ اسما کو یہ تجویز متاثر کن مگر ایامون کی اِس کے حصول کی نیم دِلانہ سے بھی کم تنگ و دو مایوس کن لگی۔ یقیناً اسے ایک نئی زبان سیکھنا، یا جہاز کو ان پانیوں میں لے جانا چاہیے جہاں تحفظ کے متلاشی پناہ گزین اپنی قابلِ رحم کشتیوں کو اُلٹ دینے کے لیے مشہور تھے۔

شروع کے چند دِنوں میں اس نے سوچا کہ وہ تجویز دے کہ گیارہ بجے کے ناشتے کافی کے بعد وہ دونوں کچھ اکٹھا کریں؛ فلم دیکھنے جائیں، کھانا کھائیں، سیر کریں، لیکن وہ اب بخوبی سمجھ گئی تھی کہ وہ اس کے تقسیم کیے ہوئے دن ایک حصہ تھی، جس کا مقام متعین وقت میں تھا۔ 'صبح کے اخبار' اور 'روزمرہ کی آوارہ گردی' کے درمیان 'اسما کے ساتھ کافی' تھی۔ اس حقیقت کے باوجود کہ اب موسم بہار کی تعطیلات شروع ہو گئی تھیں، اس پر واضح ہو گیا تھا کہ اس ہاتھ میں موجود وقت میں کوئی تبدیلی نہیں آئی تھی۔

کافی کے دوران میں اکثر و بیشتر اس کا باپ موضوعِ گفتگو رہتا لیکن ہمیشہ 'میرا والد' نہ کہ عوام کی نظر میں آدمی۔ ایامون نے ایک کامل وفاشعار، شفیق، عملی مذاق کے حامل باپ کی تصویر کشی کی تھی جو اس آدمی کے اسما کے تصور سے لگا نہیں کھاتی تھی کہ وہ بسا اوقات سوچتی کہ وہ سب کچھ اس کے باپ کی حقیقت کو چھپانے کے لیے محض ایک گھڑا ہوا افسانہ ہے۔

ایک صبح اسے کیفے پہنچنے میں تاخیر ہو گئی۔ اس نے خیال کہ اِس کا سبب موسم ہو گا، سردی لوٹ آئی تھی۔ برف کھڑکیوں کے شیشوں سے ٹکرا رہی تھی اور آسمان سفید پڑا ہوا تھا۔ پولیس والے ان لوگوں کو خبردار کر رہے تھے جن کی کاروں کی چھتوں پر دو گھنٹوں کی حد سے زیادہ دیر تک کھڑی رہنے کے باعث برف کی موٹی تہہ جم گئی تھی۔ ابھی اس نے اس کی غیر حاضری سے توجہ ہٹا کر اپنے شماریات کے نصاب کے چھوٹ جانے والے سوالات کی طرف دھیان لگایا ہی تھا کہ اینکا کا پیغام کی آمد ہو گئی۔

''کیا تم نے سنا؟ لون وولف نیا ہوم سیکریٹری بن گیا۔''

شاید اس نے کچھ بلند آواز میں کہا ہو گا کہ اس کے ساتھ والی میز پر بیٹھی عورت نے اس سے استفسار کیا۔ ''تم ٹھیک ہو؟'' لیکن وہ اِس سے پہلے ہی اپنے کمپیوٹر پر کھوج لگانے میں جُت گئی تھی۔ اس نے خبروں کی ایک سائٹ ڈھونڈ نکالی جس پر فوری خبر کے عنوان کے نیچے کابینہ میں ردوبدل کا اعلان موجود تھا، جس میں سب سے اہم تبدیلی نئے ہوم سیکریٹری کا تقرر تھا۔ وہ وہاں موجود تھا، وہ شخص جس کے بارے میں اس کا خیال تھا کہ، کئی صبحیں اس کے چہرے کے نقوش اور میل ملاپ کے برتاؤ کا بغور جائزہ لینے سے قبل، ایامون بالکل ویسا ہی لگتا ہے۔ ساتھ موجود مضمون میں نئے تعینات ہونے والے وزیر کو 'مسلم پس منظر کا حامل' شخص بیان کیا گیا تھا، جو وہ اس کے بارے میں سدا کہتے تھے اگرچہ وہ مسلمانیت ایسی چیز کو نہایت جرأت سے اُلانگ چکا تھا۔

اِس سے پہلے کہ وہ سمجھ سکتی کہ یہ سب کیوں ہوا، اس نے نڈھالی محسوس کی۔ اس کا فون بھنبھنایا اور اس نے پیغامات کی ایک رَو دیکھی۔

''سب کچھ برباد ہونے جارہا ہے۔''

''اسے ثابت کرنا ہے کہ وہ ان ہی میں سے ایک ہے۔ ہم میں سے نہیں ہے، کیا یہ ثابت نہیں کرنا؟ جس طرح اس نے پہلے کیا تھا۔''

''مجھے اس ملک سے نفرت ہے۔''

''مجھے فون مت کرنا۔ میں وہ باتیں کہوں گی جو مجھے نہیں کہنا چاہئیں۔''

''ہمارے پیغامات کی جاسوسی بند کرو، گانڈوؤ۔ گرفتاری کے لیے کسی بینکار کو ڈھونڈو۔''

''اے، گریٹا گاربو۔ اِتنی سنجیدہ کیوں ہو؟''

وہ اپنا ایک ہاتھ کرسی کی پشت پر لٹکا کر اس کے مقابل بیٹھ گیا۔ اپنے باپ کی الجھی ہوئی نسل کا بے حد بودا تضاد۔ اس نے لیپ ٹاپ کے ڈھکن کو زور سے بند کیا، فون کی اسکرین کو انگوٹھے سے چھو کر بے روشن کیا۔

''تم دیر سے آئے ہو۔'' وہ بولی۔

''بڑی خاندانی خبر۔'' وہ فخر کرنے والے بیٹے کے مانند مسکراتے ہُوئے آگے کی طرف جھکا۔ میز اِتنی چھوٹی تھی کہ اس کے گھٹنے اس کے گھٹنوں سے ٹکرائے۔ ''میرے والد، کرامت لون کو ابھی ابھی نیا ہوم سیکریٹری مقرر کیا گیا ہے۔ تم جانتی ہو وہ کون ہے، ہے نا؟'' اس نے ہاں میں سر ہلایا، کچھ کرنے کی خاطر اپنی کافی کی چسکی لی۔ ''میرا قیاس ہے کہ تم ان لوگوں میں سے ہو جو میرا چہرہ نہیں دیکھتے، آبائی نام سنتے ہو، دو اور دو کو اکٹھا رکھ دیتے ہو۔''

''یہ کوئی شاذ و نادر استعمال ہونے والا پاکستانی آبائی نام نہیں ہے۔'' جھوٹ کے بجائے گریز پائی، اُس نے اپنے آپ سے کہا۔

''مجھے پتہ ہے۔ بہر حال، میں خوش ہوں کہ بالآخر میں تمھیں بتا سکتا ہوں۔ اِس کے علاوہ، یہ بھی وجہ تھی کہ میں تمھارے سوال کا جواب نہیں دے پایا کہ میں کتنے عرصہ قیام کروں گا۔ میں اس تمام پُرانے گند سے نفرت کرتا ہوں جسے وہ ہر مرتبہ، جب بھی وہ شہ سرخیوں کی زینت بنتے ہیں، کباڑ سے نکال لاتے ہیں اور اِس مرتبہ تو یہ صورت حال زیادہ خراب ہوگی۔ میں اِسی سے بچنے کے لیے آیا ہوں۔ وہ اس سے اچھی طرح نپٹ لیتے ہیں۔ میں نہیں نپٹ سکتا۔ اِس لیے اگر تم ان کی آن لائن کہی ہوئی باتوں کو مجھ پر مسلط دیکھو تو مجھ سے میرا فون دور کر دینا، کردوگی؟'' اس نے آخری بات پر زور دیتے ہوئے اپنی انگلیاں اسما کی انگلیوں سے ٹکرائیں۔

تمام پُرانا گند۔ اس کی مراد کرامت لون کی اس تصویر سے تھی جس میں وہ ایک مسجد میں داخل ہو رہا تھا اور جو خبروں میں بطور 'نفرت کا مبلغ' رہی تھی۔ ایم کی پہلی مدت کے اختتام کے قریب جب تصاویر کے ہمراہ بڑی بڑی سرخیاں چھاپنے والے ایک مقبول عام اخبار کے ہتھے وہ تصویر چڑھی تو شہ سرخی چلا رہی تھی: ''لون وولف کی جدآشکار۔'' لون وولف کا جواب تھا کہ تصویر برسوں پُرانی تھی، وہ وہاں صرف اپنے چچا کے جنازے کی نماز گیا تھا ورنہ وہ کبھی کسی نسلی افتراق کو جنم دینے والی جگہ میں داخل نہیں ہوتا۔ اِس کے متعاقب میں اس کی وہ تصاویر تھیں جن

میں وہ اپنی بیوی کے ہاتھوں میں ہاتھ ڈالے چرچ میں جارہا تھا۔ چند ہفتوں کے بعد ہونے والے انتخابات میں اس کے مسلم اکثریت والے حلقۂ انتخاب نے اسے نکال باہر کیا۔ لیکن وہ جلد ہی گوروں کی اکثریت والے ایک محفوظ نشست کے حلقۂ انتخاب سے ضمنی انتخاب کے ذریعے پارلیمان میں لوٹ آیا اور تصاویر کے ہمراہ بڑی بڑی سُرخیاں چھاپنے والے ایک مقبولِ عام اخبار نے اِس بار اس پر حملہ کر کے اُسے چیمپئن قرار دیتے ہُوئے 'لون جنگجو' کا خطاب دیا جو برطانوی مسلمانوں کی جہالت لیے ہوئے ہے۔ اسما کو بہت زیادہ شبہ تھا کہ 'پُرانا گند' شاید دوبارہ اٹھے؛ اوہ، تا آنکہ اُس کی مُراد کہانی کا دوسرا رُخ نہ ہو: وہ تمام الزامات جو اس نے سن رکھے تھے اور وہ مکمل طور پر درست لگتے تھے کہ کرامت لون نے مسجد کی سماجی حیثیت سے تنفر کا اظہار کرتے ہوئے درست طور پر کم مدتی نقصانات اور طویل مدتی فوائد کا حساب لگایا تھا۔ بکاؤ، ڈھیٹ، موقع پرست، غدار۔

''تم خاصی حد تک اس جیسے ہو، کیا نہیں ہو؟''

''تمھیں پتہ ہے کہ باپ اور بیٹے ایک جیسے ہوتے ہیں۔''

''نہیں، ضروری نہیں ہے۔''

''وہ مردانگی پانے کے لیے آغاز میں ہمارے رہنما ہوتے ہیں۔''

وہ اِسے کبھی نہیں سمجھی تھی، گو کہ اس نے کافی حد تک حکایتاً اور نصابی طور پر سنا اور دیکھا بھی تھا کہ ایسا کچھ ہوتا ہے۔ لڑکیوں کی حد تک، عورت بننا ناگزیر امر تھا؛ اور لڑکوں کے لیے مرد بننا اُمنگ تھی۔ اس نے اس کی نگاہوں میں عسیر الفہمی دیکھ لی ہوگی، اِسی لیے دوبارہ کوشش کی۔

''ہم ان جیسا بننا چاہتے ہیں، ان سے بہتر بننا چاہتے ہیں۔ ہم دنیا میں وہ واحد لوگ بننا چاہتے ہیں جنھیں ان سے بہتر بننے کی اجازت ہوتی ہے۔'' اس نے کندھے اچکاتے ہوئے اپنے آپ کی اور کیفے کی، جس نے ہر شے کا درمیانہ درجہ گھرا ہوا تھا، طرف اشارہ کیا۔ ''ظاہر ہے کہ میں نے بہت عرصہ پہلے سمجھ لیا کہ ایسی کوئی بھی کوشش فضول ہوگی۔''

''یہ سچ نہیں ہے۔ تم اس سے بہت بہتر شخص ہو۔''

''تم اِس کے بارے میں کیا جانتی ہو؟''

اُس نے جواب نہیں دیا۔ وہ نہیں جانتی کہ کیسے جواب دے۔ وہ بولا۔ ''جب میں اندر داخل ہوا تو تم کیا چھپانے کی کوشش کر رہی تھیں؟''

وہ ہچکچائی۔ اس نے اپنا لیپ ٹاپ گھما کر اس کا رُخ اس کی طرف کیا اور ڈھکن کھول دیا۔

''تم ان کے بارے میں پڑھ رہی تھیں۔ اِسما، کیا تم واقعی پہلے سے جانتی ہو کہ وہ میرے والد ہیں؟''

''ہاں۔''

''تم نے اِس بارے میں جھوٹ کیوں بولا؟''

اس نے اپنے دونوں ہاتھ ایک دوسرے میں پھنسائے اور اپنی اُنگلیوں کو ایک دوسرے میں الجھا ہوا

دیکھا، جنھیں چند لمحوں پہلے اس نے بے تکلفانہ چھوا تھا۔

''تم ان ہی میں سے ایک ہو؟ ان مسلمانوں میں سے، جو ان کے بارے وہ گھناؤنی باتیں کرتے ہیں؟''

''ہاں۔''

وہ منتظر رہا لیکن اب اس کے پاس کہنے کے لیے کچھ اور نہیں تھا۔

''اچھا۔ خوب۔ مجھے یہ سن کر دکھ ہوا۔'' اس نے کرسی کھسکنے کی آواز سنی اور اس کے کھڑا ہونے پر سر اُٹھا کر دیکھا۔ ''مجھے گمان بھی نہیں تھا کہ کچھ خاص رویوں سے بچنے کے لیے صرف یہاں کافی کی تلاش میں آنے پر ایک روز مجھے یہاں طنز مجسم صورت میں ملے گا۔'' دوستی والا ہمدرد دلڑ کا جا چکا تھا اور اس کی جگہ ایک ایسا مرد لیے ہوئے تھا جس کے پاس زخم ہی زخم تھے اور جس کے باپ کی جلد اِتنی موٹی تھی کہ اس پر سوئی سے بڑی شے کے چبھنے کا بھی کوئی اثر نہیں ہوتا تھا۔ جب اس نے الوداع کہا تو اس کے لہجے کی حتمیت کو سمجھنے میں کوئی خطا نہیں تھی۔

☆

ہوا تھم چکی تھی اور برف بڑے بڑے ریزوں میں پڑ رہی تھی جو اس کی آستین میں جذب ہونے سے پہلے کچھ دیر تک اپنی شکل برقرار رکھتے تھے۔ اسما نے پیدل چلتے ہوئے اپنے گھر کا مختصر فاصلہ طے کیا لیکن وہ جوں ہی سامنے والے دروازے پر پہنچی تو اپارٹمنٹ کے پائپوں کے ٹھناکوں کا خیال ہی ناقابل برداشت ہو گیا۔ وہ گلی کے آخر میں درختوں کی قطار والے قبرستان کی طرف چلتی گئی، جو بیس بال کے میدان سے سڑک پار کر کے غیر متوقع طور پر ایک نرسری سکول کے ساتھ واقع تھا۔ گرمیوں وہ سایہ دار جگہ ہوتی ہوگی اور خزاں میں وہاں رنگوں کا جشن جگہ ہوتا ہوگا لیکن اسے اس جگہ کا صرف برف کی سفیدی اور پتھروں کے سُرمئی پن کے حوالے سے پتہ تھا۔

وہ ایک صاف کیے ہوئے راستے پر چلنے لگی۔ یہاں تک کہ اس کے سامنے برف کی لہر آ گئی جو اُس کے گھٹنوں تک بوٹ کے نصف تک آتی تھی اور اس نے لڑکھڑاتے ہُوئے قدموں سے اپنے آپ کو انیسویں صدی کی قبر کے پتھر پر کھینچ لیا۔ کبھی مردوں کی موجودگی دوستانہ ہوتی تھی مگر آج وہ صرف مردے تھے اور ہر تراشی ہوئی سنگی تختہ کسی نہ کسی کے غموں کا اظہار یہ تھا۔ اس نے اپنی ایڑیوں کی ٹھوکر لحد کے پتھر پر ماری۔ ''احمق۔'' وہ بولی۔

اِتنے بڑے نقصان کے لیے، جہاں کھونے کے لیے بہت کم ہو، بس یہی ایک لفظ تھا۔

☆

''تمھیں یہ فیصلہ نہیں کر لینا چاہیے کہ یہ معاملے یہاں ختم ہو گیا ہے۔'' جب وہ روایتی کھانا کھانے کے لیے اکٹھی بیٹھیں تو حرا شاہ نے اس شام کہا۔ وہ ایک تنہا عورت تھی جس نے کبھی باقاعدگی سے کسی کے لیے کھانا نہیں بنایا تھا۔ حرا اِس خیال کی حامی تھی کہ کھانے کے لیے کبھی کبھار مطبخ میں لطف اندوزی کے لیے اکٹھا ہونا چاہیے خواہ یہ

اجتماع اکثر و بیشتر ہوتا رہے، یا شاید وہ یہ کام اس وقت کرتی رہی تھی جب اس کی محفل کی خواتین کا ماؤں کا کردار ختم ہو گیا تھا۔ ''کم از کم تمھیں یہ وضاحت ضرور کرنا چاہیے کہ تم نے ایسا کیوں کیا۔ اِس میں حرج ہی کیا ہے؟''

''اِس سے کیا حاصل ہوگا؟ وہ ہر صورت میں لندن واپس جا رہا ہے۔''

حرا نے روغن جوش سے بھرے ہُوئے کانٹے کے اُوپر سے اسے دیکھا۔ ''کیا تمھیں پتہ ہے کہ جب تم ایل ایس ای میں تھیں تو میرا خیال تھا کہ تم مجھے غصیلی سمجھتی ہو؟''

''یہ لغو بات ہے۔ اوہ، تمھارا مطلب ہے پہلے سال، جب میں نے تم پر اپنی آنکھیں گھمائی تھیں؟''

اس نے برطانوی قانون کی سات صدیوں اور نوے سال پرانی نظیر کو اُلٹ کر رکھ دیا ہے۔ کشمیری لیکچرار 'پابندیوں کے احکامات اور ان کے عوامی آزادیوں پر اثرات' کے موضوع پر پُر جوش خطاب کر رہی تھی تو حرا نے تیسری صف میں چپ چاپ بیٹھی ہوئی لڑکی کو آنکھیں گھماتے ہوئے دیکھا۔ ''کیا تم کچھ کہنا چاہو گی، آنسہ پاشا؟''

''جی ہاں ڈاکٹر شاہ، اگر آپ نوآبادیاتی قوانین پر نظر دوڑائیں گی تو آپ لوگوں کو ان کے حقوق سے محروم کرنے والے قوانین کثیر تعداد میں ملیں گے؛ فرق بس اتنا سا ہے کہ اِس بار برطانوی شہریوں پر لاگو کیے گئے ہیں اور آپ جتنا سمجھ رہی ہیں، اتنی بڑی تبدیلی واقع نہیں ہوئی ہے، کیوں کہ وہ مؤثر طور پر غیر برطانوی بنائے جا رہے ہیں۔''

''مزید کہو۔''

''۷ ر ۷ کے دہشت گردوں کو ذرائع ابلاغ نے کبھی 'برطانوی دہشت گرد' نہیں کہا۔ حتیٰ کہ جب لفظ 'برطانوی' برتا گیا تو ہمیشہ یوں استعمال کیا گیا: 'برطانوی مسلمان' یا میری پسندیدہ اصطلاح 'برطانوی پاسپورٹ کے حامل'؛ ہمیشہ ان کے برطانوی ہونے اور دہشت گردی کے بیچ کچھ نہ کچھ اڑا دیا گیا۔''

''خوب، جب تم بولنے کا ارادہ کر لیتی ہو تو تمھاری آواز توانا ہوتی ہے۔''

اس شام اسما گھر جا کر آئینے کے روبرو کھڑی ہو کر اپنے نرخرے کو دبایا اور اسے رَت جگے کے عروج پر کسی شے کی لرزش محسوس ہُوئی۔ اِس رَت جگے کا حاصل تھا؛ اس کا کچلا ہوا غصہ نتھر کر 'دہشت گردی کے خلاف جنگ کے سماجی اثرات' پر مبنی مضامین میں ڈھل گیا۔ پھر اسما کی ماں مر گئی اور وہ آواز کھو گئی؛ اب تک کے لیے۔ جسے ڈاکٹر شاہ پھسلا کر، ایک مضمون کے ذریعے جس پر وہ دونوں مل کر کام کر رہی تھیں: 'عدم تحفظ کی ریاست: برطانیہ اور خوف کی عمل داری'، واپس لا رہی تھی جس میں اسما کا تفتیشی کمرے والا تجربہ کام آیا اور ایک تحقیقی مقالہ بن گیا۔

''نہیں، اس وقت نہیں۔ تمھارے گریجویٹ کرنے کے تمام عرصے کے دوران میرا خیال تھا کہ تمھیں میری ذات میں کوئی چیز ناپسند ہے اور میں جب بھی تم سے کام کے علاوہ کوئی بات کرتی ہوں تو تم اِسی لیے مجھ سے دور بھاگتی ہو۔ اور یہ تمھاری ماں کے فوت ہونے کے بعد ہوا جب تم نے مجھے ہر وہ بات بتا دی جو تم محسوس کرتی تھیں۔''

وہ اس روز حرا شاہ کے دفتر میں کس طرح کھل کر روئی تھی۔ اپنی ماں کے لیے، اپنی دادی کے لیے جس نے اپنی پوتی کو ایک سال قبل ہی زندہ درگور کر دیا تھا، اپنے باپ کے لیے، یتیم جڑواں بہن بھائی کے لیے جو اِس سے قبل کبھی اپنے ماں سے، جو کبھی شفیق عورت تھی، آشنا نہیں ہوئے تھے جب تک کہ ہنسی کو تلخی اور تناؤ نہ کھا گئے اور سب سے بڑھ کر اپنے آپ کے لیے۔

''مجھے ایا مون کے ترس کی کوئی ضرورت نہیں ہے۔ تم مجھے اسی طرف لے جا رہی ہونا۔''

''میں تمھیں اِس طرف لے جا رہی ہوں کہ چھپانے کی عادات معاملات کو تباہ و برباد کر رہی ہیں۔'' حرا نے اپنے انتہائی پروفیسرانہ لہجے میں کہا، ''اور وہ تمھاری زندگی کے حقائق کو تسلیم کرنے کے لیے دوسرے لوگوں کی مرضی کو حقیر گردانتے ہیں۔''

''تو۔۔۔کیا؟ میں اسے فون کروں۔۔۔'' اس نے نمک دانی اپنے کان کے ساتھ لگا کر فون کرنے کی نقالی کی۔ ''ایا مون، میرے والد کی ایک مزاحیہ کہانی ہے۔''

''شاید، لیکن 'مزاحیہ' کے لفظ کے بغیر۔''

''اور پھر؟ کیا میں اس کے بعد اپنے بھائی کی بے حد مضحکہ خیز کہانی سناؤں؟ نئے ہوم سیکریٹری کے بیٹے کو؟''

''مم، اپنے والد سے آغاز کرو اور دیکھو وہاں سے بات کہاں جاتی ہے۔ اور ایک اور نصیحت۔ حجاب پر دوبارہ غور کرو۔'' اس نے دستار کی طرف اشارہ کیا جسے اِسما نے جوتوں کے ساتھ دروازے پر چھوڑ دیا تھا۔ حرا کے سخت چوبی فرش اور ایرانی قالین کے لحاظ سے مؤخر الذکر اور اس کی جمالیات کے اعتبار سے اول الذکر غیر اہم چیز تھی۔

''اِس کا موقع ضائع نہیں کرتیں، یا کرتی ہیں ڈاکٹر شاہ؟''

''یہ تمھارے جوان مرد کو تم سے دور رکھے گی۔ وہ چیزوں کو اپنے اصل مفہوم میں سمجھے گا۔''

''وہ میرا جوان مرد نہیں ہے اور اس کا سمجھنا اِتنا غلط بھی نہیں ہوگا۔ اور میں نے کب کہا کہ مجھے اس سے اِس طرح کوئی شے درکار ہے؟'' طویل عرصہ بیت گیا تھا 'اس طرح' کسی چیز تک رَسائی کو، کہ اسے پتہ تک نہیں تھا اور اگر پتہ بھی ہوتا تو کیسے اِس کا مزید مطالبہ کرتی۔ یونیورسٹی میں مَو آخری فرد تھا اور۔۔۔ ایک ناقابل فراموش لغزش۔۔۔ اور پہلا بھی جس کی جسمانی قربت کی وہ آشنا ہوئی تھی۔ اگر وہ اور زیادہ دور تک جاتے تو شاید اسے کسی شے کے کھونے کا احساس دامن گیر ہوتا لیکن مَو اپنے ابدی عذاب سے پریشان رہتا تھا اور اسما سوچتی تھی کہ کسی کے ساتھ کچھ کرنے سے قبل کم از کم اس کے ساتھ شادی کا تصور نہایت اہم ہوتا ہے۔ ماضی پر نظر ڈالتے ہوئے، ان کا یونیورسٹی کے دُوسرے سال کے تمام عرصے میں اکٹھے رہنا ایک اسرار ہی لگتا تھا۔

''تمھیں پتہ ہے کہ قرآن ہمیں جنسی مباشرت سے حظ اٹھانے کے لیے کہتا ہے؟'' حرا بولی۔

''متاہلی میں!''

''ہم سب نے قرآنِ پاک سے منتخب آیات کے اپنے اپنے مفہوم وضع کر لیے ہیں۔''

اسما نے قہقہہ لگایا اور رکابیاں دھونے کے لیے اٹھ کھڑی ہوئی۔ اپنے عظیم دل کے ارفع مقام سے حرا شاہ نے اسما کو واضح طور پر دیکھا؛ بے حد محتاط، اپنی زندگی کے تمام تر حالات میں بے حد الزامات کی زد میں کہ کچھ ترجیحات نے اپنے ہاتھ باندھے اور مڑ کر اس سے دور چلے گئے۔ لیکن جب کبھی کسی لڑکے نے اسما کے راستے میں قدم رکھا اور اس کی ہنسی نے یقین دہانی کروائی کہ اگر وہ اس کے قریب رہے تو زندگی پُرلطف ہو سکتی ہے تو حرا نے اس کا دھیان کپڑے کے ایک ٹکڑے کی طرف دِلایا اور کہا؛ ''دیکھو، یہ اور ایک ان کہی کہانی تمھارے اور ان کے درمیان رکاوٹ ہے۔''

اسما تھوڑی دیر تک باورچی خانے میں اس کی شناسا مہک اور لیمپوں کی گرم روشنی میں کھڑی اپنے آپ کو اِس کا یقین دِلاتی رہی۔ اس کے ددھیال کے قریب جھاگ والی نہایت عمدہ کافی ملتی تھی لیکن وہ ہر صبح پچیس منٹ کا گاڑی کا سفر طے کر کے اس کیفے میں نہیں جاتا تھا۔ اسما نے کھڑکی میں اپنا عکس دیکھا۔ اسے کوئی اندازہ نہیں تھا کہ وہ شاموں کو کہاں جاتا ہے، اپنی راتیں کہاں بسر کرتا ہے۔ وہ اِس وقت کہاں ہے۔

''احمق۔'' وہ بولی اور اپنا دھیان برتن دھونے والی مشین کو بھرنے کی طرف لگایا۔

☆

ایا مون نے اپنا منھ کھولا تو گھاس کے ٹڈّے جیسی آواز برآمد ہوئی۔ ''کچھ کہو،'' وہ بولی۔ چیں چیں۔

اسما نے اپنی آنکھیں ایک تاریکی سے دوسری میں کھولیں جو روشنی کی ایک مثلث سے ٹوٹ گئی۔ رات کے ۲:۱۷ کا وقت تھا۔ انیکا اِس وقت فون کیوں کر رہی ہے؟ نہیں، نہیں، نہیں، نہیں۔ اس کی بچہ، اس کا بھائی، وہ بچہ جسے اس نے پالا پوسا تھا۔ اس نے جھپٹ کر فون اٹھایا؛ اس کے ذہن میں اس کی موت کے پُرتشدد، نا قابل برداشت خیالات تھے، اور جواب دینے والا بٹن دبایا۔ انیکا کا چہرہ سیاہ نقاب میں تھا۔

''تم تھیں۔'' اس کی بہن نے کہا۔

''پرویز؟'' اس کی اپنی آواز نیند اور دہشت سے عجیب ہو رہی تھی۔

''تم ہی وہ تھیں جس نے پولیس کو بتایا تھا کہ اس نے کیا کیا ہے۔''

ایک درد ختم اور دوسرا شروع ہو رہا تھا۔ ''تمھیں یہ بات کس نے بتائی ہے؟''

''خالہ نسیم اِس کے بارے میں آپا رضیہ سے بات کر رہی ہیں۔ تو تم اعتراف کر رہی ہو؟''

''وہ اسے ڈھونڈ ہی لیتے۔''

''تمھیں کیا پتہ۔'' اس کی بہن کی آواز میں دکھ اور الجھن تھی۔ ''شاید وہ نہ ڈھونڈ پاتے۔ اور پھر وہ گھر آ جاتا۔ اسے معلوم ہو گیا تھا کہ اس سے غلطی ہو گئی ہے، وہ حالات کو سنبھال لیتا اور گھر آ جاتا۔ تم نے اسے گھر آنے کے قابل نہیں چھوڑا۔'' وہ یوں چلاّ رہی تھی جیسے اسے ابھی اپنے آپ کو لگنے والے زخم کا پتہ چلا ہو۔ ''اسما، تم نے

ہمارے بھائی کو گھر آنے کے قابل نہیں چھوڑا۔''

اسما نے اسکرین پر اپنی بہن کے چہرے کو چھوا تو سرد شیشہ محسوس ہوا۔ ''شش، میری بات سنو۔ اڑوس پڑوس کے لوگ آگاہ تھے۔ پولیس ڈھونڈ نکالتی۔ میں اس کے لیے کچھ نہیں کر سکتی تھی، پس میں نے وہی کیا جو میں تمھارے لیے، ہمارے لیے کر سکتی تھی۔''

''میرے لیے؟''

''ہم اس صورت حال میں نہیں ہیں کہ ریاست کو اپنی وفاداری پر سوال اٹھانے دیں۔ تم یہ بات نہیں سمجھ رہی ہو؟ اگر تعاون کریں گے تو حالات مختلف ہوں گے۔ میں نہیں چاہتی تھی کہ اس کے منتخب کردہ راستے کی وجہ سے تم مصیبت میں پڑو۔''

''کیا میں اب مصیبت میں نہیں ہوں؟ پرویز چلا گیا ہے۔''

''یہ اس نے کیا ہے، میں نے نہیں۔ جب وہ ہمارے ساتھ اِس طرح کا سلوک کرتے ہیں تو ہم اپنی صحیح الدماغی سے بس اِتنا ہی کر سکتے ہیں کہ انھیں جانے دیں۔''

''پرویز ہمارا باپ نہیں ہے۔ وہ میرا جڑواں ہے۔ وہ میں ہوں۔ لیکن تم، تم اب ہماری بہن نہیں رہی ہو۔''

''انیکا۔''

''میرا یہی مطلب ہے۔ تم نے ہمیں دھوکا دیا، ہم دونوں کو۔ اور پھر تم نے اِسے مجھ سے چھپانے کی کوشش کی۔ فون مت کرنا، پیغام بھی نہیں بھیجنا۔ مجھے تصویریں مت بھیجنا۔ سمندر پار سے کبھی مت لوٹنا اور مجھ سے توقع رکھو کہ میں دوبارہ کبھی تمھاری شکل نہیں دیکھنا چاہتی۔ ہماری کوئی بہن نہیں ہے۔''

ایک لمحے تک اس کا طیش بھرا چہرہ وہاں رہا اور پھر اس کی جگہ اِسما کے فون کے وال پیپر نے لے لی، جس میں گرانڈ یونین کینال کی سطح آب پر زرد اور سبز پتے تیر رہے تھے۔ اسما نے فیس ٹائم، اسکائپ، واٹس ایپ، حد یہ کہ بین الاقوامی مہنگی فون کال کی کوشش بھی ناامیدی کے عالم میں کی کہ انیکا جواب نہیں دے گی لیکن وہ اپنی بہن کو بتانا چاہتی تھی کہ اس کی اپنا مؤقف بتانے کی کس قدر شدّید تمنا ہے۔

بالآخر جب گھنٹی بجنے کی آواز برداشت کی حد عبور کر گئی تو وہ لحاف کو سختی سے لپیٹ کر دوبارہ بستر میں لیٹ گئی۔ آسمان پر ٹھنڈے ستارے تھے۔ قرآنِ مجید کی ایک آیت اس کے دماغ میں گونجنے لگی: آسمان پر اور شب کو ملاقات کے لیے آنے والا! اور وہ شبینہ ملاقاتی کون ہے؟ ایک بے حد روشن ستارہ۔ وہ اٹھی، پلنگ کے نیچے مصلہ نکالا اور سجدے میں گر گئی۔ ''بسم اللہ الرحمٰن الرحیم۔'' قرآنی آیات بچپن ہی سے اس کی ساتھی تھیں، جو اسے دادی کی گود ہی میں ازبر ہو گئی تھیں جب کہ وہ اِتنی کم سن تھی کہ کوئی اِتنی چھوٹی عمر میں یاد کرنے کے بارے میں سوچ بھی نہیں سکتا تھا۔ شروع اللہ کے نام سے، جو بہت رحمٰن، بہت رحیم ہے۔ اپنی نماز کے دوران میں آگے پیچھے ہلنے کا یہ عمل اس کی دادی کا، اس کی حفاظت کے لیے ان آیات کی سرگوشی کرتے ہوئے، اسے سلانے کے لیے ہلانے کا

عمل تھا۔ شروع شروع میں وہ الفاظ محض ایک ایسی زبان تھی جسے وہ نہیں جانتی تھی لیکن جوں جوں اس نے اپنی آنکھیں بند کر کے دنیا کو بھگانے کے لیے ان کی قرأت جاری رکھی وہ الفاظ اس کے اندر سرایت کرتے چلے گئے، روشنی بن کر چمکنے لگے اور تاریکی چھٹنے لگی۔ اور پھر روشنی لطیف ہوتی چلی گئی، پھیلتی چلی گئی اور اس کے گرد احاطہ کر کے ایسا اطمینان بخشنے لگی جو اپنی ناطاقتی کے احساس سے آتا ہے۔

تلاوت لگ بھگ عموماً اسی طرح اپنا عمل دِکھاتی تھی۔ لیکن آج وہ اسے ایک اجنبی زبان کے الفاظ سے زیادہ محسوس نہیں ہو رہی تھے جو بہ آوازِ بلند ایک کمرے میں بولے جا رہے تھے اور جورات کے اِس وقت کسی بھی شخص کے اندر پوشیدہ شے کی پیش گوئی نہیں کر رہے تھے، پس وہ نہایت سرد مہر تھے۔ وہ بستر پر لوٹی، ایک سرہانے کو اپنے سینے کے ساتھ بھینچ کر لپٹایا اور دوسرے کو اپنی کمر کے ساتھ لگایا۔ وہ اس رات، یہ گمان کر کے کہ اسے پتہ ہے کہ وہ اپنی بہن کے ہیجان زدہ دِل کو کیسے سکون دے سکتی ہے، اپنے آپ کو بے وقوف بنا رہی تھی۔ انیکا نے بس اپنے بھائی کی صحبت اور اپنی ماں کی رحم میں ہی جینا سیکھا تھا۔ بچپن میں دونوں جڑواں باغیچے میں لیٹ جاتے، ایک دوسرے کی نبضوں کو ہاتھوں میں تھامتے اور اپنے گھر کے عقب میں پٹڑی پر سے گذرنے ولی ریل گاڑی کی آواز سنتے تھے۔ ان لمحوں کے منتظر رہتے جب ان کے دل پہلے ایک دوسرے کے ساتھ اور پھر پریسٹن روڈ سٹیشن سے نکلنے والی گاڑی کی آواز کے ساتھ ہم آہنگ ہو جاتے۔

'براہ مہربانی، مجھے فون کرو، براہ مہربانی، مجھے فون کرو، براہ مہربانی، مجھے فون کرو۔' اس نے اسکائپ کیا، واٹس اَیپ کیا اور فون سے برقی پیغام بھیجا۔

خالہ نسیم نے اس قضیے میں اپنے کردار سے دہشت زدہ ہو کر فون کیا۔ وہ اور اس کی بیٹی رضیہ کسی خبر پر آپس میں بات چیت کر رہی تھیں اور اس نے کہا گھا کہ اِس ماحول میں یہ کتنا اچھا ہوا تھا کہ اسمانے پولیس کو بتا دیا کہ پرویز نے کیا کیا ہے۔ اسے انیکا کے گذشتہ رات لوٹنے کی خبر نہیں ہوئی تھی اور اس کا خیال تھا کہ وہ میلوں دُور گیتا کی قیام گاہ میں ہے۔ ''وہ میرے ساتھ گستاخ تھی۔'' خالہ نسیم نے ایک ایسا جملہ کہا جو ایک پورا قصہ بیان کر رہا تھا اور انداز بیان نے سب کچھ تہہ و بالا کر دیا تھا۔

پس تب اسما کو اُسے قائل پڑا تھا کہ یہ ایک ایسی غلطی تھی جو کسی سے بھی آسانی سے ہو سکتی ہے اور اِس میں معافی تلافی والا معاملہ نہیں ہے تو بالآخر انیکا مان گئی، حالاں کہ اس کا دِل چاہ رہا تھا کہ وہ فون پر چلا اٹھے: تم اِتنی غیر محتاط کیسے ہو سکتی تھیں! آخر کار، جب فون بند ہوا تو اس نے اپنے آپ کو بے حد تھکا ہوا محسوس کیا جیسا کہ وہ ہمیشہ محسوس کیا کرتی تھی۔ اس نے تکیے کے ساتھ ٹیک لگائی۔ ایامون اس کا چست سایا تھامے ہوئے تھا۔ ''اوہ!'' وہ بولی تو حیرت زدہ تھی بھی اور نہیں بھی۔ یہ پہلا موقع نہیں تھا کہ اس نے اسے یہ کرتے ہوئے پایا تھا لیکن اس نے پہلے ہمیشہ اس پر پابندی لگائی تھی۔ اب وہ سکون پانے کے لیے، جو وہ اسے آشکار طور پر دے سکتا تھا، اس کے مزید قریب ہو گئی۔ شروع میں کافی دیر تک اس کی ٹانگوں کو گرماہٹ ملی اور پھر دِھیرے دِھیرے حدت کی تپش بڑھ گئی۔ وہ تاریکی میں اس کی طرف گھوم گئی۔ اسی وقت آسمان سے پہلی روشنی نمودار ہوئی تو اسے محسوس ہُوا کہ وہ اپنی

اکمل شناخت کروانے کی تمنا میں تحلیل ہوگئی ہے۔ اِس سے قبل کہ دن طلوع ہوتا اور یہ سرشاری غائب ہوجاتی، اس نے فون اٹھا کر ایا مون کو پیغام مرسل کیا: 'مجھے افسوس ہے۔ میں تمھارے والد سے حسد کرتی ہوں۔ میرا باپ گوانتانومولے جاتے ہوئے مرگیا تھا۔ میں یہ سب تمھیں بتانا چاہتی ہوں۔'

اس نے اُس کی توقع سے پہلے جواب دیا۔ وہ جاگ رہا ہوگا: 'بتاؤ، تم سے کہاں ملاقات ہوگی۔'

انیکا کی طرف سے کوئی جواب نہیں ملا تھا۔ فیس ٹائم پر نہ اسکائپ پر، واٹس ایپ پر نہ کوئی فون کال۔ کچھ نہیں تھا۔

☆

اسما نے آئینے میں اپنا عکس دیکھا تو اس کے بال پرسیپولس کی مونا کے مانند 'ساحل کی لہروں' کی 'بناوٹ' لیے ہوئے تھے۔ ویمبلے میں حرا نے ایک چیز کی سفارش کرتے ہوئے یقین دِلایا تھا کہ اس سے گھنگھریالے اور منتشر بالوں کو سیدھا کرنے کا معجزہ کیے بغیر نمٹا جاسکتا ہے۔ اس نے کہا تھا کہ اس کی زلفیں 'خوش فعل' اور 'حیرت انگیز' ہیں یا اس وقت ہوتے ہیں جب اس کے چہرے سے چپکے ہوں۔ اس نے دراز کھولا جہاں وہ اپنی دستاریں اور صافے رکھتی تھی، پھر اسے بند کیا اور ایک مرتبہ پھر آئینے میں دیکھا اور اسے دوبارہ کھول لیا۔

دروازے پر انگلی کی گانٹھ سے ایک متامل دستک ہوئی۔ اسے توقع تھی کہ وہ زینے سے نیچے ہی اسے فون کرے گا لیکن اس کے ایک ہمسائے نے بیرونی دروازہ کھلا چھوڑ دیا تھا اور وہ اس کے قیاس سے پہلے آ گیا تھا۔ وہ ابھی تک غسل کے لباس میں تھی۔ ''ٹھہرو۔'' وہ پکاری اور اس نے وہی کپڑے جھپٹ لیے جو قریب ترین ہونے کی وجہ سے ہاتھ چڑھے۔ دُھل دُھل کر بدرنگ ہوئیں جینز اور انگیا؛ خدا کے لیے، اِس سے کیا فرق پڑتا تھا؟ جھالر دار پسینہ آور قمیص۔

اس نے قدرے سانس تھام کر دروازہ کھولا ویسی ہی شعوری آگاہی سے جس سے اس روز بالائی منزل کے کافی کاؤنٹر پر اس کے ساتھ چلنے کو کہا تھا۔ اس سے آفٹر شیو کی خوشبو کی ہلکی سی خوش گوار مہک پھوٹ رہی تھی۔ خاص طور پر اسی ملاقات کے لیے خوشبو استعمال کی گئی تھی یا وہ عموماً دن کے وقت دیر گئے اس سے ملتی تھی کہ تب تک مہک اُڑ چکی ہوتی تھی؟

''ہیلو۔'' اُس نے ایسے لہجے میں کہا جو دوستانہ نہیں بلکہ اس کی عمومی 'ہائے' سے زیادہ رسمی تھا۔ کیا یہ اُن کی پچھلی گفتگو کے سبب تھا یا اس کے بغیر پگڑی کے ہونے کی وجہ سے؟ اس کی نگاہیں اس کے چہرے پر سے پھسلتی ہوئی پرے چلی گئیں گویا اس نے خیال کیا ہو کہ یوں راست انداز میں اس اَن ڈھنپی پر نظریں دوڑانا ناشائستہ حرکت ہوگی۔ اس نے اسے برتن سکھانے والی الماری میں گلاس اور پلیٹ، ننگی دِیواروں، سفید لحاف اور چادروں والے یک فردی مسہری کو دلچسپی سے دیکھتے ہوئے دیکھا۔

''عمدہ ہے۔'' وہ بولا۔ ''بکھیڑوں کے بغیر۔'' اس نے اپنے کوٹ کے بٹن کھولے تو کمرے کے سکوت

میں چٹک چٹک کی آواز گونج اٹھی۔ وہ سوچ رہی تھی کہ آیا 'سادہ' کے بجائے 'بکھیڑوں کے بغیر' شائستہ الفاظ تھے یا اس نے واقعی ایک کمرے والا فلیٹ اس کے پاس آنے سے قبل اس لمحے تک نہیں دیکھا تھا؛ ایک گھر تم سے قریب قریب کوئی مطالبہ نہیں کرتا، بس تمھیں اہمیت دیتا ہے۔ اب اس نے خواہش کی کہ وہ اس پر کچھ اور توجہ دے گی اور یک فردی پلنگ اِتنا بھی یک فردی نہیں تھا۔

''کل والی بات پر معذرت۔'' اس نے کہا۔

''میں بھی یہی کہنا چاہ رہی تھی۔ چائے؟''

اُس نے پاؤں جھٹک کر اپنے لمبے بوٹ اتارے۔ جب وہ کیتلی کو بھر رہی تھی تو اس نے اس کے قدموں کی چاپ اپنی میز کی طرف جاتے ہوئے سنی، پھر مدھم سیٹی کی آواز نے اسے بتایا کہ اس نے انیکا کا فوٹو دیکھ لیا ہے۔

''یہ میری بہن ہے۔'' وہ بولی۔

وہ فوٹو کا چوکھٹا اپنے ہاتھوں میں لیے اس کی سمت مُڑا۔ دونوں جڑواں کے گریجویٹ کرنے کے فوراً بعد وہ تصویر کھینچی گئی تھی۔ انیکا اپنے باہر جانے والے پسندیدہ پہناوے میں تھی: اونچے بوٹ، سیاہ ساق پوش، اور لمبا سفید کوٹ، اس کے چہرے کو نمایاں کرتی ہوئی سیاہ حاشیے دار ٹوپی اور اس پر ڈھیلا کر کے لپیٹا ہوا سفید اور سیاہ مہین دوپٹہ۔ ایک ہاتھ کولھے پر، کیمرے کے عقب میں موجود اپنے جڑواں کو شیخی دکھانے کے لیے ٹھوڑی باہر نکالے ہوئے جب کہ اسما کی کہنی اپنی بہن کے کندھے پر اور خوش دلی سے مسکراتی ہوئی۔ اس کا چہرہ اپنی بہن کے چہرے کے سامنے کتنا بڑا الگ رہا تھا اور اس کے نقوش ہونٹوں پر جمی سرخی کی تہہ اور مسکارے کے اضافے سے، جس میں انیکا مہارت رکھتی تھی، کس قدر دُھلے دُھلائے تھے۔

''اِس کی عمر کتنی ہے؟''

''انیس۔'' ایک بچکانہ عورت، ایک ناپختہ بالغ۔ اسما ایسا کوئی لفظ نہیں سوچ سکی جو اس پر پورا اترتا۔

اس نے فوٹوگراف نیچے رکھ دیا۔ ''دل کش گھرانہ۔'' وہ بولا۔ بالآخر اس نے راست اس کی طرف دیکھا۔ ''تمھارے بال خوب صورت ہیں۔'' اگلے تبصرے سے پہلے ہی یہ بات سیدھی اس کے پیٹ میں جا کر لگی لیکن وہ اپنی توجہ میز پر دھرے ایک اور چوکھٹے کی طرف کر چکا تھا جس میں ایک لکیر دار کاغذ پر انیکا کے ہاتھ سے لکھی ہوئی ایک آیت تھی۔ ''اور یہ؟''

''یہ قرآن پاک کی ایک آیت ہے: **لا یُکلفِ اللّٰہُ نفسً الّا وُسعَ**۔ اللہ کسی ذی روح پر اس کی برداشت سے زیادہ بوجھ نہیں ڈالتا۔'' جب اس کی دادی فوت ہوئی تو یہ اسے اپنی تپائی کی دراز پر ٹیپ سے چپکی ہوئی ملی تھی۔

اس نے اس پر بے حد ترحم آمیز نظریں ڈالیں جو اس کے لیے ناقابل برداشت تھیں، جسے اس نے بھانپ لیا ہوگا کیوں کہ جب وہ بولا تو اس کا لہجہ قدرے روکھا تھا۔ ''تو یہاں گفتگو کا یہ مختصر حصہ ختم ہوتا ہے۔''

وہ اپنے پلنگ پر یہ سوچتی ہوئی بیٹھ گئی کہ آیا وہ اس کے ساتھ پلنگ پر بیٹھے گا یا کئی قدم دور پڑی میز والی کرسی پر۔ وہ ان میں سے کسی پر نہیں بیٹھا بلکہ فرش پر اکڑوں بیٹھ گیا۔

''مجھے اپنے والد کے بارے میں بتاؤ۔'' اس نے کہا۔

''درحقیقت مجھے بھی نہیں پتہ کہ تمھیں ان کے بارے میں کیا بتاؤں۔ اصل بات یہ ہے کہ میں بھی ان کے متعلق کچھ نہیں جانتی۔ انھوں نے زندگی میں بہت سے کام کرنے کی کوشش کی؛ گٹار نواز، سیلز مین، جواری، ٹھگ، جہادی لیکن انھوں نے ایک لاپرواہ باپ کا کردار استقامت سے نبھایا۔''

اس نے اسے بلاکم وکاست وہ سب کچھ بتا دیا جس کا اسے پتہ تھا۔ پہلی بار جب اس کے باپ نے اپنے اہل وعیال سے کنارہ کیا تو وہ اِتنی چھوٹی تھی کہ اسے کا جانا یاد تھا نہ اس سے پہلے اس کی وہاں موجودگی۔ پس وہ ایک ایسے گھر میں پلی بڑھی جہاں ماں اور دادا دادی تھے، اس امر سے ناآگاہ کہ اس کا دل کسی شے کی کمی محسوس کر رہا تھا۔ جب اسما آٹھ برس کی تھی تو وہ دوبارہ نمودار ہوا؛ عادل پاشا، جسے اس کے دوست 'بے حس پاشا' کہتے تھے۔ چوڑے چکلے کندھوں والا ایک ہنسوڑ شخص جو اپنے ساتھ اسما کی مشابہت پر مسرور تھا۔ اس کی زندگی میں آنے والی ہر عورت کی طرح اس کی ماں بھی بلا تاخیر اس کے سحر میں گرفتار ہوگئی، جو اس قدر تباہ کن اثرات لیے ہوئے تھا کہ اسے دوبارہ متاہلانہ بستر میں داخل ہونے کی اجازت مل گئی۔ یہاں تک کہ جب وہ جوں ہی گھر میں داخل میں ہوا تو اس کی ماں نے اپنے سسرالیوں کو روندتے ہوئے اس کے اپنے بستر پر سونے کا اصرار کیا۔ وہ اتنا عرصہ وہاں رہا کہ اپنی بیوی کو جڑواں بچوں کا حمل اور اپنی بیٹی کو یہ سوچ دے گیا کہ اس کا ہر بار چھوڑ جانے کو سہنا سہل نہیں اور پھر وہ ایک بار پھر چلا گیا۔ اس بار اس کے جانے کا بہانہ دولت مند بننے کا نہیں تھا بلکہ بوسنیا جانے والے ایک امدادی قافلے نے اسے حق پر ہونے کا لبادہ اوڑھنے کا موقع دیا تھا، جہاں اس وقت جنگ کے آخری مہینے تھے۔ چند ہفتوں کے بعد قافلہ تو واپس لوٹ آیا لیکن وہ نہیں پلٹا اور اسما نے اسے کبھی دوبارہ نہیں دیکھا۔

اکثر و بیشتر اس کے قبالہ نویسوں جیسے خط میں ایک کارڈ موصول ہوتا جس میں لکھا ہوتا کہ وہ کسی لڑائی میں یا کسی ظلم کے خلاف کتنا اہم ثابت ہوا تھا یا پھر کوئی باریش آدمی تھوڑی سی رقم لیے دروازے پر آتا اور اس مقام کے بارے میں بتاتا جہاں پاشا جنگ لڑ رہا ہوتا؛ کشمیر، چیچنیا، کوسوو۔ اکتوبر ۲۰۰۱ء میں اس نے فون کر کے بتایا کہ وہ پاکستان میں ہے اور افغانستان جا رہا ہے، اور اسے اپنے باپ کی موت کا پتہ چلا تھا۔ وہ اپنی ماں سے بات کرنا اور اپنے بیٹے کی آواز بھی سننا چاہتا تھا۔ اس کی بیوی نے یہ جانے بغیر کہ آیا وہ اسما کی آواز سننا چاہتا ہے؛ اس کی اس اکلوتی اولاد کی آواز جس سے وہ آشنا تھا۔

ایامون نے پہلو بدل کر اپنے ٹخنے کو اس کے ٹخنے کے ساتھ لگایا، ہمدردی کا محض اتنا عمل جتنا وہ برداشت کر سکتی تھی۔

''چند ماہ کے بعد ایم آئی ۵ اور سپیشل برانچ کے افسران اس کے متعلق پوچھنے آئے، اگرچہ انھوں نے یہ نہیں بتایا کہ وہ کیوں دریافت کر رہے ہیں۔ ہم جانتے تھے کہ کچھ گڑبڑ ہے اور میری دادی نے کہ ہمیں کسی سے

رابطہ کرنا چاہیے؛ ریڈ کراس، حکومت، کسی وکیل سے، یہ معلوم کرنے کے لیے کہ وہ کہاں ہے۔ اگر اس وقت میرے دادا زندہ ہوتے تو یہ کام ہو جاتا لیکن وہ زندہ نہیں تھے اور میری ماں نے کہا کہ اگر ہم نے اسے تلاش کرنے کی کوشش کی تو اسپیشل برانچ ہمیں ہراساں کرے گی اور آس پاس کے لوگ بھی ہماری ہمدردیوں کو شبہ کی نگاہ سے دیکھنے لگیں گے۔ میری دادی مدد کے لیے مسجد میں گئیں لیکن امام نے میری ماں کی طرف داری کی؛ اس نے افغانستان میں گرفتار ہونے والے برطانوی خاندانوں پر ظلم وستم کی بہت سی کہانیاں سن رکھی تھیں۔ میری دادی کی ایک دوست نے بتایا کہ اگر برطانوی حکومت کو شک پڑ گیا کہ ہم ایک دہشت گردوں کی طرف داری کر رہے ہیں تو وہ ہمارے گھرانے سے فلاحی ریاست کے تمام فوائد، بشمول ریاستی سکول اور این ایچ ایس، واپس لے لے گی۔

ایا مون نے واضح طور پر دل آزاری والا یوں بُرا سا منھ بنایا جس نے اسے جتا دیا کہ اس نے ریاست کو اپنے آپ کے ایک حصے کے طور پر لیا ہے، ایک ایسی شے جو کبھی اسما کے خاندان کے کسی فرد کے لیے ممکن نہیں ہوئی۔ اس نے اس کے اعتراضات کو روکنے کے لیے ہاتھ اٹھایا۔ ''میری ماں جانتی تھی کہ یہ سچ نہیں تھا لیکن اس نے میری دادی کو اِس پر یقین کرنے دیا۔ یہ سلسلہ ۲۰۰۴ء تک اس وقت تک چلتا رہا جب گوانتانامو سے رہائی پانے والے ایک پاکستانی نے میرے والد کے خاندان والوں سے پاکستان میں رابطہ کر کے بتایا کہ وہ 2002ء کے آغاز سے میرے والد کے ساتھ بگرام میں قید رہا تھا۔ اسی برس جون میں وہ اور میرا والد دونوں ان لوگوں میں شامل تھے جنھیں گوانتانامو بھجوانے کے جہاز پر سوار کروایا گیا۔ جہاز کے اڑان بھرتے وقت اسے کسی نوع کا کوئی دورہ پڑا اور وہ مر گیا۔ اس نے کچھ اَور باتیں بھی بتائیں کہ میرے والد کے ساتھ بگرام میں کیا ہوا تھا لیکن پاکستان والے خاندان نے کہا کہ ایسے خیالات کو دماغ میں جگہ دینے کی کوئی ضرورت نہیں اور ہمیں وہ باتیں نہیں بتائیں۔''

''تمھیں کسی نے نہیں بتایا کہ اسے مرئے ہوئے دو برس قبل ہو چکے تھے؟''

''ہمیں کون بتاتا؟ امریکی؟ برطانوی خفیہ ایجنسی؟ ہمیں کچھ نہیں بتایا گیا تھا۔ ہمیں اب تک کچھ نہیں بتایا گیا۔ انھوں نے اس وقت سے اب تک بگرام کا ریکارڈ مہیا نہیں کیا ہے۔ ہمیں تو یہ بھی نہیں پتہ کہ کسی نے دفنانے کی بھی زحمت کی تھی یا نہیں۔''

''مجھے یقین ہے کہ انھوں نے دفنایا ہوگا۔'' وہ بولا۔

''کیوں؟ کیوں کہ وہ بہت مہذب ہیں؟'' اس نے اپنے آپ سے عہد کیا تھا کہ وہ اس سے جھوٹ نہیں بولے گی، جس میں اپنا غصّہ نہ چھپانا بھی شامل تھا۔

''مجھے افسوس ہے۔ میں کوشش کر رہا تھا کہ۔۔۔ مجھے افسوس ہے۔ میں تصور بھی نہیں کر سکتا کہ اِس سے تم پر، تمھارے گھر والوں پر کیا بیتی ہوگی۔''

اس نے بے بسی اور بے کسی کا اظہار کیا۔ ''ہم اس پر بات نہیں کرتے۔ ہمیں اس پر بات کرنے سے منع کر دیا گیا تھا۔ صرف سڑک کی دوسری طرف رہنے والی خالہ نسیم اور اس کی بیٹیاں آگاہ تھیں کیوں کہ بنیادی طور پر ہم ایک ہی خاندان ہے جو دو گھرانوں میں بٹ گیا تھا۔ ان کے علاوہ صرف ایک اور شخص کو بتایا گیا تھا؛ ایک ایسا شخص

جسے میرے دادا دادی ویمبلے میں آنے کے آغاز ہی سے جانتے تھے اور وہاں زیادہ ایشیائی گھرانے بھی نہیں تھے کہ جو سب ایک دوسرے کے شناسا تھے۔ میرے دادی کے کہنے پر وہ آدمی اپنے عم زاد کے بیٹے کے پاس گیا، جو پہلی مرتبہ ایم پی بنا تھا، اور اس سے کہا کہ کیا حکومت برطانیہ عادل پاشا کے بارے میں، جو گوانتانا موجاتے ہوئے مر گیا تھا، کوئی معلومات حاصل کرسکتی ہے؛ اس کے گھر والے جواب کے مستحق ہیں۔ 'وہ اس کے بغیر ہی ٹھیک ہیں۔' ایم نے جواب دیا اور کمرے سے چلا گیا۔''

''وہ میرا والد تھا؟''

''ہاں۔''

وہ آگے کی سمت جھکا اور اپنا منہ ہاتھوں میں دے لیا۔

وہ اس کے بالوں میں اپنی انگلیاں پھیرنا اور اس کا بازو تھپتھپانا چاہتی تھی۔ اس کے اندر بالکل ایک نئی لطافت در آئی تھا، جس نے تمام دنیا کو از سرِ نو خواب میں بھی نہ دیکھے ہوئے امکانات کے مقام میں ترتیب دے دیا تھا۔ اِس لطافت میں انیکا کی ناراضگی عارضی اور پرویز کی خطائیں قابل تقلیب تھیں۔

اس نے سر اٹھا کر دیکھتے ہوئے اپنی نظریں جمائیں۔ ''کیا میں؟'' اس نے بستر پر اس کے ساتھ والی جگہ کی طرف اشارہ کیا۔ اس نے اثبات میں سر ہلا دیا کیوں کہ اسے اپنی آواز پر اعتبار نہیں تھا کہ اسے استعمال کرتی۔

اس کے بوجھ سے گدّا تھوڑا سا دب گیا۔ اس نے اس کا ہاتھ تھاما، اپنی بھوری آنکھوں میں گہرے جذبات لیے اسے دیکھا۔ ''تمھیں جو کچھ بھی سہنا پڑا مجھے اس پر افسوس ہے۔'' وہ بولا۔ ''تم ایک غیر معمولی خاتون ہو۔'' اور پھر اس نے اس کا ہاتھ ایک بار، دو بار تھپتھپایا اور چھوڑ دیا۔ ''تمھیں میرے والد کے متعلق کچھ چیزیں سمجھنے کی ضرورت ہے۔''

وہ اس کے باپ کے بارے میں ایک بھی چیز سمجھنا نہیں چاہتی تھی۔ وہ چاہتی تھی کہ اس کا ہاتھ واپس اس کے بدن میں، نہایت گہرے مقامات سمیت، برقی رَو دوڑائے، لگ بھگ اِس طرح جیسے اس نے وہاں بھی چھوا ہو۔

''یہ ان کے لیے دشوار تھا۔'' اس نے کہا۔ ''ان کے پس منظر کی وجہ سے۔ خاص طور پر، شروع میں تو انھیں کسی دوسرے ایم پی کی نسبت بے حد محتاط رہنے کی ضرورت تھی اور بعض اوقات اس کا مطلب تھا کہ کچھ کاموں سے معذرت کرلی جائے۔ لیکن ہر وہ کام جو انھوں نے کیا، یہاں تک کہ غلط بھی، تو اس لیے کہ انھیں مقصد کی فہم تھی۔ عوام کی خدمت، قومی بھلائی، برطانوی اقدار۔ وہ اِن پر گہرا اعتقاد رکھتے تھے۔ انھوں نے جتنی بھی غلطیاں کیں وہ سب انھیں راست مقام پر لے جانے کے لیے ضروری تھیں، وہ مقام جس پر وہ اب ہیں۔''

وہ وہاں بیٹھا تھا، اپنے باپ کا برخوردار۔ اِس سے کوئی فرق نہیں پڑتا تھا کہ وہ سیاسی منظر نامے میں اِس طرف تھے یا اس طرف، یا باپ حاضر تھے یا غائب، یا کوئی اور ان سے بہتر طور پر، مزید محبت کرتا تو بھی انجام کار

وہ ہمیشہ اپنے باپوں کے بیٹے ہی رہتے۔

''میں یہ نہیں کہہ رہا ہوں کہ اِس سے معاملات ٹھیک ہوتے ہیں۔'' وہ بولا۔ اس نے دو انگلیاں اپنی کن پٹی پر رکھ کر رگڑیں۔ اس کے ناخنوں میں کامل نصف چاند تھے۔ ''میں اچھی طرح وضاحت نہیں کر سکتا۔ انھیں خود وضاحت کرنا چاہیے تھی۔ میں تمھیں بس اِتنا کہہ سکتا ہوں ۔۔۔ اگلی مرتبہ لندن جاؤ تو مجھے مل سکتی ہو۔ میں اِس معاملے کو ٹھیک کر دوں گا۔ اس معاملے پر ان سے جھگڑا کروں گا ۔۔۔ انھیں اس کا جواب دہ ٹھہراؤں گا۔ وہ اس پر اٹھ کھڑے ہوں گے۔ میرا خیال ہے کہ انجام کار تم بھی ان کے موافق محسوس کرو گی۔''

''میں؟ کرامت لون سے ملوں؟''

''مسمی برطانوی اقدار۔ مسمی مضبوط بر تحفظ۔ مسمی مسلمانیت سے بھگوڑا۔ وہ کہے گا: میں تمھارے خاندان سے واقف ہوں۔ تم اپنے بھائی کے بغیر ہی بہتر ہو۔ اور ایامون، اس کا عقیدت مند پسر، افسردگی کے ساتھ اتفاق کر لے گا۔''

''اِس پر اِتنا زیادہ فکر مند ہونے کی ضرورت نہیں۔ وہ عمدہ رہیں گے۔ میری خاطر۔'' اس نے اُس کے بالوں کی ایک لٹ تھام کر ہولے سے کھینچی۔ ''اب جب کہ میں نے تمھارے سر کو ننگا دیکھ ہی لیا ہے تو میں عملاً تمھارا بھائی ہوں، کیا میں نہیں ہوں؟''

''کیا تم بھائی ہی ہو؟''

''معاف کرنا، کیا یہ نہایت بر خود غلط ہے؟''

وہ اٹھ کھڑی ہوئی، مڑی اور کندھے اچکائے۔ ''نہیں، ٹھیک ہے۔'' وہ اپنی آواز کو لطیف بناتے ہوئے، اسے اپنی گھمبیر سنجیدگی کی نامعقولیت کا احساس دِلاتے ہوئے بولی۔ ''اوہ دیکھو، میں نے تمھارے لیے چائے کا کپ نہیں بنایا اور اب مجھے باہر جانا ہے۔ ملاقات طے ہے۔''

''کیا اس کے بعد کیفے میں آؤ گی؟''

''غالباً آج نہیں۔ درحقیقت، کچھ دِنوں تک نہیں۔ ایک دوست نے مجھے اپنے پاس آنے اور بہار کی باقی چھٹیاں اپنے ہاں گذارنے کی دعوت دی ہے۔'' جو اِتنی جھوٹ بات بھی نہیں تھی۔ گذشتہ شب ان کے کھانے کے آخر میں حرا نے کہا تھا: ''اگر تمھیں مجالست درکار ہے تو چند یوم کے لیے تمھیں اپنے فالتو کمرے میں خوش آمدید۔ شکستہ دل لیے تنہا مت رہو۔''

''اوہ، پھر تو ہماری ملاقات نہیں ہو گی۔ میں اگلے ایک دو روز میں جا رہا ہوں۔ میرے والد سے خبروں کا چکر چل پڑا ہے۔ اور تمھیں سچ بتاؤں، میں سوچ رہا ہوں کہ میں اپنے ددھیالی والدین کی سماجی زندگی کو اپنے شکنجے میں کر لوں۔''

''پھر تو اچھی بات ہے۔ مجھے خوشی ہے کہ ہم نے دِل صاف کر لیے۔'' وہ تن کر اپنے آپ کو سیدھا رکھتے ہوئے بولی۔

''مجھے بھی خوشی ہے۔ اچھا، خدا حافظ۔ کافی پر اِتنا عمدہ ساتھی بننے پر شکریہ۔'' اس نے آگے بڑھ کر اپنے ہاتھ قدرے کڈھب پن سے پھیلا دیے۔ اس کے بعد ہونے والا معانقہ ویسا جسموں کے ٹکراؤ والا نہیں تھا جیسا ایک دوسرے سے جدا ہونے والوں کا ہوتا ہے۔ وہ مسکرایا اور اس کے بال چہرے سے اِس انداز میں پیچھے ہٹائے جس سے وہ پہلے ہی جن لوگوں میں پلی بڑھی تھی ان کے طور کی وجہ سے آشنا تھی۔ اس نے اسے اپنے لمبے بوٹ پہنتے، کوٹ کے بٹن بند کرتے، دوبارہ مسکراتے اور جانے کے لیے مُڑتے دیکھا۔ اس کا ہاتھ دروازے کے لٹو پر گیا اور پھر وہ ٹھہر گیا۔

''اسما؟''

''ہاں۔'' اس کی نسوں میں امید کی رَواب بھی رواں تھی۔

اس نے مطبخ کی کارنس سے پھولا ہوا لفافہ اٹھایا، جو ایم اینڈ ایم سے بھرا ہوا تھا؛ خالہ نسیم کے ۱۹۸۰ء کی دہائی میں امریکا میں تعطیلات گزارنے کے بعد، طویل عرصے سے ان کی امریکی مٹھائی سے رغبت پر اڑوس پڑوس کی گھر گرہستنوں میں مذاق اڑتا چلا آ رہا تھا۔

''یہ وہی لفافہ ہے نا، جو تم پچھلے ہفتے کیفے میں لائی تھیں؟ کیا تم اسے ڈاک کے حوالے کرنے نہیں جا رہی تھیں؟''

''بھول جاؤ۔'' اس نے کہا۔

اس نے لفافے کو اپنی بغل میں دبایا۔ ''میں اِسے لندن سے ڈاک میں ڈال دوں گا۔''

''اس کی کوئی ضرورت نہیں ہے۔''

''یہ واقعی مسئلہ نہیں ہے۔ ارزاں اور سریع الرفتار۔''

''اوہ، ٹھیک ہے۔ شکریہ۔''

''الوداع، بہن۔'' وہ آنکھ جھپکاتے ہوئے بولا۔ پھر اس نے دروازے میں سے نکل کر اسے اپنے عقب میں بند کیا۔

وہ دوڑتی ہوئی اپنے جھروکے میں گئی۔ چند لمحوں کے بعد، اس نے گلی میں قدم رکھا تو اپنے کندھے یوں پیچھے کی طرف گھما رہا تھا جیسے اس کی مجالست کے بوجھ سے آزاد ہو گیا ہو۔ وہ اُوپر دیکھے بغیر چلتا گیا۔ اس کے ڈگ لمبے تھے۔

اسما برف سے اٹی شہ نشین کے فرش پر گھٹنوں کے بل گری اور پھوٹ پھوٹ کر رونے لگی۔

عورتیں

پھنند رارتنا بجر چاریہ (نیپال)

ترجمہ: محمد حمید شاہد

محمد حمید شاہد کا شمار ۸۰ء کے بعد منظر عام پر آنے والے نمایاں ترین افسانہ نگاروں میں ہوتا ہے۔ پہلے پہلے انشائیے بھی لکھے لیکن جلد ہی افسانہ نگاری نے ان پر غلبہ پا لیا۔ تنقید بھی لکھتے ہیں اور خوب لکھتے ہیں۔ ادبی مباحث میں بڑھ چڑھ کر حصہ لیتے ہیں۔ کئی افسانوی مجموعوں کے علاوہ ایک ناول 'مٹی آدم کھاتی ہے' شائع ہو چکا ہے۔ ہماری درخواست پر اس بار آپ نیپال کے معروف ادیب پھنند رارتنا بجر چاریہ کی ایک کہانی کا ترجمہ پیش کر رہے ہیں۔

ارمیلا نے اپنی ماں کی ایک بھی دلیل نہ سنی۔

وہ اپنا ذہن پہلے سے بنا چکی تھی کہ جب تک وہ اپنی تعلیم مکمل نہیں کر پاتی، شادی نہیں کرے گی۔ اس کے ابا بھی اسے منانے میں ناکام ٹھہرے تھے۔ تاہم آخر کار ماں باپ کا دل رکھنے کو وہ اس بات پر راضی ہو گئی تھی کہ وہ شادی کے لیے آنے والی تجاویز پر غور کرے گی۔ اسے اس قدر منا لینے میں شادی کی عمر گزار کر کنواری رہ جانے والی ایک آنٹی پرمیلا کا بڑا ہاتھ تھا جس نے انتہائی نرمی سے سمجھایا تھا۔

"دیکھو ارمیلا، تم جب تک چاہو اپنی تعلیم جاری رکھ سکتی ہو مگر ایک اچھے خاندان سے آنے والے رشتے سے یوں مت انکار کرو کہ بعد میں اس پر پچھتاتی پھرو۔ ایک لمحے کے لیے میری بابت سوچ لینا۔"

ارمیلا مان گئی تو آنٹی پرمیلا بھی مسرور ہو گئی تھی۔

دونوں خاندانوں کے درمیان متوقع دلہن اور دولہا کی تصاویر کا تبادلہ ہوا۔ تصاویر میں لڑکا وجیہہ نظر آتا تھا۔ والدین خوش تھے۔ ارمیلا کو خود اپنے دل کی دھڑکن میں تیزی محسوس ہوئی۔ آنٹی نے لطف اندوز ہوتے ہوئے

ارمیلا کو چھیڑا، ''وہ تمھارے لیے کیا کرسکتا ہے۔ تمھیں وہ پسند بھی نہیں، نہیں پسند ناں؟'' ارمیلا کو لاج آ گئی اور وہ کچھ کہے بغیر وہاں سے کھسک گئی۔

ایک ملاقات کا اہتمام لہوٹی باغ میں کیا گیا اور طے شدہ دن، رشتے طے کرانے والا، متوقع دولہا اشوک، اس کی ماں اور اس کی بڑی بہن کے ساتھ نمودار ہوا جب کہ ارمیلا اپنی ماں، آنٹی اور چھوٹی بہن کے ساتھ آئی تھی۔ میانہ سا قد، چاند جیسا چہرہ؛ گول اور روشن۔ اشوک مغربی سوٹ میں متاثر کن لگ رہا ہے۔ قدرے لمبائی کی طرف مائل، چہرہ دودھیا رنگت اور خواب گوں آنکھوں والی ارمیلا بھی بہت دلکش نظر آ رہی تھی۔

پرامیلا نے سرگوشی کی: ''ارمیلا، تمھیں خود کسی فیصلے پر ضرور پہنچنا ہے۔ جاؤ اور جا کر اس سے بات کرو۔''

شرماتی ہوئی ارمیلا وہیں رکی رہی، حتیٰ کہ اس نے خود پر قابو پا کر اپنے اندر کی ماڈرن اور بولڈ لڑکی کو بیدار کر لیا۔ جوں ہی ارمیلا اور اشوک آہستہ خرامی کرتے کچھ فاصلے پر موجود درختوں کی سمت بڑھے، دونوں خاندانوں نے خورونوش کی وہ لذیذ اشیا نکالیں جو وہ ساتھ لائے تھے اور ایک دوسرے کو پیش کرنے لگے۔ رشتے کرانے والا معذرت کر کے چلا گیا تو جلد ہی سب ایک دوسرے سے بہ سہولت گھل مل گئے اور خوش اسلوبی سے باتوں میں محو ہو گئے۔ کچھ دیر بعد اشوک اور ارمیلا بھی اپنی مختصر چہل قدمی سے لوٹ آئے۔ اگرچہ انھوں نے کچھ زیادہ گفتگو میں حصہ نہیں لیا تاہم ان کے چہروں سے ایک دوسرے کے لیے خوشی چھلک رہی تھی۔ چونکہ یہ ملاقات خوب رہی، دونوں خاندان مسرور تھے۔ لہٰذا وہ شادی کے بارے میں ایک خاموش معاہدے پر پہنچ گئے۔

اس سے پہلے کہ بہت دن گزرتے، شادی کے معاملات طے کرانے والا دولہا کے گھر سے ایک مزدور کے ہمراہ آ پہنچا جس نے شادی کا پہلا تحفہ اٹھا رکھا تھا۔ یہ تحفہ چاندی کا ایک صندوق تھا جس پر نیک شگون لیے ہوئے مذہبی نشانات کندہ تھے۔ اس صندوق میں دس بڑے آریکا کے نٹس، ایک نفیس کامدار ساڑھی، کئی ربن، کانچ کی چوڑیاں جو سب ہی شوخ سرخ رنگ کی تھیں اور سلور کے پتروں کے پھول شامل تھے۔ ساتھ ہی تازہ گلاب کے پھولوں کا آراستہ گلدستہ تھا۔ آریکا نٹس کے سارے ارکان ایک خاص ترتیب میں تھے۔ یہ ترتیب شادی کے حوالے سے طے شدہ یقین دہانیوں کو نمایاں کرتی تھی جو کامیابی سے پیاری بیٹی کی رخصتی کا منظر نامہ بناتی تھی۔ رخصتی کا یہ منظر بیٹی کی قابل بیان مگر انجانی منزل کی سمت رہنمائی کرتا تھا۔ آنے والے آدمی کے ہاتھوں میں چڑیاں تھیں جو بے تحاشہ پھڑ پھڑا رہی تھیں۔ اس سب سے جو بہت زیادہ متاثر ہوئے، وہ ارمیلا اور اس کی آنٹی تھیں۔ رشتہ کرانے والا نے تحائف سب کو دکھایا اور جب تحائف کے حوالے سے تعریفی جملے کہے جا چکے تو تو خاندان کی ایک معمر ترین خاتون کی وساطت سے آنے والی زندگی میں خوشیوں کی دعا کے ساتھ انھیں ارمیلا کے حوالے کر دیا گیا۔ آنٹی پرمیلا نے اپنے دل پر بوجھ محسوس کیا اور وہ زیادہ دیر وہاں نہ ٹھہر سکی۔ وہ اپنے کمرے میں چلی گئی اور بہت دیر تک کمرے میں رہی۔

اس دن پرمیلا کا ذہن متضاد خیالات کی طرف مائل ہو گیا۔ جب ایک لڑکی جوان ہوتی ہے تو ایک آدمی سے اس کو شادی کر کے اپنا گھر چھوڑنا پڑتا ہے۔ اس گھر کو، جس میں وہ پیدا ہوتی ہے، پلتی بڑھتی ہے، جوان ہوتی

ہے۔ جہاں تک اس کا معاملہ تھا، تو یہ تھا کہ اس کا اپنا گھر اس کا اپنا نہ رہا تھا۔ اس نے یہاں فی الاصل کسی اختیار کا حقیقی لطف نہ پایا تھا۔ پرمیلا اپنے والدین کے مرنے کے بعد بھی اسی گھر میں رہ رہی تھی، اپنے بھائی کے گھر اور غیر شادی شدہ ہونے کی وجہ سے اس کے پاس کچھ اختیارات تھے۔ وہ ایسی کئی لڑکیوں سے واقف تھی، جنھوں نے جوان ہوتے ہی شادیاں کیں اور بچوں والی ہوگئیں۔ وہ اپنے آبائی گھروں میں کسی خاص موقع یا تقریب پر ہی آیا کرتیں۔ صرف چند ایک تھیں، جو اکیلی رہ گئی تھیں۔ پرمیلا نے بے دھیانی میں لمبی سانس بھری، کیوں کہ اس کا دھیان اپنے تکلیف دہ ماضی کی سمت بہہ نکلا تھا۔

یہ تب کی بات ہے جب وہ ابھی اسکول میں تھی اور اچھے گھروں سے تعلق رکھنے والے کنواروں کے رشتے خاصی معقول تعداد میں تھے۔ اس کے والدین کی شدید خواہش تھی کہ وہ اس کی شادی کا اہتمام کریں مگر اس کی ضد تھی کہ پہلے اسے تعلیم مکمل کرنی ہے۔ اس کے دادا، دادی نے بھی اپنے تئیں کوشش کر دیکھی کہ وہ شادی کے لیے راضی ہوجائے مگر اس نے ان کی بھی ایک نہ سنی۔ وہ اپنی تعلیم کی تکمیل میں مگن رہی۔ وہ جو اس سے شادی کے خواہاں تھے، دوسری لڑکیوں کے والدین سے رابطے بڑھانے لگے کہ وہ دنیا میں واحد لڑکی نہیں تھی۔ پرمیلا اکیلی رہ گئی اور یہ دکھ اس کے والدین کے لیے بہت تھا۔ ہر کام کے لیے ایک مخصوص وقت ہوتا ہے اور اس وقت میں چاہتے ہوئے بھی وہ بیٹی کے فرض سے سبکدوش نہیں ہو پا رہے تھے۔

جب رشتے مکمل طور پر آنا بند ہوگئے تو پرمیلا خوش تھی کہ آخر کار وہ اب یکسو ہوکر پڑھائی کر سکے گی۔ وہ دو دفعہ فیل ہوئی اور آخر کار ایم اے کر لیا مگر ہوا یہ کہ تب تک اس کے والدین بیٹی کی شادی شدہ منضبط زندگی دیکھنے کی خواہش دل ہی میں لے کر فوت ہو چکے تھے۔ والدین کی وفات کے بعد وہ اکثر اوقات ان کی بابت سوچتی رہتی۔ عورتوں کی طینت اور فہم کے عین مطابق پرمیلا کی ساری سوچوں نے اس کی اپنی زندگی کو محیط کر لیا تھا۔ کوئی بھی دوسرا نہ تھا جس سے وہ اپنی طبعی ضرورتوں اور نفسیاتی الجھنوں کی بابت بات کر سکتی۔

جوں جوں سال گزرتے گئے، پرمیلا نے ضبط کرنا سیکھ لیا۔ اور جب اس کی اپنی بھتیجی اپنی شادی کے لیے راضی ہوگئی تو اس نے شادی کی تیاریوں میں خوب دلچسپی لی۔ وہ یوں گرم جوش تھی جیسے کہ یہ اس کی اپنی شادی تھی۔ وہ اپنی بھتیجی کے بارے میں سوچا کرتی اور اس تعلیم یافتہ شکیل شخص کے بارے میں بھی، جس سے وہ شادی کر رہی تھی۔ اسے یقین تھا کہ اس شخص کا کردار بھی اتنا ہی اچھا ہوگا جتنا اچھا وہ نظر آتا تھا۔ اس نے اب اپنے بھائی کی بابت سوچا اور اس کی بیوی کے بارے میں بھی، جو ایک خوشگوار زندگی گزار رہے تھے۔

وہ شادی کی تیاریوں کے دن تھے۔ لڑکے والوں کے سامنے آسان سے مراحل تھے۔ انھیں متعدد چیزیں خریدنا تھیں اور کئی اشیا بازار سے لانا تھیں۔ لڑکی والوں کا کام کبھی ختم ہونے میں نہیں آتا۔ جیسے، مثال کے طور پر اناج ہی لے لو، جسے دلنے کے لیے چکی پر بھیجنے سے لے کر خمیر اٹھانے اور نتھارنے کے صبر آزما طویل مراحل سے گزار کر اسے اس الکحل والے مشروب میں تبدیل کیا جاتا ہے، تب وہ مہمانوں کو پیش ہوتا ہے۔ سال کے بڑے پتوں کو بانس کی کھپچیوں کے ساتھ سی کر تھالیاں بنائی جاتی ہیں جن میں سینکڑوں مہمانوں کو شادی کی ضیافت

کے دوران کھانا پیش کیا جاتا ہے۔ گھرانے کی تمام ہی خواتین خود کو ازخود ہر دن یوں مصروف کرلیتیں کہ دن کام کرتے کرتے ختم ہونے میں ہی نہ آتا تھا، تاہم پرمیلا نے معذرت چاہ لی تھی کہ اسے اسکول جانا ہوتا تھا۔ پرمیلا کو کیمپس پڑھانے جانا پڑتا تھا اور اس کے پاس گھر کے کام کاج کے چکر میں کافی وقت نہیں تھا، سوائے اس کے وہ ہر روز باقاعدگی سے آتی اور پوچھتی کہ دوسری عورتیں اپنے اپنے کاموں کو کیسے نبھا رہی تھیں۔ تاہم جب خمیر اٹھے اناج کو نتھارنا تھا تو پرمیلا پڑھانے سے دو دن کی چھٹی لے کر گھر ہی پر ٹھہر گئی کہ مٹی کے بہت سے برتنوں، مرتبانوں اور بوتلوں میں گھر کے بنے ہوئے اس مشروب کو بھرنے کے لیے بھابھی کی مدد کرسکے، جواب اطمینان بخش حد تک تیکھا اور ابال چھوڑنے والا بن چکا تھا۔

پرمیلا قابل اور مستعد خاتون تھی اور یہی سبب ہے کہ اس کا بھائی اس سے ہر معاملے میں اس کے مشورے کا متمنی ہوتا اور اس پر بڑی حد تک انحصار کرتا تھا۔ شروع ہی سے پرمیلا کے دل میں بھائی کے لیے محبت تھی۔ اس نے بطور ٹیچر اپنی ملازمت سے جو بھی کمایا، اسے دے دیا، سوائے اس معمولی رقم کے جو بینک میں جمع کروا دیتی تھی اور بدلے میں بھائی نے یہ کیا کہ بھائی نے گھر کے سارے اخراجات کا بہن کو نگراں بنا دیا۔ شادی کے حوالے سے بھی یہی معمول تھا کہ بہن بھائی پہلے مشورے کرتے، پھر دوسرے لوگوں سے رائے اور مدد لی جاتی تھی۔ کم خرچی پرمیلا کا وطیرہ تھا مگر وہ اپنی بھتیجی کی شادی پر کھل کر خرچ کر رہی تھی۔

شادی طے کرانے والا اگلی بار آیا تو اپنے ساتھ شادی کا بہت بڑا کیک، لاکھ مڑھی لے کر آیا۔ ساتھ چھ نمائشی رکابیاں تھیں جس میں سے ہر ایک میں چار چار کیک تھے۔ اس نے معمول کے لہجے میں کہا، ''یہ تو مل ملا کر چوبیس ہوگئے۔'' ارمیلا کو چھوڑ کر باقی سبھی گھر کے افراد رکابیوں کے گرد جمع ہوگئے۔ سب کی نظریں بڑے کیک پر جمی ہوئی تھیں۔ بعد میں سب رشتہ داروں کی فہرست بنائی گئی۔ ارمیلا کے باپ نے اسی قسم کے کچھ اور کیک بازار سے منگوائے اور سب رشتہ داروں اور دوستوں کو بھیج دیے۔ کسی کے حصے میں پورا کیک آیا اور کسی کو اس کا ٹکڑا ملا۔

لڑکے والوں کی طرف سے تحائف کا سلسلہ جاری رہا۔ اس بار انھوں نے کئی اقسام کے پھل بھجوائے۔ انھیں بھی دوستوں اور عزیزوں میں بانٹ دیا گیا۔ شادی کا ہنگامہ تب عروج کو پہنچا جب رشتہ داروں اور عزیزوں میں سے سینکڑوں بارات کے روز ارمیلا کے گھر مدعو تھے۔ اس دن پرمیلا نے اپنے آپ کو بہت مصروف پایا، اتنا زیادہ کہ اتنا پہلے وہ کبھی بھی مصروف نہیں ہوئی تھی۔ چونکہ اس کے پاس اسٹور کی چابیاں تھیں، لہٰذا درجنوں وہ لوگ جو طعام پیش کرنے پر معمور تھے، اس سے بار بار رابطہ کرتے۔ عین انھی لمحات میں اسے مہمانوں کا استقبال بھی کرنا تھا اور ان کے پہنچنے پر ہر ایک کو مسکرا مسکرا کر کہنا تھا، ''اوہ، آپ تشریف لے آئے۔'' اس کو ملنے کے بعد بہت سے مہمانوں نے کہا، ''یہ عورت مجرد زندگی گزار رہی ہے، اس نے تب شادی نہ کی جب اس کے والدین زندہ تھے۔'' اور وہ اس کے لیے دکھ محسوس کرتے، حالاں کہ اس کے رویے سے کہیں بھی پچھتاوے کا اظہار نہیں ہوتا تھا۔

جب دو بڑے آنگنوں میں مہمان قطار در قطار بیٹھ گئے، پرمیلا اس کمرے میں آئی جس میں اس کی بھتیجی ارمیلا کو بہت سی نوجوان لڑکیاں دلہن بنانے میں مگن تھیں۔ ایسا موقع عورت کی زندگی میں ایک بار ہی آیا کرتا ہے مگر

پرمیلا کو داخل ہوتے یوں جھٹکا لگا جیسے اس نے بجلی کے ننگے تاروں کو چھو لیا تھا۔ اس کی زندگی میں یہ مرحلہ نہیں آیا تھا۔ اس نے خود کو یاد دلایا، ''یہ لمحے میرے ہاتھ سے نکل گئے۔'' تاہم عین اس وقت اس کے پاس بہت کم وقت تھا کہ اپنے آپ پر ملول ہو۔ کسی نے اسے پکارا اور کہا، ''باہر باراتیوں کو کھانا پیش کیا جانے لگا ہے، لہٰذا مشروب کی صراحیوں کو تیار رکھنا ہے۔'' پرمیلا نے سنا تو باہر نکل گئی کہ ایک نظر اسٹور پر ڈال آئے تاہم وہ جلد ہی واپس آ گئی کہ اسے اپنی بھتیجی کو دلہن بنتے دیکھنا تھا۔ ٹیلکم پاؤڈر نے ارمیلا کی رنگت کو ذرا مدھم کر دیا تھا اور اس کے گالوں کی سرخی اس کے ہونٹوں سے مشابہ ہو رہی تھی، سرخ جیسے گلاب کی پنکھڑیاں۔ اس کی پیشانی پر لال سنہری بندیا کا نشان تھا۔ اس کے چمکتے لباس میں، جو آنکھوں کو چندھیاتا تھا اور اپنے سونے کے زیورات کے ساتھ وہ ایک دیوی کی طرح شاندار نظر آ رہی تھی، اس کے چہرے پر کسی بھی صبح کا ریشمی گداز اور چمکتے آفتاب جیسی لپک تھی۔ جوں ہی پرامیلا نے یہ تصور باندھا کہ جیسے وہ خود دلہن بنی ہے اور ہوا میں تیرتی پھرتی ہے۔ اس نے اپنے اندر ایک اجنبی اشتہا کو محسوس کیا اور پھر کٹ کر رہ گئی۔

آخر میں جب مہمانوں کو مشروب پیش کیا جا رہا تھا تو دلہن کو نیچے صحن میں لایا گیا۔ وہ ساریاں جو کمرے میں جمع تھیں، کھڑکی کی طرف لپکیں۔ پرمیلا نے بھی کھڑکی سے نیچے کا منظر دیکھا۔ دلہن اب کونے میں بیٹھی ہوئی تحائف وصول کر رہی تھی اور بدلے میں مہمانوں میں سے ہر ایک کو دس دس آر یکا نٹس دیے جا رہے تھے۔ دفعتاً سارے آنگن میں زندگی کی بھرپور لہر دوڑ گئی تھی۔

پرمیلا نے دیکھا، اس کی بھابھی اور دوسری دو عورتوں جنھوں نے ایک جیسے دلکش لباس پہن رکھے تھے، انتہائی نفاست سے، ہر مہمان کے سامنے دھرے مٹی کے چھوٹے پیالوں میں چمکتی دھار بنا کر شراب ڈھال رہی تھیں۔ یہ عورتیں بھی بہرحال کسی کی بیویاں تھیں۔ مہمانوں کے درمیان اپنے انتہائی نفیس ملبوسات میں قطار اندر قطار بیٹھی ہوئیں، سب ہی عورتیں ایک نہ ایک روز بیویاں بنی تھیں۔ وہ، جو اپنے شوہروں کو کھو بیٹھی تھیں، ان کے بچے تھے اور ان کے بچوں کے بچے، سب ان کے ساتھ تھے۔ موت کے وقت ان کے بیٹوں کی لاش جلانے اور پوجا کے مراحل کی تکمیل اور بیٹیوں نے اپنے اپنے انداز میں مدد کی ہوگی۔ کچھ اس طرح کہ لوگوں نے لمبے عرصے تک یاد رکھا ہوگا۔

چونکہ پرمیلا حسرت سے نگاہ جمائے ہوئے تھی، لہٰذا اس کی آنکھیں آنسوؤں سے بھر گئیں۔ آنسو بڑے قطروں کی صورت میں آنکھوں سے ڈھلک پڑے، مگر کوئی بھی اس بابت نہ جان پایا تھا۔ وہ سب جو نیچے آنگنوں میں جمع تھے۔ سب نے ایک اچھا اور بھرپور دن گزارا تھا؛ ایک نے اپنے انداز میں، چاہے وہ مرد تھے یا عورتیں۔

جزیرہ

سلینہ حسین (بنگلہ دیش)

ترجمہ: خالدہ حسین

سلینہ حسین (پ: ۱۴ جون ۱۹۴۷ء) نامور بنگلہ دیشی ادیبہ ہیں۔ انھیں تقریباً تمام نیشنل ایوارڈ سے نوازا جا چکا ہے۔ ان کے ناول اور افسانوں کے تراجم انگریزی، روسی، فرانسیسی، جاپانی، کوریائی وغیرہ کئی اہم زبانوں میں ہو چکے ہیں۔

خالدہ حسین (۱۸ جولائی ۱۹۳۷ء-۱۱ جنوری ۲۰۱۹ء) معروف پاکستانی افسانہ نگار، ناول نگار اور نقاد تھیں۔ ان کی کتابوں میں 'مصروف عورت'، 'پہچان'، 'دروازہ'، 'میں یہاں ہوں' اور 'کاغذی گھاٹ' شامل ہیں۔

دن ڈھلے، تھان پر بھینسوں کو باندھنے داخل ہوا تو جلیل کے دل میں غصے کی لہر اٹھی۔ اس وقت گھر کو مراجعت انتہائی ناخوشگوار ہوتی۔ خصوصاً ایسے شخص کے لیے جس کا کوئی ٹھور ٹھکانہ نہ ہو، یوں تو کل جہان ہی ایسوں کا گھر ہوتا ہے، مگر یہاں اسے بھینسوں کی خاطر آنا ہی پڑتا۔ حالاں کہ باہر کے مرطوب کھیت اسے زیادہ مانوس محسوس ہوتے۔ کنواری زمین پر تیز کٹارسی گھاس اس کو اپنے جسم پر کے بال محسوس ہوتے اور ہوا تو جیسے مساموں میں سمائے چلی جاتی۔ جلیل کا دل گنگنا اٹھتا۔ ایسے میں اس کے پنڈے میں پھلجھڑیاں سی چھوٹنے لگتیں۔ یہ تپش سرد صبحوں میں روشن کیے جانے والا الاؤ کی خوشگوار تپش نہ تھی، یہ تو ایک تیز، کاٹتی، جھلستی آگ تھی۔ تب مکروہ دلدلی کھیت جلیل کے لیے طوفان میں بپھرا دریا بن جاتے۔ وہ گدلے پانی کو پوری طاقت اور شور کے ساتھ اپنے آپ کو ڈبونے دیتا۔ مگر گائیں تو فصلوں میں بپھرے کھیتوں میں جانے کو بیتاب ہوتیں۔ جلیل کو یہ سب کچھ انتہائی ناقابل برداشت لگتا۔ یہ فصلوں سے بوجھل کھیت پُرشکم جانداروں کی طرح تھے؛ مطمئن، مسرور اور نیم خوابیدہ۔

اسے فصلوں بھرے کھیتوں سے نفرت تھی۔ اس کا جی چاہتا، انھیں اپنے پاؤں تلے روند ڈالے۔ جب کبھی اس کا داؤ چلتا، بھینسوں کو ان فصلوں میں چھوڑ دیتا، وہ ان کے کئی کئی حصے صفاچٹ دیتیں۔ کیا خوب انتقام! مگر کس سے؟ وہ خود بھی نہ جانتا تھا۔ تب ہی غلیظ گالیوں کی بوچھاڑ اس کے کانوں سے ٹکراتی۔

شام ڈھلے وہ کھپریل میں حقہ اڑاتا۔ اس کی آنکھوں میں پانی آجاتا اور دل میں ہوک سی اٹھتی۔ وہ مچھر اڑاتے اڑاتے خود اپنے آپ پر غصہ کھائے چلا جاتا۔ کھپریل میں اس وقت گھنی تاریکی تھی۔ اس کے ماما کا گھر دوزخ سے کم نہ تھا۔ بعض اوقات تو اس کا جی چاہتا کہ اس کے دیے ہوئے تھالی بھر چاولوں کو لات مارے اور وہاں سے چلا جائے کسی بھی منحوس جگہ۔ ماما کے ساتھ اس کا رشتہ گائے کندھے کی طرح کا تھا۔ کرخت اور کھردرا جو کبھی ہموار نہ رہا تھا۔ اس کے ماموں زاد تو بالکل ہی شیطان تھے۔ ان کی نگاہ میں تو جلیل اس دس گایوں کے ریوڑ میں ایک کا اضافہ تھا اور بس۔ وہ تو اس کو گھاس کی طرح مسل دینا چاہتے تھے لیکن کچھ تو معاشرے کا دباؤ اور کچھ اپنی بہن کے خیال سے رکے رہتے۔ لہٰذا وہ جلیل پر انواع واقسام کے کام ڈالے چلے جاتے۔ کام تو خیر وہ دن بھر، ماتھے پر بل ڈالے بنا بھی کر سکتا تھا مگر وہ پیارا اور تھوڑی سی حوصلہ افزائی جو اس کے اندر بھوک بن کر سلگتی رہی۔ مگر وہ تو اس پر بھی کنجوسی برتتے تھے، جیسے دو پیار بھرے بول نہ ہوں، قطعۂ اراضی ہو۔ گھر لوٹنے پر جلیل کا سواگت گالیوں اور لات مکی سے ہوتا جو معمولی سے معمولی کوتاہیوں کے عوض اس کو ملتیں۔ واللہ! اب یہ سب کچھ برداشت سے باہر تھا۔

کبھی کبھی وہ ماما سے سخت خفا ہو جاتا۔ آخر وہ سگی ماں کا سگا بھائی تھا۔ مگر اس کے دل میں جلیل کے لیے ایک ذرا سا بھی نرم گوشہ نہ تھا۔ یہ تمھاری اپنی ہی بدنصیبی ہے۔ جلیل اپنے آپ سے خفا ہو جاتا۔ ماں باپ کے ہوتے ہوتے بھی وہ یتیمی سے بدتر تھا۔ جب اپنے والدین کا یہ حال تھا تو ماما سے کیا توقع کی جا سکتی تھی۔ وہ اسے تین وقت کی روٹی دیتا تھا۔ کیا یہی کافی نہ تھا؟

اس نے اپنی ران پر ہاتھ مارا جہاں ایک موٹا تازہ مچھر بڑے مزے سے اس کا لہو چوسنے میں مصروف تھا۔ چھپر تلے گائے ہلیں۔ وہ بڑی توجہ کے ساتھ ان کی آہٹ سننے لگا۔ شاید اسے اندر جا کر ان کی کمر سہلانی چاہیے۔ جب وہ ان کو تھپکتا تو وہ دھیرج سے اپنی ناک اس کے چہرے کی جانب اٹھاتیں اور پھر بالکل ساکت ہو جاتیں۔ جلیل ایسے لمحات سے شدید محبت کرتا تھا۔ ایسے میں زندگی کیچڑ بھرے پانی کی کثیف سطح محسوس نہ ہوتی۔ سکون وطمانیت کی گہری سانس، ہوا کے نرم ولطیف جھونکے کی طرح اس کے لبوں سے نکلی۔ گایوں کا استھان لہریں مارتا، پھنکارتا دریا بن گیا۔ بھینسیں ایک دم بے چین سی ہو گئیں۔ جلیل اپنی چارپائی سے ایک جھٹکے سے اٹھا۔ کیا مصیبت ہے! اس سے تو بہتر یہی ہے کہ جا کر ان کی کمر ہی سہلاتے رہو۔ جب نیند نہ آئے تو کس قدر کوفت ہوتی ہے۔ بھینسوں کے خیال کے ساتھ ساتھ اس نے مچھروں کو کوسنا شروع کر دیا۔ ''اچھا، بھئی آرہا ہوں۔ بس آیا۔''

جلیل دھیرے سے کھپریل میں گیا۔ اس کی آہٹ پا کر گایوں نے جگالی کی، عجب آواز نکالنا شروع کی۔ اس نے ان کے جسموں پر ہاتھ پھیرا اور سب کچھ تاریکی میں تحلیل ہو گیا۔ اس اندھیرے میں بھی انھیں

پہچاننے میں ذرا بھی دقت پیش نہ آئی۔ کسی ایک کو چھوتے ہی وہ جان جاتا کہ وہ کون سی ہے۔ پارل، بھوٹن، جبان یا جایا۔ یہ تمام نام جلیل ہی نے رکھے تھے۔ میں تو تمھارے روئیں روئیں سے واقف ہوں۔ اس نے بمشکل سانس لی۔ اُمس بھری بُو ناقابل برداشت تھی۔ مچھروں کی گنگناہٹ مدھم پڑ چکی تھی، مگر کاٹنے میں میں اسی طرح مصروف تھے۔ تھوڑی سی گھاس ڈال کے جلیل نے اپنے بازو پارل کی گردن میں حمائل کردیے اور اپنا سر اس کے شانے پر رکھ دیا اور اپنے آپ سے سرگوشی کی۔ سو جاؤ۔ سو جاؤ۔ اگر صبح سویرے ماما نے اسے برآمدے میں نہ پایا تو قیامت آجائے گی۔ صبح کی اذان کی طرح وہ گالیوں کی بانی بولنے لگے گا۔ پھر اسے گاؤستھان میں پاکر وہ دل میں تو بہت خوش ہوگا مگر زبان سے تو کوستا ہی چلا جائے گا۔ کمبخت بیل کا بیل۔ دِکھتا بھی ایسا ہی ہے اور کام بھی ایسے ہی ہیں ورنہ کوئی بھینسوں کے ساتھ کیوں کر رات بتا سکتا ہے۔ ہم نے کبھی ایسی سنی نہ دیکھی۔ کلجگ ہے۔

مگر جلیل ایک لفظ بھی منھ سے نہ نکالے گا۔ کاندھے پر چھوٹا کھردرا تولیہ ڈالے تالاب پر نہانے چلا جائے گا۔ پھر اپنے حصے کے تھالی بھر ٹھنڈے چاول کھا، بھینسوں کو چراگاہ کی جانب لے جائے گا۔ بس یہی اس کا معمول تھا۔ جلیل نے اندھیرے میں اپنا ہاتھ لہرایا کہ کانوں میں بھنبھناتے مچھروں کو اڑا بھگائے اور اچانک کھلکھلا کر ہنس دیا: ’’اچھا ماما تم ہی سچے۔ بھلا میں بیل ہی تو ہوں اور مجھے تو بیل بننا بہت اچھا لگتا ہے۔ اور پھر تم بھی تو مجھ سے رتی بھر محبت نہیں کرسکتے۔‘‘

اسے کچھ اندازہ نہ تھا کہ رات کتنی جا چکی ہے اور پھر پتہ ہو بھی تو کیا فرق پڑتا ہے۔ شاید آج رات نیند کو آنا ہی نہ تھا۔ اب تک تو مچھروں کی کاٹا کاٹی کا عادی ہو چکا تھا۔ پارل نے اپنی زبان سے اس کا رخسار چاٹا۔ ’’تم میری لاڈو بیوی ہو پارل۔‘‘ جلیل نے اس کی کمر سہلاتے ہوئے سرگوشی کی، ’’میری پیاری بیوی!‘‘ ایک پِسّو اس کے ماتھے پر رینگتا محسوس ہوا۔ یہی پِسّو ان گایوں کا لہو چوستے ہیں۔ جلیل نے پِسّو کو چٹکی میں پکڑا اور دور پھینک دیا۔ پارل اس کی محبوب گائے تھے اور وہ اس کو ’امٹوٹو‘ کہتا تھا۔ ’’جان جلیل!‘‘ پارل کا جسم بے حد پُروقار تھا۔ ماما بھی تو ایک ہٹ دھرم دیوانہ ہے۔ سراپا غصہ۔ صرف گالیاں اور چیخم چھاڑ۔ تم تو ایسی نہیں ہو۔ جلیل نے پارل کو نرمی سے سہلایا۔ وہ بھی اپنے کان ہلا کر بتانے لگی کہ وہ جاگ رہی ہے اور اس سے محبت کر رہی ہے۔ تم بھی میرے امٹوٹو ہو۔ میرے محبوب۔ لیکن پارل! زمین تو میرے ماما کی ہے۔ گو اس میں میرا بھی کچھ حصہ ہے۔ وہ مجھے تو کچھ بھی نہیں دیتا۔ کاغذات واغذات اور حساب کتاب کی کچھ بھی سدھ بدھ نہیں رکھتا۔ جب مجھے میرا حصہ مل جائے گا تو میں اپنی امٹوٹو کے پاس چلا جاؤں گا اور تمھیں بھی اپنے ساتھ لے جاؤں گا۔ وہاں خوب گھاس اُگاؤں گا اور تم کھاؤ گی، خوب جی بھر کے اور پھر تم اپنے بچھڑے کو جنم دو گی۔ میں تمھیں ہل پر کام کرتے نہیں دیکھ سکتا۔ ماما تو سخت کمینہ ہے۔ ایک دم کنڈم!

جلیل کی آنکھیں مندنے لگیں اور وہ خواب دیکھنے لگا۔ خواب میں دیکھا کہ اسے زمین میں سے اپنا حصہ مل گیا ہے اور اس نے فوراً ہی اس پر قبضہ کرلیا ہے۔ اب وہ ہری ہری دُوب میں پڑا ہے اور پارل بڑے مزے سے گھاس چر رہی ہے۔ جلیل کھیت کنارے لیٹا اسے چرتے دیکھتا رہا۔ بے حد مسرور! اچانک ایک لمبی دم والا سیاہ

پرندہ پارل کے چمکتے سینگ پر آن بیٹھا۔ شمالی سرد ہوا کا جھونکا جلیل کو چھو کے گزر گیا۔ ٹھنڈی یخ ہوا اس کی آنکھوں سے، اس کے کانوں میں اتر گئی۔ دل کو کاٹ گئی۔ تب اس نے سوچا کہ ماما اس کو کبھی آزاد نہ کرے گا جب تک کہ وہ خود کسی حیلے سے اپنا حصہ ہتھیا نہ لے اور پھر وہ مجھے دھتکار دے گا۔ کر کر کر۔ کرپ۔ یہ کیسی آواز تھی؟ آواز کہ مسلسل جاری و ساری تھی۔ اس نے قریب اُگی گھاس کی پتیوں کو مٹھیوں میں تھاما۔ دوسرے ہی لمحے اس پر کھلا کہ یہ پارل کی جگالی کی آواز تھی۔ وہ اپنی خوراک ٹھیک سے چبا نہیں پا رہی تھی۔ پارل، مجھے لگتا ہے کہ میں دیر تک اس زمین کے ٹکڑے کا سہارا نہ لے سکوں گا۔ ماما یقیناً اسے چھین لے گا، کسی نہ کسی حیلے سے۔ وہ مجھے کبھی بھی زمین نہ دے گا۔

وہ ایک دم جاگ گیا۔ اس کا دم گھٹ رہا تھا۔ سینے میں عجب درد لپک رہا تھا۔ کبھی تو اس کا تمام جسم گایوں کے روؤں کی طرح سکڑ جاتا۔ استھان بے حد گرم اور بدبودار تھا۔ گوبر اور گائے کے پیشاب کی بُو نا قابل برداشت تھی جو اس کے نتھنوں سے ٹکرائی۔ پھر بھی جلیل اٹھا نہیں۔ وہ اپنی جگہ پر بیٹھا رہا۔ وہ حساب لگا تا رہا کہ موسم خزاں کب آئے گا۔

ابھی خزاں کے آنے میں دو ماہ باقی تھے اور خزاں میں اسے گائیں جزیرے پر لے جانا پڑتی تھیں تاکہ پیٹ بھر کر گھاس چر سکیں اور شروع گرمی میں تقریباً چار ماہ جزیرے پر گزارنے کے بعد مرکزی علاقے میں واپس آ جاتے۔ اس عرصہ میں یہاں ذرا سی گھاس بھی نہ ہوتی۔ ہر شے خشک اور بنجر ہو جاتی۔ اسی لیے وہ ان گایوں کو جزیرے لے جاتے جہاں وہ خوب گھاس چرتیں اور موٹی تازی ہو کر لوٹتیں۔ گزشتہ برس وہ اپنی بیماری کے باعث جزیرے نہ جا سکا، اب کے برس تو وہ ضرور جائے گا اور اس نے سوچا کہ اب کی وہ پلٹ کر نہ آئے گا۔ وہیں رہ جائے گا۔ ماما بھی سیدھا ہو جائے گا۔ تب جان پائے گا کہ جلیل اس گھر کے لیے کیسا ناگزیر تھا۔ دل ہی دل میں وہ اپنے آپ کو بے حد ان چاہا اور محروم محسوس کرتا تھا۔ اس کا احساس شدید طور پر مجروح تھا۔ اب اس نے جانا کہ دراصل یہ سینے کا درد اسی وجہ سے تھا۔ وہ مینڈک کی طرح پھدک کر اٹھا اور پنجوں کے بل بیٹھ گیا۔ اس کے بھیتر پھر وہی درد کی لہر اٹھی۔ خدا کا شکر ہے کہ اس جگہ کوئی گھاس واس نہیں اُگتی۔ وہ اپنے آپ ہی ہنسا۔ اگر کہیں یہاں بھی گھاس ہوتی تو کوئی اسے جزیرے پر کاہے کو جانے دیتا اور گھر سے یوں چلے جانا کس قدر سکون دہ تھا۔ جزیرے پر کے چار ماہ میں وہ اپنے آپ کو بادشاہ محسوس کرتا اور یہ گائیں اس کی رعایا اور اس کی سلطنت میں راوی چین ہی چین لکھتا تھا۔

سب سے بوڑھا بیل بے چین دِکھ رہا تھا۔ سخت ضدی۔ بمشکل قابو آتا تھا۔ پچھلی ٹانگوں سے ہوا میں دولتیاں جھاڑتا اور اس کا مطلب تھا، دروازہ کھولو، مجھے باہر جانے دو۔ باہر ابھی سے اجالا ہو رہا تھا۔ حالاں کہ ابھی سورج طلوع نہ ہوا تھا۔ تو اب جلیل کو اٹھنا ہی اٹھنا اور گایوں کو باہر ہانک لے جانا، ان کے چارے کے توبڑے اٹھانا تھا۔

مامی نے جلیل کا کھانا تیار کر رکھا تھا۔ ٹھنڈے چاول اور مرچیں۔ خیر کھانا تو اسے ٹھیک ٹھاک ہی ملتا تھا۔ جلیل نے چاول جلدی جلدی گلے میں انڈیلے اور گھر سے باہر چلا گیا۔ پگڈنڈی پر بیٹھے بیٹھے اس نے جیب سے

بیڑی نکالی۔ اس نے تالاب کے کنارے مینا کو دیکھا تھا۔ منھ دھو رہی تھی۔ عمر میں جلیل سے بڑی تھی اور ایک ٹانگ میں کچھ تھوڑا سا نقص تھا۔ ذرا کوئی پیسہ لگانے والا ہوتا تو اس کی اچھی خاصی شادی ہو سکتی تھی۔ مگر ماما ان اخراجات سے خوفزدہ تھا اور اس طرف توجہ ہی نہیں کرتا تھا۔ وہ مینا کو ہمیشہ ہمیشہ کے لیے اس گھر کی زنجیر سے باندھ کر رکھنا چاہتا تھا، یہاں تک کہ وہ بوڑھی کنواری ہی رہ جائے۔ جلیل کو ایک دم طیش آ گیا۔ واقعی ماما تو نرا درندہ ہے۔ اس نے نفرت سے تھوکا۔ تھوک قریب ہی کھلی بیل پر جا گری۔ واہ، بیل میں کیسے خوب صورت سرخ سرخ پھول کھلے تھے۔ اس نے بھلا ان پر کیوں تھوکا؟ جلیل ایک دم اداس ہو گیا، احساس جرم نے اسے آن لیا۔ پھول اس دیار ناپرساں میں کیوں کھلتے ہیں؟ بالکل مینا کی طرح، جہاں کوئی ان کی طرف آنکھ اٹھا کر بھی نہیں دیکھتا۔ ماما اور مامی کا خیال تھا کہ مینا ایک نحس اور بدقسمت لڑکی ہے۔ اسے کبھی کوئی بیاہنے نہ آئے گا۔ جھوٹ۔ سفید جھوٹ! اگر نیت ہو تو سب کچھ ہو سکتا ہے۔ ان لوگوں کی تو نیت ہی خراب ہے۔ لڑکی بے چاری کو بھلا بَر کیوں کر مل سکتا ہے کہ سب گھر والے پینک میں پڑے ہوں اور اس کی کچھ فکر ہی نہ کرتے ہوں۔ جلیل نے کانٹے دار جھاڑ کو غصے سے ٹھوکر ماری۔ مینا بہن! فکر نہ کرو۔ میں تمھاری شادی کا انتظام کروں گا۔ بخدا یہ کوئی جھوٹی قسم نہیں۔ بس دیکھ لینا۔ حوالدار کا بیٹا تم سے بخوشی بیاہ رچانے کے لیے تیار ہے، بشرطیکہ اس کو دو کنی زمین جہیز میں مل جائے۔ مینا بہن! میں اس کو یہ زمین دوں گا۔ بس مجھے تھوڑی سی محبت دے دو۔ تم صغیر اور دبیر سے کتنی مختلف ہو۔ وہ تو پکے حرامی ہیں۔ ہر دم مجھے مارنے پر تلے رہتے ہیں۔ وہ میرے بھائی کہاں بنتے ہیں۔

جلیل چلنے لگا اور بیڑی تک پینا بھول گیا۔ گائیں جگہ جگہ بکھر گئی تھیں۔ اس نے سب کو جمع کیا اور چراگاہ کی طرف ہانکنے لگا۔ کل بوڑھے بیل کو ہل میں جوتا جانا تھا۔ جلیل مطمئن ہو گیا۔ یہ پارل کو بہت پریشان کرتا تھا۔ وہ چلتا گیا۔ غیر آباد زمین پر لمبی جڑوں والی گھاس اُگتی تھی جو گایوں کو بے حد پسند تھی۔ جلیل کو بھی یہ جگہ بے حد پسند تھی۔ اونچے لمبے پتوں سے بھری۔ سایہ دار۔ وہ گایوں کو آرام سے چرنے کے لیے چھوڑ کر آنکھیں بند کر کے بیٹھ سکتا تھا۔ ابھی سے آدھی برسات گزر چکی تھی مگر پچھلے کچھ دنوں سے کوئی بارش نہ ہوئی تھی۔ سخت خشک اور گرم دن تھے۔ دم گھونٹتی گرمی اس کا جسم جلا رہی تھی، مگر یہاں زمین ابھی تک کیچڑ سے بھری تھی۔ چلنے میں پاؤں دھنسے جاتے تھے۔ گائیں ارد گرد اُگنے والی گھاس ہرے پتے اور جڑی بوٹیاں چرے جا رہی تھیں۔ کہیں کوئی پرندہ گا رہا تھا۔ جلیل یکدم رک گیا۔ پرندہ تو کہیں نظر نہ آ رہا تھا، بس اس کی پکار سنائی دیتی تھی۔ یہ جلیل کا محبوب پرندہ تھا۔ جب وہ گائیں لے کر باہر نکلتا تو اس کی آواز ضرور کان پڑتی ورنہ ہر طرف اداسی ہی اداسی محسوس ہوتی۔ شاید پرندہ دور اس کپیلا کے درخت پر ہو۔ آہستہ آہستہ پرندے کی آواز کھو گئی۔

جلیل اور نہیں رکا، مگر پرندے کا نغمہ اس کے ذہن میں گونجتا رہا۔ ٹیوٹو۔ ٹیوٹو۔ تم ضرور دلہن بنوگی۔ پیا کے دیس سدھاروں گی۔ بہن مینا! تمھارا بے حد پیارا منا ہوگا۔ چاند ایسا سندر۔ مینا بو، میری ماں جیسی نہ بننا۔ اپنی تقدیر کسی دوسرے گھرانے کے ساتھ نہ باندھ لینا اور اپنا بچہ نہ چھوڑ جانا۔ بچہ کس قدر دکھ سہتا ہے۔ والدین کے ہوتے ہوئے یتیم! تنکے کی طرح ہوا کے دوش پر ڈولتا رہتا ہے۔

اس کی آنکھیں اَن بہے آنسوؤں سی چمکنے لگیں۔ آج دوپہر کے کھانے کے لیے اس نے گھر جانے کا خیال ہی ترک کر دیا۔ جی بھر کے سیاہ شاہ دانے کھائے اور یوں ہی بے مقصد اونچے نیچے میدانوں میں گھومتا رہا۔ وہ ہلکی غذا ہی کھاتا تھا۔ دراصل وہ کھانے کا کبھی شوقین نہ رہا تھا۔ وہ جابن کے پاس آن کھڑا ہوا۔ دل میں گہری محبت جوش مارنے لگی۔ یہ انتہائی کاہل بیل تھا۔ ایک دم آرام طلب۔ بس کنکھیوں سے جابا کی طرف دیکھتا رہتا۔ جابا بہت کم عمر تھی اور اپنی عمر کے لحاظ سے اس کا بدن بہت بھرا بھرا تھا۔ وہ جسمانی قرب مانگتی تھی۔ اسی نے جابن کو اپنی طرف متوجہ کیا تھا۔ جلیل بے حد محظوظ ہوتا رہا۔ وہ واقعی نر بیل نکل رہا تھا۔ ادھر بھوٹن بیمار رہتا تھا اور اس کی ہڈیاں ہی ہڈیاں نکل آئی تھیں۔ بدمزاج بھی ہو گیا تھا۔ ہر ایک سے لڑنے کے لیے تیار۔ مگر جلیل کے ساتھ نہایت مسکین اور نرم رو۔ پارل چپکے سے بے خبری ہی میں اس کے پاس آ کر کندھے سے منھ رگڑنے لگی۔ اس نے اپنی بانہیں اس کی گردن میں حمائل کر دیں، اسے سونگھا۔ ''تُو تو میری امٹو ٹو پتنی ہے۔'' اس نے اس کے جسم کو احتیاط سے سہلایا کہ اس پر چپکنے والے پِسّو اتر جائیں۔

پارل اس کے لمس کو بے حد پسند کرتی تھی۔ چپکی کھڑی رہتی۔ بھوٹن کی کمر پر ایک سیاہ پرندہ اپنی لمبی دُم جھلاتا بیٹھا رہا۔ وہ چپکا کھڑا رہا۔ گویا اس پرندے کا ذرا بھی برا نہ مانا ہو۔ بس اپنی لاپرواہ سی چال چلتا رہا۔ آس پاس کا تمام منظر کسی کتابی تصویر کی مانند جلیل کے ذہن میں چپکا جاتا تھا۔ واہ۔ یہ کیسی سرخوشی ہے۔ یہی اس کی خواب گاہ اس کا گھر ہے، اس کی رسوئی اور گودام۔ اشنان گھاٹ اور صحن۔ اس کی پوری دنیا۔ دھان کی بالیاں چاروں سمت پھیلی تھیں۔ دن رات گزرتے رہے اور کٹائی کا موسم آ گیا۔ صرف اس دوران پارل نے ننھے منے بچھڑے کو جنم دیا۔ بس اب وہ کہیں اور نہ جائے گا۔

دوپہر سہ پہر میں ڈھل گئی اور سہ پہر شام کے جھٹپٹے میں۔ گائیں ایک جگہ جمع ہو کر سستانے لگیں۔ انھیں بھی لوٹنے کی کچھ جلدی نہ تھی۔ بوڑھا بیل تو بے حد خاموش تھا جیسے دن بھر کھیتوں میں مشقت کے بعد اب آرام کر رہا ہو۔ جلیل کو وہ کچھ اپنے باپ ایسا محسوس ہوتا۔ سراپا ضد اور جنون۔ بنی بنائی چیزوں کا توڑنا۔ اب تک سات شادیاں کر چکا تھا اور ایک بھی کامیاب نہ ہوئی تھی۔ اسی لیے جلیل اپنے باپ کے ساتھ نہ رہ سکا۔ وہ گھر تو واقعی کانٹ ﷺ ں بھرا بستر تھا۔ کہیں خوشی کا نام و نشان تک نہ تھا، بس اذیت ہی اذیت۔ حالاں کہ باپ تو شفقت، سایہ، ٹھنڈک اور پانی ہوتا ہے۔ صرف زبانی کلامی شفقت نہیں بلکہ سراپا شفقت جس کی آنکھیں جذبے کے گھمبیرتا کا اظہار کرتی ہیں۔ مگر خوشگوار گرم شفقت کی بجائے جلیل کے مقدر میں تو محض کاٹتی تپش ہی تھی۔ بوڑھے بیل نے اس کی طرف عجیب نظروں سے دیکھا۔ بے چارہ بے زبان! اپنی اذیت کو لفظ نہیں دے پاتا۔ جلیل کو اپنا آپ بیمار محسوس ہونے لگا۔ کسی شدید جذبے کے تحت اس کا تمام جسم لرزنے لگا۔ بابا۔ آہ میرے بابا۔ جلیل نے بوڑھے بیل کے گلے میں بانہیں ڈال دیں۔ گرم سانس اس کے چہرے کو چھوتی۔ کچھ بھی نہیں۔ کہیں بھی سکون نہیں۔ درد کی شدید لہر نے اس کا دل دبوچ لیا۔ بوڑھے بیل کی سانس میں پسینے کی بُو رچی تھی۔ یہ تو سارے پر محیط ہے۔ اس کی عمر کے ان اٹھائیس برسوں پر بھی جو پیچھے رہ گئے۔ مانو ہر سال ایک چھوٹا سا بچھڑا بنا اپنی لڑکھڑاتی ٹانگوں کے ساتھ

اس کی طرف بڑھ رہا تھا۔

اب تو جھٹپٹا بھی ختم ہو چکا تھا، مگر کسی کو بھی لوٹنے کی جلدی نہ تھی۔ بھوٹن نے بھی ابھی دولتیاں نہ جھاڑی تھیں اور روزانہ تو وہ اس سے جلیل کا جینا دوبھر کر دیا کرتا تھا۔ مگر آج بالکل بالکل خاموش تھا۔ چپکے سے جگالی کر رہا تھا اور کبھی کبھار جسم پر یلغار کرنے والے مچھروں کو دُم ہلا کے اڑا دیتا۔ جلیل پر بھی کاہلی اور اطمینان سوا تھا۔ بس زندگی کا ایک ہی مقصد تو تھا، یوں مطمئن پڑے رہنا۔ وقفے وقفے سے جھینگر بولنے لگے تھے اور پھر خاموشی۔ جلیل نے آج رات گھر نہ جانے کا ارادہ کر لیا۔ جھینگروں کی آواز سینے سے لگائے وہ تمام رات ان کھیتوں میں گزار دے گا مگر اس کے پیٹ میں درد تھا۔ سیاہ شاہ دانے نے جو بھوک کی تسکین کی تھی، کب کی ختم ہو چکی تھی۔ بہر حال اس نے کچھ پرواہ نہ کی۔ اس کے پپوٹے بند ہونے لگے۔ تصور میں اس نے حوالدار کے بیٹے کو دیکھا اور اس کے قریب مینا گھونگھٹ کاڑھے کھڑی تھی۔ دونوں کتنے اچھے لگ رہے تھے۔ جلیل کو بے حد مسرت ہوئی۔ مینا نے زندگی کے کتنے طویل سال بے رنگ تنہائی میں گزار دیے تھے۔ وہ اس کے وجود کو کسی دوسرے کے حوالے کیوں کر کرے گا؟ مگر اسے تو صرف مینا کی خوشی درکار تھی۔ خواب دیکھتے دیکھتے وہ سو گیا۔

صغیر نے اس کی پسلیوں میں زور کی ٹھوکر ماری اور وہ ایک جھٹکے سے جاگ اٹھا۔ ابھی پوری طرح سے آنکھ کھولنے بھی نہ پایا تھا کہ ایک اور ٹھوکر لگی اور ساتھ ہی ساتھ اس کے کانوں میں ماما کی غلیظ گالیوں کی بوچھاڑ۔ وہ اسے ڈھونڈتے ہوئے ادھر آن نکلے تھے۔ بھوٹن نے اپنی سینگ نیہوڑائے اور ان پر چڑھ دوڑنے کو تیار ہو گیا۔ صغیر چپکے سے کھسک لیا اور موقع پا کر جلیل بھی اٹھ گیا، ایک لفظ کہے بنا۔ ماما کی گالیاں تو اب اس کے لیے بے اثر ہو چکی تھیں۔ اتنی بار سن چکا تھا کہ رٹی گئی تھیں۔ وہ ریوڑ کو ہنکا لے گئے اور جلیل کے خوابوں کی دنیا درہم برہم ہو گئی۔ چار و نا چار جلیل بھی ان کے پیچھے ہو لیا۔ پارل راستے میں بار بار کھڑی ہو جاتی اور ڈکرانے لگی۔ صغیر اسے لاٹھی سے مارتا اور وہ چلنے لگتی۔ جلیل نے محسوس کیا کہ پارل اس کو کھوج رہی ہے۔

ابھی گھپ اندھیرا نہ ہوا تھا، پھر راہ چلنا دشوار تھا۔ رات کافی جا چکی تھی۔ ماما اپنے گالیوں میں مصروف تھا۔ جلیل نکما اور ناکارہ تھا۔ اس کے گلے میں لعنت کا طوق؛ بھلا وہ دفان کیوں نہیں ہو جاتا۔ اس کی جان کیوں نہیں چھوڑتا۔ جلیل نے دل میں عہد کر لیا تھا کہ ایک لفظ بھی نہ بولے گا۔ اس نے میں کھٹی ڈکار محسوس کی اور پیٹ اور گلے میں شدید درد۔

دو دن کے بعد کوئی لڑکے والے مینا کا بر دیکھنے آئے۔ انھوں نے بہت سا جہیز مانگا۔ ماما تو بس منھ میں گھنگھنیاں ڈالے بیٹھا رہا۔ مامی دھاروں دھار رونے لگی۔ جلیل کا جی چاہا کہ خوب کھری کھری سنائے۔ کل کے بعد سے تو وہ سب اس کو بیل برابر سمجھنے لگے تھے۔ جلیل کے دل میں عجیب وحشت اٹھی۔ اس کا دل جنون خیز غصے سے دہکنے لگا؛ بالکل بیل کی طرح۔ اس کا جی چاہا بپھرے بیل کی طرح ہر شے کو کھوند ڈالے۔

دوپہر کو مینا اشنان گھاٹ بیٹھی تھی۔ اپنے آپ کو پانی کے سینے میں منعکس دیکھ رہی تھی۔ اس کی کمر بالوں کی کالی گھٹا سے ڈھکی ہوئی تھی۔

''مینا بو!''

''ہاں کیا ہے؟'' مینا نے دیکھے بنا کہا۔

''مجھے تم سے کچھ پوچھنا ہے۔''

''ہاں پوچھو۔''

''میری طرف دیکھو۔''

''ہاں کہو۔''

مینا کچھ حیران سی تھی۔ گھر میں تو کوئی جلیل کو قابل توجہ نہ سمجھتا تھا۔ وہ بھی اکثر خاموش اور تنہا ہی رہتا مگر آج وہ کچھ غیر معمولی سا نظر آ رہا تھا۔ اس کی آواز میں تحکم تھا۔ ''کہو، بولتے کیوں نہیں؟''

''مینا، تم کسے پسند کرتی ہو؟ حوالدار کے بیٹے یا اس کو جو پہلے آیا تھا؟''

''جلیل!''

''خدارا ناراض نہ ہو۔ میری التجا ہے۔ میں تمھاری شادی کا انتظام کروں گا۔ یہ حقیقت ہے۔ میری کچھ زمین ہے، میری ذاتی۔ وہ میں تمھارے نام کر دوں گا۔ کچھ تو بولو مینا۔''

مینا تو ششدر بیٹھی رہ گئی۔ وہ بمشکل سانس لے پا رہی تھی۔ ایک ایسے انسان کے منھ سے یہ الفاظ جس کی گھر میں کوئی قدر و قیمت نہ تھی۔

''صرف اپنی رائے بتاؤ، باقی میرا کام ہے۔''

''معلوم نہیں جلیل۔ میرے لیے تو سب برابر ہیں۔''

جلیل ایک دم چونک گیا۔ مینا کی بھلا کیا رائے ہوگی۔ کوئی بھی اس کی شادی کا خواہشمند نہ تھا، پھر وہ اپنی پسند نا پسند کیا بتاتی۔ جلیل کا وحشیانہ غصہ تھم گیا اور اس کی جگہ رحم نے لے لی۔ مینا کا مقام تو اس گھر میں خود اس کے مقام سے بدتر تھا۔ مینا اپنے جذبات پر قابو نہ رکھ پا رہی تھی۔ آنسو بے اختیار بہہ نکلے۔ اس کا ناکارہ پھوپھی زاد اس وقت اسے اپنے باپ سے زیادہ باوقعت اور رعب دار نظر آ رہا تھا۔ ایک لمحے میں اس کا اپنا باپ، وہ ضعیف آدمی، بالکل کمزور، زردرُو اور پرچھائیں سا محسوس ہونے لگا۔ اس نے تو گویا اپنا مقام ہی چھوڑ دیا تھا اور جلیل نے بڑے وقار کے ساتھ اس کی جگہ لے لی تھی۔

''پھر بھی بیٹا، کچھ تو کہو۔ مجھے اپنی رائے بتاؤ۔''

''معلوم نہیں۔ تم جو بھی فیصلہ کرو گے مجھے منظور ہوگا جلیل۔'' مینا وہاں سے بھاگ گئی۔

جلیل بہت خوش اور پُرفخر تھا۔ آہ! اس کی روح کتنی پُرسکون ہو گئی تھی۔ اس نے اپنے آپ کو مینا کے باپ کے روپ میں دیکھا۔ وہ اپنی صوابدید پر فیصلے کر سکتا ہے؛ ماما بے چارہ ایک لفظ بھی نہ کہہ سکے گا۔ جلیل کی تین گنی زمین اس منحوس خاندان کے منھ پر زوردار تھپڑ تھا۔ ماما کے قبضے میں زمین رکھنے اور اس سے ہر سال فصل گاہ کے گودام بھرنے سے کہیں اچھا تھا کہ وہ مینا کی خوشیاں خریدنے کے کام آ جائے۔ جلیل کا جی چاہا خوشی سے ناچ

اٹھے۔

آخر جلیل نے حولدار کے بیٹے ہی کو پسند کیا۔ وہ بہت مالدار تو نہیں، ہاں قاعدے کا آدمی ضرور تھا۔ مینا اس کی جوڑی خوب رہے گی۔

جوں ہی جلیل نے اپنے فیصلے کا اعلان کیا، گھر کا ماحول ہی بدل گیا۔ ماما تو خیر اپنی گھمبیرتا تانے بیٹھا رہا۔ البتہ اس کے بچے نہایت ادب و احترام کے ساتھ پیش آنے لگے۔ مامی نے بھی ناشتہ میں رات کے بچے بجائے مرچ چاولوں کے ساتھ ساتھ تلے ہوئے انڈے کھلانے شروع کر دیے۔ مگر کھانا تو جلیل کے گلے سے نیچے نہ اترتا تھا۔ اس نے انڈے ایک طرف ہٹا کے چاول جلدی جلدی گلے میں انڈیلے اور باہر چلا آیا۔ مینا تو اب سامنے ہی نہ آتی تھی۔ ہر ایک مشکل میں تھا۔ صرف جلیل پُرسکون، اپنے آپ کو ہلکا محسوس کرتا تھا۔ بیل کے گلے میں بانہیں ڈالے گاتے گاتے چراگاہ کی طرف نکل گیا۔ لوگوں نے اس کی پاٹ دار آواز بہت حیرت سے سنی۔ جلیل کو خود بھی معلوم نہ تھا کہ وہ اس طرح بھی گا سکتا ہے۔

زمین کی رجسٹری سے ایک دن پہلے ماما نے جلیل کو بلایا اور فیصلے پر دوبارہ غور کرنے کو کہا۔ جلیل نے کہا، ''میں ان قانونی معاملات کو زیادہ نہیں جانتا مگر میرا فیصلہ اٹل ہے۔''

''تین گنی زمین کوئی مذاق نہیں جلیل۔''

''مگر مینا! کیا مینا کی کوئی اہمیت نہیں؟''

''وہ تو جب قسمت میں ہوگا، بیاہی جائے گی۔''

''ایسی تقدیر پرستی سے تو اس کا گھر بس چکا۔''

ماما خاموش رہا۔ جلیل کا جی چاہا کہ اس کے منھ پر تھوک دے۔ زمین اپنے قبضے میں رکھنے کو کس قدر مرا جاتا ہے۔ زمین بیٹی سے زیادہ عزیز تھی۔ جلیل کچھ کہے بنا چل دیا۔

جب زمین کا معاہدہ ہوا تو جلیل کو ذرا بھی بُرا محسوس نہ ہوا بلکہ کاغذ پر انگوٹھا لگاتے ہوئے اس نے پورا زور اور توجہ صرف کی۔ اس کے دل سے ایک بہت بڑا بوجھ اتر گیا۔ اب تمام ناتے ٹوٹ چکے تھے۔ یہ زمین آخری بندھن تھا۔ بس اب وہ اپنے محبوب جزیرے پر چلا جائے گا۔ شادی کے روز وہ جان بوجھ کر الگ تھلگ رہا۔ وہ سخت بیزاری محسوس کر رہا تھا۔ اس کا دل ہر جذبے سے عاری تھا۔ اس کارِ خیر پر کوئی فخر بھی نہیں۔ سب کچھ بے رنگ اور پھیکا تھا۔ اس نے یہ بھی نہ دیکھا کہ مینا اپنی عروسی ساری میں کیسی لگ رہی ہے۔ وہ خاموش ایک گائے کی گردن میں بانہیں ڈالے لپٹا رہا۔

اب تو اس گھر میں اس نے ایک باعزت مقام حاصل کر لیا تھا۔ اسی کے پیش نظر ماما نے ایک دن کہا، ''مجھے اس جزیرے کے لیے کوئی ملازم رکھ لینے دو۔ وہاں اکیلے مت جاؤ۔''

جلیل چونک گیا۔ ''کیوں؟''

''وہاں زندگی بے حد مشکل ہے۔ کھانا بھی تو ڈھنگ کا نہیں مل سکتا۔''

"نہیں میں تو اکیلا جاؤں گا۔ نوکر کے سپرد گائیں کرو گے تو ان کی دیکھ بھال صحیح نہ ہوگی۔"

ماما نے بھی بات پر زور نہ دیا۔ جلیل کو معلوم تھا کہ ماما دل سے چاہتا ہے کہ وہ جزیرے پر چلا جائے مگر ذرا یہ محبت اور خیر خواہی کا تماشا رچانا چاہتا ہے۔ اگر اس نے وہ زمین نہ دی ہوتی تو وہ یقیناً یہ زحمت گوارا نہ کرتا۔ وہ جلد از جلد جزیرے چلا جانا چاہتا تھا۔ کاش اس کے پر ہوتے اور وہ اسی پل اڑ جاتا۔

خزاں کے آخری دنوں میں جلیل جزیرے کے لیے روانہ ہوا۔ ابھی سورج نہ نکلا تھا۔ آج دسوں گائیں بے چین تھیں۔ بڑی پُر جوش نظر آ رہی تھیں۔ بھوٹن کے گلے میں گھنٹیوں کی مالا پڑی تھی۔ ہلتی تو گھنٹیاں بج اٹھتیں۔ ماما دور تک اسے چھوڑنے آیا۔ گایوں کی دیکھ بھال کے بارے میں نصیحتیں کرتا رہا۔ جلیل ریوڑ کو راستے پر ہانکنے کے بہانے اس کے الفاظ سنے ان سنے کرتا رہا۔ آخر چھتم درخت کی گھنی چھاؤں سے ماما لوٹ گیا۔ جلیل نے سکھ کی سانس لی۔ اس کے کانوں میں بھوٹن کی گھنٹیاں میٹھے میٹھے نغمے بن کر رس گھولنے لگیں۔ وہ دن ڈوبنے سے پہلے کافی فاصلہ طے کر جانا چاہتا تھا۔ ٹال ٹلی پہنچتے پہنچتے جھٹپٹا ہو گیا۔ آج کا مشکل سفر بھی اسے تھکا نہ سکا۔ بوڑھا بیل سب سے آگے آگے چل پڑا۔ اسے دیکھ کر جلیل میں بھی طاقت عود کر آئی۔ پارل وقفے وقفے سے اس کے ساتھ چلنے لگتی اور پھر آگے بڑھ جاتی۔ راستوں سے گھاس چرتی اور اطمینان سے جگالی کرتی رہتی۔ جلیل شدت جذبات سے کانپ رہا تھا۔ یہ بیل کسی نہ کسی طرح اس کے احساسات سمجھتے ہیں۔ وہ باتیں جو ماما، مامی، مینا، صغیر، دبیر اور دوسرے کبھی نہ جان پائے۔ یہی دراصل محبت ہے جو تمھیں جذبے کی جادونگری میں لے جائے اور تم اپنے آپ کو بے حد قد آور محسوس کرو۔ دریا کے سینے سے ابھرنے والا کشادہ جزیرہ، جس کے اوپر زندگی کی دھوپ اور ریت ذرہ ذرہ گرتی رہتی ہے جوں موسیقی کی لہر۔ بوڑھا بیل یکدم رک گیا۔ "میں اِدھر ہوں بڑے میاں، فکر نہ کرو۔" جلیل کے ساتھ اس کا رویہ پدرانہ تھا۔ اس کی آنکھوں میں محبت تھی۔ جلیل کی بے خانماں روح ان آنکھوں کی اسیر تھی۔ زندگی سے اس کی نفرت کچھ کم ہوتی جا رہی تھی۔

بشکھل دریا سامنے تھا۔ وہ دریا کے کنارے تک گئے۔ برسات ختم ہو چکی تھی اور دریا پورے جوبن پر تھا، بالکل جابا کی طرح، وہ کبھی دریا کی طرح بھرپور تھی اور اپنے بھرپور پن کا کچھ احساس نہ رکھتی تھی۔ جلیل کو بھی کچھ خبر نہ تھی کہ وہ کیا بن رہا ہے! آسمان پر کہیں بادل کا نام ونشان نہ تھا۔ ہوا گرم اور حبس زدہ تھی۔ ان کی رفتار مدھم پڑ چکی تھی۔ اب انھیں یقیناً آرام کی ضرورت تھی۔ وہ درخت کے نیچے لیٹ گیا۔ گائیں گدلے پانی میں چلی گئیں۔ جلیل نے بھنے چاول نکالے اور کھانے کی کوشش کی مگر اسے بے حد بدذائقہ لگے۔ دور جھاڑی میں سے ایک پرندہ اڑا۔ ٹال ٹلی میں ایک پُرسکون زندگی کا خواب جلیل کی آنکھوں میں گہرا ہو گیا۔ وہاں ایلی کے پتوں سے ایک چھوٹی سی جھونپڑی بنائے گا اور پھر ایک بے فکر زندگی۔ خوشیوں سے بھرپور۔ ٹھیک ہے نا پارل! بس پھر مجھے کاہے کی فکر ہوگی۔ بس خوش اور زندہ رہنا۔ جہنم میں جائے وہ ماما۔ خدا کی لعنت۔ میں تو جزیرے کو اپنا گھر بناؤں گا اور ایک موٹی تازی بیوی لاؤں گا۔

وہ ٹال ٹلی غروب آفتاب سے پہلے ہی پہنچ گئے۔ چھوٹی سی فوج۔ جلیل کے دل میں نغمے گونج رہے

تھے۔ وہ ذرا بھی نہ تھکا تھا۔ گایوں نے جھاڑیوں اور گھاس میں منھ ڈالے اور ساری دنیا کو بھول گئیں۔ ایک عرصے سے ان کو ایسی گھاس نظر نہ آئی تھی۔ چاروں اور خاموشی تھی اور سکوت۔ کہیں دور دور کسانوں کی جھونپڑیاں نظر آتی تھیں۔ ہوا چلی اور خاموشی ٹوٹ گئی۔ جلیل کو سردی کی لہر جسم میں سرایت کرتی ہوئی محسوس ہوئی۔ اس نے اپنی گائیں باندھیں اور سو گیا۔

پھر وہ اِدھر اُدھر گھومتا اور مزید خوش ہوتا رہا۔ شاندار سبزہ گویا زمین کے سینے سے پھوٹ نکلا تھا اور ہر شے پر چھا گیا تھا۔ کبھی کبھی چھوٹے چھوٹے چشمے راستے میں آ جاتے ان کو پار کرنے میں پاؤں نرم سبزے میں دھنس جاتے۔ گویا قدم پکڑتے ہوں، روکتے ہوں کہ پل بھر کو رک جاؤ۔ کچھ بات کرو۔ سر کے اوپر درختوں کی شاخیں جھولتی تھیں۔ جلیل کے پاؤں پر ایک سایہ پڑ رہا تھا۔ راستوں میں بیلیں یوں کھلی تھیں، گویا کسی کی آمد کی منتظر ہوں۔ جلیل کے لیے یہ سب محبت سہار سے باہر تھی۔ اس کی آنکھوں میں آنسو آ گئے۔ اس سے تو کوئی بھی پیار نہ کرتا۔ اس کی ماں بھی نہیں۔ نہ ہی کبھی باپ نے اس کی طرف توجہ دی تھی۔ ماما، مامی نے کبھی اس کی پرواہ نہ کی تھی۔ پھر اب یہ سب کون تھے جو اس کو اپنی محبت سے مارڈالتے تھے اور اس کے دل میں زندگی کی انجانی تمنا پیدا کر رہے تھے۔ وہ کچھ دیر تیز ہوا کے سامنے سیدھا کھڑا رہا۔ دریا کی لہریں بھری بھری جوان عورت کی طرح تھیں، پُراعتماد۔ بھوٹن سب سے زیادہ خوش تھا۔ وہ بھاگ بھاگ کر جلیل کے پاس آتا۔ گلے کی گھنٹیاں بجتیں۔ جلیل کا جسم چاٹنے لگتا۔ کبھی کھیل کھیل میں اس کو سینگ مارتا۔ پارل تو کچھ سنجیدہ ہو گئی تھی۔ بھاری بھی ہو گئی تھی۔ ابھی بچھڑے کی پیدائش میں تین ماہ باقی تھے۔ کبھی وہ جگالی کرنا بھول جاتی، خالی خالی نظروں سے دور دراز دیکھنے لگتی۔ وہ پہلی بار ماں بن رہی تھی۔ شاید اسے اپنے اندر ایک پُرفخر درد کا احساس ہوتا تھا۔ جلیل اس کے پیٹ پر ہاتھ رکھتا تو اندر بچھڑے کی حرکت محسوس ہوتی۔ آہ! یہ شدید محبت وہ کہاں کہاں چھپا کے رکھے گا۔

دوپہر کے کھانے کے لیے چاول اور مچھلی تھی۔ کھانے کے بعد وہ جھونپڑی سے نکلا ہوا کھلے میں لیٹ گیا۔ سب کچھ صاف ستھرا اور ملائم تھا۔ درد کا نام ونشان مٹ چکا تھا۔ اس کا ذہن کشادہ، وسیع پُرفضا زمین کی مانند تھا۔ گزشتہ دو دن سے آسمان کے تیور اچھے نہ تھے۔ اس کے کناروں پر بادل کے گچھے پڑے رہتے۔ اور جب بوندا باندی ہونے لگی تو جلیل کو اس کا یہ انداز ذرا بھی نہ بھایا۔ اچانک بادل گرجا۔ آسمان کے ایک سرے سے دوسرے سرے تک گرج گونجی۔ بیلوں نے سر اٹھایا اور ڈکرایا۔ ہوا کو سونگھا۔ رات بستر میں لیٹے لیٹے جلیل دریا کی پکار سنتا رہا۔ اس کی آواز سینے پر کوڑے کی طرح پڑتی رہی۔ سمندر چڑھ رہا تھا۔ املی کے پتوں سے بنی اس کی جھونپڑی لرزنے لگی۔

کل سے بوندا باندی ہو رہی تھی۔ بادل جھک آئے تھے۔ وہ سارا دن بارش میں بیلوں کے لیے گھاس جمع کرتا رہا۔ آج وہ ان کے استھان سے باہر نہ لے کر گیا تھا بلکہ کلوں کے ساتھ مضبوطی سے باندھے رکھا۔ بوڑھا بیل بے حد خاموش تھا۔ اس نے تو گھاس کی جانب گردن تک نہ جھکائی۔ پارل بھی کچھ ایسے ہی موڈ میں تھی۔ جلیل اس کو تھپکتا، سہلاتا رہا۔ ''چلو کچھ کھا لو۔ اپنے لیے نہیں تو اس ننھی منی جان کے لیے جو تمھارے پیٹ میں ہے۔''

لیکن پارل پر کچھ اثر نہ ہوا۔ اس نے جلیل کی طرف دیکھا تک نہیں، گویا ناراض ہو۔ جلیل سے کس نے کہا تھا کہ بارش میں چارہ اکٹھا کرتا پھرے۔ نہیں میں تو نہیں کھاؤں گی!'' بھوٹن نے بہرحال بڑے شوق سے کھایا اور متشکر نگاہوں سے جلیل کو دیکھتا رہا۔

جلیل جھونپڑی میں واپس آ گیا۔ ایک چیتھڑے سے بال خشک کیے، اس کا سر بھاری ہو رہا تھا۔ ناک بہنے لگی۔ بس اسے ایک ہی خیال مارے ڈالتا تھا۔ سمندر چڑھ رہا ہے اور جھونپڑی میں کھانے کو کچھ بھی نہ تھا۔ اس نے رضائی اوڑھی اور لیٹ گیا۔ مگر نیند کہاں؟ کافی دیر بعد اس نے کپر کپر کپر کی آواز سنی۔ کون آ رہا تھا؟ جلیل ایک دم سے کھڑا ہوا، کان کھڑے کیے۔ کوئی آواز نہ تھی۔ اسے احساس ہوا کہ شدید بخار نے اس پر ہلّہ بول دیا ہے۔ سر پھنک رہا تھا۔ پھر لیٹا اور پھر وہی آواز، کرکرکر۔۔۔

آدھی رات کو اس نے سمندر کے گرجنے کی آواز سنی۔ وہ ایک جنون کے ساتھ آگے بڑھ رہا تھا۔ ایک تند رو جزیرے کی ندیوں کی طرف لپکی۔ جھونپڑی جس کی چھت اپلی کے پتوں سے ڈھکی تھی، سخت مخدوش حالت میں تھی۔ ایک دو ریلے اور آئے اور یہ گئی۔ جلیل نے رضائی ایک طرف پھینکی اور اٹھ کھڑا ہوا۔ گھٹنے گھٹنے پانی بھر چکا تھا۔ اب وقت نہیں تھا۔ اندھیرے میں ٹٹولتے ٹٹولتے اس نے بیلوں کے کلوں سے کھول دیا۔ اس کا چہرہ پارل کے پیٹ سے ٹکرایا۔ جلیل کا جی چاہا پھوٹ پھوٹ کے رو دے۔ بوڑھا بیل ڈکرانے لگا۔ وہ جلیل کو اسی طرح پکارا کرتا تھا۔ مگر آج جلیل اس کی پکار کا جواب نہ دے سکا۔ آہستہ آہستہ اس کی صدائیں دور ہوتی چلی گئیں۔ پانی اس کو بہائے لیے جا رہا تھا۔ جلیل کا کلیجہ پھٹنے لگا۔ آنکھوں سے آنسو رواں تھے۔ دس بیلوں کو کلوں سے کھولنے میں وہ بالکل ہانپ گیا۔ گھپ اندھیرے میں بھی کچھ نظر نہ آ رہا تھا۔ چاروں طرف پانی تھا۔ ہوا گرم تھی، یہاں تک کہ پانی بھی گرم تھا۔ اس پر مستزاد یہ کہ تیز بارش ہونے لگی۔ قریب کچھ بھی نہ تھا کہ وہ جس کا سہارا لے سکا۔ پانی میں اس کے پاؤں اکھڑ رہے تھے۔ ریلے میں بہتے ہوئے اس کا ماضی، حال، سب ایک ہو کر اس کی آنکھوں کے سامنے آ گئے اور وہ بے ہوش ہو گیا۔

اگلی صبح جب اسے ہوش آیا تو وہ پہچان نہ پایا کہ کہاں ہے۔ ابھی تک اس کا سر چکرا رہا تھا۔ چاروں اور دھند ہی دھند تھی۔ کہیں کوئی متنفس نظر نہ آتا تھا۔ دل میں عجب شور تھا۔ وہ ساکت ہو گیا۔ پھر اٹھا۔ اس نے دیوانوں کی طرح اِدھر اُدھر کسی پرندے کے لیے نظر دوڑائی۔ کوئی پرندہ۔ کسی قسم کا بھی۔ کوئی نہ تھا۔ عجب خیالات نے اسے گھیر لیا۔ پھر بھی وہ تسلسل اور وضاحت کے ساتھ سوچ نہ سکتا تھا۔ ہر سوچ دریا کے طوفان زدہ بھر بھرے کناروں کی طرح ٹوٹ جاتی۔ ایک طیش نے اسے آ لیا۔ ننگے جسم میں عجب لرزش پیدا ہوئی۔ اسے اپنے بیلوں کا کوئی خیال نہ آیا۔ وہ عالم دیوانگی میں جزیرے کی نرم زمین کو ناخنوں سے کھودنے لگا۔ اس کے سامنے لا انتہا خالی پن پھیلا تھا۔ مگر یہ سر پر کیسا سایہ منڈلا رہا تھا۔ کوئی دریا یا پرندہ۔ آخر کار اس کو پرندہ نظر آ ہی گیا۔ اس کے ذہن میں ایک اذیت ناک سسکی ابھری۔ وہ لڑکھڑاتا ہوا اٹھا۔ اس کو یوں لگا جیسے چاروں سمت سے لوگ 'اولو، لُولُو' پکارتے ہیں۔ ہزاروں پرندوں کی پھڑپھڑاہٹ۔ ہزاروں ہی بیل اس کی طرف دوڑے چلے آتے تھے۔ ہری ہری گھاس کو کھروں تلے روندتے۔ اولو، لُولُو۔ یہ آواز سینے سے لگائے وہ جزیرے کی کنواری زمین پر دوڑنے لگا۔

خدا کی مرضی

راجہ پروکٹور (سری لنکا)

ترجمہ: فرخندہ لودھی

سنہالا زبان کے معروف ادیب راجہ پروکٹور کی کئی تصنیفات ہیں جن میں سے کچھ فلمائی بھی جا چکی ہیں۔ مترجمہ کا تعارف پہلے ہی پیش کیا جا چکا ہے۔

جنوب مغربی مونسون کے آغاز کے ساتھ سری لنکا کے مغربی ساحل بپھرے ہوئے سمندر کی زد میں آ جاتے ہیں۔ ترچھی بوچھاڑ اس تسلسل کے ساتھ پڑی ہے کہ چائے کے باغات کی پہاڑی ڈھلانیں تتر بتر ہو جاتی ہیں۔ میدانی علاقوں میں دھان کی پنیری اور آب پاشی کا نظام تہس نہس ہو جاتا ہے۔ یہ بوچھاڑ ساحلوں پر جھومتے ناریل کے درختوں کو چھیل کر رکھ دیتی ہے اور شہروں اور بستیوں کو سخت نقصان پہنچاتی ہے۔

بارش جاری ہے تو پہاڑی ندی نالے بپھر کر دریا بن جاتے ہیں اور میدانی علاقوں میں بہنے والے دریا، سمندر اور خلیج کا نقشہ پیش کرنے لگتے ہیں۔ پانی کے تالاب کناروں سے امنڈ کر جھیلیں بن جاتے ہیں۔ ساحلی درخت جڑوں سے اکھڑ جاتے ہیں اور بڑی بڑی عمارتیں زمین بوس ہو جاتی ہیں اور اگر سمندر اسی طرح شانت رہے تو اس کے دباؤ سے دریاؤں کے دہانے بند ہو جاتے ہیں۔

بارش اور سمندر جب مل کر اپنی کاروائی شروع کرتے ہیں تو پبلک ورکس ڈیپارٹمنٹ، محکمہ موسمیات، برّی، بحری اور ہوائی افواج اور محکمہ پولیس انسدادِ سیلاب کے لیے مستعد ہو جاتے ہیں۔ خاص طور پر زندگی پرور دھان کے کھیتوں کو بچانا بے حد ضروری ہو جاتا ہے۔

اس وقت میں سیلون کے ایک متمول ڈویژن کولمبو سیون کی ایک کاک ٹیل پارٹی میں مدعو تھا۔ ہال کے باہر بارش ہو رہی تھی اور تیز ہوا کے جھکڑ چل رہے تھے۔ بے ترتیب بارش اور طوفانی جھکڑوں کا سلسلہ پانچ روز

سے جاری تھا۔ بند گاڑیاں قطاروں میں سے نکل کر سڑکوں پر رک کے، چمکتے پانی کو چیرتی، شرر شرر کر کے گزرتی تھیں۔ سفید وردی میں ملبوس نجی ملازمین، ننگے پاؤں، ہاتھوں میں گولف، چھتریاں اور برساتیاں پکڑے ہر بند گاڑی کو گھیر لیتے تھے۔ یہ لڑکے میکانکی انداز میں لپک کر آتے جاتے اور وردی پوش اعلیٰ افسروں اور ان کی شاندار بیگمات کو بارش میں بھیگنے سے بچا لیتے تھے۔ شاہراہوں پر ڈبل ڈیکر بسیں چھینٹیں اڑاتی لڑھک رہی تھیں۔ ٹیکسیاں سائرن بجاتی اور ذاتی گاڑیاں ونڈ اسکرین پر وائپرز چلاتی گزر رہی تھیں۔ بارش کی وجہ سے دکانوں کی روشنیاں دھندلا گئی تھیں۔ دکانوں اور کاروباری اداروں کے رنگ برنگ متحرک نام (نیون سائن) اوپر سے نیچے اور نیچے سے اوپر دوڑ رہے تھے۔ راہرو بے خوف وخطر بارش سے بچاؤ کے لیے چھتریاں تانے فٹ پاتھ پر چل رہے تھے یا بس اسٹاپ پر قطاروں میں کھڑے تھے یا سینما گھروں کے دالانوں میں حرارت کی تلاش میں جمع تھے۔ کاک ٹیل پارٹی میں شریک ہر آدمی چوکس تھا۔ شرکا میں زیادہ تعداد تینوں قسم کے فوجیوں اور پولیس والوں کی تھی اور ان کا تند لہجہ دوسری تمام آوازوں پر حاوی تھا۔ اچانک خطرے کی لال بتی روشن ہوگئی اور میں فوراً کاک ٹیل پارٹی سے فلڈ آپریشن کمانڈر کی دنیا میں پہنچ گیا۔

کمانڈر کے ہاتھ میں پکڑی ہوئی چھڑی دیوار پر آویزاں نقشے پر ادھر سے اُدھر دوڑ رہی تھی۔ اچانک آواز آئی۔

''نمبر ایک پلاٹون کمانڈر!''

چھڑی کا سرا اب میری طرف اشارہ کر رہا تھا۔ میں نے اپنے حاضر ہونے کی شہادت سر ہلا کر دی۔

''ٹرک، ربڑ کی کشتیاں، آؤٹ بورڈز، لینڈنگ پلاٹون کے جتھے اور گیئر سیٹ اَپ ہیں۔''

چھڑی کی نوک اب نقشے پر اس علاقے کی نشاندہی کر رہی تھی جو کولمبو سے تیس میل شمال کی طرف بل کھاتے ہوئے دریا کنارا تھا۔ چھڑی نے گھوم کر تقریباً بیس مربع میل پر پھیلے علاقے کا احاطہ کر لیا۔

''سیلاب میں پھنسے ہوئے لوگوں کو تلاش کرو۔ آبادیاں خالی کراؤ اور لوگوں کو نکال لاؤ۔ انھیں عارضی طور پر سڑکوں پر پناہ دے دو۔''

''نمبر دو کے پلاٹون کمانڈر!'' افسر نے چلاتے ہوئے پلاٹون نمبر دو کے علاقے میں لوگوں کی تلاش کے فرائض سونپ دیے۔

''کمپنی کمانڈر کا بیس کیمپ یہاں پُل پر ہوگا۔'' افسر کی چھڑی ایک مقام پر آکر رک گئی۔ ''مواصلاتی احکامات سرکاری حکم نامے کے مطابق ہیں۔'' یہ کہتے ہوئے اس نے سائیکلو اسٹائلڈ کاغذات کا ایک پلندہ میرے سامنے ڈیسک پر دے مارا۔ اس نے ہمیں متوجہ کرنے کے لیے ایک بار پھر چھڑی سے ٹھک ٹھک کیا۔

''دیکھیے، یہ تالاب آب پاشی کے لیے ہے۔ اس کا بند ٹوٹنے کا خطرہ ہے۔ یہ ٹوٹ گیا تو کچھ نہیں بچے گا۔'' چھڑی ایک دائرے کی شکل میں گھوم گئی۔

مجھے محاذ پر جانے کے لیے تیاری کا موقع دیا گیا تاکہ میں وردی تبدیل کر لوں اور اپنی پلٹن کے

جوانوں کو اکٹھا کر کے ان کو بھی تیاری کا حکم دے دوں۔ پھر ٹرک رواں ہوئے۔ شہر سو رہا تھا اور ہم گلیوں، بازاروں سے گزرتے اپنی منزل کی طرف بڑھنے لگے۔ ٹرکوں اور گاڑیوں کی ہیڈ لائٹس میں ترچھی بارش کی چھڑیاں گاڑیوں کے ہڈز کو ڈھول کی طرح پیٹ رہی تھیں۔ کسی کے منھ سے کوئی آواز نہ نکلتی تھی اور نہ ہی کسی کو یہ معلوم تھا کہ کیا ہونے والا ہے۔ ہم سب صبح کے انتظار میں تھے اور سگریٹ کے لمبے لمبے کش لے رہے تھے۔ پھر ہم نے برستی بارش میں، ٹرکوں سے اتر کر کیمپ لگا لیے۔ رات کی سیاہی آہستہ آہستہ دھند لکے میں تبدیل ہو رہی تھی۔ ترچھی بارش کا تسلسل قائم تھا اور دریا کی گھن گرج ہمارے ماحول کا حصہ تھی۔ دھند لکا بتدریج ایک اداس سویرے میں بدل گیا۔ میرے دائیں طرف لہراتا گدلا پانی تھا اور باقی تین اطراف میں آسمان سے باتیں کرتی مکانوں کی چھتیں تھیں اور جھونپڑے تھے جن میں سے سیلاب کا پانی تیزی سے گزر رہا تھا۔ میں نے ربڑ کی ایک چھوٹی کشتی آؤٹ بورڈ میں فٹ کرنے کا حکم دیا اور ربڑ کی تین بڑی ڈونگیاں پانی میں چھوڑ دیں۔ سیلاب اتنا امنڈ آیا تھا کہ صرف سر کشیدہ ناریل کے درخت گاؤں کی سڑکوں کی نشاندہی کر رہے تھے۔ پروگرام کے مطابق میں نے بروقت اپنا کام شروع کر دیا۔ میرے فرائض زیادہ مشکل نہیں تھے۔ مجھے گاؤں کے لوگوں کو کشتیوں میں لاد لاد کر بڑی سڑک پر لانا تھا مگر ترچھی بارش اور پانی کا تیز بہاؤ رکاوٹ پیدا کر رہے تھے۔

گاؤں میں صرف ایک بڑی گلی تھی جس کے اطراف میں تیل کا ایک اسٹور، پرچون کی دکان، ریڈی میڈ کپڑوں کی دکانیں اور گاؤں کے اسکول کی کچی عمارت تھی جس پر ٹہنیوں کی چھت تھی۔ اس گلی کے عقب میں گھاس پھونس کے جھونپڑے دور تک پھیلے ہوئے تھے۔ ہر جھونپڑے کے گرد پھلوں کے باغات اور سبزیوں کی کھیتیاں تھیں۔ پانی دہلیزوں سے گزر کر گھروں کے برآمدوں میں پہنچ رہا تھا۔

میں کشتیاں اسکول کے دروازے پر روک لیں اور گاؤں کا ایک چکر لگا کر واپس آ گیا۔ نیم برہنہ لڑکے پانی میں کھیل رہے تھے، جب کہ نیم برہنہ مرد رسّوں کی مدد سے گھروں کی چھتوں کی مرمت میں مصروف تھے۔ پانی میں شرابور عورتیں اور بچے سست روی کے ساتھ گھر کے سامان کو رسیوں سے باندھ کر چھتوں پر پہنچانے میں لگے ہوئے تھے۔ مرغیوں کے ٹوکروں کو سایہ دار درختوں کے اونچے ٹہنیوں کے ساتھ باندھا جا رہا تھا۔ درختوں کے دو شاخہ تنوں پر مچان باندھے جا رہے تھے۔ ایک بڑے سے جھونپڑے کے سامنے بیل گاڑی پر گھر کا سامان ٹھونس ٹھونس کر لادا جا رہا تھا۔ حاملہ عورتیں، بچے اور ضعیف پہلے ہی چھتوں کے اوپر چٹائیوں سے بنائے گئے سائبانوں کے نیچے پناہ لے چکے تھے۔ ترچھی بوچھاڑ سے بچنے کے لیے وہ ایک دوسرے میں گھسے جا رہے تھے۔ بھاری برکھا اور مخدوش حالات میں بچوں کی مسرور چیخم دھاڑ، عورتوں مردوں کی ایک دوسرے لیے پکار، کتوں کی بھونکار اور کبھی کبھی گایوں کا ڈکرانا، بکریوں کا ممیانا، بطخوں مرغیوں کا کلکلانا اور گٹگٹانا، یہ سب کچھ زندگی کی خوش کن علامت لگتا تھا۔

میں نے اپنے سینئر ملاح کر پنڈی کو کہا کہ وہ سڑک کے عین بیچ میں کھڑا ہو جائے اور پھر میں نے اونچی آواز میں اعلان کیا، ''سیلاب چڑھ رہا ہے۔ ممکن ہے بند کا کنارا ابھی ٹوٹ جائے۔ میں یہاں سے آپ لوگوں کو

نکالنے آیا ہوں۔ حکومت پانی اتر جانے تک آپ لوگوں کو ٹھکانہ اور خوراک مہیا کرے گی۔''

میرے اس اعلان کو سننے کے لیے گاؤں کے بچے اور بڑے کام کرتے کرتے رک گئے لیکن جوں ہی میں نے اپنی بات ختم کی، وہ دوبارہ اپنے اپنے کاموں میں لگ گئے۔ نیم برہنہ لڑکے پھر پانی سے کھیلنے لگے۔ میں کشتی میں ہر طرف گھوم کر بار بار اعلان کرتا رہا لیکن اب کسی کو میری آواز کی طرف متوجہ ہونے کی ضرورت نہ تھی۔ سب اپنے اپنے کام میں جتے ہوئے تھے، البتہ کتے بھونک رہے تھے اور شاید آم کے ڈال پر بیٹھے ایک توتے نے پر پھڑپھڑائے، ٹیں ٹیں کیا اور سنبھل کر بیٹھ گیا۔

''کیسے احمق ہیں یہ دیہاتی۔ ہم کتنی مشکل سے ان تک پہنچے ہیں۔'' میں غصے میں بڑبڑایا۔

کرپنڈی نے سر ہلا کر میری رائے پر صاد کیا۔ ''کوشش ہی کی جاسکتی ہے سر۔''

ترچھی بوچھاڑ اب بھی جاری تھی۔ گہرا گدلا پانی تیزی سے بہہ رہا تھا اور میری تینوں کشتیاں اسکول کے گیٹ کے سامنے بندھی تھیں۔

میں نے دیکھا سامنے سر سے پیر تک بھیگی ای بڑھیا لکڑی کے زینے کے ذریعے اپنی جھونپڑی کی چھت پر چڑھ رہی ہے۔ میں تیزی سے اپنی کشتی اس کی سیڑھی کے پاس لے گیا اور اسے آواز دی، ''بڑی بی، اے بڑی بی، رک جاؤ۔''

بڑی بی کے جھریاتے ہوئے ہونٹ ایک دائرے کی شکل میں سکڑ گئے، اس کے دھنسے ہوئے گال، گڑھوں میں گڑی ہوئی آنکھیں اور سفید چھدرے بال اس کے نیم مردہ ہونے کی گواہی دیتے تھے۔

جوں ہی وہ میری طرف متوجہ ہوئی، میں نے کہا: ''آپ میرے ساتھ آیئے، آپ کو پناہ، خوراک اور کپڑے مل جائیں گے۔''

''دفع دور، ارے تو کہاں سے دے گا اور کیوں دے گا۔''

بڑھیا کی آواز اس کے نحیف و نزار جسم کے مقابلے میں کافی کراری اور دمدار تھی۔

''ہمارے پاس جو تھوڑا بہت ہے، ہم خود اس کی حفاظت کریں گے۔ تمھارے خیال میں ہم سب کچھ چھوڑ چھاڑ کر تمھارے ساتھ ہولیں، واہ۔'' وہ اسی کرخت لہجے میں بولتی چلی گئی۔

''سنیے بڑی بی! حکومت۔۔۔''

اس نے میرا فقرہ اچک لیا، ''ہاہ۔ حکومت۔ حکومت۔'' اس نے نفرت سے تھوکا۔ ''جیسے ہمیشہ حکومت ہی ہماری فکر کرتی ہے۔'' بڑھیا نے سیڑھی کے باقی ڈنڈے عبور کرتے ہوئے کہا۔ ''آباد اور برباد کرنے والا خدا ہی ہے۔ حکومت خدا کی جگہ نہیں لے سکتی۔''

اب وہ چھت پر پہنچ کر چوکڑی مار کر بیٹھ گئی تھی۔ ''دیکھ دیکھ، اُدھر دیکھ۔'' بڑھیا نے اپنی جھریائی ہوئی انگلی سے جھونپڑی کی چھت کے دوسرے سرے کی طرف اشارہ کیا۔

سامنے ایک اٹھارہ برس کی لڑکی تھی۔ گیلی انڈی اور دھوتی اس کے بدن پر اس طرح چپکی ہوئی تھی جیسے

روغن کی تہہ کسی تاروں سے بنے مجسمے پر چڑھی ہوئی ہو۔ اس نے ایک بچے کو پٹکے کی مدد سے کمر کے ساتھ باندھ رکھا تھا اور اپنی بانہوں میں ایک گٹھری تھام رکھی تھی جس میں سے ایک نوزائیدہ بچے کی چیخیں سنائی دیتی تھیں۔

بڑھیا نے مجھے متوجہ کرتے ہوئے چلا کر کہا، ''اب بتاؤ، میں اس کو چھوڑ کر جا سکتی ہوں؟ تم چاہو گے کہ اپنے شوہر کو چھوڑ کر چلی جائے؟ اور اس کا شوہر گھر بار چھوڑ کر چلا جائے؟ ایسا کیسے ہو سکتا ہے؟''

بڑھیا بولتے بولتے اچانک رکی اور آسمان کی طرف ہاتھ اٹھا کر کہا: ''اللہ تو اندھا ہو گیا ہے۔ سچ مچ اندھا۔'' بڑھیا نے اپنے سپاٹ سینے پر ہاتھ مارا اور مٹھیاں بھینچ کر آسمان کی طرف لہراتے ہوئے پھر پکارا، ''سچ مچ اندھے ہو گئے ہو۔ کچھ نہیں نظر نہیں آتا۔ صرف اندھے ہی کو کچھ نظر نہیں آتا۔''

اس نے بکتے بکتے میری طرف دیکھا اور طنزیہ کہا، ''کیا کہنے ہیں۔ اللہ تعالیٰ برباد کرے گا اور حکومت آباد کرے گی۔ واہ! اللہ کرے اور بندہ بھرے۔ واہ جی واہ۔''

یہ کہتے ہوئے اس نے دوبارہ اپنی بیٹی کی طرف اشارہ کیا اور پکاری، ''کیا حکومت مجھے، میری بیٹی اور نواسے نواسیاں دے سکتی ہے؟ کیا تم اس خدا کو سمجھا سکتے ہو جو بچے کو پیدا ہوتے ہی اٹھا لیتا ہے۔ ہم سارا وقت دھان بوتے اور بچاؤ کے لیے اس کے گرد مینڈھ باندھتے رہتے ہیں۔ اچانک ہوتا کیا ہے کہ وہی مینڈھ ہماری دھان کی فصل کو کھانے لگتی ہے۔ ہم کیا کر سکتے ہیں اور کہاں جا سکتے ہیں، اور جائیں بھی تو کیوں؟''

میں نے زِچ ہو کر بڑے ملاح کر پنڈی سے کہا، ''چلو یہاں سے!''

پھر ہم نے اگلے جھونپڑوں کے قریب رک کر مردوں کو آواز دی۔

''بھائی آپ اپنی عورتوں اور بچوں کو یہ جگہ چھوڑنے کے لیے کیوں نہیں کہتے؟ کیا وہ تمھارا کہا نہیں مانتے؟ تم لوگ موت کے منھ میں کیوں جانا چاہتے ہو؟ سیدھے سیدھے یہاں سے نکلو ورنہ میں سختی کروں گا۔''

ایک کبڑا جو ایک ٹوکرے کو کھینچ رہا تھا، اس نے مڑ کر میری طرف دیکھا اور تیقن کے ساتھ گویا ہوا:

''گاؤں میں میاں بیوی، بیٹے بیٹیاں مل کر بوتے ہیں، مل کر کاٹتے ہیں، مل کر کام کرتے اور کھاتے پیتے ہیں۔ ان کے غم، ان کی خوشیاں سانجھی ہیں۔ آپ ان سے کیا توقع رکھتے ہیں کہ وہ الگ الگ ہو جائیں۔''

یہ کہہ کر اس نے اپنا ٹوکرا گھسیٹنا شروع کر دیا۔

''کہاں جائیں! کس کے پاس جائیں! کیوں جائیں!''

میں نے کر پنڈی سے مخاطب ہو کر حکم دیا کہ اب شمال کی طرف بڑھو۔ میرا مشن بے نتیجہ تھا۔ وقت تیزی سے گزر رہا تھا اور پانی وقت سے زیادہ تیز تھا۔ پانی کی تیزی سے بھنور پڑنا شروع ہو گئے تھے۔

''دیکھو کر پنڈی! مجھے ان لوگوں کے ساتھ زبردستی کرنا پڑے گی۔ ہمیں واپس جا کر اپنے آدمیوں کو دو حصوں میں تقسیم کرنا چاہیے۔ ہمیں عورتوں اور بچوں کو پہلے نکالنا ہوگا۔''

''لیکن سر، ان لوگوں کو ان کے بچاؤ کے لیے مجبور تو نہیں کیا جا سکتا۔ آپ نے کبڑے کی باتیں سنی ہیں نا! ان لوگوں کو ہم ان کے اپنوں سے جدا نہیں کر سکتے۔''

''مگر مجھے یہ کام کرنا ہے۔ سنتے ہو؟ میرا فرض یہی ہے۔تم چاہتے ہو میں اِدھر اُدھر دوڑ کر انھیں تباہ ہوتے دیکھتا رہوں۔ مجھے ان کو بچانا ہے۔ ہر قیمت پر بچانا ہے، سمجھے؟''

''صاحب، یہ اجڈ دیہاتی ہیں۔ اپنے بھلے برے کو نہیں سمجھتے۔'' کرپنڈی نے میری ہاں میں ہاں ملائی۔

''دیہاتی ہیں، اجڈ ہیں تو انھیں ہانکنا پڑے گا۔نہیں سمجھتے تو نہ سمجھیں۔''

مجھے غصہ آرہا تھا۔کرپنڈی نے جرأت سے کہا، ''صاحب آپ اس سیلاب کو سمجھتے ہیں۔''

نہ جانے کیسے اچانک میرے لبوں پر ایک جملہ آگیا۔''خدا کا عذاب۔''

یہ تین لفظ تمام صورت حال پر محیط تھے۔

اب ہماری کشتی گاؤں کے شمالی حصے میں اس مقام پر پہنچ چکی تھی، جہاں گاؤں کے بیچ سے گزرتی گلی دو راہے میں بدل جاتی تھی۔گلی کی ایک شاخ دائیں کو اور دوسری بائیں کو مڑ گئی تھی۔ قینچی چوک میں برگد کا بوڑھا درخت تھا جس کی لمبی داڑھیوں نے ایک دائرہ سا بنا رکھا تھا۔ درخت کے تنے کی وجہ سے گلی کے درمیان گول چکر بن گیا تھا۔گول چکر کے پختہ چبوترے پر داڑھیوں میں سوتے مہاتما بدھ کی منقش تصویر پڑی تھی۔ ہماری کشتی چبوترے کے گرد گھوم گئی۔ میدان کی طرف نظر پڑی تو دیکھا کہ وہاں ایک دایہ قسم کی عورت اپنے سامان کے ساتھ بیٹھی ہے۔ایک حاملہ عورت برگد کی ٹہنیوں میں پناہ لیے ہوئے ہے اور ایک نیم برہنہ دیہاتی اس کے ساتھ سر نیوڑھائے بیٹھا اور دعا مانگ رہا ہے۔

میں نے موقعہ غنیمت جانا اور چلایا، ''نکل آئے ہو؟ ارے تم اپنے لوگوں کو آمادہ کیوں نہیں کرتے کہ وہ بھی ضد چھوڑ دیں۔انھیں بتاؤ کہ تم کیوں نکل آئے ہو؟ صورت حال کس قدر بگڑ چکی ہے۔''

''چھوڑ دیں۔۔۔چھوڑ دیں؟ کیوں چھوڑ دیں اپنے گھر، اپنے کھیت اور ایسے وقت میں چھوڑ دیں جہاں ہر طرف لٹیرے اور ڈاکو لوٹ مار کرتے پھر رہے ہیں۔وہ آج صبح بھی یہاں لوٹ مار کرنے آئے تھے۔ابھی باڑھ اونچی ہوئی تو وہ پھر آدھمکیں گے۔''

''ہم یہاں تمھاری جان و مال کی حفاظت کے لیے آئے ہیں۔'' میں نے کہا۔

''یہ کوئی پہلا سیلاب نہیں ہے۔'' یہ کہتے ہوئے وہ پانی میں چلتا ہمارے قریب آگیا۔اس کی عورت کی چیخ نے بارش کے شور کو چیر دیا۔

''صاحب کون چھوڑتا ہے اپنے کھیتوں کھلیانوں کو۔ پچھلے برس کا سیلاب اس سے شدید تھا۔اس کے آگے کوئی ٹِک ہی نہیں سکتا تھا، ہم نے اس وقت اپنے گھر بار نہ چھوڑے، اب کون چھوڑے گا۔''

''پھر تم کیوں چھوڑ آئے ہو؟'' میں نے جھڑک کر کہا۔

''میری گھر والی کو۔۔۔'' اس نے دردزہ سے کراہتی ہوئی عورت کی طرف اشارہ کرتے ہوئے کہا، ''بچہ ہونے والا ہے۔دائی ساتھ ہے۔''

اب دائی بھی ہمارے قریب پہنچ چکی تھی۔ دیہاتی بولتا چلا گیا، ''آپ جھونپڑوں کی طرف کیوں نہیں جانتے۔ میری بوڑھی ماں اپنے کتے کے ساتھ چھت پر اکیلی بیٹھی ہے۔ پانی تیزی سے چڑھ رہا ہے۔ کھیتوں میں دوڑتا پھر رہا ہے۔ مجھے لگتا ہے بند ٹوٹ گیا ہے۔ میں آج کی رات واپس نہ جاسکوں گا۔ خدا کے لیے اُدھر جائیے۔ ذرا دیکھیے تو۔''

''کہاں، کہاں؟'' میں نے بے چینی سے پوچھا۔ میری بے چینی میں یہ طمانیت بھی شامل تھی کہ چلو کچھ تو کرنے کو ملا۔ دیہاتی نے اپنے چپو کی نوک سے شمال کی طرف اشارہ کرتے ہوئے کہا۔

''وہ پہلا گھر۔ وہ اپنے کتے کو لیے چھت پر بیٹھی ہے۔''

☆

اب بوچھاڑ کا زور کچھ کم ہو گیا تھا۔ بارش کا شور دھیما پڑ گیا تھا۔ دور بہتے دریا کی گونج ماحول کا حصہ بن چکی تھی لیکن آسمان کے مشرقی افق سے جل بھری کالی گھٹائیں پھر ابھر رہی تھیں۔ ہماری ربڑ کی کشتیاں شمال کی طرف بڑھنے لگی۔ سیلاب میں پورے پورے درخت، بڑی بڑی پیٹیاں، صندوق، کرسیاں مرغوں کے ٹوکرے، چار پائیاں، گھروں کے برتن، بھانڈے سبھی بہتے جا رہے تھے۔ گھاس اور سرکنڈوں کے چھوٹے چھوٹے جزیروں پر بیٹھے سفید بگلے اور کونجیں خاموشی سے بہتی چلی جا رہی تھیں۔ میں نے سینئر ملاح کرپنڈی سے کہا کہ وہ ٹربائن کے پنکھے کو صاف رکھے اور گدلے پانی کا جائزہ لیتا رہے۔ ناریل کے درخت ابھی تک سر اٹھاتے کھڑے تھے۔ آم کے درختوں کی چوٹیاں، سنگترے، مالٹے کے پودے اور دوسرے سایہ دار اشجار پانی میں ڈوبے بالکل جھاڑیوں کے مانند دکھائی دیتے تھے، کھیتوں کی پہچان کاشتکاروں کے جھونپڑوں کی چھتوں سے ہوتی تھی، البتہ زمیندار کا پختہ اینٹوں کا چوبارہ ابھی سلامت تھا۔

''صاب! دیکھیے دیکھیے۔'' کرپنڈی نے میری توجہ ایک چھت کی طرف کرائی جو پانی کے اوپر سے نظر آ رہی تھی۔ میں نے دوربین لگا کر دیکھا۔ چھت پر بڑھیا اپنے کتے کے ساتھ بیٹھی تھی۔

''لو جی مل گئے۔ بڑھیا، کتا اور چھت۔ اب بڑھیا نکل آئے گی، نکلنا ہی پڑے گا اسے۔'' میں نے اطمینان کا سانس لیا۔

تاہم ہماری کشتی ایک بڑا چکر کاٹ کر بہتی ہوئی چھت کو روکنے میں کامیاب ہو گئی۔ بڑھیا آلتی پالتی مارے اکڑی بیٹھی تھی اور کتا بھی سیدھا بیٹھا ہوا تھا۔ ہمارے قریب پہنچنے پر یہ کتا نہ بھونکا اور نہ چونکا۔ اس نے صرف اپنے دانت نکوسے اور ذرا سا غرا کر خاموش ہو گیا۔

''ماں جی آئیے۔ ہم آپ کو لینے آئے ہیں۔''

میں نے اتنا کہا اور اس چھت پر اتر گیا۔ اور تب میں نے دیکھا کہ ایک طرف میرے بازو جتنا موٹا رسّا لپٹا ہوا رکھا ہے۔ اس کے عین بیچ میں میرے چہرے کے برابر سانپ کا پھن جھوم رہا ہے۔ میرے ہاتھ میں پستول تھا۔ میں نے فائر کرنا چاہا لیکن کتا پستول پر جھپٹ پڑا اور نشانہ خطا ہو گیا۔ اس دوران ملاح کرپنڈی نے اپنے چپو

سے سانپ پر پے در پے وار کیے تو کھپریل کی چھت تھوڑی ٹیڑھی ہو کر دو ٹکڑے ہو گئی۔ کتا اور جھومتا ہوا سانپ دونوں پانی میں گر گئے۔ بڑھیا کا تو پتہ بھی نہ چلا کہ وہ کب ڈوبی۔ میں ایک ہارے ہوئے جرنیل کی طرح کھڑے کا کھڑا رہ گیا۔

''بڑھیا گئی۔ گئی۔''

میں نے اتنا کہا اور کشتی میں کود گیا تاکہ بڑھیا کو تلاش کیا جائے لیکن گہرے، گدلے تیز پانی میں اس کا نام ونشان نہ تھا، کتا اور پھنیّر سانپ بھی غرقاب ہو چکے تھے۔ کرپنڈی نے جرأت کر کے کہا:

''جناب! بہتر ہے کہ آپ ریوالور کو دوبارہ بھر لیں۔''

میں نے اسے دوسرے جھونپڑوں کی طرف بڑھنے کا اشارہ کیا۔ کشتی ان کی سمت رواں ہو گئی۔ مجھے اپنے منہ میں کڑواہٹ گھلتی محسوس ہو رہی تھی۔ ایسے لگتا تھا کہ میں اندر سے ٹوٹ گیا ہوں۔ تب مجھے ملاح کی آواز سنائی دی:

''حضور، ہمارے پہنچنے تک کتا، کوبرا اور بڑھیا اکٹھے زندہ تھے۔ آپ اس حقیقت کو سمجھ سکتے ہیں۔ دوسرا کوئی یقین نہیں کرے گا۔''

اچانک آسمان پر بجلی کوندی۔ بادل گرجا اور ہوا نے گھنے بادلوں کے تنے ہوئے پردے کو جیسے پھاڑ دیا۔ لگتا تھا پانی برس نہیں رہا، گر رہا ہے۔ اب چند گز فاصلے سے کچھ سجھائی نہ دیتا تھا۔

''چلتے رہو۔ مشین میں گھاس پھونس نہ پھنسنے دینا۔'' میں نے چلا کر حکم دیا اور کشتی میں سے پانی نکالنے لگا۔ پھر جانے کہاں سے کاٹتی ہوئی ہوا چنگھاڑتی آئی اور مخملی لہروں کو جھاگ میں بدل گئی۔

''واپس مڑو ملاح۔ واپس گاؤں کی طرف چلو۔''

کشتی تیزی سے مڑی۔ بمشکل دس منٹ چلی ہو گی کہ کشتی کا انجن بند ہو گیا۔

''گھاس پھونس پھنس گیا ہے جناب۔ میں اسے ابھی صاف کرتا ہوں۔''

ملاح نے اپنے منہ کو ہاتھوں میں لے کر مجھ تک اپنی آواز پہنچانے کی کوشش کی اور کشتی کے پچھلے حصے کی طرف جھک گیا۔ اب کیا تھا۔ کشتی ڈگمگائی اور پھرکی کی طرح گھوم گئی۔ میں اس کے اندر گر گیا۔ میری کوشش تھی کہ پانی کے اوپر ہاتھ ہلا کر بتاؤں کہ میں یہاں ہوں لیکن کشتی دوبارہ ڈگمگائی۔ اب اس کا اگلا حصہ اونچا ہو گیا اور وہ اپنے پچھلے حصے پر ایستادہ ہو گئی۔ میں نے جان بچانے والے رسّے کو تھام لیا لیکن وہ میرا بوجھ نہ سہار سکا۔ جب میں پانی کی سطح پر آیا تو میرے ہر طرف بارش اور سیلاب کا ریلا تھا۔ میں پانی میں چلتا رہا۔ اب میری زندگی کا انحصار اس بات پر تھا کہ میں کتنی دیر پانی میں چل سکتا ہوں۔ میری وردی اور جوتوں میں پانی بھر گیا تھا۔ چنانچہ بوجھل وردی اور جوتے مجھے نیچے کی طرف کھینچ رہے تھے۔ مجھے چلنے کے لیے زیادہ زور لگانا پڑ رہا تھا اور کچھ سجھائی نہ دیتا تھا۔ البتہ بارش کی 'شوکر' سنائی دیتی تھی۔ میرا جسم پانی کی منہ زور لہروں کو محسوس کر رہا تھا۔ میں نے سوچا۔ یہ کیسی فضول اور بے معنی موت ہو گی۔ میں نے غصے میں آ کر تیرنے کی کوشش کی لیکن چند لمحوں کے بعد میں ہانپ گیا

اور خود کو پانی کی سطح پر ڈھیلا چھوڑ دیا تا کہ میرا سر پانی سے اونچا رہے۔
اس صورت حال نے مجھے پھر غصہ دلایا۔ اب میں نے نئے جوش سے ہاتھ پاؤں مارنے شروع کر دیے، یہاں تک کہ میں کندھوں تک پانی کے اوپر آ گیا۔ بارش کا شور ایسے لگتا تھا جیسے ڈھکنا (والو) کھلنے سے بھاپ شائیں شائیں کرتی خارج ہو رہی ہو۔
''میں بے معنی موت کیوں مر رہا ہوں؟ اس موت کا کوئی مقصد، کوئی جواز؟''
اچانک مجھے جھٹکا سا لگا اور میں اپنا توازن برقرار نہ رکھ سکا۔ اس وقت نہ تو میں تیر رہا تھا اور نہ ڈوب رہا تھا۔ پانی کی لہر مجھے اوپر اٹھائے ہوئے تھی۔ اچانک میں کسی سخت چیز سے ٹکرا گیا۔
''بوٹ۔۔۔ بوٹ اتار دو۔'' میں نے اونچی آواز میں خود کو بتایا۔
میں نے ایک ایک کر کے اپنے دونوں بوٹ اور جرابیں اتار دیں۔ اس سے مجھے کافی سہولت محسوس ہوئی۔ پھر میں نے اس سخت چیز کو ٹٹول کر دیکھا جس سے میں ٹیک لگائے کھڑا تھا۔ یہ کسی چھت کی مخروطی سی چوٹی تھی۔ میں نے گھوم کر دیکھا تو مجھے پاؤں ٹکانے کے لیے ایک چھجا نظر آیا۔ مجھ سے پندرہ فٹ کے فاصلے پر ٹائلوں سے بنی ہوئی چھت تھی جس سے چند فٹ نیچے ڈھل ڈھل پانی بہہ رہا تھا۔ یہ ایک پختہ مکان کی بالائی منزل تھی اور میں اس وقت اس کی نچلی منزل پر تھا۔ چنانچہ میں نے ایک لمبی سانس لی، جست لگا کر اوپر اٹھا تا کہ پانی کی باڑھ مجھے روک نہ سکے۔ اس طرح جست لگانے سے میرا ایک ہاتھ مڑ گیا لیکن دوسرے ہاتھ کا سہارا مل گیا اور میرے پاؤں دوبارہ منڈیر پر ٹک گئے۔ اب میں منزل تک پہنچ چکا تھا۔ میں کھڑکی کے ساتھ لٹکا ہوا ہانپ رہا تھا۔ اچانک میں نے اپنی گردن پر فولاد کی ٹھنڈی چبھن محسوس کی۔ آنکھ ترچھی کر کے دیکھا تو پتہ چلا کہ یہ تو بندوق کی نالی ہے۔
''کون ہو تم؟ کیا چاہتے ہو؟ دفع ہو جاؤ۔ نکلو نکلو۔'' ایک تیکھی مگر لرزتی باریک آواز آئی۔ اس آواز میں مایوسی اور خوف نمایاں تھا۔
''بحری فوج۔ بحری فون۔'' میں نے تحکمانہ انداز میں جواب دیا۔
''یہاں کچھ نہیں۔ آپ کی مدد کی بھی ضرورت نہیں۔ جائیے۔''
''مگر مجھے آپ کی مدد کی ضرورت ہے۔ میری کشتی ڈوب گئی ہے۔'' میں نے رعب سے کہا۔
تبھی مجھے ایک عورت کی غیر جذباتی آواز سنائی دی۔ وہ کہہ رہی تھی: ''یہ گاؤں کا آدمی نہیں ہے۔ اس کے تن پر کپڑے بھی نہیں ہیں۔ یقیناً یہ ہماری مدد کرے گا، کھڑکی کھول دیجیے۔''
میری گردن پر بندوق کی نالی کا دباؤ نرم پڑ گیا۔ اب میں ایک استخوانی ہاتھ کی گرفت میں تھا۔ اس نے کھڑکی کے پٹ کھول دیے اور میں کھڑکی کی سِلی پر پاؤں رکھ کر کمرے میں اتر گیا۔
صندوقوں کے دروں پر رکھا مٹی کے تیل کا دیا اپنی مدھم روشنی پھیلا رہا تھا۔ یہ کمرہ کھپریل کی چھت والی برساتی تھی۔ کھڑکی کے قریب کونے میں پڑی کرسی پر ایک گنجا مرد بندوق پکڑے بیٹھا تھا۔ گڑھوں والی آنکھوں میں وحشت تھی۔ جسم پر ماس بوٹی نام کو نہ تھا۔ ہڈیوں پر منڈھی جلد سے بدن کی اناٹومی ظاہر ہوتی تھی۔ عمر رسیدگی

اور لاغر جسم و جان کے باوجود جسم میں رسی کی سی لچک تھی۔ میری طرف کسی نے براؤن رنگ کا کمبل اور ایک گدا پھینک دیا۔ میں اس وقت اپنے ہاتھوں سے جسم کا پانی صاف کرنے میں مصروف تھا کہ وہ گویا ہوا:

''تم یہاں صبح تک رک سکتے ہو، سمجھے!''

دوسری زنانہ آواز ایک لڑکی کی تھی۔ اس لڑکی کی بانہیں، کندھے اور سینہ خاصا گداز تھا مگر وہ موٹی نہ تھی۔ اچھی قبول صورت لڑکی تھی۔ دیے کی زرد روشنی اس کے بھورے بالوں کو چمکا رہی تھی۔ ابھرے ہوئے چکنے گالوں پر دو گہری آنکھیں اور پکے ہوئے کیلے کی مانند زردی مائل جلد مدھم روشنی میں بھلی لگ رہی تھی۔ لڑکی نے مٹی کے تیل کے چولھے پر پانی کی کیتلی رکھ دی اور خود آلو چھیلنے لگ گئی۔

''آپ کیوں نہیں نکلے یہاں سے؟'' میں نے آدمی سے پوچھا۔

''ہاہاہا۔۔۔'' مرد نے بات کرنے سے پہلے قہقہہ لگایا۔ ''میں یہاں کا جاگیردار ہوں۔ ان کھیتوں کا مالک ہوں۔ میں نے اینٹ، سیمنٹ اور لوہے سے یہ گھر تعمیر کروایا کہ یہ سیلاب کو برداشت کر سکے۔ میرے پاس بندوق ہے۔'' وہ بندوق کی نالی کو ہاتھ سے بجاتے ہوئے بولا۔ ''اور خوراک بھی۔'' اس نے صندوقوں کی طرف توجہ دلاتے ہوئے مزید تعارف کرایا۔

''یہ میری خادمہ ہے۔'' اور پھر اپنی بانہہ دکھائی جس میں کتے کی زنجیر بندھی تھی۔ یہ زنجیر سیڑھیوں سے ہوتی ہوئی نیچے کہیں پانی میں جا کر ختم ہو گئی تھی۔ اس نے زنجیر کی طرف توجہ دلاتے ہوئے کہا، ''میری دولت۔ میرا سایہ۔ میں اپنی دولت سے بندھا ہوا ہوں۔''

''دیکھ نہیں رہے کہ صاحب اپنی دولت کے ساتھ زنجیر سے بندھے ہیں۔ میں ان کی خادمہ ہوں۔ صاحب نے مجھے اپنی خدمت کے لیے خریدا تھا۔ اسی لیے ان کے گھر والے مجھے ساتھ نہیں لے گئے۔''

''ان کے گھر والے بھی ہیں؟'' میں نے پوچھا۔

''بیگم ہیں، بیٹی ہیں، بھائی ہیں۔ وہ آج صبح سویرے نکل گئے تھے۔''

میں کمبل لے کر گدے پر لیٹ گیا اور آنکھیں بند کر لیں۔ باہر سیلاب کا شور تھا اور چھت کی ٹائلوں پر بھاری برکھا تال دے رہی تھی؛ مسلسل۔

استخوانی انگلیوں نے مجھے کندھے سے پکڑ کر جھنجھوڑا۔ شاید صبح ہونے والی تھی مگر بارش جاری تھی اور ہر طرف اندھیرے اور وحشت کا راج تھا۔ صندوقوں کے پاس کھڑی لڑکی، دیے کے آگے اخبار کیے ہوئے تھی۔ بڈھے نے میرے کان میں سرگوشی کی۔

''ڈاکو۔۔۔ڈاکو۔۔۔'' اس نے کھڑکی کی طرف اشارہ کرتے ہوئے مجھے ٹھوکا دیا۔

''سنو۔'' میں نے کان لگا کر سنا۔ سوائے بارش کے شور کے دوسری کوئی آواز نہ تھی۔ بڈھا آواز دبا کر مجھے مطلع کر رہا تھا۔

''وہ کھڑکی کے پاس آئے۔ میں گولی نہیں چلا سکا۔ اب وہ اس دیوار کے ساتھ لگ کر لیٹے ہوئے

ہیں۔افسوس میں گولی نہ مارسکا۔وہ اسی دیوار کے ساتھ لگ کر بیٹھے ہیں۔وہ پھر کوشش کریں گے۔اب وہ یا تو کھڑکی کے راستے سے آئیں گے یا چھت کی طرف سے۔''

''بیٹری لاؤ بیٹری۔'' بڈھے نے سرگوشی میں لڑکی کو حکم دیا۔

لڑکی صندوقوں کے پیچھے سے تین سیل والی لمبی بیٹری اٹھا لائی۔

''پکڑو۔'' بڈھے مجھے حکم دیا۔

جب میں نے بیٹری پکڑ لی تو اس نے کہا،''سنو! میں کھڑکی کھول کر باہر جھانکوں گا۔تم بیٹری کی روشنی دیوار پر ڈالنا۔''

میں تاریکی کی وجہ سے پریشان تھا اور کوئی فیصلہ نہیں کر پا رہا تھا کہ میں نے بندوق کی نالی اپنے پیٹ میں گھستی محسوس کی۔

''احمق! تم نہیں جانتے کہ وہ ہمارا کیا حشر کریں گے۔ یا تو وہ رہیں گے یا ہم۔'' وہ سرگوشی میں غرا رہا تھا۔

''صاحب جو کہتے ہیں، وہ کرو۔'' لڑکی نے بزور مجھے باور کرایا۔''ڈاکو عینی شاہدوں کو بھی زندہ نہیں چھوڑتے۔جانتے ہو؟''

میں نے بیٹری کو مضبوطی سے پکڑا۔ بڑے میاں نے بندوق کی نالی سے کھڑکی کھولی اور للکارا،''اب آؤ۔''

ٹارچ کی روشنی دیوار پر پڑی۔ چندھیا دینے والا شعلہ سا لپکا اور فائر ہو گیا۔

میں نے پہچان لیا کہ جسے گولی لگی، وہ وہی دیہاتی ہے جس نے برگد کے نیچے پناہ لے رکھی تھی۔اس کے ساتھی دوسری طرف ہٹ گئے۔تب بیٹری کی روشنی میں، میں نے ایک سر اور دو بازو پانی میں ڈوبتے ابھرتے دیکھے۔

''مجھے تیرنا نہیں آتا۔تیرنا نہیں آتا۔'' دیہاتی چلا رہا تھا۔بڈھے سے شست باندھ کر ایک گولی اور چلانا چاہی۔میں نے اسے دھکا دیتے ہوئے کہا،''وہ خود ہی ڈوب جائے گا۔''

''احمق۔احمق۔'' بڈھا غصے سے پھنکارا۔

میں ٹارچ کی روشنی میں دیکھ رہا تھا کہ پانی کا ریلا مدد کے لیے تڑپتی بانہوں اور ابھرتے ڈوبتے سر کو بہائے لے جا رہا ہے۔اب وہ آم کے پیڑ کی چوٹی تک پہنچ گیا ہے۔میں نے اسے درخت کی چوٹی کو پکڑتے اور پھر تڑپتے دیکھا۔اب وہ دہائی دے رہا تھا،''سرخ چیونٹیاں۔سرخ چیونٹیاں۔''

بڈھا دیہاتی کی دہائی پر کھلکھلایا،''بے چاری لال چیونٹیوں نے آم کے درخت پر پناہ لے رکھی تھی، یہ ان سے ان کی پناہ گاہ چھین رہا ہے۔''

''ہائے۔ہائے۔'' دیہاتی کو تیرنا نہیں آتا تھا اور وہ کٹھ پتلی کی طرح تڑپ تڑپ کر پکار رہا تھا:''میری

آنکھیں، ہائے میری آنکھیں!''

میری بیٹری کی تیز روشنی تیز بہتے گدلے پانی پر پڑ رہی تھی۔ زندگی اور موت کی کشمکش میں اسیر دیہاتی، رینگ رینگ کر اس کی آنکھوں کو کاٹنے والی چیونٹیاں نظر آ رہی تھیں۔ بڈھے نے مزہ لیتے ہوئے منھ بنا کر اظہار خیال کیا۔ ''اب اس کا منھ پھول کر کپّا ہو جائے گا۔ چیونٹیاں کاٹ کاٹ کر اسے اندھا اور بہرہ کر دیں گی۔ اونہہ! میری دولت لوٹنے آیا تھا۔ واہ دولت۔''

وہ فاتحانہ مسرت سے کھلکھلایا اور تبھی میں نے دیکھا کہ دیہاتی کے ہاتھ سے آم کا ٹہنا چھوٹ گیا اور وہ ایک چھپاکے سے پانی میں گر کر غائب ہو گیا۔ اب بڈھے نے کھڑکی بند کر لی۔ اس کے بازو سے بندھی زنجیر چھنکی۔ لڑکی نے دیے کے سامنے سے اخبار ہٹا کر کمرے کو دوبارہ روشن کر دیا۔

''پانی کی سطح مزید بلند ہو چکی ہے۔'' میں نے اطلاع دی۔

''رات کے وقت ہوا بہت تیز تھی، جب آپ سو رہے تھے تو موسلا دھار بارش ہوئی۔'' لڑکی نے مجھے بتایا۔

''دیکھتے جائیے۔ میرا مکان برداشت کر لے گا۔'' بڈھے نے جواب دیا۔

اس وقت ہم تینوں کمرے کے تین کونوں میں الگ الگ بیٹھے تھے؛ بالکل چپ، اداس اور فکر مند۔ اجالا ہولے ہولے پھیل رہا تھا۔ میں نے کھڑکی کے شٹرز سے چھن کر آتی صبح کی کرن دیکھ لی تھی۔ میں نے بڑھ کر شٹرز اٹھا دیے۔ جب میرا ہاتھ کھڑکی کی لکڑی پر پڑا، میرے بدن نے عجیب جھرجھری سی محسوس کی۔ پھر دیوار کو چھوا، وہ بھی کانپ رہی تھی۔ ہمارے سروں کے اوپر سے چٹخنے اور ٹوٹنے کی آوازیں آئیں۔ تب لڑکی دوڑ کر میرے پاس آ گئی اور چیخی؛ ''چھت۔ چھت۔ ٹائلیں ٹوٹ رہی ہیں۔''

سچ مچ مربع شکل کی ٹائلیں اوپر سے پھسل رہی تھیں۔ ٹوٹ رہی تھیں۔ چٹخ رہی تھیں۔ جیسے آتش بازی چھوٹتی ہو۔ پھر یہ لرزش اور تیز ہو گئی۔ چار دیواری ہولے ہولے جھکی اور بیٹھ گئی۔ اس کے گرنے سے کمرے کا فرش ایک دھاکے کے ساتھ پھٹ گیا۔ اب ہر طرف خاموشی تھی۔ میں اور لڑکی سیمنٹ کے ایک چھجے پر ٹکے ہوئے تھے۔ ہماری پشت کی طرف دیوار کا کچھ حصہ سلامت تھا۔ نہ چھت، نہ دیواریں۔ بارش اور باڑھ کا زور۔ سامنے فرش کے بجائے ایک اندھا گہرا کنواں تھا۔ بڈھا کنویں کے دوسری طرف ہماری طرح ایک چھجے پر اٹکا ہوا تھا۔ ہم ایک دوسرے کے پاس آ جا نہیں سکتے تھے۔ ہر چیز بہہ گئی تھی۔ بارش ہم دونوں کو تھپیڑ رہی تھی اور تیز ہوا چہروں کو سُن کر رہی تھی۔ ہم نے اپنے رخ دیوار کی طرف کر لیے تو بڈھے نے تقریر جھاڑنی شروع کر دی۔

''میں نے اس گھر پر ایک لاکھ روپیہ خرچ کیا۔ اپنی طرف سے اعلیٰ قسم کا سیمنٹ پتھر منگوایا۔ بنیادوں اور دیواروں میں سریا بھروایا۔ لگتا ہے انھوں نے مجھے لوٹ لیا۔ صحیح مال نہیں دیا۔ سارا قصور ٹھیکیدار کا ہے۔ میں اس پر نالش کروں گا اور دیکھو سارا نقصان پورا کراؤں گا۔'' لیکن اب بڈھے کی آواز میں بے اعتمادی نمایاں تھی۔ اپنی بندوق فضا میں گھماتے، ہاتھ میں بندھی زنجیر بجاتے ہوئے وہ اپنی تقریر جاری رکھے ہوئے تھا۔ وہ کرسی میں دبک

کر بیٹھا سردی کی وجہ سے کانپ بھی رہا تھا۔

''ذرا دن نکلے، تلاش کرنے والے آجائیں گے۔''میں نے اسے تسلی دی۔

''لیکن یہ جگہ بند سے بہت نزدیک ہے۔''لڑکی نے اطلاع دی۔

میں نے چٹائی اٹھا کر لڑکی کو پکڑائی جسے اس نے ہوا اور بارش سے بچاؤ کے لیے سامنے تان لیا اور مجھے اس کی اوٹ میں ہوجانے کے لیے کہا۔ ہم کچھ دیر کندھے سے کندھا ملائے اس کے پیچھے کھڑے رہے، پھر بنا کچھ کہے ہم نے ایک دوسرے کی طرف دیکھا اور بیٹھ گئے۔

اچانک زنجیر ہلنے کی آواز آئی۔ میں نے چٹائی ہٹا کر دیکھا۔ زنجیر زور زور سے ہلی اور بڈھا کرسی سے باہر کھنچ گیا۔ اب وہ زنجیر کا سرا تھامے سنبھلنے کے لیے ہاتھ پاؤں مار رہا تھا کہ اچانک لڑھک گیا۔ گدلے پانی میں چند سفید بلبلے سے بنے اور بس۔ لڑکی نے خدشہ ظاہر کیا،''لگتا ہے سیف دیوار سے باہر آگیا اور بڈھے کو کھینچ لے گیا۔''

بارش اب بھی ہو رہی تھی اور ہوا بارش پر کوڑے برسا رہی تھی اور ہم ان دونوں کی زد میں تھے۔ میں فکر مندی سے بڑبڑایا:''نہ تو ہمارے پاس کچھ کھانے کو ہے اور نہ کوئی ٹھکانہ۔ اس سے پہلے کہ ہم نڈھال ہوجائیں اور سردی سے مرجائیں، ہمیں کچھ کھانے کو ملنا چاہیے۔''

''کیا کرسکتے ہیں۔''میری ساتھی نے کہا۔

میں نے اپنے چاروں طرف نظر دوڑائی۔ پانی ہمارے چھجے سے ذرا نیچے تھا اور اس کی سطح آہستہ آہستہ بلند ہو رہی تھی۔ میری سمجھ میں نہیں آرہا تھا کہ کیا کیا جائے۔ میں نے لڑکی سے کہا،''تم گیلے کپڑوں میں ہو۔ اچھی بات نہیں۔''

لڑکی نے میری بات کا نہ تو کوئی جواب دیا اور نہ میری طرف دیکھا۔ اس کی انگلیاں آپ ہی آپ اپنا بلاؤز کھولنے لگیں۔ میں نے اپنا منھ دوسری طرف کرکے کمبل اس کے ہاتھ میں تھما دیا۔

اب ہم دونوں کاٹ دار بوندوں کی زد میں سر جھکائے بیٹھے تھے۔ بادلوں سے بھرا بھورا آسمان ہمارے اوپر تنا ہوا تھا۔ گدلا پانی ہر طرف ٹھاٹھیں مار رہا تھا۔ وہ سردی سے کانپ رہی تھی۔ میں نے اپنا بازو اس کے کندھے پر رکھ دیا۔ اس کی انگلیاں میری انگلیوں میں پیوست ہوگئیں اور اس نے مجھے اپنے ساتھ لگا لیا اور کہا، ''مجھے نیند آرہی ہے۔''

''سونا مت۔ ہرگز نہ سونا۔''میں نے منت سماجت کی۔ مجھے احساس ہوا کہ اگر اس کو کچھ ہوگیا تو اس کا ذمہ دار میں ہوں گا۔ میں نے اس سے پوچھنا شروع کردیا کہ وہ کون ہے، کہاں سے آئی ہے۔

''میری رنگت دیکھتے ہو۔''وہ بولی۔

''میں آدھی آدھی سیلونی نسل سے ہوں۔ ہوتا کیا ہے کہ جب کوئی بے حد مفلس ہو اور اسے بھوک سے جان کے لالے پڑے ہوں تو کچھ نہ کچھ تو کرنا ہی پڑتا ہے۔''اس کی آواز کپکپا رہی تھی۔ میرے ہاتھ خود بخود اس

کے کندھوں اور بازوؤں کو سہلانے لگے۔

''رنگت میں بڑی دلکشی ہوتی ہے، سو مجھے بیچ دیا گیا۔ میں ابھی بچی ہی تھی جب جاگیردار کے خاندان نے مجھے خرید لیا اپنی بیٹی کی خدمت کے لیے۔ پھر بیٹی بیاہی گئی تو میں جاگیردارنی کی خدمت میں رہنے لگی۔ میں اس گھر میں پچھلے پندرہ برس سے ہوں۔ سب مجھ پر بھروسہ کرتے ہیں۔''

اب میں کانپ رہا تھا اور میرے منھ سے بات نہ نکلتی تھی، تاہم میں نے اتنا کہا کہ مجھے افسوس ہے۔

اس نے خود کلامی کی؛ ''کتنا اچھا ہوتا جو کہیں ایک کمرہ ہوتا۔''

اس وقت ہم دونوں ساتھ ساتھ گیلے فرش پر بچھی چٹائی پر کمبل لیے لیٹے تھے، جیسے دو معصوم بچے ماں کی گود کی گرمی لینے کے لیے لیٹتے ہیں؛ نہایت فطری انداز میں۔ نہ خوف نہ فکر۔ نہ ایک دوسرے سے کچھ لینا نہ دینا۔ نہ پوچھنا نہ کہنا۔ اس نے اپنی بات جاری رکھی۔

''میں پوری گھرداری چلاتی تھی۔ شروع میں یہ لوگ غریب ہی تھے۔ اب بہت امیر ہیں۔ ان کی اپنی کاریں ہیں، حویلیاں ہیں، زرعی مشینیں ہیں۔ مجھ سے اچھا سلوک کرتے ہیں۔ تنخواہ نہیں دیتے تو نہ سہی، کھانے پینے کو اچھا دیتے ہیں۔ مجھے اپنے خاندان کا فرد سمجھتے ہیں۔ پھر میں بڑی ہوگئی۔ میری رنگت بہت دلکش تھی۔ میں خدمت کے لیے جنمی گئی تھی اور یہ بڈھا! تم جانتے ہو بڈھے کیا ہوتے ہیں؟ یہ جب اس عمر کو پہنچتے ہیں تو اپنے لیے جوان عورت مانگتے ہیں۔ اس طرح میں اپنے اس مالک کی خدمت میں رہنے لگی۔''

''تم خود چلی جاتیں!'' میں نے سردی سے کپکپاتے ہوئے کہا۔

''جاتی کہاں؟ اور کس کے لیے جاتی؟ جب بڈھا مر جائے گا، وہ میرے لیے اور ساتھی تلاش کر دیں گے۔'' لڑکی نے تحمل سے جواب دیا۔

اس کے لہجے میں کوئی شکایت تھی نہ پچھتاوا۔ اس کے لیے ہر بات فطری تھی۔ پھر ہم اٹھ بیٹھے۔ میں نے اپنے ہاتھ پاؤں ہلائے جلائے۔ اس سے بھی کہا کہ وہ ورزش کرے کیوں کہ ایک کروٹ لیٹے لیٹے جسم جڑ سے گئے تھے۔ شام ہوئی تو ہم پھر لیٹ گئے۔ ہمارے جسم برف کی سِلوں کی مانند یخ ہو چکے تھے۔ سردی کے مارے ہمارے منھ سے کوئی بات نہ نکلتی تھی اور جسم تھر تھر کانپ رہے تھے۔

میں نے اکتاہٹ سے کہا، ''لعنت ہے۔ لعنت ہے۔ یہاں اس طرح پڑے پڑے مر جانا بھی کوئی بات ہے۔ مرنے کا کوئی مقصد، کوئی جواز تو ہونا چاہیے۔ مجھے تو کوئی مقصد نظر نہیں آیا۔ یہ بے ہنگم سیلاب، قطعی بے معنی۔''

اس کی بانہوں نے مجھے گھیرے میں لے لیا اور اس نے اپنا جسم میرے اوپر ڈال دیا۔ اب ہماری بانہیں، ٹانگیں اور ہونٹ باہم پیوست، ایک دوسرے بدن سے حرارت لے رہے تھے۔ اس فعل میں نہ کوئی مستی تھی نہ محبت۔ بس ایک دوسرے سے حرارت لینے کی ایک حیوانی خواہش تھی۔ اس کوشش سے ہمارے جسموں میں کچھ جان آئی اور پھر ساری رات ہم اسی طرح ایک دوسرے پر لیٹ کر جسموں کو گرم کرتے رہے۔

بارش تھم چکی تھی۔ سیاہ آسمان کا رنگ ہلکا پڑنے لگا تھا۔ میں نے اسے سونے سے باز رکھا۔ ہم نے اپنے کپڑے اور کمبل نچوڑے اور جہاں تک ممکن ہوسکا، ان کو ہوا میں پھیلا دیا۔

''مجھے لگتا ہے آج چھجا بھی ٹوٹ جائے گا۔'' لڑکی نے قیاس آرائی کی۔

''ہاں۔'' میں اسی کی طرح تسلیم و رضا کے لہجے میں کہا۔

''ہمیں آج اپنے اپنے انداز سے جینا مرنا ہوگا۔'' اس نے میرا ہاتھ تھام لیا۔

اب ہم طلوع سحر کے منتظر تھے۔ صبح ہوگئی۔ نامراد، بے کار، قابل نفرت گندا گدلا پانی اب میری طرح بے جان اور لاچار دکھائی دیتا تھا۔

سورج ہمارے لیے نئی زندگی لے کر آیا۔ سیلاب کا چڑھاؤ بدستور تھا اور ہمارے معدے بھوک سے جل رہے تھے۔ ہمارے کپڑے سوکھ گئے اور لڑکی نے پہن لیے۔ میں اپنا سر اس کی گود میں رکھے لیٹا تھا۔ ہم ایک دوسرے کے بے حد قریب تھے۔ تبھی مجھے جانوروں کا خیال آیا۔ نر اور مادہ جنگل میں رہتے ہیں، وہ بھی اسی طرح ایک دوسرے کے قریب رہتے ہوں گے۔ ان کے درمیان ایک جبلی مفاہمت ہوتی ہوگی۔ یہ محبت نہیں تھی۔ یہ بوالہوسی بھی نہیں تھی۔ جذباتی کشش یا وقتی رومان بھی نہ تھا۔ یہ بس زندہ رہنے اور ایک دوسرے کی وجہ سے زندہ رہنے کی کیفیت تھی۔ یہ ایک الوہی احساس تھا، جیسے خدا کے ہونے کا احساس، یا اس کی رحمت کا ایقان، جو اس کی مرضی کے تابع ہے۔ مجھے صرف یہی ایک جواز سوجھ سکا کہ یہی تعلق پاکیزہ رفاقت ہے۔

وہ میرے بالوں میں انگلیاں پھیر رہی تھی۔ ایسا لگتا تھا کہ اس کے کان کسی آواز پر لگے ہیں۔ پانی کے شور کے اوپر کسی انجن کی گھر گھر میں نے بھی سنی۔ وہ بے ساختہ بولی: ''جہاز۔''

میں یکبارگی اٹھا۔ ہم دونوں نے بے چینی سے اپنے اردگرد کی وسعت میں نظر دوڑائی۔ پہلی نظر میں تو یوں لگا جیسے سفید لہر سی اٹھی ہے۔

''امیر البحر کا بجرا ہے۔'' میں لہر کی طرف اشارہ کرتے ہوئے چلایا۔

اس بجرے کو وہ سیلاب زدہ علاقے میں لانے میں کامیاب ہوگئے تھے۔ اس کی گونج اب ہمارے قریب آرہی تھی۔ یہ ہمارے بچاؤ کے لیے آیا تھا۔ ملاح کرپنڈی مجھے سامنے بیٹھا نظر آیا۔ مجھے دیکھتے ہی دور سے چلایا: ''اس شدید بہاؤ میں صرف یہی بجرا کام دے سکتا تھا۔ ہمیں پتہ تھا کہ سر، آپ کہیں نہ کہیں اٹکے ہوئے مل جائیں گے۔''

جوں ہی کشتی قریب آئی۔ میں لڑکی کے ہمراہ لپک کر اس میں سوار ہوگیا۔

''صاحب۔۔۔صاب۔'' کرپنڈی نے جذبات سے مغلوب ہوکر اپنی بانہیں پھیلا دیں اور ہم ایک دوسرے سے بغلگیر ہوگئے۔

اب میں اور وہ لڑکی بجرے کے ننھے سے کیبن میں آمنے سامنے بیٹھے تھے۔ وہ لاتعلق سی اپنی دُھن میں پاؤں کے ساتھ کشتی کے تختے کو بجا رہی تھی۔ مجھے محسوس ہوا کہ جیسے میرا کچھ حصہ اس کے پاس ہے اور اس کا کچھ

حصہ میرے پاس ہے اور اب اپنے اپنے حصے سے دستبردار ہونے کا وقت آ گیا ہے۔ اس لمحے میرا جی چاہا کہ میں اس ایکتا کو برقرار رکھوں جو ہم دونوں کے درمیان تھی۔

میں نے اس سے پوچھا؛ اب تم کیا کرو گی؟''

اس نے اپنی نظریں اوپر اٹھائے بغیر جواب دیا؛ ''وہ مجھے ضرور تلاش کر لیں گے۔ مجھے بھی ان کی دولت کی حفاظت کے لیے واپس چلے جانا چاہیے ورنہ ان لوگوں کا نقصان ہوگا۔''

''میرے ساتھ چلو۔'' میں نے زور دے کر کہا۔

لڑکی نے مجھے خدا حافظ کہنے کے لیے دھیرے سے ہاتھ اٹھایا اور میری آنکھوں میں آنکھیں ڈال دیں۔ اس کی آنکھوں میں چمک دار ہچکچاہٹ تھی، پھر یہ آنکھیں تشکر کے آنسوؤں سے بھر آئیں اور اس نے فیصلہ کن انداز میں کہا؛ ''کہاں جاؤں گی میں، اور کس لے جاؤں؟''

انجن اسٹارٹ تھا۔ بجرا پھٹ پھٹ کرتا چل پڑا۔ خشکی پر پہنچتے ہی میرے ساتھ افسروں نے مجھے گھیر لیا اور سوالات کی بوچھاڑ کر دی۔ میں موت کی وادی سے لوٹ آیا تھا۔

اور لڑکی، ذرا دور کھڑے، اپنے جیسے لوگوں کے ہجوم میں جا شامل ہوئی۔

چیخ

زرین انزور (افغانستان)

ترجمہ: طاہر آفریدی

زرین انزور افغانستان کے ننگر ہار علاقے میں ۱۹۵۶ء میں پیدا ہوئے۔ کابل یونیورسٹی سے صحافت پر بیچلر ڈگری حاصل کی۔ ۲۰۱۰ء تک زرین انزور افغانستان ٹیلی ویژن اور ریڈیو کے جنرل ڈائریکٹر کے عہدے پر فائز رہے۔ ان کی پشتو میں متعدد کتابیں شائع ہو چکی ہیں جو عموماً افغان کے رسم ورواج اور پشتو قبائل کے المیے پر مبنی ہیں۔

طاہر آفریدی پاکستان میں مقیم ہیں اور پشتو ادب کے حوالے سے ایک معتبر نام ہیں۔

شہر جانے والی بس میں انتہائی بھیڑ تھی۔ بس جس اسٹاپ پر بھی ٹھہر جاتی، وہاں کھڑے لوگ بڑی بے صبری سے سوار ہونے کے لیے دوڑ پڑتے اور ہر ایک کی یہی کوشش ہوتی کہ وہ کسی نہ کسی طرح دروازے تک پہنچ جائے اور کسی ڈنڈے کو پکڑ کر لٹک جائے۔ اس اسٹاپ پر میں نے بھی اپنی پوری طاقت لگائی اور سواریوں کو دھکیلتے دھکیلتے دروازے تک پہنچ کر تھوڑی جگہ بنالی۔ جہاں مجھے قدم رکھنے کی جگہ ملی، وہاں برابر برابر دو سیٹوں پر ایک ادھیڑ عمر کا بوڑھا اور اس کے برابر آٹھ نو سال کا لڑکا بیٹھا تھا۔ بس میں بہت ساری سواریوں میں بوڑھے لوگ بھی تھے اور کمزور بیمار بھی۔ مگر وہ لڑکا نہ تو کسی بوڑھے کے لیے اٹھا اور نہ کسی کمزور بیمار کے لیے اخلاقاً سیٹ چھوڑی۔ میں نے لڑکے کی ڈھٹائی دیکھتے ہوئے سوچا، ''یہ لڑکا کتنا بداخلاق اور بدتمیز ہے۔''

لڑکے کو دیکھتے ہوئے میں نے محسوس کیا کہ بس میں بھرے ہوئے اور لوگ بھی اس لڑکے کو غصے اور حقارت کی نظر سے دیکھنے لگے ہیں اور آنکھوں آنکھوں میں اس لڑکے کے بارے میں ایک دوسرے سے بہت کچھ کہہ رہے ہیں۔

اس لڑکے کے کپڑے گندے، میلے اور پھٹے پرانے تھے۔ کندھوں پر چادر کے نام پر ایک میلا کپڑا پڑا تھا۔ اس نے نیلے رنگ کی واسکٹ پہن رکھی تھی، مگر اس کے کپڑوں کا رنگ واسکٹ کے برعکس پیلا تھا، سر پر ٹوپی رکھے وہ ابھی تک سیٹ پر پہلے جیسے انداز میں بیٹھا تھا۔ میں نے سوچا، ''اس لڑکے کو ادب اور احترام کی تربیت ہی نہیں دی گئی، اس کے ماں باپ نے اسے اتنا بھی نہیں سمجھایا کہ چھوٹوں کو اپنے سے بڑوں کے لیے جگہ چھوڑ دینی چاہیے۔''

بوڑھے کے ساتھ دو چار آدمی مل کر لڑکے کے بارے میں باتیں کرنے لگے، مگر لڑکے نے جیسے کوئی بات سنی ہی نہ ہو۔ جب کنڈیکٹر کرایہ لینے کے لیے اس کے پاس آیا اور کرایا مانگا تو لڑکا ایسے خاموش رہا، جیسے کنڈیکٹر اس کے بجائے کسی اور سے کرایہ مانگ رہا ہو، مگر کنڈیکٹر نے اس کے کندھے پر ہاتھ رکھ کر زور سے کہا؛ ''لڑکے! میں تم سے کہہ رہا ہوں۔ کرایہ دو۔'' اس دفعہ لڑکے نے کنڈیکٹر کی طرف آنکھیں اٹھائیں اور آہستہ سے کہا، ''میرے پاس کرائے کے پیسے نہیں ہیں۔''

کنڈیکٹر نے غصے میں چیختے ہوئے کہا، ''کیا کہا؟ پیسے نہیں؟ سیٹ پر تو اس طرح بیٹھے ہو جیسے بس خریدی ہو اور جیب میں پیسے نہیں۔''

لڑکا خوف زدہ ہوگیا اور نظریں چراتے ہوئے کہنے لگا، ''خدا کی قسم! سچ کہہ رہا ہوں۔ میرے پاس کرائے کے پیسے نہیں ہیں۔''

کنڈیکٹر نے اسے بازو سے پکڑا اور اٹھاتے ہوئے کہا، ''جب پیسے نہیں تو پھر سیٹ پر کیوں بیٹھے ہو؟ اٹھو!''

اور جب لڑکا اٹھنے لگا تو ہم سب نے دیکھا کہ لڑکے کا بایاں ہاتھ بازو سے کٹا ہوا تھا اور اس نے سفید پٹی لپیٹی ہوئی ہے، جس پر خون کے سرخ دھبے نکل آئے تھے۔ بس میں سوار تمام لوگ اس کے کٹے ہوئے بازو اور اس پر سفید پٹی کو دیکھ کر تاسف کرنے لگے۔ کٹے بازو پر لپٹی ہوئی پٹی پر خون کے دھبے دیکھ کر میں نے کنڈیکٹر سے ذرا سخت لہجے میں کہا، ''تم دیکھتے نہیں، بیچارہ کس حال میں ہے۔''

بس میں سوار تمام لوگوں نے میرا ساتھ دیا اور کنڈیکٹر کو ڈانٹنے لگے۔ کنڈیکٹر نے بھی ذرا خجل ہو کر لڑکے کو دوبارہ سیٹ پر بٹھایا۔

جب لڑکے برابر سیٹ خالی ہوئی تو میں اس سیٹ پر جا کر بیٹھ گیا اور ترچھی نظروں سے لڑکے کو دیکھنے لگا۔ لڑکے کا چہرہ پیلا پڑ گیا تھا۔ اس کے کپڑوں سے بھی زیادہ پیلا۔ وہ کوشش کر رہا تھا کہ کٹا ہوا ہاتھ لوگوں نے چھپا لے۔ لیکن میں نے خوب غور سے اور قریب سے اسے دیکھا۔ مجھے محسوس ہوا جیسے اس کے کٹے ہاتھ سے نکلے ہوئے خون کا رنگ بھی زرد ہو۔ بس میں سوار لوگ ابھی تک اس کی حالت پر افسوس کر رہے تھے۔ میں کچھ دیر تک اسے چپ چاپ دیکھتا رہا، پھر اس سے اس کے کٹے ہاتھ کے بارے میں پوچھنے لگا مگر اس نے کوئی جواب نہ دیا۔ میں نے سوچا شاید اس نے سنا ہی نہ ہو۔ اس لیے میں نے دوسری دفعہ ذرا اونچی آواز میں اپنا سوال دہرایا؛ ''میرے

بھائی، یہ تیرے ہاتھ کو کیا ہو گیا؟''

اس نے اس دفعہ بھی کچھ نہ کہا۔

''میں تم سے کہہ رہا ہوں۔''

تیسری مرتبہ زور سے پوچھا مگر لڑکے نے پھر بھی کوئی جواب تو نہ دیا لیکن غصے اور حقارت سے میری طرف دیکھا، پھر کچھ کہے بغیر منہ دوسری طرف پھیر لیا۔ سلامت ہاتھ سے کندھوں پر چادر درست کی اور کٹے بازو پر نرمی سے ہاتھ پھیر کر بس سے باہر دیکھنے لگا۔

اس کے رونے کی وجہ سے میں نے بھی دوبارہ اس سے کچھ نہ پوچھا اور ایک کتاب کھول کر پڑھنے میں مشغول ہو گیا۔ مگر کوشش کے باوجود بھی کتاب کے صفحوں پر پھیلے ہوئے حروف میری توجہ کا مرکز نہ بن سکے۔ مجھے کتاب کے ہر صفحے پر لڑکے کا کٹا ہوا بازو دکھائی دیتا تھا۔ جیسے کتاب کے صفحے آئینے بن گئے ہوں اور اس میں اس زرد اور کٹے ہوئے ہاتھ والے لڑکے کی تصویر نظر آ رہی ہو، تنگ آ کر میں نے کتاب بند کر کے آنکھیں موند لیں۔

ذرا دیر بعد ذہن سے اس لڑکے کی تصویر اتر گئی۔ کچھ دیر بعد جب آنکھیں کھول کر پیچھے مڑ کر دیکھا تو ایک عجیب منظر نظر آیا۔ ان تمام لوگوں کا، جو بس میں بیٹھے اور کھڑے تھے، ایک ایک ہاتھ کٹا ہوا تھا۔ سب نے بازوؤں پر سفید پٹیاں باندھی ہوئی تھیں اور سب کے زخموں سے قطرہ قطرہ خون ٹپک رہا تھا۔ گھبرا کر میں نے دوسری طرف دیکھا، وہاں آستین چڑھائے، ہاتھوں میں ننگی سفید چمکتی تلواریں لیے لوگ نہتوں پر وار کر رہے تھے۔ تلواریں چمک رہی تھیں اور خون بہہ رہا تھا۔ ایک طرف کٹے ہاتھ دوسری طرف تلواروں کی چمک اور جھنکار۔ میں نے سیٹ کی پشت سے سر ٹکایا اور آنکھیں بند کیں، مگر تلواروں کی چمک اب بھی آنکھوں میں چبھ رہی تھیں اور ہاتھ کٹ کٹ کر پہلے سے زیادہ گر رہے تھے۔ میں نے اپنے ہاتھوں کو دیکھا اور تعجب کرنے لگا کہ نہ تو میرے ہاتھ میں کوئی تلوار ہے اور نہ ہی میرا کوئی بازو کٹا ہوا ہے۔ تلواریں آپس میں ٹکرا رہی تھیں اور مجھے محسوس ہو رہا تھا جیسے بس خون سے بھر گئی ہو۔ تھوڑی دیر بعد مجھ پر غنودگی سی آئی اور آنکھیں بند ہونے لگیں۔ پھر میں نے دیکھا کہ میں اپنی جگہ سے اٹھ گیا اور میرے ہاتھ میں ایک تلوار کہیں سے آ گئی ہے اور پھر میرا تلوار والا ہاتھ اٹھا اور تیزی سے نیچے آ گیا۔ میرے ایک ہاتھ نے دوسرے ہاتھ پر وار کیا۔ میرے اپنے ہاتھ نے میرا اپنا ہاتھ کاٹ دیا۔

تھوڑی دیر بعد جب میں نے اپنے کٹے ہوئے بازو کو دیکھا تو اس پر بھی لڑکے کے بازو کی طرح سفید پٹی بندھی ہوئی نظر آئی، جس سے قطرہ قطرہ خون ٹپک رہا تھا۔ مجھ پر ایک خوف طاری ہوا اور ڈر کر زور سے چیخا، ''ڈرائیور! بس کو روکو! روکو بس کو۔''